CHICAGO PUBLIC LIBRARY
BUDLONG WOODS BRANCH
5630 N. LINCOLN AVE.
CHICAGO, IL 60659

UN
MUNDO
SIN FIN

KEN FOLLETT

UN MUNDO SIN FIN

Traducción de
ANUVELA

Sp FIC FOLLETT
Follett, Ken.
Un mundo sin fin /

PLAZA JANÉS

Un mundo sin fin

Título original: *World Without End*

Primera edición en España: diciembre, 2007
Primera edición en México: enero, 2008

D. R. © 2007, Ken Follet
D. R. © 2007, ANUVELA, por la traducción

D. R. © 2007, de la presente edición en castellano para todo el mundo:
Random House Mondadori, S. A.
Travessera de Gràcia, 47-49. 08021 Barcelona

D. R. © 2008, derechos de edición para México:
Random House Mondadori, S. A. de C. V.
Av. Homero No. 544, Col. Chapultepec Morales,
Del. Miguel Hidalgo, C. P. 11570, México, D. F.

www.randomhousemondadori.com.mx

Comentarios sobre la edición y contenido de este libro a:
literaria@randomhousemondadori.com.mx

Queda rigurosamente prohibida, sin autorización escrita de los titulares
del «copyright», bajo las sanciones establecidas por las leyes,
la reproducción total o parcial de esta obra por cualquier medio o
procedimiento, comprendidos la reprografía, el tratamiento informático,
así como la distribución de ejemplares de la misma mediante
alquiler o préstamo público.

ISBN: 978-970-810-255-1

Impreso en México / *Printed in Mexico*

R03219 07684

Para Barbara

PRIMERA PARTE

1 de noviembre de 1327

1

wenda sólo tenía ocho años, pero no le temía a la oscuridad. Todo estaba como boca de lobo cuando abrió los ojos, aunque no era eso lo que la inquietaba. Sabía dónde estaba, en el priorato de Kingsbridge, en el alargado edificio de piedra al que llamaban hospital, tumbada sobre la paja que había esparcida en el suelo. Por el cálido olor lechoso que llegaba hasta ella, imaginó que su madre, que descansaba a su lado, estaría amamantando al recién nacido, al que todavía no le habían puesto nombre. A continuación yacía su padre y, al lado de éste, el hermano mayor de Gwenda, Philemon, de doce años.

El hospital estaba abarrotado y aunque no llegaba a distinguir con claridad a las otras familias que ocupaban el suelo del recinto, hacinadas como ovejas en un redil, percibía el rancio hedor que desprendían sus cálidos cuerpos. Faltaba poco para que despuntaran las primeras luces del día de Todos los Santos, fiesta de guardar que ese año además caía en domingo, por lo que sería día de especial precepto. Por consiguiente, la víspera había sido noche de difuntos, azarosa ocasión en que los espíritus malignos vagaban libremente por doquier. Cientos de personas habían acudido a Kingsbridge desde las poblaciones vecinas, igual que la familia de Gwenda, a pasar la noche en el interior de los recintos sagrados del priorato para asistir a la misa de Todos los Santos con las primeras luces del alba.

A Gwenda le inquietaban los espíritus malignos, como a cualquier persona en su sano juicio, pero le preocupaba aún más lo que tendría que hacer durante el oficio.

Con la mirada perdida entre las sombras, intentó apartar de su mente el motivo de su angustia. Sabía que en la pared de enfrente se abría una ventana arqueada, y a pesar de que ésta carecía de cristal, pues sólo los edificios más importantes estaban acristalados, una cortinilla de hilo los protegía del frío aire otoñal. Sin embargo, ni siquiera alcanzaba a distinguir la débil silueta grisácea de la ventana. Se alegró; no quería que amaneciera.

Puede que no viera nada, pero sí llegaban hasta sus oídos multitud de sonidos distintos, como el de la paja que cubría el suelo y que susurraba constantemente cuando la gente se removía y cambiaba de postura durante el sueño. El murmullo de unas palabras cariñosas no tardó en acallar el llanto de un niño que parecía haber despertado de una pesadilla. De vez en cuando se oía a alguien farfullar, hablando en sueños. En algún lugar una pareja hacía eso que hacían los padres pero de lo que nunca hablaban, eso que Gwenda llamaba «gruñir» porque no sabía con qué otra palabra describirlo.

Vio una luz antes de lo esperado. En la puerta del extremo oriental de la alargada estancia, detrás del altar, apareció un monje con una vela en la mano. La dejó sobre el ara, encendió una pajuela con la llama y recorrió la estancia para acercarla a las lámparas de las paredes, donde su sombra se alzaba hasta el techo, como un reflejo; la pajuela se unía a su propia sombra en la mecha de la lámpara.

La luz fue avivándose deprisa e iluminó hileras enteras de figuras ovilladas desperdigadas por el suelo, envueltas en sus anodinas capas o acurrucadas junto a sus vecinos en busca de calor. Los enfermos ocupaban los camastros dispuestos cerca del altar, donde podrían beneficiarse mejor de la santidad del recinto. Una escalera en el extremo opuesto conducía al piso superior, donde se encontraban las habitaciones para las visitas de la nobleza, estancias ocupadas en ese momento por el conde de Shiring y otros miembros de su familia.

El monje se inclinó sobre Gwenda para encender la lámpara que quedaba justo encima de su cabeza. El hombre se fijó en ella y le sonrió. La niña observó su rostro bajo la vacilante luz de la llama y vio que se trataba del hermano Godwyn, un joven apuesto que la noche anterior había tratado a Philemon con mucha amabilidad.

Junto a Gwenda había otra familia de su aldea: Samuel, un próspero campesino con grandes extensiones de tierra, su esposa y sus dos hijos, el menor de los cuales, Wulfric, era un arrapiezo de seis años convencido de que lanzar bellotas a las niñas y salir corriendo era lo más divertido del mundo.

La prosperidad no sonreía a la familia de Gwenda. Su padre no tenía tierras, por lo que se ofrecía de jornalero a quien pagara por sus servicios. En verano nunca faltaba trabajo, pero tras la recogida de la cosecha y la llegada del frío, la familia solía pasar hambre.

Por eso Gwenda tenía que robar.

Solía imaginarse que la prendían: una mano robusta la agarraba por el brazo y la sujetaba con fuerza sobrehumana mientras ella trataba de zafarse sin éxito; una voz profunda y cruel le decía: «Vaya, vaya, una ladronzuela»; a continuación sentía el dolor y la humillación de un latigazo y después venía lo peor de todo, la agonía y la desesperación cuando le cortaban la mano.

Era el castigo que había sufrido su padre, al final de cuyo brazo izquierdo asomaba un muñón repugnante y arrugado. Se las arreglaba bien con la otra mano —podía cavar, ensillar un caballo, incluso tejer una red para cazar pájaros—, pero siempre era el último jornalero al que contrataban en primavera y el primero del que prescindían con la llegada del otoño. No podía abandonar la aldea y buscar trabajo en otro lugar porque el muñón lo delataba como ladrón y la gente se negaba a contratarlo. Cuando viajaba se ataba un guante relleno a la muñeca para que los extraños no lo rehuyeran, pero la engañifa no solía durar demasiado.

Gwenda no había presenciado el correctivo que le habían aplicado a su padre —todo había ocurrido antes de que ella naciera—, pero solía recrearlo en su imaginación, y ya no podía dejar de pensar que lo mismo iba a sucederle a ella. Veía cómo caía la hoja del hacha sobre su muñeca, cómo se abría camino entre la piel y los huesos y cómo le separaba la mano del brazo en un adiós definitivo… En esos momentos tenía que apretar los dientes para no gritar.

La gente empezó a desperezarse, y algunos se estiraban, otros bostezaban y otros se frotaban la cara. Gwenda se puso en pie y se sacudió la ropa. Todo lo que llevaba puesto había pertenecido en un momento u otro a su hermano mayor. Vestía un sayo de lana que le llegaba hasta las rodillas y una túnica por encima ajustada a la cintura con un cinto de cuerda de cáñamo. Los zapatos habían llevado cordones, pero como tenía los ojales rotos, los había perdido, así que se los sujetaba a los pies con paja trenzada. En cuanto se remetió el pelo en el gorro de cola de ardilla, dio por terminado el acicalamiento.

Su padre la miró en ese momento y le señaló con disimulo la familia que tenían enfrente, una pareja de mediana edad con dos hijos un poco mayores que Gwenda. El hombre era bajo y enjuto, y lucía una barba pelirroja y rizada. Estaba ciñéndose una espada, lo que significaba que era un hombre de armas o un caballero, puesto que a la gente normal y corriente no se le permitía portar espadas. Su esposa era una mujer escuálida y malhumorada de bruscos modales.

—Buenos días, sir Gerald, lady Maud… —los saludó el hermano Godwyn con un respetuoso ademán de cabeza mientras Gwenda los observaba con atención.

Gwenda descubrió lo que había llamado la atención de su padre. Sir Gerald llevaba una pequeña bolsa sujeta al cinturón por una correa de cuero. La bolsita abultaba. Daba la impresión de estar repleta de varios cientos de pequeños y finos peniques, medios peniques y cuartos de penique de plata, la moneda inglesa en circulación en esa época. Tanto dinero como el que su padre habría ganado en un año si hubiera encontrado patrón, suficiente para sustentar a la familia hasta la época de arar los campos, en primavera. Tal vez incluso contuviera algunas monedas de oro extranjeras; florines de Florencia o ducados de Venecia.

Gwenda escondía un pequeño cuchillo en una funda de madera que llevaba colgada del cuello con un fino cordón. La afilada hoja cortaría la correa sin problemas y la abultada bolsa caería en su mano... siempre que sir Gerald no notara algo extraño y la sorprendiera antes de que ella hubiera terminado su trabajo.

Godwyn alzó la voz para hacerse oír por encima del bullicio general:

—Por la gracia de Dios, quien nos inculca caridad, el desayuno se servirá después de la misa de Todos los Santos —anunció—. Mientras tanto, hay agua fresca en la fuente del patio. Por favor, no olvidéis utilizar las letrinas de fuera. ¡Nada de orinar aquí dentro!

Los hermanos y las monjas eran muy estrictos con la higiene. La noche anterior, Godwyn había sorprendido a un niño de seis años orinando en un rincón y había expulsado a toda la familia. Salvo que tuvieran un penique para una taberna, tendrían que pasar la fría noche de octubre tiritando en el suelo de piedra del pórtico oriental de la catedral. Tampoco se admitían animales. Al perro de tres patas de Gwenda, Brinco, le habían vetado la entrada y la niña se preguntaba dónde habría pasado la noche.

Una vez encendidas todas las lámparas, Godwyn abrió la pesada puerta de madera que daba al exterior. El aire nocturno frío y cortante heló las orejas y la punta de la nariz de Gwenda. Los huéspedes de esa noche se envolvieron en sus ropas y empezaron a salir arrastrando los pies. Cuando sir Gerald y su familia se pusieron en marcha, los padres de Gwenda se colocaron justo detrás, seguidos de la niña y de su hermano.

Philemon se había encargado de los hurtos hasta ese momento, pero el día anterior habían estado a punto de sorprenderlo en el mercado de Kingsbridge. Había birlado un pequeño tarro de un aceite muy caro del tenderete de un mercader italiano y se le había caído, por lo que todo el mundo lo había visto. Por fortuna, no se rompió al estrellarse contra el suelo. Philemon se había visto obligado a fingir que lo había derribado sin querer.

Hasta hacía poco Philemon era un niño diminuto que pasaba inadvertido, igual que Gwenda, pero en el último año había crecido varios centímetros, le había cambiado la voz y se había vuelto patoso y desmañado, como si no acabara de acostumbrarse a su nuevo cuerpo. La noche anterior, tras el incidente del tarro de aceite, el padre había anunciado que Philemon era demasiado grande para los hurtos que exigían sigilo y que, por consiguiente, esa responsabilidad recaería en Gwenda a partir de entonces.

Por eso la niña había permanecido en vela casi toda la noche.

El verdadero nombre de Philemon era Holger. Cuando el niño tenía diez años decidió hacerse monje, por lo que le comunicó a todo el mundo que se había cambiado el nombre por el de Philemon, que sonaba más religioso. Para sorpresa de todos, la mayoría de la gente respetó su deseo, aunque sus padres seguían llamándolo Holger.

Cruzaron la puerta y vieron dos hileras de monjas ateridas que sujetaban unas antorchas encendidas para alumbrar el camino desde el hospital hasta el gran portalón occidental de la catedral de Kingsbridge. Las sombras jugueteaban allí donde el resplandor de las antorchas no alcanzaba a iluminar, como si los diablillos y los duendes de la noche corrieran a esconderse haciendo cabriolas, y lo único que les impidiera abalanzarse sobre las gentes fuera la protección de las hermanas.

Gwenda albergaba la esperanza de que Brinco estuviera esperándola fuera, pero no lo vio por ninguna parte. Tal vez había encontrado un lugar caliente donde dormir. Por el camino hasta la iglesia, el padre de Gwenda procuraba no alejarse demasiado de sir Gerald. Alguien le dio un doloroso tirón de pelo a la niña, que lanzó un chillido imaginando la mano de un duende; sin embargo, cuando se volvió sólo vio a Wulfric, su vecino de seis años. El niño se puso rápidamente fuera de su alcance, riéndose.

—¡Compórtate como Dios manda! —gruñó el padre del bribonzuelo, y le dio un capón. El pequeño se echó a llorar.

La inmensa iglesia era una masa informe que se alzaba por encima de la apelotonada multitud. Sólo se distinguían con claridad las partes más bajas, los arcos y los parteluces resaltados en rojo y anaranjado por la vacilante luz de las antorchas. La procesión aminoró el paso al acercarse a la entrada de la catedral, donde Gwenda divisó a un grupo de personas del lugar que se aproximaba por el otro lado. La niña supuso que debían de sumar cientos, tal vez miles, aunque no estaba segura de cuánta gente se necesitaba para reunir a mil personas, ya que no sabía contar hasta un número tan alto.

La multitud atravesó el vestíbulo lentamente. La agitada luz de las antorchas alumbraba las figuras esculpidas en los muros, haciéndolas bailar como posesas. En el nivel inferior sobresalían los demonios y los monstruos.

Atemorizada, Gwenda contempló de hito en hito dragones y grifos, un oso con cabeza de hombre y un perro con dos cuerpos y un morro. Algunos de los demonios luchaban con humanos: un diablo le ponía la soga al cuello a un hombre, un monstruo parecido a un zorro arrastraba a una mujer por el pelo, un águila con manos atravesaba a un hombre desnudo... Sobre esas escenas, los santos se alzaban en una hilera bajo los protectores doseletes; sobre ellos los apóstoles se sentaban en tronos y a continuación, en el arco de la puerta principal, san Pedro con su llave y san Pablo con un rollo de pergamino adoraban con mirada devota a Jesucristo en lo alto.

Gwenda sabía que Jesús le decía que no debía pecar o, de lo contrario, los demonios la torturarían, pero los humanos la asustaban más que los demonios. Si no conseguía robarle la bolsa a sir Gerald, su padre le propinaría una azotaina. Peor aún, su familia sólo tendría sopa hecha con bellotas para comer; Philemon y ella estarían hambrientos durante interminables semanas; a su madre se le secarían los pechos y el recién nacido moriría, como había ocurrido con los dos últimos, y su padre desaparecería durante días y volvería con una escuálida garza o como mucho un par de ardillas que echar a la cazuela. Tener hambre era peor que los latigazos: dolía durante más tiempo.

Le habían enseñado a hurtar desde muy pequeña; una manzana de un tenderete de fruta, un huevo recién puesto bajo la gallina de una vecina, el cuchillo de un borracho olvidado por descuido en la mesa de una taberna... Sin embargo, robar dinero era otra cosa. Si la sorprendían robando a sir Gerald, de nada le serviría echarse a llorar con la esperanza de que la trataran como a una niña traviesa, tal como había hecho una vez después de afanar un par de refinados zapatos de piel a una monja de corazón benévolo. Cortar la correa de la bolsa de un caballero no era una chiquillada, sino un delito de adulto en toda regla, y como tal sería tratada.

Intentó no pensar en ello. Era pequeña, ágil y rápida, y se haría con la bolsa sigilosamente, como un fantasma... siempre que dejara de temblar.

La amplia iglesia estaba abarrotada de gente. En los pasillos laterales, unos monjes encapuchados sujetaban antorchas que proyectaban un trémulo resplandor rojizo. Los pilares de la nave se perdían en la oscuridad que inundaba las alturas. Gwenda permaneció cerca de sir Gerald mientras la gente avanzaba hacia el altar. El caballero de la barba roja y su escuálida mujer no repararon en ella, y sus dos hijos le prestaron tanta atención como a los muros de piedra de la catedral. La familia de Gwenda se quedó atrás y los perdió de vista.

La nave se llenó rápidamente. La niña nunca había visto a tanta gente junta en un mismo lugar; estaba mucho más concurrido que el prado co-

munal de la catedral en un día de mercado. La gente se saludaba con albo-
rozo, sintiéndose a salvo de los espíritus malignos en un lugar santo, y el
rumor de sus conversaciones aumentó hasta convertirse en un clamor.

En ese momento se oyó el tañido de una campana y todo el mundo
guardó silencio.

Sir Gerald estaba junto a una familia de la ciudad. Todos vestían ropas de primera calidad, por lo que probablemente se tratara de prósperos
comerciantes de lana. Junto al caballero había una niña de unos diez años;
detrás de ellos, esperaba Gwenda tratando de no llamar la atención. Sin
embargo, para su consternación, la niña se volvió y le sonrió sin tapujos,
como queriéndole decir que no tenía nada que temer.

Los monjes que los rodeaban apagaron las antorchas, una tras otra,
hasta que la gran iglesia quedó sumida en una oscuridad absoluta.

Gwenda se preguntó si la niña rica la recordaría más adelante. No se
había limitado a intercambiar una mirada con ella y olvidarla al instante
como hacía casi todo el mundo, sino que se había fijado en ella, había pensado en ella, había presumido que podía estar asustada y le había ofrecido una sonrisa amistosa. Con todo, había cientos de niños en la catedral,
por lo que era imposible que hubiera retenido las facciones de Gwenda con
toda precisión bajo aquella luz mortecina… ¿no? Intentó alejar las preocupaciones de su mente.

Invisible en la oscuridad, dio un paso al frente y se deslizó entre las dos
figuras. Sintió la suave lana de la capa de la niña a un lado y al otro, la tela
más basta de la vieja sobrevesta del caballero. Ahora ya tenía la bolsa a su
alcance.

Se metió la mano en el escote y desenfundó el pequeño cuchillo.

Un chillido estridente quebró el silencio. Gwenda lo estaba esperando, pues su madre ya le había explicado lo que iba a suceder durante la misa,
pero de todos modos le costó sobreponerse. Era como si estuvieran torturando a alguien.

Entonces la catedral resonó con estridencia, como si hubieran golpeado
una plancha de metal, a lo que siguieron otros ruidos: quejidos, carcajadas demenciales, un cuerno de caza, griterío, animales, los tañidos de una
campana… Un niño rompió a llorar entre los feligreses, imitado al poco
por otros muchos. Varios adultos rieron con nerviosismo. Sabían que la
algarabía era cosa de los monjes, pero no por eso dejaba de ser espeluznante.

Amedrentada, Gwenda pensó que no era el mejor momento para apoderarse de la bolsa. Todo el mundo estaba en tensión, despiertos los cinco sentidos. El caballero notaría hasta el más mínimo roce.

La barahúnda infernal aumentó de volumen hasta que sobrevino un nuevo sonido: música. Al principio era tan débil que Gwenda dudó si lo había oído en realidad y luego, poco a poco, fue haciéndose más audible. Las monjas estaban cantando. Gwenda sintió la tensión a flor de piel; se acercaba el momento. Se volvió hacia sir Gerald moviéndose como un fantasma, liviana como el aire.

Sabía de memoria qué llevaba el hombre: una pesada capa de lana sujeta a la cintura con un ancho cinturón tachonado del que colgaba la bolsa, atada con una correa de cuero. Encima de la capa lucía una sobrevesta bordada, cara pero desgastada, con amarillentos botones de hueso en la delantera. Se había abrochado unos cuantos, aunque no todos, tal vez a causa de la somnolienta desidia o porque el paseo del hospital hasta la iglesia había sido demasiado corto.

Apenas con un roce, Gwenda puso la mano sobre la capa imaginando que era una araña tan etérea que al hombre le sería imposible percibirla. Desplazó la mano arácnida por la parte de delante de la capa hasta encontrar la abertura, la deslizó por debajo de la orilla de la ropa y continuó sobre la voluminosa barriga hasta que dio con la bolsa.

El pandemonio fue apagándose a medida que la música tomaba el relevo. Un murmullo acongojado se alzó al frente de la congregación. Gwenda no veía nada, pero sabía que habían encendido una lámpara en el altar y que ésta iluminaba un recién aparecido relicario: una caja de marfil y oro de elaborada talla que contenía los huesos de san Adolfo. La gente avanzó en tropel con el deseo de acercarse a las reliquias sagradas, momento en que Gwenda, al sentirse comprimida entre sir Gerald y el hombre que tenía delante, levantó la mano y llevó el filo del cuchillo a la correa de la bolsa.

El cuero era duro y no pudo cortarlo de un solo tajo. Empezó a serrarlo impaciente, con la esperanza de que la escena del altar interesara lo suficiente a sir Gerald para que no reparara en lo que ocurría bajo sus narices. La niña levantó la vista unos instantes y se dio cuenta de que empezaba a distinguir el perfil de la gente que la rodeaba. Los monjes y las hermanas estaban encendiendo las velas, por lo que pronto todo se inundaría de luz, así que no tenía tiempo que perder.

Le propinó un fuerte tajo con el cuchillo y sintió que la correa cedía. Sir Gerald masculló algo. ¿Habría notado el tirón o sólo era una reacción a lo que ocurría en el altar? La bolsa se desprendió y cayó en la mano de Gwenda, pero era demasiado grande para asirla con facilidad y se le resbaló. Por un aterrador instante creyó que iba a aterrizar en el suelo, donde acabaría perdiéndola entre los pies despreocupados de la gente, pero la atrapó en el último momento y la agarró con fuerza.

Sintió un instante de jubiloso alivio: ya tenía el monedero.

No obstante, el peligro no había pasado. El corazón le latía con tanta fuerza que temía que los demás lo oyeran. Deslizándose la pesada bolsa por el interior de la parte delantera de la túnica, se volvió rápidamente para darle la espalda al caballero. Sabía que el bulto que despuntaba por encima del cinto como si fuera la barriga de un anciano parecería sospechoso, así que lo desplazó a un costado para disimularlo con el brazo. Aun así, sabía que sería muy evidente cuando la luz lo inundase todo, pero no tenía otro lugar donde esconderlo.

Enfundó el cuchillo. Había llegado el momento de desaparecer lo más rápido posible, antes de que sir Gerald se diera cuenta de su ausencia; sin embargo, la misma aglomeración de fieles que antes la había ayudado a hacerse con la bolsa subrepticiamente, ahora obstaculizaba su huida. Intentó retroceder con la esperanza de abrirse camino entre los cuerpos que tenía detrás, pero todo el mundo deseaba avanzar en la dirección opuesta para poder contemplar de cerca los huesos del santo. Estaba atrapada, incapaz de moverse, delante del hombre al que acababa de robar.

—¿Estás bien? —le preguntó alguien al oído.

Gwenda intentó dominar el pánico al comprobar que se trataba de la niña rica. Tenía que hacerse invisible, por lo que una niña solícita era lo último que necesitaba en esos momentos. No contestó.

—Id con cuidado —advirtió la chica a la gente que la rodeaba—. Estáis aplastando a esta pobrecilla.

Gwenda sintió deseos de gritar. La amabilidad de la niña rica le costaría una mano.

Desesperada por huir, apoyó las manos en el hombre que tenía delante y se dio impulso hacia atrás para abrirse camino, pero lo único que consiguió fue llamar la atención de sir Gerald.

—Ahí abajo no se ve nada, ¿verdad? —preguntó su víctima con voz amable.

Para consternación de Gwenda, el hombre la asió por debajo de los brazos y la alzó.

Estaba perdida. Apenas unos centímetros separaban la bolsa que ocultaba en la axila de la manaza del caballero. Gwenda volvió la cabeza hacia el altar para que el hombre sólo pudiera verle la nuca y por encima de la multitud vio que los hermanos y las monjas encendían más velas y cantaban al santo muerto. Detrás, en el extremo oriental del edificio, una débil luz se filtraba a través del enorme rosetón. El amanecer ahuyentaba los malos espíritus. El estruendo se había detenido y la catedral resonaba con los cantos. Un alto y apuesto monje, a quien Gwenda identificó como Anthony, el prior de Kingsbridge, subió al altar.

—Y así una vez más, por la gracia de Dios, la armonía y la luz de la santa casa del Señor destierran el mal y la oscuridad del mundo —anunció el prior en voz alta, alzando las manos en actitud de alabanza.

Los feligreses estallaron en clamoroso júbilo, recobrando el sosiego. El clímax de la ceremonia había pasado. Gwenda se removió y sir Gerald, comprendiendo el mensaje, la dejó en el suelo. La niña pasó por su lado en dirección al fondo, con el rostro vuelto hacia un lado. La gente ya no ansiaba ver el altar como antes, por lo que esta vez consiguió abrirse camino entre los feligreses. A medida que retrocedía, más fácil le resultaba, hasta que al final se encontró junto a la magnífica puerta del muro occidental, donde vio a su familia.

Su padre la esperaba con mirada expectante, pronto a montar en cólera si había fracasado. Gwenda se sacó el monedero de la camisa y se lo lanzó, aliviada por poder desembarazarse de él. El hombre lo atrapó en el aire, se volvió ligeramente y le echó un furtivo vistazo. Gwenda vio que se le iluminaba la cara. Acto seguido, vio también cómo le pasaba la bolsa a su madre, quien la remetió rápidamente entre los pliegues de la manta con que arropaba al recién nacido.

El tormento había pasado, pero no así el peligro.

—Una niña rica se ha fijado en mí —dijo Gwenda, percibiendo el miedo que le atenazaba la voz.

En los ojos pequeños y oscuros de su padre brilló la cólera.

—¿Te ha visto robando la bolsa?

—No, pero les ha dicho a los demás que no me pisaran y luego el caballero me ha levantado para que pudiera ver mejor.

La madre dejó escapar un lastimoso quejido.

—Entonces te ha visto la cara —concluyó el padre.

—Intenté darle la espalda.

—Aun así, será mejor que no vuelvas a cruzártelo. No regresaremos al hospital de los monjes. Iremos a almorzar a una taberna.

—No podemos escondernos todo el día —protestó la madre.

—No, pero podemos confundirnos entre la gente.

Gwenda empezó a sentirse mejor. Por lo visto su padre no creía que hubiese un peligro real. De todos modos, al menos se acababa de quitar un gran peso de encima al ver que su padre había vuelto a asumir el mando y la había descargado de responsabilidades.

—Además, me apetece un poco de pan y fiambre, en vez de esas gachas aguadas de los monjes —añadió el hombre—. ¡Ahora podemos permitírnoslo!

Salieron de la iglesia. La luz del amanecer teñía el cielo de nácar gris.

Gwenda iba a darle la mano a su madre, pero el recién nacido rompió a llorar y reclamó toda la atención de la mujer. Entonces vio un perro de tres patas, blanco, con la cara negra, que entraba corriendo en el recinto de la catedral con una cojera que le resultaba familiar.

—¡Brinco! —lo llamó.

Lo izó para estrecharlo entre sus brazos.

2

Merthin tenía once años, uno más que su hermano Ralph, pero, para su inmensa frustración, Ralph era más alto y fornido. Aquello era motivo de discusión entre sus progenitores. Sir Gerald, su padre, era soldado y no conseguía ocultar su decepción cuando Merthin se revelaba incapaz de levantar una lanza pesada, cuando lo abandonaban las fuerzas antes de que acabara de talar un árbol o cuando volvía a casa llorando tras perder una pelea. Su madre, lady Maud, tampoco servía de gran ayuda, pues no hacía más que avergonzarlo mostrándose demasiado protectora con él, cuando lo que Merthin necesitaba era que no le prestara tanta atención. Cuando el padre se henchía de orgullo ante la fuerza de Ralph, la madre intentaba compensarlo criticando la simpleza del menor de los hermanos. Ralph era un poco corto de entendederas, pero nada podía hacer al respecto, y que lo regañaran por su tosquedad sólo conseguía enojarlo, lo que a su vez lo llevaba a enzarzarse en peleas con otros chicos.

Ambos estaban irritables esa mañana de Todos los Santos. El padre no quería ir a Kingsbridge, pero se había visto obligado a ceder, pues le debía dinero al priorato y no tenía con qué resarcir sus cuentas. La madre le había advertido que le quitarían las tierras. Era señor de tres aldeas en los alrededores de Kingsbridge. El padre le recordó que era descendiente directo de aquel Thomas que acabó convertido en conde de Shiring el año que el rey Enrique II mandó asesinar al arzobispo Becket. El conde Thomas era hijo de Jack Builder, el maestro constructor de la catedral de Kingsbridge, y de lady Aliena de Shiring, una pareja prácticamente legendaria cuya historia se relataba en las largas tardes de invierno junto a las heroicas proezas de Carlomagno y Rolando. Con semejante árbol genealógico, los monjes no podían confiscarle las tierras, vociferó sir Gerald, y mucho menos esa vieja quisquillosa del prior Anthony. Cuando empezó a gritar, el rostro de Maud adoptó una expresión de cansada resignación y la mujer se dio media vuelta, aunque Merthin la oyó musitar: «Lady Aliena tenía un hermano, Richard, que sólo valía para la guerra».

Tal vez el prior Anthony fuera una vieja quisquillosa, pero al menos había sido lo bastante hombre para reclamar las deudas pendientes de sir Gerald. Había acudido al señor de Gerald, el actual conde de Shiring, quien resultaba ser también primo segundo de éste. El conde Roland había emplazado a Gerald a Kingsbridge ese día para reunirse con el prior y hallar una solución. De ahí el mal humor del padre.

Y encima le habían robado.

Había reparado en la ausencia de la bolsa después de la misa de Todos los Santos. Merthin había disfrutado de la escena: la oscuridad, los ruidos extraños, la música que al principio apenas se oía y que luego había inundado la descomunal iglesia y, finalmente, el lento y progresivo alumbramiento de las velas. A medida que el edificio se iluminaba, también se había ido percatando de que algunas personas habían aprovechado la oscuridad para cometer pecadillos por los que deberían confesarse; había visto a dos monjes que interrumpían sus besuqueos apresuradamente y a un avispado mercader que retiraba la mano del generoso pecho de una sonriente mujerona que no parecía ser su esposa. Merthin seguía entusiasmado cuando volvieron al hospital.

Mientras esperaban a que las monjas sirvieran el almuerzo, un mozo de cocina atravesó la estancia y subió la escalera con una bandeja en la que portaba una enorme jarra de cerveza y una fuente de ternera ahumada.

—Tu pariente, el conde, ya podría invitarnos a almorzar con él en sus estancias privadas —rezongó la madre—. Después de todo, tu abuela era hermana de su abuelo.

—Si no quieres gachas, podemos ir a la taberna —contestó el padre.

Merthin aguzó el oído. Le encantaban los almuerzos de las tabernas, con su pan fresco y su manteca salada, pero enseguida oyó replicar a su madre:

—No podemos permitírnoslo.

—Sí podemos —repuso su padre, llevándose la mano a la bolsa, momento en que descubrió su ausencia.

Lo primero que hizo fue mirar al suelo, por si se le había caído, pero entonces notó los extremos cortados de la correa de cuero y soltó un bramido de indignación. Todo el mundo lo miró salvo su esposa, quien se volvió hacia otro lado.

—Era todo el dinero que teníamos —la oyó murmurar Merthin.

Su padre fulminó a los restantes huéspedes del hospital con una mirada acusadora. La ira oscureció la larga cicatriz que le recorría un lado de la cara, desde una sien hasta el ojo. Se hizo un tenso silencio en la estancia; un caballero enojado era peligroso, sobre todo uno que, a todas luces, pasaba por una mala racha.

—Te han robado en la iglesia, seguro —dijo la madre.

Merthin estaba de acuerdo. En la oscuridad se habían robado algo más que besos.

—¡Y encima sacrilegio! —se escandalizó el padre.

—Ya sabía yo que iba a suceder, en cuanto levantaste a esa niña… —insistió la madre, con una mueca de acritud, como si hubiera tragado algo amargo—. Seguramente el ladrón te asaltó por la espalda.

—¡Hay que encontrarlo! —rugió él.

—Lamento mucho lo ocurrido, sir Gerald —se disculpó el joven monje llamado Godwyn—. Iré a informar a John Constable* ahora mismo para que busque a algún aldeano pobre que se haya hecho rico de la noche a la mañana.

A Merthin se le antojó un plan muy poco prometedor. Había miles de aldeanos y cientos de feligreses que procedían de otros lugares. El alguacil no podía vigilarlos a todos.

Con todo, eso pareció apaciguar ligeramente a su padre.

—¡Ese golfo acabará en la horca! —exclamó, sin alzar la voz tanto como antes.

—Mientras tanto, tal vez nos haríais el honor de compartir la mesa dispuesta delante del altar con vuestra esposa e hijos —propuso Godwyn, zalamero.

El padre rezongó, aunque Merthin sabía que se sentía halagado por el hecho de que se le concediera un estatus superior al de los demás huéspedes, quienes no tendrían más remedio que sentarse en el mismo suelo donde habían dormido.

Merthin se tranquilizó en cuanto se cercioró de que la amenaza del estallido de violencia había pasado; no obstante, cuando la familia tomaba asiento, se preguntó con preocupación qué sería de ellos a partir de entonces. Su padre era un valiente soldado, o eso decía todo el mundo. Sir Gerald había luchado por el viejo rey en Boroughbridge, donde la espada de un rebelde de Lancashire le había obsequiado con aquella cicatriz en la frente. Pero la suerte no le sonreía. Algunos caballeros volvían a casa con un auténtico botín después de la batalla: joyas saqueadas, una carre-

---

* *Constable* significa «policía» en inglés. En esta obra, como en *Los pilares de la tierra*, aparecen algunos apellidos que hacen referencia al oficio de quien los lleva, como *Boatman* (barquero), *Builder* (constructor), *Barber* (barbero) o *Wise* (sabio). *(N. del E.)*

tada de dispendiosas telas flamencas y sedas italianas o el bienamado padre de una familia noble al que poder intercambiar por un rescate de un millar de libras. Sir Gerald nunca parecía participar de dichos botines y, sin embargo, debía costear las armas, la armadura y un carísimo caballo de batalla para poder cumplir con su obligación y servir al rey. Además, las rentas que le reportaban las tierras nunca eran suficientes. De modo que, en contra de los deseos de su esposa, el hombre había empezado a pedir préstamos.

Los mozos de cocina entraron con un caldero humeante. La familia de sir Gerald fue la primera en ser servida. Las gachas eran de cebada y estaban sazonadas con romero y sal. Ralph, que no entendía el porqué de las preocupaciones de la familia, empezó a charlar animadamente sobre la misa de Todos los Santos, pero el sombrío silencio con que eran recibidos sus comentarios lo hicieron callar.

Una vez dieron cuenta de las gachas, Merthin se dirigió al altar, detrás del cual había escondido el arco y las flechas. La gente se lo pensaría dos veces antes de robar algo de un altar. Puede que decidieran superar sus miedos si la recompensa era lo bastante tentadora, pero un arco casero tampoco era un gran reclamo, así que, por descontado, allí seguía.

Con todo, estaba orgulloso de su arco. Era pequeño, porque para doblar uno de los grandes, un arco de casi dos metros, se requería de toda la fuerza de un hombre adulto. El de Merthin no llegaba al metro y medio y era muy fino, pero por lo demás era idéntico al largo arco inglés que a tantos escoceses de las montañas, rebeldes galeses y caballeros franceses pertrechados de armadura había abatido.

Hasta el momento su padre no le había hecho ningún comentario respecto al arco y en ese instante lo miraba como si lo estuviera viendo por primera vez.

—¿De dónde has sacado la varilla? Son costosas.

—Ésta no, es demasiado corta. Me la dio un arquero.

Su padre asintió.

—Aparte de eso, es perfecta —comentó—. La sacan del interior del tejo, donde se juntan la albura y el duramen —dijo, señalando las distintas tonalidades de la madera.

—Lo sé —contestó Merthin entusiasmado; la oportunidad de impresionar a su padre no se le presentaba demasiado a menudo—. La albura es más dúctil, por eso es mejor para la parte frontal del arco, porque recupera su forma original, y el duramen, tan recio, es mejor para el interior de la curva, porque retrocede cuando se dobla el arco.

—Exacto —dijo su padre, devolviéndole la vara—. Pero recuerda que no es arma para un noble. Los hijos de los caballeros no se hacen arqueros. Dáselo a un campesino.

—¡Pero si ni siquiera lo he probado! —protestó Merthin, desmoralizado.

—Deja que jueguen —intervino la madre—. Son sólo niños.

—Tienes razón —convino su padre, interesándose en otras cosas—. ¿Crees que esos monjes nos traerían una jarra de cerveza?

—Pídesela —lo animó su esposa—. Merthin, cuida de tu hermano.

—Seguramente será al revés —rezongó sir Gerald.

Merthin se sintió herido. Su padre no tenía ni la menor idea de cómo eran sus hijos: Merthin podía cuidar de sí mismo, pero Ralph no hacía más que meterse en problemas. Con todo, el chico sabía muy bien que no le convenía empezar una discusión con su padre, sobre todo estando éste de tan mal humor, así que abandonó el hospital sin abrir la boca. Ralph lo siguió.

Cuando salieron del recinto de la catedral hacía un día frío y nítido, y el cielo estaba techado por nubes altas de un gris desvaído. Enfilaron la calle principal y dejaron atrás Fish Lane, Leather Yard y Cookshop Street. Al cruzar el puente de madera sobre el río al pie de la colina, abandonaron el casco antiguo y entraron en el barrio de las afueras llamado Newtown, donde las calles de casas de madera se distribuían entre pastos y jardines. Merthin guió el camino hacia un prado llamado Lovers' Field, donde el alguacil de la ciudad y sus subordinados habían colocado los blancos, las dianas para los arqueros, ya que todos los hombres estaban obligados a realizar prácticas de tiro después de misa por orden del rey.

La gente no necesitaba que la animaran a cumplir el mandato, no era mucho pedir lanzar unas cuantas flechas una mañana de domingo, por lo que un centenar de jóvenes de la ciudad hacían cola a la espera de su turno, observados por las mujeres, los niños y otros hombres que se consideraban demasiado viejos o demasiado dignos para ser arqueros. Algunos contaban con sus propias armas. Para aquellos que eran muy pobres para poder permitirse un arco, John Constable disponía de económicos arcos de prácticas de fresno o avellano.

Era como un día festivo. Dick Brewer ofrecía picheles de cerveza de barril subido a un carro y las cuatro hijas adolescentes de Betty Baxter se paseaban con bandejas de panecillos especiados. Las gentes pudientes de la ciudad iban envueltas en capas de piel y calzaban zapatos nuevos; incluso las mujeres más pobres se habían arreglado el cabello y habían adornado sus vestidos.

Merthin era el único niño con arco, por lo que de inmediato atrajo la atención de los demás, que enseguida lo rodearon. Los niños le preguntaban con curiosa envidia mientras las niñas lo miraban con admiración o desdén, dependiendo del carácter.

—¿Dónde has aprendido a hacer arcos? —preguntó una.

Merthin la reconoció, la tenía al lado en la catedral. Calculó que tendría un año menos que él. La muchachita llevaba un vestido y una capa de cara lana tupida. Merthin solía encontrar fastidiosas a las niñas de su edad, que no hacían más que reírse tontamente y se negaban a tomarse nada en serio. No obstante, aquélla lo miraba a él y su arco con sincera curiosidad, y eso le gustó.

—Lo hice yo solo. Por intuición —contestó.

—Qué listo. ¿Y funciona bien?

—Todavía no lo he probado. ¿Cómo te llamas?

—Caris, de los Wooler. ¿Y tú?

—Merthin. Mi padre es sir Gerald.

Merthin retiró la capucha de su capa, rebuscó algo y sacó una cuerda de arco enrollada.

—¿Por qué llevas la cuerda en la capucha?

—Para que no se moje cuando llueva. Es lo que hacen los arqueros de verdad.

Pasó el cordel por las muescas de cada extremo de la varilla y dobló el arco ligeramente para que la tensión mantuviera la cuerda en su sitio.

—¿Vas a disparar a los blancos?

—Sí.

—No te dejarán —observó un niño.

Merthin lo miró. Tendría unos doce años y era alto y delgado, con manos y pies grandes. Lo había visto la noche anterior en el hospital del priorato con su familia. Se llamaba Philemon. Merthin se había fijado en que Philemon no había dejado de revolotear entre los monjes, haciéndoles preguntas y ayudándoles a servir la cena.

—Claro que me dejarán —contestó Merthin—. ¿Por qué no iban a hacerlo?

—Porque eres muy pequeño.

—Eso es una estupidez.

Merthin se arrepintió de lo que acababa de decir antes incluso de terminar la frase; los adultos solían ser estúpidos. Sin embargo, le había irritado que Philemon diera por hecho saber más que él, sobre todo después de haber mostrado tanta seguridad delante de Caris.

Se alejó de los niños y se acercó al grupo de adultos que esperaba su turno para disparar a las dianas. Conocía a uno de ellos, un hombre muy alto y corpulento llamado Mark Webber. Mark se fijó en el arco y se dirigió a Merthin:

—¿De dónde lo has sacado? —preguntó con voz afable.

—Lo he hecho yo —contestó Merthin, ufano.

—Mira esto, Elfric —le dijo Mark a su vecino—. Buen trabajo.

El tal Elfric, un hombre fornido y de mirada astuta, estudió el arco de forma somera.

—Es demasiado pequeño —sentenció, desdeñoso—. Con eso es imposible disparar una flecha que traspase una armadura francesa.

—Puede que no —contestó Mark con suavidad—, pero espero que al muchacho le queden un par de años antes de tener que luchar contra los franceses.

—Estamos listos, empecemos —anunció John Constable—. Mark Webber, eres el primero.

El gigantón se acercó a la línea, escogió un arco de aspecto macizo y lo probó. Dobló la gruesa madera sin esfuerzo.

En ese momento el alguacil reparó en Merthin.

—Niños no —advirtió.

—¿Por qué no? —preguntó Merthin.

—Porque no. Sal de en medio.

Merthin oyó las risitas de los otros niños.

—¡Eso no es una razón! —repuso, indignado.

—No tengo por qué dar explicaciones a un niño —contestó John—. Muy bien, Mark, adelante.

Merthin se sintió enrojecer. Aquel sabelotodo de Philemon había demostrado ante los demás que se había equivocado. Se alejó de las dianas.

—Te lo advertí —dijo Philemon.

—Cierra la boca y vete de aquí.

—¿Quién me va a echar? ¿Tú? —se burló Philemon, quien le sacaba una cabeza a Merthin.

—No, yo —intervino Ralph.

Merthin suspiró. La lealtad de Ralph era inquebrantable, pero no se daba cuenta de que defendiéndolo de Philemon sólo conseguía hacer que pareciese un alfeñique además de un idiota.

—De todas maneras ya me iba —dijo Philemon—. Voy a ayudar al hermano Godwyn.

Y se marchó.

Los demás niños empezaron a dispersarse en busca de otros entretenimientos.

—Puedes ir a cualquier otro sitio a probar el arco —aconsejó Caris.

Era evidente que estaba ansiosa por saber si funcionaba. Merthin miró a su alrededor.

—¿Adónde?

Si lo sorprendían disparando sin la supervisión de un adulto, podían quitarle el arco.

—Podríamos ir al bosque.

Merthin no dio crédito. Los niños tenían prohibido ir al bosque, el lugar donde se ocultaban los proscritos, hombres y mujeres que vivían de las malas artes. Podían arrancarles las ropas o convertirlos en esclavos, y existían otros peligros que los padres sólo se atrevían a dejar entrever. Aunque consiguieran sortear todos esos peligros, los niños probablemente no escaparían a la buena reprimenda que sus padres les propinarían por desobedecer.

Sin embargo, Caris no parecía asustada y Merthin no estaba dispuesto a parecer menos decidido que ella. Además, el brusco desaire del alguacil lo animaba a la rebeldía.

—Muy bien —accedió—, pero será mejor que no nos vean.

La niña tenía la respuesta para eso.

—Conozco un camino.

Caris se dirigió hacia el río y Merthin y Ralph la siguieron. Un pequeño perro de tres patas renqueó tras ellos.

—¿Cómo se llama tu perro? —preguntó Merthin.

—No es mío, pero le he dado un trozo de beicon mohoso y ahora no hay manera de quitármelo de encima —contestó ella.

Avanzaron por la lodosa orilla del río y dejaron atrás varios almacenes, embarcaderos y gabarras. Merthin estudió con disimulo a la chica que con tanta desenvoltura se había convertido en la cabecilla del grupo. Tenía un rostro cuadrado de expresión decidida, ni hermoso ni feo, y había picardía en su mirada de ojos verdes moteados de castaño. Llevaba el cabello, de color castaño claro, recogido en dos trenzas, a la moda de las mujeres acaudaladas. Vestía ropas caras, pero calzaba unos prácticos borceguíes de cuero en vez de los zapatos bordados que solían preferir las damas de la nobleza.

Caris dejó el río a un lado, los condujo a través de un almacén de maderas y segundos después se encontraban en un bosque plagado de maleza. A Merthin lo embargó cierta desazón. Llegados al bosque, donde un proscrito podía estar acechándolos detrás de cualquier roble, empezó a arrepentirse de su bravuconería, aunque su amor propio le impidió echarse atrás.

Continuaron caminando en busca de un calvero lo bastante grande para practicar con el arco.

—¿Veis ese enorme acebo? —preguntó Caris con complicidad.

—Sí.

—En cuanto lo pasemos, agachaos igual que yo y no hagáis ruido.

—¿Por qué?

—Ya lo veréis.

Instantes después, Merthin, Ralph y Caris se escondieron en cuclillas detrás del arbusto. El perro de tres patas se sentó con ellos mirando esperanzado a Caris. Ralph iba a hacer una pregunta, pero Caris lo hizo callar.

Un minuto después apareció una niña. Caris salió de un salto de detrás del arbusto y se abalanzó sobre ella. La niña gritó.

—¡Cállate! —le advirtió Caris—. El camino no está muy lejos y no queremos que nos oigan. ¿Por qué nos sigues?

—¡Te has llevado a mi perro y no quiere volver! —gimoteó la niña.

—Te conozco, esta mañana te he visto en la iglesia —dijo Caris con voz suavizada—. Está bien, no llores, no vamos a hacerte daño. ¿Cómo te llamas?

—Gwenda.

—¿Y el perro?

—Brinco.

Gwenda levantó al perro y éste empezó a secarle las lágrimas a lametazos.

—Bueno, ya lo tienes, pero será mejor que vengas con nosotros, no sea que vuelva a escaparse. Además, tú sola podrías perderte de vuelta a casa.

Siguieron andando.

—¿Qué tiene ocho brazos y once piernas? —preguntó Merthin.

—Me rindo —contestó Ralph al instante. Siempre se rendía.

—Yo lo sé —dijo Caris, con una sonrisa—. Nosotros. Cuatro niños y el perro. —Se rió—. Ha estado bien.

Merthin se sintió halagado. La gente no siempre entendía sus bromas y las chicas en concreto, casi nunca. Instantes después oyó que Gwenda se lo explicaba a Ralph.

—Dos brazos más dos brazos más dos brazos más dos brazos son ocho —sumó—. Dos piernas…

No se encontraron con nadie; todo estaba saliendo bien. Las pocas personas con quehaceres reconocidos en el bosque —leñadores, carboneros y fundidores de hierro— libraban ese día y sería muy extraño encontrarse con una partida de caza en domingo. Si se topaban con alguien, con toda probabilidad se trataría de un proscrito. No obstante, había pocas posibilidades. El bosque era enorme, se extendía durante varios kilómetros. Merthin jamás se había adentrado lo bastante para saber hasta dónde llegaba.

Alcanzaron un amplio claro.

—Aquí está bien —opinó Merthin.

En el otro extremo, a unos quince metros, se alzaba un roble de ancho tronco. Merthin se puso de perfil, como había visto hacer a los hombres. Sacó una de sus tres flechas y encajó la muesca en la cuerda del arco. La fabricación de las flechas le había supuesto tanta dificultad como el arco. El astil era de madera de fresno y estaban adornadas con plumas de ganso. No había conseguido hierro para las puntas, así que se había limitado a afilar los extremos y luego había quemado la madera para endurecerla. Miró al árbol y tensó la cuerda, tirando de ella hacia atrás, para lo que necesitó de todas sus fuerzas. Luego soltó la flecha.

El proyectil cayó al suelo a pocos centímetros del objetivo. Brinco trotó por el claro para recuperarla.

Merthin estaba desconcertado. Esperaba que la flecha atravesara el aire y se incrustara en el árbol. Comprendió que no había tensado el arco lo suficiente.

Probó con la otra mano. Ésa era una de sus rarezas, que no era ni diestro ni zurdo, sino ambas cosas. Al segundo intento tiró de la cuerda todo lo que pudo y empujó el arco con todas sus fuerzas. Esta vez consiguió doblarlo más que antes. La flecha casi alcanzó el árbol.

Al tercer disparo apuntó el arco hacia arriba con la esperanza de que la flecha atravesara el aire dibujando una parábola y alcanzara el tronco. Sin embargo, quiso compensarlo en exceso, por lo que la flecha se perdió entre las ramas y cayó al suelo en medio de un susurro de hojas secas.

Merthin se sintió avergonzado. El tiro con arco era más difícil de lo que había imaginado. Supuso que al arco no le pasaba nada y que el problema radicaba en su destreza, o en su falta de ésta.

Una vez más, Caris no dio muestras de haber reparado en su turbación.

—Déjame probar —le pidió.

—Las niñas no saben disparar —dijo Ralph, y le quitó el arco a Merthin.

Se colocó de perfil, como Merthin, pero no disparó de inmediato, sino que estuvo doblando el arco varias veces, acostumbrándose a él. Igual que a su hermano, al principio le resultó más complicado de lo que esperaba, pero enseguida pareció habituarse a él.

Brinco había depositado las tres flechas a los pies de Gwenda. La niña las recogió y se las entregó a Ralph, quien apuntó hacia el tronco del árbol sin tensar el arco ni los músculos de los brazos. Merthin comprendió que debería haber hecho lo mismo. ¿Por qué se le ocurrían ese tipo de cosas a Ralph sin más? A él, que jamás era capaz de adivinar un acertijo. Ralph tensó el arco, no sin esfuerzo, en un movimiento acompasado, al parecer concentrando casi toda la fuerza en las piernas. Soltó la flecha, que alcanzó el tronco del roble y se hundió más de tres centímetros en la corteza. Ralph sonrió triunfante.

Brinco salió trotando detrás del proyectil, pero al llegar junto al árbol se detuvo desconcertado.

Merthin comprendió qué iba a hacer cuando vio que Ralph volvía a tensar el arco.

—No...

Demasiado tarde. Ralph le había disparado al perro y lo había alcanzado en la nuca. Brinco cayó al suelo y empezó a estremecerse.

Gwenda gritó.

—¡Oh, no! —exclamó Caris.

Ambas corrieron hacia el animal mientras Ralph sonreía satisfecho de sí mismo.

—¿Qué te parece eso? —preguntó, ufano.

—¡Le has disparado a su perro! —exclamó Merthin, enfadado.

—No es para tanto... Sólo tenía tres patas.

—A la niña le gustaba, cernícalo. Está llorando.

—Lo que pasa es que estás celoso porque no sabes disparar.

Ralph atisbó algo por el rabillo del ojo. Preparó una nueva flecha con un suave movimiento, dibujó un semicírculo con el arco preparado y abrió la mano. Merthin no vio a qué le disparaba hasta que la saeta alcanzó su objetivo y una rolliza liebre saltó en el aire con el asta hundida en las patas traseras.

El chico no pudo ocultar su admiración. Aun con práctica, no todo el mundo era capaz de alcanzar a una liebre en movimiento. Ralph tenía un don natural y Merthin estaba celoso, aunque jamás lo admitiría. Deseaba ser caballero, un hombre fuerte y audaz, y luchar por el rey como lo había hecho su padre, pero se desanimaba cuando comprendía lo inútil que era en cosas como el tiro con arco.

Ralph encontró una piedra con la que le aplastó el cráneo a la liebre para acabar con su agonía.

Merthin se arrodilló junto a las dos niñas y Brinco. El perro no respiraba. Caris le extrajo la flecha del cuello con suavidad y se la tendió a Merthin. La sangre no manó a chorros; Brinco estaba muerto.

Todos se quedaron callados. El grito de un hombre rompió el silencio que se había instalado entre ellos.

Merthin se puso en pie de un salto, con el corazón a punto de salírsele del pecho. Oyó un nuevo grito, una voz diferente; eran más de uno. Y por el tono, beligerante y airado, parecían en medio de una trifulca. Estaba aterrado, igual que los demás. Paralizados, alerta, oyeron algo más: un hombre que se abría camino entre la maleza a la carrera, partiendo ramas caídas, arrollando arbolillos y pisando hojas muertas a su paso.

Se dirigía hacia ellos.

Caris fue la primera en hablar.

—A los matorrales —dijo, señalando un macizo de arbustos.

Merthin imaginó que se trataba de la madriguera de la liebre que Ralph había matado. Segundos después se encontraba boca abajo, arrastrándose bajo el tupido ramaje. Le siguió Gwenda, acunando el cuerpo de Brinco. Ralph recogió la liebre muerta y los imitó. Merthin estaba en cuclillas cuando recordó que habían olvidado una flecha delatora clavada en el tronco del árbol. Atravesó el calvero sin perder tiempo, la extrajo de un tirón, regresó corriendo y se lanzó bajo los matorrales.

La respiración jadeante del hombre precedió a su aparición. Resollaba al correr, inhalando bocanadas irregulares de aire con tanto esfuerzo que parecía que estuvieran a punto de estallarle los pulmones. Sus perseguidores eran los que gritaban, intercambiándose indicaciones. Merthin recordó que Caris había dicho que el camino no estaba muy lejos de allí. ¿El hombre a la fuga sería un viajero huyendo de posibles salteadores?

Instantes después el hombre irrumpió en el claro.

Se trataba de un caballero de veintipocos años con espada y daga larga colgadas al cinto. Iba bien vestido, con una túnica de viaje de cuero y botas altas con vuelta. El joven trastabilló y cayó al suelo, rodó sobre sí mismo, se puso en pie y apoyó la espalda contra el tronco del roble, resoplando mientras desenfundaba.

Merthin echó un vistazo a sus compañeros. Caris estaba pálida de miedo y se mordía el labio. Gwenda abrazaba el cadáver de su perro como si eso la hiciera sentirse más segura. Ralph también parecía asustado, pero no tanto como para no sacar la flecha de las ancas de la liebre y colar el animal muerto por la parte delantera de la túnica.

Merthin vio que el caballero miraba fijamente los arbustos un instante y, aterrorizado, creyó que los había descubierto. O tal vez le habían llamado la atención las ramas rotas y la hojarasca pisoteada a través de la que se habían abierto camino. Por el rabillo del ojo comprobó que su hermano colocaba una flecha en el arco.

En ese momento aparecieron los perseguidores. Eran dos hombres de armas, fornidos y de aspecto rudo, empuñando sendas espadas. Vestían una inconfundible túnica bicolor, mitad amarilla, mitad verde. Uno llevaba una sobrevesta de modesta lana marrón y el otro una mugrienta capa negra. Los tres hombres hicieron una pausa para recuperar el aliento. Merthin estaba convencido de que iba a presenciar el fin del caballero y sintió el mortificante y vergonzante impulso de romper a llorar, pero entonces, sin más, el caballero le dio la vuelta a la espada y la presentó a los hombres por la empuñadura en señal de rendición.

El mayor de ellos, el de la capa negra, dio un paso al frente y alargó una mano. Incómodo, aceptó la espada que le ofrecían, se la tendió a su compañero y a continuación tomó la daga del caballero.

—No son vuestras armas lo que queremos, Thomas de Langley —dijo entonces.

—Vosotros conocéis mi identidad, pero yo desconozco la vuestra —contestó Thomas. Si albergaba algún miedo, sabía disimularlo a la perfección—. Por vuestras ropas, debéis de ser hombres de la reina.

El de la capa descansó la punta de su espada en el cuello de Thomas y lo empujó contra el tronco.

—Tenéis una carta.

—Instrucciones del conde para el sheriff sobre cuestiones de impuestos. Podéis leerla si así lo deseáis.

El caballero se burlaba de ellos. Difícilmente los hombres de armas sabrían leer. Merthin pensó que Thomas debía de tener un gran temple para mofarse de unos hombres que parecían dispuestos a ajusticiarlo.

El segundo hombre de armas se agachó bajo la espada del primero y se hizo con el bolso que colgaba del cinturón de Thomas. Impaciente, cortó la correa con su propia espada y la lanzó a un lado para abrir el bolso, del que extrajo una bolsa más pequeña hecha con lo que parecía lana aceitada. A continuación sacó de ésta un pergamino enrollado y sellado con lacre.

Merthin se preguntó si aquella discusión podía deberse a una simple carta. Y si era así, ¿qué habría escrito en el rollo? Dudaba que se tratara de vulgares disposiciones sobre impuestos. El pergamino debía de guardar un terrible secreto.

—Si acabáis con mi vida, quienquiera que se oculta detrás de ese arbusto será testigo del asesinato —dijo el caballero.

El cuadro vivo restó paralizado una décima de segundo. El hombre de la capa negra mantuvo la punta de la espada presionada sobre el cuello de Thomas y resistió la tentación de volver la mirada. El de verde vaciló, pero acabó volviéndose hacia los arbustos.

En ese momento, Gwenda gritó.

El hombre de la sobrevesta verde alzó la espada y cruzó el claro de dos zancadas. Gwenda se levantó y echó a correr, saliendo repentinamente de entre los matorrales. El hombre de armas saltó detrás de ella, adelantando una mano para atraparla.

Ralph se alzó de improviso, levantó el arco, apuntó al hombre en un solo y acompasado movimiento y le disparó una flecha que le entró por un ojo y quedó hundida varios centímetros en su cabeza. El hombre se llevó una mano a la cara como si quisiera agarrar la flecha y sacársela, pero se tambaleó y cayó como un saco de grano, con un ruido sordo que hizo temblar el suelo bajo los pies de Merthin.

Ralph salió a la carrera detrás de Gwenda. Merthin vio por el rabillo del ojo que Caris los seguía. Merthin también quiso huir, pero tenía los pies clavados al suelo.

En ese momento oyó un grito al otro lado del claro y vio que Thomas había apartado la espada que lo amenazaba y que de algún lugar oculto había sacado un pequeño cuchillo con una hoja tan larga como la mano de un hombre. Aun así, el hombre de armas de la capa negra estaba atento y, tras dar un salto atrás para ponerse a salvo, levantó la espada y la descargó sobre la cabeza del caballero.

Thomas esquivó el golpe, pero no lo bastante rápido: el filo de la hoja lo alcanzó en un brazo, atravesó el jubón de cuero y se hundió en la carne. Lanzó un alarido de dolor, pero aguantó en pie. Con un rápido movimiento extraordinariamente grácil, levantó la mano con la que empuñaba el cuchillo y la descargó sobre el cuello de su oponente. A continuación, dibujó un arco, giró la hoja y le cercenó el cuello.

La sangre manó de la garganta del hombre como si de una fuente se tratara. Thomas retrocedió tambaleante tratando de esquivar las salpicaduras. El hombre de negro cayó al suelo con la cabeza colgándole del cuerpo por una tira de piel.

Thomas arrojó el cuchillo y se llevó la mano al brazo herido; acto seguido, se desplomó en el suelo. De repente parecía muy débil.

Merthin estaba solo con el caballero herido y los cadáveres de dos hombres de armas y el del perro de tres patas. Sabía que debía salir corriendo detrás de sus compañeros, pero la curiosidad le impidió moverse del sitio. Se dijo que en ese momento Thomas parecía inofensivo.

El caballero tenía una vista de lince.

—Ya puedes salir —dijo—. En este estado no represento ningún peligro para ti.

Vacilante, Merthin se puso en pie y se abrió paso entre los matorrales. Atravesó el claro y se detuvo a cierta distancia del caballero postrado.

—Si descubren que habéis estado jugando en el bosque os castigarán —dijo Thomas. Merthin asintió con un gesto—. Guardaré el secreto si tú guardas el mío.

Merthin asintió de nuevo. Era una aceptación sin concesiones. Ni él ni ninguno de los otros contaría lo que habían visto. No quería saber lo que les ocurriría si lo hacían. ¿Qué pasaría con Ralph, quien había matado a uno de los hombres de la reina?

—¿Serías tan amable de ayudarme a vendar esta herida? —preguntó Thomas.

A pesar de todo lo que había ocurrido, Merthin reparó en los corteses modales del hombre. El aplomo del caballero era digno de admiración y el niño decidió que así era como deseaba ser de mayor.

—Sí —acertó a contestar Merthin al fin, con un hilo de voz.

—Coge ese cinturón roto y hazme un torniquete en el brazo, si no te importa.

Merthin obedeció. Thomas llevaba la camisa empapada de sangre y la herida del brazo parecía un pedazo de carne marcado con un tajo inmenso sobre una tabla de carnicero. Merthin sintió náuseas, pero se obligó a retorcer el cinturón alrededor del brazo del hombre para cerrar la herida y detener la sangre. Hizo un nudo y Thomas utilizó la otra mano para tensarlo.

El caballero se puso en pie trabajosamente y miró los cadáveres.

—No podemos enterrarlos. Me desangraría antes de terminar de cavar los hoyos —aseguró—. Ni siquiera con tu ayuda —añadió, echando un vistazo a Merthin. Meditó unos instantes—. Por otro lado, no quisiera que los descubriera una pareja en pleno cortejo buscando un lugar donde… estar solos. Los arrastraremos hasta los matorrales donde os escondíais. Primero el de la capa verde.

Se acercaron al cuerpo.

—Una pierna cada uno —apuntó Thomas, agarrando el tobillo del hombre muerto con una mano. Merthin asió el otro pie sin vida con ambas manos y tiró de él. Juntos arrastraron el cadáver hasta los arbustos, junto a Brinco—. Así está bien —decidió Thomas. Estaba pálido de dolor. Al cabo de un momento, se agachó y sacó la flecha del ojo del cadáver—. ¿Es tuya? —preguntó, enarcando una ceja.

Merthin recuperó su flecha y la restregó contra el suelo para limpiar la sangre y los sesos adheridos al astil.

Del mismo modo remolcaron por el claro el segundo cuerpo, que arrastraba tras de sí la cabeza suelta, y lo dejaron junto al primero.

Thomas recogió las espadas de los hombres y las arrojó a los arbustos, al lado de los cadáveres. Luego recuperó sus armas.

—Ahora tendría que pedirte un gran favor —dijo Thomas, sacando su daga—. ¿Te importaría cavar un pequeño agujero?

—De acuerdo.

Merthin cogió la daga.

—Aquí mismo, delante del roble.

—¿Cómo de grande?

Thomas recogió el bolso de piel que llevaba colgado al cinturón.

—Lo bastante para que le sirva de escondite durante cincuenta años.

—¿Por qué? —preguntó Merthin, haciendo acopio de todo su coraje.

—Cava y te contaré lo que pueda.

Merthin dibujó un cuadrado en el suelo y empezó a remover la fría tierra con la daga y a retirarla con las manos.

Thomas recogió el rollo de pergamino y lo metió en la bolsa de lana, que luego introdujo en el bolso.

—Me confiaron esta carta para que se la entregara al conde de Shiring —dijo—, pero contiene un secreto tan delicado que enseguida comprendí que, a la entrega, el portador sería hombre muerto para asegurarse su silencio eterno. Así que tenía que desaparecer. Decidí acogerme a sagrado en un monasterio y tomar los hábitos. Estoy cansado de luchar y he cometido muchos pecados de los que arrepentirme. En cuanto repararon en mi ausencia, la gente que me entregó la carta empezó a buscarme... y la suerte no me asistió. Me descubrieron en una taberna de Bristol.

—¿Por qué os perseguían los hombres de la reina?

—Ella también desearía que el secreto no saliera a la luz.

Thomas le dijo que se detuviera cuando ya había cavado unos cincuenta centímetros y arrojó el bolso dentro.

Merthin empezó a echarle tierra por encima y Thomas lo camufló con hojas y ramitas hasta que quedó invisible a simple vista, imposible de distinguir de cuanto lo rodeaba.

—Si oyes que he muerto, quiero que desentierres la carta y se la entregues a un sacerdote. ¿Me harías ese favor? —preguntó Thomas.

—Sí.

—Hasta ese momento, no debes decírselo a nadie. Mientras sepan que tengo la carta, pero ignoren dónde, no se atreverán a hacer nada. No obstante, si desvelas el secreto, ocurrirán dos cosas: primero, que me matarán; y segundo, que luego irán por ti.

Merthin se quedó sin respiración. Creía que era injusto hallarse en semejante peligro sólo por haber ayudado a un hombre a cavar un hoyo.

—Siento asustarte —se disculpó Thomas—, pero no tengo la culpa. Después de todo, yo no te he pedido que vinieras aquí.

—No —admitió Merthin, deseando con todas sus fuerzas haber obedecido las órdenes de su madre y haberse mantenido alejado del bosque.

—Voy a regresar al camino, y tú también deberías volver por donde has venido. Estoy seguro de que tus amigos te estarán esperando no lejos de aquí.

Merthin iba a ponerse en marcha cuando lo llamó el caballero.

—¿Cómo te llamas? —le preguntó.

—Merthin, soy hijo de sir Gerald.

—¡No me digas! —dijo Thomas, como si conociera a su padre—. En fin, ni una palabra; ni siquiera a él.

Merthin asintió con un gesto y se fue.

Al cabo de unos metros vomitó, tras lo que se sintió algo mejor.

Como Thomas había supuesto, los demás estaban esperándolo en el linde del bosque, cerca del almacén de madera. Se agolparon a su alrededor y lo tocaron como si quisieran asegurarse de que estaba bien. Parecían aliviados aunque avergonzados, como si se sintieran culpables por haberlo dejado atrás. Todos temblaban, incluso Ralph.

—El hombre al que le disparé, ¿está herido de gravedad? —preguntó.

—Está muerto —contestó Merthin.

Le enseñó la flecha, que todavía estaba manchada de sangre.

—¿Se la sacaste del ojo?

A Merthin le habría gustado que así hubiera sido, pero optó por decir la verdad.

—La sacó el caballero.

—¿Qué le ocurrió al otro hombre de armas?

—El caballero le cortó el cuello y luego escondimos los cuerpos entre los arbustos.

—¿Y te ha dejado marchar?

—Sí.

Merthin no mencionó la carta enterrada.

—Tenemos que guardar esto en secreto —recalcó Caris—. Si lo descubren, nos habremos metido en un buen lío.

—Yo no pienso contarlo —aseguró Ralph.

—Deberíamos hacer un juramento —propuso Caris.

Formaron un pequeño corro. Caris estiró el brazo y su mano quedó en el centro del círculo. Merthin colocó la suya encima. Tenía la piel suave y cálida. Ralph añadió la suya, luego Gwenda imitó a los demás e hicieron un juramento por la sangre de Cristo.

Cuando volvieron a la ciudad las prácticas de tiro habían acabado y ya era hora de comer.

—Cuando sea mayor quiero ser como ese caballero —le confesó Merthin a Ralph cuando cruzaban el puente—. Cortés, valiente y mortífero en el combate.

—Yo también —convino Ralph—. Mortífero.

Al entrar en el casco antiguo de la ciudad, Merthin se vio asaltado por una sensación irracional de sorpresa al ver que la vida normal seguía su curso con toda naturalidad: el llanto de los niños, el olor a carne asada, los hombres bebiendo cerveza a la puerta de las tabernas…

Caris se detuvo delante de una casa enorme de la calle principal, enfrente de la entrada del priorato.

—Mi perro ha tenido cachorros —le dijo a Gwenda, pasándole un brazo por el hombro—. ¿Quieres verlos?

Gwenda todavía parecía asustada y llorosa, pero asintió entusiasmada.

—Sí, por favor.

Merthin pensó que era un gesto muy amable a la par que sutil. Los cachorros serían un consuelo para la niña… y una distracción. Cuando Gwenda regresara junto a su familia, les hablaría de los cachorros y olvidaría la tentación de comentar la escapada al bosque.

Se despidieron y las chicas entraron en la casa. Merthin se sorprendió preguntándose cuándo volvería a ver a Caris.

En ese momento sus otros problemas acudieron a su encuentro. ¿Qué iba a hacer su padre con las deudas? Merthin y Ralph volvieron al recinto de la catedral. Ralph seguía llevando el arco y la liebre muerta. Todo estaba en silencio.

El pabellón de los huéspedes se hallaba vacío salvo por unos cuantos enfermos.

—Vuestro padre está en la iglesia con el conde de Shiring —les informó una monja.

Entraron en la gran catedral. Sus padres estaban en el vestíbulo; la madre permanecía sentada al pie de un pilar, en la esquina sobresaliente donde la columna redonda se unía a la base cuadrada. Tenía una expresión calmada y serena bajo la fría luz que se colaba por los ventanales, casi como si estuviera tallada en la misma piedra gris del pilar contra el que apoyaba la cabeza. Su padre estaba al lado, alicaído, en actitud resignada, delante del conde Roland. El noble era mayor que su padre, pero el cabello oscuro y sus vigorosos ademanes le daban una apariencia más joven. El prior Anthony se encontraba junto al conde.

Los chicos esperaron junto a la puerta, pero su madre les hizo una señal para que se acercaran.

—Venid aquí —los llamó—. El conde Roland nos ha ayudado a llegar a un acuerdo con el prior Anthony que resuelve todos nuestros problemas.

—Y el priorato se queda con todas mis tierras —rezongó su padre, como si no agradeciera tanto como ella las gestiones del conde—. No os quedará nada que heredar.

—Vamos a vivir aquí, en Kingsbridge —anunció su madre, animada—. Seremos pensionistas del priorato.

—¿Qué es un pensionista? —preguntó Merthin.

—Quiere decir que los monjes nos darán techo y dos comidas al día durante el resto de nuestra vida. ¿No es maravilloso?

Merthin adivinó que en realidad no estaba tan encantada con la idea, que sólo lo fingía, y su padre se sentía claramente ultrajado por haber perdido sus tierras. Merthin comprendió que la desgracia hacía algo más que insinuarse por debajo de todo aquello.

—¿Qué será de mis hijos? —preguntó el padre, dirigiéndose al conde.

El conde Roland los miró.

—El mayor promete —dijo—. ¿Has matado tú esa liebre, muchacho?

—Sí, señor —contestó Ralph, orgulloso—. Le disparé una flecha.

—Que se presente ante mí de aquí a un par de años como escudero —se apresuró a decir el conde—. Haremos de él un caballero.

Su padre parecía encantado.

En cambio, Merthin se sentía desconcertado. Se estaban tomando decisiones importantes con demasiada rapidez y le indignaba que su hermano pequeño resultara tan favorecido cuando a él todavía ni siquiera lo habían mencionado.

—¡No es justo! —protestó con vehemencia—. ¡Yo también quiero ser caballero!

—¡No! —se negó su madre.

—¡Pero el arco lo hice yo!

Su padre suspiró con exasperación, como si estuviera fastidiado.

—Así que tú hiciste el arco, ¿eh, pequeño? —dijo el conde con expresión desdeñosa—. En ese caso serás aprendiz de carpintero.

3

El hogar de Caris era una lujosa casa de madera con suelos y una chimenea de piedra. Había tres estancias en la planta baja: la cámara principal, con una mesa de comedor de grandes dimensiones, la pequeña sala donde su padre discutía asuntos de negocios en privado y la cocina, en la parte de atrás. Cuando Caris y Gwenda entraron, la casa estaba inundada por el delicioso aroma del jamón cocido.

Caris guió a Gwenda a través de la cámara y subieron la escalera hacia el piso de arriba.

—¿Dónde están los cachorros? —preguntó Gwenda.

—Primero quiero ver a mi madre —contestó Caris—. Está enferma.

Entraron en la alcoba de la parte delantera, donde su madre descansaba en la cama de madera tallada. Era una mujer pequeña y frágil, más o menos de la misma altura que Caris; ese día parecía más pálida de lo habitual. Todavía no se había arreglado el pelo, que se le pegaba al rostro en mechones húmedos.

—¿Cómo estás? —le preguntó.

—Hoy me siento un poco débil.

El esfuerzo de hablar la dejó sin aliento. Caris sintió la ya habitual y punzante mezcla de angustia e impotencia. Su madre llevaba un año enferma. Había empezado con dolores en las articulaciones y al poco aparecieron las úlceras en la boca y los moretones por todo el cuerpo. Estaba demasiado débil para moverse. La semana anterior se había resfriado y ahora tenía fiebre y le costaba respirar.

—¿Necesitas algo? —preguntó Caris.

—No, gracias.

La respuesta de siempre, la que hacía enloquecer de impotencia a Caris cada vez que la oía.

—¿Quieres que vaya a buscar a la madre Cecilia?

La priora de Kingsbridge era la única persona capaz de proporcionar solaz a su madre. Su extracto de amapola mezclado con miel y vino caliente conseguía calmarle el dolor durante un rato. Para Caris, Cecilia estaba por encima incluso de los ángeles.

—No necesito nada, cariño —aseguró su madre—. ¿Cómo ha ido la misa de Todos los Santos?

Caris se fijó en la palidez de sus labios.

—Ha sido espeluznante —contestó.

La mujer esperó unos segundos para reponerse antes de volver a preguntar.

—¿Qué has estado haciendo esta mañana?

—Mirando a los arqueros —contestó Caris, conteniendo la respiración ante el temor de que su madre adivinara su secreto, como solía hacer.

Sin embargo, la mujer miró a Gwenda.

—¿Y quién es esta amiguita?

—Gwenda. Ha venido para que le enseñe los cachorros.

—Muy bien.

De repente, pareció súbitamente agotada. Cerró los ojos y volvió la cara a un lado. Las niñas se sintieron invadidas por un silencioso terror. Gwenda estaba desconcertada.

—¿Qué tiene?

—Una enfermedad debilitante.

A Caris no le gustaba hablar de ello. La enfermedad de su madre le provocaba la angustiosa sensación de que no existían las certezas, de que podía ocurrir cualquier cosa, de que en ningún lugar se estaba a salvo. Esa convicción la acongojaba aún más que el enfrentamiento que había presenciado en el bosque. Sólo con pensar en lo que podía ocurrir y en la posibilidad de que su madre muriera, un pánico incontrolable se instalaba en su pecho y la impulsaba a gritar.

La estancia intermedia, que utilizaban en verano los italianos, compradores de lana de Florencia y Prato que los visitaban para hacer negocios con su padre, estaba vacía en esos momentos. Los cachorros ocupaban la habitación del fondo, la que Caris compartía con su hermana Alice. Tenían siete semanas y estaban a punto de destetarse, por lo que la madre ya no se mostraba tan solícita con ellos. Gwenda soltó un grito de júbilo e inmediatamente se lanzó a por ellos.

Caris cogió el más pequeño de la camada, una hembra muy juguetona a la que le gustaba aventurarse por su cuenta a explorar el mundo.

—Ésta es la mía —dijo—. Se llama Trizas.

Tener a la perrita en brazos parecía sosegarla y la ayudaba a olvidar sus preocupaciones.

Los otros cuatro cachorros se encaramaron a Gwenda, olisqueándola y mordisqueándole el vestido. La niña cogió un feo perrito castaño de morro alargado y con los ojos demasiado juntos.

—Me gusta éste —dijo.

El cachorro se hizo un ovillo en su regazo.

—¿Lo quieres? —preguntó Caris.

—¿Puedo quedármelo? —se sorprendió Gwenda, con lágrimas en los ojos.

—Nos han dicho que podemos darlos.

—¿De verdad?

—Mi padre no quiere más perros. Si te gusta, puedes quedártelo.

—Sí —contestó Gwenda en un susurro—. Sí, por favor.

—¿Cómo vas a llamarlo?

—Algo que me recuerde a Brinco. Igual lo llamo Tranco.

—Qué nombre tan bonito.

Caris vio que Tranco se había quedado dormido en los brazos de Gwenda.

Las dos niñas se sentaron en silencio con los perros. Caris pensó en los chicos que había conocido, en el pelirrojo de los ojos de color miel y en su alto y apuesto hermano pequeño. ¿Por qué los había llevado al bosque? No era la primera vez que se había dejado arrastrar por un impulso alocado. Solía ocurrirle cuando alguien con autoridad sobre ella le prohibía algo. Como dictadora, su tía Petranilla no tenía parangón. «No le des de comer al gato o no nos lo sacaremos nunca de encima», «Nada de jugar a la pelota en casa», «No quiero volver a verte con ese niño, es de una familia de campesinos». Las normas que constreñían su comportamiento la sacaban de sus casillas.

Con todo, nunca había llegado tan lejos. Se echó a temblar de sólo pensarlo. Habían muerto dos hombres, pero podría haber sido mucho peor, podrían haberlos asesinado a todos.

Se preguntó qué habría desencadenado la pelea y por qué los hombres de armas perseguían al caballero. Era obvio que no se trataba de un simple robo; habían mencionado una carta. Sin embargo, Merthin no había dicho nada al respecto. Seguramente porque tampoco se había enterado de más. Un misterio más de los muchos que rodeaban la vida de los adultos.

Merthin le había causado una grata impresión. En cambio, el aburrido de su hermano, Ralph, era como cualquier otro niño de Kingsbridge: un bruto, un memo y un fanfarrón. Merthin parecía diferente, por eso había llamado su atención desde el principio.

Mirando a Gwenda pensó que había hecho dos nuevos amigos en un solo día. La niña no era agraciada. Tenía los ojos de color castaño oscuro y muy juntos sobre una nariz aguileña. Divertida, Caris se dio cuenta de que había escogido un perro que se parecía un poco a ella. La niña vestía ropa vieja y muy usada; debían de haberla llevado muchos niños antes que ella. Gwenda parecía más tranquila. Ya no temía que se echara a llorar en cualquier momento. Los cachorros también le habían servido de consuelo.

En ese momento oyó unas familiares pisadas renqueantes en el salón de abajo, seguidas instantes después por un vozarrón:

—Traedme una jarra de cerveza, por amor de Dios, me bebería hasta el agua de los abrevaderos.

—Ése es mi padre —dijo Caris—. Ven, que te lo presento. —Al ver que Gwenda parecía cohibida, añadió—: No te preocupes, siempre grita así, pero es muy bueno.

Las niñas bajaron con sus cachorros.

—¿Qué les ha pasado a mis sirvientes? —rugió su padre—. ¿Han huido con los duendes? —Salió de la cocina dando fuertes pisotones, arrastrando la contrahecha pierna izquierda como siempre y con una enorme jarra de madera de la que se vertía cerveza—. Hola, mi rosita —saludó a Caris con voz suave. Tomó asiento en la imponente silla a la cabeza de la mesa y le dio un largo trago a la jarra—. Así está mejor —dijo, limpiándose la barba desgreñada con la manga. En ese momento reparó en Gwenda—. ¿Una margarita acompañando a mi rosita? ¿Cómo te llamas?

—Gwenda, de Wigleigh, mi señor —contestó ella, cohibida.

—Le he dado un cachorro —dijo Caris.

—¡Buena idea! —la felicitó su padre—. Los cachorros necesitan cariño y las niñitas saben cómo cuidarlos.

Caris vio una capa de tela de color escarlata en el taburete que había al lado de la mesa. Tenía que ser importada, porque los tintoreros ingleses no sabían cómo conseguir un tinte rojo tan subido.

—Es para tu madre —se explicó su padre, reparando en lo que había llamado la atención de su hija—. Siempre ha querido una capa de rojo italiano. Espero que eso la anime a restablecerse para que pueda ponérsela.

Caris la tocó. La lana era suave y muy tupida, como sólo los italianos sabían hacerlo.

—Es muy bonita —comentó.

Tía Petranilla entró de la calle. Se daba un ligero aire a su padre, pero todo lo que el hombre tenía de campechano lo tenía ella de arisca. Se parecía más a su otro hermano, Anthony, el prior de Kingsbridge. Ambos eran altos, de presencia imponente, mientras que su padre era bajo, fornido y cojo.

A Caris no le gustaba Petranilla. La mujer era inteligente a la vez que mezquina, una funesta combinación en un adulto, pues Caris jamás podía burlarla. Gwenda percibió la incomodidad de su amiga y miró con aprensión a la recién llegada. El único que se alegró de verla fue el hombre.

—Entra, hermana. ¿Dónde están mis sirvientes?

—No sé por qué crees que iba yo a saberlo, viniendo como vengo de mi casa, al otro extremo de la calle, pero si me pides conjeturas, Edmund, diría que tu cocinera está en el gallinero buscando un huevo con que hacerte un pudín y que tu doncella está arriba ayudando a tu mujer a sentarse en la tabla del retrete, el cual suele visitar hacia el mediodía. En cuanto a tus aprendices, espero que ambos estén de guardia en el almacén del río procurando que a ningún borracho ocioso se le meta en su embotada cabeza encender una hoguera a dos pasos de tu almacén de lana.

Ésa era su forma de hablar, soltaba un pequeño sermón como respuesta a una pregunta sencilla. Sus modales eran altaneros, como siempre, pero al hombre no le importó, o fingió que no le importaba.

—Mi valiosísima hermana —dijo—. Está claro quién heredó la sabiduría de padre.

Petranilla se volvió hacia las niñas.

—Nuestro padre era descendiente de Tom Builder, padrastro y mentor de Jack Builder, maestro constructor de la catedral de Kingsbridge —explicó—. Padre juró entregar su primogénito a Dios pero, por desgracia, su primogénito fue una niña, yo. Me puso Petranilla por la santa, que como ya sabréis era hija de san Pedro, y rezó para que el siguiente fuera un varón. Pero el primer varón nació con deformaciones y no quiso entregar a Dios una ofrenda imperfecta, así que educó a Edmund para que se encargara del negocio de la lana. Por fortuna, su tercer hijo fue nuestro hermano Anthony, un joven obediente y temeroso de Dios, que siendo niño entró en el monasterio del que hoy nos enorgullece decir que es el prior.

De haber sido varón, Petranilla habría tomado los hábitos, pero no siendo así, había intentado compensarlo educando a su hijo, Godwyn, para que entrara como monje en el priorato. Igual que el abuelo Wooler, había entregado un hijo a Dios. Caris siempre había sentido lástima de Godwyn, su primo mayor, por tener a Petranilla de madre.

La tía reparó en la capa roja.

—¿De quién es? —preguntó—. ¡Pero si es de carísima tela italiana!

—La he comprado para Rose —contestó Edmund.

Petranilla lo fulminó con la mirada. Caris sabía que estaba pensando que era un loco por comprar una capa así para una mujer que hacía un año que no salía de casa. Sin embargo, el único comentario de su tía fue:

—Eres muy bueno con ella.

Lo que tanto podría ser un cumplido como una crítica velada, aunque al hombre no pareció importarle.

—Sube a verla —la animó—, se alegrará de verte.

Caris lo dudaba; no así Petranilla, que desapareció escalera arriba.

En ese momento entró Alice por la puerta, la hermana de Caris, y se quedó mirando a Gwenda. Tenía once años, uno más que ella.

—¿Quién es? —preguntó.

—Mi nueva amiga, Gwenda —contestó Caris—. Se va a quedar un cachorro.

—¡Pero si ha cogido el que quería yo! —protestó Alice.

Hasta ese momento no se había pronunciado al respecto.

—¡No lo habías elegido! —repuso Caris, indignada—. Sólo lo dices porque eres mala.

—¿Por qué tiene que llevarse uno de nuestros cachorros?

—Vamos, vamos —intervino su padre—, hay cachorros de sobra.

—¡Caris tenía que haberme preguntado primero cuál quería!

—Sí, debería haberlo hecho —convino su padre, a pesar de saber fehacientemente que Alice sólo quería llamar la atención—. No vuelvas a hacerlo, Caris.

—Sí, papá.

La cocinera salió de la cocina con jarras y vasos. Cuando Caris estaba aprendiendo a hablar la llamaba Tutty, nadie sabía por qué, y Tutty se le había quedado.

—Gracias, Tutty —dijo el padre—. Sentaos a la mesa, niñas.

Gwenda vaciló sin saber si la invitación la incluía a ella, pero Caris le hizo un gesto de asentimiento, consciente de que ésa había sido la intención de su padre. El hombre solía invitar a comer a todo el que tuviera delante.

Tutty llenó la jarra de cerveza del padre y luego sirvió a las niñas, aunque rebajada con agua. Gwenda se bebió la suya de una sentada, con deleite, por lo que Caris adivinó que debía de probarla a menudo. Los pobres bebían sidra obtenida de las manzanas silvestres.

A continuación, la cocinera puso delante de ellos una gruesa hogaza de pan de centeno. Caris se dio cuenta de que la niña nunca se había sentado a comer a una mesa cuando Gwenda cogió la suya para hincarle el diente.

—Espera —le dijo en voz baja.

Gwenda soltó el pan. Tutty entró el jamón en una tabla y un plato de col. El padre cogió el cuchillo grande y cortó lonchas de jamón, que fue apilando en las rebanadas de pan. Gwenda miraba de hito en hito la cantidad de comida que le estaban sirviendo. Caris se sirvió una cucharada de col encima del jamón.

La doncella, Elaine, bajó apresurada la escalera.

—La señora parece que está peor —anunció—. La señora Petranilla dice que debería mandar a buscar a la madre Cecilia.

—Entonces corre al priorato y suplícale que venga —dispuso el padre. La sirvienta salió corriendo—. Comed, niñas —dijo, y pinchó una loncha de jamón caliente con el cuchillo, aunque por la mirada perdida, Caris adivinó que la comida había dejado de procurarle placer.

—Es maná del cielo —comentó Gwenda en un susurro, saboreando la col.

Caris la probó. Estaba cocinada con jengibre. Seguramente la niña no había probado nunca el jengibre, que sólo podían permitirse los ricos.

Petranilla bajó, se sirvió un poco de jamón en un plato de madera y se lo subió a su madre, pero al cabo de unos minutos regresó con la comida intacta. Se sentó a la mesa y la cocinera le sirvió una hogaza de pan.

—Cuando era niña, éramos la única familia de Kingsbridge que podía permitirse comer carne a diario —comentó—. Salvo los días de ayuno, claro, porque mi padre era muy devoto. Fue el primer mercader de lana de la ciudad que comerció directamente con los italianos. Hoy en día lo hace todo el mundo, aunque mi hermano Edmund sigue siendo el más importante.

Caris había perdido el apetito y tenía que masticar mucho la comida antes de poder tragarla. Por fin llegó la madre Cecilia, una mujercilla vivaracha de maneras autoritarias, que inspiraba confianza. La acompañaba la hermana Juliana, una persona sencilla y de buen corazón. Caris se sintió mejor al verlas subir la escalera, un alegre gorrión seguido de una gallina con andares de pato. Lavarían a su madre con agua de rosas para bajarle la fiebre y la fragancia le levantaría el ánimo.

Tutty llevó manzanas y queso. El padre mondó una de las piezas distraídamente con su cuchillo. Caris recordó que cuando ella era más pequeña, él solía pelarle la manzana y dársela en trocitos y que luego él se comía la piel.

La hermana Juliana bajó la escalera con una expresión preocupada en su rechoncho rostro.

—La priora quiere que el hermano Joseph vea a la señora Rose —anunció. Joseph era el médico más antiguo del monasterio; se había educado con los maestros de Oxford—. Voy a buscarlo —dijo, y salió corriendo por la puerta principal.

El padre dejó la manzana pelada en la mesa.

—¿Qué va a pasar? —preguntó Caris.

—No lo sé, rosita mía. ¿Va a llover? ¿Cuántos sacos de lana necesitan los florentinos? ¿Contraerán las ovejas la morriña? ¿Nacerá una niña o un niño con una pierna inútil? Son cosas que nunca se saben, ¿verdad? Eso es… —Desvió la mirada—. Por eso la vida es tan dura.

Le dio la manzana. Caris se la pasó a Gwenda, quien se la comió entera, corazón y pepitas incluidos.

El hermano Joseph llegó pocos minutos después, acompañado de un joven ayudante que Caris conocía. Era Saul Whitehead y se llamaba así porque tenía el cabello muy claro, el poco que le quedaba después de cortárselo según las normas monásticas, de color rubio ceniza.

Cecilia y Juliana bajaron al salón para no estorbar a los dos hombres en la pequeña alcoba. Cecilia se sentó a la mesa, pero no probó bocado. Tenía una carita pequeña de rasgos angulosos: una naricilla afilada, ojos llenos de vida y una barbilla que parecía la proa de una barca. Miró a Gwenda con curiosidad.

—Bien, veamos, ¿quién es esta chiquilla? ¿Y ama a Jesús y a su Santa Madre? —preguntó con voz alegre.

—Me llamo Gwenda, soy amiga de Caris.

La niña miró angustiada a su amiga, como si temiera haber sido demasiado presuntuosa al suponer una amistad entre ellas.

—¿La Virgen María hará que mi madre se ponga mejor? —preguntó Caris.

—A eso le llamo yo no andarse por las ramas. —Cecilia enarcó una ceja—. Qué fácil habría sido adivinar que eres hija de Edmund.

—Todo el mundo le reza, pero no todos sanan —insistió Caris.

—¿Y sabes por qué es así?

—Tal vez no ayuda a nadie y lo que pasa es que los fuertes se restablecen y los débiles no.

—Vamos, vamos, no digas tonterías —intervino su padre—. Todo el mundo sabe que la Santa Madre nos asiste.

—No pasa nada —aseguró Cecilia—. Es normal que los niños hagan preguntas, en especial los más avispados. Caris, los santos son todopoderosos, pero algunas oraciones tienen más efecto que otras. ¿Lo entiendes?

Caris asintió de mala gana, sintiéndose más engañada que convencida.

—Debe asistir a nuestra escuela —dijo Cecilia.

Las hermanas dirigían una escuela para las hijas de la nobleza y los ciudadanos más prósperos. Los monjes tenían una aparte para los chicos.

El padre no parecía demasiado dispuesto a acceder.

—Rose les ha enseñado a leer —repuso—. Y Caris sabe contar igual que yo, de hecho me ayuda en el negocio.

—Debería aprender mucho más. Estoy segura de que no deseas que pase su vida a tu merced.

—Los libros no tienen nada que enseñarle —intervino Petranilla—. Es un gran partido. A ambas les sobrarán pretendientes. Los hijos de mercaderes, incluso de reyes, harán cola a la puerta de casa para emparentarse con esta familia. Aunque Caris es muy terca; debemos velar por que no se eche a perder en los brazos de un menesteroso juglar.

Caris comprendió que Petranilla no preveía que la obediente Alice le diera ningún problema; seguramente se casaría con quien le eligieran.

—Puede que Dios llame a Caris a su servicio —comentó Cecilia.

—Dios ya ha reclamado a dos miembros de esta familia: mi hermano y mi sobrino —repuso el padre de mal humor—. Yo diría que por ahora está satisfecho.

—¿Tú qué dices? —preguntó Cecilia a Caris—. ¿Quieres ser comerciante de lana, la esposa de un caballero o monja?

La idea de ser monja la horrorizaba. Tendría que acatar las órdenes de los demás a todas horas. Sería como seguir siendo niña el resto de su vida y tener a Petranilla de madre. Igual de malo le parecía ser la esposa de un caballero, o de cualquier otro hombre, dado que las mujeres debían obedecer a sus maridos. De las tres poco apetecibles opciones, ayudar a su padre y luego tal vez sustituirlo al frente del negocio, cuando se hiciera mayor, era la que menos le repelía, aunque, por otro lado, no era con lo que soñaba.

—Ninguna de las tres —contestó.

—Entonces, ¿hay algo que desees ser? —preguntó Cecilia.

Lo había, aunque Caris no se lo había dicho a nadie. De hecho, hasta ese momento ni siquiera ella se había dado cuenta, pero la ambición había tomado forma y de repente supo sin lugar a duda cuál era su destino.

—Seré médico —anunció.

Se hizo un breve silencio, tras el cual todos se echaron a reír.

Caris se sonrojó, ignorando qué les hacía tanta gracia. Su padre se apiadó de ella.

—Sólo los hombres pueden ser médicos. ¿No lo sabías, rosita mía?

Caris estaba desconcertada. Se volvió hacia Cecilia.

—¿Y vos?

—No soy médico —contestó Cecilia—. Las monjas cuidamos de los enfermos, pero seguimos las instrucciones de hombres instruidos. Los monjes que han estudiado con los grandes sabios conocen el funcionamiento de los humores del cuerpo, cómo se desequilibran en los enfermos y cómo se devuelven a sus proporciones correctas para que sanen. Saben qué vena conviene sangrar para curar las migrañas, la lepra o la dificultad para respirar; o dónde aplicar ventosas y cauterizar; o si utilizar cataplasmas o baños.

—¿Y una mujer no puede aprender esas cosas?

—Tal vez, pero ésos no son los designios del Señor.

A Caris le sacaba de quicio el modo en que los adultos echaban mano de ese tópico cada vez que se encontraban en un atolladero. Antes de que pudiera responder, el hermano Saul bajó la escalera con un cuenco lleno de sangre y atravesó la cocina para tirarla en el patio trasero. Las lágrimas acudieron a los ojos de Caris ante esa visión. Todos los médicos utilizaban la sangría como remedio, por lo que debía de ser efectiva, pero de todas formas no soportaba ver la fuerza vital de su madre arrojada como un desecho.

Saul regresó a la habitación de la enferma y, al poco, Joseph y él bajaron al comedor.

—He hecho todo lo que he podido por ella —le dijo Joseph solemnemente a Edmund—. Se ha confesado.

«¡Se ha confesado!» Caris sabía lo que eso significaba. Se echó a llorar.

Su padre sacó seis peniques de plata de un saquito y se los entregó al monje.

—Gracias, hermano —dijo, con voz ronca.

Al tiempo que los hermanos salían por la puerta, las monjas subieron al piso de arriba.

Alice se sentó en el regazo de su padre y hundió la cara en su cuello. Caris lloraba y se abrazaba a Trizas. Petranilla ordenó a Tutty que despejara la mesa. Gwenda observaba todo con los ojos abiertos como platos. Permanecieron sentados a la mesa, en silencio, a la espera.

4

El hermano Godwyn se moría de hambre. Había dado cuenta de su almuerzo, un guiso a base de nabos en rodajas y pescado a la sal, que no lo había satisfecho. Incluso en los días en que el ayuno no estaba prescrito, los monjes solían contentarse con pescado y cerveza rebajada para comer.

No todos los monjes, por supuesto; el prior Anthony disfrutaba de una dieta privilegiada y, dado que ese día tenía a la madre Cecilia de invitada, se regalaría con algo especial. La priora era una mujer habituada a la buena mesa. Las monjas, quienes siempre parecían estar en mejor posición que los hermanos, sacrificaban un cerdo o una oveja cada varios días y lo acompañaban con vino de Gascuña.

Godwyn era el encargado de supervisar la comida, ardua tarea cuando su estómago no dejaba de protestar. Habló con el cocinero del monasterio y le echó un vistazo al orondo ganso que se estaba asando y a la olla de compota que hervía en la lumbre. Le pidió al despensero una jarra de sidra del barril y fue a buscar una hogaza de pan de centeno al horno, duro, pues no se horneaba en domingo. Sacó los platos y las copas de plata del arcón cerrado con llave y los dispuso en la mesa de la cámara principal de la casa del prior.

Los priores comían juntos una vez al mes. El monasterio y el convento eran instituciones individuales, cada una con sus propios edificios y diferentes fuentes de ingresos. Los priores debían rendir cuentas por separado ante el obispo de Kingsbridge. Sin embargo, compartían la gran catedral y varias construcciones entre las que se encontraba el hospital, donde los monjes desempeñaban la labor de médicos mientras las hermanas cuidaban de los enfermos. Por dicha razón nunca faltaban detalles que discutir: las misas de la catedral, los huéspedes y los pacientes del hospital o la política municipal. Anthony siempre andaba maquinando maneras de hacer que Cecilia compartiera costes que, en rigor, debían correr a partes iguales entre las dos instituciones, como el vidrio de las ventanas de la sala capitular, los camastros del hospital o repintar el interior de la catedral, peticiones a las que ella solía acceder.

No obstante, esta vez seguramente sería la política la que coparía la conversación. El día anterior, Anthony había regresado de un viaje de dos semanas a Gloucester, donde había asistido al sepelio del rey Eduardo II, quien había perdido el trono en enero y su vida en septiembre. La madre Cecilia se deleitaría con todos los chismes por mucho que fingiera estar por encima de esas cosas.

Sin embargo, a Godwyn le preocupaban otras cuestiones. Deseaba hablar con Anthony sobre su futuro y desde que el prior había vuelto a casa llevaba esperando el momento adecuado con nerviosismo. A pesar de haber ensayado el discurso, todavía no había encontrado la ocasión, pero había depositado sus esperanzas en esa tarde.

Anthony entró en el salón cuando Godwyn estaba colocando un queso y un cuenco de peras en una mesa auxiliar. El prior parecía una versión envejecida de Godwyn. Ambos eran altos, de rasgos armoniosos, cabello castaño claro y, como toda la familia, ojos verdes con motas doradas. El prior se acercó a la lumbre. La habitación era fría y unas ráfagas de viento helado recorrían el viejo edificio. Godwyn le sirvió un vaso de sidra.

—Padre prior, hoy es mi cumpleaños —le informó mientras Anthony bebía—. Cumplo veintiuno.

—Así es —dijo Anthony—, recuerdo muy bien el día que naciste. Yo tenía catorce años. Mi hermana Petranilla gritaba como un verraco con una saeta en las entrañas cuando estaba dándote a luz. —Alzó la copa en un brindis, mirando a Godwyn con afecto—. Y ahora ya eres todo un hombre.

Godwyn decidió que había llegado el momento que había estado buscando.

—Llevo diez años en el priorato —dijo.

—¿Ya ha pasado tanto tiempo?

—Sí, como escolano, novicio y monje.

—¡Válgame Dios!

—Espero haber sido motivo de orgullo, tanto para mi madre como para ti.

—Ambos nos sentimos muy orgullosos de ti.

—Gracias. —Tragó saliva—. Me gustaría ir a Oxford.

Desde hacía mucho tiempo, la ciudad de Oxford era el centro neurálgico donde se reunían los grandes estudiosos de la teología, la medicina y las leyes. Sacerdotes y monjes acudían a Oxford a estudiar y debatir con maestros y estudiantes. En el último siglo, los maestros se habían constituido en comunidades, o universidades, con permiso del rey para realizar exámenes y otorgar títulos. El priorato de Kingsbridge sufragaba una delegación o colegio mayor en la ciudad, conocido como Kingsbridge College, donde ocho monjes llevaban una vida de oración y sacrificio mientras estudiaban.

—¡A Oxford! —exclamó Anthony, con una mezcla de preocupación y desagrado—. ¿Por qué?

—Porque quiero aprender. Es lo que se supone que hacen los monjes.

—Yo nunca fui a Oxford y soy prior.

Era cierto, pero por esa misma razón a veces se descubría en desventaja frente a sus cofrades más antiguos. El sacristán, el tesorero y algún que otro monje del monasterio con cargo especial —los llamados *obedientiarius*— habían estudiado en la universidad, como todos los médicos. Eran de mente despierta y duchos en el arte de la oratoria, por lo que, en comparación, a veces parecía que Anthony no supiera hilvanar un argumento, sobre todo durante el capítulo, la asamblea diaria de los monjes. Godwyn deseaba aprender la lógica irrebatible y adquirir la confiada superioridad que observaba en los hombres de Oxford. No quería ser como su tío, aunque no podía decirlo.

—Deseo aprender —insistió.

—¿Quieres aprender herejías? —se burló Anthony—. ¡Los estudiantes de Oxford cuestionan las enseñanzas de la Iglesia!

—Para comprenderlas mejor.

—Inútil y peligroso.

Godwyn se preguntó por qué a Anthony le había molestado tanto su petición. Las herejías no parecían haber preocupado nunca antes al prior y Godwyn no podía estar menos interesado en cuestionar las doctrinas aceptadas.

—Creía que tanto mi madre como tú aspirabais a grandes cosas para mí —dijo, frunciendo el ceño—. ¿No queréis que progrese, que me convierta en *obedientiarius* y tal vez algún día en prior?

—Por supuesto, algún día, pero no tienes por qué abandonar Kingsbridge para conseguirlo.

«No quieres que haga progresos demasiado rápido por miedo a que te deje atrás, y no quieres que me vaya de la ciudad para poder seguir controlándome», pensó Godwyn, viéndolo todo súbitamente claro, y deseó haber previsto aquella contingencia.

—No quiero estudiar teología.

—Entonces, ¿qué?

—Medicina. Es una parte muy importante de nuestro trabajo en el priorato.

Anthony frunció los labios. Godwyn había descubierto la misma expresión desaprobadora en el rostro de su madre.

—El monasterio no puede permitírselo —dijo Anthony—. ¿Sabes que un solo libro ya cuesta un mínimo de catorce chelines?

Ese argumento cogió a Godwyn desprevenido. Sabía que los estudiantes podían alquilar los libros por el sistema de la pecia, pero ésa no era la cuestión.

—¿Y los que ya están allí? —repuso el joven—. ¿Quién los mantiene?

—A dos, sus familias, y a otro, las monjas. El priorato se hace cargo de los otros tres, pero ya no nos podemos permitir ni uno más. De hecho, hay dos plazas vacantes en el colegio por falta de fondos.

Godwyn sabía que el priorato no estaba pasando por sus mejores momentos, a pesar de disponer de amplios recursos: miles de hectáreas de tierra, molinos, lagos, bosques y los ingentes ingresos que reportaba el mercado de Kingsbridge. No podía creer que su tío le estuviera negando el dinero para ir a Oxford. Se sentía traicionado. Anthony era su pariente y su mentor, y siempre lo había favorecido ante los demás monjes. Sin embargo, ahora estaba intentando retenerlo a su lado.

—Los médicos traen dinero al priorato —intentó rebatir—. Si no instruyes a hombres jóvenes, los viejos acabarán muriendo algún día y el priorato será aún más pobre.

—Dios proveerá.

El exasperante tópico al que Anthony solía recurrir como respuesta. Los ingresos anuales del priorato procedentes de la feria del vellón se reducían año tras año. La gente de la ciudad le había pedido a Anthony que invirtiera en mejoras para los laneros —puestos, barracas, letrinas, incluso una lonja de lana—, pero él siempre se había negado aduciendo la escasez de recursos. Cuando su hermano Edmund le decía que la feria acabaría por desaparecer, él se limitaba a contestar: «Dios proveerá».

—Bueno, entonces tal vez provea el dinero para que pueda ir a Oxford —dijo Godwyn.

—Tal vez.

Godwyn había sufrido una gran decepción. Sentía la acuciante necesidad de salir de aquella ciudad y respirar aires nuevos. Era consciente de que en Kingsbridge College se vería sujeto a la misma disciplina monástica, pero pese a ello la perspectiva de hallarse tan lejos de su tío y de su madre era muy tentadora.

Todavía no estaba dispuesto a dar su brazo a torcer.

—Será una gran decepción para mi madre.

Anthony dio muestras de desasosiego; no deseaba despertar la ira de su temible hermana.

—Entonces que ore para encontrar el dinero.

—Puede que lo encuentre en otro sitio —repuso Godwyn, improvisando.

—Y ¿cómo lo harás?

Buscó una respuesta y halló inspiración.

—Haciendo lo que tú haces: pidiéndoselo a la madre Cecilia.

No era tan descabellado. Aunque Cecilia lo ponía nervioso y podía llegar a ser tan intimidante como Petranilla, también era más receptiva a sus encantos pueriles, de modo que tal vez podría persuadirla para que costeara la educación de un joven y brillante monje.

La proposición cogió a Anthony por sorpresa. Godwyn adivinó que su tío estaba intentando hallar una réplica, pero su principal objeción se había basado en la falta de dinero, por lo que no le sería fácil cambiar de argumentación.

Cecilia llegó en esos momentos de vacilación.

Era una mujercita vivaracha y muy perspicaz, vestida con una gruesa capa de la mejor lana, el único lujo que se permitía, pues era extremadamente friolera. Saludó al prior y se volvió hacia Godwyn.

—Tu tía Rose está gravemente enferma —le informó. Tenía una voz melodiosa—. Es posible que no pase de esta noche.

—Que Dios la bendiga —contestó Godwyn, con una punzada de pesar. En una familia donde todos tenían madera de líder, Rose era la única a quien no importaba someterse a la autoridad de los demás. Sus pétalos parecían más frágiles al estar rodeada de zarzas—. No es ninguna sorpresa —añadió—. Pero será muy duro para mis primas, Alice y Caris.

—Por fortuna, tu madre está allí para consolarlas.

—Sí. —Godwyn pensó que el consuelo no era el punto fuerte de su madre, precisamente, porque se le daba mucho mejor llevar a la gente por la senda de la rectitud y procurar que no volvieran a apartarse del redil, pero no corrigió a la priora. En su lugar, le sirvió una copa de sidra—. ¿No hace un poco de frío, reverenda madre?

—Estoy helada —contestó sin rodeos.

—Encenderé el fuego.

—Mi sobrino Godwyn se muestra así de solícito porque quiere que le pagues los estudios en Oxford —anunció Anthony maliciosamente.

Godwyn lo fulminó con la mirada. Al joven le habría gustado elaborar un esmerado discurso y escoger el momento propicio para plantear la cuestión a la madre superiora, pero Anthony había expuesto la petición a bocajarro sin recato alguno.

—Creo que no podemos permitirnos la manutención de nada menos que dos estudiantes —contestó Cecilia.

—¿Alguien más te ha solicitado dinero para ir a Oxford?

Esta vez era Anthony el sorprendido.

—Será mejor que no diga nada más —dijo Cecilia—, no deseo meter a nadie en líos.

—No te preocupes —aseguró Anthony de mal humor, aunque enseguida se recompuso—. Tu generosidad siempre será bien recibida.

Godwyn alimentó el fuego y salió de la estancia. La casa del prior se encontraba en el ala norte de la catedral, mientras que los claustros y los demás edificios del priorato se distribuían al sur. El aterido Godwyn atravesó el césped de la catedral en dirección a las cocinas.

Había imaginado que Anthony se opondría a lo de Oxford, porque se oponía a todo por naturaleza, escudándose en que debía esperar a ser un poco mayor o a que uno de los actuales estudiantes se licenciara. Sin embargo, era el protegido de su tío y estaba convencido de que al final lo habría apoyado. La rotunda negativa seguía desconcertándolo.

Se preguntó quién más habría solicitado su manutención a la priora. De los veintiséis monjes, seis tenían la edad de Godwyn, por lo que pensó que podría tratarse de uno de ellos. Theodoric, el despensero menor, estaba ayudando al cocinero en las cocinas. ¿Sería él el otro aspirante al dinero de Cecilia? Godwyn lo observó mientras colocaba el ganso en una bandeja con un cuenco de compota de manzana. Theodoric tenía cabeza para los estudios, de modo que podía ser uno de sus rivales.

El atribulado Godwyn llevó la comida a la casa del prior. Si Cecilia optaba por ayudar a Theodoric en vez de a él, se le acababan las opciones, y las ideas.

Ambicionaba ser algún día prior de Kingsbridge. Estaba convencido de que podía desempeñar esa labor mucho mejor que Anthony y si conseguía que el priorato prosperara, podía aspirar a cargos de mayores prebendas, podía llegar a ser obispo, arzobispo o incluso funcionario de la corte o consejero real. No tenía una idea demasiado precisa de lo que haría con tanto poder, pero creía firmemente estar destinado a ocupar una posición elevada. Con todo, sólo había dos caminos hacia esas alturas: uno era la cuna; el otro, la educación. Godwyn procedía de una familia de mercaderes de lana, por lo que la universidad era su única esperanza; esperanza para la que necesitaría el dinero de Cecilia.

Dejó la comida en la mesa.

—Pero ¿cómo murió el rey? —preguntaba la priora.

—Sufrió una caída —contestó Anthony.

Godwyn trinchó el ganso.

—¿Pechuga, reverenda madre?

—Sí, por favor. ¿Una caída? —repitió, escéptica—. Ni que el rey fuera un viejo senil, ¡pero si solo tenía cuarenta y tres años!

—Es lo que dicen sus carceleros.

Una vez depuesto, el antiguo rey había sido mantenido prisionero en el castillo de Berkeley, a un par de jornadas a caballo de Kingsbridge.

—Ya, sus carceleros, los hombres de Mortimer.

Cecilia no miraba con buenos ojos a Roger Mortimer, el conde de March. No sólo había encabezado la rebelión contra Eduardo II, sino que además había seducido a la esposa del rey, la reina Isabel de Francia.

Empezaron a comer. Godwyn se preguntó si sobraría algo.

—Por lo que parece, sospechas algo truculento —apuntó Anthony.

—Claro que no... Pero hay gente que sí. Se dice que...

—¿Lo asesinaron? Ya lo sé, pero vi el cadáver, desnudo. Su cuerpo no presentaba signos de violencia.

Godwyn sabía que no debía interrumpir, pero no pudo reprimirse.

—Los rumores dicen que cuando el rey murió, sus gritos agónicos se oyeron por toda la ciudad de Berkeley.

Anthony lo miró con desaprobación.

—Siempre hay rumores a la muerte de un rey —contestó.

—Este rey no ha muerto sin más —replicó Cecilia—. Primero lo depuso el Parlamento, algo que nunca había pasado hasta ahora.

—Sus poderosas razones tuvieron —insistió Anthony, bajando la voz—. Cometió pecados de impureza.

El hombre pretendía ser enigmático, pero Godwyn sabía muy bien a qué se refería. Eduardo se había rodeado de «favoritos», hombres jóvenes por los que parecía mostrar una predilección antinatural. Al primero, Peter Gaveston, se le había concedido tanto poder y privilegios que despertó los celos y el resentimiento entre los barones y al final acabó ejecutado por traición. Sin embargo, había habido otros. La gente decía que no era de extrañar que la reina se hubiera buscado un amante.

—Me niego a creer una cosa así —protestó Cecilia, alentada por sus pasiones monárquicas—. Puede que los proscritos que viven en el bosque se entreguen a ese tipo de repugnantes prácticas, pero un hombre de sangre real jamás caería tan bajo. ¿Sobra un poco de ganso?

—Sí —dijo Godwyn, ocultando su decepción.

Trinchó el último trozo de carne del ave y se lo sirvió a la priora.

—Al menos el nuevo rey no ha de enfrentarse a ningún rival —opinó Anthony.

Eduardo III, hijo de Eduardo II e Isabel de Francia, había sido coronado rey.

—Tiene catorce años y ha sido Mortimer el que lo ha subido al trono —repuso Cecilia—. ¿Quién crees tú que será el verdadero soberano?

—A los nobles les place la estabilidad actual.

—Sobre todo a los amigotes de Mortimer.

—¿Te refieres al conde Roland de Shiring, por ejemplo?

—Hoy estaba exultante.

—No estarás sugiriendo…

—¿Que tuvo algo que ver en la «caída» del rey? Por supuesto que no. —La priora dio cuenta de la vianda—. Sería muy peligroso sostener una idea así, ni siquiera entre amigos.

—Ya lo creo.

Alguien llamó a la puerta y Saul Whitehead entró en la estancia. Tenía la misma edad que Godwyn. ¿Sería él su rival? Era inteligente y tenía aptitudes, además de la gran ventaja de estar emparentado con el conde de Shiring, aunque fuera de lejos. Aun así, Godwyn dudaba que el joven deseara ir a Oxford. Era devoto y tímido, el tipo de hombre cuya humildad no hablaba de virtud, pues ya era natural en él. No obstante, todo era posible.

—Ha acudido al hospital un caballero herido de gravedad —les informó Saul.

—Interesante, pero tal vez no lo bastante fuera de lo común para justificar la interrupción de la comida de los priores —lo amonestó Anthony.

Saul parecía sobresaltado.

—Os ruego me perdonéis, padre prior, pero existe un desacuerdo en cuanto al tratamiento —balbució.

—Bueno, ya hemos acabado el ganso —dijo Anthony con un suspiro mientras se ponía en pie.

Cecilia lo acompañó, seguida por Godwyn y Saul. Entraron en la catedral por el crucero norte y salieron por el del sur, atravesaron los claustros y llegaron al hospital. El caballero herido estaba postrado en el camastro dispuesto junto al altar, acorde a su rango.

El prior Anthony lanzó un involuntario gruñido de sorpresa. Por un momento el asombro y el miedo lo traicionaron, pero recuperó rápidamente la compostura y mantuvo el rostro impávido.

Sin embargo, a Cecilia no se le había escapado nada.

—¿Conoces a este hombre? —le preguntó.

—Creo que sí. Es sir Thomas de Langley, uno de los hombres del conde de Monmouth.

Ante ellos descansaba un joven apuesto de anchos hombros y largas piernas. Estaba desnudo de cintura para arriba, lo que dejaba al descubierto un pecho musculoso surcado por cicatrices antiguas. Estaba pálido y exhausto.

—Lo asaltaron en el camino —les informó Saul—. Consiguió rechazar a sus asaltantes, pero ha tenido que arrastrarse más de dos kilómetros hasta la ciudad. Ha perdido mucha sangre.

El caballero tenía una herida abierta que iba del codo a la muñeca en uno de los brazos, un corte limpio con el sello de una espada afilada.

El médico más veterano del monasterio, el hermano Joseph, estaba de pie junto al paciente. Joseph tendría unos treinta años, un hombre bajito, de nariz prominente y pésima dentadura.

—Debemos dejar la herida abierta y tratarla con un ungüento para que supure. De ese modo expulsará los humores malignos y la herida sanará de dentro afuera.

Anthony asintió.

—¿Dónde está el desacuerdo?

—Matthew Barber es de otra opinión.

Matthew era uno de los cirujanos barbero de la ciudad. Se había mantenido apartado por deferencia, pero en ese momento dio un paso al frente con el estuche de cuero que contenía sus caros y afilados utensilios en una mano. Era un hombre bajo y delgado, de brillantes ojos azules y expresión solemne.

—¿Qué está haciendo él aquí? —preguntó Anthony a Joseph, sin prestar atención al cirujano.

—El caballero lo conoce y mandó a buscarlo.

—Si queréis que os hagan una carnicería, ¿por qué habéis acudido al hospital del priorato? —preguntó el prior a Thomas.

La sombra de una sonrisa afloró a los pálidos labios del caballero, pero parecía demasiado extenuado para contestar.

Matthew tomó la palabra con sorprendente aplomo, aparentemente inmune al desdén del prior.

—He visto muchas heridas como ésta en el campo de batalla, padre prior. El mejor tratamiento es el más sencillo: limpiar la herida con vino caliente, coserla y vendarla.

No era tan deferente como parecía.

—Me gustaría saber si nuestros dos jóvenes tienen alguna opinión al respecto —intervino la madre Cecilia.

Anthony dio muestras de impaciencia, pero Godwyn comprendió las intenciones de la mujer: se trataba de una prueba. Tal vez Saul era el otro aspirante a su dinero.

La respuesta era fácil, así que Godwyn se apresuró a contestar el primero.

—El hermano Joseph ha estudiado a los antiguos maestros —dijo—. Él tiene razón. Mucho me temo que Matthew ni siquiera sabe leer.

—Sé leer, hermano Godwyn —se defendió Matthew—. Incluso tengo un libro.

Anthony rió. La idea de que un barbero poseyera un libro era tan absurda como la de un asno con cofia.

—¿Qué libro?

—El *Canon* de Avicena, el gran médico del islam, traducido del árabe al latín. Lo he leído entero, poco a poco.

—¿Y tu remedio procede de Avicena?

—No, pero…

—Entonces está todo dicho.

—Pero he aprendido mucho más sobre el arte de sanar viajando con ejércitos y tratando a hombres heridos de lo que jamás aprendí de ese libro.

—Saul, ¿tú qué piensas? —preguntó la madre Cecilia.

Godwyn esperaba que Saul respondiera lo mismo que él, por lo que la prueba no sería concluyente; sin embargo, a pesar de que parecía nervioso y cohibido, Saul contradijo a Godwyn.

—Puede que el barbero tenga razón —contestó. Godwyn estaba encantado. Saul siguió defendiendo la postura equivocada—. El tratamiento propuesto por el hermano Joseph estaría más indicado en heridas que se hubieran producido a causa de un aplastamiento, como las que vemos entre los albañiles, en que la piel y la carne alrededor del corte están magulladas y cerrar la herida antes de tiempo podría encerrar los humores malignos dentro del cuerpo. En cambio, lo que aquí tenemos es un corte limpio y cuanto antes lo cerremos antes sanará.

—Pamplinas —protestó el prior Anthony—. ¿Cómo va a saber más un barbero de ciudad que un monje instruido?

Godwyn esbozó una sonrisa triunfante.

La puerta se abrió de par en par y un joven vestido con hábito irrumpió en la estancia. Godwyn reconoció a Richard de Shiring, el menor de los dos hijos del conde Roland. El saludo deferente en dirección a los priores fue tan fugaz como para poder ser tachado de grosero. Se acercó directamente al camastro y se dirigió al caballero.

—¿Qué demonios ha ocurrido? —preguntó.

Thomas alzó una débil mano y le hizo un gesto para que se acercara. El joven sacerdote se inclinó sobre el paciente y el caballero le susurró algo al oído.

El padre Richard se retiró, escandalizado.

—¡Imposible! —exclamó.

Thomas volvió a indicarle que se aproximara y se repitió la misma escena. Nuevos cuchicheos y consiguiente reacción desmesurada.

—Pero ¿por qué? —preguntó esta vez Richard. Thomas no contestó—. Estáis pidiéndome algo que no está en mis manos poder concederos.

Thomas asintió con energía, como queriendo decir que no le creía.

—No nos dejáis otra elección.

El caballero negó con la cabeza débilmente.

Richard se volvió hacia el prior Anthony.

—Sir Thomas desea tomar los hábitos en este priorato.

Se hizo un breve y elocuente silencio, que Cecilia se encargó de romper.

—¡Pero si es un hombre que vive de la violencia!

—Por favor, no es la primera vez que un hombre de armas decide abandonar su vida militar y busca el perdón de sus pecados —repuso Richard.

—Puede que cuando se acerca a la vejez, pero este hombre no ha cumplido ni siquiera los veinticinco. Está huyendo de algún peligro. —Miró a Richard con dureza—. ¿Quién amenaza su vida?

—Ponedle freno a vuestra curiosidad —contestó Richard con brusquedad—. Desea entrar en el monasterio, no en el convento, por lo que vuestras preguntas están de más. —No era corriente que se dirigieran a una priora en aquellos términos, pero los hijos de los condes podían permitirse ciertas insolencias. Se volvió hacia Anthony—. Debéis admitirlo.

—El priorato es demasiado pobre y no puede dar acogida a más monjes… Salvo que algún donativo sufragara el dispendio…

—No habrá problema.

—Tendría que adecuarse a la necesidad…

—¡No habrá problema!

—Muy bien.

Cecilia no las tenía todas consigo.

—¿Sabes alguna cosa sobre este hombre que no me estés diciendo? —le preguntó a Anthony.

—No veo ninguna razón para darle la espalda.

—¿Qué te hace pensar que su arrepentimiento es sincero?

Todo el mundo miró a Thomas. Tenía los ojos cerrados.

—Tendrá que demostrar su sinceridad durante el noviciado, como todo el mundo —contestó Anthony.

La respuesta no satisfizo a Cecilia, pero al menos por una vez en la vida Anthony no le estaba pidiendo dinero, así que tampoco podía hacer nada al respecto.

—Será mejor que nos ocupemos de esa herida —dijo la priora.

—Se negó a someterse al tratamiento del hermano Joseph —intervino Saul—. Por eso tuvimos que ir a buscar al padre prior.

Anthony se inclinó sobre el paciente.

—Debéis aceptar el tratamiento prescrito por el hermano Joseph, quien sabe lo que se hace —dijo alzando la voz, como si le hablara a un sordo. Thomas parecía inconsciente—. Ya no se niega —decidió, volviéndose hacia Joseph.

—¡Podría perder el brazo! —protestó Matthew Barber.

—Será mejor que te vayas —le avisó Anthony. Matthew abandonó la estancia, enojado. El prior se volvió hacia Richard—. ¿Os apetecería tomar un vaso de sidra en la casa del prior?

—Gracias.

—Quédate aquí y ayuda a la madre priora —le dijo a Godwyn mientras salían—. Ven a verme antes de vísperas e infórmame de la evolución del caballero.

Por lo general, el prior Anthony no solía preocuparse por la recuperación de los pacientes, con lo que desvelaba un interés especial en éste.

Godwyn observó mientras el hermano Joseph aplicaba el ungüento en el brazo del caballero inconsciente. Creyó que con toda probabilidad se había granjeado el apoyo financiero de Cecilia al contestar correctamente a la pregunta, pero ansiaba obtener su beneplácito explícito.

—Espero que hayáis estimado favorablemente mi petición —le dijo, una vez que el hermano Joseph hubo acabado.

Cecilia estaba limpiando la frente de Thomas con agua de rosas. Lo miró a los ojos.

—Más vale que lo sepas cuanto antes: he decidido concederle el dinero a Saul.

Godwyn se quedó desconcertado.

—¡Pero si fui yo quien contestó correctamente!

—¿De verdad?

—¿No estaréis de acuerdo con el barbero?

Cecilia enarcó las cejas.

—No pienso someterme a un interrogatorio, hermano Godwyn.

—Disculpadme —se apresuró a decir—. Es que no lo entiendo.

—Lo sé.

Si la mujer deseaba continuar mostrándose tan enigmática, no tenía sentido seguir hablando con ella. Godwyn salió de la estancia, contrariado, temblando de frustración. ¡Le iba a dar el dinero a Saul! ¿Era porque estaba emparentado con el conde? Godwyn lo dudaba, pues Cecilia no se dejaba influenciar por ese tipo de cosas. Concluyó que la beatería de Saul era el factor que había hecho inclinar la balanza. No obstante, Saul jamás despuntaría en nada. Qué desperdicio… Godwyn se preguntó cómo iba a darle la noticia a su madre. Se pondría hecha una furia. Además, ¿a quién le echaría las culpas? ¿A Anthony? ¿A él? Lo invadió una aprensión muy familiar al imaginar la ira de su madre.

En éstas estaba cuando la vio entrando en el hospital por la puerta del fondo, una mujer alta de busto generoso. Su madre se fijó en él y se quedó junto a la puerta, esperando a que se acercara. Godwyn se aproximó despacio, tratando de encontrar el modo de explicárselo.

—Tu tía Rose se está muriendo —dijo Petranilla en cuanto lo tuvo a su lado.

—Que Dios la bendiga. Me lo ha dicho la madre Cecilia.

—Pareces conmocionado, pero ya sabías lo enferma que estaba.

—No es por tía Rose. Tengo más malas noticias. —Tragó saliva—. No puedo ir a Oxford. Tío Anthony no va a sufragarlo y la madre Cecilia también se ha negado.

Para alivio de Godwyn, su madre no estalló. Sin embargo, sus labios apretados dibujaron una fina línea.

—Pero ¿por qué? —preguntó.

—Él no tiene dinero y ella va a enviar a Saul.

—¿A Saul Whitehead? Pero si ese hombre nunca llegará a nada…

—Bueno, al menos será médico.

Petranilla lo fulminó con la mirada y Godwyn se estremeció.

—Creo que no has sabido manejar el asunto —concluyó su madre—. Tendrías que haberlo consultado primero conmigo.

Godwyn temía que tomara ese camino.

—¿Cómo puedes decir que no he sabido manejarlo? —protestó.

—Tendrías que haberme dejado hablar con Anthony a mí primero. Yo lo hubiera ablandado.

—De todos modos te habría dicho que no.

—Y tendrías que haber averiguado si alguien más se lo había pedido antes de dirigirte a Cecilia, así podrías haber desautorizado a Saul antes de hablar con ella.

—¿Cómo?

—Debe de tener sus puntos débiles. Podrías haber descubierto cuáles son y haber procurado que ella los conociera. Luego, cuando se sintiera desilusionada con él, te habrías erigido en su nuevo candidato.

Godwyn empezó a comprender la estrategia.

—Nunca se me habría ocurrido —admitió, bajando la cabeza.

—Tienes que anticiparte a esa clase de cosas —le reprendió con rabia contenida—, así es como los condes planifican las contiendas.

—Ahora lo veo claro —dijo Godwyn, sin atreverse a mirarla a los ojos—. No volveré a cometer el mismo error.

—Eso espero.

La miró.

—¿Y ahora qué hago?

—No pienso darme por vencida. —En su rostro se dibujó una expresión familiar de determinación—. Yo pondré el dinero —decidió.

Godwyn vio un rayo de esperanza, pero no alcanzaba a imaginar cómo iba su madre a cumplir la promesa.

—¿De dónde lo sacarás? —preguntó.

—Venderé la casa y me mudaré con mi hermano Edmund.

—¿Y a él le parecerá bien?

Edmund era un hombre generoso, pero a veces chocaba con su hermana.

—Creo que sí. Pronto se quedará viudo y alguien tendrá que llevar la casa. Aunque a Rose tampoco es que se le diera demasiado bien.

Godwyn sacudió la cabeza.

—Seguirás necesitando dinero.

—¿Para qué? Edmund me proporcionará techo y comida, y sufragará lo poco que pueda necesitar. A cambio, gobernaré a sus sirvientes y cuidaré de sus hijas. Y tú tendrás el dinero que heredé de tu padre.

Petranilla hablaba con determinación, pero Godwyn adivinó su cuita en el rictus de amargura que se dibujaba en sus labios. El joven sabía muy bien el sacrificio que eso supondría para su madre. Petranilla estaba muy orgullosa de su independencia; era una de las mujeres más prominentes de la ciudad, hija de un hombre acaudalado y hermana del mercader de lana más importante de Kingsbridge. Valoraba su posición social. Disfrutaba invitando a los hombres y mujeres poderosos de la ciudad a comer y beber el mejor vino en su casa. Esa mujer era la que ahora estaba pensando en mudarse a casa de su hermano para vivir como un pariente pobre, trabajar como una especie de sirvienta y ser dependiente de él para todo. Sería una terrible humillación.

—Es un sacrificio demasiado grande —protestó Godwyn—. No puedes hacerlo.

Su madre endureció la expresión y sacudió los hombros, como si se preparara para aguantar el peso de una terrible carga.

—Ya lo creo que sí —contestó.

5

Gwenda se lo contó todo a su padre.

Había jurado por la sangre de Cristo que guardaría el secreto, por lo que ahora iría derecha al infierno, pero temía más a su padre que al diablo.

El hombre empezó preguntándole de dónde había sacado a Tranco, el nuevo cachorro, y al verse obligada a explicarle cómo había muerto Brinco, acabó contándole toda la historia.

Para su sorpresa, no recibió una azotaina. De hecho, su padre parecía encantado y le pidió que lo llevara al claro del bosque donde se había producido la pelea. No le resultó fácil volver a encontrarlo, pero cuando llegaron hallaron los cuerpos de los dos hombres de armas vestidos con sus distintivos colores de verde y amarillo.

Lo primero que hizo su padre fue abrir sus saquillos de monedas, los cuales contenían unos veinte o treinta peniques. Las espadas lo animaron aún más si cabe, pues valían más que unos cuantos peniques. Empezó a desnudar a los cadáveres, tarea ardua para un hombre manco, por lo que le pidió a Gwenda que lo ayudara. Los cuerpos sin vida eran muy pesados y extraños al tacto. Su padre le dijo que les quitara todo lo que llevaran, incluidos las calzas embarradas y los sucios calzones.

El hombre envolvió las armas con la ropa para que pareciera que llevaban un atado de harapos. Luego Gwenda y él volvieron a arrastrar los cuerpos desnudos al amparo de los matorrales.

De camino a Kingsbridge, el padre estaba exultante. Llevó a Gwenda a Slaughterhouse Ditch, una calle cerca del río, y entraron en una enorme aunque sucia taberna llamada White Horse. Hizo que le sirvieran a su hija un vaso de cerveza mientras él desaparecía en la parte de atrás con el posadero, a quien se dirigió como Davey. Era la segunda vez que Gwenda bebía cerveza en un mismo día. Su padre reapareció unos minutos más tarde sin el atado.

Regresaron a la calle principal y fueron a encontrarse con su madre, Philemon y el pequeño en la posada Bell, junto a las puertas del priorato. Su padre le guiñó un ojo a su madre, sin recato alguno, y le dio un puñado de dinero para que lo escondiera entre las mantas del recién nacido.

Era media tarde y la mayoría de los feligreses habían regresado a sus aldeas, pero ellos se habían demorado demasiado para partir hacia Wigleigh, de modo que la familia decidió pasar la noche en la posada. Tal como su padre no dejaba de repetir, a pesar de las atribuladas peticiones de su esposa para que no lo hiciera, ahora se lo podían permitir.

—¡Que la gente no se entere de que tienes dinero!

Gwenda estaba rendida. Había madrugado y había recorrido un largo camino, por lo que se quedó dormida en cuanto se tumbó en su camastro.

La despertó un violento portazo. Asustada, al levantar la vista vio que dos hombres de armas irrumpían en la posada. Por un momento creyó que eran los espíritus de los hombres asesinados en el bosque, y el pánico se apoderó de ella unos segundos, pero enseguida comprendió que se trataba de personas distintas con el mismo uniforme bicolor, mitad amarillo y mitad verde. El más joven llevaba un atado de harapos que le resultó familiar.

—Eres Joby de Wigleigh, ¿verdad? —preguntó el mayor de ellos directamente a su padre.

El miedo atenazó la garganta de Gwenda. La voz del hombre estaba cargada de un contundente tono beligerante. No fingía, hablaba con total determinación, por lo que la niña tuvo la impresión de que estaba dispuesto a hacer cualquier cosa para cumplir lo que lo había llevado hasta allí.

—No —mintió su padre sin pensárselo dos veces—. Te has equivocado de hombre.

No lo creyeron. El más joven dejó el atado en la mesa y lo abrió. Dentro había dos túnicas bicolor, una mitad verde y la otra amarilla, que envolvían dos espadas y dos puñales.

—¿De dónde ha salido esto? —le preguntó a su padre, mirándolo directamente.

—No lo había visto nunca, lo juro sobre la cruz.

Aterrada, Gwenda pensó que era una estupidez negarlo; le sacarían la verdad como su padre había hecho con ella.

—Davey, el dueño del White Horse, dice que se lo compró a Joby Wigleigh —dijo el mayor en un inquietante tono amenazador.

El puñado de clientes que había en la posada se levantó de sus asientos y salió discretamente del local, dejando sola a la familia de Gwenda.

—Joby se fue hace un rato —respondió su padre a la desesperada.

El hombre asintió.

—Con su mujer, dos niños y un recién nacido.

—Sí.

El mayor reaccionó con súbita rapidez. Agarró a su padre por la camisa con una única mano y lo empujó contra la pared. Su madre gritó y el recién nacido rompió a llorar. Gwenda vio que el hombre llevaba un guante acolchado en la otra mano, cubierto por una malla metálica. Entonces echó la mano hacia atrás y golpeó a su padre en el estómago.

—¡Auxilio! ¡Asesinos! —gritó su madre.

Philemon se puso a llorar.

Su padre palideció de dolor y quedó inerme, pero el hombre lo sujetó contra la pared, impidiéndole caer, y volvió a golpearlo, esta vez en la cara. Joby empezó a sangrar por la nariz y la boca.

Gwenda hubiera querido gritar, y por eso tenía la boca abierta, pero ningún sonido le acudió a la garganta. Creía que su padre era todopoderoso, aun cuando ingeniosamente solía fingirse inútil o cobarde para ganarse las simpatías de la gente o para aplacar su enojo, y la aterrorizó verlo tan impotente.

El posadero, un hombre corpulento de unos treinta años, apareció en el umbral de la puerta que daba a la parte de atrás del establecimiento. Una rechoncha niña asomó la cabeza por detrás de él.

—¿Qué está pasando aquí? —preguntó el hombre con voz autoritaria.

El hombre de armas no se dignó mirarlo.

—Mantente al margen de esto —le advirtió, y volvió a golpear a Joby en el estómago.

El padre de Gwenda vomitó sangre.

—Detente —dijo el posadero.

—¿Quién te crees que eres? —preguntó el hombre de armas.

—Paul Bell, y ésta es mi casa.

—Muy bien, Paul Bell, será mejor que te metas en tus asuntos si sabes lo que te conviene.

—Supongo que crees que puedes hacer lo que te venga en gana sólo por llevar ese uniforme.

El desdén se dejaba entrever en el tono de voz de Paul.

—Tú lo has dicho.

—Bueno, ¿y a quién pertenecen esos colores?

—A la reina.

—Bessie, ve a buscar a John Constable —mandó a su hija, volviendo la cabeza hacia ella—. Si van a ajusticiar a un hombre en mi posada, quiero que lo presencie el alguacil.

La niñita desapareció.

—Aquí nadie va a ajusticiar a nadie —repuso el hombre de armas—. Joby ha cambiado de opinión y ha decidido llevarme al lugar en que robó a dos hombres muertos, ¿verdad, Joby?

El padre de Gwenda no podía hablar, por lo que asintió con la cabeza. El hombre soltó a Joby, quien cayó de rodillas, tosiendo y con arcadas, y miró al resto de la familia.

—¿Y el crío que presenció la pelea…?

—¡No! —chilló Gwenda.

El hombre asintió satisfecho.

—La niña con cara de rata, es obvio.

Gwenda se abrazó corriendo a su madre.

—María, madre de Dios, salva a mi hija —rogó su madre.

El hombre agarró a Gwenda por el brazo y la separó de su madre de un tirón. La niña gritó.

—Cierra esa boca o recibirás igual que el canalla de tu padre —le advirtió. Gwenda apretó las mandíbulas para dejar de gritar—. Arriba, Joby. —Lo levantó del suelo—. Cálmate, hombre, que vamos a dar un paseíto.

El más joven recogió las ropas y las armas.

—¡Haced todo lo que os digan! —gritó su madre, histérica, cuando salían de la posada.

Los hombres traían caballos. A Gwenda la sentaron delante del mayor y a su padre lo colocaron del mismo modo en la montura del más joven. Su padre no podía hacer nada, no dejaba de gimotear, así que fue Gwenda quien los guió. La niña, después de haber recorrido dos veces el mismo camino, lo recordaba con toda claridad. Avanzaron veloces a caballo, pero pese a ello empezaba a anochecer cuando alcanzaron el claro.

El más joven vigilaba a Gwenda y a su padre mientras el otro tiraba de los cuerpos de sus compañeros para sacarlos de los matorrales.

—Ese Thomas debe de ser un rival excepcional para haber matado él solo a Harry y a Alfred —opinó el mayor, mirando los cadáveres.

Gwenda comprendió que no sabían nada sobre los demás niños. De no haber estado tan aterrada como para haberse quedado muda, habría confesado la compañía de los demás y que Ralph había acabado con uno de los hombres.

—Casi le ha cortado la cabeza de un solo tajo a Alfred —comentó el hombre. Se volvió hacia Gwenda—. ¿Se dijo algo sobre una carta?

—¡No lo sé! —contestó, recuperando la voz—. ¡Cerré los ojos porque tenía miedo y no oí lo que decían! ¡Es verdad, te lo diría si lo supiera!

—De todos modos, si llegaron a quitarle la carta, la habría recuperado después de matarlos —le dijo el hombre a su compañero. Miró hacia los árboles que bordeaban el calvero, como si pudiera estar esperándolo entre las hojas secas—. Seguramente la guarda en el priorato, donde no podemos llegar hasta él sin violar el suelo sagrado del monasterio.

—Al menos podemos informar con más exactitud de lo que ha pasado —repuso el otro— y llevarnos los cadáveres para darles cristiana sepultura.

De repente se produjo una pequeña refriega. El padre de Gwenda se zafó del brazo del hombre que lo retenía y echó a correr hacia el bosque. Su captor fue tras él, pero su compañero lo detuvo.

—Déjalo ir, ¿para qué íbamos a matarlo ahora?

Gwenda empezó a llorar quedamente.

—¿Qué hacemos con la niña? —preguntó el joven.

Gwenda estaba segura de que iban a matarla. No veía nada a través de las lágrimas, y sollozaba demasiado fuerte para suplicar por su vida. Moriría e iría al infierno. Esperó el final.

—Deja que se vaya —decidió el mayor—. No vine a este mundo a matar niñas.

El joven la soltó y le dio un empujón. Gwenda trastabilló y cayó al suelo. Se levantó, se secó las lágrimas para poder ver y se alejó tambaleante.

—Vamos, corre —dijo el hombre a su espalda—. ¡Es tu día de suerte!

Caris no podía dormir. Se levantó de la cama y entró en la alcoba de su madre. Su padre estaba sentado en un taburete, contemplando la figura inmóvil de la cama.

Su madre tenía los ojos cerrados y una película de sudor hacía brillar su rostro a la luz de las velas. Casi no se oía su respiración apagada. Caris le cogió una pálida mano; estaba muy fría. La sostuvo entre las suyas para que entrara en calor.

—¿Por qué le sacaron sangre? —preguntó.

—Creen que la enfermedad a veces se debe a un exceso de uno de los humores y esperan sacarlo con la sangre.

—Pero no ha mejorado.

—No. En realidad, parece peor.

Las lágrimas acudieron a los ojos de Caris.

—Entonces, ¿por qué se lo has permitido?

—Los sacerdotes y los monjes estudian las obras de los antiguos filósofos. Ellos saben más que nosotros.

—No lo creo.

—Es difícil saber qué creer, mi rosita.

—Si yo fuera médico, sólo haría cosas que pusieran buena a la gente.

Su padre no la escuchaba, estaba concentrado en su madre. Se inclinó hacia delante y deslizó la mano bajo la manta para tocarle el pecho justo por debajo del seno izquierdo. Caris distinguió la forma de su manaza bajo la fina lana. Su padre ahogó un sollozo, movió la mano y apretó con mayor firmeza, deteniéndose, como si esperara algo.

Cerró los ojos.

Se dejó resbalar lentamente hacia delante hasta quedar de rodillas junto a la cama, como si rezara, con la frente sobre el muslo de su esposa y la mano en su pecho.

Caris comprendió que estaba llorando. Jamás había presenciado nada más aterrador que aquello, mucho más que ser testigo de la muerte de un hombre en el bosque. Los niños lloraban, las mujeres lloraban, los débiles y los desahuciados lloraban, pero su padre jamás. Creyó que el mundo tocaba a su fin.

Tenía que ir a buscar ayuda. Soltó la fría mano de su madre y ésta resbaló inerte sobre la manta, inmóvil. Regresó a su dormitorio y zarandeó a la dormida Alice para que despertara.

—¡Tienes que levantarte!

Alice no abrió los ojos.

—¡Padre está llorando!

Alice se incorporó.

—No es posible —dijo.

—¡Levántate!

Alice salió de la cama. Caris tomó la mano de su hermana mayor y juntas entraron en la alcoba de su madre. Su padre se estaba levantando y, con la cara bañada por las lágrimas, contemplaba el rostro sereno sobre la almohada. Alice se lo quedó mirando, paralizada.

—Te lo he dicho —le susurró Caris.

Su tía Petranilla estaba al otro lado de la cama.

Cuando Edmund vio a las niñas en la puerta, se separó de la cama y se acercó a ellas. Las rodeó con los brazos y las estrechó contra él.

—Vuestra madre está ahora con los ángeles —dijo en voz baja—. Rezad por su alma.

—Sed valientes, niñas —dijo Petranilla—. De ahora en adelante, yo seré vuestra madre.

Caris se secó las lágrimas y miró a su tía.

—Ni lo sueñes.

SEGUNDA PARTE

Del 8 al 14 de junio de 1337

6

l día de Pentecostés del año en que Merthin cumplió los veintiuno, llovió a cántaros sobre la catedral de Kingsbridge.
Enormes goterones rebotaban contra el tejado de pizarra, las
alcantarillas estaban inundadas, el agua salía a borbotones de
las bocas de las gárgolas, las cortinas de lluvia se desdobla-
ban sobre los contrafuertes mientras caudalosos regueros recorrían los arcos
y se derramaban por las columnas, calando las estatuas de los santos. El
cielo, la gran iglesia y los alrededores de la ciudad no eran más que man-
churrones grisáceos de pintura fresca.

El día de Pentecostés conmemoraba la venida del Espíritu Santo sobre los discípulos de Jesús, el séptimo domingo después de Pascua, por
mayo o junio, poco después del esquileo de la mayoría de las ovejas de
Inglaterra, motivo por el cual coincidía con el primer día de la feria del
vellón de Kingsbridge.

Merthin tuvo que atravesar la feria para llegar a la misa de la mañana
en la catedral, chapoteando bajo el aguacero y tirando de la capucha hacia delante, sobre la frente, en un vano intento por no mojarse la cara. En
el ancho prado al oeste de la iglesia, cientos de comerciantes habían dispuesto esos mismos tenderetes que ahora estaban cubriendo a marchas
forzadas con sábanas de arpillera aceitada o fieltro para resguardarlos de
la lluvia. Los mercaderes de lana eran las figuras clave de la feria, desde los
pequeños laneros que recogían la producción de unas cuantas aldeas desperdigadas a los grandes comerciantes, como Edmund, que poseían un
almacén lleno de sacos de lana preparados para su venta. A su alrededor
se agolpaban tenderetes adicionales donde se vendía casi todo lo que el
dinero podía comprar: vino dulce de Renania, brocados de seda tejidos con
hilo de oro de Lucca, recipientes de cristal de Venecia, jengibre y pimienta

de lugares recónditos de Oriente que pocos conocían. Finalmente estaban los proveedores habituales de todos los días, los que cubrían las necesidades básicas de los visitantes y los dueños de los puestos: panaderos, cerveceros, confiteros, adivinos y prostitutas.

Los tenderos respondieron a la lluvia con gran disposición de ánimo, bromeando unos con otros e intentando crear un ambiente festivo, a pesar de que el tiempo supondría un descalabro para sus finanzas. Había gente obligada a hacer negocios lloviera o tronara, como los compradores italianos y flamencos, que necesitaban la suave lana inglesa para miles de atareados telares repartidos por Florencia y Brujas. Sin embargo, los clientes más esporádicos se quedarían en casa: la esposa del caballero se convencería de que podía pasar sin nuez moscada o canela, el próspero campesino estiraría su viejo abrigo un invierno más y el letrado decidiría que su amante no necesitaba una pulsera de oro.

Poco iba a comprar Merthin sin dinero en los bolsillos. Era aprendiz sin sueldo y vivía con su maestro, Elfric Builder. Comía en la mesa con el resto de la familia, dormía en el suelo de la cocina y vestía la ropa vieja de Elfric, pero no recibía paga. En las largas tardes de invierno, tallaba ingeniosos juguetes que vendía por unos pocos peniques —un joyero con compartimientos secretos, un gallo que asomaba la lengua cuando se le apretaba la cola—, pero en verano no le sobraba tiempo para nada, pues los artesanos trabajaban de sol a sol.

Con todo, el período de aprendizaje estaba a punto de concluir. En menos de seis meses, el primer día de diciembre, cumpliría veintiún años y ese mismo día pasaría a convertirse en miembro de pleno derecho del gremio de carpinteros de Kingsbridge. No cabía en sí de emoción.

Los portalones del ala oeste de la catedral estaban abiertos para facilitar la entrada a los miles de feligreses, ciudadanos de Kingsbridge y visitantes que asistirían a la misa de ese día. Merthin entró y se sacudió el agua que le mojaba las ropas. El suelo de piedra estaba resbaladizo, salpicado de lluvia y barro. Cuando el tiempo acompañaba, los rayos de sol que se colaban en su interior iluminaban la iglesia, pero ese día tenía un aspecto lúgubre, las vidrieras no permitían el paso de la luz y los feligreses estaban envueltos en la oscuridad, empapados.

¿Adónde iba toda esa agua de lluvia? No había zanjas alrededor de la iglesia para canalizarla, así que el suelo debía absorberla, miles y miles de litros de agua. ¿Se adentraría en la tierra cada vez más hasta que volvía a caer en forma de lluvia en el infierno? No. La catedral se había erigido en una ladera. El agua corría bajo tierra, filtrándose a lo largo de la colina, de norte a sur, por lo que los cimientos de los grandes edificios de piedra estaban diseñados para que fluyera a través de ellos. Si hubieran hecho un dique de contención habría sido peligroso. Con el tiempo, el agua de lluvia alimentaba el cauce del río en la linde meridional de los terrenos del priorato.

Merthin se imaginó sintiendo en las plantas de los pies las resonantes vibraciones que la corriente de agua subterránea transmitía a través de los cimientos y las losas del suelo.

Una perrita negra se acercó correteando hasta él, meneando la cola, y lo saludó alegremente.

—Hola, Trizas —la saludó Merthin, dándole unas palmaditas.

Al levantar la vista, vio a la dueña de la perra, Caris, y el corazón le dio un vuelco.

Caris llevaba una capa de color rojo vivo que había heredado de su madre, la única pincelada de color en la penumbra. Merthin sonrió de oreja a oreja, feliz de verla. Habría resultado difícil decir qué la hacía tan bella; tenía una cara redonda de rasgos proporcionados y regulares, cabello castaño y ojos verdes con motas doradas. No se diferenciaba demasiado de otras tantas jóvenes de Kingsbridge, pero llevaba el tocado inclinado en un ángulo desenfadado, se adivinaba una inteligencia burlona en sus ojos y lo miraba con una sonrisa picarona que prometía inciertos aunque seductores placeres. Se conocían desde que eran niños, pero apenas hacía unos meses que se había dado cuenta de lo enamorado que estaba de ella.

Caris lo atrajo detrás de una columna y lo besó en la boca. Recorrió sus labios con la punta de la lengua.

Se besaban en cuanto se les presentaba la ocasión: en la iglesia, en el mercado, cuando se encontraban en la calle y, lo mejor de todo, cuando la visitaba en su casa, a solas. Vivía únicamente para esos momentos. Besarla era su último pensamiento antes de irse a dormir y el primero al despertar.

Acudía a su casa dos o tres veces por semana. El padre, Edmund, lo apreciaba; lo contrario de su tía Petranilla. Edmund, un hombre muy sociable, solía invitar a Merthin a cenar, ofrecimiento que el joven aceptaba agradecido, sabiendo que el plato que le esperaba en casa de Elfric siempre sería mucho peor. Caris y él jugaban al ajedrez o las damas o simplemente se sentaban a charlar. Le gustaba mirarla mientras ella le contaba una historia o le explicaba algo, gesticulando, con expresión divertida o asombrada, metiéndose en el papel. No obstante, lo que casi siempre esperaba era ese momento en que poder robarle un beso.

Miró a su alrededor; no había nadie mirando. Deslizó una mano en el interior de la capa de Caris y la acarició a través del suave lino de su vestido. Su cuerpo desprendía calor. Cubrió un pecho pequeño y redondo con la mano. Le encantaba el modo en que su piel cedía a la presión de sus dedos. No la había visto desnuda, pero conocía sus senos de memoria.

En sus sueños iban mucho más allá. En ellos se encontraban a solas y desnudos en algún lugar, en un claro del bosque o en la alcoba de un castillo. Sin embargo, no se explicaba por qué siempre acababan demasiado pronto, justo cuando iba a penetrarla, y se despertaba frustrado.

«Algún día —pensaba en esos momentos—, algún día...»

Todavía no habían hablado de matrimonio. Los aprendices no podían casarse, así que tendrían que esperar. Estaba convencido de que Caris se habría preguntado qué iban a hacer cuando él finalizara su período de instrucción, pero hasta el momento no había expresado esos pensamientos en voz alta. Parecía feliz viviendo el día a día. Además, sentía una supersticiosa aprensión a hablar del futuro. Se decía que los peregrinos no debían emplear demasiado tiempo haciendo planes de viaje, pues la expresión tácita de las posibles vicisitudes podría acabar decidiéndolos a no emprenderlo.

Una monja pasó por su lado y Merthin retiró la mano del pecho de Caris, aguijoneado por la culpabilidad; sin embargo, la hermana no se fijó en ellos. La gente hacía todo tipo de cosas en el inmenso recinto de la catedral. El año anterior, Merthin había visto copular a una pareja contra la pared de la nave meridional, en la oscuridad de la misa de Nochebuena, aunque habían acabado expulsándolos por esa misma razón. Se preguntó si Caris y él se quedarían donde estaban durante la misa, retozando con discreción.

Sin embargo, Caris tenía otros planes.

—Vayamos a la parte de delante —propuso.

Lo agarró de la mano y lo guió entre la multitud. Merthin reconoció a muchos de los asistentes, aunque no a todos. Kingsbridge, con cerca de siete mil habitantes, era una de las mayores ciudades de Inglaterra, por lo que era imposible conocer a todo el mundo. Siguió a Caris hasta el crucero, donde la nave mayor se unía a la transversal, hasta que se toparon con el cancel de madera que impedía el acceso al extremo oriental, donde se encontraba el presbiterio, el espacio reservado para el clero.

Merthin vio que se habían detenido junto a Buonaventura Caroli, el más importante de los mercaderes italianos, un hombre fornido envuelto en una capa de lana gruesa profusamente bordada. Era de Florencia, según él la mayor ciudad de la cristiandad, que superaba más de diez veces en tamaño a Kingsbridge; pero ahora vivía en Londres, desde donde dirigía el formidable negocio familiar, encargándose de bregar con los productores de lana ingleses. Los Caroli eran tan ricos que incluso prestaban dinero a los reyes. Con todo, Buonaventura era un hombre afable y sencillo, aunque la gente decía que podía llegar a ser implacable en los negocios.

Caris saludó al hombre con familiaridad, pues se alojaba en su casa. El italiano dirigió a Merthin un amistoso gesto con la cabeza a pesar de que por la edad y la ropa heredada debía de haber adivinado que el joven no pasaba de mero aprendiz.

Buonaventura estaba contemplando las características arquitectónicas de la catedral.

—Hace cinco años que vengo a Kingsbridge, pero hasta hoy nunca me había fijado en que las ventanas son mucho mayores en el crucero que en el resto del templo —comentó, con despreocupación.

Hablaba francés mezclado con palabras procedentes de un dialecto de la región italiana de la Toscana.

A Merthin no le costó entenderlo. De pequeño hablaba francés normando con sus padres e inglés con sus compañeros de juegos, como la mayoría de los hijos de los caballeros ingleses, y le resultaba sencillo deducir el significado de muchas palabras italianas gracias al latín que había aprendido en la escuela de los monjes.

—Yo puedo deciros el porqué —aseguró.

Buonaventura enarcó las cejas, sorprendido de que un aprendiz poseyera tales conocimientos.

—La iglesia se construyó hace doscientos años, en una época en que esas estrechas ventanas ojivales de la nave y el presbiterio suponían un nuevo y revolucionario concepto —explicó Merthin—. Luego, un siglo después, al obispo se le antojó una torre más alta y aprovechó para hacer reconstruir el crucero al mismo tiempo, momento en que se añadieron esas ventanas más altas, que entonces estaban en boga.

Buonaventura parecía impresionado.

—¿Y cómo es que sabes todo eso?

—En la biblioteca del monasterio se conserva una crónica del priorato a la que llaman *Libro de Timothy*, en que se describe la construcción de la catedral. Gran parte de la obra se elaboró en los tiempos del gran prior Philip, pero hay contribuciones de escritores posteriores. Lo leí de pequeño en la escuela de los monjes.

Buonaventura miró fijamente a Merthin unos segundos, como si quisiera memorizar su cara.

—No está mal el edificio —comentó a continuación, con naturalidad.

—¿Los edificios italianos se diferencian mucho?

A Merthin le fascinaba oír hablar de países extranjeros, de sus costumbres en general y de su arquitectura en particular.

Buonaventura reflexionó unos instantes.

—Creo que los principios arquitectónicos son los mismos en todas partes, pero nunca he visto cúpulas en Inglaterra.

—¿Qué es una cúpula?

—Un techo abovedado, como media pelota.

Merthin se quedó pasmado.

—¡Nunca había oído hablar de una cosa así! ¿Cómo se construye?

Buonaventura se echó a reír.

—Jovencito, soy comerciante de lana, puedo adivinar si un vellón procede de una oveja de los Costwold o de una oveja Lincoln sólo con frotar la lana entre mis dedos, pero si no sé cómo se construye un gallinero, no digamos ya una cúpula...

En ese momento llegó el maestro de Merthin. Elfric era un hombre próspero que vestía ropas caras, aunque siempre parecía que pertenecieran a otra persona. Adulador nato, no prestó atención a Caris y a Merthin, pero hizo una reverencia ante Buonaventura.

—Es un honor teneros de nuevo en nuestra ciudad, señor.

Merthin le dio la espalda.

—¿Cuántas lenguas crees que existen? —le preguntó Caris.

Siempre estaba haciendo preguntas estrambóticas.

—Cinco —contestó Merthin sin vacilar.

—No, en serio —protestó Caris—. Está el inglés, el francés y el latín. Son tres. Los florentinos y los venecianos no hablan lo mismo, aunque tienen palabras en común.

—Tienes razón —dijo Merthin, entrando en el juego—. Así ya son cinco. Luego está el flamenco.

Pocas personas dominaban la lengua de los mercaderes que acudían a Kingsbridge desde los pueblos de tejedores de Flandes: Ypres, Brujas y Gante.

—Y el danés.

—Los árabes también tienen su propio idioma y cuando escriben ni siquiera utilizan las mismas letras que nosotros.

—Y la madre Cecilia me dijo que todos los bárbaros tienen sus propios idiomas que nadie sabe ni siquiera cómo se escriben: escoceses, galeses, irlandeses y seguramente muchos más. Con eso ya son once. ¡Puede que haya pueblos de los que ni siquiera hemos oído hablar!

Merthin sonrió de oreja a oreja. Caris era la única persona con la que podía hacer aquello, ya que los amigos de su misma edad no compartían la emoción de imaginar gente de otros lugares o diferentes estilos de vida. Caris hacía una pregunta cualquiera: ¿cómo será vivir en el fin del mundo? ¿Se equivocan los sacerdotes respecto a Dios? ¿Cómo sabes que no estás soñando en este preciso momento? Y de repente se enzarzaban en un viaje especulativo, compitiendo por erigirse con la idea más estrafalaria.

El rumor de las conversaciones enmudeció de repente y Merthin vio que los hermanos y las monjas estaban tomando asiento. El maestro del coro, Carlus el Ciego, fue el último en salir. A pesar de su ceguera, se movía por la iglesia y las dependencias monásticas sin lazarillo, despacio, pero con la misma confianza que un hombre con el don de la vista, de tan familiarizado como estaba hasta con la última piedra o columna. Inauguró el salmo con su potente voz de barítono y el coro entonó un himno.

Merthin tenía sus propias, aunque calladas, dudas acerca del clero. Los sacerdotes ostentaban un poder que no siempre se correspondía con sus conocimientos, como su patrón, Elfric. Sin embargo, le gustaba acudir a la iglesia: las misas le provocaban una especie de trance; la música, el edificio y los salmos en latín lo fascinaban y creía estar dormido con los ojos abiertos. Una vez más tuvo la ridícula sensación de que podía sentir el agua de lluvia fluyendo en torrentes profundos por debajo de sus pies.

Paseó la mirada por los tres pisos de la nave: arcada, galería y triforio. Sabía que las columnas se habían levantado colocando una piedra sobre otra, pero daban otra impresión, al menos a primera vista. Los bloques estaban tallados de modo que cada columna pareciera un grupo de fustes. Resiguió uno de los cuatro gigantescos pilares del crucero en toda su altura, desde la descomunal base cuadrada sobre la que se apoyaba hasta el primero de los fustes, que se ramificaba hacia el norte para formar un arco a lo largo de la nave lateral. Continuó ascendiendo hasta la tribuna, donde un nuevo fuste se extendía hacia el oeste creando la arcada de la galería. Siguió la ascensión por el pilar hasta el arranque de un arco del triforio, desde donde se prolongaba hacia el oeste, y de allí a los últimos fustes, que se separaban como un ramillete de flores y se convertían en los nervios combados del techo abovedado perdido en las alturas. A continuación, siguió un nervio desde la clave central en el punto más alto de la bóveda hasta el pilar contrario en la esquina opuesta del crucero.

En ese momento ocurrió algo extraño. Fue como si su visión se volviera borrosa y tuvo la impresión de que la nave oriental del crucero se movía.

Percibió un ruido quedo y sordo, tan grave que apenas fue audible, y un temblor bajo los pies, como si un árbol hubiera caído cerca.

El coro perdió el compás.

Una grieta se abrió en el muro meridional del presbiterio, justo al lado del pilar que Merthin había estado estudiando.

El joven se volvió hacia Caris a tiempo de atisbar por el rabillo del ojo las piedras que se desplomaban en el coro y el crucero. Segundos después se produjo el caos: chillidos de mujeres, gritos de hombres y el ensordecedor estruendo de los enormes bloques de piedra estrellándose contra el suelo, que se prolongó durante un largo momento. Cuando el silencio se impuso sobre la iglesia, Merthin se sorprendió sujetando a Caris; le rodeaba los hombros con un brazo, estrechándola contra él, y le cubría la cabeza con el otro para protegerla, con el cuerpo interpuesto entre ella y la parte del gran templo que estaba en ruinas.

Evidentemente era un milagro que nadie hubiera muerto.

Los peores daños los había sufrido el pasillo sur del presbiterio, vacío durante la misa. Los feligreses tenían vedado el acceso al presbiterio, y los hermanos y las monjas se habían concentrado en la parte central, en el coro. Varios monjes se habían salvado por muy poco, lo que incitaba a hablar de milagros, y otros presentaban cortes y moretones producidos por las esquirlas desprendidas de las piedras. Los feligreses apenas habían sufrido unas pocas magulladuras. Por todo ello, era obvio que habían disfrutado de la protección sobrenatural de san Adolfo, cuyos huesos descansaban bajo el altar mayor, y entre cuyas obras se contaban numerosos casos de curación de enfermos y restablecimiento de desahuciados. No obstante, por consenso general se concluyó que Dios había enviado un aviso a la gente de Kingsbridge, aunque todavía estaba por dilucidar de qué los estaba advirtiendo.

Una hora después, cuatro hombres inspeccionaban los daños. El hermano Godwyn, primo de Caris, era el sacristán, responsable de la iglesia y sus tesoros. Por debajo de él, con el cargo de *matricularius*, al que se le confiaban las reparaciones del monasterio, estaba el hermano Thomas, también conocido como sir Thomas de Langley diez años atrás. El contrato de mantenimiento de la catedral se había suscrito con Elfric, carpintero por formación y constructor de oficio. Merthin lo seguía pegado a sus talones, en calidad de aprendiz.

Varias hileras de pilares dividían el extremo oriental de la iglesia en cuatro secciones o crujías. El hundimiento había afectado a las dos más próximas al crucero. La bóveda de piedra de la nave meridional había quedado destruida por completo en la primera crujía y parcialmente en la segunda. Había grietas en la galería de la tribuna y varios parteluces habían caído de las ventanas del triforio.

—La falta de consistencia de la argamasa provocó el derrumbamiento de la bóveda y eso a su vez originó las grietas de los pisos más altos —concluyó Elfric.

A Merthin no le convenció la explicación, pero no disponía de una alternativa que justificara el derrumbe.

El joven odiaba a su maestro. En un principio había sido aprendiz del padre de Elfric, Joachim, un constructor de amplia experiencia que había trabajado en iglesias y puentes de Londres y París. El anciano se deleitaba transmitiéndole a Merthin sus conocimientos de albañilería, lo que en su profesión llamaban «misterios», y que en su mayoría consistían en fórmulas aritméticas aplicadas a la construcción, como la proporción entre la altura de un edificio y la profundidad de sus cimientos. A Merthin le gustaban los números y se embebía de lo que Joachim tenía a bien enseñarle.

Elfric ocupó su lugar a la muerte del anciano. El nuevo maestro creía que la obediencia era el único saber que un aprendiz debía obtener en realidad, un precepto difícil de acatar para Merthin, por lo que Elfric lo castigaba con raciones exiguas, ropas gastadas y trabajo a la intemperie con la llegada del frío. Para colmo de males, a la rolliza hija de Elfric, Griselda, de la misma edad que el joven, nunca le faltaba de comer e iba siempre bien abrigada.

La mujer de Elfric había muerto tres años atrás y él había desposado a Alice, la hermana mayor de Caris, en segundas nupcias. La gente decía que de las dos hermanas, Alice era la más agraciada, y ciertamente poseía unos rasgos más armoniosos, pero carecía del encanto de Caris. Merthin la encontraba sosa. Al parecer, Alice siempre se había sentido tan atraída por el joven como su hermana, por lo que Merthin tenía esperanzas de que sus influencias se hicieran sentir sobre su esposo y Elfric lo tratase mejor. Sin embargo, había ocurrido justo lo contrario. Por lo visto, Alice creía que entre sus deberes maritales se encontraba unirse a Elfric en los agravios que su marido le infligía a Merthin.

El joven sabía que muchos otros aprendices sufrían el mismo trato que él y que lo soportaban porque la adquisición de un oficio era el único camino hacia la obtención de un trabajo bien remunerado. Los gremios de artesanos frenaban eficazmente el intrusismo profesional. Nadie podía desempeñar un oficio en una ciudad sin pertenecer a un gremio. Incluso los sacerdotes, los hermanos o las monjas que desearan comerciar con lana o cerveza tenían que estar afiliados. Fuera de las ciudades el comercio apenas existía, puesto que los campesinos se construían sus propias casas y se confeccionaban sus propias ropas.

Al final del período de aprendizaje, la mayoría de los mozos continuaban con su maestro en calidad de oficiales a cambio de un sueldo, y de entre éstos sólo unos pocos llegaban a tomar las riendas del oficio a la muerte del anciano. Eso no le ocurriría a Merthin. Detestaba demasiado a Elfric para quedarse con él, se iría en cuanto pudiera.

—Echémosle un vistazo desde arriba —propuso Godwyn.

Se dirigieron al extremo oriental.

—Me alegra ver que ya has vuelto de Oxford, hermano Godwyn, aunque debes de echar en falta la compañía de gente tan instruida —dijo Elfric.

Godwyn asintió con la cabeza.

—Los maestros son verdaderamente extraordinarios.

—Y los demás estudiantes, ésos también deben de ser jóvenes notables, imagino. Aunque corren historias sobre descarríos.

Godwyn pareció atribulado.

—Me temo que algunas de esas historias son ciertas. Cuando un sacerdote o un monje joven se encuentra lejos de casa por vez primera, puede verse asaltado por las tentaciones.

—Aun así, es todo un honor para Kingsbridge poder contar con el crédito de hombres de formación universitaria.

—Muy amable de tu parte.

—No digo más que la verdad.

A Merthin le hubiera gustado decirle que hiciera el favor de cerrar la boca, pero así era Elfric. Carecía de aptitudes, su trabajo dejaba mucho que desear y tenía un criterio muy voluble, pero sabía cómo congraciarse con alguien; Merthin se lo había visto hacer una y mil veces. Elfric podía llegar a ser tan encantador con la gente de la que quería algo como brusco con aquellos que no poseían nada que él deseara.

Era Godwyn quien sorprendía a Merthin. ¿Cómo un hombre inteligente y con estudios se dejaba engatusar por Elfric? Tal vez fuera menos obvio para la persona que era objeto de sus lisonjas.

Godwyn abrió una pequeña puerta y encabezó el ascenso por la estrecha escalera de caracol oculta en el muro. Merthin estaba emocionado; disfrutaba recorriendo los pasadizos secretos de la catedral y, además, sentía curiosidad por descubrir las causas del terrible hundimiento.

Las naves laterales, que se extendían a ambos lados de la nave principal de la iglesia, eran construcciones de un solo piso con techos de piedra abovedados recorridos por nervios. Sobre el techo abovedado, un tejado inclinado unía el muro exterior de la nave lateral con la base del triforio y formaba un espacio triangular cuyo suelo lo constituía la parte oculta del techo abovedado, o extradós, de la nave lateral. Fue a este espacio al que los cuatro hombres salieron para comprobar los daños desde arriba.

La única luz procedía de las ventanas interiores de la iglesia, pero el previsor Thomas había traído un candil. Las bóvedas de las crujías fueron lo primero en que se fijó Merthin. Vistas desde arriba, descubrió que ninguna era igual. La del extremo oriental dibujaba una curva ligeramente más achatada que la colindante, y la siguiente, destruida en parte, también parecía diferente.

Avanzaron por el extradós, manteniéndose pegados al borde en que la bóveda parecía más firme, hasta encontrarse todo lo cerca que se atrevieron de la parte desplomada. La bóveda se había construido del mismo modo que el resto de la iglesia, con piedras unidas con argamasa, aunque las del techo eran muy finas y ligeras. Tenía un arranque casi vertical, pero iba curvándose a medida que tomaba altura, hasta encontrarse con la cantería del lado contrario.

—Bueno, evidentemente, lo primero que hay que hacer es reconstruir la bóveda de las dos primeras crujías de la nave lateral —opinó Elfric.

—Hace mucho tiempo de la última vez que alguien construyó bóvedas nervadas en Kingsbridge —dijo Thomas—. ¿Sabrás hacer la cimbra? —preguntó, volviéndose hacia Merthin.

Merthin sabía a qué se refería. En el arranque de la bóveda, donde la cantería se alzaba casi en vertical, las piedras aguantarían por su propio peso, pero en lo alto, a medida que la curva fuera alcanzando la horizontalidad, se necesitaría cierta sujeción para que no cayeran durante el secado de la argamasa. La solución más lógica era utilizar una armadura de madera, llamada cimbra o cercha, sobre la que ir colocando las piedras.

El trabajo supondría todo un desafío para un carpintero, ya que la curvatura de las costillas debía ajustarse a la exactitud. Thomas conocía la calidad de la obra de Merthin, ya que desde hacía años supervisaba el mantenimiento que Elfric y Merthin llevaban a cabo en la catedral. De todos modos, el monje había tenido muy poco tacto al dirigirse al aprendiz en vez de al maestro. La reacción de Elfric no se hizo esperar.

—Sí, bajo mi supervisión puede hacerlo.

—Puedo construir la cimbra —contestó Merthin, quien ya había empezado a idear el andamio que debía aguantar la armadura y la plataforma sobre la que se moverían los albañiles—. Pero estas bóvedas no se construyeron con cimbra.

—No digas tonterías, muchacho —dijo Elfric—. Por supuesto que se utilizó una cimbra. ¿Qué sabrás tú?

Merthin sabía que no era aconsejable discutir con su patrón. Por otro lado, en menos de seis meses le estaría haciendo la competencia y necesitaba que personas como el hermano Godwyn creyeran en sus aptitudes.

Además, el desdén que transpiraban las palabras de Elfric lo había herido, y ardía en deseos de demostrar que su maestro se equivocaba.

—Mira el extradós —dijo, indignado—. Es lógico pensar que, al acabar una crujía, los albañiles hubieran reutilizado la cimbra para la siguiente y, en ese caso, las bóvedas tendrían la misma curvatura. Sin embargo, son todas diferentes.

—Es evidente que no utilizaron la misma cimbra —repuso Elfric, molesto.

—¿Por qué no habrían de utilizarla? —insistió Merthin—. Lo más normal es que quisieran ahorrar madera, por no hablar de los sueldos de los carpinteros cualificados.

—Da igual, es imposible construir una bóveda sin cimbra.

—No, no lo es —replicó Merthin—. Existe un método…

—Se acabó —lo atajó Elfric—. Estás aquí para aprender, no para enseñar.

—Un momento, Elfric —intervino Godwyn—. Si el muchacho está en lo cierto, eso le ahorraría al priorato mucho dinero. —Miró a Merthin—. ¿Qué ibas a decir?

Merthin se arrepintió a medias de haber sacado el tema a relucir. El precio que tendría que pagar por su osadía sería considerable, pero el mal ya estaba hecho. Si se echaba atrás, pensarían que se lo había inventado todo.

—Viene explicado en un libro de la biblioteca del monasterio y es muy sencillo —dijo—. A medida que se van colocando las piedras, se les ata una cuerda alrededor. Un extremo de la cuerda se sujeta al muro y el otro se lastra con un trozo de madera. La cuerda forma un ángulo recto con el borde de la piedra y la mantiene en su sitio, impidiendo que resbale de su lecho de argamasa y que caiga al suelo.

Todos callaron un momento, concentrados, intentando imaginar el procedimiento. Thomas asintió con la cabeza.

—Podría funcionar —admitió.

Elfric parecía enojado. Godwyn, intrigado.

—¿Qué libro es ése?

—Se titula *Libro de Timothy* —contestó Merthin.

—Lo conozco, pero nunca lo he leído. Es evidente que debería hacerlo. —Godwyn se volvió hacia los demás—. ¿Hemos visto todo lo que había que ver?

Elfric y Thomas asintieron.

—¿Te das cuenta de que acabas de ahorrarte varias semanas de trabajo? —preguntó Elfric a Merthin en voz baja cuando abandonaban el tejado—. Te aseguro que no harás lo mismo cuando seas tu propio patrón.

Merthin no había pensado en eso. Elfric tenía razón; al demostrar que la cimbra no era necesaria, también había restado horas de trabajo. Sin embargo, el criterio de Elfric le parecía totalmente errado. No estaba bien dejar que alguien se gastara el dinero sin necesidad para tener trabajo durante más tiempo. Merthin no quería vivir engañando a la gente.

Descendieron la escalera de caracol y salieron al presbiterio.

—Mañana te traeré el presupuesto de la obra —le dijo Elfric a Godwyn.

—Bien.

Elfric se volvió hacia Merthin.

—Tú te quedarás aquí y contarás las piedras de la bóveda de una nave lateral. Cuando lo tengas, ven a casa a decírmelo.

—Sí.

Elfric y Godwyn se fueron, pero Thomas se demoró un poco más.

—Te he metido en un lío —dijo.

—Sólo estabas intentando darme un empujón.

El monje se encogió de hombros e hizo un gesto con un brazo en señal de resignación. Hacía diez años que le habían amputado el izquierdo a la altura del codo, después de que se le hubiera infectado la herida sufrida durante la pelea que Merthin había presenciado.

El joven aprendiz estaba tan acostumbrado a ver a Thomas vestido con el hábito de monje que casi nunca pensaba en la extraña escena del bosque, pero en esos momentos le vino a la memoria: los hombres de armas, los niños ocultos entre los matorrales, el arco y la flecha, la carta enterrada... Thomas siempre había sido amable con él y suponía que se debía a lo sucedido aquel día.

—Nunca le he hablado a nadie de la carta —le confesó en voz baja.

—Lo sé —contestó Thomas—. Si lo hubieras hecho, estarías muerto.

La mayoría de las grandes ciudades estaban administradas por un gremio de comerciantes, una organización de ciudadanos prominentes que agrupaba numerosas cofradías de artesanos dedicadas a un oficio en particular: albañiles, carpinteros, curtidores, tejedores, sastres... También existían las cofradías religioso-benéficas, pequeñas asociaciones creadas en torno a las iglesias con el fin de recaudar fondos para los hábitos de los sacerdotes, los ornamentos sagrados y la manutención de viudas y huérfanos.

Las ciudades catedralicias eran diferentes. Kingsbridge, al igual que St. Albans y Bury St. Edmunds, estaba subordinada al monasterio, dueño de casi todas las tierras, tanto de los terrenos urbanos como de los alrededores. Los priores siempre se habían negado a la creación de un gremio de comerciantes; sin embargo, los artesanos y los mercaderes más importantes de la ciudad pertenecían a la cofradía gremial de San Adolfo. En sus orígenes dicha cofradía, compuesta por gentes devotas, se había creado para recaudar fondos destinados a la catedral, pero ahora constituía la organización más importante de la ciudad. Establecía normas sobre cómo debía desarrollarse la actividad mercantil y elegía un mayordomo y seis veedores, quienes aseguraban el cumplimiento de dichas normas. En la sede del gremio se custodiaban las medidas estandarizadas de un saco de lana, del ancho de un rollo de tela y del volumen de una fanega para el comercio de Kingsbridge. Con todo, los mercaderes no podían constituirse en un tribunal ni impartir justicia como lo hacían en las ciudades vecinas, pues era el prior de Kingsbridge quien se arrogaba esos privilegios.

La tarde del día de Pentecostés, la cofradía gremial daba un banquete en la sede del gremio para los comerciantes más importantes. Edmund Wooler era el mayordomo y Caris lo acompañaba en calidad de anfitriona, de modo que Merthin tendría que buscarse otros entretenimientos.

Por fortuna, Elfric y Alice también asistirían al banquete, de modo que podría sentarse a pensar en la cocina mientras escuchaba la lluvia. No hacía frío, pero había encendida una pequeña lumbre para cocinar y las rojizas ascuas animaban la estancia.

Desde la cocina oía a la hija de Elfric, Griselda, trajinando en el piso de arriba. Era una de las mejores casas de la ciudad, aunque más pequeña que la de Edmund. En la planta baja sólo había una cámara principal y la cocina. La escalera conducía a un descansillo, donde dormía Griselda, y a una alcoba para el maestro y su esposa. Merthin dormía en la cocina.

Tiempo atrás, hacía unos tres o cuatro años, durante la noche lo habían atormentado fantasías en las que ascendía esos escalones y yacía bajo las mantas junto al cálido y rollizo cuerpo de Griselda. Sin embargo, la joven se consideraba superior a él, lo trataba como a un criado y jamás se le había insinuado.

Sentado en el escaño, Merthin miraba fijamente el fuego, imaginando el andamio de madera que levantaría para los albañiles que reconstruyeran la bóveda hundida de la catedral. La madera era cara y los largos troncos escaseaban por culpa de los dueños de los bosques, quienes solían ceder a la tentación de venderla antes de que los árboles se hubiesen desarrollado del todo. Por esa razón los constructores intentaban reducir el número de andamios al mínimo, y en vez de levantarlos desde el suelo, ahorraban madera suspendiéndolos de los muros existentes.

Mientras reflexionaba sobre todo aquello, Griselda entró en la cocina y se sirvió un vaso de cerveza del barril.

—¿Quieres? —le preguntó.

Merthin aceptó el ofrecimiento, un poco confundido ante tanta amabilidad. No obstante, ahí no acabaron las sorpresas, porque a continuación vio que tomaba asiento en un taburete delante de él para beber.

Hacía tres semanas que no se sabía nada del amante de Griselda, Thurstan, razón por la que debía de sentirse sola y buscar la compañía de Merthin. La bebida confortó el estómago y los nervios del joven.

—¿Qué le ha pasado a Thurstan? —preguntó, buscando algo que decir.

Griselda sacudió la cabeza como una yegua juguetona.

—Le dije que no quería casarme con él.

—¿Por qué no?

—Es demasiado joven para mí.

Merthin sospechó que había algo más. Thurstan tenía diecisiete años y Griselda veinte, aunque no era demasiado madura. Merthin creyó más probable que se debiera a que Thurstan era de clase humilde. Había llegado a Kingsbridge de nadie sabía dónde un par de años atrás y había trabajado en calidad de obrero no cualificado para varios artesanos de la ciudad. Lo más seguro era que se hubiera aburrido de Griselda o de Kingsbridge y hubiera seguido su camino.

—¿Adónde se ha ido?

—Ni lo sé ni me importa. Debería casarme con alguien de mi edad, alguien con sentido de la responsabilidad… Tal vez con un hombre que algún día pudiera hacerse cargo del negocio de mi padre.

A Merthin se le pasó por la cabeza que podría estar refiriéndose a él, aunque enseguida descartó la idea, recordando sus constantes desprecios. Griselda se levantó del taburete, se acercó a él y se sentó en el escaño, a su lado.

—Siempre he pensado que mi padre es mezquino contigo —dijo.

Merthin no daba crédito a lo que oía.

—Pues te ha costado reconocerlo. Llevo viviendo aquí seis años y medio.

—No es fácil ir en contra de la familia.

—De todas formas, ¿por qué es tan ruin conmigo?

—Porque crees que sabes más que él y no puedes disimularlo.

—Tal vez sepa más que él.

—¿Lo ves?

Merthin se echó a reír. Era la primera vez que Griselda lo conseguía. La joven se acercó un poco más y apretó su pierna bajo el vestido de lana contra la de Merthin. Él vestía su gastada camisa de lino que le llegaba hasta media pierna y los calzones típicos que solían llevar los hombres, pero sintió el calor que desprendía el cuerpo de ella a través de las ropas. ¿Qué estaba ocurriendo? La miró incrédulo. El brillante cabello oscuro de la joven enmarcaba un rostro atractivo y carnoso, de ojos castaños y bonitos labios que invitaban a besar.

—Me gusta estar bajo techo cuando llueve. Es agradable —comentó Griselda.

Merthin empezó a sentirse excitado y apartó la mirada de ella, preguntándose qué pensaría Caris si entrara en esos momentos. Intentó sofocar su deseo, pero eso no hizo más que avivarlo.

Volvió a mirar a Griselda. Tenía los labios húmedos y separados. La joven se inclinó hacia él y Merthin la besó, a lo que Griselda reaccionó de inmediato introduciendo la lengua en su boca. La inesperada y chocante intimidad le resultó muy estimulante y respondió del mismo modo. No era como besar a Caris...

Ese pensamiento lo detuvo. Se apartó de Griselda y se puso en pie.

—¿Qué pasa? —preguntó la joven.

—Nunca antes te habías interesado por mí —contestó, omitiendo la verdad.

La joven parecía molesta.

—Ya te lo he dicho, tenía que apoyar a mi padre.

—Pues has cambiado de opinión de la noche a la mañana.

Griselda se levantó y se acercó a él. Merthin retrocedió hasta que la pared detuvo su retirada. Griselda le tomó la mano y la colocó sobre sus senos. Tenía unos pechos redondos y turgentes y él no resistió la tentación de acariciarlos.

—¿Lo has hecho alguna vez con una mujer... hasta el final?

Se descubrió incapaz de pronunciar palabra, pero asintió con la cabeza.

—¿Alguna vez has pensado en hacerlo conmigo?

—Sí —consiguió decir.

—Podemos hacerlo ahora si quieres, mientras están fuera. Podemos subir y tumbarnos en mi cama.

—No.

Griselda apretó su cuerpo contra él.

—Con tus besos me ha entrado calentura y estoy húmeda.

Merthin la apartó de él, pero el empujón fue más brusco de lo esperado y Griselda cayó al suelo y aterrizó sobre su orondo trasero.

—Déjame en paz —dijo Merthin.

No estaba seguro de quererlo en realidad, pero ella se lo tomó al pie de la letra.

—Entonces vete al diablo —masculló Griselda.

Se puso en pie y subió la escalera atropelladamente.

Merthin se quedó donde estaba, jadeando. Se arrepentía de haberla rechazado.

Los aprendices no solían resultar demasiado atractivos para las mujeres jóvenes, quienes no deseaban que las obligaran a esperar demasiado para casarse. Pese a todo, Merthin había cortejado a varias jóvenes de Kingsbridge. Una de ellas, Kate Brown, se había sentido lo suficientemente atraída por él como para permitirle llegar hasta el final en el huerto de su padre, una calurosa tarde de verano de hacía un año. Poco después, al padre le sobrevino una muerte repentina y la madre se mudó con la familia a vivir a Portsmouth. Había sido la única vez que Merthin había yacido con una mujer. ¿Sería un imbécil por rechazar la oferta de Griselda?

Se convenció de que se había salvado de milagro. Griselda era una persona de poco fiar que en realidad no sentía nada por él. Tendría que estar orgulloso de haber conseguido resistirse a la tentación. No había seguido su instinto como las bestias del campo, sino que había tomado una decisión, como un hombre.

Griselda rompió a llorar.

No daba alaridos, pero la oía de todos modos. Merthin se acercó a la puerta trasera. Como todas las casas de la ciudad, la de Elfric disponía de un largo y estrecho terreno en la parte de atrás donde había un retrete y un vertedero, y en el que casi todo el mundo cuidaba gallinas y cerdos, y cultivaban hortalizas y frutas; sin embargo, el patio de Elfric se utilizaba para almacenar pilas de maderos y piedras, cabos de cuerda, baldes, carretillas y escaleras. Merthin se quedó mirando la lluvia que caía en el patio, pero los gimoteos de Griselda seguían llegando hasta sus oídos.

Decidió salir de allí, pero al llegar a la puerta de entrada no supo adónde ir. En casa de Caris sólo estaba Petranilla, quien no le daría la bienvenida. Pensó en acercarse hasta la de sus padres, pero eran las últimas personas a las que desearía ver en el estado en que se encontraba. Podría haber acudido a su hermano, pero Ralph no llegaría a Kingsbridge hasta finales de semana. Además, se dio cuenta de que no podía salir de la casa sin algo de abrigo y ya no por la lluvia, pues no le importaba mojarse, sino por el bulto de sus calzones, que se negaba a remitir.

Intentó pensar en Caris. Supuso que en esos momentos estaría comiendo carne asada y pan de trigo rociados de vino. Se preguntó qué llevaría puesto. Su mejor traje era un vestido suave y rosado, tirando a rojo, de cuello cuadrado, que hacía resaltar la pálida piel de su esbelto cuello. Sin embargo, el llanto de Griselda seguía inmiscuyéndose en sus pensamientos. Deseaba consolarla, decirle que lamentaba haberle hecho sentirse rechazada y explicarle que era muy atractiva, pero que no estaban hechos el uno para el otro.

Se sentó y volvió a levantarse. Era duro oír a una mujer afligida. No podía pensar en los andamiajes mientras ese sonido inundara la casa. No podía quedarse, ni marcharse, ni sentarse tranquilo.

Subió la escalera.

Griselda estaba echada boca abajo en el jergón relleno de paja donde dormía. Tenía el vestido arrugado y arremangado por encima de las rollizas piernas. La piel de la parte trasera de los muslos era muy blanca y parecía suave.

—Lo siento —se disculpó Merthin.

—Vete.

—No llores.

—Te odio.

Merthin se arrodilló y le dio unas palmaditas en la espalda.

—No puedo quedarme sentado en la cocina oyendo cómo lloras.

Griselda se dio la vuelta y lo miró con la cara húmeda por las lágrimas.

—Soy fea y gorda y me odias.

—No te odio.

Merthin le secó las húmedas mejillas con el dorso de la mano. Griselda lo agarró por la muñeca y tiró de él.

—¿De verdad?

—No, pero...

La joven le pasó una mano por detrás de la nuca, lo atrajo hacia sí y lo besó. Merthin gimió, más excitado que nunca. Se tumbó junto a ella en el jergón, diciéndose que se iría enseguida, que la consolaría un poco más y que luego se levantaría y bajaría la escalera.

Griselda le agarró la mano y la llevó por debajo de su falda, entre las piernas. Merthin sintió el vello ensortijado, la suave piel y la húmeda hendidura y supo que estaba perdido. La acarició con torpeza, deslizando un dedo en su interior. Creyó que iba a estallar.

—No puedo parar —dijo.

—Rápido —lo azuzó ella, jadeando.

Le subió la camisa, le bajó los calzones y él se puso encima.

Merthin sintió que perdía el control cuando Griselda lo guió hacia su interior. Los remordimientos lo visitaron antes de terminar.

—No, no...

La explosión empezó con la primera embestida y al cabo de un instante, terminó. El aprendiz se desplomó sobre ella, con los ojos cerrados.

—Dios mío, ojalá me muriera...

7

Buonaventura Caroli comunicó la sorprendente noticia durante el desayuno del lunes, un día después del gran banquete que tuvo lugar en la sede del gremio.

Caris se sintió algo indispuesta al tomar asiento junto a la mesa de roble del comedor de la casa de su padre. Le dolía la cabeza y sentía un amago de náuseas. Tomó una pequeña ración de sopas de leche tibias para confortar el estómago. Al recordar lo bueno que le había sabido el vino durante el banquete, se preguntó si no habría bebido demasiado. ¿Sería ésa la sensación sobre la que bromeaban hombres y muchachos al día siguiente, cuando se jactaban de la cantidad de bebida fuerte que toleraban?

El padre de Caris y Buonaventura comían cordero frío, y mientras, la tía Petranilla les estaba contando una historia.

—A los quince años me prometí con un sobrino del conde de Shiring —les explicaba—. Todo el mundo veía aquella unión con muy buenos ojos, pues su padre era un caballero de rango medio y el mío, un acaudalado mercader de lana. Sin embargo, el conde y su único hijo murieron al cabo de poco tiempo en Escocia, en la batalla de Loudon Hill. Mi prometido, Roland, pasó a ser el nuevo conde… y rompió el compromiso. Hoy en día todavía lo sigue siendo. Si me hubiera casado con Roland antes de la batalla, ahora yo sería la condesa de Shiring.

Mojó una tostada en la cerveza.

—Tal vez no fuera ésa la voluntad de Dios —opinó Buonaventura. Le lanzó un hueso a Trizas y ésta lo aferró de un salto como si hiciera una semana que no veía alimento alguno. Luego, se dirigió al padre de Caris—: Amigo mío, hay algo que debo decirte antes de que ambos iniciemos los asuntos del día.

Por su tono de voz, Caris dedujo que se trataba de malas noticias, y su padre debió de intuir lo mismo puesto que respondió:

—Ese tono no presagia nada bueno.

—Nuestro negocio ha ido perdiendo fuelle durante estos últimos años —prosiguió Buonaventura—. Mi familia cada año vende menos género, cada año compramos un poco menos de lana a Inglaterra.

—Con los negocios siempre pasa igual —repuso Edmund—, unas veces van mejor y otras, peor. Y nadie sabe por qué.

—Pero ahora tu rey se ha metido por medio.

Era cierto. Eduardo III había observado cuánto dinero se hacía con la lana y había decidido que una parte debía ir a parar a las arcas de la Corona. Había establecido un nuevo impuesto que consistía en una libra por cada saco de lana. El peso estándar de un saco era de ciento sesenta y cinco kilos y se vendía por unas cuatro libras, por lo cual el nuevo impuesto equivalía a la cuarta parte del valor de la lana, o sea, una buena tajada.

Buonaventura prosiguió:

—Lo peor de todo es que ha puesto muy difícil la exportación de lana de Inglaterra. He perdido mucho dinero en sobornos.

—Pronto retirarán la prohibición de exportar —aseguró Edmund—. Los mercaderes de la Compañía de la Lana de Londres están negociándolo con oficiales del rey...

—Ojalá tengas razón —dijo Buonaventura—. No obstante, tal como están ahora las cosas, mi familia no cree necesario que siga visitando dos ferias del vellón distintas en esta zona del país.

—¡Pues claro! —exclamó Edmund—. Ven aquí y olvídate de la feria de Shiring.

La ciudad de Shiring se encontraba a dos días de distancia de Kingsbridge. Era más o menos de la misma extensión y aunque no tenía catedral ni priorato, contaba con el castillo del sheriff y con el tribunal del condado. Una vez al año, se celebraba una feria del vellón que competía con la de Kingsbridge.

—Me temo que aquí no encontraré el surtido necesario. Verás, la feria del vellón de Kingsbridge parece estar en declive; cada vez hay más vendedores que van a Shiring, y allí se ofrece una amplia variedad de tipos y calidades.

Caris estaba consternada, aquello podía resultar desastroso para su padre. Decidió intervenir.

—¿Por qué los vendedores prefieren ir a Shiring?

Buonaventura se encogió de hombros.

—El gremio de mercaderes de esa comunidad ha ideado la feria para que resulte atractiva. No se forman largas colas para atravesar la puerta de entrada a la ciudad, los comerciantes pueden alquilar puestos y casetas, disponen de un edificio donde cerrar los tratos cuando, por ejemplo, está lloviendo como hoy...

—Nosotros también podríamos ofrecer todo eso —dijo Caris.

Su padre dio un resoplido.

—Ojalá.

—¿Por qué no, papá?

—Shiring es un municipio independiente, con un fuero real. Los mercaderes de allí cuentan con la posibilidad de organizar cosas que beneficien a los mercaderes de lana. Kingsbridge pertenece al priorato...

Petranilla lo interrumpió.

—Por la gracia de Dios.

—Sin duda —respondió Edmund—. Pero nuestra comunidad parroquial no puede hacer nada sin el beneplácito del priorato... y los priores son personas cautelosas y conservadoras, mi hermano no es ninguna excepción. Como resultado, la mayor parte de las propuestas de mejora son rechazadas.

Buonaventura prosiguió:

—Por respeto a la antigua relación comercial que mi familia viene manteniendo contigo, Edmund, y antes que contigo con tu padre, hemos seguido acudiendo a Kingsbridge. Pero en los malos momentos no podemos permitirnos caer en el sentimentalismo.

—Entonces voy a pedirte un pequeño favor, en nombre de tan antigua relación —dijo Edmund—. No tomes ninguna decisión definitiva todavía. Mantén la mente abierta.

Eso era muy ingenioso, pensó Caris. Se asombró, tal como solía ocurrirle, de lo astuto que podía resultar su padre en una negociación. No trató de convencer a Buonaventura para que cambiara de opinión, pues eso sólo habría servido para que se afianzara en su postura. Resultaba mucho más fácil convencer al italiano para que no considerara definitiva su decisión. Tal cosa no lo comprometía a nada, pero dejaba la puerta abierta.

A Buonaventura le costó negarse.

—Muy bien, pero ¿con qué fin?

—Quiero tener la oportunidad de mejorar la feria, y sobre todo el puente —respondió Edmund—. Si en Kingsbridge conseguimos ofrecer mejores servicios que en Shiring y atraer a más vendedores, tú también seguirás visitándonos, ¿verdad?

—Por supuesto.

—Entonces eso es todo cuanto tenemos que hacer. —Se puso en pie—. Voy a ver a mi hermano ahora mismo. Caris, ven conmigo. Le mostraremos la cola que hay en el puente. No, espera, Caris; haz venir a ese joven aprendiz amigo tuyo tan inteligente, a Merthin. Es probable que necesitemos de su experiencia.

—Estará trabajando.

Petranilla intervino:

—Pues dile a su patrón que el mayordomo de la comunidad parroquial requiere al chico. —Petranilla se sentía orgullosa de que su hermano fuera mayordomo y sacaba el tema a colación a la mínima oportunidad.

Con todo, tenía razón. Elfric dejaría salir a Merthin.

—Voy a buscarlo —dijo Caris.

Tras ponerse el manto con capucha, salió. Seguía lloviendo, aunque no tanto como el día anterior. Elfric, como la mayoría de los ciudadanos destacados, vivía en la calle principal, la cual unía el puente con las puertas del priorato. La amplia vía se encontraba plagada de carros y viandantes que se dirigían a la feria y al pasar salpicaban agua de los charcos y los regueros de lluvia.

Como siempre, se moría de ganas de ver a Merthin. El chico le gustaba desde el día de Todos los Santos de hacía diez años, cuando se había presentado en la sesión de tiro al arco con su arma artesanal. Era listo y divertido. Al igual que ella, sabía que el mundo era más extenso y fascinante de lo que la mayoría de los ciudadanos de Kingsbridge podían concebir. Además, seis meses atrás habían descubierto algo que resultaba mucho más emocionante que la simple amistad.

Caris había besado a otros chicos antes que a Merthin, aunque no era algo que hiciera con frecuencia: no acababa de verle la gracia. Sin embargo, con él era distinto; le resultaba excitante y sexualmente atractivo. Su aire pícaro confería a todo cuanto hacía un matiz ligeramente malicioso. También le gustaba que la tocara. Quería ir más allá… pero trataba de no pensar en ello. «Ir más allá» significaba casarse, y una esposa debía someterse a su marido, que era su señor. Y Caris abominaba esa idea. Por fortuna aún no se veía obligada a pensar en eso, pues Merthin no podría casarse hasta que terminara su formación como aprendiz, para lo cual todavía faltaba medio año.

Llegó a casa de Elfric y entró. Su hermana, Alice, se encontraba en la sala principal, sentada a la mesa con su hijastra, Griselda. Comían pan con miel. Álice había cambiado durante los tres años de matrimonio con Elfric. Siempre había tenido un carácter adusto, como Petranilla, pero bajo la influencia de su marido se había vuelto más suspicaz, rencorosa y mezquina.

Sin embargo, ese día estaba bastante simpática.

—Siéntate, hermana —la invitó—. El pan está cocido de esta mañana.

—No puedo, he venido a buscar a Merthin.

Alice la miró con desaprobación.

—¿Tan temprano?

—Nuestro padre quiere verlo.

Caris atravesó la cocina hasta la puerta trasera y se asomó al patio. La lluvia caía sobre el deprimente paisaje que constituían los enseres relacionados con la construcción. Uno de los peones de Elfric cargaba piedras mojadas en una carretilla. No había rastro de Merthin, así que la chica volvió adentro.

—Es probable que esté en la catedral —apuntó Alice—. Ha estado trabajando en una puerta.

Caris recordó que Merthin se lo había comentado. La puerta del atrio que daba al norte se había podrido y él estaba labrando una nueva.

—Ha estado tallando vírgenes —dijo Griselda con una sonrisa burlona, y se llevó el pan con miel a la boca.

Caris también sabía eso. La vieja puerta lucía tallas que representaban la prédica de Jesús en el Monte de los Olivos acerca de las vírgenes prudentes y las insensatas, y Merthin había tenido que copiarlas. Sin embargo, la mueca de Griselda expresaba algo desagradable, pensó Caris; era como si se estuviera riendo de ella precisamente por ser virgen.

—Probaré en la catedral —dijo Caris, y se marchó tras despedirse con un gesto desidioso.

Ascendió por la calle principal y penetró en el recinto de la catedral. Al abrirse paso entre los puestos del mercado, le pareció que un ambiente sombrío se cernía sobre la feria. ¿Serían imaginaciones suyas provocadas por las palabras de Buonaventura? Creía que no. Cuando pensaba en las ferias del vellón de su infancia, se le antojaba que el bullicio y la concurrencia eran entonces mayores. En aquella época el recinto de la catedral no era lo bastante grande para albergar la feria, y todas las calles colindantes quedaban cortadas por puestos sin permiso —que solían consistir tan sólo en un pequeño tablero repleto de baratijas— además de vendedores ambulantes con sus bandejas, malabaristas, adivinos, músicos y frailes que deambulaban invitando a los pecadores a redimirse. Ahora le parecía que dentro del recinto aún cabían unos cuantos puestos más. «Buonaventura debe de tener razón —se dijo—. La feria es cada vez más reducida.» Un comerciante le dirigió una mirada extraña y entonces se percató de que había expresado sus pensamientos en voz alta. Era una mala costumbre, la gente creía que hablaba con espíritus. Se había propuesto no hacerlo más, pero a veces se le olvidaba, sobre todo cuando se sentía inquieta.

Rodeó la gran iglesia en dirección al ala norte.

Merthin se encontraba trabajando en el pórtico, un espacio amplio donde la gente solía reunirse. Mantenía la puerta en pie gracias a un robusto marco de madera que la sostenía mientras él tallaba.

Detrás de la nueva obra, la vieja puerta seguía ocupando su lugar bajo la arcada, aunque resquebrajada y medio desmoronada. Merthin daba la espalda a Caris y la luz caía por encima de sus hombros sobre la pieza de madera que tenía enfrente. No vio a la joven y además el repiqueteo de la lluvia ahogaba el ruido de sus pasos, así que ésta pudo contemplarlo durante unos instantes sin que él se apercibiera.

Era menudo, no mucho más alto que ella. Tenía una cabeza grande dotada de una inteligencia considerable y el cuerpo enjuto y nervudo. Sus pequeñas manos recorrían con destreza la talla y levantaban delicados bucles de madera con un afilado cuchillo a medida que iba dando forma a las imágenes. Tenía la piel blanca y una mata de grueso pelo rojizo. «No es muy atractivo», había opinado Alice con un mohín cuando Caris le confesó que se había enamorado de él. Si bien era cierto que Merthin no gozaba del porte gallardo de su hermano, Ralph, a Caris le parecía que su rostro era una maravilla: asimétrico, peculiar, de expresión sensata y lleno de alegría, como todo él.

—Hola —lo saludó, y él dio un respingo. La joven se echó a reír—. No creía que fueras tan asustadizo.

—Me has sobresaltado.

Merthin vaciló un momento, pero enseguida la besó. Parecía sentirse un poco incómodo; sin embargo, a veces le ocurría cuando estaba concentrado en el trabajo.

Ella examinó la talla. A cada lado de la puerta aparecían cinco vírgenes; las prudentes disfrutaban de la boda mientras que las insensatas, en el exterior, sostenían sus lámparas boca abajo para mostrar que no tenían aceite. Merthin había reproducido el mismo diseño de la puerta vieja, pero había introducido pequeños cambios. Las vírgenes estaban de pie y en fila, cinco a un lado y cinco al otro, igual que los arcos de la catedral. Sin embargo, en la nueva puerta no eran todas iguales, Merthin había otorgado a cada una de las jóvenes cierta individualidad: una era guapa, otra tenía el pelo rizado; una lloraba, otra guiñaba un ojo con gesto pícaro. Las había dotado de realismo y, en comparación, la escena representada en la vieja puerta resultaba apagada y poco natural.

—Es maravilloso —opinó Caris—, aunque no sé qué pensarán los monjes.

—Al hermano Thomas le gusta —respondió Merthin.

—¿Y al prior Anthony?

—Aún no lo ha visto. Pero seguro que le parecerá bien. No querrá pagar el trabajo dos veces.

Eso era cierto, pensó Caris. Su tío Anthony era muy conservador pero también bastante tacaño. Al oír hablar del prior se acordó del recado que traía.

—Mi padre quiere que vayas al puente a reunirte con él y el prior.

—¿Te ha dicho para qué?

—Me parece que quiere proponerle a Anthony que se construya un puente nuevo.

Merthin introdujo sus utensilios en un zurrón de piel y barrió rápidamente el suelo para apartar el serrín y las virutas de madera del pórtico.

Luego atravesó junto a Caris la feria bajo la lluvia y se dirigieron por la calle principal hasta el puente de madera. Caris le explicó lo que Buonaventura había dicho durante el desayuno. A Merthin, igual que a ella, le parecía que las últimas ferias no habían resultado tan animadas como las que recordaba de su infancia.

A pesar de ello, una larga cola formada por viandantes y carros aguardaba para acceder a Kingsbridge. Junto al extremo más cercano del puente había una pequeña garita donde un monje recaudaba un penique de cada comerciante que entraba en la ciudad para vender su mercancía. El puente era estrecho, por lo cual nadie podía saltarse la cola y quienes estaban exentos de pago, que por regla general eran los habitantes de la ciudad, tenían igualmente que esperar su turno. Además, algunos de los tablones que formaban el pavimento estaban levantados y rotos, de manera que los carros se veían obligados a avanzar muy despacio al cruzar el puente. El resultado de todo aquello era que la larga cola se extendía entre las casuchas del extrarradio y se desvanecía a lo lejos bajo la lluvia.

El puente era también demasiado corto. Sin duda en otros tiempos ambos extremos unían terreno seco. No obstante, o bien el cauce del río había crecido o, más probablemente, al cabo de las décadas y de los siglos el paso de carros y viandantes había acabado por hundir la tierra y ahora era necesario vadear la ciénaga de ambas orillas.

Caris vio que Merthin examinaba la estructura. Conocía aquella expresión de sus ojos: estaba pensando en la forma en que la construcción se mantenía en pie. A menudo lo descubría mirando una cosa u otra con aquel gesto; solía ocurrir en la catedral pero a veces también sucedía ante una casa o un paisaje natural, como ante un espino en flor o un gavilán cerniéndose en el aire. Guardaba silencio absoluto y su mirada se tornaba viva y perspicaz, como si quisiera alumbrar con los ojos un lugar oscuro para divisar lo que allí había. Y si Caris le hacía alguna pregunta al respecto, él le respondía que estaba tratando de observar el interior de las cosas.

La joven siguió la trayectoria de sus ojos e hizo un esfuerzo por imaginar qué veía en el viejo puente. La estructura medía unos cincuenta y cinco metros de un extremo a otro, y era el puente más largo que Caris había visto en su vida. El tablero que sostenía la calzada del puente se sustentaba sobre dos hileras de sólidos pilares de roble, igual que los que delimitaban la nave de la catedral por ambos lados. Había en total cinco pares de pilares. Los de los extremos, donde el agua era menos profunda, eran relativamente bajos; sin embargo, los tres pares centrales sobresalían cuatro metros y medio por encima de la superficie del río.

Cada pilar consistía en cuatro troncos de roble agrupados y sujetos mediante abrazaderas formadas por tablones. Según contaba la leyenda, el rey había hecho entrega al priorato de Kingsbridge de los veinticuatro mejores robles de Inglaterra para construir los tres pares centrales de pilares. Los extremos superiores quedaban unidos mediante unas jácenas que formaban dos líneas paralelas. Unas vigas más cortas unían una línea con la otra y formaban el tablero; unos tablones longitudinales se habían colocado encima para formar el entramado del pavimento. A cada lado se alzaba una baranda de madera que servía de frágil antepecho. Una vez cada tantos años algún campesino ebrio estrellaba su carreta contra la barandilla y se ahogaba en el río junto con su caballo.

—¿Qué miras? —preguntó Caris a Merthin.

—Las grietas.

—No veo ninguna.

—Los maderos de ambos lados del pilar central se están resquebrajando. Se pueden ver los puntos en los que Elfric los ha reforzado con abrazaderas de hierro.

En cuanto Merthin las señaló, Caris descubrió las franjas de metal clavadas de tal modo que cubrían las grietas.

—Pareces preocupado —le dijo ella.

—No sé por qué motivo se han agrietado los maderos.

—¿Importa mucho?

—Pues claro.

Merthin no se mostraba muy hablador esa mañana. Caris estaba a punto de preguntarle cuál era la causa justo cuando él dijo:

—Ahí viene tu padre.

La joven miró hacia el otro extremo de la calle. Los dos hermanos formaban una extraña pareja: el más alto, Anthony, se remangaba escrupulosamente las faldas de su túnica monacal y avanzaba con cautela sorteando los charcos con una mueca de desagrado dibujada en el rostro pálido como el papel, pues casi nunca salía al aire libre, encerrado entre las paredes del priorato. Edmund, más lleno de energía a pesar de ser el mayor, tenía las mejillas enrojecidas y lucía una larga y descuidada barba canosa; caminaba con despreocupación arrastrando la pierna atrofiada por el barro mientras hablaba en tono acalorado y gesticulaba de forma exagerada con ambos brazos. Siempre que Caris veía a su padre a cierta distancia, tal como lo vería un desconocido, la invadía un profundo sentimiento de amor.

La discusión estaba en pleno apogeo cuando los hombres alcanzaron el puente, y prosiguieron sin detenerse.

—Pero ¿has visto la cola de gente? —exclamó Edmund, airado—. ¡Hay muchísimas personas que no están haciendo negocio en la feria porque todavía no han podido entrar! Seguro que mientras esperan se toparán con algún comprador o vendedor y cerrarán el trato sobre la marcha, y luego se irán a su casa sin siquiera poner los pies en la ciudad.

—Pero... eso es interceptar la mercancía antes de que llegue al mercado, ¡y va contra la ley! —dijo Anthony.

—Por mí ya puedes ir a decírselo, si es que logras cruzar el puente, claro, lo cual es imposible... ¡porque es demasiado estrecho! Escucha, Anthony: si los italianos se marchan, la feria del vellón no volverá a ser la misma. Tu prosperidad y la mía dependen de la feria. ¡No podemos cruzarnos de brazos!

—Pero tampoco podemos obligar a Buonaventura a comerciar aquí.

—Pero sí podemos hacer que la feria sea más atractiva que la de Shiring. Lo que tenemos que hacer es anunciar ahora mismo que hemos puesto en marcha un gran proyecto, algo que los convenza de que la feria del vellón no ha entrado en decadencia. Tenemos que hacerles saber que pensamos demoler este viejo puente y construir uno nuevo, o dos, bien anchos. —Sin previo aviso, se volvió hacia Merthin—. ¿Cuánto tiempo te llevaría eso, muchacho?

Merthin lo miró perplejo, pero respondió.

—Lo más difícil será encontrar los árboles. Hacen falta maderos muy largos y bien curados. Luego habrá que afianzar los pilares en el lecho del río, lo cual resulta bastante peliagudo debido a la corriente. Después, sólo queda el trabajo de carpintería. Podría estar acabado para Navidad.

—Aunque construyamos un puente nuevo, no tenemos la certeza de que la familia Caroli vaya a cambiar de planes —observó Anthony.

—Lo harán —afirmó Edmund en tono convincente—. Te lo aseguro.

—De todas formas, no puedo permitirme construir un puente. No dispongo del dinero necesario.

—¡Lo que no puedes permitirte es no construirlo! —le gritó Edmund—. Te arruinarás, y arruinarás contigo a toda la población.

—No hay más que hablar. Ni siquiera sé de dónde voy a sacar el dinero para la restauración de la nave sur.

—Entonces, ¿qué piensas hacer?

—Encomendarme a Dios.

—A Dios rogando y con el mazo dando... Pero no veo tu mazo por ninguna parte.

Anthony estaba empezando a molestarse.

—Sé que te cuesta comprenderlo, Edmund, pero el priorato de Kingsbridge no es ninguna iniciativa comercial. Estamos aquí para honrar a Dios, no para ganar dinero.

—No podrás honrar a Dios mucho tiempo si no tienes qué comer.

—Dios proveerá.

El rostro enrojecido de Edmund se encendió de rabia y adquirió un tono lívido.

—Cuando eras niño, el negocio de nuestro padre te dio comida, ropa y estudios. Desde que eres monje, los habitantes de la población y los campesinos de las zonas rurales que rodean la ciudad te han estado manteniendo mediante las rentas, los diezmos, el alquiler de los puestos del mercado, el pontazgo y muchos otros pagos. Llevas toda tu vida viviendo como un parásito, aferrado a la espalda de los pobres jornaleros, y encima tienes la desvergüenza de decir que Dios proveerá.

—Te estás acercando peligrosamente a la blasfemia.

—No olvides que te conozco desde que naciste, Anthony. Siempre has tenido la habilidad de saber librarte del trabajo. —La voz de Edmund, por lo general subida de tono, se tornó queda, que para Caris era señal inequívoca de que estaba verdaderamente furioso—. A la hora de vaciar la letrina siempre te ibas a dormir con la excusa de tener que estar descansado para asistir a las clases del día siguiente. Como muestra de la devoción que nuestro padre sentía por Dios, siempre te llevabas la mejor parte de todo y nunca levantabas un dedo para ganártelo. Comida sustanciosa, la alcoba más cálida, las mejores prendas… ¡Yo era el único niño que llevaba la ropa que su hermano menor no quería!

—Y nunca me lo perdonarás.

Caris había estado aguardando la oportunidad de poner fin a la discusión y aprovechó el momento.

—Tiene que haber algún modo de solucionarlo.

Los dos hombres la miraron, sorprendidos de que los hubiera interrumpido.

La joven prosiguió:

—Por ejemplo, los ciudadanos podrían construir el puente.

—No digas sandeces —espetó Anthony—. La población forma parte del priorato. Ningún siervo se dedica a amueblar la casa de su señor.

—Pero si te pidieran permiso para hacerlo, no tendrías motivos para negarte.

Anthony no le llevó la contraria de inmediato, lo cual la animó. Edmund, sin embargo, negaba con la cabeza.

—No creo que pueda persuadirlos para que inviertan el dinero necesario —dijo—. A la larga ellos serán los primeros en beneficiarse, desde luego, pero a la gente le cuesta pensar en los beneficios a largo plazo cuando se trata de desembolsar.

—¡Ajá! —exclamó Anthony—. Pero esperas que yo sí que piense a largo plazo.

—Predicas la vida eterna, ¿no? —contraatacó Edmund—. Tú más que nadie tendrías que ser capaz de ver más allá de la semana próxima. Además, cobras un penique cada vez que alguien cruza el puente. Recibirás tu dinero y encima te beneficiarás de la mejora del negocio.

Caris intervino:

—Pero tío Anthony es una autoridad religiosa, ése no es su papel.

—¡La ciudad le pertenece! —protestó su padre—. ¡Sólo él puede lograrlo! —Luego, le dirigió una mirada inquisitiva al darse cuenta de que la joven no le habría llevado la contraria sin motivo—. ¿En qué estás pensando?

—Supón que los habitantes de la ciudad construyen un puente y que a cambio les perdonan el penique por el derecho de tránsito.

Edmund abrió la boca para protestar, pero no se le ocurrió ninguna objeción.

Caris miró a Anthony, quien respondió:

—Cuando se creó el priorato, los únicos ingresos procedían de ese puente. No puedo anular el pontazgo.

—Piensa en lo que ganarías si la feria del vellón y el mercado semanal empezaran a recuperar su antigua afluencia: no sólo obtendrías el derecho de tránsito del puente sino también el dinero de los permisos de los puestos, los porcentajes de todas las ganancias durante la feria y las ofrendas depositadas en la catedral.

—Y el margen de nuestras propias ventas: lana, cereales, pieles, libros, imágenes de santos… —añadió Edmund.

—Todo esto es cosa tuya, ¿verdad? —dijo Anthony, señalando con gesto acusatorio a su hermano mayor—. Has dado instrucciones a tu hija acerca de lo que tenía que decir, y también al muchacho. A él nunca se le habría ocurrido una estrategia semejante y ella no es más que una mujer. En todo esto se ve tu mano, es un ardid para estafarme el dinero del pontazgo. Pues te ha salido mal. ¡Gracias a Dios que no soy tan estúpido! —Se dio media vuelta y se alejó salpicando barro a cada paso.

—No sé cómo mi padre pudo engendrar a alguien con tan poco sentido común —dijo Edmund, y también se alejó.

Caris se volvió hacia Merthin.

—Bueno, ¿y tú qué crees? —le preguntó.

—No lo sé. —Apartó la vista para evitar mirarla a los ojos—. Será mejor que regrese al trabajo. —Y se marchó sin besarla.

—¡Muy bien! —soltó ella cuando el chico se encontró fuera del alcance de su voz—. ¿Qué diablos le pasa?

8

El conde de Shiring llegó a Kingsbridge el martes de la semana de la feria del vellón. Con él iban sus dos hijos, varios miembros más de su familia y un séquito de caballeros y escuderos. Los miembros de su grupo de avanzada despejaron el puente y no se permitió cruzarlo a nadie a partir de una hora antes de su llegada, no fuera a ser que el noble sufriera la humillación de tener que esperar junto con los ciudadanos corrientes. Sus vasallos lucían sus ropajes de color rojo y negro y todos penetraron en la ciudad haciendo ondear los estandartes mientras los cascos de sus caballos salpicaban de agua y barro a los ciudadanos. El conde Roland había prosperado en los últimos diez años, bajo el reinado de Isabel, primero, y de su hijo Eduardo III, más tarde, y al igual que todos los hombres ricos y poderosos, deseaba que el mundo entero lo supiera.

Entre los miembros de su comitiva se encontraba Ralph, hijo de sir Gerald y hermano de Merthin. Mientras éste trabajaba como aprendiz con el padre de Elfric, Ralph se había convertido en escudero del conde Roland y desde entonces era muy feliz. Iba bien alimentado y vestido, había aprendido a montar a caballo y a combatir, y pasaba la mayor parte del tiempo cazando y practicando deporte. En seis años y medio nadie le había pedido que leyera ni escribiera una sola palabra. Mientras cabalgaba detrás del conde entre los puestos de la feria del vellón, contemplando unos rostros que expresaban envidia y temor a partes iguales, sentía lástima por los mercaderes y comerciantes que recogían los peniques del barro.

El conde desmontó delante de la casa del prior, en el ala norte de la catedral. Su hijo menor, Richard, hizo lo propio. Richard era obispo de Kingsbridge y la catedral era, en consecuencia, su iglesia. Sin embargo, el palacio episcopal se encontraba en Shiring, la capital del condado, a dos días de distancia de allí, lo cual le resultaba muy útil, puesto que sus funciones eran tanto religiosas como políticas; además, eso también convenía a los monjes, quienes preferían que no los vigilaran tan de cerca.

Richard tenía tan sólo veintiocho años, pero su padre era un aliado muy cercano del rey, lo cual contaba más que la antigüedad.

El resto del séquito se dirigió en sus caballerías hasta el extremo sur del recinto de la catedral. El primogénito del conde, William, señor de Caster, pidió a los escuderos que guardaran en la cuadra los caballos mientras media docena de caballeros se dirigían al hospital. Ralph avanzó deprisa para ayudar a la esposa de William, lady Philippa, a desmontar de su caballo. Era una mujer alta y atractiva de largas piernas y busto notable por quien Ralph albergaba un amor sin esperanzas.

Cuando los caballos estuvieron guardados, Ralph se dispuso a visitar a su madre y a su padre. Vivían en una pequeña casa por la que no pagaban alquiler alguno en el sudoeste de la ciudad, cerca del río, en un barrio hediondo a causa del trabajo de los curtidores. A medida que se aproximaba, la vergüenza lo hacía encogerse dentro de su uniforme rojo y negro. Se sentía aliviado de que lady Philippa no llegara a apercibirse de la humillante situación de sus padres.

Hacía un año que no los veía y le pareció que habían envejecido. El pelo de su madre se había tornado muy gris y su padre estaba perdiendo la visión. Le ofrecieron sidra elaborada por los monjes y fresas silvestres que su propia madre había recolectado en el bosque. A su padre le maravillaron sus ropajes.

—¿Te ha nombrado ya caballero el rey? —le preguntó con expectación.

Todo escudero ambicionaba llegar a ser caballero, pero Ralph lo deseaba con más fervor que la mayoría. Su padre no había conseguido superar la humillación sufrida diez años atrás, cuando lo habían relegado a la calidad de pensionado del priorato. Ese día Ralph se sintió como si le hubieran atravesado el corazón con una flecha. El dolor no remitiría hasta que él consiguiera restablecer el honor de la familia. Sin embargo, no todos los escuderos llegaban a ser caballeros, aunque el padre de Ralph siempre hablaba como si se tratara sólo de una cuestión de tiempo.

—Todavía no —respondió Ralph—, pero es probable que pronto nos enfrentemos a una guerra contra Francia y ésa será mi gran oportunidad. —Hablaba en tono liviano porque no quería demostrar lo poco que anhelaba tener que lucirse en el campo de batalla.

Su madre estaba disgustada.

—¿Por qué todos los reyes tienen predilección por las guerras?

Su padre se echó a reír.

—Para eso fue creado el hombre.

—No, no es cierto —replicó la mujer con brusquedad—. Cuando di a luz a Ralph en medio de todos aquellos dolores y sufrimiento, no tenía ninguna intención de que viviera para que un francés le cortara la cabeza con su espada ni para que una flecha lanzada con una ballesta le atravesara el corazón.

Su padre agitó una mano con gesto desdeñoso y se dirigió a Ralph:

—¿Qué te hace pensar que habrá una guerra?

—El rey Felipe de Francia ha tomado Gascuña.

—Vamos, eso no es posible.

Los reyes ingleses habían gobernado en la región francesa occidental de Gascuña durante generaciones. Ellos habían otorgado privilegios comerciales a los mercaderes de Burdeos y Bayona, quienes cerraban más negocios en Londres que en París. Con todo, siempre había problemas.

—El rey Eduardo ha enviado embajadores a Flandes para crear alianzas —explicó Ralph.

—Los aliados querrán dinero a cambio.

—Por eso ha venido a Kingsbridge el conde Roland. El rey quiere un préstamo de los mercaderes de lana.

—¿Cuánto?

—Se habla de doscientas mil libras, en total, como adelanto en concepto del impuesto de la lana.

—El rey debería ir con cuidado para no ahogar a los mercaderes de lana con los impuestos —dijo su madre en tono pesimista.

—Los mercaderes tienen muchísimo dinero —opinó su padre—. Sólo tienes que fijarte en la calidad de sus prendas. —Su tono denotaba amargura, y Ralph observó entonces que llevaba una camisa de hilo raída y unos zapatos viejos—. De todas maneras, lo que quieren es que impidamos que la armada francesa siga interfiriendo en sus negocios.

Durante el último año, los barcos franceses habían asaltado pueblos de la costa sur de Inglaterra; saqueaban los puertos y prendían fuego a los barcos amarrados en los muelles.

—Los franceses nos atacan y nosotros los atacamos a ellos —concluyó su madre—. ¿Qué sentido tiene?

—Las mujeres nunca lo entenderían —repuso su padre.

—En eso tienes razón —contestó ella en tono resuelto.

Ralph cambió de tema.

—¿Qué tal está mi hermano?

—Es un buen artesano —respondió su padre, y a Ralph su tono le recordó al de un vendedor de caballos que argumenta que un poni de tamaño inferior al normal es una montura apropiada para una mujer.

—Está locamente enamorado de la hija de Edmund Wooler.

—¿De Caris? —Ralph sonrió—. Siempre le ha gustado. De niños, jugábamos juntos. Era una picaruela marimandona pero a Merthin no parecía importarle. ¿Se casarán?

—Espero que sí —respondió su madre—. Cuando él termine su formación como aprendiz.

—Entonces tendrá dinero a manos llenas. —Ralph se puso en pie—. ¿Sabéis dónde está ahora?

—Trabaja en el pórtico norte de la catedral —explicó su padre—. Pero puede que ahora esté comiendo.

—Daré con él. —Ralph los besó a ambos y se marchó.

Regresó al priorato y se paseó por la feria. Había dejado de llover y el sol lucía a intervalos, haciendo brillar los charcos y arrancando vaho de las cubiertas mojadas de los puestos ambulantes. Divisó un rostro de perfil que le resultó familiar y el ritmo regular de su corazón se alteró. Se trataba de la nariz recta y la mandíbula marcada de lady Philippa. La mujer era mayor que él, suponía que debía de tener unos veinticinco años. Se encontraba de pie frente a uno de los puestos, admirando rollos de seda de Italia, y Ralph se recreó contemplando la forma en que su ligero vestido veraniego se ceñía con lascivia a las curvas de sus caderas. Le dedicó una reverencia innecesariamente exagerada.

Ella levantó la vista y le correspondió con una somera inclinación de cabeza.

—Bonitas telas —dijo él, tratando de entablar conversación.

—Sí.

En ese momento se aproximó una figura diminuta de enmarañado pelo anaranjado: era Merthin. Ralph se mostró entusiasmado de verlo.

—Éste es mi inteligente hermano mayor —le dijo a Philippa.

Merthin se dirigió a ella.

—Comprad el verde claro, va bien con vuestros ojos.

Ralph se estremeció. Merthin no debería haberse dirigido a la mujer con tanta familiaridad. Sin embargo, a ella no pareció importarle demasiado, ya que le respondió con un ligero tono de reproche:

—Cuando quiera oír la opinión de un muchacho, le preguntaré a mi hijo. —Pero al mismo tiempo que decía aquellas palabras, le dedicó una sonrisa casi insinuante.

Al punto, Ralph intervino:

—¡Estás hablando con lady Philippa, insensato! Disculpad el descaro de mi hermano, mi señora.

—¿Cómo se llama?

—Soy Merthin Fitzgerald, a vuestro servicio para cualquier ocasión en la que dudéis sobre qué seda elegir.

Ralph lo tomó del brazo y lo apartó antes de que pudiera decir alguna otra inconveniencia.

—¡No sé cómo te las apañas! —dijo en un tono que expresaba a la vez desespero y admiración—. Conque va bien con sus ojos, ¿eh? Si yo me atreviera a decirle algo así, me ordenaría azotar. —Estaba exagerando, pero era cierto que Philippa solía responder con brusquedad a la insolencia. No sabía si alegrarse o enfadarse por el hecho de que se hubiera mostrado indulgente con Merthin.

—Así soy yo —replicó Merthin—: el sueño de toda mujer.

Ralph percibió amargura en su tono.

—¿Algo va mal? —le preguntó—. ¿Cómo está Caris?

—He cometido una estupidez —confesó Merthin—. Te lo contaré más tarde. Vamos a dar una vuelta aprovechando que ha salido el sol.

Ralph se fijó en un puesto donde un monje de pelo rubio ceniza vendía queso.

—Mira eso —le dijo a Merthin. A continuación, se acercó al puesto y exclamó—: Tiene un aspecto muy suculento, hermano; ¿de dónde es?

—Lo elaboramos nosotros en St.-John-in-the-Forest. Es una pequeña filial, o rama, del priorato de Kingsbridge. Yo soy allí el prior; me llamo Saul Whitehead.

—Sólo con mirarlo ya me entra hambre. Me gustaría comprar un poco, pero a los escuderos el conde no nos da ni un céntimo.

El monje cortó una loncha del queso entero y se la ofreció a Ralph.

—Entonces, en nombre de Jesús, merecéis obtener un poco gratis —respondió.

—Gracias, hermano Saul.

Mientras se alejaban, Ralph sonrió a Merthin y dijo:

—¿Lo ves? Tan fácil como robar una manzana a un niño.

—Y casi igual de admirable —dijo Merthin.

—Menudo chiflado, mira que regalar queso al primero que aparece con una historia lacrimógena…

—Es probable que considere mejor arriesgarse a que le engañen antes que negar la comida a un hombre famélico.

—Hoy estás un poco amargado. ¿Qué te hace pensar que tú tienes derecho a burlarte de una noble dama y en cambio yo no puedo convencer a un monje estúpido de que me regale un poco de queso?

Merthin lo sorprendió con una sonrisa.

—Igual que cuando éramos niños, ¿eh?

—¡Exacto! —Ahora Ralph no sabía si enfadarse o echarse a reír. Antes de que pudiera tomar una decisión, se le acercó una guapa muchacha que llevaba huevos en una bandeja. Era delgada, con un busto pequeño bajo su sencilla indumentaria doméstica, y él se imaginó los pechos pálidos y redondeados igual que los huevos. Le dedicó una sonrisa—. ¿Cuánto cuestan? —preguntó, aunque no tenía ninguna necesidad de comprar huevos.

—Un penique la docena.

—¿Son buenos?

La chica señaló un puesto cercano.

—Los han puesto esas gallinas.

—Y dime, ¿las gallinas han sido bien servidas por un gallo sano? —Ralph vio que Merthin alzaba los ojos fingiendo exasperación ante el ocurrente comentario.

No obstante, la chica le siguió la corriente.

—Sí, señor —respondió con una sonrisa.

—Qué suerte tienen, ¿eh?

—No lo sé.

—Claro. Una doncella sabe poco de esas cosas. —Ralph la observó. La chica tenía el pelo rubio y la nariz respingona. Dedujo que debía de tener unos dieciocho años.

Ella parpadeó con coquetería y dijo:

—No me miréis así, por favor.

Desde detrás de un puesto ambulante, un campesino, sin duda el padre de la chica, la llamó:

—¡Annet! Ven aquí.

—Así que te llamas Annet —prosiguió Ralph.

La chica no hizo caso de la llamada de su padre.

—¿Quién es tu padre? —preguntó Ralph.

—Perkin, de Wigleigh.

—¿De verdad? Mi amigo Stephen es el señor de Wigleigh. ¿Se porta bien con vosotros?

—El señor Stephen es justo y compasivo —respondió ella diligentemente.

Su padre volvió a llamarla.

—¡Annet! Te preciso aquí.

Ralph sabía por qué Perkin trataba de arrancarla de allí. Seguro que no le importaría que un escudero quisiera casarse con su hija, para ella significaría un ascenso en la escala social. Sin embargo, el hombre temía que Ralph sólo pretendiera divertirse con ella y luego desentenderse. Y tenía razón.

—No vayas, Annet de Wigleigh —dijo Ralph.

—No me iré hasta que me compréis lo que os ofrezco.

A su lado Merthin empezó a refunfuñar:

—Sois los dos igual de maliciosos.

—¿Por qué no te olvidas de la venta de huevos y te vienes conmigo? —la tentó Ralph—. Podemos dar un paseo por la orilla del río.

Entre el río y los muros del recinto del priorato había una ancha ribera que en esa época del año tapizaban las flores silvestres y los arbustos, adonde solían acudir las parejas de novios.

Sin embargo, Annet no era una mujer tan fácil.

—Mi padre se disgustaría —dijo.

—No te preocupes por él.

Un campesino no podía hacer gran cosa para oponerse a la voluntad de un escudero, sobre todo si este último lucía la librea de un gran conde. Ponerle las manos encima a uno de sus sirvientes era insultar al conde. Tal vez el campesino tratara de disuadir a su hija, pero retenerla por la fuerza representaba un riesgo para él.

Sin embargo, otra persona acudió en ayuda de Perkin. Una voz juvenil dijo:

—Hola, Annet, ¿va todo bien?

Ralph se volvió hacia el recién llegado. Aparentaba unos dieciséis años pero era casi tan alto como él, de hombros anchos y grandes manos. Llamaba la atención por su belleza: sus rasgos armoniosos que bien podrían haber sido labrados por un escultor de catedrales. Lucía una mata de pelo tupido y leonado y una barba incipiente del mismo color.

—¿Quién diablos eres tú? —preguntó Ralph.

—Soy Wulfric, de Wigleigh, señor.

Wulfric se mostró deferente pero no asustado. Se volvió de nuevo hacia Annet y dijo:

—He venido para ayudarte a vender unos cuantos huevos.

El hombro musculoso del chico se interpuso entre Ralph y Annet, protegiendo con su postura a la muchacha al mismo tiempo que excluía a Ralph. El gesto resultaba algo insolente y a Ralph lo invadió un sentimiento de ira.

—Haz el favor de salir de en medio, Wulfric de Wigleigh —le espetó—. No eres bien recibido aquí.

Wulfric se volvió de nuevo hacia él y le dedicó una mirada serena.

—Estoy prometido con esta mujer, señor —dijo. Otra vez su tono era respetuoso pero su actitud denotaba desafío.

Perkin intervino:

—Es cierto, señor… Van a casarse.

—No me hables de tus costumbres rurales —dijo Ralph con desdén—. No me importa nada si se casa con un zoquete.

Le molestó que sus inferiores le hablaran de aquel modo; no eran quiénes para decirle lo que tenía que hacer.

Merthin metió cuchara.

—Vámonos, Ralph —dijo—. Tengo hambre y Betty Baxter vende pasteles calientes.

—¿Pasteles? —se extrañó Ralph—. Me apetecen más los huevos. —Cogió uno de los huevos de la bandeja y lo tocó de modo insinuante, luego volvió a dejarlo donde estaba y tocó uno de los pechos de la chica. Tenía un tacto firme y era redondeado igual que el huevo.

—¿Qué os habéis creído? —La chica le habló en tono de indignación, pero no se apartó.

Él apretó con suavidad y se recreó con la sensación.

—Estoy examinando la mercancía.

—Quitadme las manos de encima.

—Enseguida.

Entonces Wulfric le dio un violento empujón.

A Ralph lo cogió por sorpresa; no esperaba que un campesino lo agrediera. Retrocedió tambaleándose, dio un traspié y cayó al suelo dándose un golpetazo. Oyó risas y el asombro dio paso a un sentimiento de humillación. Enfurecido, se puso en pie de un salto.

No llevaba la espada, pero tenía una larga daga envainada en el cinturón. De todas maneras, habría resultado indecoroso utilizarla con un campesino desarmado: los caballeros del conde y los demás escuderos podrían perderle el respeto. Tendría que darle a Wulfric su merecido con los puños.

Perkin salió de detrás del tablero de su puesto y se apresuró a intervenir.

—Ha sido un craso error, señor, lo ha hecho sin intención, el muchacho está muy arrepentido, os lo aseguro…

Sin embargo, la hija parecía no albergar ningún temor.

—Ya está bien, muchachos… —dijo en tono burlesco de reprimenda, pero parecía más complacida que otra cosa.

Ralph los soslayó a ambos. Dio un paso para acercarse a Wulfric y alzó el puño derecho, a lo que su oponente respondió levantando los dos brazos para protegerse el rostro del golpe, y entonces Ralph le clavó el puño izquierdo en el vientre.

El estómago del campesino no resultó tan blando como Ralph había imaginado, pero pese a ello Wulfric se dobló hacia delante con el rostro crispado de dolor y se llevó las dos manos al abdomen, momento que Ralph aprovechó para asestarle un puñetazo en la cara que le alcanzó de lleno en el pómulo. El golpe le causó gran dolor en la mano pero lo llenó de satisfacción.

Para su estupefacción, Wulfric le devolvió el golpe.

En lugar de yacer en el suelo hecho un ovillo y aguardando a que Ralph la emprendiera a patadas con él, el joven campesino respondió con un puñetazo que contenía toda la fuerza del hombro que lo impulsaba. A Ralph le dio la impresión de que la nariz le reventaba entre la sangre y el dolor y empezó a bramar, enfurecido.

Wulfric retrocedió al darse cuenta de la terrible acción que acababa de cometer; bajó los brazos y sostuvo las palmas hacia arriba.

Sin embargo, era demasiado tarde para arrepentirse. Ralph lo golpeó con ambas manos en el rostro y en el cuerpo, un aluvión de puñetazos de los que Wulfric apenas trató de protegerse levantando los brazos y agachando la cabeza. Mientras agredía al muchacho, Ralph se preguntó un poco extrañado por qué éste no huía; se imaginó que consideraba mejor llevarse su merecido entonces que tener que hacer frente más tarde a un castigo peor. Se dio cuenta de que tenía agallas, aunque eso sólo sirvió para que se enfureciera aún más. Le golpeó más fuerte, una y otra vez, y al hacerlo sintió que lo invadía un sentimiento en el que se mezclaban la ira y el éxtasis. Merthin trató de interponerse.

—Por el amor de Dios, ya está bien —dijo, colocando la mano en el hombro de Ralph, pero éste se lo sacudió de encima.

Al final Wulfric dejó caer los brazos y se tambaleó, aturdido, con el atractivo rostro cubierto por completo de sangre y los ojos entrecerrados. Luego cayó al suelo. Ralph empezaba a darle patadas cuando un hombre fornido y vestido con pantalones de piel se acercó y habló con autoridad.

—Escuchad, joven Ralph, no matéis al chico.

Ralph reconoció a John, el alguacil de la ciudad, y respondió indignado:

—¡Me ha agredido!

—Bueno, pero ahora ya no os agrede, ¿verdad, señor? Está tumbado en el suelo con los ojos cerrados. —John se situó frente a Ralph—. Yo en vuestro lugar trataría de evitar tener que someterme a las indagaciones del juez.

Varias personas se apiñaron alrededor de Wulfric: Perkin, Annet, que tenía las mejillas enrojecidas de excitación, lady Philippa y unos cuantos transeúntes.

El sentimiento de éxtasis abandonó a Ralph y la nariz empezó a dolerle como un demonio. Sólo podía respirar por la boca. Notaba el sabor de la sangre.

—Ese animal me ha dado un puñetazo en la nariz —dijo, y su voz sonó como si estuviera muy resfriado.

—Entonces, tendremos que castigarlo —concluyó John.

Aparecieron dos hombres que se parecían a Wulfric. Ralph dedujo que se trataba de su padre y su hermano mayor. Entre los dos ayudaron a Wulfric a ponerse en pie mientras dirigían a Ralph miradas inyectadas de ira.

Perkin habló. Era un hombre grueso de expresión taimada.

—El escudero le golpeó primero —dijo.

—¡Ese campesino me ha dado un empujón deliberado! —protestó Ralph.

—El escudero ha insultado a la futura esposa de Wulfric.

El alguacil intervino:

—No importa lo que haya dicho el escudero, Wulfric tendría que saber que no debe alzar la mano contra un sirviente del conde Roland. Imagino que el conde dispondría que fuera tratado con severidad.

Entonces habló el padre de Wulfric:

—¿Existe alguna ley que diga que un hombre de librea pueda hacer lo que le venga en gana, John Constable?

Se oyó un murmullo de aprobación por parte del pequeño grupo que los rodeaba. Los jóvenes escuderos causaban muchos problemas y solían evitar el castigo por el simple hecho de vestir con los colores de algún barón. Eso era algo que ofendía en grado sumo a los comerciantes y campesinos cumplidores de la ley.

En ese momento intervino lady Philippa.

—Yo soy la nuera del conde y lo he visto todo —terció. Su voz era suave y melodiosa, pero hablaba con la autoridad que le permitía el alto rango. Ralph esperaba que se pusiera de su parte, pero para su consternación no fue así—. Siento decir que Ralph tiene la culpa de todo —prosiguió—. Ha manoseado a la chica de una forma escandalosa.

—Gracias, señora —dijo John Constable en tono respetuoso, y luego bajó la voz para comentarle algo—. De todas formas, creo que al conde no le gustaría que el joven campesino saliera impune.

Ella asintió pensativa.

—No queremos que esto sea el inicio de un largo conflicto. Poned al chico en el cepo durante veinticuatro horas. A su edad, no quiero causarle mucho daño, pero todo el mundo tiene que saber que se hace justicia. Con eso el conde quedará satisfecho, respondo por él.

John vaciló. Ralph se dio cuenta de que al alguacil no le gustaba recibir órdenes de nadie que no fuera su señor, el prior de Kingsbridge. Sin embargo, a buen seguro la decisión de Philippa satisfaría a todas las partes. A Ralph, por su parte, le habría gustado ver cómo azotaban a Wulfric pero empezaba a sospechar que él no saldría de todo aquello como un héroe precisamente y aún sería peor si exigía que se le aplicara un castigo severo. Tras unos instantes, John respondió:

—Muy bien, lady Philippa, estoy de acuerdo si vos estáis dispuesta a asumir las responsabilidades.

—Lo estoy.

—De acuerdo entonces.

John asió a Wulfric del brazo y se lo llevó de allí. El chico se había recuperado rápidamente y ya podía caminar con normalidad. Su familia lo siguió. Tal vez pudieran darle de comer y beber mientras él tenía puesto el cepo y además se asegurarían de que no recibiese azotes.

Merthin se dirigió a Ralph:

—¿Cómo estás?

Ralph sentía que tenía el centro del rostro inflamado como una vejiga llena. Veía borroso, hablaba con voz gangosa y estaba dolorido.

—Estoy bien —respondió—. Nunca he estado mejor.

—Vamos a que un monje te vea la nariz.

—No. —A Ralph no le asustaba pelear, pero odiaba todo lo que hacían los médicos: las sangrías, las succiones con ventosa y las sajaduras con lanceta—. Todo cuanto necesito es una botella de vino fuerte. Llévame a la taberna más próxima.

—Muy bien —convino Merthin, pero no hizo el menor movimiento. Miraba a Ralph de un modo extraño.

—¿Se puede saber qué te ocurre? —preguntó Ralph.

—No cambiarás nunca, ¿verdad?

Ralph se encogió de hombros.

—¿Acaso hay alguien que cambie?

9

Godwyn se sentía completamente fascinado por el *Libro de Timothy*. Se trataba de una historia del priorato de Kingsbridge y, como la mayoría de las historias, empezaba con la creación divina del cielo y la tierra. Principalmente relataba la época del prior Philip, dos siglos atrás, cuando se había construido la catedral, una época considerada en ese momento por los monjes como la edad de oro. El autor, el hermano Timothy, aseguraba que el legendario Philip imponía una disciplina férrea pero al mismo tiempo era un hombre compasivo. Godwyn no sabía muy bien cómo era posible que una persona compaginara ambas cosas.

El miércoles de la feria del vellón, durante la hora de estudio previa al oficio de sexta, Godwyn se sentó en un taburete alto de la biblioteca del monasterio ante el libro abierto sobre un facistol. Ése era su lugar preferido del priorato: una sala espaciosa, bien iluminada gracias a los altos ventanales, con casi cien libros en un armario cerrado con llave. Casi siempre solía reinar un silencio absoluto; sin embargo ese día se oía, procedente del extremo opuesto de la catedral, el apagado murmullo de la feria: un millar de personas comprando y vendiendo, regateando y discutiendo, pregonando sus mercancías y azuzando a voz en grito a los gallos de pelea y a los perros que, por diversión, habían echado a un oso para que lo atacaran.

Al final del libro, los últimos autores habían listado a los descendientes de los constructores de la catedral hasta el momento presente. Godwyn se sintió orgulloso —y francamente sorprendido— de comprobar la certeza de la teoría de su madre, según la cual ella era descendiente de Tom Builder por parte de Martha, la hija de éste. Se preguntaba qué características de la familia habrían heredado de Tom. Un albañil debía tener buen olfato para los contratos y los negocios, suponía Godwyn, y lo cierto era que tanto su abuelo como su tío Edmund contaban con esa cualidad. Su prima Caris también mostraba indicios de poseer el mismo don. Tal vez Tom tuviera los ojos de color verde con motas doradas, como todos ellos.

Godwyn leyó también sobre el hijastro de Tom Builder, Jack, el maestro constructor de la catedral de Kingsbridge, quien se había unido en matrimonio con lady Aliena y había engendrado a toda una dinastía de condes de Shiring. Era antepasado del enamorado de Caris, Merthin Fitzgerald, lo cual tenía sentido: el joven Merthin ya demostraba una habilidad sin parangón para la carpintería. En el *Libro de Timothy* aparecía mencionado incluso el pelo bermejo de Jack, que tanto sir Gerald como Merthin habían heredado, y sin embargo, en el caso de Ralph no había sido así.

El capítulo que más le interesaba era el dedicado a las mujeres. Al parecer, durante la época del prior Philip en Kingsbridge no había monjas y, de hecho, a las mujeres les estaba terminantemente prohibido el acceso a las dependencias del monasterio. El autor preconizaba, citando a Philip, que un monje no mirase nunca a una mujer, en la medida de lo posible, por el bien de su propia tranquilidad de espíritu. Philip desaprobaba las combinaciones de monasterios y conventos de monjas puesto que el riesgo de que el diablo introdujera la tentación superaba la ventaja que suponía compartir las instalaciones. Allí donde había dos edificios, la separación de monjes y monjas debía ser lo más estricta posible, añadía.

Godwyn se estremeció de alegría al encontrar precedentes acreditados que defendían su convicción. En Oxford había disfrutado del entorno exclusivamente masculino del Kingsbridge College: todos los profesores universitarios eran hombres, y también los alumnos, sin excepción. Apenas había dirigido la palabra a una mujer durante siete años, y si mantenía la mirada clavada en el suelo mientras paseaba por la ciudad, podía evitar también mirarlas. Al regresar al priorato le pareció turbador cruzarse tan a menudo con monjas. A pesar de que éstas disponían de su propio claustro, refectorio, cocina y otras instalaciones, las veía continuamente en la iglesia, en el hospital y en otras zonas compartidas. En ese preciso instante había una monja muy joven llamada Mair a tan sólo unos pocos metros de distancia, consultando un libro ilustrado sobre plantas medicinales. Aún era peor ver a las muchachas de la ciudad que, con sus prendas ceñidas y sus peinados seductores, andaban con toda tranquilidad por el recinto del priorato de camino a sus quehaceres cotidianos consistentes en suministrar provisiones a la cocina o visitar el hospital.

Era evidente, pensó Godwyn, que el priorato había perdido categoría desde los tiempos de Philip, lo cual constituía un ejemplo más del abandono que allí se había instalado bajo el mandato de su tío Anthony. Sin embargo, tal vez él pudiera hacer algo al respecto.

Sonó la campana anunciando la sexta y Godwyn cerró el libro. La hermana Mair hizo lo propio y a continuación le dedicó una sonrisa en la que sus rojos labios formaron una agradable curva. Él apartó la vista y abandonó la sala a toda prisa.

El tiempo estaba mejorando: el sol brillaba de forma intermitente entre chaparrón y chaparrón. En la iglesia, las vidrieras de colores adquirían luminosidad y se apagaban a medida que las nubes dispersas cruzaban el cielo. El cerebro de Godwyn también bullía con una actividad vertiginosa: los pensamientos sobre cómo utilizar bien el *Libro de Timothy* para inspirar una reforma en el priorato lo distraían de sus oraciones. Resolvió sacar el tema durante el capítulo, la reunión diaria que mantenían todos los monjes.

Godwyn advirtió que los albañiles se estaban dando mucha prisa en reparar el presbiterio tras el desplome del domingo anterior. Habían retirado los escombros y cercado la zona con cuerdas, y en el crucero se apreciaba un montón creciente de piedras delgadas y ligeras. Los hombres no dejaban de trabajar cuando los monjes empezaban a cantar; de haber sido así, la restauración se habría retrasado considerablemente puesto que durante una jornada normal tenían lugar muchos oficios. Merthin Fitzgerald, que había abandonado temporalmente su obra en la nueva puerta, se encontraba en la nave central elaborando una compleja tela de araña con cuerdas, ramas y estacas sobre la cual pudieran sostenerse los albañiles durante la reconstrucción del techo abovedado. Thomas de Langley, cuya ocupación consistía en supervisar el trabajo de los obreros, se encontraba de pie en el crucero sur junto a Elfric, señalando con su único brazo la bóveda desplomada y, obviamente, comentando el trabajo de Merthin.

Thomas era un *matricularius* eficiente: era decidido y nunca permitía que las cosas se le escaparan de las manos. Si alguna mañana los albañiles no se presentaban, lo que era un frecuente motivo de enfado, Thomas iba a buscarlos y les preguntaba cuál era la razón. Si tenía algún defecto, éste consistía en ser demasiado independiente: pocas veces informaba a Godwyn sobre los progresos o le pedía opinión, sino que más bien se ocupaba del trabajo como si él fuera su propio superior en lugar de un subordinado. Godwyn albergaba la irritante sospecha de que Thomas dudaba de su capacidad. Él era más joven, aunque se llevaban poco tiempo: Thomas tenía treinta y cuatro años y él, treinta y uno. Tal vez Thomas pensara que Anthony había ascendido a Godwyn por influencia de Petranilla. De todas formas éste no mostraba ninguna señal de resentimiento, sólo que hacía las cosas a su manera.

Mientras Godwyn observaba a la vez que susurraba mecánicamente los responsorios, la conversación entre Thomas y Elfric se vio interrumpida de repente. Lord William de Caster entró en la iglesia dando grandes zancadas. Alto y de barba negra, guardaba un gran parecido físico con su padre y era igual de severo, aunque se decía que a veces su esposa, Philippa, lograba ablandarlo. Se acercó a Thomas y ahuyentó a Elfric con un ademán. Thomas se volvió hacia William y al hacerlo, algo en su gesto recordó a Godwyn que el hombre había sido en una época caballero, y que había llegado al priorato desangrándose por una herida de espada que había requerido que le amputaran sin dilación el brazo izquierdo a la altura del codo.

A Godwyn le habría gustado oír lo que le decía lord William. Éste se inclinaba hacia delante y hablaba de forma amenazadora mientras levantaba un dedo admonitorio. Thomas, impertérrito, respondía con igual vigor. Godwyn recordó de pronto que Thomas había mantenido ya una conversación igual de vehemente y agresiva diez años atrás, el mismo día en que había llegado al lugar. En aquella ocasión había discutido con el hermano menor de William, Richard, a la sazón sacerdote y en esos momentos, obispo de Kingsbridge. Tal vez fuera mucho suponer, pero Godwyn pensó que ese día debieron de discutir acerca de lo mismo. ¿De qué se trataba? ¿Era posible realmente que un problema entre un monje y una familia noble siguiera siendo motivo de disputa después de diez años?

Lord William se alejó con paso decidido y obviamente insatisfecho, y Thomas se dirigió de nuevo hacia Elfric.

La discusión que había tenido lugar diez años atrás había acabado con el ingreso de Thomas en el priorato. Godwyn recordó que Richard había prometido una donación a cambio de que admitieran al joven pero jamás había vuelto a oír hablar de ello. Se preguntaba si habría llegado a hacerla.

En todo ese tiempo, ninguno de los hermanos del priorato había llegado a averiguar demasiadas cosas acerca de la anterior vida de Thomas, lo cual resultaba curioso puesto que los monjes se pasaban el día cotilleando. Al tratarse de una pequeña comunidad con estrecho contacto cotidiano (en el presente eran veintiséis) lo sabían casi todo los unos de los otros. ¿A qué señor debía de servir Thomas? ¿Dónde vivía? La mayoría de los caballeros gobernaban unas cuantas aldeas y cobraban arriendos que les permitían comprar caballos, corazas y armas. ¿Tendría Thomas esposa e hijos? Si los tenía, ¿qué se había hecho de ellos? Nadie lo sabía.

Dejando de lado el misterio de su pasado, Thomas era un buen monje, devoto y trabajador. Daba la impresión de que encajaba mejor en ese tipo de vida que en la de caballero. A pesar de su violenta profesión anterior tenía un aire femenino, como la mayoría de los monjes. Era muy amigo del hermano Matthias, un hombre de naturaleza amable unos cuantos años más joven que él. Sin embargo, si cometían algún acto impuro, eran muy discretos, pues nunca habían recibido acusación alguna.

Hacia el final del oficio, Godwyn fijó la vista en la profunda penumbra de la nave y divisó a su madre, Petranilla, que permanecía tan estática como un pilar mientras un rayo de sol iluminaba su altiva cabeza gris. Estaba sola. Se preguntaba cuánto tiempo llevaría allí, observando. No estaba bien visto que los legos asistieran a los oficios de los días laborables, y Godwyn supuso que había acudido allí para verlo. Lo invadió una familiar mezcla de alegría y temor. Sabía que la mujer estaba dispuesta a hacer cualquier cosa por él. Había vendido la casa y había pasado a ser el ama de llaves de su hermano Edmund sólo para que él pudiera ir a estudiar a Oxford; cuando pensaba en el sacrificio que eso había implicado para su orgullosa madre, le entraban ganas de echarse a llorar de agradecimiento. No obstante, su presencia siempre lo ponía nervioso, era como si esperara que fuera a amonestarlo por haber hecho algo malo.

Mientras los monjes y monjas salían en fila, Godwyn se apartó del grupo y se le acercó.

—Buenos días, mamá.

Ella lo besó en la frente.

—Te veo más delgado —observó con preocupación maternal—. ¿Comes suficiente?

—Sólo pescado salado y gachas de avena, pero hay de sobra —respondió él.

—¿Qué es lo que tanto te emociona? —La mujer siempre adivinaba su estado de ánimo.

Él le habló del *Libro de Timothy*.

—He podido leer el pasaje durante el capítulo —le explicó.

—¿Te apoyan los demás?

—Theodoric y los monjes más jóvenes sí. A muchos les molesta tener que ver a mujeres todo el tiempo. Después de todo, han elegido por propia voluntad vivir en una comunidad masculina.

La mujer asintió con gesto aprobatorio.

—Eso te sitúa en posición de líder. Estupendo.

—Además, les caigo bien por lo de las piedras calientes.

—¿Qué piedras calientes?

—Es una nueva norma que propuse para el invierno. En las noches de helada, cuando nos dirigimos a la iglesia para celebrar el oficio de maitines, cada monje recibe una piedra caliente envuelta con un trapo. Eso impide que nos salgan sabañones en los pies.

—Muy ingenioso. De todas formas, asegúrate de que te apoyan antes de hacer ningún movimiento.

—Claro. Eso encaja con lo que los profesores nos enseñaban en Oxford.

—¿Qué es?

—El género humano es falible, así que no debemos fiarnos de nuestros propios razonamientos. No podemos aspirar a entender el mundo, todo cuanto podemos hacer es asombrarnos de la creación de Dios. La verdadera sabiduría procede sólo de la revelación. No debemos cuestionar los conocimientos que hemos recibido.

Su madre lo miraba escéptica, tal como los legos solían hacer cuando los hombres cultos trataban de explicarles filosofía pura.

—¿Es eso lo que creen los obispos y cardenales?

—Sí. De hecho, la Universidad de París ha prohibido las obras de Aristóteles y Tomás de Aquino porque se basan en la razón y no en la fe.

—¿Y esa forma de pensar te servirá para ganarte el favor de tus superiores?

Eso era todo cuanto a ella le preocupaba: quería que su hijo llegara a ser prior, obispo, arzobispo o incluso cardenal. Él deseaba lo mismo, pero esperaba no ser tan cínico como ella.

—Seguro que sí —respondió.

—Muy bien, pero no es por eso por lo que he venido a verte. Tu tío Edmund ha sufrido un duro golpe. Los italianos amenazan con llevarse la clientela a Shiring.

Godwyn se quedó atónito.

—Eso arruinará su negocio. —De todas formas, no entendía muy bien por qué había acudido expresamente para contárselo.

—Edmund cree que podremos convencerlos para que vuelvan si mejoramos las condiciones de la feria del vellón y, en particular, si derribamos el puente viejo y construimos uno nuevo más ancho.

—Déjame que lo adivine: tío Anthony se ha negado.

—Pero Edmund no se da por vencido.

—¿Quieres que hable con Anthony?

Ella negó con la cabeza.

—Tú no podrás convencerlo. Pero si sale a relucir el tema durante el capítulo, deberías apoyar la propuesta.

—¿Y ponerme en contra de tío Anthony?

—Siempre que la vieja guardia rechace una propuesta sensata, tú debes presentarte como líder de los reformistas.

Godwyn sonrió con admiración.

—Mamá, ¿cómo es que sabes tanto de política?

—Te lo voy a explicar. —La mujer apartó la vista y la fijó en el gran rosetón del extremo este mientras su mente viajaba al pasado—. Cuando mi padre empezó a hacer negocios con los italianos, los ciudadanos más influyentes de Kingsbridge lo consideraban un presuntuoso. Lo miraban mal a él y a su familia y hacían todo lo posible por evitar que pusiera en práctica sus nuevas ideas. Por aquel entonces mi madre murió y yo ya era adolescente, así que me convertí en su confidente y empezó a contármelo todo. —El rostro de la mujer, que habitualmente mostraba una invariable expresión de calma, se crispó en una mueca de amargura y resentimiento: los ojos entrecerrados, los labios fruncidos y las mejillas ruborizadas debido a lo vergonzoso del recuerdo—. Pensó que no lograría librarse de ellos hasta que se hiciera con el control de la comunidad parroquial. Así que eso es lo que se dispuso a hacer, y yo lo ayudé. —La mujer respiró hondo, como si de nuevo quisiera reunir fuerzas para librar una larga batalla—. Dividimos a la clase dirigente, enfrentamos a los bandos, nos hicimos aliados y luego nos los quitamos de encima, debilitamos al enemigo sin piedad y utilizamos a nuestros partidarios hasta que estuvimos en disposición de deshacernos de ellos. Tardamos diez años, pero al final mi padre se convirtió en mayordomo del gremio y en el hombre más rico de toda la ciudad.

Ya le había contado otras veces la historia de su abuelo, pero nunca en términos tan francos y directos.

—¿Así que tú eras su consejera, igual que Caris lo es de Edmund?

La mujer soltó una breve y sonora carcajada.

—Sí, la única diferencia es que en el momento en que Edmund tomó el relevo, nosotros ya éramos la clase dirigente. Mi padre y yo escalamos la montaña; Edmund sólo tuvo que descender por la vertiente contraria.

Philemon los interrumpió. Había entrado en la iglesia a través del claustro, un hombre de veintidós años alto y de cuello esquelético que avanzaba con pasos cortos de sus pies torcidos hacia dentro. Llevaba una escoba puesto que estaba empleado en el priorato como limpiador. Parecía ansioso.

—Te he estado buscando, hermano Godwyn.

Petranilla hizo caso omiso de su obvia premura.

—Hola, Philemon. ¿Aún no te han hecho monje?

—No puedo reunir suficiente dinero para el donativo, señora Petranilla, procedo de una familia humilde.

—Pero no es extraño que el priorato renuncie al donativo si el aspirante da muestras de devoción, y tú llevas años sirviendo al priorato, con remuneración o sin ella.

—El hermano Godwyn ha propuesto mi ingreso, pero algunos de los monjes de más edad han dado sus razones para que no se me permita.

Godwyn intervino:

—Carlus el Ciego odia a Philemon, no sé por qué.

—Hablaré con mi hermano Anthony —se ofreció Petranilla—. Su opinión debería contar más que la de Carlus. Eres un buen amigo de mi hijo y me gustaría verte progresar.

—Gracias, señora.

—Bueno, es evidente que te mueres de ganas de contarle a Godwyn algo sin que yo esté presente, así que me voy. —Besó a Godwyn—. Recuerda lo que te he dicho.

—Sí, mamá.

Godwyn se sintió aliviado, como si una nube de tormenta hubiera pasado por encima de su cabeza y se hubiera alejado para descargar en otra parte.

En cuanto Petranilla estuvo fuera del alcance de su voz, Philemon dijo:

—¡Es el obispo Richard!

Godwyn alzó las cejas. Philemon conocía la manera de descubrir los secretos de la gente.

—¿De qué te has enterado?

—Está en el hospital, en este preciso momento, en una de las habitaciones privadas del piso de arriba. ¡Con su prima Margery!

Margery era una bonita muchacha de dieciséis años. Sus padres, un hermano menor del conde Roland y una hermana de la condesa de Marr, habían muerto y ahora estaba bajo la tutela de Roland. Éste había concertado para ella un matrimonio con el hijo del conde de Monmouth, una alianza política que fortalecería sobremanera la posición de Roland y lo convertiría en el noble más importante del sudoeste de Inglaterra.

—¿Qué hacen? —preguntó Godwyn, aunque se lo imaginaba.

Philemon bajó la voz.

—¡Se están besando!

—¿Cómo lo sabes?

—Te lo demostraré.

Philemon lo guió hacia el exterior de la iglesia por el crucero sur, a través del claustro de los monjes, y luego por un tramo de escaleras hasta el dormitorio. Se trataba de una habitación sencilla en la que había dos hileras de camas de madera, cada una con un colchón de paja. Una de las paredes medianeras daba al hospital. Philemon se acercó a un gran armario que contenía mantas y, con gran esfuerzo, lo empujó hasta desplazarlo. Justo detrás, en la pared había una piedra suelta. Por un momento Godwyn se preguntó cómo Philemon había dado con esa mirilla y al final supuso que debía de haber escondido algo en el hueco. Philemon retiró la piedra con cuidado de no hacer ruido y susurró:

—¡Mira, rápido!

Godwyn vaciló.

—¿A cuántos huéspedes más has observado desde este lugar? —le preguntó en voz baja.

—A todos —respondió Philemon, como si resultara obvio.

Godwyn creyó saber lo que iba a observar, pero la idea no despertó en él demasiado entusiasmo. Tal vez a Philemon le pareciera bien atisbar a un obispo que obraba mal, pero a él se le antojaba un comportamiento vergonzosamente turbio. Sin embargo, la curiosidad lo impulsó a proseguir. Al final se preguntó qué le aconsejaría su madre y de inmediato supo que le diría que mirara.

El agujero de la pared quedaba un poco por debajo de la altura del ojo. Se agachó unos centímetros y echó una ojeada.

Daba a uno de los dos dormitorios privados para huéspedes del hospital. En una esquina había un reclinatorio situado de cara a un mural de la crucifixión. También había dos cómodas sillas y unos cuantos taburetes. Cuando se reunían muchos huéspedes importantes, los hombres ocupaban una habitación y las mujeres, la otra. Ésa era claramente la habitación destinada a las mujeres, puesto que sobre una mesa auxiliar se veían diversos artículos femeninos: peines, cintas y misteriosos frascos y botecitos.

En el suelo se extendían dos jergones de paja. Richard y Margery estaban tumbados en uno de ellos y hacían algo más que besarse.

El obispo Richard era un hombre atractivo de pelo castaño con suaves ondulaciones y facciones armoniosas. Casi le doblaba la edad a Margery; era una chica esbelta de piel clara y cejas oscuras. Yacían el uno al lado del otro. Richard le besaba el rostro y le hablaba al oído, mientras en sus labios carnosos se dibujaba una sonrisa de placer. Margery llevaba el vestido subido hasta la cintura. Tenía unas bellas piernas largas y blancas. Él permanecía con la mano entre los muslos de ella y la movía a ritmo estudiado y regular. Aunque Godwyn no tenía experiencia con mujeres, sabía de algún modo lo que Richard estaba haciendo. Margery miraba a Richard con adoración, la boca entreabierta jadeando de excitación, el rostro encendido por la pasión. Tal vez fueran meros prejuicios, pero Godwyn dedujo de forma intuitiva que Richard veía a Margery como un mero pasatiempo mientras ella creía que él era el amor de su vida.

Godwyn los contempló durante un instante de horror. Richard estaba moviendo la mano cuando, de pronto, Godwyn se descubrió mirando el triángulo de pelo hirsuto entre los muslos de Margery, oscuro en contraste con su piel blanca, igual que sus cejas. Rápidamente, apartó la vista.

—Déjame ver —dijo Philemon.

Godwyn se separó de la pared. Aquello era un escándalo, pero ¿qué podía hacer él, si es que debía hacer algo?

Philemon observó a través del agujero y soltó un grito ahogado de excitación.

—¡Se le ve el coño! —susurró—. ¡Se lo está frotando!

—Apártate de ahí —dijo Godwyn—. Ya hemos visto bastante… Demasiado.

Philemon vaciló, estaba fascinado. Luego se retiró de mala gana y volvió a colocar en su sitio la piedra suelta.

—¡Tenemos que denunciar ahora mismo que el obispo está fornicando! —exclamó.

—Cierra la boca y déjame pensar —le espetó Godwyn.

Si hacía lo que Philemon proponía, se enemistaría con Richard y su influyente familia, y encima para nada. Pero seguro que existía algún modo de sacar partido de semejante situación. Godwyn trató de imaginarse qué haría su madre. Si no ganaba nada revelando el pecado de Richard, tal vez hubiera un modo de beneficiarse encubriéndolo. Seguro que Richard le estaría agradecido por guardarle el secreto.

Eso resultaba más prometedor. Pero para que surtiera efecto, Richard tenía que saber que Godwyn lo estaba protegiendo.

—Ven conmigo —le dijo a Philemon.

Philemon volvió a colocar el armario en su sitio. Godwyn se preguntaba si el ruido de la madera al arrastrar el mueble se oiría desde la habitación contigua. Lo dudaba; de todos modos, a buen seguro Richard y

Margery estaban demasiado absortos en lo que les ocupaba para percibir ruidos procedentes del otro lado de la pared.

Godwyn iba delante al bajar la escalera y atravesar el claustro. Había dos escaleras que daban a las habitaciones privadas: una partía de la planta baja del hospital y la otra se encontraba en el exterior del edificio y permitía a los huéspedes importantes entrar y salir sin tener que pasar por las salas destinadas a las personas corrientes. Godwyn subió corriendo la escalera exterior.

Se detuvo frente a la habitación en la que se encontraban Richard y Margery, y a continuación se dirigió a Philemon en voz baja.

—Entra conmigo —le dijo—. No hagas nada ni digas nada. Sal cuando salga yo.

Philemon dejó la escoba.

—No —le ordenó Godwyn—. Cógela.

—De acuerdo.

Godwyn abrió la puerta y entró con decisión.

—Quiero que dejes esta habitación impecable —dijo en voz alta—. Barre todos los rincones… ¡Ah! ¡Os ruego que me perdonéis! ¡Creía que no había nadie!

En el tiempo que había llevado a Godwyn y Philemon dirigirse a toda prisa del dormitorio al hospital, los amantes habían hecho progresos. Ahora Richard se encontraba encima de Margery, su largo hábito clerical alzado por la parte delantera. Las piernas blancas y bien torneadas de ella se elevaban en el aire a ambos lados de las caderas del obispo. No cabía duda de qué estaban haciendo.

Richard cesó de empujar y miró a Godwyn con una mezcla de decepción airada y culpabilidad temerosa. Margery soltó un grito de sorpresa y también ella miró a Godwyn con pánico en los ojos.

Godwyn dilató el momento.

—¡Obispo Richard! —exclamó, fingiendo perplejidad. Quería que a Richard no le quedara duda de que lo había reconocido—. ¿Pero, cómo…? Y ¿Margery? —Hizo ver que de pronto lo comprendía todo—. ¡Perdonadme! —Se dio media vuelta. Luego le gritó a Philemon—: ¡Sal de aquí! ¡Sal ahora mismo! —Philemon salió por la puerta a toda velocidad sin dejar de aferrar la escoba.

Godwyn lo siguió pero al llegar a la puerta se volvió para asegurarse de que Richard lo veía bien. Los dos amantes permanecieron inmóviles en su postura, seguían unidos sexualmente pero sus semblantes se habían demudado. La mano de Margery se había desplazado hasta cubrir su boca con el eterno gesto de sorpresa de la culpabilidad. La expresión de Richard traslucía la frenética actividad de su cerebro: quería hablar pero no acertaba a figurarse qué podía decir. Godwyn decidió librarlos de su desgraciada situación; ya había hecho todo cuanto tenía que hacer.

Salió de la habitación, pero antes de que pudiera cerrar la puerta algo le hizo detenerse. Una mujer estaba subiendo la escalera. Por un momento, lo invadió el pánico. Se trataba de Philippa, la esposa del otro hijo del conde.

Se dio cuenta al instante de que la secreta culpabilidad de Richard perdería todo su valor si alguien más la descubría. Tenía que advertir a Richard.

—¡Lady Philippa! —exclamó en voz alta—. ¡Bienvenida al priorato de Kingsbridge!

Oyó tras de sí unos ruidos apresurados y por el rabillo del ojo vio que Richard se ponía en pie de un salto.

Por suerte, Philippa no entró directamente sino que se detuvo a hablar con Godwyn.

—Tal vez puedas ayudarme. —Desde donde estaba, no alcanzaría a ver gran cosa del interior de la alcoba, pensó Godwyn—. He perdido un brazalete. No es muy valioso, es de madera tallada, pero le tengo cariño.

—Qué lástima —dijo Godwyn en tono compasivo—. Les pediré a los monjes y las monjas que lo busquen.

Philemon intervino:

—Yo no lo he visto.

Godwyn se dirigió a Philippa:

—Tal vez se os haya caído de la muñeca.

La mujer puso mala cara.

—Lo raro es que no lo he llevado puesto desde que estoy aquí. Me lo he quitado al llegar y lo he dejado encima de la mesa, y ahora no lo encuentro.

—A lo mejor ha ido a parar rodando a algún rincón oscuro. Philemon lo buscará. Es el encargado de limpiar las habitaciones de los huéspedes.

Philippa se quedó mirando a Philemon.

—Sí, te he visto cuando me marchaba, hace más o menos una hora. ¿No lo has encontrado barriendo la habitación?

—No la he barrido. La señorita Margery ha entrado justo cuando me disponía a empezar.

Godwyn intervino:

—Philemon acaba de regresar para limpiar vuestra alcoba, pero la señorita Margery está… —Dirigió la mirada hacia la habitación—. Rezando —concluyó.

Margery se encontraba de rodillas en el reclinatorio, con los ojos cerrados; Godwyn esperaba que suplicara perdón por su pecado. Richard se encontraba de pie tras ella, con la cabeza baja y las manos entrelazadas mientras movía los labios en un murmullo.

Godwyn se hizo a un lado para permitir a Philippa entrar en la habitación. La mujer le dirigió una mirada recelosa a su cuñado.

—Hola, Richard —saludó—. No es propio de ti rezar entre semana.

Él se llevó el dedo a los labios para indicar silencio y señaló a Margery, postrada en el escabel.

Philippa habló en tono enérgico:

—Margery puede rezar tanto como guste, pero ésta es la habitación de las mujeres y quiero que te marches.

Richard disimuló su alivio y salió, cerrando la puerta y dejando dentro a las dos mujeres.

Godwyn y él permanecieron cara a cara en el pasillo. Godwyn notó que Richard no sabía por qué opción decantarse. Por una parte quería decirle «¿Cómo te atreves a entrar en una alcoba sin llamar?». Sin embargo, se hallaba en una situación tan apurada que era probable que no consiguiera armarse del valor suficiente para soltar bravatas. Por otra parte, apenas se atrevía a pedirle a Godwyn que guardara silencio acerca de lo que había visto, pues eso suponía reconocer que estaba en sus manos. Se trataba de un instante penosamente embarazoso.

Mientras Richard dudaba, Godwyn tomó la palabra.

—Nadie sabrá nada de esto por mí.

Richard pareció aliviado; luego miró a Philemon.

—¿Y él?

—Philemon quiere ser monje. Está aprendiendo a cultivar la virtud de la obediencia.

—Estoy en deuda contigo.

—Un hombre debe confesar sus propios pecados, no los de otros.

—De todas formas, te estoy agradecido, hermano…

—Godwyn, el sacristán. Soy el sobrino del prior Anthony. —Quería que Richard supiera que tenía contactos lo bastante importantes como para meterlo en un buen lío. Sin embargo, para disimular la amenaza, añadió—: Mi madre estuvo prometida con vuestro padre, hace muchos años, antes de que él llegara a ser conde.

—Ya he oído la historia.

A Godwyn le habría gustado agregar que su padre había desdeñado a su madre, del mismo modo en que él pensaba desdeñar a la pobre Margery. Sin embargo, en vez de eso dijo en tono agradable:

—Podríamos haber sido hermanos.

—Sí.

Sonó la campana anunciando la hora de la cena. Liberados de la embarazosa situación, los tres hombres se separaron: Richard se fue a casa del prior Anthony, Godwyn se dirigió al refectorio de los monjes y Philemon se marchó a la cocina para ayudar a servir los platos.

Godwyn estaba pensativo al atravesar el claustro. Se sentía molesto por la salvaje escena que acababa de presenciar, pero creía haber salido airoso. Al final Richard parecía confiar en él.

En el refectorio se sentó junto a Theodoric, un monje brillante unos cuantos años más joven que él. Theodoric no había estudiado en Oxford y, en consecuencia, admiraba a Godwyn. Éste lo trataba de igual a igual, por lo cual Theodoric se sentía halagado.

—Acabo de leer una cosa que te interesará —dijo Godwyn. Resumió cuanto había leído sobre la actitud del venerado prior Philip hacia las mujeres en general y las monjas en particular—. Es lo que tú siempre has dicho —concluyó.

De hecho Theodoric nunca había expresado su opinión acerca del tema, pero siempre se mostraba de acuerdo cuando Godwyn se quejaba de la negligencia del prior Anthony.

—Por supuesto —convino Theodoric. Tenía los ojos azules y la piel clara ahora sonrojada por la excitación—. ¿Cómo podemos tener pensamientos puros si las mujeres nos distraen constantemente?

—Pero ¿qué podemos hacer?

—Debemos enfrentarnos al prior.

—Durante el capítulo, quieres decir —añadió Godwyn, como si fuera idea de Theodoric y no suya—. Sí, es un plan estupendo. ¿Crees que los demás nos apoyarán?

—Los monjes más jóvenes sí.

Era probable que los jóvenes se mostraran de acuerdo con casi cualquier crítica que se hiciera a los mayores, pensó Godwyn. Sin embargo, también sabía que muchos monjes compartían su gusto por una vida en la que las mujeres estuvieran ausentes o, como mínimo, no las vieran.

—Si hablas con alguien antes del capítulo, cuéntame qué opinan —dijo. Eso animaría a Theodoric a ir por ahí buscando apoyo.

Llegó la cena, un guiso a base de pescado salado y alubias. Antes de que Godwyn pudiera empezar a comer, fray Murdo lo interrumpió.

Los frailes eran monjes que vivían entre la población en lugar de recluirse en monasterios. Pensaban que su abnegación era más rigurosa que la de los monjes de institución, cuyo voto de pobreza se veía comprometido por los espléndidos edificios y extensas propiedades. Los frailes tradicionales no poseían bien alguno, ni siquiera iglesias, aunque muchos se olvidaban de sus ideales cuando piadosos admiradores les regalaban tierras y dinero. Los que seguían viviendo según sus principios originales mendigaban comida y dormían en el suelo de alguna cocina. Predicaban en los mercados de las plazas y en las puertas de las tabernas y por ello los recompensaban con algún penique. No dudaban en valerse de los monjes corrientes para conseguir comida y alojamiento siempre que les convenía, de lo cual, como es natural, su supuesta superioridad se resentía.

Fray Murdo constituía un ejemplo particularmente desagradable: estaba gordo, iba sucio, era un glotón, a menudo iba bebido y a veces lo habían visto en compañía de prostitutas. No obstante, también era un predicador carismático capaz de atraer a cientos de oyentes con sus sermones coloristas y teológicamente discutibles.

Ahora se encontraba allí de pie sin que nadie lo hubiera invitado y se disponía a dar comienzo a una plegaria a voz en grito.

—Padre nuestro, bendice estos alimentos que van a tomar nuestros sucios y corruptos cuerpos, tan invadidos por el pecado como un perro muerto por los gusanos…

Las plegarias de Murdo nunca eran breves. Godwyn dejó a un lado la cuchara y exhaló un suspiro.

Durante el capítulo siempre tenía lugar alguna lectura; solía tratarse de un pasaje de la Regla de San Benito, aunque muchas veces procedía de la Biblia o, en ocasiones, de otras obras religiosas. Mientras los monjes tomaban asiento en los bancos de piedra dispuestos en pendiente alrededor de la sala capitular de forma octogonal, Godwyn buscó con la mirada al joven monje a quien ese día correspondía leer en voz alta y le dijo en tono tranquilo pero firme que él leería en su lugar. Luego, cuando llegó el momento, leyó la página decisiva del *Libro de Timothy*.

Estaba nervioso. Había regresado de Oxford hacía un año y desde entonces se había dedicado a hablar con discreción a la gente sobre una posible reforma del priorato; sin embargo, hasta ese momento no se había enfrentado a Anthony abiertamente. El prior era débil y perezoso y necesitaba que lo despertaran de golpe de su letargo. Además, tal como había escrito san Benito: «Hemos dicho que todos sean llamados a capítulo porque muchas veces revela el Señor al más joven lo que es mejor». Godwyn estaba en su perfecto derecho de hablar durante el capítulo y solicitar un cumplimiento más estricto de las reglas monásticas. Con todo, tuvo la repentina sensación de que se estaba arriesgando y lamentó no haberse tomado más tiempo para meditar la mejor táctica a la hora de utilizar el *Libro de Timothy*.

Sin embargo, era demasiado tarde para arrepentirse. Cerró el libro y dijo:

—La pregunta que me hago a mí mismo y que hago a mis hermanos es la siguiente: ¿hemos relajado las normas del prior Philip relativas a la separación entre los monjes y las mujeres? —Había aprendido durante los debates estudiantiles a presentar su argumentación en forma de pregunta siempre que resultara factible, de modo que el oponente tuviera tan pocas opciones como fuera posible de rebatirla.

El primero en responder fue Carlus el Ciego, el suprior y, por tanto, suplente de Anthony.

—Algunos monasterios están emplazados lejos de toda población, en una isla desierta, en las profundidades del bosque o en la cima de una montaña solitaria —explicó. Su discurso lento y parsimonioso hizo que Godwyn no dejara de removerse en su asiento, impaciente—. En tales edificios, los hermanos viven aislados de cualquier contacto con el mundo secular. —Prosiguió sin prisa—. Kingsbridge nunca ha sido así. Nos encontramos en el centro de una gran ciudad que alberga a siete mil almas, nos ocupamos de una de las más espléndidas catedrales de la cristiandad, muchos de nosotros somos médicos, pues tal como dijo san Benito: «Ante todo y sobre todo se ha de atender a los hermanos enfermos, sirviéndolos como a Cristo en persona». El lujo del total aislamiento no nos ha sido concedido. Dios nos ha encomendado otra misión.

Godwyn se esperaba un discurso de ese tipo. Carlus odiaba que cambiaran los muebles de sitio, pues tropezaba con ellos. Del mismo modo, se oponía a cualquier tipo de cambio debido a la ansiedad que le producía enfrentarse a lo desconocido.

Theodoric respondió rápidamente a Carlus.

—Aún con más motivo debemos ser estrictos en cuanto a las normas —dijo—. Un hombre que vive al lado de una taberna debe tener especial cuidado de evitar la embriaguez.

Se oyó un murmullo de grata aprobación: a los monjes les gustaban las réplicas agudas. Godwyn asintió con la cabeza y el pálido Theodoric se ruborizó satisfecho.

Una novicia llamada Juley se animó a hablar en un tono que distaba poco del susurro:

—A Carlus no le molestan las mujeres; como es ciego, no puede verlas.

Muchos monjes se echaron a reír aunque algunos negaban con la cabeza en señal reprobatoria.

A Godwyn le pareció que la cosa iba bien. Por el momento, parecía llevar ventaja en la disputa. Entonces intervino el prior Anthony:

—¿Qué es lo que propones exactamente, hermano Godwyn? —No había estado en Oxford pero sabía presionar lo suficiente para que su oponente aclarara el verdadero tema a tratar.

Con renuencia, Godwyn puso las cartas sobre la mesa.

—Deberíamos considerar volver a la misma situación que en tiempos del prior Philip.

Anthony insistió:

—¿Qué quieres decir exactamente con eso? ¿Que no haya monjas?

—Sí.

—Pero ¿adónde irán?

—El convento puede trasladarse a otro lugar y convertirse en una filial separada del priorato, como el Kingsbridge College o St.-John-in-the-Forest.

La respuesta los sorprendió. Se oyó un clamor de comentarios que al prior le costó acallar. La voz que destacó entre la barahúnda era la de Joseph, el médico de más categoría. Era un hombre inteligente aunque orgulloso y Godwyn se andaba con pies de plomo con él.

—¿Cómo vamos a gestionar un hospital sin monjas? —dijo. Su pésima dentadura hacía que arrastrara las sibilantes y que pareciera borracho, aunque no por ello habló con menor autoridad—. Ellas administran las medicinas, cambian las vendas, dan de comer a los discapacitados, peinan a los pacientes seniles...

—Los monjes pueden hacer todo eso —repuso Theodoric.

—¿Y qué me dices de los alumbramientos? —añadió Joseph—. Con frecuencia se atiende a mujeres que tienen dificultades para traer un niño al mundo. ¿Cómo podríamos ayudarlas nosotros sin que las monjas se ocuparan de... la parte manual?

Muchos hombres se pronunciaron a favor; por suerte, Godwyn ya había anticipado la pregunta y respondió:

—Supón que las monjas se trasladan al antiguo lazareto.

La leprosería, o lazareto, se encontraba en una pequeña isla en medio del río, en la parte sur de la ciudad. Antiguamente estaba llena de enfermos, pero la lepra parecía ir desapareciendo y a la sazón sólo había dos habitantes, ambos ancianos.

El hermano Cuthbert, que era muy ingenioso, habló entre dientes:

—No seré yo quien le comunique a la madre Cecilia que va a trasladarse a una leprosería.

Se oyeron risas encadenadas.

—Son los hombres quienes tienen que mandar a las mujeres —opinó Theodoric.

El prior Anthony intervino:

—Y la madre Cecilia está bajo el mandato directo del obispo Richard. Es a él a quien corresponde tomar una decisión así.

—El cielo prohibirá que la tome —dijo una voz distinta. Se trataba de Simeon, el tesorero. Era un hombre flaco de rostro alargado y siempre se pronunciaba con respecto a las cuestiones que implicaban gastar dinero—. No podemos sobrevivir sin las monjas —concluyó.

A Godwyn lo cogió por sorpresa.

—¿Por qué no? —preguntó.

—No tenemos bastante dinero —respondió Simeon de inmediato—. Cuando la catedral necesita alguna reparación, ¿quién crees que paga a los albañiles? No somos nosotros, no nos lo podemos permitir: les paga la madre Cecilia. Ella compra las provisiones para el hospital, los pergaminos para el *scriptorium* y el pienso para el establo. Es ella quien paga todo lo que utilizamos en común.

Godwyn estaba consternado.

—¿Cómo es posible? ¿Dependemos de ellas?

Simeon se encogió de hombros.

—Durante años, muchas mujeres devotas han donado al convento tierras y otros bienes.

Eso no era todo, Godwyn estaba seguro. Los monjes también contaban con importantes recursos, pues recaudaban el arriendo y otros impuestos de casi todos los ciudadanos de Kingsbridge y además poseían miles de hectáreas de tierras de cultivo. La manera en que se administraban los recursos debía de tener algo que ver. Sin embargo, no era el momento de entrar en esa cuestión. Había perdido la batalla. Incluso Theodoric permanecía en silencio.

—Bueno, ha sido un debate muy interesante —dijo Anthony con complacencia—. Gracias por formular la pregunta, Godwyn. Ahora, vamos a rezar.

Godwyn estaba demasiado irritado para rezar. No había conseguido nada de lo que se había propuesto y no sabía muy bien en qué se había equivocado.

Mientras los monjes salían en fila, Theodoric le dirigió una mirada temerosa y le dijo:

—No sabía que las monjas pagaran tantas cosas.

—Ninguno de nosotros lo sabía —respondió Godwyn. Se dio cuenta de que miraba con agresividad a Theodoric y se apresuró a enmendarse a la vez que añadía—: De todas formas, has estado espléndido, has argumentado mejor de lo que lo habrían hecho muchos hombres de Oxford.

Eso era precisamente lo que Theodoric necesitaba oír. Se puso contento.

Era el momento de que los monjes acudieran a la biblioteca a leer o pasearan por el claustro meditando; sin embargo, Godwyn tenía otros planes. Había algo que lo había estado fastidiando durante la cena y el capítulo. Lo había apartado de sus pensamientos al surgir cuestiones más importantes pero ahora volvía a darle vueltas: sospechaba dónde podía estar el brazalete de lady Philippa.

En un monasterio había pocos lugares donde ocultar cosas. Los monjes vivían en comunidad y ninguno de ellos, salvo el prior, tenía una habitación individual. Incluso compartían la letrina, consistente en una artesa que se limpiaba gracias a un continuo chorro de agua canalizada. No se les permitía tener efectos personales por lo que ninguno contaba con un armario, ni siquiera con una caja.

Sin embargo, Godwyn había descubierto ese día un escondrijo.

Subió al dormitorio. Estaba desierto. Empujó el armario de las mantas para separarlo de la pared y retiró la piedra suelta, pero no miró por el agujero. En vez de eso, metió la mano en el hueco y lo exploró. Tanteó la parte alta, el fondo y los lados del agujero. Hacia la derecha, detectó una pequeña fisura. Godwyn introdujo los dedos en ella y palpó algo que no era piedra ni argamasa. Escarbando, logró extraer el objeto.

Era un brazalete de madera tallada.

Godwyn lo sostuvo a contraluz. Estaba hecho con un tipo de madera resistente, probablemente roble. La parte interior estaba bien pulida, pero el exterior aparecía tallado con un intrincado diseño de marcados cuadros y diagonales realizados con elegante precisión. Godwyn comprendió por qué lady Philippa le tenía tanto cariño.

Lo dejó donde estaba y devolvió la piedra suelta a su sitio; luego colocó el armario en su lugar habitual.

¿Para qué querría Philemon algo así? Podría venderlo por uno o dos peniques, pero eso sería muy arriesgado puesto que el objeto resultaba inconfundible. Lo que estaba claro es que no iba a llevarlo puesto.

Godwyn salió del dormitorio y bajó la escalera hasta el claustro. No tenía ánimos para estudiar ni meditar. Le hacía falta hablar de lo sucedido durante el día. Sintió la necesidad de ver a su madre.

La idea lo inquietó, porque sabía que le regañaría por haber fallado en el capítulo. Sin embargo, también lo alabaría por haber sabido someter al obispo Richard, de eso estaba seguro, y tenía ganas de contarle la historia. Decidió ir a buscarla.

En realidad no estaba permitido que los monjes rondaran por las calles de la ciudad cada vez que les viniera en gana. Tenían que tener un buen motivo y además debían pedir permiso al prior antes de abandonar el recinto monástico. Sin embargo, en la práctica los *obedientiari* o subordinados de la comunidad siempre encontraban alguna excusa. El priorato negociaba continuamente con los mercaderes para comprar comida, ropa, zapatos, pergamino, velas, herramientas para el jardín, arreos para los caballos y, en fin, todo lo necesario para la vida cotidiana. Los monjes eran terratenientes y poseían casi la ciudad entera. Además, cualquiera de los médicos podía ser requerido para visitar a algún paciente incapaz de llegar hasta el hospital. Por todo ello era bastante frecuente ver a monjes por las calles y era poco probable que a Godwyn, el sacristán, le pidieran explicaciones por encontrarse fuera del monasterio.

De todas formas, la prudencia aconsejaba ser discreto; se aseguró de que al salir no lo viera nadie. Atravesó la concurrida feria y se dirigió a toda prisa por la calle principal a casa de su tío Edmund.

Tal como esperaba, Edmund y Caris habían salido a comerciar y encontró a su madre sola con los sirvientes.

—Esto sí que alegra a una madre —dijo—, verte dos veces en un mismo día. Además así puedo darte de comer. —Le sirvió una gran jarra de cerveza de alta graduación y le pidió al cocinero que le llevara un plato de estofado frío—. ¿Cómo ha ido el capítulo? —le preguntó.

Godwyn le contó lo ocurrido.

—Me he precipitado —confesó al final.

Ella asintió.

—Mi padre solía decir: «No convoques una reunión hasta que la conclusión sea evidente».

Godwyn sonrió.

—Lo tendré en cuenta.

—De todas formas, no creo que hayas hecho ningún mal.

Eso lo alivió. Su madre no estaba enfadada.

—Pero he perdido la batalla —dijo.

—También has consolidado tu posición de líder de los jóvenes reformistas.

—¿Aunque me haya comportado como un estúpido?

—Es mejor eso que pasar inadvertido.

Godwyn no estaba seguro de que su madre tuviera razón pero, tal como hacía siempre que dudaba de lo acertado de sus consejos, no discutió; lo pensaría más tarde.

—Ha ocurrido una cosa muy extraña —anunció, y le contó lo de Richard y Margery obviando los detalles físicos tan ordinarios.

La mujer se sorprendió.

—¡Richard se ha vuelto loco! —exclamó—. Cancelarán la boda si el conde de Monmouth descubre que Margery no es virgen. El conde Roland se pondrá hecho una furia. Podrían expulsar a Richard de la orden.

—Muchos obispos tienen amantes, ¿verdad?

—Eso es otra cosa. Un sacerdote puede tener un ama de llaves que sea su esposa en todo excepto en el nombre, y un obispo puede tener varias mujeres, pero arrebatar la virginidad a una noble poco antes de su boda… Hasta al mismísimo hijo de un conde le resultaría difícil continuar formando parte del clero después de una cosa así.

—¿Qué crees que debo hacer?

—Nada. Lo has hecho muy bien hasta ahora. —La mujer resplandecía de orgullo—. Algún día esa información llegará a ser una gran arma —añadió—. Recuérdalo.

—Hay una cosa más. Me preguntaba cómo había dado Philemon con la piedra suelta y pensé que debió de haberla utilizado en principio como escondrijo. Tenía razón: he encontrado allí un brazalete que lady Philippa ha perdido.

—Muy interesante —opinó ella—. Tengo la sensación de que Philemon te va a ser muy útil. Hará cualquier cosa que le pidas, ya lo ves. No tiene escrúpulos ni moralidad. Mi padre tenía un socio siempre dispuesto a hacer el trabajo sucio: dar pábulo a los rumores, propagar comentarios perniciosos, fomentar conflictos… Ese tipo de personas pueden llegar a ser una ayuda inestimable.

—Así que crees que no debo decir nada del robo.

—Ni hablar. Haz que devuelva el brazalete si crees que es importante. Puede decir que lo encontró barriendo, pero no lo delates: algún día recogerás lo que has sembrado, te lo garantizo.

—Entonces, ¿debo protegerlo?

—Tal como harías con un perro rabioso que atacara a unos intrusos. Es peligroso, pero merece la pena.

10

El jueves, Merthin acabó de tallar la puerta.

Había terminado el trabajo en la nave sur, al menos por el momento. El andamio estaba colocado, y no había necesidad de que preparara la cimbra para los albañiles puesto que Godwyn y Thomas estaban decididos a ahorrar dinero y probar su método de construcción según el cual no era necesario. Así, el muchacho se dispuso a volcarse en la talla y entonces se dio cuenta de que le quedaba muy poco trabajo. Había empleado una hora entera en perfeccionar el pelo de una de las vírgenes prudentes, y otra en la sonrisa bobalicona de una virgen insensata, sin embargo no tenía la certeza de haberlas mejorado. Le costaba tomar decisiones porque estaba distraído pensando en Caris y Griselda.

Apenas había sido capaz de dirigirle la palabra a Caris en toda la semana. Se sentía muy avergonzado. Cada vez que la veía, pensaba en el abrazo y el beso que había dado a Griselda, en cómo había culminado con ella el acto de amor supremo de la vida humana, cuando lo cierto era que no la amaba, ni siquiera le gustaba. Antes, había imaginado en infinidad de ocasiones y con alegría e ilusión el momento en que lo haría con Caris, mientras que ahora, después de lo que había pasado, la idea le horrorizaba. El problema no era Griselda; bueno, con Griselda tenía un problema pero no era eso lo que tanto lo abrumaba, y es que se habría sentido igual de molesto de haberse tratado de cualquier otra mujer, exceptuando a Caris. Había arrebatado al acto todo su sentido al realizarlo con Griselda, y ya no era capaz de mirar a la cara a la mujer que amaba.

Mientras contemplaba su obra, tratando de no pensar más en Caris y decidir si la puerta estaba o no terminada, Elizabeth Clerk entró en el pórtico norte. Era una belleza de veinticinco años y piel pálida, delgada, con una aureola de rizos rubios. Su padre había sido obispo de Kingsbridge antes que Richard. Había vivido, igual que éste, en el palacio del obispo, en Shiring, pero durante sus frecuentes visitas a Kingsbridge había caído en brazos de una fulana que servía en la posada Bell, la madre de Elizabeth. Debido a su condición de hija ilegítima, Elizabeth era muy susceptible con respecto a su posición social, estaba siempre pendiente del mínimo desaire y dispuesta a mostrarse ofendida de inmediato. No obstante, a Merthin le caía bien porque era inteligente y porque una vez, cuando él tenía dieciocho años, lo había besado y le había permitido notar el tacto de sus pechos, erguidos y pequeños, como moldeados con sendos cuencos poco profundos, y cuyos pezones se endurecían con el más suave contacto. Su idilio había finalizado por un motivo que a él le parecía trivial y a ella imperdonable, un comentario que él había hecho en tono de chanza sobre la calentura de los sacerdotes; sin embargo, la joven todavía le gustaba.

Ella le puso la mano en el hombro y observó la puerta. De pronto, se llevó la mano a la boca y ahogó un grito.

—¡Parece que estén vivas! —exclamó.

Merthin se estremeció de alegría: la joven no solía deshacerse en elogios. No obstante, sintió el impulso de mostrarse modesto.

—Es porque las he hecho diferentes. Las vírgenes de la puerta vieja eran todas idénticas.

—No, es algo más que eso. Parece que vayan a echarse a andar y hablarnos.

—Gracias.

—Pero es muy diferente del resto de la catedral. ¿Qué dirán los monjes?

—Al hermano Thomas le gusta.

—¿Y al sacristán?

—¿A Godwyn? No sé qué pensará. Pero si se arma un escándalo, le pediré al prior Anthony que lo resuelva. Seguro que no querrá encargar otra puerta y pagar el doble.

—Bueno —dijo ella pensativa—, la Biblia no dice que todas fueran iguales, desde luego. Sólo especifica que cinco tuvieron la sensatez de prepararse con tiempo mientras que las otras cinco dejaron los preparativos para el último momento y acabaron por perderse la fiesta. ¿Qué dirá Elfric?

—No es para él.

—Pero él es tu patrón.

—Sólo le preocupa que le paguen por el trabajo.

La muchacha no se mostró muy convencida.

—El problema es que eres mejor artesano que él, hace años que resulta obvio, todo el mundo lo sabe. Elfric no lo admitirá nunca, pero te detesta por eso. Es posible que haga que te arrepientas.

—Tú siempre ves las cosas negras.

—¿Eso crees? —La muchacha se había ofendido—. Bueno, ya veremos si tengo o no razón. Ojalá me equivoque. —Se dio media vuelta, dispuesta a marcharse.

—¡Elizabeth!

—¿Qué?

—Me alegro de veras de que te guste la puerta.

Ella no respondió, pero pareció apaciguarse un poco. Se despidió con un ademán y se alejó.

Merthin decidió que la puerta estaba terminada. La envolvió con un basto tejido de arpillera. Tenía que enseñársela a Elfric y ese día era tan oportuno como cualquier otro: la lluvia había cesado, al menos por el momento.

Le pidió a uno de los peones que le ayudara a acarrear la puerta. Los obreros tenían un método para transportar los objetos pesados y aparatosos. Situaban dos sólidas varas en el suelo, en paralelo, y luego colocaban encima unos tablones atravesados que proporcionaban una base firme. A continuación, cargaban el objeto en los tablones, se situaban entre las varas, uno a cada extremo, y lo levantaban. El armazón se llamaba angarillas y también se utilizaba para transportar enfermos al hospital.

Con todo, la puerta resultaba muy pesada. Por suerte, Merthin estaba acostumbrado a trasladar objetos con gran esfuerzo, pues Elfric nunca le había permitido que se escudara en su pequeña estatura y, como resultado, había desarrollado una fuerza asombrosa.

Los dos hombres llegaron a casa de Elfric y entraron con la puerta. Encontraron a Griselda sentada en la cocina. Cada día se la veía más voluminosa, sus grandes pechos parecían estar creciendo aún más. Merthin detestaba estar a malas con la gente, así que trató de comportarse con amabilidad.

—¿Quieres ver mi puerta? —dijo al pasar por su lado.

—¿Para qué iba a querer ver una puerta?

—Está tallada. Representa el pasaje de las vírgenes prudentes y las insensatas.

La muchacha soltó una arisca carcajada.

—No me hables de vírgenes.

Llevaron la puerta hasta el patio. Merthin no entendía a las mujeres; Griselda se había mostrado distante con él desde el día en que habían hecho el amor. Si eso era lo que sentía, ¿por qué lo había hecho? Dejaba muy claro que no quería volver a hacerlo. Él, por su parte, podía asegurarle que pensaba lo mismo y, de hecho, aborrecía la mera idea, pero decírselo habría resultado ofensivo, así que optó por callarse.

Depositaron las angarillas en el suelo y el ayudante de Merthin se marchó. Elfric se encontraba en el patio, la figura fornida inclinada sobre una pila de maderas; contaba los tablones golpeando cada una de las vigas con un listón de madera de poco menos de un metro de longitud cortado a escuadra, y esbozaba una expresión pensativa cada vez que se enfrentaba a un cálculo que entrañaba dificultad. Tras levantar la vista para mirar a Merthin, prosiguió con la tarea. El muchacho no dijo nada pero desenvolvió la puerta y la apoyó en un montón de bloques de piedra. Estaba sumamente orgulloso de su obra. Se había inspirado en el modelo tradicional pero al mismo tiempo había incluido un elemento original que impresionaba a todo el mundo. Estaba impaciente por ver la puerta instalada en la iglesia.

—Cuarenta y siete —dijo Elfric, luego se volvió hacia Merthin.

—Ya he terminado la puerta —explicó, orgulloso—. ¿Qué te parece?

Elfric observó la puerta unos instantes. Tenía la nariz grande y de la sorpresa le temblaron las aletas. Sin previo aviso, golpeó a Merthin en la cara con el listón que había estado utilizando para contar. La pieza de madera era sólida y el impacto resultó violento. Merthin lanzó un repentino grito de dolor, retrocedió tambaleándose y cayó al suelo.

—¡Pedazo de escoria! —gritó Elfric—. ¡Has deshonrado a mi hija!

Merthin trató de farfullar una protesta, pero tenía la boca llena de sangre.

—¿Cómo te atreves? —bramó Elfric.

De pronto, como si la hubieran avisado, Alice apareció por el quicio de la puerta.

—¡Traidor! —vociferó—. ¡Has entrado en nuestra casa sin permiso y has desflorado a nuestra pequeña!

Por mucho que se esforzaran en aparentar espontaneidad, era evidente que lo habían planeado, pensó Merthin. El muchacho escupió sangre y respondió:

—¿Que yo la he desflorado? ¡Pero si no era virgen!

Elfric volvió a esgrimir el improvisado garrote. Merthin trató de apartarse de la trayectoria, pero el objeto le golpeó dolorosamente el hombro.

—¿Cómo has podido hacerle algo así a Caris? —le espetó Alice—. Pobre hermana mía, cuando lo descubra se le partirá el corazón.

El comentario provocó la respuesta airada de Merthin.

—Y tú misma te encargarás de que se entere, ¿verdad, bruja?

—Bueno, no pensarás casarte con Griselda en secreto… —repuso Alice.

Merthin se quedó anonadado.

—¿Casarme con Griselda? No vamos a casarnos. ¡Pero si ella me odia!

En ese momento apareció Griselda.

—Claro que no quiero casarme contigo —dijo—, pero no me queda más remedio. Estoy embarazada.

Merthin se la quedó mirando.

—No es posible… Sólo lo hemos hecho una vez.

Elfric soltó una áspera carcajada.

—Con una vez basta, pánfilo.

—De todas formas, no voy a casarme con ella.

—Si no lo haces, te despediré —aseguró Elfric.

—No puedes hacer eso.

—¿Por qué no?

—Me da igual. No pienso casarme con ella.

Elfric soltó el garrote y cogió un hacha.

—¡Por el amor de Dios! —exclamó Merthin.

Alice avanzó un paso.

—Elfric, no cometas un asesinato.

—Quítate de en medio, mujer. —Elfric levantó el hacha.

Merthin, que seguía en el suelo, se apartó rápidamente al temer por su vida.

Elfric descargó el hacha, no sobre Merthin sino sobre la puerta.

—¡No! —gritó Merthin.

La afilada hoja fue a parar sobre el rostro de la virgen de pelo largo y abrió una hendidura en la madera.

—¡Déjalo ya! —le pidió el muchacho a voz en grito.

No obstante, Elfric volvió a levantar el hacha, asestó otro golpe con ella a la puerta aún con más fuerza, y la partió en dos.

Merthin se puso en pie. Se horrorizó al percatarse de que tenía los ojos anegados en lágrimas.

—¡No tienes derecho a hacer eso! —Trataba de gritar pero de la garganta sólo le salía un hilo de voz.

Elfric alzó de nuevo el hacha y se volvió hacia el joven.

—No te acerques, muchacho. No me provoques.

Merthin observó un amago de locura en los ojos de Elfric y retrocedió.

Elfric volvió a descargar el hacha sobre la puerta.

Merthin permaneció quieto contemplando la escena mientras las lágrimas le resbalaban por las mejillas.

11

Los dos perros, Tranco y Trizas, se saludaron mutuamente con caluroso entusiasmo. Ambos animales procedían de la misma camada, aunque no se parecían. Tranco era un macho marrón y Trizas, una pequeña hembra de color negro. Además, Tranco era un perro típicamente rural, flacucho y desconfiado, mientras que la urbanita Trizas estaba oronda y satisfecha.

Hacía diez años que Gwenda había elegido a Tranco de entre una camada de cachorros mestizos que había en el suelo del dormitorio de Caris, en la enorme casa del mercader de lana, el día en que la madre de ésta había muerto. A partir de ese día, Gwenda y Caris se habían convertido en buenas amigas. Sólo se veían dos o tres veces al año, pero compartían sus secretos. Gwenda sentía que podía contarle a Caris cualquier cosa sin que esa información llegara nunca a oídos de sus padres ni de ninguna otra persona de Wigleigh. Suponía que Caris sentía lo mismo; puesto que Gwenda no le dirigía la palabra a ninguna otra muchacha de Kingsbridge, no había peligro de que se le escapara nada en algún momento de descuido.

Gwenda llegó a Kingsbridge el viernes de la semana de la feria del vellón. Su padre, Joby, se dirigió a la zona de la feria, frente a la catedral, para vender la piel de unas ardillas que había atrapado en el bosque cercano a Wigleigh. Gwenda fue directamente a casa de Caris, y los dos perros volvieron a reunirse.

Como siempre, Gwenda y Caris hablaron de muchachos.

—Merthin se comporta de forma extraña —confesó Caris—. El domingo estaba normal, me besó en la iglesia. El lunes, en cambio, apenas se atrevía a mirarme a los ojos.

—Se siente culpable por algo —adivinó de inmediato Gwenda.

—Es probable que tenga que ver con Elizabeth Clerk. Ella no le quita los ojos de encima, a pesar de que es una bruja insensible y demasiado mayor para él.

—¿Lo habéis hecho ya, Merthin y tú?

—¿El qué?

—Ya sabes… Cuando era pequeña lo llamaba «dar gemidos» porque eso era lo que oía cuando los mayores lo hacían.

—Ah, eso… No, todavía no.

—¿Por qué no?

—No lo sé…

—¿Es que no tienes ganas?

—Sí, pero… ¿No te da miedo pasarte la vida a las órdenes de un hombre?

Gwenda se encogió de hombros.

—La idea no me entusiasma, pero tampoco me preocupa mucho.

—¿Y tú qué? ¿Lo has hecho?

—No tal como es debido. Accedí a la propuesta de un joven del pueblo de al lado hace unos años, sólo para saber cómo era. Se siente un cálido bienestar, igual que al beber vino. Fue la única vez. Pero permitiré que Wulfric lo haga cuando le venga en gana.

—¿Wulfric? ¡Eso es nuevo!

—Ya lo sé. La cuestión es que lo conozco desde que éramos niños, solía tirarme del pelo y escaparse corriendo. Un día, poco después de Navidad, lo vi entrar en la iglesia y me di cuenta de que estaba hecho un hombre. Y no sólo eso, además era muy apuesto. Tenía nieve en el pelo y llevaba una especie de bufanda de color mostaza enrollada al cuello. Estaba arrebatador.

—¿Le amas?

Gwenda exhaló un suspiro. No sabía cómo expresar lo que sentía. No se trataba sólo de amor, pensaba en él todo el tiempo y no creía poder vivir sin él. Se imaginaba raptándolo y encerrándolo en una cabaña de las profundidades del bosque para que nunca se le escapara.

—Bueno, por la expresión de tu cara deduzco la respuesta —dijo Caris—. ¿Y él? ¿Te corresponde?

Gwenda negó con la cabeza.

—Nunca habla conmigo. Me encantaría que hiciera algo para demostrar que sabe quién soy, aunque sólo fuera tirarme del pelo, pero está enamorado de Annet, la hija de Perkin. Ella es una vaca egoísta, pero él la adora. Los padres de ambos son los hombres más ricos de toda la aldea. El de ella cría gallinas ponedoras y las vende; y el de él posee veinte hectáreas de tierra.

—Tal como lo cuentas parece un amor imposible.

—Yo no lo tengo tan claro. ¿Qué quiere decir imposible? Annet podría morir, o Wulfric podría darse cuenta de pronto de que es a mí a quien siempre ha amado. O mi padre podría ser nombrado conde y entonces le ordenaría que se casara conmigo.

Caris sonrió.

—Tienes razón, no existen los amores imposibles. Me gustaría conocer a ese muchacho.

Gwenda se puso en pie.

—Estaba esperando a que dijeras eso. Vamos a buscarlo.

Salieron de la casa y los perros las siguieron pegados a los talones. Las lluvias que habían azotado la ciudad durante los primeros días de la semana habían dado paso a chubascos aislados; con todo, la calle principal seguía siendo un torrente de lodo. A causa de la feria, el barro se mezclaba con excrementos de animales, verduras podridas y toda la basura y los desechos del millar de visitantes.

Mientras cruzaban chapoteando los charcos nauseabundos, Caris preguntó a Gwenda por su familia.

—La vaca murió —dijo Gwenda—. Mi padre tiene que comprar otra, pero no sé cómo va a arreglárselas. No cuenta más que con unas pieles de ardilla para vender.

—Este año una vaca cuesta doce chelines —repuso Caris preocupada—. Eso equivale a ciento cuarenta y cuatro peniques de plata. —Caris siempre realizaba los cálculos mentalmente: Buonaventura Caroli le había enseñado los números arábigos y ella aseguraba que así resultaba más fácil.

—Hemos sobrevivido a los últimos inviernos gracias a la vaca, sobre todo los más pequeños de la familia.

El sufrimiento producido por la hambruna era bien conocido por Gwenda. A pesar de la leche que daba la vaca, cuatro de los hijitos de su madre habían muerto. No era extraño que Philemon ansiara ser monje, pensó: casi cualquier sacrificio merecía la pena con tal de poder disfrutar de copiosas comidas cada día sin falta.

—¿Qué va a hacer tu padre? —preguntó Caris.

—Algo poco limpio. Es difícil robar una vaca, no es posible ocultarla en el zurrón, pero seguro que idea algún plan ingenioso. —Gwenda lo expresaba con mayor seguridad de la que sentía. Su padre era deshonesto, pero nada inteligente. Haría todo cuanto estuviera en su mano, lícito o ilícito, por conseguir otra vaca; sin embargo, podía fracasar.

Atravesaron las puertas del priorato y se adentraron en la extensa feria. Los comerciantes aparecían empapados y abatidos tras seis días de mal tiempo. Habían expuesto sus mercancías a la lluvia y habían obtenido muy poco a cambio.

Gwenda se sentía violenta. Caris y ella no hablaban casi nunca de la dispar situación económica de las dos familias. Cada vez que Gwenda acudía a visitarla, Caris le entregaba discretamente algún regalo para que se lo llevara a casa: un queso, un pescado ahumado, un rollo de tela, una jarra de miel… Gwenda le daba las gracias, y de hecho, en el fondo le estaba profundamente agradecida, pero no decían nada más al respecto. Cuando su padre le aconsejaba que se aprovechara de la confianza de Caris para robar en su casa, Gwenda argüía que tal cosa le impediría volver a visitarla, y en cambio de ese otro modo llevaba algo a su hogar dos o tres veces al año. Incluso su padre se daba cuenta de que era lo más sensato.

Gwenda buscó con la mirada el puesto en el que Perkin debía de estar vendiendo sus gallinas. Era probable que Annet también se encontrara allí, y dondequiera que estuviese Annet, Wulfric no andaría lejos. Gwenda estaba en lo cierto: allí estaba el gordo y taimado de Perkin, tratando con zalamera amabilidad a los clientes y comportándose de forma brusca con todos los demás. Annet sostenía una bandeja con huevos y sonreía con coquetería mientras la bandeja le tiraba del vestido, marcándole los senos, y el pelo rubio sobresalía del gorro, cayendo en mechones que le acariciaban las mejillas sonrosadas y el cuello largo. Y allí estaba también Wulfric, con el aspecto de un arcángel que hubiera perdido el norte y deambulara entre los humanos por error.

—Ahí está —susurró Gwenda—. Es el alto con…

—Ya sé quién es —respondió Caris—. Es muy guapo.

—Ya ves lo que quiero decir.

—Es algo joven, ¿no?

—Tiene dieciséis años. Yo tengo dieciocho, como Annet.

—Bien.

—Ya sé qué estás pensando —aventuró Gwenda—. Crees que es demasiado apuesto para mí.

—No...

—Los hombres apuestos nunca se fijan en las mujeres feas, ¿verdad?

—Tú no eres fea.

—Me he mirado al espejo. —El recuerdo le resultaba penoso y Gwenda hizo una mueca—. Cuando vi qué aspecto tenía, me eché a llorar. Tengo la nariz muy grande y los ojos demasiado juntos. Me parezco a mi padre.

Caris protestó.

—Tienes unos bonitos ojos castaños claros y una preciosa melena tupida.

—Pero no pertenezco a la clase de Wulfric.

Wulfric se encontraba de pie, al lado de Gwenda y Caris, y la postura proporcionaba una buena visión de su escultórico perfil. Las dos muchachas lo admiraron durante unos instantes, hasta que se volvió y Gwenda sofocó un grito. El otro lado de su rostro presentaba un aspecto completamente distinto: estaba amoratado e hinchado, y tenía un ojo cerrado.

La muchacha se precipitó hacia él.

—¿Qué te ha ocurrido? —gritó.

El joven se sobresaltó.

—Ah, hola, Gwenda. Me he peleado. —Se volvió un poco, era obvio que se sentía violento.

—¿Con quién?

—Con un escudero del conde.

—¡Estás herido!

Él parecía impaciente.

—No te preocupes, estoy bien.

Estaba claro que no entendía por qué la muchacha se preocupaba por él. Tal vez incluso pensara que se regodeaba en su desgracia. Caris intervino.

—¿Con qué escudero? —preguntó.

Wulfric la observó con interés, percibiendo por su vestido que se trataba de una mujer de buena posición.

—Su nombre es Ralph Fitzgerald.

—¡Oh! ¡Es el hermano de Merthin! —exclamó Caris—. ¿Está herido?

—Le he roto la nariz. —Wulfric se mostraba orgulloso.

—¿Y no te han castigado?

—He pasado una noche en el cepo.

Gwenda soltó un pequeño grito de angustia.

—¡Pobrecito!

—No ha sido tan horrible. Mi hermano se ha asegurado de que no me golpearan.

—Aun así… —Gwenda estaba horrorizada. La idea de verse apresada de cualquier modo se le antojaba la peor de las torturas.

Annet terminó de atender a un cliente y se sumó a la conversación.

—Ah, eres tú, Gwenda —dijo con frialdad. Tal vez Wulfric ignorara los sentimientos de Gwenda, pero Annet no, y la trataba con una mezcla de hostilidad y menosprecio. —Wulfric se ha enfrentado a un escudero que me había ofendido —explicó, incapaz de ocultar su satisfacción—. Se ha comportado como un verdadero caballero de romance.

Gwenda respondió con acritud:

—A mí no me gustaría que le destrozaran el rostro por mí.

—Por suerte, no es muy probable que eso ocurra, ¿verdad? —Annet esbozó una sonrisa triunfal.

—Uno nunca sabe lo que puede depararle el futuro —repuso Caris.

Annet se la quedó mirando, asombrada por la insolencia, y obviamente extrañada de que la compañera de Gwenda vistiera ropa tan costosa.

Caris asió a Gwenda por el brazo.

—Ha sido un placer saludaros, familia Wigleigh —dijo con gentileza—. Adiós.

Las muchachas prosiguieron su camino. Gwenda soltó una risita.

—Has tratado a Annet con mucha altanería.

—Me ha irritado. Las mujeres de su índole manchan el nombre de todas.

—Está tan contenta de que a Wulfric le hayan pegado por su causa… Me entran ganas de arrancarle los ojos.

—Aparte de guapo, ¿cómo es? —preguntó Caris pensativa.

—Fuerte, orgulloso, fiel… De los que están dispuestos a enzarzarse en una pelea por el bien de otro. Pero también es el tipo de hombre que proporcionará sustento a su familia incansablemente, año tras año, hasta el último día de su vida.

Caris no dijo nada más.

Gwenda quebró el silencio.

—No te cae bien, ¿verdad?

—Por lo que dices, parece un poco soso.

—Si hubieras crecido junto a mi padre, no pensarías que un hombre que provee sustento a su familia es soso.

—Ya lo sé. —Caris estrechó el brazo de Gwenda—. Me parece que es perfecto para ti… Y para demostrártelo, voy a ayudarte a conseguirlo.

Gwenda no esperaba tal cosa.

—¿Cómo?

—Ven conmigo.

Dejaron la feria y se dirigieron al norte de la ciudad. Caris guió a Gwenda hasta una pequeña casa de una calle lateral cercana a la iglesia parroquial de St. Mark.

—Ahí vive una mujer muy sabia —explicó.

Dejaron fuera a los perros y entraron por un acceso bajo.

La escalera descendía hasta una única habitación estrecha, dividida por una cortina. En la mitad delantera había una silla y un banco. La chimenea debía de estar en la parte trasera, pensó Gwenda, y se preguntó por qué alguien querría ocultar lo que fuera que ocurriese en la cocina. La habitación estaba limpia y se apreciaba un fuerte olor a hierbas aromáticas un tanto ácido; no podía decirse que perfumara el ambiente pero tampoco resultaba desagradable.

—¡Mattie, soy yo! —gritó Caris.

Al cabo de un momento, una mujer de unos cuarenta años retiró la cortina y se acercó. Tenía el pelo cano y la piel pálida a causa de la falta de contacto con el exterior. Sonrió al ver a Caris. Luego, dirigió a Gwenda una mirada grave y dijo:

—Veo que tu amiga está enamorada, pero el joven apenas le dirige la palabra.

Gwenda ahogó un grito.

—¿Cómo lo sabéis?

Mattie se dejó caer pesadamente en la silla; era corpulenta y le faltaba el aliento.

—La gente acude aquí por tres razones: la enfermedad, la venganza y el amor. Tú pareces sana y eres demasiado joven para querer vengarte, así que debes de estar enamorada. Y el muchacho debe de hacerte caso omiso, de lo contrario no necesitarías mi ayuda.

Gwenda miró a Caris, quien repuso con expresión complacida:

—Ya te dicho que era sabia.

Las dos jóvenes tomaron asiento en el banco y observaron a la mujer con expectación.

Mattie prosiguió:

—Vive cerca de ti, es probable que en la misma aldea. Sin embargo, su familia es más rica que la tuya.

—Todo es cierto. —Gwenda no salía de su asombro. Sin duda Mattie lo había deducido, pero la información era tan acertada que daba la impresión de que gozaba del don de la clarividencia.

—¿Es apuesto?

—Mucho.

—Pero está enamorado de la muchacha más guapa de la aldea.

—Depende de lo que se considere ser guapa.

—Y la familia de ella también es más rica que la tuya.

—Sí.

Mattie asintió con la cabeza.

—La historia me resulta familiar. Puedo ayudarte, pero hay una cosa que debes comprender. Yo no tengo nada que ver con los entes espirituales. Sólo Dios es capaz de obrar milagros.

Gwenda se quedó perpleja. Todo el mundo sabía que los espíritus de los muertos controlaban todos los azares de la vida. Si uno les caía bien, guiaban conejos hasta sus cepos, le daban hijos sanos y hacían que el sol brillara en sus cultivos de cereales. Sin embargo, si uno provocaba su enfado, hacían crecer gusanos en sus manzanas, que su vaca diera a luz a un ternero deforme y que su marido se volviera impotente. Incluso los médicos del priorato admitían que las plegarias dedicadas a los santos resultaban más efectivas que sus medicinas.

—No desesperes —la animó Mattie—. Puedo venderte un elixir de amor.

—Lo siento, no tengo dinero.

—Ya lo sé. Pero tu amiga Caris te aprecia muchísimo y quiere que seas feliz. Ha venido preparada para pagar el elixir. De todas formas, debes administrarlo bien. ¿Crees que podrás quedarte a solas con el joven durante una hora?

—Encontraré la manera.

—Échale el elixir en la bebida. Al cabo de poco rato, se enamorará. Por eso debes estar a solas con él, si hay alguna otra muchacha a la vista podría quedar prendado de ella en lugar de enamorarse de ti. Mantenlo apartado de las otras mujeres, y muéstrate muy cariñosa con él. Le parecerás la mujer más atractiva del mundo. Bésalo, dile que es maravilloso y, si quieres, haz el amor con él. Al cabo de un rato, se dormirá. Cuando despierte, recordará que ha pasado los momentos más felices de su vida en tus brazos y querrá repetirlo tan pronto como le sea posible.

—¿No necesitaré más dosis?

—No. La segunda vez te bastará con tu amor, tu atractivo y tu feminidad. Una mujer es capaz de conseguir que un hombre sea sumamente feliz si él le da la oportunidad.

La mera idea llenó a Gwenda de deseo.

—Estoy impaciente.

—Entonces vamos a preparar la mezcla. —Mattie se levantó de la silla con esfuerzo—. Venid detrás de la cortina —dijo. Gwenda y Caris la siguieron—. Sólo está colgada para los ignorantes.

El despejado suelo de la cocina era de piedra y ésta contaba con un gran hogar equipado con soportes y ganchos para cocinar y hervir; el conjunto en sí era mucho más de lo que una mujer necesitaba para prepararse la comida. También había una vieja y pesada mesa que mostraba manchas y quemaduras pero estaba limpia, un estante donde se exponía una hilera de tarros de arcilla y un armario cerrado con llave que debía de contener los ingredientes más preciados que Mattie utilizaba en sus pócimas. Colgada en la pared, se veía una gran pizarra con números y letras garabateadas, probablemente recetas.

—¿Por qué escondes todo esto tras una cortina? —preguntó Gwenda.

—El hombre que prepara ungüentos y medicinas se llama boticario, pero una mujer que hace lo mismo se arriesga a que la llamen bruja. Hay una mujer en la ciudad cuyo nombre es Nell la Loca que anda por ahí gritándole al demonio. Fray Murdo la ha acusado de herejía. Nell está loca, es cierto, pero no hace daño a nadie. Con todo, Murdo insiste en que la juzguen. A los hombres les gusta matar a alguna mujer de vez en cuando; Murdo les proporciona un pretexto para hacerlo, y luego recauda sus peniques como limosna. Por eso siempre le digo a todo el mundo que sólo Dios obra milagros. Yo no invoco a los espíritus, sólo utilizo las hierbas medicinales que recojo en el bosque y hago uso de mi capacidad de observación.

Mientras Mattie hablaba, Caris andaba de un lado para otro de la cocina con tanta tranquilidad como si estuviera en su propia casa. Depositó en la mesa una escudilla y un frasquito. Mattie le alcanzó una llave y la muchacha abrió el armario.

—Echa tres gotas de esencia de amapola en una cucharada de vino destilado —le indicó Mattie—. Tenemos que procurar no preparar una mezcla excesivamente fuerte para que no se quede dormido demasiado rápido.

Gwenda estaba atónita.

—¿Es que vas a hacer la mezcla tú, Caris?

—A veces ayudo a Mattie. No se lo cuentes a Petranilla, no le parecería bien.

—No la avisaría ni siquiera si se le estuviera chamuscando el pelo.

Gwenda no le caía simpática a la tía de Caris, probablemente por la misma razón por la que no le parecía bien lo que hacía Mattie: ambas pertenecían a la clase baja y a Petranilla ese tipo de cosas le importaba mucho.

Pero, ¿por qué motivo Caris, la hija de un hombre acaudalado, trabajaba como aprendiza en la cocina de una sanadora que vivía en un callejón? Mientras Caris preparaba la mezcla, Gwenda recordó que su amiga siempre había sentido curiosidad por las enfermedades y los remedios. Ya de niña, Caris quería ser médica; no entendía que sólo a los sacerdotes les estuviera permitido estudiar medicina. Gwenda la recordó preguntándose tras la muerte de su madre: «¿Por qué las personas tienen que caer enfermas?». La madre Cecilia le había explicado que era a causa del pecado, y Edmund le había dicho que nadie lo sabía; sin embargo, ninguna de las dos respuestas había convencido a Caris. Tal vez siguiera buscando la razón allí, en la cocina de Mattie.

Caris vertió el líquido en un pequeño tarro, lo tapó y ajustó la tapadera con un cordel cuyos extremos anudó. Luego entregó el tarro a Gwenda.

La joven lo introdujo en la bolsa de piel que llevaba sujeta al cinturón. Se preguntaba cómo se las apañaría para conseguir pasar una hora a solas con Wulfric. Se había apresurado a decir que encontraría algún modo de conseguirlo, pero ahora que tenía el elixir de amor en sus manos, la tarea se le antojaba casi imposible. El muchacho daba muestras de inquietud con sólo dirigirle la palabra, y saltaba a la vista que quería pasar junto a Annet todo el tiempo libre de que disponía. ¿Con qué excusa conseguiría Gwenda convencerlo de que debían estar solos? «Quiero mostrarte un lugar donde pueden cogerse huevos de pato salvaje.» ¿Por qué iba a querer enseñárselo a él y no a su padre? Wulfric era un poco cándido, pero no estúpido. Se daría cuenta de que tramaba algo.

Caris le entregó a Mattie doce peniques de plata, lo cual para su padre supondría las ganancias de dos semanas.

—Gracias, Caris —dijo Gwenda—. Espero que vengas a mi boda.

Caris se echó a reír.

—¡Así me gusta! ¡Con confianza!

Dejaron a Mattie y se dirigieron de nuevo a la feria. Gwenda decidió empezar por descubrir dónde se alojaba Wulfric. Su familia gozaba de demasiada holgura económica para hacerse pasar por pobre, así que no podía alojarse sin cargo en el priorato. Podía interrogarlo con aire despreocupado, o bien hacer lo propio con su hermano, y proseguir con una pregunta acerca de la calidad del alojamiento, como si le interesara conocer cuál de las muchas posadas de la ciudad era la mejor.

Un monje pasó por su lado y Gwenda reparó con culpabilidad en que ni siquiera había pensado en tratar de ver a su hermano, Philemon. Su padre no acudiría a visitarlo, pues se profesaban un odio mutuo desde hacía años. Sin embargo, Gwenda lo apreciaba. Sabía que era taimado, falso y malicioso, pero con todo lo quería. Habían sobrellevado juntos muchos inviernos de hambruna. Decidió que más tarde iría en su busca, después de volver a ver a Wulfric.

Sin embargo, antes de llegar a la feria, Caris y Gwenda se toparon con el padre de ésta.

Joby se encontraba cerca de las puertas del priorato, frente a la posada Bell. Junto a él había un hombre de aspecto rudo vestido con una túnica amarilla que llevaba un fardo cargado a la espalda, y también una vaca marrón.

El hombre hizo una señal a Gwenda para que se acercara.

—Ya tengo una vaca —anunció.

Gwenda observó al animal más de cerca. Tenía dos años, estaba flaca y su mirada denotaba mal carácter, pero parecía sana.

—Tiene buen aspecto —opinó.

—Éste es Sim Chapman —dijo su padre, señalando con el pulgar al hombre de la túnica amarilla.

Chapman era hojalatero y andaba de aldea en aldea vendiendo pequeños artículos de primera necesidad: agujas, hebillas, espejos de mano, peines… Tal vez hubiera robado la vaca, pero eso no supondría un problema para su padre si el precio era el correcto.

Gwenda se dirigió a su padre.

—¿Cómo has conseguido el dinero?

—De hecho, no voy a pagarle —respondió con expresión sospechosa.

Gwenda ya se esperaba algún ardid.

—Y, entonces, ¿qué?

—Es una especie de intercambio.

—¿Qué vas a entregarle a cambio de la vaca?

—A ti —respondió su padre.

—No digas estupideces —repuso Gwenda, y en ese momento notó que alguien le introducía el lazo de una soga por la cabeza y lo tensaba alrededor de su cuerpo, inmovilizándole los brazos pegados a éste.

La joven estaba desconcertada. No podía estar sucediéndole semejante cosa. Forcejeó para librarse de la cuerda pero Sim la tensó más.

—No armes un escándalo —dijo su padre.

Gwenda no podía creer que todo aquello fuera en serio.

—¿Qué te has creído? —le espetó, incrédula—. No puedes venderme. ¡Estás loco!

—Sim necesita una mujer y yo, una vaca —respondió su padre—. Es muy sencillo.

Sim habló por primera vez.

—Esta hija tuya es bastante fea.

—¡Esto es ridículo! —exclamó Gwenda.

Sim le sonrió.

—No te preocupes, Gwenda —la tranquilizó—. Seré bueno contigo, siempre que te comportes como es debido y hagas lo que te mando.

Gwenda se dio cuenta de que hablaban en serio. De verdad creían que podían cerrar semejante trato. El terror le heló el corazón al apercibirse de que, de hecho, aquello podía llegar a hacerse realidad.

En ese momento, Caris decidió intervenir.

—Ya está bien, la broma ya ha durado bastante —dijo alto y claro—. Suelta a Gwenda ahora mismo.

Sim no se mostró intimidado por el tono imperativo.

—¿Quién eres tú para darme órdenes?

—Mi padre es mayordomo de la cofradía.

—Pero tú no —le espetó Sim—. Y aunque lo fueras, no tendrías ninguna autoridad sobre mí ni sobre mi amigo Joby.

—¡No podéis cambiar a una muchacha por una vaca!

—¿Por qué no? —preguntó Sim—. La vaca es mía, y la muchacha es su hija.

Los gritos llamaron la atención de los transeúntes y los hicieron detenerse a mirar a la joven atada con una cuerda.

—¿Qué ocurre? —preguntó un viandante.

—Ha vendido a su hija a cambio de una vaca —respondió otro.

Gwenda observó la expresión de pánico que demudó el rostro de su padre. En esos momentos deseaba haber llevado a cabo la operación en un callejón solitario; no era lo bastante inteligente como para prever la reacción pública. Gwenda se percató de que los transeúntes eran su única esperanza.

Caris hizo señas a un monje que en ese momento salía del priorato.

—¡Hermano Godwyn! —lo llamó—. Ven a resolver una disputa, por favor. —Miró a Sim con aire triunfal—. Todos los tratos que tienen lugar durante la feria del vellón están dentro de la jurisdicción del priorato y el hermano Godwyn es el sacristán. Me parece que tendréis que acatar su autoridad.

—Hola, prima Caris —la saludó Godwyn—. ¿Qué ocurre?

Sim gruñó disgustado.

—¿Éste es tu primo?

Godwyn dirigió al hombre una mirada glacial.

—Sea cual sea la disputa, trataré de ofreceros un juicio justo, como hombre de Dios. Espero que confiéis en mí al respecto.

—Me alegro mucho de oírlo, señor —dijo Sim, adoptando una actitud servil.

Joby se mostró igual de dócil.

—Os conozco, hermano. Mi hijo Philemon siente devoción por vos, para él sois la bondad personificada.

—Muy bien, ya basta —lo interrumpió Godwyn—. ¿Qué está ocurriendo aquí?

—Joby quiere vender a Gwenda a cambio de una vaca —explicó Caris—. Dile que no puede hacerlo.

—Es mi hija, señor —protestó Joby—. Tiene dieciocho años y es doncella, así que puedo hacer con ella mi voluntad.

—Con todo, vender a los propios hijos me parece un trato vergonzoso —opinó Godwyn.

Joby adoptó un aire lastimero.

—No lo haría nunca, señor, si no fuera porque tengo a tres más en casa y soy un campesino sin tierra ni medios para alimentarlos en invierno a menos que cuente con una vaca, y la que teníamos ha muerto.

Se oyó un murmullo de compasión procedente de la creciente multitud. Todos los allí congregados conocían los apuros del invierno y las situaciones extremas a las que un hombre podía verse abocado con tal de alimentar a su familia. Gwenda empezaba a desesperar.

Sim intervino.

—Podéis considerarlo vergonzoso, hermano Godwyn, pero ¿acaso es pecado? —Habló como si conociera de antemano la respuesta, y Gwenda supuso que debía de haber vivido una situación semejante en otro lugar.

Con manifiesta reticencia, Godwyn respondió:

—Al parecer, la Biblia censura el hecho de vender a una hija para convertirla en esclava. Aparece en el libro del Éxodo, capítulo veintiuno.

—¡Muy bien! ¡Ahí lo tenéis! —exclamó Joby—. ¡Es un acto cristiano!

Caris se sintió ultrajada.

—¡El libro del Éxodo! —exclamó con desprecio.

Una de las espectadoras se unió a la discusión.

—Nosotros no somos los hijos de Israel —dijo. Se trataba de una mujer bajita y fornida a quien la prominente mandíbula inferior confería un aire de determinación. Aunque iba pobremente vestida, se mostraba firme y enérgica. Gwenda la reconoció: era Madge, la esposa de Mark Webber—. Hoy en día no hay esclavos —añadió.

—¿Qué son entonces los aprendices? —preguntó Sim—. No les pagan, y reciben azotes de su patrón. ¿Y los novicios? ¿Y las mujeres que sirven en los palacios de los nobles a cambio de comida y cama?

—Por muy dura que sea su vida, no los compran ni los venden —observó Madge—. No pueden, ¿verdad, hermano Godwyn?

—Yo no digo que el trueque sea legítimo —respondió Godwyn—. Estudié medicina en Oxford, no leyes. Pero no encuentro motivo alguno en las Sagradas Escrituras ni en la doctrina de la Iglesia para afirmar que estos hombres cometen un pecado. —Miró a Caris y se encogió de hombros—. Lo siento, prima.

Madge Webber se cruzó de brazos.

—Bueno, hojalatero, ¿cómo piensas llevarte a la muchacha de la ciudad?

—Atada a una cuerda —respondió él—. Tal como he traído la vaca.

—Pero con la vaca no has tenido que pasar junto a mí, ni junto a toda esta gente.

La esperanza hizo que a Gwenda se le iluminara la cara. No estaba segura de cuántos espectadores la apoyarían, pero si se trataba de pelear era más probable que se pusieran de parte de Madge, una ciudadana, que de Sim, un forastero.

—No es la primera vez que me enfrento a una mujer obstinada —aseguró Sim, y al decirlo frunció los labios—. Nunca me han causado demasiados problemas.

Madge cogió la cuerda.

—Pues has tenido suerte.

El hombre le arrebató la cuerda de un tirón.

—Aparta tus manos de lo que me pertenece y no te haré daño.

Madge apoyó una mano en el hombro de Gwenda a propósito.

Sim propinó un brusco empujón a la mujer, y ésta retrocedió tambaleándose. Sin embargo, la multitud emitió un murmullo de protesta.

Uno de los presentes dijo:

—No harías eso si hubieras visto a su marido.

Se oyeron carcajadas en cadena. Gwenda recordó a Mark, el marido de Madge, un gigantón de carácter dulce. ¡Ojalá apareciera!

Sin embargo, quien apareció fue John Constable; su desarrollado olfato para detectar los conflictos lo llevaba hasta un corro casi en el preciso instante en que se formaba.

—Nada de empujones —ordenó—. ¿Estás causando problemas, hojalatero?

La esperanza volvió a apoderarse de Gwenda. Los hojalateros tenían mala reputación y el alguacil dio por hecho que Sim era el causante del altercado.

Sim se tornó servil; era evidente que cambiaba de actitud en menos que cantaba un gallo.

—Os pido perdón, señor alguacil —dijo—. Pero cuando un hombre ha pagado el precio acordado por un artículo, debe permitírsele abandonar Kingsbridge con la mercancía intacta.

—Desde luego —no tuvo más remedio que convenir John. La reputación de una ciudad mercado dependía de la justicia de las transacciones que en ella tenían lugar—. Pero ¿qué has comprado?

—Esta muchacha.

—Ah. —John se quedó pensativo—. ¿Quién te la ha vendido?

—Yo —respondió Joby—. Soy su padre.

Sim prosiguió:

—Y esta mujer de barbilla prominente me ha amenazado con impedir que me lleve a la muchacha.

—Exacto —dijo Madge—. Nunca he oído que se vendan y compren mujeres en el mercado de Kingsbridge, y los aquí presentes tampoco.

—Un hombre puede hacer lo que le plazca con sus propios hijos —respondió Joby. Miró a la multitud con aire suplicante—. ¿Hay alguien que no esté de acuerdo?

Gwenda sabía que nadie se pronunciaría. Algunas personas trataban a sus hijos con cariño, otras eran muy duras con ellos. Sin embargo, todas coincidían en creer que el padre debía ejercer un poder absoluto sobre éstos.

—¡No haríais oídos sordos ni os quedaríais mudos como pasmarotes si tuvierais un padre como él! —gritó airadamente Gwenda—. ¿A cuántos de vosotros os han vendido vuestros padres? ¿A cuántos os obligaron a robar cuando erais pequeños y podíais deslizar la mano con facilidad en los bolsillos de la gente?

Joby empezaba a parecer preocupado.

—Está desvariando, señor alguacil —dijo—. Ninguno de mis hijos ha robado jamás.

—Eso da igual —respondió John—. Escuchadme todos. Voy a dirimir la disputa. Los que no estén de acuerdo con mi decisión pueden quejarse al prior. Si alguien más la emprende a empujones o emplea violencia de cualquier tipo, arrestaré a todos los implicados. Espero que haya quedado claro. —Miró alrededor con expresión agresiva. Nadie pronunció palabra, estaban impacientes por oír la resolución. El hombre prosiguió—: No veo ninguna razón para considerar este trato ilícito, así que Sim Chapman puede marcharse con la muchacha.

—Ya os lo he dicho, yo no… —empezó Joby.

—Cierra tu sucia boca, mentecato —le espetó el alguacil—. Sim, márchate de aquí; y rápido. Madge Webber, si le levantas la mano te pondré en el cepo, y tu marido no me lo impedirá. Tampoco quiero oírte a ti, Caris Wooler, por favor. Si lo deseas, puedes quejarte de mí a tu padre.

Antes de que John terminara de hablar, Sim tiró de la cuerda con fuerza. Gwenda perdió el equilibrio y tuvo que adelantar un pie para evitar caerse. Y de repente se descubrió avanzando por la calle, medio corriendo y dando traspiés. Por el rabillo del ojo vio que Caris caminaba a su lado, hasta que John Constable la asió del brazo y la muchacha se volvió para protestar. Al cabo de un momento, la había perdido de vista.

Sim avanzaba deprisa por la calle fangosa y tiraba de la cuerda de tal modo que Gwenda no podía recuperar el equilibrio. Al aproximarse al puente, la muchacha empezó a desesperarse. Trató de hacer fuerza hacia atrás pero el hombre respondió con un tirón aún más enérgico que la hizo caer en el barro. Como tenía los brazos inmovilizados, no pudo colocar las manos para amortiguar el golpe, y al caer de bruces se magulló el pecho y su rostro se hundió en el cieno. Se esforzó por ponerse en pie y abandonó toda resistencia. Atada como un animal, herida, asustada y cubierta de barro inmundo, caminó tambaleándose detrás de su nuevo amo por el puente y la carretera que se adentraba en el bosque.

Sim Chapman condujo a Gwenda a través de la barriada de Newtown hasta la encrucijada conocida como el Cruce de la Horca, el lugar donde colgaban a los criminales. Una vez allí, tomó el camino del sur hacia Wigleigh. Se enrolló la cuerda a la muñeca para que Gwenda no pudiera escapar aprovechando algún momento de despiste. Tranco, el perro de la joven, los andaba siguiendo, pero Sim no paraba de arrojarle piedras y cuando una le dio de lleno en el hocico, el animal se retiró con el rabo entre las piernas.

Después de muchos kilómetros, cuando el sol empezaba a ponerse, Sim torció hacia el bosque. Gwenda no había visto indicación alguna en el camino que señalara aquel lugar; no obstante, parecía que Sim había elegido el desvío a conciencia, pues tras caminar un buen rato llegaron a un sendero. Gwenda miró al suelo y descubrió las claras huellas de pequeñas pezuñas en la tierra; entonces se dio cuenta de que era un camino de ciervos. Dedujo que debía de llevar a algún sitio donde había agua. Estaba segura de que se estaban acercando a un riachuelo, pues la vegetación de los márgenes aparecía aplastada y cubierta de barro.

Sim se puso de rodillas junto al arroyo, ahuecó las manos para llenarlas de agua límpida y bebió. Luego tiró de la cuerda de tal modo que ésta rodeó el cuello de Gwenda dejándole las manos libres y la acercó al riachuelo.

La muchacha se lavó las manos y a continuación bebió con avidez.

—Lávate la cara —le ordenó él—. Ya eres bastante fea de por sí.

Ella hizo lo que se le ordenaba, aunque se preguntaba con desánimo por qué al hombre le preocupaba su aspecto.

El camino continuaba a partir de la otra orilla del abrevadero y por él prosiguieron la marcha. Gwenda era fuerte y capaz de caminar durante un día entero, pero se sentía derrotada, abatida y asustada, y eso la agotaba. Fuera lo que fuere lo que le deparaba el destino, probablemente era mucho peor que aquello; con todo, ansiaba llegar allí para poder sentarse.

Estaba anocheciendo. Durante cerca de un kilómetro y medio, avanzaron por el sendero que serpenteaba entre los árboles; luego, al pie de una colina, éste terminó. Sim se detuvo junto a un roble especialmente robusto y emitió un discreto silbido.

Al cabo de unos instantes, una figura emergió de la forestal penumbra y dijo:

—Todo bien, Sim.

—Todo bien, Jed.

—¿Qué traes ahí, una tarta de frutas?

—Tú también la probarás, Jed, como todos los demás; siempre que tengas seis peniques, claro.

En ese momento, Gwenda se dio cuenta de cuáles eran los verdaderos planes de Sim: pensaba prostituirla. La deducción fue un duro golpe, y la joven se tambaleó y cayó de rodillas.

—Conque seis peniques, ¿eh? —La voz de Jed se oía lejana; sin embargo, Gwenda percibía excitación en ella—. ¿Cuántos años tiene?

—Su padre dice que dieciséis, pero a mí me parece que son más bien dieciocho. —Sim tiró de la cuerda—. Levántate, vaca perezosa, aún no hemos llegado.

Gwenda se puso en pie. «Por eso quería que me lavara la cara», pensó, y la idea hizo que se echara a llorar.

Lloró con amargura mientras seguía a Sim a trompicones hasta que llegaron a un claro en medio del cual había una hoguera. Con los ojos anegados en lágrimas, divisó a quince o veinte personas tumbadas bordeando el claro, la mayoría envueltas con mantas o capas. Casi todos cuantos la observaban a la luz de la hoguera eran hombres; sin embargo, también percibió el rostro de una mujer blanca, de expresión severa pero facciones suaves, que la miró un momento y luego desapareció embutida en el revoltijo de harapos que hacían las veces de ropa de cama. Un barril de vino colocado boca abajo y unos cuantos cuencos de madera dispersos por el suelo ofrecían testimonio de la juerga.

Gwenda se percató de que Sim la había conducido hasta la guarida de unos proscritos.

Soltó un gemido. ¿A cuántos de ellos la obligaría a someterse?

Sim la arrastró a través del claro hasta acercarla a un hombre que se encontraba sentado con la espalda contra un árbol.

—Todo bien, Tam —dijo.

Gwenda adivinó al instante de quién se trataba: era el proscrito más conocido de todo el condado, se llamaba Tam Hiding. Tenía un rostro agradable, aunque enrojecido por el alcohol. La gente decía que había nacido en una familia noble, pero siempre se decía lo mismo de los proscritos famosos. Al mirarlo, a Gwenda le sorprendió su juventud: tendría unos veinticinco años. No obstante, puesto que matar a un proscrito no se consideraba ningún crimen, pocos debían de vivir hasta una edad avanzada.

—Todo bien, Sim —respondió Tam.

—He vendido la vaca de Alwyn a cambio de una jovencita.

—Bien hecho. —Tam sólo arrastraba un poco las palabras.

—Vamos a cobrar a los muchachos seis peniques, claro que tú puedes hacerlo una vez gratis. Supongo que te gustará ser el primero.

Tam la examinó con los ojos inyectados en sangre. Tal vez no fueran más que ilusiones, pero le pareció descubrir en su mirada un amago de compasión.

—No, gracias, Sim —respondió—. Sigue adelante y que los muchachos se diviertan. Claro que a lo mejor prefieres dejarlo para mañana. Les hemos robado un barril de buen vino a dos monjes que lo transportaban a Kingsbridge, y a estas alturas casi todos están muy borrachos.

La esperanza hizo que Gwenda sintiera un destello de alegría en el corazón. Tal vez su tortura quedara aplazada.

—Tengo que preguntarle a Alwyn —dijo Sim, vacilante—. Gracias, Tam. —Se volvió y arrastró a Gwenda tras él.

A pocos metros de distancia, un hombre de anchos hombros se esforzaba por ponerse en pie.

—Todo bien, Alwyn —dijo Sim.

Aquélla parecía una expresión corriente entre los proscritos para saludarse e indicar que se reconocían.

Alwyn se encontraba en la fase irritable de la borrachera.

—¿Qué llevas ahí?

—La carne fresca de una jovencita.

Alwyn cogió a Gwenda por la barbilla, ejerciendo una fuerza innecesaria, y le volvió el rostro hacia la luz de la hoguera. Ella no tuvo más remedio que mirarlo a los ojos. Era joven, igual que Tam Hiding, pero mostraba el mismo aspecto poco sano del libertinaje. El aliento le apestaba a alcohol.

—¡Jesús! Sí que la has escogido fea —exclamó.

Por una vez Gwenda se alegró de que la consideraran fea. Así Alwyn no querría saber nada de ella.

—He elegido a la que he podido —repuso Sim enfadado—. Si ese hombre hubiera tenido una hija guapa, no la habría vendido a cambio de una vaca, ¿verdad? En vez de eso, la habría casado con el hijo de algún rico mercader de lana.

Al recordar a su padre, Gwenda se puso furiosa. Seguro que sabía, o podía imaginarse, lo que iba a suceder. ¿Cómo había podido hacerle aquello?

—Muy bien, muy bien, no importa —respondió Alwyn—. Con sólo dos mujeres en la banda, los muchachos están desesperados.

—Tam cree que deberíamos esperar a mañana porque todos están demasiado borrachos… Tú decides.

—Tam tiene razón. La mitad ya está durmiendo.

El temor de Gwenda amainó un poco. Durante la noche podían suceder muchas cosas.

—Muy bien —convino Sim—. Yo también estoy muerto de cansancio. —Miró a Gwenda—. Eh, tú, túmbate. —Nunca la llamaba por su nombre.

La chica se tumbó, y Sim utilizó la cuerda para atarle los pies y sujetarle las manos a la espalda. Luego, tanto él como Alwyn se echaron, uno a cada lado. Al cabo de unos instantes, los dos se durmieron.

Gwenda estaba agotada, pero en lo último que pensaba era en dormir. Con los brazos atados a la espalda, no estaba cómoda en cualquier postura. Trató de mover un poco las muñecas, pero Sim había apretado mucho la cuerda y la había anudado con fuerza. Todo cuanto consiguió fue escoriarse la piel y que el roce de la cuerda le escociera.

La desesperación dio paso a la rabia que provoca la impotencia, y Gwenda se imaginó vengándose de sus captores, azotándolos con un látigo mientras ambos caminaban medrosos delante de ella. Era una figuración vana, así que trató de orientar sus pensamientos hacia un modo práctico de escapar.

Primero tenía que conseguir que la desataran. Después, tendría que escaparse.

Lo ideal sería asegurarse de que no la persiguieran ni volvieran a apresarla.

Parecía imposible.

12

Cuando se despertó, Gwenda sintió frío. A pesar de que era ya pleno verano, hacía fresco y la muchacha no llevaba encima más que su ligero vestido. El cielo empezaba a abandonar su tono ensombrecido para tornarse gris. La joven miró a su alrededor en el calvero bajo la tímida luz y no percibió ningún movimiento.

Le entraron ganas de orinar. Se le ocurrió hacerlo allí mismo y empaparse el vestido; cuanto más sucio y repulsivo fuese su aspecto, tanto mejor. Sin embargo, no había acabado de formular aquel pensamiento cuando lo rechazó de plano. Eso equivaldría a rendirse, y ella no pensaba rendirse.

Pero ¿qué iba a hacer?

Alwyn dormía a su lado, con la larga daga enfundada aún al cinto, y aquello le dio a Gwenda una idea. No estaba segura de tener suficiente valor para llevar a cabo el plan que se estaba fraguando en su cabeza, pero se negaba a pensar en el miedo que le infundía. Sencillamente, tenía que ponerlo en práctica.

A pesar de tener los tobillos atados, podía mover las piernas, así que dio una patada a Alwyn. Al principio, el hombre pareció no inmutarse, por lo que le propinó una nueva patada y, esta vez, él se movió un poco. Cuando le dio la tercera patada, el hombre se incorporó de golpe.

—¿Has sido tú? —dijo, adormilado.

—Tengo que orinar.

—Aquí en el claro no puedes; es una de las reglas de Tam. Aléjate veinte pasos para orinar y cincuenta para purgar el vientre.

—Conque hasta los proscritos viven según las reglas…

La miró con expresión perpleja, sin comprender. No había captado la ironía. Gwenda se percató de que no era muy listo. Bueno, eso le resultaría útil. Pero era fuerte y malvado. Tendría que andarse con mucho cuidado con él.

—No puedo ir a ninguna parte con las piernas atadas —reclamó Gwenda.

Sin dejar de refunfuñar, el hombre le deshizo el nudo que le ataba los tobillos.

La primera parte de su plan había funcionado; en ese momento estaba aún más asustada.

Se levantó con cierta dificultad. Le dolían todos los músculos de las piernas tras haberlas tenido inmovilizadas la noche entera. Dio un paso hacia delante, se tambaleó y cayó de nuevo al suelo.

—Es muy difícil con las manos atadas —se quejó.

El hombre no le hizo el menor caso.

La segunda parte de su plan no había surtido efecto, de modo que tendría que seguir intentándolo.

Volvió a levantarse y echó a andar hacia los árboles, seguida muy de cerca por Alwyn, quien iba contando los pasos con los dedos de las manos. La primera vez que contó hasta diez, reanudó la cuenta. La segunda vez dijo:

—Hasta aquí.

La joven lo miró con gesto de impotencia.

—No puedo levantarme la falda del vestido —dijo.

¿Caería esta vez en su trampa?

La miró con expresión bobalicona, y la joven casi oyó el ruido del mecanismo de su cerebro, traqueteando como el engranaje de un molino. Podía sujetarle la falda del vestido mientras orinaba, pero eso era justo lo que hacían las madres con las niñas pequeñas, y estaba segura de que a él le parecería humillante. Como alternativa, podía desatarle las manos. Una vez libre de ataduras en las manos y los pies, podría echar a correr y escaparse, pero era una mujer y estaba muy cansada y dolorida, era imposible que lograse ganar a la carrera a un hombre de piernas largas y musculosas. Debía de pensar que no corría un gran riesgo soltándola.

De modo que le desató la cuerda que le maniataba las muñecas.

Gwenda volvió la cara para que el hombre no pudiera ver la expresión triunfal en su rostro.

Se frotó los antebrazos para que le circulara la sangre; sintió deseos de arrancarle los ojos con los dedos, pero en lugar de eso se limitó a esbozar una sonrisa dulcísima y a darle las gracias, como si el hombre acabase de realizar un acto de bondad infinita.

Su interlocutor no dijo nada, sino que se quedó allí observándola, aguardando.

La joven esperaba que el hombre apartara la mirada cuando se levantó la falda del vestido y se agachó para orinar, pero éste no hizo más que mirarla más intensamente. Ella le sostuvo la mirada, decidida a no parecer avergonzada por hacer algo que era del todo natural. El hombre abrió la boca levemente y Gwenda advirtió que le costaba respirar.

Ahora venía la parte más difícil.

Gwenda se levantó muy despacio, dejando que el hombre la mirase a su antojo antes de soltarse la falda del vestido. El carcelero se humedeció los labios con la lengua y la muchacha supo que lo tenía a su merced.

Se acercó y se detuvo delante de él.

—¿Querrás ser mi protector? —le preguntó con voz melosa de niña pequeña, completamente impostada.

El hombre no dio señales de suspicacia; no contestó, pero le agarró uno de los pechos con su tosca mano y se lo apretó.

La muchacha dio un respingo de dolor.

—¡No tan fuerte! —Tomó su mano entre las de ella—. Ten más cuidado… —Movió la mano de él acariciándose el pecho, frotando el pezón de manera que se pusiera erecto—. Me gusta más si vas con cuidado…

El hombre rezongó pero siguió acariciándola despacio. A continuación la asió del cuello del vestido con la mano izquierda y extrajo su daga. Era un cuchillo de más de dos palmos, muy puntiagudo, y la hoja relucía, pues la había afilado recientemente. Era evidente que quería desgarrarle el vestido, pero ella no había contado con eso… se quedaría desnuda…

Lo agarró de la muñeca con ligereza para contenerlo momentáneamente.

—No te hace falta el cuchillo —señaló—, mira.

Dio un paso atrás, se desabrochó el cinturón y, con un rápido movimiento, se quitó el vestido por la cabeza. Era la única prenda que llevaba.

Lo extendió en el suelo y luego se tumbó encima. Quiso esbozar un amago de sonrisa, pero estaba segura de que sólo le había salido una mueca. A continuación, se abrió de piernas.

El hombre sólo vaciló un instante.

Sin soltar el cuchillo con la mano derecha, se bajó los calzones y se arrodilló entre los muslos de ella. La apuntó a la cara con la daga y dijo:

—Como haya algún problema, te rajaré los carrillos en dos.

—Eso no será necesario —dijo ella, tratando desesperadamente de pensar en las palabras que le gustaría oír a un hombre como aquel de labios de una mujer—, mi protector… tan grande y tan fuerte… —acertó a decir al fin.

Él no reaccionó de ninguna forma en especial ante esas palabras, sino que se echó encima de ella y empezó a embestirla a ciegas.

—No tan rápido —protestó ella, apretando los dientes con fuerza por el dolor que le causaban sus torpes acometidas. La muchacha se llevó la mano a las piernas y lo guió hacia su interior, levantando las piernas para facilitarle la entrada.

El hombre siguió cerniéndose sobre ella y apoyó todo el peso de su cuerpo en sus brazos. Dejó la daga en la hierba, junto a la cabeza de ella, y cubrió la empuñadura con la mano derecha. Empezó a gemir mientras se movía en el interior de la joven, quien a su vez se movía al mismo ritmo para dar mayor credibilidad al disfrute, mirándolo a la cara y obligándose a sí misma a no mirar de reojo la daga, aguardando el momento oportuno. Gwenda sentía una mezcla de miedo y repulsión a partes iguales, pero un resquicio de su cabeza mantenía la serenidad con actitud calculadora.

El hombre cerró los ojos y levantó la cabeza como si fuera un animal olisqueando el aire. Tenía los brazos rectos, para mantener el cuerpo elevado. La joven se arriesgó a mirar hacia el cuchillo; él había movido ligeramente la mano, por lo que ya sólo cubría una pequeña porción de la empuñadura. Gwenda ya podía atreverse a coger el cuchillo, pero ¿con qué rapidez sería él capaz de reaccionar?

Volvió a mirarlo a la cara: tenía la boca torcida en un rictus de concentración. La embistió con más fuerza, más rápido, y ella siguió sus movimientos.

Para su consternación, sintió cómo una especie de fulgor húmedo le recorría las entrañas. Sintió asco de sí misma: aquel hombre era un proscrito asesino, peor que una bestia, y había planeado para ella prostituirla a razón de seis peniques por servicio, Gwenda estaba haciendo aquello para salvar el pellejo... ¡no por placer! Y pese a todo, una oleada de humedad recorría su interior, y las embestidas eran cada vez más rápidas e intensas.

Gwenda presintió que él estaba a punto de alcanzar el clímax: era ahora o nunca. El hombre lanzó un gemido que sonó como una rendición y ella no desaprovechó la ocasión.

Gwenda le arrebató el cuchillo de la mano. No se produjo ninguna alteración en la expresión de éxtasis del rostro del hombre, pues ni siquiera se había percatado del movimiento de ella. Aterrorizada ante la idea de que viese lo que estaba haciendo y se lo impidiese en el último momento, Gwenda no lo dudó y tiró hacia arriba, levantando los hombros del suelo al mismo tiempo. Esta vez el hombre percibió el movimiento y abrió los ojos: una expresión de miedo y estupor se apoderó de su rostro. Como una posesa, Gwenda le clavó el cuchillo en la garganta justo debajo de la mandíbula y luego profirió una maldición, a sabiendas de que no había logrado acertar en las partes más vulnerables del cuello: la caña del pulmón y la yugular. El hombre rugió furibundo, presa de una ira incontenible, pero no había quedado ni mucho menos incapacitado y Gwenda supo que nunca había estado tan cerca de la muerte como en aquel preciso instante.

La muchacha se movió por instinto, sin pensar, y haciendo uso del brazo izquierdo, le golpeó la parte interior del codo. El hombre no pudo impedir que se le doblara el brazo y cayó involuntariamente hacia un lado. La joven hincó con más fuerza la daga de casi dos palmos y todo el peso del proscrito se hundió en la hoja del cuchillo. A medida que el arma le iba penetrando en la cabeza desde abajo, unos borbotones de sangre empezaron a manarle de la boca abierta, y cayeron directamente sobre la cara de la joven, que ladeó la cabeza para evitarlo sin dejar por ello de presionar con el cuchillo. La hoja del arma tropezó con cierta resistencia por un momento y luego siguió deslizándose, hasta que el globo ocular del hombre parecía a punto de estallar y Gwenda vio cómo la punta del cuchillo asomaba por la órbita entre salpicaduras de sangre y sesos. El cuerpo del hombre se desplomó sobre ella, medio muerto o incluso ya inerte. La magnitud de aquel peso la dejó sin resuello: era como si acabase de caerle un árbol encima y, por un momento, creyó que no iba a poder moverse nunca más.

Horrorizada, sintió cómo el hombre eyaculaba en su interior.

De repente, se vio embargada por una sensación de terror supersticioso, pues aquel hombre la asustaba aún más así que cuando la había amenazado con el cuchillo. Presa del pánico, trató desesperadamente de salir de debajo de aquel cuerpo.

Logró ponerse de pie sin dejar de temblar, respirando trabajosamente. La sangre de él le resbalaba por los pechos, y tenía su simiente entre los muslos. Lanzó una mirada temerosa hacia el campamento de los proscritos: ¿habría alguien despierto que hubiese oído el rugido de Alwyn? Y si todos estaban durmiendo, ¿habría despertado a alguien el ruido?

Con gesto trémulo, se puso el vestido por la cabeza y se ató el cinturón. Conservaba su bolsa de cuero y su pequeña navaja, que empleaba sobre todo para la comida. Ni siquiera se atrevía a apartar la mirada del cuerpo de Alwyn, pues tenía la horrible sensación de que podía seguir vivo. Era consciente de que tenía que rematarlo, pero no acababa de armarse de valor para hacerlo. Un sonido procedente del claro la alarmó; tenía que desaparecer de allí cuanto antes. Miró a su alrededor para orientarse y echó a andar en la dirección del camino.

Con una súbita sensación de pavor, recordó que había un centinela apostado junto al roble gigante. Caminó despacio y con gran sigilo por el interior del bosque, aproximándose cada vez más al árbol. Luego vio al centinela, que se llamaba Jed, durmiendo a pierna suelta en el suelo, y pasó de puntillas a su lado. Tuvo que hacer acopio de toda su fuerza de voluntad para no echar a correr en una huida enloquecida, pero lo cierto es que el hombre ni siquiera se movió.

Encontró el sendero de los ciervos y lo siguió hasta el arroyo. No había indicios de que la hubiesen seguido. Se limpió la sangre de la cara y el pecho y luego se aseó con agua fresca las partes pudendas. A continuación, bebió con avidez, pues sabía que le quedaba un largo trecho por delante.

Sintiéndose ya menos angustiada, siguió el sendero de los ciervos sin dejar de prestar atención a cualquier ruido extraño procedente del bosque.

¿Cuánto tardarían los proscritos en hallar el cuerpo de Alwyn? Ni siquiera había intentado ocultar el cadáver. Cuando descubrieran lo sucedido seguramente saldrían tras ella, porque al fin y al cabo la habían cambiado por una vaca, y el animal valía sus buenos doce chelines, la paga de medio año para un jornalero como su padre.

Llegó al camino. Para una mujer que viajase sola, el camino a campo abierto era casi tan peligroso como un sendero en el bosque. La de Tam Hiding no era la única cuadrilla de proscritos que vivía en el bosque, y había muchos otros hombres, ya fuesen escuderos, campesinos o grupos de hombres de armas, dispuestos a aprovecharse de una mujer indefensa. Sin embargo, su máxima prioridad en ese momento era alejarse todo lo posible de Sim Chapman y sus compinches, por lo que era vital avanzar tan rápido como pudiese.

¿Qué dirección debía tomar? Si volvía a casa, a Wigleigh, era posible que Sim la siguiese hasta allí y la reclamase, y no había modo de saber cómo reaccionaría su padre ante eso. Necesitaba amigos en los que confiar. Caris la ayudaría, de modo que decidió encaminar sus pasos hacia Kingsbridge.

Hacía un día soleado, pero el camino estaba enfangado a causa de las muchas jornadas seguidas de lluvia, por lo que el caminar se hacía mucho más difícil. Al cabo de un rato llegó a lo alto de una colina. Al echar la vista atrás, vio un trecho de aproximadamente un kilómetro del camino que llevaba ya recorrido; a lo lejos, ya en el límite del horizonte, distinguió una figura solitaria avanzando a grandes zancadas. Llevaba una túnica amarilla.

Era Sim Chapman.

Gwenda echó a correr como alma que lleva el diablo.

La causa contra Nell la Loca se celebró en el crucero norte de la catedral el sábado a mediodía. El obispo Richard presidía el tribunal eclesiástico, con el prior Anthony a su derecha y, a su izquierda, su ayudante personal, el arcediano Lloyd, un sacerdote algo adusto y de pelo negro que, a decir de todos, se encargaba prácticamente de todos los asuntos relacionados con la diócesis.

Se había congregado una enorme multitud de gente, y es que un juicio por herejía era un espectáculo insuperable, y Kingsbridge no había presenciado ninguno en años. Los sábados, muchos artesanos y jornaleros terminaban su labor a mediodía. En el exterior, la feria del vellón estaba tocando a su fin, los comerciantes estaban desmantelando sus puestos y recogiendo la mercancía que no habían vendido y los compradores se preparaban para el viaje de vuelta a casa o hacían las gestiones necesarias para enviar remesas con sus adquisiciones por vía fluvial a bordo de barcazas hasta el puerto marítimo de Melcombe.

Mientras aguardaba el comienzo del juicio, Caris pensó con tristeza en Gwenda. ¿Qué estaría haciendo en esos momentos? Sim Chapman la obligaría a realizar el acto carnal con él, seguro, pero no era eso lo peor que podía pasarle. ¿Qué más se vería forzada a hacer por ser su esclava? Caris no tenía ninguna duda de que Gwenda trataría de escapar, pero ¿lo conseguiría? Y si no lo lograba, ¿cómo la castigaría Sim? Caris se dio cuenta entonces de que nunca obtendría respuesta a aquellas preguntas.

Había sido una semana muy extraña. Buonaventura Caroli no había cambiado de parecer: los compradores florentinos no volverían a Kingsbridge, al menos hasta que el priorato hubiese mejorado las instalaciones para la feria del vellón. El padre de Caris y los demás comerciantes de lana más prominentes se habían pasado media semana reunidos con el conde Roland. Merthin seguía muy raro, y se mostraba muy reservado y sombrío. Para colmo, no cesaba de llover.

John Constable y fray Murdo llevaron a rastras a Nell hasta la iglesia. Como única vestimenta, sólo llevaba encima un sobretodo sin mangas, abrochado por delante pero dejando al descubierto sus hombros huesudos. No llevaba gorro ni zapatos. Se resistía sin fuerzas entre los brazos de los hombres, sin dejar de soltar imprecaciones.

Cuando la hubieron calmado, una serie de vecinos acudieron a testificar que la habían oído invocar al demonio. Decían la verdad, y es que Nell amenazaba a la gente con el demonio a todas horas: por negarse a darle una dádiva, por interponerse en su camino en la calle, por llevar un buen abrigo… o por ninguna razón en particular.

Cada uno de los testigos relató alguna suerte de desgracia acaecida justo después de la maldición: la esposa de un orfebre había perdido un valioso broche, los pollos de un posadero habían muerto todos, a una viuda le había salido un doloroso forúnculo en la rabadilla… una denuncia que provocó la carcajada general, pero también la condena, pues era cosa sabida que las brujas tenían un sentido del humor muy malicioso.

Mientras sucedía todo aquello, Merthin apareció al lado de Caris.

—Todo esto es ridículo —protestó la joven, indignada—. Podría multiplicarse por diez el número de testigos que podrían salir a declarar que Nell los maldijo y luego no ocurrió nada.

Merthin se encogió de hombros.

—La gente sólo cree lo que quiere creer.

—La gente corriente tal vez, pero el obispo y el prior deberían ser un poco más juiciosos, al menos se supone que son personas instruidas.

—Tengo algo que decirte —anunció Merthin.

Caris sintió una súbita alegría; todo indicaba que al fin iba a averiguar el motivo de su mal humor. Hasta entonces había estado hablándole de soslayo, pero en ese momento se volvió para mirarlo de frente y vio que llevaba un enorme moretón en la parte izquierda de la cara.

—¿Qué te ha pasado?

La muchedumbre se rió a carcajadas ante alguno de los comentarios de Nell y el arcediano Lloyd tuvo que llamar al orden y pedir silencio en reiteradas ocasiones. Cuando Merthin pudo hacerse oír de nuevo, dijo:

—Aquí no, ¿podemos ir a un sitio más tranquilo?

Estuvo a punto de volverse para marcharse con él, pero algo la detuvo. Durante toda la semana, él la había desconcertado y herido con su frialdad, y justo en ese momento, acababa de decidir que estaba preparado para contarle al fin el motivo que ofuscaba su pensamiento, y ahora se suponía que ella debía reaccionar estando a su entera disposición y siguiéndolo como un perrillo. ¿Por qué tenía él que marcar el calendario? A fin de cuentas, la había hecho esperar cinco días enteros, ¿por qué no iba ella a hacerlo esperar una hora a él?

—No —repuso—, ahora no.

Parecía sorprendido.

—¿Por qué no?

—Pues porque no es el momento oportuno —contestó—. Y ahora, déjame escuchar, que no oigo nada. —Cuando se apartó de él, Caris vio cómo una expresión dolida le ensombrecía el rostro y al punto deseó no haberse mostrado tan fría; sin embargo, era demasiado tarde y no pensaba disculparse.

Los testigos habían terminado de desfilar ante el tribunal. El obispo Richard tomó la palabra.

—Mujer, ¿afirmas que es el diablo el que gobierna la Tierra?

Caris estaba indignada; los herejes adoraban a Satán porque creían que tenía jurisdicción sobre la Tierra, mientras que Dios sólo gobernaba los cielos. Nell la Loca ni siquiera era capaz de comprender del todo un dogma tan complejo. Era una vergüenza que Richard estuviese prestando oídos a la ridícula acusación de fray Murdo.

—Métete la verga donde te quepa —repuso Nell.

El público se echó a reír, encantado ante aquel insulto tan zafio al obispo.

—Si ésa es su defensa… —comentó Richard.

En ese momento intervino el arcediano Lloyd.

—Alguien debería testificar en su defensa —dijo. Habló en tono respetuoso, pero lo cierto es que parecía sentirse cómodo corrigiendo a su superior. No era de extrañar que el perezoso Richard confiase en Lloyd para que le recordase las normas.

Richard paseó la vista por el crucero.

—¿Quién quiere hablar a favor de Nell? —interpeló.

Caris esperó a que hablara alguien, pero nadie se ofreció. No podía permitir que aquello sucediese, alguien tenía que señalar lo irracional de toda aquella farsa. Comoquiera que nadie se ofrecía voluntario para hablar, Caris se puso en pie.

—Nell está loca —declaró.

Todo el mundo se volvió para mirar hacia el lugar de donde había procedido aquella voz, preguntándose quién era tan insensato para ponerse de parte de Nell. Se produjo un murmullo al reconocerla, pues casi todos conocían a Caris, pero no parecían demasiado sorprendidos, y es que la joven tenía fama de comportarse siempre de la forma más inesperada.

El prior Anthony inclinó el cuerpo hacia delante y susurró algo al oído del obispo. Richard anunció:

—Caris, la hija de Edmund Wooler, nos dice que la acusada es una demente. Lo cierto es que ya habíamos llegado a esa conclusión sin su ayuda.

Caris recibió su frío sarcasmo como una provocación.

—¡Nell no tiene ni idea de lo que dice! Se pasa el tiempo invocando al diablo, a todos los santos, a la luna y las estrellas… Sus palabras tienen el mismo peso que los ladridos de un perro. Es como si quisieseis ahorcar a un caballo por relincharle al rey. —Fue incapaz de reprimir el tono de desprecio de sus palabras, pese a ser consciente de lo desaconsejable que era dejar traslucir su desdén al dirigirse a la nobleza.

Parte de la muchedumbre se mostró de acuerdo con la declaración de Caris con un murmullo de aprobación. Les gustaban los debates acalorados.

—Pero ya has oído a los testigos relatar los infortunios provocados por sus maldiciones —replicó Richard.

—Ayer perdí un penique —siguió diciendo Caris—, puse a hervir un huevo y resultó estar podrido. Ah, y mi padre se ha pasado toda la noche en vela, tosiendo. Pero nadie nos ha echado ninguna maldición. A veces pasan cosas malas, sencillamente.

En ese momento buena parte del público empezó mover la cabeza negativamente, pues la mayoría creía que siempre había alguna influencia maligna detrás de las desgracias, ya fuesen grandes o pequeñas. Caris acababa de perder el apoyo de los presentes.

El prior Anthony, su tío, conocía su forma de pensar y había discutido con ella en numerosas ocasiones. En ese momento inclinó el cuerpo hacia delante y dijo:

—Bueno, pero no creerás que es Dios el responsable de las enfermedades, las calamidades y las aflicciones de este mundo, ¿verdad?

—No…

—En ese caso, ¿quién es el responsable?

Caris imitó el tono remilgado y pacato de su tío:

—Bueno, pero no creerás que todas las desgracias de la vida sólo pueden ser responsabilidad de Dios o de Nell la Loca, ¿verdad?

El arcediano Lloyd intervino para censurarla:

—Dirígete al prior con más respeto. —No recordaba que Anthony era el tío de la joven. Los vecinos se echaron a reír, pues conocían de sobra la mojigatería del prior y la forma de hablar sin tapujos de la sobrina de éste.

—Creo sinceramente que Nell es inofensiva —sentenció Caris—. Está loca, sí, pero no hace daño a nadie.

De pronto, fray Murdo se puso en pie.

—Mi señor obispo, ciudadanos de Kingsbridge, amigos —se dirigió al público con voz grandilocuente—. El diablo se halla entre nosotros, por todas partes, tentándonos constantemente, induciéndonos a pecar, a mentir, a sentir gula por la comida, a embriagarnos con vino, a pecar de vanidoso orgullo y de lujuria carnal. —Aquello provocó el entusiasmo de la multitud: la enumeración y las descripciones del pecado por parte de Murdo hizo que los presentes evocasen con la imaginación deliciosas escenas pecaminosas que se veían santificadas por su férrea desaprobación—. Sin embargo, no puede pasar inadvertido —prosiguió Murdo, alzando la voz con entusiasmo—. Al igual que el caballo deja sus huellas en el fango, al igual que el ratón de la cocina deja las señales diminutas de sus patas sobre la mantequilla, al igual que el libidinoso deposita su vil semilla en el vientre de la doncella ultrajada… ¡también el diablo deja su marca inconfundible!

Todos expresaron su aprobación a gritos. Sabían a lo que se refería, al igual que Caris.

—Se puede reconocer a los servidores del diablo por la marca que éste deja en ellos, pues les chupa la sangre cálida igual que un niño mama la dulce leche de los pechos rebosantes de su madre. Y al igual que el niño, también él precisa un pecho del que mamar… ¡un tercer pezón!

Caris se dio cuenta de que tenía a todo el público embelesado. Comenzaba cada una de sus frases con una entonación lenta y discreta para luego ir alzando la voz poco a poco e hilvanar una frase emotiva tras otra hasta alcanzar el momento culminante, y la multitud respondía enfervorizada, atendiendo en silencio a sus palabras y luego haciendo ostensible su aprobación a gritos, al final de su discurso.

—Esa marca es de color oscuro, de bordes irregulares como un pezón, y se alza en medio de la piel clara que la rodea. Puede estar en cualquier parte del cuerpo. A veces se halla en la suave hondonada entre los pechos de una mujer, una manifestación antinatural que imitaba cruelmente a la naturaleza. Sin embargo, al diablo lo que más le gusta es colocarla en los rincones más secretos del cuerpo: en la ingle, en las partes pudendas y en especial...

El obispo Richard lo interrumpió.

—Muchas gracias, fray Murdo, no es necesario que sigáis. Lo que pide es que el cuerpo de la mujer sea examinado en busca de la marca del diablo.

—Sí, mi señor obispo, porque...

—Sí, lo sé, lo sé, no es necesario seguir discutiéndolo, ya lo habéis explicado con suficiente claridad. —Miró en derredor—. ¿Está por aquí la madre Cecilia?

La priora estaba sentada en un banco a uno de los lados del tribunal, junto a la hermana Juliana y algunas de las monjas más veteranas. Los hombres no podían examinar el cuerpo desnudo de Nell la Loca, por lo que alguna mujer tendría que realizar la inspección en privado e informar posteriormente del resultado del examen. Las monjas eran la solución más evidente.

Caris no sintió ninguna envidia de la tarea de las monjas; la mayoría de los habitantes de Kingsbridge se lavaba la cara y las manos todos los días, y las partes más sucias y hediondas del cuerpo una vez por semana. El baño de todo el cuerpo era, en el mejor de los casos, un ritual que se practicaba únicamente dos veces al año, necesario aunque peligroso para la salud. Sin embargo, todo apuntaba a que Nell no se aseaba nunca, pues llevaba la cara sucia, las manos mugrientas y siempre olía a estiércol.

Cecilia se levantó.

—Por favor, madre Cecilia —le pidió Richard—, llevad a esta mujer a unos aposentos privados, haced que se quite la ropa, examinad su cuerpo minuciosamente y volved para informarnos con toda precisión sobre vuestros hallazgos.

Las monjas se levantaron de inmediato y se acercaron a Nell. Cecilia se dirigió a la mujer trastornada en tono tranquilizador y la tomó del brazo con delicadeza. Sin embargo, no era tan fácil engatusar a Nell, que se retorció y se zafó de la otra mujer, levantando los brazos en el aire.

En ese preciso momento, fray Murdo se puso a chillar.

—¡Veo la marca! ¡La veo!

Cuatro de las monjas lograron retener a Nell.

—No hace falta quitarle la ropa —dijo el fraile—, sólo hay que mirar debajo de su brazo derecho. —Cuando Nell empezaba a retorcerse de nuevo, el hombre se acercó a ella y le levantó el brazo él mismo, sujetándoselo por encima de la cabeza—. ¡Ahí! —exclamó, señalando la axila.

La muchedumbre se precipitó hacia delante.

—¡Ya la veo! —gritó alguien, y otros repitieron el mismo grito.

Caris no veía más que el vello propio de la axila y no tenía intención de rebajarse a tratar de verla más de cerca. No le cabía ninguna duda de que Nell tenía alguna imperfección o algún bulto allí debajo, porque mucha gente sufría marcas en la piel, sobre todo las personas mayores.

El arcediano Lloyd llamó al orden y John Constable hizo retroceder a las masas con una vara. Cuando al fin se impuso de nuevo el silencio, Richard se levantó para hablar.

—Nell la Loca de Kingsbridge, te declaro culpable de herejía —dijo—. Ahora te amarrarán a la parte trasera de una carreta y serás arrastrada por toda la ciudad; luego te conducirán al lugar llamado el Cruce de la Horca, donde serás ahorcada por el cuello hasta que mueras.

La multitud prorrumpió en vítores y aplausos. Caris se dio media vuelta, asqueada ante aquel espectáculo. Con una justicia como ésa, ninguna mujer estaba a salvo. Sus ojos se tropezaron con la figura de Merthin, que la esperaba pacientemente.

—Está bien —dijo ella, malhumorada—. ¿Qué sucede?

—Ha dejado de llover —contestó él—. Vayamos al río.

El priorato disponía de una recua de ponis para que los hermanos y las monjas de mayor edad los utilizaran en sus trayectos, amén de algunos caballos de tiro para el transporte de mercancías. Todos ellos se guardaban, junto con las monturas de los visitantes más prósperos, en una serie de establos de piedra situados en el extremo sur del recinto de la catedral. El jardín de la cocina próximo se abonaba con la paja procedente de las caballerizas.

Ralph se hallaba en el patio de los establos con el resto del séquito del conde Roland. Habían ensillado los caballos, listos para emprender el viaje de dos días de vuelta a la residencia de Roland en Earlscastle, en las inmediaciones de Shiring. En esos momentos sólo faltaba el conde.

Ralph estaba sujetando su montura, un caballo zaino llamado Griff, y hablando con sus padres.

—No sé por qué han nombrado a Stephen señor de Wigleigh y yo, en cambio, no he recibido nada —se quejó—. Tenemos la misma edad, y no me supera en nada, ni montando a caballo ni compitiendo en una justa ni practicando la esgrima.

Cada vez que se veían, sir Gerald le formulaba las mismas preguntas llenas de esperanza y Ralph siempre tenía que darle las mismas decepcionantes respuestas. El joven habría llevado mucho mejor su sentimiento de frustración de no haber sido por la patética ansiedad con que su padre quería verlo convertido en señor.

Griff era un caballo joven. Se trataba de un caballo de caza, pues un mero escudero no merecía un costoso caballo para librar batallas. Sin embargo, a Ralph le gustaba, porque respondía maravillosamente bien cuando lo espoleaba a la caza de alguna pieza. Griff estaba nervioso por el hervidero de actividad que bullía en el patio, e impaciente por emprender la marcha.

—Tranquilo, amigo mío —le murmuró Ralph al oído—, enseguida podrás correr al galope con esas patas.

El animal se tranquilizó en cuanto oyó la voz de su amo.

—Mantente alerta constantemente ante posibles formas de complacer al conde —aconsejó sir Gerald a su hijo—. Así se acordará de ti en cuanto haya algún nombramiento que realizar.

Todo eso estaba muy bien, pensaba Ralph, pero las verdaderas oportunidades sólo se presentaban durante la batalla. Sin embargo, cabía la posibilidad de que la guerra fuese una realidad más inminente ese día que la semana anterior. Ralph no había estado presente durante las reuniones entre el conde y los mercaderes de lana, pero dedujo que los comerciantes habían mostrado su voluntad de prestar dinero al rey Eduardo, pues querían que éste tomase algún tipo de represalia contra Francia en respuesta a los ataques franceses a los puertos de la costa sur del país.

Entretanto, Ralph ansiaba encontrar la forma de destacar de algún modo y restituir así el honor de la familia perdido diez años atrás, no sólo por su padre, sino también por su propio orgullo.

Griff empezó a piafar y a menear la cabeza. Para calmarlo, Ralph empezó a pasearlo arriba y abajo, y su padre lo acompañó. Su madre permaneció apartada, pues estaba enfadada a causa de la nariz rota.

Caminando junto a su padre, pasaron al lado de lady Philippa quien, con mano firme, sujetaba la brida de un brioso corcel mientras hablaba con su marido, lord William. Llevaba una ropa muy ajustada, que si bien era idónea para largas excursiones a caballo, también resaltaba sobremanera su generoso busto y sus largas piernas. Ralph siempre estaba buscando pretextos para hablar con ella a la menor ocasión, pero no le servía de nada, pues el joven tan sólo era uno de los seguidores del suegro de ella, por lo que nunca se dirigía a él a menos que fuese estrictamente necesario.

Bajo la mirada atenta de Ralph, lady Philippa sonrió a su marido y le dio unos golpecitos en el pecho con el dorso de la mano a modo de cariñosa reprimenda. A Ralph lo inundó un sentimiento de profundo resentimiento: ¿por qué no podía compartir con él ese momento de íntima complicidad? No tenía ninguna duda de que podría haber sido él el elegido de haber sido señor de cuarenta aldeas, tal como lo era William.

En ese momento, Ralph sintió que toda su vida se reducía a meras aspiraciones. ¿Cuándo diablos lograría alcanzar alguna de ellas? Su padre y él recorrieron todo el patio y luego dieron media vuelta y regresaron.

Vio a un monje manco saliendo de la cocina y atravesando el patio, y le sorprendió que su rostro le resultase tan familiar. Al cabo de un momento recordó dónde lo había visto antes: se trataba nada menos que de Thomas de Langley, el caballero que había matado a dos hombres de armas en el bosque hacía diez años. Ralph no había vuelto a ver a aquel hombre desde ese día, pero su hermano Merthin sí lo había visto, pues el caballero convertido en monje era en esos momentos el responsable de supervisar las reparaciones en los edificios del priorato. Thomas llevaba un hábito tosco en lugar de la refinada indumentaria propia de un caballero, y tenía la cabeza afeitada con la tonsura de las órdenes monásticas. Parecía más recio en torno a la zona de la cintura, pero su forma de andar todavía era la de un guerrero.

Cuando Thomas pasó junto a ellos, Ralph comentó a lord William con toda naturalidad:

—Ahí va el monje misterioso…

—¿Qué quieres decir con eso? —repuso William con brusquedad.

—Me refiero al hermano Thomas. Antes era un caballero; nadie sabe por qué tomó los hábitos y se incorporó al monasterio.

—¿Y se puede saber qué diablos sabes de él?

Por su tono, William parecía enfadado, a pesar de que Ralph no había dicho nada que pudiese resultar ofensivo. Tal vez estaba de mal humor, pese a las cariñosas sonrisas de su bella esposa.

Ralph deseó no haber dado pie a aquella conversación.

—Recuerdo el día que llegó a Kingsbridge —dijo. Vaciló unos instantes, pensando en el juramento hecho por los niños aquella memorable jornada. Por eso y por la inexplicable irritación de William, Ralph decidió no contar toda la historia—. Entró en la ciudad tambaleándose y sangrando a borbotones a causa de una herida de espada —explicó—. Uno no olvida fácilmente una cosa así.

—Qué curioso… —exclamó lady Philippa antes de mirar a su marido—. ¿Conoces tú la historia del hermano Thomas?

—Desde luego que no —le espetó William—, ¿por qué iba yo a saber una cosa así?

· La mujer se encogió de hombros y les dio la espalda.

Ralph siguió andando, alegrándose de que se hubiese zanjado la conversación.

—Lord William miente —le dijo a su padre en voz baja—. ¿Por qué será?

—No hagas más preguntas acerca de ese monje —repuso su padre con aprensión—. Salta a la vista que se trata de un tema delicado.

El conde Roland apareció al fin, acompañado del prior Anthony. Los caballeros y los escuderos se encaramaron a sus monturas. Ralph besó a sus padres y se subió a la silla. Griff empezó a desplazarse de costado, ansioso por emprender la marcha, y el movimiento hizo que la nariz rota de Ralph le ardiese como si estuviese en llamas. Apretó los dientes y resistió el dolor, pues no tenía más remedio que soportarlo con estoicismo.

Roland se acercó a su montura, Victory, un semental negro con una mancha blanca en la testuz, encima de un ojo. No lo montó sino que lo asió de la brida y echó a caminar, sin dejar de hablar con el prior.

—Sir Stephen de Wigleigh y Ralph Fitzgerald —los llamó William—: adelantaos y despejad el puente.

Ralph y Stephen atravesaron a caballo el césped de la catedral; la hierba estaba muy pisoteada y el suelo enfangado tras la celebración de la feria del vellón. Había unos cuantos puestos que todavía vendían su mercancía, pero la mayoría ya estaban cerrando y muchos comerciantes ya se habían marchado. Los jinetes franquearon las puertas del priorato.

Una vez en la calle principal, Ralph vio al joven que le había roto la nariz; se llamaba Wulfric y era de la misma aldea que Stephen, de Wigleigh. Tenía el lado izquierdo de la cara hinchado y magullado allí donde Ralph lo había golpeado repetidas veces. Wulfric estaba en la puerta de la posada Bell junto a su padre, su madre y su hermano. Parecían a punto de marcharse.

«Será mejor que nuestros caminos no vuelvan a cruzarse nunca», se dijo Ralph.

Trató de pensar en algún insulto que gritarle, pero lo distrajo el alboroto que armaba una aglomeración de gente.

Cuando él y Stephen avanzaban por la calle mayor, con sus caballos moviéndose con desenvoltura por el fango, vieron delante una muchedumbre. Cuando llegaron a la mitad de la pendiente de la colina, se vieron obligados a detenerse.

La calle estaba abarrotada de centenares de hombres, mujeres y niños que gritaban, reían y se daban empujones sin cesar para hacerse sitio. Todos estaban de espaldas a Ralph, quien dirigió la vista al frente del gentío.

Una carreta tirada por un buey encabezaba aquella poco ortodoxa procesión y amarrada a la parte posterior del vehículo iba una mujer semidesnuda. Ralph ya había visto aquello en anteriores ocasiones, pues se trataba de un castigo común ser arrastrado por una carreta por toda la ciudad. La mujer sólo vestía una falda de lana tosca sujeta a la cintura por un cordel. Cuando le vio la cara, advirtió que la tenía muy sucia, y que llevaba el pelo mugriento, por lo que al principio la tomó por una anciana. Luego le vio los pechos y se dio cuenta de que apenas debía de rondar la veintena.

Tenía las manos atadas y sujetas por la misma cuerda al extremo posterior del carro. La mujer avanzaba a trompicones tras él, ora tropezándose, ora arrastrándose y retorciéndose por el lodo hasta que conseguía de nuevo ponerse en pie. El alguacil la seguía de cerca, azotándole vigorosamente la espalda desnuda con un látigo, un trozo de cuero en el extremo de una vara.

La multitud, encabezada por un puñado de hombres jóvenes, se metía una y otra vez con la mujer, insultándola, riéndose de ella y arrojándole barro e inmundicias. Ella, a su vez, hacía las delicias de los presentes respondiéndoles con imprecaciones procaces y escupiendo a cualquiera que se le acercase.

Ralph y Stephen espolearon a sus monturas para abrirse paso entre el gentío. Ralph levantó la voz:

—¡Abrid paso! —gritó a pleno pulmón—. ¡Despejad el camino para el conde!

Stephen lo imitó.

Sin embargo, todos hicieron caso omiso de ellos.

Al sur del priorato, la tierra descendía en pronunciada pendiente hacia el río. La orilla a ese lado era muy pedregosa y nada apta para la carga de gabarras y otras naves fluviales, por lo que todos los embarcaderos se hallaban en el lado sur, mucho más accesible, en la demarcación de Newtown. En aquella época del año, el tranquilo sector norte del río florecía con exuberancia con toda clase de matas y flores silvestres. Merthin y Caris se sentaron en un risco de escasa altura mirando a las aguas.

El caudal del río había crecido con las lluvias. Merthin reparó en que fluía con mayor rapidez que de costumbre y enseguida descubrió el porqué:

el cauce era más estrecho que antaño. La razón de aquella alteración no era otra que el desarrollo de la ribera del río. Cuando era niño, la mayor parte de la orilla meridional había estado formada por una ancha playa enfangada con un terreno cenagoso detrás. En aquella época el río fluía con una serenidad majestuosa y de chico había cruzado a la otra orilla a nado, flotando de espaldas. Sin embargo, los nuevos muelles, protegidos de las crecidas por muros de piedra, arrojaban la misma cantidad de agua a un canal más pequeño, a través del cual el agua se precipitaba como si estuviese ansiosa por atravesar el puente. Más allá de éste, el río se ensanchaba y aminoraba la corriente en las inmediaciones de la isla de los Leprosos.

—He hecho algo horrible —confesó Merthin a Caris.

Por desgracia, la joven estaba especialmente hermosa ese día. Llevaba un vestido de hilo rojo oscuro, y tenía la piel reluciente de vitalidad. Durante el juicio de Nell la Loca había estado enfadada, pero en ese momento sólo parecía preocupada, y eso le confería un aire de vulnerabilidad que zahería el corazón de Merthin en lo más hondo. Sin duda se habría percatado de la incapacidad de él para mirarla a los ojos durante toda esa semana, pero lo que tenía que decirle seguramente era peor que cualquier cosa que la joven hubiese podido imaginar.

No había hablado con nadie de aquello desde la trifulca con Griselda, Elfric y Alice. Nadie sabía siquiera que su puerta había sido destruida. Sentía una necesidad imperiosa de librarse de aquella pesada carga, pero había estado posponiendo el momento. No quería hablar con sus padres, pues su madre se mostraría sentenciosa y su padre se limitaría a decirle que se dejase de sandeces y se comportase como un hombre. Podría haber hablado con Ralph, pero ambos se habían distanciado enormemente desde la pelea con Wulfric: Merthin creía que Ralph había actuado como un pendenciero y Ralph lo sabía.

Le daba miedo contarle a Caris la verdad. Por un momento, se preguntó por qué; no es que le diese miedo lo que pudiese hacer ella. Seguramente se mostraría desdeñosa con él, ya que eso se le daba muy bien, pero no podía decirle algo peor que las cosas que él se decía a sí mismo constantemente.

Se dio cuenta de que lo que en realidad le daba miedo, en el fondo, era herirla. Podía soportar su ira, pero no podría soportar su dolor.

—¿Aún me quieres? —le preguntó ella.

Merthin no se esperaba aquella pregunta, pero respondió sin titubeos.

—Sí.

—Y yo te quiero a ti. Todo lo demás, cualquier cosa, sólo puede ser un problema que podemos solucionar juntos.

Merthin deseó que tuviera razón, y lo deseó con tanta fuerza que las lágrimas afloraron a sus ojos. Apartó la mirada para que ella no lo advirtiese. Una aglomeración de gente avanzaba hacia el puente, siguiendo una carreta que se desplazaba muy despacio, y se dio cuenta de que debía de tratarse de Nell la Loca, arrastrada por toda la ciudad antes de dirigirse al Cruce de la Horca, en Newtown. El puente ya estaba abarrotado de mercaderes que se marchaban con sus carros, y el movimiento sobre el puente prácticamente estaba paralizado.

—¿Qué ocurre? —inquirió Caris—. ¿Estás llorando?

—Me acosté con Griselda —dijo Merthin de improviso.

Caris se quedó boquiabierta.

—¿Con... Griselda? —exclamó, incrédula.

—Estoy tan sumamente avergonzado...

—Creí que sería con Elizabeth Clerk.

—Es demasiado orgullosa para ofrecerse.

La reacción de Caris ante aquello lo sorprendió.

—Ah, conque lo habrías hecho con ella también si se hubiese ofrecido...

—¡No quería decir eso!

—¡Con Griselda! Por el amor de Dios... creía que yo valía más que eso.

—Y así es.

—*Lupa*... —exclamó Caris, usando la voz latina para puta.

—Griselda ni siquiera me gusta. Lo pasé muy mal.

—¿Se supone que eso tiene que hacer que me sienta mejor? ¿Estás diciendo que no lo sentirías tanto si hubieses disfrutado más?

—¡No! —Merthin estaba consternado. Caris parecía decidida a malinterpretar todo cuanto dijese.

—¿Se puede saber qué te pasó?

—Ella estaba llorando.

—¡Oh, por Dios santo...! ¿Y haces eso con todas las mujeres a las que encuentras llorando?

—¡Pues claro que no! Sólo trato de explicarte cómo ocurrió, a pesar de que en realidad yo no quería hacerlo.

El desprecio de Caris se hacía más ostensible con cada palabra que él decía.

—No seas majadero —repuso la joven—. Si no hubieses querido que sucediese, no habría sucedido.

—Escúchame, por favor —insistió, con frustración—. Ella me lo pidió y le dije que no. Luego se echó a llorar y yo la abracé para consolarla y entonces...

—Vaya, ahórrame los detalles escabrosos… no quiero saberlos.

Merthin empezó a sentirse resentido por cómo lo estaba tratando. Sabía que había obrado mal y esperaba que ella se enfadase, pero su desprecio lo hería profundamente.

—Está bien, como quieras —dijo, y se calló.

Sin embargo, no era silencio lo que ella quería. Lo miró con disgusto y a continuación preguntó:

—¿Qué más?

Él se limitó a encogerse de hombros.

—¿Para qué voy a seguir hablando si lo único que haces es menospreciar todo lo que digo?

—No quiero escuchar excusas patéticas, pero hay algo que todavía no me has dicho… Lo presiento.

Merthin lanzó un suspiro.

—Está encinta.

La reacción de Caris volvió a provocar su asombro. Toda su ira se desvaneció, y su rostro, hasta entonces crispado por la indignación, pareció sumirse de repente en una profunda desolación y únicamente se percibía en él la tristeza.

—Un hijo… —exclamó—. Griselda va a tener un hijo tuyo…

—Puede que no lo tenga —repuso él—, a veces…

Caris negó con la cabeza.

—Griselda es una mujer sana, bien alimentada. No hay razones para pensar que pueda sufrir un aborto.

—Aunque no es que le deseese tal cosa —dijo Merthin, a pesar de no estar del todo seguro de que sus palabras fuesen ciertas.

—Pero ¿qué vas a hacer? —preguntó—. Será tu hijo y lo querrás, aunque odies a su madre.

—Tengo que casarme con ella.

Caris dio un respingo.

—¡Casarte con ella! Pero eso sería para siempre…

—Si soy padre de un hijo, tendré que hacerme responsable de él.

—Pero ¡pasarte el resto de tu vida con Griselda…!

—Sí, ya lo sé.

—No tienes por qué hacer eso —repuso ella, tajante—. Piensa un poco: el padre de Elizabeth Clerk no se casó con su madre.

—Era obispo.

—¿Y qué me dices de Maud Roberts, de Slaughterhouse Ditch? Ésa tiene tres hijos y todo el mundo sabe que el padre es Edward Butcher.

—Él ya está casado y tiene otros cuatro hijos con su esposa.

—Sólo digo que no siempre obligan a la gente a casarse. Podrías seguir tal como estás.

—No, no podría. Elfric me echaría.

Parecía pensativa.

—Entonces, ¿ya has hablado con Elfric?

—¿Hablar? —Merthin se llevó la mano a la mejilla magullada—. Creí que me iba a matar.

—¿Y su mujer…? ¿Mi hermana?

—Me insultó a gritos.

—Entonces, lo sabe.

—Sí. Dice que tengo que casarme con Griselda. Además, nunca ha querido que tú y yo estuviésemos juntos. No sé por qué.

—Porque te quería para ella —murmuró Caris en voz baja.

Aquello era toda una novedad para Merthin. Era muy poco probable que la altanera Alice se sintiese atraída por un simple aprendiz.

—Pues nunca vi ninguna señal que me indicase algo así.

—Eso es porque nunca te fijaste en ella. Y eso es lo que la enfurecía tanto. Se casó con Elfric por frustración. Rompiste el corazón de mi hermana… y ahora me lo rompes a mí.

Merthin apartó la mirada. No se reconocía a sí mismo en esa imagen de rompecorazones. ¿Cómo habían podido salir tan mal las cosas? Caris se quedó callada y Merthin fijó la mirada muy lejos, en el puente del río, con aire taciturno.

Vio que la multitud se había parado. Había un carro cargado con balas de lana encallado en el extremo sur del puente, seguramente con una rueda rota. La carreta que tiraba de Nell se había parado, sin poder avanzar. La multitud se había arremolinado en torno a los dos carros y algunos se habían encaramado a las balas de lana para ver mejor. El conde Roland también estaba intentando marcharse. Se encontraba en el extremo del puente más próximo a la ciudad, a caballo, rodeado de su séquito, pero incluso a ellos les estaba costando mucho conseguir que los ciudadanos les abriesen paso. Merthin vio a su hermano, Ralph, subido a lomos de su montura, un caballo castaño con crines y cola negras. El prior Anthony, quien evidentemente había acudido a despedir al conde, se retorcía las manos con ansiedad mientras los hombres de Roland azuzaban a sus caballos para que se abalanzasen sobre la multitud, tratando en vano de abrirse paso.

La intuición hizo sonar la voz de alarma en el cerebro de Merthin. Estaba seguro de que ocurría algo malo, aunque al principio no sabía exactamente el qué. Miró el puente con más detenimiento. El lunes se había dado cuenta de que las gigantescas vigas de roble que iban de un pilar a otro a lo largo del puente mostraban unas grietas en la parte a contracorriente, y que las vigas habían sido reforzadas con unas abrazaderas de hierro clavadas encima de las grietas. Merthin no había participado en las tareas de refuerzo, por lo que no había prestado demasiada atención a la reparación hasta entonces. El lunes, en cambio, se había preguntado por qué estaban cediendo las vigas, y es que el puente no se estaba resquebrajando por la mitad, entre los postes verticales, como cabría esperar si la madera simplemente se hubiese ido deteriorando con el paso del tiempo. Por el contrario, las grietas habían aparecido en la zona próxima al pilar central, donde en teoría debía haber menos presión.

No había vuelto a pensar en ello desde el lunes, pues tenía muchas otras cosas en la cabeza, pero en ese preciso instante se le ocurrió una explicación: era casi como si aquel pilar central no estuviese soportando las vigas sino arrastrándolas hacia abajo, lo cual significaría que algo había socavado los cimientos del pilar... y en cuanto se le ocurrió aquella explicación, también se le ocurrió cómo podía haber sucedido. Tenía que ser a causa de la mayor velocidad del caudal del río, que había ido arrastrando consigo el lecho del mismo por debajo del pilar.

Le vino a la memoria el recuerdo de haber caminado descalzo por una playa de arena cuando era niño y de haber visto que, cuando se colocaba junto a la orilla del mar y dejaba que el agua le acariciase los pies, las olas se llevaban consigo, al batirse en retirada, la arena que había bajo sus dedos. Aquel fenómeno siempre lo había fascinado.

Si estaba en lo cierto, el pilar central, sin contar con nada debajo para soportarlo, colgaba en ese momento del puente, de ahí las grietas. Las abrazaderas de hierro de Elfric no habían servido de gran ayuda sino que, de hecho, era posible que hubiesen agravado aún más el problema, imposibilitando que el puente pudiese asentarse otra vez, despacio, hasta adoptar una nueva posición más estable.

Merthin supuso que el otro pilar del par, en el extremo más alejado del puente, río abajo, seguía bien aferrado al suelo. La corriente sin duda ejercía la mayor parte de su fuerza sobre el primer pilar, mientras que arremetía contra el segundo con menguada virulencia. Sólo uno de los pilares estaba afectado, y el entramado del resto de la estructura parecía lo bastante sólido para sostener la totalidad del puente... siempre y cuando no estuviese sometido a una presión extraordinaria.

Sin embargo, las grietas parecían haberse ensanchado desde el lunes, y no era difícil deducir por qué. Había centenares de personas sobre el puente, una carga mucho más pesada que de costumbre, amén de un carro cargado hasta los topes con balas de lana y veinte o treinta personas subidas a los costales para hacer aún más pesada la carga.

De repente, Merthin sintió cómo el miedo le atenazaba la garganta: no creía que el puente pudiese soportar aquel peso demasiado tiempo.

Muy vagamente, le pareció que Caris le decía algo, pero el significado de sus palabras no logró penetrar en los intersticios de su conciencia hasta que la joven alzó la voz y gritó:

—¡Ni siquiera me estás escuchando!

—Va a haber un terrible accidente —anunció él.

—¿A qué te refieres?

—Tenemos que hacer que desalojen el puente.

—¿Acaso te has vuelto loco? Están torturando a la pobre Nell la Loca, ni siquiera el conde Roland puede hacer que se muevan. No te van a escuchar.

—Creo que el puente podría derrumbarse de un momento a otro.

—¡Mira! ¡Allí! —exclamó Caris, señalando con el dedo—. ¿Ves a alguien corriendo por el camino del bosque, acercándose al extremo sur del puente?

Merthin se preguntó qué importancia podía tener eso, pero miró en la dirección que le indicaba Caris con el dedo y, efectivamente, vio la figura de una joven corriendo, con el pelo ondeando al viento.

—Parece Gwenda —dijo Caris.

Detrás de ella, persiguiéndola, la seguía un hombre con una túnica amarilla.

Gwenda nunca había estado tan cansada en toda su vida.

Sabía que la forma más rápida de cubrir una distancia larga era corriendo veinte pasos y luego andando veinte pasos más. Había empezado a hacerlo medio día antes, cuando había visto a Sim Chapman a un kilómetro y medio por detrás. Luego lo perdió de vista durante un tiempo pero, cuando el camino volvió a brindarle la oportunidad de divisar un largo trecho, vio que él también corría y andaba, alternativamente. A medida que iba avanzando kilómetro tras kilómetro y hora tras hora, el hombre fue acortando distancias con Gwenda. A media mañana se dio cuenta de que, a aquel ritmo, le daría alcance antes de que lograse llegar a Kingsbridge.

Empujada por la desesperación, decidió adentrarse en el bosque, aunque no podía alejarse demasiado del camino para no perderse. Al final oyó unos pasos y unos jadeos, se asomó entre la maleza y vio a Sim avanzando por el camino. Se percató de que en cuanto llegase a una zona más despejada del sendero, adivinaría qué había hecho ella y, efectivamente, minutos más tarde vio cómo el hombre regresaba sobre sus pasos.

Gwenda había avanzado entre la espesura del bosque, deteniéndose cada tanto para aguardar en silencio y ver si oía algún ruido. Había logrado esquivarlo durante mucho tiempo, y era consciente de que el hombre tendría que examinar el bosque a conciencia a ambos lados del camino para asegurarse de que no estaba escondida. Sin embargo, el avance de Gwenda era más bien lento, pues tenía que abrirse paso con dificultad entre la maleza estival sin alejarse demasiado del camino principal.

Cuando oyó el lejano alboroto de una multitud, supo de inmediato que no debía de estar muy lejos de la ciudad y se creyó capaz de escapar de su perseguidor después de todo. Se aproximó al sendero y se asomó con sumo cuidado desde detrás de un arbusto. Estaba despejado en ambas direcciones, y a menos de medio kilómetro más al norte, vio la torre de la catedral.

Casi lo había logrado.

Oyó un ladrido que le resultó familiar y su perro, Tranco, apareció de entre los arbustos en el flanco de la carretera. La joven se agachó para acariciarlo y el animal meneó la cola entusiasmado, lamiéndole las manos. Unas lágrimas asomaron a los ojos de Gwenda.

No se veía a Sim por ninguna parte, por lo que se arriesgó a salir a campo abierto. Reanudó con sumo cansancio sus veinte pasos corriendo y sus veinte pasos andando, ya con la compañía de Tranco, que trotaba alegremente a su lado, creyendo que se trataba de algún juego nuevo. Cada vez que cambiaba el ritmo, la joven se volvía para mirar por encima del hombro. A la tercera, vio a Sim.

Estaba a apenas doscientos metros de distancia.

Una desesperación absoluta de apoderó de ella y le dieron ganas de echarse al suelo y morirse. Sin embargo, había llegado a las inmediaciones de Kingsbridge, y el puente sólo estaba a menos de medio kilómetro de distancia. Se obligó a sí misma a seguir adelante.

Quiso echar a correr, pero las piernas no obedecían sus órdenes y únicamente acertó a comenzar una suave carrera tambaleante. Los pies le dolían horrores. Bajó la vista y vio un reguero de sangre que manaba a través de los agujeros de los maltrechos zapatos. Cuando doblaba la esquina del Cruce de la Horca, vio una muchedumbre delante, en el puente. Todos estaban absortos en algo y nadie advirtió su carrera desesperada a vida o muerte, perseguida por Sim Chapman.

No llevaba más arma encima que su navaja para comer, que si bien podía cortar a trozos un conejo asado, apenas si podía hacer un rasguño a un hombre. Deseó con toda su alma haber tenido el coraje suficiente para haberle arrancado a Alwyn la larga daga de la cabeza y habérsela llevado consigo, pero lo cierto era que estaba prácticamente indefensa.

Vio a un lado una hilera de casuchas pequeñas, el hogar en los arrabales de familias demasiado pobres para vivir en la ciudad, y al otro lado, unos pastos llamados Lovers' Field que pertenecían al priorato. Sim estaba ya tan cerca que oía su respiración, rápida y entrecortada como la suya propia. El terror le dio un último impulso de energía. Tranco ladró, pero lo hizo con más miedo que desafío, pues el animal no había olvidado la piedra que le había golpeado el hocico.

Las inmediaciones del puente eran una ciénaga de fango plagado de huellas de botas, cascos de caballos y ruedas de carretas. Gwenda avanzó por la ciénaga no sin esfuerzo, deseando con toda su alma que a Sim, por su complexión oronda y robusta, le costase aún más que a ella.

La joven alcanzó el puente al fin. Se abrió paso a empellones entre la multitud, que no era tan densa en el extremo donde se hallaba ella. Todos miraban hacia el otro lado, donde un carro muy pesado, cargado de lana, impedía el paso a una carreta de bueyes. Tenía que llegar a toda costa a casa de Caris, un edificio que casi veía ya en la calle principal.

—¡Dejadme pasar! —gritó, abriéndose paso a codazos.

Sólo una persona pareció oírla; una cabeza se volvió para mirar en su dirección y Gwenda vio el rostro de su hermano Philemon, que se quedó boquiabierto con expresión de perplejidad y trató de avanzar hacia ella, pero la marea humana se lo impedía, al igual que a su hermana.

Gwenda intentó abrirse paso más allá de la yunta de bueyes que arrastraban el carro con las balas de lana, pero uno de los animales meneó la gigantesca cabeza y empujó a la joven hacia un lado. Gwenda perdió el equilibrio y, en ese preciso instante, sintió cómo una mano enorme la agarraba con una fuerza descomunal, y supo que la acababan de capturar de nuevo.

—Ya te tengo, mala pécora —exclamó Sim, sin resuello. La atrajo hacia sí y le cruzó la cara con una violenta bofetada. A Gwenda ya no le quedaban fuerzas para oponer resistencia. Tranco trató de morder en vano los talones al hombre—. No volverás a escaparte de mí —dijo.

Una sensación de desesperación absoluta se apoderó de Gwenda. Todos sus esfuerzos no le habían servido de nada: seducir a Alwyn, asesinarlo, correr durante horas y horas... Había vuelto al punto de partida, había vuelto a caer en las garras de Sim.

Justo entonces, el puente empezó a tambalearse.

13

Merthin vio cómo se combaba el puente.

Por encima del pilar central, en la parte izquierda, la totalidad del entramado del tablero sufrió una sacudida como si fuera el espinazo roto de un caballo. El gentío que seguía a Nell, martirizándola, vio cómo el suelo cedía de pronto bajo sus pies y todos empezaron a tambalearse, agarrándose a sus vecinos para no perder el equilibrio. Uno de ellos cayó de espaldas al río por encima del pretil del puente y luego lo siguió otro, y otro. Los insultos y los abucheos dirigidos a Nell no tardaron en quedar silenciados por los gritos de advertencia y los alaridos de terror.

—¡No, no! —exclamó.

—¿Qué está pasando? —gritó Caris.

Quiso contestarle que toda aquella gente, las personas junto a las que habían crecido, mujeres que siempre habían sido amables con ellos, hombres a los que odiaban, niños que los admiraban, madres e hijos, tíos y sobrinas, señores crueles, enemigos acérrimos y amantes fogosos… todos iban a morir. Sin embargo, no consiguió articular ni una sola palabra.

Por un momento, menos de una fracción de segundo, Merthin esperó contra toda esperanza que la estructura se estabilizase en la nueva posición, pero sus esperanzas no tardaron en verse truncadas. El puente volvió a sufrir una sacudida, y esta vez, los tablones de madera ensamblados empezaron a liberarse de sus juntas: las tablas longitudinales sobre las que caminaba la gente se salieron de sus sujeciones, las juntas transversales que apuntalaban el entramado saltaron de los huecos que las alojaban y las abrazaderas de hierro que Elfric había clavado en las grietas se desgajaron de la madera.

La parte central del puente pareció hundirse por la parte más próxima a Merthin, a contracorriente. El carro de lana se inclinó de golpe y los espectadores sentados y de pie junto a las balas apiladas fueron catapultados al río. Unos maderos gigantescos salieron volando por los aires y mataron a todo aquel que encontraron a su paso. El frágil parapeto no tardó en ceder y el carro empezó a deslizarse lentamente por el borde del puente, mientras los bueyes, impotentes, lanzaban mugidos aterrorizados. El vehículo se precipitó por el puente con una lentitud espeluznante y se estrelló contra el agua con un ruido atronador. De pronto se vio a docenas de personas saltando o cayendo al río y, poco después, a centenares de ellas. Quienes ya habían caído al agua recibían el impacto de los cuerpos de quienes caían después y de los tablones de madera destrozados, algunos pequeños y otros enormes. Los caballos también caían, con o sin jinetes, y las carretas caían encima de ellos.

Lo primero que acudió a la mente de Merthin fueron sus padres. Ninguno de los dos había ido al juicio de Nell la Loca, y no habrían querido en modo alguno presenciar su castigo, pues su madre consideraba aquellos espectáculos públicos una auténtica degradación, y a su padre no le interesaban lo más mínimo cuando lo que estaba en juego no era más que la vida de una simple loca. En vez de acudir a la iglesia, habían ido al priorato a despedirse de Ralph.

Sin embargo, en ese momento Ralph estaba en el puente.

Merthin vio a su hermano luchando por controlar a su caballo, Griff, que se encabritaba y piafaba con las patas delanteras, alternativamente.

—¡Ralph! —le gritó en vano. A continuación, los tablones que había debajo de Griff cayeron al agua—. ¡No! —exclamó Merthin mientras caballo y jinete desaparecían de la vista.

Merthin miró rápidamente en la otra dirección, donde Caris había visto a Gwenda, y la vio forcejeando con un hombre vestido con una túnica amarilla. Entonces, esa parte del puente también cedió, y ambos extremos se vieron arrastrados al agua por el desmoronamiento del centro.

El río se había transformado en una marea de seres humanos despavoridos, caballos aterrorizados, maderos astillados, carros destrozados y cuerpos cubiertos de sangre. Merthin advirtió que Caris ya no estaba a su lado cuando la vio corriendo por la orilla hacia el puente, sorteando las rocas y avanzando por la ribera de barro. Se volvió para mirarlo y gritó:

—¡Date prisa! ¿A qué esperas? ¡Ven a ayudar!

«Así debe de ser un campo de batalla», pensó Ralph para sí: los gritos, la violencia descontrolada, personas heridas, caballos enloquecidos de miedo… Fue su último pensamiento segundos antes de que el suelo cediese bajo sus pies.

Sufrió un momento de auténtico terror, pues no entendía qué había sucedido. Minutos antes el puente estaba debajo de los cascos de su caballo, pero de repente, había desaparecido y él y su montura habían salido volando por el aire. Ya no sentía la envergadura familiar de Griff entre sus muslos, y cayó en la cuenta de que se habían separado. Al cabo de un instante, cayó de cabeza en el agua helada.

Se hundió bajo la superficie y contuvo la respiración. Dejó de sentir pánico, porque sí, estaba asustado, pero tranquilo. De niño, había jugado entre las olas del mar, ya que entre las posesiones de su padre se contaba una aldea costera, y sabía que más tarde o más temprano alcanzaría la superficie, aunque le pareciese que estaba tardando una eternidad en lograrlo.

Sus gruesas ropas de viaje, ahora empapadas, y su espada suponían un lastre muy pesado que le impedían emerger más deprisa. Si hubiese llevado armadura, se habría hundido hasta el fondo y se habría quedado allí para siempre, pero su cabeza alcanzó la superficie al fin y pudo volver a respirar oxígeno.

De niño había nadado muchísimo, pero de eso hacía muchos años. Pese a ello, enseguida recordó las nociones básicas de la técnica y consiguió mantener la cabeza por encima del agua. Empezó a bracear hacia la orilla norte y reconoció a su lado el pelaje castaño y las crines negras de Griff, que estaba haciendo lo mismo que él, tratando de alcanzar la orilla más cercana.

El movimiento del caballo se alteró y Ralph se dio cuenta de que el animal había conseguido hacer pie, por lo que él también dejó caer las piernas hacia abajo, hacia el lecho del río, y descubrió que él también tocaba el fondo. A continuación vadeó por el agua y atravesó el resbaladizo lodo del fondo, que parecía intentar absorberlo de nuevo hacia la corriente. Griff se encaramó a una estrecha franja de playa bajo el muro del priorato y Ralph hizo lo propio.

Se volvió para mirar a sus espaldas: centenares de personas plagaban la superficie del agua, muchas sangrando, otras gritando y una buena cantidad de ellas muertas. Muy próximo a la orilla, vio una figura ataviada con el uniforme rojo y negro del conde de Shiring flotando boca abajo. Ralph volvió a adentrarse en el agua, agarró al hombre por el cinto y lo arrastró hasta la orilla.

Puso el cuerpo boca arriba y el corazón le dio un vuelco al reconocer el cadáver: se trataba de su amigo Stephen. No tenía marcas de ninguna clase en el rostro, pero el pecho parecía hundido. Tenía los ojos abiertos, sin signos de vida. No respiraba, y el cuerpo estaba demasiado maltrecho para que Ralph tratase siquiera de intentar encontrarle el pulso. «Hace apenas unos minutos lo envidiaba con toda mi alma —pensó el joven—, y ahora soy yo el afortunado.»

Sintiéndose irracionalmente culpable, cerró los ojos de Stephen.

Pensó en sus padres. Hacía escasos minutos los había dejado en el patio de los establos. Aunque lo hubiesen seguido, era imposible que hubieran llegado hasta el puente en un espacio de tiempo tan corto. Tenían que estar a salvo.

¿Dónde estaba lady Philippa? Ralph intentó rememorar la escena sobre el puente, justo antes de que la estructura se derrumbase. Lord William y Philippa iban en la retaguardia de la comitiva del conde, por lo que no habían alcanzado el puente todavía.

Sin embargo, el conde sí lo había hecho.

Ralph se imaginaba la escena con bastante claridad. El conde Roland lo seguía muy de cerca, espoleando a su caballo, Victory, con impaciencia para que avanzase por el hueco abierto entre la muchedumbre por Ralph a lomos de Griff. Roland debía de haber caído muy cerca de él.

Ralph volvió a rememorar las palabras de su padre: «Mantente alerta constantemente ante posibles formas de complacer al conde». Tal vez aquélla era la oportunidad que había estado esperando, pensó entusiasmado. Puede que no tuviese que esperar a ninguna guerra, podría lucirse ante el conde ese mismo día: salvaría a Roland... o incluso sólo a Victory.

Aquella idea renovó sus energías y decidió examinar el río. El conde llevaba una túnica morada muy característica y una sobrevesta de terciopelo negro. Era difícil localizar a un individuo en concreto entre la ingente marea de cuerpos, vivos y muertos. Entonces vio un semental negro con una peculiar mancha blanca encima de un ojo, y se le aceleró el corazón: era la montura de Roland. Victory estaba retorciéndose sin cesar en el agua, a todas luces incapaz de nadar en línea recta, seguramente con una o más patas rotas.

Flotando junto al caballo había un bulto humano con una túnica morada.

Había llegado el momento de lucirse.

Se despojó de casi toda la ropa, pues le impediría nadar con desenvoltura. Ataviado únicamente con los calzones, se zambulló de nuevo en el río y empezó a nadar en dirección al conde. Tuvo que abrirse paso a través de una horda de hombres, mujeres y niños. Muchos de los vivos se aferraban a él desesperadamente, retrasando su avance. Ralph se los quitaba de encima sin miramientos, repartiendo puñetazos con actitud despiadada.

Al fin llegó hasta Victory y vio que al animal empezaban a flaquearle las fuerzas. Se quedó quieto un instante y luego empezó a hundirse; a continuación, cuando la cabeza ya se le había sumergido en el agua, empezó a moverse desesperadamente de nuevo.

—Tranquilo, muchacho, tranquilo —le dijo Ralph al oído, pero tuvo la certeza de que el animal iba a ahogarse sin remedio.

Roland estaba flotando de espaldas, con los ojos cerrados, muerto o inconsciente. Tenía un pie atrapado en un estribo y ésa parecía ser la razón que impedía que su cuerpo se sumergiese bajo el agua. Llevaba la cabeza descubierta y empapada en sangre, y Ralph no veía cómo iba a sobrevivir con semejante herida craneal. Lo rescataría de todos modos. Sin duda habría algún tipo de recompensa, aunque sólo fuese por el cadáver, si se trataba del cadáver de un conde.

Trató de arrancar el pie de Roland del estribo, pero descubrió que llevaba la correa sujeta con fuerza alrededor del tobillo. Echó mano de su cuchillo y se dio cuenta de que lo llevaba atado al cinto, que había dejado en la orilla junto al resto de la ropa. Sin embargo, el conde llevaba armas consigo, y Ralph extrajo la daga de Roland de su funda.

Las convulsiones de Victory dificultaban enormemente la tarea de cortar la correa. Cada vez que Ralph conseguía asir el estribo, el caballo moribundo se lo arrancaba antes de que lograse acercar el filo de la daga al cuero. Con la confusión, se cortó el dorso de la mano y al final logró asirse al costado del animal con ambos pies para estabilizarse, y en esa postura consiguió cortar la correa del estribo.

Entonces tuvo que arrastrar al conde inconsciente hasta la orilla. Ralph no era un nadador avezado y ya estaba jadeando por el cansancio. Para empeorar aún más las cosas, no podía respirar por la nariz rota, así que a cada momento se le llenaba la boca con el agua del río. Se detuvo a descansar un instante y apoyó el peso de su cuerpo en el desdichado Victory, tratando de recobrar la respiración; sin embargo, el cuerpo del conde, sin que nadie lo sostuviese, empezó a hundirse, y Ralph se dio cuenta de que no podía pararse a descansar.

Con la mano derecha, agarró a Roland del tobillo y empezó a nadar hacia la orilla. Le resultaba más difícil mantener la cabeza por encima de la superficie con una sola mano libre para nadar. No se volvió para mirar a Roland, ya que si la cabeza del conde se hundía bajo el agua, él no podía hacer nada. Al cabo de unos segundos empezó a jadear desesperadamente, sin resuello, y sintió que le dolían todos los músculos.

No estaba acostumbrado a aquello; era joven y fuerte, y había pasado la vida entera cazando, participando en justas y practicando esgrima, podía montar a caballo durante toda una jornada y ganar luego un combate cuerpo a cuerpo, pero en ese momento parecía estar ejercitando unos músculos que no había utilizado jamás: el cuello le dolía por el esfuerzo de mantener la cabeza erguida. No podía evitar tragar agua, y eso le provocaba ataques de tos y ahogo. Movía el brazo izquierdo frenéticamente y apenas si conseguía mantenerse a flote. Tiró del voluminoso cuerpo del conde, aún más pesado por la ropa empapada, y siguió aproximándose a la orilla con exasperante lentitud.

Al fin logró acercarse lo bastante para plantar los pies en el lecho del río. Sin dejar de jadear, empezó a vadear entre las aguas, siempre arrastrando a Roland consigo. Cuando el agua le llegó al muslo, se volvió, tomó al noble en sus brazos y lo llevó a pulso durante la escasa distancia que lo separaba de la ribera.

Dejó el cuerpo en el suelo y se desplomó a su lado, exhausto. Con el último vestigio de energía que le quedaba, le palpó el pecho y descubrió un vigoroso latido.

El conde Roland estaba vivo.

El derrumbamiento del puente dejó a Gwenda paralizada por el miedo. Luego, al cabo de un instante, la súbita inmersión en el agua helada la hizo reaccionar y recobrar el sentido de la realidad.

Cuando emergió con la cabeza a la superficie, se sorprendió rodeada de gente que no dejaba de gritar y pelearse entre sí. Algunos habían hallado un tablón de madera para mantenerse a flote, pero casi todos intentaban no hundirse apoyándose en los demás, y éstos sentían cómo los empujaban hacia abajo y trataban de zafarse de la presión de los otros dando puñetazos a diestro y siniestro. La mayoría de los puñetazos no acertaban en su objetivo, y los que sí lo hacían eran devueltos inmediatamente. Era como estar en la puerta de una taberna de Kingsbridge a medianoche, y habría tenido su gracia de no ser porque la gente se moría ahogada.

Gwenda inspiró aire y se sumergió en el agua. No sabía nadar.

Salió de nuevo a la superficie y vio horrorizada que tenía a Sim Chapman justo delante de ella, escupiendo agua por la boca como si de un surtidor se tratara. El hombre empezó a hundirse, a todas luces tan incapaz de nadar como ella. Desesperado, se agarró al hombro de la joven y trató de apoyarse en ella para no ahogarse. Ésta se hundió de inmediato, y al darse cuenta de que no lo ayudaría a mantenerse a flote, el hombre la soltó.

Bajo el agua, conteniendo la respiración y luchando contra el pánico, Gwenda pensó que no podía ahogarse justo en ese momento, después de todo por lo que había tenido que pasar.

Cuando volvió a emerger a la superficie, sintió que un bulto muy voluminoso la apartaba a un lado y, por el rabillo del ojo, vio al buey que la había empujado momentos antes de que el puente se viniese abajo. Al parecer, el animal estaba incólume y nadaba con movimiento enérgico y vigoroso. Gwenda dio unas patadas en el agua, extendió los brazos y logró asirse a una de sus astas. Tiró de la cabeza del buey a un lado un momento y luego el poderoso cuello del animal recuperó la postura inicial y se irguió de nuevo.

La joven consiguió no soltarse.

Su perro, Tranco, apareció a su lado, nadando sin esfuerzo aparente y ladrando de alegría al ver el rostro de su dueña. El buey se dirigía a la orilla de los arrabales de Kingsbridge, y Gwenda siguió aferrándose a su asta, a pesar de que tenía la sensación de que el brazo iba a desgajársele del hombro de un momento a otro.

Alguien la agarró por detrás y Gwenda miró por encima de su hombro: era Sim otra vez. Tratando de utilizarla de nuevo para mantenerse a flote, la arrastró bajo la superficie. Sin soltar al buey, la joven empujó a Sim con la mano que le quedaba libre. El hombre se quedó rezagado, con la cabeza cerca de los pies de ella. Tratando por todos los medios de acertarle de pleno, Gwenda le dio una patada en la cara con todas sus fuerzas. El hombre lanzó un grito de dolor y enmudeció al instante en cuanto la cabeza se le sumergió en el agua.

El buey tocó el fondo con las patas y salió del cauce del río avanzando pesadamente, sacudiéndose el agua de encima y bramando. Gwenda lo soltó en cuanto hizo pie.

Tranco soltó un ladrido asustado y Gwenda miró a su alrededor con cautela. Sim no estaba en la orilla. La joven examinó el río buscando el destello de una túnica amarilla entre los cuerpos y los tablones de madera flotantes.

Lo vio, tratando de mantenerse a flote agarrado a un tablón, dando patadas y dirigiéndose directamente hacia ella.

Gwenda no podía correr, pues ya no le quedaban fuerzas, y tenía el vestido chorreando. En aquella parte de la ribera del río no había donde esconderse, y ahora que el puente se había derrumbado, era imposible cruzar hasta la orilla de Kingsbridge.

Pese a todo, no pensaba dejar que Sim la atrapara.

Vio que el hombre avanzaba con suma dificultad, y eso le dio esperanzas. El tablón lo habría mantenido a flote si se hubiese quedado quieto, pero estaba pataleando para alcanzar la orilla, y el esfuerzo lo estaba desestabilizando. Empujaba el tablón hacia abajo para darse impulso y luego daba una patada en el agua para nadar hasta la orilla, y la cabeza volvía a hundírsele en el agua. Cabía la posibilidad de que no llegase hasta la orilla.

Entonces Gwenda se dio cuenta de que podía asegurarse de que no lo hiciera.

Echó un rápido vistazo a su alrededor: el agua estaba llena de maderos de todas clases y tamaño, desde vigas y tablones gigantescos hasta astillas. Se fijó en una tabla robusta de una vara aproximada de longitud y se metió en el agua para buscarla. A continuación se adentró aún más en el río para acudir al encuentro de su enemigo.

Tuvo la satisfacción de ver el brillo de miedo en los ojos del hombre, que hizo una pausa en su pataleo. Tenía ante sí a la mujer a la que había intentado hacer su esclava, furiosa, con una expresión decidida en el rostro y enarbolando un palo de tamaño formidable. A sus espaldas, lo esperaba una muerte segura por asfixia.

Sim avanzó hacia delante.

Gwenda se detuvo en el punto en que el agua le llegaba a la cintura y aguardó el momento oportuno.

Vio que el hombre volvía a detenerse y dedujo por los movimientos de éste que estaba intentando hacer pie.

Era ahora o nunca.

Gwenda levantó el tablón por encima de la cabeza y dio un paso al frente. Sim adivinó sus intenciones y empezó a chapotear desesperadamente para apartarse, pero había perdido el equilibrio, ya no podía nadar ni vadear, y no pudo esquivar el golpe. Gwenda dejó caer la pesada tabla con todas sus fuerzas sobre la cabeza del hombre.

Los ojos de Sim quedaron en blanco y el hombre se desplomó en el agua tras perder el sentido.

Gwenda alargó el brazo y lo agarró de la túnica amarilla, pues no pensaba dejar que se alejara flotando y darle la oportunidad de sobrevivir. Lo atrajo hacia sí, le asió la cabeza con ambas manos y la empujó debajo del agua.

Mantener un cuerpo bajo el agua era más difícil de lo que suponía, a pesar de que no opusiese resistencia. Sim tenía el pelo grasiento y resbaladizo, por lo que Gwenda tuvo que colocarse la cabeza de él bajo el brazo y levantar las piernas del lecho del río para apoyar todo su peso y conseguir así que se hundiera.

Empezó a sentir que lo había vencido al fin; ¿cuánto tiempo se tardaba en ahogar a un hombre? No tenía ni idea. Los pulmones de Sim ya debían de estar llenándose de agua. ¿Cómo sabría cuándo debía soltarlo?

De repente, el hombre se retorció en sus brazos y Gwenda le apretó la cabeza con más fuerza aún. Por un instante, le costó mucho esfuerzo retenerlo bajo el agua. No estaba segura de si se había dado media vuelta o si había sufrido una convulsión inconsciente. Sus espasmos eran intensos, pero parecían irregulares. Volvió a pisar el fondo del río con los pies, tomó impulso de nuevo y siguió sujetándolo.

Miró a su alrededor; no había nadie mirándolos, pues todos los habitantes de Kingsbridge estaban demasiado ocupados intentando salvar sus vidas.

Al cabo de un momento, los movimientos de Sim se hicieron cada vez más débiles y no tardó en quedarse inmóvil. Poco a poco, Gwenda fue relajando su presión sobre el cuerpo inerte y Sim se fue hundiendo despacio hacia el fondo.

No volvió a salir a la superficie.

Jadeando para recuperar el aliento, Gwenda avanzó caminando hacia la orilla. Se dejó caer pesadamente sobre el suelo fangoso y se palpó el cinto en busca de la bolsa de cuero: seguía allí. Los proscritos no habían conseguido robárselo y lo había conservado consigo a lo largo de todos sus padecimientos. Contenía el valioso filtro amoroso elaborado por Mattie Wise. Abrió la bolsa para comprobar el contenido… y no encontró más que pequeños fragmentos de barro. El frasquito se había roto.

Gwenda se echó a llorar.

La primera persona a la que Caris vio haciendo algo sensato fue a Ralph, el hermano de Merthin. No llevaba más que un par de calzones empapados. Estaba ileso, aparte de la nariz hinchada y roja, que ya tenía antes del derrumbamiento del puente. Ralph sacó a rastras al conde de Shiring del agua y lo tumbó en la orilla junto a un cuerpo vestido con el uniforme de los hombres del conde. Éste mostraba una fea herida en la cabeza que podía resultar mortal. Ralph parecía exhausto tras el esfuerzo e indeciso acerca de qué hacer a continuación. Caris creyó necesario decírselo.

La joven miró a su alrededor. En aquella orilla, la ribera del río constaba de pequeñas playas cubiertas de fango separadas por afloramientos de rocas. No había demasiado espacio para tender allí a los muertos y heridos, por lo que habría que transportarlos a otra parte.

A escasa distancia de allí, una hilera de escalones de piedra conducía desde el río a una abertura en el muro del priorato. Caris tomó una decisión. Señalando el hueco con el dedo, se dirigió a Ralph:

—Lleva al conde al priorato por esa puerta. Túmbalo con cuidado en el suelo de la catedral y luego dirígete al hospital. Di a la primera monja que veas que vaya a buscar a la madre Cecilia inmediatamente.

Ralph pareció alegrarse de poder obedecer instrucciones y, al punto, hizo lo que Caris le decía.

Merthin hizo amago de adentrarse andando en el agua, pero Caris lo detuvo.

—Mira a esa panda de idiotas —dijo, señalando al extremo del puente en ruinas contiguo a la ciudad. Había decenas de personas observando boquiabiertas la escena dantesca que se reproducía ante sus ojos—. Reúne a los hombres más robustos —siguió diciendo—. Pueden empezar a sacar a la gente del agua y llevarlos a la catedral.

El joven vaciló unos instantes.

—No pueden bajar hasta aquí desde allí arriba.

Caris vio que tenía razón: tendrían que sortear los escombros y seguramente eso provocaría más heridos. Sin embargo, las casas a aquel lado de la calle principal poseían jardines cuyas partes traseras daban a los muros del priorato, y la casa de la esquina, que pertenecía a Ben Wheeler, disponía de una pequeña puerta en el muro, por lo que podía bajar al río directamente desde el jardín.

Merthin estaba pensando justo eso mismo.

—Los traeré a través de la casa de Ben y su jardín.

—Bien.

El joven trepó a las rocas, abrió la puerta y desapareció.

Caris miró hacia el agua. Una figura alta avanzaba hacia la orilla más próxima y la joven reconoció a Philemon. Con la respiración entrecortada, éste le preguntó:

—¿Has visto a Gwenda?

—Sí, justo antes de que el puente se derrumbase —respondió Caris—. Estaba huyendo de Sim Chapman.

—Sí, ya lo sé, pero ¿dónde está ahora?

—No la veo. Lo mejor que puedes hacer es empezar a sacar a la gente del agua.

—Quiero encontrar a mi hermana.

—Si está viva, estará entre quienes necesitan que los saquen del río.

—Está bien —repuso Philemon, y volvió a meterse en el agua.

Caris estaba desesperada por averiguar dónde estaría su propia familia, pero había demasiado que hacer allí. Se prometió que iría en busca de su padre lo antes posible.

Ben Wheeler apareció por la puerta de su jardín. Rechoncho y bajo, de anchas espaldas y el cuello grueso, Ben era carretero, y salía adelante más bien gracias a sus músculos que a su cerebro. Bajó correteando a la playa y luego miró a su alrededor, sin saber qué hacer.

En el suelo, a los pies de Caris, se hallaba uno de los hombres del conde Roland, con el uniforme rojo y negro, aparentemente muerto.

—Ben —dijo Caris—, lleva a este hombre a la catedral.

La esposa de Ben, Lib, apareció en ese instante con un niño pequeño en brazos. Era un poco más lista que su marido y preguntó:

—¿No deberíamos ocuparnos de los vivos primero?

—Tenemos que sacarlos del agua antes de saber si están vivos o muertos, y no podemos dejar los cuerpos aquí en la orilla porque molestarán en las labores de rescate. Llevadlo a la iglesia.

Lib vio que aquello tenía sentido.

—Ben, será mejor que hagas lo que dice Caris —señaló.

Ben levantó el cuerpo sin dificultad y echó a andar hacia la iglesia.

Caris se percató de que podrían trasladar los cuerpos más fácilmente si empleaban la misma clase de angarillas que utilizaban los albañiles. Los monjes podían ocuparse de eso, pero ¿dónde estaban los monjes? Le había dicho a Ralph que alertase a la madre Cecilia pero, de momento, nadie había aparecido por allí. Los heridos requerirían vendajes, ungüentos y cataplasmas para el dolor; iban a necesitar hasta a la última monja. Había que avisar a Matthew Barber, pues habría muchos huesos rotos que soldar. Y a Mattie Wise, para que administrase pociones para aliviar el dolor. Caris necesitaba dar la voz de alarma, pero se sentía reacia a abandonar la ribera del río antes de haber organizado correctamente las tareas de rescate. ¿Dónde estaba Merthin?

Vio cómo una mujer avanzaba a gatas hacia la orilla. Caris se metió en el agua y la ayudó a ponerse en pie. Era Griselda. Llevaba el vestido empapado adherido al cuerpo, y Caris se fijó en sus pechos llenos y en la hinchazón de sus muslos. Consciente de que estaba embarazada, le preguntó con aprensión:

—¿Estás bien?

—Creo que sí.

—¿No has sangrado?

—No.

—Gracias a Dios. —Caris se volvió y se alegró al ver a Merthin saliendo del jardín de Ben Wheeler a la cabeza de un grupo de hombres, algunos de ellos vestidos con el uniforme del conde—. ¡Merthin! —lo llamó—. Toma a Griselda del brazo y ayúdala a subir la escalera hasta el priorato. Que se siente y descanse un rato. —Acto seguido, añadió en todo tranquilizador—: Pero no pasa nada, está perfectamente.

Tanto Merthin como Griselda la miraron con expresión perpleja, y Caris se dio cuenta de lo anómalo de aquella situación. Los tres permanecieron inmóviles un instante en un triángulo inanimado: la futura madre, el padre del hijo de ésta y la mujer que lo amaba.

A continuación, Caris se alejó, rompiendo el hechizo, y empezó a dar órdenes a los hombres.

Gwenda estuvo llorando amargamente unos minutos y luego interrumpió su llanto. En el fondo, no era el frasco roto la verdadera causa de su aflicción, pues Mattie podría elaborar otro filtro amoroso y Caris se lo pagaría, si es que seguían con vida. Vertía aquellas lágrimas por todo cuanto le había sucedido en el transcurso de las veinticuatro horas anteriores, desde la traición de su padre hasta las heridas en sus pies ensangrentados.

No sentía ningún remordimiento relacionado con los dos hombres a los que había dado muerte. Sim y Alwyn habían intentado convertirla en esclava y luego prostituirla, merecían la muerte. De hecho, matarlos ni siquiera podía considerarse un asesinato, pues no era ningún crimen acabar con la vida de un proscrito. Pese a todo, no lograba conseguir que le dejaran de temblar las manos. Estaba exultante por haber derrotado a sus enemigos y haberse ganado su libertad, y al mismo tiempo sentía náuseas por lo que había hecho. Nunca olvidaría cómo el cuerpo moribundo de Sim se había estremecido al final, y temía que la visión de Alwyn, con la punta de su cuchillo asomándole por la cuenca de los ojos, se le apareciese en sueños. No podía evitar temblar ante aquella mezcla de sentimientos tan fuertes y contradictorios.

Trató de apartar los asesinatos de su pensamiento. ¿Quién más habría muerto? Sus padres tenían previsto marcharse de Kingsbridge el día anterior, pero ¿y su hermano, Philemon? ¿Y Caris, su mejor amiga? ¿Y Wulfric, el hombre al que amaba?

Miró a la otra orilla del río y se tranquilizó inmediatamente al ver a Caris. Estaba al otro lado con Merthin y parecían estar organizando a un grupo de hombres para que rescataran a los heridos del agua. Gwenda sintió que la invadía un sentimiento de gratitud: al menos no se había quedado completamente sola en el mundo.

Pero ¿dónde estaba Philemon? Era la última persona a la que había visto antes del derrumbamiento y si seguía una deducción lógica, debería haber caído al agua cerca de ella, pero no lo veía por ninguna parte.

¿Y dónde estaba Wulfric? Dudaba que hubiese sentido algún interés por ver el espectáculo de llevar a rastras por toda la ciudad a una bruja atada a una carreta. Sin embargo, tenía planeado regresar a su casa en Wigleigh junto a su familia ese mismo día y cabía la posibilidad, aunque ojalá no hubiese sido así, de que hubiesen estado cruzando el puente de camino a casa en el preciso momento del derrumbamiento. Examinó la superficie con el corazón en vilo, tratando de localizar su inconfundible mata de pelo rojizo, rezando por poder verlo nadando vigorosamente hacia la orilla en lugar de flotando boca abajo. Sin embargo, no lo veía por ninguna parte.

Decidió cruzar a la otra orilla. No sabía nadar, pero creía que si se hacía con un trozo de madera de gran tamaño para mantenerse a flote, podría conseguir alcanzar el otro lado chapoteando con las piernas. Encontró un tablón, lo sacó del agua y caminó cincuenta metros a contracorriente para alejarse de la masa de cuerpos. A continuación volvió a entrar en el agua. Tranco la siguió sin miedo. Era mucho más difícil de lo que suponía, y el vestido empapado era una auténtica rémora para su avance, pero al fin logró atravesar a la otra orilla.

Fue corriendo en dirección a Caris y ambas se abrazaron.

—¿Qué ha pasado? —dijo Caris.

—Me he escapado.

—¿Y Sim?

—Era un proscrito.

—¿De veras?

—Ahora está muerto.

Caris parecía perpleja.

—Murió al derrumbarse el puente —añadió Gwenda apresuradamente. No quería que ni siquiera su mejor amiga conociese las circunstancias exactas. A continuación, añadió—: ¿Has visto a alguien de mi familia?

—Tus padres se marcharon de la ciudad ayer, pero he visto a Philemon hace un momento, te está buscando.

—¡Gracias a Dios! ¿Y Wulfric?

—No lo sé. Nadie lo ha sacado del agua. Su prometida se marchó ayer, pero sus padres y su hermano estaban en la catedral esta mañana, en el juicio de Nell la Loca.

—Tengo que encontrarlo.

—Buena suerte.

Gwenda subió corriendo los escalones de piedra que conducían al priorato y cruzó el césped. Algunos de los laneros aún seguían recogiendo sus enseres, y a la joven le pareció increíble que pudieran seguir como si tal cosa cuando centenares de personas acababan de morir en un accidente… hasta que cayó en la cuenta de que probablemente todavía no sabían nada, pues el desastre había ocurrido hacía apenas unos minutos, aunque a ella le pareciese que habían transcurrido varias horas.

Atravesó las puertas del priorato y salió a la calle principal. Wulfric y su familia se habían hospedado en la posada Bell, de modo que se precipitó en su interior.

Había un adolescente de pie junto al barril de cerveza, mirándola con cara de asustado.

—Busco a Wulfric de Wigleigh —dijo Gwenda.

—Aquí no hay nadie —contestó el chico—. Yo soy el aprendiz, me han dejado aquí para que vigile la cerveza.

Gwenda supuso que alguien los habría convocado a todos a que acudieran a la ribera del río.

Salió corriendo afuera de nuevo, y justo cuando atravesaba el umbral de la puerta, apareció Wulfric.

Sintió un alivio tan grande que lo rodeó con los brazos.

—Estás vivo... ¡gracias a Dios! —gritó.

—Alguien ha dicho que el puente se ha hundido —dijo él—. ¿Es cierto, entonces?

—Sí, ha sido horrible. ¿Dónde está el resto de tu familia?

—Se fueron hace rato. Yo me quedé para cobrar una deuda. —Le mostró una pequeña bolsa de cuero con dinero—. Espero que no estuviesen en el puente cuando se derrumbó.

—Sé cómo podemos averiguarlo —dijo Gwenda—. Ven conmigo.

Lo tomó de la mano y él dejó que lo guiara por el recinto del priorato sin soltársela. Gwenda nunca había mantenido el contacto con su piel por tanto tiempo. Wulfric tenía una mano grande, los dedos ásperos al tacto por el trabajo y la palma suave. El contacto la hizo estremecerse, a pesar de todo lo sucedido.

Lo guió a través del césped hacia el interior de la catedral.

—Están sacando a los heridos del río y trayéndolos aquí —explicó.

Ya había veinte o treinta cuerpos sobre el suelo de piedra de la nave e iban llegando más en una sucesión constante. Unas cuantas monjas atendían a los heridos, empequeñecidas por el tamaño gigantesco de las columnas que los rodeaban. El monje ciego que normalmente dirigía el coro parecía estar al frente.

—Los muertos, a la parte norte —estaba gritando cuando Gwenda y Wulfric entraron en la nave—. Los heridos, a la parte sur.

De repente, Wulfric lanzó un grito de horror y consternación. Gwenda siguió su mirada y vio a David, su hermano, tendido entre los heridos. Ambos se arrodillaron junto a él en el suelo. David era un par de años mayor que Wulfric y tenía la misma complexión robusta que éste. Respiraba y tenía los ojos abiertos, pero no parecía verlos. Wulfric le habló.

—¡Dave! —lo llamó en voz baja y apremiante—. Dave, soy yo, Wulfric...

Gwenda advirtió una sustancia pegajosa y se dio cuenta de que David yacía en un charco de sangre.

—Dave, ¿dónde están mamá y papá?

No hubo respuesta.

Gwenda miró a su alrededor y vio a la madre de Wulfric. Estaba en el extremo opuesto de la nave, en el pasillo norte, el lugar adonde Carlus el Ciego estaba diciendo que llevaran a los muertos.

—Wulfric —dijo Gwenda en voz baja.

—¿Qué?

—Tu madre.

Se levantó y miró hacia la dirección que le indicaba la joven.

—Oh, no… —exclamó.

Atravesaron la amplia nave. La madre de Wulfric yacía junto a sir Stephen, el señor de Wigleigh, su igual en ese momento. Era una mujer menuda, y era asombroso que hubiese podido dar a luz a dos varones tan corpulentos. En vida había sido una persona inquieta y llena de energía, pero en ese instante parecía una muñeca frágil, pálida y flaca. Wulfric apoyó la mano en el pecho de su madre tratando de encontrarle el pulso. Cuando hizo presión, un hilillo de agua le salió de la boca.

—Se ha ahogado —susurró.

Gwenda rodeó los anchos hombros del joven con el brazo, tratando de consolarlo. No sabía si él se daba cuenta siquiera.

Un hombre de armas con el traje rojo y negro de los hombres del conde Roland apareció con el cuerpo sin vida de un hombre bastante voluminoso. Wulfric dio un respingo: era su padre.

—Dejadlo aquí, junto a su esposa —le indicó Gwenda.

Wulfric estaba destrozado. No decía nada, a todas luces incapaz de asimilarlo. La propia Gwenda se había quedado sin habla. ¿Qué podía decirle al hombre al que amaba en aquellas circunstancias? Cualquiera de las frases que le acudían a la mente le parecían del todo estúpidas. Quería tratar de consolarlo con toda su alma, pero no sabía cómo hacerlo.

Mientras Wulfric contemplaba los cuerpos sin vida de su madre y su padre, Gwenda miró al otro lado de la nave de la iglesia para localizar a su hermano. David parecía inmóvil, por lo que se acercó rápidamente a su lado. Tenía los ojos abiertos, con la mirada perdida, y había dejado de respirar. Le palpó el pecho y no le encontró latido.

¿Cómo iba a soportarlo Wulfric?

Se enjugó las lágrimas de sus propios ojos y regresó al lado de su amado. Era inútil tratar de ocultarle la verdad.

—David también ha muerto —le comunicó.

Wulfric esbozó una expresión de perplejidad, como si no la comprendiera, y a Gwenda le pasó por la cabeza la terrible idea de que acaso la impresión por el horror de lo sucedido le hubiese hecho perder el juicio.

Sin embargo, el joven habló al fin:

—Todos ellos… —acertó a decir en un susurro—. Los tres… Muertos… —Miró a Gwenda y ésta vio cómo las lágrimas asomaban a sus ojos.

Lo abrazó y sintió cómo aquel cuerpo enorme y robusto se echaba a temblar con unos sollozos incontrolados. Lo abrazó con más fuerza aún.

—Pobre Wulfric —dijo—, pobrecillo, mi queridísimo Wulfric...

—Gracias a Dios que todavía me queda Annet —repuso él.

Una hora después, los cuerpos de los muertos y los heridos ocupaban la mayor parte del suelo de la nave. Carlus el Ciego, el suprior, estaba en medio de la aglomeración de cuerpos, acompañado de Simeon, el tesorero de rostro enjuto, que se hallaba a su lado para hacerle de lazarillo. Carlus estaba al frente de la situación porque el prior Anthony había desaparecido.

—Hermano Theodoric, ¿eres tú? —preguntó, al parecer reconociendo los pasos del monje de ojos azules y piel clara que acababa de entrar—. Ve a buscar al sepulturero y dile que consiga a seis hombres fuertes para que lo ayuden. Vamos a necesitar al menos cien tumbas nuevas, y con este calor no conviene retrasar los entierros.

—Enseguida, hermano —contestó Theodoric.

Caris estaba muy impresionada por la eficiencia con la que Carlus podía organizar todo aquello a pesar de su ceguera.

Caris había dejado a Merthin al frente del rescate de los cuerpos del agua, labor que estaba realizando de forma muy eficaz. Se había asegurado de que avisasen a los hermanos y a las monjas acerca de la catástrofe y luego había encontrado a Matthew Barber y a Mattie Wise. Por último, había salido en busca de su propia familia.

Sólo tío Anthony y Griselda habían estado en el puente en el momento del derrumbamiento. Había encontrado a su padre en la sede del gremio junto a Buonaventura Caroli. Edmund había exclamado:

—¡Ahora tendrán que construir un nuevo puente! —Y luego se había ido renqueando hacia la orilla del río para ayudar a sacar a más heridos del agua. Los demás se encontraban sanos y salvos: tía Petranilla estaba en casa en el momento del hundimiento, cocinando; la hermana de Caris, Alice, estaba con Elfric en la posada, y su primo Godwyn en la catedral, comprobando las reparaciones del lado sur del presbiterio.

Griselda se había ido a casa a descansar y seguía sin haber ni rastro de Anthony. Caris no sentía demasiado aprecio por su tío, pero tampoco le deseaba ningún mal, por lo que lo buscaba ansiosamente cada vez que traían a la nave un nuevo cuerpo del río.

La madre Cecilia y las monjas estaban limpiando heridas, aplicando miel como antiséptico, colocando vendas y distribuyendo reconfortantes vasos de cerveza caliente y especiada. Matthew Barber, el eficiente y brioso cirujano especialista en campos de batalla, trabajaba codo con codo con una

Mattie Wise jadeante y obesa que administraba calmantes minutos antes de que Matthew se ocupase de los brazos y las piernas rotos.

Caris se dirigió al crucero sur donde, lejos del ruido, la confusión y la sangre de la nave, los monjes médicos más veteranos se habían arremolinado en torno a la figura todavía inconsciente del conde de Shiring. Lo habían despojado de la ropa empapada y lo habían tapado con una manta gruesa.

—Está vivo —dijo el hermano Godwyn—, pero su herida es muy grave. —Señaló la parte posterior de la cabeza—. Tiene parte del cráneo fracturado.

Caris se asomó a mirar por encima del hombro de Godwyn y vio el cráneo, resquebrajado como la corteza rota de una tarta de hojaldre, teñido de sangre. Vio también un poco de materia gris a través de las fracturas. ¿De veras no se podía hacer nada frente a una herida tan terrible?

El hermano Joseph, el médico más veterano, era de la misma opinión. Se frotó la enorme nariz y habló por una boca que exhibía una dentadura pésima.

—Hay que traer las reliquias del santo —dijo, arrastrando las sibilantes como un borracho, como de costumbre—. Son nuestra única esperanza para que se recupere.

Caris no tenía demasiada fe en el poder de los huesos de un santo muerto para sanar la cabeza fracturada de un hombre vivo; claro que no expresó su opinión en voz alta, pues sabía que era una persona un tanto peculiar a este respecto y casi siempre se guardaba para sí lo que pensaba en realidad.

Los hijos del conde, lord William y el obispo Richard, estaban de pie contemplando la escena. William, con su figura alta y marcial, con el pelo negro, era una versión más joven del hombre inconsciente que yacía tendido sobre una mesa. Richard tenía el pelo más claro y era de formas más redondas. Los acompañaba Ralph, el hermano de Merthin.

—Fui yo quien sacó al conde Roland del agua —explicó.

Era la segunda vez que Caris lo oía decir aquello.

—Sí, bien hecho —lo felicitó William.

La esposa de William, Philippa, estaba tan disgustada como Caris por el dictamen del hermano Joseph.

—¿Y no hay nada que podáis hacer vos mismo para ayudar al conde? —inquirió.

—La oración es la cura más eficaz —repuso Godwyn.

Las reliquias del santo se custodiaban en un compartimiento cerrado a cal y canto bajo el altar mayor. En cuanto Godwyn y Joseph se marcharon para buscarlas, Matthew Barber se inclinó para examinar al conde e inspeccionó la herida del cráneo.

—Así nunca se curará —fue su veredicto—. Ni siquiera con la ayuda del santo.

—¿Qué quieres decir? —exclamó William con severidad.

Caris pensó que hablaba igual que su padre.

—El cráneo es un hueso como cualquier otro —respondió Matthew—. Puede sanar, pero los fragmentos tienen que estar en el lugar correcto. De lo contrario, podría regenerarse torcido.

—¿Acaso crees saber más que los monjes?

—Mi señor, los monjes saben cómo invocar la ayuda del mundo del espíritu. Yo sólo arreglo huesos rotos.

—¿Y dónde aprendiste esos conocimientos?

—Fui cirujano con el ejército del rey durante muchos años, acompañé a vuestro padre, el conde, en las guerras de Escocia. He visto cráneos rotos con anterioridad.

—¿Y qué harías por mi padre ahora?

Caris percibió el nerviosismo de Matthew bajo el agresivo interrogatorio de William, pero parecía seguro de lo que decía.

—Yo extraería los fragmentos de hueso roto del cerebro, los limpiaría e intentaría hacerlos encajar de nuevo.

Caris dio un respingo. No acertaba ni siquiera a imaginar una operación tan audaz. ¿Cómo podía Matthew tener el coraje de proponer algo así? ¿Y si salía mal?

—¿Y se recuperaría? —preguntó William.

—No lo sé —contestó Matthew—. A veces una herida en la cabeza tiene efectos muy extraños y afecta a la capacidad de un hombre para hablar o andar. Lo único que puedo hacer es arreglarle el cráneo. Si queréis milagros, pedídselos al santo.

—De modo que no podéis garantizar el éxito.

—Sólo Dios es todopoderoso. El hombre debe hacer todo cuanto esté en su mano y esperar lo mejor, pero creo que vuestro padre morirá a consecuencia de esta herida si no se la trata.

—Pero Joseph y Godwyn han leído los libros escritos por los antiguos filósofos médicos.

—Y yo he visto a hombres heridos morir o recuperarse en el campo de batalla. De vos depende decidir en quién confiar.

William miró a su esposa.

—Deja que el barbero haga lo que pueda —lo aconsejó ésta—, y pídele a san Adolfo que lo ayude.

William asintió con la cabeza.

—Está bien —le dijo a Matthew—, adelante.

—Quiero la mesa donde está el conde —ordenó el barbero con determinación— cerca de la ventana, para que una luz potente le ilumine la herida.

William chasqueó los dedos para llamar a dos novicios.

—Haced todo lo que os diga este hombre —ordenó.

—Lo único que necesito es un cuenco de vino caliente —dijo Matthew.

Los monjes trajeron una mesa de caballete del hospital y la colocaron bajo el enorme ventanal del crucero sur. Dos escuderos trasladaron el cuerpo del conde Roland a la mesa.

—Boca abajo, por favor —solicitó Matthew.

Lo tumbaron de espaldas.

Matthew contaba con una bolsa de cuero que contenía los afilados instrumentos que daban nombre a su oficio de barbero. Primero extrajo unas tijeras pequeñas, inclinó el cuerpo sobre la cabeza del conde y empezó a cortar el pelo que rodeaba la herida. El pelo del conde era negro, lacio y graso por naturaleza.

Matthew tomó los mechones cortados entre sus dedos y los arrojó a un lado para que cayeran al suelo. Cuando hubo recortado un redondel alrededor de la herida, el daño se hizo más claramente visible.

En ese momento reapareció el hermano Godwyn con el relicario, la caja labrada en oro y marfil que contenía el cráneo de san Adolfo y los huesos de un brazo y una mano. Cuando vio a Matthew operando al conde Roland, exclamó con indignación:

—¿Qué sucede aquí?

Matthew levantó la vista.

—Si pudierais colocar las reliquias detrás del conde, lo más cerca posible de su cabeza, creo que el santo me ayudaría a mantener estable el pulso de las manos.

Godwyn vaciló un momento, a todas luces contrariado al ver que un simple barbero se había puesto al frente de la situación.

—Haz lo que te dice, hermano, o la muerte de mi padre recaerá sobre tu conciencia —lo apremió lord William.

Aun así, Godwyn no obedeció, sino que se dirigió a Carlus el Ciego, que estaba a escasos metros de distancia.

—Hermano Carlus, me ordena lord William que...

—He oído lo que te ha dicho lord William —lo interrumpió Carlus—. Será mejor que le obedezcas.

No era la respuesta que Godwyn había esperado, y en su rostro se dibujó una mueca de frustración. Con evidente fastidio, depositó el recipiente sagrado bajo la amplia espalda del conde Roland.

Matthew escogió unos fórceps de aspecto formidable. Con movimiento experto y delicado, asió el borde visible de un fragmento de hueso y lo levantó, sin tocar la materia gris de debajo. Caris observaba el proceso fascinada. El hueso se desprendió de la cabeza con fragmentos de piel y cabellos adheridos. Matthew lo depositó con sumo cuidado en el cuenco de vino caliente.

Repitió el mismo procedimiento con otros dos fragmentos pequeños de hueso. Los ruidos procedentes de la nave, los lamentos de los heridos y los sollozos de quienes acababan de perder a un ser querido, quedaron enmudecidos como un mero ruido de fondo. Los espectadores que observaban a Matthew permanecían inmóviles y en silencio a su alrededor y en torno al conde.

A continuación, el barbero se concentró en los fragmentos que seguían adheridos al resto del cráneo. Con cada uno de los fragmentos retiraba el cabello, limpiaba la zona con cuidado con un paño de hilo empapado en vino y luego hacía uso de los fórceps para volver a colocar el pedazo de hueso en la que creía era su posición original.

Caris apenas si podía respirar de la tensión. Nunca había admirado a alguien tanto como admiraba a Matthew Barber en ese momento; mostraba tanto coraje, tanta destreza, tanta seguridad en sí mismo... ¡Y estaba realizando aquella operación tan inconcebiblemente delicada nada más y nada menos que a un conde! Si algo salía mal, lo más probable es que lo ahorcasen, y pese a todo, mostraba un pulso tan firme como las manos de los ángeles labrados en piedra sobre el portalón de la catedral.

Finalmente, volvió a colocar los tres fragmentos sueltos que había puesto en el cuenco de vino, encajándolos como si estuviese arreglando una vasija rota.

Tiró de la piel del cuero cabelludo para cubrir la herida y la cosió con puntadas ágiles y precisas.

El cráneo de Roland estaba completo al fin.

—El conde debe dormir un día y una noche —explicó—. Si se despierta, dadle una fuerte dosis de la pócima para dormir de Mattie Wise. Luego deberá permanecer en cama sin moverse durante cuarenta días y cuarenta noches. Si es necesario, atadle con correas a la cama.

A continuación, le pidió a la madre Cecilia que le vendase la cabeza.

Godwyn salió de la catedral y bajó a toda prisa a la ribera del río, embargado por un intenso sentimiento de ira y frustración. Allí no había ninguna autoridad firme, Carlus dejaba que todo el mundo obrase a su antojo. El prior Anthony era débil, pero era mejor que Carlus. Tenía que encontrarlo.

Ya habían rescatado la mayor parte de los cuerpos del agua; los que sufrían simples magulladuras y estaban todavía bajo los efectos de la impresión se habían marchado a casa por su propio pie. La mayor parte de los muertos y heridos habían sido trasladados a la catedral, y quienes aún permanecían allí estaban atrapados de algún modo en el amasijo de escombros del puente.

Godwyn sentía una mezcla de entusiasmo y temor ante la posibilidad de que Anthony estuviese muerto. Ansiaba un nuevo régimen para el priorato: una interpretación más estricta de la Regla de San Benito junto con una gestión meticulosa de las finanzas. Sin embargo, al mismo tiempo, sabía que Anthony era su mentor, y que bajo otro prior tal vez no conseguiría seguir siendo promocionado.

Merthin había requisado una barca. Él y otros dos jóvenes estaban en mitad de la corriente, donde la mayor parte de lo que había sido el puente flotaba en esos momentos en el agua. Vestidos únicamente con calzones, los tres trataban de levantar una pesada viga para liberar a alguien. Merthin era bajo de estatura, pero los otros dos parecían fuertes y bien alimentados, y Godwyn supuso que eran escuderos del entorno del conde. Pese a su evidente capacidad física, les estaba costando un gran esfuerzo hacer palanca sobre los pesados maderos desde lo alto de una pequeña barca de remos.

Godwyn se puso al lado de un grupo de vecinos para observar, con una mezcla de temor y esperanza, cómo los dos escuderos levantaban una pesada viga y Merthin extraía un cuerpo de debajo de ésta. Tras examinar el cuerpo brevemente, anunció:

—Marguerite Jones... muerta.

Marguerite era una anciana sin demasiada trascendencia en la comunidad. Con impaciencia, Godwyn exclamó:

—¿No veis al prior Anthony?

Los hombres de la barca intercambiaron una mirada elocuente y Godwyn advirtió que se había mostrado demasiado imperioso, sin embargo, Merthin respondió:

—Veo los hábitos de un monje.

Godwyn se sintió exultante y decepcionado a un tiempo.

—Entonces, sacadlo, ¡inmediatamente! —gritó—. Por favor —añadió.

Nadie respondió verbalmente a su requerimiento, pero vio a Merthin agacharse bajo un tablón semisumergido y dar instrucciones a los otros dos hombres. Desplazaron la viga que sostenían a un lado, la dejaron caer al agua muy despacio y luego se inclinaron por la proa de la barca para sujetar el tablón bajo el que estaba Merthin. El joven parecía estar haciendo denodados esfuerzos por separar la ropa de Anthony de un amasijo de tablas y astillas.

Godwyn permaneció atento observando la escena, sintiéndose frustrado por no poder hacer nada por acelerar el proceso. Se dirigió a dos de los espectadores.

—Id al priorato y haced que dos monjes traigan unas angarillas. Decidles que os envía Godwyn.

Los dos hombres subieron los escalones de piedra y entraron en el recinto del priorato.

Merthin logró al fin arrancar la figura inconsciente de los escombros. Lo atrajo hacia sí y luego los otros dos hombres subieron al prior a bordo de la barca. Merthin se subió a continuación y entre todos arrimaron la embarcación a la orilla.

Un grupo de solícitos voluntarios sacaron a Anthony de la barca y lo colocaron en las angarillas que habían traído los monjes. Godwyn examinó al prior de inmediato. Todavía respiraba, pero su pulso era débil. Tenía los ojos cerrados y el rostro alarmantemente pálido. En la cabeza y el pecho sólo tenía magulladuras, pero la pelvis parecía destrozada, y estaba sangrando profusamente.

Los monjes levantaron las angarillas. Godwyn guió el camino por el recinto del priorato hacia la catedral.

—¡Abrid paso! —exclamó.

Condujo al prior a través de la nave central hacia el presbiterio, la parte más sagrada de la iglesia. Ordenó a los monjes que dejasen el cuerpo frente al altar mayor. El hábito empapado resaltaba con toda claridad las caderas y las piernas de Anthony, que se habían desencajado y deformado de tal modo que sólo su torso parecía humano.

Al cabo de unos minutos, todos los monjes se habían arremolinado en torno al cuerpo inerte de su prior. Godwyn retiró el relicario de debajo del cuerpo del conde Roland y lo depositó a los pies de Anthony. Joseph le colocó un crucifijo de piedras preciosas en el pecho y entrelazó las manos del prior alrededor del hermoso objeto.

La madre Cecilia se arrodilló junto a Anthony y le humedeció el rostro con un paño embebido de algún líquido balsámico.

—Parece tener muchos huesos rotos —le dijo a Joseph—. ¿Quieres que lo examine Matthew Barber?

Joseph negó con la cabeza, sin pronunciar palabra.

Godwyn se alegró; el barbero habría profanado el sagrado santuario. Era mejor dejar el desenlace en manos de Dios.

El hermano Carlus llevó a cabo los últimos ritos y dirigió a los monjes para que entonaran un salmo.

Godwyn no sabía qué debía desear: llevaba años ansioso por que terminase el mandato de Anthony en el priorato, pero en la última hora había podido atisbar lo que podía ocurrir si moría Anthony, un mandato conjunto de Carlus y Simeon. Eran los amigos de Anthony, y no lo harían mejor que él.

De pronto vio a Matthew Barber al fondo de la multitud, asomando la cabeza por encima de los hombros de los monjes, examinando las extremidades inferiores de Anthony. Godwyn estaba a punto de ordenarle indignado que abandonase el presbiterio cuando el barbero hizo un movimiento imperceptible con la cabeza y se marchó.

Anthony abrió los ojos.

—¡Alabado sea Dios! —exclamó el hermano Joseph.

El prior parecía querer abrir la boca para hablar. La madre Cecilia, todavía arrodillada a su lado, se inclinó sobre su cara para oír sus palabras. Godwyn vio cómo se abría la boca de Anthony y deseó poder oír lo que decía. Al cabo de un momento, el prior dejó de hablar.

Cecilia parecía escandalizada.

—¿Es eso cierto? —inquirió.

Todos la miraban, expectantes.

—¿Qué ha dicho, madre Cecilia?

La mujer no respondió.

Anthony cerró los ojos y su cuerpo sufrió una sutil transformación. Se quedó muy quieto.

Godwyn se inclinó sobre el cuerpo del prior: había dejado de respirar. Puso una mano en el pecho de Anthony y no percibió ningún latido. Le agarró la muñeca para tratar de encontrarle el pulso, pero fue inútil.

Se puso de pie.

—El prior Anthony ha abandonado este mundo —anunció—. Que Dios bendiga su alma y lo acoja en su sagrado seno.

Todos los monjes respondieron al unísono:

—Amén.

«Ahora tendrá que haber elecciones», pensó Godwyn.

TERCERA PARTE

De junio a diciembre de 1337

14

a catedral de Kingsbridge era un auténtico pandemonio, y lo que allí se veía era una sucesión de imágenes dantescas: heridos retorciéndose y gritando de dolor o para implorar auxilio a Dios, a los santos o a sus madres. Cada poco, alguien que trataba de localizar a un ser querido lo encontraba muerto, y gritaba con el estupor de la pena y el dolor súbitos. Tanto los vivos como los muertos adoptaban formas grotescas por los huesos rotos, estaban encharcados en sangre y tenían la ropa hecha jirones y empapada. El suelo de piedra de la iglesia estaba resbaladizo por el agua, la sangre y el lodo de la ribera.

En mitad de aquel horror, un pequeño remanso de paz y eficiencia se extendía alrededor de la figura de la madre Cecilia. Como un pajarillo, iba de una figura horizontal a otra, seguida de un pequeño grupo de monjas encapuchadas, entre las cuales figuraba la que había sido su ayudante durante años, la hermana Juliana, conocida ahora con el respetuoso nombre de Julie la Anciana. Mientras examinaba a cada paciente, no dejaba de dar órdenes para que los lavasen, les aplicasen ungüentos, les colocasen los vendajes y les administrasen las medicinas de hierbas. En los casos más graves llamaba a Mattie Wise, Matthew Barber o al hermano Joseph. Siempre hablaba en voz baja pero muy clara, dando instrucciones simples y precisas. Dejaba a casi todos los pacientes con una profunda sensación de calma y a sus familiares tranquilos y esperanzados.

Todo aquello le recordaba a Caris, demasiado vívidamente, el día de la muerte de su madre. También entonces había reinado una gran confusión y terror, aunque sólo en su corazón, y del mismo modo, la madre Cecilia había sabido exactamente qué hacer. Su madre había muerto pese a los auxilios de Cecilia, al igual que morirían muchos de los heridos de ese día, pero un halo de paz y orden había rodeado aquella muerte, la sensación de que se había hecho todo lo posible.

Cuando alguien caía enfermo, algunos invocaban a la Virgen y a todos los santos, pero eso a Caris sólo le provocaba más desazón y temor, pues no había forma de saber si los espíritus acudirían en su ayuda o si habían escuchado siquiera las súplicas. La madre Cecilia no era tan poderosa como los santos, de eso ya había sido consciente Caris incluso a sus diez años, pero pese a todo, su aplomo y su pragmatismo habían transmitido a su corazón de niña grandes dosis de esperanza y resignación en una mezcla perfecta que en aquel momento de aflicción había aportado serenidad a su alma.

En esos momentos, Caris se había incorporado al entorno de Cecilia sin haber tomado la decisión de forma consciente o haber pensado en ello siquiera. Seguía las instrucciones de la persona más firme y enérgica que había allí, al igual que la gente había obedecido sus órdenes en la ribera del río inmediatamente después del derrumbamiento, cuando nadie más parecía saber qué hacer. El pragmatismo enérgico de Cecilia era contagioso, y todos cuantos se hallaban a su alrededor se impregnaban de parte de su mismo espíritu competente y vivaz. Caris se sorprendió con un pequeño cuenco de vinagre en las manos mientras una hermosa novicia llamada Mair humedecía un paño en él y limpiaba la sangre del rostro de Susanna Chepstow, la esposa del maderero.

Después de eso tuvo lugar un trasiego constante hasta bien entrada la noche. Gracias a la prolongada tarde estival, se pudieron recuperar todos los cuerpos del río antes de que anocheciese, aunque tal vez nunca llegarían a saber cuántos habían perecido ahogados y yacían en el fondo del río o habían sido arrastrados por la corriente. No había ni rastro de Nell la Loca, quien a buen seguro había caído al agua con la carreta a la que iba atada. Para colmo de injusticias, fray Murdo había resultado prácticamente ileso, pues sólo había sufrido una torcedura en el tobillo y se había ido renqueando hasta la posada Bell para recobrar las fuerzas con un buen plato de jamón cocido y un vaso de cerveza fuerte.

Sin embargo, la atención de los heridos se prolongó, después del crepúsculo, bajo la luz de las velas. Algunas de las monjas terminaban agotadas y tenían que abandonar sus labores de auxilio, otras se veían superadas por la magnitud de la tragedia y se venían abajo, interpretando erróneamente las instrucciones y las tareas que se les encomendaba y cometiendo grandes torpezas, por lo que se hizo necesario enviarlas a descansar a sus celdas, pero Caris y un pequeño grupo de mujeres incansables siguieron hasta que no hubo nada más que hacer. Debía de ser ya medianoche cuando se hizo el último nudo en la última venda, y Caris se fue con paso cansino atravesando el césped del recinto catedralicio en dirección a la casa de su padre.

Petranilla y su hermano estaban sentados en el comedor, cogidos de la mano, llorando la pérdida de su hermano Anthony. Edmund tenía los ojos anegados en lágrimas y Petranilla sollozaba desconsoladamente. Caris besó a ambos, pero no se le ocurría nada que decirles. Si se hubiese sentado allí con ellos, se habría quedado dormida en la silla, por lo que optó por subir la escalera hasta su alcoba. Se metió en la cama junto a Gwenda, que se alojaba en su casa, como de costumbre. La joven dormía profundamente, exhausta, y ni siquiera se movió.

Caris cerró los ojos, con el cuerpo roto y el corazón destrozado por la pena.

Su padre lloraba la muerte de uno entre muchos, pero ella sentía el peso de todos cuantos se habían ido: pensó en los amigos, los vecinos y los conocidos tendidos sobre el frío suelo de piedra de la catedral, muertos, y se imaginó la tristeza de sus padres, de sus hijos, de sus hermanos… y la inmensidad de la pena la desbordó por completo. Se echó a llorar a mares, hundiendo la cabeza en la almohada. Gwenda le pasó el brazo por los hombros y la abrazó con fuerza. Pasados unos minutos, la extenuación se apoderó de ella y se quedó dormida.

Se levantó de nuevo al alba. Dejó a Gwenda durmiendo aún, regresó a la catedral y reanudó su tarea de enfermera. La mayor parte de los heridos fueron enviados a sus casas, y quienes aún precisaban de cuidados, como el conde Roland, que todavía no había recuperado el conocimiento, fueron trasladados al hospital. Colocaron los cadáveres en el presbiterio, dispuestos en ordenadas hileras, a la espera del momento del entierro.

El tiempo pasaba volando, sin apenas un segundo para descansar. Posteriormente, a media tarde del domingo, la madre Cecilia le dijo a Caris que se tomara un descanso. La joven miró a su alrededor y se dio cuenta de que ya estaba hecho casi todo. Fue entonces cuando empezó a pensar en el futuro.

Hasta ese momento había sentido, de forma inconsciente, que la vida de siempre había terminado, y que vivía en un nuevo mundo de tragedia y horror. En ese instante se percató de que con el tiempo aquello, como todo lo demás, también pasaría: los muertos serían enterrados, los heridos sanarían y, de algún modo, la normalidad regresaría a la ciudad. Y recordó también que, justo antes de que el puente se derrumbara, había ocurrido otra tragedia, violenta y devastadora a su manera.

Encontró a Merthin junto al río, en compañía de Elfric y Thomas de Langley, organizando la retirada de los escombros con la ayuda de cincuenta voluntarios o más. Saltaba a la vista que Merthin y Elfric habían dejado aparcadas sus diferencias ante lo perentorio de la situación. Casi todos los maderos sueltos habían sido rescatados del agua y apilados en la orilla, pero buena parte de la carpintería del puente seguía aún ensamblada, y un amasijo de tablones entrelazados flotaba sobre la superficie, balanceándose ligeramente con el subir y bajar del agua, con la serenidad inocente de una bestia descomunal que acabase de asesinar y engullir a su presa.

Los hombres estaban intentando descomponer los escombros en proporciones más manejables. Se trataba de una tarea peligrosa, con el riesgo constante de que el puente se desplomase aún más e hiriese de gravedad a los voluntarios. Habían atado una soga alrededor de la parte central del puente, en ese momento parcialmente sumergida, y había un grupo de hombres de pie en la orilla tirando de la soga. A bordo de una barca, en mitad de la corriente, se hallaban Merthin y el corpulento Mark Webber con un remero. Cuando los hombres de la orilla hacían una pausa para descansar, la barca se aproximaba remando a los escombros y Mark, dirigido por Merthin, la emprendía a golpes con las vigas con una enorme hacha de leñador. A continuación, la barca se alejaba a una distancia prudente, Elfric daba una orden y el grupo encargado de la soga tiraba de ésta de nuevo.

Mientras Caris observaba los movimientos, una porción considerable del puente quedó liberada. Todos prorrumpieron en gritos de júbilo y los hombres arrastraron la amalgama de madera a tierra firme.

Las esposas de algunos de los voluntarios llegaron cargadas de hogazas de pan y jarras de cerveza. Thomas de Langley ordenó un descanso y, mientras los hombres reponían fuerzas, Caris se quedó a solas con Merthin.

—No puedes casarte con Griselda —dijo a bocajarro, sin más preámbulos.

La súbita interpelación no sorprendió al joven.

—No sé qué hacer —repuso—. No dejo de darle vueltas todo el tiempo.

—¿Vienes a dar un paseo conmigo?

—De acuerdo.

Dejaron a la muchedumbre reunida en la orilla y enfilaron hacia la calle principal. Tras el ajetreo y el bullicio de la feria del vellón, en la ciudad reinaba un silencio sepulcral. Todos los habitantes estaban encerrados en sus casas, cuidando a los enfermos o llorando a sus muertos.

—No puede haber muchas familias entre cuyos miembros no se encuentre algún herido o algún muerto —comentó Caris—. Debía de haber un millar de personas en ese puente, bien tratando de salir de la ciudad o bien persiguiendo a la pobre Nell. Hay más de un centenar de cadáveres en la iglesia, y hemos atendido a unos cuatrocientos heridos.

—Y quinientos afortunados —señaló Merthin.

—Podríamos haber estado en el puente, o cerca de él. Tú y yo podríamos estar ahora mismo tendidos en el suelo del presbiterio, con el cuerpo frío y sin vida, pero hemos sido obsequiados con un regalo: el resto de nuestras vidas. Y no debemos malgastar ese regalo por culpa de un error.

—No es un error —repuso Merthin con brusquedad—: es un niño, un ser humano con un alma.

—Tú también eres un ser humano con un alma, y un ser humano excepcional. Mira si no lo que estabas haciendo hace un momento. Ahí abajo, en el río, hay tres personas al frente de la situación, una de ellas es el constructor más próspero de la ciudad, otro es el *matricularius* del priorato y el tercero es… un simple aprendiz, que ni siquiera ha cumplido todavía los veintiún años. Y pese a todo, los habitantes de la ciudad te obedecen con la misma celeridad con que obedecen a Elfric y a Thomas.

—Eso no significa que pueda eludir mis responsabilidades.

Doblaron la esquina de la calle del priorato. El césped de la parte delantera de la catedral estaba plagado de surcos y de pisadas después de la feria, y había áreas cenagosas y enormes charcos. En los tres ventanales del lado oeste de la iglesia, Caris vio el reflejo de un sol lluvioso y unos jirones de nubes, una imagen dividida, como un tríptico en un altar. El tañido de una campana anunció el oficio de vísperas.

—Piensa en todas las veces que has hablado de ir a visitar los edificios de París y Florencia. ¿Renunciarías a eso?

—Supongo que sí. Un hombre no puede abandonar a su esposa e hijo.

—De modo que ya piensas en ella como en tu esposa.

La encaró para hablarle frente a frente.

—Nunca pensaré en ella como mi esposa —expuso con amargura—. Sabes perfectamente a quién amo.

Por una vez, a Caris no se le ocurrió ninguna réplica sagaz a las palabras del joven. Abrió la boca para hablar, pero no acertó a articular palabra, sino que sintió cómo un nudo le atenazaba la garganta. Pestañeó varias veces para contener las lágrimas y bajó la cabeza para ocultar sus emociones.

Él la asió de los brazos y la atrajo hacia sí.

—Porque lo sabes, ¿verdad?

Se obligó a sí misma a mirarlo a los ojos.

—¿De veras lo sé?

Sintió cómo se le nublaba la vista.

Él la besó en la boca. Era una clase nueva de beso, algo completamente distinto de cualquier otra cosa que Caris hubiese experimentado hasta entonces. Los labios de él presionaban los suyos con delicadeza pero también con insistencia, como si estuviese decidido a grabar a fuego aquel momento en su memoria, y Caris se dio cuenta, con pavor, de que él pensaba que aquél sería el último beso entre ambos.

La joven se aferró a él con todas sus fuerzas, deseando que el beso se prolongase para siempre, pero Merthin separó sus labios de los de ella y puso punto final con una presteza insoportable.

—Te quiero —le dijo—, pero voy a casarme con Griselda.

La vida y la muerte siguieron su curso, los recién nacidos siguieron llegando al mundo entre vagidos y los ancianos lo abandonaron exhalando el último estertor. El domingo, Emma Butchers agredió a Edward, su marido adúltero, con su cuchilla de carnicero de mayor tamaño en un arrebato de celos. El lunes, desapareció una de las gallinas de Bess Hampton, que fue descubierta más tarde en una olla hirviendo en el fogón de la cocina de Glynnie Thompson, con lo cual Glynnie recibió una azotaina por orden de John Constable. El martes, Howell Tyler estaba trabajando en el tejado de la iglesia de St. Mark cuando una viga podrida cedió bajo sus pies y cayó, atravesando el techo, al suelo de la iglesia; el hombre murió en el acto.

El miércoles, los escombros del puente ya habían sido retirados, todos excepto las bases de las pilastras principales, y los maderos estaban apilados en la orilla. La vía fluvial estaba abierta al paso de embarcaciones, y las barcazas y las balsas pudieron salir de Kingsbridge rumbo a Melcombe con su cargamento de lana y otras mercancías de la feria del vellón con destino final en Flandes e Italia.

Cuando Caris y Edmund se acercaron a la orilla para seguir los progresos, Merthin estaba empleando los maderos destrozados para construir una balsa para transportar a la gente al otro lado del río.

—Es mejor que una barca —explicó—, porque el ganado puede subir y bajar sin problemas y también se pueden subir las carretas.

Edmund asintió con gesto sombrío.

—Tendremos que contentarnos con eso para el mercado semanal. Por suerte, para la siguiente feria del vellón ya deberíamos contar con un nuevo puente.

—No lo creo —dijo Merthin.

—Pero... tú me dijiste que se tardaría un año en construir un puente nuevo.

—Un puente de madera sí, pero si construimos otro de madera, también se derrumbará.

—¿Por qué?

—Os lo enseñaré. —Merthin los condujo hasta una pila de maderos y señaló una serie de postes de aspecto robusto—. Estos postes formaban las pilastras o pilares del puente, seguramente son los famosos veinticuatro mejores robles del territorio, obsequio del rey al priorato. Fijaos en los extremos.

Caris vio que, en un principio, los gigantescos postes habían sido afilados para que terminasen en punta, aunque la erosión de los años bajo el agua había ido suavizando los contornos.

—Los puentes de madera no tienen cimientos, sino que los postes están clavados simplemente en el lecho del río. Eso no es lo bastante seguro —explicó Merthin.

—¡Pero si este puente ha aguantado en pie varios siglos! —exclamó Edmund indignado. Siempre parecía andar en busca de pelea cuando discutía.

Merthin lo conocía de sobra, por lo que no hizo caso de su tono de voz.

—Sí, y ahora se ha derrumbado —dijo pacientemente—. Algo ha cambiado, los pilares de madera antes eran suficientemente firmes, pero ahora ya no lo son.

—¿Qué puede haber cambiado? El río es el río…

—Bueno, pues para empezar, tú has construido un establo y un espigón en la orilla, y has erigido una tapia para proteger tu propiedad. Otros mercaderes han hecho exactamente lo mismo. La antigua playa de barro en la orilla sur a la que yo solía ir a jugar cuando era niño prácticamente ha desaparecido, así que el río ya no puede prolongarse hacia los campos. Como resultado, el agua fluye más rápido que antes, sobre todo después de las fuertes lluvias que hemos padecido este año.

—Entonces, ¿tendrá que ser un puente de piedra?

—Sí.

Edmund levantó la vista y vio a Elfric, que los estaba escuchando.

—Merthin dice que hacen falta tres años para construir un puente de piedra.

Elfric asintió con la cabeza.

—Tres temporadas aptas para la construcción.

Caris sabía que la mayor parte de las obras de construcción se llevaban a cabo durante los meses más cálidos. Merthin le había explicado que no se podían construir muros de piedra cuando había riesgo de que la argamasa se congelase antes de que hubiese empezado a fraguar.

Elfric siguió hablando:

—Una temporada para los cimientos, otra para la arcada y otra para el pavimento de la calzada. Después de cada fase, hay que dejar la argamasa para que se endurezca y fragüe durante tres o cuatro meses antes de poder pasar a la siguiente fase.

—Tres años sin puente… —se lamentó Edmund con amargura.

—Cuatro años, a menos que empecemos inmediatamente.

—Será mejor que prepares un cálculo aproximado del coste para el priorato.

—Ya he empezado a hacerlo, pero es una tarea complicada. Tardaré otros dos o tres días.

—Hazlo cuanto antes.

Edmund y Caris abandonaron la ribera del río y subieron por la calle principal. Con su característico y enérgico paso torcido, Edmund siempre se negaba a apoyarse en el brazo de cualquier otra persona para andar, pese a su pierna atrofiada. Para mantener el equilibrio, balanceaba los brazos como si se dispusiese a emprender una carrera maratoniana. Los habitantes de la ciudad sabían que debían dejarle amplio espacio, sobre todo cuando tenía prisa.

—¡Tres años! —exclamó mientras caminaban—. Eso hará un daño irreparable a la feria del vellón. No sé cuánto tiempo nos costará volver a la normalidad. ¡Tres años!

Cuando llegaron a casa, encontraron allí a la hermana de Caris, Alice. Llevaba el pelo recogido bajo su gorro en un nuevo y elaborado peinado copiado de lady Philippa. Estaba sentada a la mesa junto a Petranilla. Caris adivinó de inmediato, por la expresión de los rostros de ambas, que habían estado hablando de ella.

Petranilla se dirigió a la cocina y salió de ella con cerveza, pan y mantequilla fresca. Sirvió a Edmund un vaso.

Petranilla había llorado el domingo anterior, pero desde entonces había dado escasas muestras de dolor por la muerte de su hermano Anthony. Curiosamente, a Edmund, quien nunca había sentido un gran aprecio por el prior, la muerte de su hermano parecía haberle afectado mucho más, pues a lo largo de la jornada las lágrimas asomaban a sus ojos en los momentos más insospechados, aunque también desaparecían con la misma celeridad.

En ese momento estaba ansioso por contarles las noticias sobre el puente. Alice quiso cuestionar el veredicto de Merthin, pero Edmund despachó sus críticas con impaciencia.

—Ese muchacho es un genio —dijo—, sabe más que muchos maestros constructores, y eso que todavía no ha terminado su formación como aprendiz.

—Por eso mismo es todavía más vergonzoso que vaya a pasar el resto de su vida con Griselda —intervino Caris con amargura.

Alice no tardó en salir en defensa de su hijastra.

—Griselda no tiene nada de malo.

—Sí, sí que lo tiene —la contradijo Caris—: no lo quiere. Lo sedujo porque su novio se había marchado, eso es todo.

—¿Es ésa la historia que te ha contado Merthin? —Alice estalló en una risa sarcástica—. Si un hombre no quiere hacerlo, no lo hace... te lo digo yo.

Edmund lanzó un gruñido.

—Pero se puede tentar a los hombres... —repuso.

—Ah, conque te pones de parte de Caris, ¿no es así, papá? —exclamó Alice—. No sé por qué me sorprendo, si es lo que haces siempre.

—No se trata de ponerse de parte de nadie —contestó Edmund—. Es posible que un hombre no quiera hacer una cosa, así, de buenas a primeras, y puede que se arrepienta más tarde, y sin embargo, es posible que por un instante cambien sus deseos... sobre todo cuando una mujer utiliza todas sus armas.

—¿Armas? ¿Por qué? ¿Das por sentado que fue ella la que se ofreció a él?

—Yo no he dicho eso, pero tengo entendido que todo empezó cuando ella se echó a llorar, y él trató de consolarla.

La propia Caris le había contado aquello.

Alice esbozó una mueca de disgusto.

—Siempre has sentido debilidad por ese aprendiz insolente.

Caris comió algo de pan con mantequilla, pero no tenía hambre.

—Supongo que tendrán media docena de hijos gordos, Merthin heredará el negocio de Elfric y se convertirá en un comerciante más de la ciudad, construirá casas para los mercaderes y regalará los oídos de los monjes para conseguir contratos, igual que su suegro.

—¡Y será muy afortunado por ello! —intervino Petranilla—. Será uno de los hombres más importantes de la ciudad.

—Pero se merece un destino mejor.

—¿Ah, sí? ¿De verdad? —exclamó Petranilla con asombro burlón—. ¡Él! ¡El hijo de un caballero caído en desgracia que no tiene un chelín para comprarle zapatos a su esposa! ¿Y para qué exactamente es para lo que crees que está destinado?

A Caris le dolían aquellas burlas. Era cierto que los padres de Merthin eran pobres pensionistas, y que dependían del priorato para poder comer y beber. Para él, heredar un próspero negocio de construcción sin duda significaría dar un gran salto en el escalafón social, y sin embargo, Caris pensaba que merecía algo mejor. No sabía decir exactamente qué futuro preveía para él, sólo sabía que era distinto del de cualquier otro habitante de la ciudad, y que no podía soportar la idea de ver a Merthin convertido en uno más.

El viernes, Caris llevó a Gwenda a ver a Mattie Wise.

Gwenda seguía en la ciudad porque Wulfric estaba allí, para asistir al funeral de su familia. Elaine, la sirvienta de Edmund, había secado el vestido de Gwenda frente a la lumbre, y Caris le había vendado los pies y le había dado un par de zapatos viejos.

Caris tenía la sensación de que Gwenda no le había contado toda la verdad respecto a su aventura en el bosque. Le explicó que Sim la había llevado con los proscritos y que ella se había escapado, que él la había perseguido y que había muerto al derrumbarse el puente. John Constable se había dado por satisfecho con esa versión: los proscritos vivían al margen de la ley, por lo que era imposible que Sim pudiese legar sus propiedades y, por tanto, Gwenda era libre. Sin embargo, Caris estaba segura de que en el bosque había pasado algo más, algo de lo que Gwenda no quería hablar. Caris decidió no presionar a su amiga para que se lo contase; había cosas que era mejor dejar enterradas para siempre.

Aquella semana los funerales absorbieron todo el tiempo y la actividad de los ciudadanos de Kingsbridge. Lo insólito de la forma en que se habían producido las muertes no alteraba en modo alguno los rituales propios de los entierros: había que asear los cuerpos, coser las mortajas para los pobres, fabricar los ataúdes para los ricos, cavar las tumbas y pagar a los sacerdotes. No todos los monjes habían sido nombrados sacerdotes, pero algunos de ellos lo eran, y trabajaban en turnos, durante todo el día y todos los días, dirigiendo las exequias en el camposanto de la parte norte de la catedral. Había media docena de parroquias en Kingsbridge, y sus párrocos también estaban muy ocupados.

Gwenda estaba ayudando a Wulfric con los preparativos, realizando las tareas tradicionales de la mujer, lavando los cuerpos y confeccionando las mortajas, haciendo todo cuanto podía para consolarlo. El joven se hallaba completamente aturdido: se encargaba de los detalles del funeral con admirable eficiencia, pero se pasaba horas con la mirada perdida, frunciendo ligeramente el ceño con expresión de perplejidad, como si tratara de encontrarle el sentido a un misterio insondable.

El viernes los funerales ya habían terminado, pero el prior en funciones, Carlus, había anunciado una misa especial el domingo por las almas de todos los fallecidos, por lo que Wulfric iba a quedarse hasta el lunes. Gwenda le contó a Caris que parecía agradecido por contar con la compañía de alguien de su misma aldea, pero que sólo se mostraba un poco más animado cuando hablaba de Annet. Caris se ofreció a comprarle otro filtro amoroso.

Encontraron a Mattie Wise en su cocina, preparando pócimas y medicinas. La casita donde vivía olía a hierbas, aceite y vino.

—Utilicé casi todo lo que tenía el sábado y el domingo —les explicó. Tengo que reponer provisiones.

—Pero debes de haber ganado mucho dinero —apuntó Gwenda.

—Sí... si es que me lo pagan algún día.

Caris se quedó perpleja.

—¿Es que acaso hay gente que no te paga?

—Algunos no. Siempre intento cobrar mis servicios por adelantado, mientras todavía sufren dolores, pero si no disponen del dinero en ese momento, se me hace difícil denegarles el tratamiento. La mayoría paga después, pero no todos.

Caris sintió una gran indignación por las palabras de su amiga.

—¿Y qué te dicen?

—Me dan toda clase de excusas: que no se lo pueden permitir, que la poción no surtió efecto, que se la tomaron contra su voluntad... cualquier cosa. Pero no te preocupes, todavía queda gente suficientemente honrada para poder seguir con mi labor. ¿Qué se os ofrece?

—Gwenda perdió su elixir de amor en el accidente.

—Eso tiene fácil remedio. ¿Por qué no se lo preparas tú?

Mientras Caris mezclaba los ingredientes, le preguntó a Mattie:

—¿Cuántos embarazos terminan en aborto?

Gwenda sabía por qué le hacía esa pregunta. Caris le había contado el dilema de Merthin; las dos jóvenes habían pasado la mayor parte del tiempo juntas hablando o bien de la indiferencia de Wulfric o de los férreos principios de Merthin. Caris había tenido la tentación incluso de comprarse un filtro amoroso para ella y utilizarlo con Merthin, pero algo la había disuadido.

Mattie le lanzó una mirada perspicaz, pero respondió de manera ambigua.

—Nadie lo sabe con certeza. Muchas veces, una mujer se salta un mes pero vuelve a menstruar al siguiente. ¿Es porque se había quedado embarazada y lo ha perdido o se trata de alguna otra razón? Es imposible saberlo.

—Ya.

—Pero ninguna de las dos está embarazada, si es eso lo que os preocupa.

—¿Cómo lo sabes? —repuso Gwenda al instante.

—Sólo hace falta miraros. Una mujer cambia casi inmediatamente, no sólo su tripa y sus pechos, sino también su cutis, su forma de moverse, su estado de ánimo... Sé detectar estas cosas mucho mejor que la mayoría, por eso me llaman sabia. Y entonces, ¿quién está preñada?

—Griselda, la hija de Elfric.

—Ah, sí, ya la he visto. Está de tres meses.

Caris se quedó estupefacta.

—¿De cuánto?

—De tres meses, o poco le falta. Sólo tenéis que mirarla, nunca ha sido flaca, pero ahora está más voluptuosa incluso. Pero ¿por qué estás tan sorprendida? Supongo que es hijo de Merthin, ¿verdad?

Mattie siempre adivinaba esas cosas.

—Creí que me habías dicho que había pasado hace poco —le dijo Gwenda a Caris.

—Merthin no me dijo exactamente cuándo, pero me dio a entender que fue recientemente y que sólo ocurrió una vez. Y ahora, por lo visto... ¡lleva meses haciéndolo con ella!

Mattie frunció el ceño.

—¿Y por qué iba a mentirte?

—¿Para no parecer tan canalla, por ejemplo? —repuso Gwenda.

—¿Cómo iba a ser peor?

—Los hombres son muy especiales, piensan de forma distinta.

—Voy a preguntárselo —dijo Caris—. Ahora mismo. —Dejó el frasco y la cuchara medidora.

—¿Y qué pasa con mi filtro amoroso? —preguntó Gwenda.

—Yo acabaré de prepararlo —se ofreció Mattie—. Caris tiene mucha prisa.

—Gracias —dijo Caris, y se marchó.

Bajó andando hasta la ribera del río, pero por una vez, Merthin no estaba allí. Tampoco lo encontró en casa de Elfric, así que decidió que debía de estar en el taller del albañil.

En la fachada oeste de la catedral, alojada en una de las torres, había una sala de trabajo para el maestro albañil. Caris accedió a la sala trepando por una estrecha escalera de caracol en un contrafuerte de la torre. Se trataba de una estancia amplia, iluminada por unos altos ventanales ojivales. A lo largo de una pared se apilaban las bellísimas plantillas de madera utilizadas por los canteros de la catedral original, cuidadosamente conservadas y que sólo se empleaban en las reparaciones.

Bajo los pies estaba el suelo para hacer las trazas: los tablones de madera estaban cubiertos por una capa de yeso y el maestro albañil de la catedral original, Jack Builder, había garabateado sus planos en la argamasa con útiles de hierro para dibujar. Al principio, las marcas trazadas de este modo eran blancas, pero se habían ido difuminando con el tiempo y se podían dibujar nuevos garabatos encima de los antiguos. Cuando ya había tantos dibujos distintos que resultaba difícil distinguir los nuevos de los antiguos, volvía a extenderse otra capa de yeso y el proceso se repetía de nuevo.

El pergamino, la piel lisa y delgada sobre la que los monjes copiaban los libros de la Biblia, era demasiado caro para utilizarlo para dibujar planos. Ya en tiempos de Caris había aparecido un nuevo material, el llamado papel, pero procedía de los árabes, y los monjes lo rechazaban por considerarlo un invento musulmán de los infieles. De todos modos, había que importarlo de Italia y no era más barato que el pergamino. Además, el suelo para trazar contaba con una ventaja adicional: un carpintero podía extender un trozo de madera en el suelo, encima del dibujo, y tallar su plantilla siguiendo exactamente las líneas trazadas por el maestro albañil.

Merthin estaba arrodillado en el suelo, tallando un trozo de roble siguiendo un dibujo determinado, aunque no estaba fabricando una plantilla, sino que estaba tallando una rueda dentada con dieciséis dientes. En el suelo, junto a él, había otra rueda más pequeña, y Merthin dejó de tallar un momento para colocar las dos juntas y ver si encajaban. Caris había visto aquellas piezas, o engranajes, en los molinos de agua, conectando las paletas con la muela del molino.

Tenía que haber oído el ruido de sus pasos en la escalera de piedra, pero estaba demasiado absorto en su trabajo para levantar la vista. Se lo quedó mirando un instante, con un sentimiento de ira compitiendo con el amor en su corazón. Merthin exhibía la postura de concentración absoluta que Caris conocía tan bien: el cuerpo menudo inclinado hacia delante, encima de su trabajo, las manos fuertes y los dedos hábiles realizando pequeños ajustes, el rostro impertérrito, la mirada fija… Poseía la elegancia perfecta de un grácil cervatillo que agachase la cabeza para beber un poco de agua de un arroyo. Se hallaba en un estado similar a la felicidad, pero más profundo. Estaba cumpliendo su destino.

—¿Por qué me mentiste? —le soltó a bocajarro.

El escoplo se le resbaló de las manos. Lanzó un grito de dolor y se miró el dedo.

—¡Por Dios santo! —exclamó Merthin, llevándose el dedo a la boca.

—Lo siento —se disculpó Caris—. ¿Te has hecho daño?

—No es nada. ¿Cuándo te he mentido?

—Me diste a entender que Griselda te había seducido una sola vez, cuando la verdad es que lleváis haciéndolo meses.

—No, eso no es verdad. —Se chupó el dedo ensangrentado.

—Está embarazada de tres meses.

—No puede ser, sucedió hace sólo dos semanas.

—Pues sí lo está, se sabe por su figura.

—¿De veras?

—Mattie Wise me lo ha dicho. ¿Por qué me mentiste?

La miró a los ojos.

—Pero yo no te mentí —contestó—. Ocurrió el domingo de la semana de la feria del vellón. Ésa fue la primera y la única vez.

—Entonces, ¿cómo podía estar segura de que estaba embarazada, si sólo lo estaba de dos semanas?

—No lo sé. ¿Cuándo se enteran las mujeres, normalmente?

—¿Es que no lo sabes?

—Nunca lo he preguntado. Bueno, pero hace tres meses Griselda todavía estaba con...

—¡Dios mío! —exclamó Caris. Un rayo de esperanza se abrió paso en su pecho—. Todavía estaba con su antiguo novio, Thurstan. —La chispa se convirtió en una auténtica llama—. El hijo debe de ser suyo, de Thurstan, y no tuyo. ¡Tú no eres el padre!

—¿Es eso posible? —Merthin no se atrevía a hacerse ilusiones.

—Por supuesto, eso lo explica todo. Si se hubiese enamorado de ti de repente, iría detrás de ti a la menor ocasión, pero tú dijiste que apenas te dirige la palabra.

—Creía que eso era porque era reacio a casarme con ella.

—Tú nunca le has gustado, sólo necesitaba un padre para su hijo. Thurstan se marchó, seguramente cuando ella le dijo que esperaba un hijo suyo, y tú estabas ahí mismo, en la casa, y fuiste lo suficientemente estúpido para caer en su trampa. ¡Oh, gracias a Dios!

—Gracias a Mattie Wise —dijo Merthin.

Se fijó en la mano izquierda del joven; le manaba sangre de un dedo.

—Vaya, te has hecho daño por mi culpa —dijo. Tomó su mano y le examinó la herida, que era pequeña pero profunda—. Lo siento mucho.

—No tiene importancia.

—Sí, sí que la tiene —replicó ella, sin saber si estaba hablando de la herida o de otra cosa. Le besó la mano, sintiendo la sangre cálida en sus labios. Se llevó el dedo de él a la boca y le chupó la herida para limpiársela. Fue un gesto tan íntimo que parecía un auténtico acto sexual, y Caris cerró los ojos embargada por una sensación de éxtasis. Tragó el líquido, saboreando la sangre, y se estremeció de placer.

Una semana después del derrumbamiento del puente, Merthin ya había construido una balsa para el transporte de una orilla a otra.

Estuvo lista al amanecer del sábado, a tiempo para el mercado semanal de Kingsbridge. Había estado trabajando en ella bajo la luz de la lámpara todo el viernes por la noche, y Caris supuso que no habría tenido tiempo de hablar con Griselda y decirle que sabía que el niño era de Thurstan. Caris y su padre bajaron a la orilla del río para ver el nuevo invento mientras iban llegando los primeros comerciantes: mujeres de las aldeas vecinas con cestos llenos de huevos, campesinos con carros cargados de mantequilla y quesos, y pastores con rebaños de borregos.

La obra de Merthin despertó la admiración inmediata de Caris: la balsa era lo bastante grande para transportar un caballo y un carro sin sacar al animal de la vara y contaba con una robusta barandilla de madera para impedir que las ovejas cayeran por la borda. Nuevas plataformas de madera al nivel del agua en una y otra orilla facilitaban a los carros la tarea del embarque y el desembarque. Los pasajeros pagaban un penique, que un monje se encargaba de recaudar, pues la balsa, como el puente, pertenecía al priorato.

Lo más ingenioso era el sistema que Merthin había ideado para trasladar la balsa de una orilla a la otra: una larga cuerda se extendía desde el extremo sur de la balsa, atravesaba el río, rodeaba un poste, volvía a atravesar el río, rodeaba un cilindro y regresaba a la balsa, donde se sujetaba de nuevo al extremo norte. El cilindro estaba conectado por un engranaje de madera a una rueda que accionaba el movimiento de un buey; Caris había visto a Merthin tallar el engranaje el día anterior. Una palanca alteraba el engranaje de forma que el cilindro girase en una u otra dirección, dependiendo de si la balsa iba hacia una orilla o regresaba, y no había necesidad de apartar al animal de su camino y hacerlo dar media vuelta.

—Es un mecanismo muy sencillo —le explicó Merthin al ver el asombro de la joven, y lo era cuando Caris lo examinó con atención.

La palanca se limitaba a levantar una rueda dentada de gran tamaño para sacarla de la cadena y colocaba en su lugar dos ruedas más pequeñas, con el efecto de invertir la dirección en la que giraba el cilindro. Pese a ello, nadie en todo Kingsbridge había visto nunca nada igual.

Durante el transcurso de la mañana, media ciudad acudió a ver la asombrosa nueva máquina de Merthin. Caris se sentía muy orgullosa de él. Elfric estaba junto a ellos, explicando el funcionamiento del mecanismo a todo aquel que preguntaba y llevándose todo el mérito del trabajo de Merthin.

Caris se preguntó cómo podía ser Elfric tan caradura: había destruido la puerta de Merthin, un acto de violencia extrema que habría escandalizado a todos los habitantes de la ciudad si no se hubiesen visto abrumados por la tragedia aún mayor del hundimiento del puente. Había golpeado a Merthin con un palo, y éste todavía llevaba el cardenal en el rostro. Además, se había conchabado para urdir un engaño con la intención de hacer que Merthin se casara con Griselda y criase al hijo de otro hombre. Merthin había seguido trabajando para él, pues creía que la catástrofe justificaba que dejasen a un lado sus diferencias temporalmente. Sin embargo, Caris no comprendía cómo Elfric podía seguir andando con la cabeza alta.

La balsa resultó una idea brillante… pero insuficiente.

Fue Edmund quien lo señaló; al otro extremo del río, una hilera de carretas y comerciantes hacían una cola que se extendía por todo el camino hasta atravesar los alrededores de la ciudad y perderse en el horizonte, donde la vista no alcanzaba a ver más allá.

—Podría ir más rápido con dos bueyes —comentó Merthin.

—¿El doble de rápido?

—No, no tanto. También podría construir otra balsa.

—Ya hay otra balsa —dijo Edmund, señalando a un punto.

Tenía razón: Ian Boatman estaba remando en una barca con pasajeros que viajaban a pie. Ian no tenía espacio para carros, se negaba a transportar ganado y cobraba dos peniques. Normalmente tenía muchos problemas para ganarse la vida, porque el barquero sólo llevaba a un monje hasta la isla de los Leprosos dos veces al día y casi no tenía más trabajo. Sin embargo, ese día la gente también hacía cola para acudir a él.

—Bueno, pues tienes razón. En el fondo, una balsa no es un puente.

—Esto es un desastre —dijo Edmund—. Las noticias de Buonaventura ya eran bastante malas, pero esto… esto podría significar el fin de la ciudad.

—Entonces tienes que construir un puente nuevo.

—No se trata de mí, sino del priorato. El prior ha muerto y es imposible saber cuánto tardarán en elegir a uno nuevo. Supongo que sólo podemos presionar al prior en funciones para que tome una decisión. Iré a ver a Carlus ahora mismo. Acompáñame, Caris.

Enfilaron hacia la calle y entraron en el recinto del priorato. La mayoría de los visitantes tenían que ir al hospital y decir a uno de los sirvientes que querían hablar con un monje, pero Edmund era un personaje demasiado importante, y demasiado orgulloso, para suplicar el favor de ser recibido en audiencia de ese modo. El prior era el señor de Kingsbridge, pero Edmund era el mayordomo de la cofradía gremial, el cabecilla de los mercaderes y el que hacía que la ciudad fuese lo que era, y trataba al prior de igual a igual con respecto al gobierno de la ciudad. Además, durante los trece años anteriores, el prior había sido su hermano menor, de modo que, por todas esas razones, se dirigió directamente a la casa del prior en la parte norte de la catedral.

Era una casa de madera como la de Edmund, con una cámara principal y una sala pequeña en la planta baja y dos alcobas en el piso superior. No había cocina, pues las comidas del prior se elaboraban en la cocina del priorato. Muchos obispos y priores vivían en palacios, y el obispo de Kingsbridge poseía un bonito edificio en Shiring, pero el prior de Kingsbridge vivía modestamente. Pese a todo, las sillas eran cómodas, la pared estaba repleta de tapices con escenas de la Biblia y había una chimenea enorme para mantener una temperatura agradable en invierno.

Caris y Edmund llegaron a media mañana, en el momento en que los monjes más jóvenes se suponía que debían trabajar y los mayores, leer. Edmund y Caris hallaron a Carlus el Ciego en la cámara principal de la casa del prior, conversando con Simeon, el tesorero.

—Tenemos que hablar sobre el puente nuevo —expuso Edmund de inmediato.

—Muy bien, Edmund —respondió Carlus, reconociéndolo por la voz.

Caris advirtió que la bienvenida no había sido demasiado calurosa, y se preguntó si no habrían llegado en mal momento.

Edmund también percibió el clima de leve hostilidad, pero esa clase de cosas nunca hacían mella en él. Cogió una silla y tomó asiento.

—¿Para cuándo tenéis prevista la elección del nuevo prior?

—Tú también puedes sentarte, Caris —le ofreció Carlus. La joven no concebía cómo había podido adivinar su presencia allí—. Todavía no hemos fijado una fecha —prosiguió—. El conde Roland tiene derecho a proponer un candidato, pero todavía no ha recobrado el conocimiento.

—Es muy urgente, no podemos esperar —le aseguró Edmund. A Caris le pareció que su padre estaba siendo demasiado brusco, pero era su forma de ser, de modo que no dijo nada—. Tenemos que empezar a trabajar en el puente nuevo enseguida —continuó—. La madera no nos sirve, tendrá que ser de piedra. Vamos a tardar tres años, cuatro si nos retrasamos.

—¿Un puente de piedra?

—Es imprescindible. He estado hablando con Elfric y Merthin; otro puente de madera se derrumbaría igual que el viejo.

—Pero ¿y el coste?

—Alrededor de unas doscientas cincuenta libras, depende del diseño. Ésos son los cálculos de Elfric.

—Un nuevo puente de madera sólo costaría cincuenta libras —terció el hermano Simeon—, y el prior Anthony rechazó esa posibilidad la semana pasada a causa del precio.

—¡Y mirad el resultado! Un centenar de muertos, muchos más heridos, ganado y carros perdidos, el prior muerto y el conde a las puertas de la muerte.

Carlus respondió con aire glacial:

—Espero que no estés haciendo responsable de todo eso al fallecido prior Anthony…

—No podemos fingir que su decisión fuese la más acertada.

—Dios nos ha castigado por nuestros pecados.

Edmund lanzó un suspiro. Caris experimentó una gran frustración; cada vez que los monjes se equivocaban, siempre sacaban la figura de Dios a relucir.

—Para nosotros, simples mortales, es difícil conocer las intenciones de Dios —señaló Edmund—, pero lo que sí sabemos es que, sin un puente, esta ciudad morirá. Ya estamos perdiendo terreno frente a Shiring, y a menos que construyamos un nuevo puente de piedra lo más rápidamente posible, Kingsbridge no tardará en convertirse en una pequeña aldea.

—Puede que ése sea el plan que Dios nos tiene reservado.

Edmund empezó a dar muestras de exasperación.

—¿Es posible que Dios esté tan descontento con tus monjes? Porque, créeme, sin la feria del vellón y sin el mercado de Kingsbridge, aquí no habrá ningún priorato con veinticinco monjes, cuarenta monjas y cincuenta subalternos, ni tampoco con un hospital, un coro y una escuela. Es posible que tampoco haya catedral. El obispo de Kingsbridge siempre ha vivido en Shiring; ¿qué pasará si los prósperos comerciantes de allí le ofrecen construir una nueva y espléndida catedral en su propia ciudad, con los beneficios de su mercado tan boyante? Ni mercado de Kingsbridge, ni ciudad, ni catedral; ni priorato… ¿es eso lo que quieres?

Carlus parecía consternado. Saltaba a la vista que no se le había ocurrido que las consecuencias a largo plazo del derrumbamiento del puente pudiesen afectar de forma tan directa a la situación del priorato.

Sin embargo, en ese momento Simeon decidió intervenir.

—Si el priorato no se puede permitir la construcción de un puente de madera, desde luego es imposible que pueda construir uno de piedra.

—¡Pero tiene que hacerlo!

—¿Y los albañiles trabajarán de balde?

—Por supuesto que no, tienen bocas que alimentar. Pero ya hemos explicado cómo los habitantes de la ciudad podrían recaudar el dinero y prestárselo al priorato con la garantía de los derechos de pontazgo.

—Y quedarnos sin los ingresos procedentes del puente, ¿no? —exclamó Simeon, indignado—. Ya estás a vueltas con esa estafa, ¿verdad?

—Ahora mismo no contáis con ingresos de ningún tipo sobre el derecho de tránsito sobre el puente —apuntó Caris.

—Por el contrario, estamos cobrando los pasajes de la balsa.

—Y encontrasteis el dinero para pagar a Elfric por eso.

—Mucho menos que lo que cuesta un puente, y aun así vació nuestras arcas.

—Los pasajes nunca ascenderán a cantidades importantes de dinero, la balsa es demasiado lenta.

—Llegará un día, en el futuro próximo, en que el priorato podrá construir un puente nuevo. Dios proveerá los medios, si así lo desea. Y luego todavía conservaremos los derechos de tránsito.

—Dios ya ha provisto los medios —replicó Edmund—. Ha inspirado a mi hija para idear una manera de recaudar dinero que a nadie se le ha ocurrido nunca.

—Por favor, dejadnos a nosotros decidir lo que Dios ha hecho o no —contestó Carlus melindrosamente.

—Muy bien. —Edmund se levantó de la silla y Caris lo imitó—. Siento mucho que adoptes esa actitud. Es una catástrofe para Kingsbridge y para todos los que vivimos aquí, incluidos los monjes.

—Debo dejarme guiar por Dios, no por ti.

Edmund y Caris le dieron la espalda para marcharse.

—Una cosa más, si me lo permites —dijo Carlus.

Edmund se volvió ya en el umbral de la puerta.

—Por supuesto.

—Es inaceptable que los legos entren en las dependencias del priorato a su antojo. La próxima vez que desees verme, por favor, ven al hospital y envía a un novicio o a un sirviente del priorato para que venga a buscarme, como suele ser lo habitual.

—¡Soy el mayordomo de la cofradía! —protestó Edmund—. Siempre he tenido acceso directo al prior.

—Sin duda el hecho de que el prior Anthony fuese tu hermano lo hacía reacio a imponerte las normas habituales, pero esos días han terminado.

Caris miró la cara de su padre, que estaba reprimiendo su furia.

—Muy bien —dijo, con suma tirantez.

—Que Dios os bendiga.

Edmund salió de la estancia y Caris lo siguió.

Atravesaron el césped cubierto de barro y pasaron junto a un pequeño grupo de puestos de mercado lastimosamente reducido. Caris sintió todo el peso de las obligaciones de su padre; a la mayor parte de la gente sólo le preocupaba poder alimentar a su familia, pero Edmund se preocupaba por la ciudad entera. Lo miró y vio que tenía el semblante crispado por la ansiedad. A diferencia de Carlus, Edmund nunca levantaría los brazos al cielo y diría que ya se obraría la voluntad de Dios. Estaba dándole vueltas y más vueltas para tratar de encontrar una solución al problema. La joven sintió una oleada de compasión por él, un hombre que se empeñaba por hacer lo correcto sin ayuda del poderoso priorato. Nunca se quejaba por tener que soportar el peso de aquella responsabilidad, sino que se limitaba a asumirla sin más. Ese pensamiento hizo que a Caris le entraran ganas de llorar.

Abandonaron el recinto y atravesaron la calle principal. Cuando estaban a punto de llegar a la puerta de su casa, Caris preguntó:

—¿Qué vamos a hacer?

—Es evidente, ¿no te parece? —repuso su padre—. Tenemos que asegurarnos de que Carlus no resulte elegido prior.

15

Godwyn quería ser prior de Kingsbridge, lo deseaba con todo su corazón. Ansiaba poder transformar de arriba abajo el sistema de financiación del priorato, controlando al máximo la gestión de las tierras y otros bienes para que los monjes ya no tuvieran que pedir prestado dinero a la madre Cecilia. Anhelaba poder instaurar la separación más estricta entre hermanos y hermanas, así como entre éstos y los habitantes de la ciudad, para que todos pudiesen respirar el aire puro de la santidad. Sin embargo, además de tan loables motivos, Godwyn también tenía otras razones: codiciaba la autoridad y el prestigio del título de prior. Por las noches, en su imaginación, ya lo habían nombrado en el cargo.

—¡Arregla ese desaguisado en el claustro! —le ordenaba a un monje, en sueños.

—Sí, padre prior, enseguida.

A Godwyn le encantaba el sonido de las palabras «padre prior».

—Buenos días, obispo Richard —decía también, no de manera servil, sino con una cortesía cordial.

Y el obispo Richard le contestaba, con el tono característico de un eclesiástico dirigiéndose a otro:

—Buenos días tengas tú también, prior Godwyn.

—Confío en que todo lo que veáis sea de vuestro agrado, arzobispo —podía decir también, con mayor deferencia esta vez, pero igualmente como colega más joven del venerable hombre, más que como su subordinado.

—Huy, sí, ya lo creo, Godwyn… Has hecho una labor magnífica.

—Su Eminencia es muy amable.

Y tal vez, algún día, paseando por el claustro junto a un potentado lujosamente vestido, diría:

—Su Majestad nos concede un gran honor al dignarse visitar nuestro humilde priorato.

—Gracias, padre Godwyn, pero he venido a solicitarle consejo.

Quería aquel cargo… pero no estaba seguro de cómo conseguirlo. Estuvo sopesando la cuestión durante toda la semana, mientras supervisaba la celebración de un centenar de entierros y preparaba la importantísima misa dominical que sería a la vez el funeral de Anthony y en recuerdo de las almas de todos los muertos de Kingsbridge.

Mientras, no compartió con nadie sus inquietudes. Sólo hacía diez días que había descubierto el precio que había que pagar por ser tan confiado. Había asistido al capítulo con el *Libro de Timothy* y un argumento muy convincente para realizar la reforma… y la vieja guardia se había vuelto contra él con una coordinación perfectamente orquestada, como si lo tuvieran todo ensayado, y lo habían aplastado como a un batracio bajo las ruedas de un carro.

No permitiría que aquello volviera a suceder.

El domingo por la mañana, mientras los monjes se dirigían al refectorio para desayunar, un novicio le susurró a Godwyn que su madre quería verlo en el pórtico norte de la catedral. Desapareció discretamente.

Sintió cierta aprensión mientras atravesaba con sigilo los claustros y el recinto de la iglesia. Ya adivinaba lo que había podido pasar: el día anterior había ocurrido algo que había inquietado a Petranilla y su madre se había pasado la noche en vela preocupada, pensando. Esa mañana se había despertado al amanecer con un plan de acción… y él formaba parte de ese plan. Se mostraría más impaciente y autoritaria que nunca, y su plan seguramente sería un buen plan, pero aunque no lo fuese, seguro que insistiría en que lo llevase a la práctica, costara lo que costase.

Petranilla aguardaba de pie en la penumbra del pórtico con una capa húmeda, porque estaba lloviendo de nuevo.

—Mi hermano Edmund fue a ver a Carlus el Ciego ayer —le explicó—. Me ha contado que Carlus está actuando como si ya fuese el prior y la elección fuera una mera formalidad.

Había un deje acusador en su voz, como si aquello fuese culpa de Godwyn, y el monje respondió a la defensiva.

—La vieja guardia ya estaba proclamando prior a Carlus antes de que se enfriase el cuerpo de Anthony. No querrán ni oír hablar de candidatos rivales.

—Mmm… ¿Y los jóvenes?

—Quieren que me presente yo, por supuesto. Les gustó la forma en que me enfrenté al prior Anthony por el *Libro de Timothy*, a pesar de que salí derrotado. Pero no he dicho nada a nadie.

—¿Algún otro candidato?

—Thomas de Langley, pero tiene pocas posibilidades. Algunos desaprueban su candidatura porque antes era caballero y tiene la manos manchadas de sangre, él mismo lo ha reconocido. Sin embargo, es un hombre muy capaz, hace su trabajo con silenciosa eficiencia, nunca incordia a los novicios…

Su madre se quedó pensativa.

—¿Cuál es su historia? ¿Por qué se metió a monje?

La aprensión de Godwyn empezó a aliviarse un poco. Por lo visto, su madre no iba a reprenderlo por su falta de iniciativa.

—Thomas sólo explica que siempre había anhelado llevar una vida contemplativa y que cuando llegó aquí para que le curaran una herida de espada, decidió que ya no se iría nunca.

—Lo recuerdo. Eso fue hace diez años, pero nunca llegué a saber cómo se hizo esa herida.

—Yo tampoco, a él no le gusta hablar de su pasado violento.

—¿Quién pagó por su admisión en el priorato?

—Pues, por extraño que parezca, no lo sé. —Godwyn casi siempre se maravillaba de la capacidad de su madre para formular la pregunta más reveladora. Puede que fuese un poco déspota, pero no podía por menos de admirarla—. Pudo ser el obispo Richard, lo recuerdo prometiendo la dote, pero no podía contar con los recursos necesarios en aquel entonces porque todavía no era obispo sino un simple sacerdote. Tal vez hablaba en nombre del conde Roland.

—Averígualo.

Godwyn vaciló unos instantes. Tendría que examinar todos los cartularios de la biblioteca del priorato. El bibliotecario, el hermano Augustine, no se atrevería a hacerle preguntas al sacristán, pero puede que alguien más se las hiciese. Entonces Godwyn tendría que pasar por la embarazosa situación de tener que inventar una historia plausible para explicar lo que estaba haciendo. Si la dote había sido en dinero en lugar de tierras u otras propiedades, lo cual no era demasiado habitual pero era posible, tendría que examinar todos los pergaminos de la contabilidad...

—¿Qué pasa? —preguntó su madre bruscamente.

—Nada, que tienes razón. —Tuvo que recordarse a sí mismo que la actitud dominante de ella no era sino una señal de su amor por él, acaso la única forma que conocía de expresarlo—. Tiene que haber quedado registrado en alguna parte. De hecho, ahora que lo pienso...

—¿Qué?

—Una dote así suele pregonarse en público. El prior lo anuncia en la iglesia e impone bendiciones sobre la cabeza del donante y luego da un sermón sobre cómo la gente que entrega sus tierras al priorato obtiene una recompensa en el cielo. Pero no recuerdo nada parecido en la época en que Thomas se incorporó a nuestra orden.

—Pues mayor razón aún para buscar ese documento. Creo que Thomas guarda un secreto, y un secreto siempre es una debilidad.

—Lo buscaré. ¿Qué crees que debería decirle a la gente que quiere que me presente a la elección?

Petranilla esbozó una sonrisa maliciosa y astuta.

—Creo que deberías decirles que no vas a ser candidato.

El desayuno ya había finalizado para cuando Godwyn se despidió de su madre. Según una norma muy antigua, no se permitía comer a quienes llegaban tarde, pero el encargado de la cocina, el hermano Reynard, siempre encontraba algún bocado para quienes le caían bien. Godwyn fue a la cocina y cogió una loncha de queso y un mendrugo de pan. Comió de pie mientras, a su alrededor, los subalternos del priorato traían las escudillas del desayuno del refectorio y fregaban la olla de hierro en la que habían hervido las gachas.

Mientras comía, reflexionó sobre los consejos de su madre. Cuanto más lo pensaba, más claro lo veía. Una vez que anunciase que no se presentaría a la elección de prior, todo cuanto dijese estaría impregnado de la autoridad de quien no es parte interesada en el asunto: podría manipular la elección sin despertar la suspicacia de que actuaba movido por su propio interés para, luego, poder realizar su maniobra en el último momento. Sintió una súbita y cálida oleada de afectuosa gratitud por la astucia de su madre y la lealtad de su corazón indómito.

El hermano Theodoric lo encontró allí, en la cocina, y Godwyn vio la expresión de indignación que le ofuscaba el semblante.

—El hermano Simeon nos ha hablado durante el desayuno de la perspectiva de que Carlus sea el nuevo prior —protestó—. No ha hecho más que recalcar la línea de continuidad con las sabias tradiciones de Anthony. ¡No piensa cambiar nada de nada!

«Eso ha sido muy astuto por su parte», pensó Godwyn. Simeon había aprovechado la ausencia de Godwyn para afirmar, con autoridad, cosas a las que Godwyn se habría opuesto de haber estado presente.

—Eso es una vergüenza —exclamó, solidarizándose con Theodoric.

—Le he preguntado si los otros candidatos también podrán dirigirse a los monjes durante el desayuno, igual que él.

Godwyn sonrió.

—¡Muy bien hecho!

—Y Simeon ha contestado que no había ninguna necesidad de que hubiese otros candidatos. «Esto no es una justa de tiro con arco», ha dicho. En su opinión, la decisión ya estaba tomada: el prior Anthony había escogido a Carlus como sucesor desde el preciso instante en que lo nombró suprior.

—Eso es una tontería.

—Exacto. Los monjes están furiosos.

Aquello era estupendo, pensó Godwyn. Carlus había ofendido incluso a sus seguidores tratando de quitarles su derecho a votar. Estaba minando su propia candidatura.

—Creo que deberíamos presionar a Carlus para que se retire de la contienda —siguió diciendo Theodoric.

Godwyn sintió deseos de decirle que si se había vuelto loco, pero optó por morderse la lengua y aparentar que meditaba sobre lo que Theodoric acababa de decir.

—¿Es ése el mejor modo de solucionar el asunto? —preguntó, como si de veras no estuviera seguro.

La pregunta sorprendió a Theodoric.

—¿Qué quieres decir?

—Dices que los hermanos están todos furiosos con Carlus y Simeon. Si las cosas siguen así, no votarán por Carlus, pero si éste se retira, la vieja guardia propondrá un nuevo candidato. Podrían elegir a alguien mejor para el puesto la segunda vez, a alguien popular tal vez… como el hermano Joseph, por ejemplo.

Theodoric estaba atónito.

—No se me había ocurrido planteármelo de ese modo…

—Tal vez deberíamos esperar que Carlus siga siendo el candidato de la vieja guardia. Todos saben que está en contra de cualquier cambio, por pequeño que sea. La razón por la cual es monje es porque le gusta saber que cada día será igual que el día anterior, que recorrerá el mismo camino, se sentará en el mismo banco, comerá, rezará y dormirá en el mismo sitio. Tal vez sea a causa de su ceguera, aunque sospecho que habría sido así de todos modos, aunque no hubiese sido ciego. La causa no importa, él cree que no es necesario cambiar nada en este monasterio. Bueno, pues no hay tantos monjes que opinen lo mismo, lo cual convierte a Carlus en un rival relativamente fácil de derrotar. Una candidato que representase a la vieja guardia pero que defendiese unos pocos cambios menores tendría muchas más probabilidades de ganar. —Godwyn se percató de que, sin querer, se había desprendido de su capa de tímida vacilación y que en lugar de presentar una sugerencia, estaba hablando en tono dogmático y sentencioso. Enmendando inmediatamente su error, añadió—: No sé... ¿A ti qué te parece?

—Me parece que eres un genio —respondió Theodoric.

«No soy un genio —pensó Godwyn—, pero aprendo rápido.»

Se dirigió al hospital, donde encontró a Philemon barriendo el suelo de la alcoba de invitados, en el piso de arriba. Lord William seguía allí, velando por la salud de su padre, aguardando a que despertase o a que tuviese lugar el terrible desenlace. Lo acompañaba lady Philippa. El obispo Richard había regresado a su palacio en Shiring, pero se esperaba su regreso ese mismo día para presidir las exequias del multitudinario funeral.

Godwyn llevó a Philemon a la biblioteca; éste apenas sabía leer, pero le resultaría de gran ayuda para extraer los cartularios.

El priorato contaba con más de cien cartularios. La mayoría correspondía a conjuntos de pergaminos donde se anotaban las escrituras de propiedad sobre determinadas tierras, buena parte en las inmediaciones de Kingsbridge y otras esparcidas en territorios más distantes de Inglaterra y Gales. Otros privilegios otorgaban a los monjes el derecho a establecer su priorato, a construir una iglesia, a extraer piedra de una cantera sita en terreno propiedad del conde de Shiring con la exención de tener que pagar por ello, a dividir el terreno que rodeaba el priorato en parcelas de casas y arrendarlas, a celebrar juicios, a organizar un mercado semanal, a cobrar derecho de tránsito por atravesar el río, a celebrar una feria anual del vellón y a embarcar mercancías rumbo a Melcombe sin pagar tributos a los señores de ninguna de las tierras por las que pasaba el río.

Los documentos estaban escritos con pluma y tinta sobre pergamino, piel de res lisa y delgada y escrupulosamente limpia, estirada y preparada para formar una superficie de escritura. Los más largos estaban enrollados y atados con una fina correa de cuero, y se guardaban en un arcón de hierro. El arcón estaba cerrado con llave, pero ésta se hallaba en la biblioteca, en una cajita de madera tallada.

Godwyn frunció el ceño, contrariado, cuando abrió el arcón. Las cédulas no estaban guardadas en filas ordenadas sino que estaban desperdigadas por el arcón sin seguir ningún orden evidente. Algunas exhibían desgarrones y tenían los bordes deshilachados, y todas estaban cubiertas por una gruesa capa de polvo. «Habría que guardar los documentos en cartularios por orden cronológico —pensó—, cada uno de ellos numerado, y la lista numerada sujeta a la parte interior de la tapa, para poder localizar rápidamente un cartulario en concreto. Si me nombran prior…»

Philemon extrajo los documentos uno por uno, sopló para quitarles el polvo y los dispuso sobre la mesa para que Godwyn pudiese examinarlos. Philemon no solía caer bien a la mayoría de la gente; algunos de los monjes más mayores desconfiaban de él, pero Godwyn no, y es que era difícil desconfiar de alguien que lo trataba como a un dios. La mayor parte de los monjes estaban acostumbrados a él, sencillamente, porque llevaba muchísimo tiempo en el priorato. Godwyn lo recordaba de chico, alto y desgarbado, siempre merodeando por las inmediaciones, preguntando a los monjes a qué santo era mejor rezarle, y si habían presenciado un milagro alguna vez.

Originariamente, la mayor parte de los documentos habían sido escritos dos veces sobre una sola cara; la palabra «quirógrafo» aparecía en letras grandes entre las dos copias, y luego la página estaba cortada por la mitad con una línea en zigzag que atravesaba la palabra. Cada una de las partes interesadas conservaba una mitad del documento, y cuando encajaban ambas, se consideraba como prueba de que las dos cédulas eran auténticas.

Algunas de las páginas tenían agujeros, seguramente allí donde la oveja había recibido la picadura de un insecto, mientras que otras parecían mordisqueadas en algún momento, con toda probabilidad roídas por los ratones.

Estaban en latín, por supuesto. Los documentos más recientes eran los más fáciles de leer, pero el estilo antiguo de escritura a veces resultaba difícil de descifrar para Godwyn. Examinó todos y cada uno de los documentos para tratar de localizar una fecha en particular. Estaba buscando algo escrito poco después del día de Todos los Santos de hacía diez años.

Examinó todas las cédulas, pero no encontró nada. Lo más próximo en el tiempo era una escritura datada unas semanas después de esa fecha en la que el conde Roland daba permiso a sir Gerald para transferir sus tierras a la titularidad del priorato, a cambio de lo cual la institución religiosa eximiría a sir Gerald de todas sus deudas y lo mantendría a él y a su esposa durante el resto de su vida.

En el fondo, Godwyn no se sintió verdaderamente decepcionado, más bien al contrario: o bien habían admitido a Thomas sin exigir la dote habitual, lo cual resultaría en sí mismo muy curioso, o el cartulario que contenía el documento estaba celosamente guardado en otro sitio, lejos de posibles miradas indiscretas. Sea lo que fuere, parecía cada vez más probable que el instinto de Petranilla estuviese en lo cierto y que Thomas guardase un secreto.

No había demasiados rincones privados en el monasterio, pues se suponía que los monjes no tenían propiedades personales ni secretos. A pesar de que algunos de los monasterios más pudientes habían construido celdas privadas para los monjes de mayor jerarquía, en Kingsbridge dormían en una sola estancia, todos salvo el propio prior. Casi con toda seguridad, el cartulario que concedía la admisión de Thomas se hallaba en la casa del prior… edificio que en esos momentos ocupaba Carlus.

Eso dificultaba un poco las cosas. Carlus no permitiría a Godwyn registrar el lugar, aunque puede que un registro no fuese estrictamente necesario, ya que debía de haber una caja o una cartera en alguna parte, bien a la vista, que contuviese los documentos personales del prior Anthony, ya fuese un cuaderno de sus días como novicio, una amable carta del arzobispo o algunos sermones. Probablemente Carlus había examinado el contenido tras la muerte de Anthony, pero no había ninguna razón para permitirle a Godwyn hacer lo mismo.

El sacristán frunció el ceño, tratando de pensar en algo. ¿Podía buscar el documento otra persona? Cabía la posibilidad de que Edmund o Petranilla quisiesen examinar las pertenencias de su hermano muerto, y en ese caso a Carlus le resultaría difícil denegar una petición de esa índole. Sin embargo, podía apartar algunos documentos de antemano. No, la búsqueda debía ser clandestina.

La campana llamó a tercia, el oficio intermedio. Godwyn cayó en la cuenta de que el único momento en que podía estar seguro de que Carlus no estaría en la casa del prior era durante un oficio en la catedral.

Tendría que saltarse la oración; ya se le ocurriría alguna excusa creíble. No iba a ser tarea fácil, ya que, en calidad de sacristán de la orden, era la única persona que no podía bajo ningún concepto saltarse el oficio divino. Sin embargo, no le quedaba otra alternativa.

—Quiero que me acompañes a la iglesia —le dijo a Philemon.

—De acuerdo —contestó, aunque parecía preocupado: se suponía que los subalternos del priorato no podían entrar en el presbiterio mientras se celebraba el oficio.

—Entra justo después del versículo invitatorio y susúrrame algo al oído, lo que sea, no importa. No hagas caso de mi reacción, luego vete.

Philemon frunció el ceño con aprensión, pero asintió a pesar de todo. Haría cualquier cosa por Godwyn.

El sacristán abandonó la biblioteca y se incorporó a la procesión de monjes que se dirigía a la iglesia. Sólo había un puñado de gente en la nave, la mayor parte de los habitantes de la ciudad acudirían más tarde para asistir a la misa en memoria de las víctimas del hundimiento del puente. Los monjes ocuparon sus asientos en el presbiterio y comenzó el ritual.

—Oh, Dios, que atiendan tus oídos mis súplicas —recitó Godwyn junto a los demás.

Terminaron de recitar el versículo invitatorio y dieron comienzo al primer himno, y en ese momento apareció Philemon. Todos los monjes se lo quedaron mirando, igual que hacía todo el mundo cuando algo extraordinario ocurría en el transcurso de un rito familiar. El hermano Simeon frunció el ceño con gesto reprobador y Carlus, que dirigía los cánticos, percibió la interrupción y en su rostro se dibujó una expresión de confusión. Philemon se aproximó al escaño de Godwyn e inclinó el cuerpo hacia él.

—Bienaventurado el hombre que no sigue el consejo de los malvados —susurró.

Godwyn fingió sorpresa y siguió escuchando mientras Philemon recitaba la totalidad del salmo número uno. Al cabo de un momento, negó enérgicamente con la cabeza, como si estuviese rechazando una petición. A continuación siguió escuchando. Iba a tener que inventarse una historia muy elaborada para explicar toda aquella pantomima. Tal vez dijese que su madre había insistido en hablar con él inmediatamente acerca del funeral de su hermano, el prior Anthony, y que amenazaba con entrar en el presbiterio ella misma a menos que Philemon le transmitiese el mensaje a Godwyn. La personalidad arrolladora de Petranilla, combinada con el dolor por la pérdida, hacía la historia creíble. Cuando Philemon terminó el salmo, Godwyn puso cara de resignación, se levantó y le siguió fuera del presbiterio.

Se apresuraron a rodear la catedral en dirección a la casa del prior. Un joven empleado estaba barriendo el suelo; no se atrevería a hacerle preguntas a un monje. Tal vez luego le diría a Carlus que él y Philemon habían estado allí, pero para entonces ya sería demasiado tarde.

A Godwyn la casa del prior se le antojó una auténtica vergüenza; era más pequeña incluso que la casa de tío Edmund, en la calle principal. Un prior debía tener un palacio, acorde con su distinguido estatus, tal como ocurría en el caso del obispo. Aquel edificio no tenía nada de distinguido, unos cuantos tapices con escenas bíblicas cubrían las paredes y tapaban las corrientes de aire, pero en general, la decoración era anodina y poco imaginativa... como la personalidad del fallecido Anthony.

Registraron rápidamente el lugar y no tardaron en encontrar lo que buscaban: arriba, en la alcoba, en un arcón junto al reclinatorio, había una cartera. Estaba hecha de piel de cabritillo rojo anaranjado muy suave con hermosas puntadas de hilo escarlata; Godwyn estaba seguro de que se trataba del obsequio piadoso de algún curtidor local.

Bajo la mirada expectante de Philemon, la abrió.

En su interior había unas treinta láminas de pergamino, sin enrollar y con paños de hilo intercalados para protegerlas de la humedad y el calor. Godwyn las examinó rápidamente.

Varios de los documentos contenían notas sobre el Libro de los Salmos. En algún momento, Anthony debía de haber considerado la posibilidad de escribir un libro de comentarios, pero por lo visto había abandonado el proyecto a la mitad. Lo más curioso era un poema de amor, en latín. Llevaba por título *Virent oculi* e iba dirigido a un hombre de ojos verdes. Los ojos de tío Anthony habían sido de color verde, jaspeados de dorado, como los del resto de la familia.

Godwyn se preguntó quién lo habría escrito. No había demasiadas mujeres con conocimientos suficientes de latín para poder componer un poema. ¿Se habría enamorado una monja de Anthony? ¿O acaso el autor del poema era un hombre? El pergamino estaba viejo y amarillento, por lo que la aventura amorosa, si es que había ocurrido en realidad, había tenido lugar en la juventud de Anthony. Sin embargo, había conservado el poema. Puede que, después de todo, no hubiese sido un hombre tan aburrido como creía Godwyn.

—¿Qué es? —quiso saber Philemon.

Godwyn se sintió culpable. Había husmeado en una parte muy íntima de la vida privada de su tío, y deseaba no haberlo hecho.

—Nada —contestó—, es sólo un poema.

Pasó al siguiente manuscrito... y esta vez la suerte le sonrió.

Se trataba de un documento fechado en las Navidades de hacía diez años, y estaba relacionado con una parcela de doscientas hectáreas en las proximidades de Lynn, en Norfolk. El señor de las tierras había muerto poco antes, y el documento asignaba el señorío vacante al priorato de Kingsbridge y especificaba los censos anuales como grano, lana, becerros o gallinas que tenían que pagar al priorato los siervos y los arrendatarios que trabajasen la tierra. Nombraba a uno de los campesinos administrador con la responsabilidad de hacer entrega de los productos al priorato con periodicidad anual. También asignaba pagos de dinero que podían realizarse en lugar de los productos propiamente dichos, práctica que había pasado a ser predominante, sobre todo cuando las tierras se hallaban a muchos kilómetros de distancia de la residencia del señor.

Era un documento corriente. Cada año, tras la cosecha, los representantes de docenas de comunidades similares realizaban la peregrinación hasta el priorato para hacer entrega de lo que debían. Quienes vivían más cerca, se presentaban a principios del otoño, mientras que otros llegaban a intervalos a lo largo de todo el invierno, y unos cuantos, procedentes de lugares muy remotos, no llegaban hasta después de la Navidad.

El documento también especificaba que la dote se concedía en consideración a la aceptación por parte del priorato del ingreso de sir Thomas de Langley en la orden. Eso también era un dato habitual.

Sin embargo, había un detalle en aquel documento que no era ni mucho menos usual: estaba firmado por la mismísima reina Isabel.

Aquello sí era interesante, pues Isabel era la esposa infiel del rey Eduardo II. Se había rebelado contra su marido y soberano y había instaurado en su lugar al hijo de ambos, de catorce años. Poco después, el rey depuesto había muerto y el prior Anthony había asistido a sus exequias, en Gloucester. Thomas había llegado a Kingsbridge por las mismas fechas.

Durante varios años, la reina y su amante, Roger Mortimer, habían gobernado Inglaterra, pero el joven Eduardo III no había tardado en imponer su autoridad, pese a su corta edad. El nuevo rey había alcanzado ya los veinticuatro años y mostraba un firme control sobre sus súbditos. Mortimer había muerto e Isabel, que tenía cuarenta y dos años, vivía en opulento retiro en Castle Rising, en Norfolk, no lejos de Lynn.

—¡Ya lo tengo! —exclamó Godwyn, dirigiéndose a Philemon—. Fue la reina Isabel quien lo dispuso todo para que Thomas ingresase en el monasterio.

Philemon frunció el ceño.

—Pero ¿por qué?

A pesar de no ser un hombre instruido, Philemon era bastante avispado.

—Exacto, ¿por qué? —repitió Godwyn—. Seguramente pretendía recompensarlo, o comprar su silencio… o puede que ambas cosas. Y esto sucedió el mismo año en que derrocó a su marido, el rey.

—Debió de prestarle algún servicio.

Godwyn asintió con la cabeza.

—Seguramente le hizo de mensajero, o abrió las puertas de un castillo, o le reveló los planes del rey o le garantizó el apoyo de algún barón importante. Pero ¿por qué es un secreto?

—No lo es —contestó Philemon—. El tesorero debe de estar al tanto, y todos los habitantes de Lynn. El alguacil debe de hablar con alguien cuando viene aquí.

—Pero nadie sabe que todo se dispuso en beneficio de Thomas… a menos que hayan visto este documento.

—Entonces, ése es el secreto, que la reina Isabel otorgó esa dote en beneficio de Thomas.

—Exacto. —Godwyn guardó los pergaminos, intercalando cuidadosamente entre ellos varios paños de hilo, y volvió a dejar la cartera en el arcón.

—Pero ¿por qué es un secreto? —siguió insistiendo Philemon—. No tiene nada de malo ni de vergonzoso, es algo que se hace constantemente.

—No sé por qué es un secreto y tal vez tampoco nos hace falta saberlo. El hecho de que haya quien prefiere mantenerlo oculto puede bastar para nuestros propósitos. Salgamos de aquí.

Godwyn se sentía satisfecho: Thomas guardaba un secreto y él lo sabía. Eso le otorgaba poder y hacía que sintiese la suficiente confianza en sí mismo para arriesgarse a proponer a Thomas como candidato para prior. Aunque también sentía cierta aprensión, pues Thomas no era ningún idiota.

Regresaron a la catedral. El oficio de tercia terminó al cabo de un momento y Godwyn empezó a realizar los preparativos para la misa solemne del funeral. Obedeciendo sus instrucciones, seis monjes levantaron el ataúd de Anthony, lo colocaron encima de una peana frente al altar y luego dispusieron una serie de velas a su alrededor. Los habitantes de Kingsbridge empezaron a congregarse en la nave. Godwyn saludó con la cabeza a su prima Caris, que se había cubierto el tocado de todos los días con seda negra. Luego vio a Thomas, quien, con la ayuda de un novicio, estaba metiendo dentro de la iglesia un sitial de gran tamaño y muy ornamentado. Se trataba del trono del obispo, o cátedra, que otorgaba a la iglesia su estatus especial de catedral.

Godwyn asió a Thomas del brazo.

—Deja que Philemon haga eso.

Thomas se enfureció, creyendo que Godwyn le ofrecía ayuda por su condición de manco.

—Puedo hacerlo.

—Ya sé que puedes hacerlo, sólo quiero hablar contigo.

Thomas era mayor, tenía treinta y cuatro años frente a los treinta y uno de Godwyn, pero el sacristán era su superior en la jerarquía eclesiástica.

Con todo, Godwyn siempre sentía cierto temor ante Thomas; el *matricularius* solía mostrar la deferencia pertinente hacia el sacristán, pero pese a todo, Godwyn sentía que sólo le dispensaba el respeto que Thomas creía que merecía, ni más ni menos. Aunque Thomas cumplía a rajatabla todos los preceptos de la Regla de San Benito, parecía haber traído consigo al priorato un aire de independencia y autosuficiencia que nunca había llegado a perder del todo.

No sería fácil engañar a Thomas, pero eso era exactamente lo que Godwyn planeaba hacer.

Thomas dejó que Philemon sujetase su lado del trono, y Godwyn lo condujo a la nave lateral.

—Los hermanos están hablando de la posibilidad de que seas tú el próximo prior —dijo Godwyn.

—También dicen lo mismo sobre ti —repuso Thomas.

—Yo me negaré a presentar mi candidatura.

Thomas arqueó las cejas.

—Me sorprendes, hermano.

—Tengo dos razones —adujo el sacristán—. La primera es que creo sinceramente que tú lo harías mejor.

Thomas parecía aún más sorprendido. Seguramente nunca había sospechado tanta modestia en Godwyn... y llevaba razón, porque estaba mintiendo.

—La segunda —prosiguió Godwyn— es que es más probable que ganes tú. —En ese momento sí decía la verdad—. Los jóvenes me prefieren a mí, pero tú eres más popular en todas las franjas de edad.

En el hermoso rostro de Thomas se dibujó una expresión recelosa; estaba esperando la trampa.

—Quiero ayudarte —le aseguró Godwyn—. Creo que lo único importante es contar con un prior que haga verdaderas reformas en el monasterio y que mejore el estado de sus finanzas.

—Y yo creo que podría hacerlo, pero ¿qué quieres a cambio de tu apoyo?

Godwyn sabía que debía pedirle algo, porque de lo contrario Thomas empezaría a sospechar de veras. Se inventó una mentira plausible.

—Me gustaría ser tu suprior.

Thomas asintió con la cabeza, pero no expresó su consentimiento de inmediato.

—¿Y cómo me ayudarías?

—En primer lugar, consiguiéndote el apoyo de los habitantes de la ciudad.

—¿Sólo porque Edmund Wooler es tu tío?

—No es tan sencillo. A los ciudadanos de Kingsbridge les preocupa el puente. Carlus no quiere decirles cuándo comenzará la construcción de uno nuevo, si es que llega a hacerlo, de modo que harán lo que sea con tal de impedir que él se convierta en el nuevo prior. Si le digo a Edmund que tú comenzarías las obras de construcción del puente en cuanto salgas elegido, obtendrás el respaldo de la ciudad entera.

—Pero eso no me granjeará los votos de demasiados monjes.

—No estés tan seguro. No olvides que la elección de los monjes debe ser ratificada por el obispo, y la mayoría de los obispos son lo suficientemente prudentes para no tomar decisiones sin consultar la opinión de las gentes del lugar, y Richard tiene tanto interés como el que más en ahorrarse problemas. Si los ciudadanos te apoyan, todo será muy distinto.

Godwyn advirtió que Thomas no confiaba en él. El *matricularius* escrutó su rostro detenidamente, y Godwyn sintió que una perla de sudor le resbalaba por la espina dorsal mientras trataba con todo su empeño de mantener una expresión imperturbable pese a la dureza de aquella mirada escrutadora. Sin embargo, Thomas estaba de acuerdo con sus argumentos.

—No hay duda de que necesitamos un puente nuevo —dijo—. Carlus es un insensato por tratar de posponerlo.

—De manera que estarías prometiendo algo que tienes intención de hacer de todos modos.

—Eres muy persuasivo.

Godwyn levantó las manos al aire con un ademán defensivo.

—No es eso lo que pretendo. Debes hacer lo que creas que es la voluntad de Dios.

Thomas parecía escéptico. No se creía que Godwyn fuese tan ecuánime.

—De acuerdo —dijo pese a todo. A continuación, añadió—: Rezaré por ello.

Godwyn presintió que aquel día no iba a conseguir un compromiso más firme por parte de Thomas, y que podía llegar a ser contraproducente tratar de presionarlo aún más.

—También yo, hermano. También yo —contestó, y se dio media vuelta.

Thomas haría exactamente lo que había prometido y rezaría por ello. No era muy dado a cobijar deseos personales: si creía que era la voluntad de Dios, presentaría su candidatura como prior, y si no, no lo haría. Godwyn no tenía nada más que hacer con él, al menos de momento.

Cuando regresó junto al altar, Godwyn vio que ya había una multitud de velas alrededor del ataúd de Anthony. La iglesia se estaba abarrotando con los habitantes de Kingsbridge y los vasallos y campesinos de las aldeas vecinas. Godwyn buscó entre la muchedumbre el rostro de Caris, a quien había visto unos minutos antes. La localizó en el crucero sur, y vio que estaba observando el andamio de Merthin en la nave lateral. Guardaba muy buenos recuerdos de Caris cuando era niña, cuando él había sido el primo mayor y sabelotodo.

Había visto a su prima un tanto triste y cabizbaja desde el hundimiento del puente, pero ese día parecía muy contenta. Se alegró, porque sentía cierta debilidad por ella. Le tocó el codo.

—Pareces feliz.

—Lo soy. —La muchacha sonrió—. Acabo de solucionar un pequeño problema amoroso, pero tú no lo entenderías.

—No, claro que no. —«No tienes ni idea de los muchos problemas amorosos que hay entre los monjes», pensó para sus adentros, aunque no dijo nada: era mejor dejar a los seglares en la ignorancia con respecto a los pecados que tenían lugar en el priorato—. Tu padre debería hablar con el obispo Richard sobre la reconstrucción del puente.

—¿De veras? —repuso ella con aire escéptico. De niña había admirado a su primo como a su héroe, pero su admiración se había ido enfriando con el paso de los años—. ¿Para qué? No es su puente.

—La elección del nuevo prior por parte de los monjes debe ser aprobada por el obispo. Richard podría hacer que se corriese la voz de que no piensa aprobar a cualquiera que se niegue a reconstruir el puente. Puede que algunos monjes se rebelen, pero otros pensarán que no tiene sentido votar a alguien que no va a ser ratificado.

—Ya entiendo. ¿Y crees de verdad que mi padre podría servir de ayuda?

—Por supuesto.

—Entonces, se lo propondré.

—Gracias.

Se oyó el tañido de la campana. Godwyn se retiró y volvió a sumarse de nuevo a la procesión de monjes que se estaba formando en los claustros. Era mediodía.

Podía decirse que le había cundido la mañana.

16

Wulfric y Gwenda se marcharon de Kingsbridge a primera hora de la mañana del lunes y emprendieron a pie el largo camino de regreso a su aldea de Wigleigh.

Caris y Merthin los vieron cruzar el río a bordo de la balsa construida por el joven aprendiz, quien se sentía sumamente satisfecho con su buen funcionamiento. Sabía que el engranaje de madera no tardaría en desgastarse, y que uno de hierro sería muchísimo mejor, pero...

Las preocupaciones de Caris eran otras.

—Gwenda está tan enamorada... —dijo, lanzando un suspiro.

—Pero no tiene ninguna posibilidad con Wulfric —repuso Merthin.

—Eso nunca se sabe, es una mujer muy resuelta, mira si no cómo escapó de las garras de Sim Chapman.

—Pero Wulfric está comprometido con esa tal Annet... que es mucho más guapa.

—El físico no lo es todo en el amor.

—Y yo le doy gracias a Dios todos los días por que sea así.

La joven se echó a reír.

—Pero si a mí me encanta tu cara tan graciosa...

—Wulfric se peleó con mi hermano por Annet, así que seguro que la ama.

—Gwenda tiene un elixir de amor.

Merthin la censuró con la mirada.

—¿Y a ti te parece bien que una muchacha manipule a un hombre para que se case con ella cuando quiere a otra persona?

Caris se quedó callada un momento, sin saber qué responder a eso. Se le sonrojó la suave piel del cuello.

—Nunca se me había ocurrido planteármelo desde ese punto de vista —dijo—. ¿Crees de veras que es lo mismo?

—Es algo muy parecido.

—Pero ella no lo está coaccionando... sólo quiere conseguir que se enamore de ella.

—Pues debería intentarlo sin recurrir a ninguna poción.

—Ahora me da vergüenza haberla ayudado.

—Demasiado tarde.

Wulfric y Gwenda estaban desembarcando de la balsa, en la otra orilla del río. Se volvieron para despedirse de ellos con la mano y siguieron su camino a través de los arrabales de la ciudad acompañados de Tranco, que los seguía pegado a los talones.

Merthin y Caris echaron a andar por la calle principal.

—Todavía no has hablado con Griselda.

—Voy a hacerlo ahora mismo. Aunque no sé si quiero o todo lo contrario, me da miedo.

—No tienes nada que temer, fue ella la que mintió.

—Eso es cierto. —Se tocó la cara; el moretón casi le había desaparecido—. Sólo espero que su padre no vuelva a ponerse violento.

—¿Quieres que te acompañe?

A Merthin le habría gustado contar con el apoyo de la joven, pero negó con la cabeza.

—Yo he provocado todo este desaguisado y soy yo quien debe arreglarlo.

Se detuvieron delante de la puerta de la casa de Elfric.

—Buena suerte —le deseó Caris.

—Gracias. —Merthin le dio un beso fugaz en los labios, resistió la tentación de volver a besarla y entró.

Elfric estaba sentado a la mesa, comiendo pan y queso. Tenía frente a sí un vaso de cerveza, y detrás de él, Merthin vio a Alice y a la sirvienta en la cocina. No había rastro de Griselda.

—¿Dónde te habías metido? —exclamó Elfric.

Merthin decidió que si no tenía nada que temer, era mejor que actuase en consecuencia. Hizo caso omiso de la pregunta de Elfric.

—¿Dónde está Griselda?

—Todavía no se ha levantado.

—¡Griselda! —gritó Merthin, asomándose a la escalera—. ¡Quiero hablar contigo!

—No hay tiempo —dijo Elfric—. Tenemos trabajo.

Merthin volvió a hacer caso omiso de su patrón.

—¡Griselda! ¡Será mejor que te levantes ahora mismo!

—¡Eh! —le reconvino Elfric—. ¿Quién te has creído que eres para dar órdenes en esta casa?

—Quieres que me case con ella, ¿no es así?

—¿Y qué?

—Pues que será mejor que se acostumbre a hacer lo que le dice su marido. —Volvió a alzar la voz—. ¡Baja ahora mismo o te enterarás de lo que tengo que decirte por algún tercero!

La muchacha asomó por el borde de la escalera.

—¡Ya bajo! —contestó, malhumorada—. ¿A qué viene tanto jaleo?

Merthin esperó a que bajase y luego anunció:

—He averiguado quién es el verdadero padre del hijo que esperas.

Un destello de miedo asomó a los ojos de la joven.

—No seas necio, el padre eres tú.

—No, es Thurstan.

—¡Nunca me he acostado con Thurstan! —La joven miró a su padre—. Juro que es verdad.

—Mi hija no miente —dijo Elfric.

Alice salió de la cocina.

—Es verdad —intervino.

—Me acosté con Griselda el domingo de la semana de la feria del vellón... de hace quince días. Griselda está embarazada de tres meses.

—¡No lo estoy!

Merthin miró a Alice con dureza.

—Tú lo sabías, ¿verdad? —Alice apartó la mirada y Merthin siguió hablando—: Y pese a todo mentiste, incluso a Caris, tu propia hermana.

—No sabes de cuánto tiempo está embarazada —replicó Elfric.

—Mírala —contestó Merthin—. Ya se le nota el bulto en el vientre. No mucho, pero está ahí.

—¿Qué sabrás tú de esas cosas? Sólo eres un muchacho.

—Sí, y todos confiabais en mi ignorancia, ¿no es así? Y casi os da resultado.

Elfric levantó un dedo admonitorio.

—Tú te acostaste con Griselda y ahora te casarás con ella.

—No, ya lo creo que no. Ella no me ama, sólo se acostó conmigo para tener un padre para su hijo, después de que Thurstan la abandonara. Sé que obré mal, pero no pienso castigarme el resto de mi vida casándome con ella.

Elfric se levantó.

—Sí lo harás.

—No lo haré.

—Tienes que hacerlo.

—No.

El rostro de Elfric se puso rojo como la grana y empezó a gritar:

—¡Te casarás con ella!

—¿Cuántas veces más quieres que te repita que no pienso hacerlo? —dijo Merthin.

Elfric se dio cuenta de que hablaba en serio.

—En ese caso, estás despedido —le espetó—. Sal de mi casa y no vuelvas nunca más.

Merthin había esperado una reacción así, y supuso para él todo un alivio; significaba que la discusión había terminado.

—De acuerdo. —Intentó pasar por detrás de Elfric, pero éste le impidió el paso.

—¿Adónde crees que vas?

—A la cocina, a recoger mis cosas.

—Tus herramientas, querrás decir.

—Sí.

—No son tuyas. Yo las pagué con mi dinero.

—A un aprendiz siempre se le dan sus herramientas al término de su...
—La voz de Merthin fue apagándose.

—Todavía no has terminado tu período de formación como aprendiz, así que te quedas sin herramientas.

Merthin no se esperaba aquello.

—¡He hecho seis años y medio!

—Se supone que debes completar siete.

Sin herramientas, Merthin no podría ganarse la vida.

—Eso no es justo. Presentaré una reclamación al gremio de carpinteros.

—Aguardaré ese momento con verdadera ansia —repuso Elfric con aire de suficiencia—. Será interesante ver cómo defiendes que un aprendiz despedido por acostarse con la hija del patrón tiene que verse recompensado además con un juego de herramientas. Todos los carpinteros del gremio tienen aprendices, y la mayoría de ellos tiene hijas. Te echarán a patadas.

Merthin se dio cuenta de que tenía razón.

—¿Lo ves? —terció Alice—. Ahora sí que estás en verdaderos apuros, ¿no te parece?

—Sí —respondió Merthin—, pero pase lo que pase, no será tan malo como tener que vivir con Griselda y el resto de su familia.

Esa misma mañana, Merthin acudió a la iglesia de St. Mark para asistir al funeral de Howell Tyler con la esperanza de que alguien allí le ofreciera un trabajo.

Al levantar la vista hacia el techo de madera, pues la iglesia carecía de bóveda de piedra, Merthin vio un agujero con la forma de un hombre en la madera pintada, macabro testimonio de la forma en que había muerto Howell. Toda la madera de la parte superior de la iglesia estaba podrida, afirmaron con conocimiento de causa los albañiles asistentes al funeral; sin embargo, sólo lo habían dicho tras el accidente, y sus sagaces observaciones de poco podían servirle ya al desdichado Howell. Era evidente que el tejado no sólo estaba demasiado estropeado para poder repararlo, sino que había que demolerlo por completo y reconstruirlo a partir de cero. Eso significaba que había que cerrar la iglesia.

La de St. Mark era una iglesia pobre. Contaba con un patrimonio más bien exiguo, una única granja a quince kilómetros de distancia dirigida por el hermano del cura y que a duras penas daba para alimentar a toda la familia. El sacerdote, el padre Joffroi, tenía que obtener sus ingresos de los ochocientos o novecientos vecinos de su parroquia en el extremo norte, el más pobre de la ciudad. Los que no eran realmente indigentes fingían serlo, por lo que sus diezmos sólo arrojaban una suma irrisoria. El padre Joffroi se ganaba la vida bautizándolos, casándolos y enterrándolos, cobrándoles mucho menos que los monjes de la catedral. Sus parroquianos se casaban muy jóvenes, tenían muchos hijos y morían también jóvenes, por lo que siempre tenía mucho trabajo, y al final lograba salir adelante. Sin embargo, si cerraba la iglesia, su fuente de ingresos se agotaría y no podría pagar a los albañiles.

De modo que las obras en el tejado de la iglesia se habían interrumpido.

Todos los constructores de la ciudad asistieron al funeral, incluido Elfric. Merthin trató de mantener la cabeza bien alta durante toda la ceremonia, pero era harto difícil, pues todos los allí presentes sabían que había sido despedido. Su antiguo patrón lo había tratado injustamente, pero por desgracia, él también tenía su parte de culpa.

Howell dejaba una viuda joven que era amiga de Caris, y en ese momento ésta entraba en la iglesia acompañándola a ella y a la desconsolada familia. Merthin se acercó a Caris y le contó lo sucedido en casa de Elfric.

El padre Joffroi ofició la misa ataviado con una túnica vieja y raída. Merthin se puso a cavilar sobre el tejado; en su opinión, tenía que haber algún modo de desmantelarlo sin cerrar la iglesia. El procedimiento habitual, cuando las reparaciones se habían pospuesto en exceso y la madera estaba demasiado dañada para soportar el peso de los peones, consistía en construir un andamiaje alrededor de la iglesia y destruir los maderos y arrojarlos al interior de la nave central. El tejado quedaba así a merced de los elementos hasta que se construyese y revistiese el nuevo, aunque tenía que ser posible construir una especie de cabrestante giratorio, apoyado en la gruesa pared lateral de la iglesia, capaz de extraer y levantar los tablones de madera uno a uno en lugar de empujarlos hacia abajo y transportarlos lateralmente para descargarlos fuera, en el camposanto. De ese modo, el techo de madera podría quedar intacto y sustituirse sólo una vez reconstruido el tejado.

Junto a la tumba, miró uno por uno a todos los hombres allí reunidos, preguntándose cuál de ellos era más probable que lo contratase. Decidió abordar a Bill Watkin, el segundo constructor más importante de la ciudad y no demasiado amigo de Elfric, precisamente. Bill lucía una calva con un flequillo de pelo negro, una versión natural de la tonsura de los monjes. Construía la mayor parte de las casas de Kingsbridge, y como Elfric, empleaba a un cantero y a un carpintero, a un puñado de peones y a uno o dos aprendices.

Howell no había sido un hombre próspero, por lo que introdujeron su cuerpo en la tumba envuelto en una mortaja, y no dentro de un ataúd.

Cuando el padre Joffroi se hubo marchado, Merthin se aproximó a Bill Watkin.

—Buenos días, maese Watkin —lo saludó formalmente.

La respuesta de Bill no fue demasiado calurosa.

—Buenas, joven Merthin.

—He dejado de trabajar para Elfric.

—Lo sé —dijo Bill—. Y también sé por qué.

—Sólo habéis escuchado la versión de Elfric.

—He escuchado todo lo que tenía que escuchar.

Merthin se percató de que Elfric había estado hablando con la gente antes y durante la misa. Estaba convencido de que su antiguo patrón había olvidado mencionar el hecho de que Griselda había pretendido cargar a Merthin con el hijo de otro, pero sabía que no iba a ganar nada dando excusas. Lo mejor era admitir su parte de culpa.

—Me doy cuenta de que obré mal y lo siento, pero sigo siendo un buen carpintero.

Bill se mostró de acuerdo.

—Sí, y la nueva balsa es prueba de ello.

Sus palabras alentaron a Merthin.

—¿Me contrataríais?

—¿En calidad de qué?

—De carpintero. Habéis dicho que era bueno.

—Pero ¿dónde están tus útiles de trabajo?

—Elfric no me los ha dado.

—Y ha hecho bien, porque todavía no has finalizado tu período de aprendizaje.

—Entonces, tomadme como aprendiz durante seis meses.

—¿Y darte un nuevo juego de herramientas a cambio de nada cuando termines? No puedo permitirme esa clase de generosidad.

Las herramientas eran caras porque tanto el hierro como el metal eran materiales muy costosos.

—Trabajaré como jornalero y ahorraré para comprar mis propias herramientas. —Aquello le llevaría mucho tiempo, pero estaba desesperado.

—No.

—¿Por qué no?

—Porque también tengo una hija.

Aquello era ultrajante.

—No soy ninguna amenaza para las doncellas, ¿sabéis?

—Eres un ejemplo para los aprendices. Si sales airoso de todo este asunto, ¿qué va a impedir a los otros comportarse del mismo modo?

—¡Pero eso es injusto!

Bill se encogió de hombros.

—Puede que a ti te lo parezca, pero pregunta a cualquier otro maestro carpintero de la ciudad. Creo que te dirán lo mismo que yo.

—Pero ¿qué voy a hacer ahora?

—No lo sé. Deberías haber pensado en eso antes de refocilarte con la muchacha.

—¿Y no os importa perder a un buen carpintero?

Bill volvió a encogerse de hombros.

—Más trabajo para el resto de nosotros.

Merthin le dio la espalda y se marchó. Ése era el problema de los gremios, se dijo con amargura, excluían a las personas en su propio interés, ya fuese con buenos o malos motivos. La escasez de buenos carpinteros incrementaría sus ingresos, no tenían ningún incentivo para mostrarse justos.

La viuda de Howell se marchó, acompañada por su madre, y Caris, liberada de su obligación de proporcionar consuelo a su amiga, acudió al lado de Merthin.

—¿Por qué estás tan triste? Apenas conocías a Howell... —le dijo.

—Puede que tenga que marcharme de Kingsbridge.

La joven se puso muy pálida.

—¿Y por qué diablos ibas a hacer eso?

Le explicó la conversación que había mantenido con Bill Watkin.

—Así que nadie en Kingsbridge va a contratarme, y no puedo trabajar por mi cuenta porque no dispongo de herramientas. Podría vivir con mis padres, pero no puedo quitarles el pan de la boca, así que tendré que buscar trabajo en alguna parte donde no hayan oído hablar de Griselda. Con el tiempo, quizá pueda ahorrar dinero suficiente para comprar un escoplo y un martillo y luego irme a vivir a otra ciudad e intentar ingresar en el gremio de carpinteros.

Mientras le explicaba todo aquello a Caris, el joven comprendió la verdadera magnitud de su desgraciada situación. Vio las facciones familiares del rostro de la joven como si las viera por vez primera y volvió a sentirse subyugado de nuevo por aquellos chispeantes ojos verdes, por su graciosa naricilla y por la determinación que expresaba su marcada mandíbula. Se fijó en que la boca de Caris no acababa de encajar con el resto de su rostro, pues era demasiado ancha, y los labios demasiado carnosos. Aquel detalle rompía el equilibrio de su fisonomía del mismo modo en que su naturaleza sensual subvertía el orden de su metódico cerebro. Aquella boca también estaba hecha para el sexo, y el mero hecho de pensar que tal vez tuviese que marcharse y no volver a besarla nunca más lo volvía loco de desesperación.

Caris estaba furiosa.

—¡Esto es indignante! No tienen ningún derecho...

—Eso es lo que yo creo, pero por lo visto no hay nada que pueda hacer al respecto. No me queda más remedio que aceptarlo.

—Aguarda un momento, tenemos que pensar en una solución. Puedes vivir con tus padres y venir a comer a mi casa.

—No quiero vivir de la caridad, como mi padre.

—No tienes por qué. Puedes comprar las herramientas de Howell Tyler, su viuda me acaba de decir que pide una libra por ellas.

—No tengo dinero.

—Pide prestado a mi padre. Tú siempre le has caído bien, estoy segura de que accederá.

—Pero va contra las reglas contratar a un carpintero que no pertenezca al gremio.

—Las reglas se pueden infringir. Tiene que haber alguien en la ciudad lo suficientemente desesperado para rebelarse contra el gremio.

Merthin se percató de que había permitido que los viejos constructores le minasen la moral, y sintió una inmensa gratitud hacia Caris por negarse a aceptar la derrota. La joven tenía razón, por supuesto: debía quedarse en Kingsbridge y luchar contra aquella injusta resolución. Y también conocía a alguien con una necesidad desesperada de contratar sus servicios.

—El padre Joffroi —dijo.

—¿Está desesperado? ¿Por qué?

Merthin le explicó lo ocurrido con el tejado.

—Vayamos a hablar con él —propuso Caris.

El sacerdote vivía en una casita que había junto a la iglesia. Lo encontraron preparando una cena a base de estofado de pescado en salazón con repollo y verduras. Joffroi ya había cumplido la treintena, y tenía la complexión robusta de un soldado, alto y de espalda ancha. Sus modales eran más bien toscos, pero tenía fama de defender siempre a los pobres.

—Puedo reparar vuestro tejado sin que tengáis que cerrar la iglesia —se ofreció Merthin.

Joffroi parecía receloso.

—Si de veras puedes hacerlo, eres la respuesta a mis plegarias.

—Construiré un cabrestante que levantará los maderos del tejado y los depositará en el suelo del camposanto.

—Elfric te ha echado. —El clérigo lanzó una mirada avergonzada en dirección a Caris.

—Estoy al tanto de lo sucedido, padre —le aseguró la joven.

—Me ha despedido porque no voy a casarme con su hija —explicó Merthin—, pero el hijo que espera no es mío.

Joffroi asintió con la cabeza.

—Hay quienes dicen que has sido tratado injustamente, y yo les creo. No siento demasiada simpatía por los gremios, sus decisiones suelen ser casi siempre egoístas. Pero pese a todo, todavía no has completado tu etapa de aprendiz.

—¿Puede algún miembro del gremio de carpinteros reparar vuestro tejado sin que tengáis que cerrar la iglesia?

—Me han dicho que no tienes herramientas.

—Dejadme a mí ese problema.

Joffroi parecía indeciso.

—¿Cuánto quieres cobrar?

Merthin estiró el cuello antes de responder.

—Cuatro peniques al día, más el coste de los materiales.

—Ése es el sueldo de un carpintero veterano —protestó el sacerdote.

—Si no tengo la capacidad de un carpintero cualificado, no deberíais contratarme.

—Eres un vanidoso.

—Sólo digo lo que sé hacer.

—La arrogancia no es el peor pecado del mundo, y puedo permitirme pagar cuatro peniques al día si consigo mantener abierta la iglesia. ¿Cuánto tardarás en construir ese cabrestante?

—Dos semanas como mucho.

—No te pagaré hasta que esté seguro de que funcionará.

Merthin tomó aliento antes de contestar. Tendría que vivir en la miseria, pero podría soportarlo. Podía vivir con sus padres y comer sentado a la mesa de Edmund Wooler. Ya se las arreglaría.

—Paga por los materiales y guarda mis honorarios hasta que el primer madero del tejado sea retirado y depositado íntegro en el suelo.

Joffroi aún se mostraba vacilante.

—No seré demasiado popular… pero no tengo otra opción. —Tendió la mano al muchacho.

Merthin se la estrechó.

17

Durante todo el camino de Kingsbridge a Wigleigh, una jornada a pie de unos treinta kilómetros, Gwenda había estado esperando que se le presentara la ocasión de utilizar el elixir de amor, pero sus deseos todavía no se habían hecho realidad, y no porque Wulfric se condujera con recelo, ni mucho menos. De hecho se mostró abierto y simpático, le habló de su familia y le confesó que cada mañana lloraba al despertar, cuando comprobaba que no había soñado sus muertes. Estuvo muy atento, preguntándole si estaba cansada o quería parar, y compartió con ella su opinión sobre la tierra, un fideicomiso desde su punto de vista, algo que un hombre debía tratar de conservar de por vida para luego legarlo a sus herederos. También le confió que cuando trabajaba y mejoraba sus tierras, ya fuese desyerbándolas, cercando rediles o desempedrándolas para pastos, sentía que estaba cumpliendo su propósito en la vida.

Incluso le dio unas palmaditas a Tranco.

Al acabar el día estaba más enamorada de él que nunca. Por desgracia, Wulfric no demostró sentir por ella nada más allá de una especie de camaradería: atento, pero sin pasión. En el bosque, estando con Sim Chapman, había deseado con todas sus fuerzas que los hombres se diferenciaran un poco de las bestias salvajes, pero en esos momentos ansiaba con toda su alma percibir en Wulfric algo de esa bestia. Gwenda se había pasado todo el día intentando despertar su interés con disimulo. Había dejado entrever sus piernas, firmes y bien torneadas, como por casualidad. Cuando tenían que subir una cuesta, con la excusa, respiraba hondo y sacaba pecho. Había aprovechado cualquier oportunidad para rozarse con él, tocarle un brazo o descansar una mano en su hombro. Sin embargo, no había surtido efecto. Gwenda sabía que no era agraciada, pero tenía algo que entrecortaba la respiración de los hombres y los obligaba a mirarla intensamente; sin embargo, fuera lo que fuese, Wulfric era inmune a ello.

A mediodía se detuvieron a descansar y comer un poco de pan y queso, pero bebieron agua de un manantial con las manos, por lo que Gwenda no tuvo oportunidad de utilizar el elixir.

Pese a todo, era feliz. Lo tendría para ella sola todo el día. Podía mirarle, charlar con él, hacerle reír, intimar y, en ocasiones, tocarlo. Fantaseaba con la idea de que podía besarlo cuando se le antojara y que era ella a quien no le apetecía en esos momentos. Casi era como estar casados. Y se le hizo demasiado corto.

Llegaron a Wigleigh a primera hora de la tarde. La aldea se alzaba sobre una loma donde siempre soplaba el viento y cuyas laderas estaban cubiertas de campos de labranza. Después de dos semanas inmersa en el trajín y el bullicio de Kingsbridge, el conocido lugar se le antojó pequeño y silencioso, cuatro casuchas desperdigadas a lo largo del camino que conducía a la casa solariega y la iglesia. La casa señorial era tan grande como la de un comerciante de Kingsbridge, con alcobas en el piso superior. La del sacerdote también era magnífica y algunos campesinos disfrutaban de sólidas viviendas, pero la mayoría de los hogares no pasaban de ser chamizos de dos estancias, una de ellas destinada normalmente a corral y la otra a cocina y alcoba para toda la familia. La iglesia era el único edificio de piedra.

La primera de las casas con mayor prestancia pertenecía a la familia de Wulfric y tenía las puertas y los postigos cerrados, lo que le confería un aspecto desolado. El joven la dejó atrás y se acercó a la siguiente, también de importancia, donde Annet vivía con sus padres. Wulfric se despidió de Gwenda con un saludo informal y entró, sonriendo de antemano.

A Gwenda la asaltó una súbita y honda sensación de pérdida, como si acabara de despertar de un sueño agradable. Venció su frustración y empezó a atrochar por los campos. Las lluvias de principios de junio habían sido beneficiosas para los cultivos y el trigo y la cebada habían prosperado, pero necesitaban el sol para granar. Las aldeanas avanzaban entre los surcos de cereales, agachadas, desyerbando los campos. Algunas la saludaron.

A medida que iba acercándose a su casa, Gwenda sintió una mezcla de aprensión y rabia. No había visto a sus padres desde el día que su padre la había vendido a Sim Chapman a cambio de una vaca. Estaba casi segura de que el hombre seguía pensando que estaba con él, por lo que su aparición sería toda una sorpresa. ¿Qué diría cuando la viera? ¿Y qué iba a decirle ella al padre que había traicionado su confianza?

Estaba convencida de que su madre no sabía nada de la venta. Lo más probable era que su padre se hubiera inventado una historia sobre Gwenda y le hubiera contado que se había escapado con un chico. Su madre se iba a poner hecha un basilisco.

La perspectiva de volver a ver a los pequeños, Cath, Joanie y Eric, la animaba, pues en esos momentos se daba cuenta de cuánto los había echado de menos.

Su casa se encontraba en el otro extremo del campo de cuarenta hectáreas, casi oculta entre los árboles de la linde del bosque. Era incluso más pequeña que las casuchas de los campesinos y sólo tenía una estancia, que por las noches compartían con la vaca. Estaba hecha de adobe y cañas: unas cuantas ramas de árbol puestas en pie y entrecruzadas de palos, como los mimbres de una cesta, y los huecos rellenados con una mezcla pegajosa de barro, paja y boñiga. Había un agujero en el techo, también de paja, para dejar salir el humo de la lumbre, que encendían directamente en el suelo de tierra. Este tipo de construcciones sólo duraban unos cuantos años y luego había que volver a levantarlas. El lugar tenía un aspecto aún más deplorable del que Gwenda recordaba. Estaba decidida a no pasar el resto de su vida en un lugar así, teniendo hijos cada uno o dos años, la mayoría de los cuales morirían por falta de alimento. No viviría como su madre. Antes prefería la muerte.

Todavía estaba algo alejada de la casa cuando vio a su padre, que venía en su dirección. Llevaba una jarra, por lo que dedujo que iría a comprar cerveza a casa de Peggy Perkin, la madre de Annet, la cervecera de la aldea. Siempre tenía dinero en esa época del año ya que había mucho trabajo en los campos.

Al principio no la vio.

Gwenda observó su delgada figura mientras avanzaba por el estrecho sendero que atravesaba dos fincas. Llevaba un largo blusón que le llegaba hasta las rodillas, un gorro estropeado y unas sandalias atadas con paja a los pies. Sus andares, furtivos y garbosos a un tiempo, conseguían que siempre pareciera un forastero nervioso fingiendo con descaro hallarse en casa. Tenía los ojos muy juntos a cada lado de la prominente nariz y una mandíbula ancha con un bulto en la barbilla, lo que en conjunto confería a su rostro el aspecto de un triángulo irregular. Gwenda sabía que en eso se parecía a él. El hombre miraba de soslayo a las mujeres de los campos que iba dejando atrás, como si no quisiera que ellas supieran que las estaba observando.

Al acercarse a Gwenda, le lanzó una de sus miradas furtivas de ojos entornados. El hombre bajó la vista inmediatamente y acto seguido volvió a alzarla. Gwenda levantó la barbilla y le devolvió la mirada con altivez.

La sorpresa se reflejó en su rostro.

—¡Eres tú! —exclamó—. ¿Qué ha ocurrido?

—Sim Chapman no era un hojalatero, era un proscrito.

—¿Y dónde está ahora?

—En el infierno, padre, donde le harás compañía.

—¿Lo has matado?

—No. —Hacía tiempo que había decidido mentir acerca de aquello—. Dios se ha encargado de eso. El puente de Kingsbridge se hundió cuando Sim estaba cruzándolo. Dios lo ha castigado por sus pecados. ¿Ya lo ha hecho también contigo?

—Dios perdona a los buenos cristianos.

—¿Eso es todo lo que piensas decirme? ¿Que Dios perdona a los buenos cristianos?

—¿Cómo te has escapado?

—Utilizando mi ingenio.

El rostro del hombre adoptó una expresión artera.

—Buena chica.

Gwenda lo miró recelosa.

—¿Qué maldades estás ya barruntando?

—Buena chica —repitió—. Ve a ver a tu madre. Te mereces un vaso de cerveza para cenar.

El hombre siguió su camino.

Gwenda frunció el ceño. Su padre no parecía preocupado por lo que su madre pudiera decir cuando supiera la verdad. Tal vez creía que Gwenda no se lo diría por vergüenza. Si era así, se equivocaba.

Cath y Joanie, que jugaban en la tierra delante de la casa, se levantaron de un salto y salieron corriendo al encuentro de Gwenda en cuanto la vieron. Tranco empezó a ladrar como un loco. Al abrazar a sus hermanas, recordó haber pensado que jamás volvería a verlas y en ese momento sintió una alegría incontrolable por haber hundido el cuchillo en la cabeza a Alwyn.

Entró en la casa. Su madre estaba sentada en una banqueta, dándole a Eric un poco de leche, ayudándole a aguantar el vaso para que no la vertiera. La mujer gritó de júbilo al ver a Gwenda. Dejó el vaso, se levantó y la abrazó. Gwenda se echó a llorar.

Una vez que asomaron las primeras lágrimas, fue difícil detenerlas. Lloraba porque Sim la había sacado de la ciudad arrastrada por una cuerda, por haber mantenido trato carnal con Alwyn, por todas las personas que habían muerto en el hundimiento del puente y porque Wulfric amaba a Annet.

—Padre me vendió, madre —dijo, cuando los sollozos la dejaron hablar—. Me vendió por una vaca y tuve que irme con unos proscritos.

—Eso estuvo mal —contestó su madre.

—¡Estuvo más que mal! Es ruin, cruel... ¡Es el demonio!

La mujer la soltó.

—No digas esas cosas.

—¡Es verdad!

—Es tu padre.

—Un padre no vende a sus hijos como si fueran ganado. No tengo padre.

—Te ha dado de comer durante dieciocho años.

Gwenda la miró fijamente, confundida.

—¿Cómo puedes ser tan insensible? ¡Me vendió a unos proscritos!

—Y nos consiguió una vaca para que Eric tuviera leche aunque mis pechos se hayan secado. Además, estás aquí, ¿no?

Gwenda no daba crédito a lo que oía.

—¡Le estás defendiendo!

—Es lo único que tengo, Gwenda. No es un príncipe, ni siquiera es un campesino, es un bracero sin tierras, pero ha hecho todo lo que ha podido por esta familia durante veinticinco años. Trabaja cuando puede y roba cuando no le queda otro remedio. Te ha mantenido viva, y a tu hermano, y si Dios quiere hará lo mismo por Cath, Joanie y Eric. Haya hecho lo que haya hecho, estaríamos mucho peor sin él. Así que no digas que es el demonio.

Gwenda se había quedado sin habla. Apenas le había dado tiempo de asimilar la idea de que su padre la hubiera vendido, cuando debía enfrentarse a una nueva y cruda realidad: su madre era igual que él. Se sintió confusa y desorientada, como cuando el puente se había movido bajo sus pies. No conseguía entender qué le estaba ocurriendo.

Su padre entró en la casa con la jarra de cerveza y cogió tres tazas de madera del estante que había sobre la chimenea, aparentemente ajeno al ambiente enrarecido.

—Vamos a ver, brindemos por el regreso de nuestra muchachota —dijo, alegre.

Después de toda una jornada de camino, Gwenda tenía hambre y sed. Aceptó el vaso y lo apuró de un trago. Sin embargo, sabía a qué atenerse con su padre cuando el hombre estaba de ese humor.

—¿Qué te traes entre manos? —preguntó.

—Veamos, la feria de Shiring es la semana que viene, ¿no?

—¿Y qué?

—Bueno… Podríamos volver a hacerlo.

Gwenda no podía creer lo que estaba oyendo.

—¿El qué?

—Te vendo, te vas con el comprador y luego te escapas, vuelves a casa y todos tan contentos.

—¿Todos tan contentos?

—¡Y nos quedamos con una vaca de doce chelines! Ya ves, yo tengo que trabajar medio año de jornalero para reunir doce chelines.

—¿Y después de eso? ¿Después qué?

—Bueno, hay más ferias: Winchester, Gloucester, no sé cuántas. —Llenó de nuevo el vaso de Gwenda con cerveza de la jarra—. Vaya, ¡podría ser mejor que el año que robaste el saquillo de sir Gerald!

Gwenda no bebió. Tenía un sabor amargo en la boca, como si hubiera comido algo podrido. Sintió el impulso de discutir con él. Palabras duras acudieron a sus labios, acusaciones airadas, maldiciones... Pero no dijo nada. Lo que sentía superaba la rabia. ¿Qué iba a ganar peleándose con él? No podría volver a confiar en su padre. Y dado que su madre no pensaba serle desleal, en ella tampoco.

—¿Qué debo hacer? —se preguntó en voz alta, sin esperar que ninguno de los que estaban allí le respondiera.

Para su familia se había convertido en una mercadería que poner a la venta en las ferias y, si no estaba dispuesta a aceptarlo, ¿qué podía hacer?

Podía irse.

Conmocionada, comprendió que esa casa había dejado de ser un hogar para ella. El revés sacudió los cimientos de su existencia. Había vivido allí desde que tenía uso de razón, pero ya no se sentía a salvo. Tenía que irse.

Y no al cabo de una semana, ni siquiera al día siguiente por la mañana. Debía marcharse inmediatamente.

No tenía a donde ir, pero eso daba igual. Si se quedaba y comía el pan que su padre pusiera en la mesa, sería como acatar su autoridad, estaría consintiendo que la considerara como a una mera mercadería a la venta. Se arrepintió de haber aceptado el primer vaso de cerveza. No le quedaba más remedio que renegar de su padre y abandonar su casa.

Gwenda miró a su madre.

—Te equivocas, es el demonio —dijo—. Y lo que suele decirse es cierto: cuando se tienen tratos con el diablo, siempre se acaba saliendo escaldado.

La mujer apartó la mirada.

Gwenda se levantó con el vaso que le acababan de llenar en la mano. Lo inclinó y vertió la cerveza en el suelo. Tranco empezó a darle lametones de inmediato.

—¡He pagado un cuarto de penique por esa jarra de cerveza! —protestó su padre, enojado.

—Adiós —se despidió Gwenda, y salió de allí.

18

Al domingo siguiente, Gwenda asistió a la audiencia que decidiría la suerte del hombre que amaba.

El tribunal señorial se celebraba en la iglesia después de misa, el foro donde la aldea decidía qué acciones colectivas debía tomar. Algunas de las cuestiones que dirimía eran disputas sobre las lindes de los campos, acusaciones de robo o violación, o discusiones concernientes a deudas, pero la mayoría de las veces se trataba de tomar decisiones pragmáticas como cuándo comenzar el arado de las tierras con la boyada comunal, formada por ocho ejemplares.

En teoría, era el señor del feudo quien enjuiciaba a sus siervos, pero la ley normanda, traída a Inglaterra desde Francia por los invasores hacía tres siglos, obligaba a los señores a observar las costumbres de sus antecesores y, para esclarecer cuáles eran esas costumbres, debían consultar formalmente con doce aldeanos de buena posición, es decir, con un jurado. De modo que, en la práctica, los procesos a menudo se convertían en una negociación entre el señor y los campesinos.

Ese domingo en concreto, Wigleigh carecía de señor. Según les había informado Gwenda, sir Stephen había muerto en el hundimiento del puente y el conde Roland, encargado de designar el sustituto de Stephen, había resultado gravemente herido. El día anterior a que la joven abandonara Kingsbridge, el conde había recuperado la conciencia por primera vez, pero la fiebre lo consumía de tal modo que había sido incapaz de hilar una frase coherente, por lo que no había perspectivas de que Wigleigh fuera a tener un nuevo señor en breve.

No era una circunstancia inusual. Los señores solían ausentarse, bien porque estuvieran en la guerra, reunidos en consejo en el Parlamento, solucionando pleitos o sirviendo a su propio señor o al rey. El conde Roland siempre delegaba en un segundo, por lo general uno de sus hijos, pero en este caso no había podido hacerlo. En ausencia de un señor, el alguacil tenía que administrar el feudo como mejor entendiera.

En teoría, la función del alguacil era la de hacer cumplir las decisiones del señor, pero esto inevitablemente le concedía cierto grado de poder sobre sus iguales. La medida en que ejerciese dicho poder dependía de las preferencias personales del señor: unos ejercían un control férreo mientras que otros eran más laxos. Sir Stephen no solía llevar las riendas demasiado cortas, pero el conde Roland tenía fama de ser muy estricto.

Nate Reeve había sido alguacil de sir Stephen, lo había sido de sir Henry, el señor anterior, y seguramente también lo sería del que viniera después. Era jorobado, un hombre bajito, con la espalda encorvada, delgado y lleno de energía. Era astuto y codicioso, por lo que procuraba sacar el máximo provecho a su limitado poder exigiendo sobornos a los aldeanos a la mínima oportunidad.

No era santo de la devoción de Gwenda. No era su codicia lo que la incomodaba, ya que al fin y al cabo todos los alguaciles compartían el mismo vicio, sino la deformidad, tanto moral como física, nacida del resentimiento. Su padre había sido alguacil del conde de Shiring, pero Nate no había heredado esa privilegiada posición y culpaba a su joroba de haber acabado en la pequeña aldea de Wigleigh. Parecía odiar a todos los que fueran jóvenes, fuertes o apuestos. En su tiempo de asueto, le gustaba beber vino con Perkin, el padre de Annet, quien siempre acababa pagando la bebida.

Lo que ese día se debatía era el futuro de la hacienda de la familia de Wulfric.

Se trataba de terrenos extensos. Los campesinos no eran todos iguales y, por tanto, tampoco sus tierras. El *virgate*, terreno que en esa parte de Inglaterra equivalía a unas doce hectáreas, era la finca más habitual. En teoría, un *virgate* equivalía a la superficie que un hombre podía cultivar y que producía lo suficiente para sustentar a una familia. Con todo, la mayoría de los campesinos de Wigleigh sólo tenían medio *virgate*, alrededor de unas seis hectáreas, por lo que se veían obligados a encontrar medios adicionales de subsistencia para sus familias como cazar pájaros en los bosques, pescar peces en el riachuelo que discurría a través de Brookfield, confeccionar cinturones o sandalias con sobras de cuero barato, tejer ropa de hilo de los comerciantes de Kingsbridge o cazar furtivamente los ciervos del rey en el bosque. Sólo unos cuantos poseían tierras mayores a un *virgate*. Perkin tenía cuarenta hectáreas y el padre de Wulfric, Samuel, había tenido treinta y seis. Estos prósperos campesinos recurrían a la ayuda de sus hijos y otros parientes para cultivar sus tierras o bien de braceros, como el padre de Gwenda.

A la muerte de un siervo, la viuda, los hijos varones o una hija casada podían heredar sus tierras. En cualquier caso, la transmisión debía ser autorizada por el señor y se imponía un tributo exorbitante llamado *heriot*. En circunstancias normales, las fincas de Samuel habrían sido heredadas de forma automática por sus dos hijos varones y no habría habido necesidad de pleito. Los jóvenes habrían pagado el *heriot* entre los dos y luego o bien habrían dividido las tierras o las habrían cultivado indivisas, y habrían dispuesto lo más conveniente para su madre. Sin embargo, uno de los hijos de Samuel había muerto con él, y eso complicaba las cosas.

Casi todos los adultos de la aldea solían asistir a las vistas. Ese día Gwenda tenía un interés particular pues se resolvería el futuro de Wulfric, y el hecho de que él hubiera decidido compartir ese futuro con otra mujer no mermaba el interés de Gwenda. A veces pensaba que tal vez debería desearle una vida plagada de infortunios junto a Annet, pero no podía: quería que Wulfric fuera feliz.

Al acabar la misa, trajeron una imponente silla de madera y dos escaños de la casa señorial. Nate tomó asiento en la silla y el jurado en los escaños. Los demás permanecieron de pie.

—Mi padre cultivaba treinta y seis hectáreas del señor de Wigleigh —dijo Wulfric sin más—. Veinte ya las trabajaba su padre antes que él y otras veinte su tío, que murió hace diez años. Dado que mi madre ha muerto, mi hermano también y no tengo hermanas, soy el único heredero.

—¿Qué edad tienes? —preguntó Nate.

—Dieciséis años.

—Pero si todavía eres un crío.

Estaba visto que Nate no iba a ponérselo fácil y Gwenda sabía por qué: quería su parte del pastel. Sin embargo, Wulfric no tenía dinero.

—La edad no lo es todo —repuso Wulfric—. Soy más alto y más fuerte que la mayoría de los hombres.

Aaron Appletree, un miembro del jurado, intervino:

—David Johns heredó de su padre con dieciocho años.

—Dieciocho no son dieciséis —replicó Nate—. No recuerdo ningún caso en que a un joven de dieciséis años se le haya permitido heredar.

—Y tampoco tenía treinta y seis hectáreas —comentó David Johns, que no formaba parte del jurado, de pie junto a Gwenda.

Se oyó un murmullo de risas. Como la mayoría, David tenía medio *virgate*.

—Treinta y seis hectáreas es demasiado para un hombre, no digamos ya para un muchacho —opinó otro miembro del jurado, Billy Howard, un hombre de veintitantos que había cortejado a Annet sin éxito, lo que podría explicar su predisposición a refrendar a Nate y obstaculizar el camino de Wulfric—. Yo tengo dieciséis hectáreas y he de contratar braceros en tiempo de cosecha.

Varios hombres asintieron en señal de aprobación. Gwenda empezó a preocuparse, las cosas se estaban torciendo para Wulfric.

—Puedo encontrar ayuda —aseguró Wulfric.

—¿Tienes dinero para pagar a los braceros? —preguntó Nate.

Wulfric parecía estar en un verdadero aprieto y Gwenda se compadeció de él.

—Perdí la bolsa de mi padre durante el hundimiento del puente y he gastado todo lo que me quedaba en el funeral —respondió—. Pero puedo ofrecer a los braceros una parte de la cosecha.

Nate negó con la cabeza.

—Todos los aldeanos ya están trabajando a jornada completa en sus tierras y los que no tienen ya han encontrado patrón. Además, ¿quién va a dejar un trabajo donde le pagan con dinero por uno donde se le ofrece una parte de una hipotética cosecha?

—La recogeré —aseguró Wulfric con apasionada determinación—, trabajaré día y noche si es necesario y demostraré a todos que puedo ocuparme de las tierras.

Había tanto anhelo en la expresión de su bello rostro que Gwenda sintió deseos de salir a gritos en su defensa. Sin embargo, los jurados negaban con la cabeza. Todo el mundo sabía que un hombre no podía recolectar treinta y seis hectáreas él solo.

—Está prometido con tu hija —apuntó Nate, volviéndose hacia Perkin—. ¿No podrías hacer algo por él?

Perkin meditó unos instantes.

—Tal vez podríais encomendarme las fincas por el momento. Yo pagaría el *heriot* y luego, cuando se casase con Annet, él podría hacerse cargo de sus tierras.

—¡No! —se opuso Wulfric de inmediato.

Gwenda sabía por qué se negaba tan rotundamente a la idea. Perkin era un marrullero consumado que pasaría todas sus horas de vigilia entre ese momento y el día de la boda tratando de imaginar el modo de quedarse con las tierras de Wulfric.

—Si no tienes dinero, ¿cómo vas a pagar el *heriot*? —preguntó Nate.

—Tendré dinero cuando recoja la cosecha.

—Si es que la recoges. Además, puede que ni siquiera con eso sea suficiente. Tu padre pagó tres libras por las fincas de su padre y dos libras por las de su tío.

Gwenda ahogó un grito. Cinco libras eran una fortuna. Era imposible que Wulfric consiguiera reunir tanto dinero. Seguramente habrían sido todos los ahorros de su familia.

—Igualmente, el *heriot* suele pagarse antes de que el heredero entre en posesión de las tierras, no después de la cosecha —insistió Nate.

—Dadas las circunstancias, Nate, deberías mostrar cierta indulgencia al respecto —intervino Aaron Appletree.

—¿Que muestre indulgencia? Un señor puede mostrar indulgencia pues ostenta el dominio de sus posesiones, pero si un alguacil muestra indulgencia, está obsequiando un oro que no le pertenece.

—Pese a todo, sólo estamos dando una recomendación. No habrá nada definitivo hasta que lo apruebe el nuevo señor de Wigleigh, sea quien sea.

Gwenda pensó que en teoría era cierto, pero en la práctica era muy poco probable que el nuevo señor invalidara una herencia de padre a hijo.

—Señor, el *heriot* de mi padre no ascendía a cinco libras —dijo Wulfric.

—Tendremos que comprobarlo en los registros.

La respuesta de Nate había sido tan inmediata que Gwenda supuso que el hombre había estado esperando la objeción de Wulfric a la cantidad. Recordó que Nate solía hacer una pausa de algún tipo en medio de las vistas e imaginó la razón para ello: así daba una oportunidad a las partes para que le ofrecieran un soborno. Tal vez el hombre creía que Wulfric ocultaba dinero.

Dos jurados entraron en la sala con el arcón de la sacristía que contenía los pergaminos señoriales, el registro de las decisiones concernientes al señorío, recogidas en largas tiras de pergamino enrolladas en cilindros. Nate sabía leer y escribir, pues los alguaciles debían ser personas letradas para poder llevar las cuentas del señor. Rebuscó en el arcón el rollo que le interesaba.

Gwenda tuvo el pálpito de que a Wulfric no le iban bien las cosas. Su llaneza y honestidad evidentes no estaban siendo suficientes. Nate quería asegurarse el cobro del *heriot* del señor por encima de todo, Perkin estaba dilucidando cómo apropiarse las tierras, Billy Howard sólo deseaba perjudicar a Wulfric por pura maldad y éste no tenía dinero para sobornos.

Además, el joven también era un cándido. Creía que obtendría justicia con sólo presentar el caso y lo cierto era que la situación se le estaba escapando de las manos.

Tal vez ella podía ayudarle. Si de algo sabía un hijo de Joby, era cómo sacar partido a la candidez.

Wulfric no había apelado a los intereses de los aldeanos en su defensa, así que ella lo haría por él. Se volvió hacia David Johns, a quien tenía al lado.

—Me sorprende que todos vosotros estéis tan tranquilos —comentó.

Johns la miró con recelo.

—¿Qué insinúas, muchacha?

—A pesar de las muertes repentinas, se trata de una herencia de padre a hijo. Si dejáis que Nate cuestione ésta, las cuestionará todas, siempre se le ocurrirá alguna razón para discutir un legado. ¿A los aldeanos no os preocupa que pueda cuestionar los derechos de vuestros hijos?

David parecía preocupado.

—Puede que tengas razón, muchacha —admitió, y se volvió para hablar con el vecino del otro lado.

Gwenda también creía equivocado que Wulfric pidiera una resolución definitiva ese mismo día. Lo mejor era solicitar un aplazamiento del veredicto, al que los jurados seguro que se avendrían. Se dirigió hacia Wulfric para hablar con él. El joven discutía con Perkin y Annet. Al acercarse, Perkin la miró receloso y Annet con desdén, pero Wulfric la trató con la misma amabilidad de siempre.

—Hola, compañera de viaje —la saludó—. Me han dicho que te has ido de casa de tu padre.

—Amenazó con venderme.

—¿Otra vez?

—Tantas como pudiera escaparme. Cree que ha dado con una bolsa sin fondo.

—¿Dónde vives?

—La viuda Huberts me ha dado alojamiento. Y he estado trabajando para el alguacil en las tierras del señor. Un penique al día, de sol a sol. A Nate le gusta que sus jornaleros vuelvan a casa cansados. ¿Crees que te concederá lo que quieres?

Wulfric hizo una mueca.

—No parece muy dispuesto.

—Una mujer llevaría el asunto de otra manera.

El joven pareció sorprendido.

—¿Cómo?

Annet la fulminó con la mirada, pero Gwenda la dejó de lado.

—Una mujer no pediría una resolución, sobre todo cuando todo el mundo sabe que la decisión de hoy no es definitiva. No se arriesgaría a recibir un no por respuesta cuando podría obtener un tal vez.

Wulfric se interesó.

—¿Qué haría?

—Pediría que se le permitiera seguir trabajando las tierras por el momento, postergaría la decisión definitiva hasta el nombramiento del nuevo señor y durante ese tiempo procuraría que todo el mundo se acostumbrara a considerarla como la legítima dueña de esas fincas. De este modo, cuando apareciera el nuevo señor, su aprobación parecería una mera formalidad. Lograría su propósito sin dar pie a que la gente especulara sobre el tema.

Wulfric no estaba seguro.

—Bueno…

—Ya sé que no es lo que quieres, pero es lo máximo que podrías conseguir hoy. ¿Cómo va a negarse Nate cuando no tiene a nadie más que le recoja la cosecha?

Wulfric asintió con la cabeza. Estaba sopesando las posibilidades.

—La gente me vería cultivando la tierra y se acostumbraría a la idea.

Después de eso, a todo el mundo le parecería injusto que se me negara la herencia. Y además podría pagar el *heriot*, o al menos parte.

—Estarías mucho más cerca de alcanzar tu propósito de lo que estás ahora.

—Gracias. Eres muy sensata.

Le tocó el brazo y luego se volvió hacia Annet. La joven le dijo algo cortante en voz baja. Su padre parecía enojado.

Gwenda dio media vuelta. «No me digas que soy sensata —pensó—, dime que soy... ¿Qué? ¿Hermosa? Imposible. ¿El amor de tu vida? Ésa es Annet. ¿Una amiga de verdad? ¿Y qué saco con eso? Entonces, ¿qué quiero? ¿Por qué estoy tan desesperada por ayudarte?»

No supo qué contestar.

Vio que David Johns charlaba animadamente con un miembro del jurado, Aaron Appletree.

Nate blandió el pergamino del señorío.

—El padre de Wulfric, Samuel, pagó treinta chelines para poder heredar de su padre y una libra para poder heredar de su tío.

El chelín, que equivalía a nueve peniques, no existía como moneda, pero aun así todo el mundo los utilizaba. Y una libra equivalía a veinte chelines, por lo que la suma que Nate había leído era exactamente la mitad de lo que había dicho en un principio.

—Los hijos deberían heredar las tierras de sus padres —dijo David Johns—. No debemos dar la impresión a nuestro nuevo señor, sea quien sea, de que puede escoger a su antojo quién debe heredar.

Se oyó un murmullo de aprobación.

Wulfric dio un paso al frente.

—Alguacil, sé que hoy no puedes tomar una decisión definitiva, por lo que estoy dispuesto a esperar el nombramiento del nuevo señor. Lo único que pido es permiso para seguir trabajando las tierras. Te prometo que recogeré la cosecha, pero nada pierdes si no lo consigo y nada me prometes si lo logro. Cuando nombren al nuevo señor, me someteré a su merced.

Nate estaba acorralado. Gwenda sabía que el hombre había esperado sacar tajada de aquello. Tal vez había confiado en que lo sobornara Perkin, el futuro suegro de Wulfric. La joven observó a Nate mientras éste intentaba encontrar el modo de rebatir la modesta petición de Wulfric. En medio de sus vacilaciones, Nate oyó murmurar a uno o dos aldeanos y comprendió que desvelar sus reticencias sería contraproducente para él.

—Muy bien —dijo con una benevolencia no demasiado convincente—. ¿Qué dice el jurado?

Aaron Appletree lo consultó brevemente con sus compañeros y dijo:

—La petición de Wulfric es modesta y razonable. Debería ocuparse de las tierras de su padre hasta el nombramiento del nuevo señor de Wigleigh.

Gwenda suspiró aliviada.

—Gracias, miembros del jurado —dijo Nate.

Al terminar la vista, la gente se dirigió a sus casas para comer. Casi todos los aldeanos podían permitirse un plato de carne una vez a la semana y el domingo acostumbraba a ser el día escogido. Incluso Joby y Ethna podían apañarse con un guiso de ardilla o erizo, y en esa época los conejos criaban, por lo que solía haber caza. La viuda Huberts tenía un cuello de cordero al fuego.

Gwenda le hizo una seña a Wulfric a la salida de la iglesia.

—Bien hecho —lo felicitó la joven mientras salían—. No ha podido negarse, aunque ésa parecía su intención.

—Fue idea tuya —dijo Wulfric, admirado—. Sabías exactamente lo que tenía que decir. No sé cómo agradecértelo.

Gwenda se resistió a la tentación de decírselo. Atravesaron el cementerio.

—¿Cómo te las arreglarás con la cosecha? —preguntó la joven.

—No lo sé.

—¿Por qué no dejas que te eche una mano?

—No tengo dinero.

—No importa, trabajaré a cambio de comida.

Wulfric se detuvo junto a la puerta, se volvió y la miró con franqueza.

—No, Gwenda, creo que no sería una buena idea. A Annet no le gustaría y, para ser sincero, tendría razón.

Gwenda se sonrojó. Sabía perfectamente a qué se refería. Si Wulfric hubiera decidido desestimar su oferta porque la consideraba demasiado débil o cualquier otra cosa, no habría sido necesaria ni una mirada tan franca ni la mención de su prometida. Comprendió avergonzada que Wulfric sabía de su enamoramiento y que rechazaba su oferta porque no quería alentar un amor imposible.

—Está bien —musitó Gwenda, bajando la vista—. Lo que tú digas.

Wulfric le sonrió con afecto.

—Pero gracias por la oferta.

Gwenda no contestó y, tras una pausa, Wulfric dio media vuelta y se fue.

19

Gwenda se levantó cuando todavía era de noche.

Dormía sobre la paja, en el suelo de la casa de la viuda Huberts. El reloj interno de la joven la despertó justo antes del alba. La viuda, que yacía a su lado, no se movió cuando Gwenda retiró su manta y se levantó. Avanzó a tientas, abrió la puerta de atrás y salió al patio. Tranco se desperezó sacudiéndose y la siguió fuera.

Esperó un momento. Soplaba una brisa fresca, como siempre en Wigleigh. La noche no era cerrada del todo, por lo que pudo adivinar las vagas siluetas del corral de los patos, el retrete y el peral. No distinguía la casa del vecino, la de Wulfric, pero oyó el gruñido quedo de su perro, atado junto al redil, y Gwenda murmuró algo en voz baja para que reconociera su voz y se calmara.

Todo estaba muy tranquilo, aunque últimamente había demasiados momentos así en su vida. Toda su existencia había transcurrido en una casa diminuta, rodeada de recién nacidos y niños que no paraban de berrear para que los alimentaran, llorar por cualquier rasguño, gritar en señal de protesta o chillar con incontrolable rabia infantil. Jamás habría pensado que fuera a echarlo de menos y, sin embargo, así era. La callada viuda sabía mantener una conversación agradable, pero se encontraba igual de cómoda guardando silencio. A veces Gwenda deseaba oír el llanto de un niño para poder cogerlo y consolarlo.

Dio con el viejo balde de madera, se lavó las manos y la cara y volvió a entrar en la casa. Encontró la mesa en la oscuridad, abrió la panera y cortó una gruesa rebanada de la hogaza de hacía una semana. A continuación salió de la casa y empezó a comer el pan por el camino.

La aldea estaba en silencio. Había sido la primera en levantarse. Los campesinos trabajaban de sol a sol y el día se hacía muy largo y agotador en esa época del año, por eso aprovechaban hasta el último minuto de descanso. Sólo Gwenda agotaba también la primera hora antes del alba y la última del crepúsculo.

Amanecía cuando dejó atrás las casas y empezó a atrochar por los campos. Wigleigh contaba con tres grandes labrantíos: Hundredacre, Brookfield y Longfield, en los que se plantaban diferentes cultivos siguiendo un ciclo rotatorio de tres años. El primer año se sembraba trigo y centeno, los cereales más preciados; el segundo año se plantaban cosechas de menor importancia como avena, cebada, guisantes y judías, y el tercer año se dejaba el campo en barbecho. En esos momentos, en Hundredacre crecía el trigo y el centeno, en Brookfield cultivos secundarios y Longfield estaba en barbecho. Cada campo estaba dividido en parcelas de una media hectárea y cada siervo poseía varias parcelas repartidas entre los tres labrantíos.

Gwenda fue a Hundredacre y empezó a escarbar uno de los campos de Wulfric. Arrancó los tiernos y tenaces brotes de acederas, caléndulas y manzanillas de entre las espigas de trigo. Se sentía feliz trabajando las tierras del joven, ayudándolo de esa manera, tanto si él lo sabía como si no. Cada vez que se agachaba, estaba ahorrándole a la espalda de Wulfric el mismo esfuerzo; cada vez que arrancaba un hierbajo, mejoraba la calidad de su cosecha. Era como hacerle regalos. Mientras trabajaba pensaba en él: imaginaba su rostro cuando reía y oía su voz, la voz grave de un hombre mezclada con el entusiasmo de un chico. Tocaba las espigas verdes de su trigo e imaginaba que le acariciaba el pelo.

Desyerbaba hasta la salida del sol y luego se trasladaba a los dominios señoriales, las parcelas cultivadas por el señor o sus braceros, y se ponía a trabajar a cambio de su paga. Aunque sir Stephen hubiera muerto, había que recolectar la cosecha, teniendo en cuenta que su sucesor exigiría una estricta justificación de lo que se hubiera hecho con lo recolectado. A la puesta del sol, tras haberse ganado el pan diario, Gwenda escogía una nueva finca de Wulfric y trabajaba hasta el anochecer, incluso hasta más tarde si la luna la acompañaba.

No le había dicho nada al joven, pero en una aldea de apenas doscientos habitantes, pocas cosas permanecían en secreto mucho tiempo. La viuda Huberts le había preguntado con amable curiosidad qué esperaba conseguir.

—Ya sabes que va a casarse con la hija de Perkin, no hay nada que hacer.

—Sólo quiero que las cosas le vayan bien —había contestado Gwenda—, porque se lo merece. Es un hombre honrado y de buen corazón, y está dispuesto a deslomarse hasta que le falten las fuerzas. Quiero que sea feliz, aunque se case con esa bruja.

Ese día los jornaleros de los dominios señoriales estaban en Brookfield recogiendo los guisantes y judías tempraneros del señor. Wulfric estaba al lado, abriendo una acequia para drenar la tierra, encharcada tras las fuertes lluvias de principios de junio. Gwenda se detuvo a observar cómo cavaba el joven de la ancha espalda encorvada sobre la pala, que ese día sólo llevaba puestos unos calzones y unas botas. Wulfric trabajaba sin descanso, como la rueda de un molino. Sólo el sudor que brillaba sobre su piel revelaba el esfuerzo que estaba haciendo. Annet fue a visitarlo al mediodía. Estaba muy hermosa con el lazo verde que le adornaba el pelo, y llevaba una jarra de cerveza y algo de pan y queso envueltos en un trozo de arpillera.

Nate Reeve tocó una campana y todo el mundo dejó de trabajar para retirarse a descansar en la linde de los árboles, en uno de los extremos de la finca. Nate repartió sidra, pan y cebollas entre los jornaleros ya que la comida estaba incluida en la remuneración. Gwenda se sentó y apoyó la espalda contra un carpe mientras observaba a Wulfric y Annet con la fascinación del condenado que contempla al carpintero mientras éste construye su cadalso.

Al principio Annet coqueteó con él como lo hacía siempre: ladeó la cabeza, le hizo ojitos y le dio un cachete de fingida protesta para reprenderle por algo que el joven había dicho. Pero luego se puso seria y le habló con vehemencia mientras él parecía protestar defendiendo su inocencia. Ambos miraron a Gwenda, por lo que la joven adivinó que se trataba de ella. Supuso que Annet había averiguado que estaba trabajando en los campos de Wulfric por las mañanas y por las noches. Annet se fue al fin, enfurruñada, y Wulfric se terminó la tajada en ensimismada soledad.

Después de comer, todo el mundo descansaba durante el tiempo que quedara antes de volver a trabajar. Los mayores se estiraban en el suelo y echaban una siesta mientras los jóvenes charlaban. Wulfric se acercó a Gwenda y se agachó a su lado.

—Has estado desyerbando mis tierras.

Gwenda no tenía intención de disculparse.

—Supongo que Annet se ha quejado.

—No quiere que trabajes para mí.

—¿Qué quiere que haga? ¿Que devuelva los hierbajos a la tierra?

Wulfric echó un vistazo alrededor y bajó la voz, no quería que los demás lo oyeran, aunque seguramente todo el mundo adivinaba el tema de conversación.

—Sé que lo haces de buena fe, y te lo agradezco, pero le molesta.

A Gwenda le gustaba estar cerca de él. Olía a tierra y a sudor.

—Necesitas que alguien te eche una mano y Annet no es de mucha ayuda.

—Por favor, no la critiques. De hecho, no hables de ella.

—De acuerdo, pero no podrás recoger toda la cosecha tú solo.

Wulfric suspiró.

—Con que saliera el sol…

Levantó la vista hacia el cielo automáticamente, un reflejo de campesino. Los nubarrones tapaban el ancho horizonte. Los cultivos de grano intentaban prosperar en ese tiempo tan frío y húmedo.

—Déjame trabajar para ti —suplicó Gwenda—. Dile a Annet que me necesitas. Se supone que el hombre es quien manda, no al contrario.

—Me lo pensaré —aseguró él.

Sin embargo, al día siguiente Wulfric contrató un jornalero, un hombre que estaba de paso y que apareció al final de la tarde. Al caer el sol, los aldeanos se reunieron a su alrededor para oír su historia. Se llamaba Gram y venía de Salisbury. Les contó que su esposa e hijos habían muerto en el incendio de su casa y que iba de camino a Kingsbridge en busca de trabajo, tal vez en el priorato, dado que su hermano era uno de los monjes.

—Puede que lo conozca —dijo Gwenda—. Mi hermano Philemon lleva unos años trabajando en el priorato. ¿Cómo se llama el tuyo?

—John. —Había dos monjes llamados John, pero antes de que Gwenda pudiera preguntar cuál de los dos era su hermano, él continuó—. Cuando emprendí el viaje, llevaba un poco de dinero para comprar comida por el camino, pero me lo robaron unos proscritos y ahora estoy sin un penique.

El hombre se ganó las simpatías de todos, y Wulfric lo invitó a dormir en su casa. Al día siguiente, sábado, empezó a trabajar para el joven y aceptó mesa, techo y una parte de la cosecha como pago por sus servicios.

Gram se aplicó en cuerpo y alma todo el sábado. Wulfric tenía que escardar con el arado las tierras que tenía en barbecho en Longfield, tarea para la que se necesitaba la colaboración de dos hombres. Gram guió el caballo, azotándolo cuando flaqueaba, y Wulfric el arado. El domingo descansaron.

Ese día en misa, Gwenda se echó a llorar cuando vio a Cath, Joanie y Eric. Hasta ese momento no se había dado cuenta de cuánto los echaba de menos. Sostuvo a Eric en brazos durante todo el oficio.

—Te estás haciendo mucho daño por ese tal Wulfric —le espetó su madre cuando acabó la misa—. Por mucho que desyerbes sus tierras, no va a quererte más. ¿No ves que pierde los sesos por esa pánfila de Annet?

—Lo sé —contestó Gwenda—. Pese a todo quiero ayudarle.

—Deberías irte de la aldea. Aquí ya no tienes nada que hacer.

Gwenda sabía que su madre tenía razón.

—Lo haré —aseguró—. Me iré el día que se case.

—Si vas a quedarte —repuso su madre, bajando la voz—, ten cuidado con tu padre: no ha perdido la esperanza de ganarse otros doce chelines.

—¿A qué te refieres? —preguntó Gwenda, pero su madre se limitó a sacudir la cabeza—. No puede venderme, me he ido de casa, así que ni me mantiene ni me da techo. Ahora trabajo para el señor de Wigleigh. Ya no pertenezco a padre, ya no puede hacer conmigo lo que le plazca.

—Yo sólo te digo que te andes con cuidado —repuso su madre, y se negó a seguir hablando.

Fuera del templo, Gram se puso a charlar con Gwenda, le hizo preguntas sobre ella y le propuso ir a dar un paseo después de comer. Gwenda adivinó a qué se refería el hombre con lo de dar un paseo y lo rechazó de plano, pero luego lo vio con la quinceañera y rubia Joanna, la hija de David Johns, lo bastante joven y tonta como para dejarse engatusar por los halagos de un viajero.

El lunes, en la penumbra que precede al amanecer, Gwenda estaba desyerbando el trigo de Wulfric en Hundredacre cuando vio que el joven se acercaba a ella corriendo campo a través. En su rostro se adivinaba la rabia contenida.

Gwenda había desoído los deseos de Wulfric y había seguido trabajando en sus tierras todas las mañanas y las noches. Al parecer había ido demasiado lejos. ¿Qué le haría? ¿Le pegaría? Después de cómo lo había provocado, seguramente podía emplear la violencia con ella con impunidad. La gente diría que ella se lo había buscado y además, después de haberse ido de casa de sus padres, no tenía a nadie que la defendiera. Tuvo miedo. Había visto cómo Wulfric le rompía la nariz a Ralph Fitzgerald.

Acto seguido se dijo que aquel pensamiento era absurdo, que a pesar de que el joven había participado en muchas peleas, ella jamás había visto pegarle a una mujer o a un niño. Pese a todo, la ira de Wulfric la hizo temblar.

Sin embargo, el motivo de su visita era otro.

—¿Has visto a Gram? —le gritó Wulfric en cuanto estuvo a una distancia desde la que Gwenda pudiese oírlo.

—No, ¿por qué?

El joven se detuvo a su lado, sin aliento.

—¿Cuánto hace que estás aquí?

—Me he levantado antes del alba.

La respuesta hundió a Wulfric.

—Si ha venido por aquí, a estas horas ya estará muy lejos.

—¿Qué ha pasado?

—Ha desaparecido… Y mi caballo también.

Eso explicaba la ira de Wulfric. Un caballo era una posesión valiosa, sólo los campesinos acaudalados como su padre podían permitirse un animal de tiro. Gwenda recordó con qué rapidez Gram había cambiado de tema cuando ella había dicho que tal vez conocía a su hermano. Estaba claro que ni tenía un hermano en el priorato ni su mujer e hijos habían muerto en un incendio. Era un mentiroso que se había ganado la confianza de los aldeanos con la intención de robarles.

—Qué tontos fuimos al creer su historia —se lamentó Gwenda.

—Y yo soy el más tonto de todos por acogerlo en mi casa —dijo

Wulfric con acritud—. Se ha quedado lo justo para que los animales se acostumbraran a él. Así el caballo no se negaría a dejarse guiar y el perro no le ladraría.

A Gwenda se le partió el corazón. Había perdido el caballo justo cuando más lo necesitaba.

—No creo que haya venido por aquí —dijo Gwenda, pensativa—. Con lo cerrada que era la noche, no puede haber salido de la aldea antes que yo. Además, si me hubiera seguido, lo habría visto. —Sólo había un camino de entrada y salida de la aldea, que acababa y partía de la casa solariega; sin embargo, existían numerosos senderos a campo traviesa—. Seguramente cogió el atajo entre Brookfield y Longfield, es el camino más corto para llegar al bosque.

—Al caballo le cuesta avanzar por el bosque. Puede que todavía me dé tiempo a alcanzarlo.

Wulfric dio media vuelta y regresó corriendo por donde había venido.

—¡Buena suerte! —gritó Gwenda, y el joven se despidió con la mano, sin volver la cabeza.

Sin embargo, Wulfric no tuvo suerte.

Esa misma tarde Gwenda pasaba junto al campo de Longfield con un saco de guisantes a la espalda en dirección al granero del señor cuando volvió a ver a Wulfric. Estaba removiendo sus tierras en barbecho con una pala. Era obvio que ni había dado con Gram ni había recuperado el caballo.

Gwenda dejó el saco en el suelo y cruzó el campo para hablar con él.

—Tú solo no puedes —dijo—. Tienes doce hectáreas y ¿cuántas has arado? ¿Cuatro? Nadie puede arar más de ocho hectáreas él solo.

Wulfric no la miró, se limitó a seguir removiendo la tierra con expresión resuelta.

—No puedo arar, no tengo caballo —respondió.

—Ponte un arnés —replicó Gwenda—. Eres fuerte y el arado es ligero... Ahora sólo estás arrancando cardos.

—¿Y quién va a guiar el arado?

—¿Quién crees tú? —Wulfric la miró fijamente—. Lo haré yo —se ofreció Gwenda.

El joven negó con la cabeza.

—Has perdido a tu familia y ahora tu caballo. No puedes arreglártelas tú solo. No te queda otra elección que dejar que te ayude.

Wulfric volvió la vista hacia los campos y la aldea, y Gwenda supo que estaba pensando en Annet.

—Estaré preparada mañana por la mañana a primera hora —dijo la joven.

Wulfric la miró intentando contener la emoción. Estaba dividido entre su amor por la tierra y el deseo de complacer a Annet.

—Me pasaré por tu puerta —insistió Gwenda—. Araremos el resto juntos.

La joven dio media vuelta y echó a andar. Luego se detuvo y volvió la vista atrás.

Wulfric no dijo que sí.

Aunque tampoco que no.

Araron dos días, después segaron y secaron el heno, y más tarde recogieron las hortalizas propias de primavera.

Como fuera que Gwenda ya no podía pagar cama y mesa a la viuda Huberts, la joven se vio obligada a buscar otro lugar donde dormir, así que se mudó al establo de Wulfric. Gwenda le explicó la razón y el joven no puso ninguna objeción.

Al día siguiente Annet dejó de llevarle la comida a Wulfric a mediodía, de modo que Gwenda preparaba el almuerzo para los dos con lo que encontraba en la despensa de Wulfric: pan, cerveza en jarra, huevos cocidos o beicon frío y cebolletas o remolacha. Una vez más, Wulfric aceptó el cambio sin poner objeciones.

Gwenda todavía conservaba el elixir de amor. Llevaba el pequeño recipiente de barro en una diminuta bolsa de cuero colgada al cuello por una correa, pendiendo entre los pechos, oculto a la vista. Habría tenido ocasión de verterlo en la cerveza de Wulfric a la hora del almuerzo, pero Gwenda no podría haber aprovechado sus efectos a pleno sol en medio del campo.

Por las noches Wulfric iba a casa de Perkin y cenaba con Annet y su familia, por lo que Gwenda se quedaba a solas en la cocina. El joven solía volver muy serio pero, al no comentarle nada, Gwenda daba por sentado que hacía oídos sordos a las objeciones de Annet. Wulfric se iba directamente a la cama, de modo que Gwenda no tenía la oportunidad de utilizar el elixir.

El sábado siguiente a la huida de Gram, Gwenda se preparó una sopa de verduras con tocino. La despensa de Wulfric estaba abastecida para cuatro adultos, por lo que nunca faltaba para comer. A pesar de que ya estaban en julio, las noches eran frías, por lo que después de cenar alimentó la lumbre de la cocina con un nuevo leño y se sentó a contemplar cómo prendía mientras pensaba en lo sencilla y predecible que era la vida que había llevado hasta hacía unas pocas semanas y cómo esa vida se había desmoronado igual que el puente de Kingsbridge.

Cuando se abrió la puerta, pensó que era Wulfric que volvía a casa. Ella siempre se retiraba al establo cuando él llegaba, pero disfrutaba de las cuatro palabras amables que intercambiaban antes de irse a dormir. Levantó la vista ilusionada, esperando ver su hermoso rostro, aunque le aguardaba una desagradable sorpresa.

No era Wulfric, sino su padre, acompañado de un desconocido de aspecto tosco.

Gwenda se puso en pie de un salto, asustada.

—¿Qué quieres?

Tranco ladró con hostilidad, pero retrocedió amedrentado por Joby.

—Vamos, vamos, pequeña, no tengas miedo, soy tu padre —dijo Joby.

En ese momento Gwenda recordó consternada la vaga advertencia de su madre en la iglesia.

—¿Quién es ése? —preguntó, señalando al desconocido.

—Éste de aquí es Jonah de Abingdon, un peletero.

Puede que Jonah hubiera sido peletero en algún momento, pensó Gwenda lúgubremente, e incluso era posible que procediera de Abingdon, pero calzaba unas botas gastadas, llevaba la ropa sucia y por el cabello apelmazado y la barba hirsuta, se adivinaban los años que hacía que no visitaba a un barbero de ciudad.

—Aléjate de mí —le avisó Gwenda, mostrando más coraje del que en realidad sentía.

—Ya te dije que era de armas tomar —le comentó Joby a Jonah—. Pero es buena chica, y fuerte.

—No hay de qué preocuparse —aseguró Jonah, hablando por primera vez. Se pasó la lengua por los labios, comiéndose a Gwenda con los ojos, y la joven deseó llevar puesto algo más que su ligero vestido de lana—. En mis tiempos domé a más de una potrilla —añadió.

Gwenda supo sin lugar a dudas que su padre había cumplido su amenaza y había vuelto a venderla. Había creído que con abandonar la casa de sus padres el problema había quedado zanjado. Además, los aldeanos no permitirían el rapto de un bracero a quien uno de los suyos tenía empleado. Sin embargo, era de noche y podía encontrarse muy lejos antes de que nadie se diera cuenta de lo que había sucedido.

No tenía a nadie que la ayudara.

Pese a todo, no pensaba rendirse sin presentar pelea.

Miró a su alrededor, desesperada en busca de un arma. El leño que había echado a la lumbre minutos antes ardía por uno de sus extremos, pero tendría unos cincuenta centímetros y la otra punta asomaba sugerentemente. Se agachó con un rápido movimiento y lo agarró.

—Vamos, vamos, no hay razón para ponerse así —dijo Joby—. No querrás hacer daño a tu pobre padre, ¿verdad?

Joby dio un paso al frente.

La rabia se apoderó de ella. ¿Cómo se atrevía a considerarse su «pobre padre» cuando trataba de venderla? En esos momentos sintió deseos de hacerle sufrir. Se abalanzó sobre él, gritando de frustración y apuntándole con el leño a la cara.

Joby se echó hacia atrás, pero Gwenda no se detuvo, ofuscada por la ira. Tranco ladraba frenético. Joby levantó los brazos para protegerse e intentó apartar el leño de un manotazo, pero Gwenda era fuerte. Pese a lo mucho que agitó los brazos, el hombre no consiguió detener su embestida y la joven le rozó la cara con el extremo al rojo vivo. Joby gritó de dolor con la mejilla chamuscada. La sucia barba prendió fuego y empezó a desprender un nauseabundo olor a carne quemada.

En ese momento alguien agarró a Gwenda por detrás. Jonah la rodeó con los brazos, los de Gwenda quedaron trabados a los costados y se le cayó el leño. Las llamas prendieron de inmediato en la paja del suelo. Tranco, aterrorizado por el fuego, salió corriendo de la casa. Gwenda forcejeó, retorciéndose entre los brazos de Jonah, sacudiéndose de un lado al otro, pero el hombre tenía una fuerza descomunal y logró levantarla del suelo.

Una sombra corpulenta apareció en la puerta. Gwenda sólo distinguió la silueta, pero ésta desapareció al momento. A continuación, la joven sintió cómo la arrojaban al suelo y perdió el sentido por unos instantes. Al volver en sí, Jonah estaba arrodillado encima de ella, atándole las manos con una cuerda.

La sombra reapareció y Gwenda comprobó que se trataba de Wulfric. Esta vez llevaba un enorme balde de madera que rápidamente vació sobre la paja en llamas para apagar el fuego. Acto seguido, lo sujetó del revés, lo blandió y descargó un poderoso golpe sobre la cabeza del arrodillado Jonah.

Gwenda sintió que la presión de Jonah se relajaba. La joven intentó separar las muñecas y sintió que la cuerda cedía. Wulfric volvió a blandir el cubo y golpeó de nuevo a Jonah, con más fuerza. El hombre cerró los ojos y se derrumbó en el suelo.

Joby sofocó la barba en llamas con la manga y cayó de rodillas, gimiendo de agonía.

Wulfric agarró al inconsciente Jonah por la pechera de la camisa larga.

—¿Quién demonios es éste?

—Se llama Jonah. Mi padre quería venderme a él.

Wulfric levantó al hombre por el cinturón, lo arrastró hasta la puerta y lo arrojó a la calle.

—Ayúdame, tengo la cara quemada —gimoteó Joby.

—¿Que te ayude? —dijo Wulfric—. Has prendido fuego a mi casa, te has abalanzado sobre mi jornalera ¿y pretendes que te ayude? ¡Largo de aquí!

Joby se puso en pie, quejándose lastimeramente, y se acercó a la puerta con paso vacilante. Gwenda buscó en su interior, pero no halló ni una pizca de compasión por él; el poco amor que aún podía profesarle había quedado destruido esa noche. Al verlo salir por la puerta, deseó que no volviera a dirigirle la palabra en toda su vida.

Perkin llamó a la puerta de atrás, llevando un candil.

—¿Qué ha pasado? —preguntó—. Me ha parecido oír gritos.

Gwenda vio a Annet rondando a su espalda.

—Joby se ha presentado con otro rufián —les informó Wulfric—. Querían llevarse a Gwenda.

Perkin gruñó.

—Parece que ya te has hecho cargo de la situación.

—Todo solucionado.

Wulfric se dio cuenta de que todavía llevaba el cubo en la mano y lo dejó en el suelo.

—¿Estás herido? —preguntó Annet.

—No.

—¿Necesitas algo?

—Sólo quiero irme a dormir.

Perkin y Annet captaron la indirecta y volvieron a su casa. Al parecer, nadie más había oído nada. Wulfric cerró las puertas.

El joven miró a Gwenda a la luz de la lumbre.

—¿Cómo estás?

—Me tiembla todo.

Gwenda se sentó en el escaño y apoyó los codos en la mesa de la cocina. Wulfric se acercó a la alacena.

—Bebe un poco de vino, te hará bien.

Sacó un pequeño barril, lo dejó en la mesa y bajó dos vasos del estante.

Gwenda se despabiló inmediatamente. ¿Sería ésa la oportunidad que había estado esperando? Intentó mantener la calma, pero tendría que actuar con mucha rapidez.

Wulfric sirvió vino en los vasos y devolvió el barril a la alacena.

Gwenda sólo disponía de un par de segundos. Mientras Wulfric estaba de espaldas, la joven se llevó la mano al escote, extrajo el saquito que llevaba colgado al cuello de la correa de cuero, sacó el pequeño recipiente, lo destapó con mano temblorosa y lo vació en el vaso de Wulfric.

El joven se volvió en el momento en que Gwenda remetía el saquito por el cuello del vestido. La joven se dio unas palmaditas en el pecho, como si se hubiera estado alisando la ropa. Poco observador como todos los hombres, Wulfric no detectó nada fuera de lo normal y se sentó delante de ella.

Gwenda cogió su vaso y lo alzó en un brindis.

—Gracias por salvarme —dijo.

—Te tiembla la mano. Menudo susto has debido de llevarte.

Ambos bebieron.

Gwenda se preguntó cuánto tiempo debía pasar para que el elixir hiciera efecto.

—Eres tú la que me has salvado al ayudarme en los campos. Gracias —dijo Wulfric.

Volvieron a beber.

—No sé qué es peor, si tener un padre como el mío o no tener padre, como tú.

—Lo siento por ti —repuso Wulfric, con aire pensativo—. Al menos yo conservo buenos recuerdos de mis padres. —Apuró su vaso—. No suelo beber vino porque no me gusta esa sensación de mareo que te da, pero éste está muy bueno.

Gwenda lo observó con mucha atención. Mattie Wise había dicho que se pondría cariñoso, por lo que empezó a fijarse en las señales y, efectivamente, enseguida empezó a mirarla como si la viera por primera vez.

—¿Sabes qué? Tienes una cara bonita. Hay mucha bondad en ella —comentó Wulfric al cabo de un rato.

Se suponía que entonces ella debía utilizar sus dotes femeninas de seducción pero, con cierta sensación de pánico, se dio cuenta de que carecía de práctica. En las mujeres como Annet casi parecía natural; sin embargo, cuando pensó en lo que Annet solía hacer, como sonreír con timidez, tocarse el pelo o pestañear con coquetería, ni siquiera se atrevió a intentarlo. Se sentiría como una tonta.

—Eres muy amable —dijo, hablando para ganar tiempo—. Pero en tu cara se lee algo más.

—¿El qué?

—La fuerza. No la que proporcionan unos músculos de hierro, sino la determinación.

—Esta noche me siento con fuerzas. —Sonrió de oreja a oreja—. Dijiste que un hombre solo no podía arar más de ocho hectáreas, pero ahora creo que podría.

Gwenda colocó su mano sobre la de Wulfric.

—Será mejor que descanses —dijo Gwenda—. Ya habrá tiempo para arar la tierra.

Wulfric miró la pequeña mano de la joven sobre la suya.

—No tenemos el mismo color de piel —comentó, como si acabara de descubrir un hecho insólito—. Mira: la tuya es morena y la mía es rosada.

—Piel distinta, pelo distinto, ojos distintos. Me pregunto qué aspecto tendrían nuestros hijos.

A Wulfric le hizo gracia la idea, pero mudó la expresión al presentir que algo no estaba bien en lo que Gwenda acababa de decir. De repente se puso muy serio. El cambio habría sido cómico si a Gwenda no le hubiera importado lo que el joven sintiera por ella.

—No vamos a tener hijos —dijo con gravedad, y retiró la mano.

—No pensemos ahora en eso —se apresuró a contestar ella.

—¿A veces no querrías…?

No terminó la frase.

—¿Qué?

—¿A veces no desearías que el mundo fuera diferente de como es?

Gwenda se levantó, rodeó la mesa y se sentó a su lado.

—No lo desees —repuso Gwenda—. Estamos solos y es de noche, puedes hacer lo que quieras. —Lo miró a los ojos—. Cualquier cosa.

Wulfric le devolvió la mirada. Gwenda descubrió la urgencia en el rostro del joven y, con un estremecimiento triunfante, supo que la deseaba. Había necesitado de un elixir para hacerlo despertar, pero el deseo era inequívocamente genuino. En esos momentos lo único que él ansiaba era hacerle el amor.

Sin embargo, Wulfric seguía sin dar el paso final.

Gwenda le cogió la mano. El joven no se resistió cuando se la acercó a los labios. Gwenda sujetó los grandes y ásperos dedos y apretó la palma contra su boca para besarla y lamerla con la punta de la lengua. A continuación se la puso sobre uno de sus pechos.

Wulfric cerró la mano y el pecho casi desapareció entre sus dedos. El joven separó los labios levemente y Gwenda, al ver que jadeaba, inclinó la cabeza hacia atrás para recibir un beso, pero él no hizo nada.

Gwenda se levantó, se quitó el vestido por la cabeza y lo arrojó al suelo. Se quedó desnuda delante de él, a la luz de la lumbre. Wulfric la contempló con los ojos desorbitados, boquiabierto, como si presenciara un milagro.

Gwenda volvió a cogerle la mano y esta vez la llevó hasta el suave triángulo de su entrepierna. La mano cubrió todo el vello púbico. Estaba tan húmeda que el dedo de Wulfric se deslizó en su interior y a Gwenda se le escapó un involuntario gemido de placer.

Pese a todo, él seguía sin hacer nada por voluntad propia y la joven comprendió que lo paralizaba la indecisión. Wulfric la deseaba, pero no había olvidado a Annet. Gwenda podía manejarlo toda la noche a su antojo como a una marioneta, puede que incluso pudiera fornicar con su cuerpo inerte, pero eso no cambiaría nada. Gwenda quería que él tomara la iniciativa.

La joven se inclinó hacia delante, manteniendo la mano de Wulfric en su entrepierna.

—Bésame —dijo. Le acercó la cara—. Por favor.

Estaba a dos centímetros de sus labios. Podía acercarse más, pero era él quien tenía que salvar la distancia.

Entonces, Wulfric se movió.

El joven apartó la mano, se volvió y se levantó.

—Esto no está bien —dijo.

Gwenda sabía que lo había perdido.

Las lágrimas acudieron a sus ojos. Recogió el vestido del suelo y lo sostuvo delante de ella para cubrirse el cuerpo desnudo.

—Lo siento —se disculpó Wulfric—. No debería haber hecho lo que he hecho. Te he corrompido. Soy un desalmado.

«No, tú no has hecho nada —pensó Gwenda—. He sido yo, yo te he corrompido, pero tú has sido fuerte. Eres demasiado fiel, demasiado leal. Eres demasiado bueno para mí.»

Sin embargo, no dijo nada.

Wulfric mantuvo los ojos apartados de ella.

—Ve al establo y acuéstate. Mañana será otro día y todo se habrá arreglado.

Gwenda salió corriendo por la puerta de atrás, sin molestarse en vestirse. La luz de la luna lo inundaba todo, pero la gente ya se había ido a la cama, y aunque la hubieran visto tampoco le habría importado. Segundos después entraba en el establo.

En uno de los extremos del edificio de madera había un pajar donde guardaban la paja limpia, el lugar donde dormía por las noches. Ascendió la escalera y se dejó caer en el suelo, sintiéndose demasiado desdichada como para importarle que se le clavara la paja en la piel desnuda. Rompió a llorar, abrumada por la desolación y la vergüenza.

Cuando por fin consiguió calmarse, se levantó, se vistió y se envolvió en la manta. En ese momento creyó oír pasos en el exterior, por lo que atisbó por un agujero que había en la tosca pared de adobe y cañas.

Casi había luna llena y se veía con claridad. Wulfric estaba allí fuera. A Gwenda le dio un vuelco el corazón cuando vio que el joven se acercaba al establo. Tal vez no estuviera todo perdido. Sin embargo, Wulfric vaciló junto a la puerta y se alejó. Regresó a la casa, dio media vuelta en la puerta de la cocina, volvió a acercarse al establo y deshizo sus pasos una vez más.

Gwenda lo vio pasearse arriba y abajo con el corazón en un puño, pero no se movió. Había hecho todo lo que había podido para alentarlo. Era él quien debía dar el último paso.

Wulfric se detuvo en la puerta de la cocina. Su cuerpo se perfilaba a la luz de la luna, una línea plateada que lo recorría de arriba abajo. Gwenda vio que rebuscaba algo en los calzones y enseguida supo qué iba a suceder, pues se lo había visto hacer a su hermano mayor. Oyó gemir a Wulfric cuando éste empezó a frotarse, acompañando sus movimientos de exagerados gemidos que imitaban a dos personas haciendo el amor. Gwenda lo observó mientras desaprovechaba su apetito, hermoso a la luz de la luna, y creyó que estaba a punto de rompérsele el corazón.

20

Godwyn movió ficha contra Carlus el Ciego el domingo anterior a la festividad de San Adolfo.

Todos los años por esas fechas se celebraba una misa especial en la catedral de Kingsbridge. El prior, seguido en procesión por los monjes, paseaba los huesos del santo por la iglesia mientras oraban pidiendo a Dios que trajera buen tiempo para las cosechas.

Como siempre, uno de los deberes de Godwyn consistía en acondicionar la iglesia para la misa asistido por novicios y subalternos, como Philemon, que le ayudaban a sustituir velas, comprobar que hubiera incienso y disponer el mobiliario. La festividad de San Adolfo requería un segundo altar, una tabla profusamente tallada, subido a una plataforma que pudiese desplazarse por la iglesia según fuese necesario. Godwyn ubicó el altar en el muro oriental del crucero y colocó encima un par de velas plateadas mientras meditaba, angustiado, sobre su futuro.

Una vez que hubo convencido a Thomas para que se presentara al cargo de prior, el siguiente paso consistía en eliminar a la oposición. Carlus debería ser un contrincante fácil de derrotar, aunque en cierto modo eso en sí mismo también era una desventaja, puesto que Godwyn no deseaba parecer cruel.

Dejó una cruz relicario, un enjoyado crucifijo de oro con el alma de madera de la Santa Cruz, en medio del altar. El verdadero madero sobre el que había muerto Jesucristo había sido milagrosamente hallado por Elena, madre de Constantino el Grande, hacía mil años y varios fragmentos habían acabado en iglesias de toda Europa.

Godwyn estaba disponiendo las reliquias sobre el altar cuando vio a la madre Cecilia por allí e hizo un descanso para acudir a su encuentro.

—Por lo que me han dicho, el conde Roland ha recuperado el conocimiento —comentó—. Alabado sea Dios.

—Amén —contestó ella—. La fiebre lo ha tenido postrado tanto tiempo que temíamos por su vida. Algún humor maligno debió de entrarle en el cerebro cuando se fracturó el cráneo porque nada de lo que decía tenía sentido, pero esta mañana se ha despertado así por las buenas y hablaba con total normalidad.

—Lo has curado.

—Dios lo ha curado.

—Aun así, debería estarte agradecido.

La madre Cecilia sonrió.

—Eres joven, hermano Godwyn, pero ya aprenderás que los hombres de poder jamás muestran gratitud. Démosles lo que les demos, lo aceptan como un derecho.

La condescendencia de la priora molestó a Godwyn, pero el monje disimuló su irritación.

—Por lo menos al fin podremos celebrar la elección del prior.

—¿Quién saldrá elegido?

—Diez monjes han comunicado su firme propósito de votar a Carlus y sólo siete a Thomas, lo que, junto con los votos de los candidatos, da un resultado de once a ocho. Quedan seis, que no se han comprometido a nada.

—Así que podría ser cualquiera de los dos.

—Pero Carlus parece llevar ventaja. Thomas podría conseguirlo con tu apoyo, madre Cecilia.

—No tengo voto.

—Pero sí influencia. Si dijeras que el monasterio necesita un control más estricto y cierta reforma, y que crees que Thomas sería el más idóneo para llevarlo a cabo, eso podría animar a alguno de los indecisos a decidirse.

—No debería decantarme por nadie.

—Tal vez no, pero podrías decir que dejarás de sufragar a los monjes a menos que administren mejor su dinero. ¿Qué hay de malo en eso?

Los vivos ojillos de la priora brillaron con animación; no era fácil de persuadir.

—Eso sería un mensaje velado de apoyo a Thomas.

—Sí.

—Soy estrictamente neutral. Trabajaré encantada con quienquiera que elijan los monjes y es mi última palabra, hermano.

Godwyn hizo una pequeña reverencia con la cabeza.

—Respeto tu decisión, por descontado.

La priora asintió y se alejó.

Godwyn estaba satisfecho. No esperaba que la madre Cecilia refrendara a Thomas. Era conservadora, por lo que todo el mundo daba por hecho que apoyaba a Carlus. Sin embargo, ahora Godwyn podía hacer correr la voz de que Cecilia apreciaba de igual modo a ambos candidatos. En realidad, Godwyn había conseguido minar el tácito apoyo de la priora a Carlus. Incluso podía ser que la mujer se molestase cuando supiera el uso que él iba a darle a sus palabras, pero en cualquier caso Cecilia no podría retirar su declaración de neutralidad.

Godwyn pensó que era tan inteligente que merecía ser prior.

Neutralizar a Cecilia había sido de gran ayuda, pero no lo suficiente para aplastar a Carlus. Godwyn tenía que ofrecer a los monjes una clara demostración de con cuánta incompetencia iba a dirigirlos Carlus, y albergaba la esperanza de que la ocasión se le presentara ese mismo día.

Carlus y Simeon estaban en la iglesia, ensayando la misa. Carlus hacía las veces de prior, de modo que tenía que encabezar la procesión llevando el relicario de marfil y oro que contenía las reliquias del santo. Simeon, el tesorero y amigo de Carlus, le hacía de lazarillo. Godwyn se fijó en que Carlus estaba contando los pasos para poder hacerlo él solo. La congregación quedaría impresionada cuando Carlus se paseara entre ellos con total seguridad a pesar de su ceguera, les parecería un pequeño milagro.

La procesión siempre empezaba en el extremo oriental de la iglesia, bajo el gran altar donde se guardaban las reliquias. El prior abriría el armario, sacaría el relicario y recorrería el pasillo norte del presbiterio, rodearía el transepto norte, recorrería la nave norte hasta llegar al extremo occidental y regresaría al crucero por el pasillo central de la nave principal. Una vez allí, subiría dos escalones para colocarlo en el segundo altar que Godwyn habría dispuesto con anterioridad. Las reliquias sagradas permanecerían allí durante toda la misa para que los feligreses pudieran contemplarlas.

Godwyn miró a su alrededor y las reparaciones que se estaban llevando a cabo en el pasillo sur del presbiterio llamaron su atención, así que se acercó un poco más para comprobar el progreso. A pesar de que Merthin ya no trabajaba en las obras después de que Elfric lo despidiera, seguían utilizando el sorprendentemente sencillo sistema del joven. En vez de la costosa cimbra de madera que solía sostener la cantería durante el secado de la argamasa, las piedras se sujetaban gracias a una cuerda atada a lo largo de la piedra y lastrada con una roca. El sistema no podía utilizarse para la construcción de los nervios de la bóveda, para los cuales una cimbra se hacía necesaria, ya que estaban formados por piedras finas y alargadas dispuestas extremo con extremo, pero aun así Merthin había ahorrado al priorato una pequeña fortuna en carpintería.

Godwyn no dudaba del mérito de Merthin, aunque seguía sintiéndose incómodo en su presencia. Por eso prefería trabajar con Elfric, en quien siempre podría confiar como herramienta servicial que nunca crearía problemas, mientras que era más probable que Merthin siguiera su propio camino.

Carlus y Simeon se fueron. La iglesia estaba preparada para la misa. Godwyn despidió a los hombres que habían estado ayudándole, menos a Philemon, que barría el suelo del crucero.

Por unos instantes fueron los dos únicos ocupantes de la gran catedral.

Por fin se presentaba la ocasión que Godwyn había estado esperando. El plan que había ido tramando tomó plena forma en ese momento. Tras unos instantes de vacilación, pues arriesgaba más de lo que imaginaba, decidió jugársela y le hizo una señal a Philemon para que se acercara.

—A ver, rápido, mueve la plataforma un metro hacia delante —dijo.

La mayor parte del tiempo, la catedral no era más que el lugar de trabajo de Godwyn, un espacio de uso, un edificio que necesitaba reparaciones, una fuente de ingresos y, a la vez, una carga financiera. Sin embargo, en una ocasión como aquélla, el edificio recobraba su majestuosidad. Las llamas de las velas parpadeaban y sus reflejos titilaban en los candelabros de oro, los monjes y las hermanas con sus hábitos se deslizaban entre los viejos pilares de piedra y las voces del coro se elevaban hasta la alta bóveda. No era de extrañar la muda admiración de los centenares de feligreses que abarrotaban la iglesia.

Carlus encabezó la procesión. Mientras los hermanos y las monjas cantaban, abrió a tientas el cajón que había debajo del gran altar, sacó el relicario de marfil y oro y empezó a pasearse por la iglesia sosteniéndolo en alto. Con la barba blanca y los ojos velados, era la viva imagen de la santa inocencia.

¿Caería en la trampa de Godwyn? Era tan sencillo, parecía tan fácil… Godwyn, a unos pasos por detrás de Carlus, se mordía el labio intentando guardar la calma.

Los feligreses se habían quedado arrobados. A Godwyn siempre le sorprendía hasta qué punto se dejaban manipular. Los huesos no estaban a la vista, y aunque lo hubieran estado no habrían sabido distinguirlos de cualesquiera otros. Sin embargo, gracias a la lujosa magnificencia de la caja, la sobrecogedora belleza del canto, los hábitos de los monjes y las hermanas y la gigantesca construcción que a todos empequeñecía, la gente se creía en presencia de algo sagrado.

Godwyn observaba atentamente a Carlus. Al llegar a la mitad de la crujía occidental de la nave norte, el anciano dio un brusco giro a la izquierda. Simeon estaba preparado para corregirlo si se equivocaba, pero no fue necesario. Bien, cuanto más se confiara Carlus, más probabilidades había de que tropezara en el momento crucial.

Carlus se dirigió hacia el centro de la nave contando los pasos y luego volvió a girar en dirección al altar. En el momento justo, los cantos cesaron y la procesión continuó en un silencio reverencial.

Godwyn pensó que debía de ser como tratar de orientarse de noche de camino a la letrina. Carlus había dado esos mismos pasos varias veces al año a lo largo de su vida, pero nunca como cabeza de procesión, como en ese momento, lo que debía de ponerlo nervioso. Sin embargo, parecía tranquilo. Únicamente el ligero movimiento de sus labios delataba el hecho de que estaba contando. No obstante, Godwyn se había asegurado de que no le salieran las cuentas. ¿Quedaría como un idiota? ¿O conseguiría recuperarse?

Los feligreses retrocedían atemorizados cuando los huesos sagrados pasaban por su lado. Sabían que tocar el cofre podía obrar milagros, pero también creían que cualquier ofensa a las reliquias les acarrearía consecuencias desastrosas. Los espíritus de los muertos siempre los acompañaban, vigilaban los huesos a la espera del día del Juicio Final, y los que habían llevado vidas de santo disfrutaban de poderes casi ilimitados para recompensar o castigar a los vivos.

En ese instante, a Godwyn se le pasó por la cabeza que san Adolfo podría disgustarse con él por lo que estaba a punto de ocurrir en la catedral de Kingsbridge. Se estremeció, momentáneamente aterrorizado, pero enseguida intentó reponerse diciéndose que actuaba por el bien del priorato que acogía las reliquias sagradas, y que el omnisapiente santo, él que sabía leer los corazones de los hombres, comprendería que lo hacía en beneficio de todos.

Carlus aflojó el paso a medida que fue acercándose al altar, aunque sin variar la zancada. Godwyn contuvo la respiración. Carlus vaciló a punto de dar el paso que, según sus propios cálculos, debía acercarlo a la plataforma donde lo esperaba el altar. Godwyn lo siguió con la mirada atenta, sin poder hacer nada, temiendo un cambio de última hora.

En ese momento, Carlus adelantó el pie seguro de sí mismo… Y se topó con el borde de la plataforma un metro antes de lo esperado. En mitad del silencio, el golpe de la sandalia contra la madera hueca resonó con fuerza. El hombre soltó un grito de sorpresa y miedo, pues su mismo impulso lo impelió a continuar.

Una sensación de triunfo invadió el corazón de Godwyn, aunque apenas duró un instante, hasta que sobrevino el desastre.

Simeon se adelantó para agarrar a Carlus por el brazo, pero no llegó a tiempo. El cofre salió volando de las manos de Carlus. Los feligreses ahogaron un grito de terror. La valiosa caja se golpeó contra el suelo de piedra y se abrió, y los huesos del santo se desparramaron por doquier. Carlus se estampó contra el altar de madera profusamente tallado y lo volcó, por lo que los adornos y las velas cayeron al suelo.

Godwyn estaba horrorizado. Aquello era mucho peor de lo que había imaginado.

El cráneo del santo rodó por el suelo y se detuvo a los pies de Godwyn.

Su plan había funcionado, aunque demasiado bien. Carlus tenía que caer y parecer desvalido, pero en ningún momento había sido su intención que las reliquias sagradas acabaran profanadas. Sobrecogido, vio el cráneo en el suelo, cuyas cuencas vacías parecían devolverle una mirada acusadora. ¿Qué terrible castigo recaería sobre él?

¿Podría alguna vez expiar el crimen que había cometido?

Puesto que había estado esperando que se produjera un incidente, estaba algo menos conmocionado que los demás, lo que le permitió ser el primero en recobrar la compostura.

—¡Todo el mundo de rodillas! ¡Debemos rezar! —gritó junto a los huesos para hacerse oír por encima del rumor, alzando los brazos al cielo.

Los de las primeras filas se arrodillaron y pronto los demás los imitaron. Godwyn comenzó a recitar una oración sencilla a la que los monjes y las hermanas se sumaron de inmediato. Mientras el cántico llenaba la iglesia, enderezó el relicario, que no parecía haber sufrido daños. Luego, moviéndose con lentitud sobreactuada, recogió el cráneo con ambas manos. A pesar del temblor provocado por un temor supersticioso, consiguió que no se le cayera. Pronunciando las palabras latinas de la oración, llevó la reliquia hasta el cofre y la colocó en su interior.

Al ver que Carlus estaba intentando ponerse en pie, Godwyn señaló a dos monjas.

—Acompañad al suprior al hospital —dijo—. Hermano Simeon, madre Cecilia, ¿podríais acompañarle?

Recogió otro hueso. Estaba asustado, sabía que la culpa de lo que había ocurrido la tenía él, no Carlus, pero sus intenciones habían sido buenas y no había perdido la esperanza de poder aplacar al santo. Con todo, también era muy consciente de que sus acciones debían de estar recibiendo la aprobación de los presentes. Al fin y al cabo estaba haciéndose cargo de una situación crítica, como un verdadero líder.

Sin embargo, no podía permitir que ese momento de desconcierto y terror se alargase demasiado. Tenía que apresurarse a recoger las reliquias.

—Hermano Thomas, hermano Theodoric, venid a ayudarme —los llamó.

Philemon dio un paso al frente, pero Godwyn le hizo un gesto para que se quedara donde estaba. No era monje y sólo los hombres de Dios debían tocar los huesos.

Carlus salió renqueante de la iglesia ayudado por Simeon y Cecilia, lo que dejó a Godwyn como el amo indiscutible de la celebración.

Godwyn le hizo una señal a Philemon y a otro subalterno, Otho, y les dijo que pusieran derecho el altar. Después de dejarlo de pie en la plataforma, Otho recogió los candelabros y Philemon la cruz enjoyada y los colocaron con reverencia en el altar. Luego recuperaron las velas desperdigadas.

Ya no quedaba ningún hueso por el suelo. Godwyn intentó cerrar la tapa del relicario, pero se había deformado y no encajaba bien. Se las compuso como pudo y dejó el cofre en el altar ceremoniosamente.

En ese instante, Godwyn recordó que su objetivo era que todo el mundo considerara a Thomas como el prior idóneo, no darse pábulo. Al menos por el momento. Recogió el libro que Simeon sujetaba durante la procesión y se lo pasó a Thomas, quien no necesitó que le dijeran lo que tenía que hacer. El monje abrió el libro por la página escogida y leyó el versículo. Los hermanos y las monjas se distribuyeron a ambos lados del altar y Thomas los dirigió en el canto del salmo.

Mal que bien, concluyeron la celebración.

Godwyn se puso a temblar en cuanto abandonó la iglesia. Había estado a punto de producirse una catástrofe, pero parecía que había sabido componérselas.

En cuanto la procesión llegó a los soportales del claustro, donde se dio por terminada, los monjes empezaron a charlar animadamente. Godwyn, apoyado contra un pilar mientras trataba de serenar los ánimos, escuchó atento los comentarios de los hermanos. Algunos creían que la profanación de las reliquias era señal de que Dios no quería que Carlus fuera prior, justo la reacción que Godwyn esperaba. Sin embargo, para su consternación, la mayoría se compadecía del anciano y eso no era lo que el sacristán deseaba. Se dio cuenta de que no tendría que haber pasado por alto una fuerte reacción compasiva a favor de Carlus.

Se recompuso y echó a andar hacia el hospital a toda prisa. Tenía que encontrar al anciano mientras el hombre siguiese desmoralizado y antes de que se enterase del apoyo de los monjes.

El suprior estaba sentado en un camastro, con un brazo en cabestrillo y un vendaje en la cabeza. Estaba pálido y parecía atribulado, y cada poco su rostro se contraía en un tic nervioso. Simeon, sentado a su lado, le lanzó una mirada asesina a Godwyn.

—Supongo que estarás contento —dijo.

Godwyn no le hizo caso.

—Hermano Carlus, te alegrará saber que las reliquias del santo han regresado a su sitio acompañadas de himnos y oraciones. Seguro que el santo sabrá perdonarnos este desgraciado accidente.

Carlus sacudió la cabeza.

—Los accidentes no existen —replicó—. Dios todo lo dispone.

Godwyn vio alimentadas sus esperanzas. Aquello prometía.

Simeon debía de estar pensando lo mismo, por lo que intentó contener a Carlus.

—No te precipites en tu juicio, hermano.

—Es una señal —insistió Carlus—. Dios nos ha dicho que no quiere que sea prior.

Justo lo que Godwyn había estado esperando.

—Tonterías —protestó Simeon, cogiendo un vaso de la mesa que había junto al camastro. Godwyn supuso que contenía vino caliente y miel, la receta de la madre Cecilia para la mayoría de las dolencias. Simeon se lo puso en la mano a Carlus—. Bebe.

Carlus bebió, pero Simeon tendría que esforzarse más para desviarlo del tema.

—Sería un pecado pasar por alto esta señal.

—Las señales no suelen ser fáciles de interpretar —replicó Simeon.

—Tal vez no, pero aunque tuvieras razón, ¿acaso los hermanos votarían a un prior que no puede llevar las reliquias del santo sin tropezar?

—En realidad, algunos podrían simpatizar contigo movidos por la conmiseración —dijo Godwyn—, en vez de sentirse decepcionados.

Simeon le dirigió una mirada desconcertada, preguntándose qué se traería entre manos. Y no erraba sospechando de Godwyn, quien en esos momentos hacía de abogado del diablo con la intención de obtener de Carlus algo más que meros titubeos. ¿Podría sacarle una retirada definitiva?

Tal como esperaba, Carlus intentó rebatirlo.

—Un hombre debería ser escogido prior porque sus hermanos lo respetan y creen que puede liderarlos con sabiduría, no por compasión —repuso con la amarga convicción que da toda una vida marcada por una discapacidad.

—Supongo que tienes razón —contestó Godwyn fingiendo contrariedad, como si tuviera que admitirlo en contra de su voluntad. Sabía que se arriesgaba, pero añadió—: Aunque tal vez Simeon esté en lo cierto y deberías posponer cualquier decisión definitiva hasta que te hayas recuperado.

—Ahora mismo estoy tan bien como lo vaya a estar mañana —replicó Carlus, negándose a admitir debilidad alguna delante del joven Godwyn—. Nada va a cambiar, mañana me sentiré igual que hoy. No voy a presentarme a la elección de prior.

Ésas eran las palabras que Godwyn estaba esperando. El sacristán se levantó como movido por un resorte e hizo una pequeña reverencia con la cabeza, como si le confirmara que lo había comprendido, aunque en realidad lo hizo para ocultar su rostro por miedo a que lo delatara la sensación de triunfo.

—Has sido muy claro, hermano Carlus, como siempre —dijo—. Comunicaré tus deseos al resto de los hermanos.

Simeon hizo el ademán de ir a protestar, pero la madre Cecilia, haciendo aparición en la escalera, se lo impidió. Parecía alterada.

—El conde Roland quiere ver al suprior y amenaza con levantarse de la cama —anunció—. No debe moverse, puede que su cráneo todavía no haya sanado del todo, pero tú tampoco deberías hacerlo, hermano Carlus.

—Iremos nosotros —propuso Godwyn, mirando a Simeon.

Ascendieron juntos la escalera.

Godwyn se sentía bien. Carlus ni siquiera imaginaba que había sido una mera marioneta y se había retirado de la elección motu proprio, por lo que en esos momentos sólo quedaba Thomas, a quien podía eliminar cuando se le antojara.

Hasta entonces, el plan había salido sorprendentemente bien.

El conde Roland estaba tumbado en la cama y tenía la cabeza vendada, pero aun así conservaba cierto aire poderoso. Debía de haberlo visitado el barbero porque iba afeitado y llevaba el cabello oscuro arreglado a la perfección, al menos el que asomaba por debajo del vendaje. Vestía una corta túnica morada y calzas nuevas, ambas teñidas de distinto color, como estaba de moda: una pernera de color rojo y la otra de color amarillo. A pesar de estar tumbado, llevaba un cinturón con un puñal y botines de cuero. Su hijo mayor, William, y la esposa de éste, Philippa, esperaban de pie junto al camastro. Su joven secretario, el padre Jerome, vestido con el hábito, se sentaba a un escritorio con pluma y lacre a punto.

El mensaje estaba claro: el conde volvía a llevar las riendas.

—¿Ha venido el suprior? —preguntó con voz clara y potente.

Godwyn era más avispado que Simeon, por lo que fue el primero en responder.

—El suprior Carlus ha sufrido una caída y está convaleciente en el hospital, señor —explicó—. Soy el sacristán, Godwyn, y me acompaña el tesorero, Simeon. Demos gracias a Dios por vuestra milagrosa recuperación, pues Él ha guiado las manos de los hermanos médicos que os han atendido.

—Fue el barbero quien me recompuso la cabeza —repuso Roland—. Agradéceselo a él.

Por la postura del conde, tumbado de espaldas y mirando al techo, Godwyn no le veía bien la cara, pero tuvo la curiosa sensación de que en su rostro no se leía expresión alguna y se preguntó si la herida no le habría ocasionado algún daño irreversible.

—¿Tenéis todo lo que necesitáis para vuestra comodidad? —preguntó.

—Si no es así, pronto lo sabrás. Ahora escúchame, mi sobrina, Margery, va a casarse con el hijo menor de Monmouth, Roger. Supongo que lo sabes.

—Sí.

A Godwyn lo asaltó un súbito recuerdo: Margery tumbada de espaldas en esa misma estancia, con las blancas piernas levantadas y fornicando con su primo Richard, el obispo de Kingsbridge.

—La boda se ha visto excesivamente pospuesta por mis heridas.

Lo que no era cierto. Lo más probable era que el conde necesitara demostrar que las heridas no lo habían dejado maltrecho y que seguía siendo un valioso aliado para el conde de Monmouth.

—La boda tendrá lugar en la catedral de Kingsbridge de aquí a tres semanas —anunció el conde.

En rigor, el noble debería haber formulado una petición en vez de emitir una orden, y al prior electo podría haberle irritado tamaña prepotencia pero, claro, no había prior. Con todo, Godwyn no veía razón alguna por la que Roland no debiera ver cumplidos sus deseos.

—Muy bien, mi señor —dijo—. Me encargaré de que se lleven a cabo los preparativos necesarios.

—Quiero un nuevo prior instalado en su cargo para la misa —continuó Roland.

Simeon rezongó sorprendido.

Godwyn hizo un rápido cálculo y concluyó que las prisas convenían perfectamente a sus planes.

—Muy bien —contestó el sacristán—. Había dos solicitantes, pero hoy el suprior Carlus ha retirado su candidatura, lo que únicamente nos deja al hermano Thomas, el *matricularius*. Podemos celebrar la elección tan pronto como deseéis.

Godwyn apenas daba crédito a su suerte.

—Un momento —protestó Simeon, consciente de que se enfrentaba a la derrota.

Sin embargo, Roland no le prestó atención.

—No quiero a Thomas —dijo el conde.

Godwyn no se esperaba aquello.

Simeon sonrió de oreja a oreja, complacido por ese revés de último momento.

—Pero, mi señor… —intentó decir Godwyn, desconcertado.

Roland no permitió que lo interrumpiera.

—Haced llamar a mi sobrino, Saul Whitehead, de St.-John-in-the-Forest.

Godwyn tuvo un mal presentimiento. Saul era de su misma edad. Habían entablado amistad siendo novicios, habían estudiado juntos en Oxford, pero luego habían ido distanciándose, Saul se había vuelto más devoto y Godwyn más mundano. Saul era en esos momentos el capacitado prior de la remota sede de St. John. Se tomaba muy en serio la virtud monástica de la humildad y por eso jamás se habría presentado por su propia iniciativa como candidato, pero era brillante, devoto y todo el mundo le tenía aprecio.

—Traédmelo cuanto antes —ordenó Roland—. Voy a proponerlo como prior de Kingsbridge.

21

Merthin estaba sentado en el tejado de la iglesia de St. Mark, en el extremo norte de Kingsbridge, desde donde divisaba toda la ciudad. Hacia el sudeste, un meandro del río acunaba el priorato en la sangría del codo. Una cuarta parte de la ciudad la ocupaban las edificaciones del monasterio y los terrenos que lo circundaban, como el camposanto, el mercado y los huertos. La catedral se alzaba de sus cimientos como un roble en un campo de ortigas. Desde aquella posición veía a varios subalternos del priorato recogiendo hortalizas en el huerto, limpiando las cuadras y descargando barriles de un carro.

En el centro de la ciudad se encontraba el barrio más próspero, cuya riqueza se apreciaba sobre todo en la calle principal, que ascendía por la ladera desde el río igual que los primeros monjes debieron de hacer cientos de años atrás. Varios comerciantes acaudalados, fácilmente reconocibles por los vivos colores de sus abrigos de pura lana, encaminaban sus pasos hacia algún lugar en concreto, pues todo el mundo sabía que los mercaderes siempre andaban ocupados. Otra amplia travesía, la calle mayor, atravesaba la ciudad de oeste a este y diseccionaba la calle principal en ángulos rectos cerca del recodo noroccidental del priorato. En esa misma esquina vio el ancho tejado de la sede del gremio, el mayor edificio de la ciudad, sin contar los del monasterio.

En la calle principal, junto a la posada Bell, se encontraban los portalones del priorato, frente a la casa de Caris, más alta que la mayoría de los demás edificios. Merthin vio un grupo de personas reunidas alrededor de fray Murdo a las puertas de la posada. El fraile, quien no parecía pertenecer a ninguna orden monástica en particular, se había quedado en Kingsbridge tras el desmoronamiento del puente. Los desorientados y los afligidos eran las víctimas propicias de sus emotivos sermones al pie del camino, gracias a los que se embolsaba medios peniques y cuartos de penique de plata. Merthin creía que el hombre no era más que un embaucador que fingía su ira divina y que ocultaba su cinismo y su codicia bajo lágrimas de cocodrilo, pero el muchacho parecía ser el único convencido de aquello.

Al final de la calle principal todavía se veían los pilones del puente que afloraban del agua y junto a los que en esos momentos pasaba la balsa de Merthin, cargada con un carro de troncos. La barriada manufacturera se encontraba en el sudoeste, extensos solares donde se alzaban enormes construcciones en las que se habían instalado mataderos, curtidurías, fábricas de cerveza, panaderías y talleres de todo tipo, demasiado pestilentes y sucios para los ciudadanos importantes, pero aun así un barrio donde se generaba buena parte de las ganancias de la ciudad. Allí el río se ensanchaba y se dividía en dos afluentes que abrazaban la isla de los Leprosos. Merthin vio a Ian Boatman impulsando los remos de su pequeña barca para transportar hasta la isla a un pasajero, un monje, quien seguramente le llevaba comida al único leproso que aún quedaba. Varias barcas y gabarras estaban descargando su mercancía en algunos de los embarcaderos y almacenes que ocupaban la margen sur del río. Al otro lado estaba el barrio de Newtown, donde hileras de casuchas se simultaneaban con huertos, pastos y prados en los que los subalternos del priorato recolectaban la producción del monasterio.

El extremo norte de la ciudad, donde se alzaba St. Mark, era el barrio pobre, por lo que el templo estaba rodeado de chamizos de peones, viudas, los dejados de la mano de Dios y los viejos. Por fortuna para Merthin, se trataba de una iglesia de escasos recursos.

Cuatro semanas atrás, un desesperado padre Joffroi había contratado a Merthin para que construyera un cabrestante y reparara el tejado. Caris había convencido a Edmund para que le prestara al joven el dinero con que comprar herramientas y Merthin había contratado a un muchacho de catorce años, Jimmie, cuyo sueldo ascendía a medio penique diario. El cabrestante había quedado acabado ese mismo día.

Había corrido la voz de que Merthin iba a probar una máquina nueva. La balsa había impresionado a todos y la gente estaba impaciente por ver con qué saldría a continuación, por lo que en el cementerio se había congregado una pequeña multitud constituida en su mayoría por gentes sin oficio ni beneficio, pero entre ellos también se encontraban el padre Joffroi, Edmund, Caris y algunos de los constructores de la ciudad, en particular Elfric. Si Merthin los defraudaba, fracasaría delante de amigos y enemigos.

Sin embargo, eso no era lo peor de todo. El encargo había evitado que hubiera tenido que irse de la ciudad en busca de empleo. Con todo, esa sombra todavía planeaba sobre él. Si el cabrestante no funcionaba, la gente concluiría que contratar a Merthin traía mala suerte, diría que los espíritus no lo querían por allí rondando y se hallaría bajo una fuerte presión para que abandonara la ciudad. Tendría que despedirse de Kingsbridge… y de Caris.

Durante esas últimas cuatro semanas, mientras daba forma a la madera y unía las piezas del cabrestante, por primera vez se había planteado seriamente la posibilidad de perderla, y eso le provocaba una gran angustia. Había comprendido que ella era lo mejor que le había ocurrido en la vida. Si hacía buen tiempo, quería salir a pasear con ella bajo el sol; si veía algo bello, deseaba enseñárselo; si oía algo divertido, su primer pensamiento era contárselo y verla sonreír. Su trabajo lo reconfortaba, sobre todo cuando daba con soluciones inteligentes a problemas inextricables, pero no dejaba de ser una satisfacción fría y cerebral y sabía que su vida sería un largo invierno sin Caris.

Se puso en pie. Había llegado el momento de poner a prueba sus aptitudes.

Había construido un cabrestante normal y corriente al que había añadido un dispositivo innovador. Igual que todos los cabrestantes, tenía una
cuerda que pasaba por una serie de poleas. En lo alto del muro de la iglesia, donde éste se unía al tejado, Merthin había levantado una estructura
de madera parecida a una horca, con un brazo que se extendía hacia el
tejado. La cuerda recorría el brazo hasta la punta. En el otro extremo, en
el suelo del cementerio, había una rueda de andar en la que la cuerda se iría
enrollando cuando la accionara el joven Jimmie. Hasta aquí todo era normal. La innovación consistía en la plataforma giratoria que le había incorporado para que el brazo basculara.

Con el fin de no correr la misma suerte que Howell Tyler, Merthin se
había colocado un cinto por debajo de los brazos que a su vez había asegurado a un sólido pináculo de piedra. Si se caía, no llegaría muy lejos.
Protegido de este modo, había retirado las tejas de una parte del tejado y
había atado una viga al extremo de la cuerda del cabrestante.

—¡Gira la rueda! —le dijo a Jimmie.

Contuvo la respiración. Estaba seguro de que funcionaría, tenía que
hacerlo, pero no por ello dejaba de ser un momento de gran tensión.

Jimmie echó a andar en el interior de la enorme rueda. El artilugio sólo
se movía en una dirección gracias al trinquete que hacía presión sobre los
dientes asimétricos. Uno de los extremos de los dientes tenía una forma
ligeramente oblicua, de manera que el trinquete se deslizaba poco a poco
a lo largo de la pequeña inclinación, pero el otro lado era recto, de modo
que impedía el cambio de sentido del movimiento.

Cuando la rueda empezó a girar, el madero del tejado se elevó.

—¡Vale! —gritó Merthin, cuando la viga se desprendió de la estructura.

Jimmie se detuvo, el trinquete trabó la rueda y la viga quedó colgando en el aire, balanceándose con suavidad. Hasta ahí todo bien. A continuación venía la parte donde las cosas podían salir mal.

Merthin empujó el cabrestante para que el brazo basculara. Atento,
siguió su movimiento, conteniendo la respiración. La estructura que había construido tendría que soportar el cambio del peso y la tensión a medida
que la carga cambiara de posición. La madera del cabrestante crujió. El
brazo dibujó un semicírculo en el aire y la viga se desplazó desde su posición original, sobre el tejado, a un nuevo punto sobre el cementerio. Abajo
se oyó un murmullo de admiración; jamás habían visto un cabrestante que
basculara.

—¡Suéltalo! —dijo Merthin.

Jimmie accionó el trinquete y, a medida que la rueda giraba y la cuerda se desenrollaba, la carga empezó a descender a trompicones.

Todo el mundo observaba en silencio. Cuando la viga tocó el suelo, estallaron en aplausos.

Jimmie desató el madero.

Merthin se permitió unos instantes de regocijo. Había funcionado.

Bajó la escalera. Al llegar abajo, la gente lo aclamó, Caris lo besó y el padre Joffroi le estrechó la mano.

—Es una maravilla —se admiró el sacerdote—. Nunca había visto nada igual.

—Ni tú ni nadie —contestó Merthin, muy ufano—. Es una invención mía.

Varios hombres lo felicitaron. Todo el mundo se alegraba de haberse encontrado entre los primeros que habían presenciado el portento. Todos menos Elfric, quien parecía contrariado, apartado de los demás.

Merthin decidió no hacerle caso.

—Según nuestro acuerdo, debías pagarme si funcionaba —le dijo al padre Joffroi.

—Y con mucho gusto —contestó Joffroi—. Hasta el momento te debo ocho chelines, y cuanto antes tenga que pagarte por retirar el resto de las vigas y reconstruir el tejado, más contento estaré.

Abrió el saquillo que llevaba atado a la cintura y sacó varias monedas envueltas en un trozo de tela.

—¡Un momento! —intervino Elfric.

Todo el mundo se volvió hacia él.

—No puedes pagarle a este chico, padre Joffroi, no es un carpintero cualificado.

«Esto no puede estar pasando», pensó Merthin. Había realizado el trabajo, era demasiado tarde para negarle el sueldo. Sin embargo, el concepto de justicia era ajeno a Elfric.

—¡Tonterías! —repuso Joffroi—. Ha hecho lo que ningún otro carpintero de la ciudad podía hacer.

—Con todo, no pertenece al gremio.

—Yo quería ingresar en él, pero tú no me admitiste —protestó Merthin.

—Eso sólo es prerrogativa del gremio.

—Pues yo digo que es injusto —repuso Joffroi— y muchos ciudadanos estarían de acuerdo conmigo. Ha realizado seis años y medio de aprendizaje sin cobrar un sueldo, a cambio de comida y una cama en el suelo de la cocina, y todo el mundo sabe que lleva años haciendo trabajos de carpintero cualificado. No deberías haberlo echado sin sus herramientas.

Un rumor de asentimiento recorrió el grupo de hombres reunidos a su alrededor. Casi todos eran de la opinión que Elfric había ido demasiado lejos.

—Con el debido respeto, eso sólo le compete decidirlo al gremio, no a ti.

—Muy bien. —Joffroi se cruzó de brazos—. No quieres que le pague a Merthin a pesar de que es el único hombre de la ciudad que puede reparar mi iglesia sin tener que cerrarla. Pues no pienso obedecerte. —Le tendió las monedas al joven—. Ya puedes llevar el caso a los tribunales si te apetece.

—Al tribunal del prior. —El rostro de Elfric se contrajo en una mueca de desdén—. Cuando un hombre tiene motivo de queja contra un sacerdote, ¿cómo va a obtener una audiencia justa ante un tribunal presidido por monjes?

Ese comentario se ganó cierta simpatía entre los presentes. Se conocían muchos casos en que las sentencias del prior habían favorecido injustamente al clero.

—¿Cómo va un aprendiz a obtener una audiencia justa ante un gremio presidido por maestros? —contraatacó Joffroi.

La gente rió aquella salida; sabían apreciar las réplicas ingeniosas.

Elfric se dio por vencido. Daba igual ante qué tribunal presentara el caso, podía ganarle a Merthin las querellas que fueran, pero la cosa se complicaba bastante más con un sacerdote.

—Mal va la ciudad cuando los aprendices desafían a sus maestros y los sacerdotes los apoyan —replicó, lleno de resentimiento.

Pese a todo, sabía que había perdido, por lo que dio media vuelta.

Merthin sintió el peso de las monedas en su mano: ocho chelines, noventa y seis peniques de plata, dos quintas partes de una libra. Sabía que debería contarlas, pero estaba demasiado feliz para molestarse en hacerlo. Acababa de ganar su primer sueldo.

—Este dinero es tuyo —dijo, volviéndose hacia Edmund.

—Págame ahora cinco chelines y ya me darás el resto más adelante —repuso Edmund, con generosidad—. Guárdate algo de dinero para ti, te lo mereces.

Merthin sonrió. Con eso le quedarían tres chelines para gastárselos en lo que quisiera, más dinero del que había tenido en su vida. No sabía qué hacer con él. Tal vez le compraría una gallina a su madre.

Había llegado la hora de comer y la gente empezó a dispersarse de vuelta a sus casas. Merthin se fue con Caris y Edmund. El joven pensaba que tenía el futuro asegurado. Había demostrado su valía como carpintero y pocos serían los que dudarían en contratarlo una vez que el padre Joffroi había sentado precedente. Podría ganarse la vida. Podría tener una casa de su propiedad.

Podría casarse.

Petranilla los estaba esperando. Mientras Merthin contaba los cinco chelines de Edmund, la mujer colocó en la mesa un aromático plato de pescado cocinado con hierbas. En celebración por el triunfo de Merthin, Edmund les sirvió dulce vino de Renania a todos.

Sin embargo, Edmund no era hombre al que le gustara perder el tiempo con las cosas pasadas.

—Debemos ponernos a trabajar de inmediato en el puente nuevo —dijo, impaciente—. ¡Ya han pasado cinco semanas y todavía no se ha hecho nada!

—He oído que la salud del conde mejora por momentos —comentó Petranilla—, con que es posible que los monjes celebren la elección pronto. Tengo que preguntárselo a Godwyn… Aunque desde ayer que no lo veo, desde el tropiezo de Carlus el Ciego en misa.

—Me gustaría tener listo el boceto de un puente cuanto antes —insistió Edmund—. El trabajo podría empezar en cuanto eligieran al nuevo prior.

Merthin le prestó toda su atención.

—¿Qué tienes pensado?

—Sabemos que tendrá que ser de piedra y quiero que sea lo bastante ancho para que puedan pasar dos carros a la vez.

—Y debería de tener rampas en ambos extremos para que la gente pisara tierra seca al bajar del puente y no la fangosa orilla —añadió Merthin, asintiendo con la cabeza.

—Sí, excelente.

—Pero ¿cómo vais a levantar muros de piedra en medio de un río? —preguntó Caris.

—No tengo ni idea, pero tiene que poder hacerse. Hay infinidad de puentes de piedra —contestó Edmund.

—He oído hablar del tema a algunos hombres. Hay que construir una estructura especial llamada ataguía, que impide el paso del agua a la zona en la que se está trabajando. Es muy sencillo, pero dicen que es muy importante procurar que sea hermética.

En ese momento entró Godwyn, con cara de preocupación. En teoría sólo podía abandonar el priorato con un encargo específico, no para hacer visitas de cortesía, por lo que Merthin se preguntó qué podría haber pasado.

—Carlus ha retirado su candidatura —anunció.

—¡Buenas noticias! —exclamó Edmund—. Toma un poco de vino.

—No lo celebres tan rápido —repuso Godwyn.

—¿Por qué no? Eso deja a Thomas como único candidato y Thomas quiere construir un puente nuevo. Problema solucionado.

—Thomas ya no es el único candidato. El conde va a proponer a Saul Whitehead.

—Ah —dijo Edmund, meditabundo—. ¿Y eso es forzosamente malo?

—Sí. Saul cuenta con las simpatías de todo el mundo y ha demostrado ser un prior muy competente en St.-John-in-the-Forest. Si acepta la nominación, lo más probable es que reciba los votos de los que en un principio se decantaban por Carlus, lo que quiere decir que puede ganar. Y no sólo eso. Dado que es el candidato del conde, además de su primo, no sería de extrañar que Saul acatase las órdenes de su mecenas, y el conde podría oponerse a la construcción del nuevo puente alegando que perjudicaría al mercado de Shiring.

—¿Hay algo que podamos hacer? —preguntó Edmund, preocupado.

—Eso espero. Alguien tiene que ir a St. John para avisar a Saul y hacerle venir a Kingsbridge. Me he ofrecido voluntario y espero hallar el modo de persuadirlo para que rechace la nominación.

—Puede que eso no resuelva tu problema —intervino Petranilla. Merthin la escuchó atento. No hacía buenas migas con la mujer, pero reconocía que era inteligente—. El conde podría presentar cualquier otro candidato que se opusiera al puente.

Godwyn asintió con la cabeza.

—Entonces, suponiendo que pueda convencer a Saul para que no se presente, debemos asegurarnos de que la segunda elección del conde sea alguien que no pueda salir elegido.

—¿En quién estás pensando? —preguntó su madre.

—En fray Murdo.

—Excelente.

—¡Pero si es repugnante! —protestó Caris.

—Exacto —contestó Godwyn—. Codicioso, borrachín, aprovechado y un agitador farisaico. Los monjes no lo votarán nunca. Por eso nos conviene que sea el candidato del conde.

Merthin comprendió que Godwyn era como su madre: tenía talento para ese tipo de conspiraciones.

—¿Cómo lo haremos? —preguntó Petranilla.

—Primero tenemos que convencer a fray Murdo para que se presente.

—Eso no será difícil. Sólo tienes que decirle que tiene posibilidades. Le encantaría ser prior.

—De acuerdo, pero yo no puedo hacerlo. Murdo sospecharía de inmediato de mis motivaciones. Todo el mundo sabe que apoyo a Thomas.

—Yo hablaré con él —se prestó Petranilla—. Le diré que tú y yo estamos enfadados y que Thomas no me gusta. Le diré que el conde está buscando a alguien a quien presentar y que él podría ser ese hombre. Se ha dado a conocer bastante en la ciudad, sobre todo entre los pobres y los ignorantes, quienes se engañan pensando que es uno de ellos. Lo único que tiene que hacer para obtener la candidatura es dejar claro que está dispuesto a ser el títere del conde.

—Bien. —Godwyn se levantó—. Intentaré estar presente cuando Murdo hable con el conde Roland.

Besó a su madre en la mejilla y se fue.

Dieron cuenta del pescado. Merthin se comió su rebanada de pan empapada en salsa. Edmund le ofreció más vino, pero Merthin prefirió rechazarlo por miedo a caer esa tarde del tejado de St. Mark yendo achispado. Petranilla entró en la cocina y Edmund se retiró a su cámara a descansar. Merthin y Caris se quedaron a solas.

Merthin se sentó junto a ella en el escaño y la besó.

—Estoy muy orgullosa de ti —dijo la joven.

Merthin se sonrojó. Él también estaba orgulloso de sí mismo. Volvió a besarla; esta vez, el largo y húmedo beso le provocó una erección. Le acarició un pecho por encima de la ropa de hilo y apretó un pezón entre sus dedos, con suavidad.

Caris notó su erección y se le escapó una risita.

—¿Quieres que te alivie? —le susurró.

A veces lo hacía cuando, habiendo caído la noche, su padre y Petranilla dormían y Merthin y ella estaban solos en la planta baja de la casa. Sin embargo, en esos momentos era de día y alguien podía entrar en cualquier momento.

—¡No! —contestó Merthin.

—Puedo darme prisa.

Caris apretó los dedos.

—Esto es muy violento.

Merthin se levantó y se sentó al otro lado de la mesa, delante de ella.

—Disculpa.

—Bueno, puede que no tengamos que hacer esto mucho más tiempo.

—¿Hacer el qué?

—Escondernos y preocuparnos por la gente que pueda entrar.

—¿No te gusta? —preguntó Caris, sintiéndose ofendida.

—¡Claro que sí! Pero sería más bonito si estuviéramos solos. Podría alquilar una casa ahora que van a pagarme.

—Sólo te han pagado una vez.

—Cierto… ¿Por qué ves las cosas tan negras de repente? ¿He dicho algo malo?

—No, pero… ¿Por qué quieres que las cosas cambien?

La pregunta lo dejó confundido.

—Sólo quiero más de lo mismo, pero en privado.

Caris lo miró desafiante.

—Yo ahora soy feliz como estoy.

—Bueno, yo también… Pero nada dura para siempre.

—¿Por qué no?

Merthin tuvo la sensación de estar explicándole algo a un niño.

—Porque no podemos pasarnos el resto de nuestra vida en casa de nuestros padres besándonos a escondidas. Tenemos que buscarnos una casa propia y vivir como hombre y mujer, dormir juntos todas las noches y hacer el amor de verdad en vez de aliviarnos el uno al otro, y crear una familia.

—¿Por qué?

—No sé por qué —contestó, exasperado—. Porque las cosas son así y no voy a seguir explicándote algo que creo que estás obcecada en no querer entender o, al menos, en fingir que no lo entiendes.

—Muy bien.

—Además, tengo que volver al trabajo.

—Pues vete.

Aquello no tenía sentido. Llevaba el último medio año agobiado por no poder casarse con Caris y había supuesto que ella se sentía igual. Sin embargo, por lo visto no era así. De hecho, a Caris le había molestado que él hubiera dado por sentado algo por el estilo. ¿De veras creía que podían continuar esa relación de adolescentes de manera indefinida?

La miró, intentando encontrar la respuesta en un semblante en el que sólo halló una malhumorada obstinación. Dio media vuelta y salió por la puerta.

Una vez fuera, vaciló. Pensó que tal vez debía volver a entrar y obligarla a decirle lo que pensaba, pero al recordar su expresión, comprendió que no era momento de intentar que hiciera nada. Así que siguió su camino y echó a andar hacia St. Mark, preguntándose cómo era posible que un día tan bonito se hubiera malogrado de aquella manera.

22

Godwyn estaba preparando la catedral de Kingsbridge para los esponsales. La iglesia tendría que vestirse con sus mejores galas. Además del conde de Monmouth y el de Shiring, varios barones y cientos de caballeros asistirían a la ceremonia, por lo que había que sustituir las piedras rotas, reparar la cantería desportillada, volver a tallar las molduras que se desmenuzaban, encalar las paredes, pintar los pilares y todo tenía que quedar limpio como una patena.

—Y quiero que las reparaciones del pasillo sur del presbiterio estén terminadas —le comentó Godwyn a Elfric mientras atravesaban la iglesia.

—No estoy seguro de que eso sea posible…

—Pues tendrá que serlo. No puede haber andamios en el presbiterio durante una boda de tamaña importancia. —En ese momento vio a Philemon junto a la puerta del transepto meridional que le hacía un gesto con la mano para que se acercara—. Discúlpame.

—¡Voy escaso de hombres! —protestó Elfric cuando ya se iba.

—No deberías despedirlos con tanta ligereza —contestó Godwyn, volviendo la cabeza.

Philemon parecía nervioso.

—Fray Murdo quiere ver al conde —le informó.

—¡Bien!

Petranilla había hablado con el fraile la noche anterior y esa mañana Godwyn le había dado instrucciones a Philemon para que deambulara por el hospital y observara a Murdo. Suponía que la visita tendría lugar a primera hora.

Se encaminó hacia el hospital con Philemon a la zaga. Se tranquilizó al ver que Murdo seguía esperando en la gran estancia de la planta baja. El orondo fraile se había adecentado ligeramente: llevaba la cara y las manos limpias, se había peinado el flequillo alrededor de la tonsura y había restregado los lamparones más evidentes del hábito. No tenía la presencia de un prior, pero casi podía pasar por monje.

Godwyn lo miró de soslayo y subió la escalera. Ralph, el hermano de Merthin, montaba guardia junto a la puerta de la cámara del conde, de quien era escudero. El joven era apuesto, salvo por la nariz rota, a todas luces una fractura reciente. Los escuderos siempre andaban descalabrados.

—Hola, Ralph —lo saludó Godwyn con amabilidad—. ¿Qué te ha ocurrido en la nariz?

—Me peleé con el hi de puta de un campesino.

—Deberías haber ido a que te la enderezaran. ¿Ha subido antes ese fraile?

—Sí, pero le dijeron que esperara.

—¿Quién está con el conde?

—Lady Philippa y el secretario, el padre Jerome.

—Pregúntales si pueden recibirme.

—Lady Philippa ha dicho que el conde no recibe a nadie.

Godwyn le dedicó una sonrisa de complicidad.

—Sólo es una mujer.

Ralph le devolvió la sonrisa, abrió la puerta y asomó la cabeza.

—El hermano Godwyn, el sacristán, está aquí —anunció.

Al cabo de unos momentos, lady Philippa salió y cerró la puerta detrás de ella.

—Te he dicho que nada de visitas —lo reprendió la mujer, irritada—. El conde Roland necesita descansar.

—Lo sé, mi señora, pero el hermano Godwyn no molestaría al conde con minucias —contestó Ralph.

El tono que había empleado Ralph llamó la atención de Godwyn. Aunque las palabras del joven eran triviales, en su expresión se dibujaba la adoración. El monje reparó entonces en las voluptuosas formas de Philippa. La mujer llevaba un vestido de color rojo oscuro con un cinturón ajustado a la cintura, y la suave seda se pegaba a sus pechos y caderas. A Godwyn le recordó una estatua, la representación de la tentación, y una vez más deseó hallar el modo de prohibir la presencia de las mujeres en el priorato. Por si no fuera bastante malo que un escudero se enamorara de una mujer casada, sólo faltaba que lo hiciera un monje; sería una catástrofe.

—Siento verme en la obligación de molestar al conde —se excusó Godwyn—, pero abajo espera un fraile que desea verlo.

—Lo sé, un tal Murdo. ¿Es muy urgente lo que ha de decirle?

—Todo lo contrario, pero debo informar al conde para que no lo coja desprevenido.

—Entonces sabes lo que va a decir el fraile.

—Creo que sí.

—Bien, lo mejor será que ambos veáis juntos al conde.

—Pero… —dijo Godwyn, fingiendo sofocar una protesta.

Philippa miró a Ralph.

—Ve a buscar al fraile, por favor.

Ralph llamó a Murdo, y Philippa los condujo a la cámara del conde. Igual que en la ocasión anterior, Roland descansaba en el lecho completamente vestido, aunque esta vez estaba enderezado y tenía la cabeza vendada apoyada en varios cojines de plumas.

—¿Qué significa esto? —preguntó el conde con su mal humor habitual—. ¿Una reunión capitular? ¿Qué quieren los monjes?

Era la primera vez que Godwyn le veía la cara después del derrumbamiento del puente, por lo que se quedó boquiabierto al comprobar que tenía todo el lado derecho paralizado. Le colgaba el párpado, la mejilla apenas se movía y tenía los labios laxos. Sin embargo, lo que más llamaba la atención era la animación del lado izquierdo. Al hablar, el conde había fruncido sólo una parte de la frente, había abierto un ojo, por el que echaba fuego, y había articulado con vehemencia la comisura de los labios de la parte izquierda de la boca. El médico que Godwyn llevaba dentro estaba fascinado. Sabía que las lesiones en la cabeza podían tener efectos impredecibles, pero nunca había oído hablar de esa manifestación en concreto.

—No os quedéis ahí como unos pasmarotes —dijo el conde con impaciencia—. Parecéis un par de vacas mirando por encima de un seto. ¿Qué os trae aquí?

Godwyn se recompuso. Lo que se dijese en los minutos siguientes sería de vital importancia, por lo que tendría que andarse con cuidado. Sabía que Roland rechazaría la solicitud de Murdo para que lo propusiera como prior, pero Godwyn debía plantar en la mente de Roland la idea de que Murdo podía ser una posible alternativa a Saul Whitehead. Teniendo en cuenta que el conde sólo buscaba un prior que lo tuviera a él como único señor, el sacristán tendría que esforzarse en consolidar la solicitud de Murdo; algo que haría, aunque pareciera paradójico, oponiéndose al fraile y demostrándole a Roland que Murdo no le debía lealtad alguna a los monjes. Por otro lado, Godwyn no debía oponerse de manera demasiado férrea pues no deseaba que el conde se diera cuenta de que Murdo no tenía nada que hacer como candidato a prior. En esos momentos se movía sobre arenas movedizas.

Murdo fue el primero en hablar, para lo que utilizó su estentórea voz de púlpito.

—Mi señor, he venido a pediros que me consideréis para el cargo de prior de Kingsbridge. Creo que…

—No hables tan alto, por amor de Dios —protestó Roland.

Murdo bajó la voz.

—Mi señor, creo que yo…

—¿Por qué quieres ser prior? —preguntó el conde, interrumpiéndolo de nuevo—. Creía que, por definición, un fraile era un monje sin iglesia.

Un punto de vista algo anticuado. Los frailes en su origen eran viajeros sin propiedades, pero en esos tiempos algunas órdenes religiosas eran tan prósperas como los monjes tradicionales. Roland lo sabía y sólo quería provocar.

Murdo ofreció la respuesta de rigor:

—Dios consiente ambas formas de sacrificio.

—Así que estás dispuesto a cambiar de hábitos.

—Lo he pensado bien y creo que los dones que me concedió tendrían mejor uso en un priorato. De modo que, así es, me gustaría abrazar la Regla de San Benito.

—¿Por qué debería tomarte en consideración?

—También me ordenaron sacerdote.

—No andamos cortos de eso.

—Y gracias a los fieles que he hecho en Kingsbridge y sus alrededores, si se me permite hacer alarde de ello, debo de ser el hombre de Dios con mayor influencia por estos parajes.

El padre Jerome intervino en ese momento por primera vez. Era un hombre joven y seguro de sí mismo, de rostro inteligente. Godwyn presintió que tampoco carecía de ambiciones.

—Es cierto, el fraile es extremadamente popular.

Entre los monjes no lo era tanto, por descontado, pero ni Roland ni Jerome sabían eso y Godwyn no iba a sacarlos de su error.

Ni Murdo tampoco, claro.

—Te lo agradezco de todo corazón, padre Jerome —dijo Murdo con afectación, haciendo una pequeña reverencia con la cabeza.

—Es popular entre los ignorantes —contraatacó Godwyn.

—Igual que Nuestro Salvador —repuso Murdo.

—Los monjes deberían llevar vidas de austeridad y sacrificio —insistió Godwyn.

—El hábito del fraile parece bastante austero —intervino Roland—. Y en cuanto al sacrificio, mucho me temo que los monjes de Kingsbridge comen mejor que muchos campesinos.

—¡A Fray Murdo se le ha visto borracho por las tabernas! —protestó Godwyn.

—La Regla de San Benito permite que los monjes beban vino.

—Sólo si están enfermos o trabajando en los campos.

—Yo predico en los campos.

Godwyn tuvo que admitir que Murdo era un rival dialéctico formidable. Se alegró de no tener que ganar esa vez.

—Yo sólo he venido a decir que, como sacristán de este priorato, os aconsejo encarecidamente que no toméis en cuenta a Murdo como candidato a prior de Kingsbridge —dijo, volviéndose hacia Roland.

—Me doy por enterado —contestó Roland, con frialdad.

Philippa miró a Godwyn algo sorprendida y el monje comprendió que tal vez había cedido sin oponer suficiente resistencia. Sin embargo, Roland no se había dado cuenta de nada, no era hombre de sutilezas.

Murdo no había terminado.

—El prior de Kingsbridge debe servir a Dios, por descontado, pero el rey debería ser su mentor en lo relativo a la vida secular, el rey junto con sus condes y barones.

Godwyn pensó que difícilmente podría haber sido más claro. Para el caso, Murdo podría haber dicho: «Seré tu hombre». Una declaración ignominiosa que escandalizaría a los monjes y acabaría con cualquier apoyo que hubiera podido tener entre ellos.

Godwyn se abstuvo de hacer comentarios, pero Roland lo miró con curiosidad.

—¿No tienes nada que decir, sacristán?

—Estoy convencido de que el fraile no ha querido decir que el priorato de Kingsbridge debería someterse a la voluntad del conde de Shiring en ningún tipo de materia, secular o de cualquier otra clase, ¿verdad, Murdo?

—He dicho lo que he dicho —respondió Murdo, con su voz de púlpito.

—Es suficiente —concluyó Roland, aburrido del juego—. Estáis haciéndome perder el tiempo, los dos. Propondré a Saul Whitehead. Largo de aquí.

St.-John-in-the-Forest era una versión en miniatura del priorato de Kingsbridge. La iglesia era pequeña, igual que el claustro de piedra y el dormitorio, y el resto de los edificios eran sencillas construcciones de madera. Acogía a ocho hermanos, pero a ninguna monja. Además de sus vidas de oración y meditación, producían casi todo lo que necesitaban y elaboraban un queso de cabra famoso en todo el sudoeste de Inglaterra.

Godwyn y Philemon llevaban dos días a caballo y ya casi anochecía cuando el camino salió del bosque y ante ellos se abrió una vasta extensión de terreno despejado, con la iglesia en el medio. Los temores de Godwyn se vieron justificados de inmediato: los rumores sobre que Saul Whitehead estaba haciendo un buen trabajo en calidad de prior de esa sede se quedaban muy cortos. Todo emanaba orden y pulcritud: los setos recortados, los surcos rectos, los árboles plantados a la misma distancia unos de otros en el huerto, los campos de cultivo desyerbados... No le cabía duda de que las misas se celebraban a su hora y se respetaba la liturgia al pie de la letra. Lo único que esperaba era que las evidentes aptitudes para el liderazgo de Saul no lo hubieran hecho ambicioso.

—¿Por qué el conde está tan interesado en que su primo sea el prior de Kingsbridge? —preguntó Philemon al enfilar el camino que atravesaba los campos.

—Por la misma razón por la que hizo obispo de Kingsbridge a su hijo pequeño —contestó Godwyn—. Los obispos y los priores son poderosos. El conde quiere asegurarse de que los hombres influyentes de su comarca sean sus aliados, no sus enemigos.

—¿Cuál habría de ser el motivo de sus pugnas?

A Godwyn le gustó comprobar que el juego táctico de la política empezaba a intrigar al joven Philemon.

—Tierras, impuestos, derechos, privilegios… Por ejemplo, si el prior quisiera construir un nuevo puente en Kingsbridge para atraer más negocio a la feria del vellón, el conde podría oponerse a dichos planes alegando que eso perjudicaría a su propia feria en Shiring.

—No obstante, no entiendo cómo podría oponerse el prior al conde. Un prior no tiene soldados…

—Un hombre de Dios puede influir en el pueblo. Si lanza un sermón contra el conde o se encomienda a los santos para que recaiga la desgracia sobre él, la gente creerá que el hombre está condenado y eso podría restarle poder. Sus siervos empezarían a desconfiar de él y darían por supuesto que todos sus proyectos están abocados al fracaso. Para un noble puede llegar a ser muy duro oponerse a un clero decidido. Mira lo que le ocurrió a Enrique II después del asesinato de Tomás Becket.

Desmontaron junto al corral y los caballos se pusieron a beber de inmediato en el abrevadero. No se veía a nadie por los alrededores, salvo a un monje con el hábito remangado que estaba limpiando una porqueriza detrás de los establos. Debía de tratarse de uno de los más jóvenes para estar realizando ese tipo de trabajo. Godwyn lo llamó.

—¡Eh, muchacho! Ven a ayudarnos con los caballos.

—¡Ya voy! —contestó el monje.

Acabó de limpiar la pocilga pasando el rastrillo un par de veces, apoyó la herramienta contra la pared del establo y echó a andar hacia los recién llegados. Godwyn estaba a punto de decirle que aligerara el paso cuando reconoció el rubio flequillo de Saul.

Godwyn no lo aprobó: un prior no debería limpiar una porqueriza. Después de todo, la humildad ostentosa no dejaba de ser una ostentación.

Aun así, en este caso la docilidad de Saul podría servir a los propósitos de Godwyn.

—Hola, hermano —lo saludó, con una amistosa sonrisa—. No era mi intención ordenar al prior que desensillara mi caballo.

—¿Por qué no? —preguntó Saul—. Alguien debe hacerlo y vosotros lleváis cabalgando todo el día. —Saul condujo los caballos al establo—. Los hermanos están en los campos —les informó desde el interior—, pero volverán pronto para el oficio de vísperas. —Volvió a aparecer—. Venid a la cocina.

Nunca habían intimado. Godwyn no podía evitar sentirse desacreditado ante la entrega de Saul, que nunca se mostraba hostil, pero hacía las cosas a su manera, con muda determinación. Godwyn debía procurar no sulfurarse; ya sufría suficientes presiones.

Godwyn y Philemon atravesaron el corral y acompañaron a Saul hasta un edificio de una sola planta y techos altos. Aunque era de madera, tenía una chimenea de piedra. Agradecidos, tomaron asiento en un tosco escaño, junto a una mesa bien restregada. Saul les sirvió dos generosos vasos de cerveza de un gran barril y se sentó delante de ellos.

Philemon bebió ávidamente, pero Godwyn prefirió tomar pequeños sorbos. Saul no les ofreció nada de comer y Godwyn supuso que tampoco les convidarían a nada más hasta después de vísperas. De todos modos, estaba demasiado tenso para llevarse algo a la boca.

Pensó con aprensión que volvía a encontrarse en un momento delicado. Había tenido que oponerse a la candidatura de Murdo con tiento de no disuadir a Roland y ahora tenía que animar a Saul de modo que a éste no le quedara más remedio que rechazar la propuesta. Sabía lo que iba a decir, pero debía hacerlo bien. Si daba un paso en falso, Saul recelaría y a partir de ahí podía suceder cualquier cosa.

El prior de St. John no le dio tiempo a seguir preocupándose.

—¿Qué te trae por aquí, hermano?

—El conde Roland se ha recuperado.

—Gracias a Dios.

—Eso quiere decir que ya podemos celebrar la elección del prior.

—Bien. No deberíamos dejar pasar mucho más tiempo sin prior.

—Sí, pero ¿quién debería salir escogido?

Saul eludió la pregunta.

—¿Qué nombres se han propuesto?

—El del hermano Thomas, el *matricularius*.

—Sería un buen administrador. ¿Nadie más?

—Formalmente, no —contestó Godwyn, diciendo una verdad a medias.

—¿Y Carlus? Cuando fui a Kingsbridge para el funeral del prior Anthony, el suprior era el candidato con mayores posibilidades.

—El hombre no se ve capacitado para el cargo.

—¿Por la ceguera?

—Tal vez. —Saul no sabía nada acerca de la caída de Carlus durante la celebración de San Adolfo y Godwyn decidió no contárselo—. De todas formas, ha reflexionado y meditado sobre el tema y ha tomado una decisión.

—¿El conde no ha propuesto a nadie?

—Se lo está pensando. —Godwyn vaciló—. Por eso estamos aquí. El conde está… considerando proponerte a ti.

Godwyn se dijo que en realidad no estaba faltando a la verdad, sólo hacía hincapié en algún aspecto que podía dar lugar a equívocos.

—Me siento halagado.

Godwyn lo miró fijamente.

—Aunque tal vez no demasiado sorprendido, ¿me equivoco?

Saul se sonrojó.

—Discúlpame. El gran Philip estuvo a cargo de St. John y luego se convirtió en prior de Kingsbridge, y otros siguieron ese mismo camino. Con esto no pretendo decir que sea tan válido como ellos, por descontado, pero debo confesar que la idea se me ha pasado por la cabeza.

—No es nada de lo que avergonzarse. ¿Qué opinas sobre lo de la candidatura?

—¿Qué opino? —Saul lo miró perplejo—. ¿Por qué me preguntas eso? Si el conde así lo desea, me propondrá como candidato, y si mis hermanos me quieren, me votarán y yo me consideraré llamado a realizar la obra del Señor. Lo que opine o deje de opinar es irrelevante.

Ésa no era la respuesta que Godwyn esperaba. Necesitaba que Saul tomara su propia decisión y meter a Dios por en medio sería contraproducente.

—No es tan sencillo —repuso Godwyn—. No tienes por qué aceptar la candidatura. Por eso me ha enviado el conde.

—No es propio de Roland pedir cuando puede ordenar.

Godwyn se estremeció imperceptiblemente. «Nunca subestimes la perspicacia de Saul», se dijo. Dio marcha atrás de inmediato.

—No, desde luego. De todos modos, necesita saber lo antes posible si crees que acabarás rechazando la candidatura para poder proponer a otra persona.

Y seguramente tenía razón, aunque Roland no lo hubiera dicho.

—No sabía que las cosas fueran así.

«Es que en realidad no son así», pensó Godwyn, aunque dijo:

—La última vez que ocurrió, durante la elección del prior Anthony, ambos éramos novicios, por eso no supimos cómo se desarrolló el asunto.

—Cierto.

—¿Crees que estás capacitado para desempeñar la labor de prior de Kingsbridge?

—Por descontado que no.

—Vaya. —Godwyn fingió contrariedad, a pesar de haber estado esperando esa respuesta, confiando en la humildad de Saul.

—Sin embargo...

—¿Qué?

—Con la ayuda de Dios, ¿quién sabe lo que puede conseguirse?

—Cuán cierto... —Godwyn ocultó su decepción. La modesta respuesta no había sido más que una mera formalidad. En realidad Saul se creía más que preparado para realizar esa tarea—. Deberías reflexionar y meditarlo esta noche.

—Estoy seguro de que no hay mucho más en que pensar. —Oyeron unas voces a lo lejos—. Los hermanos regresan de los campos.

—Podemos volver a hablarlo por la mañana —propuso Godwyn—. Si decides presentarte como candidato, deberás acompañarnos a Kingsbridge.

—Muy bien.

Godwyn temió que existiera el peligro real de que Saul aceptara, pero todavía le quedaba una flecha en el carcaj.

—Deberías tener en cuenta algo más en tus oraciones —se arriesgó—. Un noble nunca ofrece algo a cambio de nada.

Saul lo miró intrigado.

—¿A qué te refieres?

—Los condes y los barones dispensan títulos, tierras, privilegios, monopolios... Pero todo eso siempre tiene un precio.

—Y ¿en este caso?

—Si sales elegido, Roland esperará una recompensa. Al fin y al cabo eres su primo y a él le deberás tu posición. Serás su voz en el capítulo, procurando que las acciones del priorato no contravengan sus intereses.

—¿Lo pondrá como condición explícita para la propuesta de la candidatura?

—¿Explícita? No, pero cuando regreses conmigo a Kingsbridge, se entrevistará contigo y sus preguntas tendrán como fin adivinar tus intenciones. Si insistes en ser un prior independiente, sin intenciones de mostrar favoritismos hacia su primo o patrocinador, propondrá a otra persona.

—No había pensado en eso.

—Claro que siempre podrías contestar lo que quiere oír y cambiar de opinión tras la elección.

—Pero eso sería deshonesto.

—Hay quien lo consideraría así.

—Dios lo consideraría así.

—Será algo sobre lo que tendrás que meditar esta noche.

Un grupo de jóvenes monjes entró en la cocina charlando animadamente, sucios de barro tras las largas horas en el campo. Saul se levantó para servirles cerveza, aunque no consiguió desprenderse de su expresión preocupada. La misma que tenía cuando pasaron a la pequeña iglesia, con su pintura mural del día del Juicio Final sobre el altar, para el oficio de vísperas. Y la que todavía arrastraba cuando se sirvió la cena y el delicioso queso que hacían los monjes sació el hambre de Godwyn.

El sacristán pasó toda la noche en vela a pesar del cansancio acumulado tras dos días de viaje a caballo. Había conseguido que Saul tuviera que enfrentarse a un dilema moral. La mayoría de los monjes se habrían avenido a ocultar sus verdaderas intenciones durante la entrevista con Roland y le habrían prometido al conde un grado de subordinación mucho mayor del que en realidad tenían intención de cumplir. Sin embargo, Saul no. Saul se conducía por imperativos morales. ¿Encontraría una solución al dilema y aceptaría la candidatura? Godwyn no creía que fuera posible.

Saul seguía arrastrando su expresión preocupada cuando los monjes se levantaron con las primeras luces del alba para el oficio de laudes.

Después del desayuno, le comunicó a Godwyn que no podía aceptar la propuesta.

Godwyn era incapaz de acostumbrarse al rostro del conde Roland. Era la cosa más extraña que había visto jamás. El conde se había calado un gorro para cubrir los vendajes de la cabeza; sin embargo, al darle una apariencia más normal, el gorro ponía de relieve la parálisis de la parte derecha de la cara. Además, el conde parecía más malhumorado que de costumbre y Godwyn supuso que todavía sufría intensos dolores de cabeza.

—¿Dónde está mi primo Saul? —preguntó en cuanto Godwyn entró en la estancia.

—Todavía en St. John, mi señor. Le comuniqué vuestro mensaje...

—¿Mensaje? ¡Era una orden!

—No os alteréis, mi señor, ya sabéis que no es bueno para vuestra salud —le aconsejó con voz suave lady Philippa, de pie junto a la cama.

—El hermano Saul sólo me dijo que no podía aceptar la candidatura —le informó Godwyn.

—Y ¿por qué demonios no puede?

—Estuvo meditando y rezando...

—Por supuesto que estuvo rezando, es lo que hacen los monjes. ¿Qué razón te dio para su afrenta?

—No se cree capacitado para ocupar un puesto tan exigente.

—Tonterías. ¿Qué exigencias? No se le ha pedido que lidere un ejército de caballeros a la batalla, sólo que un puñado de monjes canten sus himnos a la hora que toca.

El hombre no decía más que estupideces, así que Godwyn se limitó a bajar la cabeza y permanecer callado.

—Acabo de darme cuenta de quién eres —dijo el conde, cambiando súbitamente de tono—. Tú eres el hijo de Petranilla, ¿verdad?

—Sí, señor.

«Esa misma Petranilla que dejaste plantada», pensó Godwyn.

—Era muy despabilada y estoy seguro de que tú también lo eres. ¿Cómo sé que no convenciste a Saul para que no aceptara? Tú quieres que Thomas de Langley sea el prior, ¿verdad?

«Mi plan es mucho más astuto, imbécil», pensó Godwyn.

—Saul me preguntó qué querríais a cambio de proponerle la candidatura —contestó Godwyn.

—Vaya, por fin ponemos las cartas boca arriba. ¿Qué le respondiste?

—Que esperaríais de él que os escuchara como conde, primo y su patrocinador que sois.

—Y es tan testarudo que se negó a aceptarlo, supongo. Bien. Eso lo decide todo, propondré como candidato a ese fraile gordo. Ahora, largo de mi vista.

Godwyn tuvo que ocultar su júbilo mientras salía de la estancia con una reverencia. El penúltimo paso de su plan había salido a la perfección. El conde Roland no sospechaba ni por asomo que lo habían empujado a proponer al candidato con menores posibilidades que a Godwyn se le podía pasar por la cabeza.

Sólo quedaba el último paso.

Abandonó el hospital y salió al claustro. Era la hora de estudio antes del oficio de sexta y la mayoría de los monjes paseaban tranquilamente o estaban sentados leyendo, escuchando a alguien que les leía o meditando. Godwyn vio a Theodoric, su joven aliado, y le hizo un escueto ademán con la cabeza para que se acercara.

—El conde Roland ha propuesto a fray Murdo como prior —le informó en voz baja.

—¿Qué? —exclamó Theodoric.

—Más bajo.

—¡Es imposible!

—Claro que lo es.

—Nadie le votará.

—Por eso me alegro.

Por la expresión de Theodoric, Godwyn supo que por fin lo comprendía.

—Ah… Ya veo. Así que en realidad es bueno para nosotros.

Godwyn se preguntó por qué siempre tenía que explicar ese tipo de cosas, incluso a hombres instruidos. Nadie sabía leer entre líneas, salvo su madre y él.

—Ve a decírselo a los demás… Con calma. No hace falta que manifiestes tu enfado. Ya se pondrán suficientemente furiosos sin necesidad de que los animes.

—¿Debo decir que es bueno para Thomas?

—Bajo ningún concepto.

—De acuerdo. Ya lo entiendo —le aseguró Theodoric.

Era evidente que no era así, pero Godwyn estaba convencido de que podía confiar en él en cuanto a que siguiera sus instrucciones. A continuación fue a buscar a Philemon y lo encontró barriendo el refectorio.

—¿Sabes dónde está Murdo? —le preguntó.

—Seguramente en la cocina.

—Ve a buscarlo y dile que le esperas en la casa del prior cuando todos los monjes estén en el oficio de sexta. No quiero que nadie te vea allí con él.

—De acuerdo. ¿Qué le digo?

—Lo primero que debes decirle es: «Hermano Murdo, nadie debe saber jamás que te he dicho esto». ¿Entendido?

—Nadie debe saber jamás que te he dicho esto. De acuerdo.

—Luego le enseñas el documento que encontramos. Ya sabes dónde está: junto al reclinatorio de la alcoba hay un arcón con una cartera de cuero de color rojizo.

—¿Eso es todo?

—Coméntale que las tierras que Thomas aportó al priorato pertenecían en un principio a la reina Isabel y que este hecho se ha mantenido en secreto durante diez años.

Philemon se quedó perplejo.

—Pero si no sabemos qué es lo que Thomas trata de ocultar...

—No, pero siempre hay una razón para guardar un secreto.

—¿Crees que Murdo intentará utilizar esa información contra Thomas?

—Por supuesto.

—¿Qué hará Murdo?

—No lo sé, pero haga lo que haga, seguro que no beneficia a Thomas.

Philemon frunció el ceño.

—¿No se suponía que estábamos ayudando a Thomas?

Godwyn sonrió.

—Eso es lo que todo el mundo cree.

La campana anunció el oficio de sexta.

Philemon fue en busca de Murdo y Godwyn se unió al resto de los monjes en la iglesia donde, junto a sus hermanos, entonó: «Dios mío, ven en mi auxilio». En esta ocasión rezó con un fervor inusitado. A pesar de la seguridad que había mostrado delante de Philemon, sabía que estaba jugando con fuego. Lo había arriesgado todo apostando por el secreto de Thomas, pero ignoraba qué figura aparecería cuando le diera la vuelta a la carta.

No obstante, estaba seguro de que había conseguido alterar a los monjes. Estaban inquietos y parlanchines y Carlus tuvo que llamarles la atención un par de veces durante los salmos. Por lo general, los benedictinos no sentían demasiada simpatía por los frailes, ya que éstos adoptaban cierta superioridad moral con respecto a las posesiones terrenales cuando, al mismo tiempo, vivían a expensas de aquellos a los que condenaban. Y despreciaban a Murdo en particular por su pedantería, su codicia y por ser un borracho. Antes escogerían a cualquier otro que a él.

—No podemos elegir al fraile —le dijo Simeon a Godwyn saliendo de la iglesia después del oficio.

—Estoy de acuerdo.

—Carlus y yo no vamos a presentar más candidatos. Si los monjes parecemos divididos, el conde podrá presentar al suyo como la única solución. Debemos salvar nuestras diferencias y apoyar a Thomas. Si presentamos un frente unido, será más difícil que el conde se oponga a nosotros.

Godwyn se detuvo y miró a Simeon de frente.

—Gracias, hermano —dijo, obligándose a mostrarse humilde y a ocultar el júbilo que lo invadía.

—Lo hacemos por el bien del priorato.

—Lo sé, pero aprecio vuestra generosidad de espíritu.

Simeon asintió con la cabeza y se fue.

Godwyn saboreaba la victoria.

Los monjes entraron en el refectorio para comer, donde se les sumó Murdo, que no asistía a los oficios, pero no se perdía ni una sola de las comidas. Todos los monasterios observaban la regla generalizada de recibir en su mesa a cualquier monje o fraile, aunque pocos le sacaban tanto provecho como Murdo a dicha costumbre. Godwyn vigiló atentamente sus movimientos: el fraile parecía animado, como si supiera algo que anhelaba compartir; sin embargo, se contuvo mientras le servían y guardó silencio durante toda la comida, escuchando atento al novicio que leía.

El pasaje escogido era la historia de Susana y los viejos. Godwyn lo encontró muy inapropiado: la historia era demasiado licenciosa para leerla en voz alta en una comunidad célibe. Sin embargo, ese día ni siquiera los intentos de dos viejos lascivos de chantajear a una mujer para que yaciera con ellos consiguieron atraer la atención de los monjes, quienes no dejaban de cuchichear y mirar a Murdo de soslayo.

Cuando acabaron de comer y el profeta Daniel hubo salvado a Susana de la ejecución tras interrogar a los viejos por separado y demostrar que habían contado historias inconsistentes, los monjes se dispusieron a recoger. En ese momento, Murdo se dirigió a Thomas.

—Hermano Thomas, tengo entendido que cuando llegaste aquí estabas herido.

Lo dijo en voz lo bastante alta para que todos lo oyeran y los demás monjes se detuvieron a escuchar.

Thomas lo miró sin inmutarse.

—Sí.

—Por culpa de esa herida acabaste perdiendo el brazo izquierdo y yo me pregunto: ¿no la recibirías estando al servicio de la reina Isabel?

Thomas palideció.

—Hace diez años que soy monje de Kingsbridge. Mi vida anterior pertenece al pasado.

Murdo no se inmutó.

—Lo pregunto por las tierras que aportaste cuando te uniste al priorato, una aldea de Norfolk bastante productiva. Doscientas hectáreas. Cerca de Lynn… Donde vive la reina.

—¿Qué sabe un forastero de nuestras propiedades? —le interrumpió Godwyn, fingiendo indignación.

—Bueno, he leído el cartulario —contestó Murdo—. Esas cosas no son un secreto.

Godwyn miró a Carlus y a Simeon, sentados el uno al lado del otro. Ambos parecían desconcertados. Como suprior y tesorero que eran, estaban informados de los pormenores y debían estar preguntándose cómo podía haber accedido Murdo al cartulario. Simeon parecía a punto de decir algo cuando el fraile se le adelantó.

—O se supone que no han de ser un secreto.

Simeon cerró la boca. Si exigía saber cómo lo había averiguado, al mismo tiempo tendría que enfrentarse a las preguntas de por qué lo había mantenido en secreto.

—Y ¿quién donó la granja de Lynn al priorato…? —continuó Murdo—. La reina Isabel.

Godwyn miró a su alrededor. Los monjes estaban consternados, todos menos Carlus y Simeon, totalmente inexpresivos.

Fray Murdo se apoyó en la mesa. Tenía restos de comida entre los dientes.

—Insisto: ¿recibiste esa herida estando al servicio de la reina Isabel? —preguntó, con agresividad.

—Todo el mundo sabe a qué me dedicaba antes de tomar los hábitos. Era caballero, libré batallas y quité la vida a varios hombres, pero me he confesado y he recibido la absolución.

—Un monje puede dejar atrás su pasado, pero el prior de Kingsbridge arrastra una carga mucho más pesada. Puede verse obligado a responder a quién mató, por qué y, lo más importante, qué recibió a cambio.

Thomas sostuvo la mirada de Murdo, sin contestar. Godwyn intentó descifrar qué sentimientos embargaban al monje, pues en su rostro se adivinaba una fuerte emoción, aunque no sabía decidir cuál. No descubrió ningún signo de culpabilidad, ni de vergüenza; sea lo que fuere lo que hubiera hecho, Thomas no creía tener que arrepentirse de nada. La expresión tampoco era de ira. El tono desdeñoso de Murdo podría haber provocado a muchos hombres, pero no parecía que Thomas fuera a arremeter contra él. No, Thomas parecía sentir algo diferente, más templado que la vergüenza y más mudo que la rabia. Por fin Godwyn supo lo que era: miedo. Thomas tenía miedo de algo. ¿De Murdo? Bastante improbable. No, temía que ocurriera algo por culpa de Murdo, temía las consecuencias que pudiera acarrear el descubrimiento de Murdo.

El fraile continuó como un perro con un hueso:

—Si no respondes aquí, en esta cámara, tendrás que enfrentarte a la pregunta en otra parte.

Los cálculos de Godwyn pronosticaban que Thomas se rendiría en ese preciso momento, aunque no las tenía todas consigo. Thomas era un hueso duro de roer. Llevaba diez años demostrando ser una persona sosegada, paciente y con una gran capacidad de adaptación. Cuando Godwyn lo abordó con la propuesta de la candidatura, debió de decidir que había llegado el momento de enterrar el pasado y ahora acababa de darse cuenta de su error. La cuestión era: ¿cómo reaccionaría? ¿Admitiría su equivocación y se retiraría? ¿O apretaría los dientes y seguiría adelante? Godwyn se mordió el labio y esperó.

—Creo que estás en lo cierto: puede que haya de enfrentarme a la pregunta en algún otro lugar —contestó Thomas al fin—. O al menos creo que harás todo lo que esté en tus manos, por peligroso o poco cristiano que sea, para que tus predicciones se hagan realidad.

—No sé si estás insinuando...

—¡No hace falta que digas nada más! —lo interrumpió Thomas, levantándose con brusquedad. Murdo retrocedió. La altura y el porte marcial combinados con la dureza del tono consiguieron el raro efecto de enmudecer al fraile—. Nunca he tenido que responder preguntas acerca de mi pasado —continuó, recuperando su sosiego habitual. Todos los monjes guardaron silencio y aguzaron el oído sin pestañear—. Y no lo haré jamás. —Señaló a Murdo—. Sin embargo, este... gusano me ha hecho comprender que ese tipo de preguntas nunca cesarán si me convierto en vuestro prior. Un monje puede dejar atrás su pasado, pero un prior es diferente, ahora lo entiendo. Un prior puede tener enemigos y cualquier misterio es una debilidad. Mi juicio debería haberme conducido a donde lo ha hecho la maldad de fray Murdo: a la conclusión de que un hombre que no desea responder a preguntas acerca de su pasado no puede ser prior. Por tanto...

—¡No! —gritó el joven Theodoric.

—Por tanto, retiro mi candidatura a la elección.

Godwyn dejó escapar un largo suspiro de satisfacción. Había logrado su objetivo.

Cuando Thomas volvió a sentarse, Murdo lo miró con engreimiento y los demás monjes se pusieron a hablar todos al unísono.

Carlus golpeó la mesa y poco a poco fueron callando.

—Fray Murdo, puesto que no tienes voto en esta elección, debo pedirte que nos dejes un momento.

Muy ufano, Murdo se alejó caminando lentamente, sintiéndose seguro vencedor.

—Esto es una catástrofe —se lamentó Carlus cuando Murdo se hubo ido—. ¡Murdo es el único candidato!

—No podemos permitir que Thomas se retire —dijo Theodoric.

—¡Pero lo ha hecho!

—Tiene que haber otro candidato —dijo Simeon.

—Sí —contestó Carlus—, y yo propongo a Simeon.

—¡No! —protestó Theodoric.

—Dejadme hablar —pidió Simeon—. Debemos escoger a aquel de nosotros que tenga más posibilidades de unir a la hermandad contra Murdo, y ése no soy yo. Sé que no tengo suficiente apoyo entre los más jóvenes. Creo que todos sabemos quién conseguiría el mayor apoyo de entre todas las secciones.

Se volvió y miró a Godwyn.

—¡Sí! —exclamó Theodoric—. ¡Godwyn!

Los jóvenes lo vitorearon. Los veteranos parecían resignados. Godwyn sacudió la cabeza, como si incluso le diera apuro responder. Los jóvenes empezaron a golpear las mesas y a corear su nombre: «¡God-wyn! ¡God-wyn!».

Al final se levantó. La euforia lo embargaba, pero se mantuvo impertérrito. Levantó las manos para que guardaran silencio.

—Obedeceré los deseos de mis hermanos —dijo en voz baja y humilde, cuando consiguió hacerlos callar.

Los gritos de júbilo de los monjes resonaron por todo el refectorio.

23

Godwyn postergó la elección. Al conde Roland no le iba a complacer el resultado y el sacristán quería darle el menor tiempo posible para oponerse a la decisión antes del enlace.

En realidad, Godwyn estaba aterrorizado. Se enfrentaba a uno de los hombres más poderosos del reino. Trece condes, junto a cuarenta barones, veintiún obispos y un puñado de personas más gobernaban Inglaterra. Cuando el rey convocaba el Parlamento, eran ellos quienes constituían el grupo de los Lores, la aristocracia, en contraste con el de los Comunes, integrado por caballeros, pequeña nobleza y comerciantes. El conde de Shiring era uno de los hombres más poderosos y prominentes entre los suyos y aun así, el hermano Godwyn, de treinta y un años, hijo de la viuda Petranilla, un hombre que no pasaba de ser el sacristán del priorato de Kingsbridge, le había presentado batalla y, lo que era aún más peligroso, le estaba ganando la partida.

Por todo ello todavía no se había decidido, pero a seis días del enlace, Roland se puso en pie y decretó: «¡Mañana!».

Los invitados habían ido llegando para los esponsales. El conde de Monmouth se había trasladado al hospital y ocupaba la alcoba privada que había junto a la de Roland, por lo que lord William y lady Philippa habían tenido que mudarse a la posada Bell. El obispo Richard compartía la casa del prior con Carlus, y barones y caballeros atestaban las posadas de la ciudad junto con sus esposas, hijos, escuderos, criados y caballos. En Kingsbridge empezó a entrar dinero a espuertas, unos ingresos de los que la ciudad estaba muy necesitada después de los decepcionantes beneficios que había reportado la aguada feria del vellón.

La mañana de la elección, Godwyn y Simeon fueron al erario, una cámara pequeña y sin ventanas detrás de una pesada puerta de roble, justo enfrente de la biblioteca. Allí se custodiaban los preciados ornamentos que se utilizaban para las misas especiales, guardados bajo llave en un arcón revestido de hierro. Como tesorero, Simeon era el encargado de las llaves.

El resultado de la elección era de prever, o al menos eso pensaba todo el mundo salvo el conde Roland. Nadie sospechaba de la baza que había jugado Godwyn, quien había salido airoso del tenso momento en que Thomas se había preguntado en voz alta cómo sabía fray Murdo de la existencia de la cédula de la reina Isabel.

—No puede haberlo descubierto por casualidad, nadie lo ha visto leyendo en la biblioteca y, además, esos documentos no se guardan con los demás —le había comentado a Godwyn—. Ha debido de decírselo alguien, pero ¿quién? Sólo Carlus y Simeon sabían de su existencia. Pero ¿por qué le desvelarían el secreto si no querían ayudarle?

Godwyn no había dicho nada y Thomas seguía sin saber qué pensar.

Godwyn y Simeon arrastraron el arcón del tesoro hasta la biblioteca, donde había luz. Las joyas de la catedral estaban envueltas en tela de color azul y protegidas entre pliegos de cuero. A medida que iban revisando el contenido del cofre, Simeon iba desenvolviendo algunos de los objetos para contemplarlos y comprobar que estuvieran intactos. Había una placa de marfil de varios centímetros de grosor, delicadamente trabajada, que representaba la crucifixión de san Adolfo, en la que el santo pedía a Dios que les concediera buena salud y larga vida a todos aquellos que veneraran su memoria. También había bastantes candelabros y crucifijos, todos de oro y plata, la mayoría engastados de piedras preciosas. Las joyas y el oro relucían bajo la intensa luz que se colaba por los altos ventanales de la biblioteca. Devotos feligreses habían ido donando todos aquellos objetos al priorato a lo largo de los siglos. Su valor en conjunto era incalculable; había más riquezas allí reunidas de las que la mayoría de la gente llegaría a ver jamás juntas en un mismo lugar.

Godwyn había encontrado un báculo de ceremonias de madera revestido de oro, o croza, con una empuñadura cargada de joyas, que solía entregarse al nuevo prior al final del proceso de elección como parte del rito. El báculo estaba en el fondo del arcón, donde descansaba desde hacía trece años. Al sacarlo, Simeon lanzó una exclamación.

Godwyn se volvió hacia él. Simeon sostenía un enorme crucifijo con soporte para que se aguantara sobre el altar.

—¿Qué ocurre? —preguntó Godwyn.

Simeon le mostró la parte posterior y le señaló una hendidura debajo del travesaño. Godwyn comprendió de inmediato que faltaba un rubí.

—Debe de haberse caído —dijo.

Miró a su alrededor. Estaban solos en la biblioteca.

La preocupación se apoderó de ellos. En tanto que tesorero y sacristán, ambos compartían la responsabilidad y debían responder de cualquier pérdida.

Examinaron todos los objetos que contenía el arcón. Fueron desenvolviéndolos uno por uno y sacudiendo los trapos azules. Registraron todos los pliegos de cuero. Desesperados, inspeccionaron hasta el último rincón del arcón y buscaron por el suelo. Sin embargo, el rubí no apareció.

—¿Cuándo se utilizó el crucifijo por última vez? —preguntó Simeon.

—En la celebración de San Adolfo, cuando Carlus tropezó y lo tiró de la mesa.

—Tal vez el rubí se cayera entonces. Pero ¿cómo es posible que nadie se diera cuenta?

—La piedra estaba en la parte de atrás de la cruz, pero alguien tuvo que verlo en el suelo.

—¿Quién recogió el crucifijo?

—No me acuerdo —se apresuró a contestar Godwyn—. Todo fue muy confuso.

En realidad lo recordaba a la perfección: había sido Philemon.

Godwyn revivió la escena. Philemon y Otho habían enderezado el altar y lo habían colocado sobre la plataforma. Luego Otho había recogido los candelabros y Philemon la cruz.

Con creciente congoja, a Godwyn le vino a la memoria la desaparición del brazalete de lady Philippa. ¿Habría vuelto a robar Philemon? Tembló al pensar en cómo podría afectarle aquello, pues todo el mundo sabía que Philemon era el tácito acólito de Godwyn. Un pecado tan espantoso como robar una joya de un ornamento sagrado haría caer en la ignominia a cualquier persona relacionada con el criminal y fácilmente podría perjudicar su elección.

Era obvio que Simeon no recordaba cómo se había desarrollado la escena, por lo que aceptó la fingida incapacidad de Godwyn para diluci-dar quién había recogido la cruz sin ponerlo en duda. Sin embargo, otros monjes recordarían haberla visto en manos de Philemon. Godwyn tenía que enmendar la situación sin perder tiempo, antes de que las sospechas recayeran sobre Philemon. No obstante, primero tenía que sacarse a Simeon de encima.

—Tenemos que buscar por la iglesia —dijo Simeon.

—Pero la misa fue hace dos semanas —protestó Godwyn—. Un rubí no puede llevar tanto tiempo en el suelo sin que nadie lo haya visto.

—No es probable, pero tenemos que asegurarnos.

Godwyn comprendió que tenía que acompañar a Simeon y esperar la ocasión propicia para ir en busca de Philemon.

—Tienes razón.

Guardaron los ornamentos y cerraron la puerta del erario.

—Lo mejor sería que no dijéramos nada de esto hasta que estemos seguros de que la joya se ha perdido —propuso Godwyn cuando salían de la biblioteca—. No hay motivo para cargarnos con la culpa antes de tiempo.

—De acuerdo.

Cruzaron el claustro a toda prisa y entraron en la iglesia. Empezaron en medio del crucero y fueron examinando el suelo palmo a palmo. Un mes atrás habría sido verosímil que un rubí pudiera haberse extraviado en al-gún recoveco del suelo de la iglesia, pero hacía poco que habían reparado las losas y habían tapado las grietas y los descascarillados, por lo que el rubí habría aparecido.

—Ahora que pienso, ¿no fue Philemon el que recogió el crucifijo? —dijo Simeon.

Godwyn se volvió hacia él. ¿Era una acusación lo que adivinaba en su expresión? No habría sabido decirlo.

—Puede que fuera Philemon —admitió Godwyn. En ese instante vio el cielo abierto—. Iré a buscarlo. Tal vez recuerde dónde estaba exactamente en ese momento.

—Buena idea, os espero aquí.

Simeon se puso de rodillas y empezó a tantear el suelo con las manos, como si fuera más sencillo encontrar el rubí al tacto que con la vista.

Godwyn salió corriendo en dirección al dormitorio. El armario de las mantas estaba en su sitio. Lo apartó de la pared, encontró la piedra que estaba suelta, la retiró y metió la mano en el escondrijo donde Philemon había ocultado el brazalete de lady Philippa.

No había nada.

Lanzó un juramento. No iba a ser tan fácil.

«Tendré que expulsar a Philemon del monasterio —pensó mientras recorría los edificios del priorato en su busca—. Si ha robado el rubí, no puedo volver a encubrirlo. Tiene que irse.»

En ese momento comprendió con total consternación que no podía deshacerse de Philemon, ni entonces ni tal vez nunca: había sido Philemon quien le había contado a fray Murdo lo de la cédula real. Si lo despedía, Philemon lo confesaría todo y diría que lo había hecho instigado por Godwyn. Y le creerían. Godwyn recordó el desconcierto de Thomas cuando le comentaba quién podría haberle contado a Murdo el secreto y con qué intención. La confesión de Philemon ganaría credibilidad, pues respondería a la pregunta de Thomas.

Si se descubrieran sus tejemanejes, el escándalo estaría asegurado. Tanto daba que saliera a la luz después de la elección, de todos modos la autoridad de Godwyn se vería dañada y mermaría su capacidad de mando al frente de la congregación. Enseguida comprendió la inquietante verdad: tendría que proteger a Philemon para protegerse a sí mismo.

Encontró al joven barriendo el suelo del hospital. Le hizo una señal para que saliera y lo llevó hasta la parte de atrás de la cocina, donde era muy poco probable que los viera nadie.

—Falta un rubí —le dijo, mirándolo directamente a los ojos.

Philemon apartó la vista.

—Qué desgracia.

—Es del crucifijo del altar que cayó al suelo cuando Carlus tropezó.

—¿Cómo puede ser que nadie se haya dado cuenta de su ausencia? —preguntó Philemon, fingiendo una ingenuidad de la que carecía.

—El rubí pudo haber saltado cuando el crucifijo se estampó contra el suelo, pero ya no está. Lo acabo de comprobar. Alguien lo encontró y se lo quedó.

—No puede ser.

El falso aire de inocencia de Philemon enojó a Godwyn.

—¿Serás mentecato? ¡Todo el mundo te vio recoger el crucifijo!

—¡Yo no sé nada! —protestó Philemon, con voz aflautada.

—¡No me hagas perder el tiempo con mentiras! Tenemos que solucionar esto. Podría perder las elecciones por tu culpa. —Godwyn empujó a Philemon contra la pared del horno—. ¿Dónde está? —Para su completo asombro, Philemon se echó a llorar—. Por amor de Dios, ¡déjate de tonterías, que ya no eres un crío!

—Lo siento —dijo Philemon entre sollozos—. Lo siento.

—Si no dejas de llorar… —Godwyn recuperó el control de sí mismo. No iba a ganar nada reprendiendo a Philemon. El joven daba verdadera lástima—. Vamos, cálmate. ¿Dónde está el rubí? —le preguntó con voz tranquila.

—Lo escondí.

—Sí…

—En la chimenea del refectorio.

Godwyn dio media vuelta de inmediato y echó a andar hacia el refectorio.

—¡Dios nos coja confesados, podría caer al fuego!

Philemon lo siguió, secándose las lágrimas.

—En agosto no hay lumbre. Lo habría sacado de allí antes de que llegara el frío.

Entraron en el refectorio donde, en uno de los extremos de la alargada cámara, había una ancha chimenea. Philemon metió la mano en el tiro, buscó a tientas unos instantes y poco después apareció con un rubí del tamaño de un huevo de gorrión, cubierto de hollín, y lo limpió en la manga.

—Ahora ven conmigo —dijo Godwyn, agarrando el rubí.

—¿Qué vamos a hacer?

—Vamos a hacer que lo encuentre Simeon.

Fueron a la iglesia. El tesorero seguía buscando, de rodillas.

—Veamos, intenta recordar dónde estabas exactamente cuando recogiste el crucifijo —le dijo Godwyn a Philemon.

Simeon miró a Philemon y, apreciando rastros de emoción en su semblante, se dirigió a él con amabilidad.

—No te preocupes, muchacho, no has hecho nada malo.

Philemon se colocó en el lado oriental del crucero, cerca de los escalones que conducían al presbiterio.

—Creo que era aquí —contestó.

Godwyn ascendió dos peldaños y mientras miraba debajo de los asientos del coro, fingiendo que buscaba, colocó el rubí de manera subrepticia debajo de una de las hileras de escaños, cerca del extremo, donde era imposible verlo a simple vista. Luego, como si cambiara de opinión acerca del lugar donde era más probable que pudiera estar, se dirigió al otro lado del presbiterio.

—Ven a buscar por aquí, Philemon —lo llamó.

Tal como el sacristán había imaginado, Simeon se puso de rodillas para mirar debajo de los asientos del lado opuesto, murmurando una oración al mismo tiempo.

Godwyn suponía que Simeon vería el rubí de inmediato, pero siguió fingiendo que rebuscaba por la nave, esperando a que lo encontrara. Al cabo de un rato empezó a pensar que a Simeon le pasaba algo en la vista y que al final tendría que acercarse y «encontrarlo» él mismo.

—¡Aquí! ¡Está aquí! —anunció por fin Simeon.

Godwyn se fingió emocionado.

—¿Lo has encontrado?

—¡Sí! ¡Aleluya!

—¿Dónde estaba?

—¡Aquí, debajo de los asientos del coro!

—Alabado sea el Señor —dijo Godwyn.

Godwyn se dijo que debía temer al conde Roland. Al tiempo que ascendía los escalones de piedra del hospital en dirección a las estancias de los invitados se preguntaba qué podría hacerle el conde. Aunque Roland hubiera conseguido levantarse de la cama y hacerse con una espada, no sería tan imprudente como para atacar a un monje dentro del recinto de un monasterio; ni siquiera un rey saldría impune de una cosa así.

Godwyn entró en la alcoba después de que Ralph Fitzgerald lo anunciara.

Los hijos del conde flanqueaban el lecho: a un lado el alto William, a quien el cabello ya le empezaba a clarear, vestido con sus calzas militares de color marrón y los botines embarrados; y al otro, Richard, con su figura cada vez más oronda, prueba de su naturaleza sibarita y de que contaba con los medios para regalarse en ella, enfundado en su vestimenta de color morado propia de los obispos. William tenía treinta años, uno menos que Godwyn, y poseía el fuerte carácter de su padre, aunque suavizado por la influencia de su esposa, Philippa. Richard tenía veintiocho años y seguramente debía de parecerse a su difunta madre, pues carecía del porte imponente y la fortaleza del conde.

—Y bien, monje, ¿ya habéis celebrado vuestra elección de tres al cuarto? —preguntó el conde, hablando por la comisura izquierda de los labios.

Godwyn se molestó por esa forma tan descortés de dirigirse a él y se prometió en silencio que algún día Roland lo llamaría padre prior. La indignación le proporcionó el coraje que necesitaba para comunicarle la noticia al conde.

—Así es, señor. Tengo el honor de anunciaros que los monjes de Kingsbridge me han escogido prior.

—¿Qué? —bramó el conde—. ¿A ti?

Godwyn hizo una reverencia con la cabeza, afectando humildad.

—Soy el primer sorprendido.

—¡Pero si no eres más que un crío!

El insulto dio lugar a la réplica de Godwyn.

—Soy mayor que vuestro hijo, el obispo de Kingsbridge.

—¿Cuántos votos has obtenido?

—Veinticinco.

—¿Y cuántos fray Murdo?

—Ninguno. Los monjes se han mostrado unánimes…

—¿Ninguno? —se escandalizó Roland—. Aquí ha habido una conspiración. ¡Esto es traición!

—La elección se ha celebrado siguiendo las reglas al pie de la letra.

—Vuestras reglas me importan un rabo de cerdo. No voy a permitir que un hatajo de monjes afeminados desoiga mis órdenes.

—Es lo que han elegido mis hermanos, mi señor. La ceremonia de investidura se celebrará este domingo, antes de la boda.

—El obispo de Kingsbridge es quien ha de ratificar la elección de los monjes y te puedo asegurar que no va a hacerlo. Volved a votar y esta vez tráeme el resultado que quiero.

—Muy bien, conde Roland. —Godwyn fue hasta la puerta. Aún le quedaban cartas para jugar, pero no iba a enseñarlas todas a la vez. Se volvió hacia Richard—. Mi señor obispo, cuando deseéis hablar conmigo acerca de este asunto, me encontraréis en la casa del prior.

Salió de la habitación.

—¡No eres el prior! —gritó Roland cuando el sacristán cerraba la puerta.

Godwyn temblaba. Roland era un rival formidable, sobre todo cuando estaba furioso, cosa que solía ocurrir bastante a menudo. Sin embargo, él se había mantenido firme; Petranilla estaría orgullosa de su hijo.

Bajó la escalera con piernas temblorosas y se dirigió a la casa del prior. Carlus ya se había mudado. Por primera vez en quince años, Godwyn dispondría de una alcoba para él solo. Lo único que empañaba su felicidad en cierta medida era tener que compartirla con el obispo, quien por tradición se alojaba en esos aposentos cuando estaba de visita. Oficialmente, el obispo era el abad de Kingsbridge y, aunque con poder limitado, ostentaba un estatus superior al del prior. Richard apenas se dejaba ver por la casa durante el día, pero regresaba todas las noches para dormir en la mejor alcoba.

Godwyn entró en la cámara de la planta baja y se acomodó en la imponente silla de madera, a esperar. El obispo Richard no tardó en aparecer, con los oídos aún ardiendo después de que su padre le diera toda clase de encendidas instrucciones. Richard era un hombre rico y poderoso, pero no tan intimidante como el conde. Con todo, no dejaba de ser un monje descarado el que había desafiado a un obispo. Sin embargo, Godwyn contaba con una ventaja a su favor en esa confrontación, pues conocía un episodio tan escabroso de la vida de Richard que le serviría igual que un puñal escondido en la manga.

El obispo irrumpió en la estancia apenas unos minutos después fingiendo una seguridad que Godwyn sabía impostada.

—Te he conseguido un arreglo —anunció sin mayores preámbulos—. Puedes ser suprior de Murdo y estar a cargo de la gestión diaria del priorato. De todos modos, Murdo no quiere ser administrador, lo único que busca es el prestigio; así tú tendrás el poder y mi padre estará satisfecho.

—A ver si lo he entendido bien: primero Murdo se aviene a hacerme suprior y luego le decimos a los demás monjes que será al único al que tú ratificarás. Y crees que los hermanos lo aceptarán.

—¡No les queda otro remedio!

—Yo tengo otra propuesta: dile al conde que los monjes no aceptarán a nadie más que a mí y que debes ratificarme antes del enlace o ni los hermanos ni las monjas tomarán parte en las nupcias.

Godwyn no sabía si los monjes le apoyarían, y mucho menos Cecilia y las hermanas, pero ya había ido demasiado lejos para andarse con comedimientos.

—¡No se atreverán!

—Mucho me temo que sí.

A Richard lo embargó el pánico.

—¡A mi padre no se le puede obligar a hacer nada!

Godwyn se echó a reír.

—No lo pongo en duda, pero espero que alguien le haga entrar en razón.

—Querrá que la boda se celebre de todas maneras. Soy el obispo y puedo unir una pareja, no necesito a los monjes para eso.

—Por descontado que no, pero no habrá cantos, ni velas, ni salmos, ni incienso… Sólo tú y el arcediano Lloyd.

—Pero seguirán estando casados.

—¿Qué crees que le parecerá al conde de Monmouth una boda tan desmerecida para su hijo?

—Se pondrá furioso, pero lo aceptará. La alianza es lo que importa.

Godwyn pensó que seguramente tenía razón y sintió el jarro de agua fría del fracaso inminente. Había llegado el momento de desenfundar el puñal escondido.

—Me debes un favor.

Al principio Richard simuló que ignoraba de qué hablaba.

—¿De verdad?

—Cometiste un pecado y lo oculté. No finjas que lo has olvidado, no han pasado ni dos meses.

—Ah, sí, fue muy generoso de tu parte.

—Os vi con mis propios ojos a Margery y a ti en el lecho de la alcoba de invitados.

—¡Calla, por amor de Dios!

—Ahora tienes la ocasión de devolverme el favor. Intercede por mí ante tu padre. Dile que dé su brazo a torcer, que la boda es más importante, e insiste en mi ratificación.

En la cara del obispo se adivinaba la desesperación. Estaba atrapado entre dos fuerzas contrarias.

—¡No puedo! —protestó, invadido por el pánico—. No se puede desobedecer a mi padre. Ya lo conoces.

—Inténtalo.

—¡Ya lo he intentado! Conseguí que te concediera el cargo de suprior.

Godwyn dudaba de que Roland se hubiera avenido a nada por el estilo. Lo más probable era que Richard se lo hubiera inventado sabiendo que una promesa de ese tipo podía romperla en cualquier momento.

—Te lo agradezco —dijo Godwyn de todos modos—. Pero no es suficiente —añadió a continuación.

—Piénsatelo —suplicó Richard—. Es lo único que te pido.

—Lo haré, pero te aconsejo que le pidas a tu padre que haga lo mismo.

—Ay, Dios mío, esto va a ser una catástrofe… —se lamentó Richard.

La boda había de celebrarse el domingo. El sábado, en lugar del oficio de sexta, Godwyn ordenó un ensayo, empezando con la ceremonia de investidura del nuevo prior y siguiendo con la misa nupcial. Fuera el cielo volvía a estar encapotado y las nubes amenazaban lluvia, por lo que en el interior de la iglesia se respiraba una atmósfera lúgubre. Después del ensayo, mientras los monjes y las hermanas se dirigían al refectorio y los novicios empezaban a ordenar la iglesia, Carlus y Simeon se acercaron a Godwyn con semblante serio.

—Creo que todo ha ido sobre ruedas, ¿no creéis? —comentó Godwyn, animado.

—¿Al final va a haber investidura o no? —preguntó Simeon.

—Por supuesto.

—Hemos oído que el conde ha ordenado que vuelva a celebrarse la elección.

—¿Creéis que tiene derecho a hacerlo?

—Desde luego que no —contestó Simeon—. Tiene derecho a presentar un candidato, nada más, pero dice que el obispo Richard no te ratificará como prior.

—¿Eso es lo que te ha dicho Richard?

—No, él no.

—Es lo que pensaba. Confiad en mí, el obispo me ratificará.

Su voz le sonó sincera y segura, y deseó que lo mismo ocurriera con sus sentimientos.

—¿Le dijiste a Richard que los monjes se negarían a tomar parte en la boda? —preguntó Carlus, angustiado.

—Se lo dije.

—Eso es muy peligroso. No somos quiénes para oponernos a la voluntad de los nobles.

Godwyn había imaginado que Carlus flaquearía ante la primera señal de decidida oposición. Por fortuna, no entraba en sus planes poner a prueba la determinación de los monjes.

—No tendremos que hacerlo, no os preocupéis, sólo es una amenaza sin fundamento. Pero no le digáis al conde que he dicho eso.

—Entonces, ¿no tienes intención de pedirles a los monjes que boicoteen la boda?

—No.

—Estás jugando con fuego —le advirtió Simeon.

—Tal vez, pero confío que si alguien ha de salir escaldado, ése sea yo.

—Ni siquiera deseabas ser prior, no quisiste presentarte como candidato. Sólo has aceptado cuando no te ha quedado otro remedio.

—No quiero ser prior —mintió Godwyn—, pero hay que impedir que el conde de Shiring decida por nosotros y eso es más importante que mis preferencias personales.

Simeon lo miró con respeto.

—Estás demostrando una gran honestidad.

—Como tú, hermano, sólo trato de obedecer la voluntad del Señor.

—Que Dios te bendiga por todos tus esfuerzos.

Los dos ancianos monjes se fueron. Godwyn sintió un pequeño remordimiento de conciencia por haberles dejado creer que actuaba de modo totalmente desinteresado y que lo consideraran una especie de mártir, aunque se dijo que en realidad era cierto que sólo trataba de obedecer la voluntad del Señor.

Miró a su alrededor: la iglesia había vuelto a la normalidad. Estaba a punto de ir a la casa del prior para comer cuando apareció su prima Caris. Su vestido azul era una llamativa salpicadura de color en la penumbra de la iglesia.

—¿Van a investirte mañana? —le preguntó.

Godwyn sonrió.

—Todo el mundo quiere saber lo mismo. La respuesta es sí.

—Hemos oído que el conde se opone.

—Lleva las de perder.

Los inteligentes y verdes ojos de Caris lo escrutaron.

—Te conozco desde que eras niño y sé cuándo mientes.

—No miento.

—Estás fingiendo más seguridad de la que sientes en realidad.

—Eso no es un pecado.

—A mi padre le preocupa el puente. Fray Murdo podría estar más dispuesto a obedecer la voluntad del conde de lo que habría estado Saul Whitehead.

—Murdo no va a ser prior de Kingsbridge.

—¿Ves? Ya vuelves a hacerlo.

A Godwyn le desconcertaba su perspicacia.

—¡No sé qué quieres que te diga! —contestó, irritado—. Me han elegido y tengo intención de ocupar el cargo. Al conde Roland le gustaría impedirlo, pero no tiene derecho a hacerlo y me enfrento a él con todos los medios que tengo a mi disposición. ¿Quieres saber si tengo miedo? Sí, pero voy a derrotarle.

Caris sonrió de oreja a oreja.

—Eso es lo que quería oír. —Le dio un golpecito en el hombro—. Ve a ver a tu madre. Está en tu casa, esperándote. Es lo que venía a decirte.

La joven dio media vuelta y se marchó.

Godwyn salió por el transepto norte. Entre admirado y molesto, el monje pensó que Caris era inteligente. Lo había engatusado para sonsacarle una valoración de la situación mucho más sincera de la que le había hecho a nadie.

Pese a todo, le complació la idea de charlar con su madre. Todo el mundo dudaba de su capacidad para vencer al conde, pero ella creería en él y tal vez también pudiera proporcionarle algunas ideas estratégicas.

Encontró a Petranilla en la cámara principal, sentada a la mesa, que estaba dispuesta para dos con pan, cerveza y una bandeja de pescado a la sal. La besó en la frente, bendijo la comida y se sentó. Se permitió un momento de regocijo triunfal.

—¿Qué te parece? —dijo—, al menos soy el prior electo y aquí estamos, comiendo en la casa del prior.

—Pero Roland sigue oponiéndose a ti.

—Con más empeño del que esperaba. Después de todo, tiene derecho a presentar un candidato, no a seleccionarlo. Su posición conlleva que su elección no sea siempre la escogida.

—La mayoría de los condes lo aceptarían, pero él no —repuso Petranilla—. Siempre se ha sentido superior a todos. —Godwyn supuso que el amargo tono de voz se debía al recuerdo del compromiso cancelado hacía más de treinta años. Petranilla sonrió con aire vengativo—. Pronto sabrá lo mucho que nos ha subestimado.

—Sabe que soy hijo tuyo.

—Entonces eso debe de influir. Lo más probable es que le recuerdes el deshonroso modo en que se comportó conmigo, más que suficiente para odiarte.

—Qué vergüenza… —Godwyn bajó la voz por si algún criado pudiera estar escuchando al otro lado de la puerta—. Hasta ahora, tu plan ha funcionado a la perfección. Retirarme de la elección y desacreditar luego a todos los demás ha sido una idea brillante.

—Tal vez, pero podríamos estar a punto de perderlo todo. ¿Has vuelto a hablar con el obispo?

—No. Le he recordado que sabemos lo de Margery. Está asustado, pero parece que no tanto como para desobedecer a su padre.

—Debería estarlo. Si sale a la luz, no se lo pasarán por alto, y podría terminar como un caballerucho del estilo de sir Gerald, que ha acabado sus días viviendo de pensionista. ¿Es que no se da cuenta?

—Tal vez crea que no tengo el valor de revelar lo que sé.

—Entonces tendrás que ir al conde con la información.

—¡Cielos! ¡Se lo llevarán los demonios!

—Calma esos nervios.

Siempre decía ese tipo de cosas, por eso Godwyn anticipaba con tanta aprensión los encuentros con su madre. Petranilla siempre había querido que él fuera un poco más atrevido y corriera mayores riesgos de los que él se sentía inclinado a asumir, pero no sabía cómo decirle a su madre que no.

—Si se descubriera que Margery no es virgen —continuó su madre—, Roland tendría que cancelar la ceremonia y eso no le conviene. Juzgará que eres un mal menor y te aceptará como prior.

—Pero me considerará su enemigo el resto de su vida.

—Lo haría de todos modos, ocurriera lo que ocurriese.

«Menudo consuelo», pensó Godwyn, pero no replicó pues sabía que su madre tenía razón.

Oyeron que alguien llamaba a la puerta y acto seguido vieron entrar a lady Philippa.

Godwyn y Petranilla se levantaron.

—Tengo que hablar contigo —le dijo Philippa a Godwyn.

—Permitidme que os presente a mi madre, Petranilla —respondió Godwyn.

—Será mejor que me vaya —observó Petranilla, tras hacer una reverencia—. Es obvio que habéis venido a negociar un acuerdo, mi señora.

Philippa la miró divertida.

—Si sabes eso, sabes todo lo que hay que saber. Tal vez deberías quedarte.

Al tener a las dos mujeres delante, Godwyn se fijó en lo similares que eran: la misma altura, el mismo porte y el mismo aire imperioso. Philippa era más joven, unos veinte años más joven que Petranilla, y tenía una autoridad relajada y cierto sentido del humor que contrastaba con la firme determinación de Petranilla. Tal vez se debiera a que Philippa tenía marido y Petranilla había perdido al suyo. Con todo, Philippa era una mujer de carácter fuerte que ejercía el poder a través de un hombre, lord William, y como comprendió Godwyn en esos momentos, Petranilla también hacía sentir sus influencias a través de otro: él mismo.

—Sentémonos —propuso Philippa.

—¿El conde ha aprobado lo que sea que venís a proponernos? —preguntó Petranilla.

—No. —Philippa hizo un gesto de impotencia con las manos—. Roland es demasiado orgulloso para acordar por adelantado algo que la otra parte podría rechazar. Si obtengo el consentimiento de Godwyn a lo que voy a proponerle, entonces puede que todavía pueda convencer a Roland para que lo acepte.

—Eso suponía.

—¿Deseáis algo de comer, mi señora? —preguntó Godwyn.

Philippa rechazó el ofrecimiento con un gesto impaciente.

—Tal como están las cosas, todo el mundo tiene las de perder. La boda se celebrará, pero sin la ceremonia y la pompa debida, de modo que la alianza de Roland con el conde de Monmouth se verá malograda desde el principio. El obispo se negará a ratificarte como prior, Godwyn, de modo que llamarán al arzobispo para que resuelva la disputa, quien os descartará a ambos, tanto a ti como a Murdo, y propondrá a alguien nuevo, seguramente a un miembro de su personal del que desee desprenderse. Nadie obtendrá lo que quiere. ¿Estoy en lo cierto? —preguntó, dirigiéndose a Petranilla, quien se limitó a responder con un ademán que no la comprometía a nada. Philippa continuó—: Entonces, ¿por qué no nos anticipamos a la solución del arzobispo? Proponed a ese tercer candidato ahora. Tú lo escoges —dijo, señalando a Godwyn— y él promete hacerte suprior.

Godwyn lo consideró. Eso lo relevaría de la necesidad de enfrentarse al conde cara a cara y amenazarlo con hacer públicos los desmanes de su hijo. Sin embargo, el acuerdo lo condenaría a ser suprior por un tiempo indefinido y luego, cuando muriera el nuevo prior, tendría que volver a optar al cargo y disputárselo con alguien. A pesar de sus temores, se sentía más inclinado a rechazar la propuesta.

Miró a su madre. Petranilla negó con la cabeza casi imperceptiblemente, señal de que a ella tampoco le satisfacía el acuerdo.

—Lo siento, los monjes han escogido y su decisión debe respetarse —contestó Godwyn.

Philippa se levantó.

—En ese caso, debo entregarte el mensaje por cuya razón me encuentro aquí oficialmente: mañana por la mañana el conde se levantará del lecho donde yace postrado y deseará inspeccionar la catedral y asegurarse de que todo está dispuesto con suficiente antelación para la boda. Debes reunirte con él en la iglesia a las ocho en punto. Todos los monjes y las hermanas han de llevar los hábitos y la iglesia debe estar engalanada con el ornato debido.

A la hora convenida, Godwyn esperaba en una iglesia silenciosa y libre de ornamentos.

Estaba solo, no lo acompañaban ni monjes ni hermanas. No había dispuesto más mobiliario que los asientos fijos del coro. No había velas, ni crucifijos, ni cálices, ni flores. El débil sol que había lucido de manera irregular a través de las nubes cargadas de lluvia durante casi todo el verano, derramaba en esos momentos una luz tenue y fría en el interior de la nave. Godwyn tenía las manos unidas con fuerza detrás de la espalda para evitar que le temblaran.

El conde entró en la iglesia a la hora prevista.

Lo acompañaban lord William, lady Philippa, el obispo Richard, el ayudante del obispo, el arcediano Lloyd, y el secretario del conde, el padre Jerome. A Godwyn le habría gustado estar rodeado de un séquito, pero ningún monje sabía hasta qué punto era arriesgado su plan y si lo hubiesen sabido, seguramente no habrían tenido los arrestos de respaldarlo, así que había decidido enfrentarse al conde él solo.

Al conde le habían retirado las vendas de la cabeza y avanzaba poco a poco, pero con paso seguro. Godwyn supuso que debía de sentirse debilitado después de tantas semanas de reposo, pero parecía decidido a aparentar todo lo contrario. Aparte de la parálisis de media cara, parecía normal. Roland deseaba que todos supieran que se había recuperado por completo y que volvía a estar al mando. Sin embargo, Godwyn amenazaba con frustrar sus deseos.

Los demás contemplaron incrédulos la iglesia vacía, pero el conde permaneció impávido.

—Eres un monje arrogante —le dijo a Godwyn, hablando por la comisura del labio izquierdo.

Godwyn se jugaba el todo por el todo, por lo que no perdía nada mostrándose desafiante.

—Sois un conde obstinado —contestó.

Roland llevó la mano a la empuñadura de su espada.

—Debería atravesarte con mi arma por lo que acabas de decir.

—Adelante. —Godwyn separó los brazos, preparado para la crucifixión—. Asesinad al prior de Kingsbridge, aquí, en la catedral, igual que hicieron los caballeros del rey Enrique con el arzobispo Tomás Becket en Canterbury. Enviadme al cielo y a vos a la condenación eterna.

Philippa ahogó un grito de sorpresa ante la insolencia de Godwyn. William se adelantó para silenciarlo, pero Roland lo detuvo con un gesto.

—Tu obispo te ordena que prepares la iglesia para la boda. ¿Acaso los monjes no hacen voto de obediencia? —dijo Roland.

—Lady Margery no puede casarse aquí.

—¿Por qué no? ¿Porque quieres ser prior?

—Porque no es virgen.

Philippa se tapó la boca con la mano, Richard refunfuñó y William desenvainó la espada.

—¡Esto es traición! —gritó Roland.

—Envainad vuestra espada, lord William —dijo Godwyn—, no podéis restituir su virginidad con ella.

—¿Qué sabrás tú de esas cosas, monje? —dijo Roland.

—Dos hombres de este priorato presenciaron el hecho, que tuvo lugar en una estancia privada del hospital, la misma alcoba en la que vos, mi señor, os alojáis.

—No te creo.

—El conde de Monmouth sí lo hará.

—No te atreverás a decírselo.

—Tendré que explicarle por qué su hijo no puede desposar a Margery en la catedral de Kingsbridge... Al menos hasta que ella haya confesado su pecado y haya recibido la absolución.

—No tienes pruebas de tal infamia.

—Tengo dos testigos, pero podéis preguntarle a ella. Creo que confesará. Imagino que prefiere al amante al que entregó su virtud que al consorte político que le ha escogido su tío.

Godwyn volvía a jugársela, pero había visto la cara de Margery cuando Richard la besaba y habría jurado que en ese momento la joven estaba enamorada, por lo que tener que casarse con el hijo del conde debía de destrozarle el corazón. A una mujer joven debía de costarle mucho tener que mentir con convicción si sus pasiones eran tan intensas como Godwyn imaginaba.

La mitad animada de la cara de Roland se contrajo por la ira.

—¿Y quién es el hombre que ha cometido tamaño crimen? Si puedes probar lo que alegas, el villano acabará en la horca, lo juro, y si no es así, quien colgará de la soga serás tú. Que lo traigan y veamos lo que tiene que decir.

—Ya está aquí.

Roland miró incrédulo a los cuatro hombres que lo acompañaban: sus dos hijos, William y Richard, y los dos sacerdotes, Lloyd y Jerome.

Godwyn miró fijamente a Richard.

Roland siguió la dirección de la mirada de Godwyn. Instantes después, todos miraban al obispo.

Godwyn contuvo la respiración. ¿Qué diría Richard? ¿Intentaría defenderse echando bravatas? ¿Acusaría a Godwyn de mentiroso? ¿Atacaría a quien lo había acusado, en un arranque de ira?

Sin embargo, en su semblante se adivinaba la capitulación.

—¿Qué más da? —dijo al cabo de unos instantes, agachando la cabeza—. El maldito monje tiene razón: ella no aguantará un interrogatorio.

El conde Roland palideció.

—¿Fuiste tú? —dijo. Por una vez en su vida no gritaba, aunque eso lo hacía aún más aterrador—. ¿Has mancillado a la joven que he prometido en matrimonio al hijo de un conde?

Richard no respondió, ni levantó la mirada del suelo.

—Imbécil —espetó el conde—. Traidor. Pedazo de...

—¿Quién más lo sabe? —lo interrumpió Philippa, deteniendo la perorata. Todos la miraron—. Tal vez todavía podría celebrarse la boda. Gracias a Dios, el conde de Monmouth no está aquí. —Miró a Godwyn—. ¿Quién más lo sabe, aparte de los que estamos aquí y los dos hombres del priorato que presenciaron el hecho?

Godwyn intentó acallar su corazón desbocado. Estaba tan cerca de conseguirlo que ya creía saborearlo.

—No lo sabe nadie más, mi señora —contestó.

—Por la parte del conde, sabremos guardar el secreto —dijo ella—. ¿Qué me dices de tus hombres?

—Obedecerán al prior elegido —contestó Godwyn, haciendo un ligero hincapié en la palabra «elegido».

Philippa se volvió hacia Roland.

—Entonces la boda puede celebrarse.

—Siempre que se lleve a cabo la ceremonia de investidura —añadió Godwyn.

Todos miraron al conde.

El hombre dio un paso al frente y abofeteó a Richard. Una poderosa manotada propinada por un soldado que sabía dónde imprimir todas sus fuerzas. Aunque el conde sólo había utilizado la palma de la mano, Richard cayó derribado al suelo.

El obispo se quedó petrificado, aterrorizado, sangrando por la boca.

Roland había palidecido y estaba sudoroso. El bofetón había consumido todas sus reservas de energía y parecía tambaleante. Transcurrieron varios segundos en completo silencio. Cuando por fin pareció recuperar las fuerzas, miró con desdén a la figura postrada en el suelo vestida de morado, dio media vuelta y salió caminando de la iglesia a paso lento, pero seguro.

24

Caris se encontraba de pie en el césped frente a la catedral de Kingsbridge, junto al menos la mitad de los habitantes de la ciudad, aguardando a que los novios salieran por la gran puerta oeste de la iglesia.

La muchacha no sabía muy bien por qué estaba allí. Sustentaba una opinión negativa del matrimonio desde el día en que Merthin había terminado su cabrestante y ambos habían mantenido una escabrosa conversación sobre su futuro. Se había enfadado con él a pesar de que sus palabras estaban llenas de sensatez. Él quería, desde luego, tener su propia casa y que vivieran juntos en ella, quería dormir a su lado todas las noches y tener hijos. Eso era todo cuanto cualquier persona desearía... Cualquier persona, salvo Caris.

Aunque también ella, de hecho, lo deseaba de algún modo. Le gustaría poder acostarse junto a él cada noche y rodearle el esbelto torso con los brazos siempre que le viniera en gana, percibir el tacto de aquellas hábiles manos sobre su piel cuando se despertara por las mañanas y dar a luz una réplica en miniatura de él a quien ambos amaran y cuidaran. Sin embargo, no anhelaba en absoluto el resto de las implicaciones del matrimonio. Ella quería un amante, no un señor; quería vivir a su lado, no consagrar su vida a él. Y estaba enfadada con Merthin por obligarla a enfrentarse a aquel dilema. ¿Por qué no podían continuar como hasta entonces?

Durante tres semanas apenas le dirigió la palabra. Fingió que padecía un resfriado de verano y de hecho le salió una dolorosa afta en el labio que le proporcionó la excusa perfecta para no besarlo. Él seguía presentándose en su casa a las horas de las comidas y charlaba amigablemente con su padre, pero se marchaba sin entretenerse en cuanto Edmund y Petranilla se iban a la cama.

Para entonces, el afta de Caris había cicatrizado por completo y su enfado había amainado. Seguía sin tener ningunas ganas de convertirse en propiedad de Merthin, pero deseaba que volviera a besarla. Por desgracia, en esos momentos no lo tenía cerca. El muchacho se hallaba entre la multitud, a cierta distancia, hablando con Bessie Bell, la hija del propietario de la posada Bell. Era bajita y de figura curvilínea, y lucía el tipo de sonrisa que los hombres consideraban insinuante y las mujeres, putesca. Merthin la estaba haciendo reír, por lo que Caris desvió la mirada.

La gran puerta de madera de la iglesia se abrió. La multitud prorrumpió en vítores y entonces salió la novia. Margery era una bonita joven de dieciséis años, iba vestida de blanco y llevaba flores en el pelo. Detrás salió el novio: un hombre alto de aspecto serio, unos diez años mayor que ella.

Ambos mostraban una expresión de desdicha absoluta.

Apenas se conocían. Hasta esa semana, sólo se habían visto una vez, seis meses antes, cuando los dos condes habían concertado el matrimonio. Se rumoreaba que Margery amaba a otro hombre pero que, por supuesto, en ningún momento se había planteado la posibilidad de desobedecer al conde Roland. Su nuevo marido tenía aire de intelectual, y daba la impresión de que habría estado más a gusto leyendo un libro de geometría en cualquier biblioteca. ¿Qué les depararía su vida en común? Desde luego, costaba imaginar que pudiesen llegar a sentir el uno por el otro la pasión que Caris y Merthin se profesaban mutuamente.

Caris vio que Merthin avanzaba hacia ella entre la multitud y de pronto se le ocurrió pensar que era una mujer muy ingrata. ¡Qué suerte tenía de no ser sobrina de ningún conde! Así nadie podría obligarla a contraer un matrimonio de conveniencia. Era libre de casarse con el hombre a quien amaba, y lo único que se le ocurría era buscar excusas para no hacerlo.

Lo recibió con un abrazo y un beso en los labios. Él pareció sorprenderse pero no hizo comentario alguno. De tratarse de otro hombre, el cambio de actitud de ella lo habría desconcertado, pero Merthin poseía un firme carácter ecuánime difícil de turbar.

Permanecieron juntos mientras veían al conde Roland salir de la iglesia, seguido por el conde y la condesa de Monmouth, el obispo Richard y el prior Godwyn. Caris se percató de que su primo Godwyn manifestaba satisfacción e inquietud a un tiempo, como si el novio fuera él. Sin duda el motivo era el hecho de que acababa de estrenarse como prior.

Un séquito de caballeros se ordenó en formación; los hombres de Shiring vestían los colores rojo y negro distintivos de Roland y los de Monmouth, amarillo y verde. El desfile avanzó rumbo a la sede del gremio. El conde Roland iba a ofrecer allí un banquete para los invitados. Edmund también asistiría pero Caris se las había arreglado para librarse de acompañarlo; en su lugar sería Petranilla quien lo hiciera.

Justo cuando la comitiva nupcial abandonaba el recinto de la catedral, empezó a caer una fina lluvia. Caris y Merthin se refugiaron en el pórtico.

—Ven conmigo al presbiterio —dijo Merthin—. Quiero echar un vistazo a la reparación que ha hecho Elfric.

Los invitados aún estaban saliendo de la iglesia. A contracorriente, Merthin y Caris se abrieron paso por la nave entre la multitud y se dirigieron al pasillo sur del presbiterio. Esa parte de la iglesia estaba reservada al clero, y los hermanos y las monjas habrían censurado la presencia de Caris allí, pero por suerte ya se habían marchado. La muchacha miró alrededor y no vio a nadie salvo a una desconocida: una mujer pelirroja y bien vestida de unos treinta años, probablemente invitada a la boda, que parecía estar esperando a alguien.

Merthin levantó la cabeza para observar el techo abovedado de la nave. La obra aún no estaba terminada; la bóveda seguía presentando un pequeño boquete, pero sobre él habían extendido una lona pintada de blanco de tal manera que a simple vista el techo parecía intacto.

—Está haciendo un trabajo aceptable —opinó Merthin—. Me pregunto cuánto tiempo durará la reparación.

—¿Por qué no iba a durar siempre? —se extrañó Caris.

—Porque no sabemos por qué motivo se derrumbó la bóveda. Esas cosas no pasan porque sí, no ocurren por voluntad de Dios, por mucho que los sacerdotes se empeñen en afirmar lo contrario. Sea cual fuere la razón por la cual la construcción se vino abajo, es probable que vuelva a ocurrir.

—¿Es posible averiguar la causa?

—No resulta fácil. Seguro que Elfric no es capaz. Yo, tal vez.

—Pero tú estás despedido.

—Exacto. —Permaneció unos instantes con la cabeza levantada; luego dijo—: Quiero verlo desde arriba. Voy a subir a la buhardilla.

—Iré contigo.

Ambos miraron alrededor, pero no había nadie cerca a excepción de la invitada pelirroja que seguía paseándose por el crucero sur. Merthin guió a Caris hasta una pequeña puerta que daba paso a una estrecha escalera de caracol. La muchacha lo siguió mientras se preguntaba qué pensarían los monjes si supieran que una mujer andaba explorando sus pasadizos secretos. La escalera conducía al taller de trabajo del maestro albañil, una sala situada sobre el pasillo sur.

Caris sentía curiosidad por ver la bóveda desde arriba.

—Lo que miras se llama extradós —explicó Merthin.

A Caris le gustó el tono despreocupado con que le había proporcionado la información arquitectónica, dando por hecho que ella estaba interesada y que la comprendería. El muchacho nunca hacía comentarios estúpidos acerca de la dificultad de las mujeres para entender los tecnicismos.

Avanzó por el estrecho pasaje de acceso a la sala y se tendió en el suelo para examinar de cerca la obra. Ella se tendió a su lado con picardía y lo rodeó con el brazo, como si estuvieran en la cama. Merthin palpó la argamasa que unía las piedras nuevas y luego se llevó el dedo a la lengua.

—Se está secando demasiado rápido —observó.

—Seguro que es muy peligroso que la junta esté húmeda.

Él se la quedó mirando.

—Ya te daré yo humedad en la junta…

—Ya lo has hecho.

Merthin la besó. Ella cerró los ojos para entregarse más.

—Vamos a mi casa —le propuso ella momentos más tarde—. Estaremos solos; mi padre y mi tía han ido al banquete de boda.

Se disponían a incorporarse cuando oyeron voces. Un hombre y una mujer habían entrado en el pasillo sur y se encontraban justo debajo de la zona reparada. La lona que cubría el boquete sólo atenuaba un poco el sonido y se oía perfectamente todo lo que decían.

—Tu hijo ya tiene trece años —comentó la mujer—. Quiere ser caballero.

—Como todos los muchachos —fue la respuesta.

—No te muevas o nos oirán —susurró Merthin.

Caris supuso que la voz femenina correspondía a la de la invitada. La voz masculina le resultaba familiar; le parecía que quien hablaba era un monje… Pero no era posible que un monje tuviera un hijo.

—Y tu hija tiene doce años. Va a ser una mujer muy guapa.

—Como su madre.

—Más o menos. —Tras una pausa, la mujer prosiguió—: No puedo entretenerme mucho, la condesa me debe de estar buscando.

Pertenecía al séquito de la condesa de Monmouth. Debía de ser una dama de honor, dedujo Caris. Parecía estar proporcionando noticias de sus hijos a un padre que no los había visto en muchos años. ¿Quién podría ser?

—¿Para qué querías verme, Loreen? —preguntó él.

—Sólo para eso, para verte. Siento que hayas perdido un brazo.

Caris dio un grito ahogado y enseguida se llevó la mano a la boca con la esperanza de que no la hubieran oído. Sólo había un monje que hubiera perdido un brazo: Thomas. Una vez que el nombre le vino a la cabeza, tuvo la certeza de que se trataba de su voz. ¿Era posible que tuviera esposa? ¿Y dos hijos? Caris miró a Merthin y observó que una expresión de incredulidad había demudado su semblante.

—¿Qué les cuentas de mí a los niños? —quiso saber Thomas.

—Que su padre murió —le espetó Loreen. Y entonces, se echó a llorar—. ¿Por qué lo hiciste?

—No tenía elección. Si no hubiera venido aquí, me habrían matado. Aun así, casi nunca salgo del priorato.

—¿Por qué iba alguien a querer matarte?

—Para mantener un secreto.

—Pues yo estaría en mejor situación si hubieras muerto. Al menos si fuera viuda, podría buscar marido, alguien que hiciera de padre a mis hijos. Sin embargo, de este modo tengo que cargar con todas las obligaciones de una madre y esposa sin nadie que me ayude… ni nadie que me abrace por las noches.

—Siento estar vivo.

—No quería decir eso. No es que desee verte muerto, piensa que te he amado.

—Yo también te he amado, tanto como un hombre de mi condición puede amar a una mujer.

Caris frunció el entrecejo. ¿Qué querría decir con lo de «un hombre de mi condición»? ¿Es que se trataba de uno de esos hombres que amaban a otro hombre? Los monjes solían ser de ésos.

Sea lo que fuere lo que quería decir, Loreen pareció comprenderlo, pues respondió con delicadeza:

—Ya lo sé.

Se hizo un largo silencio. Caris sabía que Merthin y ella no deberían estar escuchando una conversación tan íntima, pero era demasiado tarde para descubrirse.

—¿Eres feliz? —preguntó Loreen.

—Sí. Yo no he nacido para casarme, ni para ser caballero. Rezo todos los días por ti y por mis hijos, y le pido a Dios limpiar mis manos de la sangre de todos los hombres a quienes he matado. Ésta es la vida que siempre he deseado llevar.

—En ese caso, te deseo lo mejor.

—Eres muy generosa.

—Es probable que no vuelvas a verme nunca más.

—Ya lo sé.

—Bésame y despidámonos.

Se hizo un largo silencio y a continuación se oyeron pasos que se alejaban. Caris permanecía tumbada sin decir nada, sin apenas atreverse a respirar. Tras otra pausa, oyó que Thomas lloraba. Emitía unos sollozos quedos pero que parecían provenir de lo más hondo de su ser. Las lágrimas asomaron a sus propios ojos mientras escuchaba.

Al cabo de un rato, Thomas recobró el control. Aspiró fuerte, tosió y masculló algo que bien podría ser una oración. Luego Caris lo oyó alejarse.

Por lo menos ahora Merthin y ella podían moverse. Se pusieron en pie, retrocedieron por la sala y bajaron la escalera de caracol. Ninguno de los dos pronunció palabra mientras atravesaban la nave de la gran iglesia. Caris se sentía como si acabara de contemplar un cuadro que representara una terrible tragedia, las figuras inmortalizadas en la dramática situación del momento con un pasado y un futuro que únicamente podía adivinarse.

Como un cuadro, el episodio suscitó emociones distintas en ambos y Merthin no reaccionó igual que ella. En el momento en que salían al encuentro de la lluviosa tarde de verano, el muchacho dijo:

—Qué historia más triste...

—A mí me pone de mal humor —comentó Caris—. Thomas ha arruinado la vida de esa mujer.

—No puedes culparlo a él, tenía que salvar la vida.

—Ahora es ella quien se ha quedado sin vida. No tiene marido pero no puede volver a casarse. Se ve obligada a criar a dos hijos ella sola. Por lo menos Thomas tiene el monasterio.

—Ella tiene la corte de la condesa.

—No compares —repuso Caris enojada—. Debe de ser una pariente lejana; la acogen allí por caridad y a cambio le piden que realice tareas sencillas, como ayudar a la condesa a peinarse o a elegir las prendas. No le queda otra opción, está atrapada.

—A él tampoco. Ya le has oído decir que no puede salir del recinto.

—Pero allí Thomas tiene un cargo, es *matricularius*; toma decisiones, hace algo.

—Loreen tiene a sus hijos.

—¡Exacto! El hombre tiene a su cargo el edificio más importante en muchos kilómetros a la redonda mientras la mujer tiene que ocuparse de los hijos.

—La reina Isabel tiene cuatro hijos y durante una época fue una de las personas más poderosas de Europa.

—Pero antes tuvo que deshacerse del marido.

Siguieron caminando en silencio, salieron del recinto del priorato y enfilaron la calle principal hasta detenerse enfrente de la casa de Caris. La muchacha se dio cuenta de que habían vuelto a discutir por la misma cuestión de la última vez: el matrimonio.

—Voy a cenar a la posada Bell —anunció Merthin.

Era la posada que regentaba el padre de Bessie.

—Muy bien —respondió Caris con desánimo.

Al ver que Merthin se alejaba, le gritó:

—A Loreen le iría mucho mejor si no se hubiera casado.

Él se volvió para contestar.

—¿Y qué habría hecho entonces?

Ése era el problema, pensó Caris con resentimiento al entrar en su casa. ¿Qué otra cosa podía hacer una mujer?

Allí no había nadie. Edmund y Petranilla estaban en el banquete y los sirvientes tenían la tarde libre. Sólo Trizas, su perra, se encontraba en casa para darle la bienvenida con un perezoso movimiento de la cola. Caris le dio unos golpecitos en la negra cabeza distraídamente y luego se sentó en la mesa del vestíbulo con ánimo aciago.

Cualquier mujer cristiana no deseaba otra cosa que casarse con el hombre a quien amaba; ¿por qué la perspectiva horrorizaba tanto a Caris? ¿Dónde había adquirido esos sentimientos tan poco convencionales? Seguro que no se los había inculcado su madre. Rose sólo deseaba ser una buena esposa para Edmund, creía todo lo que los hombres afirmaban acerca de la inferioridad de las mujeres. Su sumisión había sido motivo de vergüenza para Caris y, de hecho, sospechaba que había aburrido soberanamente a Edmund con aquella actitud, a pesar de que su padre nunca se había quejado. La muchacha sentía mayor respeto por su enérgica y antipática tía Petranilla que por su abnegada madre.

Sin embargo, también Petranilla había permitido que los hombres modelaran su vida. Durante años había trabajado para impeler a su padre hacia lo alto de la escala social hasta convertirlo en mayordomo de Kingsbridge. Su emoción más intensa era el resentimiento; lo albergaba hacia el conde Roland por haberla dejado plantada y hacia su marido por haber muerto. Al quedarse viuda, se había consagrado en cuerpo y alma a la carrera de Godwyn.

A la reina Isabel le había ocurrido algo parecido. Había depuesto a su marido, el rey Eduardo II, pero como resultado había sido su amante, Roger Mortimer, quien había gobernado Inglaterra hasta que su hijo hubo alcanzado edad suficiente y adquirido la seguridad en sí mismo necesaria para expulsarlo.

¿Era eso lo que debía hacer Caris? ¿Vivir su vida a través de los hombres? Su padre quería que trabajara con él en el comercio de la lana. También podía gestionar la carrera de Merthin, ayudándolo a conseguir contratos sólidos para construir iglesias y puentes y expandiendo el negocio hasta convertirlo en el constructor más rico e importante de toda Inglaterra.

Unos golpecitos en la puerta la distrajeron de sus pensamientos. Vio la azogada figura de la madre Cecilia que entraba en la casa con paso brioso.

—¡Buenas tardes! —la saludó Caris, sorprendida—. Justo me estaba preguntando si todas las mujeres están condenadas a vivir su vida a través de los hombres… y aquí estás tú, obvio ejemplo de lo contrario.

—No estás del todo en lo cierto —dijo Cecilia con una sonrisa afable—. Yo vivo a través de Jesucristo, quien fue un hombre a pesar de que también es Dios.

Caris no tenía muy claro que eso contara. Abrió el armario y sacó un pequeño barril del mejor vino.

—¿Te apetece un cuenco del vino del Rin de mi padre?

—Un poquito, mezclado con agua.

Caris sirvió vino en dos cuencos hasta la mitad y luego acabó de llenarlos con el agua de una jarra.

—Ya sabes que mi padre y mi tía están en el banquete.

—Sí, he venido a verte a ti.

Caris ya lo había imaginado. La priora no solía andar por la ciudad haciendo visitas sin un propósito.

Cecilia dio un sorbo y prosiguió:

—He estado pensando en ti y en el modo en que actuaste el día en que el puente se derruyó.

—¿Hice algo malo?

—Al contrario, te comportaste perfectamente. Fuiste amable y al mismo tiempo resuelta con los heridos, y obedeciste mis órdenes aunque también te guiaste por tu propia iniciativa. Me quedé impresionada.

—Gracias.

—Además… No puede decirse que disfrutaras, pero sí que el trabajo te reportó cierta satisfacción.

—La gente estaba angustiada y logramos aliviarla. ¿Qué podría reportar mayor satisfacción que eso?

—Eso es lo que yo siento, y por eso soy monja.

Caris intuyó adónde quería ir a parar.

—Yo no podría pasarme la vida en el priorato.

—Las cualidades innatas que demostraste para hacerte cargo de los enfermos no son más que una pequeña parte de lo que observé. Cuando la gente empezó a entrar en la catedral llevando a los heridos y a los muertos, les pregunté quién les había ordenado que lo hicieran. Me respondieron que había sido Caris Wooler.

—Era evidente que eso era lo que había que hacer.

—Sí… para ti, sí. —Cecilia se inclinó hacia delante con actitud fervorosa—. A poca gente le es concedido el talento para la organización, lo sé. Yo lo tengo y sé reconocerlo en otras personas. Cuando todos los que nos rodean son presa del desconcierto, el pánico y el terror, tú y yo nos hacemos cargo de la situación.

Caris se dio cuenta de que la madre Cecilia estaba en lo cierto.

—Imagino que tienes razón —respondió de mala gana.

—Llevo diez años observándote, desde el día en que murió tu madre.

—Tú aliviaste su sufrimiento.

—Entonces ya supe, sólo hablando contigo, que ibas a convertirte en una mujer excepcional. Mis sospechas se confirmaron cuando asististe a la escuela de monjas. Ahora ya tienes veinte años y debes empezar a pensar qué hacer con tu vida. En mi opinión, Dios tiene trabajo para ti.

—¿Cómo sabes lo que piensa Dios?

Cecilia se irritó.

—Si cualquier otra persona de la ciudad me hubiera hecho esa pregunta, le ordenaría que se arrodillara y rezara para pedir perdón. Sin embargo, tú me lo preguntas de forma sincera, así que te contestaré. Sé lo que piensa Dios porque acepto la doctrina de Su Iglesia, y estoy convencida de que desea que te hagas monja.

—Me gustan demasiado los hombres.

—Eso siempre representó un problema para mí mientras fui joven, pero te aseguro que el problema se reduce cada año que pasa.

—Nadie puede decirme cómo debo vivir mi vida.

—No seas beguina.

—¿Qué quieres decir?

—Las beguinas son monjas que no obedecen a ninguna regla común y consideran que sus votos son provisionales. Viven juntas, cultivan tierras y crían ganado, y no aceptan que los hombres las controlen.

A Caris siempre le resultaba curioso oír hablar de mujeres que contravenían las reglas.

—¿Dónde se hallan?

—La mayoría están en los Países Bajos. Tuvieron una líder, Margarita Porete, que escribió un libro titulado *El espejo de las almas simples*.

—Me gustaría leerlo.

—Ni hablar. La Iglesia ha condenado a las beguinas por considerar herejía el libre espíritu: el hecho de creer que pueden alcanzar la perfección espiritual en esta vida.

—¿La perfección espiritual? ¿Qué significa eso? No son más que palabras.

—Si te empeñas en cerrar la mente a Dios, no lo comprenderás nunca.

—Lo siento, madre Cecilia, pero cada vez que un ser humano me habla de Dios no puedo por más que pensar que las personas somos falibles y que, por tanto, la verdad tiene que ser distinta.

—¿Cómo podría estar equivocada la Iglesia?

—Bueno, los musulmanes profesan otras creencias.

—¡Los musulmanes son infieles!

—Ellos creen que los infieles somos nosotros; es lo mismo. Y Buonaventura Caroli dice que en el mundo hay más musulmanes que cristianos. Es evidente que una de las dos iglesias está equivocada.

—Ten cuidado —le advirtió Cecilia con severidad—. No permitas que tu afán por rebatirlo todo te lleve a la blasfemia.

—Lo siento, madre. —Caris sabía que a Cecilia le gustaba debatir con ella, pero siempre llegaba un momento en que la priora abandonaba la discusión y empezaba a predicar, y entonces Caris tenía que dejarlo correr. Eso la hacía sentirse un poco defraudada.

Cecilia se puso en pie.

—Sé que no puedo obligarte a actuar en contra de tu voluntad, pero quería que supieras cuál es mi opinión. Lo mejor que puedes hacer es ingresar en nuestra orden y consagrar tu vida al sacramento de la curación. Gracias por el vino.

—¿Qué ha sido de Margarita Porete? ¿Sigue viva? —preguntó Caris cuando Cecilia se marchaba.

—No —respondió la priora—. La quemaron en la hoguera. —Y dicho eso, salió a la calle cerrando la puerta tras de sí.

Caris se quedó mirando la puerta cerrada. La vida de una mujer era una casa con las puertas cerradas: no podía formarse como aprendiz ni podía estudiar en la universidad; no podía ser sacerdote ni médico, ni tampoco disparar con un arco o luchar con una espada; y encima no podía casarse sin verse sometida a la tiranía del marido.

Se preguntó qué debía de estar haciendo Merthin. ¿Estaría Bessie sentada a su mesa en la posada Bell, contemplando cómo se bebía la mejor cerveza de su padre mientras le dirigía una de sus incitantes sonrisas y se ceñía la pechera del vestido para asegurarse de que el muchacho apreciaba sus bonitos senos? ¿Se estaría él comportando de forma encantadora y divertida, haciéndola reír? ¿Mantendría ella la boca entreabierta para permitirle ver sus dientes regulares y echaría hacia atrás la cabeza para que observara la suavidad de la piel de su cuello níveo? ¿Habría él hablado con su padre, Paul Bell, y le habría preguntado con respeto e interés sobre su negocio para que luego éste dijera a su hija que Merthin era un buen partido, un joven excelente? ¿Se habría emborrachado Merthin y habría rodeado a Bessie por la cintura posándole la mano en la cadera para luego extender los dedos con picardía hacia aquel lugar sensible entre las piernas que ella siempre anhelaba que él tocara... tal como había hecho una vez con Caris?

Las lágrimas asomaron a sus ojos. Se sentía estúpida. Tenía para sí al mejor hombre de toda la ciudad y lo único que sabía hacer era arrojarlo a los brazos de una moza de posada. ¿Por qué se trataba tan mal?

En ese momento, entró él.

Lo miró a través del velo de sus lágrimas. Veía tan borroso que no pudo descifrar la expresión de su rostro. ¿Habría acudido allí para hacer las paces o, por el contrario, a reprenderla aún más, desplegando toda su ira envalentonado por unas cuantas jarras de cerveza?

La muchacha se puso en pie. Se quedó quieta unos instantes mientras él cerraba la puerta y se acercaba despacio hasta situarse justo frente a ella.

—Me da igual lo que digas o hagas, te sigo amando —le confesó él.

Ella lo estrechó en sus brazos y prorrumpió en llanto.

Él le acarició el pelo sin decir nada; justo lo que ella necesitaba.

Al cabo de un rato empezaron al besarse. A Caris la invadió un deseo familiar, pero esta vez era más intenso que nunca: quería notar las manos de él por todo el cuerpo, la lengua en la boca, los dedos en su interior... Se sentía diferente y quería que su amor encontrara una nueva forma de expresión.

—Quitémonos toda la ropa —propuso. Nunca antes lo habían hecho.

Él sonrió complacido.

—Muy bien, pero ¿y si entra alguien?

—El banquete durará horas. De todas formas, podemos subir a mi alcoba.

Se dirigieron al dormitorio de la muchacha. Caris se quitó los zapatos con un par de puntapiés y, de pronto, la invadió la timidez. ¿Qué pensaría él al verla desnuda? Sabía que le gustaba cada una de las partes de su cuerpo: los pechos, las piernas, el cuello, los genitales… Él siempre le decía cuán atractiva era mientras la besaba y la acariciaba. Sin embargo, tal vez en ese momento se diera cuenta de que tenía las caderas demasiado anchas o las piernas algo cortas, o de que sus pechos eran más bien pequeños.

Él no parecía tener inhibiciones de ese tipo. Se quitó la camisa, se bajó los calzoncillos y se plantó delante de ella con total naturalidad. Tenía el cuerpo menudo pero fuerte, y se le veía lleno de energía contenida, como un joven ciervo. Por primera vez, ella advirtió que su vello púbico era del color de las hojas otoñales. Tenía el pene muy erecto. El deseo acabó venciendo a la timidez y la muchacha se despojó rápidamente del vestido pasándoselo por la cabeza.

Él observó su cuerpo desnudo; no obstante, ella ya no sentía vergüenza. La mirada de él encendía su pasión como una caricia íntima.

—Eres una preciosidad —dijo Merthin.

—Tú también.

Se tendieron el uno al lado del otro sobre el jergón de paja que servía de cama a la muchacha. Luego, se besaron y se acariciaron, y ella fue consciente de que ese día no iban a bastarle los juegos amorosos que solían practicar.

—Quiero hacerlo bien —dijo.

—¿Te refieres a hacerlo del todo?

La idea de un embarazo afloró a la mente de Caris, pero enseguida la desechó. Estaba demasiado excitada para pensar en las consecuencias.

—Sí —susurró.

—A mí también me apetece.

El muchacho se tendió encima de ella. Llevaba media vida preguntándose qué sentiría en esos momentos. Ella examinó su rostro, cuya concentrada expresión denotaba mucho amor; era la misma mirada que exhibía cuando estaba trabajando y sus pequeñas manos moldeaban la madera con delicadeza y habilidad. Con las yemas de los dedos, él separó suavemente los pétalos del sexo de ella. Estaba húmeda y ansiosa de recibirlo.

—¿Estás segura? —le preguntó él.

De nuevo, Caris alejó de sí la idea de un embarazo.

—Estoy segura.

El miedo la acometió un instante cuando él la penetró. Se puso tensa de modo involuntario y él vaciló al notar que su cuerpo ofrecía resistencia.

—Va bien —dijo ella—. Puedes empujar más, no me harás daño. —Pero se equivocaba; notó un repentino dolor agudo cuando él hizo fuerza, y no pudo evitar lanzar un grito.

—Lo siento —se disculpó él.

—Espera un momento —le pidió ella.

Se quedaron quietos. Él le besó los párpados, la frente y la punta de la nariz… Ella le acarició el rostro y fijó la mirada en sus ojos castaños de reflejos dorados. De pronto, el dolor se disipó y volvió a ser presa del deseo; empezó a moverse y a disfrutar de la sensación de tener al hombre que amaba muy dentro de sí por primera vez. Se moría de ganas de observar la intensidad del placer de él. Merthin la contemplaba con una débil sonrisa asomando a los labios y un intenso deseo en la mirada mientras se movían con mayor rapidez.

—No puedo parar —dijo él casi sin aliento.

—No pares, no pares.

Ella lo miró fijamente. Al cabo de unos instantes el placer arrolló a Merthin; el muchacho cerró los ojos con fuerza y abrió la boca a la vez que todo su cuerpo se tensaba como la cuerda de un arco. Caris notó en su interior los espasmos y el flujo de la eyaculación, y pensó que nada en la vida la había preparado para tanta felicidad. Un momento más tarde, también ella sintió la convulsión del éxtasis. Ya había experimentado antes aquella sensación, pero no con tanta intensidad, y cerró los ojos para abandonarse a ella, aferrando el cuerpo de él contra el suyo mientras se sacudía como un árbol a merced del viento.

Cuando todo terminó, ambos permanecieron tumbados en silencio durante largo rato. Él tenía el rostro hundido en el cuello de ella y la muchacha percibía su respiración agitada contra la piel. Le acarició la espalda; tenía la piel empapada de sudor. Poco a poco, los latidos se fueron espaciando y un profundo sentimiento de satisfacción fue embargando todo su ser como el crepúsculo de una noche de verano.

—Así que es por esto por lo que la gente arma tanto escándalo… —dijo la muchacha al cabo de un rato.

Al día siguiente de que a Godwyn lo nombraran prior de Kingsbridge, Edmund Wooler se presentó en casa de los padres de Merthin a primera hora de la mañana.

Merthin tenía tendencia a olvidar lo influyente que era Edmund, pues éste siempre lo trataba como a uno más de la familia. Gerald y Maud, en cambio, se comportaban como si acabaran de recibir la visita inesperada de un miembro de la realeza. Se avergonzaban de que Edmund viera lo humilde que era su casa, que constaba de una única estancia, y Merthin y sus padres dormían en jergones de paja en el suelo. Había un hogar y una mesa, y también un pequeño patio trasero.

Por suerte, la familia se había levantado al alba y todos habían tenido tiempo de asearse, vestirse y adecentar el lugar. En cuanto Edmund entró en la casa con paso firme y característicamente irregular, la madre de Merthin quitó el polvo a un taburete, se atusó el pelo, cerró la puerta trasera y luego volvió a abrirla, y por fin echó un leño a la lumbre. Su padre hizo varias reverencias, se cubrió con un sobretodo y ofreció a Edmund un vaso de cerveza.

—No, gracias, sir Gerald —rehusó Edmund, sin duda consciente de que la familia no podía permitirse malgastar nada—. Sin embargo, sí que tomaré un poco de vuestro potaje, lady Maud, si me lo permitís. —Toda familia mantenía en la lumbre un puchero con avena al que añadían huesos, corazones de manzana, vainas de guisantes y otros restos de comida, y luego cocían la mezcla a fuego lento durante días. La sazonaban con sal y hierbas aromáticas y de ello resultaba una sopa que nunca sabía igual. Era el alimento más barato.

Maud, complacida, sirvió un poco de potaje en una escudilla y depositó ésta en la mesa junto con una cuchara y un platito con pan.

Merthin aún gozaba de la euforia de la tarde anterior. Se sentía igual que si estuviera un poco bebido. Se había ido a dormir pensando en el cuerpo desnudo de Caris y se había despertado sonriendo. Sin embargo, de pronto recordó la pelea con Elfric por causa de Griselda. Una falsa alarma le hizo creer que Edmund iba a empezar a gritar: «¡Has deshonrado a mi hija!», y que iba a golpearle el rostro con un palo de madera.

Fue sólo una visión momentánea que se desvaneció en cuanto Edmund tomó asiento en la mesa. El hombre cogió la cuchara, pero antes de empezar a comer se dirigió a Merthin.

—Ahora que tenemos prior, quiero que las obras del puente empiecen tan pronto como sea posible.

—Muy bien —respondió Merthin.

Edmund se llevó una cucharada llena a la boca y se relamió.

—Es el mejor potaje que he probado en mi vida, lady Maud.

La madre de Merthin se mostró complacida.

Merthin estaba agradecido a Edmund por ser amable con sus padres. La pareja sentía cierta humillación a causa de su baja posición social y económica, y el hecho de que el mayordomo de la ciudad se sentara a comer a su mesa y los llamara sir Gerald y lady Maud era para ellos como un bálsamo en la herida.

Su padre intervino.

—Estuve a punto de no casarme con ella, Edmund, ¿lo sabíais?

Merthin estaba seguro de que Edmund había oído la historia otras veces. No obstante, el hombre respondió:

—Santo Dios, no. ¿Qué ocurrió?

—La vi en la iglesia un domingo de Pascua y me enamoré de ella al instante. Debía de haber un millar de personas en la catedral de Kingsbridge ese día, y ella era la más guapa de todas las presentes.

—Oye, Gerald, no hace falta que exageres —replicó Maud en tono seco.

—Pero luego desapareció entre la multitud, ¡y no pude encontrarla! No sabía ni cómo se llamaba. Pregunté a varias personas quién era la guapa muchacha de pelo bonito, y me respondieron que todas las muchachas eran guapas y tenían el pelo bonito.

—Salí corriendo en cuanto terminó la misa —dijo Maud—. Nos alojábamos en la posada Holly Bush y mi madre se sentía indispuesta, así que volví enseguida para atenderla.

—La busqué por toda la ciudad, pero no pude encontrarla —explicó Gerald—. Después de Pascua, todos regresamos a nuestras casas. Yo vivía en Shiring y ella en Casterham, aunque entonces no lo sabíamos. Creí que no volvería a verla jamás. Llegué a imaginar que se trataba de un ángel que había bajado a la tierra para asegurarse de que todo el mundo asistía a la misa.

—Gerald, por favor… —terció ella.

—Me había partido el corazón. No sentía interés por ninguna otra mujer y pensaba que me pasaría toda la vida suspirando por el Ángel de Kingsbridge. Estuve así dos años. Entonces un día la vi durante un torneo en Winchester.

—Un completo desconocido se me acercó y me dijo: «Eres tú… ¡Cuánto tiempo! Tienes que casarte conmigo antes de que vuelvas a desaparecer». Creí que estaba loco.

—Parece increíble —opinó Edmund.

Merthin consideró que ya habían abusado bastante de la buena voluntad de Edmund.

—Bueno —dijo—, he trazado unos bocetos en el suelo del taller de la catedral, donde los albañiles guardan el material.

Edmund asintió.

—¿Es un puente de piedra lo bastante ancho para que pasen dos carros?

—Tal como me pediste… Y acabado en rampa por ambos extremos. He encontrado una manera de reducir el coste aproximadamente un tercio.

—¡Es asombroso! ¿Cómo?

—Te lo mostraré en cuanto acabes de comer.

Edmund tomó la última cucharada de potaje y se puso en pie.

—Ya he terminado. Vamos. —Se volvió hacia Gerald y bajó la cabeza a modo de sencilla reverencia—. Gracias por vuestra hospitalidad.

—Ha sido un placer recibiros en nuestra casa, mayordomo.

Merthin y Edmund salieron bajo una ligera llovizna. En lugar de dirigirse a la catedral, Merthin guió al hombre hacia el río. La cojera de Edmund era fácilmente reconocible y toda persona que se cruzaba con ellos por la calle le dirigía alguna palabra amable o hacía una reverencia en señal de respeto.

De pronto, Merthin se sintió inquieto. Había dedicado meses a planificar el puente; durante la supervisión del trabajo de los carpinteros que construían el nuevo tejado mientras se demolía el antiguo, no había dejado de pensar en el reto mucho mayor que éste constituiría. Ahora por primera vez sus ideas iban a ser juzgadas por otra persona.

Edmund todavía no podía imaginar lo revolucionario que era el proyecto de Merthin.

La calle fangosa descendía serpenteando entre casas y talleres. Las murallas que cercaban la ciudad se habían deteriorado durante los dos siglos de paz y en algunas zonas sólo quedaban montículos de tierra que ahora formaban parte de muros de jardines. Junto al río se habían establecido artesanos cuya actividad requería grandes cantidades de agua, sobre todo tintoreros de lana y curtidores.

Merthin y Edmund se dirigieron hasta la cenagosa orilla pasando entre un matadero que despedía un fuerte olor a sangre y una fragua donde los herreros trabajaban el metal a golpes de martillo. Justo enfrente, tras una estrecha franja de agua, se encontraba la isla de los Leprosos.

—¿Por qué hemos venido aquí? —preguntó Edmund—. El puente está cuatrocientos metros más arriba.

—Estaba —respondió Merthin. A continuación, respiró hondo y aventuró—: Me parece que deberíamos construir aquí el nuevo.

—¿Un puente hasta la isla?

—Y otro que conecte la isla con la orilla opuesta. En lugar de tener un gran puente, tendríamos dos más pequeños. Resulta mucho más barato.

—Pero la gente tendría que atravesar la isla para pasar de un puente a otro.

—¿Y qué?

—¡Que es una colonia de leprosos!

—Ya sólo queda un afectado, pueden trasladarlo a cualquier otro lugar. Parece ser que la enfermedad está desapareciendo.

Edmund lo miró, pensativo.

—Así que todo aquel que llegue a Kingsbridge lo hará a través del lugar en que ahora mismo nos encontramos.

—Tendremos que abrir una nueva calle y derribar algunos de esos edificios. Aun así, el coste será muy pequeño comparándolo con el dinero que se ahorrará con el puente.

—Y en la otra orilla hay…

—Prados que pertenecen al priorato. El paisaje completo se ve desde el tejado de St. Mark. Así es como se me ocurrió la idea.

Edmund estaba impresionado.

—Está muy bien pensado. Me pregunto por qué no construyeron aquí el puente original.

—El primer puente se construyó hace cientos de años. Es probable que el río siguiera entonces un curso distinto. Las márgenes deben de haber ido adquiriendo su forma actual a lo largo de los siglos. Tal vez el canal que separa la isla de los prados fuera entonces más ancho, con lo cual no habría supuesto ninguna ventaja haber levantado aquí la construcción.

Edmund miró a lo lejos y Merthin siguió la trayectoria de su mirada. La colonia de leprosos consistía en unas cuantas construcciones de madera ruinosas diseminadas por una hectárea y media de terreno aproximadamente. La isla era demasiado rocosa para el cultivo, aunque había algunos árboles y un poco de maleza. El lugar estaba infestado de conejos que los ciudadanos no se comían porque existía la creencia de que se trataba de las ánimas de los leprosos muertos. Había habido un tiempo en que los confinados habitantes criaban sus propias gallinas y cerdos; sin embargo en esos momentos al priorato le resultaba más cómodo proporcionar la comida al último que quedaba.

—Tienes razón —convino Edmund—. No se ha dado un caso de lepra en la ciudad durante al menos diez años.

—Yo nunca he visto a ningún leproso —aseguró Merthin—. De niño, creía que la gente decía «leopardo» y me imaginaba que la isla estaba llena de felinos moteados.

Edmund se echó a reír. Se volvió de espaldas al río y contempló los edificios de alrededor.

—Nos quedará un poco de trabajo diplomático que hacer —observó pensativo—. Tendremos que convencer a los habitantes de las viviendas que haya que demoler de que son afortunados porque se mudarán a casas nuevas con mejores condiciones mientras que sus vecinos se pierden esa oportunidad. Y habrá que regar la isla con agua bendita para purificarla y persuadir a la gente de que no corre peligro. Con todo, me parece que podremos arreglárnoslas.

—He diseñado ambos puentes con arcos ojivales, como la catedral —explicó Merthin—. Son muy bonitos.

—Muéstramelos.

Ascendieron por la cuesta alejándose del río y atravesaron el pueblo en dirección al priorato. Las gotas de lluvia se deslizaban por los muros de la catedral cubierta por una nube baja como el humo de una hoguera hecha con ramas húmedas. Merthin estaba impaciente por volver a ver los bocetos, pues hacía una semana aproximadamente que no había estado en el taller, y por enseñárselos a Edmund. Había dedicado muchas horas a pensar en el modo en que la corriente había socavado el viejo puente y en cómo evitar que el nuevo corriera la misma suerte.

Condujo a Edmund hasta el pórtico norte y luego subieron por la escalera de caracol. Sus suelas mojadas resbalaban en los desgastados escalones de piedra. Edmund arrastraba con brío la pierna lisiada tras de sí.

En el taller de los albañiles había varios quinqués encendidos. Al principio, Merthin se alegró, pues eso significaba que podrían ver los esbozos más claramente. Sin embargo, al cabo de un momento vio a Elfric dibujando en la zona del suelo cubierta con yeso que utilizaban para hacer las trazas.

Se sintió momentáneamente frustrado. La enemistad entre su antiguo patrón y él seguía igual de viva que siempre. Elfric no había conseguido evitar que Merthin encontrara empleo en la ciudad, pero continuaba impidiendo que su solicitud para ingresar en el gremio de carpinteros progresara, de modo que el muchacho se encontraba en una situación anómala: no había podido legalizarla, aunque lo aceptaban. La actitud de Elfric era absurda pero denotaba muy mala intención.

La presencia del hombre allí aguaría la conversación que Merthin quería mantener con Edmund. Se dijo a sí mismo que no debía mostrarse tan susceptible. ¿Por qué no podía ser Elfric quien se sintiera incómodo?

El muchacho sujetó la puerta para que Edmund entrara y ambos cruzaron la cámara hasta la zona de dibujo. Entonces sufrió una conmoción.

Elfric estaba inclinado sobre el suelo y dibujaba con la ayuda de un par de compases... sobre una nueva capa de yeso. Había recubierto el suelo de tal modo que los planos de Merthin habían quedado totalmente borrados.

—¿Qué has hecho? —inquirió Merthin sin dar crédito.

Elfric lo miró con desprecio y prosiguió con su dibujo sin pronunciar palabra.

—Ha borrado todo mi trabajo —explicó Merthin a Edmund.

—¿Qué explicación das a eso, Elfric? —preguntó Edmund.

El constructor no podía soslayar a su suegro.

—No hay nada que explicar —respondió—. De vez en cuando, hay que renovar el enlucido para poder seguir dibujando.

—¡Pero has eliminado unos planos muy importantes!

—¿De verdad? El prior no ha encargado ningún plano a este muchacho, y él tampoco ha pedido permiso para utilizar la zona de dibujo.

A Edmund no le costaba mucho enfadarse y la descarada insolencia de Elfric le estaba alterando la sangre.

—Haz el favor de dejar de comportarte como un estúpido —le espetó—. Yo le pedí a Merthin que preparara los planos del nuevo puente.

—Lo siento, pero sólo el prior tiene autoridad para eso.

—¡Maldita sea, es el gremio quien pone el dinero!

—No es más que un préstamo que os será devuelto.

—Aun así nos da derecho a tener voto en el diseño.

—¿De verdad? Pues tendrás que decírselo al prior. Me parece que no le va a gustar demasiado el hecho de que hayas elegido a un aprendiz inexperto para idear el proyecto.

Merthin estaba examinando los planos que Elfric había trazado en la nueva capa de yeso.

—Imagino que éste es tu proyecto del puente —dijo.

—El prior Godwyn me ha encargado a mí que lo construya —repuso Elfric.

Edmund se quedó estupefacto.

—¿Sin preguntárnoslo?

Elfric respondió con resentimiento:

—¿Cuál es el problema? ¿Es que no te parece bien que le hayan encargado el trabajo al marido de tu hija?

—Arcos de medio punto —observó Merthin sin dejar de estudiar el dibujo de Elfric—. Y de luz muy corta. ¿Cuántos pilares habrá?

Elfric vaciló en contestar, pero Edmund lo miraba expectante.

—Siete —respondió.

—¡El puente de madera sólo tenía cinco! —exclamó Merthin—. ¿Por qué son tan anchos y los arcos tan estrechos?

—Para soportar el peso de una calzada de piedra.

—Para eso no hacen falta pilares tan anchos. Mira esta catedral, las columnas soportan el peso de todo el techo y sin embargo son de poco grosor y están muy separadas.

Elfric respondió con desdén:

—Por el techo de la iglesia no pasan carros.

—Es cierto, pero… —Merthin se interrumpió. La lluvia que caía sobre la vasta extensión de la cubierta pesaba probablemente más que un carro de bueyes cargado con piedras, pero no veía por qué razón tenía que dar explicaciones a Elfric. No era asunto suyo formar a un constructor incompetente. El proyecto de Elfric era mediocre, pero Merthin no pensaba contribuir a mejorarlo. Lo que quería era sustituirlo por el suyo, así que se calló.

Edmund también se percató de que estaba gastando saliva en vano.

—La decisión no es cosa de ninguno de vosotros dos —dijo, y se marchó dando fuertes pisadas.

La hija recién nacida de John Constable fue bautizada en la catedral por el prior Godwyn. El honor le fue concedido por tratarse de un importante miembro del priorato. A la ceremonia asistieron todos los ciudadanos destacados. Aunque John no era rico ni tenía amigos influyentes, pues su padre había trabajado en los establos del priorato, Petranilla decía que la gente respetable debía mostrarle su amistad y su apoyo. Caris estaba convencida de que sólo trataban a John con condescendencia porque necesitaban que protegiera sus propiedades.

Volvía a llover y la gente que había reunida en torno a la pila bautismal acabó más mojada que la pequeña rociada con agua bendita. Al contemplar a la diminuta e indefensa niña, Caris experimentó una extraña mezcla de sentimientos. Desde que se acostara con Merthin se había negado a pensar en el embarazo; sin embargo, al ver al bebé la invadió un cálido afán de protección.

A la niña la llamaron Jessica, como la sobrina de Abraham.

El primo de Caris, Godwyn, nunca se había sentido muy cómodo con los bebés, y en cuanto el breve ritual tocó a su fin, se dio media vuelta para marcharse. Sin embargo, Petranilla lo aferró por la manga de su hábito benedictino.

—¿Qué pasa con el puente? —preguntó.

Había hablado en voz baja, pero Caris la oyó y se esforzó por aguzar el oído y escuchar el resto.

—Le he pedido a Elfric que prepare los planos y calcule el presupuesto —dijo Godwyn.

—Muy bien; tiene que encargarse alguien de la familia.

—Elfric es el constructor del priorato.

—Pero es posible que otras personas quieran entrometerse.

—Me incumbe a mí decidir quién debe construir el puente.

Caris se sintió lo bastante molesta como para intervenir en la conversación.

—¿Cómo te atreves? —espetó a Petranilla.

—No hablaba contigo —contestó su tía.

Caris hizo caso omiso de la respuesta.

—¿Por qué no ha de tenerse en cuenta el proyecto de Merthin?

—Porque no es de la familia.

—¡Pero si prácticamente vive con nosotros!

—No estáis casados. Si lo estuvierais, las cosas serían distintas.

Caris sabía que en lo tocante a ese tema jugaba con desventaja, así que llevó la conversación a su terreno.

—Siempre has tenido prejuicios sobre Merthin —dijo—, pero todo el mundo sabe que es mejor constructor que Elfric.

Su hermana Alice la oyó y se sumó a la discusión.

—De modo que Elfric le enseñó a Merthin todo cuanto sabía y ahora Merthin pretende saber más que él.

Caris era muy consciente de que el comentario era injusto y se enfadó.

—¿Quién construyó la balsa? —preguntó, alzando la voz—. ¿Quién reparó la cubierta de St. Mark?

—Merthin trabajaba para Elfric cuando construyó la balsa. En cuanto a St. Mark, nadie le pidió a Elfric que lo hiciera.

—¡Porque sabían que no era capaz de solventar el problema!

Godwyn las interrumpió.

—¡Haced el favor! —exclamó, estirando ambos brazos hacia el frente como para protegerse—. Sé que sois de la familia, pero yo soy el prior y estamos en la catedral. No puedo consentir que unas mujeres me coaccionen en público.

Edmund se añadió al grupo.

—Eso mismo es lo que estaba a punto de decir. Bajad la voz.

Alice habló en tono admonitorio:

—Deberías apoyar a tu yerno.

A Caris se le antojó que Alice se parecía cada vez más a Petranilla. Aunque sólo tenía veintiún años y su tía le doblaba con creces la edad, la muchacha presentaba el mismo gesto reprobador de labios fruncidos. También estaba engordando; el pecho le llenaba el delantero de la blusa como si fuera una vela inflada por el viento.

Edmund dirigió a Alice una mirada severa.

—Nadie va a basarse en las relaciones familiares para tomar esta decisión —aseguró—. El hecho de que Elfric esté casado con mi hija no garantiza que su puente vaya a sostenerse en pie.

Caris sabía que el hombre tenía un punto de vista muy estricto en relación con aquel tema. Opinaba que siempre debían cerrarse los tratos con el proveedor más fiable o contratar a la persona más capacitada para el trabajo en cuestión, sin tener en cuenta los lazos amistosos ni familiares. Decía que cuando un hombre se rodea de leales acólitos es porque en realidad no tiene confianza en sí mismo… Y si el propio interesado no confía en sí mismo, ¿por qué debería hacerlo él?

Petranilla intervino:

—¿Pues con qué criterio se hará la elección? —Le dirigió una mirada sagaz—. Es evidente que tienes un plan.

—Tanto el priorato como el gremio valorarán los proyectos de Elfric y Merthin… y cualquier otro que se presente —resolvió Edmund sin lugar a réplica—. De todos los proyectos tendrán que presentarse tanto los planos como el presupuesto, y este último deberá ser evaluado independientemente por otros constructores.

—Nunca había oído hablar de semejantes tejemanejes —masculló Alice—. Parece un concurso de tiro al arco. Elfric es el constructor del priorato y es él quien debería encargarse del trabajo.

Su padre no le hizo caso.

—Al final, los constructores deberán responder a las preguntas de los ciudadanos más destacados durante una reunión en la cofradía gremial. Y luego… —Miró a Godwyn, quien simulaba impasibilidad a pesar de la forma en que la toma de la decisión le había sido arrebatada de las manos—. Y luego, el prior Godwyn hará su elección.

La reunión tuvo lugar en la sede del gremio, en la calle principal. Exteriormente el edificio se componía de un zócalo de mampostería y una superestructura de madera con una cubierta de teja en la que asomaban dos chimeneas de piedra. En el sótano se encontraba la gran cocina donde se preparaba la comida para los banquetes, además de una celda y el despacho del alguacil. La planta principal era tan espaciosa como una iglesia, de treinta metros de largo por nueve de ancho. En un extremo había una capilla. Al ser la cámara principal tan grande y como salía demasiado caro construir el techo con maderos lo bastante largos para abarcar una distancia de nueve metros y, además, resultaba demasiado difícil encontrar maderos de esas características, el espacio se había dividido con unos pilares de madera dispuestos en fila que sostenían las vigas.

Era en apariencia un edificio sin pretensiones, construido con los materiales que solían utilizarse en las moradas más humildes; no había sido hecho para glorificar a nadie. Sin embargo, tal como Edmund solía decir, el dinero que los miembros de la cofradía ganaban podría servir para pagar todas las majestuosas vidrieras y muros de piedra caliza de la catedral. Además, la sede resultaba muy cómoda a pesar de su modestia. Las paredes estaban adornadas con tapices y las ventanas con vidrieras, y dos enormes hogares aseguraban una cálida temperatura durante el invierno. Cuando el negocio era próspero, la comida que se servía era digna de la realeza.

La cofradía gremial había sido constituida varios siglos atrás, cuando Kingsbridge no era más que una pequeña población. Unos cuantos mercaderes se habían asociado con el fin de reunir dinero y comprar ornamentos para la catedral. Sin embargo, siempre que los hombres de buena posición económica comían y bebían juntos acababan hablando de sus motivos comunes de preocupación y así, la recaudación de fondos no había tardado en convertirse en un tema secundario con respecto a la política. Desde el principio, en la cofradía gremial predominaban los laneros, y por eso en un extremo del vestíbulo se exhibía una enorme balanza y una pesa equivalente a la medida estándar de un costal de lana: ciento sesenta y cinco kilos. Según Kingsbridge había ido creciendo, aparecieron gremios de otros oficios, como carpinteros, albañiles, cerveceros u orfebres. No obstante, sus miembros más destacados también entraron a formar parte de la cofradía gremial, que seguía ostentando la hegemonía. Se trataba de una versión más modesta del gremio de mercaderes que dominaba la mayor parte de las ciudades inglesas y que en Kingsbridge había sido prohibido por su dueño y señor: el priorato.

Merthin nunca había asistido allí a ninguna reunión ni a ningún banquete pero había entrado en varias ocasiones para resolver asuntos más prosaicos. Le gustaba levantar la cabeza y examinar la compleja geometría de los maderos del techo, una verdadera lección sobre cómo todo el peso de una extensa techumbre podía reposar sobre una exigua cantidad de pilares de madera de poco grosor. A la mayoría de los elementos les encontraba el sentido, sin embargo había una o dos piezas que le parecían superfluas e incluso perjudiciales, pues transmitían peso a las áreas menos sólidas. Eso sucedía porque nadie sabía con certeza cómo se sostenían en pie los edificios. Los maestros constructores trabajaban gracias a su instinto y su experiencia, pero a veces se equivocaban.

Esa tarde Merthin se encontraba en un estado de gran inquietud, estaba demasiado nervioso para apreciar el maderamen. El gremio estaba a punto de juzgar su proyecto del puente; éste superaba con mucho al de Elfric, pero ¿se darían cuenta?

Elfric había contado con la ventaja de disponer del enyesado para dibujar. Merthin podía haberle pedido permiso a Godwyn para utilizarlo también pero, al temer un nuevo acto de sabotaje por parte de Elfric, había ideado otro plan. Había sujetado una gran lámina de pergamino a un marco de madera y había trazado en él su dibujo a pluma. Ahora eso podía suponerle una ventaja, pues había llevado consigo el proyecto a la sede del gremio. De ese modo los miembros de la cofradía podrían juzgarlo con el dibujo delante, mientras que para calificar el de Elfric no tendrían más remedio que recurrir a la memoria.

Colocó el armazón con el dibujo a la entrada del vestíbulo, sobre una estructura de tres patas que había diseñado expresamente para la ocasión. Todos lo examinaban a medida que iban llegando, a pesar de haberlo visto por lo menos una vez durante los últimos días. También habían acudido al taller para ver los planos de Elfric. Merthin estaba convencido de que la mayoría prefería su proyecto, pero sabía que algunas personas eran reacias a respaldar a un muchacho frente a un hombre con experiencia. Muchos se habían reservado su opinión.

El murmullo fue haciéndose más intenso a medida que muchos hombres y pocas mujeres fueron llenando la cámara. Para asistir a las reuniones del gremio, la gente se engalanaba igual que para ir a la iglesia: los hombres llevaban caros abrigos de lana a pesar de la suave temperatura veraniega y las mujeres lucían unos peinados elaboradísimos. Aunque todo el mundo hablaba por hablar de lo poco fiables y lo inferiores que eran en general las mujeres, el hecho era que varias pertenecían a la parte de la ciudadanía más rica e importante. Allí estaba la madre Cecilia, sentada en primera fila junto a su ayudante personal, una monja a quien llamaban Julie la Anciana. Caris también se encontraba presente, pues todo el mundo sabía que era el brazo derecho de Edmund. A Merthin lo invadió un deseo insoportable cuando la muchacha tomó asiento a su lado en el banco y rozó con su cálido muslo el de él. Todo ciudadano que ejercía un oficio debía pertenecer a un gremio, y a los forasteros sólo les estaba permitido comerciar los días de mercado. Incluso los monjes y los sacerdotes se veían obligados a asociarse si querían comerciar, y muchos lo hacían. Cuando un hombre moría, su viuda solía continuar con el negocio. Betty Baxter regentaba la panadería más próspera de la ciudad; Sarah Taverner estaba al frente de la posada Holly Bush. Habría resultado difícil y muy cruel impedir que mujeres así se ganaran el sustento, era mucho más fácil aceptarlas en el gremio.

Edmund solía presidir las reuniones, desde el gran sitial de madera colocado sobre una tarima en la parte delantera de la cámara. Sin embargo, ese día sobre el estrado había dos asientos. Edmund ocupó uno de ellos, y cuando llegó el prior Godwyn, lo invitó a acomodarse en el otro. Godwyn asistió acompañado de todos los monjes de mayor antigüedad, y Merthin se alegró de que entre ellos figurara Thomas. También Philemon formaba parte del séquito. Presentaba un aspecto torpe y desgarbado, y Merthin se preguntó por un instante qué motivo habría impulsado a Godwyn a llevarlo consigo.

Godwyn parecía afligido. Al inaugurar el acto, Edmund se ocupó de dejar claro que el responsable del puente era el prior y que la elección del proyecto le correspondía a él en última instancia. Sin embargo, todo el mundo era consciente de que Edmund le había arrebatado la decisión de las manos al convocar la reunión. Si se producía un consenso claro, a Godwyn le resultaría muy difícil contravenir la voluntad expresa de los mercaderes en una cuestión más relacionada con el comercio que con la religión. Edmund le pidió a Godwyn que diera inicio al acto con una plegaria y éste lo complació a pesar de ser consciente de que el hombre lo había superado con su táctica, motivo por el cual ponía cara de vinagre.

Edmund se puso en pie y anunció:

—Elfric y Merthin han calculado respectivamente el presupuesto de estos dos proyectos y ambos han utilizado el mismo método.

—Pues claro, él lo aprendió de mí —interpuso Elfric.

Se oyó una cascada de risas por parte de los asistentes de mayor edad.

Era cierto. Existían fórmulas para calcular el coste de cada metro cuadrado de obra, de cada centímetro cúbico de relleno, de cada metro de luz de un techo y de cosas más complicadas como arcos y bóvedas. Todos los maestros constructores utilizaban los mismos métodos, aunque con pequeñas variaciones. El cálculo del coste del puente resultaba complicado pero más fácil que el de algunos edificios, como por ejemplo una iglesia.

Edmund prosiguió:

—Cada uno ha supervisado los cálculos del otro, así que no hay lugar a disputas.

—¡Claro! ¡Todos los constructores cargan la misma cantidad adicional! —soltó Edward Butcher.

La intervención dio pie a grandes risotadas. Edward era muy popular entre los hombres por sus ágiles ocurrencias, y entre las mujeres por su atractivo y sus seductores ojos castaños. Sin embargo, no gozaba de tanta aceptación por parte de su esposa, quien conocía sus infidelidades y recientemente lo había atacado con uno de los enormes cuchillos que tenían en casa, debido a lo cual el hombre aún llevaba el brazo izquierdo vendado.

—El puente de Elfric costaría doscientas ochenta y cinco libras —dijo Edmund cuando las risas se extinguieron—. El de Merthin, trescientas siete. La diferencia es de veintidós libras, como muchos de vosotros habréis calculado con más rapidez que yo.

El comentario dio pie a unas cuantas risitas ahogadas, pues a menudo se reían de Edmund debido a que su hija tenía que hacer los cálculos por él. El hombre seguía utilizando los números romanos porque no era capaz de acostumbrarse a los guarismos arábigos, que facilitaban mucho las operaciones.

Otra persona intervino.

—Veintidós libras es mucho dinero. —Era la voz de Bill Watkin, el constructor que se había negado a contratar a Merthin y a quien la calva de la coronilla confería aspecto de monje.

—Sí, pero el puente de Merthin es dos veces más ancho —repuso Dick Brewer—. Tendría que costar dos veces más; si no es así, es porque el proyecto está mejor ideado. —Dick se sentía muy orgulloso del producto que elaboraba, la cerveza, y en consecuencia lucía un vientre tan prominente como el de una mujer embarazada.

Bill volvió a la carga:

—¿Cuántas veces al año nos hará falta un puente lo bastante ancho para dar cabida a dos carros?

—Todos los días de mercado y durante la semana de la feria del vellón.

—No tanto —replicó Bill—. Las horas de más tránsito sólo son una por la mañana y otra por la tarde.

—Más de una vez he tenido que hacer cola durante dos horas con una carretada de cebada.

—Tendrías que aprovechar los días más tranquilos para traerla.

—Yo traigo cebada todos los días. —Dick era el cervecero más importante del condado. Poseía un gran hervidor de cobre con capacidad para más de dos mil litros que daba su nombre a la taberna: The Copper.

Edmund interrumpió la disputa.

—Hay más problemas derivados de las demoras en el puente —dijo—. Algunos comerciantes prefieren ir a Shiring porque allí no hay puente y no se forman colas. Otros cierran los tratos mientras esperan y se marchan sin llegar a entrar en la ciudad ahorrándose el derecho de pontazgo y las tasas de mercado. Interceptar la mercancía es ilegal, pero hasta ahora no hemos conseguido impedir que se haga. Además, está en juego la opinión que la gente tiene de Kingsbridge. Ahora se la conoce como la ciudad del puente derrumbado. Si queremos recuperar la actividad comercial que hemos perdido, eso es algo que tenemos que cambiar. Queremos que se la conozca como la ciudad con el mejor puente de toda Inglaterra.

Edmund era muy influyente, y Merthin empezaba a saborear la victoria.

Betty Baxter, una cuarentona obesa, se puso en pie y señaló un punto del dibujo de Merthin.

—¿Qué es eso? —preguntó—. Lo que hay en medio del pretil, por encima de la pilastra. Hay una cosa redondeada que sobresale hacia afuera, como un mirador. ¿Para qué es? ¿Para pescar? —Los demás se echaron a reír.

—Es para que se resguarden los viandantes —respondió Merthin—. Si se atraviesa el puente a pie y de pronto aparece el conde de Shiring con veinte hombres a caballo, el viandante tiene la posibilidad de apartarse.

—Espero que sea lo bastante grande para Betty —dijo Edward Butcher.

Todo el mundo estalló en carcajadas, pero Betty siguió con las preguntas.

—¿Por qué la parte exterior del pilar que hay justo debajo termina en ángulo? Los pilares de Elfric no terminan en ángulo.

—Es para evitar el deterioro por culpa de los desechos que bajan por el río. Fíjate en cualquier puente que atraviesa un río y verás que los pilares están desportillados y agrietados. ¿Qué crees que es lo que los daña? Tiene que ser por culpa de los enormes maderos, ya sean troncos o tablas sobrantes de edificios derruidos que la corriente arrastra y que acaban chocando con los pilares.

—O de Ian Boatman, cuando está borracho —soltó Edward.

—Sean barcas o restos de madera, la cuestión es que dañarán menos los pilares terminados en ángulo. Con los de Elfric, chocarían de lleno.

—Los muros de mi puente son demasiado sólidos para venirse abajo por unas maderitas —dijo Elfric.

—Al contrario —repuso Merthin—. Tus arcos son más estrechos que los míos, por lo que el agua pasará a mayor velocidad y el impacto de los restos contra los pilares será mayor y acabarán más dañados.

Por la expresión de Elfric, dedujo que el hombre ni siquiera había reparado en ello. No obstante, los asistentes no entendían de construcción. ¿Cómo sabrían que tenía razón?

Junto a la base de cada pilar, Merthin había dibujado un montón de piedras desiguales conocido por los maestros constructores como protección de escollera. Servirían para evitar que sus pilares fueran socavados como había ocurrido con los del viejo puente. Sin embargo, como nadie le preguntó por ello, no lo explicó.

Betty tenía más preguntas.

—¿Por qué tu puente es tan largo? El de Elfric empieza en la orilla mientras que el tuyo pasa varios metros por encima de la tierra firme. ¿No es un gasto innecesario?

—Mi puente termina en rampa por ambos extremos —explicó Merthin—. Es para que la gente pueda pisar terreno seco en lugar de ciénaga. Así los carros de bueyes no se hundirán en el barro y no bloquearán el acceso al puente durante una hora entera.

—Es más barato pavimentar el camino —opinó Elfric.

El tono de Elfric empezaba a denotar desespero. Entonces Bill Watkin se puso en pie.

—Me cuesta decidir quién tiene razón y quién no —expuso—. Cuando los dos empiezan a discutir, es muy difícil tomar ninguna decisión. Y si me cuesta a mí, que soy constructor, aún debe de ser peor para los que no entienden del tema. —Se oyó un murmullo aprobatorio. Bill prosiguió—: Me parece que tendríamos que juzgar a los hombres en lugar de los dibujos.

Merthin se temía algo así. Escuchó con desesperanza creciente.

—¿A cuál de los dos conocéis mejor? —preguntó Bill—. ¿En cuál confiáis más? Elfric lleva veinte años trabajando como constructor en la ciudad, desde que era un muchacho. Si observamos las casas que ha levantado, veremos que siguen en pie. También podemos examinar las obras de reparación que ha llevado a cabo en la catedral. Por otra parte, Merthin es muy inteligente, todos lo sabemos, pero también sabemos que se ha ganado fama de pillo y que no terminó la formación como aprendiz. No parece una gran garantía de que sea capaz de hacerse cargo del mayor proyecto de construcción que Kingsbridge arrostra desde que se levantó la catedral. Yo tengo muy claro en quién confío. —Y dicho eso, se sentó.

Muchos hombres se mostraron de acuerdo. No tendrían en cuenta los proyectos sino a las personas. Era completamente injusto.

Entonces intervino el hermano Thomas.

—¿Alguna persona de Kingsbridge ha participado alguna vez en algún proyecto de construcción bajo el agua?

Merthin sabía que la respuesta era negativa. La esperanza invadió su corazón. Eso podía devolverle la ventaja.

Thomas prosiguió:

—Me gustaría saber cómo han resuelto los dos constructores ese problema.

Merthin tenía muy claro cuál era la solución, pero temía que si hablaba primero Elfric se limitara a mostrarse de acuerdo con su propuesta. Apretó los labios con la esperanza de que Thomas, que siempre lo ayudaba, captara el mensaje.

Thomas percibió la mirada de Merthin y dijo:

—Elfric, ¿qué harías tú?

—La respuesta es más fácil de lo que creéis —contestó Elfric—. Sólo hay que verter grava en el lugar del río donde vaya a construirse el pilar. La grava se va acumulando en el fondo y es cuestión de ir echando más y más hasta que la pila sobresalga por encima de la superficie del agua. Luego puede construirse el pilar sobre esos cimientos.

Tal como Merthin suponía, Elfric había aplicado la solución más rudimentaria. Entonces intervino él.

—El método de Elfric presenta dos inconvenientes. El primero es que un montón de grava no es más estable bajo el agua de lo que lo es en tierra. Con el tiempo, cambiará de posición y se aplanará, y cuando eso ocurra, el puente se hundirá. Está bien si se quiere construir un puente que dure unos cuantos años, pero me parece que debemos pensar a largo plazo.

Se oyó un murmullo de conformidad.

—El segundo problema es la forma de la pila. Como es natural, formará un montículo bajo la superficie y eso restringirá el paso de las embarcaciones, sobre todo cuando el río lleve poca agua. Además, los arcos de Elfric ya son bastante estrechos de por sí.

—¿Y qué harías tú? —preguntó Elfric de mal humor.

Merthin se esforzó por no sonreír. Eso era precisamente lo que quería oír: a Elfric admitiendo que no se le ocurría una solución mejor.

—Te lo diré —respondió.

«Y le demostraré a todo el mundo que sé más que el idiota que hizo pedazos mi puerta», se dijo para sus adentros. Miró a su alrededor; todo el mundo lo escuchaba. La decisión dependía de lo que dijera a continuación.

Respiró hondo.

—Primero, cogería una estaca de madera y la clavaría en el lecho del río. Luego iría clavando más estacas una al lado de la otra hasta formar un círculo justo en el lugar en que quisiera construir el pilar.

—¿Un círculo de estacas? —se burló Elfric—. Eso no sirve para frenar el agua.

El hermano Thomas, que había planteado la pregunta, intervino.

—Escúchalo, por favor. Él te ha escuchado a ti.

Merthin prosiguió:

—Después, dispondría un segundo círculo dentro del anterior, dejando una distancia entre ambos de quince centímetros. —Notó que contaba con toda la atención de la audiencia.

—Eso sigue sin impermeabilizar nada —soltó Elfric.

—Cállate, Elfric —le espetó Edmund—. La cosa se pone interesante.

—Luego, llenaría el hueco con argamasa —prosiguió Merthin—. Puesto que el material es más pesado que el agua, la desplazaría. Además, eso serviría para taponar cualquier hueco que hubiera quedado entre las estacas de forma que el círculo quedaría cerrado herméticamente. Se llama ataguía.

En la cámara reinaba un completo silencio.

—Al final, vaciaría el agua de la parte central por medio de baldes hasta despejar el lecho del río y construiría unos cimientos de piedras y argamasa.

Elfric se quedó mudo. Tanto Edmund como Godwyn miraban a Merthin fijamente.

—Gracias a los dos —dijo Thomas—. Por lo que a mí respecta, creo que la decisión es fácil.

—Sí —convino Edmund—. A mí también me lo parece.

A Caris le sorprendió que en un principio Godwyn quisiera que fuera Elfric quien diseñara el puente. Entendía que le pareciera una opción más segura; no obstante, Godwyn era un reformista, no un conservador, y la muchacha esperaba que se entusiasmara con el proyecto inteligente y radical de Merthin. Sin embargo, se había mostrado tímidamente partidario de la opción menos comprometida.

Por suerte, Edmund había sido más hábil que Godwyn y Kingsbridge disfrutaría de un puente bello y bien construido que permitiría que dos carros cruzaran a la vez. Con todo, la preferencia que había demostrado Godwyn por el adulador carente de imaginación en vez de por el osado hombre de talento no presagiaba nada bueno.

Además, Godwyn nunca había sido un buen perdedor. De niño, Petranilla le había enseñado a jugar al ajedrez y le dejaba ganar para infundirle ánimos. Luego él había desafiado a su tío Edmund; sin embargo, tras perder dos partidas se había enfurruñado y se había negado a volver a jugar. Después de la reunión en la sede del gremio, se sentía igual de frustrado;

Caris estaba segura. Era probable que el motivo no radicara en el hecho de sentirse particularmente atraído por el proyecto de Elfric, pero seguro que le molestaba que la decisión le hubiera sido arrebatada de las manos. Al día siguiente, mientras se dirigía junto con su padre a casa del prior, iba pensando en que tendrían problemas.

Godwyn los saludó con frialdad y no les ofreció nada que tomar. Como siempre, Edmund simuló no percatarse del desaire.

—Quiero que Merthin empiece a trabajar en el puente de inmediato —dijo al tomar asiento junto a la mesa del vestíbulo—. Me han ofrecido un préstamo suficiente para cubrir el coste del proyecto completo.

—¿Quién? —lo interrumpió Godwyn.

—Los comerciantes más ricos de la ciudad.

Godwyn seguía mirando a Edmund de forma inquisitiva. Él se encogió de hombros y prosiguió.

—Betty Baxter está dispuesta a prestar cincuenta libras; Dick Brewer, ochenta. Yo ofrezco setenta, y otros once ofrecen diez cada uno.

—No sabía que los habitantes de esta ciudad poseyeran semejantes fortunas —repuso Godwyn. Parecía sentir temor y envidia a la vez—. Dios ha sido muy bueno con ellos.

—Lo bastante bueno para recompensarlos por toda una vida dedicada al trabajo y las preocupaciones —le espetó Edmund.

—Sin duda.

—Por eso necesito garantizarles que vamos a devolverles el dinero. Cuando el puente termine de construirse, los derechos de pontazgo irán a parar a la cofradía gremial y se utilizarán para devolver los préstamos. El problema es quién cobra a las personas que crucen el puente. En mi opinión, debería ser algún sirviente del gremio.

—Sabes que no estoy de acuerdo —dijo Godwyn.

—Ya lo sé. Por eso te planteo la cuestión.

—Me refiero a que yo nunca he dicho que el dinero del derecho de pontazgo vaya a ir a parar a la cofradía gremial.

—¿Cómo?

Caris miró a Godwyn sin dar crédito. Pues claro que lo había dicho... ¿De qué estaba hablando? Había hablado con Edmund y con ella misma y les había asegurado que el hermano Thomas...

—¿Qué? —exclamó la joven—. Nos prometiste que Thomas haría construir el puente si lo elegían prior, así que cuando Thomas se retiró y tú pasaste a ser el candidato, dimos por hecho...

—Disteis por hecho —remarcó Godwyn. Una sonrisa triunfal asomó a sus labios.

Edmund apenas podía contener su ira.

—¡Eso no es justo, Godwyn! —exclamó con voz sofocada—. ¡Sabías cuál era el pacto tácito!

—Yo no sabía nada de eso; además, deberíais llamarme padre prior.

Edmund alzó la voz.

—¡Entonces volvemos a estar igual que hace tres meses con el prior Anthony! La diferencia és que ahora en vez de tener un puente que no cubre nuestras necesidades no tenemos ninguno. Pero no creas que vamos a construirlo sin que a ti te cueste nada. Los ciudadanos están dispuestos a prestar los ahorros de toda su vida al priorato si se les garantiza que les serán devueltos gracias a lo que se recaude con el pontazgo, pero no lo regalarán… padre prior.

—Pues entonces tendrán que arreglárselas sin puente. Acaban de nombrarme prior… ¿Acaso crees que puedo empezar suprimiendo un derecho del que el priorato ha gozado durante varios siglos?

—¡Sólo es una medida temporal! —Edmund explotó—. ¡Si no lo haces nadie ganará dinero con el derecho de pontazgo porque no habrá ningún maldito puente!

Caris estaba furiosa, pero se mordió la lengua y trató de imaginar qué era lo que tramaba Godwyn. Se estaba vengando de lo ocurrido la tarde anterior, pero ¿de verdad era ése su objetivo?

—¿Qué es lo que quieres? —le preguntó.

A Edmund le sorprendió la pregunta, pero no dijo nada. Si hacía que Caris lo acompañara a las reuniones era precisamente porque con frecuencia se daba cuenta de cosas que a él le pasaban inadvertidas y hacía preguntas que a él no se le habrían ocurrido.

—No sé qué quieres decir —contestó Godwyn.

—Nos guardabas una sorpresa —dijo la muchacha—. Y nos has cogido desprevenidos. Muy bien. Admitimos que habíamos dado por hecha una cosa sin tener motivos suficientes. Pero dime, ¿qué te propones? ¿Lo haces sólo para que quedemos como unos estúpidos?

—Sois vosotros los que habéis pedido que nos reuniéramos, no yo.

—¿Qué forma es ésta de tratar a tu tío y a tu prima? —soltó de pronto Edmund.

—Dame un minuto, papá —le pidió Caris. Estaba segura de que Godwyn tenía un plan secreto, pero no estaba dispuesto a admitirlo. «Muy bien —pensó—, tendré que descubrirlo»—. Dame un minuto para pensar —dijo.

Seguro que Godwyn seguía queriendo que se construyera el puente, no tenía sentido que no quisiera que se hiciera. Lo de suprimir los derechos seculares del priorato no era más que una excusa, la plática pomposa que todos los estudiantes aprendían en Oxford. ¿Es que pretendía que Edmund diera su brazo a torcer y se decantara por el proyecto de Elfric? No le parecía probable. Era evidente que a Godwyn le había molestado que Edmund convocara a los ciudadanos sin contar con él, pero tenía que darse cuenta de que Merthin proponía un puente el doble de grande por casi el mismo dinero. ¿Qué otro motivo podía tener?

Tal vez quisiera mejorar el trato.

La muchacha suponía que había estado estudiando a fondo la situación económica del priorato. Había pasado del cómodo papel de recriminarle a Anthony su ineficiencia durante muchos años a la comprometida situación de tener que demostrar que sabía hacer el trabajo mejor que él. Tal vez en realidad no resultara tan fácil como se imaginaba. Tal vez no fuera tan hábil para las finanzas y las gestiones como creía. En su desesperación, quería el puente y el dinero del pontazgo. Pero ¿cómo pensaba conseguirlo?

—¿Qué podemos ofrecerte para que cambies de opinión? —preguntó Caris.

—Construid el puente sin quitarnos el derecho de pontazgo —respondió Godwyn al instante.

Ése era su plan.

«Siempre has sido un poco ladino, Godwyn», pensó.

De pronto, tuvo un momento de inspiración.

—¿De cuánto dinero estamos hablando? —preguntó.

Godwyn la miró con recelo.

—¿Para qué quieres saberlo?

—Podemos deducirlo —dijo Edmund—. Sin contar a los ciudadanos, que no pagan, unas cien personas cruzan el puente cada día de mercado, y los carros pagan dos peniques. Ahora, con la balsa, es mucho menos, claro.

—Pongamos que son ciento veinte peniques a la semana, o diez chelines, lo que supone veintiséis libras al año —calculó Caris.

—Además, hay que contar a los visitantes de la feria del vellón: unos mil el primer día y doscientos más cada día subsiguiente —añadió Edmund.

—Eso son dos mil doscientos; si sumamos los carros, salen unos dos mil cuatrocientos peniques, es decir, unas diez libras. En total, treinta y seis libras al año. —Caris miró a Godwyn—. ¿Es más o menos correcto?

—Sí —admitió el prior de mala gana.

—Así que lo que quieres es que te paguemos treinta y seis libras al año.

—Sí.

—¡Eso es imposible! —exclamó Edmund.

—No creas —repuso Caris—. Supón que el priorato se compromete a cerrar con la cofradía gremial un contrato de arriendo por el puente. —Pensando con rapidez, añadió—: Además de media hectárea de tierra de cada extremo y la isla de en medio. Todo por treinta y seis libras al año, a perpetuidad. —Caris sabía que cuando el puente estuviera construido, aquellas tierras no tendrían precio—. Eso es cuanto queréis, ¿no, padre prior?

—Sí.

Godwyn estaba convencido de que iba a obtener treinta y seis libras al año por algo que no tenía ningún valor. No tenía ni idea de cuánto podía hacerse pagar por una parcela de tierra junto a un puente. «El peor negociador del mundo es aquel que se cree muy listo», pensó Caris.

—Pero ¿cómo se recuperará el gremio del coste de la construcción? —preguntó Edmund.

—Gracias al proyecto de Merthin, la cantidad de personas y carros que cruzan el puente aumentará. En teoría, se duplicará. Todo lo que supere las treinta y seis libras irá a parar al gremio. Podemos construir edificios en ambos extremos para ofrecer servicios a los viajeros: tabernas, establos, tiendas de comestibles… Resultarán muy rentables porque podremos cobrar una importante cantidad por el arriendo.

—No sé —dijo Edmund—. Me parece muy arriesgado.

Por un momento, Caris se puso furiosa con su padre. Se le había ocurrido una solución genial y él no hacía más que buscar problemas donde no los había. Entonces se dio cuenta de que estaba fingiendo. Veía brillar sus ojos de entusiasmo, no conseguía disimular del todo. Al hombre le encantaba la idea, pero no quería demostrarle a Godwyn excesivo interés. Ocultaba sus verdaderos sentimientos por miedo a que el prior quisiera obtener más ventaja de la negociación. El padre y la hija habían utilizado otras veces aquel truco cuando cerraban alguna venta de lana.

Al comprender lo que pretendía, Caris le siguió la corriente y simuló compartir su recelo.

—Sé que es arriesgado —dijo en tono pesimista—. Podríamos perderlo todo. Pero ¿qué otra opción tenemos? Estamos entre la espada y la pared. Si no se construye el puente, nos quedaremos sin negocio.

Edmund sacudió la cabeza con desconfianza.

—Además, no puedo cerrar un trato así en nombre de todo el gremio. Tengo que hablar con las personas que pensaban prestarnos el dinero. No puedo garantizar cuál va a ser su respuesta. —Miró a Godwyn a los ojos—. Pero haré todo lo posible por convencerlas, si ésa es tu última oferta.

De hecho, Godwyn no había hecho ninguna oferta, advirtió Caris; pero ya se le había olvidado.

—Lo es —dijo con firmeza.

«Ya te tenemos», pensó Caris triunfalmente.

—Eres realmente lista —la alabó Merthin.

Se encontraba tendido entre las piernas de Caris, con la cabeza apoyada en su muslo, jugueteando con su vello púbico. Acababan de hacer el amor por segunda vez en su vida y el muchacho lo había disfrutado más incluso que la primera. Mientras se recreaban en el adormecimiento placentero de los amantes satisfechos, ella le explicó cómo había ido la negociación con Godwyn. Merthin estaba impresionado.

—Lo mejor de todo es que cree que ha conseguido cerrar un buen acuerdo. De hecho, el arriendo a perpetuidad del puente y de las tierras colindantes no tiene precio.

—De todas formas, es bastante frustrante pensar que no va a saber administrar mejor el dinero del priorato que tu tío Anthony.

Se encontraban en el bosque, en un calvero oculto entre zarzas y sombreado gracias a la proximidad de unas hayas altas donde el agua de un arroyo sobrepasaba unas rocas y formaba una laguna. Debía de haber sido un lugar de encuentro para los enamorados durante cientos de años. Se habían desnudado y se habían bañado en la laguna antes de hacer el amor sobre la orilla tapizada de hierba. Cualquier persona que atravesara el bosque a escondidas evitaría cruzar los matorrales, así que no era muy probable que los descubrieran; a menos que algún niño acudiera a recoger moras... que era como Caris había dado por primera vez con el claro, según le explicó a Merthin.

—¿Por qué has pedido la isla? —preguntó con despreocupación.

—No estoy segura. Es obvio que no tiene tanto valor como el terreno de ambos extremos del puente, y la tierra no es buena para el cultivo. Pero puede haber alguna manera de sacarle partido. La verdad es que he pensado que no pondría objeciones y por eso la he incluido.

—¿Te harás cargo del negocio de tu padre en el futuro?

—No.

—¿Tan claro lo tienes? ¿Por qué?

—Al rey le resulta demasiado fácil cargar impuestos al comercio de lana. Acaba de imponer un pago extra de una libra por cada costal de lana, eso además del impuesto de dos tercios de libra. Ahora la lana es tan cara que los italianos están empezando a ir a buscarla a otros países, como por ejemplo a Castilla. El negocio está en manos del monarca.

—De todas formas, es una manera de ganarse la vida. ¿Qué harás si no? —Merthin estaba dirigiendo la conversación hacia el matrimonio, un tema que ella nunca sacaba.

—No lo sé. —La muchacha sonrió—. Cuando tenía ocho años, quería ser médico. Creía que si hubiera aprendido medicina, habría podido salvarle la vida a mi madre. Todos se rieron de mí. No me daba cuenta de que sólo a los hombres les estaba permitido ser médico.

—Podrías ser sanadora, como Mattie.

—Eso conmocionaría a la familia. ¡Imagínate lo que diría Petranilla! La madre Cecilia opina que mi destino es ser monja.

Merthin se echó a reír.

—¡Pues anda que si te viera ahora! —Le besó la suave parte interior del muslo.

—Es probable que ella también tenga ganas de hacer lo que estás haciendo tú —soltó Caris—. Ya sabes lo que la gente dice de las monjas...

—¿Por qué cree que te gustaría ingresar en el convento?

—Por lo que hicimos cuando se vino abajo el puente. Yo la ayudé a atender a los heridos. Dice que tengo un don innato para ello.

—Es cierto. Hasta yo me di cuenta.

—Yo me limité a hacer lo que me decía Cecilia.

—Pero la gente parecía sentirse mejor en cuanto tú le hablabas. Y en todo momento los escuchaste antes de decirles lo que debían hacer.

La muchacha se atusó el pelo.

—No puedo ser monja, te tengo demasiado cariño.

Su triángulo velloso era castaño rojizo con reflejos dorados.

—Tienes un pequeño lunar —dijo él—. Justo aquí, a la izquierda, al lado de la abertura.

—Ya lo sé. Lo tengo desde que era pequeña. Antes pensaba que era feo, y me alegré mucho cuando me salio el vello porque pensaba que así mi marido no lo vería. Nunca me imaginé que alguien fuera a observarlo tan de cerca como tú lo haces.

—Fray Murdo creería que eres una bruja... Es mejor que no se lo enseñes.

—No lo haría aunque fuera el único hombre del mundo.

—Ésta es la mancha que te salva de la blasfemia.

—¿De qué hablas?

—En el mundo árabe, toda obra de arte debe tener una pequeña tara para que no sea considerada sacrílega al competir con la perfección de Dios.

—¿Cómo sabes eso?

—Me lo contó uno de los florentinos. Oye, ¿crees que la cofradía gremial querrá la isla?

—¿Por qué lo preguntas?

—Porque me gustaría quedármela para mí.

—Una hectárea y media de terreno lleno de conejos. ¿Para qué la quieres?

—Construiría un muelle y un patio para guardar el material de construcción. Las piedras y los maderos transportados por el río llegarían directamente a mi muelle. Y cuando el puente estuviera terminado, construiría una casa.

—Es una buena idea. Pero no van a regalártela.

—¿Qué te parece si la pido como parte de la retribución por construir el puente? Podría equivaler, por decir algo, a la mitad del salario de dos años.

—Cobras cuatro peniques al día... Así que el precio de la isla sería un poco más de cinco libras. Me parece que el gremio estará encantado de recibir una cantidad así por un pedazo de tierra yerma.

—¿Te parece una buena idea?

—Estoy pensando que podrías construir casas y arrendarlas tan pronto como el puente esté terminado y la gente pueda desplazarse con facilidad hasta la isla y desde ella.

—Sí —convino Merthin con aire pensativo—. Será mejor que se lo proponga a tu padre.

26

De vuelta a Earlscastle al final de una jornada de caza, cuando todos los hombres del séquito del conde Roland estaban de buen humor, Ralph Fitzgerald se sentía feliz.

Cruzaron el puente levadizo como un ejército invasor, caballeros, escuderos y perros. La lluvia caía en forma de suave llovizna y tanto los hombres como los animales agradecían su frescor, pues tenían calor y estaban cansados además de satisfechos. Habían apresado unas cuantas ciervas, bien alimentadas tras la temporada veraniega, que servirían para preparar una opípara comida, además de un gamo grande y viejo cuya carne, demasiado dura, sólo podrían comerse los perros y al que habían cazado por su espléndida cornamenta.

Desmontaron en la parte exterior del edificio, dentro del círculo inferior del foso en forma de un ocho tendido. Ralph desensilló a Griff, le susurró unas cuantas palabras de agradecimiento al oído, le dio de comer una zanahoria y lo entregó a un mozo de cuadra para que lo almohazara. Los ayudantes de cocina se llevaron a rastras los cuerpos bañados en sangre de los venados mientras los hombres rememoraban a voz en grito los incidentes del día entre alardes, mofas y risas, recreándose en los excelentes saltos, las peligrosas caídas y las veces en que las presas habían escapado por un pelo. Los orificios nasales de Ralph se llenaron de un olor que adoraba: la mezcla del sudor de los caballos, el pelo húmedo de los perros, el cuero y la sangre.

Ralph se dio cuenta de que se encontraba junto a lord William de Caster, el primogénito del conde.

—Un gran día de caza —opinó.

—Estupendo —convino William. Se despojó de la gorra y se rascó la calva—. De todos modos, siento que hayamos perdido al viejo Bruno.

Bruno, el líder de la jauría, se había precipitado a matar a la presa unos momentos antes de lo debido. Cuando el gamo ya estaba demasiado extenuado para seguir corriendo y se había vuelto para plantar cara a los sabuesos con las pesadas espaldas cubiertas de sangre, Bruno se había abalanzado sobre su cuello; sin embargo el venado, en un último arranque de provocación, había bajado la cabeza balanceando el cuello musculoso y había atravesado el mullido vientre del perro con los extremos de sus astas. El esfuerzo acabó con el animal salvaje, y al cabo de unos instantes los demás perros ya lo estaban descuartizando, pero al mismo tiempo que el acto le segaba a él la vida, las vísceras de Bruno se enredaron en sus astas como si de una cuerda se tratara y William tuvo que librarlo de su sufrimiento clavándole en la garganta una daga de larga hoja.

—Era un perro muy valiente —lo alabó Ralph, y apoyó una mano en el hombro de William en señal de compasión.

—Tanto como un león —convino William.

Sin pensarlo dos veces, Ralph se decidió a hablarle de sus perspectivas de futuro; no encontraría un momento más apropiado. Había servido a Roland durante siete años, era fuerte y valeroso y había salvado la vida a su señor después de que el puente se viniera abajo. Con todo, aún no lo habían ascendido; seguía siendo escudero. ¿Qué más podían pedirle?

El día anterior se había encontrado con su hermano por casualidad en una taberna del camino que unía Kingsbridge con Shiring. Merthin, que se dirigía a la cantera del priorato, tenía muchas novedades. Iba a encargarse de construir el puente más bello de toda Inglaterra y se haría rico y famoso. Sus padres estaban muy emocionados ante la perspectiva, y eso a Ralph sólo le sirvió para frustrarse más.

Mientras hablaba con lord William, no se le ocurría ninguna manera discreta de introducir el tema que tenía en mente, así que al final optó por exponerlo sin tapujos.

—Hace tres meses que salvé la vida a vuestro padre en Kingsbridge.

—Hay muchas personas que dicen tener ese mismo honor —respondió William. La severa mirada que se plasmó en su rostro le recordó mucho a Roland.

—Yo lo saqué del agua.

—Y Matthew Barber le curó la herida de la cabeza, las monjas le cambiaron el vendaje y los monjes rezaron por él. De hecho, fue Dios quien le salvó la vida.

—Amén —respondió Ralph—. De todas formas, esperaba que se me concediera algún favor.

—Mi padre es un hombre difícil de complacer.

El hermano de William, Richard, sudoroso y con el rostro enrojecido, se encontraba cerca y oyó el comentario.

—Acabas de decir una verdad como una catedral —terció.

—No te quejes —dijo William—. La severidad de nuestro padre nos hizo fuertes.

—Y por lo que recuerdo, también nos amargó la vida.

William se dio media vuelta, era probable que no quisiera discutir sobre aquel tema delante de un subordinado.

Cuando los caballos estuvieron guardados en la cuadra, los hombres avanzaron por el recinto, pasaron junto a la cocina, el cuartel y la capilla, y enfilaron hacia un segundo puente levadizo que conducía a un recinto interior más pequeño y que correspondía al círculo superior del ocho. Allí el conde vivía al estilo tradicional: en la planta baja estaban las bodegas, sobre éstas había una única cámara muy espaciosa y en un pequeño piso superior se encontraban los aposentos privados del conde. Una colonia de grajos habitaba en los árboles que rodeaban el torreón y andaban engallados por las almenas como si de sargentos se tratara, graznando descontentos. Roland se encontraba en la amplia cámara; se había despojado de la sucia indumentaria de caza y ahora lucía un traje de ceremonia de color morado. Ralph se situó junto al conde, decidido a plantearle la cuestión de su ascenso a la mínima oportunidad.

Roland estaba discutiendo cordialmente con la esposa de William, lady Philippa, una de las pocas personas que podían contradecirlo y salir airosas. Hablaban del castillo.

—No creo que haya cambiado nada durante los últimos cien años —opinó Philippa.

—Es porque lo planificaron muy bien —respondió Roland, hablando con la boca ladeada hacia la izquierda—. El enemigo gasta casi todas sus energías en penetrar en la parte inferior del recinto y luego tiene que enfrentarse a una verdadera batalla para alcanzar la torre del homenaje.

—¡Exacto! —exclamó Philippa—. Se construyó pensando en la defensa, no en la comodidad. Pero ¿cuándo fue la última vez que alguien atacó un castillo en esta parte de Inglaterra? Yo no he oído que sucediera algo así en toda mi vida.

—Ni yo tampoco. —En la mitad del rostro que Roland podía mover se dibujó una sonrisa—. Es probable que se deba a que nuestros medios defensivos son muy sólidos.

—Había un obispo que siempre que viajaba iba desparramando bellotas por el camino para protegerse de los leones. Cuando le dijeron que en Inglaterra no había leones él respondió: «Esto es más efectivo de lo que creía».

Roland se echó a reír y Philippa añadió:

—La mayoría de las familias nobles de hoy en día viven en hogares más confortables.

A Ralph no le interesaban nada los lujos, pero sí Philippa. Observó su figura voluptuosa mientras ella hablaba sin prestarle atención. Se la imaginó tendida debajo de él, con su cuerpo desnudo agitándose y gritando de placer, o de dolor, o de ambas cosas a la vez. Si fuera caballero podría tener una mujer como aquélla.

—Debes derribar esta vieja torre y construir una casa moderna —aconsejaba a su suegro—. Una casa que tenga las ventanas grandes y muchos hogares. Podrías situar la cámara principal en la planta baja y los aposentos de la familia en uno de sus extremos, de manera que todos dispongamos de una zona privada para dormir cuando vengamos a visitarte; y la cocina podría emplazarse en el extremo opuesto para que la comida siga estando caliente cuando llegue a la mesa.

De pronto Ralph se dio cuenta de que podía aportar algo a la conversación.

—Yo sé quién podría diseñaros una casa así —dijo.

Se volvieron a mirarlo sorprendidos. ¿Qué sabía un escudero de diseñar casas?

—¿Quién? —preguntó Philippa.

—Mi hermano, Merthin.

La mujer se quedó pensativa.

—¿El muchacho de expresión divertida que me aconsejó que comprara la seda de color verde porque hacía juego con mis ojos?

—No tenía intención de ofenderos.

—No estoy muy segura. ¿Es maestro constructor?

—El mejor —aseguró Ralph con orgullo—. Él diseñó la nueva balsa de Kingsbridge y luego halló la solución para reparar el tejado de St. Mark cuando nadie más era capaz de hacerlo; acaban de encargarle que construya el puente más bello de toda Inglaterra.

—No sé por qué no me sorprende —dijo lady Philippa.

—¿Qué puente? —se interesó Roland.

—El nuevo puente de Kingsbridge. Tendrá arcos de medio punto, como una iglesia. ¡Y será tan ancho que podrán pasar dos carros a la vez!

—No había oído nada —dijo Roland.

Ralph se dio cuenta de que el conde estaba disgustado. ¿Cuál sería el motivo de su enojo?

—Alguien tiene que volver a construir el puente, ¿no es cierto? —dijo Ralph.

—Yo no estoy tan seguro —respondió Roland—. Hoy día no hay suficiente actividad comercial para mantener dos mercados tan cercanos como el de Kingsbridge y el de Shiring. De todos modos, aunque no nos quede más remedio que aceptar que Kingsbridge tenga un mercado, lo que no vamos a consentir es que el priorato intente descaradamente robarle la clientela a Shiring. —Acababa de entrar el obispo Richard, y Roland se volvió en contra de él—. No me habías dicho nada del nuevo puente de Kingsbridge.

—Porque no sabía nada —respondió Richard.

—Pues deberías saberlo, eres el obispo.

La reprobación hizo que Richard se ruborizara.

—El obispo de Kingsbridge siempre ha vivido en Shiring o en sus inmediaciones desde la época de la guerra civil entre el rey Esteban y la emperatriz Matilde, hace dos siglos. Los monjes lo han preferido así, y la mayoría de los obispos también.

—Eso no te exime de estar al tanto. Tendrías que tener una mínima idea de lo que allí ocurre.

—Puesto que no es así, quizá tengas la amabilidad de contarme cuanto sabes.

El tono amable hizo que Roland pasara por alto la descarada insolencia.

—Será lo bastante ancho para que pasen dos carros. Le restará actividad a mi mercado de Shiring.

—Pues yo no puedo hacer nada.

—¿Por qué no? Eres el abad, *ex officio*. Los monjes deben hacer lo que les ordenes.

—Pero la cuestión es que no lo hacen.

—Tal vez te hagan caso si los dejamos sin maestro constructor. Ralph, ¿podrías convencer a tu hermano para que abandone el proyecto?

—Puedo intentarlo.

—Ofrécele una opción mejor. Dile que quiero que construya un nuevo palacio para mí aquí, en Earlscastle.

A Ralph le entusiasmó recibir un encargo especial del conde, pero lo cierto era que no albergaba muchas esperanzas. Nunca había conseguido convencer a Merthin de nada; de hecho, siempre ocurría al revés.

—Muy bien —accedió.

—¿Podrían pasarse sin él?

—Le ofrecieron el trabajo porque nadie más en todo Kingsbridge sabe levantar una construcción bajo el agua.

—Pero es evidente que no es la única persona de Inglaterra que sabe diseñar puentes —dijo Richard.

—De todos modos, si les robamos al constructor seguro que el proyecto se retrasa —observó William—. Es probable no puedan empezar la obra hasta dentro de un año.

—Pues entonces vale la pena —resolvió Roland. Una mirada de odio asomó en la mitad sana de su rostro, y añadió—: Ese prior arrogante necesita que lo pongan en su sitio.

Ralph descubrió que la vida de Gerald y Maud había cambiado. Su madre tenía un vestido nuevo de color verde que se ponía para ir a la iglesia y su padre, unos zapatos de cuero. Una vez en casa, vio que en la lumbre se estaba asando un ganso relleno de manzana cuyo apetecible aroma invadía la pequeña vivienda, y que encima de la mesa había una barra de pan blanco, el más caro de todos.

Enseguida supo que el dinero para costearse todo aquello procedía de Merthin.

—Le pagan cuatro peniques al día, cada día que trabaja en St. Mark —explicó Maud orgullosa—. Y está construyendo una casa nueva para Dick Brewer. Además, mientras tanto también se prepara para levantar el nuevo puente.

A Merthin el trabajo en el puente le reportaba un salario más pequeño, según le explicó a su padre mientras éste trinchaba el ganso, porque como parte del pago iba a quedarse con la isla de los Leprosos. El último afectado por la enfermedad, anciano y postrado en la cama, se había trasladado a una pequeña casa situada en la huerta que los monjes poseían en la margen opuesta del río.

La evidente felicidad de su madre dejó a Ralph un amargo sabor de boca. Desde que era niño, había creído que el futuro de la familia dependía de él. A la edad de catorce años lo habían enviado lejos de su casa para ingresar en la guardia del conde de Shiring, y también entonces creyó que tenía en sus manos la posibilidad de acabar con la humillación a la que se había visto sometido su padre llegando a ser caballero, tal vez barón o incluso conde. Por su parte, Merthin se había formado como aprendiz de carpintero y había iniciado una trayectoria que sólo podía conducir a la familia a un grado aún más bajo de la escala social. Los albañiles nunca llegaban a ser nombrados caballeros.

Por lo menos se consoló al percatarse de que su padre no estaba especialmente admirado por el éxito de Merthin. Mostraba signos de impaciencia cada vez que Maud se ponía a hablar del proyecto de alguna obra.

—Mi hijo mayor parece llevar la sangre de Jack Builder, mi único antepasado de cuna humilde —dijo, y su voz denotaba más asombro que orgullo—. Pero bueno, Ralph, cuéntanos cómo te van las cosas en el palacio del conde Roland.

Por desgracia y de forma inexplicable, Ralph no había conseguido pasar a formar parte de la clase noble mientras que Merthin podía permitirse pagar a sus padres prendas nuevas y cenas carísimas. Ralph sabía que debería sentirse agradecido por el hecho de que uno de los dos hubiera alcanzado el éxito y de que sus padres, aunque siguieran siendo humildes, pudieran disfrutar de cierto desahogo. Sin embargo, por mucho que la conciencia le dictara que debía alegrarse, en su corazón bullía el resentimiento.

Encima tenía que persuadir a su hermano de que abandonara la construcción del puente. El problema de Merthin era que nunca veía las cosas de forma sencilla. No era como los caballeros y los escuderos con los que Ralph había compartido los últimos siete años, hombres hechos a la batalla en cuyo mundo las lealtades estaban claras, el valor era la mayor virtud y todo se reducía a una cuestión de vida o muerte. No quedaba mucho espacio para los pensamientos profundos. En cambio Merthin se lo cuestionaba todo. No era capaz siquiera de jugar una partida de damas sin proponer algún cambio en las reglas.

Les estaba explicando a sus padres por qué había aceptado una hectárea y media de terreno yermo como la mitad de sus honorarios por las obras del puente.

—Todo el mundo cree que esas tierras no valen nada porque están en una isla —dijo—. De lo que no se dan cuenta es de que cuando el puente esté construido la isla se integrará en la ciudad. Los ciudadanos recorrerán el puente igual que ahora recorren la calle principal, y una hectárea y media de terreno tiene mucho valor. Si construyo casas, ganaré una fortuna con el arriendo.

—Para eso tienen que pasar unos cuantos años —observó Gerald.

—Ya ha empezado a generarme ingresos. Jake Chepstow me ha pedido que le arriende un cuarto de hectárea para almacenar madera. Va a transportar troncos desde Gales.

—¿Por qué se va a buscar madera a Gales? —quiso saber Gerald—. El New Forest está más cerca y la madera le saldría más barata.

—Lo lógico sería eso, pero el conde de Shaftesbury cobra derecho de tránsito o algún tipo de tributo cada vez que hay que vadear un río o cruzar un puente dentro de su territorio.

La queja estaba muy extendida. Muchos señores se las apañaban para idear todo tipo de modos de percibir dinero por los bienes que atravesaban su territorio.

Cuando empezaban a comer, Ralph le dijo a Merthin:

—Tengo otra oportunidad para ti. El conde quiere que se construya un nuevo palacio en Earlscastle.

Merthin lo miró con recelo.

—¿Te ha enviado para que me pidas que lo diseñe yo?

—Yo se lo he propuesto. Lady Philippa estaba protestando de lo anticuada que se ha quedado la torre del homenaje y yo le he dicho que conocía a la persona adecuada para proponerle reformarla.

A Maud le entusiasmó la idea.

—¡Eso es maravilloso!

Merthin seguía mostrándose escéptico.

—¿Y el conde te ha dicho que quiere que lo haga yo?

—Sí.

—Es extraordinario. Hace unos pocos meses no había manera de encontrar trabajo y ahora tengo demasiado. Además, Earlscastle está a dos días de distancia. No veo la manera de construir un palacio allí y un puente aquí al mismo tiempo.

—Ah, tendrías que olvidarte del puente —dijo Ralph.

—¿Qué?

—Trabajar para el conde tiene prioridad sobre todo lo demás, por supuesto.

—No tengo muy claro que las cosas funcionen así.

—Hazme caso.

—¿Te lo ha dicho él?

—La verdad es que sí.

Su padre se sumó a la conversación.

—Es una oportunidad fantástica, Merthin —opinó—. ¡Construir el palacio de un conde!

—Claro que lo es —repuso Merthin—. Pero construir un puente en esta ciudad es igual de importante, si no más.

—No seas estúpido —le espetó su padre.

—Te prometo que lo intento —respondió Merthin con sarcasmo.

—El conde de Shiring es uno de los hombres más insignes de estas contradas. Comparado con él, el prior de Kingsbridge es un don nadie.

Ralph cortó un pedazo de muslo de ganso y se lo llevó a la boca, pero apenas podía tragar. Tal como se temía, Merthin no iba a ponérselo fácil. Tampoco aceptaría una consigna de su padre, pues ni siquiera de niño era obediente. Empezó a desesperarse.

—Escucha —dijo—: el conde no quiere que se construya el nuevo puente porque cree que acabará con la actividad comercial de Shiring.

—¡Ajá! —exclamó Gerald—. No irás a oponerte a la voluntad del conde, Merthin.

—Así que eso es lo que hay detrás de este tema, ¿no, Ralph? —inquirió Merthin—. Roland me ofrece el trabajo para evitar que se construya el puente.

—No es sólo por eso.

—Pero ésa es la condición. Si quiero construir el palacio, tengo que olvidarme del puente.

—¡No tienes elección, Merthin! —saltó Gerald exasperado—. El conde no pregunta, ordena.

Ralph tenía claro que una argumentación basada en la autoridad no era la mejor manera de convencer a Merthin.

—No creo que el conde tenga poder sobre el prior de Kingsbridge, que es quien me ha encargado que construya el puente —opinó Merthin.

—Pero sí que tiene poder sobre ti.

—¿De verdad? Él no es mi señor.

—No seas estúpido, hijo. No puedes enfrentarte a un conde y salir airoso.

—No creo que sea conmigo con quien Roland se enfrenta, papá. La disputa es entre el conde y el prior. Roland pretende utilizarme igual que se utiliza un perro en una cacería. Lo mejor será que me mantenga al margen.

—Yo creo que deberías hacer lo que dice el conde. No te olvides de que también es pariente tuyo.

Merthin se decantó por otro argumento.

—¿Se te ha ocurrido pensar la traición que una cosa así supondría para el prior Godwyn?

Gerald emitió un chasquido de indignación.

—¿Qué lealtad le debemos al priorato? Fueron los monjes los que nos sumieron en la penuria.

—¿Y qué me dices de tus vecinos? De la gente de Kingsbridge, junto a la que has vivido durante diez años. Necesitan el puente, es su única posibilidad de supervivencia.

—Nosotros pertenecemos a la nobleza —dijo su padre—. No tenemos por qué atender a las necesidades de unos simples mercaderes.

Merthin asintió.

—Muy bien, tal vez tú lo sientas así, pero yo, como un simple carpintero que soy, no comparto tu punto de vista.

—¡No todo tiene que ver sólo contigo! —saltó Ralph. Se dio cuenta de que no le quedaba más remedio que ser franco—. El conde me ha encomendado esta misión. Si la cumplo con éxito, es posible que me ordene caballero o, como mínimo, señor feudal. Si no, seguiré siendo un simple escudero.

—Es muy importante que todos tratemos de complacer al conde —opinó Maud.

Merthin parecía atribulado. Siempre estaba a punto para enfrentarse a su padre, pero no le gustaba nada discutir con su madre.

—Me he comprometido a construir el puente —dijo—. La ciudad cuenta conmigo. No puedo abandonarlos.

—Claro que puedes —replicó Maud.

—No quiero que en el futuro se me considere poco de fiar.

—Todo el mundo te entenderá si dices que debes darle prioridad al encargo del conde.

—Tal vez lo comprendan, pero eso no me servirá para ganarme su respeto.

—Deberías pensar en tu familia antes que en nadie más.

—He luchado mucho para que me permitan construir ese puente, mamá —insistió Merthin con obstinación—. He trazado un proyecto muy bello y he convencido a todos los ciudadanos para que confíen en mí. No hay nadie más capaz de construirlo, por lo menos no de la forma en que debe hacerse.

—¡Si te enfrentas al conde, Ralph lo sufrirá el resto de su vida! —exclamó ella—. ¿Es qué no te das cuenta?

—No debería permitir que toda su vida dependa de una cosa así.

—Pero así es. ¿Piensas hacer sacrificarse a tu hermano por un simple puente?

—Es como si yo le pidiera a él que deje de luchar para salvar vidas humanas —dijo Merthin.

—Vamos, no compares la labor de un carpintero con la de un hombre de armas —terció Gerald.

Ralph pensó que su padre había obrado con muy poco tacto; eso denotaba su preferencia por el hijo más joven. Se dio cuenta de que Merthin se sentía herido, pues su rostro enrojeció y empezó a morderse el labio para evitar darle una mala contestación.

Tras una pausa, Merthin reanudó la conversación con voz tranquila y Ralph supo que era señal de que había tomado una decisión irrevocable.

—Yo no quería ser carpintero —dijo—. Me habría gustado ser caballero, igual que a Ralph. Ahora sé que el hecho de aspirar a ello era una locura. De hecho, fuiste tú quien decidió lo que yo debía ser y la realidad ha demostrado que se me da bien. Voy a tener éxito en el oficio que tú me obligaste a ejercer y un día construiré el edificio más alto de toda Inglaterra. Tú me hiciste así; lo mejor que puedes hacer es aceptarlo.

Antes de regresar a Earlscastle con las malas noticias, Ralph se estrujó el cerebro para encontrar la manera de convertir el fracaso en triunfo. Si no podía convencer a su hermano para que abandonara el trabajo en el puente, tal vez hubiera alguna otra manera de conseguir que el proyecto se cancelara o se retrasara.

Hablar con el prior Godwyn o con Edmund Wooler no serviría de nada, de eso estaba seguro. Debían de estar más comprometidos a construir el puente incluso que Merthin y, aunque no hubiera sido así, un simple escudero no podría persuadirlos. ¿Qué haría el conde en su lugar? Tal vez enviara a una tropa de caballeros a derribar la construcción hecha por los albañiles, pero eso conllevaría problemas mayores que el que pretendía resolver.

Fue Merthin quien le dio la idea. Había dicho que Jake Chepstow, el mercader de madera que utilizaba la isla de los Leprosos como almacén, transportaba los troncos desde Gales para evitar pagar los tributos que imponía el conde de Shaftesbury.

—Mi hermano cree que debe someterse a la autoridad del prior de Kingsbridge —explicó Ralph a Roland a la vuelta. Y antes de que el conde tuviera tiempo de enfadarse, añadió—: Sin embargo, tal vez haya una forma mejor de retrasar la construcción del puente. La cantera del priorato se encuentra en el corazón de vuestro condado, entre Shiring y Earlscastle.

—Pero pertenece a los monjes —refunfuñó Roland—. El rey les cedió las tierras hace siglos. No podemos impedirles que extraigan piedra de allí.

—Pero sí que podéis cobrarles algún tributo —explicó Ralph. Se sentía culpable por estar saboteando un proyecto que para su hermano significaba tanto. Sin embargo, no tenía más remedio que hacerlo, y ese pensamiento calmó su conciencia—. Tendrán que transportar las piedras a través de vuestro condado. Los carros cargados desgastarán los caminos y removerán el lecho de los vados. Es justo que paguen.

—Se pondrán a chillar como cerdos y se quejarán al rey.

—Dejadlos que lo hagan —le aconsejó Ralph, aparentando mayor confianza de la que sentía—. Eso les llevará tiempo y sólo quedan dos meses para que finalice la temporada de construcción de este año; tendrán que interrumpir el trabajo antes de la primera helada. Con suerte, conseguiréis retrasar la obra del puente hasta el año próximo.

Roland dirigió a Ralph una mirada seria.

—Es posible que te haya subestimado —dijo—. Tal vez valgas para algo más que para sacar del río a condes en apuros.

Ralph disimuló una sonrisa triunfal.

—Gracias, mi señor.

—Pero ¿cómo los obligaremos a satisfacer el pago? Tendríamos que encontrar un cruce, un vado… algún lugar por donde todos los carros se vean forzados a pasar.

—Puesto que sólo nos interesan los bloques de piedra, será suficiente con situar una tropa en el exterior de la cantera.

—Excelente idea —alabó el conde—. Tú podrías dirigirla.

Dos días más tarde, Ralph iba rumbo a la cantera con cuatro hombres de armas montados y dos mozos que guiaban unos cuantos caballos de carga que transportaban tiendas de campaña y comida para una semana. Se sentía satisfecho de sí mismo: le habían encomendado una misión imposible y él la había vuelto a su favor. El conde pensaba que era válido para algo más que para trabajos de rescate. Las cosas mejoraban.

No obstante, se sentía profundamente mal por lo que le estaba haciendo a Merthin. Se había pasado casi toda la noche en blanco recordando su infancia. Siempre había venerado a su inteligente hermano mayor. En aquella época se peleaban con frecuencia, y Ralph se sentía peor cuando ganaba que cuando perdía, aunque luego siempre acababan haciendo las paces. En cambio, las peleas posteriores resultaban más difíciles de olvidar.

No esperaba con demasiada emoción el inminente enfrentamiento con los canteros de los monjes: a un grupo de soldados no le resultaría muy difícil vencerlos. No llevaba consigo a ningún caballero, pues una misión de aquellas características estaba por debajo de su dignidad; sin embargo, contaba con Joseph Woodstock, de quien sabía que era duro de pelar, y con tres hombres más. De todos modos, tenía ganas de que todo terminara para ver cumplido el objetivo.

Acababa de amanecer. Habían acampado la noche anterior en el bosque, a pocos kilómetros de la cantera. Ralph planeaba llegar a tiempo de interceptar el primer carro que tratara de salir de allí de buena mañana.

Los caballos avanzaron con facilidad por un camino embarrado por el continuo paso de los bueyes y profundamente surcado por las ruedas de pesados carros. El sol apareció en un cielo lleno de nubes de lluvia separadas por retazos de color azul. La comitiva de Ralph estaba de buen humor, animada por la perspectiva de ejercer su poder contra hombres desarmados sin correr grandes riesgos.

Ralph percibió un olor de madera quemada y luego observó el humo de varias hogueras ascender entre los árboles. Poco después, el camino se ensanchaba y daba paso a un calvero fangoso frente al mayor hoyo en la tierra que jamás había visto. Tenía cien metros de ancho y abarcaba una longitud de al menos medio kilómetro. Una rampa cubierta de barro conducía a las tiendas y cabañas de madera de los canteros, quienes se encontraban apiñados junto a las hogueras preparando el desayuno. Unos pocos estaban ya trabajando, diseminados a lo lejos por el lugar, y Ralph oyó su sordo martilleo al introducir las cuñas en las grietas y separar así los grandes bloques de piedra de la masa rocosa.

La cantera se encontraba a un día de distancia de Kingsbridge, por lo que la mayoría de los peones llegaba allí por la tarde y se marchaba a la mañana siguiente. Ralph observó varios carros salpicados por la cantera, algunos cargados con bloques de piedra y uno avanzando ya lentamente junto a la excavación en dirección a la rampa de salida.

Los canteros levantaron la cabeza al percibir el ruido de los caballos, pero ninguno se acercó. Los peones nunca tenían prisa por entablar conversación con hombres de armas. Ralph aguardó pacientemente. Aquel lugar sólo parecía contar con una salida: la larga cuesta embarrada que llevaba hasta él.

El primer carro empezó a avanzar pesadamente por la cuesta. El hombre que lo conducía apremiaba al buey con una fusta de larga correa y éste iba situando un pie delante del otro con queda resignación. En la plataforma se apilaban cuatro enormes piedras talladas de forma basta que presentaban una incisión con la marca de quien las había extraído de la cantera. La producción de cada peón se contabilizaba una vez en la cantera y otra en el lugar de la construcción, y éste recibía una cantidad de dinero por cada piedra.

Cuando el carro estuvo más cerca, Ralph vio que el hombre que lo conducía era de Kingsbridge; se llamaba Ben Wheeler. Guardaba cierto parecido con su buey: tenía el cuello muy grueso y los hombros muy anchos, y su rostro mostraba la misma expresión hostil y aburrida. Ralph supuso que opondría resistencia, pero conseguirían someterlo.

Ben guió el buey hasta la hilera de caballos que bloqueaba el camino. En lugar de detenerse a cierta distancia, permitió que el animal se acercara más y más. Los équidos no eran corceles entrenados para el combate sino simples caballos de silla, y empezaron a bufar agitados y a retroceder. El buey se detuvo por iniciativa propia.

La actitud de Ben irritó a Ralph, quien empezó a gritarle.

—Eres un mostrenco engreído.

—¿Por qué os ponéis en mitad de mi camino? —preguntó Ben.

—Para cobrar el tributo.

—No existe ningún tributo.

—Sí, para transportar las piedras por el territorio del conde de Shiring es necesario pagar un penique por carro.

—Yo no tengo dinero.

—Pues tendrás que conseguirlo.

—¿Pensáis barrarme el paso?

Aquel zopenco no demostraba el miedo que Ralph esperaba, lo que intensificó su furia.

—No te atrevas a dudar de mí —le advirtió—. Las piedras se quedarán aquí hasta que alguien pague el tributo correspondiente.

Ben se lo quedó mirando un buen rato y Ralph tuvo la certeza de que el hombre se estaba planteando derribarlo de un puñetazo.

—No tengo dinero —repitió al fin.

Ralph sentía ganas de atravesarlo con su espada, pero dominó su impulso.

—No quieras parecer más estúpido de lo que eres —respondió con desdén—. Ve a hablar con el capataz y dile que los hombres del conde no te dejan salir.

Ben siguió mirándolo unos instantes más mientras reflexionaba sobre lo que acababa de oír. Luego, sin pronunciar palabra, se dio media vuelta y descendió por la pendiente dejando allí su carro.

Ralph estaba que echaba chispas. Aguardó sin apartar la vista del buey.

Ben entró en una cabaña de madera situada hacia la mitad de la longitud de la cantera. Minutos después, salió acompañado de un hombre menudo vestido con una túnica marrón. Al principio Ralph supuso que el hombre era el capataz de la cantera, pero la figura le resultaba familiar. Al acercarse, descubrió que se trataba de su hermano, Merthin.

—Oh, no —exclamó en voz alta.

No estaba preparado para una cosa así. La vergüenza lo torturaba mientras observaba a Merthin ascender por la larga cuesta. Sabía que al acudir allí estaba traicionando a su hermano, pero no esperaba que Merthin fuera testigo de ello.

—Hola, Ralph —lo saludó Merthin al aproximarse—. Ben dice que no le dejáis pasar.

Merthin siempre salía vencedor en las disputas entre los dos, recordó Ralph con desaliento. Decidió adoptar una actitud formal. Eso le serviría para ocultar sus emociones; además, sería difícil que tuviera problemas si se limitaba a comunicar las instrucciones que había recibido.

—El conde ha decidido ejercer su derecho de imponer una tasa por las partidas de piedra que se transporten por sus caminos —dijo con frialdad.

Merthin hizo caso omiso de las palabras de Ralph.

—¿No piensas bajarte del caballo para hablar con tu hermano?

Ralph habría preferido seguir montado, pero no estaba dispuesto a rehusar lo que parecía una especie de desafío, así que se apeó. Una vez abajo, se sintió como si ya estuviera derrotado.

—No existe ningún tributo sobre las piedras de esta cantera —dijo Merthin.

—Ahora sí.

—Los monjes llevan explotando este lugar siglos enteros. La catedral de Kingsbridge se construyó con piedras de aquí y entonces no se gravó nada.

—Tal vez el conde perdonara entonces el tributo por tratarse de una iglesia —improvisó Ralph—. Pero un puente es distinto.

—Lo que ocurre es que no quiere que en la ciudad se construya un nuevo puente; ése es el verdadero motivo. Primero te envió para que me convencieras, y al no surtir efecto se ha inventado un impuesto. —Merthin miraba a Ralph con aire pensativo—. Ha sido idea tuya, ¿verdad?

Ralph se sintió muy avergonzado. ¿Cómo lo habría descubierto?

—¡No! —gritó, pero notó que se ruborizaba.

—Veo en tu rostro que sí. Seguro que fui yo quien te hizo caer en la cuenta al hablarte de que Jake Chepstow importaba los troncos de Gales para evitar pagar el tributo al conde de Shaftesbury.

Ralph se sentía cada vez más idiota y enfadado.

—No tiene nada que ver con eso —aseguró con tozudez.

—Tú me reprochabas haber antepuesto el puente a mi hermano, en cambio te parece bien desmoronar mis esperanzas por tu conde.

—Da igual de quién fuera la idea, el conde ha decidido imponer un tributo por el transporte de piedra.

—Pero no tiene derecho a hacerlo.

Ben Wheeler seguía la conversación sin perder detalle, situado detrás de Merthin con las piernas separadas y los brazos en jarras. Se dirigió a éste:

—¿Dices que estos hombres no tienen derecho a impedirme el paso?

—Eso es exactamente lo que he dicho —aseguró Merthin.

Ralph habría advertido a Merthin que era un error tratar a aquel hombre como si fuera inteligente. La interpretación que Ben hizo de aquellas palabras lo llevaron a creer que podía marcharse. Hizo restallar el látigo en el lomo del buey. El animal introdujo la cabeza en el yugo de madera y levantó la carga.

—¡Alto! —gritó Ralph irritado.

—¡Arriba! —exclamó Ben, volviendo a hacer restallar el látigo en el lomo del buey.

El animal tiró con más fuerza y el carro avanzó con una sacudida que sobresaltó a los caballos. El de Joseph Woodstock empezó a relinchar y a encabritarse con la mirada perdida.

Joseph tensó las riendas y consiguió dominar el caballo. Luego, extrajo de la alforja un gran garrote.

—Haz caso cuando te ordenen que te quedes quieto —amenazó a Ben. Obligó a su caballo a avanzar y empezó a blandir el garrote.

Ben esquivó el golpe, aferró el arma y tiró de ella.

Joseph, que ya se había escurrido un poco de la silla, acabó de perder el equilibrio a causa del tirón y se cayó del caballo.

—¡Oh, no! —gritó Merthin.

Ralph sabía muy bien a qué se debía la consternación de su hermano. Un hombre de armas no pasaría por alto una humillación semejante, así que la violencia estaba asegurada. Él, sin embargo, no lo sentía en absoluto. Su hermano no había tratado a los hombres del conde con la deferencia que merecían y ahora tendría que afrontar las consecuencias.

Ben sostenía el garrote de Joseph con las dos manos. El hombre de armas se puso en pie y, al ver que Ben blandía el arma, quiso extraer su daga. Pero Ben fue más rápido que él; seguro que el cantero había librado alguna batalla en el pasado, pensó Ralph. Agitó el palo y propinó un tremendo golpe en la cabeza a Joseph, quien cayó al suelo y quedó inmóvil.

Ralph empezó a bramar enfurecido. Desenvainó la espada y corrió hacia el cantero.

—¡No! —gritó Merthin.

Ralph hirió a Ben en el pecho, clavándole la espada entre las costillas con toda la fuerza de que fue capaz. El arma atravesó el cuerpo fornido del cantero y sobresalió por la espalda. Ben cayó al suelo y, en cuanto Ralph extrajo la espada, la sangre empezó a brotar del cuerpo del cantero como de una fuente. A Ralph lo invadió una triunfal oleada de satisfacción, se habían acabado para siempre las insolencias por parte de Ben Wheeler.

Se arrodilló junto a Joseph. Los ojos del hombre carecían de vida y su corazón no latía. Estaba muerto.

Por una parte, eso era bueno, pues le ahorraría explicaciones. Ben Wheeler había asesinado a uno de los hombres del conde y había muerto por ello. Nadie lo consideraría una injusticia, y aún menos el conde Roland, que no tenía piedad con aquellos que desafiaban su autoridad.

Merthin, en cambio, no lo veía igual que él. Tenía el rostro crispado por el dolor.

—¿Qué has hecho? —preguntó sin dar crédito—. ¡Ben Wheeler tiene un hijo de dos años! ¡Se llama Bennie!

—Pues lo mejor que puede hacer la viuda es tener más cuidado al volver a elegir marido —soltó Ralph—. Más vale que el próximo sepa mantenerse en su sitio.

27

La cosecha era pobre. El sol había lucido tan poco durante el mes de agosto que el grano apenas había madurado cuando llegó septiembre. En la aldea de Wigleigh, los ánimos estaban por los suelos. No se respiraba la euforia típica del tiempo de cosecha; no había danzas, ni bebida, ni idilios espontáneos. Los cultivos húmedos tenían muchas posibilidades de acabar pudriéndose y muchos aldeanos pasarían hambre antes de que llegara la primavera.

Wulfric recogía la cebada bajo una lluvia torrencial; iba guadañando los altos tallos mientras Gwenda andaba tras él atando las gavillas. El primer día soleado de septiembre empezaron a cosechar el trigo, el cereal más preciado, con la esperanza de que el buen tiempo durara lo suficiente para secarlo.

En algún momento, Gwenda se apercibió de que a Wulfric lo dominaba la furia. La súbita pérdida de toda su familia lo había hecho encolerizarse. Si hubiera podido, habría culpado a alguien de su dolor, pero el derrumbamiento del puente parecía producto del azar, una acción llevada a cabo por los espíritus malignos o un castigo de Dios, así que el único modo que tenía de canalizar su pasión era trabajar. Gwenda, por su parte, estaba dominada por un amor que era igual de intenso.

Se dirigían a los campos al despuntar el alba y no cesaban hasta que la oscuridad les impedía ver. Gwenda se acostaba cada día con dolor de espalda y se despertaba cuando oía a Wulfric cerrar de golpe la puerta de la cocina antes del amanecer. Aun así, eran los más rezagados.

Poco a poco, Gwenda fue notando un cambio en la actitud de los aldeanos con respecto a Wulfric y a ella misma. Durante toda su vida la gente la había mirado por encima del hombro por tratarse de la hija del hombre de mala fama llamado Joby, y las mujeres la habían condenado aún más al darse cuenta de que pretendía arrancar a Wulfric de los brazos de Annet. Por otra parte, aunque resultaba difícil que Wulfric causara mala impresión a alguien, algunas personas tenían la sensación de que sus ansias por heredar una extensión tan grande de terreno eran señal de avaricia y de falta de sentido práctico. Sin embargo, la gente no podría por menos de mostrarse impresionada ante los esfuerzos de ambos por sacar adelante la cosecha. Una pareja de jóvenes trataba de abarcar el trabajo de tres hombres, y las cosas les estaban yendo mejor de lo que nadie esperaba. Los hombres empezaron a mirar a Wulfric con admiración, y las mujeres a compadecerse de Gwenda.

Al final los aldeanos acudieron a ofrecerles ayuda. El sacerdote, el padre Gaspard, hacía la vista gorda con respecto al hecho de que trabajaran los domingos. Cuando la familia de Annet hubo obtenido su cosecha, su padre, Perkin, y su hermano, Rob, se pusieron a trabajar con Gwenda en las tierras de Wulfric. Incluso la madre de Gwenda, Ethna, se dejó caer por allí. Mientras acarreaban las últimas gavillas de cebada, el tradicional ánimo del tiempo de cosecha se dejó entrever: todos entonaban canciones populares mientras avanzaban tras la carreta de camino a casa.

Annet también se encontraba allí; era la excepción al dicho que sostenía que si se quería bailar para la cosecha antes había que caminar tras el arado. Iba al lado de Wulfric, y estaba en su derecho puesto que era oficialmente su prometida. Gwenda los observaba desde atrás, y se apercibía con amargura del contoneo de caderas de la muchacha, de su forma de ladear la cabeza y de reír graciosamente ante cualquier comentario de él. ¿Cómo podía ser tan estúpido de prendarse de ella? ¿Acaso no veía que Annet no había trabajado en sus tierras?

Aún no se había decidido cuándo se celebraría la boda. Perkin era muy sagaz y no permitiría que su hija se comprometiera hasta que el tema de la herencia estuviera resuelto.

Wulfric había demostrado su capacidad para labrar la tierra, nadie podía ponerlo en duda. Su edad había pasado a ser una cuestión menor y ahora el único obstáculo era la transmisión de bienes. ¿Sería capaz el muchacho de ganar suficiente dinero para pagar el tributo? Todo dependía de cuánto obtuviera por la cosecha. La siega no había resultado abundante, pero si el clima había sido malo en general, era probable que el trigo se encareciera. En circunstancias normales, una próspera familia de campesinos podía permitirse ahorrar para pagar la transmisión de bienes; por desgracia, los ahorros de la familia de Wulfric habían ido a parar al fondo del río de Kingsbridge, así que el asunto no estaba ni mucho menos resuelto. Y Gwenda seguía soñando con que Wulfric heredara las tierras y, de algún modo, acabara depositando en ella su cariño. Todo podía ocurrir.

Mientras descargaban la cosecha en el granero, llegó Nathan Reeve. El jorobado alguacil se mostraba muy entusiasmado.

—¡Venid a la iglesia, rápido! —los instó—. ¡Venid todos! Dejad lo que estáis haciendo.

—No pienso dejar los cereales al aire libre… Podría ponerse a llover —dijo Wulfric.

—Metamos el carro dentro —propuso Gwenda—. ¿A qué vienen tantas prisas, Nate?

El alguacil ya estaba desalojando la casa contigua.

—¡El nuevo señor está a punto de llegar! —exclamó.

—¡Espera! —Wulfric corrió tras él—. ¿Me recomendarás para la herencia?

Todo el mundo guardó silencio y los observó a la espera de la respuesta.

De mala gana, Nathan se volvió y se situó frente a Wulfric. Se veía obligado a levantar la cabeza para mirarlo a los ojos, pues Wulfric le sacaba treinta centímetros.

—No lo sé —dijo despacio.

—He demostrado que soy capaz de labrar la tierra, puedes verlo con tus propios ojos. ¡Mira dentro del granero!

—Lo has hecho bien, no tengo nada que objetar al respecto. Pero ¿podrás pagar la transmisión de bienes?

—Depende del precio del trigo.

Annet intervino.

—¡Papá! —instó.

Gwenda se preguntaba qué ocurriría a continuación.

Perkin pareció vacilar.

Annet volvió a apremiar al hombre.

—Recuerda lo que me prometiste.

—Lo recuerdo —dijo Perkin al final.

—Pues díselo a Nate.

Perkin se volvió hacia el alguacil.

—Yo me comprometo a pagar la transmisión de bienes si el señor permite que Wulfric reciba la herencia.

Gwenda se tapó la boca con la mano.

—¿Tú pagarás por él? —se extrañó Nathan—. El tributo asciende a dos libras y diez chelines.

—Si no tiene suficiente dinero, le prestaré cuanto le falte. Claro que antes tendrá que casarse.

Nathan bajó la voz.

—¿Y… qué más?

Perkin dijo algo en un tono tan bajo que Gwenda no pudo oírlo; de todas formas, imaginaba de qué se trataba. Seguro que Perkin había ofrecido a Nathan una cantidad para sobornarlo, probablemente una décima parte del tributo, lo que equivalía a cinco chelines.

—Muy bien —convino Nathan—. Haré la recomendación. Ahora haced el favor de acudir a la iglesia, ¡rápido! —Y se marchó a toda prisa.

Wulfric sonrió de oreja a oreja y besó a Annet. Todos le estrecharon la mano.

Gwenda tenía el corazón destrozado, pues todas sus esperanzas acababan de hacerse añicos. Annet había sido muy lista. Había convencido a su padre para que le prestara a Wulfric el dinero que necesitaba, así el muchacho heredaría las tierras… y se casaría con ella.

Gwenda se esforzó por ayudarlo a meter el carro dentro del granero. Luego, siguió a la feliz pareja por la aldea, camino de la iglesia. Todo había terminado. Era poco probable que un nuevo señor que no conocía a los aldeanos contraviniera el consejo de su alguacil en una cuestión como aquélla. El hecho de que Nathan se hubiera prestado a negociar una cantidad indicaba que confiaba en el resultado.

En parte la culpa era suya, por supuesto. Se había deslomado para que Wulfric obtuviera su cosecha con la vana esperanza de que éste se diera cuenta de que sería mucho mejor esposa que Annet. Se había pasado todo el verano cavando su propia tumba, observó mientras atravesaban el cementerio en dirección a la puerta de la iglesia. Sin embargo, volvería a hacerlo. No habría sido capaz de verlo luchar en solitario. Ocurriera lo que ocurriese, él siempre sabría que ella había luchado a su lado, pensó. Aunque eso no era un gran consuelo.

La mayoría de los aldeanos ya se encontraban en la iglesia. No había hecho falta que Nathan los apremiara mucho, estaban ansiosos por ser de los primeros en presentar sus respetos al nuevo señor y sentían curiosidad por ver cómo era: joven o viejo, feo o atractivo, jovial o amargado, inteligente o estúpido; y, lo más importante: cruel o de buen corazón. Todo lo referente a él afectaría a sus vidas mientras fuera el señor, período que podía durar años, incluso decenios enteros. Si era razonable, podría hacer muchas cosas para convertir Wigleigh en una aldea feliz y próspera. Si era necio, tomaría decisiones inapropiadas y gobernaría con injusticia, impondría tributos opresivos y castigos severos. Y una de sus primeras decisiones sería permitir o no a Wulfric obtener su herencia.

El murmullo se fue apagando y se oyó el tintineo de unos arreos. Gwenda distinguió la voz de Nathan, queda y sumisa, y a continuación el tono autoritario de un señor: un hombre distinguido, pensó, seguro de sí mismo, pero joven. Todo el mundo se volvió hacia la puerta de la iglesia, y ésta se abrió.

Gwenda trató de sofocar un grito de estupor.

El hombre que entró dando grandes zancadas no tenía más de veinte años. Iba bien vestido, con una costosa sobrevesta de lana, y armado con una espada y una daga. Era alto y su expresión denotaba orgullo. Parecía satisfecho de ser el nuevo señor de Wigleigh, aunque una chispa de inseguridad asomaba a su altiva mirada. Tenía el pelo oscuro y ondulado, y la nariz rota desfiguraba su atractivo rostro.

Era Ralph Fitzgerald.

La primera audiencia de Ralph como señor de Wigleigh tuvo lugar al domingo siguiente.

En su fuero interno, Wulfric se sentía abatido. Gwenda se habría echado a llorar cada vez que lo miraba. Deambulaba con los ojos clavados en el suelo y los anchos hombros hundidos. Durante todo el verano se había mostrado incansable, había trabajado las tierras con la resignada constancia de un caballo que tirara del arado. Ahora, no obstante, parecía agotado. Había hecho todo cuanto un hombre podía hacer; sin embargo, su suerte dependía de alguien que sólo abrigaba animadversión hacia él.

A Gwenda le habría gustado poder dirigirle una palabra de aliento para tratar de levantarle el ánimo, pero la verdad era que compartía su pesimismo. Los señores solían ser mezquinos y vengativos, y en Ralph no había nada que la hiciera decantarse por pensar que se conduciría con magnanimidad. De niño, era estúpido y brutal. Nunca olvidaría el día que había matado a su perro con el arco y la flecha de Merthin.

Nada parecía indicar que hubiera mejorado desde entonces. Se había trasladado a la casa señorial junto con su secuaz, un escudero joven y fornido llamado Alan Fernhill, y ambos se dedicaban a beberse el mejor vino, comerse los pollos y estrujar los senos de las sirvientas con la despreocupación propia de los de su clase.

La actitud de Nathan Reeve confirmó sus temores. El alguacil no se había molestado en negociar una cantidad importante, lo cual era señal inequívoca de que esperaba fracasar.

También Annet parecía tener una visión poco esperanzada del futuro de Wulfric. Gwenda observó en ella un cambio evidente. Ya no se sacudía el pelo con tanto brío ni caminaba con aquel característico contoneo de caderas, y el cantarín sonido encadenado de su risa no se dejaba oír tan a menudo. Gwenda esperaba que Wulfric no apreciara la transformación: ya tenía bastantes motivos para sentirse pesimista. Sin embargo, tenía la impresión de que por las noches el muchacho no se marchaba de casa de Perkin tan tarde como acostumbraba, y cuando volvía a la suya se mostraba taciturno.

Ese domingo por la mañana le sorprendió descubrir que Wulfric aún albergaba una remota esperanza. Cuando finalizó el oficio y el padre Gaspard cedió la palabra a lord Ralph, vio que Wulfric había cerrado los ojos y movía los labios, probablemente para ofrecer una plegaria a su santa favorita, la Virgen María.

Todos los aldeanos se encontraban en la iglesia, por supuesto, incluidos Joby y Ethna. La muchacha no se situó junto a sus padres. A veces hablaba con su madre, pero sólo cuando su padre no andaba cerca. Joby presentaba un intenso enrojecimiento en la zona de la mejilla que ella le había quemado con el leño ardiente. Nunca la miraba a los ojos. La muchacha aún le tenía miedo, pero notaba que ahora el hombre también le tenía miedo a ella.

Ralph se sentó en el gran sitial de madera y miró a sus siervos con la expresión inquisitiva de un comprador en una feria de ganado. El acto de ese día consistía en una serie de anuncios. Nathan comunicó el plan para recolectar la cosecha procedente de las tierras del señor, estipulando qué días de la semana subsiguiente los diferentes aldeanos debían cumplir con la acostumbrada imposición. No hubo lugar a protestas. Estaba claro que Ralph no pretendía gobernar aplicando el consenso.

Había otros detalles de ese tipo de los que Nathan debía encargarse cada semana: en Hundredacre debían terminar de espigar el lunes por la noche para que el ganado pudiera pastar en los rastrojos el martes por la mañana, y la labranza otoñal empezaría en Long Field el miércoles. Normalmente tenían lugar pequeñas controversias sobre los planes y los aldeanos más discutidores siempre encontraban motivos para proponer algún cambio, pero ese día todo el mundo guardaba silencio a la espera de conocer un poco más al señor.

El momento decisivo estuvo a punto de pasar inadvertido. Como si de un simple plan de trabajo más se tratara, Nathan anunció:

—A Wulfric no se le permitirá heredar las tierras de su padre por tener sólo dieciséis años.

Gwenda se quedó mirando a Ralph, quien trataba de disimular una sonrisa triunfal. Se llevó la mano al rostro —la muchacha creía que de modo inconsciente— y se palpó la nariz rota.

Nathan prosiguió:

—Lord Ralph deliberará qué debe hacerse con las tierras y emitirá su veredicto más adelante.

Wulfric refunfuñó lo bastante alto para que lo oyera todo el mundo. Ya se temía cuál iba a ser la decisión, pero la confirmación resultaba amarga. Gwenda lo vio dar la espalda a la multitud congregada en la iglesia para ocultar el rostro y apoyarse en la pared como para evitar caerse al suelo.

—Eso es todo por hoy —concluyó Nathan.

Ralph se puso en pie y avanzó despacio por el pasillo, volviendo continuamente la vista hacia el afligido Wulfric. ¿Qué clase de señor era aquel cuyo primer impulso era utilizar el poder para vengarse?, pensó Gwenda. Nathan siguió a Ralph sin levantar la vista del suelo, pues sabía que acababa de cometerse una injusticia. En cuanto ambos salieron de la iglesia se produjo un rumor de voces. Gwenda no hizo ningún comentario, sino que se limitó a mirar a Wulfric.

El muchacho se dio media vuelta, llevaba el sufrimiento esculpido en el rostro. Recorrió la multitud con la mirada y topó con Annet, que parecía furiosa. Gwenda la observó, a la espera de que posara sus ojos en los de Wulfric, pero parecía decidida a no mirarlo. Se preguntaba qué pensamientos debían de atravesar su mente.

Annet se dirigió a la puerta con la cabeza muy alta. Su padre, Perkin, y el resto de la familia la siguieron. ¿Acaso no pensaba dirigirle la palabra a Wulfric?

A él debió de asaltarlo la misma duda, pues se dispuso a seguirla.

—¡Annet! —la llamó—. Espera.

El lugar quedó en silencio.

Annet se volvió y Wulfric se detuvo ante ella.

—A pesar de todo vamos a casarnos, ¿no? —preguntó.

Gwenda se estremeció al oír el indigno tono de súplica de su voz. Annet se lo quedó mirando, aparentemente a punto de hablar, pero comoquiera que al cabo de un buen rato todavía no había dicho nada, fue Wulfric quien volvió a intervenir:

—Los señores necesitan buenos siervos para trabajar la tierra. Tal vez Ralph me conceda una parcela más pequeña…

—Le rompiste la nariz —respondió Annet con acritud—. Nunca te dará nada.

Gwenda recordó lo complacida que se había mostrado Annet aquel día al ver que dos hombres se peleaban por ella.

—Pues entonces seré jornalero. Soy fuerte y nunca me faltará trabajo.

—Pero serás pobre toda tu vida. ¿Es eso lo que me ofreces?

—Estaremos juntos, tal como soñábamos aquel día en el bosque, cuando me dijiste que me amabas. ¿No lo recuerdas?

—¿Y qué vida me espera casándome con un jornalero sin tierras? —preguntó Annet enojada—. Yo te lo diré. —Levantó el brazo y señaló a la madre de Gwenda, Ethna, que se encontraba de pie junto a Joby y a sus tres pequeños—. Me volvería igual que ella: con cara de amargada y más flaca que el palo de una escoba.

A Joby eso le molestó. Blandió el brazo amputado y amenazó a Annet con el muñón.

—Controla tu lengua, lagartón arrogante.

Perkin se situó delante de su hija e hizo un ademán con las manos para aplacarlo.

—Perdónala, Joby, está nerviosa, no ha querido ofenderte.

—Con todos mis respetos hacia Joby, yo no soy como él, Annet —replicó Wulfric.

—¡Sí que lo eres! —exclamó ella—. No posees tierras. Él es pobre por eso, y por eso lo serás tú también; tus hijos pasarán hambre y tu esposa llevará una vida triste.

Era cierto. En las épocas de vacas flacas siempre eran los pobres los primeros en sufrir. La mejor manera de ahorrar dinero era despedir a los jornaleros. Con todo, a Gwenda le costaba creer que una mujer despreciara la oportunidad de pasar su vida junto a Wulfric.

Y sin embargo, eso era lo que parecía estar haciendo Annet.

A Wulfric también se lo pareció. Con todo su dolor, aventuró:

—¿Ya no me amas?

Había perdido toda su dignidad y tenía un aspecto patético. No obstante, Gwenda sintió más amor por él en esos momentos del que nunca antes había sentido.

—Del amor no se come —respondió Annet, y salió de la iglesia.

Dos semanas más tarde, Annet se casaba con Billy Howard.

Gwenda asistió a la boda, al igual que todos los aldeanos salvo Wulfric. A pesar de la pobre cosecha, ofrecieron un buen festín. Con aquel matrimonio se unían dos propiedades: las cuarenta hectáreas de Perkin y las dieciséis de Billy. Además, Perkin le había pedido a Ralph que le entregara las tierras de la familia de Wulfric. Si accedía, los hijos de Annet podrían heredar casi la mitad de la aldea. Pero Ralph se había marchado a Kingsbridge después de prometer que comunicaría su decisión en cuanto regresara.

Perkin destapó un barril de la mejor cerveza de su esposa y sacrificó una vaca. Gwenda comió a dos carrillos y bebió hasta ahogar al diablo. Su futuro era demasiado incierto para permitirse rechazar buenos alimentos.

Jugó con sus hermanas pequeñas, Cathie y Joanie, a tirar y recoger una bola de madera. Luego sentó al pequeño Eric en su regazo y le cantó canciones. Al cabo de un rato, su madre se sentó a su lado y le preguntó:

—¿Qué piensas hacer ahora?

En lo más profundo de su corazón, Gwenda no había perdonado del todo a Ethna. Hablaron, y su madre, preocupada, le hizo preguntas. Gwenda seguía resentida con ella por el hecho de que hubiera perdonado a Joby, pero le respondió.

—Viviré en el granero de Wulfric todo el tiempo que sea posible —dijo—. Tal vez pueda quedarme allí para siempre.

—¿Y si Wulfric se marcha? Me refiero a si, por ejemplo, abandona la aldea.

—No lo sé.

De momento, Wulfric seguía trabajando en el campo; araba para cubrir los rastrojos y gradaba el barbecho de las tierras que habían pertenecido a su familia. Gwenda le ayudaba. Nathan les pagaba el jornal estipulado puesto que no recibirían nada de la siguiente cosecha. El hombre prefería que siguieran allí ya que de otro modo las tierras se deteriorarían en poco tiempo. Continuarían así hasta que Ralph anunciara quién era el nuevo terrateniente. Entonces Wulfric y Gwenda tendrían que ofrecerle a él sus servicios.

—¿Dónde está Wulfric? —preguntó Ethna.

—Supongo que no tiene ganas de celebrar la boda.

—¿Qué siente por ti?

Gwenda dirigió a su madre una mirada inocente.

—Dice que soy la mejor amiga que ha tenido jamás.

—¿Y eso qué quiere decir?

—No lo sé. Pero no significa «te amo», ¿verdad?

—No —respondió su madre—. No significa eso.

Gwenda oyó música. Aaron Appletree practicaba escalas con la gaita, se estaba preparando para tocar una melodía. La muchacha vio que Perkin salía de su casa con un par de tamboriles atados al cinturón. El baile estaba a punto de empezar.

No tenía ganas de bailar. Podría haberse quedado hablando con las ancianas, pero ellas le harían las mismas preguntas que su madre y no le apetecía pasarse el resto del día hablando de sus problemas. Recordó la última boda que se había celebrado en la aldea: Wulfric, medio bebido, bailaba dando grandes saltos y abrazaba a todas las mujeres aunque seguía mostrando su preferencia por Annet. Sin él, Gwenda no concebía ninguna fiesta. Devolvió a Eric a su madre y se puso a caminar sin rumbo fijo. Su perro, Tranco, se quedó atrás; sabía muy bien que ese tipo de celebraciones suponía para él un festín de restos de comida.

Entró en casa de Wulfric con la leve esperanza de que el muchacho se encontrara allí, pero el lugar estaba desierto. La casa era una sólida construcción de madera, del tipo poste y viga, pero no tenía chimenea; ese tipo de lujos estaba hecho para los ricos. Miró en las cuatro cámaras de la planta baja y en la alcoba del piso de arriba. El lugar estaba tan limpio y ordenado como si su madre viviera; sin embargo, el verdadero motivo era que él sólo utilizaba una de las cámaras: comía y dormía en la cocina. El ambiente resultaba frío y nada acogedor. Era el hogar de una familia sin familia.

Se dirigió al granero. Estaba lleno de fajos de heno que servirían de forraje durante el invierno, y también de gavillas de trigo y cebada que aguardaban para ser trilladas. Ascendió por la escalera de mano hasta el pajar y se tendió sobre el heno. Al cabo de un rato, se quedó dormida.

Cuando se despertó ya había anochecido. No tenía ni idea de qué hora era. Salió al exterior y miró el cielo. La luna baja se ocultaba tras el veteado de nubes y Gwenda calculó que sólo debía de hacer una hora o dos que había oscurecido. Allí de pie, medio dormida, junto a la puerta del granero, oyó que alguien lloraba.

Al instante supo que se trataba de Wulfric. Lo había oído llorar antes una vez, cuando descubrió que los cadáveres de sus padres y su hermano yacían en el suelo de la catedral de Kingsbridge. Los profundos sollozos parecían brotar de lo más hondo de su pecho. Escuchando la expresión de la pena del muchacho, las lágrimas asomaron a sus propios ojos.

Tras unos instantes, entró en la casa.

Lo vio iluminado por la luz de la luna. Estaba tendido boca abajo sobre la estera de paja, y sus hombros se agitaban al compás del llanto. Debió de oírla levantar la aldaba, pero se sentía demasiado afligido para ocuparse de eso y no irguió la cabeza.

Gwenda se arrodilló a su lado y le acarició con vacilación la mata de pelo. Él no reaccionó. La muchacha apenas había mantenido con él contacto físico y el hecho de acariciarle el pelo resultó un placer desconocido. La caricia dio la impresión de tranquilizarlo, pues su llanto amainó.

Al cabo de un rato, la muchacha se animó a tenderse junto a él. Pensaba que la apartaría, pero no lo hizo. Volvió hacia ella su rostro, con los ojos cerrados. Ella le frotó suavemente las mejillas con la manga para enjugarle las lágrimas. Sentía una gran emoción al estar tan cerca de él y al ver que le permitía tomarse aquellas pequeñas confianzas. Se moría de ganas de besarle los párpados, pero temió ir demasiado lejos y se contuvo.

Unos momentos más tarde, se dio cuenta de que el muchacho se había quedado dormido.

Se sintió encantada puesto que eso denotaba cuán cómodo se sentía a su lado y además significaba que podría quedarse junto a él, por lo menos hasta que se despertara.

Estaban en otoño y la noche era fría. Cuando la respiración de Wulfric se tornó calmada y regular, Gwenda se levantó con sigilo, descolgó la manta del gancho de la pared y lo arropó. Él siguió durmiendo sin inmutarse.

A pesar de la frialdad del ambiente, la muchacha se despojó del vestido y se tendió junto a él desnuda, estirando la manta de tal forma que los cubriera a ambos.

Se acercó a él y apoyó la mejilla en su pecho. Podía oír los latidos de su corazón y notar en la coronilla el aire que expulsaba al respirar. El calor de su cuerpo robusto la templaba. A su debido tiempo, la luna descendió y la cámara quedó sumida en la oscuridad. Gwenda tenía la sensación de que podría permanecer así toda la vida.

No durmió; no pensaba malgastar ni un minuto de aquel precioso tiempo. Saboreó cada momento consciente de que tal vez nunca volviera a repetirse. Lo acarició con cuidado para no despertarlo. A través del delgado sayo de lana que él llevaba puesto, exploró con las puntas de los dedos los músculos de su pecho y de su espalda, sus costillas y sus caderas, la curva de su hombro y la protuberancia de su codo.

Él se removió varias veces durante la noche. Se dio la vuelta y se tendió de espaldas, lo que ella aprovechó para poner la cabeza en su hombro y rodearle el plano vientre con el brazo. Luego, se volvió hacia el otro lado y ella se le acercó muchísimo, acoplándose al serpenteo de su cuerpo, apretando los senos contra su ancha espalda, pegando las caderas a las de él y encajando las rodillas en sus corvas. Más tarde, Wulfric se volvió de cara y le echó un brazo por encima de los hombros y una pierna sobre los muslos. El peso de la pierna era considerable y le hacía daño, pero ella se consoló pensando que el dolor le aseguraba que no estaba soñando.

Él, en cambio, sí que soñaba. En mitad de la noche la besó de forma inesperada, metiéndole bruscamente la lengua en la boca, y le aferró un pecho con su gran mano. Gwenda notó su erección cuando se frotó contra ella de forma tosca. Durante unos instantes, se sintió desconcertada. Podía hacer lo que quisiera con ella, pero no era propio de él comportarse de modo poco delicado. Ella bajó la mano hasta su ingle y le asió el pene que asomaba por la abertura de las tiradillas. Entonces él, con un movimiento igual de repentino, se apartó y quedó tendido boca arriba respirando de forma rítmica, y la muchacha se dio cuenta de que no había llegado a despertarse sino que la había acariciado en sueños. Descubrió con tristeza que era evidente que estaba soñando con Annet.

Ella, en lugar de dormir, se dedicó a soñar despierta. Se imaginó que Wulfric la presentaba a un extraño: «Ésta es mi esposa, Gwenda». Se vio embarazada, sin dejar de trabajar en el campo, y desvanecerse en pleno mediodía. En su ensueño, él la recogía, la llevaba hasta la casa y le refrescaba la cara con agua fría. Luego se imaginó a Wulfric ya anciano jugando con sus nietos, mimándolos y dándoles manzanas y pedazos de panal.

¿Nietos?, pensó con ironía. Quedaba mucho que construir sobre los cimientos que constituían el hecho de que él le permitiera rodearlo con el brazo mientras lloraba hasta quedarse dormido.

Justo cuando pensaba que debía de estar a punto de amanecer y que su estancia en el paraíso pronto tocaría a su fin, Wulfric empezó a removerse. El ritmo de su respiración se alteró. Se volvió y quedó tendido boca arriba. El brazo de ella quedó sobre el pecho de él y decidió dejarlo allí e introducir la mano por debajo de su brazo. Al cabo de unos instantes, notó que estaba despierto y que meditaba. Ella permaneció quieta y en silencio, temía que si se movía o decía algo se rompiera el encantamiento.

Al final el muchacho se volvió hacia ella y la rodeó con el brazo. Gwenda notó el tacto de su mano en la piel desnuda de la espalda. La acarició, pero ella no tenía muy claro lo que aquel gesto significaba: parecía estar explorándola, sorprendido de descubrir que estaba desnuda. Le recorrió con la mano la espalda en sentido ascendente hasta el cuello y luego en sentido descendente hasta la curva de la cadera.

Por fin habló. Como si temiera que alguien más pudiera oírlo, susurró:

—Se ha casado con él, ¿verdad?

Gwenda le respondió con otro susurro.

—Sí.

—Su amor es débil.

—El verdadero amor nunca es débil.

Él mantuvo la mano en su cadera, resultaba exasperante que estuviera tan cerca de los lugares que ella tanto deseaba que tocara.

—¿Dejaré de amarla algún día? —preguntó.

Gwenda le tomó la mano y la movió de donde estaba.

—Tiene dos pechos, igual que éstos —dijo, todavía en voz baja. No sabía muy bien por qué hacía aquello: la guiaba la intuición y, para bien o para mal, se dejaba llevar por ella.

Él exhaló un gemido y Gwenda notó que cerraba con suavidad la mano alrededor de un seno y luego del otro.

—Y también tiene vello, como éste —susurró, volviendo a cambiar su mano de lugar. La respiración de Wulfric se agitó. Con la mano allí posada, Gwenda exploró el cuerpo de él por debajo del sayo de lana y descubrió que tenía una erección. Le asió el miembro y prosiguió—: Y el tacto de su mano se asemeja mucho a éste. —Wulfric empezó a mover las caderas de forma rítmica.

De pronto, la muchacha tuvo miedo de que el acto terminara antes de consumarlo del todo. No era eso lo que deseaba. En esos momentos era o todo o nada. Lo empujó con suavidad hasta que quedó tendido de espaldas y rápidamente se incorporó y se situó a horcajadas encima de él.

—Por dentro, está caliente y húmeda —dijo, y descendió poco a poco.

Aunque ya había realizado el acto, la experiencia no tenía nada que ver con la presente; se sentía colmada y, sin embargo, aún deseaba más. Empezó a bajar al ritmo del movimiento ascendente de él y luego a subir a la vez que él se apartaba. Acercó el rostro al suyo y le besó la boca perfilada por la barba.

Él le sujetó la cabeza con las manos y le besó la espalda.

—Ella te ama —le susurró Gwenda—. Te ama mucho.

Él gritó con pasión y ella se movió arriba y abajo, montada sobre sus caderas como sobre un potro salvaje, hasta que al fin lo sintió derramarse en su interior con un último y prolongado gemido. A continuación, exclamó:

—¡Oh! ¡Yo también te amo! ¡Te amo, Annet!

28

Wulfric volvió a dormirse pero Gwenda permaneció despierta. Estaba demasiado emocionada para dormir. Se había ganado el amor de Wulfric, lo sabía. El hecho de que en parte hubiera tenido que hacerse pasar por Annet era en realidad poco relevante. Le había hecho el amor con tanta avidez y luego la había besado con tal ternura y gratitud que sintió que era suyo para siempre.

Cuando su corazón se desaceleró y su mente recobró la calma, pensó en el asunto de la herencia. No estaba dispuesta a dejarlo correr, y menos ahora. Mientras en el exterior despuntaba el amanecer, se estrujó el cerebro buscando la manera de salvarlo. Cuando Wulfric se despertó, la muchacha le dijo:

—Me voy a Kingsbridge.

Él se asombró mucho.

—¿Para qué?

—Para averiguar si hay algún modo de que todavía recibas la herencia.

—¿Cómo?

—No lo sé, pero Ralph aún no ha cedido a nadie las tierras, así que todavía hay posibilidades. Además, te lo mereces; has trabajado muy duro y has sufrido mucho.

—¿Qué harás?

—Iré a ver a mi hermano Philemon. Él entiende más que nosotros de esas cosas y sabrá qué tenemos que hacer.

Wulfric la miró con extrañeza.

—¿Qué ocurre? —preguntó ella.

—Realmente me amas, ¿no es así? —dijo él.

Ella sonrió, colmada de felicidad, y respondió:

—¿Qué te parece si lo hacemos otra vez?

A la mañana siguiente la muchacha se encontraba en el priorato de Kingsbridge, sentada en el banco de piedra del huerto, esperando a Philemon. Durante el largo trayecto a pie desde Wigleigh, había repasado mentalmente cada segundo de la noche del domingo recreándose en los placeres físicos y dando vueltas a las palabras que habían intercambiado. Wulfric no había afirmado que la amara; sin embargo, había dicho: «Realmente me amas». Y parecía complacido de que fuera así, aunque lo desconcertaba un poco la intensidad de su pasión.

Ella deseaba con todas sus fuerzas devolverle lo que le correspondía por derecho de nacimiento. Casi lo anhelaba tanto como había anhelado tenerlo a él. Lo deseaba por el bien de ambos. Se casaría con él aunque siguiera siendo un jornalero sin tierras igual que su padre, dada la oportunidad, pero quería mejorar la situación de ambos y estaba decidida a conseguirlo.

Cuando Philemon salió del edificio del priorato y la saludó en el jardín, la muchacha se percató enseguida de que llevaba la indumentaria propia de un novicio.

—¡Holger! —exclamó, utilizando su verdadero nombre ante la sorpresa—. ¡Eres novicio! ¡Lo que siempre has querido!

Él sonrió orgulloso, y pasó por alto con benevolencia el hecho de que lo hubiera llamado por su antiguo nombre.

—Fue una de las primeras cosas que hizo Godwyn en cuanto lo nombraron prior —explicó—. Es un hombre maravilloso, me siento verdaderamente honrado de servirlo.

Se sentó junto a ella en el banco. Hacía un día templado propio del otoño: estaba nublado pero no llovía.

—¿Qué tal te van las lecciones?

—Avanzo despacio. Es difícil aprender a leer y escribir de mayor. —Hizo una mueca—. Los jóvenes progresan más deprisa, aunque ya soy capaz de copiar el padrenuestro en latín.

La muchacha lo envidiaba. Ella ni siquiera sabía escribir su nombre.

—¡Eso es estupendo! —se alegró.

Su hermano iba camino de lograr el sueño de su vida: convertirse en monje. Tal vez el estatus de novicio contribuyera a atenuar el complejo de inferioridad que, estaba segura, era lo que lo llevaba a conducirse a veces con malicia y engaño.

—¿Cómo estás tú? —preguntó—. ¿Qué te trae por Kingsbridge?

—¿Sabes que Ralph Fitzgerald es ahora el señor de Wigleigh?

—Sí. Está en la ciudad. Se aloja en la posada Bell y se da la gran vida.

—Se ha negado a que Wulfric herede las tierras de su padre. —Le explicó a Philemon toda la historia—. Quiero saber si hay algún modo de impugnar su decisión.

Philemon negó con la cabeza.

—De entrada, diría que no. Wulfric podría presentar una queja al conde de Shiring y pedirle que anulara la decisión de Ralph, pero el conde no intervendrá a menos que tenga alguna implicación personal. Aunque crea que la decisión es injusta, lo cual resulta evidente, no desautorizará a un señor recién nombrado. Pero bueno, ¿a ti qué más te da? Pensaba que Wulfric iba a casarse con Annet.

—Cuando Ralph anunció su decisión, Annet dejó plantado a Wulfric y se casó con Billy Howard.

—Así que tienes posibilidades.

—Eso creo. —Notó que se ruborizaba.

—¿Cómo lo sabes? —le preguntó Philemon con perspicacia.

—Me he aprovechado de él —confesó Gwenda—. Cuando estaba afligido por la boda, me metí en su cama.

—No te preocupes. Los que hemos nacido pobres tenemos que valernos de artimañas para conseguir lo que queremos. Los escrúpulos son cosa de los privilegiados.

A Gwenda no le gustó oírlo hablar de ese modo. A veces daba la impresión de que Philemon creía que su infancia difícil podía excusar cualquier comportamiento. Sin embargo, estaba demasiado disgustada para pensar en eso.

—¿De verdad no hay nada que pueda hacer?

—Ah, yo no he dicho eso. No se puede impugnar la decisión de Ralph, pero sí que se le puede tratar de convencer.

—Yo no, seguro.

—No lo sé. ¿Por qué no vas a ver a Caris, la prima de Godwyn? Sois amigas desde que erais pequeñas. Si puede, te ayudará, y además es muy amiga del hermano de Ralph, Merthin. Tal vez a él se le ocurra algo.

Por pocas esperanzas que tuviera, eso era mejor que nada, así que Gwenda se puso en pie dispuesta a marcharse.

—Iré a verla ahora mismo. —Se inclinó para darle un beso de despedida a su hermano, pero enseguida se acordó de que ahora les estaba prohibido ese tipo de contacto. En lugar de eso le estrechó la mano, lo cual se le antojó extraño.

—Rezaré por ti —dijo él.

Caris vivía justo enfrente de las puertas del priorato. Cuando Gwenda entró en la casa, el comedor estaba desierto; no obstante, oyó voces en la cámara donde Edmund solía tratar los asuntos comerciales. La cocinera, Tutty, le explicó que Caris estaba con su padre, así que Gwenda se sentó a esperarla y empezó a dar golpecitos de impaciencia con el pie en el suelo. Al cabo de pocos minutos la puerta se abrió.

Edmund salió acompañado por un hombre que la muchacha desconocía. Era alto y tenía una nariz ancha que confería a su rostro una expresión altanera. Llevaba las vestiduras negras propias de un sacerdote, aunque no lucía ninguna cruz ni símbolo sagrado alguno. Edmund saludó a Gwenda con un afable gesto de la cabeza y dijo al extraño:

—Os acompaño de vuelta al priorato.

Caris siguió a los dos hombres fuera de la cámara y abrazó a Gwenda.

—¿Quién es ese hombre? —preguntó Gwenda en cuanto se hubo marchado.

—Se llama Gregory Longfellow. Es el hombre de leyes a quien ha contratado el prior Godwyn.

—¿Y para qué ha contratado a un hombre de leyes?

—El conde Roland ha impedido que el priorato extraiga piedras de su cantera, pretende cobrarles un penique por cada carro lleno. Godwyn va a quejarse al rey.

—¿Y tú tienes algo que ver?

—Gregory cree que debemos alegar que a la ciudad le es imposible pagar la tasa si no dispone de un puente, dice que es la mejor manera de convencer al rey. Por eso mi padre va a ir junto con Godwyn al tribunal real en calidad de testigo.

—¿Tú también irás?

—Sí. Pero dime, ¿qué haces aquí?

—Me he acostado con Wulfric.

Caris sonrió.

—¿De verdad? ¡Por fin! ¿Y qué tal?

—Maravilloso. Me tendí a su lado y pasé allí la noche mientras él dormía. Cuando se despertó, lo… convencí.

—Cuéntame más, quiero conocer todos los detalles.

Gwenda relató a Caris el episodio. Al final, aunque estaba impaciente por pasar a hablar del verdadero motivo de su visita, añadió:

—Algo me dice que tú tienes noticias parecidas.

Caris asintió.

—Me acosté con Merthin. Le dije que no quería casarme y él se largó a ver a esa vaca de Bessie Bell. Yo me disgusté mucho porque me la imaginaba mostrándole sus enormes tetas, y cuando volvió me puse tan contenta que sentí la necesidad de hacerlo.

—¿Te gustó?

—Me encantó. Es lo mejor que hay. Además, cada vez nos va mejor. Lo hacemos siempre que tenemos oportunidad.

—¿No te da miedo quedarte embarazada?

—No pienso en eso. Me daría igual morirme. Una vez… —Bajó la voz—. Una vez, nos bañamos en una laguna del bosque y luego me lamió… ahí abajo.

—¡Puaj! ¡Qué asco! ¿Qué te pareció?

—Bien. A él también le gustó.

—No me digas que tú también se lo hiciste a él.

—Sí.

—¿Y se…?

Caris asintió.

—En mi boca.

—¿No te pareció repugnante?

Caris se encogió de hombros.

—Tiene un sabor curioso, pero es muy excitante notarlo. Él gozó muchísimo.

Gwenda estaba sorprendida aunque también intrigada. A lo mejor debería probarlo con Wulfric. Conocía un lugar donde podrían bañarse, un riachuelo en el bosque, lejos de todos los caminos…

—Pero no habrás venido hasta aquí sólo para contarme lo de Wulfric —supuso Caris.

—No. Quería hablarte de la herencia. —Gwenda le explicó la resolución de Ralph—. Philemon cree que tal vez Merthin pueda persuadir a Ralph para que cambie de parecer.

Caris sacudió la cabeza con gesto pesimista.

—Lo dudo. Han reñido.

—¡Oh, no!

—Fue Ralph quien impidió que los carros salieran de la cantera. Por desgracia, Merthin estaba allí en ese momento. Hubo una riña y Ben Wheeler mató a uno de los rufianes del conde; entonces Ralph mató a Ben.

Gwenda dio un grito ahogado.

—¡Pero si Lib Wheeler tiene un pequeño de dos años!

—Pues ahora el pequeño Bennie es huérfano de padre.

Gwenda sentía tanta pena por Lib como por sí misma.

—Así que no puedo contar con la ayuda de su hermano.

—De todas formas, podemos ir a ver a Merthin. Hoy está trabajando en la isla de los Leprosos.

Salieron de la casa y caminaron por la calle principal hasta el río. Gwenda estaba muy desanimada; todo el mundo creía que tenía muy pocas posibilidades. Le parecía muy injusto.

Le pidieron a Ian Boatman que las trasladara en su barca hasta la isla. Caris le explicó que el viejo puente iba a ser sustituido por dos nuevos enlazados por la isla, que haría de pasadera.

Encontraron a Merthin junto a su ayudante, un muchacho de catorce años llamado Jimmie. Estaban situando los estribos del nuevo puente. Para medir utilizaban una barra de hierro cuya longitud doblaba la altura de un hombre. El ayudante clavaba estacas en el terreno rocoso para marcar los lugares donde debía excavarse y construir los cimientos.

Gwenda observó la forma en que Caris y Merthin se besaban. Era distinta. Sus cuerpos se transmitían una calidez íntima que resultaba novedosa. Le recordó a cómo se sentía ella con respecto a Wulfric. El cuerpo del muchacho no sólo le resultaba deseable sino que le permitía gozar. Lo sentía tan suyo como el propio.

Ella y Caris observaron a Merthin terminar lo que estaba haciendo y atar un cordel a dos estacas. Luego le pidió a Jimmie que recogiera los utensilios.

—Supongo que sin piedras no puedes hacer gran cosa —dijo Gwenda.

—Puedo ultimar algunos preparativos, pero he enviado a todos los albañiles a la cantera. En lugar de dar el acabado a las piedras en el lugar de destino, lo hacen allí. Estamos haciendo acopio de material.

—Así que si ganáis el caso ante el tribunal real, empezaréis a construir el puente de inmediato.

—Eso espero. Depende de cuánto se tarde en resolver el caso, y también del clima. En pleno invierno, es imposible construir nada, la escarcha hace que se hiele la argamasa. De hecho, ya estamos en octubre y solemos dejar de trabajar a mediados de noviembre. —Miró al cielo—. Tal vez este año podamos alargar la temporada un poco más; las nubes mantienen el calor en la atmósfera.

Gwenda le explicó qué quería.

—Me gustaría poder ayudarte —dijo Merthin—. Wulfric es un buen muchacho, y el único culpable de la pelea fue Ralph. Sin embargo, he reñido con mi hermano y antes de pedirle ningún favor tendría que hacer las paces con él. Lo que ocurre es que no puedo perdonarle que matara a Ben Wheeler.

Era la tercera respuesta negativa que recibía de forma consecutiva, pensó Gwenda con tristeza. Tal vez fuera un propósito disparatado.

—Tendrás que hacerlo tú misma —dijo Caris.

—Lo haré —respondió Gwenda con decisión. Había llegado el momento de dejar de pedir ayuda y confiar en sus propios medios, tal como había hecho siempre—. Ralph está en la ciudad, ¿verdad?

—Sí —respondió Merthin—. Ha venido para comunicar a sus padres la noticia de su ascenso. Son las únicas personas de todo el condado que lo celebran.

—Pero no se aloja en su casa.

—Ahora tiene demasiada categoría para eso. Se aloja en la posada Bell.

—¿Cuál crees que es la mejor manera de convencerlo?

Merthin se quedó pensativo unos instantes.

—Ralph se resiente de la humillación de nuestro padre, del hecho de que relegaran a un caballero a pensionista del priorato. Haría cualquier cosa que supusiera mejorar su posición social.

Gwenda pensó en ello durante todo el tiempo que Ian Boatman tardó en transportarlos a todos de nuevo a la ciudad. ¿Cómo podría presentarle a Ralph la petición de modo que realzara su rango? Era mediodía cuando ascendían por la calle principal. Merthin iba a cenar en casa de Caris y ésta invitó a Gwenda a sumarse a ellos, pero la muchacha estaba demasiado impaciente por entrevistarse con Ralph y fue directa a la posada Bell.

Un mozo de posada le comunicó que Ralph se encontraba arriba, en la mejor alcoba. La mayoría de los huéspedes se alojaban en una cámara comunitaria y Ralph destacaba su posición al ocupar una él solo. Gwenda pensó con amargura que debía de pagarla con el dinero de las escasas cosechas de los campesinos de Wigleigh.

Llamó a la puerta y entró.

Ralph se encontraba allí junto con su escudero, Alan Fernhill, un muchacho de unos dieciocho años de hombros anchos y cabeza hueca. En la mesa, entre ambos, había una jarra de cerveza, una barra de pan y una humeante ración de ternera asada. Estaban terminando de cenar y parecían satisfechos de su vida, observó Gwenda. Esperaba que no hubieran bebido demasiado: los hombres no eran capaces de hablar con las mujeres en estado ebrio, lo único que sabían hacer era soltar comentarios procaces y reírse mutuamente las gracias sin poder contenerse.

Ralph aguzó la vista para mirarla: la habitación no estaba bien iluminada.

—Supongo que eres una de mis siervas.

—No, mi señor, pero me gustaría serlo. Me llamo Gwenda, y mi padre es Joby, un jornalero sin tierras.

—¿Y qué haces tan lejos de la aldea? Hoy no es día de mercado.

La muchacha avanzó un paso para penetrar un poco más en la cámara de modo que Ralph pudiera ver su rostro más claramente.

—Señor, he venido para suplicaros que ayudéis a Wulfric, el hijo del difunto Samuel. Sé que una vez os trató de modo irreverente, pero desde entonces se ha visto sometido a los sufrimientos de Job. Sus padres y su hermano murieron cuando el puente se derrumbó, todo el dinero de la familia se perdió y ahora su prometida ha contraído matrimonio con otro hombre. Espero que consideréis que Dios ya ha castigado su ofensa con suficiente dureza y que ha llegado el momento de demostrarle vuestra clemencia. —Recordando el consejo de Merthin, añadió—: La clemencia de un verdadero noble.

El hombre soltó un gran eructo y suspiró.

—¿Por qué te molestas por la herencia de Wulfric?

—Le amo, mi señor. Ahora que Annet lo ha rechazado, albergo la esperanza de que se case conmigo… si vos sois tan gentil de acceder a ello, por supuesto.

—Acércate más —la instó.

La muchacha se situó en el centro de la cámara y se detuvo justo frente a él. Ralph recorrió con la mirada cada centímetro de su cuerpo.

—No eres guapa —observó—. Pero tienes algo. ¿Eres virgen?

—Señor, yo… yo…

—Está claro que no. —Se echó a reír—. ¿Te has acostado ya con Wulfric?

—¡No!

—Mentirosa. —El hombre sonrió divertido—. A ver: ¿qué ocurrirá si al final Wulfric hereda las tierras de su padre? Tal vez acceda. ¿Qué pasará entonces?

—Que Wigleigh y el mundo entero os considerarán un verdadero noble.

—Al mundo le dará igual. Pero ¿y tú? ¿Me estarás agradecida?

Gwenda tuvo la horrenda sensación de saber cómo iba a terminar todo aquello.

—Claro, muy agradecida.

—¿Y cómo me lo demostrarás?

La muchacha se volvió hacia la puerta.

—Como gustéis, siempre que no tenga que avergonzarme de ello.

—¿Te quitarás el vestido?

A Gwenda se le cayó el alma a los pies.

—No, señor.

—Ah, entonces no me estás tan agradecida.

La muchacha se dirigió a la puerta y aferró el tirador, pero no salió.

—¿Qué… qué me estáis pidiendo, señor?

—Quiero verte desnuda. Luego decidiré.

—¿Aquí?

—Sí.

Gwenda miró a Alan.

—¿Delante de él?

—Sí.

No le pareció una gran humillación mostrar su cuerpo a los dos hombres en comparación con la recompensa: recuperar la herencia de Wulfric.

Rápidamente, la muchacha se desató el cinturón y se quitó el vestido pasándoselo por la cabeza. Lo sostuvo en la mano mientras con la otra seguía sin soltar el tirador y miró a Ralph con expresión desafiante. Él contempló su cuerpo con avidez y luego se volvió hacia su compañero con una sonrisa triunfal. Gwenda se percató de que lo que pretendía, entre otras cosas, era demostrar su poder.

—La vaca es fea, pero tiene buenas ubres, ¿eh, Alan? —dijo Ralph.

—Yo no la montaría por vos —repuso Alan.

Ralph se echó a reír.

—¿Accederéis ahora a mi petición? —preguntó Gwenda.

Ralph se llevó la mano a la entrepierna y empezó a tocarse.

—Acuéstate conmigo —le dijo—. En esa cama.

—No.

—Vamos… Ya lo has hecho con Wulfric. No eres virgen.

—No.

—Piensa en las tierras. Treinta y seis hectáreas, todo cuanto poseía su padre.

Gwenda reflexionó. Si accedía, Wulfric conseguiría lo que más deseaba… y ambos podrían mirar hacia un futuro de abundancia. Si se negaba, Wulfric se convertiría en un jornalero sin tierras, como Joby, y toda su vida tendría que luchar para sacar adelante a sus hijos, muchas veces sin conseguirlo.

Con todo, la idea le repugnaba. Ralph era un hombre desagradable, mezquino y vengativo, un bravucón, muy distinto de su hermano. El hecho de que fuera alto y guapo no cambiaba las cosas. Le daba mucho asco acostarse con alguien que le inspiraba tal aversión.

El haberlo hecho con Wulfric justo el día anterior convertía la perspectiva de acostarse con Ralph en algo aún más repulsivo. Tras su noche de feliz intimidad con Wulfric, resultaría una traición terrible hacer lo mismo con otro hombre.

«No seas tonta —se dijo—. ¿Vas a condenarte a toda una vida de penurias por no pasarlo mal cinco minutos?» Pensó en su madre y en los bebés que habían muerto. Recordó los robos que tanto ella como Philemon se habían visto obligados a cometer. ¿No era mejor prostituirse con Ralph una vez, lo cual sólo duraría unos momentos, que condenar a sus futuros hijos a toda una vida de pobreza?

Ralph permanecía callado mientras ella vacilaba. Era inteligente: cualquier cosa que hubiera dicho sólo habría contribuido a aumentar su repugnancia. El silencio lo favorecía más.

—Por favor —suplicó Gwenda al fin—. No me obliguéis a hacer eso.

—Ah —dijo él—. Eso quiere decir que estás dispuesta.

—Es pecado —observó desesperada. No solía hablar del pecado pero le pareció que tal vez sirviera para conmoverlo—. Es pecado por vuestra parte pedírmelo, y por la mía acceder.

—Los pecados se perdonan.

—¿Qué pensará vuestro hermano de vos?

Eso dio que pensar a Ralph. Por un momento, pareció vacilar.

—Por favor —insistió Gwenda—. Permitid que Wulfric herede y ya está.

La expresión de Ralph volvió a endurecerse.

—He tomado una decisión y no voy a retractarme... a menos que me convenzas. Diciendo «por favor» no conseguirás nada. —Sus ojos brillaban de deseo y tenía la respiración algo agitada; su boca estaba abierta y sus labios rodeados por la barba, húmedos.

La muchacha dejó caer el vestido al suelo y se dirigió a la cama.

—Arrodíllate en el colchón —le ordenó Ralph—. No, de espaldas a mí.

Gwenda hizo lo que le mandaba.

—Hay mejor vista por este lado —aseguró, y Alan se rió a carcajada limpia. Gwenda se preguntaba si Alan iba a quedarse y contemplarlo todo cuando Ralph dijo—: Déjanos solos.

Al cabo de un momento la puerta se cerró de golpe.

Ralph se arrodilló en la cama, detrás de Gwenda. La muchacha cerró los ojos y suplicó perdón. Notó los gruesos dedos de él explorar su cuerpo. Luego lo oyó escupir y sintió que la acariciaba con la mano húmeda. Al cabo de un instante la penetró. La muchacha gimió avergonzada.

Ralph malinterpretó el sonido y dijo:

—Te gusta, ¿eh?

La muchacha se preguntaba cuánto iba a durar aquello. Ralph empezó a moverse de forma rítmica. Para paliar la incomodidad, Gwenda se movió al compás, pero él soltó una carcajada triunfal al pensar que la había excitado. El mayor temor de Gwenda era que la experiencia marcara para siempre su concepción de las relaciones sexuales. ¿Pensaría en ello cuando en el futuro se acostara con Wulfric?

Entonces, notó horrorizada que una oleada de placer se expandía por sus entrañas. Sus mejillas enrojecieron de vergüenza. A pesar de la profunda repugnancia que sentía, su cuerpo la estaba traicionando y su interior se humedeció facilitando los frotamientos de Ralph. Él se apercibió del cambio y empezó a moverse más rápido. Enfadada consigo misma, Gwenda dejó de menearse, pero él la aferró por las caderas, acercándola y apartándola alternativamente, y la muchacha no fue capaz de resistirse. Recordó consternada que su cuerpo la había desautorizado de la misma manera con Alwyn, en el bosque. Entonces, como ahora, deseaba permanecer igual que una figura de madera, estática e impasible. Sin embargo, en ambas ocasiones su cuerpo había actuado contra su voluntad.

Había matado a Alwyn con su propio cuchillo.

No podía hacerle lo mismo a Ralph, aunque quisiera, simplemente porque se encontraba detrás de ella. No podía verlo y ejercía muy poco control sobre su propio cuerpo. Estaba en sus manos. Se alegró al notar que Ralph estaba alcanzando el clímax, pues aquello pronto tocaría a su fin. En respuesta, sintió un espasmo en su interior. Trató de relajar el cuerpo y dejar la mente en blanco; resultaría demasiado humillante alcanzar también el clímax. Notó que Ralph eyaculaba en su interior y se estremeció, no de placer sino de repugnancia.

Él exhaló un suspiro de satisfacción, salió de ella y se tendió en la cama.

Ella se puso en pie rápidamente y se vistió.

—Ha sido mejor de lo que esperaba —aseguró Ralph, como si le estuviera dedicando un cumplido.

La muchacha abandonó la alcoba dando un portazo tras de sí.

Al domingo siguiente, antes de ir a la iglesia, Nathan Reeve se presentó en casa de Wulfric.

Él y Gwenda estaban sentados en la cocina. Habían terminado de desayunar y de barrer la estancia y Wulfric cosía unos pantalones de piel mientras Gwenda tejía un cinto de cuerda. Se encontraban cerca de la ventana para disponer de más luz; volvía a llover.

Gwenda simulaba vivir en el granero para que el padre Gaspard no se ofendiera, pero cada noche dormía con Wulfric. El muchacho no había mencionado el matrimonio, por lo cual se sentía decepcionada. De todas formas, vivían más o menos como marido y mujer, tal como la gente solía hacer cuando tenían intención de casarse en cuanto completaran las gestiones necesarias. A la nobleza y a la alta burguesía no les estaban permitidas conductas tan laxas, pero los campesinos solían hacer la vista gorda al respecto.

Tal como temía, hacer el amor con Wulfric se le antojaba extraño. Cuanto más trataba de apartar a Ralph de sus pensamientos, más interfería en éstos. Por suerte, Wulfric no notaba el cambio en su disposición. Le hacía el amor con tal entusiasmo y deleite que Gwenda casi olvidaba su sentimiento de culpa, aunque no lo lograba del todo.

La consolaba saber que, por lo menos, el muchacho heredaría las tierras de su familia. Eso compensaba todos los inconvenientes. Por supuesto, no podía decírselo, pues se habría visto obligada a explicarle cómo había conseguido que Ralph cambiara de opinión. Le había relatado sus conversaciones con Philemon, Caris y Merthin, y le había presentado una versión parcial de la visita que había hecho a Ralph, diciéndole tan sólo que él se había comprometido a reconsiderarlo. Así que Wulfric se sentía esperanzado pero no triunfante.

—Tenéis que acudir los dos a la casa señorial ahora mismo —los instó Nathan, asomando la cabeza sudorosa por la puerta.

—¿Qué quiere lord Ralph? —preguntó Gwenda.

—¿Es que te vas a negar a ir si el motivo de la conversación no te interesa? —repuso Nathan con sarcasmo—. No hagas preguntas estúpidas y apresúrate.

La muchacha se cubrió la cabeza con una manta para ir hasta la gran casa. Seguía sin disponer de una capa. Wulfric había obtenido dinero con la venta de la cosecha y le podría haber comprado una, pero había preferido ahorrarlo para la transmisión de bienes.

Corrieron bajo la lluvia hasta la casa señorial. Ésta era parecida al castillo de un noble, aunque un poco más pequeña; disponía de una gran cámara en la que había una larga mesa, además de una planta superior más reducida llamada solana, donde se hallaban los aposentos privados del señor. La casa mostraba claras señales de estar habitada por hombres solteros: las paredes no estaban adornadas con tapices, la estera despedía un fuerte hedor, los perros gruñían a los visitantes y encima del aparador había un ratón royendo un mendrugo.

Ralph ocupaba la cabecera de la mesa. A su derecha, se sentaba Alan, quien dirigió a Gwenda una sonrisita burlona que ella hizo todo lo posible por soslayar. Al cabo de un momento, entró Nathan. Tras él apareció el rechoncho y taimado Perkin frotándose las manos y haciendo una reverencia servil; tenía el pelo tan grasiento que parecía un bonete de cuero. Lo acompañaba su yerno, Billy Howard, quien obsequió a Wulfric con una mirada triunfal como diciéndole: «Te he arrebatado a tu moza y ahora voy a quedarme con tus tierras». Su presencia allí resultaba azorante.

Nathan se sentó a la izquierda de Ralph. El resto permaneció de pie.

Gwenda había aguardado con ansia aquel momento, por fin iba a ver recompensado su sacrificio. Imaginó con entusiasmo la expresión de Wulfric cuando supiera que, después de todo, iba a obtener la herencia. No cabría en sí de gozo, ni ella tampoco. Tendrían el futuro asegurado, al menos todo lo seguro posible en aquel entorno de clima imprevisible y con el precio del grano variable.

—Hace dos semanas anuncié que Wulfric, el hijo de Samuel, no podía heredar las tierras de su padre por ser demasiado joven —empezó Ralph. Hablaba despacio y con énfasis. «Le encanta», pensó Gwenda. Sentado a la cabecera de la mesa, emitía su veredicto mientras todo el mundo estaba pendiente de sus palabras—. Desde entonces, Wulfric ha estado labrando la tierra mientras yo pensaba quién podría ser el sucesor del difunto Samuel. —Hizo una pausa y anunció—: Sin embargo, he empezado a dudar de mi decisión de negar la concesión a Wulfric.

Perkin se asustó. Confiaba en obtener las tierras y la súbita declaración lo conmocionó.

Billy Howard intervino:

—¿Qué quiere decir esto? Pensaba que Nate... —Pero Perkin le dio un codazo y se calló.

Gwenda no pudo disimular una sonrisa triunfal.

—A pesar de su corta edad, Wulfric ha demostrado su capacidad —dijo Ralph.

Perkin se quedó mirando a Nathan. Gwenda adivinó que Nathan le había prometido a él las tierras, tal vez incluso éste hubiera satisfecho ya una cantidad acordada por ello.

Nathan estaba tan perplejo como Perkin. Se quedó mirando a Ralph boquiabierto unos instantes, luego se volvió hacia Perkin con cara de desconcierto y observó a Gwenda con recelo.

—Durante este tiempo, ha contado con el gran apoyo de Gwenda, cuya fortaleza y lealtad me han impresionado.

Nathan miró a la muchacha mientras se hacía preguntas. Gwenda sabía qué estaba pensando. Había deducido que ella tenía algo que ver con todo aquello y estaba buscando un modo de hacer cambiar a Ralph de opinión. Tal vez incluso hubiera adivinado la verdad, pero eso a ella le daba igual mientras no llegara a oídos de Wulfric.

De pronto, Nathan pareció tomar una decisión. Se puso en pie y se inclinó sobre la mesa para susurrarle algo a Ralph. Gwenda no pudo oír lo que decía.

—¿De verdad? —preguntó Ralph sin bajar el tono—. ¿Cuánto?

Nathan se volvió hacia Perkin y masculló unas palabras.

—¡Un momento! ¿A qué viene tanto cuchicheo? —saltó Gwenda.

Perkin mostraba una expresión de enojo; al final, de mala gana, dijo:

—Muy bien, de acuerdo.

—¿De acuerdo? ¿En qué os habéis puesto de acuerdo? —preguntó Gwenda temerosa.

—¿El doble? —insistió Nathan.

Perkin asintió.

Gwenda se temía lo peor.

—Perkin ofrece pagar el doble de lo habitual por la transmisión de bienes, lo que asciende a cinco libras —anunció Nathan.

—Eso cambia las cosas —contestó Ralph.

—¡No! —gritó Gwenda.

Wulfric intervino por primera vez.

—La transmisión de bienes está establecida por el uso y queda recogida en las cédulas señoriales, no se puede negociar la cantidad —dijo con su voz suave y juvenil.

Nathan reaccionó enseguida.

—El tributo puede cambiar. No está recogido en el registro catastral.

—¿Es que sois abogados? —les espetó Ralph—. Pues entonces callaos. El tributo es de dos libras y diez chelines. Cualquier otra cantidad que cambie de manos no es asunto vuestro.

Gwenda se percató con horror de que Ralph estaba a punto de faltar a su palabra. Habló en voz baja pero acusadora, despacio y con claridad.

—Me hicisteis una promesa.

—¿Por qué habría hecho yo algo semejante? —soltó Ralph.

Gwenda no podía contestar a su pregunta.

—Porque yo os lo supliqué —respondió en tono débil.

—Y yo dije que lo pensaría, pero no te prometí nada.

No tenía modo de hacerle cumplir su palabra. Sintió ganas de matarlo.

—¡Sí! ¡Sí que lo hicisteis! —protestó.

—Los señores no negocian con campesinos.

La muchacha lo miró fijamente, se había quedado sin palabras. Nada de lo que había hecho había servido: ni la larga caminata hasta Kingsbridge, ni la humillación de desnudarse ante Alan y Ralph, ni el acto vergonzoso que había realizado en la cama de aquella cámara. Había traicionado a Wulfric y todo para que al final no recibiera la herencia. Señaló a Ralph con el dedo y dijo con amargura:

—El cielo os condenará, Ralph Fitzgerald.

Ralph palideció. Era sabido que toda maldición procedente de una mujer agraviada surtía efecto.

—Ten cuidado con lo que dices —le advirtió—. Existe un castigo para las brujas que andan lanzando maleficios.

Gwenda se contuvo. Ninguna mujer tomaría a la ligera una amenaza semejante. Resultaba muy fácil acusar a alguien de brujería y muy difícil demostrar lo contrario. Aun así, no pudo resistirse a añadir:

—Quienes eluden la justicia en esta vida se enfrentarán a ella en la siguiente.

Ralph hizo caso omiso de sus palabras y se volvió hacia Perkin.

—¿Dónde está el dinero?

Perkin no se había hecho rico por ir contando por ahí dónde guardaba los ahorros.

—Iré a buscarlo ahora mismo, señor.

—Vamos, Gwenda —dijo Wulfric—. Aquí no tienen compasión con nosotros.

Gwenda se tragó las lágrimas. La ira había dado paso a la tristeza. Habían perdido la batalla después de todo lo que habían hecho. Se volvió con la cabeza baja para ocultar sus sentimientos.

—Espera, Wulfric —lo llamó Perkin—. Tú necesitas trabajo y yo, ayuda. Puedes trabajar para mí, te pagaré un penique al día.

Wulfric enrojeció de vergüenza al ver que le ofrecían trabajo de jornalero en las tierras que habían pertenecido a su familia.

—Tú también, Gwenda —añadió Perkin—. Ambos sois jóvenes y voluntariosos.

Gwenda notó que el hombre no actuaba con malicia. Sólo pensaba en su propio interés y estaba ansioso por contratar a dos jornaleros jóvenes y fuertes que le ayudaran a labrar las tierras que ahora formaban parte de su propiedad. No le importaba que eso supusiera para Wulfric el colmo de la humillación, o tal vez ni siquiera reparara en ello.

—Entre los dos podríais ganar un chelín a la semana. Con eso viviríais bien —insistió Perkin.

—¿Trabajar por un jornal en las tierras que han pertenecido a mi familia durante décadas? —dijo Wulfric con amargura—. ¡Jamás! —Se dio media vuelta y salió de la casa.

Gwenda lo siguió mientras pensaba: «¿Qué vamos a hacer ahora?».

29

Westminster Hall era enorme, mucho mayor que el interior de algunas catedrales. Era una sala sobrecogedoramente larga y espaciosa, y su techo de altura colosal estaba sostenido por una hilera doble de columnas altas. También era la sala más importante del palacio de Westminster.

El conde Roland se paseaba por allí a sus anchas, pensó Godwyn con resentimiento. El conde y su hijo se pavoneaban con sus elegantes y modernas ropas, una pierna de las calzas roja y la otra negra. Todos los condes se conocían entre ellos, al igual que ocurría con buena parte de los barones, y daban palmaditas en el hombro a sus amigos, se gastaban chanzas en tono de alegre burla y luego se reían a carcajadas de sus propias gracias.

Godwyn sintió deseos de recordarles que los juicios que allí se celebraban tenían el poder de sentenciar a cualquiera de ellos a la muerte, aunque perteneciesen a la aristocracia.

Él y su comitiva permanecían callados, hablando únicamente entre ellos y en voz muy baja. No tuvo más remedio que admitir que no era a causa del respeto que sentían por el lugar, sino que más bien se debía al nerviosismo. Godwyn, Edmund y Caris se sentían incómodos allí, pues ninguno de ellos había ido nunca a Londres. La única persona a la que conocían era a Buonaventura Caroli, y se hallaba fuera de la ciudad. No sabían cómo desplazarse por la ciudad, sus ropas parecían anticuadas y el dinero que habían llevado consigo, y que al principio les había parecido más que suficiente, estaba menguando a ojos vistas.

Edmund no se dejaba amilanar fácilmente, y Caris parecía abstraída en sus pensamientos, como si en ese momento tuviese alguna preocupación más importante, por imposible que pudiese parecer, pero Godwyn estaba atenazado por la ansiedad. Había sido elegido prior poco tiempo antes, en contra de los deseos de uno de los nobles más importantes del territorio. Sin embargo, lo que verdaderamente estaba en juego era el futuro de la ciudad; sin el puente, Kingsbridge no tardaría en morir y desaparecer. El priorato, a la sazón el centro neurálgico de una de las ciudades más importantes de Inglaterra, languidecería hasta convertirse en un reducto solitario de una aldea perdida, donde unos pocos monjes rezarían sus oraciones en la quietud reverberante de una catedral en ruinas. Godwyn no había luchado por ser prior para ver cómo su trofeo se convertía en polvo.

Con tantos intereses en juego, quería sentirse al frente de la situación, seguro de ser más listo que casi todos los demás, tal como ocurría en Kingsbridge. Sin embargo, allí sentía justo lo contrario, y tanta inseguridad lo estaba trastornando.

Por suerte, la figura que había acudido en su auxilio se llamaba Gregory Longfellow. Amigo de su época en la universidad, Gregory era un hombre taimado con grandes dotes para el derecho. Estaba familiarizado con la corte real. De carácter agresivo y petulante, había guiado a Godwyn por los vericuetos del laberinto legal y había presentado la solicitud del priorato ante el Parlamento, puesto que era un procedimiento que había realizado en infinidad de ocasiones. La solicitud no se debatía en el Parlamento, por supuesto, sino que se trasladaba al consejo real, supervisado por el canciller. El equipo de letrados del canciller, todos ellos amigos o conocidos de Gregory, podrían haber remitido el asunto al tribunal de justicia del rey, el tribunal que dirimía las disputas en las que el rey tenía algún interés, pero una vez más, y tal como Gregory había vaticinado, habían decidido que se trataba de una cuestión demasiado insignificante para importunar al monarca, por lo que en su lugar habían remitido el caso al tribunal común, es decir, un tribunal donde se debatían las causas comunes.

Todo aquel proceso había llevado un total de seis semanas. Era finales de noviembre y cada vez hacía más frío. La temporada apta para la construcción tocaba a su fin.

Ese día al menos se presentaban ante sir Wilbert Wheatfield, un juez de dilatada experiencia y del que se decía que contaba con el favor del rey. Sir Wilbert era el hijo menor de un barón de la región septentrional del país. Su hermano mayor había heredado el título y las tierras y Wilbert había recibido formación como sacerdote, estudió leyes y se trasladó a Londres, donde se había granjeado el favor de la corte real. Gregory advirtió al prior que Wilbert se sentiría más inclinado a ponerse de parte de un conde contra un monje, pero que pondría los intereses del rey por encima de todo lo demás.

El juez se sentó en una tribuna elevada frente al muro este del palacio, entre los ventanales que daban al Green Yard y al río Támesis. Delante de él había dos escribanos sentados a una mesa larga. No había asientos para los litigantes.

—Señor, el conde de Shiring ha enviado a un grupo de hombres armados para bloquear el paso a la cantera propiedad del priorato de Kingsbridge —explicó Gregory en cuanto sir Wilbert lo miró. Le temblaba la voz con simulada indignación—. La cantera, que se halla dentro del condado, fue cedida al priorato por parte del rey Enrique I hace unos doscientos años. Se ha hecho entrega al tribunal de una copia de la cédula.

Sir Wilbert tenía el rostro sonrosado y el pelo blanco, y parecía atractivo hasta que abrió la boca para hablar y mostró una dentadura cariada.

—Tengo el documento aquí delante —dijo.

El conde Roland habló sin que nadie lo hubiese invitado a hacerlo.

—Se les dio a los monjes la cantera para que construyesen su catedral —dijo, arrastrando las palabras en tono monótono y cansino.

Gregory se apresuró a expresar su réplica.

—Pero la cédula no restringe su uso a un propósito concreto.

—Ahora quieren construir un puente —dijo Roland.

—Para sustituir el puente que se derrumbó en Pentecostés, ¡un puente construido hace cientos de años con una madera que también era obsequio del rey! —Gregory hablaba como si estuviese indignado con cada palabra que pronunciaba el conde.

—No necesitan permiso para reconstruir un puente ya existente —adujo sir Wilbert con tono de eficiencia—, y la cédula menciona que el rey desea apoyar la construcción de la catedral, pero no dice que los monjes deban renunciar a sus derechos sobre la cantera una vez que esté construida, como tampoco se les prohíbe el uso de la piedra para cualquier otro propósito.

Godwyn sintió cómo recobraba la esperanza. El juez parecía haber entendido el razonamiento del priorato de inmediato.

Gregory realizó un movimiento con las manos que abarcaba toda la estancia, con las palmas boca arriba, como si el juez hubiese dicho algo extremadamente obvio.

—Y en efecto, señor, así lo han entendido los priores de Kingsbridge y los condes de Shiring durante tres siglos.

Eso no era del todo exacto, se dijo Godwyn para sus adentros. Había habido cierta controversia respecto al documento en tiempos del prior Philip, pero sir Wilbert no sabía eso, como tampoco el conde Roland.

La actitud de Roland era muy altanera, como si estuviese muy por encima de tener que tratar con abogados; sin embargo, resultó ser sumamente engañoso, porque lo cierto es que conocía muy bien los argumentos que debía defender.

—El documento no dice que el priorato deba estar exento de pagar impuestos.

—Entonces, ¿por qué el conde nunca había impuesto un tributo hasta ahora? —replicó Gregory.

Roland tenía su respuesta a punto.

—Los antiguos condes eximían al priorato del pago de impuestos como contribución a la catedral; era un acto piadoso, pero no hay piedad que me impulse a sufragar la construcción de un puente, y pese a todo los monjes se niegan a pagar.

De repente, las tornas se habían vuelto. La discusión se desarrollaba muy rápidamente, pensó Godwyn, no como los debates en el capítulo de los monjes, que podían prolongarse durante horas.

—Y los hombres del conde impiden el movimiento de piedra de la cantera y han matado a un pobre carretero.

—Entonces será mejor resolver la disputa lo antes posible —afirmó sir Wilbert—. ¿Qué responde el priorato ante el argumento de que el conde tiene derecho a cobrar tributos por el derecho de tránsito a través de sus dominios, sean caminos, puentes o vados de su propiedad, tanto si ha hecho valer ese derecho en el pasado como si no?

—Que dado que las piedras no pasan por sus tierras sino que son originarias de allí, el impuesto sería equivalente a cobrar a los monjes por las piedras, contrario a lo expuesto en la cédula real de Enrique I.

Godwyn advirtió consternado que aquellas palabras no habían impresionado demasiado al juez. Sin embargo, Gregory todavía no había terminado su alegato.

—Y que los reyes que dotaron a Kingsbridge de un puente y una cantera lo hicieron por un buen motivo: para que el priorato y la ciudad prosperasen, y el mayordomo de la ciudad se halla aquí presente para atestiguar que Kingsbridge no puede prosperar sin un puente.

Edmund dio un paso al frente. Con el pelo revuelto y aquella ropa tan provinciana parecía un simple campesino, en contraste con el fastuoso atuendo de los nobles que los rodeaban, pero pese a todo, y a diferencia de Godwyn, no parecía intimidado.

—Soy comerciante de lana, señor —explicó—. Sin el puente, no hay comercio, y sin comercio, Kingsbridge no podrá pagar impuestos al rey.

Sir Wilbert inclinó el cuerpo hacia delante.

—¿Cuánto ha pagado la ciudad en diezmos la última vez?

Se refería al tributo, impuesto por el Parlamento de cuando en cuando, consistente en la décima o la quinceava parte de los bienes muebles de todos los individuos. Naturalmente, nadie pagaba nunca la décima parte, pues todos declaraban poseer muchas menos riquezas de las que tenían en realidad, por lo que la suma que debía pagar cada ciudad o condado se había convertido en una cantidad fija, y la carga se repartía más o menos de forma equitativa, pues ni los pobres ni los campesinos más humildes debían pagar nada.

Edmund había estado esperando aquella pregunta, por lo que respondió con diligencia.

—Mil once libras, señor.

—¿Y el efecto de la pérdida del puente?

—Actualmente calculo que una décima parte no llegaría a las trescientas libras, pero nuestros ciudadanos siguen comerciando con la esperanza de que el puente sea reconstruido. Si dicha esperanza se viese truncada en esta audiencia hoy, es casi seguro que la feria anual del vellón y el mercado semanal desaparecerían, y el diezmo se reduciría por debajo de las cincuenta libras.

—Lo cual es casi lo mismo que cero, teniendo en cuenta las necesidades del rey —dijo el juez.

Lo que no mencionó fue lo que estaba en boca de todos, que el monarca se hallaba en necesidad extrema de dinero porque había declarado la guerra a Francia en las semanas anteriores.

Roland estaba fuera de sí.

—¿Acaso esta audiencia versa sobre las finanzas del rey? —exclamó en tono de burla.

Sir Wilbert no pensaba dejarse intimidar, ni siquiera por un conde.

—Éste es el tribunal del rey —dijo con calma—. ¿Qué esperabais?

—Justicia —contestó Roland.

—Y la tendréis. —Y en verdad quería decirle, aunque no llegó a expresarlo en voz alta: «Tanto si os gusta como si no»—. Edmund Wooler, ¿dónde está el otro mercado más próximo?

—En Shiring.

—Ah, de modo que todo el negocio que perderéis se trasladará a la ciudad del conde.

—No, señor. Una parte se trasladará allí, pero buena parte desaparecerá. Muchos comerciantes de Kingsbridge no podrán llegar hasta Shiring.

El juez se dirigió a Roland.

—¿A cuánto asciende un diezmo de Shiring?

Roland intercambió unas breves palabras con su secretario, el padre Jerome, y luego respondió:

—Seiscientas veinte libras.

—Y con el incremento del comercio en el mercado de Shiring, ¿podríais pagar mil seiscientas veinte libras?

—Por supuesto que no —negó el conde, tajante.

El juez prosiguió en su tono sosegado.

—Entonces, vuestra oposición a la construcción de ese puente le saldría muy cara a nuestro rey.

—Tengo mis derechos —protestó Roland, enfurruñado.

—Y el rey tiene los suyos. ¿Existe algún modo de que podáis compensar al tesoro real por la pérdida de mil libras todos los años, aproximadamente?

—Combatiendo a su lado en Francia... ¡algo que ni los monjes ni los mercaderes podrán hacer jamás!

—Desde luego —dijo sir Wilbert—. Pero vuestros caballeros costarán dinero.

—¡Esto es intolerable!—exclamó Roland.

Sabía que estaba perdiendo la discusión. Godwyn se esforzó al máximo para no dejar traslucir su alegría por la victoria.

Al juez no le gustaba que llamasen intolerables a sus procesos, por lo que fulminó a Roland con la mirada antes de decir:

—Cuando enviasteis a vuestros hombres de armas a bloquear la cantera del priorato, estoy seguro de que no era vuestra intención perjudicar los intereses del rey. —Hizo una pausa expectante.

Roland percibió que acababa de tenderle una trampa, pero sólo había una respuesta para aquellas palabras.

—Por supuesto que no.

—Y ahora que ha quedado claro ante el tribunal, y ante vos, que la construcción del nuevo puente sirve a los intereses del rey, así como a los del priorato y la ciudad de Kingsbridge, me imagino que accederéis a reabrir la cantera.

Godwyn advirtió que sir Wilbert había sido muy listo: estaba obligando a Roland a acatar formalmente su decisión, dificultando de ese modo que pudiese apelar más tarde directamente al rey.

Al cabo de una larga pausa, el conde contestó:

—Sí.

—Y al transporte de piedras a través de vuestro territorio sin el pago de impuestos.

Roland supo que había perdido. Había furia en su voz cuando respondió de nuevo:

—Sí.

—Que así sea, entonces —sentenció el juez—. Siguiente caso.

Era una gran victoria, pero probablemente llegaba demasiado tarde.

Noviembre había dado paso a diciembre. Las construcciones solían interrumpirse llegadas esas fechas; a causa de las lluvias, las heladas tendrían lugar más tarde ese año pero, a pesar de ello, les quedaban como mucho un par de semanas. Merthin tenía centenares de piedras acumuladas en la cantera, cortadas y ordenadas y listas para su colocación, y sin embargo, tardarían meses en llevarlas todas hasta Kingsbridge. Aunque el conde Roland había perdido el pleito, sin duda casi había conseguido su propósito de retrasar la construcción del puente un año entero.

Caris regresó a Kingsbridge, con Edmund y Godwyn, de un humor más bien decaído. Cabalgando por la margen de los arrabales del río, vio que Merthin ya había construido sus ataguías. En cada uno de los canales que fluían a cada lado de la isla de los Leprosos, los extremos de unos tablones de madera sobresalían medio metro por encima de la superficie formando un círculo enorme. Recordó cómo en la sede del gremio Merthin había explicado que había planeado clavar unas estacas en el lecho del río formando un anillo doble y que luego rellenaría el hueco entre ambos anillos con argamasa para sellarlo herméticamente. De este modo, el agua del interior de la ataguía podría luego extraerse para que los albañiles pudiesen establecer unos cimientos sobre el lecho del río.

Uno de los empleados de Merthin, Harold Mason, estaba a bordo de la balsa cuando atravesaron el río, y Caris le preguntó si se habían secado ya las ataguías.

—Todavía no —contestó—. El maestro quiere dejarlas hasta que estemos listos para empezar a construir.

Caris se sintió muy satisfecha al comprobar que ya llamaban a Merthin «maestro», a pesar de su juventud.

—Pero ¿por qué? —insistió la joven—. Creí que queríamos tenerlo todo listo para empezar rápidamente.

—Dice que la fuerza del río ejerce más presión sobre el dique cuando no hay agua dentro.

Caris se preguntó cómo sabía Merthin todas aquellas cosas. Había aprendido las nociones básicas de la mano de su primer maestro, Joachim, el padre de Elfric. Siempre mantenía largas conversaciones con los forasteros que acudían a la ciudad, sobre todo con hombres que habían visto edificios altos en Florencia y Roma, y además lo había leído todo acerca de la construcción en el *Libro de Timothy*. Sin embargo, también parecía poseer una fabulosa intuición para todo lo relacionado con la construcción. A Caris nunca se le habría ocurrido pensar que un dique vacío era más frágil que uno lleno.

Aunque estaban muy afligidos cuando entraron en la ciudad, querían contarle a Merthin las buenas noticias enseguida y averiguar qué podía hacerse, si es que se podía hacer algo, antes de que finalizase la temporada. Hicieron una sola pausa para confiar sus caballos a los mozos de los establos y luego salieron en su busca. Lo hallaron en el taller del maestro albañil, en lo alto de la torre noroeste de la catedral, trabajando a la luz de varias lámparas de aceite y dibujando un boceto para un pretil en el suelo para las trazas.

Levantó la vista de su boceto, vio sus rostros y esbozó una amplia sonrisa.

—¿Hemos ganado? —preguntó.

—Hemos ganado —respondió Edmund.

—Gracias a Gregory Longfellow —apostilló Godwyn—. Nos ha costado mucho dinero, pero ha merecido la pena.

Merthin abrazó a ambos hombres, olvidando al menos de momento su disputa con Godwyn. Besó a Caris con ternura.

—Te he echado de menos —murmuró—. ¡Han sido ocho semanas! Creía que no ibas a volver nunca.

La joven no dijo nada. Tenía algo importante que decirle, pero prefería hacerlo en la intimidad.

Su padre no advirtió la reticencia de su hija.

—Bueno, Merthin, puedes empezar a construir enseguida.

—Perfecto.

—Puedes empezar a transportar las piedras de la cantera mañana mismo —propuso Godwyn—, pero supongo que es demasiado tarde para hacer mucho antes de las heladas del invierno.

—He estado pensando sobre eso —dijo Merthin. Miró por la ventana, era media tarde, y el día de diciembre ya empezaba a difuminarse en el atardecer—. Puede que sí haya una forma de hacerlo.

Edmund se mostró inmediatamente entusiasmado.

—¡Venga, adelante, muchacho! ¿Qué habías pensado?

Merthin se dirigió al prior.

—¿Otorgarías una indulgencia a los voluntarios que trajesen piedra de la cantera?

Una indulgencia era un perdón especial de los pecados por parte de la Iglesia, y al igual que un obsequio o que el dinero, tanto podía utilizarse para saldar deudas acumuladas como reservarse como crédito para el futuro.

—Podría hacerlo —respondió Godwyn—. ¿Qué habías planeado?

Merthin se dirigió a Edmund.

—¿Cuántos de los habitantes de Kingsbridge tienen un carro?

—Déjame pensar… —calculó Edmund, frunciendo el ceño—. Todos los comerciantes importantes poseen uno… así que deben de ser unos doscientos en total, como mínimo.

—Supón que tuviésemos que ir casa por casa esta noche y pedir a cada uno de ellos que mañana se dirigiesen con sus carros a la cantera para recoger piedra.

Edmund miró a Merthin con perplejidad y luego, poco a poco, una sonrisa fue iluminándole el rostro.

—¡Qué gran idea! —exclamó, exultante.

—Les diremos que van a ir todos los demás habitantes —siguió explicando Merthin—. Será como una fiesta. Podrán ir acompañados de sus familias y podrán llevarse comida y cerveza. Si cada uno trae un carro cargado de piedra o escombros, en dos días tendremos suficiente para construir los pilares del puente.

Caris pensó maravillada que era una idea excelente. Era muy propio de Merthin, pensar en algo que no se le hubiese ocurrido a nadie más, pero ¿funcionaría?

—¿Qué me dices del tiempo? —preguntó Godwyn.

—La lluvia ha sido una auténtica maldición para los campesinos, pero al menos ha retrasado la llegada del frío. Todavía tenemos una semana o dos, creo.

Edmund estaba como loco de contento, y se paseaba arriba y abajo por la estancia con sus andares renqueantes.

—Pero si puedes construir los pilares en los próximos días…

—A finales del año que viene podremos terminar el grueso de la obra.

—¿Podríamos utilizar el puente el año que viene?

—No… pero espera. Podríamos colocar un tablero de madera provisional bajo la calzada a tiempo para la feria del vellón.

—Así que tendríamos un puente definitivo para dentro de dos años… ¡y sólo nos saltaríamos una feria del vellón!

—Tendríamos que terminar la calzada de piedra después de la feria del vellón y así se endurecería a tiempo para poder utilizarlo con normalidad el tercer año.

—¡Maldita sea! ¡Tenemos que conseguirlo! —exclamó Edmund con entusiasmo.

—Todavía tienes que vaciar el agua del interior de las ataguías —recordó con prudencia Godwyn.

Merthin asintió con la cabeza.

—Y ésa es una tarea muy ardua. En mi plan original asigné dos semanas enteras a esa labor, pero también tengo alguna idea al respecto. Bueno, pero organicemos lo de los carros primero.

Todos se dirigieron hacia la puerta, animados por el entusiasmo. Cuando Godwyn y Edmund empezaron a descender los peldaños de la estrecha escalera de caracol, Caris asió a Merthin de la manga y lo retuvo. El joven pensó que quería besarlo y rodeó a la muchacha con los brazos, pero ella lo apartó de sí de un empujón.

—Tengo más noticias —anunció.

—¿Más?

—Estoy embarazada.

La joven observó el rostro de él. Al principio parecía desconcertado, y arqueó las cejas rojizas. Luego pestañeó, torció la cabeza hacia un lado y se encogió de hombros, como diciendo: «No me extraña nada…». Sonrió, un tanto tímidamente al principio y luego con una expresión de felicidad absoluta. Al final, en su rostro se dibujó una sonrisa radiante.

—¡Es maravilloso! —dijo.

Por una fracción de segundo, Caris lo odió con toda su alma, por su estupidez.

—¡No, no lo es!

—¿Por qué no?

—Porque no quiero pasarme la vida siendo la esclava de nadie, aunque sea mi propio hijo.

—¿Una esclava? ¿Acaso todas las madres son esclavas?

—¡Sí! ¿Cómo puede ser que no supieses que pensaba de ese modo?

Merthin parecía perplejo y dolido, y una parte de ella quiso retirar aquellas duras palabras, pero llevaba demasiado tiempo acumulando su ira.

—Sí lo sabía, supongo —contestó—, pero luego te acostaste conmigo, así que supuse… —Titubeó antes de seguir—. Debías de saber que podía pasar algo así, que sucedería, más tarde o más temprano.

—Pues claro que lo sabía, pero actué como si no lo supiese.

—Sí, lo entiendo.

—Bueno, pues deja ya de ser tan comprensivo. Eres tan pusilánime…

A Merthin se le heló el corazón. Tras una larga pausa, dijo:

—Muy bien, entonces, dejaré de ser tan comprensivo. Sólo dame la información. Dime, ¿qué piensas hacer?

—No sé qué voy a hacer, sólo sé que no quiero tener un hijo.

—Así pues, no tienes previsto hacer nada y yo soy un estúpido y un pusilánime. ¿Quieres algo de mí?

—¡No!

—Entonces, ¿qué haces aquí?

—¡No seas tan lógico!

Merthin lanzó un suspiro.

—Voy a dejar de intentar ser lo que dices que soy porque nada de lo que dices tiene ningún sentido. —Se desplazó por la habitación para apagar las lámparas—. Me alegro de que vayamos a tener un niño y me gustaría que nos casásemos y cuidásemos juntos de ese hijo, suponiendo que tu mal humor de hoy sea sólo algo pasajero. —Guardó sus útiles de dibujo en una bolsa de cuero y se la echó al hombro—. Pero por ahora, estás tan belicosa que preferiría no hablar contigo. Además, tengo mucho trabajo que hacer. —Se dirigió a la puerta y luego se detuvo—. Aunque, por otra parte, también podríamos darnos un beso y hacer las paces.

—¡Lárgate de aquí! —exclamó Caris.

El joven agachó la cabeza bajo el dintel de la puerta y desapareció por la escalera.

Caris se echó a llorar.

Merthin no tenía la menor idea de si la gente de Kingsbridge respondería ante su causa o no. Todos tenían trabajo y sus propias preocupaciones… ¿considerarían más importante el intento comunitario de construir el puente? No estaba seguro. Sabía, por su lectura del *Libro de Timothy*, que en momentos de crisis el prior Philip a menudo había logrado imponer su voluntad haciendo un llamamiento a la gente corriente para que se implicase y participase de forma activa en el problema; sin embargo, ni Merthin era Philip ni se creía con el derecho de liderar a la gente: él era sólo un carpintero.

Elaboraron una lista de los propietarios de carros o carretas y la dividieron por calles. Edmund se encargó de ir a hablar con diez ciudadanos de renombre, Godwyn escogió a diez monjes veteranos y todos decidieron ir en parejas. A Merthin le asignaron al hermano Thomas.

La primera puerta a la que llamaron fue a la de Lib Wheeler, quien seguía adelante con el negocio de Ben con mano de obra contratada.

—Podéis llevaros mis dos carros —explicó—. Y a los hombres que los conducen; cualquier cosa con tal de dejar a ese maldito conde con un buen palmo de narices.

Sin embargo, la segunda vez no tuvieron tanta suerte.

—No estoy bien —les explicó Peter Dyer, dueño de una carreta para el transporte de los fardos de paño que teñía de amarillo, verde y rosa—. No puedo viajar.

Merthin pensó que el hombre tenía muy buen aspecto; seguramente lo que le pasaba es que temía una confrontación con los hombres del conde. No se entablaría ningún combate, de eso Merthin estaba seguro, pero comprendía la reticencia del tintorero. ¿Y si todos los demás también sentían ese miedo?

La tercera visita fue a la casa de Harold Mason, un joven cantero que esperaba poder pasar los siguientes años ocupado trabajando en la construcción del puente. Accedió de inmediato.

—Jake Chepstow también vendrá —dijo—, me aseguraré de que así sea. —Harold y Jake eran amigos.

Después, casi todos respondieron positivamente.

No hizo falta que les recalcasen lo importante que era el puente para la ciudad, pues todo aquel que poseía un carro era comerciante, obviamente, y además contaban con el incentivo adicional del perdón por sus pecados, pero con todo, el factor más importante parecía ser la promesa de un día de fiesta inesperado. La mayoría de los habitantes les preguntaban quiénes iban a ir, y cuando oían que sus amigos y vecinos ya se habían ofrecido voluntarios, accedían a ir ellos también, pues no querían ser menos.

Cuando ya hubieron realizado todas sus visitas, Merthin dejó a Thomas y bajó hasta la balsa del río. Tenían que transportar los carros a la otra orilla por la noche, para poder estar listos para partir al amanecer. La balsa sólo podía llevar un carro cada vez, de modo que para pasar doscientos carros de un lado a otro tardarían varias horas. Por eso necesitaban un puente, lógicamente.

Un buey estaba haciendo girar la enorme rueda y los carros ya estaban cruzando el río. Al otro lado, los dueños conducían a sus animales hacia la hierba para que pudiesen pastar y luego regresaban a la balsa y se iban a dormir. Edmund lo había dispuesto todo para que John Constable y media docena de sus hombres pasaran la noche en Newtown custodiando los carros y los animales.

La balsa aún seguía funcionando cuando Merthin se fue a la cama, una hora o así después de la medianoche. Se quedó despierto un buen rato pensando en Caris. Sus extravagancias y su carácter impredecible formaban parte de las razones por las que se había enamorado de ella, pero lo cierto era que a veces se ponía imposible. Era la persona más lista de todo Kingsbridge, pero también extraordinariamente irracional en ocasiones.

Pero lo peor de todo es que Merthin detestaba que lo considerasen un pusilánime. No estaba seguro de si llegaría a perdonarle a Caris alguna vez semejante afrenta. El conde Roland lo había humillado diez años atrás, diciendo que no podía ser siquiera un escudero y que sólo tenía aptitudes para ser aprendiz o carpintero. Pero no era débil ni pusilánime: se había enfrentado a la tiranía de Elfric, había derrotado al prior Godwyn en cuanto al diseño del puente y estaba a punto de salvar a la ciudad entera. «Puede que sea más bien menudo —se dijo—, pero por Dios que soy fuerte...»

Pese a todo, seguía sin saber qué hacer respecto a Caris, y se durmió sin lograr apartar de sí esa preocupación.

Edmund lo despertó con las primeras luces del alba. Para entonces, casi todos los carros de Kingsbridge estaban ya en la otra orilla del río, formando una desordenada fila que atravesaba los arrabales de Newtown y se adentraba casi un kilómetro en el bosque. Tardaron un par de horas más en transportar a la gente al otro lado. El entusiasmo por organizar lo que a todas luces se había convertido en una especie de peregrinación distrajo a Merthin del problema de Caris y su embarazo. Los prados al otro lado del río no tardaron en transformarse en una escena de caos alegre y despreocupado, cuando grupos numerosos de personas se aproximaron a sus caballos y sus bueyes y los condujeron hasta sus carros, donde los uncieron a sus respectivos yugos. Dick Brewer trajo un enorme barril de cerveza y lo repartió entre todos «para insuflar ánimos a los peregrinos», según dijo, con resultados muy dispares, pues a algunos se les insufló tanto el ánimo que acabaron tirados en el suelo, completamente borrachos.

Una multitud de espectadores se aglomeró a la orilla de la ciudad, a observar la curiosa procesión. Cuando la fila de carros emprendió al fin la marcha, los vítores y los gritos de júbilo resonaron por toda la ciudad.

Sin embargo, las piedras sólo eran la mitad del problema.

Merthin centró su atención en el siguiente asunto más acuciante: si iba a colocar las piedras en cuanto llegasen de la cantera, tenía que vaciar las ataguías en dos días en lugar de hacerlo en dos semanas. Cuando el clamor popular cesó, alzó la voz y se dirigió a la multitud. Aquél era el momento de acaparar su atención, cuando el entusiasmo empezaba a dar muestras de flaqueza y empezaban a preguntarse qué hacer a continuación.

—¡Necesito a los hombres más fuertes que queden en la ciudad! —gritó. Todos permanecieron en silencio, intrigados, a la expectativa—. ¿Acaso no quedan hombres fuertes en Kingsbridge? —Aquello era en parte un señuelo, porque la tarea podía ser muy pesada, pero el hecho de solicitar la colaboración únicamente de los hombres fuertes también planteaba un reto que a los más jóvenes les resultaría difícil de resistir—. Antes de que los carros regresen de la cantera mañana por la noche, tenemos que vaciar el agua de las ataguías. Será el trabajo más duro que hayáis hecho nunca, así que no quiero débiles ni pusilánimes, por favor. —Cuando dijo aquello, vio a Caris entre la multitud, la miró a la cara y la vio estremecerse: la muchacha recordaba haber empleado esa palabra, y era consciente de haberlo insultado—. Cualquier mujer que se crea igual de capacitada que un hombre también puede participar —añadió—. Quiero que vayáis por un balde y que os reunáis conmigo lo antes posible en la orilla que hay frente a la isla de los Leprosos. Recordad: ¡sólo los más fuertes!

No estaba seguro de si había logrado ganárselos con su discurso. Cuando terminó, distinguió la figura alta de Mark Webber y se abrió paso entre la multitud para llegar hasta él.

—Mark, ¿animarás a los demás? —le pidió con ansiedad.

Mark era un gigantón amable y bondadoso, muy apreciado entre sus conciudadanos. A pesar de que era pobre, tenía una gran influencia, en especial sobre los adolescentes.

—Me aseguraré de que los chicos echen una mano —dijo.

—Gracias.

A continuación, Merthin fue a hablar con Ian Boatman.

—Voy a necesitarte durante todo el día, espero —le anunció—. Para que lleves a la gente en tu barca hasta las ataguías y luego de vuelta. Puedes trabajar a cambio de dinero o de una indulgencia, tú eliges.

Ian sentía una excesiva debilidad por la hermana menor de su mujer y seguramente preferiría la indulgencia, ya fuese por los pecados pasados o por los que pensaba cometer en un futuro cercano.

Merthin se abrió camino entre las calles hasta llegar a la orilla, donde estaba preparándolo todo para iniciar la construcción del puente. ¿Se podían vaciar las ataguías en apenas dos días? Lo cierto era que no tenía ni la menor idea. Se preguntó cuántos litros de agua habría en cada una… ¿miles? ¿Cientos de miles? Tenía que haber algún modo de calcularlo. Los filósofos griegos seguramente habían ideado un método, pero si lo habían hecho, no era algo que se enseñase en la escuela del priorato. Para averiguarlo, lo más probable es que tuviese que acudir a Oxford, donde vivían matemáticos famosos en el mundo entero, según Godwyn.

Aguardó a la orilla del río, preguntándose si acudiría alguien.

La primera en llegar fue Megg Robbins, la fornida hija de un comerciante de cereales, con unos músculos robustecidos por los años de levantar sacos de grano.

—Puedo superar a la mayoría de los hombres de esta ciudad —le dijo, y Merthin no tuvo ninguna duda al respecto.

Al instante llegó un grupo de hombres jóvenes seguidos de tres novicios.

En cuanto Merthin hubo reunido a diez personas provistas de baldes, hizo que Ian transportase al grupo y a él mismo hasta el dique más cercano.

En el interior del círculo que formaba la ataguía había erigido una plataforma de madera justo por encima del nivel del agua, lo suficientemente robusta para que los hombres pudiesen ponerse de pie. Desde la plataforma, cuatro escaleras conducían hacia el fondo, hasta el lecho del río. En el centro de la ataguía, flotando encima de la superficie, había una balsa, y entre ésta y la plataforma había un hueco de poco más de medio metro. La balsa se mantenía en su posición central por unos palos de madera que salían de ella y que casi llegaban a las tablestacas e impedían que la balsa se moviese más que unos pocos centímetros en cualquier dirección.

—Trabajad en parejas —les ordenó—. Uno en la balsa y el otro en la plataforma. El que esté en la balsa llena su balde y se lo pasa al que está en la plataforma, que arroja el agua al río por el otro lado. Mientras se pasa un balde vacío en una dirección, en la otra se pasa otro lleno.

—¿Y qué hacemos si el nivel del agua del interior decrece y no nos alcanzamos para pasarnos los baldes? —quiso saber Megg Robbins.

—Buena pregunta, Megg, será mejor que te nombre mi capataza. Cuando ya no os alcancéis, trabajad de tres en tres, con uno en la escalera.

La mujer comprendió la lógica enseguida.

—Y luego de cuatro en cuatro, con dos en una escalera…

—Sí, aunque para entonces habrá que dejar descansar a los hombres y traer a otros.

—De acuerdo.

—Manos a la obra, entonces. Traeré a otros diez hombres, ahí todavía queda mucho sitio.

Megg se dio media vuelta.

—¡Escoged a vuestro compañero, ya! —exclamó.

Los voluntarios empezaron a llenar sus baldes, y Merthin oyó decir a Megg:

—Venga, mantengamos todos el mismo ritmo: ¡llenar, levantar, pasar, arrojar! Uno, dos, tres, cuatro. ¿Y si lo acompañamos con una saloma? —Alzó su voz de agradable contralto—: «Ésta es la historia de un aguerrido caballero...».

Conocían la canción, así que todos se sumaron en el siguiente verso:

—«Cuya espada era temible y de golpe certero.»

Merthin observó la escena. Todos empezaron a sudar a mares en pocos minutos, pero él seguía sin ver ningún descenso evidente en el nivel del agua. Iba a ser una tarea muy larga.

Saltó por el borde de la plataforma y se subió a la barca de Ian.

Para cuando alcanzó la orilla, lo esperaban otros treinta voluntarios más con sendos baldes.

Empezó con la segunda ataguía, con Mark Webber como capataz, luego duplicó el número de hombres en ambos diques y fue sustituyendo las cuadrillas a medida que percibía en los hombres las huellas del cansancio. Ian Boatman no tardó en caer rendido y le pasó los remos de la barca a su hijo. El agua del interior de las ataguías menguaba con una lentitud desquiciante, centímetro a escaso centímetro. Cuando el nivel del agua descendió, la labor se hizo aún más lenta, pues era necesario que los baldes cubrieran una distancia cada vez mayor para llegar al borde.

Megg fue la primera en descubrir que no se podía sujetar un balde lleno con una mano y uno vacío con la otra y mantener el equilibrio al mismo tiempo sobre una escalera. Ideó una cadena humana en un solo sentido, con los baldes llenos que subían por una escalera y los vacíos que bajaban por la otra. Mark instauró el mismo sistema en su ataguía.

Los voluntarios trabajaban durante una hora y luego descansaban otra, pero Merthin no paraba, sino que se dedicaba a organizar los equipos, a supervisar el transporte de voluntarios hasta las ataguías, reemplazando los baldes que se rompían. La mayoría de los hombres bebían cerveza en sus períodos de descanso, por lo que luego hubo varios accidentes, por la tarde, cuando algunos voluntarios soltaron los cubos involuntariamente y otros se cayeron de las escaleras. La madre Cecilia acudió a auxiliar a los heridos, con la ayuda de Mattie Wise y Caris.

Empezó a oscurecer con demasiada presteza, y no tuvieron más remedio que interrumpir las tareas. Sin embargo, ambas ataguías se habían vaciado en más de la mitad de su contenido. Merthin pidió a todos que volvieran por la mañana y luego se fue a casa. Tras unas cuantas cucharadas de la sopa de su madre, se quedó dormido a la mesa y sólo se despertó el tiempo justo para envolverse con una manta y tenderse en el jergón de paja. Cuando se despertó a la mañana siguiente, su primer pensamiento fue preguntarse si alguno de los voluntarios aparecería para el segundo día.

Con las primeras luces del alba, bajó a toda prisa hasta el río con ansia en el corazón. Tanto Mark Webber como Megg Robbins estaban ya allí, Mark mordisqueando una rebanada gruesa de pan y Megg atándose un par de botas altas con la esperanza de mantener secos los pies. No apareció nadie más durante la siguiente media hora y Merthin empezó a preguntarse qué haría sin voluntarios. Entonces, llegó un pequeño grupo de jóvenes que traía consigo su desayuno, seguidos por los novicios y luego por una gran multitud.

También apareció el barquero, Ian Boatman, y Merthin le dio instrucciones para que transportara a Megg y a varios voluntarios, quienes se pusieron manos a la obra de inmediato.

El trabajo fue mucho más arduo ese día. A todos les dolían todos los músculos del cuerpo por el esfuerzo del día anterior. Había que subir los baldes tres metros o incluso más, pero por fin se veía el final: el nivel del agua en ambos diques siguió bajando y los voluntarios empezaron a distinguir el lecho del río.

A media tarde, llegó el primero de los carros procedente de la cantera. Merthin ordenó al propietario que descargase la piedra en el prado y que llevase su carro a la ciudad a bordo de la balsa. Poco después, en la ataguía de Megg, la balsa del centro topó con el lecho del río.

Todavía quedaba trabajo por hacer: cuando hubieron evacuado el último balde de agua, tuvieron que desmantelar la balsa en sí, tablón por tablón, y sacarla de la ataguía por las escaleras. Luego aparecieron docenas de peces que no dejaban de agitarse y sacudir las aletas en los charcos cenagosos del fondo y que los voluntarios atraparon con redes y luego se repartieron entre ellos. Pero cuando todo eso estuvo hecho, Merthin se plantó en lo alto de la plataforma, agotado pero exultante, y contempló un hoyo de seis metros en el barro llano del lecho del río.

Al día siguiente arrojaría varias toneladas de mampuestos en cada hoyo y mezclaría las piedras con argamasa para formar unos cimientos colosales e inamovibles.

A continuación empezaría a construir el puente.

Wulfric estaba sumido en una honda tristeza.

Apenas comía nada y se le olvidaba asearse. Se levantaba como un espectro al despuntar el alba y volvía a acostarse cuando oscurecía, pero no trabajaba, ni le hacía el amor a Gwenda por las noches. Cuando ella le preguntaba qué le ocurría, él le contestaba que no lo sabía. Respondía a todas las preguntas con el mismo laconismo o con simples gruñidos.

Había poca faena en los campos de todos modos. Era la estación en que los aldeanos se sentaban junto a la lumbre a remendarse los zapatos de cuero, fabricar palas de roble y comer cerdo en salazón con manzana hervida y col en vinagre. A Gwenda no le inquietaba cómo iban a alimentarse, pues a Wulfric aún le quedaba dinero de la venta de sus cosechas, pero sí estaba extremadamente preocupada por él.

Wulfric siempre había vivido para su trabajo. Algunos aldeanos protestaban continuamente y sólo estaban contentos los días de asueto, pero él no era así. A él sólo le importaban los campos, las cosechas, los animales y el tiempo. Hasta entonces, los domingos siempre se había mostrado muy impaciente hasta que encontraba alguna ocupación que no estuviese prohibida, y en las fiestas de guardar siempre había hecho todo lo posible por sortear las reglas.

La joven sabía que tenía que conseguir que volviese a ser el mismo de antes porque de lo contrario, podía enfermar con algún mal físico. Además, su dinero no duraría eternamente. Más tarde o más temprano tendrían que ponerse a trabajar los dos.

Sin embargo, no le comunicó la noticia hasta que hubieron pasado dos lunas llenas y estuvo del todo segura. Y entonces, una mañana de diciembre, le anunció:

—Tengo algo que decirte.

Él respondió con un gruñido. Estaba sentado a la mesa de la cocina, tallando un palo de madera, y no levantó la vista de tan inútil pasatiempo.

La joven extendió los brazos por encima de la mesa y lo agarró de las muñecas para que dejara de tallar la madera.

—Wulfric, ¿quieres mirarme, por favor?

Hizo lo que le decía con una expresión sombría en el rostro, resentido por tener que recibir órdenes pero demasiado apático para enfrentarse a ella.

—Es importante —dijo Gwenda.

La miró en silencio.

—Voy a tener un hijo.

Su semblante no se alteró, pero Wulfric soltó el cuchillo y el palo.

La joven lo miró durante largo rato.

—¿Comprendes lo que te estoy diciendo? —le preguntó.

Él asintió con la cabeza.

—Un hijo —repitió.

—Sí, tendremos un hijo.

—¿Cuándo?

Gwenda sonrió. Era la primera pregunta que le hacía en dos meses.

—El verano que viene, antes de la cosecha.

—Habrá que cuidar del niño —dijo—, y de ti también.

—Sí.

—Tengo que trabajar. —Volvió a parecer deprimido.

Ella contuvo la respiración, ¿qué sucedería ahora?

El joven lanzó un suspiro y luego adoptó una expresión resuelta.

—Iré a ver a Perkin —anunció—. Necesitará ayuda con el arado en invierno.

—Y con el abono —añadió ella, contenta—. Iré contigo. Se ofreció a contratarnos a ambos.

—De acuerdo. —Seguía mirándola—. Un hijo… —entonó, como en trance—. ¿Será niño o niña?

Gwenda se levantó y rodeó la mesa para sentarse a su lado.

—¿Tú qué preferirías?

—Una niña. En mi familia todos éramos chicos.

—Pues yo quiero un niño, una versión en miniatura de ti.

—Puede que tengamos mellizos.

—Pues entonces, uno de cada.

Wulfric la abrazó.

—Tendríamos que decirle al padre Gaspard que nos case como es debido.

Gwenda lanzó un suspiro de satisfacción y apoyó la cabeza en el hombro del joven.

—Sí, tal vez sí.

Merthin se trasladó de la casa de sus padres justo antes de Navidad. Se había construido una casa de una sola habitación para él en la isla de los Leprosos, que para entonces ya eran sus tierras. Dijo que tenía que vigilar la cantidad cada vez mayor de los costosos materiales de construcción que acumulaba en la isla: madera, piedras, cal, cuerdas y herramientas de hierro.

Hacia las mismas fechas, dejó de acudir a casa de Caris a comer.

El penúltimo día de diciembre, la joven fue a ver a Mattie Wise.

—No hace falta que me digas por qué estás aquí —le dijo Mattie—. ¿Estás ya de tres meses?

Caris asintió y le rehuyó la mirada. Miró a su alrededor en la pequeña cocina, llena de frascos y jarras. Mattie estaba calentando algo en un caldero de hierro, una mezcla que despedía un olor acre que daba a Caris ganas de estornudar.

—No quiero tener un hijo —le confió Caris.

—Ojalá me diesen una gallina por cada vez que oigo decir eso.

—¿Me condenaré al infierno por esto?

La sanadora se encogió de hombros.

—Yo me dedico a hacer pócimas, no a emitir juicios. La gente sabe distinguir la diferencia entre lo que está bien y lo que está mal, y si no lo sabe, para eso está el clero.

Caris se llevó una decepción. Esperaba un poco más de comprensión por parte de Mattie. En un tono más despreocupado, preguntó:

—¿Tienes alguna poción para deshacerme de este hijo?

—Sí… —La mujer parecía indecisa.

—¿Hay algún problema?

—La forma de deshacerse de un embarazo consiste en intoxicarse. Hay mujeres que se beben cinco litros de vino fuerte. Yo elaboro un brebaje con varias hierbas tóxicas. A veces funciona y a veces, no. Pero siempre sienta fatal al cuerpo.

—¿Es peligroso? ¿Podría morir?

—Sí, aunque no es tan arriesgado como dar a luz.

—Me lo tomaré.

Mattie retiró el caldero del fuego y lo puso a enfriar en una losa de piedra. Volvió junto a su destartalada mesa de trabajo, extrajo un cuenco de porcelana de una alacena y vertió en él pequeñas cantidades de distintos ingredientes en polvo.

—¿Qué pasa? Dices que no emites juicios de valor, pero pareces reprobar mi conducta —dijo Caris.

Mattie asintió con la cabeza.

—Tienes razón, hago juicios de valor, por supuesto; todo el mundo lo hace.

—Y ahora me estás juzgando.

—Estoy pensando que Merthin es un buen hombre y que lo amas, pero no pareces capaz de encontrar la felicidad a su lado. Eso me entristece.

—Crees que debería ser como las demás mujeres y arrojarme a los pies de algún hombre.

—Eso parece hacerles felices a ellas, pero yo escogí una forma de vida distinta. Y supongo que tú también lo harás.

—¿Y eres feliz?

—No nací para ser feliz, pero ayudo a la gente, me gano la vida y soy libre. —Echó la mezcla en un vaso, agregó un poco de vino y removió el contenido para que se disolvieran los polvos—. ¿Has desayunado ya?

—Sólo un poco de leche.

Añadió una pizca de miel en el vaso.

—Bébete esto y no comas nada. Sólo conseguirías vomitarlo todo.

Caris tomó el vaso, dudó unos instantes y luego se bebió el brebaje de un sorbo.

—Gracias. —Tenía un vomitivo sabor amargo que la miel sólo lograba enmascarar en parte.

—Todo debería haber acabado mañana por la mañana, de una manera u otra.

Caris le pagó y se marchó. Caminando de vuelta a casa, sintió una extraña mezcla de alegría y tristeza. La embargaba una sensación de inmenso regocijo por haber tomado una decisión después de tantas semanas de inquietud y nerviosismo, pero también tenía una sensación de pérdida, como si estuviera diciéndole adiós a alguien… a Merthin tal vez. Se preguntó si su separación llegaría a ser permanente. Podía considerar esa posibilidad con calma, porque todavía estaba enfadada con él, pero al mismo tiempo sabía que lo echaría terriblemente de menos. El joven acabaría encontrando a otra mujer, a Bessie Bell, quizá, pero Caris estaba segura de que nunca sería lo mismo. Además, ella jamás amaría a nadie como había amado a Merthin.

Cuando llegó a casa, el aroma del asado de cerdo que flotaba por toda la casa le hizo sentir náuseas y volvió a salir. No quería pararse a contar chismes con las demás mujeres en la calle principal, ni hablar de negocios con los hombres en la sede del gremio, por lo que fue paseando sin rumbo fijo hasta encaminar sus pasos hacia los dominios del priorato, arrebujada en su tupida capa de lana para no pasar frío, y se sentó en una lápida del cementerio a observar la pared norte de la catedral, admirando la perfección de sus molduras talladas y la elegancia de sus arbotantes.

No tardó en empezar a encontrarse mal.

Vomitó sobre un sepulcro, pero tenía el estómago vacío, por lo que no salió más que un fluido agrio. Empezó a dolerle la cabeza y quiso ir a echarse a su habitación, pero temía volver a casa a causa del olor de la cocina. Decidió ir al hospital del priorato; las monjas la dejarían tumbarse allí unos minutos. Abandonó el camposanto, atravesó el césped de la parte delantera de la catedral y entró en el hospital. De repente sintió una sed acuciante.

La recibió el rostro afable y bondadoso de Julie la Anciana.

—Hola, hermana Juliana —la saludó, agradecida—. ¿Seríais tan amable de traerme un vaso de agua? —El priorato disponía de agua corriente canalizada procedente del río, y estaba fresca, limpia y era seguro beber de ella.

—¿Acaso estás enferma, hija? —preguntó la anciana con ansiedad.

—Sólo estoy un poco mareada. Si no es molestia, me gustaría echarme un momento.

—Pues claro que no es ninguna molestia. Iré a buscar a la madre Cecilia.

Caris se tumbó en uno de los jergones de paja dispuestos ordenadamente en el suelo. Se sintió mejor durante un breve espacio de tiempo, pero luego el dolor de cabeza regresó con más intensidad. Julie volvió con una jarra y un vaso y acompañada de la madre Cecilia. Caris bebió un poco de agua, vomitó y luego volvió a beber un poco más.

Cecilia le hizo algunas preguntas y luego dijo:

—Has comido algo que te ha sentado mal. Hay que practicarte una purga.

Caris sentía unos dolores tan atroces que ni siquiera habló. Cecilia se fue y regresó al cabo de un momento con un frasco y una cuchara y administró a Caris una cucharada de una empalagosa medicina que sabía a clavo de olor.

Caris se tumbó con los ojos cerrados deseando que el dolor remitiese. Tras unos minutos, empezó a sentir espasmos en el estómago, seguidos de una diarrea incontrolable. Supuso de forma vaga que seguramente se debían a la medicina administrada por la madre Cecilia. Al cabo de una hora, todos los síntomas desaparecieron. Julie la desvistió, la aseó, le dio un hábito de monja en lugar de su vestido sucio y la llevó a un jergón limpio. La muchacha se tumbó y cerró los ojos, exhausta.

El prior Godwyn fue a verla y dictaminó que había que practicarle una sangría. Vino otro monje para llevar a cabo la tarea, que hizo incorporarse a la joven y extender el brazo con el codo encima de un cuenco de gran tamaño. A continuación tomó un cuchillo afilado y abrió la vena que le recorría la parte interior del codo. Caris apenas notó el dolor del corte ni el lento palpitar del sangrado. Al cabo de un rato, el monje tapó la herida con una venda y ordenó a Caris que la sujetara allí con fuerza. Luego se llevó el cuenco de sangre.

La joven tenía una conciencia vaga de la gente que acudía a visitarla: su padre, Petranilla, Merthin. Julie la Anciana le llevaba un vaso a los labios de vez en cuando y ella siempre bebía, pues sentía una sed insaciable. En algún momento vio velas y se dio cuenta de que debía de ser de noche. Al final cayó presa de un sueño inquieto y tuvo pesadillas con escenas de sangre. Cada vez que se despertaba, Julie le daba agua.

Al fin se despertó a la luz del día. El dolor había remitido y sólo había dejado como secuela una leve jaqueca. Luego notó que alguien le estaba lavando los muslos y se incorporó rápidamente apoyándose en un codo.

Una novicia de rostro angelical estaba en cuclillas junto al jergón. Caris llevaba el vestido remangado hasta la cintura y la monja la estaba lavando con un paño humedecido en agua tibia. Al cabo de unos instantes le vino a la memoria el nombre de la joven novicia:

—Mair —dijo.

—Sí —respondió la monja con una sonrisa.

Cuando la novicia escurrió el paño en un cuenco, Caris se asustó al ver que el agua estaba teñida de rojo.

—¡Sangre! —exclamó, asustada.

—No te preocupes —la tranquilizó Mair—. Sólo es tu ciclo menstrual, muy abundante, pero normal.

Caris vio que tanto la ropa que llevaba como el jergón estaban empapados en sangre.

Se recostó de nuevo, mirando al techo. Unas lágrimas le afloraron a los ojos, pero no sabía si lloraba de alivio o de tristeza.

Ya no estaba embarazada.

CUARTA PARTE

Junio de 1338 a mayo de 1339

30

l mes de junio de 1338 fue un mes seco y soleado, pero la feria del vellón resultó una auténtica catástrofe, para Kingsbridge en general y para Edmund Wooler en particular. A mitad de la semana de la feria, Caris se dio cuenta de que su padre estaba en la ruina.

Los habitantes de la ciudad habían supuesto que iba a ser difícil, y habían hecho todo lo posible por prepararse para lo peor. Encargaron a Merthin la construcción de tres balsas de grandes dimensiones capaces de ser impulsadas con pértigas hasta la orilla opuesta del río a fin de complementar la balsa de Merthin y la barca de Ian. Podría haber construido más, pero no había espacio suficiente para atracarlas en las orillas. Abrieron el recinto del priorato un día antes, y la balsa funcionó toda la noche, con la luz de las antorchas. Convencieron a Godwyn para que diera permiso a los comerciantes de Kingsbridge para cruzar al otro lado, hacia el lado de los arrabales, y vendiesen sus productos a quienes aguardaban en la cola, con la esperanza de que la cerveza de Dick Brewer y los panecillos de Betty Baxter aplacasen los ánimos de quienes, impacientes, esperaban para acceder a la feria.

Pero no fue suficiente.

Acudieron a la feria menos visitantes que de costumbre, pero las colas fueron peores que nunca. Las balsas adicionales no bastaron para transportar a todos, pero aun así, las dos orillas del río se empantanaron tanto que los carros se quedaban varados en el barro constantemente y había que sacarlos en medio de grandes esfuerzos con ayuda de bueyes. Para empeorar aún más las cosas, era muy difícil manejar las balsas, por lo que hasta dos veces se produjeron colisiones en las que los pasajeros acabaron en el agua, aunque por fortuna no se ahogó nadie.

Algunos comerciantes supieron prever todos esos problemas y se mantuvieron alejados de Kingsbridge, mientras que otros dieron media vuelta cuando vieron la longitud de la cola. De aquellos dispuestos a esperar medio día para entrar en la ciudad, algunos cerraron tratos por cuantías tan ridículas y miserables que se marcharon después de un día o dos. El miércoles, la balsa ya se estaba llevando a más gente de Kingsbridge de la que traía a la ciudad.

Esa mañana, Caris y Edmund realizaron un recorrido por las obras del puente con Guillaume de Londres. Guillaume no era un cliente tan importante como Buonaventura Caroli, pero era el mejor cliente que tenían ese año, y lo estaban tratando a cuerpo de rey. Era un hombre alto y fornido que llevaba una capa de tela italiana muy cara, de color rojo intenso.

Tomaron prestada la balsa de Merthin, que contaba con una plataforma elevada y un cabrestante incorporado para el transporte de materiales de construcción. Su joven ayudante, Jimmie, los condujo por el río.

Los pilares en mitad del río que Merthin había construido a toda prisa el diciembre anterior seguían rodeados de sus ataguías. El joven había explicado a Edmund y Caris que dejaría las ataguías en su sitio hasta que el puente estuviese casi terminado para proteger la obra de mampostería de posibles daños accidentales causados por sus propios hombres. Cuando las demoliese, colocaría en su lugar una pila de fragmentos de roca sueltos, conocidos como protección de escollera, que según dijo, impediría que la corriente erosionase los pilones.

Las gigantescas columnas de piedra habían crecido, como árboles, expandiendo sus arcos hacia los lados, hacia pilares más pequeños construidos en la parte menos profunda del río, cerca de las márgenes. De éstos, a su vez, también retoñaban otros arcos, por un lado hacia los pilares centrales y por otro hacia los machones embutidos en la orilla. Un grupo muy numeroso de canteros trabajaba con gran ahínco en el elaborado andamiaje, que se adhería a la obra de cantería como nidos de gaviota a un acantilado.

Atracaron en la isla de los Leprosos y encontraron a Merthin en compañía del hermano Thomas, supervisando a los canteros que construían el estribo del que arrancaría el puente hacia la sección norte del río. El priorato seguía siendo el dueño y ejerciendo el control sobre el puente, a pesar de que los terrenos habían sido arrendados a la cofradía gremial y la construcción estaba financiada con los préstamos de personalidades locales. Thomas solía acudir a menudo a realizar el seguimiento de las obras, pues el prior Godwyn mostraba un interés desmesurado por el proyecto, y sobre todo por el aspecto final que tendría el puente, con el aparente convencimiento de que iba a ser una especie de monumento dedicado a él.

Merthin miró a los visitantes con aquellos ojos castaños y dorados y a Caris se le aceleró el corazón. En las semanas anteriores, apenas lo había visto, y cuando hablaban siempre era de negocios. Aun así, invariablemente se sentía un tanto extraña en su presencia, y tenía que hacer un auténtico esfuerzo para respirar con normalidad, para mirarlo a los ojos con indiferencia fingida y para ralentizar la velocidad de sus frases a un ritmo más pausado.

No habían llegado a hacer las paces. Ella no le había contado lo del aborto, por lo que él no sabía si el embarazo se había interrumpido de manera espontánea o de otro modo. Ninguno de los dos había vuelto a aludir al asunto, y en las dos ocasiones en las que él había ido a hablar con ella desde entonces, de manera solemne, Merthin le había suplicado que volviese a empezar de nuevo con él, pero ella le había contestado que, a pesar de que nunca volvería a amar a otro hombre, no pensaba pasarse la vida siendo esposa y madre.

—¿Y se puede saber cómo piensas pasarte la vida entonces? —le había preguntado él, a lo que ella había contestado, sencillamente, que no lo sabía.

Merthin ya no era el jovenzuelo de aspecto desastrado de antaño, sino que llevaba el pelo y la barba muy bien cuidados, pues se había convertido en cliente habitual de Matthew Barber. Vestía una túnica de color rojizo como la de los canteros, pero llevaba además una capa amarilla con ribetes de piel, signo de su condición de maestro, y también un gorro con una pluma, lo que le hacía parecer un poco más alto.

Elfric, quien seguía sintiendo la misma animadversión hacia él, se había opuesto a que Merthin vistiese como un maestro, aduciendo que no era miembro de ningún gremio. La réplica de Merthin había sido que él sí era un maestro, y que la solución al problema consistía en que lo admitiesen en algún gremio. Y así, el asunto seguía igual, sin resolverse.

Con todo, Merthin seguía siendo un muchacho de veintiún años, por lo que Guillaume lo miró y exclamó:

—¡Qué joven es!

—Ha sido el mejor constructor de la ciudad desde que tenía diecisiete años —repuso Caris a la defensiva.

Merthin intercambió unas palabras más con Thomas y luego se aproximó a ellos.

—Es absolutamente necesario que los estribos de un puente sean muy pesados, con cimientos muy profundos —explicó, dando sentido al colosal baluarte de piedra que estaba construyendo.

—¿Y eso por qué, muchacho? —quiso saber Guillaume.

Merthin ya estaba acostumbrado a que lo trataran con condescendencia, por lo que no se lo tomó a mal. Con una media sonrisa, respondió:

—Os lo explicaré. Separad los pies el máximo posible, así. —Merthin hizo una demostración y, tras dudarlo unos instantes, Guillaume lo imitó—. Tenéis la sensación de que vuestros pies van a separarse aún más, ¿no es así?

—Sí.

—Y los extremos de un puente tienden a separarse, como vuestros pies. Esto ejerce mucha presión en el puente, al igual que vos sentís esa misma presión en la entrepierna. —Merthin enderezó el cuerpo y apoyó la bota de su propio pie firmemente contra el zapato de cuero suave de Guillaume—. Y ahora no podéis mover vuestro pie y la presión sobre vuestra entrepierna ha cesado, ¿me equivoco?

—Así es.

—El estribo produce el mismo efecto que mi pie, refuerza vuestro pie y alivia la presión.

—Muy interesante —comentó Guillaume con aire pensativo mientras volvía a juntar las piernas, y Caris adivinó que seguramente estaba diciéndose que no debía subestimar a Merthin.

—Dejad que os muestre todo esto —indicó Merthin.

La isla había cambiado por completo en los seis meses anteriores, y cualquier indicio de la vieja colonia de leprosos había desaparecido sin dejar rastro. Buena parte del terreno rocoso estaba ocupada por toda clase de materiales apilados: montones ordenados de bloques de piedra, toneles de cal, cúmulos de tablones de madera y ovillos de cuerda. El lugar seguía infestado de conejos, pues los habitantes de Kingsbridge no podían comérselos a causa de una vieja superstición según la cual eran las ánimas de los leprosos muertos, pero en esos momentos competían con los peones por el espacio. Había una forja, donde el herrero reparaba herramientas viejas y forjaba otras nuevas; varios alojamientos para los canteros y la casa nueva de Merthin, pequeña pero construida con mucho esmero y de proporciones muy armoniosas. Los carpinteros, los canteros y los albañiles trabajaban incansablemente para que los hombres que había en el andamiaje no se quedaran sin materiales.

—Parece que hay más hombres trabajando que de costumbre —susurró Caris al oído de Merthin.

El joven sonrió.

—Eso es porque he colocado al mayor número posible en posiciones bien visibles —le contestó en voz baja—. Quiero que todos los visitantes se fijen en lo rápido que estamos trabajando para construir el puente nuevo.

434

Quiero que se convenzan de que la feria volverá a funcionar normalmente el año próximo.

En el extremo occidental de la isla, lejos de los puentes gemelos, había depósitos y patios de almacenaje en parcelas de terreno que Merthin había arrendado a los mercaderes de Kingsbridge. Aunque el precio era más bajo que las rentas que los arrendatarios habrían tenido que pagar dentro de los límites de la ciudad, Merthin ya estaba ganando mucho más que la suma simbólica que pagaba cada año por el contrato de arrendamiento.

También frecuentaba bastante la compañía de Elizabeth Clerk, y aunque Caris opinaba de ella que era una mala pécora, lo cierto es que era la única otra mujer de la ciudad capaz de rivalizar en inteligencia con Merthin. Tenía un pequeño arcón de libros que había heredado de su padre, el obispo, y Merthin pasaba las tardes en casa de ella, leyendo. Si hacían algo más aparte de leer, Caris lo ignoraba.

Cuando terminó el recorrido por la isla, Edmund regresó con Guillaume hacia la otra orilla, pero Caris se quedó atrás para hablar con Merthin.

—¿Es un buen cliente? —le preguntó él mientras observaban cómo se alejaba la balsa.

—Acabamos de venderle dos costales de lana barata por menos de lo que pagamos por ella.

Un costal pesaba 364 libras de lana lavada y seca. Ese año, la lana barata se vendía a treinta y seis chelines el costal, y la de buena calidad, por aproximadamente el doble de eso.

—¿Por qué?

—Cuando bajan los precios, es mejor tener dinero contante y sonante en lugar de lana.

—Pero ya debíais de imaginaros que este año la feria no tendría mucho éxito.

—No esperábamos que pudiese ir tan mal.

—Me sorprende, tu padre siempre ha tenido un don especial para prever esta clase de cosas.

Caris vaciló antes de contestar.

—Es la combinación de una caída en la demanda y la falta del puente. —A decir verdad, ella también estaba sorprendida. Había visto a su padre comprar vellón en la misma cantidad que de costumbre, a pesar de las perspectivas poco halagüeñas, y se había preguntado por qué no había actuado sobre seguro reduciendo sus compras.

—Supongo que intentaréis vender el excedente en la feria de Shiring —comentó Merthin.

—Es lo que el conde Roland quiere que hagamos todos. El problema es que allí nuestra presencia no es habitual, de modo que los comerciantes locales arramblarán con la mejor parte del negocio. Es lo mismo que ocurre en Kingsbridge: mi padre y otros dos o tres mercaderes más cierran importantes tratos con los compradores de mayor envergadura, y dejan que los comerciantes menores y los forasteros se peleen por las migajas. Estoy segura de que los mercaderes de Shiring hacen exactamente lo mismo. Puede que vendamos unos cuantos costales, pero no tenemos ninguna posibilidad real de poder colocarlo todo.

—¿Y qué haréis?

—Por eso he venido a hablar contigo. Puede que tengamos que interrumpir la construcción del puente.

El joven la miró fijamente.

—No —dijo, con calma.

—Lo siento mucho, pero mi padre no tiene dinero. Ha invertido todo lo que tenía en lana y no la puede vender.

Merthin se sentía como si le acabasen de dar una bofetada. Al cabo de un momento, exclamó:

—¡Tenemos que encontrar otro modo!

Caris sentía mucha lástima por él, pero no se le ocurría nada útil que decir.

—Mi padre se comprometió a contribuir con setenta libras a la construcción del puente, y ya ha pagado la mitad, pero me temo que el resto está en sacos de lana en su almacén.

—Pero no puede haberse quedado sin un penique…

—Poco le falta. Y lo mismo puede decirse de otros ciudadanos que prometieron dinero para el puente.

—Podría ir más lento —apuntó Merthin—. Podría despedir a algunos artesanos y reducir la cantidad de materiales.

—Entonces el puente no estaría listo para la feria del vellón del próximo año y sería aún peor.

—Aun así, es mejor que detener las obras por completo.

—Sí, sí que lo sería —dijo ella—, pero no hagas nada todavía. Cuando termine la feria del vellón, ya pensaremos en algo. Sólo quería que estuvieses al tanto de la situación.

Merthin aún estaba muy pálido.

—Te lo agradezco.

La balsa regresó a la isla y Jimmie esperó para transportar a Caris a la otra orilla. Cuando subía a bordo preguntó, como si tal cosa:

—¿Y cómo está Elizabeth Clerk?

Merthin se hizo un poco el sorprendido ante aquella pregunta.

—Está bien, creo —contestó.

—Últimamente la ves mucho, ¿no?

—No especialmente. Siempre hemos sido amigos.

—Sí, claro —dijo Caris, aunque eso no era del todo cierto.

Merthin había dejado de lado a Elizabeth prácticamente casi todo el año anterior, cuando él y Caris pasaban tanto tiempo juntos, pero habría sido indecoroso contradecirlo, por lo que no añadió nada más.

Se despidió de él con la mano y Jimmie empujó la balsa con la pértiga. Merthin trataba de dar la impresión de que él y Elizabeth no mantenían ninguna relación sentimental. Puede que fuese cierto, o puede que el joven sintiese cierto pudor ante Caris para admitir que estaba enamorado de otra. Para ella, era imposible saberlo, aunque había algo de lo que estaba completamente segura: no tenía ninguna duda de que, por parte de Elizabeth, lo que ésta sentía era amor y no una simple amistad. Caris lo intuía sólo por el modo en que ella lo miraba; puede que Elizabeth fuese una mujer de hielo, pero lo que sentía por Merthin era algo tórrido.

La balsa atracó en la orilla opuesta. Caris se bajó de la embarcación y enfiló la colina que conducía al centro de la ciudad.

Las noticias de Caris habían afectado mucho a Merthin, y a la joven le daban ganas de llorar cuando recordaba la expresión de estupor y consternación en el rostro de él. Era la misma expresión que había visto el día en que ella había rechazado reanudar su historia amorosa con él.

Caris no sabía todavía qué iba a hacer con su vida. Siempre había supuesto que, hiciera lo que hiciese, viviría en una cómoda casa que un próspero negocio se encargaría de mantener y sacar adelante. En esos momentos, hasta ese castillo en el aire se estaba desmoronando. Trató de pensar en alguna solución para salir de aquella situación; su padre estaba extrañamente sereno, como si todavía no hubiese asimilado del todo la magnitud de sus pérdidas, pero Caris sabía que tenían que hacer algo.

Al subir por la calle principal, se cruzó con la hija de Elfric, Griselda, quien llevaba en brazos a su hijo de seis meses. Era un niño y le había puesto el nombre de Merthin, un reproche perpetuo hacia el otro Merthin por no haberse casado con ella. Griselda seguía fingiendo una apariencia de inocencia herida, y a pesar de que todos aceptaban ya que Merthin no era el verdadero padre, algunos habitantes todavía pensaban que debería haberse casado con la chica de todos modos, puesto que se había acostado con ella.

Cuando Caris llegó a casa, su padre salió a su encuentro. La joven lo miró atónita, pues sólo iba vestido con su ropa interior: una camisa larga, calzones y calzas.

—¿Dónde está tu ropa? —dijo.

El hombre se miró el cuerpo y lanzó un gruñido de indignación.

—Estoy perdiendo la cabeza —dijo, y volvió a meterse dentro.

Debía de haberse quitado el sobretodo y la túnica para ir al excusado, pensó Caris, y se le había olvidado ponérselos de nuevo. ¿Era cosa de la edad únicamente? Sólo tenía cuarenta y ocho años, y además, era mucho más grave que un simple olvido. La joven se puso muy nerviosa.

Su padre regresó vestido con normalidad y recorrieron juntos la calle principal para dirigirse al recinto del priorato.

—¿Le has dicho a Merthin lo del dinero? —le preguntó Edmund.

—Sí. Se ha quedado destrozado.

—¿Qué ha dicho?

—Que podría gastar menos dinero bajando el ritmo de trabajo.

—Pero entonces no tendríamos el puente listo para el año que viene.

—Pero tal como ha dicho él, eso sería mejor que abandonar el puente a medias.

Llegaron al puesto de Perkin Wigleigh, que vendía gallinas ponedoras. Su descocada hija, Annet, llevaba una bandeja de huevos colgada del cuello por una tira de cuero. Tras el tablero, Caris vio a su amiga Gwenda, que entonces trabajaba para Perkin. Embarazada de ocho meses, con los pechos hinchados y un vientre prominente, Gwenda se llevaba la mano a los riñones con la clásica postura de la futura madre con dolor de espalda.

Caris calculó que ella también estaría embarazada de unos ocho meses si no se hubiese tomado la poción de Mattie. Tras el aborto le había salido calostro de los pechos, y no había podido evitar pensar que aquél era, precisamente, el reproche que le hacía su cuerpo por lo que había hecho. Sentía remordimientos de vez en cuando, pero cada vez que lo pensaba fría y racionalmente, sabía que si tuviese que pasar por la misma situación, actuaría de igual modo.

Gwenda vio a Caris y le sonrió. Contra todo pronóstico, Gwenda había conseguido lo que quería: tener a Wulfric por marido. Él estaba allí en ese momento, fuerte como un roble y más guapo que nunca, cargando una pila de cajas de madera en la plataforma de un carro. Caris se alegraba de todo corazón por Gwenda.

—¿Cómo te encuentras hoy? —le preguntó.

—Llevo toda la mañana con dolor de espalda.

—Ya no te falta mucho.

—Un par de semanas, creo.

—¿Quién es ésta, querida? —le preguntó Edmund a su hija.

—¿Es que no te acuerdas de Gwenda? —exclamó Caris—. ¡Ha estado en nuestra casa como invitada al menos una vez al año en los últimos diez años!

Edmund sonrió.

—Es que no te he reconocido, Gwenda… debe de ser por el embarazo. Pero tienes muy buen aspecto.

Siguieron andando. Caris sabía que Wulfric no había obtenido su herencia, Gwenda no había conseguido ese objetivo. Caris no estaba segura de lo que había pasado con exactitud el mes de septiembre anterior, cuando Gwenda había acudido a Ralph a suplicarle y éste le había hecho alguna especie de promesa de la que había renegado después. En cualquier caso, lo cierto era que ahora Gwenda odiaba a Ralph con un ímpetu rayano en lo enfermizo.

Cerca de allí había una hilera de puestos de mercado en los que los mercaderes locales vendían buriel marrón, el paño que se empleaba para hacer tejidos bastos y que todos excepto los ricos compraban para confeccionar sus vestidos en casa. El negocio parecía irles viento en popa, a diferencia de los laneros. La lana a peso era un negocio al por mayor, y la ausencia de grandes compradores podía resultar nefasta para el comercio. Sin embargo, el paño era un negocio al detalle, todo el mundo lo necesitaba y todo el mundo lo compraba, puede que en menor cantidad en tiempos de penuria y escasez, pero lo cierto es que aún necesitaban ropa pese a todo.

En algún recoveco del cerebro de Caris, empezó a tomar forma una idea imprecisa: cuando los comerciantes no podían vender su lana, a veces la hilaban e intentaban venderla como paño, pero se trataba de un proceso muy laborioso y el margen de beneficios era muy escaso con el buriel. Todo el mundo compraba el más barato y los vendedores no tenían más remedio que mantener los precios a la baja.

Miró los puestos de paño con nuevos ojos.

—Me pregunto qué debe de dar más dinero… —expresó en voz alta.

El buriel valía doce peniques la vara. Había que pagar la mitad de eso de nuevo para obtener el tejido ya tupido y abatanado, y aún más por obtenerlo en colores distintos al anodino marrón natural. En el puesto del tintorero Peter Dyer se ofrecía tela verde, amarilla y rosa a dos chelines, es decir, veinticuatro peniques la vara, a pesar de que los colores no eran muy brillantes.

Se volvió hacia su padre para contarle la idea que acababa de tener, pero antes de poder pronunciar palabra, sucedió algo que acaparó toda su atención.

El hecho de estar de nuevo en la feria del vellón trajo a Ralph recuerdos muy desagradables de lo ocurrido el año anterior, y se llevó la mano a la nariz maltrecha. ¿Cómo había sucedido? Todo había comenzado cuando trató de gastarle una broma inofensiva a aquella campesina, Annet, y cuando luego quiso darle una lección de respeto a aquel zafio y torpe admirador suyo, pero sin que supiera muy bien cómo, lo cierto era que había terminado en una humillación para Ralph.

A medida que se aproximaba al puesto de Perkin, sintió cierto consuelo al pensar en lo acaecido desde entonces. Le había salvado la vida al conde Roland tras el hundimiento del puente, había complacido al noble con su contundente actuación en la cantera y al fin había conseguido que lo nombrase señor, aunque fuese tan sólo de la pequeña aldea de Wigleigh. Había matado a un hombre, Ben Wheeler, carretero de profesión, de modo que no se trataba de nada particularmente honroso, pero aun así, se había demostrado a sí mismo que podía hacerlo.

Incluso había hecho las paces con su hermano. Su madre había forzado la situación, invitándolos a ambos a la cena de Navidad, insistiendo obcecadamente en que se estrecharan las manos. Era una desgracia que ambos sirviesen a señores que eran rivales entre sí, pero cada uno tenía un deber que cumplir, como soldados que se hallan combatiendo en bandos distintos en una guerra civil. Ralph estaba satisfecho y creía que Merthin sentía lo mismo.

Había conseguido cobrarse una gustosa venganza sobre la persona de Wulfric, desposeyéndolo de su herencia y de su amada al mismo tiempo, pues la atractiva Annet estaba ahora casada con Billy Howard, y Wulfric no había tenido más remedio que conformarse con la poco agraciada, aunque fogosa, Gwenda.

Era una lástima que Wulfric no pareciese más compungido. Se paseaba con gesto orgulloso y la cabeza bien alta por el pueblo, como si él, y no Ralph, fuese el dueño del lugar. Caía bien a todos sus convecinos y su esposa preñada le profesaba verdadera adoración. Pese a las derrotas infligidas por Ralph, lo cierto era que Wulfric, de algún modo, siempre conseguía aparecer como el héroe. Tal vez fuese porque su mujer tenía aquel apetito sexual tan desmesurado.

A Ralph le habría gustado contarle a Wulfric la visita de Gwenda a la posada Bell. «Me acosté con tu mujer —le gustaría decirle—. Y a ella le gustó.» Eso borraría aquella expresión de orgullo del rostro de Wulfric. Pero entonces éste también sabría que Ralph había hecho una promesa que luego, de manera vergonzosa, había quebrantado… cosa que sólo haría que Wulfric volviese a sentirse superior. Ralph sintió un escalofrío al pensar en el desprecio que Wulfric y otros manifestarían por él si llegaban a enterarse algún día de aquella traición. Su hermano Merthin, en especial, lo despreciaría más que nadie. No, su escarceo sexual con Gwenda tendría que quedar en el más estricto de los secretos.

Estaban todos en el puesto de Perkin, y éste fue el primero en ver acercarse a Ralph, por lo que saludó a su señor tan servilmente como de costumbre.

—Buenos días tengáis, señor Ralph —dijo, inclinándose, y su esposa, Peggy, al punto hizo una pequeña reverencia.

Gwenda también estaba allí, frotándose la parte baja de la espalda como si le doliese. Luego, Ralph vio a Annet con su bandeja de huevos y recordó el momento en que le había tocado un pecho, redondo y firme como los huevos de la bandeja. La joven captó su mirada y bajó la vista de inmediato, con recato. Ralph sintió ganas de volver a tocárselo. «¿Por qué no? —pensó—. Al fin y al cabo, soy su señor.» Justo entonces vio a Wulfric, en la parte de atrás. El muchacho había estado cargando cajas en un carro, pero en ese momento estaba allí de pie, inmóvil, mirando a Ralph. Su rostro era inescrutable, cuidadosamente inexpresivo, y lo observaba con mirada fija e impasible. No podía decirse que lo mirase con gesto insolente, pero para Ralph la amenaza era inequívoca. No habría sido más claro si le hubiese dicho: «Como la toques, te mato».

«Tal vez debería hacerlo —se dijo Ralph—. Que se atreva a atacarme. Lo atravesaré con mi espada. Estaré en todo mi derecho, un señor que actúa en legítima defensa contra un campesino enloquecido por el odio.» Sosteniendo la mirada a Wulfric, Ralph levantó la mano para acariciar el pecho de Annet… y entonces Gwenda dejó escapar un fuerte grito de angustia y dolor, y todas las miradas se volvieron hacia ella.

31

Caris oyó un grito de dolor y reconoció de inmediato la voz de Gwenda. Sintió una punzada de miedo: algo iba mal. Dando un par de apresuradas zancadas, se plantó en el puesto de Perkin.

Gwenda estaba sentada en un taburete, con el rostro muy pálido y crispado por una mueca de dolor, y con la mano de nuevo a la altura de los riñones. Tenía el vestido húmedo.

—Ha roto aguas —explicó la mujer de Perkin en tono eficiente—. Se ha puesto de parto.

—Pero es muy pronto… —dijo Caris con ansiedad.

—Pues ese hijo viene en camino de todos modos.

—Es muy peligroso. —Caris tomó una decisión—. Vamos a llevarla al hospital. —Normalmente, las mujeres no acudían al hospital a dar a luz, pero admitirían a Gwenda si Caris insistía. Un niño prematuro podía ser muy vulnerable, todo el mundo lo sabía.

Wulfric apareció junto a Gwenda. A Caris le impresionó lo joven que parecía, diecisiete años y a punto de ser padre.

—Sólo estoy un poco floja. Se me pasará enseguida.

—Yo te llevaré —se ofreció Wulfric, y la levantó sin esfuerzo.

—Sígueme —dijo Caris. Caminó delante de él a través de los puestos, gritando—: ¡Apartaos, por favor! ¡Apartaos! —Y al cabo de un minuto ya estaban en el hospital.

La puerta estaba abierta de par en par. Hacía horas que se habían ido los huéspedes que acudían a pasar la noche, y sus jergones de paja estaban apilados contra una pared. Varios subalternos y novicias fregaban el suelo enérgicamente con baldes y trapos. Caris se dirigió a la limpiadora más cercana, una mujer de mediana edad con los pies descalzos.

—Id a buscar a Julie la Anciana, rápido, decidle que os envía Caris.

Caris halló un jergón razonablemente limpio y lo dispuso en el suelo cerca del altar. No estaba segura de cuán eficaces eran los altares para ayudar a los enfermos, pero optó por seguir la opinión común. Wulfric dejó a Gwenda en el jergón con tanto cuidado como si la joven estuviera hecha de cristal y ésta se tendió con las rodillas flexionadas y las piernas separadas.

Al cabo de unos momentos llegó Julie la Anciana, y Caris se acordó de las numerosas ocasiones en su vida que la había consolado aquella buena mujer, quien pese a que ni siquiera llegaba a la cincuentena, ofrecía el aspecto de una auténtica anciana.

—Ésta es Gwenda de Wigleigh —dijo Caris—. Ella está bien, pero el niño se ha adelantado varias semanas y me ha parecido necesario traerla aquí. Además, estábamos justo al lado.

—Una decisión muy sensata —respondió Julie, apartando con delicadeza a Caris para arrodillarse junto al jergón—. ¿Cómo te encuentras, muchacha? —le preguntó a Gwenda.

Mientras Julie se dirigía en voz baja a la parturienta, Caris miró a Wulfric, cuyo hermoso y joven rostro se hallaba crispado por la ansiedad. Caris sabía que nunca había tenido intención de casarse con Gwenda, qué siempre había querido a Annet; sin embargo, en ese instante parecía tan preocupado por ella como si la hubiese amado toda la vida.

Gwenda dejó escapar un grito de dolor.

—Así, muy bien —la animó Julie. Se arrodilló entre los pies de Gwenda y le levantó el vestido—. El niño ya está en camino —afirmó.

Apareció otra monja y Caris reconoció a Mair, la novicia de rostro angelical.

—¿Voy a buscar a la madre Cecilia? —preguntó.

—No es necesario molestarla —contestó Julie—. Sólo ve al almacén y tráeme una caja de madera con la inscripción «Partos» en lo alto.

Mair salió apresuradamente.

—¡Dios, cómo me duele…! —exclamó Gwenda.

—Sigue empujando —le ordenó la monja.

—Pero ¿qué pasa, por el amor de Dios? ¿Es que algo va mal?

—No, todo va bien —dijo Julie—. Esto es normal, es así como dan a luz las mujeres. Debes de ser el menor de tus hermanos, porque de lo contrario habrías visto a tu madre así alguna vez.

Caris sí que era la hermana menor en su familia, y aunque sabía que los partos eran dolorosos, en realidad nunca había presenciado ninguno y estaba horrorizada por lo espantoso que era todo.

Mair regresó y colocó una caja de madera en el suelo junto a Julie.

Gwenda dejó de gemir de dolor; cerró los ojos y parecía que se había quedado dormida cuando de repente, al cabo de unos minutos, volvió a chillar.

—Siéntate a su lado y cógele la mano —ordenó Julie a Wulfric, y éste obedeció de inmediato.

Julie seguía observando la evolución por debajo del vestido de Gwenda.

—Ahora deja de empujar —dijo al cabo de un rato—. Inspira y suelta el aire muy rápido, varias veces.

La monja jadeó para que Gwenda supiese qué quería decir. La joven hizo lo que le decía y aquello pareció aliviar su sufrimiento durante unos minutos. Luego volvió a gritar.

Caris no podía soportarlo. Si aquello era normal, ¿cómo sería un parto cuando surgían complicaciones? Perdió la noción del tiempo, todo sucedía muy deprisa pero el tormento de Gwenda parecía interminable. Caris experimentó la sensación de impotencia que tanto detestaba, la misma sensación que la había embargado cuando su madre había muerto: quería ayudar, pero no sabía qué hacer, y eso le provocaba tanta ansiedad que se mordió el labio hasta que notó cómo le salía sangre.

—Ya viene la criatura —anunció Julie.

Alargó los brazos entre las piernas de Gwenda, retiró completamente el vestido y Caris vio con toda claridad la cabeza del niño, con la cara boca abajo, cubierta de pelo húmedo, saliendo de una abertura que parecía haberse estirado de manera imposible, al máximo.

—¡Que Dios nos asista! ¡Con razón duele tanto! —exclamó horrorizada.

Julie sujetó la cabeza con la mano izquierda. La criatura fue volviéndose lentamente hacia un lado y luego sus hombros diminutos salieron también. Tenía la piel resbaladiza por la sangre y algún otro fluido.

—Ahora relájate —le indicó Julie—. Ya casi ha terminado. La criatura es preciosa.

«¿Preciosa?», se dijo Caris para sus adentros. A ella le parecía horrible.

El torso del niño salió con un grueso cordón palpitante de color azul adherido al ombligo. Luego, las piernas y los pies aparecieron enseguida. Julie cogió al recién nacido con ambas manos. Era minúsculo, la cabeza apenas un poco mayor que la palma de la mano de Julie.

Algo parecía no ir bien. Caris se percató de que la criatura no respiraba.

Julie atrajo la carita de la criatura hacia sí y sopló en los diminutos orificios nasales.

El recién nacido abrió la boca de repente, tomó aire y rompió a llorar.

—Alabado sea Dios —dijo Julie.

Limpió la cara del niño con la manga de su hábito, poniendo especial cuidado alrededor de las orejas, los ojos, la nariz y la boca. A continuación apretó al recién nacido contra su pecho y cerró los ojos, y en ese preciso instante, Caris vio ante sus ojos una vida entera dedicada al sacrificio. Pasaron unos segundos y Julie dejó a la criatura en el pecho de su madre.

Gwenda bajó la mirada.

—¿Es niño o niña?

Caris se dio cuenta de que ninguno de ellos se había fijado. Julie se inclinó hacia delante y separó las rodillas del recién nacido.

—Un niño —contestó.

El cordón azul dejó de palpitar y se arrugó, volviéndose de color blanco. Julie extrajo de la caja dos fragmentos cortos de cuerda y los ató al cordón umbilical. A continuación sacó una navaja pequeña y afilada y cortó el cordón entre ambos nudos. Mair le quitó la navaja de las manos y le dio una manta minúscula de la caja. Julie tomó al niño de entre los brazos de Gwenda, lo envolvió en la manta y se lo devolvió. Mair encontró unos cojines y se los puso a Gwenda detrás de la espalda, para ayudarla a incorporarse. Gwenda tiró hacia abajo del cuello de su vestido y se sacó un pecho hinchado. Le ofreció el pezón a su hijo y éste empezó a succionar con avidez. Al cabo de un minuto, pareció quedarse dormido.

El otro extremo del cordón seguía colgando del cuerpo de Gwenda. Al cabo de unos minutos se movió y una masa roja e informe se deslizó hacia fuera: era la placenta. El jergón se empapó de sangre. Julie levantó aquella masa, se la dio a Mair y dijo:

—Quémala.

Julie examinó la zona pélvica de Gwenda y frunció el ceño. Caris siguió su mirada y advirtió que seguía saliendo sangre. Julie limpió las manchas del cuerpo de Gwenda, pero las vetas rojas reaparecieron al instante.

Cuando Mair regresó, Julie le dio más instrucciones.

—Ve a buscar a la madre Cecilia, por favor, rápido.

—¿Es que pasa algo malo? —inquirió Wulfric.

—Ya debería haber dejado de sangrar —respondió Julie.

De pronto, la tensión se palpó en el aire. Wulfric parecía asustado. Se oyó el llanto del recién nacido y Gwenda le dio de mamar de nuevo. La criatura succionó unos minutos más y volvió a quedarse dormida. Julie no dejaba de mirar hacia la puerta.

Cecilia apareció al fin; examinó a Gwenda y preguntó:

—¿Ha expulsado ya la placenta?

—Hace unos minutos.

—¿Le has puesto la criatura al pecho?

—Nada más cortarle el cordón.

—Iré a buscar a un médico. —Cecilia desapareció rápidamente.

No reapareció hasta pasados varios minutos, y cuando lo hizo, trajo consigo un pequeño frasco de cristal que contenía un líquido amarillento.

—El prior Godwyn ha prescrito esto —dijo.

Caris estaba indignada.

—¿Es que no piensa examinar a Gwenda?

—Por supuesto que no —repuso Cecilia enérgicamente—. Es un sacerdote además de un monje. Esa clase de hombres no examina las partes pudendas de una mujer.

—*Podex*… —exclamó Caris con desdén. Era el término en latín para «imbécil».

Cecilia fingió no haberla oído y se arrodilló junto a Gwenda.

—Bébete esto, querida.

Gwenda se bebió la poción, pero siguió sangrando. Estaba muy pálida, y parecía más débil que justo después del parto. El recién nacido dormía plácidamente en su seno, pero todos los demás presentes estaban muy asustados. Wulfric no dejaba de sentarse y levantarse de nuevo; Julie limpiaba la sangre de los muslos de Gwenda y parecía a punto de llorar en cualquier momento. Gwenda pidió algo de beber y Mair le trajo un vaso de cerveza.

Caris se llevó a Julie a un lado y le dijo en un susurro:

—¡Se va a desangrar!

—Hemos hecho lo que hemos podido —repuso Julie.

—¿Habéis visto casos así con anterioridad?

—Sí, tres.

—¿Y cómo acabaron?

—Las mujeres murieron.

Caris dejó escapar un leve gemido de desesperación.

—¡Tiene que haber algo que podamos hacer!

—Ahora está en manos de Dios. Podrías rezar.

—No era a eso a lo que me refería con lo de hacer algo.

—Ten cuidado con lo que dices.

Caris se sintió culpable de inmediato, pues no quería discutir con una persona tan bondadosa como Julie.

—Lo siento, hermana. No pretendía dudar del poder de la oración.

—Eso espero.

—Pero todavía no estoy lista para dejar a Gwenda en manos de Dios.

—¿Y qué otra cosa se puede hacer?

—Ya lo veréis. —Caris salió a toda prisa del hospital.

Se abrió paso atropelladamente entre los clientes que se paseaban por la feria. Le parecía asombroso que la gente todavía pudiera seguir comprando y vendiendo cuando a apenas unos metros de distancia estaba teniendo lugar una auténtica tragedia a vida o muerte. Sin embargo, en numerosas ocasiones ella misma había oído que una mujer se había puesto de parto y el marido ni siquiera había dejado de hacer lo que estaba haciendo, sólo le había deseado suerte a la mujer y luego había seguido con sus quehaceres.

Salió del recinto del priorato y recorrió las calles de la ciudad en dirección a la casa de Mattie Wise. Llamó a la puerta y la mujer le abrió. Sintió un gran alivio al ver que estaba en casa.

—Gwenda acaba de dar a luz a su hijo —le explicó.

—¿Y qué ha ido mal? —preguntó Mattie inmediatamente.

—El niño está bien, pero Gwenda sigue sangrando.

—¿Ha salido ya la placenta?

—Sí.

—Entonces, la hemorragia debería haberse detenido.

—¿Puedes ayudarla?

—Tal vez. Puedo intentarlo.

—¡Date prisa, por favor!

Mattie retiró un caldero de la lumbre y se puso los zapatos; luego, ambas se marcharon y Mattie cerró la puerta al salir.

—Nunca tendré un hijo, lo juro —anunció Caris con vehemencia.

Fueron a toda prisa al priorato y entraron en el hospital. Caris reparó en el fuerte olor a sangre.

Mattie tuvo la precaución, antes que nada, de saludar a Julie la Anciana.

—Buenas tardes, hermana Juliana.

—Hola, Mattie. —Julie la miró con aire reprobador—. ¿De veras crees que puedes ayudar a esta mujer cuando los remedios del venerable prior no han sido bendecidos con el éxito?

—Si rezáis por mí y por la paciente, hermana, ¿quién sabe lo que puede suceder?

Era una respuesta diplomática y Julie se dulcificó.

Mattie se arrodilló junto a la madre y el hijo. Gwenda estaba cada vez más pálida; tenía los ojos cerrados y el niño buscaba a tientas su pecho, pero Gwenda parecía demasiado cansada para ayudarlo.

—Tiene que seguir bebiendo líquidos, pero no licores fuertes. Por favor, traedle una jarra de agua tibia con un vaso pequeño de vino diluido en ella. Luego preguntadle al cocinero si tiene alguna sopa clara, caliente pero que no queme.

Mair miró con aire interrogador a Julie, quien vaciló unos instantes y luego dijo:

—Ve, pero no le digas a nadie que sigues las instrucciones de Mattie. —La novicia salió de inmediato.

Mattie levantó el vestido de Gwenda hasta arriba y dejó al descubierto la totalidad de su abdomen. La piel que aparecía tensa y tirante apenas unas horas antes estaba en ese momento flácida y surcada de pliegues. Mattie asió la carne suelta, hundiendo los dedos con delicadeza pero firmemente en el vientre de Gwenda. La joven gimió, pero era un gemido de malestar más que de auténtico dolor.

—El útero está blando —dictaminó Mattie—. No ha conseguido contraerse todavía, por eso sigue sangrando.

Wulfric, que parecía al borde de las lágrimas, preguntó:

—¿Puedes hacer algo por ella?

—No lo sé. —Mattie empezó a realizar un masaje, presionando con los dedos el útero de Gwenda a través de la piel y la carne de su vientre—. A veces esto hace que el útero se contraiga.

Todos observaban en silencio, y Caris temía incluso respirar.

Mair regresó con la mezcla de agua y vino.

—Dale un poco, por favor —le pidió Mattie sin interrumpir el masaje en el vientre. Mair acercó un vaso a los labios de Gwenda y ésta bebió con avidez—. Pero que no beba demasiado —advirtió Mattie, y Mair le apartó el vaso.

Mattie prosiguió con el masaje, examinando de vez en cuando la pelvis de Gwenda. Los labios de Julie se movían recitando una silenciosa plegaria, pero la sangre seguía manando imparable.

Con expresión preocupada, Mattie cambió de postura. Colocó la mano izquierda en la barriga de Gwenda, justo debajo del ombligo, y luego la mano derecha encima de la izquierda. Oprimió hacia abajo, presionando un poco más cada vez, despacio. Caris temía que pudiese hacerle daño a su amiga, pero ésta sólo parecía semiconsciente. Mattie siguió empujando hacia abajo hasta que parecía que estaba echando todo el peso de su cuerpo en sus manos sobre Gwenda.

—¡Ha dejado de sangrar! —exclamó Julie.

Mattie no cambió de posición.

—¿Sabe alguien contar hasta quinientos?

—Sí —respondió Caris.

—Hazlo, despacio, por favor.

Caris empezó a contar en voz alta. Julie volvió a limpiar la sangre a Gwenda y esta vez las vetas no reaparecieron. Empezó a rezar en voz alta.

—Santa María, Madre de Dios…

Todos permanecieron inmóviles, como un grupo de estatuas: la madre y el niño en el jergón, la sabia sanadora apretando el vientre de la madre hacia abajo; el marido, la monja rezando y Caris contando:

—Ciento once, ciento doce…

Además de su propia voz y de la de Julie, Caris oía el ruido de la feria afuera, el bullicio de centenares de personas hablando a la vez. El esfuerzo por el tiempo que llevaba presionando empezó a hacer mella en el rostro de Mattie, pero no se movió. Wulfric lloraba en silencio, y unos lagrimones le resbalaban por las mejillas bronceadas por el sol.

Cuando Caris llegó a quinientos, Mattie empezó a aliviar lentamente la presión sobre el abdomen de Gwenda. Todos miraron hacia su vagina, atenazados por el temor de que la sangre reapareciese a borbotones.

No reapareció.

Mattie dejó escapar un largo suspiro de alivio y Wulfric sonrió, mientras que Julie exclamó:

—¡Alabado sea el Señor!

—Dadle de beber otra vez, por favor —dijo Mattie.

Una vez más, Mair acercó un vaso lleno a los labios de Gwenda, que abrió los ojos y apuró el vaso de un sorbo.

—Ahora te vas a poner bien —la tranquilizó Mattie.

—Gracias —murmuró Gwenda con un hilo de voz, antes de cerrar los ojos de nuevo.

Mattie miró a Mair.

—Tal vez deberías ir a ver cómo va esa sopa —dijo—. Esta mujer tiene que recuperar las fuerzas, de lo contrario se le secará la leche.

Mair asintió con la cabeza y se marchó.

El recién nacido rompió a llorar y Gwenda pareció revivir de inmediato. Se acercó el niño al otro pecho y lo guió para que encontrase la aureola del pezón. A continuación, buscó con la mirada a Wulfric y le sonrió.

—Qué niño más guapo… —comentó Julie.

Caris volvió a mirar a la criatura y, por primera vez, lo vio como a un individuo. ¿Cómo sería, fuerte y honesto como Wulfric o débil y ruin como su abuelo, Joby? No se parecía a ninguno de los dos, pensó.

—¿A quién se parece? —preguntó.

—Tiene los colores de su madre —repuso Julie.

Era cierto, pensó Caris, porque el niño tenía el pelo negro y la piel atezada, mientras que Wulfric era de piel clara y tenía una mata de pelo rubio castaño. La cara del crío le recordaba a alguien y al cabo de un instante se dio cuenta de que le recordaba a Merthin. Por una fracción de segundo, un pensamiento absurdo se le pasó por la cabeza, pero lo desechó de inmediato. Pese a todo, el parecido era indiscutible.

—¿Sabéis a quién me recuerda…? —dijo.

De repente sintió la mirada de Gwenda clavada en ella; la joven abrió los ojos con una expresión de pánico y realizó un imperceptible movimiento negativo con la cabeza. Desapareció en un instante, pero el mensaje era inequívoco: «Cállate». Caris se mordió la lengua.

—¿A quién? —inquirió Julie inocentemente.

Caris titubeó antes de contestar, tratando por todos los medios de que se le ocurriera algo. Al fin tuvo una inspiración.

—A Philemon, el hermano de Gwenda —contestó.

—Pues claro —dijo Julie—. Alguien debería ir a decirle que venga a conocer a su nuevo sobrino.

Caris estaba perpleja. Así que… ¿el niño no era de Wulfric? ¿De quién era, entonces? No podía ser de Merthin. Puede que se hubiese acostado con Gwenda, desde luego, era un ser vulnerable ante la tentación, pero no podría habérselo ocultado a Caris tanto tiempo. Y si no era de Merthin…

Caris tuvo un lóbrego presentimiento. ¿Qué había pasado el día que Gwenda había ido a suplicarle a Ralph que diese a Wulfric su herencia? ¿Podía ser de Ralph aquel niño? Era demasiado horrible para ser verdad.

Miró primero a Gwenda, luego a la criatura y después a Wulfric. Éste sonreía de felicidad, a pesar de que aún tenía el rostro surcado de lágrimas. No sospechaba nada.

—¿Habéis pensado un nombre para la criatura?

—Sí, sí —respondió Wulfric—. Quiero llamarlo Samuel.

Gwenda asintió con la cabeza y bajó la vista hacia el rostro de su hijo.

—Samuel —repitió—. Sammy. Sam.

—Como mi padre —explicó Wulfric con expresión de dicha absoluta.

32

Un año después de la muerte de Anthony, el priorato de Kingsbridge era un lugar muy distinto, reflexionaba Godwyn mientras entraba en la catedral el domingo después de la feria del vellón.

La diferencia principal era la separación entre los monjes y las monjas. Ya no se mezclaban en los claustros, la biblioteca o el *scriptorium*. Incluso allí, en la iglesia, una celosía nueva de madera de roble tallada y que recorría el centro del coro impedía que se mirasen unos a otros durante los oficios. Sólo en el hospital se veían a veces forzados a mezclarse.

En su sermón, el prior Godwyn dijo que el derrumbamiento del puente de hacía un año había sido el castigo de Dios por haber detectado demasiada relajación entre los hermanos y las monjas y excesivos pecados entre la población de Kingsbridge. El nuevo espíritu de rigor y pureza en el priorato, y de piedad y sumisión en la ciudad, conduciría a una vida mejor para todos, tanto en este mundo como en la otra vida. Le pareció que todos los presentes lo asimilaban sin problemas.

Más tarde, cenó con el hermano Simeon, el tesorero, en la casa del prior. Philemon les sirvió estofado de anguila y sidra.

—Quiero construir una casa nueva para el prior —anunció Godwyn.

El rostro enjuto y alargado de Simeon pareció alargarse aún más.

—¿Por alguna razón en especial?

—Estoy seguro de que soy el único prior de toda la cristiandad que vive en una casa como la de un curtidor de pieles. Piensa en las personalidades que han sido huéspedes aquí en los últimos doce meses: el conde de Shiring, el obispo de Kingsbridge, el conde de Monmouth... Este edificio no es el adecuado para tan distinguidas visitas. Ofrece una impresión muy pobre de nosotros y de nuestra orden. Necesitamos un edificio más majestuoso que refleje el prestigio del priorato de Kingsbridge.

—Quieres un palacio —dijo Simeon.

Godwyn detectó cierto dejo reprobatorio en el tono de voz del tesorero, como si el propósito de Godwyn fuese glorificarse él mismo en lugar del priorato.

—Llámalo palacio, si lo prefieres —repuso con frialdad—. ¿Por qué no? Los obispos y los priores viven en palacios. No es por su propia comodidad, sino por la de sus huéspedes, y por la reputación de la institución a la que representan.

—Por supuesto —convino Simeon, abandonando esa línea de argumentación—. Pero no puedes permitírtelo.

Godwyn torció el gesto. En teoría, se alentaba a los monjes más veteranos a discutir con él cualquier tema, pero lo cierto era que detestaba que le llevasen la contraria.

—Eso es absurdo —espetó—. Kingsbridge es uno de los monasterios más ricos de todo el territorio.

—Eso se dice siempre, y es verdad que somos dueños de unos recursos muy extensos, pero el precio de la lana ha bajado en picado este año, por quinto año consecutivo. Nuestros ingresos empiezan a mermar.

—Dicen que los mercaderes italianos están comprando lana en Castilla —terció Philemon de repente.

Philemon estaba cambiando. Desde que había conseguido su objetivo y se había convertido en un novicio había perdido su sempiterno aire de muchacho extraño y había adquirido una gran seguridad en sí mismo, hasta el punto de poder intervenir en una conversación entre el prior y el tesorero... y realizar una aportación interesante.

—Podría ser —dijo Simeon—. Además, la feria del vellón no ha reportado tantos beneficios porque no hay puente, y hemos ganado mucho menos de lo habitual en derechos de tránsito y de pontazgo.

—Pero tenemos miles de hectáreas en tierras de cultivo —señaló Godwyn.

—En esta parte del país, donde están la mayoría de nuestras tierras, el año pasado la cosecha fue nefasta por culpa de las lluvias. Buena parte de nuestros siervos se las vieron y se las desearon para sobrevivir sin morir de hambre. Es difícil obligarlos a pagar sus arriendos cuando están pasando hambre...

—Tienen que pagar, a pesar de todo —dijo Godwyn—. Los monjes también pasan hambre.

Philemon intervino de nuevo.

—Si el administrador de una aldea dice que un siervo no ha pagado sus arriendos o que esa parte de las tierras está desocupada y, por tanto, no hay arriendos que pagar, en realidad no hay forma de comprobar que está diciendo la verdad. Los administradores pueden ser sobornados por los siervos.

Godwyn sintió cómo lo embargaba un sentimiento de frustración. Había tenido numerosas conversaciones de la misma índole a lo largo de todo el año anterior. Había tomado la firme determinación de reforzar el control de las finanzas del priorato, pero cada vez que intentaba cambiar las cosas se tropezaba con infinidad de obstáculos.

—¿Tienes alguna propuesta? —le preguntó a Philemon, irritado.

—Enviar a un inspector a realizar un recorrido por las aldeas. Que hable con los administradores, que vea las tierras, que vaya a las casas de los siervos que supuestamente se mueren de hambre...

—Si se puede sobornar al administrador, también se podrá sobornar al inspector.

—No si es un monje. ¿Para qué necesitamos nosotros el dinero?

Godwyn recordó la vieja afición de Philemon por sustraer objetos. Era cierto que a los monjes no les servía para nada el dinero, al menos en teoría, pero eso no significaba que fuesen incorruptibles. Sin embargo, una visita del inspector del priorato sin duda pondría en guardia a los administradores.

—Es una buena idea —dijo Godwyn—. ¿Te gustaría ser el inspector?

—Sería un honor.

—Entonces, asunto resuelto. —Godwyn se dirigió de nuevo a Simeon—. Pese a todo, aún tenemos unos ingresos muy elevados.

—Y unos costes también muy elevados —contestó Simeon—. Pagamos un subvenio a nuestro obispo. Proporcionamos comida, vestido y alojamiento a veinticinco monjes, siete novicios y diecinueve pensionistas del priorato. Empleamos a treinta personas como limpiadores, cocineros, mozos de establos, etcétera. Gastamos una auténtica fortuna en velas. Los hábitos de los monjes...

—De acuerdo, ya basta, ya lo he entendido —lo interrumpió Godwyn con impaciencia—. Pero sigo queriendo construir un palacio.

—¿Y adónde acudirás para obtener el dinero, entonces?

Godwyn lanzó un suspiro.

—A donde siempre acudimos, al final. Se lo pediré a la madre Cecilia.

La vio unos minutos más tarde. Normalmente le habría pedido que acudiera a verlo, como señal de la superioridad del varón en el seno de la Iglesia, pero en aquella ocasión se le antojó más oportuno agasajarla visitándola en persona.

La casa de la priora era una copia exacta de la del prior, pero tenía cierto aire distinto. Había cojines y alfombras, flores en un jarrón sobre la mesa, cuadros bordados en la pared que ilustraban distintas escenas y pasajes de la Biblia, y un gato dormido delante de la chimenea. Cecilia estaba dando cuenta de una cena a base de cordero asado y vino tinto. Se puso un velo cuando llegó Godwyn, en obediencia a una regla que el prior había instaurado para las ocasiones en que los monjes tenían que hablar con las hermanas.

A Godwyn le resultaba enormemente difícil interpretar las actitudes de Cecilia, ya fuese con velo o sin él. Oficialmente había acogido sin problemas su elección como prior y se había sometido sin poner objeción alguna a sus estrictas reglas sobre la separación entre los hermanos y las monjas, haciendo únicamente algún que otro comentario ocasional acerca de la eficiencia en el funcionamiento del hospital. Nunca se había opuesto a él, y pese a todo, Godwyn sentía que no estaba verdaderamente de su parte. Por lo visto, había perdido su habilidad para engatusarla como antes. Cuando era más joven, conseguía hacerla reír como a una chiquilla, pero ya no era receptiva a sus gracias... o acaso él había perdido el don.

Era difícil hablar de cosas intrascendentes con una mujer con velo, por lo que optó por abordar directamente el asunto.

—Creo que deberíamos construir dos casas nuevas para hospedar a nuestros invitados más distinguidos y de alcurnia —explicó—. Una para los hombres y otra para las mujeres. Se denominarían la casa del prior y la casa de la priora, pero su propósito principal sería el de acoger a los visitantes en un entorno similar al que están habituados.

—Es una idea interesante —dijo Cecilia. Como de costumbre, se mostraba de acuerdo sin expresar ningún entusiasmo.

—Deberíamos construir edificios de piedra de aspecto imponente y majestuoso —siguió diciendo Godwyn—. Al fin y al cabo, llevas aquí como priora más de una década, eres unas de las monjas más veteranas de todo el reino.

—Queremos que los huéspedes se sientan impresionados no por nuestra riqueza sino por la santidad del priorato y la piedad de los monjes y las hermanas, por supuesto —repuso ella.

—Desde luego, pero los edificios también deberían simbolizar eso mismo, al igual que la catedral simboliza la majestad de Dios.

—¿Dónde crees que deberían emplazarse los nuevos edificios?

Por el momento, la cosa iba bien, pensó Godwyn para sí, pues la priora ya empezaba a centrarse en los detalles.

—Cerca de donde están ahora las viejas casas.

—De modo que la tuya, cerca del extremo este de la iglesia, junto a la sala capitular, y la mía, aquí, junto al estanque.

Godwyn tuvo el fugaz pensamiento de que la mujer se burlaba de él, aunque no podía ver la expresión de su rostro. La imposición de que las mujeres tuviesen que llevar velo tenía sus desventajas, reflexionó.

—Tal vez prefieras una nuevo emplazamiento —comentó.

—Pues sí, tal vez sí.

Se produjo una breve pausa. A Godwyn le estaba costando Dios y ayuda abordar el tema del dinero; iba a tener que cambiar la regla sobre el uso del velo o al menos hacer una excepción con la priora tal vez. Sencillamente, era demasiado difícil negociar con ella en esas circunstancias.

Se vio obligado a arremeter de nuevo.

—Por desgracia, yo no podré realizar ninguna contribución a los costes de construcción. El monasterio es muy pobre.

—¿Te refieres a los costes de construcción de la casa de la priora? —exclamó—. No lo esperaba de todos modos.

—No, en realidad me refería al coste de la casa del prior.

—Ah, de manera que quieres que las hermanas sufraguen los costes de tu nueva casa además de la mía.

—Me temo que tengo que pedirte eso mismo, sí, así es. Espero que no te importe.

—Bueno, si es por el prestigio del priorato de Kingsbridge...

—Sabía que tú también lo verías así.

—Veamos... Ahora mismo estoy construyendo nuevos claustros para las hermanas, puesto que ya no podemos compartir el espacio con los monjes.

Godwyn no hizo ningún comentario. Estaba molesto por que Cecilia hubiese decidido emplear a Merthin para diseñar los claustros en lugar de encargárselo a Elfric, un constructor más económico, lo cual suponía un extravagante despilfarro, pero no era el momento más adecuado para decírselo.

—Y cuando acabemos con eso —prosiguió Cecilia—, tendré que construir una biblioteca para las monjas y comprar algunos libros porque ya no podemos usar vuestra biblioteca.

Impaciente, Godwyn dio unos golpecitos en el suelo con el pie. Todo aquello le parecía irrelevante.

—Y entonces necesitaremos un pasillo cubierto para acceder a la iglesia, puesto que ahora utilizamos un camino distinto al que usan los monjes, y no tenemos cómo guarecernos en caso de lluvia.

—Me parece muy razonable —comentó Godwyn, aunque en realidad tenía ganas de decirle: «¡Deja ya de andarte por las ramas!».

—Así que… en fin —dijo Cecilia en tono concluyente—: creo que deberíamos volver a considerar tu propuesta dentro de tres años.

—¿Tres años? Pero yo quiero empezar a edificar ahora…

—Vaya, pues me temo que eso no va a ser posible.

—¿Por qué no?

—Verás, nosotras tenemos un presupuesto para construcciones.

—Pero ¿no es esto más importante?

—Debemos ceñirnos a nuestro presupuesto.

—¿Por qué?

—Para poder seguir siendo económicamente fuertes e independientes —contestó y acto seguido añadió, de forma harto elocuente—: No me gustaría tener que ir por ahí pidiendo dinero.

Godwyn se había quedado sin palabras; peor aún, tenía la horrible sensación de que la mujer se estaba riendo de él detrás del velo. No podía soportar que se rieran de él a la cara. Se levantó bruscamente y dijo con frialdad:

—Gracias, madre Cecilia. Volveremos a hablar de esto,

—Sí —contestó ella—, dentro de tres años. Aguardaré el momento con expectación.

Ahora estaba seguro de que se burlaba de él. El prior dio media vuelta y se marchó lo más rápido posible.

Una vez de vuelta en su propia casa, se desplomó sobre una silla, echando chispas.

—Odio a esa mujer —le dijo a Philemon, que seguía allí.

—¿Ha dicho que no?

—Ha dicho que volverá a considerarlo dentro de tres años.

—Eso es peor que un «no», es un «no» durante tres años consecutivos —señaló el monje.

—Siempre estaremos en sus manos, porque tiene dinero.

—Yo suelo escuchar las conversaciones de los ancianos —dijo Philemon, aparentemente sin venir a cuento—. Es asombroso lo mucho que se aprende.

—¿Adónde quieres ir a parar?

—Cuando el priorato construyó molinos, excavó estanques para los peces y cercó conejeras por primera vez, los priores decretaron una ley por la cual los habitantes de la ciudad debían utilizar las instalaciones de los monjes y pagar por ese uso. No se les permitía moler el grano en sus casas ni abatanar el paño prensándolo con los pies, como tampoco podían tener sus propios estanques y conejeras: tenían que comprárnoslos a nosotros. La ley garantizaba que el priorato recuperase sus costes.

—¿Acaso la ley cayó en desuso?

—Cambió. En lugar de una prohibición, se les permitía a los habitantes disponer de sus propias instalaciones siempre y cuando pagasen una multa. Y eso sí que cayó en desuso, en tiempos del prior Anthony.

—Y ahora todas las casas tienen un molino manual.

—Y todos los pescaderos tienen un estanque, hay media docena de conejeras, y los tintoreros abatanan sus propios paños con la ayuda de sus mujeres y sus hijos en lugar de llevarlos al batán del priorato.

Godwyn estaba entusiasmado.

—Si toda esa gente pagase una multa por el privilegio de contar con sus propias instalaciones...

—Podría tratarse de muchísimo dinero.

—Se pondrían a chillar como cerdos. —Godwyn frunció el ceño—. ¿Podemos probar lo que decimos?

—Hay muchos habitantes que aún se acuerdan de las multas, pero tiene que estar escrito en los registros del priorato en alguna parte, probablemente en el *Libro de Timothy*.

—Será mejor que averigües exactamente a cuánto ascendían las multas. Si vamos a basarnos en los precedentes, más vale que seamos muy rigurosos.

—Si se me permite hacer una sugerencia...

—Por supuesto.

—Podrías anunciar el nuevo régimen desde el púlpito de la catedral el domingo por la mañana. Eso serviría para recalcar que se trata de la voluntad de Dios.

—Muy buena idea —dijo Godwyn—. Eso es justo lo que haré.

33

Tengo la solución —le dijo Caris a su padre.

Éste estaba sentado en el enorme asiento de madera en la cabecera de la mesa, con una sonrisa leve en el rostro. Caris conocía el significado de aquella expresión, sentía cierto escepticismo pero estaba dispuesto a escuchar.

—Adelante —la animó.

Se notaba un poco nerviosa; estaba segura de que su idea funcionaría, de que salvaría la fortuna de su padre y el puente de Merthin, pero ¿lograría convencer de ello a Edmund?

—Con nuestro excedente de lana, lo hilamos, lo convertimos en paño y lo teñimos —explicó, sin más. Contuvo la respiración, aguardando la reacción de su progenitor.

—Los laneros suelen probar con eso en los tiempos duros —dijo el hombre—. Pero dime por qué crees que funcionaría. ¿Cuánto costaría?

—Por cardarla, hilarla y tejerla, cuatro chelines el costal.

—¿Y cuánto paño obtendríamos a partir de eso?

—Un costal de lana de baja calidad comprado por treinta y seis chelines, tejido por cuatro chelines más produciría un total de cuarenta y ocho varas de paño.

—Que tú venderías por…

—Sin teñir, el buriel marrón se vende a chelín la vara, así que lo vendería por cuarenta y ocho chelines, ocho más de lo que habríamos pagado.

—No es mucho, teniendo en cuenta todo el trabajo que hay que hacer.

—Pero eso no es lo mejor.

—Sigue, te escucho.

—Los tejedores venden el buriel marrón porque tienen prisa por obtener el dinero, pero si te gastas otros veinte chelines abatanando el paño, para hacerlo más tupido, y luego tiñéndolo y dándole el acabado adecuado puedes pedir el doble: dos chelines la vara, noventa y seis chelines en total… ¡treinta y seis chelines más de lo que pagaste!

Edmund parecía tener sus reservas.

—Si es tan sencillo, ¿por qué no lo hace más gente?

—Porque no tienen dinero para hacerlo.

—¡Ni yo tampoco!

—Tienes las tres libras que te dio Guillaume de Londres.

—¿Es que no voy a tener nada con que comprar la lana del año que viene?

—A esos precios, es mejor que te retires de ese negocio.

El hombre se echó a reír.

—Por todos los santos, ¡tienes razón! Muy bien, inténtalo con algo barato. Tengo cinco costales de lana virgen de Devon que los italianos no quieren nunca. Te daré un saco de esa lana a ver si puedes hacer lo que dices.

Al cabo de dos semanas, Caris se encontró a Mark Webber destrozando su molino manual.

La impresionó tanto ver a un hombre pobre destruyendo una valiosa pieza de maquinaria que, por un momento, se olvidó de sus propios problemas.

El molino manual constaba de dos piedras circulares, cada una ligeramente áspera en una de sus caras. La más pequeña se asentaba sobre la grande, encajando a la perfección por medio de una suave hendidura, con sendas caras ásperas en contacto. Un palo de madera permitía hacer girar la piedra superior mientras la inferior permanecía inmóvil, y las espigas de grano colocadas entre las dos piedras rápidamente se molían hasta quedar convertidas en harina.

La mayor parte de los habitantes de clase baja de Kingsbridge disponían de un molino manual. Los muy pobres no podían permitirse ninguno y los ricos no lo necesitaban, pues compraban la harina ya molida por un molinero. Sin embargo, para familias como los Webber, que necesitaban hasta el último penique que ganaban para dar de comer a sus hijos, un molino manual era una bendición que les ahorraba una gran cantidad de dinero.

Mark había depositado el suyo en el suelo frente a su pequeña casa. Había tomado prestado de alguien un mazo de mango largo con la cabeza de hierro. Dos de sus hijos contemplaban la escena, una niña muy flaca con un vestido raído y un niño pequeño desnudo. El hombre levantó el mazo por encima de la cabeza y lo descargó sobre el molino, describiendo un prolongado arco. Era un espectáculo digno de ver: se trataba del hombre más grandullón de todo Kingsbridge, con unos hombros tan anchos como un caballo de tiro. La piedra del molino se resquebrajó de inmediato y se hizo añicos.

—Pero ¿se puede saber qué estás haciendo? —exclamó Caris.

—Tenemos que moler el grano en los molinos de agua del prior y pagar un saco de cada veinticuatro como derecho de uso —contestó Mark.

El hombre se lo había tomado con serenidad, pero Caris estaba fuera de sí.

—Creía que las nuevas reglas sólo se aplicaban a los molinos de viento y de agua que carecían de permisos.

—Mañana tengo que acompañar a John Constable a todas las casas de la ciudad para destruir los molinos manuales ilegales. No puedo dejar que digan que yo también tengo mi propio molino, así que por eso estoy haciendo esto en la calle, donde todo el mundo pueda verme.

—No sabía que Godwyn pretendía quitarles el pan de la boca a los pobres —dijo Caris con amargura.

—Por suerte para nosotros, todavía tenemos trabajo como tejedores… gracias a ti.

Caris se acordó entonces de su propio negocio.

—¿Cómo vais?

—Ya hemos terminado.

—¡Qué rápido!

—Se tarda más en invierno, pero en verano, con dieciséis horas de sol, puedo tejer seis varas al día, con la ayuda de Madge.

—¡Qué maravilla!

—Entra y te lo enseñaré.

Su esposa, Madge, estaba de pie frente al fuego de la cocina, en la parte de atrás de la casa de una sola estancia, con un bebé en brazos y un niño tímido pegado a su falda. Madge era dos palmos más baja que su marido, pero de constitución robusta. Tenía un busto generoso y un voluminoso trasero, y a Caris le recordaba una paloma regordeta. La prominente mandíbula le confería un aire agresivo que no resultaba del todo desacertado con respecto a su carácter, y a pesar de ser beligerante, tenía un gran corazón y a Caris le caía bien. Ofreció a su visitante un vaso de sidra, que Caris rehusó, a sabiendas de que la familia no podía permitirse semejante lujo.

El telar de Mark consistía en un marco de madera de más de un metro cuadrado de superficie colocado sobre un soporte y ocupaba la mayor parte del espacio útil de la vivienda. Detrás de él, cerca de la puerta trasera, había una mesa con dos bancos. Saltaba a la vista que todos dormían juntos en el suelo, alrededor del telar.

—Hago docenos —le explicó Mark—. Se llaman docenos porque la urdimbre consta de doce centenares de hilos, y no puedo hacer paños más anchos porque no tengo espacio para un telar de mayor tamaño. —Había cuatro rollos de buriel marrón apoyados contra la pared—. De un saco de lana salen cuatro docenos —dijo.

Caris le había llevado la lana sin cardar dentro de un costal estándar. Madge había mandado cardar e hilar la lana: del hilado se encargaban las mujeres pobres de la ciudad y del cardado, los hijos de éstas.

Caris palpó el tacto del paño. Estaba entusiasmada, pues había completado la primera etapa de su plan.

—¿Por qué está tan suelto el hilo? —preguntó.

Mark se enfureció.

—¿Suelto? ¡Mi buriel es el tejido más tupido de todo Kingsbridge!

—Lo sé, no pretendía que pareciese una crítica, pero es que el paño italiano tiene un tacto tan distinto… Y también lo fabrican con nuestra lana.

—Eso depende en parte de la fuerza del tejedor y de la presión que ejerza sobre el telar para prensar la lana.

—No creo que los tejedores italianos sean más fuertes que vosotros.

—Entonces serán sus máquinas. Cuanto mejor sea el telar, más tupido es el hilado.

—Eso me temía. —Lo cual implicaba que Caris no podía competir con la lana italiana de gran calidad a menos que adquiriese telares italianos, algo imposible.

«Bueno, cada cosa a su tiempo», se dijo. Pagó a Mark un total de cuatro chelines, de los cuales debería dar más o menos la mitad a las mujeres que se habían encargado del hilado. En teoría, Caris había sacado un beneficio de ocho chelines, pero ocho chelines no servirían para mucho en la construcción del puente, y a aquel ritmo, tardaría años en tejer la totalidad del excedente de lana de su padre.

—¿Hay algún modo de que podamos producir paño más rápidamente? —le preguntó a Mark.

Madge respondió por él.

—Hay otros tejedores en Kingsbridge, pero la mayoría están comprometidos a trabajar para los comerciantes de telas ya existentes. Aunque puedo encontrarte más fuera de la ciudad. En las aldeas grandes suele haber un tejedor con un telar que fabrica paño para los habitantes del pueblo a partir de su propio hilo. Esos hombres pueden cambiar de tarea fácilmente, a cambio de un buen jornal.

Caris disimuló su ansiedad.

—Muy bien —dijo—. Ya te diré algo. Entretanto, ¿querrás llevarle ese paño a Peter Dyer de mi parte?

—Pues claro. Lo llevaré ahora mismo.

Caris fue a casa a cenar, ensimismada en sus pensamientos. Para poder obtener una cantidad realmente significativa tendría que gastarse la mayor parte del dinero que le quedaba a su padre. Si las cosas se torcían, estarían aún peor, pero ¿qué otra alternativa tenían? Su plan era arriesgado, pero nadie más tenía otro plan de ninguna clase.

Cuando llegó a casa, Petranilla estaba sirviendo estofado de añojo. Edmund estaba sentado a la cabecera de la mesa. El revés económico de la feria del vellón parecía haberlo afectado mucho más de lo que Caris había supuesto, pues su euforia habitual había dado paso a un estado de ánimo más apagado, y muchas veces parecía pensativo, cuando no cabizbajo. Caris estaba muy preocupada por él.

—He visto a Mark Webber destrozando su molino manual —explicó al sentarse—. ¿Qué sentido tiene?

Petranilla irguió la cabeza.

—Godwyn está en todo su derecho —dijo.

—Ese derecho está desfasado, hace años que no está en vigor. ¿En qué otro lugar hace esas cosas un priorato?

—En St. Albans —contestó Petranilla con aire triunfal.

—He oído hablar de St. Albans —intervino Edmund—. Los habitantes de la ciudad se rebelan contra el monasterio periódicamente.

—El priorato de Kingsbridge tiene derecho a recuperar el dinero que se gastó construyendo molinos —adujo Petranilla—. Igual que tú, Edmund, quieres recuperar el dinero que vas a invertir en ese puente. ¿Cómo te sentirías si alguien construyese un segundo puente?

Edmund no le respondió, de modo que lo hizo Caris.

—Dependería sobre todo de lo pronto que eso ocurriese —dijo—. Los molinos del priorato se construyeron hace centenares de años, al igual que los estanques y las conejeras. Nadie tiene derecho a retrasar el desarrollo de la ciudad para siempre.

—El prior tiene derecho a recaudar sus deudas —insistió la mujer, con tozudez.

—Bueno, si se obstina en seguir así, pronto no habrá nadie a quien recaudar las deudas, porque la gente se irá a vivir a Shiring. Allí sí están permitidos los molinos manuales.

—¿Acaso no entendéis que las necesidades del priorato son sagradas? —exclamó Petranilla, airada—. ¡Los monjes sirven a Dios! En comparación con eso, las vidas de los habitantes de Kingsbridge son insignificantes.

—¿Es eso lo que cree tu hijo Godwyn?

—Por supuesto.

—Me lo temía.

—¿Es que no crees que la labor del prior es sagrada?

Caris no tenía respuesta para esa pregunta, por lo que se limitó a encogerse de hombros y Petranilla esbozó una sonrisa victoriosa.

La cena estaba muy sabrosa, pero Caris estaba demasiado tensa para disfrutarla. En cuanto los demás hubieron terminado, anunció:

—Tengo que ir a ver a Peter Dyer.

Petranilla protestó de inmediato.

—¿Es que piensas gastar aún más dinero? Ya le has dado a Mark Webber cuatro chelines del dinero de tu padre.

—Sí, y ahora el paño vale doce chelines más de lo que costó la lana, así que he ganado ocho chelines.

—No, no los has ganado —la contradijo su tía—. Todavía no lo has vendido.

Petranilla estaba expresando en voz alta las mismas dudas que albergaba Caris en sus momentos más pesimistas, pero las palabras de su tía la incitaban a no ceder ante ella.

—Pero la venderé, sobre todo si está teñida de rojo.

—¿Y cuánto va a cobrarte Peter por teñir y abatanar cuatro docenos?

—Veinte chelines, pero el paño rojo valdrá el doble que el buriel marrón, así que ganaremos otros veintiocho chelines.

—Eso si lo vendes. Pero ¿y si no es así?

—Lo venderé.

Su padre decidió intervenir en ese momento.

—Déjala —le dijo a su hermana—. Ya le he dicho que puede intentarlo.

El castillo de Shiring estaba situado en lo alto de una colina. Era el hogar del sheriff del condado, y a los pies de la colina se hallaba la horca. Cada vez que había un ahorcamiento, traían al prisionero del castillo en un carro, para que lo ahorcaran delante de la iglesia.

La plaza donde se hallaba la horca era también la plaza del mercado. La feria de Shiring se celebraba allí, entre la sede del gremio y un enorme edificio de madera llamado la Lonja de la Lana. El palacio del obispo y numerosas tabernas también rodeaban la plaza.

Aquel año, a causa de los problemas en Kingsbridge, había más puestos que nunca y la feria se extendía por las calles aledañas a la plaza del mercado. Edmund había llevado cuarenta costales de lana en diez carretas, y podía traer más de Kingsbridge antes de que terminara la semana si era necesario.

Para decepción de Caris, no fue necesario. Vendió diez costales el primer día, y luego nada hasta el final de la feria, cuando vendió otros diez rebajando el precio que había pagado. Su hija no recordaba haberlo visto nunca tan hundido.

Caris colocó los cuatro rollos de paño rojo pardusco en el puesto de su padre y a lo largo de la semana vendió tres de los cuatro.

—Plantéatelo de este modo —le dijo a su padre el último día de la feria—: Antes tenías un costal de lana imposible de vender y cuatro chelines. Ahora tienes treinta y seis chelines y un rollo de paño.

Sin embargo, su alegría era impostada, y sólo la fingía para hacerlo feliz a él, puesto que en realidad estaba muy deprimida. Se había jactado de forma muy arrogante de que podría vender el paño, y a pesar de que el resultado no había sido un fracaso absoluto, lo cierto es que tampoco había sido un éxito. Si no podía vender el paño por más de su coste, entonces no tenía la solución al problema. ¿Qué iba a hacer? Abandonó el puesto y se fue a supervisar los puestos de sus competidores.

El mejor paño procedía de Italia, como siempre. Caris se detuvo en el puesto de Loro Fiorentino. Los mercaderes de paño como Loro no eran compradores de lana a pesar de que a menudo trabajaban estrechamente con ellos. Caris sabía que Loro le daba sus ingresos ingleses a Buonaventura, quien los empleaba para comprar lana virgen a los comerciantes ingleses. Luego, cuando la lana llegaba a Florencia, la familia de Buonaventura la vendía y, con los beneficios, devolvía el dinero a la familia de Loro. De ese modo evitaban los riesgos del transporte de monedas de oro y plata a través de Europa.

Loro sólo tenía en un puesto dos rollos de paño, pero los colores eran mucho más brillantes que los que cualquiera de los lugareños podían ofrecer.

—¿Es esto todo lo que habéis traído de Italia? —le preguntó Caris.

—Pues claro que no, he vendido lo que falta.

La joven no salía de su asombro.

—Pero si para todos los demás la feria está resultando un desastre…

Él se encogió de hombros.

—El paño de mejor calidad siempre se vende.

Una idea tomó forma en la cabeza de Caris.

—¿Cuánto cuesta el rojo escarlata?

—Sólo siete chelines la vara, bella dama.

Aquello era siete veces el precio del buriel.

—Pero ¿quién puede permitírselo?

—El obispo se llevó buena parte de mi rojo, lady Philippa algo de azul y verde, algunas de las hijas de los cerveceros y los panaderos de la ciudad, algunos lores y ladies de las aldeas de las inmediaciones… Aun en tiempos difíciles, siempre hay alguien a quien le van bien las cosas. Este bermellón os sentaría de maravilla. —Con un ágil movimiento, desenrolló el fardo y echó un trozo de paño por encima del hombro de Caris—. Maravilloso. ¿Veis como todos ya os están mirando?

La joven sonrió.

—Ya veo por qué vendéis tanto género. —Le devolvió el paño. Era un tejido muy tupido. Caris ya tenía una capa de paño escarlata italiano que había heredado de su madre y era su prenda favorita—. ¿Qué tinte utilizáis para obtener este rojo?

—Rubia, lo mismo que todo el mundo.

—Pero ¿cómo conseguís hacerlo tan brillante?

—No es ningún secreto. En Italia utilizamos alumbre. Ilumina el color y también lo fija, para que no se desvanezca con el tiempo. Una capa de este color, para vos, sería una delicia, una maravilla para siempre.

—Alumbre —repitió—. ¿Y por qué no lo usan los tintoreros ingleses?

—Es muy caro. Viene de Turquía. Semejante lujo sólo es para mujeres muy especiales.

—¿Y el azul?

—Como vuestros ojos.

Sus ojos eran verdes, pero no le corrigió.

—Es tan intenso...

—Los tintoreros ingleses usan hierba pastel, pero nosotros usamos índigo, de Bengala. Los mercaderes árabes lo traen de la India a Egipto, y luego nuestros mercaderes italianos lo compran en Alejandría. —Esbozó una sonrisa—. Pensad en lo mucho que ha viajado... para servir de complemento a vuestra belleza sin parangón.

—Sí —dijo Caris—. Tendré que pensar en ello.

El taller a orillas del río de Peter Dyer era una casa tan grande como la de Edmund, pero construida en piedra y sin paredes interiores ni suelos, sólo un armazón. Había dos calderos de hierro encima de sendos fuegos, y junto a ellos había un cabrestante, como el que Merthin utilizaba para las labores de construcción. Éstos se empleaban para levantar enormes costales de lana o paño y depositarlos en el interior de los calderos. Los suelos estaban húmedos a todas horas y el aire, espeso por los vapores. Los aprendices trabajaban descalzos, en calzones a causa del calor, con la cara empapada en sudor y el pelo reluciente de humedad. Un olor acre impregnaba toda la estancia y se adhería a la garganta de Caris.

La joven mostró a Peter el trozo de paño que no había logrado vender.

—Quiero el rojo escarlata que tienen los paños italianos —dijo—. Es lo que se vende más.

Peter era un hombre lúgubre con un aire perpetuo de ofendido, daba lo mismo lo que se le dijese. En ese momento asintió con gesto sombrío, como reconociendo una crítica justificada.

—Volveremos a teñirlo con rubia.

—Y con alumbre, para fijar el color y darle más brillo.

—No utilizamos alumbre, nunca lo hemos hecho. No conozco a nadie que lo haga.

Caris maldijo para sus adentros. No se le había ocurrido comprobar aquello, sino que había dado por hecho, sin más, que un tintorero lo sabría todo acerca de los tintes.

—¿Y no puedes probarlo?

—Es que no tengo alumbre.

Caris lanzó un profundo suspiro. Peter parecía uno de esos artesanos para los que todo es imposible a menos que lo hayan hecho antes.

—Supón que yo te lo traigo.

—¿De dónde?

—De Winchester, o tal vez de Londres. O puede que de Melcombe.

—Aquél era el puerto importante más cercano, pues los barcos atracaban allí procedentes de toda Europa.

—Aunque lo tuviera, no sabría cómo usarlo.

—¿Y no puedes aprender a hacerlo?

—¿De quién?

—Entonces ya intentaré aprenderlo yo.

El hombre meneó la cabeza con aire pesimista.

—No sé...

Caris no quería pelearse con él, pues era el único tintorero a gran escala de toda la ciudad.

—Ya cruzaremos ese puente cuando lleguemos a él —le dijo en tono conciliador—. No te robaré más tiempo hablando de eso ahora. Antes iré a ver si consigo un poco de alumbre.

Caris se marchó. ¿Quién podía saber algo sobre el alumbre en Kingsbridge? En ese momento deseó haberle hecho más preguntas a Loro Fiorentino. Los monjes tenían que tener conocimientos acerca de esas cosas, pero ya no se les permitía hablar con mujeres. Decidió ir a ver a Mattie Wise; la sanadora se pasaba el tiempo mezclando ingredientes extraños, y puede que el alumbre fuese uno de ellos. Y lo que era aún más importante: si no lo conocía, admitiría su ignorancia, no como un monje o un boticario, capaces de inventarse lo que fuera por miedo a que los considerasen estúpidos.

—¿Cómo está tu padre? —fueron las primeras palabras de Mattie.

—Parece un poco trastornado por el fracaso de la feria del vellón —explicó Caris. Era muy propio de Mattie adivinar siempre qué le preocupaba a la joven—. Se le olvidan las cosas. Parece mayor.

—Cuida de él —la aconsejó Mattie—. Es un buen hombre.

—Lo sé. —Caris no estaba segura de saber adónde quería ir a parar la sanadora.

—Mientras que Petranilla es una vieja egoísta.

—Eso también lo sé.

Mattie estaba moliendo algo con el almirez y la mano de mortero. Empujó el cuenco hacia Caris.

—Si me ayudas con esto, te sirvo una copa de vino.

—Gracias. —Caris empezó a machacar.

Mattie sirvió un vino amarillo de una jarra de piedra en dos copas de madera.

—¿A qué has venido? No estás enferma.

—¿Tú sabes lo que es el alumbre?

—Sí. En pequeñas cantidades lo empleamos como astringente, para cerrar heridas. También puede detener las diarreas. Pero en grandes cantidades es venenoso. Como la mayoría de los venenos, te hace vomitar. Había alumbre en la poción que te di el año pasado.

—¿Qué es, una hierba?

—No, es un mineral. Los árabes lo extraen de las minas de Turquía y África. Los curtidores lo emplean en la preparación del cuero, a veces. Supongo que lo quieres para teñir paños.

—Sí. —Como de costumbre, las dotes adivinatorias de Mattie parecían un don sobrenatural.

—Actúa como mordiente, ayuda al tinte a fijarse en la lana.

—¿Y de dónde lo obtienes?

—Lo compro en Melcombe —dijo Mattie.

Caris realizó el viaje de dos días a Melcombe, donde ya había estado anteriormente en varias ocasiones, acompañada por uno de los peones de su padre como medida de protección. En el muelle encontró un mercader que trataba con especias, jaulas para pájaros, instrumentos musicales y toda clase de curiosidades procedentes de los rincones más remotos del mundo. Le vendió el tinte rojo producto de la raíz de la planta de la rubia, cultivada en Francia, y también un tipo de alumbre conocido como *spiralum* que, según dijo, procedía de Etiopía. Le cobró siete chelines por un pequeño barril de rubia y una libra por un saco de alumbre, y Caris no tenía ni idea de si estaba pagando un precio justo o no. El hombre le vendió todas sus existencias y le prometió que le conseguiría más del siguiente barco italiano que atracase en el puerto. Ella le preguntó qué cantidades de tinte y alumbre debía utilizar, pero él no lo sabía.

Cuando volvió a casa, Caris empezó a teñir fragmentos del paño que no había vendido en una olla de cocina. Petranilla protestó por el hedor que desprendía la mezcla, así que Caris hizo un fuego en el patio trasero. Sabía que debía sumergir el paño en una solución de tinte y dejar que hirviera en ella, y Peter Dyer le dijo la proporción correcta del tinte para la solución. Sin embargo, nadie sabía con certeza cuánto alumbre necesitaba o cómo debía emplearlo.

Puso en marcha un frustrante proceso de ensayo y error. Lo intentó dejando el paño en remojo en alumbre antes de teñirlo, añadiendo el alumbre al mismo tiempo que el tinte, e hirviendo el paño teñido en una solución de alumbre después. Probó a utilizar la misma cantidad de alumbre que de tinte, luego más y luego menos. Siguiendo los consejos de Mattie, experimentó con otros ingredientes como agallas de roble, yeso, aguacal, vinagre y orina.

Se le acababa el tiempo. En todas las ciudades, nadie podía vender paño más que los miembros del gremio, salvo durante una feria, cuando las normas habituales se hacían más laxas, y todas las ferias eran en verano. La última era la feria de San Gil, que tenía lugar en las colinas al este de Winchester el día de San Gil, el 12 de septiembre. Estaban a mediados de julio, por lo que le quedaban ocho semanas.

Comenzaba por la mañana muy temprano y trabajaba hasta bien entrada la noche. El tener que remover el paño continuamente y sacarlo y meterlo de la olla le producía fuertes dolores de espalda. Las manos se le ponían coloradas de tanto sumergirlas en los agresivos colorantes y el pelo empezaba a olerle, pero pese a la frustración, en ocasiones se sentía verdaderamente dichosa, y se ponía a tararear, e incluso a cantar mientras trabajaba, viejas tonadas de su infancia cuya letra apenas recordaba. Los vecinos, en sus propios patios traseros, la observaban con curiosidad por encima de la valla.

De vez en cuando le acudía el siguiente pensamiento a la cabeza: «¿Será éste mi destino?». Más de una vez había dicho que no sabía qué iba a hacer con su vida, pero que, a la vez, no podía tomar una elección libremente: no podía ser médica, ejercer de comerciante de lana no parecía una buena idea y no quería esclavizarse para siempre sometiéndose a un marido y unos hijos… pero nunca había soñado que pudiera acabar convirtiéndose en tintorera. Cuanto más lo pensaba, más se convencía de que no era aquello lo que quería hacer. Puesto que ya lo había puesto en marcha, no pensaba dejarlo hasta obtener un éxito rotundo, pero aquél no iba a ser su destino.

Al principio sólo consiguió teñir el paño de un rojo pardusco o un rosa pálido. Cuando empezó a acercarse a la tonalidad adecuada de escarlata, descubrió con exasperación que el color se difuminaba cuando secaba el paño al sol o desaparecía con el lavado. Intentó teñirlo dos veces, pero el efecto resultó ser sólo pasajero. Peter le dijo, demasiado tarde, que el material absorbería mejor el tinte si trabajaba con el hilo antes de tejerlo, o incluso con lana virgen, y con aquello consiguió mejorar la tonalidad, pero no el ritmo de trabajo.

—Sólo hay una forma de aprender el arte de los tintes, y eso es directamente de un maestro —le dijo Peter en varias ocasiones.

Caris se dio cuenta de que todos pensaban así. El prior Godwyn aprendía medicina leyendo libros que tenían siglos de antigüedad y prescribía medicinas sin ni siquiera examinar al paciente. Elfric había castigado a Merthin por tallar la parábola de las vírgenes desde un nuevo punto de vista.

Peter nunca había intentado teñir el paño de escarlata. Sólo Mattie basaba sus decisiones en lo que veía con sus propios ojos en lugar de confiar en los de alguna autoridad venerada.

La hermana de Caris, Alice, fue a observar cómo trabajaba una noche, mirándola con los brazos cruzados y los labios fruncidos. Cuando la oscuridad se apoderó de todos los rincones del patio, el rojo llameante del fuego de Caris iluminó el gesto de desaprobación de Alice.

—¿Cuánto del dinero de nuestro padre llevas gastado ya en esta tontería? —le preguntó.

Caris hizo los cálculos.

—Veamos, siete chelines por la rubia, una libra por el alumbre, más doce chelines por el paño... suman un total de treinta y nueve chelines.

—¡Que Dios nos asista! —Alice estaba horrorizada.

La suma también impresionó a la propia Caris, pues era más del jornal de un año para la mayor parte de los habitantes de Kingsbridge.

—Es mucho, pero obtendré más —dijo.

Alice estaba enfadada.

—No tienes derecho a gastar su dinero de ese modo.

—¿Que no tengo derecho? —exclamó Caris—. Tengo su permiso, ¿qué otra cosa necesito?

—Está mostrando síntomas de senilidad. Su juicio ya no es lo que era.

Caris fingió no saber nada de aquello.

—Su juicio está perfectamente sano, mucho mejor que el tuyo.

—¡Estás dilapidando nuestra herencia!

—¿Es eso lo que te preocupa, nada más? Pues no sufras, porque voy a conseguir que obtengas beneficios.

—No quiero correr el riesgo.

—No eres tú la que corre el riesgo, sino él.

—¡Pues él no debería tirar un dinero que debería ser para nosotras!

—Eso díselo a él.

Alice se marchó derrotada, pero Caris no estaba tan ufana como aparentaba. Cabía la posibilidad de que no lo consiguiera, y entonces ¿qué iban a hacer ella y su padre?

Cuando al fin dio con la fórmula correcta, resultó ser asombrosamente simple: una onza de rubia y dos onzas de alumbre por cada tres onzas de lana. Primero hirvió la lana en el alumbre y luego agregó la rubia al caldero sin volver a llevar el líquido a ebullición. Como ingrediente adicional empleó aguacal. Casi no podía creerse el resultado, pues obtuvo más éxito del que podía haber esperado. El rojo era muy brillante, casi como el rojo italiano. Estaba segura de que el color se difuminaría y volvería a llevarse otro disgusto, pero el color permaneció invariable tras el secado, un nuevo lavado y el abatanado.

Dio a Peter la fórmula y, bajo su atenta supervisión, el tintorero utilizó todo el alumbre restante para teñir doce varas del paño de mayor calidad en una de sus cubas gigantes. Una vez abatanado, Caris pagó a un cardador para que retirase el pelo suelto con una carda, la cabeza espinosa de una flor silvestre, y reparase las pequeñas imperfecciones del paño.

Caris acudió a la feria de San Gil con un fardo de paño de un rojo brillante impecable.

No bien había empezado a desenrollar el paño, la abordó un hombre con acento de Londres.

—¿Cuánto vale este paño? —dijo.

Ella lo miró. Llevaba ropa cara pero sin resultar ostentosa, y Caris supuso que sería un hombre acaudalado pero no un noble. Tratando de disimular su voz trémula, contestó:

—Siete chelines la vara. Es el mejor…

—No, me refiero a cuánto vale todo el paño.

—Son doce varas, así que serán ochenta y cuatro chelines.

El hombre palpó el tacto del paño entre el dedo índice y el pulgar.

—No es tan tupido como el italiano pero no está mal. Os daré veintisiete florines de oro.

La moneda de oro de Florencia era de uso común porque Inglaterra carecía de moneda de oro propia. Equivalía a unos tres chelines, treinta y seis peniques de plata ingleses. El londinense le estaba ofreciendo comprarle la totalidad del paño por sólo tres chelines menos de lo que conseguiría vendiéndolo vara a vara, pero la joven intuyó que su interlocutor no iba en serio con su regateo, porque de lo contrario habría comenzado por una cantidad mucho más baja.

—No —repuso, maravillada ante su propia audacia—. Quiero el total del precio.

—Está bien —convino enseguida el hombre, confirmando la corazonada de Caris, quien lo observó con entusiasmo mientras extraía su bolsita con el dinero. Al cabo de un momento la joven tenía en la palma de su mano veintiocho florines de oro.

Examinó atentamente una de las monedas: era un poco mayor que un penique de plata. En una cara estaba la efigie de san Juan Bautista, el santo patrón de Florencia, mientras que en la otra aparecía la flor de la ciudad. La joven la puso en una balanza para comparar su peso con el de un florín recién acuñado que su padre conservaba a tal efecto. La moneda era auténtica.

—Gracias —le dijo, sin acabar de creerse del todo su buena estrella.

—Soy Harry Mercer de Cheapside, Londres —dijo el hombre—. Mi padre es el comerciante de paño más importante de Inglaterra. Cuando obtengáis más paño escarlata como éste, venid a Londres. Os compraremos todo el que nos traigáis.

—¡Vamos a tejerlo todo! —le dijo Caris a su padre a su regreso a casa—. Te quedan cuarenta costales de lana. La transformaremos toda en paño rojo.

—Eso es mucho volumen de trabajo —repuso él con aire reflexivo.

Caris estaba convencida de que su plan funcionaría.

—Hay muchísimos tejedores, y todos son pobres. Peter no es el único tintorero de Kingsbridge, podemos enseñarles a los demás a utilizar el alumbre.

—Otros te copiarán en cuanto descubran tu secreto.

Sabía que su padre tenía razón al tratar de pensar en todos los posibles inconvenientes, pero se sentía impaciente pese a todo.

—Deja que nos copien —dijo—, ellos también pueden ganar dinero.

Edmund no pensaba dejarse convencer así como así.

—Pero el precio bajará si hay mucho paño en venta.

—Tendrá que bajar muchísimo para que el negocio deje de resultar rentable.

El hombre asintió con la cabeza.

—Eso es verdad, pero ¿puedes vender tanta cantidad en Kingsbridge y Shiring? No hay tanta gente rica.

—Entonces lo llevaré a Londres.

—De acuerdo. —Edmund sonrió—. Eres tan terca… Es un buen plan, pero aunque fuese malo, seguramente conseguirías que funcionase.

Acudió de inmediato a casa de Mark Webber y le pidió que empezase cuanto antes a trabajar con otro costal de lana. También dispuso que Madge se llevase una de las carretas de bueyes de Edmund y cuatro costales de lana y fuese por las aldeas vecinas en busca de tejedores.

Sin embargo, el resto de la familia de Caris no estaba tan contenta. Al día siguiente, Alice fue a cenar, y en cuanto se sentaron a la mesa, Petranilla le dijo a Edmund:

—Alice y yo creemos que deberías reconsiderar tu proyecto de fabricación de paño.

Caris quería que su padre le contestase que la decisión ya estaba tomada y que era demasiado tarde para echarse atrás, pero en lugar de eso, el hombre se limitó a preguntar en tono afable:

—¿Ah, sí? Pues dime por qué.

—Porque vas a arriesgar hasta el último penique que te queda. ¡Por eso!

—Ya estoy arriesgando la mayor parte —repuso él—. Tengo un almacén lleno de lana que no puedo vender.

—Pero podrías hacer que la situación empeorase aún más.

—He decidido correr el riesgo.

En ese momento intervino Alice:

—¡No es justo para mí!

—¿Por qué no?

—¡Caris se está gastando mi herencia!

El rostro del hombre se ensombreció.

—Todavía no estoy muerto —contestó.

Petranilla se mordió la lengua, captando el resentimiento en la voz de su hermano, pero Alice no advirtió lo enfadado que estaba y siguió con su implacable discurso.

—Tenemos que pensar en el futuro —dijo—. ¿Por qué tiene que gastarse Caris mi parte de la herencia?

—Porque no es tuya todavía, y puede que nunca llegue a serlo.

—No puedes tirar sin más un dinero que me pertenece.

—No pienso tolerar que nadie me diga qué debo hacer con mi dinero… ¡y mucho menos mis propias hijas! —exclamó, y su voz estaba tan crispada por la ira que hasta Alice se dio cuenta.

Más serena, trató de apaciguarlo:

—No pretendía hacerte enfadar.

El hombre lanzó un gruñido. No era una disculpa sincera, pero lo cierto era que no podía permanecer malhumorado mucho tiempo.

—Ahora, cenemos y no se hable más del asunto —dijo, y Caris supo entonces que su proyecto había sobrevivido un día más.

Después de cenar fue a ver a Peter Dyer, a advertirle del volumen de trabajo que se le venía encima.

—No se puede hacer —dijo el tintorero.

Aquello la cogió desprevenida. Siempre se mostraba pesimista, pero normalmente accedía a hacer lo que le decía.

—No te preocupes, no tendrás que teñirlo tú todo —lo tranquilizó—. Encargaré parte del trabajo a otros.

—No es por el teñido —contestó él—, es por el abatanado.

—¿Por qué?

—Tenemos prohibido abatanar el paño nosotros mismos. El prior

Godwyn ha promulgado un nuevo edicto: tenemos que usar el batán del priorato.

—Bueno, entonces lo usaremos.

—Es demasiado lento. La maquinaria es muy vieja y siempre se estropea. La han reparado varias veces, de modo que la madera es una mezcla de madera vieja y nueva, y eso nunca funciona. Es más lento que un hombre prensando con los pies en una tina de agua. Pero sólo hay un batán. Apenas si dará abasto para el volumen de trabajo normal de los tejedores y tintoreros de Kingsbridge.

Aquello era desquiciante. Desde luego, era imposible que todo su plan se viniese abajo por culpa de una estúpida regla de su primo Godwyn.

—Pero si el batán no puede hacer el trabajo... ¡el prior tiene que dejarnos abatanar el paño con los pies! —exclamó, indignada.

Peter se encogió de hombros.

—Pues díselo tú.

—¡Lo haré!

Se puso en marcha hacia el priorato pero, justo antes de llegar, se lo pensó dos veces. El salón de la casa del prior se utilizaba para las reuniones de éste con los habitantes de la ciudad, pero aun así, sería muy poco ortodoxo que una mujer entrase en la casa sola sin haber concertado una visita previamente, y Godwyn se mostraba cada vez más susceptible con respecto a esa clase de cosas. Además, un enfrentamiento directo podía no ser el mejor modo de hacerlo cambiar de opinión. Se dio cuenta de que lo mejor sería rumiar un poco más el asunto. Volvió a su casa y se sentó junto a su padre.

—El joven Godwyn se mueve en terreno poco firme —dijo Edmund de inmediato—. Nunca llegó a cobrarse nada por el uso del batán. Según cuenta la leyenda, fue construido por un ciudadano local, Jack Builder, para el gran prior Philip, y cuando Jack murió, Philip concedió a la ciudad el derecho a usar el batán a perpetuidad.

—¿Y por qué dejó de usarlo la gente?

—Se estropeó con el tiempo y creo que hubo cierta discusión acerca de quién debía pagar por su mantenimiento. La discusión no llegó a zanjarse nunca y la gente volvió a abatanar el paño por sus propios medios.

—Bueno, en ese caso, ¡no tiene derecho a cobrar por su uso ni a obligar a la gente a utilizarlo!

—Desde luego que no.

Edmund envió un mensaje al priorato preguntando cuándo sería conveniente para Godwyn recibirlo, y le respondieron diciendo que estaba libre de inmediato, por lo que Edmund y Caris atravesaron la calle y se dirigieron a la casa del prior.

Godwyn había cambiado mucho en apenas un año, pensó Caris. Ya no le quedaba ningún vestigio de aquel entusiasmo juvenil y parecía mostrarse alerta, como si esperase que se pusiesen agresivos con él. La joven empezaba a preguntarse si tenía la suficiente fortaleza de carácter para ser prior.

Philemon lo acompañaba, tan patéticamente ansioso como siempre por ofrecerles asiento y servirles algo de beber, pero con un nuevo aire de seguridad en sí mismo en su forma de conducirse, el aspecto de alguien que sabía que aquél era su sitio.

—Bueno, Philemon, conque ahora eres tío —dijo Caris—. ¿Qué te parece tu nuevo sobrino, Sam?

—Soy un novicio —contestó, con remilgo—. Nosotros renunciamos a nuestra familia terrena.

Caris se encogió de hombros. Sabía que quería a su hermana Gwenda, pero si él pretendía aparentar lo contrario, no sería ella quien le llevase la contraria.

Edmund planteó el problema a Godwyn con toda su crudeza.

—Habrá que paralizar los trabajos del puente si los comerciantes de lana de Kingsbridge no logran obtener beneficios. Por suerte, hemos ideado una nueva fuente de ingresos: Caris ha descubierto cómo producir paño escarlata de gran calidad. Sólo hay un obstáculo que se interpone en el camino del éxito de esta nueva iniciativa: el batán.

—¿Por qué? —preguntó Godwyn—. El paño escarlata se puede abatanar en el batán.

—Por lo visto, no es así. El batán es viejo y poco eficaz. Apenas si puede dar abasto a la producción de paño existente. No tiene capacidad para una mayor producción. O construyes un nuevo batán...

—Eso es imposible —lo interrumpió Godwyn—. No dispongo de dinero para construir uno nuevo.

—Muy bien, en ese caso —prosiguió Edmund— tendrás que permitir a la gente que abatane el paño a la antigua usanza, sumergiéndolo en una tina de agua y prensándolo con los pies.

La expresión que se apoderó del rostro del prior le resultaba muy familiar a Caris: era una mezcla de resentimiento, orgullo herido y obstinación . Cuando eran niños, su primo esbozaba la misma expresión cada vez que alguien le llevaba la contraria. Por lo general, significaba que intentaría someter por la fuerza a los otros niños a su voluntad o, si eso fallaba, daría una patada en el suelo y se iría a su casa. El hecho de querer salirse con la suya sólo era una parte del problema. Era como si se sintiese humillado cuando alguien se mostraba en desacuerdo con él, como si la idea de que alguien pudiese creer que estaba equivocado fuese demasiado dolorosa para soportarla. Fuera cual fuese la explicación, Caris supo en cuanto vio aquella expresión que su primo no iba a entrar en razón.

—Ya sabía que te pondrías contra mí —le dijo a Edmund, enfurruñado—. Por lo visto crees que el priorato existe sólo para beneficio de Kingsbridge, y no te das cuenta de que es justo al contrario.

Edmund no tardó en enfurecerse.

—¿Es que no ves que dependemos los unos de los otros? Creíamos que entendías esa relación recíproca, por eso te ayudamos a que te eligieran prior.

—Me eligieron prior los monjes, no los comerciantes. Puede que la ciudad dependa del priorato, pero aquí había un priorato antes de que existiese la ciudad, y podemos seguir existiendo sin vosotros.

—Puede que sigáis existiendo, pero como una filial aislada, en lugar del centro neurálgico de una ciudad próspera y activa.

Caris intervino en ese momento.

—Tienes que desear que Kingsbridge prospere, Godwyn, ¿por qué si no habrías ido a Londres a enfrentarte al conde Roland?

—Fui al tribunal de justicia del rey a defender los derechos históricos del priorato, al igual que intento hacer aquí y ahora.

—¡Esto es traición! —exclamó Edmund, indignado—. ¡Te dimos nuestro apoyo para que fueses elegido prior porque nos hiciste creer que construirías un nuevo puente!

—No os debo nada —replicó Godwyn—. Mi madre vendió su casa para enviarme a la universidad, ¿dónde estaba mi tío rico entonces?

Caris se quedó atónita al ver que Godwyn todavía estaba resentido por algo ocurrido diez años atrás.

La expresión de Edmund se tornó abiertamente fría y hostil.

—No creo que tengas derecho a obligar a los habitantes de Kingsbridge a usar el batán —dijo.

Godwyn y Philemon se intercambiaron una mirada y Caris se dio cuenta de que ya lo sabían.

—Puede que hubiese un tiempo en que, en un alarde de generosidad, el prior permitiese a los habitantes de la ciudad utilizar el batán sin cobrarles nada a cambio —adujo Godwyn.

—Fue un regalo del prior Philip a la ciudad.

—No tengo constancia de eso.

—Debe de haber algún documento en los registros del priorato.

Godwyn se enfadó.

—Los habitantes de Kingsbridge han descuidado el mantenimiento del batán para que el priorato tenga que pagar las reparaciones. Con eso basta para anular cualquier dádiva.

Caris se dio cuenta de que su padre tenía razón: Godwyn se movía en terreno muy poco firme. Estaba al corriente del regalo del prior Philip a la ciudad, pero fingía ignorarlo.

Edmund lo intentó de nuevo.

—Seguro que podemos arreglar esto entre nosotros...

—No pienso echarme atrás con mi edicto —repuso Godwyn—, eso me haría aparentar debilidad.

Caris advirtió que era eso lo que le molestaba en el fondo: temía que los habitantes de la ciudad le perdiesen el respeto si cambiaba de opinión. Su obstinación nacía, paradójicamente, de una especie de inseguridad.

—Ninguno de nosotros quiere tener que sufrir las molestias y los gastos de otra visita al tribunal real —dijo Edmund.

Godwyn se puso furioso.

—¿Acaso me estás amenazando con el tribunal del rey?

—Trato de evitarlo, pero...

Caris cerró los ojos, rezando por que los dos hombres no llevasen la discusión al límite, pero su plegaria no fue atendida.

—Pero ¿qué? —exclamó Godwyn en tono desafiante.

Edmund lanzó un suspiro.

—Pero sí, si obligas a los habitantes de Kingsbridge a usar el batán y les prohíbes abatanar el paño en sus casas, apelaré al rey.

—Que así sea —sentenció Godwyn.

34

La cierva era una joven hembra de uno o dos años, de buen aspecto y robustas ancas de músculos poderosos bajo la piel suave. Se encontraba al otro lado del claro, empujando el largo cuello entre el ramaje de un arbusto para alcanzar la maleza del suelo. Ralph Fitzgerald y Alan Fernhill iban a caballo, pero el manto de la hojarasca húmeda del otoño amortiguaba los cascos de sus monturas y los perros estaban adiestrados para no hacer ruido. Por todo esto, y tal vez porque la cierva estaba concentrada en alargar el cuello todo lo que pudiera para alcanzar la hierba, no oyó que se acercaban hasta que fue demasiado tarde.

Ralph la vio primero y señaló al otro lado del calvero. Alan llevaba su arco largo en una mano, con la que también sujetaba las riendas. Con la destreza que nace de la práctica, colocó una flecha en la cuerda en un abrir y cerrar de ojos y disparó.

Los perros tardaron un poco más en reaccionar. Sólo lo hicieron al oír la vibración de la cuerda y el zumbido de la saeta al surcar el aire. Espiga, la perra, se quedó completamente quieta, con la cabeza erguida y las orejas levantadas; y Rayo, su hijo, ya más grande que su madre, lanzó un quedo y sorprendido ladrido.

La flecha medía cerca de un metro de largo y estaba rematada con plumas de cisne. La punta, de hierro macizo, medía cinco centímetros y tenía una muesca en la que el astil encajaba a la perfección. Era una flecha de caza, con una punta muy afilada; una flecha de batalla la habría tenido cuadrada para poder atravesar la armadura sin que ésta la desviara.

El disparo de Alan fue bueno, pero no perfecto. Alcanzó a la cierva en el cuello, pero demasiado abajo. El animal dio un salto, supuestamente desconcertado por la súbita y lacerante herida, y sacó la cabeza del arbusto. Ralph pensó por un momento que iba a caer muerta, pero entonces la cierva volvió a dar otro salto. La flecha seguía encajada en el cuello, pero la sangre rezumaba de la herida en vez de manar a chorros, por lo que debía de haberse alojado en los músculos sin alcanzar ningún vaso sanguíneo de importancia.

Los perros se lanzaron por ella como si a ellos también los hubieran disparado con un arco y los dos caballos los siguieron sin necesidad de tener que espolearlos. Ralph montaba a Griff, su caballo de caza favorito. Sintió la inyección de adrenalina que era la razón de su existencia, esa alteración de los nervios, esa opresión en el cuello, ese impulso irresistible de lanzar un alarido, esa exaltación, tan parecida a la excitación sexual que apenas habría sabido distinguirlas.

Los hombres como Ralph sólo vivían para la guerra. El rey y sus barones los convertían en señores y caballeros y les concedían aldeas y tierras bajo su gobierno por una única razón: para que posteriormente proveyeran caballos, escuderos, armas y armaduras cuando el rey necesitase un ejército. Sin embargo, no siempre había guerra. A veces podían transcurrir un par o tres de años sin mayores altercados que alguna que otra incursión represora de escasa importancia en las fronteras de la rebelde Gales o la salvaje Escocia. Los caballeros necesitaban algo con que entretenerse mientras tanto. Tenían que mantenerse en forma, no perder el manejo del caballo y la sed de sangre, tal vez lo más importante. Los soldados tenían que matar y cuanto más lo desearan, mejor lo hacían.

La caza era la solución. Todos los nobles, desde el rey hasta los señores de menor alcurnia como Ralph, cazaban siempre que se les presentaba la ocasión, a menudo varias veces a la semana. Disfrutaban con la actividad y al mismo tiempo se mantenían en forma para cuando se les llamara a formar filas para entrar en batalla. Ralph cazaba con el conde Roland en sus frecuentes visitas a Earlscastle y solía sumarse a las partidas de caza de lord William en Casterham. Cuando se encontraba en su aldea de Wigleigh, salía con su escudero, Alan, a los bosques que la circundaban. Por lo general solían matar jabalíes, los cuales, a pesar de no tener demasiada carne, eran un gran reclamo pues suponían un reto para el cazador. Ralph también cazaba zorros y algún que otro lobo, aunque éste muy de vez en cuando. No obstante, la mejor pieza de todas era el ciervo: ágil, rápido y varios kilos de carne sabrosa que llevar a la mesa.

Ralph se estremeció al sentir la solidez y la fuerza de Griff debajo de él, sus poderosos músculos en acción y el repiqueteo de sus pisadas. La cierva desapareció entre la vegetación, pero Espiga sabía adónde había ido y los caballos siguieron a los perros. Ralph llevaba una lanza preparada en una mano, una larga vara de fresno con la punta endurecida a fuego. Al tiempo que Griff saltaba y cambiaba de dirección con brusquedad, Ralph se agachaba bajo las ramas colgantes y se movía con el caballo, con las botas apuntaladas con firmeza en los estribos y manteniéndose en perfecto equilibrio sobre la silla ejerciendo presión con las rodillas.

Los caballos no eran tan ágiles en el monte como los ciervos, por lo que empezaron a quedarse atrás, pero no así los perros, cuyos ladridos histéricos llegaron hasta Ralph cuando comenzaron a acercarse a su presa. A continuación dejó de oírlos y Ralph comprendió rápidamente por qué: la cierva había abandonado la vegetación y había salido a un sendero, por lo que les estaba ganando terreno. Sin embargo, en pista despejada eran los caballos los que jugaban con ventaja, de modo que superaron a los perros en un abrir y cerrar de ojos y empezaron a acortar las distancias con la cierva.

Ralph vio que el animal perdía fuerzas. Tenía sangre en la grupa, por lo que dedujo que uno de los perros la habría mordido. Su paso era cada vez más irregular; era una velocista nata, diestra en la huida rápida y súbita, pero no podía mantener ese ritmo demasiado tiempo.

Ralph sintió que el pulso se le aceleraba a medida que se acercaba a su presa y agarró la lanza con más fuerza. Se necesitaba mucha para clavar una punta de madera en la carne dura de un animal grande y atravesar la piel curtida, los fuertes músculos y los robustos huesos. El cuello era la parte más blanda, siempre que se lograra evitar las vértebras y alcanzar la yugular. Había que escoger el momento adecuado y luego hundirla rápidamente con todas las fuerzas.

Al ver que los caballos estaban a punto de echársele encima, la cierva dio un giro inesperado hacia los matorrales, con lo que consiguió unos segundos de respiro. Los caballos fueron perdiendo velocidad al tener que abrirse paso a través de la maleza que la cierva salvaba con sus incesantes saltos. No obstante, los perros volvieron a darle alcance y Ralph supo que el animal no podría ir muy lejos.

Por lo general, los sabuesos continuaban infligiéndole heridas que iban frenando el avance del ciervo hasta que los caballos lo atrapaban y el cazador le asestaba el golpe mortal. Sin embargo, en esta ocasión ocurrió un accidente: cuando los perros y los caballos ya casi estaban sobre la cierva, el animal viró hacia un lado. Rayo, el perro más joven, la siguió con más entusiasmo que sentido común y giró delante de Griff. El caballo iba demasiado rápido para detenerse o sortearlo y lo pisoteó con una poderosa pata delantera. El perro era un mastín de treinta o treinta y cinco kilos y el impacto hizo trastabillar al caballo.

Ralph salió volando por los aires y soltó la lanza. En esos momentos lo que más temía era que el caballo le cayera encima. Sin embargo, instantes antes de aterrizar en el suelo, vio que Griff conseguía recuperar el equilibrio.

Ralph cayó en un arbusto espinoso. Se rozó la cara y las manos, pero las ramas amortiguaron la caída. Tanto daba, porque estaba furioso.

Alan tiró de las riendas. Espiga fue detrás de la cierva, pero regresó al poco. Evidentemente, la bestia se había escapado. Mientras Ralph se ponía en pie, maldiciendo, Alan atrapó a Griff y desmontó, aguantando las riendas de sendos caballos.

Rayo yacía inmóvil sobre la hojarasca, sangrando por la boca. La herradura de hierro de Griff le había golpeado la cabeza. Espiga se acercó a él, lo olisqueó, lo empujó con suavidad con el hocico, le lamió la sangre de la cara y se volvió, desconcertada. Alan lo tocó con la punta de la bota. No hubo respuesta: Rayo no respiraba.

—Está muerto —dictaminó Alan.

—Ese maldito perro se lo merece —contestó Ralph.

Se abrieron camino a través del bosque con los caballos en busca de un lugar donde descansar. Al cabo de un rato, Ralph oyó el murmullo de un arroyo y, siguiéndolo, al poco dieron con un rápido riachuelo que reconoció enseguida: estaban un poco más allá de los campos de Wigleigh.

—Vamos a refrescarnos —dijo.

Alan ató los caballos y luego sacó de su silla una jarra con tapa, dos tazas de madera y un saco de arpillera con comida.

Espiga se acercó al arroyo y bebió el agua fría con avidez mientras Ralph se sentaba en la orilla y apoyaba la espalda contra un árbol. Alan hizo otro tanto a su lado y le tendió un vaso de cerveza y un trozo de queso. Ralph aceptó la bebida y rechazó la comida.

El escudero sabía que su señor estaba de mal humor, por lo que prefirió mantenerse callado mientras éste bebía y, sin abrir la boca, le llenó el vaso en cuanto lo apuró. En medio de ese silencio oyeron voces de mujer. Alan miró a Ralph y enarcó una ceja. Espiga gruñó. Ralph se puso en pie, hizo callar a la perra y se acercó sin hacer ruido al lugar del que procedían las voces. El escudero lo siguió.

Ralph se detuvo a unos cuantos metros, junto al riachuelo, y atisbó entre la vegetación. Un pequeño grupo de aldeanas estaba haciendo la colada en la orilla del riachuelo, junto a unas piedras que sobresalían del agua y aceleraban la corriente. Era un húmedo día de octubre, fresco aunque no frío, e iban arremangadas, con las faldas de los vestidos subidas hasta los muslos para que no se les mojaran.

Ralph las observó con atención, una por una. Reconoció a Gwenda, con sus brazos y pantorrillas musculosas, quien llevaba a su hijo de cuatro meses cogido a la espalda. También reconoció a Peg, la esposa de Perkin, quien estaba restregando los calzones de su marido contra una piedra. Luego a su propia criada, Vira, una mujer de facciones duras y unos treinta años que lo había mirado con tanta frialdad cuando en cierta ocasión le había palmeado el trasero que jamás había vuelto a tocarla. La voz que había oído pertenecía a la viuda Huberts, una mujer muy habladora, seguramente porque vivía sola. La viuda estaba en medio del riachuelo, vuelta hacia las demás, charlando a gritos con ellas para que pudieran oírla.

Y Annet.

La joven estaba en una roca lavando una prenda pequeña, agachándose para sumergirla en el riachuelo y enderezándose para restregarla. Tenía unas piernas largas y blancas que desaparecían seductoramente en su vestido remangado. Cada vez que se inclinaba hacia delante, el escote dejaba adivinar el pálido fruto de sus pequeños pechos, que colgaban como la tentación de un árbol. Se había mojado las puntas del cabello rubio y por la expresión de su bonita cara parecía malhumorada, como si creyera que ese tipo de tareas eran indignas para ella.

Ralph supuso que ya llevaban allí un rato y que su presencia le habría pasado inadvertida si la viuda Huberts no hubiera alzado la voz para llamarlas. Se agachó y se arrodilló detrás de un arbusto para espiarlas a través de las ramas desnudas. Alan lo imitó a su lado.

A Ralph le gustaba observar a las mujeres a escondidas, actividad en la que solía complacerse de adolescente. Se rascaban, se estiraban en el suelo con las piernas abiertas y hablaban de cosas de las que nunca hablarían si supieran que un hombre las estaba escuchando. En realidad, se conducían como hombres.

Se regaló la vista con las confiadas mujeres de su aldea y aguzó el oído para enterarse de lo que decían. Al mirar el pequeño y fuerte cuerpo de Gwenda, la recordó desnuda y arrodillada en la cama y revivió lo que había sentido cuando la había sujetado por las caderas y atraído hacia él. También recordó el cambio de actitud en la mujer. Al principio se había mostrado fría y pasiva, tratando de ocultar el asco y el aborreecimiento que le producía lo que hacía. Sin embargo, Ralph fue descubriendo un lento cambio: la piel de la nuca se le había arrebolado, la respiración agitada la había traicionado y había inclinado la cabeza y cerrado los ojos en los que Ralph creyó reconocer una mezcla de vergüenza y placer. El recuerdo aceleró su respiración y a pesar del frío aire de octubre la frente se le perló de sudor. Se preguntó si tendría ocasión de volver a acostarse con Gwenda.

Demasiado pronto para su gusto, las mujeres se empezaron a preparar para irse. Doblaron la colada húmeda y la colocaron en los cestos o la distribuyeron en varios atados para llevarla en equilibrio sobre la cabeza y echaron a andar por el sendero que corría junto al arroyo. Annet y su madre comenzaron a discutir. La joven sólo había lavado la mitad de la colada que había llevado al río y tenía intención de llevar la otra mitad sucia a casa, pero al parecer Peg creía que debía quedarse hasta que acabara. Al final Peg se fue disgustada y Annet se quedó, enfurruñada.

Ralph no daba crédito a su suerte.

—Nos divertiremos con ella —le dijo a Alan en voz baja—. Arrástrate hasta allí y córtale la retirada.

Alan desapareció.

Ralph vio que Annet sumergía la ropa que le quedaba de cualquier manera y luego se sentaba en la orilla y se quedaba mirando el agua fijamente, malhumorada. Cuando Ralph consideró que las otras mujeres estaban lo bastante lejos para oírlos y Alan hubo ocupado su posición, se levantó y echó a andar.

Annet lo oyó abrirse camino entre la maleza y levantó la vista, sobresaltada. Ralph disfrutó viendo cómo su expresión de sorpresa y curiosidad se transformaba en miedo cuando Annet comprendió que estaba sola con él en el bosque. La joven se puso en pie de un salto, pero Ralph ya había llegado a su lado y la sujetó por el brazo sin demasiada fuerza, pero con firmeza.

—Hola, Annet. ¿Qué haces aquí… sola?

Annet miró atrás con la esperanza, o eso creyó él, de que el hombre pudiera ir acompañado de otros que lo detuvieran, pero en su rostro apareció el desconsuelo al ver sólo a Espiga.

—Me voy a casa —dijo Annet—. Mi madre acaba de irse.

—No tengas tanta prisa. Estás muy guapa así, con el pelo mojado y las rodillas a la vista. —La joven intentó bajarse la falda de inmediato. Con la mano libre, Ralph la agarró por la barbilla y la obligó a mirarle—. ¿Y una sonrisa? No tienes de qué preocuparte. Yo nunca te haría daño, soy tu señor.

Annet intentó sonreír.

—Sólo estoy un poco nerviosa. Me habéis asustado. —La joven consiguió fingir algo de su coquetería habitual—. Tal vez podríais escoltarme hasta casa —dijo, con una sonrisa tonta—. Una muchacha necesita protección en el bosque.

—Te protegeré, no te preocupes, cuidaré de ti mucho mejor que ese imbécil de Wulfric o de tu marido.

Ralph apartó la mano de su barbilla y la bajó hasta uno de sus pechos. Era como lo recordaba: pequeño y firme. Le soltó el brazo para poder usar ambas manos, una en cada pecho.

Sin embargo, en cuanto la soltó, ella intentó escaparse. Ralph se puso a reír al ver cómo echaba a correr por el camino y se adentraba en el bosque. Segundos después la oyó lanzar un grito de sorpresa. Sin moverse de donde estaba, vio que Alan la traía con él, retorciéndole el brazo detrás de la espalda de modo que el pecho de la joven sobresalía sugerentemente.

Ralph sacó su cuchillo, un puñal afilado con una hoja de treinta centímetros.

—Quítate el vestido —le dijo.

Alan la soltó, pero Annet no obedeció.

—Por favor, señor, siempre os he mostrado respeto… —suplicó.

—Quítate el vestido o te rajaré la cara y las cicatrices te quedarán para siempre.

La amenaza perfecta para una mujer vanidosa. Annet se rindió de inmediato y rompió a llorar mientras se quitaba el vestido de lana marrón por la cabeza. Al principio sujetó la arrugada prenda delante de ella para cubrir su desnudez, pero Alan se la arrancó de las manos y la arrojó a un lado.

Ralph contempló su cuerpo completamente expuesto. Annet miraba al suelo con los ojos anegados de lágrimas. Tenía unas caderas estrechas con una prominente mata de pelo rubio oscuro.

—Wulfric nunca te ha visto así, ¿verdad? —dijo Ralph.

Annet negó con la cabeza, sin levantar la vista.

Ralph metió la mano entre las piernas.

—¿Te ha tocado aquí alguna vez?

—Por favor, señor, soy una mujer casada…

—Mejor que mejor, no hay virtud que mancillar, no hay nada de lo que preocuparse. Tiéndete.

Annet intentó apartarse de él, retrocediendo, pero topó con Alan, quien le puso la zancadilla. La joven cayó de espaldas y Ralph la agarró por los tobillos para que no pudiera levantarse, pero Annet se resistió desesperadamente.

—Sujétala —le ordenó Ralph a Alan.

Alan le hizo bajar la cabeza y luego se colocó de rodillas sobre sus brazos para sujetarle los hombros con las manos.

Ralph se sacó el miembro y empezó a frotárselo para que se le pusiera duro. Luego se arrodilló entre las piernas de Annet.

La joven empezó a chillar, pero nadie la oyó.

35

Por fortuna, Gwenda fue una de las primeras personas en ver a Annet después del incidente.

Gwenda y Peg llevaron a casa la colada y la tendieron a secar alrededor del fuego de la cocina del hogar de Perkin, para quien Gwenda seguía trabajando de bracera, pero como estaban en otoño y la faena del campo había menguado, ayudaba a Peg en las tareas del hogar. Cuando terminaron con la colada, empezaron a preparar la comida para Perkin, Rob, Billy Howard y Wulfric.

—¿Qué puede haberle pasado a Annet? —preguntó Peg al cabo de una hora.

—Iré a ver.

Gwenda comprobó primero que su pequeño estuviera bien. Sammy descansaba en un moisés, envuelto en un trozo de manta vieja de color marrón, con sus vivos ojillos oscuros atentos al humo de la lumbre que se arremolinaba en zarcillos bajo el techo. Gwenda lo besó en la frente y luego fue a buscar a Annet.

Desanduvo el camino a través de los ventosos campos. Lord Ralph y Alan Fernhill pasaron junto a ella al galope, en dirección a la aldea; por lo visto su día de caza había quedado interrumpido. Gwenda entró en el bosque y siguió el corto sendero que conducía al lugar donde las mujeres lavaban la ropa. Antes de llegar al riachuelo, se encontró con Annet, que venía en su dirección.

—¿Qué ha pasado? —preguntó Gwenda—. Tu madre estaba preocupada.

—Nada, estoy bien —contestó Annet.

Gwenda adivinó que sucedía algo.

—¿Qué ha ocurrido?

—Nada. —Annet evitó mirarla a la cara—. No ha pasado nada. Déjame en paz.

Gwenda le impidió el paso plantándose delante y la miró de arriba abajo. El rostro de Annet le confirmó que debía de haber ocurrido alguna desgracia. A primera vista, Annet no parecía herida, aunque llevaba la mayor parte del cuerpo cubierta por una larga prenda de lana, pero entonces Gwenda vio unas manchas oscuras en el vestido que parecían sangre.

En ese momento Gwenda recordó a Ralph y Alan pasando al galope junto a ella.

—¿Te ha hecho algo lord Ralph?

—Me voy a casa.

Annet intentó apartar a Gwenda de un empujón para pasar, pero ésta la agarró del brazo y la detuvo. No apretó con fuerza y, sin embargo, Annet gritó de dolor y se llevó la mano al lugar por donde Gwenda la sujetaba.

—¡Estás herida! —exclamó Gwenda.

Annet se echó a llorar y Gwenda le pasó un brazo por los hombros.

—Vamos a casa —dijo—, hay que decírselo a tu madre.

Annet negó con la cabeza.

—No voy a contárselo a nadie.

Gwenda sabía que era demasiado tarde para eso.

Mientras la acompañaba de vuelta a la casa de Perkin, Gwenda calibró mentalmente todas las posibilidades. Era evidente que Annet había sufrido algún tipo de tropelía. Podían haberla asaltado uno o más viajeros, aunque los caminos no pasaban cerca de allí. Nunca había que descartar a los proscritos, pero hacía mucho tiempo que no se veía a ninguno cerca de Wigleigh. No, los sospechosos más factibles eran Ralph y Alan.

Peg la trató sin miramientos, la hizo sentar en un banco y le quitó el vestido por los hombros. La joven tenía los brazos llenos de grandes moretones.

—Alguien te ha inmovilizado —dijo Peg, encolerizada.

Annet no contestó.

—¿Me equivoco? —insistió Peg—. Contéstame, niña, o sabrás lo que es bueno. ¿Te ha inmovilizado alguien?

Annet asintió con la cabeza.

—¿Cuántos hombres? Vamos, dilo ya.

Annet no abrió la boca, pero levantó dos dedos. La ira encendió el rostro de Peg.

—¿Te han violado?

Annet asintió.

—¿Quiénes eran?

Negó con la cabeza.

Gwenda sabía por qué no quería decirlo. Era muy peligroso para un siervo acusar a su señor de un delito.

—He visto a Ralph y a Alan alejándose a caballo —dijo Gwenda.

—¿Han sido ellos, Ralph y Alan? —le preguntó Peg a Annet.

Annet asintió.

—Supongo que Alan te sujetaba mientras Ralph se aprovechaba de ti —dijo Peg con un hilo de voz.

Annet volvió a asentir.

Ahora que sabía la verdad, Peg se ablandó. Rodeó a su hija con los brazos y la estrechó con fuerza.

—Pobre niña —se lamentó—. Mi pobre niña…

Annet empezó a sollozar.

Gwenda las dejó solas.

Los hombres estaban a punto de llegar para sentarse a la mesa y no tardarían en averiguar que Ralph había violado a Annet. El padre de Annet, su hermano, su marido y su antiguo pretendiente montarían en cólera. Perkin era demasiado mayor para hacer una locura, Rob haría lo que Perkin le dijera y seguramente Billy Howard no tenía tantos arrestos como para buscar jaleo, pero a Wulfric no habría modo de detenerlo: mataría a Ralph.

Y luego lo colgarían en la horca.

Gwenda tenía que cambiar el curso de los acontecimientos o se quedaría sin marido. Atravesó la aldea a toda prisa, sin hablar con nadie, y se dirigió hacia la casa señorial, donde esperaba que le dijeran que Ralph y Alan habían acabado de comer y habían vuelto a salir, pero era demasiado pronto y, para su desazón, todavía estaban en la casa.

Los encontró en el establo de atrás, inspeccionando la pezuña infectada de un caballo. Solía sentirse incómoda en presencia de Ralph o Alan, pues no le cabía duda de que cuando la miraban la recordaban desnuda, de rodillas, en la cama de la posada Bell de Kingsbridge. Sin embargo, ese día ni siquiera se le pasó por la cabeza. Tenía que hacerlos salir de la aldea como fuese, de inmediato, antes de que Wulfric averiguara qué habían hecho. ¿Qué iba a decirles?

Se había quedado en blanco.

—Señor, ha venido un mensajero del conde Roland —se lanzó sin más, inspirada por la desesperación.

Ralph la miró sorprendido.

—¿Cuándo ha sido eso?

—Hace una hora.

Ralph miró al mozo de cuadra que sujetaba la pata del caballo para que le echara un vistazo.

—Por aquí no ha venido nadie —repuso el hombre.

Por norma general, el mensajero habría acudido a la casa señorial y habría hablado con los criados del señor.

—¿Por qué te entregó el mensaje precisamente a ti? —le preguntó Ralph a Gwenda.

—Me encontré con él por el camino, fuera de la aldea —improvisó Gwenda a la desesperada—. Me preguntó por lord Ralph y le dije que estabais de caza y que no regresaríais hasta la hora de comer, pero no quiso esperar.

Los mensajeros no solían comportarse de ese modo. Normalmente se detenían a comer y beber algo y dejaban descansar al caballo.

—¿A qué venían tantas prisas? —quiso saber Ralph.

—Tenía que estar en Cowford antes del anochecer —se inventó Gwenda—. No me atreví a seguir preguntándole.

Ralph rezongó. Lo último era verosímil: no era probable que un mensajero del conde Roland se aviniera a someterse al interrogatorio de una campesina.

—¿Por qué no has venido a decírmelo antes?

—Fui a buscaros al campo, pero no me visteis y pasasteis al galope por mi lado.

—Ah. Creo que sí que te vi. No importa… ¿Cuál es el mensaje?

—El conde Roland os espera en Earlscastle lo antes posible. —Tomó aire y añadió un nuevo tinte de inverosimilitud—: El mensajero me pidió que os dijera que no os detuvieseis a comer, que ensillarais caballos frescos y partierais de inmediato.

Carecía de una base sólida, pero Ralph tenía que estar lejos antes de que Wulfric apareciera.

—¿De verdad? ¿Dijo por qué me necesita con tanta urgencia?

—No.

—Mmm…

Ralph se quedó callado y reflexionó unos instantes.

—¿Partiréis de inmediato? —preguntó Gwenda, angustiada.

Ralph la fulminó con la mirada.

—Eso a ti no te concierne.

—Es que no querría que se dijera que no os he transmitido con claridad la urgencia del mensaje.

—Ah, vaya. Bueno, pues me importa bien poco lo que tú quieras o dejes de querer. Largo.

Gwenda tuvo que irse.

Regresó a la casa de Perkin. Llegó justo cuando los hombres volvían de los campos. Sam estaba callado y tan campante en su cuna. Annet seguía sentada en el mismo sitio, con el vestido bajado para que todos vieran los moretones de los brazos.

—¿Dónde has estado? —preguntó Peg en tono acusador.

Gwenda no contestó y la aparición de Perkin en la puerta distrajo a Peg.

—¿Qué es esto? ¿Qué le pasa a Annet? —preguntó el hombre.

—Ha tenido la desgracia de toparse con Ralph y Alan estando sola en el bosque —contestó Peg.

—¿Por qué estaba sola? —quiso saber Perkin, con el rostro rojo de ira.

—Ha sido culpa mía —dijo Peg, y se echó a llorar—. Es que iba tan lenta con la colada, como siempre, que cuando las demás regresamos a casa la obligué a quedarse hasta que acabara, y fue entonces cuando debieron de aparecer esos dos animales.

—Los hemos visto hace nada, cruzando Brookfield —explicó Perkin—. Debían de volver del lugar. —Tenía cara de asustado—. Esto es muy delicado. Este tipo de cosas son las que hacen caer en desgracia a una familia.

—¡Pero nosotros no hemos hecho nada malo! —protestó Peg.

—El sentimiento de culpa de Ralph hará que nos odie por nuestra inocencia.

Gwenda comprendió que probablemente tenía razón. A pesar de sus maneras serviles, Perkin era muy perspicaz.

El marido de Annet, Billy Howard, entró, limpiándose las manos sucias en la camisa. Su hermano, Rob, le pisaba los talones.

—¿Qué te ha ocurrido? —preguntó Billy, viendo los moretones de su mujer.

—Han sido Ralph y Alan —contestó Peg por ella.

Billy miró fijamente a su esposa.

—¿Qué te han hecho?

Annet bajó la vista y no contestó.

—Los mataré —dijo Billy, furioso, aunque era evidente que se trataba de una falsa amenaza.

El joven era un hombre pacífico, escuchimizado, que ni estando borracho sabía cómo pelear.

Wulfric fue el último en entrar por la puerta. Gwenda se dio cuenta de lo atractiva que estaba Annet cuando ya era demasiado tarde. La joven tenía un cuello esbelto y unos hombros bonitos, y la parte superior de los pechos asomaba por el escote. Los moretones no hacían más que resaltar sus otros encantos. Wulfric se la quedó mirando con manifiesta admiración, incapaz de ocultar sus sentimientos, pero frunció el ceño en cuanto reparó en los grandes moretones.

—¿Te han violado? —preguntó Billy.

Gwenda observó la reacción de Wulfric. Poco a poco, a medida que el joven fue comprendiendo el significado de aquella escena, en su semblante empezó a adivinarse la sorpresa y el desconcierto, y su blanca piel enrojeció por la ira.

—¿Lo han hecho, mujer? —insistió Billy.

Gwenda sintió una oleada de compasión por la antipática Annet. ¿Por qué todo el mundo se creía con derecho a hacerle preguntas intimidatorias?

Annet por fin respondió a la pregunta de Billy asintiendo con la cabeza, en silencio. El rostro de Wulfric se tiñó de una ira incontenible.

—¿Quiénes? —preguntó entre dientes.

—Esto no es asunto tuyo, Wulfric. Ve a casa —dijo Billy.

—No quiero problemas. No debemos permitir que esto acabe con nosotros —insistió Perkin con voz trémula.

Billy miró enojado a su suegro.

—¿Qué quieres decir? ¿Que deberíamos quedarnos de brazos cruzados?

—Si nos granjeamos la enemistad de lord Ralph, lo pagaremos el resto de nuestras vidas.

—¡Pero ha violado a Annet!

—¿Ralph ha hecho eso? —preguntó Wulfric, incrédulo.

—Dios lo castigará —insistió Perkin.

—Y yo también, por todos los santos —dijo Wulfric.

—¡Wulfric, no! —exclamó Gwenda.

Wulfric se dirigió hacia la puerta.

Gwenda se abalanzó sobre él, presa del pánico, y lo agarró por el brazo. Apenas habían transcurrido unos minutos desde que había comunicado a Ralph el mensaje falso y aunque la hubiera creído, ignoraba hasta qué punto se había tomado en serio la urgencia del mismo. Había muchas posibilidades de que todavía no hubiera abandonado la aldea.

—No vayas a la casa señorial —le suplicó Gwenda—. Por favor.

Wulfric se desembarazó de ella con una sacudida.

—Déjame.

—¡Mira a tu hijo! —gritó Gwenda, señalando al pequeño Sammy en la cuna—. ¿Vas a dejarlo sin padre?

Wulfric salió de la casa y Gwenda fue tras él, seguida por los demás hombres. Wulfric atravesó la aldea como el ángel exterminador, con los puños cerrados a ambos costados, mirando al frente y con el rostro crispado por la ira. Los aldeanos que se encontraron con él por el camino, de vuelta a sus casas tras la jornada en los campos, lo saludaron, pero no obtuvieron respuesta. Algunos lo siguieron. Fue reuniendo a una pequeña multitud a lo largo del corto trayecto que los separaba de la casa señorial. Nathan Reeve salió a su puerta y le preguntó a Gwenda qué sucedía.

—¡Que alguien lo detenga, por favor! —fue lo único que Gwenda respondió, aunque no sirvió de nada, pues aunque se hubieran atrevido a intentarlo, ninguno de ellos habría podido frenar a Wulfric.

Wulfric irrumpió en la casa señorial por la puerta principal y entró con paso firme. Gwenda le siguió y los demás entraron detrás de ellos, empujándose unos a otros.

—¡Tenéis que llamar a la puerta! —exclamó indignada Vira, el ama de llaves.

—¿Dónde está tu señor? —preguntó Wulfric.

Vira miró a Wulfric y se asustó al ver su expresión.

—En el establo —contestó—, está a punto de partir hacia Earlscastle.

Wulfric la apartó a un lado y se dirigió a la cocina. Cuando salían por la puerta de atrás, Wulfric y Gwenda vieron que Ralph y Alan estaban montando en las sillas. Gwenda habría gritado de frustración: ¡se habían adelantado por escasos segundos!

Wulfric se lanzó hacia delante. Con desesperada inspiración, Gwenda adelantó un pie y le puso la zancadilla.

Wulfric cayó de bruces sobre el fango.

Ralph ni siquiera los vio. Espoleó su caballo y éste salió del patio al trote. Alan en cambio sí reparó en ellos y, comprendiendo cuál era la situación, decidió evitar los problemas, por lo que salió detrás de Ralph. Cuando salían del patio, Alan puso su caballo a medio galope y adelantó a Ralph, con lo que la montura de éste también apretó el paso, nervioso.

Wulfric se puso en pie de un salto, maldiciendo, y salió tras ellos seguido por Gwenda. Era imposible que Wulfric diera alcance a los caballos, pero Gwenda temía que Ralph mirara atrás y frenara su montura para averiguar la razón de tanto alboroto.

Sin embargo, los dos hombres se contagiaron de la briosa energía de los caballos frescos y, sin volverse ni una sola vez, salieron galopando por el camino que abandonaba la aldea. Desaparecieron en cuestión de segundos.

Wulfric se dejó caer de rodillas en el barro.

Gwenda lo alcanzó y lo agarró del brazo para que se pusiera en pie, pero el joven la apartó con tanta fuerza que Gwenda perdió el equilibrio y a punto estuvo de caer ella también. Lo miró anonadada: no era nada propio de él mostrarse brusco con ella.

—Me pusiste la zancadilla —dijo Wulfric mientras se enderezaba sin ayuda de nadie.

—Te he salvado la vida —se defendió ella.

Wulfric la fulminó con una mirada llena de odio.

—No te lo perdonaré nunca.

Cuando Ralph llegó a Earlscastle, le dijeron que Roland no lo había hecho llamar y mucho menos con urgencia. Los grajos de las almenas se rieron burlonamente de él.

—Seguro que tiene que ver con Annet —supuso Alan, a modo de explicación—. Cuando nos íbamos, vi a Wulfric saliendo por la puerta de atrás de la casa señorial. En ese momento no se me ocurrió, pero tal vez iba con intención de plantarte cara.

—No me extrañaría —contestó Ralph, acariciando el largo puñal que llevaba al cinto—. Deberías habérmelo dicho, me habría encantado tener una excusa para abrirle la barriga de un tajo.

—Y estoy seguro de que Gwenda lo sabe, por eso tal vez se inventara el mensaje, para alejarte de su violento marido.

—Claro —dijo Ralph—. Eso explicaría por qué nadie más vio al mensajero, porque no había tal mensajero. Qué lista es la perra…

La mujer tendría que recibir un castigo, pero puede que no resultara tan sencillo. Lo más probable es que adujera que lo había hecho por el bien de todos, y Ralph no podría defender que Gwenda se había equivocado al evitar que su marido atacara al amo del señorío. Y lo que era peor, si montaba un escándalo por el hecho de que lo hubiera engañado, eso sólo destacaría el hecho de que Gwenda lo había superado en ingenio y, por ende, puesto en ridículo. No, no podría castigarla de manera pública, aunque ya encontraría el modo de hacérselas pagar.

Dado que se encontraba en Earlscastle, aprovechó la ocasión para ir de caza con el conde y su séquito y se olvidó de Annet... hasta la tarde del segundo día, cuando Roland lo hizo llamar a sus estancias privadas. Sólo lo acompañaba su secretario, el padre Jerome. El conde no invitó a Ralph a que tomara asiento.

—El sacerdote de Wigleigh está aquí —dijo.

—¿El padre Gaspard? ¿En Earlscastle? —preguntó Ralph, muy sorprendido.

Roland no se molestó en contestar sus preguntas retóricas.

—Dice que has violado a una mujer llamada Annet, la esposa de Billy Howard, uno de sus siervos.

A Ralph le dio un vuelco el corazón. Ni se le había pasado por la cabeza la posibilidad de que los campesinos tuvieran el coraje suficiente de quejarse ante el conde. Cuando un siervo acusaba a su señor ante un tribunal, se colocaba en una situación muy comprometida. Sin embargo, podían llegar a ser muy listos y alguien de Wigleigh había conseguido convencer al sacerdote para que presentara una queja.

Ralph afectó despreocupación.

—Tonterías —contestó—. Sí, de acuerdo, me acosté con ella, pero con su consentimiento. —Intentó intercambiar con Roland una sonrisa de complicidad—. Con mucho consentimiento.

El conde puso cara de disgusto y se volvió hacia el padre Jerome con mirada inquisitiva.

Jerome era un joven instruido y ambicioso, el tipo de persona que Ralph despreciaba muy especialmente.

—La muchacha está aquí —anunció, con mirada desdeñosa—. Debería decir la mujer, aunque sólo tiene diecinueve años. Se ha presentado con los brazos amoratados y un vestido manchado de sangre. Dice que topasteis con ella en el bosque y que vuestro escudero se arrodilló encima de ella para inmovilizarla. También ha venido un hombre llamado Wulfric, quien asegura haberos visto alejándoos a caballo del lugar.

Ralph supuso que había sido Wulfric quien había convencido al padre Gaspard para que acudiera a Earlscastle.

—No es cierto —dijo, intentando fingir indignación.

Jerome lo miró, escéptico.

—¿Por qué iba a mentir la mujer?

—Tal vez nos vio alguien y se lo dijo a su marido. Supongo que él le pegó y ella aseguró que la habían violado para que dejara de golpearla. Luego mancharía el vestido con sangre de gallina.

Roland suspiró.

—Una explicación un poco burda, ¿no crees, Ralph?

Ralph no estaba seguro de a qué se refería. ¿Acaso esperaba que sus hombres se comportaran como malditos monjes?

—Me advirtieron acerca de tu comportamiento —continuó Roland—. Mi nuera siempre me ha dicho que nos traerías problemas.

—¿Philippa?

—Dirígete a ella como lady Philippa.

—¿Es ésa la razón por la que no me ascendisteis cuando os salvé la vida, porque se opuso una mujer? —preguntó Ralph, incrédulo, comprendiéndolo al fin—. ¿Qué tipo de ejército tendréis si dejáis que las mujeres escojan vuestros hombres?

—Tienes razón, no te lo niego, y por eso al final desoí sus consejos. Las mujeres no entienden que un hombre sin coraje sólo sirve para cultivar la tierra, y no podemos enviar gallinas a la guerra, pero tenía razón cuando me advirtió que me causarías problemas. No deseo que un maldito sacerdote venga a molestarme en tiempos de paz quejándose porque están violando a las mujeres de sus siervos, así que no vuelvas a hacerlo. Me importa bien poco que te acuestes con campesinas, en realidad no me importaría ni aunque lo hicieras con sus maridos, pero si le quitas la mujer a alguien, con su consentimiento o sin él, has de saber que tendrás que compensar al marido de algún modo. Casi todos los campesinos tienen un precio. Lo único que te pido es que no dejes que llegue a convertirse en mi problema.

—Sí, mi señor.

—¿Qué debo hacer con el tal Gaspard? —preguntó Jerome.

—Veamos —dijo Roland, pensativo—. Wigleigh está en los límites de mi territorio, cerca de las tierras de mi hijo William, ¿no es así?

—Sí —contestó Ralph.

—¿A qué distancia estabas de los dominios de mi hijo cuando te encontraste a esa chica?

—No demasiado lejos. Estábamos muy cerca de Wigleigh.

—No importa. —Se volvió hacia Jerome—. Todo el mundo sabrá que no es más que una excusa, pero dile al padre Gaspard que el incidente tuvo lugar en las tierras de lord William, así que no puedo decidir sobre el asunto.

—Muy bien, mi señor.

—¿Y si acuden a William? —preguntó Ralph.

—Dudo que lo hagan, pero si insisten, tendrás que llegar a un acuerdo con él. Al final los campesinos se cansarán.

Ralph asintió con la cabeza, aliviado. Por un momento había temido que hubiese cometido un terrible error de juicio y que, después de todo, le hicieran pagar caro el haber violado a Annet. Sin embargo, al final se había salido con la suya, tal como esperaba.

—Gracias, mi señor.

Se preguntó qué pensaría su hermano de todo aquello y la sola idea lo cubrió de vergüenza. Aunque tal vez Merthin no lo sabría nunca.

—Debemos quejarnos ante lord William —dijo Wulfric cuando volvieron a Wigleigh.

Toda la aldea se había reunido en la iglesia para debatir la cuestión. El padre Gaspard y Nathan Reeve estaban presentes pero, a pesar de su juventud, era Wulfric quien parecía presidir la asamblea. El joven se había adelantado hasta la primera fila y había dejado a Gwenda y al pequeño Sammy entre los asistentes.

Gwenda rezaba para que decidieran olvidar el tema y no porque quisiera que Ralph quedara sin castigo: nada más lejos de la realidad; de hecho le habría gustado ver cómo lo escaldaban vivo. Ella había matado a dos hombres por haberla amenazado con violarla, algo que no dejó de recordar con un escalofrío a lo largo de toda la reunión. Sin embargo, no le gustaba que Wulfric tomara la iniciativa. En parte porque ese impulso estaba motivado por la inextinguible llama de la pasión que el joven seguía sintiendo por Annet, algo que afligía y apesadumbraba a Gwenda, pero sobre todo porque temía por él. La enemistad entre Ralph y Wulfric ya le había costado a éste su herencia. ¿Qué otros castigos les depararía la venganza de Ralph?

—Soy el padre de la víctima —intervino Perkin— y no quiero que nadie más salga malparado. Es muy comprometido quejarse de las acciones de un señor, quien siempre encontrará el modo de castigar a los que se oponen a él, con o sin razón. Yo digo que lo dejemos.

—Ya es demasiado tarde —repuso Wulfric—. Ya hemos protestado o al menos lo ha hecho nuestro sacerdote. No nos ahorramos nada echándonos atrás.

—Hemos ido demasiado lejos —replicó Perkin—. Ralph ha sido avergonzado delante de su señor y ahora sabe que no puede hacer lo que se le antoje.

—Al contrario —dijo Wulfric—, cree que se ha salido con la suya. Me temo que volverá a hacerlo. Ninguna mujer de la aldea estará a salvo.

Incluso Gwenda le había dicho a Wulfric lo mismo que defendía Perkin, pero Wulfric no le había contestado. Apenas le dirigía la palabra desde el incidente de la zancadilla en la parte trasera de la casa señorial. Al principio Gwenda se había dicho que Wulfric sólo estaba disgustado porque se había sentido como un tonto, y esperaba que todo estuviera olvidado a su regreso de Earlscastle, pero se había equivocado. Hacía una semana que no la tocaba, ni en la cama ni fuera de ella. Apenas la miraba y se dirigía a ella con monosílabos o gruñidos, lo que estaba empezando a hacer mella en la joven.

—Jamás vencerás a Ralph —intervino Nathan Reeve—. Los siervos no se imponen nunca a sus señores.

—No estoy tan seguro —repuso Wulfric—. Todo el mundo tiene enemigos. Tal vez no seamos los únicos a los que les gustaría ver cómo le derriban de su caballo. Puede que nunca lo veamos condenado ante un tribunal, pero debemos ocasionarle tanto bochorno y problemas como podamos si queremos que se lo piense dos veces antes de volver a hacer algo por el estilo.

Varios aldeanos asintieron a modo de aprobación, pero nadie salió en defensa de Wulfric, por lo que Gwenda empezó a albergar la tímida esperanza de que perdiera el debate. Sin embargo, su marido no era de los que daban su brazo a torcer con facilidad y se volvió hacia el sacerdote.

—¿Tú qué piensas, padre Gaspard?

Gaspard era un joven pobre y honrado que no temía a la nobleza. No era ambicioso, no anhelaba llegar a ser obispo y sumarse a las clases gobernantes, por lo que no sentía ninguna necesidad de complacer a la aristocracia.

—Annet ha sufrido una atroz violación, la paz de nuestra aldea se ha visto quebrantada por un delito y lord Ralph ha cometido un pecado mortal que debe confesar y del que debe arrepentirse. Por la víctima, por nosotros y para salvar a lord Ralph de las llamas del infierno, debemos acudir a lord William.

Se oyó un murmullo de aprobación.

Wulfric miró a Billy Howard y a Annet, sentados el uno al lado del otro, y Gwenda pensó que la gente seguramente acabaría haciendo lo que Annet y Billy quisieran.

—No quiero problemas —dijo Billy—, pero deberíamos terminar lo que hemos empezado, por el bien de todas las mujeres de la aldea.

Annet no levantó la vista, pero asintió con la cabeza y, para su consternación, Gwenda comprendió que Wulfric se había salido con la suya.

—Muy bien, ya tienes lo que querías —le dijo cuando salían de la iglesia.

Wulfric gruñó.

—Supongo que seguirás poniendo tu vida en peligro por el honor de la mujer de Billy Howard y negándote a dirigirle la palabra a tu propia mujer —insistió Gwenda.

Wulfric no abrió la boca. Sammy percibió la hostilidad y se echó a llorar.

Gwenda estaba desesperada. Había removido cielo y tierra para conseguir al hombre que amaba, se había casado con él y le había dado un hijo para que ahora él la tratara como si fuera su enemiga. Su padre jamás se había comportado de esa manera con su madre y no es que la conducta de Joby sirviera de modelo para nadie. Gwenda no sabía qué hacer. Había intentado utilizar a Sammy; lo había sostenido en un brazo mientras acariciaba a

Wulfric con la otra mano, tratando de ganarse su afecto mediante la asocia-
ción con el niño que él adoraba, pero Wulfric se había apartado de ella y los
había rechazado a ambos. Incluso lo había intentado con el sexo; había
apretado sus pechos contra la espalda de Wulfric por la noche, le había acariciado la barriga, le había tocado el pene, pero nada había dado resultado.
Sin embargo, debería de haberlo imaginado, teniendo en cuenta la resistencia
que había opuesto el verano anterior, antes de que Annet se casara con Billy.

—¿Qué es lo que te pasa? —acabó gritándole, superada por la frustración—. ¡Yo sólo intentaba salvarte la vida!

—No deberías haberlo hecho.

—¡Te habrían colgado si te hubiera dejado matar a Ralph!

—No tenías derecho.

—¿Qué importa si tenía derecho o no?

—Ésa es la filosofía de tu padre, ¿verdad?

Gwenda lo miró desconcertada.

—¿Qué quieres decir?

—Tu padre cree que no importa si tiene derecho o no a hacer algo. Si
es por el bien de todos, lo hace. Como lo de venderte para alimentar a su
familia.

—¡Ellos me vendieron para que me violaran! Yo te hice tropezar para
salvarte de la horca. No tiene nada que ver.

—Mientras sigas creyendo eso, jamás lo entenderás, ni a él ni a mí.

Gwenda comprendió que no iba a recuperar su amor intentando demostrarle que estaba equivocado.

—Bueno, pues entonces no lo entiendo.

—Me impides tomar mis propias decisiones. Me has tratado como tu
padre te trataba a ti, como a una cosa que podía controlar, no como a una
persona. No importa si yo tenía razón o no, lo que importa es que era yo
quien debía decidir, no tú. Pero tú no puedes entenderlo, igual que tu padre
tampoco puede entender por qué te perdió al venderte.

Gwenda seguía pensando que eran dos cosas completamente distintas,
pero decidió no discutir con él porque comenzaba a comprender qué era
lo que lo había enfurecido tanto. Wulfric defendía su independencia a capa
y espada, algo con lo que ella podía identificarse pues compartían el mismo sentimiento, y ella se la había robado.

—Creo… Creo que lo entiendo —balbució.

—¿De verdad?

—En cualquier caso, no volveré a hacer una cosa así nunca más.

—Bien.

—Lo siento mucho —dijo al fin.

494

Gwenda sólo creía a medias que se había equivocado, pero estaba desesperada por poner fin a aquella guerra.

—Está bien.

Wulfric seguía sin hablar demasiado, pero Gwenda percibió que estaba ablandándose.

—Ya sabes que no quiero que vayas a quejarte ante lord William, pero si estás decidido a hacerlo, no intentaré detenerte.

—Me alegro.

—De hecho, tal vez podría ayudarte.

—¿Ah, sí? ¿Cómo?

36

Antiguamente, la casa de lord William y lady Philippa en Casterham había sido un castillo. Todavía existía un torreón circular de piedra con almenas, aunque se hallaba en ruinas y se utilizaba de establo. La muralla que rodeaba el patio estaba intacta, aunque el foso se había secado y el suelo de la leve hondonada se usaba para cultivar hortalizas y árboles frutales. Donde antes había habido un puente levadizo, ahora una sencilla rampa conducía a las puertas de la casa.

Gwenda pasó por debajo del arco de la entrada con Sammy a cuestas, acompañada del padre Gaspard, Billy Howard, Annet y Wulfric. El joven hombre de armas que supuestamente estaba de guardia, apoltronado en un banco, los dejó pasar sin detenerlos al ver el hábito del sacerdote. La atmósfera relajada animó a Gwenda, quien esperaba obtener una audiencia privada con lady Philippa.

Entraron en la casa por la puerta principal y pasaron al gran salón habitual en los castillos, con altos ventanales como los de una iglesia. La estancia constituía la mitad de la casa, mientras que el resto del espacio debía de estar destinado a cámaras privadas acorde a la moda del momento, lo que daba prioridad a la intimidad de la familia noble que allí residía y restaba importancia a las defensas militares.

El hombre de mediana edad vestido con sayo de cuero que estaba sentado a una mesa contando las muescas de una vara larga les echó un vistazo, terminó de calcular e hizo una anotación en una tablilla.

—Buen día tengáis, forasteros —los saludó.

—Buen día, administrador mayor —contestó Gaspard, deduciendo la ocupación del hombre—. Hemos venido a ver a lord William.

—No se le espera hasta la hora de la cena, padre —contestó el administrador, con educación—. ¿Puedo saber qué asuntos queréis tratar con él?

Cuando Gaspard empezó a explicárselo, Gwenda se escabulló.

Dio la vuelta a la casa hasta encontrar la zona que utilizaba el servicio doméstico y vio una construcción de madera que supuso que sería la cocina. Junto a la puerta había una criada sentada en un banco con un saco de coles a las que les estaba quitando el barro en un barreño de agua. La joven criada miró al pequeño con ternura.

—¿Qué tiempo tiene? —preguntó.

—Cuatro meses, casi cinco. Se llama Samuel, pero lo llamamos Sammy o Sam.

El niño sonrió a la joven.

—¡Míralo! —exclamó la muchacha.

—Soy una mujer normal y corriente, como tú, pero tengo que hablar con lady Philippa —dijo entonces Gwenda.

—Yo sólo ayudo en la cocina —se excusó la joven, frunciendo el ceño con cara de preocupación.

—Pero la verás de vez en cuando. Podrías hablarle en mi nombre.

La muchacha echó un vistazo a su espalda, como si le inquietara que alguien pudiera estar escuchándolas.

—No me gusta.

Gwenda se dio cuenta de que iba a ser más complicado de lo que había imaginado.

—¿No podrías siquiera entregarle un mensaje? —insistió.

La criada negó con la cabeza.

—¿Quién quiere entregarme un mensaje? —preguntó alguien de repente, a sus espaldas.

Gwenda se puso tensa, preguntándose si no se habría metido en un lío, y se volvió hacia la puerta de la cocina, en la que instantes después apareció lady Philippa.

No era ni excesivamente guapa, ni demasiado agraciada, aunque estaba de buen ver. Tenía una nariz recta, una mandíbula firme y ojos grandes de color verde claro. No sonreía, de hecho tenía el ceño ligeramente fruncido; sin embargo, había algo en su rostro que transmitía simpatía y generosidad.

—Soy Gwenda de Wigleigh, mi señora —se presentó Gwenda, contestando a su pregunta.

—Wigleigh. —Philippa arrugó aún más el ceño—. ¿Y qué es eso que deseas decirme?

—Es sobre lord Ralph.

—Me lo temía. Bueno, entra y dejemos que ese pequeño se caliente junto al fuego.

Muchas damas nobles se habrían negado a hablar con alguien de condición tan humilde como Gwenda, pero la joven había adivinado que Philippa tenía un gran corazón debajo de aquel exterior tan apabullante, y la siguió al interior. Sammy empezó a quejarse y Gwenda le dio el pecho.

—Siéntate —la invitó Philippa.

Eso era aún más inusual. Un siervo debía permanecer de pie cuando se dirigía a una señora. Gwenda supuso que Philippa era amable con ella por el pequeño.

—Muy bien, adelante —la animó Philippa—. ¿Qué ha hecho Ralph?

—Mi señora, puede que recordéis la pelea que se produjo en la feria del vellón de Kingsbridge el año pasado.

—Por supuesto. Ralph se propasó con una campesina y su joven y apuesto prometido le rompió la nariz. El chico no debería haberlo hecho, por descontado, pero Ralph es un bruto.

—Desde luego. La semana pasada se topó con esa misma joven, Annet, en el bosque y su escudero la sujetó mientras Ralph la violaba.

—Por favor, que Dios nos ampare… —Philippa parecía escandalizada—. Ralph es un animal, un cerdo, un salvaje. Sabía que jamás tendrían que haberlo hecho señor. Ya le dije a mi suegro que no lo ascendiera.

—Qué lástima que el conde no siguiera vuestro consejo.

—Y supongo que el prometido pide que se haga justicia.

Gwenda vaciló. No sabía hasta dónde podía contarle de la enrevesada historia, pero tuvo el presentimiento de que sería un error ocultarle nada.

—Annet está casada, señora, pero con otro hombre.

—Entonces, ¿qué afortunada se llevó al apuesto joven?

—Pues da la casualidad de que Wulfric se casó conmigo.

—Felicidades.

—Aunque Wulfric está aquí, con el marido de Annet, en calidad de testigo.

Philippa la miró fijamente y a punto estuvo de comentar algo, cuando cambió de opinión.

—Entonces, ¿por qué habéis venido? Wigleigh no pertenece a las tierras de mi marido.

—El incidente ocurrió en el bosque, pero el conde dice que fue en las tierras de William, así que él no puede decidir sobre el asunto.

—Eso no es más que una excusa. Roland decide lo que le apetece. Lo que no quiere es castigar al hombre al que acaba de promocionar.

—Pese a todo, el sacerdote de nuestra aldea ha acudido a lord William para explicarle lo sucedido.

—¿Y qué es lo que quieres de mí?

—Vos sois una mujer, vos lo comprendéis. Sabéis qué son capaces de improvisar los hombres para justificar una violación y ahora dicen que la joven debió de flirtear o hacer algo para provocarle.

—Sí.

—Si Ralph se sale con la suya, podría volver a repetirlo… Tal vez conmigo.

—O conmigo —dijo Philippa—. Deberías de ver cómo me mira… Como un perro siguiendo a una oca en una charca.

Aquello la animó.

—Tal vez podríais conseguir que lord William entendiera lo importante que es que Ralph no salga impune.

Philippa asintió.

—Creo que algo puedo hacer.

Sammy había dejado de mamar y se había dormido. Gwenda se levantó.

—Gracias, señora.

—Me alegra que hayas venido a verme.

Lord William los hizo llamar a la mañana siguiente y se reunieron con él en el gran salón. Gwenda se alegró de ver a lady Philippa sentada a su lado. La dama le dedicó a Gwenda una mirada amistosa y la joven esperó que eso quisiera decir que había hablado con su marido.

William era alto y moreno, como su padre el conde, pero el pelo empezaba a clarear y tanto la calva que le coronaba la cabeza como la barba y las cejas oscuras le conferían un aire de autoridad reflexiva que casaba mejor con su reputación. El hombre examinó el vestido manchado de sangre y estudió los moretones de Annet, que habían pasado del rojo intenso de cuatro días atrás al azulón de esos momentos. Aun así, consiguieron enfurecer a lady Philippa y Gwenda supuso que sin duda su indignación se debía más a la sórdida escena que evocaban de un musculoso escudero inmovilizando a la joven mientras otro hombre la violaba, que a la gravedad de las lesiones en sí.

—Bien, hasta el momento has hecho lo correcto —le dijo William a Annet—. Acudiste de inmediato a la aldea más cercana, mostraste las heridas a hombres de buena reputación e identificaste a tu agresor. Ahora debes presentar un pedimento a un juez de paz en el juzgado comarcal de Shiring.

Annet lo miró angustiada.

—¿Y eso qué quiere decir?

—Un pedimento es una acusación escrita en latín.

—No sé escribir en mi idioma, señor, mucho menos en latín.

—El padre Gaspard lo hará por ti. La justicia llevará el pedimento ante un jurado al que tendrás que explicarle lo que te ocurrió. ¿Podrás hacerlo? Puede que te pidan detalles escabrosos.

Annet asintió, decidida.

—Si te creen, le ordenarán al sheriff que haga comparecer a lord Ralph ante el tribunal un mes después para ser juzgado. Luego necesitarás dos fiadores, unas personas que entregarán cierta suma de dinero como aval para garantizar que comparecerás el día del juicio.

—Pero ¿quiénes serán mis fiadores?

—El padre Gaspard puede ser uno y yo seré el otro. Yo pondré el dinero.

—¡Gracias, señor!

—Dale las gracias a mi esposa, que es quien me ha convencido de que no puedo permitir que una violación perturbe la paz del rey en mis tierras.

Annet miró agradecida a Philippa.

Gwenda se volvió hacia Wulfric. Le había contado a su marido la conversación que había mantenido con la esposa del señor. Wulfric la miró y asintió con un movimiento casi imperceptible con la cabeza. Él sabía que Gwenda había sido la artífice de todo aquello.

—En el juicio volverás a relatar tu historia —continuó William—. Todos tus amigos tendrán que comparecer como testigos: Gwenda dirá que te vio regresar del bosque con el vestido manchado de sangre, el padre Gaspard, que le contaste todo lo sucedido y Wulfric, que vio a Ralph y a Alan alejándose al galope del lugar. —Todos asintieron con solemnidad—. Una cosa más. Una vez que se inicie el proceso, no podrás echarte atrás. Retirar una demanda es un delito por el que serías severamente castigada… Sin contar la venganza que Ralph querría cobrarse.

—No cambiaré de opinión, pero ¿qué le ocurrirá a Ralph? ¿Cómo lo castigarán?

—En fin, sólo existe un castigo para la violación —contestó lord William—, y es la horca.

Esa noche todos durmieron en el gran salón del castillo junto a los criados, los escuderos y los perros de William, envueltos en sus mantas, sobre las esteras dispuestas en el suelo. Cuando la lumbre de los rescoldos de la gigantesca chimenea quedó reducida a un tenue resplandor, Gwenda alargó una mano hacia su marido, vacilante, y lo tocó con suavidad en el brazo, acariciando el tejido de su capa de lana. No habían hecho el amor desde la violación de Annet y Gwenda no estaba segura de si él la deseaba o no. La zancadilla lo había hecho enfurecer, pero ¿la intervención ante lady Philippa zanjaría la cuestión?

Wulfric respondió de inmediato: la atrajo hacia él y la besó en la boca. Aliviada, Gwenda se relajó entre sus brazos y estuvieron un rato haciéndose carantoñas. Gwenda era tan feliz que tenía ganas de llorar.

La joven esperaba que Wulfric se pusiera encima de ella, pero él no hacía nada. Sabía que su marido la deseaba por lo cariñoso que se mostraba y por lo enhiesto que sentía el pene en su mano, pero tal vez vacilaba al hallarse en compañía de tantas personas. La gente solía hacerlo en salones como ésos, era algo normal y corriente y nadie se fijaba, pero tal vez a Wulfric le diera vergüenza.

Sin embargo, Gwenda estaba decidida a sellar su reconciliación y al cabo de un rato fue ella quien se puso encima de Wulfric y los tapó a ambos con su capa. Empezaban a moverse al compás, cuando la joven reparó en un adolescente que los observaba con los ojos abiertos como platos a escasos metros. Los adultos solían mirar hacia otro lado por educación, pero el jovencito estaba en una edad en la que el sexo era un misterio fascinante y era evidente que no podía apartar la vista. Gwenda se sentía tan dichosa que no le importó. Lo miró a los ojos y le sonrió, sin parar de moverse. El adolescente se quedó boquiabierto y lo asaltó una vergüenza manifiesta. Azorado, se dio media vuelta y se tapó los ojos con el brazo.

Gwenda tiró de la capa para cubrir su cabeza y la de Wulfric, hundió el rostro en el cuello de su marido y se abandonó al placer.

37

Caris se sentía más segura la segunda vez que acudió al tribunal del rey. El vasto interior de Westminster Hall ya no la intimidaba, ni la aglomeración de personajes pudientes y poderosos que se apiñaba alrededor de las tribunas de los jueces. Ya había estado allí antes y sabía cómo funcionaba todo, razón por la cual lo que hacía un año le había parecido tan extraño, ahora le resultaba familiar. Incluso iba a la moda de Londres y lucía un vestido de dos colores: una mitad verde y la otra azul. Le gustaba observar a los que la rodeaban y adivinar sus vidas en sus rostros: engreídos o desesperados, desorientados o avisados. Sabía distinguir a los que acababan de llegar a la capital por su mirada atónita y su aire inseguro, y le complacía sentirse como una entendida o incluso superior.

Si albergaba algún recelo, éste se lo inspiraba su abogado, Francis Bookman. Era joven, instruido y, como casi todos los letrados a juicio de Caris, parecía muy seguro de sí mismo. Se trataba de un hombre bajito, de cabello rubio rojizo, movimientos nerviosos y siempre presto a discutir, que le recordaba a un pajarillo cantarín en el alféizar de una ventana, picoteando migas y espantando a sus rivales con agresividad. Les había dicho que su caso era incontrovertible.

Godwyn contaba con Gregory Longfellow, por descontado. Gregory había ganado el caso contra el conde Roland, por lo que Godwyn le había pedido que volviera a representar al priorato. El hombre había demostrado su valía, mientras que Bookman era un desconocido. Sin embargo, a Caris aún le quedaba un golpe de mano oculto que Godwyn a buen seguro no se esperaba.

Godwyn no parecía reconocer que había traicionado a Caris, a su padre y a toda la ciudad de Kingsbridge. Siempre se había presentado como un reformador al que impacientaba la pusilanimidad del prior Anthony, como un hombre volcado en las necesidades de la ciudad y preocupado por la prosperidad de monjes y comerciantes por igual. Sin embargo, al cabo de un año de mandato, se había revelado como todo lo contrario y se había mostrado incluso más conservador que Anthony. Aunque lo cierto es que no parecía avergonzarse lo más mínimo de ello. La rabia invadía a Caris cada vez que lo pensaba.

No tenía derecho a obligar a la gente de la ciudad a utilizar su batán. Sus otras imposiciones, como la prohibición de molinos manuales o las multas por tener charcas de peces y conejeras particulares, podrían considerarse legítimas, aunque escandalosamente severas. Sin embargo, el uso del batán no debería tener restricciones y Godwyn lo sabía. Caris se preguntaba si el hombre creería que cualquier ardid era perdonable siempre que se hiciera en nombre de la labor divina. ¿Acaso los hombres de Dios no debían ser más escrupulosos con la honestidad que los laicos?

Así mismo se lo planteó a su padre mientras deambulaban por los tribunales a la espera de que los llamaran a declarar.

—Nunca he confiado en los que proclaman su honestidad desde el púlpito de una iglesia —fue la respuesta de Edmund—. Ese tipo de personas con tan alto concepto de sí mismas siempre encuentran una excusa para violar sus propias reglas. Prefiero tener tratos con pecadores normales y corrientes; ésos al menos creen que al final les es más provechoso decir la verdad y cumplir sus promesas. Y es algo sobre lo que no suelen cambiar de opinión.

En esa clase de ocasiones en las que volvía a ser el de siempre, era cuando Caris se daba cuenta de cuánto había cambiado su padre. Hacía un tiempo que venía perdiendo rapidez mental y perspicacia y la mayoría de las veces se mostraba olvidadizo y distraído. Caris sospechaba que el declive había comenzado meses antes de que ella se hubiera dado cuenta y seguramente a ello se debía que, por desgracia, no hubiera previsto el hundimiento del mercado lanar.

Al cabo de varios días de espera, los llamaron a comparecer ante sir Wilbert Wheatfield, el juez de cara sonrosada y dientes cariados que había presidido el juicio contra el conde Roland hacía un año. La confianza de Caris empezó a debilitarse cuando el juez tomó asiento en la tribuna que se apoyaba en el muro oriental. Era intimidante que un simple mortal tuviera tanto poder. Si tomaba la decisión equivocada, el proyecto de manufacturación de paños de Caris se iría a pique, su padre se arruinaría y nadie podría financiar un puente nuevo.

No obstante, empezó a sentirse mejor en cuanto su abogado tomó la palabra. Francis comenzó por la historia del batán: explicó que lo había inventado el legendario Jack Builder, que había sido el primero en construirlo, y que el prior Philip había concedido a la gente de la ciudad el derecho a utilizarlo de manera gratuita.

Acto seguido la emprendió con las posibles réplicas de Godwyn para desarmar al prior por adelantado.

—Es cierto que el molino necesita reparaciones, es lento y suele quedarse varado —admitió—, pero ¿cómo puede un prior poner en duda el derecho de usufructo de la gente? El molino es propiedad del priorato y es obligación del priorato mantenerlo en buen estado. El hecho de que él no haya cumplido con su obligación no es pertinente. La gente no tiene derecho a reparar el molino y ciertamente aún menos la obligación. La concesión del prior Philip no era condicionada. —En ese momento, Francis utilizó su golpe de mano secreto—. En el caso de que el prior intentara aducir que la concesión fue condicionada, invito a este tribunal a leer esta copia del testamento del prior Philip.

Godwyn se quedó atónito. Había intentado hacerles creer que el testamento se había perdido, pero Thomas de Langley había accedido a buscarlo como favor personal a Merthin y lo había sacado de la biblioteca sin que nadie se diera cuenta durante un día, tiempo suficiente para que Edmund lo diera a copiar.

Caris no pudo evitar regocijarse con la expresión de asombro y rabia de Godwyn al descubrir que su treta no había dado resultado.

—¿Cómo ha llegado a vuestras manos? —preguntó indignado el prior, dando un paso al frente.

La pregunta resultó muy reveladora. No había querido saber dónde lo habían encontrado, pregunta lógica si realmente hubiera estado perdido alguna vez.

Gregory Longfellow tenía cara de preocupación y le hizo un gesto para que callara. Godwyn cerró la boca y retrocedió, dándose cuenta de que se había descubierto, aunque demasiado tarde a juicio de Caris. El juez comprendería que la ira de Godwyn se debía únicamente a que el prior sabía que el documento favorecía a la gente de la ciudad y que por eso mismo había intentado eludirlo.

Francis dio por terminada rápidamente su exposición. Caris consideró que era una buena decisión pues el juez todavía tendría fresca la artimaña de Godwyn cuando Gregory expusiera el caso para la defensa.

Sin embargo, el enfoque de Gregory los cogió a todos por sorpresa. El hombre se adelantó y se dirigió al juez.

—Señor, Kingsbridge no es un municipio foral.

Eso fue todo, como si no fuera necesario decir nada más.

En rigor era cierto. La mayoría de las ciudades disfrutaban de una cédula real gracias a la que podían comerciar y abrir mercados a su antojo, sin obligaciones de ningún tipo para con el conde o el barón. Sus ciudadanos eran hombres libres que le debían lealtad únicamente al rey. Sin embargo, unas cuantas ciudades como Kingsbridge seguían siendo propiedad de un señor, por lo general un obispo o un prior. St. Albans y Bury St. Edmunds eran un ejemplo. El estatus de dichas poblaciones no estaba tan claro.

—Eso es diferente —admitió el juez—. Sólo los hombres libres pueden acudir al tribunal del rey. ¿Qué tenéis que decir a eso, Francis Bookman? ¿Son siervos vuestros clientes?

—¿La gente de la ciudad ha acudido al tribunal del rey alguna otra vez? —le preguntó Francis a Edmund en voz baja y apremiante, volviéndose hacia él.

—No. El prior ha...

—¿Ni siquiera la cofradía gremial? ¿Aunque fuera antes de que vosotros entrarais en ella?

—No existen registros de...

—Así que no podemos apoyarnos en un precedente, maldita sea. —Francis se volvió hacia el juez. Su semblante mudó de la preocupación a la confianza absoluta en cuestión de segundos y se dispuso a hablar como si condescendiera a explicar algo trivial—. Señor, mis clientes son libres. Tienen condición de ciudadanos.

—En la condición de ciudadano coligen muchas y diferentes definiciones, en cada lugar significa una cosa diferente —se apresuró a replicar Gregory.

—¿Existe una declaración de costumbres por escrito? —preguntó el juez.

Francis miró a Edmund, quien negó con la cabeza.

—Ningún prior se avendría a dejar por escrito nada por el estilo —le dijo el comerciante entre dientes.

Francis se volvió hacia el juez.

—No existe ninguna declaración escrita, señor, pero es evidente…

—Entonces este tribunal debe decidir si sois hombres libres o no —sentenció el juez.

—Señor, los ciudadanos pueden comprar y vender sus viviendas con total libertad —intervino Edmund, dirigiéndose directamente al juez.

Se trataba de un derecho importante que no se les concedía a los siervos, quienes necesitaban el permiso de su señor.

—Pero tenéis obligaciones feudales —repuso Gregory—. Debéis usar los molinos y las charcas del prior.

—Olvidémonos de las charcas —dijo sir Wilbert—. La cuestión clave es la relación de los ciudadanos con el sistema judicial del rey. ¿La ciudad deja entrar libremente al sheriff real?

—No, ha de pedir permiso para entrar en la ciudad —contestó Gregory.

—¡Por decisión del prior, no por la nuestra! —protestó Edmund.

—Muy bien. ¿Los ciudadanos pueden ser llamados a formar parte de jurados reales o alegan exención? —prosiguió sir Wilbert.

Edmund vaciló. Godwyn parecía exultante. Formar parte de un jurado era una obligación que suponía una gran pérdida de tiempo y que todo el mundo intentaba eludir si podía.

—Alegamos exención —contestó Edmund, al cabo de un momento.

—Entonces está todo dicho —concluyó el juez—. Si eludís ese deber alegando que sois siervos, no podéis acudir a la justicia del rey pasando por encima de vuestro señor.

—En vista de ello, solicito que desestiméis la demanda —pidió Gregory, con voz triunfante.

—Concedido —sentenció el juez.

—Señor, ¿se me permite hablar? —intervino Francis, indignado.

—En absoluto —contestó el juez.

—Pero, señor…

—Una palabra más y os proceso por desacato.

Francis cerró la boca y agachó la cabeza.

—Siguiente caso —dijo sir Wilbert.

Un nuevo abogado empezó a hablar.

Caris estaba confundida.

—¡Tendríais que haberme dicho que erais siervos! —protestó Francis, dirigiéndose a ella y a su padre.

—No lo somos.

—El juez ha dictaminado que lo sois. No puedo ganar casos si se me oculta información.

Caris decidió no discutir con él, pues sabía que se enfrentaba al tipo de persona que jamás admite un error.

Godwyn estaba tan henchido de satisfacción que parecía a punto de estallar. Al salir, no pudo evitar despedirse con unas palabras.

—Espero que en el futuro comprendáis que lo más acertado es someteros a la voluntad del Señor —dijo con toda solemnidad, apuntándolos con un dedo.

—Vete al cuerno —contestó Caris, dándole la espalda—. ¡Seguimos con las manos atadas! —le dijo a su padre—. ¡Hemos demostrado que tenemos derecho a utilizar el batán sin que nos puedan cobrar por ello, pero Godwyn sigue negándonos ese derecho!

—Eso parece —admitió Edmund.

Caris se volvió hacia Francis.

—Tiene que haber algo que podamos hacer —dijo, enfadada.

—Bueno, podríais pedir la consideración de municipio para Kingsbridge, con una cédula real que estableciera vuestros derechos y libertades —contestó el abogado—. Una vez hecho esto, podríais acudir al tribunal del rey.

Caris vio un atisbo de esperanza.

—¿Qué hay que hacer?

—Tenéis que apelar al rey.

—¿Nos la concederá?

—Si alegáis que la necesitáis para poder pagar vuestros impuestos, sin duda os escuchará.

—Entonces tenemos que intentarlo.

—Godwyn se pondrá furioso —le advirtió Edmund.

—Que se ponga como quiera —contestó Caris.

—No lo subestimes —insistió su padre—. Ya sabes lo implacable que es, incluso en discusiones triviales. Una cosa así conduciría a una guerra declarada.

—Que así sea —dijo Caris en tono sombrío—. Si quiere guerra, tendrá guerra.

—Por Dios, Ralph, ¿cómo has podido hacer una cosa así? —se lamentó su madre.

Merthin observó el rostro de su hermano a la débil luz del hogar de sus padres. Ralph parecía debatirse entre la negación rotunda y la autojustificación.

—Ella me engatusó —contestó al fin.

Maud parecía más afligida que enfadada.

—Pero, Ralph, ¡es la mujer de otro hombre!

—La mujer de un campesino.

—Aun así.

—No te preocupes, madre, jamás condenarán a un señor basándose en la palabra de un siervo.

Merthin no estaba tan seguro. Ralph era un señor de poca monta y parecía haberse ganado la enemistad de William de Caster. Nadie sabía cuál sería el resultado del juicio.

—¡Aunque no te condenaran, y rezo para que no lo hagan, piensa en la vergüenza que has traído a esta casa! —dijo su padre con dureza—. Eres hijo de un caballero, ¿cómo has podido olvidar eso?

Merthin estaba horrorizado y preocupado, pero no sorprendido. Ralph siempre había tenido un carácter violento. De niños, andaba continuamente metido en peleas de las que Merthin a menudo tenía que apartarlo utilizando una palabra conciliatoria o una broma para así evitar la confrontación y los puñetazos. Si cualquier otra persona que no fuera su hermano hubiera cometido esa despreciable violación, Merthin habría querido ver a ese hombre colgado de la horca.

Ralph no apartaba los ojos de Merthin, cuya desaprobación lo atormentaba tal vez incluso más que la de su madre, pues siempre había respetado a su hermano mayor. Merthin deseaba que hubiese un modo de contener a Ralph para que no agrediera a la gente ahora que ya no lo tenía a él a su lado para sacarle las castañas del fuego.

La escena con sus atribulados padres tenía visos de continuar largo rato cuando alguien llamó a la puerta de la modesta casa y Caris asomó la cabeza. La joven sonrió a Gerald y a Maud a modo de saludo, aunque su expresión cambió al ver a Ralph.

Merthin supuso que lo buscaba a él y se levantó.

—No sabía que habías vuelto de Londres —dijo.

—Acabo de llegar —contestó Caris—. ¿Podemos hablar un momento?

Merthin se echó un manto sobre los hombros y salió con ella a la tenue y grisácea luz de un frío día de diciembre. Hacía un año que habían puesto fin a su relación. Merthin sabía que su embarazo había acabado en el hospital y suponía que Caris se las había arreglado de algún modo para abortar deliberadamente. Por dos veces le había pedido que volviera con él en las semanas posteriores, pero ella lo había rechazado. Era desconcertante. Merthin sabía que todavía lo amaba, pero su decisión era firme. El joven había perdido toda esperanza y había supuesto que con el tiempo dejaría de sufrir. Sin embargo, hasta el momento eso no había sucedido. Su corazón seguía latiendo con fuerza cuando la veía y no había nada que lo hiciera más feliz en el mundo que hablar con ella.

Salieron a la calle principal y entraron en la posada. A última hora de la tarde, el establecimiento estaba tranquilo. Pidieron vino caliente y especiado.

—Hemos perdido el caso —le informó Caris.

Merthin se quedó atónito.

—¿Cómo es posible? Tenías el testamento del prior Philip...

—No ha servido de nada. —Merthin adivinaba que Caris estaba amargamente decepcionada—. El avispado abogado de Godwyn alegó que los habitantes de Kingsbridge son siervos del prior y los siervos no tienen derecho a acudir a los tribunales del rey. El juez ha desestimado el caso.

—Pero eso es una tontería —repuso Merthin, indignado—. Eso significa que el prior puede hacer lo que le venga en gana al margen de leyes y fueros...

—Ya lo sé.

Merthin comprendió que a Caris le impacientaría oír las obviedades que ella ya se habría dicho a sí misma muchas veces. Reprimió su indignación e intentó ser práctico.

—¿Qué vais a hacer?

—Solicitar un fuero municipal con el que liberaríamos a la ciudad del yugo del prior. Nuestro abogado cree que nuestro caso es sólido, pero no olvides que también lo creía con el batán. De todas maneras, el rey necesita recaudar fondos desesperadamente para su guerra con Francia y por eso le interesan las ciudades prósperas, para cobrarles sus impuestos.

—¿Cuánto se tarda en conseguir un fuero?

—Eso son las malas noticias: un año como mínimo, tal vez más.

—Y durante ese tiempo no puedes confeccionar paño de color escarlata.

—Con el viejo batán, no.

—Entonces tendremos que dejar de trabajar en el puente.

—No sé qué otra solución hay.

—Maldita sea. —Era absurdo: tenían los medios para devolver la prosperidad a la ciudad al alcance de la mano y lo único que lo impedía era la terquedad de un solo hombre—. ¿Cómo es posible que juzgáramos tan mal a Godwyn? —se preguntó Merthin.

—No me lo recuerdes.

—Tenemos que librarnos de su yugo.

—Lo sé.

—Pero no podemos esperar un año.

—Ojalá hubiera algún modo.

Merthin se devanó los sesos, sin apartar los ojos de Caris. La joven llevaba un vestido nuevo y multicolor, como estaba de moda, comprado en Londres, que le daba un aire festivo a pesar de su semblante serio y angustiado. Era como si le brillaran los ojos y su piel refulgiera gracias a los colores, un verde oscuro y un azul medio. Le ocurría de vez en cuando. Estaban en medio de una conversación sobre algún problema relacionado con el puente, pues rara vez hablaban de otra cosa, cuando de pronto reparaba en lo adorable que era.

Mientras seguía ensimismado en esos pensamientos, la parte resolutiva de su cerebro dio con una propuesta.

—Deberíamos construir nuestro propio batán.

Caris negó con la cabeza.

—Sería ilegal. Godwyn le ordenaría a John Constable que lo echara abajo.

—¿Y si estuviera fuera de la ciudad?

—¿Te refieres al bosque? Eso también sería ilegal. Los guardas forestales se te echarían encima.

Los guardabosques velaban por el cumplimiento de las leyes forestales.

—Pues entonces en el bosque no, en otra parte.

—Da igual donde vayas, necesitarás el permiso de un señor.

—Mi hermano posee un señorío.

Caris hizo una mueca de disgusto ante la mención de Ralph, pero enseguida mudó la expresión al pensar en lo que Merthin proponía.

—¿Quieres construir un batán en Wigleigh?

—¿Por qué no?

—¿Hay un arroyo con bastante agua para hacer girar la rueda del molino?

—Creo que sí, pero si no lo hay, podría tirar de ella un buey, como con la balsa.

—¿Y Ralph lo consentiría?

—Claro que sí, es mi hermano. Si se lo pido, accederá.

—Godwyn se pondrá hecho un basilisco.

—Godwyn le importa bien poco a Ralph.

Merthin sabía que Caris estaba contenta y emocionada, pero ¿qué sentiría por él? La joven se alegraba porque habían dado con una solución para su problema y la entusiasmaba superar a Godwyn en astucia, pero las deducciones de Merthin no llegaban más allá.

—Pensémoslo bien antes de echar las campanas al vuelo —dijo Caris—. Godwyn promulgará una norma que prohibirá que se saque paño de Kingsbridge con intención de abatanarlo. Muchas ciudades tienen leyes por el estilo.

—Sin la cooperación de un gremio le será muy difícil conseguir que se cumpla una norma de esa índole. Además, si lo hace, tienes otra solución. La mayor parte del paño se teje en las aldeas, ¿no es así?

—Sí.

—Entonces no lo traigas a la ciudad. Envíalo de los tejedores a Wigleigh directamente. Tíñelo allí, abatánalo en el nuevo molino y luego llévalo a Londres. Godwyn no tendrá jurisdicción sobre el paño.

—¿Cuánto tiempo se necesita para construir un molino?

Merthin hizo unos cálculos.

—El edificio de madera puede levantarse en un par de días. La maquinaria también sería de madera, pero para eso necesitaré más tiempo porque hay que hacer cálculos muy precisos. Sin embargo, lo que nos retrasará más será hacer llegar hasta allí a los hombres y los materiales. Podría tenerlo terminado para después de Navidad.

—Eso es estupendo —dijo Caris—. Lo haremos.

Elizabeth lanzó los dados sobre el tablero y metió su última pieza en casa.

—¡He ganado! —exclamó—. Tres de tres. Paga.

Merthin le tendió un penique de plata. Sólo dos personas conseguían derrotarle a las tablas reales: Elizabeth y Caris, aunque con ellas no le importaba perder. Agradecía poder enfrentarse a un digno rival.

Se recostó hacia atrás y tomó un trago de su licor de pera. Era una fría tarde de un sábado de enero y ya había oscurecido. La madre de Elizabeth dormitaba en una silla junto al fuego, roncando suavemente con la boca abierta. La mujer trabajaba en la posada Bell, pero siempre estaba en casa cuando Merthin visitaba a su hija. El joven lo prefería así, de ese modo no tenía que debatirse entre besar a Elizabeth o no, cuestión a la que no quería enfrentarse. Por descontado que le hubiera gustado besarla, recordaba el contacto de sus fríos labios y la firmeza de sus pequeños pechos, pero eso significaría tener que admitir que su relación con Caris se había terminado para siempre y todavía no estaba preparado para dar ese paso.

—¿Cómo va el nuevo molino de Wigleigh? —preguntó Elizabeth.

—Listo y funcionando —contestó Merthin, ufano—. Caris lleva abatanando paño desde hace una semana.

—¿Ella solita? —preguntó Elizabeth, enarcando las cejas.

—No, es una forma de hablar. En realidad es Mark Webber quien lleva el molino, aunque está enseñando a algunos aldeanos para que le sustituyan.

—A Mark le vendría muy bien convertirse en el hombre de confianza de Caris. Toda su vida ha sido pobre como una rata y ésta podría ser una gran oportunidad para él.

—El nuevo proyecto de Caris nos vendrá muy bien a todos, así podré acabar el puente.

—Es una muchacha inteligente —admitió Elizabeth con un tono desapasionado—, aunque ¿qué opina Godwyn de todo esto?

—Nada. No sé si lo sabe.

—Pero lo acabará sabiendo.

—Me temo que no podrá hacer nada.

—Es un hombre orgulloso. Si le demuestras que has sido más astuto que él, nunca te lo perdonará.

—Podré soportarlo.

—¿Y qué me dices del puente?

—A pesar de todos los problemas, el trabajo sólo se ha retrasado un par de semanas. He tenido que invertir más dinero para ponerme al día, pero estará listo para la feria del vellón. Eso sí, con tablones de madera provisionales.

—Entre Caris y tú habéis salvado la ciudad.

—Todavía no, pero lo haremos.

La madre de Elizabeth se despertó sobresaltada cuando alguien llamó a la puerta.

—¿Quién podrá ser a estas horas? —dijo—. Pero si ya ha oscurecido.

Era uno de los aprendices de Edmund.

—Esperan a maese Merthin en la junta de la cofradía gremial —anunció.

—¿Para qué? —preguntó Merthin.

—Maese Edmund me pidió que os dijera que os esperan en la junta de la cofradía gremial —repitió el muchacho.

Era evidente que se había aprendido el mensaje de memoria y que no sabía nada más.

—Supongo que será por algo relacionado con el puente —comentó Merthin a Elizabeth—. Están preocupados por los costes. —Recogió su manto—. Gracias por el vino… y por el juego.

—Aquí estaré cuando quieras repetirlo —contestó ella.

Siguió al aprendiz hasta el salón del gremio de la calle mayor. La cofradía celebraba una junta, no un banquete. Cerca de una veintena de los ciudadanos más influyentes de Kingsbridge se sentaba alrededor de la larga mesa de caballetes con sus vasos de cerveza o vino mientras charlaban en voz baja. Merthin percibió la tensión y la animosidad en el ambiente y empezó a preocuparse.

Edmund presidía la mesa junto al prior Godwyn, quien se sentaba a su lado. El prior no era miembro de la cofradía, por lo que su presencia indicaba que las suposiciones de Merthin habían sido acertadas y que la reunión estaba relacionada con el puente. Sin embargo, Thomas el *matricularius* no se hallaba presente, aunque sí Philemon, cosa extraña.

Hacía poco que Merthin había tenido una pequeña discusión con Godwyn. Su contrato tenía una duración de un año a dos peniques diarios más el usufructo de la isla de los Leprosos. Cuando llegó el momento de la renovación, Godwyn le había propuesto seguir pagándole dos peniques al día, pero Merthin había insistido en que fueran cuatro y al final Godwyn le había concedido el aumento. ¿Se habría quejado al respecto ante el gremio?

—Te hemos hecho llamar porque el prior Godwyn desea despedirte como maestro constructor a cargo del puente —le informó Edmund con su brusquedad habitual.

Merthin recibió la noticia como si le hubieran propinado un bofetón. No se lo esperaba.

—¿Qué? ¡Pero si fue el propio Godwyn quien me escogió!

—Y por tanto tengo derecho a despedirte —intervino Godwyn.

—Pero ¿por qué?

—El trabajo no se ha hecho en el tiempo estipulado y ha excedido el presupuesto.

—Se ha retrasado porque el conde cerró la cantera y ha excedido el presupuesto porque tuve que invertir dinero para ponerme al día.

—Excusas.

—¿Acaso me invento la muerte de un carretero?

—¡Asesinado por tu propio hermano! —replicó Godwyn.

—¿Qué tiene eso que ver con todo lo demás?

—¡Un hombre acusado de violación! —insistió Godwyn, eludiendo la pregunta.

—No puedes despedir a un maestro constructor por el comportamiento de su hermano.

—¿Quién eres tú para decidir lo que puedo o lo que no puedo hacer?

—¡Soy el constructor de tu puente!

En ese momento Merthin cayó en la cuenta de que la mayor parte del trabajo de construcción estaba terminado. Había diseñado las partes más complicadas y había levantado los armazones de madera que servían de guía a los albañiles. Había construido las ataguías, que nadie más sabía hacer, y había ideado las grúas y los cabrestantes flotantes que se necesitaban para colocar las pesadas piedras en su lugar en medio de la corriente. Consternado, comprendió que, en esos momentos, cualquier constructor podía acabar el trabajo.

—Tu contrato no tenía cláusula de renovación —alegó Godwyn.

Era cierto. Merthin miró a su alrededor en busca de apoyo. Todos desviaron la mirada, por lo que dedujo que ya lo habían discutido con Godwyn. Lo invadió la desesperación. ¿Qué había ocurrido? Nada tenía que ver con que se hubiera retrasado con el puente o con que se hubiera excedido del presupuesto. El retraso no era culpa suya y, de todos modos, se había puesto al día. ¿Cuál era la verdadera razón? Todavía no había acabado de formularse del todo la pregunta cuando la respuesta acudió a su mente.

—¡Esto es por lo del batán de Wigleigh! —concluyó.

—Una cosa no tiene que ver con la otra —repuso Godwyn, con remilgo.

—Monje embustero —murmuró Edmund entre dientes, aunque se le entendió a la perfección.

—¡Cuidado, mayordomo! —le advirtió Philemon, interviniendo por primera vez.

Edmund no se dejó intimidar.

—Merthin y Caris te han superado en astucia, ¿verdad, Godwyn? El molino de Wigleigh es completamente legal. Tu codicia y tu terquedad son las que te han llevado a donde estás y no has encontrado mejor forma de vengarte que ésta.

Edmund había acertado. Existían muy pocos constructores que pudieran igualársele a Merthin y Godwyn lo sabía, pero estaba claro que no le importaba.

—¿A quién vas a contratar para sustituirme? —preguntó Merthin, aunque no le dio tiempo a contestar—. A Elfric, supongo.

—Esto todavía está por decidir.

—Más embustes —murmuró Edmund.

—¡Podrías tener que vértelas con un tribunal eclesiástico por esas palabras! —exclamó Philemon, con voz estridente.

Merthin se preguntó si aquello no sería más que una jugada estratégica, una manera de renegociar el contrato.

—¿La cofradía está de acuerdo con el prior? —le preguntó a Edmund.

—¡No son ellos los que han de decidir si están de acuerdo o no! —protestó Godwyn.

Merthin no le hizo caso y miró inquisitivamente a Edmund.

Edmund parecía avergonzado.

—No puede negarse que el prior es quien debe decidir. Los miembros del gremio financian el puente con préstamos, pero el prior es el señor de la ciudad. Así se acordó desde un principio.

Merthin se volvió hacia Godwyn.

—¿Tenéis algo más que decir, señor prior?

Merthin esperó, deseando en lo más profundo de su corazón que Godwyn expusiera sus verdaderas demandas.

—No —contestó Godwyn con voz glacial.

—Entonces, buenas noches tengáis.

Se demoró un instante más, pero nadie quiso hablar y el silencio le dijo que la conversación se había acabado.

Abandonó la cámara.

Una vez en la calle, aspiró con fuerza el frío aire nocturno. Apenas daba crédito a lo que acababa de ocurrirle: ya no era el constructor del puente.

Deambuló por las oscuras calles. Era una noche clara y la luz de las estrellas le ayudó a encontrar el camino. Pasó junto a la casa de Elizabeth, pero no le apetecía hablar con ella. Vaciló frente a la de Caris, pero también acabó pasando de largo y se dirigió a la orilla del río. Su pequeña barca a remos estaba varada justo enfrente de la isla de los Leprosos. Se subió a ella y remó hasta la otra orilla.

Al llegar a casa, se detuvo delante de ésta y alzó la vista hacia el firmamento intentando reprimir las lágrimas. Al final no había superado a Godwyn en astucia, en realidad había sido al revés. Había subestimado el afán del prior por castigar a los que se oponían a él. Merthin se había creído muy listo, pero Godwyn lo había sido más, o como mínimo más implacable. Godwyn estaba dispuesto a sacrificar la ciudad y el priorato si era necesario para vengar su orgullo herido, y eso le había concedido la victoria.

Merthin entró en casa y se tumbó, solo y derrotado.

38

R alph permaneció en vela la noche anterior a su juicio.

Había visto morir a muchas personas en la horca. Todos los años, veinte o treinta hombres y algunas mujeres subían al carro del sheriff y bajaban por la colina desde la prisión del castillo de Shiring hasta la plaza del mercado, donde les esperaba el cadalso. A pesar de ser algo habitual, esos hombres habían perdurado en la memoria de Ralph y esa noche regresaban para atormentarlo.

Unos pocos morían al instante al partirse el cuello con el tirón de la caída, pero eran los menos. La mayoría se asfixiaba poco a poco; pateaban, se debatían y boqueaban intentando gritar en vano; se orinaban y se defecaban encima. Recordaba a una anciana en particular, condenada por brujería, que al caer se había mordido la lengua y la había escupido. La gente que se agolpaba alrededor del cadalso había retrocedido atemorizada ante el trozo de carne sanguinolento que había salido volando por los aires y aterrizado en el suelo polvoriento.

Todo el mundo le había asegurado que no iban a colgarlo, pero no podía apartar esa imagen de su mente. La gente decía que el conde Roland no podía permitir que ejecutaran a uno de sus señores basándose en la palabra de un siervo. Sin embargo, hasta el momento el conde no se había dignado intervenir.

El jurado preliminar había presentado cargos contra Ralph ante el juez de paz de Shiring. Como todos los jurados de este tipo, había estado compuesto por caballeros del condado que en su mayoría debían lealtad al conde Roland y, aun así, éstos habían fallado de acuerdo con los hechos narrados por los campesinos de Wigleigh. Esos hombres, pues los miembros de un jurado nunca eran mujeres, no habían vacilado en presentar cargos contra uno de los suyos. De hecho, a juzgar por sus preguntas, habían mostrado cierta repulsa ante el proceder de Ralph y alguno incluso se había negado a estrecharle la mano.

Ralph tenía planeado que Annet no volviera a testificar, esta vez en un juicio, y había pensado encarcelarla en Wigleigh antes de que partiera hacia Shiring. Sin embargo, cuando se presentó en su casa para prenderla, descubrió que la muchacha ya no estaba. Annet debía de haber intuido su jugada y se había ido antes para desbaratar sus planes.

El caso se presentaría ante un nuevo jurado pero, para consternación de Ralph, cuatro miembros como mínimo también lo habían sido del jurado preliminar. Puesto que las pruebas aportadas seguramente serían las mismas, dudaba que el nuevo jurado fuera a emitir un veredicto diferente salvo que estuviera sometido a algún tipo de presión, algo para lo que ya era demasiado tarde.

Se levantó con las primeras luces del alba y bajó a la planta baja de la posada Courthouse, en la plaza del mercado de Shiring. En el patio de atrás se topó con un muchacho tembloroso que partía el hielo del pozo y le dijo que fuera a buscarle pan y cerveza. Luego se dirigió al dormitorio comunal y despertó a su hermano, Merthin, con quien tomó asiento en el frío salón, rodeados del aire viciado y el olor a vino y cerveza de la noche anterior.

—Creo que van a colgarme —le confesó.

—Yo también —contestó su hermano.

—No sé qué hacer.

El chico les llevó dos jarras y media hogaza de pan. Ralph agarró su cerveza con mano trémula y le dio un largo trago.

Merthin le dio un mordisco al pan sin demasiado entusiasmo, frunciendo el ceño y mirando hacia arriba por el rabillo del ojo, como hacía siempre que le daba vueltas a algo.

—Lo único que se me ocurre es intentar convencer a Annet para que retire la demanda y llegar a un acuerdo con ella. Tendrás que ofrecerle una compensación.

Ralph negó con la cabeza.

—No puede echarse atrás, no le está permitido. La castigarían si lo hiciera.

—Lo sé, pero podría presentar un testimonio poco sólido que diera lugar a la duda. Creo que es así como suele hacerse.

Ralph vio un atisbo de esperanza.

—Me pregunto si aceptaría algo así.

El mozo entró con una brazada de leña y se arrodilló junto a la chimenea para encender el fuego.

—¿Cuánto dinero podrías ofrecerle a Annet? —preguntó Merthin, pensativo.

—Tengo veinte florines.

Eso equivalía a tres libras inglesas. Merthin se pasó una mano por el desgreñado cabello rojizo.

—No es mucho.

—Es una fortuna para una campesina. Aunque, por otro lado, su familia es rica, para ser campesinos.

—¿Wigleigh no te reporta dinero?

—He tenido que comprar armaduras. Cuando se es un señor hay que estar preparado para la guerra.

—Yo podría prestártelo.

—¿Cuánto tienes?

—Trece libras.

Ralph se quedó tan pasmado que por un momento olvidó sus problemas.

—¿De dónde has sacado tanto dinero?

Merthin lo miró ligeramente resentido.

—Trabajo duro y me pagan bien.

—Pero si te despidieron, ya no eres maestro constructor del puente.

—Hay trabajo de sobra. Y alquilo parcelas de la isla de los Leprosos.

—¡Entonces un carpintero es más rico que un señor! —protestó Ralph, indignado.

—Pues por suerte para ti, eso parece. ¿Cuánto crees que querrá Annet?

En ese momento Ralph pensó en un posible obstáculo y sus ánimos volvieron a decaer.

—Olvídate de Annet, es Wulfric. Él es quien manda.

—Tienes razón. —Merthin había pasado bastante tiempo en Wigleigh mientras construía el batán y sabía que Wulfric se había casado con Gwenda después de que Annet lo dejara plantado—. Entonces hablemos con él.

Ralph no creía que eso fuera a cambiar las cosas, pero no tenía nada que perder.

Salieron bajo la lúgubre y deprimente luz de la mañana, envolviéndose en sus mantos para resguardarse del frío aire de febrero. Cruzaron el mercado y entraron en la posada Bull, donde se alojaban las gentes de Wigleigh gracias al dinero de lord William, según suponía Ralph, sin cuya ayuda no podrían haber iniciado el proceso. Con todo, Ralph sabía a ciencia cierta que su verdadero enemigo se encontraba en la malévola y exuberante mujer de William, Philippa, quien parecía odiar a Ralph aunque, o tal vez a causa de ello, él la encontraba fascinante y atractiva.

Wulfric ya se había levantado y lo encontraron almorzando gachas con beicon. Al ver a Ralph, el joven se levantó de su asiento con expresión furibunda.

Ralph se llevó la mano a la empuñadura de su espada, presto a batirse allí mismo, pero Merthin se apresuró a adelantarse con las manos abiertas en un gesto conciliador.

—Vengo en son de paz, Wulfric —dijo—. Cálmate o acabarán juzgándote a ti en vez de a mi hermano.

Wulfric permaneció en pie con las manos a los lados. Ralph se sintió decepcionado, una buena pelea habría aliviado la angustia que le producía su futuro incierto.

—¿Qué es lo que quieres, si no buscas pelea? —preguntó el campesino, después de tragar lo que tenía en la boca y escupir un trozo de corteza de beicon en el suelo.

—Llegar a un acuerdo. Ralph está dispuesto a pagarle a Annet diez libras a modo de compensación por lo que hizo.

La cantidad sorprendió a Ralph, pues Merthin tendría que aportar la mayor parte, pero lo había dicho sin titubear.

—Annet no puede retirar la demanda —contestó Wulfric—, no se le permite.

—Pero puede variar su testimonio. Si dice que consintió al principio y que cuando cambió de opinión ya era demasiado tarde, el jurado no condenará a Ralph.

Ralph observó acongojado el rostro de Wulfric en busca de alguna señal de claudicación, pero el joven se mantuvo impertérrito.

—¿De modo que le ofreces un soborno para que cometa perjurio?

Ralph empezó a desesperarse. Estaba claro que Wulfric no quería que Annet aceptara el dinero: deseaba vengarse, no una compensación. Quería que lo ahorcaran.

—Le ofrezco otro tipo de justicia —respondió Merthin.

—Lo que quieres es salvar a tu hermano de la horca.

—¿Acaso tú no harías lo mismo? Tenías un hermano. ¿Acaso no intentarías salvarle la vida aunque supieras que no ha hecho bien?

En ese momento Ralph recordó que el hermano de Wulfric había muerto en el hundimiento del puente, junto con sus padres.

La apelación a la unidad familiar cogió a Wulfric desprevenido. Era evidente que nunca se le había ocurrido pensar en Ralph como en alguien con una familia que lo amaba. Sin embargo, no tardó en recuperarse.

—Mi hermano David jamás habría hecho lo que hizo Ralph.

—Por supuesto que no —se apresuró a contestar Merthin, en tono apaciguador—. De todos modos, comprende que intente encontrar el modo de salvar a Ralph, sobre todo si puede solucionarse sin cometer una injusticia con Annet.

Ralph elogió para sus adentros la labia de su hermano. Estaba seguro de que era capaz de persuadir a un pajarillo para que bajara de un árbol.

Sin embargo, Wulfric no iba a dejarse convencer con tanta facilidad.

—Los aldeanos quieren que Ralph se vaya. Temen que vuelva a hacer algo parecido.

Merthin eludió el tema.

—Tal vez deberías comunicarle la oferta a Annet. Es ella quien debe tomar una decisión.

Wulfric pareció meditarlo.

—¿Cómo podemos estar seguros de que pagaréis el dinero?

Ralph sintió renacer la esperanza en su corazón. Wulfric estaba cediendo.

—Le entregaremos el dinero a Caris Wooler antes del juicio —contestó Merthin—. Ella pagará a Annet después de que Ralph sea declarado inocente. Tanto tú como yo confiamos en Caris.

Wulfric asintió.

—Como bien has dicho, no soy yo quien debe tomar esa decisión. Se lo diré.

Wulfric ascendió la escalera.

Merthin dejó escapar un largo suspiro.

—Por todos los cielos, si quieres saber lo que es un hombre enfadado ahí tienes uno.

—Pero has logrado convencerle —dijo Ralph, admirado.

—Sólo ha accedido a transmitirle el mensaje.

Tomaron asiento en la mesa que Wulfric había dejado vacía. Un mozo les preguntó si querían desayunar y ambos contestaron que no. Por doquier, los clientes pedían jamón, queso y cerveza. Las posadas estaban atestadas de gente que iba a acudir al juicio. Salvo que contaran con una buena excusa, los caballeros, así como la mayoría de los hombres prominentes del condado —clérigos, prósperos comerciantes y cualquiera con ingresos superiores a cuarenta libras al año— estaban obligados a asistir. Lord William, el prior Godwyn y Edmund Wooler se incluían entre ellos. El padre de Ralph y Merthin, sir Gerald, asistía con regularidad antes de caer en desgracia. Estos hombres debían ofrecer sus servicios como jurado y realizar otros trámites, como pagar sus impuestos o elegir a sus representantes en el Parlamento. A éstos además se le sumaban las huestes de acusados, víctimas, testigos y fiadores. Un tribunal reportaba grandes beneficios a las posadas de la ciudad.

Wulfric los hizo esperar.

—¿Qué crees que se estará diciendo ahí arriba? —preguntó Ralph.

—Puede que Annet esté predispuesta a aceptar el dinero —contestó

Merthin—. Su padre la apoyaría si ésa es su decisión y tal vez su marido, Billy Howard, también, pero Wulfric es de los que cree que decir la verdad es más importante que el dinero. Su mujer, Gwenda, lo apoyará por lealtad y el padre Gaspard hará otro tanto por principios. Con todo, lo principal es que tendrán que consultarlo con lord William y él hará lo que quiera lady Philippa. No sé por qué, pero esa mujer te odia. No obstante, es más probable que una mujer escoja la conciliación que la confrontación.

—Así que podrían acabar decidiendo cualquier cosa.

—Exacto.

Los clientes de la posada terminaron de almorzar y empezaron a desfilar en dirección a la plaza para acercarse hasta la posada Courthouse, donde se celebraría la sesión. El tiempo apremiaba.

Wulfric reapareció al fin.

—Dice que no —anunció con sequedad, y dio media vuelta.

—¡Un momento! —lo llamó Merthin.

Wulfric no se dio por aludido y desapareció escalera arriba.

Ralph soltó una maldición. Había fantaseado con el indulto aunque fuera sólo unos segundos, y ahora volvía a verse en manos de un jurado.

Oyó que fuera alguien tocaba una campanilla con brío. Uno de los ayudantes del sheriff estaba convocando a todas las partes interesadas al tribunal. Merthin se levantó y Ralph lo siguió con desgana.

Regresaron a la posada y entraron en la amplia sala de la parte de atrás. En el extremo opuesto se encontraba el sitial del juez, una silla de madera tallada que se asemejaba a un trono, colocado sobre una plataforma. El juez todavía no había llegado, pero el escribano estaba sentado a una mesa enfrente del estrado, leyendo un pergamino. Habían dispuesto dos largos escaños para los jurados a uno de los lados. No había más asientos en toda la sala, por lo que los demás tendrían que permanecer de pie donde mejor les pareciera. El juez mantenía el orden gracias a la potestad que tenía de condenar al instante a cualquiera que no se comportara: no había necesidad de celebrar un juicio para dictaminar sobre un delito del que el propio juez había sido testigo. Ralph vio a Alan Fernhill, quien parecía aterrado, y se quedó a su lado, sin intercambiar palabra.

Ralph empezó a pensar que no debería haberse presentado al juicio. Podría haberse inventado una excusa: que estaba enfermo, que había habido un malentendido con las fechas, que un caballo se había lisiado por el camino… Sin embargo, eso sólo habría significado un aplazamiento. Al final el sheriff acabaría presentándose para detenerlo, acompañado de sus ayudantes armados, y si se le ocurría huir, lo declararían proscrito.

'Con todo, eso era mejor que la horca. ¿Por qué no desaparecía en ese mismo instante? Tal vez consiguiera abrirse camino a puñetazos hasta la calle, pero a pie no llegaría muy lejos. La mitad de la ciudad se abalanzaría sobre él, y aunque pudiera escapar de ellos, los ayudantes del sheriff lo seguirían a caballo. Además, su huida sería considerada como una admisión de culpa. Tal como estaban las cosas, todavía albergaba la esperanza de que lo exculparan. Tal vez Annet se sintiera demasiado intimidada para presentar su testimonio con claridad. Quizá los testigos clave no llegaran a presentarse. ¿Y si el conde Roland intervenía en el último momento?

La sala del tribunal acabó de llenarse cuando entraron Annet, los aldeanos, lord William y lady Philippa, Edmund y Caris Wooler, y el prior Godwyn y su enjuto ayudante, Philemon. El escribano golpeó la mesa para pedir silencio y el juez apareció por una puerta lateral. Se trataba de sir Guy de Bois, un gran terrateniente. Era un hombre calvo y orondo; viejo compañero de armas del conde, lo que podría jugar a favor de Ralph aunque, por otro lado, también era tío de lady Philippa y tal vez ella lo hubiera predispuesto en su contra. Tenía el aspecto sonrosado de un hombre que se ha desayunado con ternera salada y cerveza fuerte. El juez tomó asiento, expulsó una ventosidad y suspiró satisfecho.

—Muy bien, vamos allá —dijo.

El conde Roland no se había presentado.

El primer caso era el de Ralph, el que más interés había despertado, incluido en el juez. Tras la lectura de los cargos, llamaron a Annet a declarar.

A Ralph le estaba resultando curiosamente difícil concentrarse. Por descontado que ya lo había oído antes, pero debía de estar muy atento ante cualquier discrepancia en el relato de la versión de los hechos de Annet, ante cualquier atisbo de inseguridad, vacilación o balbuceo. Sin embargo, no se sentía nada optimista. Sus enemigos habían sacado todas sus armas y el único aliado poderoso que tenía, el conde Roland, no se había presentado. Sólo le quedaba su hermano, y Merthin ya había hecho todo lo posible para ayudarle y había fracasado. Ralph estaba condenado.

A continuación llamaron a declarar a los testigos: Gwenda, Wulfric, Peg y Gaspard. Ralph se había considerado con poder absoluto sobre esas personas, las mismas que, no sabía cómo, lo estaban llevando al cadalso. El portavoz del jurado, sir Herbert Montain, era uno de los hombres que se había negado a estrecharle la mano, además de haber formulado preguntas que parecían destinadas a hacer hincapié en la crueldad del delito: ¿Hasta qué punto era intenso el dolor? ¿Había mucha sangre? ¿Lloraba la mujer?

Cuando le llegó el turno de declarar, Ralph explicó en voz baja y de manera atropellada la misma versión que había rechazado el jurado itinerante. Alan Fernhill lo hizo mejor, aseguró sin titubeos que Annet había consentido acostarse con Ralph de buen grado y que los dos amantes le habían pedido que desapareciera mientras ellos disfrutaban de sus mutuos favores a la orilla del riachuelo. Sin embargo, el jurado no le creyó; Ralph lo vio en sus caras. Tanta circunspección empezaba a aburrirle y deseó que acabaran cuanto antes y decidieran su suerte de una vez.

En el momento en que Alan volvía a su sitio, Ralph sintió una presencia detrás de él y alguien le dijo en voz baja al oído: «Escúchame».

Ralph echó un vistazo a su espalda y se extrañó al ver al padre Jerome, el secretario del conde, ya que ese tipo de tribunales no tenía jurisdicción sobre los clérigos, aunque hubieran cometido un crimen.

El juez se volvió hacia el jurado y le pidió el veredicto.

—Vuestros caballos esperan fuera, ensillados y preparados para partir —murmuró el padre Jerome.

Ralph se quedó de piedra. ¿Había oído lo que creía haber oído?

—¿Qué? —preguntó, volviéndose.

—Corred.

Ralph miró detrás de él. Un centenar de hombres le cerraba el paso hasta la puerta y muchos de ellos iban armados.

—Es imposible.

—Por la puerta lateral —le indicó Jerome, señalando con una ligera inclinación de cabeza la puerta por la que había entrado el juez.

Ralph comprendió de inmediato que sólo la gente de Wigleigh se interponía entre él y la salida.

El portavoz del jurado, sir Herbert, se levantó con aire de suficiencia.

Ralph intercambió una mirada con Alan Fernhill, a su lado. Alan lo había oído todo y lo miraba a la expectativa.

—¡Ahora! —susurró Jerome.

Ralph se llevó la mano a la empuñadura de su espada.

—Declaramos a lord Ralph de Wigleigh culpable de violación —anunció el portavoz.

Ralph desenvainó la espada y, blandiéndola en el aire, corrió hacia la puerta.

Tras un breve instante de silencio estupefacto, todo el mundo se puso a gritar a la vez, pero Ralph era el único hombre de la sala con un arma en la mano y sabía que los demás necesitarían tiempo para desenvainar.

Wulfric fue el único que intentó detenerlo y, sin vacilar ni un momento, se interpuso en su camino con arrojo e imprudencia. Ralph alzó la espada y la bajó con todas sus fuerzas, con la intención de abrirle el cráneo en dos. Wulfric consiguió retroceder a tiempo y apartarse a un lado con agilidad. Con todo, la punta de la espada le hizo un corte en la mejilla izquierda que iba de la sien a la mandíbula. Wulfric gritó de dolor y se llevó las manos a la cara. Ralph lo dejó atrás.

El prófugo abrió la puerta de par en par, la atravesó y se volvió. Alan Fernhill, seguido por el portavoz del jurado, quien ya había desenvainado y llevaba la espada en alto, pasó junto a él como una exhalación. Ralph experimentó un momento de absoluta exaltación. Así era como deberían arreglarse las cosas: luchando, no debatiendo. Ganara o perdiera, lo prefería así.

Con un grito eufórico, descargó una estocada sobre sir Herbert. La punta de la espada alcanzó el pecho del portavoz y desgarró el sayo de cuero, pero el hombre también estaba demasiado lejos para que la hoja le atravesara las costillas, por lo que la espada sólo le hizo un corte y rebotó en los huesos. De todas formas, Herbert dio un alarido, más motivado por la impresión que por el dolor, retrocedió tambaleante y chocó con los que venían detrás de él. Ralph cerró la puerta de golpe.

Se encontró en medio de un pasillo que recorría el lateral de la casa, con una puerta en uno de los extremos, que daba a la plaza del mercado, y otra en el extremo opuesto, que daba a los establos del patio. ¿Dónde estarían los caballos? Jerome sólo le había dicho que estaban fuera. Alan corría hacia la puerta que daba a la parte de atrás, así que Ralph lo siguió. Al salir al patio, el rumor que oyeron a sus espaldas les confirmó que habían abierto la puerta de la sala del tribunal y que la gente había salido tras ellos.

Los caballos no estaban en el patio.

Ralph recorrió la arcada que conducía a la parte delantera de la posada, donde le esperaba la visión más maravillosa del mundo: un mozo de cuadras, descalzo y con la boca llena de pan, sujetaba las bridas de su caballo de caza, Griff, ensillado y piafando, y del joven potro de Alan, Fletch.

Ralph cogió las riendas y montó su caballo de un salto, imitado por Alan. Espolearon a sus animales justo cuando los asistentes al juicio asomaban por la arcada. El mozo del establo se apartó, aterrado, y los caballos salieron al galope.

Alguien les lanzó un cuchillo cuya hoja apenas se hundió medio centímetro en la ijada de Griff antes de caer, sirviendo únicamente para espolear aún más al caballo.

Salieron a galope tendido por las calles, espantando a la gente, sin prestar atención a hombres, mujeres, niños o ganado. Cargaron a través de una puerta de la vieja muralla y salieron a un arrabal de casas entre las que se intercalaban huertos. Ralph miró atrás. Nadie los seguía.

Sabía que los hombres del sheriff saldrían tras ellos, pero primero tendrían que ir en busca de sus monturas y ensillarlas. En esos momentos, Ralph y Alan se encontraban a más de un kilómetro de la plaza del mercado y sus caballos no daban muestras de cansancio. Ralph no cabía en sí de gozo. No hacía ni cinco minutos que había aceptado su suerte y ahora... ¡era libre!

El camino se bifurcaba. Ralph escogió el ramal de la izquierda al azar. A un poco más de un kilómetro y medio, más allá de los campos, vio un bosque. Una vez allí, saldría del camino y desaparecería.

Aunque, ¿qué haría después?

39

El conde Roland ha sido muy listo —le comentó Merthin a Elizabeth Clerk—. Permitió que la justicia siguiera su curso casi hasta el final: no ha tenido que sobornar al juez, ni influir en el jurado, ni intimidar a los testigos, se ha ahorrado tener que enfrentarse a su hijo, lord William, y aun así se ha evitado la humillación de ver a uno de sus hombres en la horca.

—¿Dónde está tu hermano? —preguntó la joven.

—Ni idea. No he hablado con él ni lo he visto desde ese día.

Era domingo por la tarde y estaban sentados en la cocina de Elizabeth. Ella le había preparado jamón cocido con manzanas asadas y verdura, y una pequeña jarra de vino que había traído su madre, o tal vez la hubiera robado, de la posada donde trabajaba.

—¿Y qué va a pasar ahora? —preguntó Elizabeth.

—La sentencia de muerte todavía pende sobre él. No puede volver a Wigleigh ni venir a Kingsbridge sin arriesgarse a que lo detengan. De hecho, se ha convertido en un prófugo.

—¿No puede hacer nada?

—Podría obtener el perdón del rey... Pero eso cuesta una fortuna, más dinero del que él o yo podemos reunir.

—¿Y tú qué piensas de todo esto?

Merthin la miró afligido.

—Bueno, es evidente que se merece el castigo que iban a infligirle por lo que hizo, pero aun así no se lo deseo. Sólo espero que esté bien, allí donde se encuentre.

Esos últimos días no había hecho más que repetir una y otra vez la historia del juicio de Ralph, pero Elizabeth era la única que le había hecho las preguntas procedentes. La joven era inteligente y compasiva. En ese momento pensó que no le supondría ningún esfuerzo pasar todos los domingos por la tarde de esa manera.

La madre de Elizabeth, Sairy, que como siempre dormitaba junto al fuego, abrió los ojos de repente.

—¡Válgame Dios! Había olvidado el pastel. —La mujer se levantó y se pasó la mano por el canoso pelo—. Le prometí al gremio de curtidores que le pediría a Betty Baxter que les hiciera un pastel de jamón y huevo para mañana. Van a celebrar la última comida antes de Cuaresma en la posada.

Se echó una manta por los hombros y se fue.

No solían quedarse solos, por lo que Merthin se sintió ligeramente incómodo, pero Elizabeth parecía bastante tranquila.

—¿Qué vas a hacer ahora que ya no trabajas en el puente? —preguntó.

—Estoy construyendo la casa de Dick Brewer, entre otras cosas. Dick está a punto de retirarse y pasarle el negocio a su hijo, pero dice que no piensa dejar de trabajar mientras siga viviendo en la posada Copper, por eso quiere una casa con un huerto fuera de las murallas de la ciudad.

—Ah, ¿es esa obra un poco más allá de Lovers' Field?

—Sí, será la casa más grande de Kingsbridge.

—Un cervecero nunca anda corto de dinero.

—¿Quieres verla?

—¿La obra?

—La casa. No está acabada, pero tiene cuatro paredes y un tejado.

—¿Ahora?

—Todavía queda una hora de luz.

Elizabeth vaciló, como si tuviera otros planes.

—Me encantaría —dijo al fin.

Se envolvieron en sus pesadas capas con capucha y salieron de casa. Era primero de marzo. Las ráfagas de viento cargado de nieve acudieron a su encuentro a lo largo de la calle mayor hasta que llegaron a la balsa, que les llevó hasta los arrabales.

A pesar de los altibajos del mercado de la lana, la ciudad crecía año tras año y el priorato no hacía más que recalificar sus pastos y huertas para convertirlos en terrenos edificables que ofrecía en arrendamiento. Merthin calculó que en esos momentos había unas cincuenta casas que doce años atrás, cuando había llegado a Kingsbridge siendo niño, no estaban allí.

El nuevo hogar de Dick Brewer sería un edificio de dos pisos, apartado del camino. Puesto que todavía faltaban los postigos y las puertas, los huecos de las paredes estaban temporalmente cubiertos con cañizos, marcos de madera con un tejido de cañas trenzadas. Con la entrada principal obstruida de este modo, Merthin llevó a Elizabeth por la parte de atrás, donde habían colocado una puerta provisional de madera con una cerradura.

El joven ayudante de Merthin, Jimmie, de dieciséis años, estaba en la cocina, vigilando el lugar para que no entraran ladrones. Jimmie era un muchacho supersticioso que siempre andaba persignándose y arrojando sal por encima del hombro. Estaba sentado en un banco delante de una poderosa lumbre, pero parecía nervioso.

—Hola, maestro —lo saludó—. Ya que estás aquí, ¿puedo ir a buscar mi comida? Se supone que debía traérmela Lol Turner, pero todavía no ha venido.

—Procura volver antes de que anochezca.

—Gracias.

Jimmie salió corriendo.

Merthin cruzó la puerta y entró en la casa.

—Cuatro habitaciones abajo —dijo, guiándola.

Elizabeth no daba crédito.

—¿Qué uso les van a dar?

—Cocina, antecámara, comedor y salón. —Todavía no había escalera, pero Merthin subió por una de mano hasta el primer piso, seguido por Elizabeth—. Cuatro alcobas —dijo, cuando la joven llegó arriba.

—¿Quién va a vivir aquí?

—Dick y su mujer, su hijo Danny y la esposa de éste, y su hija, quien seguramente no estará toda la vida soltera.

La mayoría de las familias de Kingsbridge vivían en una sola estancia y dormían unos junto a otros en el suelo: padres, hijos, abuelos y consortes.

—¡Este lugar tiene más habitaciones que un palacio! —exclamó Elizabeth.

Era cierto. Un noble con una gran corte podía vivir en sólo dos habitaciones: una alcoba para él y su esposa y un gran salón para todos los demás. Sin embargo, Merthin había diseñado varias casas para los comerciantes prósperos de Kingsbridge y el lujo que todos buscaban era la privacidad. Merthin pensaba que se trataba de una nueva moda.

—Supongo que las ventanas tendrán cristales —dijo Elizabeth.

—Sí.

Una costumbre nueva más. Merthin todavía recordaba los tiempos en los que no había vidriero en Kingsbridge, no como entonces, y la ciudad debía contentarse con un vendedor ambulante que solía pasarse por allí cada uno o dos años.

Regresaron a la planta baja. Elizabeth se sentó en el banco de Jimmie, delante del fuego, y se calentó las manos. Merthin tomó asiento a su lado.

—Algún día construiré una casa como ésta para mí —dijo el joven—. Y un gran huerto con árboles frutales.

Para su sorpresa, Elizabeth apoyó la cabeza en su hombro.

—Qué sueño tan bonito —comentó la joven.

Ambos miraron el fuego fijamente. El cabello de Elizabeth le hacía cosquillas en la mejilla. Al cabo de un rato, la joven descansó una mano en su rodilla. En el silencio que los envolvía, Merthin oía la respiración de ambos y el chisporroteo de los leños ardiendo.

—¿Quién habita la casa en tu sueño?

—No lo sé.

—¡Hombres! Yo no sabría imaginar mi casa, pero sí quién la habitaría: un marido, varios niños, mi madre, un suegro anciano y tres criados.

—Los hombres y las mujeres no comparten los mismos sueños.

Elizabeth levantó la cabeza, lo miró y le acarició la mejilla.

—Pero cuando los juntan, construyen una vida.

Lo besó en la boca.

Merthin cerró los ojos. Todavía conservaba el recuerdo de sus labios. Elizabeth esperó unos instantes y luego se apartó.

El joven se sentía extrañamente ausente, como si se viera desde un rincón de la estancia. No sabía qué pensar. La miró y volvió a reconocer su perfección. Se preguntó qué había de sorprendente en ella y entonces comprendió que todo estaba en armonía, como las distintas secciones de una bella iglesia. La boca, la barbilla, los pómulos y la frente eran tal como los habría dibujado si hubiera sido Dios creando a la mujer.

Elizabeth le devolvió su mirada de serenos ojos azules.

—Tócame —dijo, y se abrió la capa.

Merthin le acarició un pecho con suavidad. También recordaba sus pechos, firmes y pequeños. El pezón se endureció de inmediato al contacto con sus dedos, traicionando así el calmado porte de la joven.

—Quiero habitar la casa de tus sueños —dijo, y volvió a besarlo.

Elizabeth no actuaba sin pensar, no era propio de ella. En realidad, le había estado dando muchas vueltas. Durante las visitas de Merthin, el joven disfrutaba de su compañía sin plantearse nada más mientras Elizabeth imaginaba una vida en pareja. Tal vez incluso hubiera planeado esa escena, lo que explicaría por qué su madre los había dejado solos con la excusa del pastel. Merthin había estado a punto de frustrar su plan al proponerle la visita a la casa de Dick Brewer, pero ella había improvisado.

A Merthin no le molestaba un enfoque tan frío. Elizabeth era una persona cerebral, una de las cosas que le gustaban de ella y, de todos modos, sabía que las pasiones ardían bajo la superficie.

Lo que en realidad le molestaba era su propia falta de deseo. No era propio de él mostrarse fríamente racional con las mujeres, bien al contrario. Cuando se había creído enamorado, la pasión se había adueñado de él y había experimentado rabia y resentimiento además de deseo y ternura. Sin embargo, en esos momentos se sentía interesado, halagado y excitado, pero no fuera de control.

Elizabeth notó la apática respuesta del joven y se apartó. Merthin atisbó la sombra de una emoción en el rostro de ella, que Elizabeth se encargó de reprimir con ferocidad, aunque Merthin adivinó el miedo debajo de aquella máscara. Era tan flemática por naturaleza que debía de haberle costado un gran esfuerzo mostrarse tan atrevida, por lo que además debía de temer el rechazo más que a cualquier otra cosa en el mundo.

Se separó de él, se puso en pie y se levantó las faldas del vestido. Tenía unas piernas largas y bien torneadas, cubiertas por un vello rubio casi invisible. Aunque era alta y delgada, su cuerpo se ensanchaba en las caderas de una manera muy femenina. La mirada de Merthin recayó sin salvación en el delta de su sexo. Su vello púbico era tan rubio que adivinaba a través de él el pálido abultamiento de los labios y la delicada línea que los separaba.

Merthin levantó la vista y descubrió la desesperación en el rostro de la joven. Elizabeth lo había intentado todo y comprendía que no había funcionado.

—Lo siento —se disculpó Merthin. La muchacha dejó caer las faldas—. Verás, creo que...

—No digas nada —lo interrumpió Elizabeth. Su deseo se convertía en rabia—. Digas lo que digas, será mentira.

Tenía razón. Merthin había estado tratando de encontrar una verdad a medias que la tranquilizara, como que no se encontraba bien o que Jimmie podía volver en cualquier momento, pero la joven no quería que la consolaran. La habían rechazado y unas pobres excusas sólo conseguirían que además se sintiera tratada con condescendencia.

Se lo quedó mirando fijamente, mientras el dolor se batía con la rabia en el campo de batalla de su bello rostro. Lágrimas de frustración acudieron a sus ojos.

—¿Por qué no? —le imploró, aunque le impidió responder—. ¡No digas nada! No sería cierto.

Y de nuevo tendría razón.

Elizabeth se volvió para irse, pero dio media vuelta.

—Es por Caris —dijo, intentando reprimir la emoción—. Esa bruja te ha hechizado. No se casará contigo, pero tampoco permitirá que lo haga nadie. ¡Es un demonio!

Esta vez se marchó definitivamente. Abrió la puerta de un golpe, salió fuera y sólo la oyó sollozar una vez más.

Merthin se quedó sentado frente al fuego, con la mirada perdida.

—Maldita sea.

—Tengo que explicarte algo —le dijo Merthin a Edmund una semana después, cuando salían de la catedral.

El rostro de Edmund adoptó esa expresión divertida y afable que le era tan familiar a Merthin y que en esos momentos le decía que, a pesar de sacarle treinta años y de ser él quien tuviera que darle lecciones, disfrutaba con su entusiasmo juvenil. Además, todavía no era tan viejo como para no poder aprender algo.

—Muy bien, pero explícamelo en la posada. Necesito un trago de vino.

Entraron en la posada Bell y se sentaron cerca del fuego. La madre de Elizabeth les sirvió, pero con la cabeza bien alta y sin dirigirles la palabra.

—¿Con quién está enfadada Sairy, contigo o conmigo?

—Eso no importa ahora —contestó Merthin—. ¿Alguna vez te has quedado parado en la orilla del mar, descalzo, con los pies enterrados en la arena y has sentido el agua sobre tus dedos?

—Pues claro, todos los niños juegan en el agua. Incluso yo he sido niño.

—¿Recuerdas que el movimiento de las olas, el flujo y el reflujo, parece que arrastre la arena de debajo de tus pies y que forme un pequeño surco?

—Sí, hace mucho tiempo, pero creo que sé a qué te refieres.

—Eso es lo que le ocurrió al puente viejo. La corriente del río arrastró la tierra de debajo de la pilastra central.

—¿Cómo lo sabes?

—Por cómo se agrietó el enmaderado justo antes de desmoronarse.

—¿Adónde quieres ir a parar?

—El río no ha cambiado. Socavará el lecho del puente nuevo como lo hizo con el viejo… a no ser que lo impidamos.

—¿Cómo?

—En mi diseño añadí una pila de rocas sueltas alrededor de cada uno de los pilares del puente nuevo. Esas piedras romperán la corriente y amortiguarán su efecto. Es la diferencia entre ser acariciado por una hebra suelta y ser flagelado con una cuerda bien trenzada.

—¿Cómo estás tan seguro?

—Estuve hablando con Buonaventura justo después del hundimiento del puente, antes de que se fuera a Londres. Me dijo que había visto esas piedras acumuladas alrededor de las pilastras de los puentes en Italia y que a menudo se había preguntado para qué servirían.

—Fascinante. ¿Me cuentas esto sólo para ilustrarme o existe algún otro propósito más específico?

—La gente como Godwyn y Elfric ni lo entienden ni se dignarían escucharme si intentara explicárselo. Quiero asegurarme de que en Kingsbridge haya alguien que sepa por qué esas piedras han de estar ahí; por si al cabeza hueca de Elfric le da por no seguir mi diseño al pie de la letra.

—Pero ya hay alguien que lo sabe: tú.

—Yo me voy.

—¿Te vas? ¿Tú te vas? —preguntó Edmund, desconcertado.

En ese momento apareció Caris.

—No te demores mucho —le dijo a su padre—. Tía Petranilla está preparando la comida. ¿Te apetece compartir nuestra mesa, Merthin?

—Merthin se va de Kingsbridge —anunció Edmund.

Caris palideció.

Merthin se regodeó momentáneamente en la turbación de la joven. Caris lo había rechazado, pero le afectaba oír que dejaba la ciudad. Merthin se avergonzó de inmediato de una emoción tan indigna. La quería demasiado para desear que sufriera. De todos modos, se habría sentido peor si Caris hubiera recibido la noticia sin inmutarse.

—¿Por qué? —preguntó la joven.

—Aquí ya no me queda nada que hacer. ¿Qué voy a construir? No puedo trabajar en el puente y la ciudad ya tiene una catedral. No quiero pasarme el resto de mi vida levantando casas para comerciantes.

—¿Adónde irás? —preguntó Caris con un hilo de voz.

—A Florencia. Siempre he querido ver los edificios italianos. Le pediré algunas cartas de recomendación a Buonaventura Caroli y tal vez pueda viajar con una de sus remesas.

—Pero ¿y tus propiedades?

—De eso quería hablar contigo. ¿Te importaría administrarlas por mí? Podrías recaudar mis rentas, llevarte una comisión y entregarle el balance a Buonaventura. Él me enviaría luego el dinero a Florencia por carta.

—No quiero una maldita comisión —contestó Caris, con sequedad.

Merthin se encogió de hombros.

—Es trabajo y deberías cobrarlo.

—¿Cómo puedes decir una cosa así y quedarte tan tranquilo, como si todo te diera igual? —protestó la joven, con voz estridente. Varios comensales levantaron la vista, pero Caris no pareció reparar en ello—. ¡Vas a abandonar a tus amigos!

—No me da igual. Los amigos están muy bien, pero me gustaría casarme.

—Hay un montón de muchachas de Kingsbridge dispuestas a casarse contigo —intervino Edmund—. No eres muy agraciado, pero la fortuna te sonríe y eso vale mucho más que una buena presencia.

Merthin sonrió a su pesar. Edmund podía llegar a ser abrumadoramente sincero, una característica que Caris también había heredado.

—Durante un tiempo acaricié la idea de casarme con Elizabeth Clerk —dijo.

—Yo también —admitió Edmund.

—Es muy seca —opinó Caris.

—No, no lo es. Pero cuando me lo pidió, me eché atrás.

—Ah, por eso está últimamente de tan mal humor —dijo la joven.

—Y por eso su madre no le dirige la palabra a Merthin —concluyó Edmund.

—¿Por qué la rechazaste? —preguntó Caris.

—Sólo hay una mujer en Kingsbridge con la que quiero casarme; sin embargo ella se niega a ser la esposa de nadie.

—Pero tampoco quiere perderte.

—¿Y qué quieres que haga? —le preguntó enojado, alzando la voz e interrumpiendo la conversación de los comensales de la posada, quienes a partir de entonces prestaron atención a la discusión—. Godwyn me ha despedido, tú me has rechazado y mi hermano es un prófugo. Por el amor de Dios, ¿por qué iba a quedarme?

—No quiero que te vayas.

—¡No es suficiente! —gritó Merthin.

La estancia se quedó en completo silencio. Todo el mundo los conocía: el posadero, Paul Bell, y su curvilínea hija, Bessie; la canosa camarera Sairy, madre de Elizabeth; Bill Watkin, quien se había negado a dar trabajo a Merthin; Edward Butcher, el adúltero de pésima reputación; Jake Chepstow, el arrendatario de Merthin; fray Murdo, Matthew Barber y Mark Webber. Todos sabían de la historia de Merthin y Caris, y estaban fascinados con la discusión.

Sin embargo, a Merthin le daba igual; que escucharan si querían.

—No voy a pasarme el resto de mi vida dando vueltas a tu alrededor como Trizas, esperando tus atenciones —dijo, furioso—. Seré tu marido, pero no tu mascota.

—Muy bien —contestó ella, con un hilo de voz.

El súbito cambio en el tono lo desconcertó. No estaba seguro de a qué se refería.

—Muy bien, ¿qué?

—Muy bien, me casaré contigo.

La sorpresa lo dejó sin habla.

—¿En serio? —preguntó al cabo de unos instantes, sin acabar de creérselo.

Caris lo miró y sonrió con timidez.

—Sí, lo digo en serio —aseguró—. Pídemelo.

—Está bien. —Merthin respiró hondo—. ¿Quieres casarte conmigo?

—Sí, quiero.

—¡Hurra! —gritó Edmund.

Los clientes de la posada estallaron en vítores y aplausos, y Merthin y Caris se echaron a reír.

—¿De verdad? —volvió a preguntar Merthin.

—Sí.

Se besaron. Merthin la abrazó con todas sus fuerzas y al soltarla vio que estaba llorando.

—¡Vino para mi prometida! —pidió—. ¡Que sea un barril! ¡Sírveles a todos para que beban a nuestra salud!

—Ahora mismo —contestó el posadero, y volvieron a oírse los vítores.

Una semana después, Elizabeth Clerk tomó los hábitos.

40

Ralph y Alan no levantaban cabeza. Vivían de carne de venado y agua helada, y Ralph acabó soñando con viandas que antes solía despreciar, como cebollas, manzanas, huevos o leche. Dormían en un lugar distinto todas las noches, junto a una pequeña hoguera. Ambos tenían sendas capas, pero no eran suficientes a la intemperie y por la mañana se despertaban tiritando. Robaban a los indefensos con los que se topaban en el camino, pero el botín era casi siempre mísero o inservible: harapos, forraje o dinero que flaco servicio les hacía en el bosque.

En una ocasión se incautaron de una gran cuba de vino. La arrastraron por el bosque haciéndola rodar, bebieron hasta hartarse y se echaron a dormir. Al despertar, resacosos y malhumorados, comprendieron que no podían llevársela con ellos, casi llena como estaba, así que la abandonaron allí mismo.

Ralph añoraba las comodidades de las que antes disfrutaba: la casa señorial, la lumbre, los criados, las comidas… Aunque, siendo realista, sabía que tampoco deseaba esa vida. Era demasiado aburrida y seguramente por eso había violado a la muchacha, porque le faltaba emoción.

No bien había transcurrido un mes en el bosque, Ralph decidió que debían organizarse. Necesitaban un lugar fijo donde poder construir un refugio y almacenar comida. Además, también tenían que planear sus robos para incautarse de cosas que realmente les fueran de provecho, como ropa de abrigo y alimentos frescos.

Por la época en que empezaba a darle vueltas al asunto, sus correrías los habían llevado hasta una sierra a unos kilómetros de Kingsbridge. Ralph recordaba que en verano los pastores utilizaban para pasto los montes, inhóspitos y desnudos en invierno, y que por ello construían toscas chozas de piedra junto a los rediles. De adolescentes, Merthin y él habían descubierto esas rústicas construcciones al salir de caza, y desde entonces allí encendían hogueras y asaban los conejos y las perdices que alcanzaban con sus flechas. Ralph recordó que ya en esos tiempos sólo vivía para la emoción que le reportaba salir de caza y perseguir a una criatura aterrorizada, dispararle y rematarla con un cuchillo o un palo. Le extasiaba la sensación de poder que le producía quitar una vida.

Nadie aparecería por los prados hasta la siguiente estación, cuando la hierba hubiera crecido lo suficiente. Tradicionalmente, ese día solía ser el de Pentecostés, que coincidía con la inauguración de la feria del vellón, ocasión para la que todavía faltaban un par de meses. Ralph escogió una choza que parecía sólida y la convirtieron en su hogar. No tenía ni puertas ni ventanas, sólo una pequeña entrada y un agujero en el techo por donde salía el humo. Encendieron un fuego y durmieron calientes por primera vez desde hacía un mes.

La proximidad a Kingsbridge le inspiró a Ralph otra idea brillante. Cayó en la cuenta de que el momento propicio para cometer sus robos era cuando los campesinos fuesen de camino al mercado, pues entonces irían cargados de quesos, jarras de sidra, miel, tortas de avena… Todo lo que los aldeanos producían y la gente de la ciudad, y los proscritos, necesitaban.

El mercado de Kingsbridge se celebraba en domingo. Ralph había perdido la cuenta de los días de la semana, pero lo averiguó preguntándole a un fraile antes de robarle sus tres chelines y una oca. Al sábado siguiente, Alan y él acamparon cerca del camino de Kingsbridge y se quedaron despiertos toda la noche junto al fuego. Al amanecer, se apostaron junto a la vía, a la espera.

El primer grupo de campesinos que apareció transportaba forraje. Kingsbridge tenía cientos de caballos y muy pocos pastos, de modo que la ciudad debía abastecerse de paja constantemente. Sin embargo, a Ralph no le servía de nada puesto que Griff y Fletch se hartaban a ramonear en el bosque.

A Ralph no le aburría esperar. Preparar una emboscada era como espiar a una mujer mientras se desnudaba: cuanto más larga la expectación, más intensa era la emoción.

Poco después oyeron unas voces melodiosas. A Ralph se le erizaron los pelos de la nuca: parecían ángeles. La mañana se había levantado con neblina y cuando al fin aparecieron ante él aquellos cantores, vio que los envolvía un halo. A Alan, igual de impresionado que Ralph, se le escapó un sollozo acongojado. Sin embargo, sólo se trataba del efecto de la débil luz invernal, que iluminaba la niebla a la espalda de los viajeros. No eran más que un grupo de campesinas con cestas de huevos a las que no valía la pena robar. Ralph las dejó pasar sin descubrir su presencia.

El sol se acercaba un poco más a su cenit y a Ralph empezó a preocuparle que el bosque acabara atestado de gente de camino al mercado, lo que frustraría sus planes. En ese momento vieron a una familia: un hombre y una mujer de unos treinta años con dos hijos adolescentes, un niño y una niña. Le resultaban familiares, por lo que supuso que debía de haberlos visto alguna vez en el mercado de Kingsbridge, cuando vivía allí. Todos llevaban algún tipo de mercancía: el marido cargaba una pesada cesta de hortalizas a la espalda, la mujer una larga vara al hombro de la que colgaban varias gallinas vivas atadas por las patas, el muchacho arrastraba un pesado jamón también al hombro y su hermana una vasija de barro que probablemente contuviera mantequilla salada. A Ralph se le hizo la boca agua al pensar en el jamón.

Sintió el peculiar cosquilleo de la excitación que crecía en su estómago y le hizo una leve señal a Alan con la cabeza.

Ralph y Alan salieron de improviso de entre los matorrales cuando la familia se puso a su altura.

La mujer lanzó un chillido y el muchacho gritó espantado.

El hombre intentó descolgarse la cesta, pero antes de que le cayera de los hombros, Ralph se abalanzó sobre él y le atravesó el abdomen con su espada, por debajo de las costillas, antes de seguir con la hoja hacia arriba. Los gritos agónicos del hombre cesaron con brusquedad cuando la punta de la espada le traspasó el corazón.

Alan le asestó un mandoble a la mujer en el cuello y la sangre empezó a manar a chorros.

Exultante, Ralph se volvió hacia el hijo. El muchacho había reaccionado con rapidez, había tirado el jamón y en esos momentos blandía un cuchillo. Ralph seguía con la espada en alto cuando el joven se arrojó sobre él e intentó apuñalarlo, aunque sin mucha pericia. La arremetida fue demasiado impetuosa para resultar efectiva y la hoja no atravesó el pecho de Ralph. Sin embargo, la punta le desgarró el brazo y la súbita punzada de dolor obligó a Ralph a tirar la espada. El muchacho dio media vuelta y echó a correr en dirección a Kingsbridge.

Ralph miró a Alan. Antes de volverse hacia la hija, Alan remató a la madre y esa dilación casi le costó la vida: Ralph vio que la muchacha le arrojaba la vasija de mantequilla y, ya fuera por suerte o por puntería, lo alcanzó en toda la nuca. Alan cayó al suelo como si lo hubieran noqueado.

La muchacha salió corriendo detrás de su hermano.

Ralph se agachó, recogió su espada con la otra mano y salió tras ellos.

Los adolescentes eran jóvenes y de pies ligeros, pero Ralph tenía unas piernas largas y no tardó en darles alcance. Para sorpresa de Ralph, cuando el muchacho miró atrás y vio que casi lo tenía encima, dejó de correr, se volvió y cargó contra él gritando y con el cuchillo en alto.

Ralph se detuvo y levantó la espada. El chico corrió hacia él, pero se paró antes de que Ralph lo tuviera al alcance, por lo que el prófugo se adelantó e hizo el amago de asestarle un mandoble. El muchacho esquivó el golpe, creyendo que sorprendería a Ralph a contrapié y con la guardia bajada y que conseguiría clavarle el cuchillo a corta distancia. Sin embargo, eso era exactamente lo que Ralph esperaba que hiciese. Retrocedió con gran agilidad, apoyándose en los talones, y le atravesó la garganta con la espada, empujándola hasta que la punta salió por la nuca.

El muchacho cayó al suelo fulminado y Ralph retiró su hoja, complacido por el certero y efectivo golpe mortal.

Al levantar la vista, vio que la muchacha desaparecía a lo lejos. Sabía que no la atraparía a pie y que para cuando fuera a buscar su caballo, ella ya estaría en Kingsbridge.

Se volvió y echó un vistazo al otro lado del camino. Sorprendido, vio que Alan se ponía en pie con dificultades.

—Pensé que te había matado —dijo Ralph.

Limpió la hoja de la espada en el sayo del muchacho muerto, la envainó y se tapó la herida del brazo con la otra mano para intentar detener la hemorragia.

—La cabeza me duele horrores —contestó Alan—. ¿Los has matado?

—La muchacha ha escapado.

—¿Crees que nos ha reconocido?

—Puede que a mí sí. Ya he visto antes a esta familia.

—En ese caso, ahora nos acusarán de asesinos.

Ralph se encogió de hombros.

—Mejor morir en la horca que de hambre. —Miró los tres cadáveres—. De todos modos, será preferible que saquemos a estos campesinos del camino antes de que venga alguien.

Arrastró al hombre hasta los matorrales con la mano ilesa y Alan levantó el cuerpo y lo arrojó entre las matas. Hicieron lo mismo con la mujer y el hijo. Ralph procuró que nadie pudiera ver los cuerpos desde el camino, donde la sangre empezaba a oscurecerse y a adoptar el color del barro, que la estaba absorbiendo.

Ralph rasgó a tiras el vestido de la mujer y se hizo un torniquete en el brazo. Todavía le dolía, pero detuvo la hemorragia. Comenzaba a sentir el ligero desencanto que siempre seguía a una pelea, como la apatía después del sexo.

Alan empezó a recoger el botín.

—Bonito trofeo —se admiró—. Jamón, gallinas, mantequilla… —Echó un vistazo al interior de la cesta que llevaba el hombre—. ¡Y cebollas! Del año pasado, claro, pero todavía están buenas.

—Las cebollas añejas saben mejor que las imaginarias. Eso es lo que dice mi madre.

Cuando Ralph se inclinó para recoger la vasija de mantequilla que había derribado a Alan, sintió una afilada punta de hierro contra su trasero; sin embargo, Alan estaba delante de él, ocupado con las gallinas.

—¿Quién…?

—No te muevas —dijo alguien, con voz áspera.

Ralph nunca obedecía ese tipo de órdenes. Dio un salto hacia delante, alejándose de la voz, y se volvió en redondo. Seis o siete hombres se habían materializado de la nada. A pesar del desconcierto, consiguió desenvainar con la izquierda. El hombre que tenía más cerca, seguramente quien le había pinchado, se puso en guardia, pero los otros estaban apropiándose del botín, agarrando los pollos a manotadas y peleándose por el jamón. Alan salió en defensa de sus gallinas con la espalda en alto al tiempo que Ralph se enfrentaba a su adversario y caía en la cuenta de que otro grupo de proscritos estaba intentando robarles. ¡Aquello era un ultraje, había matado a varias personas por ese botín y ahora querían quitárselo! Tal era la indignación que el miedo quedó relegado a un segundo plano y se lanzó sobre su contrincante espoleado por la ira, a pesar de verse obligado a luchar con la izquierda.

—Bajad las armas, mentecatos —oyó que alguien decía con voz autoritaria.

Los desconocidos se detuvieron en seco. Ralph no bajó el arma, temiendo una artimaña, pero al volverse hacia la voz vio a un apuesto joven de veintitantos, de porte aristocrático, que vestía ropas de apariencia costosa, aunque muy sucias: una capa de lana italiana de color escarlata cubierta de hojas y ramitas, un gabán de exquisito brocado salpicado de posibles manchas de comida y unas calzas de caro cuero castaño, raspadas y embarradas.

—Me entretiene robar a ladrones —dijo el desconocido—. No es un crimen, ¿no crees?

Ralph sabía que estaba en un apuro, pero de todos modos le picaba la curiosidad.

—¿Acaso eres ése al que llaman Tam Hiding?

—Ya corrían historias acerca de Tam Hiding cuando era niño —contestó el joven—, pero de vez en cuando alguien toma el relevo e interpreta su papel, como el monje que representa a Lucifer en un misterio.

—No eres un proscrito normal y corriente.

—Ni tú tampoco. Supongo que eres Ralph Fitzgerald. —Ralph asintió con la cabeza—. Me dijeron que te habías fugado y me preguntaba cuánto íbamos a tardar en conocernos. —Tam miró a uno y otro lado del camino—. Hemos dado contigo por casualidad. ¿Por qué has elegido este lugar?

—Primero escogí el día y el momento. Es domingo y a esta hora los campesinos se dirigen con sus mercancías al mercado de Kingsbridge, que está en este camino.

—Bien, bien. Llevo diez años viviendo al margen de la ley y nunca se me había ocurrido una cosa así. Tal vez deberíamos unir fuerzas. ¿No piensas bajar el arma?

Ralph vaciló, pero como Tam no iba armado, no vio ningún inconveniente. Además, de todos modos los superaban en número, por tanto era mejor evitar una confrontación. Envainó la espada muy despacio.

—Así está mejor.

Ralph se dio cuenta de que Tam y él eran de la misma estatura cuando éste le pasó un brazo por encima de los hombros y echó a andar hacia el bosque. Poca gente era tan alta como Ralph.

—Los demás traerán el botín. Ven por aquí, tú y yo tenemos mucho de qué hablar.

Edmund dio un golpe en la mesa.

—He convocado esta reunión de la cofradía gremial con carácter de urgencia para discutir el problema de los proscritos —anunció— pero, como me estoy volviendo viejo y holgazán, le he pedido a mi hija que resuma la situación.

Caris era miembro de pleno derecho del gremio gracias a su boyante negocio de producción de paño escarlata, el mismo que había rescatado a su padre de la bancarrota. Muchas otras personas de Kingsbridge prosperaban gracias a ella, sobre todo la familia Webber. Edmund había podido cumplir su promesa y había prestado dinero para la reconstrucción del puente, gracias a lo cual otros comerciantes lo habían imitado, animados por el florecimiento general. La construcción del puente avanzaba a pasos agigantados aunque, por desgracia, bajo la supervisión de Elfric, no de Merthin.

Últimamente el padre de Caris ya apenas tomaba la iniciativa. Cada vez eran menos los momentos en que volvía a ser el avispado comerciante de siempre. Caris estaba preocupada por él, pero ¿qué podía hacer? Sentía la misma frustración amarga que la había acompañado durante la enfermedad de su madre. ¿Por qué no había cura para él? Nadie conocía la causa, ni siquiera sabían qué nombre darle a su dolencia, únicamente se limitaban a decir que era por la edad ¡cuando ni tan sólo había cumplido los cincuenta!

Caris rezaba por que viviera lo suficiente para ver su boda. Iba a casarse con Merthin en la catedral de Kingsbridge el domingo siguiente a la feria del vellón, para lo que ya sólo faltaba un mes. El enlace de la hija del mayordomo de la ciudad sería un gran acontecimiento. Se celebraría un banquete en el salón del gremio para los ciudadanos más prominentes y una comida campestre en Lovers' Field para cientos de invitados. Había días en que su padre se pasaba horas concibiendo menús y planeando el entretenimiento para olvidarlo al cabo de un momento y volver a empezar desde cero al día siguiente.

La joven apartó aquellas preocupaciones de su mente y devolvió su atención a un problema para el cual esperaba encontrar una solución más sencilla.

—Durante el último mes se ha venido acusando un gran incremento de los asaltos llevados a cabo por los proscritos —comentó—, los cuales suelen tener lugar en domingo y cuyas víctimas son, una y otra vez, personas que traen mercancía a Kingsbridge.

—¡El responsable es el hermano de tu prometido! —la interrumpió Elfric—. Habla con Merthin, no con nosotros.

Caris reprimió una respuesta airada. El marido de su hermana jamás desaprovechaba la ocasión para criticarla. Caris era plenamente consciente de la implicación de Ralph en los asaltos y del sufrimiento que eso le causaba a Merthin, algo en lo que Elfric se regodeaba.

—Yo creo que se trata de Tam Hiding —intervino Dick Brewer.

—Puede que se trate de ambos —admitió Caris—. Me temo que Ralph Fitzgerald, quien posee conocimientos militares, puede haber sumado sus fuerzas a una banda de proscritos ya existente y que gracias a ello se han vuelto más organizados y efectivos.

—Da igual de quiénes se trate, serán la ruina de esta ciudad —se lamentó la oronda Betty Baxter, la panadera más próspera de la ciudad—. ¡Ya nadie viene al mercado!

Betty Baxter exageraba, pero la asistencia al mercado semanal estaba descendiendo a ojos vistas y los efectos se dejaban sentir en todos los negocios de la ciudad, desde las panaderías hasta los prostíbulos.

—Eso no es lo peor de todo —dijo Caris—. De aquí a cuatro semanas comenzará la feria del vellón. Varios de los aquí reunidos han invertido enormes sumas de dinero en el puente nuevo, que debería estar acabado para entonces con su pavimento de tablones provisional, a tiempo para la inauguración. La mayoría de nosotros dependemos de la feria anual. Yo en particular tengo un almacén lleno de caro paño escarlata listo para vender y si corre la voz de que los proscritos están asaltando a la gente que viene a Kingsbridge, es probable que nos quedemos sin clientes.

En realidad estaba mucho más preocupada de lo que se permitía aparentar. Ni a su padre ni a ella les quedaba dinero en efectivo. Todo lo que tenían lo habían invertido o en el puente o en lana virgen y paño escarlata, por lo que la feria del vellón era su única oportunidad de recuperar el dinero. Si la asistencia era pobre, tendrían que enfrentarse a graves problemas; entre otras cosas, el pago de la boda.

Sin embargo, no era la única ciudadana preocupada.

—Sería el tercer mal año consecutivo —apuntó Rick Silvers, el portavoz del gremio de joyeros. Era un hombre remilgado y quisquilloso, que siempre iba impecablemente vestido—. Eso supondría el cierre para muchos de los míos —añadió—. Hacemos la mitad del negocio del año en la feria del vellón.

—Sería el fin de esta ciudad —afirmó Edmund—. No podemos permitir que ocurra.

Varios asistentes se le sumaron. Caris, que presidía la reunión de manera extraoficial, dejó que siguieran soliviantándose. Cuanto más acuciante fuera su sensación de encontrarse en una situación de emergencia, más predispuestos estarían a aceptar la solución radical que iba a proponerles.

—¿Y se puede saber qué hace el sheriff de Shiring al respecto? —preguntó Elfric—. ¿Para qué le pagan si no es para mantener la paz y el orden?

—No puede registrar todo el bosque —contestó Caris—. No tiene suficientes hombres.

—Pues el conde Roland sí.

Eso era querer hacerse ilusiones, pero Caris dejó una vez más que la discusión continuara para que cuando les planteara su idea fueran conscientes de que no les quedaba otra alternativa.

—El conde no va a ayudarnos —informó Edmund—. Ya se lo he pedido.

—Ralph era uno de los hombres del conde y lo sigue siendo —dijo Caris, quien de hecho había escrito la carta que Edmund le había dirigido a Roland—. No sé si os habéis fijado en que los proscritos no asaltan a la gente que acude al mercado de Shiring.

—Esos campesinos de Wigleigh no deberían haber presentado nunca una reclamación contra un escudero del conde —protestó Elfric, indignado—. ¿Quiénes se creen que son?

Caris estaba a punto de responder exasperada, pero Betty Baxter se le adelantó.

—Ah, ¿entonces crees que los señores deberían tener derecho a violar a quien se les antojara?

—Eso es harina de otro costal —intervino Edmund rápidamente, demostrando así que todavía retenía parte de su antigua autoridad—. Lo hecho, hecho está, pero el caso es que Ralph está viviendo a nuestra costa y nosotros debemos hacer algo. El sheriff no puede ayudarnos y el conde no quiere hacerlo.

—¿Y lord William? —preguntó Rick Silvers—. Se puso de parte de la gente de Wigleigh. Es culpa suya que Ralph sea un prófugo.

—También se lo he pedido a él —contestó Edmund—, pero me contestó que no estábamos en sus tierras.

—Ése es el problema de tener al priorato como señor, ¿de qué nos sirve un prior cuando necesitamos que nos protejan? —protestó Rick.

—Ésa es otra de las razones por las que estamos solicitando un fuero municipal. Entonces disfrutaremos de la protección del rey —dijo Caris.

—Pero tenemos nuestro propio alguacil, ¿qué está haciendo al respecto? —preguntó Elfric.

—Estamos dispuestos a hacer lo que sea necesario —respondió Mark Webber, uno de los ayudantes del alguacil—. Sólo tenéis que decirlo.

—Nadie pone en duda vuestra valentía —lo apaciguó Caris—, pero vuestra tarea consiste en ocuparos de los malhechores de la ciudad. John Constable carece de la experiencia necesaria para dar caza a los proscritos.

—Bueno, pues entonces, ¿quién? —preguntó Mark, ligeramente indignado.

Mark había intimado con Caris desde que se encargaba del batán de Wigleigh.

La joven había ido conduciendo la discusión hacia esa pregunta.

—De hecho, hay un soldado con experiencia que está dispuesto a ayudarnos —anunció— al que me he tomado la libertad de invitar esta noche. Está esperando en la capilla. Thomas, ¿querrías acompañarnos, por favor? —lo llamó, alzando la voz.

Thomas de Langley salió de la pequeña capilla que había en el otro extremo de la sala.

—¿Un monje? —preguntó Rick Silvers, con escepticismo.

—Antes de tomar los hábitos era soldado —repuso Caris—. Así perdió el brazo.

—Debería haberse pedido permiso a los miembros del gremio con antelación a la invitación —rezongó Elfric.

Nadie le hizo caso, como a Caris le complació comprobar. Estaban demasiado interesados en escuchar lo que Thomas tuviera que decirles.

—Deberíais formar una milicia —opinó Thomas—. La banda de proscritos debe de estar integrada por unos veinte o treinta hombres, no muchos, y casi todos los ciudadanos saben utilizar un arco largo con bastante pericia gracias a las sesiones prácticas de las mañanas de domingo. Un centenar de vosotros, bien preparados y conducidos con conocimiento, podría vencer a los proscritos sin complicaciones.

—Todo eso está muy bien, pero primero tendríamos que encontrarlos —repuso Rick Silvers.

—Por descontado —contestó Thomas—, pero estoy seguro de que en Kingsbridge hay alguien que sabe dónde están.

Merthin le había pedido al comerciante de madera Jake Chepstow que le trajera una pieza de pizarra de Gales, la más grande que encontrara. Jake había vuelto de la última expedición de tala con una fina lámina de pizarra gris galesa de más de un metro cuadrado que Merthin había encajado en un armazón de madera para realizar sus bocetos sobre ella.

Esa tarde, mientras Caris asistía a la reunión de la cofradía gremial, Merthin estaba en su propia casa concentrado en un mapa de la isla de los

Leprosos. Arrendar tierras para la construcción de muelles y almacenes era la más modesta de sus ambiciones. El joven imaginaba una calle repleta de posadas y negocios, que cruzaba la isla de un puente al otro. Los construiría él mismo y se los arrendaría a comerciantes emprendedores de Kingsbridge. Se deleitaba pensando en el futuro de la ciudad, proyectando las calles y las construcciones que necesitaría. Lo que el priorato habría hecho si hubiera estado mejor dirigido.

En sus planes se incluía una casa nueva para él y para Caris. Al principio, de recién casados, sería un lugar pequeño y acogedor, pero con el tiempo necesitarían más espacio, sobre todo si tenían hijos. Había marcado un lugar en la orilla sur, donde les llegaría aire fresco al estar frente al río. Casi toda la isla era rocosa, pero en la parte en que estaba pensando había un pequeño terreno cultivable donde podría plantar árboles frutales. Al tiempo que imaginaba la casa, se deleitaba en la visión de su vida en común, juntos para siempre.

Unos golpes en la puerta interrumpieron su sueño. Merthin se sobresaltó. Por lo general, nadie se acercaba a la isla de noche salvo Caris, y ella nunca llamaba.

—¿Quién es? —preguntó, nervioso, y en ese momento entró Thomas de Langley—. Se supone que los monjes han de estar durmiendo a estas horas —dijo Merthin.

—Godwyn no sabe que estoy aquí. —Thomas miró la pizarra—. ¿Dibujas con la izquierda?

—Con la izquierda o con la derecha, tanto da. ¿Te apetece un poco de vino?

—No, gracias. Tendré que levantarme para el oficio de maitines de aquí a unas horas y el vino me atonta.

Merthin apreciaba a Thomas. Se había creado un vínculo entre ellos desde el día en que, doce años atrás, le había prometido a Thomas que si éste moría, él llevaría a un sacerdote hasta el lugar donde habían enterrado la carta. Más adelante, cuando trabajaron juntos en las reparaciones de la catedral, Thomas siempre había sido claro en sus instrucciones y benevolente con los aprendices. Conseguía no engañar a nadie sobre su vocación religiosa sin caer en la soberbia. Merthin pensaba que todos los hombres de Dios deberían ser como él.

—¿Qué puedo hacer por ti? —preguntó, haciéndole un gesto para que tomara asiento junto al fuego.

—Se trata de tu hermano. Hay que pararle los pies.

Merthin contrajo el rostro en una mueca, como si sintiera una súbita punzada de dolor.

—Si pudiera hacer algo, lo haría, pero no lo he visto y estoy seguro de que si lo viera, no me escucharía. Hace tiempo acudía a mí en busca de consejo, pero creo que eso ya pasó.

—Vengo de una reunión de la cofradía gremial. Me han pedido que organice una milicia.

—No esperes que forme parte de ella.

—No, no he venido con ese propósito. —Thomas esbozó una sonrisa irónica—. Entre tus muchos dones no se encuentran las aptitudes militares.

Merthin asintió con la cabeza.

—Gracias —respondió, con tristeza.

—Pero hay algo que podrías hacer para ayudarme si quisieras.

—Bueno, ¿qué es? —preguntó Merthin, desazonado.

—Los proscritos deben tener un escondite en algún lugar no lejos de Kingsbridge. Quiero que pienses dónde podría estar tu hermano. Seguramente será un sitio que ambos conocéis: una cueva, tal vez, o una choza abandonada en el bosque.

Merthin vaciló.

—Sé que sentirías mucho tener que traicionar a tu hermano, pero piensa en esa primera familia a la que asaltó: un campesino honrado y trabajador, su bella esposa, un muchacho de catorce años y una chiquilla. Ahora tres de ellos están muertos y la niña no tiene padres. Por mucho que quieras a tu hermano, tienes que ayudarnos a atraparlo.

—Lo sé.

—¿Se te ocurre dónde podría estar?

Merthin todavía no estaba preparado para contestar a esa pregunta.

—¿Lo cogerás vivo?

—Si puedo.

Merthin negó con la cabeza.

—No es suficiente, necesito una garantía.

Thomas guardó silencio unos instantes.

—Está bien —contestó al fin—. Lo cogeré vivo. No sé cómo, pero ya me las apañaré. Te lo prometo.

—Gracias. —Merthin vaciló. Sabía que debía hacerlo, pero su corazón se negaba a entregarlo. Por fin se obligó a hablar—. Cuando tenía unos catorce años, a menudo solíamos salir a cazar con muchachos más mayores. Estábamos fuera todo el día y cocinábamos lo que cazábamos. A veces nos acercábamos hasta las Chalk Hills y nos encontrábamos con familias que pasaban allí el verano mientras pacían las ovejas. Las pastoras solían ser bastante desenfadadas y alguna hasta nos dejaba besarla. —Esbozó una leve sonrisa—. En invierno, cuando ya no estaban, utilizábamos sus chozas como refugio. Ralph debe de esconderse allí.

—Gracias —dijo Thomas, levantándose.

—Recuerda tu promesa.

—Lo haré.

—Me confiaste un secreto hace doce años.

—Lo sé.

—Nunca te he traicionado.

—Soy consciente de ello.

—Confío en ti.

Merthin sabía que sus palabras podían interpretarse de dos maneras: o bien como una súplica para que el favor fuera recíproco o como una amenaza velada. De todos modos, le daba igual, que Thomas se lo tomara como gustase.

El monje le tendió la mano que le quedaba y Merthin la estrechó.

—Cumpliré mi palabra —aseguró Thomas.

Y se fue.

Ralph y Tam cabalgaban juntos colina arriba seguidos por Alan Fernhill, también a caballo, y los demás proscritos, que iban a pie. Ralph se sentía bien, había sido una nueva y fructífera mañana de domingo. La primavera había llegado y los campesinos empezaban a llevar al mercado la producción de la nueva estación. Los miembros de la banda se habían hecho con media docena de corderos, un jarro de miel, una jarra de nata con tapa y varias botas de vino. Como siempre, los proscritos apenas habían sufrido heridas de consideración, sólo unos cuantos cortes y moretones causados por las víctimas más insensatas.

La sociedad con Tam había demostrado ser muy rentable. Un par de horas de trabajo fácil les reportaban todo lo que necesitaban para vivir una semana entera a cuerpo de rey. El resto del tiempo lo pasaban cazando de día y bebiendo de noche. No había siervos zafios que les dieran la lata con disputas sobre lindes o les escatimaran las rentas. Lo único que les faltaba eran mujeres y ese día habían puesto remedio a ese problema después de raptar a dos jóvenes orondas, unas hermanas de unos trece y catorce años.

Su único pesar era que nunca había luchado por el rey, su sueño desde que era niño, y todavía seguía sintiendo ese prurito. Vivir al margen de la ley era demasiado fácil, pero no había de qué enorgullecerse en matar siervos desarmados. El niño que llevaba dentro todavía añoraba la gloria.

Jamás había podido demostrar a nadie, ni a sí mismo ni a los demás, que en él anidaba el alma de un verdadero caballero.

Sin embargo, no iba a permitir que eso le hundiera el ánimo. Al coronar la colina tras la que se ocultaban las tierras altas de pasto donde se encontraba su guarida, empezó a pensar con impaciencia en la fiesta que celebrarían esa noche. Asarían un cordero en un espetón y beberían nata con miel. Y las muchachas… Ralph decidió que las haría yacer juntas, así la una vería cómo a la otra la violaba un hombre detrás de otro. La imagen le aceleró el corazón.

Por fin vieron las chozas de piedra. Ralph sabía que ya no podrían utilizarlas mucho más tiempo, pues la hierba crecía y los pastores no tardarían en aparecer por allí. La Pascua se había adelantado ese año, por lo que ya no debía de faltar mucho para el día de Pentecostés, poco después del primero de mayo. Los proscritos tendrían que buscar un nuevo campamento.

Se encontraba a unos cincuenta metros de la choza más próxima a ellos cuando, sorprendido, reparó en que alguien salía de ella.

Tam y él tiraron de las riendas y los proscritos se reunieron a su alrededor, con las manos en las empuñaduras de sus armas.

Cuando el hombre echó a andar hacia ellos, Ralph vio que se trataba de un monje.

—En nombre de Dios, ¿qué…? —exclamó Tam.

Ralph reconoció al hermano Thomas de Kingsbridge al ver que una de las mangas del hábito del monje se agitaba, vacía. Thomas se acercó a ellos como si se los encontrara por casualidad en la calle mayor.

—Hola, Ralph, ¿te acuerdas de mí? —lo saludó.

—¿Conoces a este hombre? —preguntó Tam a Ralph.

Thomas se llegó hasta uno de los costados del caballo de Ralph y le tendió la mano que le quedaba para estrechársela. ¿Qué demonios estaba haciendo allí? Por otro lado, ¿qué daño podría hacerles un monje manco? Desconcertado, Ralph se inclinó y estrechó la mano que le ofrecían. En ese momento, Thomas subió la suya por el brazo de Ralph y lo agarró por el codo.

Ralph vio movimiento cerca de las chozas de piedra por el rabillo del ojo. Al levantar la vista, comprobó que un hombre salía por la puerta de la construcción más próxima, seguido de cerca por un segundo y luego tres más, hasta que comprendió que se trataba de decenas de ellos, apostados hasta entonces en todas las chozas. Ralph vio cómo colocaban sus flechas en los largos arcos que llevaban y en ese momento supo que les habían tendido una emboscada. Justo entonces sintió una presión en el codo y con un súbito y fuerte tirón alguien lo derribó del caballo.

Los proscritos gritaron. Ralph cayó al suelo y aterrizó sobre su espalda. Su caballo, Griff, se separó de ellos, espantado. Cuando Ralph intentó ponerse en pie, Thomas cayó sobre él como un mazo, apretándolo contra el suelo, y se colocó encima de él a horcajadas.

—Estate quieto y no morirás —le dijo Thomas al oído.

Acto seguido Ralph oyó docenas de flechas disparadas a la vez con los largos arcos, un zumbido mortífero inconfundible parecido al viento repentino que anuncia una tormenta eléctrica. Tan acongojante fue el fragor que sus cálculos le llevaron a suponer la presencia de unos cien arqueros. Era evidente que se habían hacinado en las chozas a la espera de la señal, la de agarrarlo por el brazo, para salir y disparar.

Se planteó si debía forcejear y sacarse a Thomas de encima, pero prefirió no hacerlo al oír los gritos de los proscritos cuando los alcanzaban las flechas. Desde el suelo apenas conseguía ver lo que ocurría, pero algunos de sus hombres estaban desenvainando las espadas. No obstante, se encontraban demasiado lejos de los arqueros; si se abalanzaban sobre el enemigo, éste los derribaría antes de alcanzarlo. Era una matanza, no una batalla. Oyó unos cascos de caballo aporreando la tierra y Ralph se preguntó si Tam estaría cargando contra los arqueros o huyendo.

Reinaba la confusión, aunque no por mucho tiempo. Al cabo de unos momentos dedujo que los proscritos se habían dado a la fuga.

Thomas se levantó y sacó un largo puñal de debajo de su hábito benedictino.

—Ni se te ocurra desenvainar —le advirtió el monje.

Ralph se puso en pie. Miró a los arqueros y reconoció a varios hombres entre ellos: al gordo Dick Brewer, al rijoso Edward Butcher, al cordial Paul Bell, al gruñón Bill Watkin... Ciudadanos tímidos y cumplidores de la ley de Kingsbridge todos ellos. Lo habían capturado unos comerciantes. Sin embargo, eso no era lo más sorprendente.

—Me has salvado la vida, monje —dijo, mirando a Thomas con curiosidad.

—Sólo porque me lo pidió tu hermano —le espetó Thomas—. Si hubiera sido por mí, habrías muerto mucho antes de caer al suelo.

La prisión de Kingsbridge se encontraba en el sótano de la sede del gremio. El lugar tenía muros de piedra, suelo de tierra y carecía de ventanas. Tampoco había chimenea y algunos prisioneros morían de frío en invierno, aunque estaban en mayo y Ralph contaba con un manto de lana que lo resguardaba del frío por las noches. También disfrutaba de cierto mobiliario: una silla, un banco y una mesita, todo arrendado a John Constable y pagado por Merthin. Al otro lado de la puerta de roble con barrotes se encontraba el cubículo de John Constable. Durante los días de mercado y la feria, sus ayudantes y él se sentaban allí a la espera de que los llamaran para poner orden.

Alan Fernhill ocupaba la celda con Ralph. Un arquero de Kingsbridge lo había alcanzado con una flecha en el muslo, y aunque la herida no revestía gravedad, no había podido correr. No obstante, Tam Hiding había escapado.

Era el último día que pasarían allí, pues al mediodía se esperaba la llegada del sheriff para que los llevara a Shiring. En ausencia de los prófugos, habían sido condenados a muerte por la violación de Annet y por los delitos que habían cometido en el tribunal de Shiring ante la presencia del juez: herir al portavoz del jurado, herir a Wulfric y huir. Los ahorcarían al llegar a la ciudad.

Una hora antes del mediodía, los padres de Ralph le llevaron la comida: jamón caliente, pan fresco y una jarra de cerveza fuerte. Merthin los acompañaba y Ralph supuso que aquello era una despedida.

Su padre se lo confirmó.

—No te acompañaremos a Shiring —le comunicó el hombre.

—No queremos ver cómo… —añadió su madre, y aunque no terminó la frase, Ralph sabía lo que iba a decir: no viajarían hasta Shiring para ver cómo lo ahorcaban.

Ralph se bebió la cerveza, pero le resultó imposible comer. Lo iban a llevar a la horca, por lo que la comida no tenía sentido. De todos modos, tampoco tenía hambre. Sin embargo, Alan dio cuenta del jamón y del pan con apetito, como si se mostrara totalmente indiferente a la suerte que les aguardaba.

La familia permaneció sentada en silencio. A pesar de que iban a ser los últimos minutos que pasarían juntos, nadie sabía qué decir. Maud lloraba en silencio, Gerald se paseaba intranquilo y Merthin estaba sentado con la cabeza hundida entre las manos. Alan Fernhill parecía aburrido.

Ralph tenía una pregunta para su hermano. En cierto modo no deseaba formulársela, pero sabía que ésa sería su última oportunidad.

—Cuando el hermano Thomas me tiró del caballo para protegerme de las flechas le agradecí que me salvara la vida —dijo. Miró a su hermano y continuó—: Me dijo que lo hacía por ti, Merthin. —Merthin asintió con la cabeza—. ¿Se lo pediste tú?

—Sí.

—Entonces sabías qué iba a ocurrir.

—Sí.

—Pero... ¿cómo supo Thomas dónde encontrarme? —Merthin no respondió—. Se lo dijiste tú, ¿verdad? —insistió Ralph.

—¡Merthin! —exclamó su padre, atónito—. ¿Cómo has podido?

—Cerdo traidor —musitó Alan Fernhill.

—¡Estabais asesinando personas! —se defendió Merthin—. ¡Campesinos inocentes junto a sus esposas e hijos! ¡Alguien tenía que pararos los pies!

En cierto modo sorprendido, Ralph comprendió que no estaba enfadado, pero sintió un nudo en la garganta.

—Pero ¿por qué le pediste que me perdonara la vida? ¿Porque preferías verme ahorcado? —preguntó, tragando saliva.

—Ralph, por favor —suplicó Maud, sollozando.

—No lo sé —confesó Merthin—. Tal vez sólo quería que vivieras un poco más.

—Pero me traicionaste. —Ralph sabía que estaba a punto de desmoronarse. Le empezaron a escocer los ojos y sintió una opresión en la cabeza—. Me traicionaste —repitió.

—¡Por Dios, te lo merecías! –gritó Merthin enojado, poniéndose en pie.

—No os peleéis —pidió Maud.

—No vamos a pelearnos —la tranquilizó Ralph, sacudiendo la cabeza con tristeza—. Esas cosas ya pertenecen al pasado.

La puerta se abrió y entró John Constable.

—Ha llegado el sheriff —anunció.

Maud se abrazó a Ralph, desconsolada. Al cabo de unos momentos, Gerald la apartó con suavidad.

Ralph siguió a John al exterior. Le sorprendió que no lo maniataran o lo encadenaran. Ya se había escapado una vez, ¿acaso no temían que volviera a hacerlo? Atravesó el cubículo del alguacil y salió al aire libre. Su familia iba detrás.

Debía de haber estado lloviendo, porque el sol se reflejaba en las calles húmedas y Ralph tuvo que frotarse los ojos para protegerse del resplandor. Al acostumbrarse a la luz, descubrió a su caballo, Griff, ensillado, una visión que le alegró el corazón.

—Tú nunca me has traicionado, ¿verdad? —le dijo al oído, agarrando las riendas.

El caballo bufó y piafó, contento de reencontrarse con su dueño.

El sheriff y varios ayudantes estaban esperando, montados y armados hasta los dientes. Le permitirían cabalgar hasta Shiring, pero no pensaban correr riesgos con él. Ralph comprendió que esa vez no habría escapatoria posible.

Sin embargo, al fijarse mejor vio que el sheriff era el de siempre, pero que los jinetes armados no eran sus ayudantes, sino hombres del conde Roland. No sólo eso, el propio conde estaba allí, con su cabello y su barba oscuros, montado en un corcel gris. ¿Qué significaba todo aquello?

Sin bajar del caballo, el conde se agachó y le tendió un pergamino enrollado a John Constable.

—Léelo, si sabes —dijo Roland, hablando por un lado de la boca, como siempre—. Es un mandato real. Todos los prisioneros del condado han obtenido el perdón y son libres… a condición de que vengan conmigo para sumarse a las mesnadas del rey.

—¡Hurra! —gritó Gerald.

Maud rompió a llorar. Merthin se asomó por encima del hombro del alguacil y leyó el mandato.

Ralph miró a Alan, quien preguntó:

—¿Qué significa eso?

—¡Significa que somos libres! —contestó Ralph.

—Lo sois, si lo he leído correctamente —afirmó John Constable. Se volvió hacia el sheriff—. ¿Lo confirmas?

—Lo confirmo —dijo el sheriff.

—Entonces no hay nada más que decir. Estos hombres son libres de ir con el conde.

El alguacil enrolló el pergamino.

Ralph miró a su hermano. Merthin lloraba. ¿Lágrimas de alegría o de frustración? No tuvo tiempo de averiguarlo.

—Vamos —dijo Roland, impaciente—. Ahora que ya hemos cumplido con las formalidades, pongámonos en marcha de una vez. El rey está en Francia ¡y nos queda mucho camino por delante!

Hizo dar media vuelta a su corcel y salió al galope por la calle principal.

Ralph espoleó los flancos de Griff y el caballo salió al trote en pos del conde.

41

No puedes ganar —aseguró Gregory Longfellow al prior Godwyn, quien se hallaba sentado en el gran sillón de la cámara principal de su casa—. El rey concederá un fuero municipal a Kingsbridge.

Godwyn se lo quedó mirando. Era el mismo hombre de leyes que había ganado dos casos a su favor en el tribunal de justicia del rey, uno contra el conde y otro contra el mayordomo. Si un paladín como él se declaraba vencido, a buen seguro que la derrota resultaría inevitable.

Aquello era imposible: si Kingsbridge obtenía un fuero municipal, el priorato quedaría relegado, después de siglos de mandato del prior en el gobierno de la ciudad. A los ojos de Godwyn, la única razón de ser de la población era servir al priorato, igual que éste servía a Dios. Pero entonces el priorato se convertiría en una parte más de una ciudad gobernada por mercaderes, personas cuyo único dios era el dinero. Y en el Libro de la Vida constaría que el prior que había consentido una cosa semejante era Godwyn.

Consternado, preguntó:

—¿Estás seguro?

—Siempre estoy seguro —respondió Gregory.

Godwyn estaba fuera de sus casillas. La actitud petulante de Gregory era perfecta para tratar con desdén a los contrincantes, pero cuando era uno mismo quien la sufría resultaba exasperante. Irritado, dijo:

—¿Has venido a Kingsbridge sólo para decirme que no puedes hacer lo que te pedí?

—Y para cobrar mis honorarios —respondió Gregory con despreocupación.

A Godwyn le entraron ganas de tirarlo al estanque de los peces vestido con sus prendas londinenses.

Era sábado de Pentecostés, el día anterior a la inauguración de la feria del vellón. Fuera, en el césped de la parte oeste de la catedral, cientos de comerciantes montaban los puestos, y las conversaciones y los gritos que se dirigían unos a otros se mezclaban creando un fragor que se oía desde la cámara principal de casa del prior, donde Godwyn y Gregory permanecían sentados uno a cada extremo de la mesa.

Philemon, sentado en un banco lateral, se dirigió a Gregory.

—Tal vez podáis explicar al padre prior cómo habéis llegado a una conclusión tan pesimista. —Utilizaba un tono que resultaba sumiso y despectivo a partes iguales, lo cual no gustó demasiado a Godwyn.

Gregory no se alteró ante su actitud.

—Por supuesto —respondió—. El rey está en Francia.

—Lleva allí casi un año, pero no ha ocurrido gran cosa en este tiempo —observó Godwyn.

—Tendrás noticias durante el invierno.

—¿Por qué?

—Seguro que habéis oído hablar de los asaltos franceses a nuestros puertos del sur.

—Yo sí —respondió Philemon—. Dicen que los marinos franceses violaron a monjas en Canterbury.

—Del enemigo siempre se dice que viola a las monjas —replicó Gregory con condescendencia—. Eso ayuda a los civiles a soportar mejor la guerra. Sin embargo, sí que incendiaron Portsmouth, lo cual ha representado un serio trastorno para la navegación. Tal vez hayáis notado un descenso del precio al que vendéis la lana.

—Desde luego que sí.

—Pues en parte se debe a la dificultad para transportarla a Flandes. Y el precio que pagáis por el vino de Burdeos ha aumentado por la misma razón.

«Ya no podemos permitirnos ni comprar vino al precio antiguo», pensó Godwyn; pero no lo dijo.

Gregory prosiguió:

—Parece que los asaltos no han hecho más que empezar. Los franceses están reuniendo a toda una flota invasora. Según afirman nuestros espías, ya tienen más de doscientas embarcaciones ancladas en la desembocadura del río Zwyn.

Godwyn reparó en que Gregory se refería a «nuestros espías» como si formara parte del gobierno, cuando en realidad sólo estaba repitiendo los comentarios que había oído. No obstante, resultaba convincente.

—Pero ¿qué relación tiene la guerra francesa con el hecho de que Kingsbridge llegue a ser o no un burgo?

—Los tributos. El rey necesita dinero. La cofradía gremial ha aducido que la ciudad será más próspera y podrá hacer frente a más tributos si el priorato deja de controlar a los mercaderes.

—¿Y el rey se lo cree?

—Otras veces ha resultado cierto. Por eso los reyes crean burgos, porque generan actividad comercial, y el comercio genera tributos que suponen ingresos.

«Otra vez el dinero», pensó Godwyn con indignación.

—¿No hay nada que podamos hacer al respecto?

—En Londres no. Te aconsejo que te limites a Kingsbridge. ¿Es posible convencer a la cofradía gremial de que retire la solicitud? ¿Qué tal es el mayordomo? ¿Se dejaría sobornar?

—¿Mi tío Edmund? No goza de muy buena salud y decae por momentos. Su hija, mi prima Caris, es quien en realidad está impulsando todo esto.

—Ah, sí, la vi en el juicio. Me pareció bastante arrogante.

«Mira quién fue a hablar…», pensó Godwyn con acritud.

—Es una bruja —la acusó.

—¿De verdad? Eso podría servirnos.

—No lo decía en sentido literal.

—De hecho, padre prior, sí se han oído rumores —terció Philemon.

Gregory alzó las cejas.

—¡Muy interesante!

Philemon prosiguió:

—Es muy amiga de una sanadora llamada Mattie, que prepara pociones para los ciudadanos crédulos.

Godwyn estuvo a punto de tratar de ridícula la acusación de brujería, pero al final optó por callar; cualquier medio que sirviese para combatir la cuestión del fuero municipal sin duda debía de haber sido facilitado por Dios. «Tal vez sea cierto que Caris practica la brujería —pensó—. ¿Quién sabe?»

—Te veo vacilar —dijo Gregory—. Claro que si le tienes cariño a tu prima...

—De más joven sí —respondió Godwyn, y sintió una punzada de nostalgia al recordar la ingenuidad de los viejos tiempos—. Sin embargo, lamento tener que decir que no se ha convertido en una mujer temerosa de Dios.

—En ese caso...

—Lo investigaré —resolvió Godwyn.

—¿Puedo aconsejarte algo? —preguntó Gregory.

Godwyn estaba harto de los consejos de Gregory pero no tuvo el coraje de negarse.

—Claro —dijo en un tono cortés algo exagerado.

—Las investigaciones de casos de herejía pueden resultar... sucias. Tú personalmente no deberías mancharte las manos. Además, la gente puede sentirse incómoda al tener que hablar con un prior. Delega la tarea en alguien que intimide menos. Este joven novicio, por ejemplo. —Señaló a Philemon, a quien la propuesta llenó de orgullo—. Por su actitud, me parece... sensato.

Godwyn recordó que había sido Philemon quien había descubierto la flaqueza del obispo Richard: su lío con Margery. Era sin duda el hombre apropiado para realizar cualquier trabajo sucio.

—Muy bien —accedió—. A ver qué descubres, Philemon.

—Gracias, padre prior —respondió Philemon—. Nada me complacería más.

El domingo por la mañana, la gente seguía entrando a raudales en Kingsbridge. Caris se levantó para observarlos dirigirse a los dos puentes de

Merthin; unos iban a pie, otros a caballo o montados en carros de dos o cuatro ruedas tirados por caballos, o bien en carros tirados por bueyes y cargados de productos para vender en la feria. La estampa la reconfortó. No se había celebrado ninguna ceremonia especial de inauguración porque, de hecho, el puente no estaba del todo terminado, pero era transitable gracias a los tablones de madera provisionales. Sin embargo, a pesar de ello, había corrido la voz de que se permitía el paso y de que el camino estaba libre de proscritos. Incluso Buonaventura Caroli había acudido.

Merthin había propuesto una forma distinta de cobrar el pontazgo que la cofradía gremial había aceptado con entusiasmo. En lugar de instalar una única garita en uno de los extremos del puente y crear así un cuello de botella, habían situado a diez hombres en la isla de los Leprosos, en casetas provisionales dispuestas a lo largo del camino entre los dos puentes. La mayoría de los transeúntes pagaban el establecido penique sin aminorar la marcha.

—Ni siquiera hay cola —se admiró Caris en voz alta, hablando para sí.

El tiempo era soleado, hacía una temperatura moderada y no había el menor indicio de lluvia. La feria iba a tener mucho éxito.

Luego, al cabo de una semana, Caris se casaría con Merthin.

Seguía abrigando cierto recelo. La idea de perder su independencia y convertirse en propiedad de otra persona no dejaba de aterrorizarla, a pesar de que sabía que Merthin no era el tipo de hombre que aprovecharía las circunstancias para maltratar a su esposa. En las raras ocasiones en que había confiado sus cuitas a otra persona, a Gwenda, por ejemplo, o a Mattie Wise, le habían dicho que pensaba igual que un hombre. Sea como fuese, la cuestión es que así era como se sentía.

Sin embargo, la idea de perderlo se le antojaba aún más funesta. ¿Qué le quedaría, aparte del negocio de fabricación de paños que no la motivaba en absoluto? Cuando por último Merthin comunicó su intención de marcharse de la ciudad, el futuro le pareció de pronto vacío y se dio cuenta de que sólo existía una cosa peor que casarse con él: no hacerlo.

Eso era lo que se decía en los momentos más optimistas; sin embargo a veces, cuando yacía despierta en mitad de la noche, se imaginaba retractándose en el último momento, con frecuencia durante la boda, negándose a hacer los votos y saliendo a toda prisa de la iglesia para consternación de todos los presentes.

En cambio en ese momento, a plena luz del día, el pensamiento le parecía absurdo puesto que todo iba como la seda. Se casaría con Merthin y sería feliz.

Abandonó la orilla del río y atravesó la ciudad en dirección a la catedral, llena ya de fieles que aguardaban el oficio matinal. Recordó la vez que Merthin la había estado acariciando detrás de una columna. Echaba de menos los arrebatos de pasión de los primeros tiempos del noviazgo, las largas e intensas conversaciones y los besos robados.

Lo encontró al frente de la congregación, examinando el pasillo sur del coro, la parte de la iglesia que se había derrumbado ante sus ojos dos años atrás. Recordó haber subido junto con Merthin al espacio que quedaba por encima de la bóveda y haber oído la terrible conversación entre el hermano Thomas y la esposa de quien se había separado, las palabras que habían avivado todos sus miedos y que la habían hecho rechazar a Merthin. Apartó la idea de su mente.

—Parece que la reparación aguanta —comentó imaginándose lo que él estaba pensando.

Merthin albergaba sus dudas.

—Dos años es muy poco tiempo para una catedral.

—No parece mostrar ninguna señal de deterioro.

—Ésa es una de las cosas que lo hace aún más difícil. Los problemas de construcción pueden ir haciendo mella durante años sin dejarse apreciar hasta que un buen día se desploma algo.

—Tal vez la construcción no tenga ningún problema.

—Tiene que tenerlo —aseguró él con cierta impaciencia en la voz—. Por algo se produjo un derrumbamiento hace dos años. No llegamos a descubrir cuál había sido la causa, así que no pudimos subsanarla. Y si no se ha subsanado, quiere decir que el problema sigue existiendo.

—Podría haberse arreglado solo.

Ella hablaba por hablar, pero él la tomó en serio.

—Los edificios no suelen repararse solos… Pero tienes razón, cabe la posibilidad. Podría deberse a alguna filtración de agua, tal vez de alguna gárgola obstruida, que se haya desviado hacia un recorrido menos pernicioso.

Los monjes empezaron a entrar en procesión; cantaban, y la multitud guardó silencio. Las monjas penetraron por su entrada particular. Una de las novicias alzó la cabeza y un rostro de piel pálida destacó en la hilera de encapuchadas. Era Elizabeth Clerk. El súbito rencor que se reflejó en sus ojos al ver a Merthin y a Caris juntos hizo que ésta se estremeciera. Luego Elizabeth bajó la cabeza y desapareció oculta por su anónimo hábito.

—Te odia —dijo Merthin.

—Cree que yo impedí que te casaras con ella.

—Tiene razón.

—No, no la tiene. ¡Podías casarte con quien quisieras!

—Pero yo sólo quería casarme contigo.

—Jugaste con Elizabeth.

—A ella debe de parecérselo —dijo Merthin con pesar—. Me gustaba hablar con ella, eso era todo; sobre todo cuando tú te volviste como un témpano.

Caris se sentía violenta.

—Ya lo sé, pero Elizabeth se siente traicionada. Me pone nerviosa la forma en que me mira.

—No temas. Ahora es monja y no puede hacerte ningún daño.

Guardaron silencio un rato, sentados uno al lado del otro, con los hombros rozándose íntimamente mientras observaban el ritual. El obispo Richard ocupaba el sitial del extremo este y presidía el oficio. Caris sabía que a Merthin le gustaban ese tipo de cosas, después siempre se sentía mejor y decía que eso era lo que a uno le reportaba el hecho de ir a la iglesia. Caris acudía porque si no la gente lo notaba, pero albergaba dudas sobre todo aquel asunto. Creía en Dios, pero no tenía claro que Él revelara Su voluntad únicamente a los hombre como su primo Godwyn. ¿De qué le servían a un dios las alabanzas, por ejemplo? Los reyes y los condes tenían que ser venerados, y cuanto menor era su categoría con mayor deferencia querían ser tratados. Creía que a Dios Todopoderoso debía de darle lo mismo que los ciudadanos de Kingsbridge le cantaran o no himnos de alabanza o la forma en que lo hicieran, igual que a ella le resultaba indiferente que los ciervos del bosque le tuvieran o no miedo. Una vez se atrevió a expresar sus ideas pero nadie la tomó en serio.

Sus pensamientos se centraron en el futuro. Había buenos augurios acerca de la posibilidad de que el rey concediera un fuero municipal a Kingsbridge. Probablemente su padre se convertiría en el primer alcalde, si su salud mejoraba. El negocio de los telares seguiría arrojando beneficios y Mark Webber se haría rico. Gracias a la prosperidad creciente, la cofradía gremial podría construir una lonja para que todo el mundo comerciara cómodamente incluso en los días de mal tiempo. Merthin diseñaría el edificio. Y también mejoraría la situación del priorato, aunque Godwyn no se lo agradeciera.

El oficio tocó a su fin y las hileras de hermanos y monjas empezaron a abandonar la iglesia. Un novicio salió de la fila y se mezcló con la multitud. Era Philemon, quien se acercó a Caris para sorpresa de la muchacha.

—¿Puedo hablar un momento contigo? —preguntó.

La muchacha reprimió un escalofrío; había algo en el hermano de Gwenda que le repugnaba.

—¿De qué? —respondió con la amabilidad justa.

—De hecho, quiero pedirte consejo —dijo, esforzándose por esbozar una sonrisa encantadora—. Tú conoces a Mattie Wise.

—Sí.

—¿Qué te parecen sus métodos?

Ella lo miró muy seria. ¿A qué venía aquello? Decidió que, por si acaso, lo mejor sería defender a Mattie.

—No ha estudiado los textos antiguos, por supuesto, pero a pesar de ello sus remedios funcionan... A veces da mejores soluciones que los monjes, y creo que se debe a que basa sus tratamientos en remedios que han surtido efecto con anterioridad en lugar de fiarse de una teoría de los humores.

La gente sentada alrededor escuchaba con curiosidad y algunos se sumaron a la conversación a pesar de no haber sido invitados.

—A Nora le dio una poción que le bajó la fiebre —aseguró Madge Webber.

John Constable también intervino:

—Cuando me rompí el brazo, su remedio me aplacó el dolor mientras Matthew Barber recolocaba el hueso.

—¿Y qué tipo de encantamientos pronuncia mientras prepara sus pócimas? —quiso saber Philemon.

—¡No pronuncia ningún encantamiento! —soltó Caris indignada—. Aconseja a la gente que rece cuando tome sus medicinas porque sólo Dios es capaz de curar... Eso dice.

—¿Podría tratarse de una bruja?

—¡No! Eso es ridículo.

—El tribunal eclesiástico ha recibido una queja.

—¿De quién? —preguntó Caris al tiempo que sentía un escalofrío.

—No puedo decirlo, pero nos han pedido que investiguemos el caso.

Caris se quedó desconcertada. ¿Quién podía desearle mal a Mattie?

—Bueno, tú sabes mejor que nadie lo bien que van los remedios de Mattie puesto que le salvó la vida a tu hermana cuando dio a luz a Sam. De no haber sido por ella, Gwenda habría muerto desangrada.

—Eso parece.

—¿Cómo que eso parece? Gwenda está viva, ¿no es así?

—Claro. Así, ¿estás segura de que Mattie no invoca al diablo?

Caris notó que había formulado la pregunta con la voz algo alzada, como para asegurarse de que todos los congregados lo oyeran. Estaba perpleja, pero no dudó al dar la respuesta.

—¡Pues claro que estoy segura! Si quieres, lo juro.

—No es necesario —dijo Philemon en tono suave—. Gracias por tu ayuda. —Inclinó la cabeza haciendo una especie de reverencia y desapareció.

Caris y Merthin se dirigieron a la salida.

—¡Menudo disparate! —exclamó Caris—. ¡Mattie una bruja!

Merthin parecía preocupado.

—Supongo que imaginas que Philemon trata de conseguir pruebas contra ella, ¿no?

—Sí.

—Entonces, ¿por qué te ha preguntado a ti? Debería de haber pensado que tú serías la primera en negar la acusación. ¿Por qué querría limpiar su nombre?

—No lo sé.

Pasaron junto a la gran puerta oeste y salieron al jardín. El sol brillaba sobre los cientos de puestos abarrotados de vistosos productos.

—No tiene sentido —opinó Merthin—. Y me inquieta.

—¿Por qué?

—Pasa igual que con el problema de construcción del pasillo sur. Si no lo ves, es posible que vaya haciendo mella hasta que la cosa no tenga remedio. Y no serás consciente de ello hasta que todo a tu alrededor se desmorone.

El paño color escarlata del puesto de Caris no era de tan buena calidad como el que vendía Loro Fiorentino, aunque hacía falta entender mucho de lana para apreciar la diferencia. El tejido no era tan tupido porque los telares italianos eran algo superiores. El color resultaba igual de vistoso, pero no lucía la misma uniformidad en toda la longitud de la pieza, sin duda porque los tintoreros italianos estaban más cualificados. En consecuencia, ella lo vendía una décima parte más barato que el italiano.

Con todo, era el paño escarlata de procedencia inglesa más bonito que se había visto nunca en Kingsbridge, con lo cual el negocio iba viento en popa. Mark y Madge la vendían al detalle por metros, medían y cortaban la cantidad que los clientes necesitaban, y Caris se ocupaba de la venta al por mayor, negociando una rebaja según los pañeros de Winchester, Gloucester e incluso Londres se quedaran un rollo o seis.

Cuando la actividad disminuyó hacia la hora de comer, Caris dio un paseo por la feria. La invadió una profunda satisfacción. Había vencido a la adversidad, y Merthin también. Se detuvo frente al puesto de Perkin para hablar con los aldeanos de Wigleigh. Gwenda también había tenido éxito. Allí estaba, casada con Wulfric —lo que en un tiempo le había parecido imposible— y con su pequeño de un año, Sammy; sentada en el suelo, gruesa y feliz. Annet vendía huevos dispuestos en una bandeja, como siempre. Ralph se había marchado a Francia para luchar en el bando del rey y tal vez no volviera nunca.

Más adelante vio a Joby, el padre de Gwenda, que vendía pieles de ardilla. El hombre era muy cruel, pero según parecía ya no podía hacerle ningún daño a Gwenda.

Caris se detuvo frente el puesto de su padre. Ese año lo había convencido para que comprara menor cantidad de lana. Era probable que el mercado internacional no pudiera mantener su actividad cuando los franceses y los ingleses empezaran a asaltar mutuamente los puertos y a incendiar barcos.

—¿Cómo va el negocio? —le preguntó.

—No paro de vender —dijo—. Me parece que hemos tomado la decisión correcta. —Ya se le había olvidado que la decisión de obrar con prudencia la había tomado ella, no él; pero daba igual.

La cocinera, Tutty, apareció con la comida de Edmund: estofado de cordero, una rebanada de pan y una jarra de cerveza. Era importante dar apariencia de prosperidad sin excederse. Edmund le había explicado a Caris hacía muchos años que era bueno que los clientes confiaran en que el negocio donde adquirían los productos iba bien pero que no les gustaba contribuir a engrosar la fortuna de alguien que parecía nadar en la abundancia.

—¿Tienes hambre? —le preguntó.

—Muchísima.

El hombre se levantó para alcanzar el catino de estofado, pero empezó a tambalearse y, exhalando algo entre un gruñido y un grito, cayó al suelo.

La cocinera empezó a chillar.

—¡Papá! —gritó Caris, pero sabía que no respondería.

Por el modo en que yacía en el suelo, pesado e inerte como un fardo, sabía que estaba inconsciente. Luchó contra las ganas que la impelían a gritar y se arrodilló a su lado. Estaba vivo aunque su respiración era estertorosa. Le tomó la muñeca en busca del pulso: el golpeteo era fuerte pero lento. Tenía el rostro enrojecido; si bien era cierto que sus mejillas siempre mostraban cierto rubor, ahora el color era más intenso.

—¿Qué le ocurre? ¿Qué le ocurre? —se asustó Tutty.

Caris se esforzó por mantener la calma.

—Le ha dado un ataque —explicó—. Ve a avisar a Mark Webber para que lleve a mi padre al hospital.

La cocinera salió corriendo. Los comerciantes de los puestos cercanos se apiñaron alrededor. Entre ellos apareció Dick Brewer.

—Pobre Edmund... ¿Qué puedo hacer? —se ofreció.

Dick era demasiado viejo y estaba demasiado grueso para levantar a Edmund.

—Mark va a venir para llevarlo al hospital —explicó Caris, y se echó a llorar—. Espero que se ponga bien —dijo.

Entonces llegó Mark. Levantó a Edmund sin gran esfuerzo y, sosteniéndolo con suavidad sobre sus fuertes brazos, empezó a avanzar hacia el hospital. Se abrió paso entre la multitud gritando:

—¡A ver, cuidado! ¡Apartaos, por favor! Hay un hombre herido, un hombre herido.

Caris lo siguió, embargada por la aflicción. Las lágrimas le nublaban la vista y apenas la dejaban ver, así que se mantuvo cerca de las anchas espaldas de Mark. Llegaron al hospital y entraron. Caris se sintió aliviada al ver el familiar rostro enjuto de Julie la Anciana.

—¡Ve a buscar a la madre Cecilia! ¡Ve todo lo rápido que puedas! —la instó Caris.

La vieja monja salió corriendo y Mark colocó a Edmund sobre un camastro cercano al altar.

Edmund seguía inconsciente, con los ojos cerrados y la respiración entrecortada. Caris le apoyó la mano en la frente: no estaba ni fría ni caliente. ¿A qué se debería aquello? Había ocurrido de forma muy repentina. Estaba hablando tan tranquilo y, de pronto, yacía en el suelo inconsciente. ¿Cómo era posible que sucediera una cosa así?

La madre Cecilia llegó. Su afanosa eficiencia resultaba muy tranquilizadora. Se arrodilló junto al camastro, puso la mano en el corazón de Edmund y luego le asió la muñeca. Escuchó su respiración y le tocó el rostro.

—Trae una almohada y una manta —le ordenó a Julie—. Luego ve a buscar a uno de los monjes médico.

La mujer se puso en pie y se quedó mirando a Caris.

—Ha sufrido un ataque —dijo—. Es posible que se recupere, pero de momento todo cuanto podemos ofrecerle es comodidad. A lo mejor el médico recomienda que se le practique una sangría, pero aparte de eso lo único que podemos hacer es rezar.

A Caris no le pareció suficiente.

—Voy a buscar a Mattie —dijo.

Abandonó el edificio y se abrió paso por la feria mientras recordaba que había hecho exactamente aquello mismo el año anterior, cuando Gwenda se estaba desangrando. Esta vez quien estaba en apuros era su padre y el sentimiento de pánico resultaba diferente. Cuando Gwenda enfermó se preocupó mucho, pero no se sintió como si el mundo se estuviera viniendo abajo. El miedo de que su padre pudiera morir le causaba una sensación tan espantosa como la que a veces tenía en sueños cuando se veía sobre el tejado de la catedral de Kingsbridge sin otra forma de bajar que lanzándose al vacío de un salto.

El esfuerzo físico de correr por las calles la calmó un poco, y para cuando llegó a casa de Mattie había logrado controlar sus emociones. Mattie sabría qué hacer y diría: «Ya he visto esto otras veces, sé lo que va a ocurrir. Éste es el tratamiento que necesita».

Caris llamó a la puerta. Al no recibir respuesta inmediata, trató de abrir y vio que el pestillo estaba descorrido. Entró a toda prisa gritando:

—¡Mattie! ¡Tienes que venir corriendo al hospital! ¡Es mi padre!

La primera cámara estaba desierta. Caris apartó la cortina y echó un vistazo a la cocina. Mattie tampoco estaba allí.

—¿Por qué tenías que salir justo ahora? —gritó la muchacha.

Miró alrededor en busca de algo que le indicara adónde había ido. Entonces se percató de lo vacío que estaba todo. No vio rastro de los pequeños tarros ni de los frascos; en las estanterías no había nada. Ninguno de los almireces y las manos de mortero que Mattie utilizaba para machacar los ingredientes se encontraba en su sitio, ni tampoco los cacillos en los que hervía y preparaba las disoluciones o los cuchillos con que picaba las hierbas medicinales. Caris retrocedió hasta la parte frontal de la casa y observó que los efectos personales de Mattie también habían desaparecido. No estaba su costurero, ni los cuencos de madera en los que servía el vino, ni la manteleta bordada que había colgado en la pared para decorarla, ni el peine de hueso grabado que atesoraba.

Mattie había recogido sus cosas y se había marchado.

Caris imaginaba por qué lo había hecho. A sus oídos habrían llegado las preguntas que Philemon le había hecho el día anterior en la iglesia. El tribunal eclesiástico solía celebrar una sesión el sábado de la feria del vellón. Dos años atrás los monjes habían aprovechado la ocasión para juzgar a Nell la Loca por haber sido acusada absurdamente de herejía.

Mattie no era ninguna hereje, evidentemente, pero resultaba muy difícil demostrar una cosa así, tal como muchas ancianas habían experimentado. Debía de haber sopesado las posibilidades de salir airosa de un juicio y la respuesta la habría aterrado. Por eso, sin decir nada a nadie, debía de haber empaquetado sus cosas y abandonado la ciudad. Era probable que se hubiera cruzado con algún campesino que regresaba a su casa tras vender sus productos y lo hubiera convencido para que la llevara en su carro de bueyes. Caris se la imaginó partiendo al alba, encima del carro, junto a la caja en la que había guardado sus efectos y con la capucha de su manto ocultándole el rostro. Nadie podría adivinar adónde había ido.

—¿Qué voy a hacer? —dijo Caris en la habitación desierta.

Mattie era quien mejor sabía cómo curar enfermos en todo Kingsbridge. Había desaparecido en el peor momento, justo cuando Edmund yacía inconsciente en el hospital. Caris estaba desesperada.

Se sentó en la silla de Mattie, con la respiración todavía agitada a causa de la carrera. Quería volver corriendo al hospital, pero no serviría de nada. Ella no podía ayudar a su padre. Nadie podía ayudarlo.

En la ciudad debía de haber algún curandero, pensó; alguien que no creyera en las plegarias, en el agua bendita ni en las sangrías y que se limitara a poner en práctica remedios que habían demostrado ser eficaces. Allí, sentada en la desierta casa donde había habitado Mattie, se le ocurrió que había una persona que podía hacer las veces de melecinero, alguien que conocía los métodos de Mattie y que creía en su espíritu práctico. Esa persona era la propia Caris.

El pensamiento bullía en su interior, tan cegador como una revelación, y la muchacha permaneció sentada en completo silencio mientras reflexionaba sobre las abrumadoras implicaciones. Conocía la receta de la mayoría de las pócimas de Mattie: una servía para aplacar el dolor, otra para provocar el vómito; una limpiaba las heridas, otra bajaba la fiebre. Sabía para qué servían las principales hierbas medicinales: eneldo contra la indigestión, hinojo contra la fiebre; la ruda remediaba la flatulencia y el berro, la infertilidad. También sabía cuáles eran los tratamientos que Mattie nunca prescribía: los emplastos de estiércol, las medicinas que contenían oro o plata, los versos escritos en vellón y aplicados a la parte del cuerpo que había que sanar.

Además, se le daba bien. La madre Cecilia lo había reconocido y prácticamente le había rogado que se hiciera monja. Pues bien, no iba a ingresar en el priorato pero tal vez pudiera ocupar el puesto de Mattie. ¿Por qué no? Mark Webber podía encargarse de los telares; de hecho, ya se ocupaba de la mayor parte del trabajo.

Iría en busca de otras sanadoras a Shiring, a Winchester, tal vez incluso a Londres, y les haría preguntas sobre sus métodos, sobre qué funcionaba y qué no. Los hombres se guardaban para sí sus habilidades o «misterios», tal como ellos los llamaban, como si para curtir pieles o forjar herraduras hiciera falta un poder sobrenatural. Las mujeres, en cambio, solían mostrarse predispuestas a compartir sus conocimientos con otras mujeres.

Había leído algunos de los textos antiguos de los monjes y en ellos debía de haber algo de verdad. Tal vez el sexto sentido que la madre Cecilia le atribuía la ayudara a distinguir los tratamientos efectivos de la palabrería monacal.

Se puso en pie y salió de la casa. Recorrió el camino de vuelta despacio, temerosa de lo que pudiese encontrar al llegar al hospital. Tenía el ánimo fatalista. Tal vez su padre se hubiera recuperado o tal vez no. Todo cuanto podía hacer era perseverar en su propósito para, en el futuro, saber cómo ayudar a un ser querido cuando éste enfermara.

Contuvo las lágrimas mientras recorría la feria en dirección al priorato. Al entrar en el hospital, apenas se atrevió a mirar a su padre. Se acercó al camastro rodeado de gente. Allí estaban la madre Cecilia, Julie la Anciana, el hermano Joseph, Mark Webber, Petranilla, Alice y Elfric.

Sería lo que tuviera que ser, pensó. Dio un golpecito a su hermana Alice en el hombro y ésta se apartó para hacerle sitio. Al final, Caris miró a su padre.

Estaba vivo y había recobrado el conocimiento, aunque se le veía pálido y cansado. Tenía los ojos abiertos y la miraba fijamente mientras trataba de esbozar una débil sonrisa.

—Me parece que te he dado un buen susto —dijo—. Lo siento, cariño.

—¡Gracias, Dios mío! —gritó Caris. Y se echó a llorar.

El miércoles por la mañana, Merthin se dirigió al puesto de Caris consternado.

—Betty Baxter acaba de hacerme una pregunta muy extraña —dijo—. Quería saber quién iba a ponerse en contra de Elfric en la elección del mayordomo.

—¿Qué elección? —se extrañó Caris—. El mayordomo es mi padre... ¡Oh! —Se dio cuenta de lo que estaba sucediendo. Elfric andaba diciéndole a todo el mundo que Edmund era demasiado viejo y estaba demasiado enfermo para seguir desempeñando su cargo y que la ciudad necesitaba un nuevo mayordomo. Se presentaba a sí mismo como candidato—. Tengo que contárselo a mi padre enseguida.

Caris y Merthin abandonaron la feria y cruzaron la calle principal hasta la casa. Edmund había salido del hospital el día anterior aduciendo, y con razón, que los monjes no podían hacer nada excepto sangrarlo, lo cual sólo serviría para que empeorara. Lo habían llevado a casa y le habían preparado una cama en la planta baja, en la cámara principal.

Esa mañana se encontraba recostado sobre un montón de almohadones en la cama improvisada. Tenía un aspecto tan débil que Caris no sabía si importunarlo con las noticias, pero Merthin se sentó a su lado y le relató los hechos con concisión.

—Elfric tiene razón —respondió Edmund cuando Merthin hubo terminado—. Mírame, apenas puedo sostenerme sentado. La cofradía gremial necesita un líder fuerte. No es un cargo apto para un enfermo.

—¡Pronto estarás mejor! —exclamó Caris.

—Tal vez, pero me estoy haciendo viejo. Seguro que has notado lo distraído que me he vuelto. Se me olvidan las cosas, y me costó muchísimo reaccionar cuando la actividad comercial de la lana disminuyó. De hecho, el año pasado perdí un montón de dinero. Gracias a Dios, he recuperado mi fortuna con el paño escarlata, pero ese éxito te lo debo a ti, Caris.

Ella era plenamente consciente de todo, por supuesto, pero aun así estaba indignada.

—Así que piensas dejar que Elfric te sustituya.

—No exactamente. Sería un desastre, le hace demasiado caso a Godwyn. Aunque seamos un burgo, seguiremos necesitando un mayordomo capaz de hacer frente al priorato.

—¿Quién podría hacer el trabajo?

—Habla con Dick Brewer. Es uno de los ciudadanos más ricos, y el mayordomo debe serlo para ganarse el respeto de los otros mercaderes. A Dick no le asusta Godwyn ni ninguno de los monjes. Sería un buen líder.

Caris se mostró reticente a hacer lo que su padre le decía. Le parecía que estaba aceptando su propia muerte. No recordaba un tiempo en que su padre no hubiera sido mayordomo de Kingsbridge y no quería que las cosas cambiaran.

Merthin comprendía su reticencia, pero la apremió.

—Tenemos que aceptarlo —dijo—. Si hacemos caso omiso de lo que ocurre, Elfric acabará ocupando el cargo. Será un desastre, al vez incluso llegara a retirar la solicitud del fuero municipal.

Eso la hizo decidirse.

—Tienes razón —convino—. Vamos a ver a Dick.

Dick Brewer tenía diferentes carros situados en distintos lugares de la feria del vellón, cada uno cargado con un enorme barril. Sus hijos, nietos y familia política vendían cerveza directamente de los barriles con la misma rapidez con la que eran capaces de servirla. Caris y Merthin lo encontraron dando ejemplo: bebía cerveza propia de una gran cantarilla mientras observaba a su familia ganar dinero para él. Lo llevaron a un sitio un poco apartado y le contaron lo que sucedía.

—Supongo que, cuando tu padre muera, su fortuna quedará dividida a partes iguales entre tu hermana y tú, ¿no?

—Sí. —Edmund le había explicado a Caris que eso era lo que había hecho constar en el testamento.

—Cuando Alice sume la herencia a la fortuna de Elfric, serán muy ricos.

Caris se percató de que la mitad del dinero que estaba ganando con su paño escarlata iría a parar a manos de su hermana. No lo había pensado antes porque no se le había ocurrido que su padre fuera a morir. La idea la consternó. El dinero en sí no tenía gran importancia para ella, pero no quería contribuir a que Elfric fuera el siguiente mayordomo.

—No se trata de elegir al hombre más rico —repuso—. Necesitamos a alguien capaz de respaldar a los mercaderes.

—Entonces hace falta otro candidato —dedujo Dick.

—¿Te presentarás? —le preguntó Caris sin rodeos.

El hombre negó con la cabeza.

—No te molestes en tratar de persuadirme. Al final de esta semana voy a traspasar el negocio a mi hijo mayor. Pienso pasarme el resto de mis días bebiendo cerveza en lugar de elaborándola. —Dio un gran trago de la jarra y, satisfecho, soltó un eructo.

Caris supo que tenía que aceptar su decisión, parecía muy seguro.

—¿Quién crees que podría recibir bien la propuesta? —le preguntó.

—Sólo hay una posibilidad —respondió el hombre—. Tú.

—¿Yo? ¿Por qué yo?

—Tú eres quien está detrás de la campaña para conseguir un fuero municipal. El puente que ha construido tu prometido ha salvado la feria del vellón y tus telares han devuelto en gran parte la prosperidad a la ciudad después de la caída de la lana. Eres la hija del actual mayordomo y, aunque el cargo no es hereditario, la gente cree que los líderes engendran líderes. Y tienen razón. De hecho, has estado ejerciendo el cargo de mayordomo desde hace casi un año, cuando a tu padre empezaron a fallarle las fuerzas.

—¿Ha habido alguna vez una mujer mayordomo en la ciudad?

—Que yo sepa, no; ni tampoco ninguno tan joven como tú. Ambas cosas pesarán en tu contra, y no digo que vayas a ganar. Lo que digo es que nadie tiene más posibilidades de derrotar a Elfric.

Caris se sentía un poco mareada. ¿Era posible? ¿Sería capaz de hacer el trabajo? ¿Y qué ocurriría entonces con su propósito de convertirse en sanadora? ¿No habría otras personas en la ciudad más capacitadas que ella para desempeñar el cargo de mayordomo?

—¿Qué te parece Mark Webber? —propuso.

—Sería bueno, sobre todo teniendo una esposa tan perspicaz. Pero la gente sigue viendo a Mark como un simple tejedor.

—Ahora las cosas le van muy bien.

—Gracias a tu paño escarlata. Pero la gente desconfía de los nuevos ricos. Dirían que Mark es un simple tejedor con ínfulas. Quieren a un mayordomo de buena familia, alguien cuyo padre haya sido rico, y a ser posible, también su abuelo.

Caris tenía muchas ganas de vencer a Elfric, pero no confiaba del todo en su capacidad. Pensó en la paciencia y la sagacidad de su padre, en su carácter efusivo y su energía inagotable. ¿Poseía ella también esas cualidades? Miró a Merthin.

—Serías el mejor mayordomo que la ciudad ha tenido jamás —opinó él.

Su confianza ciega la hizo decidirse.

—Muy bien —resolvió—. Me presentaré.

Godwyn invitó a Elfric a cenar con él el viernes de la feria. Encargó una cena muy cara: cisne con jengibre y miel. Philemon les sirvió y luego se sentó con ellos a la mesa.

Los ciudadanos habían decidido elegir un nuevo mayordomo y, en un período de tiempo extraordinariamente corto, dos candidatos se habían erigido en los principales aspirantes: Elfric y Caris.

Elfric no le caía bien a Godwyn, pero le resultaba útil. No era un constructor especialmente bueno, pero había conseguido congraciarse con el prior Anthony y así había logrado que lo contrataran para llevar a cabo todas las reparaciones de la catedral. Cuando Godwyn lo sustituyó en el cargo, vio en Elfric un servil adulador y por eso lo mantuvo allí. Elfric no era muy querido, pero empleaba o subcontrataba a la mayoría de los albañiles y proveedores de la ciudad, y ellos lo trataban bien para que les diera trabajo. Al haberse ganado su confianza, todos querían que siguiera ocupando una posición que les garantizara un trato de favor, lo cual suponía una gran base de poder.

—No me gusta la incertidumbre —dijo Godwyn.

Elfric probó el cisne y emitió un sonido elogioso.

—¿A qué os referís?

—A la elección del nuevo mayordomo.

—Por su naturaleza, toda elección resulta incierta… A menos que sólo haya un candidato.

—Yo lo preferiría.

—Y yo también; si el candidato fuera yo, por supuesto.

—Eso es lo que te propongo.

Elfric levantó la vista del plato.

—¿De verdad?

—Dime, Elfric, ¿con todas tus fuerzas deseas ser mayordomo?

Elfric tragó lo que tenía en la boca.

—Lo deseo. —Su voz sonó algo ronca, así que dio un sorbo de vino—. Me lo merezco —prosiguió, con un amago de indignación en el tono—. Soy tan bueno como cualquiera de ellos, ¿no es así? ¿Por qué no puedo ser mayordomo?

—¿Seguirás adelante con la petición del fuero municipal?

Elfric se lo quedó mirando. Pensativo, respondió:

—¿Me estáis pidiendo que retire la solicitud?

—Si sales elegido mayordomo, sí.

—¿Y os ofrecéis a ayudarme a conseguirlo?

—Sí.

—¿Cómo?

—Eliminando al otro candidato.

Elfric lo miró con escepticismo.

—No veo cómo vais a lograrlo.

Godwyn le hizo una señal con la cabeza a Philemon, y éste intervino:

—Creo que Caris es una hereje.

Elfric dejó caer el cuchillo.

—¿Pensáis juzgar a Caris por bruja?

—No debes hablar con nadie de esto —le advirtió Philemon—. Si lo sabe de antemano, se dará a la fuga.

—Como hizo Mattie Wise.

—He conseguido que unos cuantos ciudadanos crean que Mattie ha sido apresada y que es a ella a quien el tribunal eclesiástico va a juzgar el sábado. Sin embargo, en el último momento, la acusada será otra.

Elfric asintió.

—Y al tratarse de un tribunal eclesiástico, no habrá lugar a censuras ni críticas —dijo. Se volvió hacia Godwyn—. Vos seréis el juez.

—Por desgracia, no —respondió Godwyn—. Lo presidirá el obispo Richard. Por eso tenemos que poder demostrarlo muy bien.

—¿Acaso existen pruebas? —preguntó Elfric con desconfianza.

—Algunas —respondió Godwyn—, pero necesitaríamos más. Con lo que tenemos bastaría si la acusada fuera una anciana sin familia ni amigos, como Nell la Loca. Sin embargo, Caris es muy popular y procede de una familia rica e influyente; en fin, no hace falta que te lo explique.

—Tenemos mucha suerte de que su padre esté demasiado enfermo para levantarse de la cama —terció Philemon—. Dios lo ha dispuesto todo para que no pueda defenderla.

Godwyn asintió.

—De todas formas, tiene muchos amigos. Por eso necesitamos pruebas convincentes.

—¿En que estáis pensando? —dijo Elfric.

Philemon respondió por él.

—Sería de gran ayuda que un miembro de su familia declarara que la muchacha invoca al diablo, o que da la vuelta a crucifijos, o que habla con espíritus en alcobas vacías.

Por un momento, Elfric pareció no entenderlo; sin embargo, enseguida cayó en la cuenta.

—¡Oh! —exclamó—. ¿Os referís a mí?

—Piénsatelo muy bien antes de contestar.

—Me estáis pidiendo que os ayude a enviar a mi cuñada al Cruce de la Horca.

—A tu cuñada, mi prima. Sí —respondió Godwyn.

—Muy bien. Estoy pensando.

Godwyn observó en el rostro de Elfric ambición, codicia y vanagloria, y se maravilló de la forma en que Dios utilizaba las debilidades de los hombres para Su sagrado propósito. Se imaginaba lo que Elfric estaba pensando. El cargo de mayordomo resultaba gravoso para un hombre desinteresado como Edmund, que ejercía el poder para beneficio de los mercaderes de la ciudad. Sin embargo, a alguien que actuaba movido por el oportunismo le ofrecía innumerables opciones para aprovecharse y engreírse.

Philemon prosiguió con voz suave y serena:

—Si nunca has observado nada sospechoso, lo dejaremos aquí, por supuesto. Pero te pido que agudices bien la memoria.

Godwyn volvió a notar lo mucho que Philemon había aprendido en los dos últimos años. El torpe sirviente del priorato se había desvanecido y ahora hablaba igual que un arcediano.

—Tal vez hayan ocurrido incidentes que en su momento aparentemente carecían de importancia pero que adquieren un cariz siniestro en virtud de lo que hoy has sabido. Meditándolo a fondo, tal vez llegues a la conclusión de que esos acontecimientos no sean tan irrelevantes como lo parecían al principio.

—Ya lo entiendo, hermano —dijo Elfric.

Se hizo un largo silencio. Ninguno de ellos comió. Godwyn aguardó pacientemente a que Elfric tomara una decisión.

—Y, por supuesto, si Caris muere, toda la fortuna de Edmund irá a parar a Alice, su hermana… y esposa tuya —añadió Philemon.

—Sí —convino Elfric—. Ya lo he pensado.

—¿Y bien? —lo instó Philemon—. ¿Se te ocurre algo que pueda ayudarnos?

—Oh, sí, ya lo creo —dijo Elfric al fin—. Se me ocurren muchas cosas.

42

Caris no consiguió averiguar la verdad acerca de Mattie Wise. Algunos decían que la habían capturado y que la habían encerrado en una celda del priorato, otros pensaban que iban a juzgarla aunque no estuviera presente, mientras que una tercera corriente de opinión aseguraba que en el juicio por herejía el acusado iba a ser alguien que nada tenía que ver con ella. Godwyn se negó a responder a las preguntas de Caris y el resto de los monjes decía no saber nada.

La muchacha se dirigió a la catedral el sábado por la mañana, decidida a defender a Mattie estuviera o no presente y a hacer lo propio con cualquier otra pobre anciana sometida a una acusación tan absurda como aquélla. ¿Por qué los monjes y los sacerdotes odiaban tanto a las mujeres? Rendían culto a la Santa Virgen pero trataban a cualquier otra fémina como si fuera la reencarnación del propio diablo. ¿Qué les sucedía?

En los tribunales seculares había un jurado encargado de evaluar la acusación y una audiencia preliminar, y Caris habría sabido de antemano cuáles eran las pruebas contra Mattie. Sin embargo, la Iglesia dictaba sus propias reglas.

Fuera lo que fuese lo que alegaran, Caris diría alto y claro que Mattie era una verdadera sanadora que utilizaba hierbas y sustancias medicamentosas y aconsejaba a la gente que pidiera a Dios que la ayudara a sanar. Seguro que algunos de los muchos ciudadanos a quienes Mattie había asistido se pronunciarían a su favor.

Caris permaneció de pie en el crucero norte, junto a Merthin, y recordó aquel sábado de hacía dos años en que se había celebrado el juicio de Nell la Loca. Ella había reconocido ante el tribunal que Nell estaba ida pero también había asegurado que era inofensiva. Sin embargo, no había servido de nada.

Ese día, igual que entonces, una gran multitud formada por ciudadanos y visitantes se había congregado en la catedral ansiosa por presenciar un drama: acusaciones, protestas, discusiones, histerismo, insultos y el espectáculo que suponía ver cómo azotaban a una mujer por las calles antes de colgarla en el Cruce de la Horca. Fray Murdo estaba presente. Siempre se presentaba en los juicios sensacionalistas porque le brindaban la oportunidad perfecta de hacer lo que mejor se le daba: despertar la histeria colectiva.

Mientras esperaban al clero, Caris dejó vagar la imaginación. Al día siguiente, en aquella misma iglesia, se casaría con Merthin. Betty Baxter y sus cuatro hijas estaban ya trabajando con afán para preparar el pan y el pastel que ofrecerían en el banquete. A la noche siguiente, dormiría junto con Merthin en su casa de la isla de los Leprosos.

El matrimonio había dejado de preocuparle. Había tomado una decisión y aceptaría las consecuencias. En realidad, se sentía muy feliz. A veces se extrañaba de que algo así hubiera podido asustarla tanto. Merthin no era capaz de esclavizar a nadie, pues no encajaba en absoluto con su forma de ser. De hecho, trataba con amabilidad incluso a Jimmie, su ayudante.

Por encima de todo, le encantaba la intimidad de sus relaciones sexuales. Era lo mejor que le había pasado en la vida. De lo que más ganas tenía era de tener una casa y una cama para ellos solos y así poder hacer el amor cuando les viniera en gana, al acostarse o al despertarse, a media noche o incluso en pleno día.

Al fin entraron los hermanos y las monjas, y al frente de ellos el obispo Richard y su ayudante, el arcediano Lloyd. Cuando hubieron tomado asiento, el prior Godwyn se puso en pie y anunció:

—Nos hemos reunido hoy aquí para demostrar la acusación de herejía presentada contra Caris, la hija de Edmund Wooler.

La multitud profirió un grito ahogado.

—¡No! —gritó Merthin.

Todo el mundo se volvió a mirar a Caris, atenazada por el pánico. No había sospechado nada y la realidad la golpeó como un puñetazo inesperado. Perpleja, preguntó:

—¿Por qué?

Pero nadie le contestó.

Recordó la advertencia de su padre acerca de la actitud extremista con que Godwyn reaccionaría ante la amenaza de un fuero municipal. «Ya sabes lo implacable que se muestra incluso en las disputas más nimias —había dicho Edmund—. Una cosa semejante desembocará en una auténtica guerra.» Caris se estremeció al acordarse de cuál había sido su respuesta: «Pues muy bien; si quiere guerra la tendrá».

Con todo, las posibilidades de que Godwyn se saliera con la suya habrían sido escasas si su padre gozara de buena salud. Edmund habría luchado hasta paralizar a Godwyn y con toda probabilidad habría acabado con él. Sin embargo, el hecho de que Caris se encontrara sola cambiaba las cosas; no contaba con el poder de su padre, con su autoridad y el apoyo popular, todavía no. Sin él, resultaba muy vulnerable.

Vio a su tía Petranilla entre la muchedumbre. Era una de las pocas personas que no miraba a Caris. ¿Cómo era posible que permaneciera en silencio? Era lógico que, en general, apoyara a su hijo Godwyn, pero a buen seguro le pararía los pies, puesto que trataba de condenarla a muerte, ¿no era así? Una vez había afirmado incluso que deseaba ser como una madre para ella, ¿acaso no lo recordaba? No, algo le hacía pensar que no. Sentía demasiada devoción por su hijo y por eso no era capaz de mirar a Caris a los ojos. Había tomado de antemano la decisión de no interponerse en el camino de Godwyn.

Philemon se levantó.

—Monseñor —empezó, dirigiéndose al juez, aunque enseguida se volvió hacia la muchedumbre—. Como todo el mundo sabe, Mattie Wise ha huido temerosa de que la juzgaran ante su culpabilidad. Caris, la acusada, ha acudido con regularidad a casa de Mattie durante años y hace tan sólo unos días defendió a la mujer en esta misma catedral, de lo cual hay testigos.

Por eso Philemon le había hecho aquellas preguntas sobre Mattie, pensó Caris. Miró a Merthin a los ojos. El muchacho se había mostrado receloso ante el interrogatorio del monje, preguntándose qué diablos tramaba, y ahora se evidenciaba que tenía buenos motivos.

Al mismo tiempo, una parte de ella no salía de su asombro ante la transformación sufrida por Philemon. El muchacho torpe e infeliz había dado paso a un hombre arrogante y seguro de sí mismo capaz de situarse frente al obispo, el prior y la ciudadanía dispuesto a arrojar tanto veneno como una serpiente a punto de atacar.

—Se prestó a jurar que Mattie no es ninguna bruja. ¿Por qué lo habría hecho, sino para ocultar su propia culpabilidad? —dijo Philemon.

—¡Porque es inocente, y Mattie también, mendaz hipócrita! —protestó Merthin.

La intervención podría haberle costado el cepo, pero otros gritaban al mismo tiempo que él y el insulto quedó sin respuesta.

Philemon prosiguió:

—En los últimos días, Caris ha conseguido teñir milagrosamente la lana del tono escarlata italiano, algo que los tintoreros ingleses no habían conseguido jamás. ¿Cómo creéis que lo ha logrado? ¡Gracias a una fórmula mágica!

Caris oyó la voz ronca de Mark Webber.

—¡Eso es mentira!

—Como no puede hacerlo durante el día, anoche encendió una hoguera en el patio de su casa, tal como los vecinos apreciaron.

Caris tuvo el presentimiento de que Philemon, con gran diligencia, había interrogado a sus propios vecinos.

—Y se puso a entonar unas extrañas rimas. ¿Por qué? —Para no aburrirse, Caris cantaba mientras sumergía los paños en agua hirviendo, pero Philemon tenía la habilidad de transformar una banalidad inocente en una prueba de maldad. Bajó la voz hasta un susurro afectados de misterio y prosiguió—: Porque, en secreto, pedía ayuda al príncipe de las tinieblas… —Alzó el tono hasta gritar—: ¡Lucifer!

La multitud emitió un enfervorizado grito de espanto.

—¡Es el color escarlata de Satanás!

Caris miró a Merthin. El muchacho se había quedado horrorizado.

—¡Los muy estúpidos empiezan a pensar que tiene razón! —exclamó.

Caris recobró el valor.

—No desesperes —lo tranquilizó—. Yo también tengo cosas que decir.

Él le tomó la mano.

—Ése no es el único conjuro que ha pronunciado —prosiguió Philemon en un tono más normal—. Mattie Wise preparaba elixires de amor. —Se volvió alrededor con mirada acusatoria—. Seguro que en esta iglesia hay más de una muchacha cruel que ha hecho uso de los poderes de Mattie para seducir a algún hombre.

«Incluida tu propia hermana», pensó Caris. ¿Lo sabría Philemon?

—Esta novicia va a presentar su testimonio —anunció.

Elizabeth Clerk se puso en pie. Con la voz queda y los ojos fijos en el suelo, era la viva estampa de la modestia monjil.

—Juro por mi salvación decir la verdad —empezó—: Merthin Builder era mi prometido.

—¡Mentirosa! —gritó Merthin.

—Estábamos enamorados y éramos muy felices juntos —prosiguió Elizabeth—. De pronto, él empezó a cambiar, me parecía un extraño. Me trataba con mucha frialdad.

—¿Os extrañó alguna otra cosa de él, hermana? —preguntó Philemon.

—Sí, hermano. Le vi manejar el cuchillo con la mano izquierda.

La multitud lo comprendió enseguida: la zurdera era una señal inequívoca de que alguien estaba embrujado. Sin embargo, en realidad —tal como Caris sabía bien— Merthin era ambidiestro.

—Luego me dijo que iba a casarse con Caris —explicó Elizabeth.

Caris pensó que resultaba asombroso con qué facilidad podía tergiversarse la verdad para que resultara siniestra. Ella tenía muy claro lo que había ocurrido: Merthin y Elizabeth habían sido amigos hasta que ésta le había expresado su deseo de querer ir más allá de la simple amistad, ante lo cual él le había confesado que su amor no era correspondido y por eso se habían distanciado. Sin embargo, era mucho más efectista atribuirlo a un embrujo satánico.

Elizabeth debía de estar convencida de que decía la verdad, pero Philemon sabía que todo era mentira, y a Philemon lo utilizaba Godwyn. ¿Cómo era posible que tanta maldad permitiera al prior mantener la conciencia tranquila? ¿Acaso se decía a sí mismo que el bien del priorato justificaba cualquier cosa?

—Sé que jamás podré amar a ningún otro hombre, por eso decidí entregar mi vida a Dios —terminó Elizabeth y se sentó.

El testimonio resultaba una prueba muy convincente y, consciente de ello, Caris cayó presa de la desesperanza y su ánimo se ensombreció como el cielo en invierno. El hecho de que Elizabeth se hubiera hecho monja confería mayor credibilidad a su declaración. Ejercía una especie de chantaje emocional: ¿cómo no vais a creerme después del enorme sacrificio que he hecho?

La multitud guardaba más silencio que antes. Aquello no era equiparable al alegre espectáculo que representaba el hecho de contemplar cómo condenaban a una vieja chalada. Lo que estaban presenciando era una lucha en la que estaba en juego la vida de una conciudadana.

Philemon intervino en ese momento.

—La prueba irrefutable, monseñor, la aporta el testimonio final, un miembro de la propia familia de la acusada: su cuñado, Elfric Builder.

Caris sofocó un grito. Ya la habían acusado su primo, Godwyn, y el hermano de su mejor amiga, Philemon; y también Elizabeth. Pero lo que estaba a punto de suceder era mucho peor, pues el hecho de que el marido de su hermana se pronunciara en su contra era una auténtica traición. Seguro que después de aquello nadie volvería a respetar a Elfric.

El hombre se puso en pie. La expresión desafiante de su rostro hizo notar a Caris que se avergonzaba de sí mismo.

—Juro por mi salvación decir la verdad —empezó.

Caris buscó con la mirada a su hermana, Alice, pero no la vio. Seguro que si hubiera estado allí le habría parado los pies a Elfric, y sin duda él la había hecho quedarse en casa con cualquier excusa. Era probable que no supiera nada de todo aquello.

—Caris habla con seres invisibles en cámaras desiertas —aseguró Elfric.

—¿Con espíritus? —apuntó Philemon.

—Me temo que sí.

Se oyó un murmullo de horror procedente de la multitud.

Caris era consciente de que muchas veces hablaba sola y, aunque se avergonzaba un poco de ello, siempre había pensado que era un hábito inofensivo. Su padre opinaba que era frecuente en las personas con gran capacidad imaginativa. Sin embargo, ahora utilizaban aquella costumbre para condenarla. Reprimió una protesta. Era mejor dejar que el juicio siguiera su curso, luego refutaría todas las acusaciones, una a una.

—¿Cuándo lo hace? —preguntó Philemon a Elfric.

—Cuando cree que está sola.

—¿Y qué dice?

—Resulta difícil entenderla. Creo que habla en otro idioma.

La muchedumbre también reaccionó ante aquella afirmación, pues se decía que las brujas y sus familiares se comunicaban en un idioma propio que nadie más era capaz de entender.

—¿Qué te parece que dice?

—A juzgar por su tono de voz, pide ayuda; pide tener buena suerte y maldice a los que causan sus infortunios. Ese tipo de cosas.

—¡Eso no prueba nada! —gritó Merthin. Todo el mundo se lo quedó mirando, y él aprovechó para añadir—: ¡Ha reconocido que no la entiende! ¡Se lo está inventando!

Se oyó un rumor de consenso por parte de los ciudadanos más sensatos, pero no resultó tan audible ni indignado como a Caris le habría gustado.

El obispo Richard habló por primera vez.

—Callaos —ordenó—. Cualquier persona que interfiera en el proceso será expulsada por el alguacil. Continúa, por favor, hermano Philemon, pero no animes a los testigos a inventarse pruebas cuando admitan no conocer la verdad.

«Por lo menos demuestra imparcialidad», pensó Caris. Richard y su familia no sentían ningún aprecio por Godwyn después del revuelo que se había creado en torno a la boda de Margery, aunque, por otra parte, al tratarse de un clérigo era lógico que Richard no deseara que el priorato dejara de ejercer el control sobre la ciudad. Bueno, tal vez al menos se mostrara neutral en aquel asunto. Sus esperanzas aumentaron un poco.

Philemon se dirigió a Elfric.

—¿Crees que las presencias con las que habla la ayudan de algún modo?

—Es lo más probable —respondió Elfric—. Los amigos de Caris, las personas que gozan de su favor, son afortunadas. Merthin se ha convertido en un maestro constructor muy reconocido a pesar de que ni siquiera llegó a completar su formación como aprendiz de carpintero. Mark Webber era pobre y ahora es rico. La amiga de Caris, Gwenda, se ha casado con Wulfric pese a que él estaba prometido con otra muchacha. ¿Cómo es posible que sucedan esas cosas, si no es gracias a la ayuda sobrenatural?

—Gracias.

Elfric se sentó.

Mientras Philemon recapitulaba las pruebas, Caris luchó contra el terror creciente que la invadía. Trató de apartar de sí la visión de Nell la Loca recibiendo azotes detrás del carro y se esforzó por concentrarse en lo que alegaría en defensa propia. Podía reducir al absurdo todas y cada una de las afirmaciones que se habían hecho sobre ella, pero tal vez con eso no fuera suficiente. Tenía que explicar por qué aquellas personas mentían y exponer cuáles eran los motivos que las impulsaban a hacerlo.

Cuando Philemon terminó, Godwyn le preguntó si tenía algo que decir. Con una voz clara que expresaba mayor confianza de la que sentía, la muchacha respondió:

—Pues claro que tengo algo que decir.

Se abrió paso hasta situarse frente a la multitud; no pensaba permitir que sus acusadores monopolizaran la posición de dominio. Se tomó su tiempo e hizo que todos la esperaran. Luego, se dirigió al sitial y miró a Richard a los ojos.

—Monseñor: juro por mi salvación decir la verdad. —Se volvió hacia los allí congregados y añadió—: He notado que Philemon no lo ha hecho.

Godwyn la interrumpió:

—Es un monje, no hace falta que preste juramento.

Caris alzó la voz:

—¡Mejor para él! ¡De otro modo, ardería en el infierno por todas las mentiras que hoy ha dicho!

«Un punto a mi favor», pensó y sintió renacer sus esperanzas.

Se dirigió a la multitud. Aunque le correspondía al obispo tomar la decisión, la reacción de la ciudadanía le influiría mucho puesto que no era un hombre de nobles principios.

—Mattie Wise ha ayudado a sanar a muchas personas de esta ciudad —empezó—. Hace dos años, el día en que el puente se derrumbó, ella fue una de las primeras en atender a los heridos junto con la madre Cecilia y las monjas. Al mirar hoy a las personas reunidas en esta iglesia, veo a muchos a quienes su ayuda benefició en aquel terrible momento. ¿Alguien la oyó invocar al diablo ese día? Si es así, que hable.

Hizo una pausa para que el silencio se grabara en las mentes de su auditorio.

A continuación, señaló a Madge Webber.

—Mattie te dio una poción que le bajó la fiebre a tu hijo. ¿Qué te dijo entonces?

Madge parecía asustada. Nadie se sentía cómodo teniendo que testificar a favor de una persona acusada de brujería. Sin embargo, Madge le debía mucho a Caris. Se irguió, adoptó una actitud desafiante y declaró:

—Mattie me dijo lo siguiente: «Pide a Dios que te ayude, pues sólo Él es capaz de sanar».

Luego Caris señaló al alguacil.

—John: Mattie aplacó tu dolor cuando Matthew Barber tuvo que recolocarte los huesos rotos. ¿Qué te dijo?

John solía formar parte del bando acusador y también pareció incomodarse, pero dijo la verdad con voz clara:

—Me dijo: «Pide a Dios que te ayude, pues sólo Él es capaz de sanar».

Caris se volvió hacia la muchedumbre.

—Todo el mundo sabe que Mattie no es ninguna bruja. Philemon se pregunta por qué ha huido si eso es cierto. La respuesta es muy sencilla. Tenía miedo de que la gente contara mentiras sobre ella, igual que las han contado sobre mí. ¿Alguna de vosotras, mujeres, se sentiría tranquila si la acusaran de herejía y tuviera que demostrar su inocencia ante un tribunal formado por sacerdotes y monjes? —Miró alrededor y clavó los ojos en las mujeres más prominentes de la ciudad: Lib Wheeler, Sarah Taverner y Susanna Chepstow.

—Os explicaré por qué preparo el tinte de noche —prosiguió—. ¡Pues porque los días se me quedan cortos! Como muchos de vosotros, mi padre no consiguió vender toda la lana el año pasado y yo decidí convertir la materia virgen en algo que tuviera más demanda. Me costó mucho descubrir la fórmula pero al final lo conseguí trabajando muchas horas, día y noche… pero sin la ayuda de Satanás. —Hizo una pausa para tomar aliento.

Cuando reanudó su discurso, utilizó un tono de voz más dicharachero.

—Se me acusa de haber embrujado a Merthin. Tengo que admitir que los argumentos son convincentes, sólo tenéis que mirar a la hermana Elizabeth. Levántate, por favor, hermana.

De mala gana, Elizabeth se puso en pie.

—Es guapa, ¿verdad? —admitió Caris—. Y también es muy inteligente. Además, es hija de un obispo. ¡Oh, perdonadme, monseñor! No he querido ofenderos.

La multitud ahogó una risita ante el descarado ataque. Godwyn se mostró ultrajado pero el obispo Richard disimuló una sonrisa.

—La hermana Elizabeth no entiende por qué un hombre me prefiere a mí antes que a ella, ni yo tampoco. Por extraño que parezca, Merthin me ama tal como soy. Ni yo misma me lo explico. Siento que Elizabeth se lo haya tomado tan mal. Si viviéramos en los tiempos del Antiguo Testamento, Merthin podría tener dos esposas y todo el mundo sería feliz. —La gente rió abiertamente ante la ocurrencia. Caris aguardó a que el murmullo de risas se apagara y luego añadió en tono grave—: Sin embargo, lo que más siento es que los simples celos de una mujer despechada sirvan de pretexto a un novicio no muy de fiar para presentar un cargo tan serio como una acusación de herejía.

Philemon se puso en pie dispuesto a protestar por haber sido tachado de poco digno de confianza; no obstante, el obispo Richard lo acalló con un ademán y dijo:

—Déjala hablar, déjala hablar.

Caris decidió que ya había hablado bastante de Elizabeth y pasó al siguiente punto.

—Confieso que a veces utilizo un vocabulario vulgar cuando estoy sola, sobre todo si acabo de golpearme el dedo del pie. Pero tal vez os preguntéis por qué mi propio cuñado testifica en mi contra y os dice que en mis murmuros invoco a los espíritus del mal. Me temo que conozco la respuesta. —Hizo una pausa y adoptó un tono solemne—. Mi padre está enfermo. Si él muere, mi hermana y yo nos repartiremos su fortuna. Claro que si yo muero antes, mi hermana lo heredará todo. Y mi hermana es la esposa de Elfric.

Hizo una pausa y miró a la congregación con aire burlón.

—¿Os sorprende? —preguntó—. A mí también, pero hay hombres que matan por menos dinero.

Avanzó un poco, como si hubiera terminado, y Philemon se levantó del banco en el que estaba sentado. Entonces, Caris se volvió y se dirigió a él en latín.

—*Caput tuum in ano est.*

Los monjes prorrumpieron en carcajadas y Philemon se sonrojó.

Caris se volvió hacia Elfric.

—No me has entendido, ¿verdad, Elfric?

—No —respondió el hombre enfurruñado.

—Ya, y por eso crees que estaba hablando en algún idioma siniestro propio de brujas. —Se volvió hacia Philemon—. Hermano, tú sí que sabes en que lengua he hablado, ¿no es así?

—En latín —contestó Philemon.

—Tal vez puedas explicarnos qué acabo de decirte.

Philemon se volvió hacia el obispo, buscando su apoyo, pero Richard se estaba divirtiendo mucho y se limitó a decir:

—Responde a la pregunta.

Furioso, Philemon le obedeció.

—Ha dicho: «Tienes la cabeza en el culo».

Los ciudadanos estallaron en risas y Caris regresó a su sitio.

Cuando el ruido cesó, Philemon empezó a hablar, pero Richard le interrumpió.

—No necesito oír nada más de lo que tengas que decir —le espetó—. Has pronunciado una rotunda acusación contra la muchacha y ella ha construido una defensa contundente. ¿Hay alguien más que tenga algo que decir sobre este caso?

—Yo, monseñor. —Fray Murdo avanzó hacia delante. Algunos de los ciudadanos lo aclamaron y otros protestaron, y es que Murdo provocaba reacciones encontradas—. La herejía es nefasta —empezó a decir con la voz sonora característica de las prédicas—. Corrompe el alma de mujeres y hombres...

—Gracias, hermano, pero ya sé qué hace la herejía —lo interrumpió Richard—. ¿Tienes algo más que decir? Si no...

—Tan sólo eso —respondió Murdo—. Convengo y reitero...

—Pues si ya se ha dicho...

—... que, tal como vos habéis dicho, la acusación ha sido rotunda y la defensa también.

—En ese caso...

—Quiero proponer una solución.

—Muy bien, hermano Murdo, ¿de qué se trata? En pocas palabras.

—Que la examinen para ver si presenta la marca del diablo.

Caris creyó que se le había parado el corazón.

—Claro —convino el obispo—. Me parece que ya recomendaste lo mismo en otro juicio.

—Sí, monseñor, pues el diablo succiona con avidez la cálida sangre de sus acólitos con su tetina especial igual que un recién nacido succiona los pechos henchidos...

—Sí, gracias, hermano, no hacen falta más detalles. Madre Cecilia, ¿podéis tú y algunas de las monjas llevaros a la acusada para examinarla?

Caris se quedó mirando a Merthin. El muchacho había palidecido de horror. Ambos estaban pensando lo mismo.

Caris tenía un lunar.

Era diminuto, pero las monjas lo encontrarían... Y justo en uno de los lugares en que, según se creía, el diablo estaba más interesado: en la parte izquierda de su vulva, justo al lado de la abertura. Era de color marrón oscuro y el vello castaño rojizo de alrededor no conseguiría ocultarlo. La primera vez que Merthin lo había visto, había bromeado sobre él: «Fray Murdo creería que eres una bruja… Es mejor que no se lo enseñes». Y Caris se había echado a reír y le había respondido: «No lo haría aunque fuera el único hombre del mundo».

¿Cómo podían haber hablado con tanta despreocupación? Ahora la condenarían a muerte por su causa.

Miró a su alrededor desesperada. Habría salido corriendo, pero la rodeaban cientos de personas y algunas la habrían detenido. Vio que Merthin se llevaba la mano a la daga envainada en el cinturón, pero aunque ésta hubiera sido una espada y él un gran luchador —lo cual no era el caso—, no habría logrado abrirse paso entre una multitud semejante.

La madre Cecilia se le acercó y la tomó de la mano.

Caris decidió que escaparía en cuanto saliera de la iglesia; cruzaría el claustro y le resultaría fácil huir.

Entonces Godwyn dijo:

—Alguacil, elija a uno de sus ayudantes y escolten a la mujer hasta el lugar donde vayan a examinarla; luego aguarden en la puerta hasta que hayan terminado.

Cecilia no habría podido detener a Caris, pero dos hombres sí.

John miró a Mark Webber, que solía ser el preferido de sus ayudantes. Caris sintió un amago de esperanza, pues Mark era su leal amigo. Pero al parecer el alguacil pensó lo mismo, porque en lugar de a Mark eligió a Christopher Blacksmith.

Cecilia tiró son suavidad de la mano de Caris.

Como si caminara en sueños, la muchacha permitió que la guiara hasta el exterior de la iglesia. Salieron por la puerta norte; la hermana Mair y Julie la Anciana iban detrás de Cecilia y Caris, y John Constable y Christopher Blacksmith las seguían de cerca. Cruzaron el claustro, entraron en el convento de las monjas y se dirigieron al dormitorio. Los dos hombres aguardaron fuera.

Cecilia cerró la puerta.

—No hace falta que me examinéis —dijo Caris en tono monótono—. Tengo una marca.

—Ya lo sabemos —respondió Cecilia.

Caris frunció el entrecejo.

—¿Cómo lo sabéis?

—Nosotras te aseamos —dijo volviéndose hacia Mair y Julie—, las tres.

Fue cuando estuviste en el hospital hace dos años, por Navidad. Sufriste una intoxicación por algo que habías comido.

Cecilia no sabía —o fingía no saber— que Caris había ingerido una sustancia para interrumpir el embarazo. La mujer prosiguió:

—Vomitabas y tenías descomposición; te lo hacías todo encima y sangrabas sin parar. Tuvimos que lavarte muchas veces. Todas vimos el lunar.

La desesperación se apoderó de Caris, invadiéndola en una oleada incoercible. Cerró los ojos.

—Así, me condenaréis a muerte —dijo con la voz tan apagada que pareció un susurro.

—No necesariamente —respondió Cecilia—. Hay otra solución.

La aflicción embargaba a Merthin. Caris no tenía salida. La condenarían a muerte y él no podía hacer nada por impedirlo. No habría logrado rescatarla ni siquiera siendo Ralph, con sus anchos hombros, su espada y su afición por la violencia. Sabía dónde tenía Caris el lunar y estaba seguro de que las monjas lo encontrarían; de hecho, era el lugar que examinarían con más atención.

A su alrededor se elevaban las animadas conversaciones de la multitud. Las distintas personas se pronunciaban a favor o en contra de Caris, repitiendo el juicio, pero a él le parecía estar dentro de una burbuja y le costaba seguir cualquier argumentación. En sus oídos el rumor sonaba igual que el redoble de un centenar de tambores.

Se descubrió mirando a Godwyn y preguntándose qué estaría pensando. Merthin podía entender a los otros: Elizabeth se consumía de celos, a Elfric lo dominaba la avaricia y Philemon era la pura estampa de la malevolencia. Sin embargo, el prior lo tenía desconcertado. Godwyn había crecido junto a su prima Caris y sabía que no era ninguna bruja. A pesar de ello, estaba dispuesto a verla morir. ¿Cómo era posible que hiciera algo tan cruel? ¿Con qué excusa se engañaba? ¿Acaso se convencía de que todo era por la gloria de Dios? Había habido un tiempo en que Godwyn parecía imbuido del don del progresismo y la honradez, el remedio contra el conservadurismo intolerante del prior Anthony. Sin embargo, había resultado peor que éste: perseguía los mismos objetivos anticuados de manera más despiadada.

«Si Caris muere —pensó Merthin—, mataré a Godwyn.»

Sus padres se acercaron a él. Habían asistido a todo el juicio en la catedral. Su padre le dijo algo pero Merthin no lo entendió.

—¿Qué? —preguntó.

Entonces se abrió la puerta norte y la multitud guardó silencio. La madre Cecilia entró sola y cerró la puerta tras de sí. Se oyó un murmullo de curiosidad. ¿Qué sucedía?

Cecilia se dirigió al sitial del obispo.

—¿Y bien, reverenda madre? —preguntó Richard—. ¿Qué tienes que decir al tribunal?

—Caris ha confesado… —empezó Cecilia despacio.

De la muchedumbre procedió un clamor de asombro. Cecilia alzó la voz.

—Ha confesado sus pecados.

De nuevo reinó el silencio. ¿Qué significaba aquello?

—Pero ha recibido la absolución…

—¿De quién? —la cortó Godwyn—. ¡Una monja no puede otorgar la absolución!

—Del padre Joffroi.

Merthin conocía a Joffroi. Era el sacerdote de St. Mark, la iglesia de la que Merthin había reparado el tejado. Joffroi no sentía simpatía hacia Godwyn.

Pero ¿qué había ocurrido? Todo el mundo aguardaba a que Cecilia lo explicara.

La mujer prosiguió.

—Caris desea ingresar como novicia en el priorato.

Un nuevo clamor de asombro de los allí congregados la interrumpió, pero ella alzó la voz:

—Y yo he aceptado.

Se oyeron protestas airadas. Merthin vio a Godwyn desgañitándose, pero sus palabras no surtieron ningún efecto; Elizabeth se mostraba encolerizada; Philemon dirigió a Cecilia una mirada llena de odio; Elfric parecía perplejo y Richard, divertido. Él, por su parte, trataba de dilucidar las implicaciones. ¿Admitiría el obispo la decisión? Si así era, ¿significaba que había terminado el juicio? ¿Se había salvado Caris de la ejecución?

Al fin el murmullo se apagó. En cuanto su voz resultó audible, Godwyn habló con el rostro pálido de ira.

—¿Ha confesado o no ser una hereje?

—La confesión es sagrada —respondió Cecilia impasible—. No sé lo que le ha dicho al sacerdote, y aunque lo supiera no te lo contaría, ni a ti ni a nadie.

—¿Lleva la marca de Satanás?

—No la hemos examinado. —Merthin se apercibió de que la respuesta era una evasiva, pero la mujer se apresuró a añadir—: No ha sido necesario puesto que ha recibido la absolución.

—¡Eso es inaceptable! —bramó Godwyn, olvidándose de que era Philemon quien supuestamente mantenía la acusación—. ¡La reverenda madre no puede interferir en el proceso de esta manera!

—Gracias, padre prior —lo atajó el obispo Richard.

—¡La resolución del tribunal debe llevarse a cabo!

—¡Ya está bien, padre prior, es suficiente! —exclamó Richard levantando la voz.

Godwyn abrió la boca para protestar pero lo pensó mejor.

—No quiero oír más argumentos —dijo Richard—. Ya he tomado una decisión y voy a anunciarla.

Se hizo un silencio sepulcral.

—La propuesta de que a Caris se le permita ingresar en el convento de monjas me parece interesante. Si es bruja, no podrá hacer ningún mal en un entorno sagrado, pues el diablo no puede entrar allí. Por otra parte, si no lo es, la decisión nos librará del error de condenar a una inocente. Tal vez el convento no responda a la forma de vida que Caris habría elegido libremente, pero la consolará saber que consagrará su existencia a servir a Dios. En conclusión, la solución me parece acertada.

—¿Y qué ocurrirá si abandona el convento? —inquirió Godwyn.

—Buena observación —dijo el obispo—. Por eso voy a condenarla a muerte formalmente, pero la sentencia quedará suspendida mientras sea monja. Si renuncia a los votos, la sentencia se cumplirá.

«Ya está —pensó Merthin desesperado—, una condena a cadena perpetua.» A sus ojos asomaron lágrimas de rabia y pesadumbre.

Richard se puso en pie.

—¡Se levanta la sesión! —concluyó Godwyn.

El obispo se marchó seguido de los hermanos y las monjas en procesión.

Merthin estaba aturdido. Su madre le habló en tono de consuelo pero él la soslayó. Se dejó llevar por la oleada de gente hasta la puerta oeste de la catedral y salió al jardín. Los comerciantes recogían la mercancía restante y desmontaban los puestos: una vez más, la feria del vellón tocaba a su fin. Se dio cuenta de que Godwyn se había salido con la suya. Con Edmund moribundo y Caris fuera de circulación, Elfric se convertiría en el nuevo mayordomo y retiraría la solicitud del fuero municipal.

Se quedó mirando los grises muros de piedra del priorato: Caris estaba allí dentro, en algún lugar. Cambió de sentido y empezó a avanzar a contracorriente, con la intención de llegar al hospital.

El lugar estaba desierto. Lo habían barrido y los jergones de paja en los que descansaban los visitantes que pasaban allí la noche se encontraban apilados contra la pared. En el altar del extremo este ardía un cirio. Merthin recorrió la longitud de la sala sin saber muy bien qué hacer.

Recordó haber leído en el *Libro de Timothy* que uno de sus antepasados, Jack Builder, había sido novicio durante un breve espacio de tiempo. El autor insinuaba que Jack había expresado cierta reticencia a ingresar en la orden y que no le resultaba fácil adaptarse a la disciplina monástica. Como consecuencia, su noviciado había terminado de forma repentina en circunstancias sobre las que Timothy había preferido correr un tupido velo.

Sin embargo, el obispo Richard había sentenciado que si Caris abandonaba el convento, sería condenada a muerte.

Entró una joven monja y al reconocer a Merthin pareció asustarse.

—¿Qué quieres? —le preguntó.

—Tengo que hablar con Caris.

—Iré a preguntar —dijo y se marchó corriendo.

Merthin se quedó mirando el altar, el crucifijo y el tríptico colgado en la pared que exhibía a Isabel de Hungría, la santa patrona de los hospitales. En el primero de los paneles aparecía la santa, que había sido princesa, luciendo una corona y dando de comer a los pobres; en el segundo se la veía construyendo su hospital; el tercero ilustraba el milagro por el cual los alimentos que llevaba bajo el manto se convertían en rosas. ¿Qué haría Caris en aquel lugar? Ella era escéptica y dudaba de todas y cada una de las doctrinas de la Iglesia, no creía que una princesa fuera capaz de transformar el pan en rosas. «¿Y cómo lo saben?», preguntaba al oír alguna de las historias que las demás personas creían a pie juntillas, sin cuestionarse nada. Dudaba de Adán y Eva, del arca de Noé, de David y Goliat e incluso de la Natividad. Allí se sentiría como un animal salvaje en cautividad.

Tenía que hablar con ella para averiguar qué pensamientos cruzaban su mente. Debía de tener algún plan que él no lograba adivinar. Aguardó impaciente a que regresara la monja, pero en su lugar apareció Julie la Anciana.

—¡Gracias a Dios! —exclamó Merthin—. ¡Julie! ¡Tengo que ver a Caris enseguida!

—Lo siento, joven Merthin —respondió ella—. Caris no desea verte.

—No digas ridiculeces —le espetó él—. Estamos prometidos, se supone que vamos a casarnos mañana. ¡Tengo que verla!

—Ahora es una novicia. No va a casarse.

Merthin alzó la voz.

—Si eso es cierto, ¿no te parece que debería decírmelo en persona?

—Eso no me corresponde decidirlo a mí. Sabe que estás aquí y no quiere verte.

—No te creo. —Merthin empujó a la anciana monja para abrirse paso y penetró por la puerta por la que ella había salido. Se encontró en un pequeño vestíbulo. Nunca había estado antes en aquel lugar: pocos hombres entraban en la parte del priorato destinada a las religiosas. Atravesó otra puerta y llegó al claustro de las monjas. Algunas de ella se encontraban allí; leían, paseaban por el cuadrado espacio con aire meditabundo o hablaban con voz queda.

Avanzó por la galería hasta que una monja lo vio y empezó a gritar. Merthin no le hizo caso y, al descubrir una escalera, subió hasta la primera cámara. Era el dormitorio. Allí había dos hileras de jergones, cada uno con unas sábanas pulcramente dobladas encima, pero ninguna persona. Avanzó un poco por el pasillo y trató de abrir otra puerta; por desgracia, estaba cerrada con llave.

—¡Caris! —voceó—. ¿Estás ahí? ¡Dime algo!

Golpeó la puerta con el puño y de resultas se le levantó la piel de los nudillos, que empezaron a sangrarle. Sin embargo, no notó dolor alguno.

—¡Déjame entrar! —pidió a voz en grito—. ¡Déjame entrar!

A sus espaldas, oyó una voz que decía:

—Yo te dejaré entrar.

Se dio media vuelta y vio a la madre Cecilia.

La mujer tomó una llave atada a su cinturón y le dio la vuelta en la cerradura con toda tranquilidad. Merthin abrió la puerta y accedió a una pequeña cámara con una única ventana. Todas las paredes estaban cubiertas con estanterías sobre las que había prendas dobladas.

—Aquí es donde guardamos las vestiduras de invierno —explicó la madre Cecilia—. Es la ropería.

—¿Dónde está ella? —gritó Merthin.

—En una cámara, encerrada bajo llave a petición suya. No encontrarás la cámara; y, aunque la encontraras, no podrías entrar. No quiere verte.

—¿Y cómo sé que no está muerta? —Merthin notó que la emoción le quebraba la voz, pero no le importó.

—Me conoces —respondió Cecilia—. No está muerta. —Reparó en la mano del muchacho—. Te has hecho daño —dijo en tono compasivo—. Ven conmigo, te pondré un poco de ungüento en las heridas.

Merthin se miró la mano y luego miró a la madre Cecilia.

—Eres un demonio —le espetó.

Se apartó de ella corriendo y se fue por donde había venido: atravesó el hospital, pasó junto a la asustada Julie y salió al exterior. Se abrió paso frente a la catedral a través del caos que suponía el fin de la feria y llegó a la calle principal. Se le ocurrió ir a hablar con Edmund, pero decidió que no lo haría: lo mejor sería que otra persona le contara al enfermo padre de Caris la terrible verdad. ¿En quién podía confiar? Pensó en Mark Webber.

Mark y su familia se habían trasladado a una espaciosa casa de la calle principal, con una planta baja de grandes dimensiones y paredes de piedra destinada a almacenar las balas de paño. Ya no tenían el telar en la cocina; ahora otros tejían y ellos organizaban el negocio. Mark y Madge estaban sentados en un banco, con aire solemne. Cuando Merthin entró, Mark se puso en pie como movido por un resorte.

—¿La has visto? —le preguntó a voz en grito.

—No me lo han permitido.

—¡Qué barbaridad! —exclamó Mark—. ¡No tienen derecho a impedir que vea al hombre con el que iba a casarse!

—Las monjas dicen que es ella quien no quiere verme.

—No me lo creo.

—Ni yo tampoco. He entrado a buscarla, pero no la he encontrado. Hay muchas puertas cerradas con llave.

—Tiene que estar en alguna parte.

—Ya lo sé. ¿Te vienes conmigo? Podemos llevarnos un martillo y derribar todas las puertas hasta que demos con ella.

Mark pareció incomodarse. Era fuerte pero detestaba la violencia.

—Tengo que encontrarla —insistió Merthin—. ¡Tal vez esté muerta!

Antes de que Mark pudiera responder, Madge intervino.

—Se me ocurre una idea mejor.

Los dos hombres se la quedaron mirando.

—Yo iré al convento —propuso Madge—. Las monjas no se pondrán tan nerviosas al ver a una mujer. A lo mejor convencen a Caris para que hable conmigo.

Mark asintió.

—Por lo menos así sabremos que está viva.

—Pero... necesito algo más que eso —dijo Merthin—. Tengo que saber qué piensa hacer. ¿Va a esperar a que se calmen los ánimos para escapar? ¿Quiere que trate de sacarla de allí? ¿O piensa esperar? Y, si es así, ¿cuánto tiempo? ¿Un mes? ¿Un año? ¿Siete?

—Se lo preguntaré si me dejan entrar. —Madge se puso en pie—. Tú espera aquí.

—No, voy contigo —resolvió Merthin—. Esperaré fuera.

—En ese caso, Mark, ven tú también y así harás compañía a Merthin.

Lo que quería decir era que así evitaría que Merthin se buscara problemas; sin embargo, el muchacho no hizo la mínima objeción. Les había pedido ayuda y se sentía muy agradecido de contar con dos personas en quienes confiaba.

Regresaron corriendo al priorato. Mark y Merthin aguardaron fuera del hospital y Madge entró. El muchacho vio a la vieja perrita de Caris, Trizas, sentada en la puerta aguardando a que apareciera su dueña.

Al cabo de media hora, Merthin dijo:

—Deben de haberla dejado pasar, de lo contrario ya estaría aquí.

—Ya veremos —respondió Mark.

Observaron a los últimos comerciantes recoger sus mercancías y marcharse, dejando el terreno exterior de la catedral, antes cubierto de césped, removido y embarrado. Merthin se paseaba arriba y abajo mientras Mark aguardaba sentado como una estatua de Sansón. Las horas se sucedían y, a pesar de estar impaciente, Merthin se alegraba de ello, pues casi tenía la certeza de que Madge estaría hablando con Caris.

El sol se estaba ocultando por el extremo oeste de la ciudad cuando Madge salió al fin. Su rostro expresaba solemnidad y tenía las mejillas húmedas de lágrimas.

—Caris está viva —dijo—. Y no sufre ningún daño físico ni mental. Está en su sano juicio.

—¿Qué te ha dicho? —preguntó Merthin con apremio.

—Te lo contaré palabra por palabra. Ven, vamos a sentarnos en el jardín.

Se dirigieron al huertecillo y se sentaron en el banco de piedra a contemplar la puesta de sol. La actitud ecuánime de Madge despertó la suspicacia de Merthin; habría preferido oírla hablar con rabia, pues su forma de conducirse le decía que las noticias eran malas. Se sintió desesperar.

—¿Es cierto que no quiere verme? —quiso saber.

—Sí —respondió Madge con un suspiro.

—Pero ¿por qué?

—Yo le he preguntado lo mismo y me ha contestado que se le rompería el corazón.

Merthin se echó a llorar.

Madge prosiguió con voz suave y clara:

—La madre Cecilia nos ha dejado solas para que pudiéramos hablar con franqueza al saber que nadie nos estaba escuchando. Caris cree que Godwyn y Philemon están decididos a quitarla de en medio a causa de la petición del fuero municipal. En el convento está a salvo, pero si sale la encontrarán y la matarán.

—¡Podría escaparse! ¡Yo la llevaría a Londres! —exclamó Merthin—. ¡Allí Godwyn no nos encontraría!

Madge asintió.

—Ya se lo he propuesto. Hemos hablado de ello mucho rato, pero cree que eso os convertiría a los dos en fugitivos para el resto de vuestras vidas y no está dispuesta a condenarte a algo semejante. Tu destino es convertirte en el maestro constructor más importante de tu generación y hacerte famoso. Si ella está contigo, tendrás que ocultar siempre tu verdadera identidad y no podrás dejarte ver a la luz del día.

—¡Eso no me importa!

—Ya me ha dicho que ésa sería tu respuesta. Sin embargo, ella cree que sí que te importa; es más, cree que debe importarte. A ella no le da igual y no piensa apartarte de tu destino aunque se lo supliques de rodillas.

—¡Podría decírmelo en persona!

—Teme que la hagas cambiar de idea.

Merthin sabía que Madge decía la verdad, y Cecilia también. Caris no quería verlo. La pena y el dolor le atenazaron la garganta. Tragó saliva, se enjugó las lágrimas con la manga y se esforzó por articular las palabras.

—Entonces, ¿qué hará? —preguntó.

—Se esforzará por ser una buena monja.

—¡Pero si odia a la Iglesia!

—Ya sé que nunca se ha mostrado muy respetuosa con el clero, y no es de extrañar, viviendo en esta ciudad. De todas formas, ella cree que puede encontrar consuelo en el hecho de dedicar su vida a sanar a sus semejantes.

Merthin recapacitó mientras Mark y Madge lo observaban en silencio. No le costaba ningún esfuerzo imaginarse a Caris trabajando en el hospital y atendiendo a los enfermos. Pero ¿qué le parecería tener que pasarse media noche cantando y rezando?

—Tal vez se suicide —dijo tras una larga pausa.

—No lo creo —respondió Madge con convicción—. Está muy triste, pero no me la imagino actuando de ese modo.

—Pues tal vez mate a otra persona.

—Eso es más probable.

—Entonces, puede que encuentre un modo de ser feliz —dijo Merthin despacio y de mala gana.

Madge no respondió. Merthin se la quedó mirando y entonces ella hizo un gesto de asentimiento con la cabeza.

El muchacho se percató de que ésa era la terrible verdad: tal vez Caris encontrara la felicidad. Había perdido su casa, su libertad y a su futuro marido; pero, con todo, aún podía ser feliz.

No había nada más que añadir.

Merthin se puso en pie.

—Gracias por vuestra amistad —les dijo, y se alejó poco a poco.

—¿Adónde vas? —preguntó Mark.

Merthin se detuvo y se dio media vuelta. Una idea imprecisa le rondaba la cabeza y esperó a que acabara de definirse. Cuando lo hizo, él mismo se asombró, pero no tardó en darse cuenta de que lo que se le había ocurrido era lo más apropiado. De hecho, el plan no sólo era apropiado, era perfecto.

Se enjugó las lágrimas y miró a Mark y a Madge, iluminados por la luz rojiza del sol a punto de ocultarse.

—Me voy a Florencia —dijo—. Adiós.

QUINTA PARTE

De marzo de 1346 a diciembre de 1348

43

a hermana Caris abandonó el claustro de las monjas y entró con paso brioso en el hospital. Allí tres pacientes yacían en sendas camas: Julie la Anciana estaba demasiado débil para asistir a los oficios o subir la escalera que conducía al dormitorio de las monjas; Bella Brewer, la esposa de Danny, el hijo de Dick Brewer, se estaba recuperando de un parto complicado y por último, Rickie Silvers, de trece años, se había roto un brazo y Matthew Barber le había recolocado el hueso. Dos personas más conversaban sentadas en un banco lateral, una novicia llamada Nellie y Bob, un sirviente del priorato.

La mirada experta de Caris recorrió la habitación. Al lado de cada cama había un plato sucio donde se había servido la comida hacía ya mucho rato.

—¡Bob! —exclamó Caris. El muchacho se puso en pie de un respingo—. Llévate esos platos; esto es un monasterio y la limpieza es una virtud. ¡Rápido!

—Lo siento, hermana —se disculpó él.

—Nellie, ¿has acompañado a Julie la Anciana a la letrina?

—Todavía no, hermana.

—Tiene que ir siempre después de comer, a mi madre le pasaba igual. Llévala enseguida, antes de que sufra un percance.

Nellie empezó a levantar a la anciana monja.

Caris se esforzaba por desarrollar la virtud de la paciencia, pero llevaba siete años en la orden sin haberlo logrado todavía, y le dolía tener que repetir las instrucciones una y otra vez. Bob ya sabía que tenía que recoger los platos justo después de la comida, Caris se lo había dicho muchas veces, y Nellie conocía las necesidades de Julie; sin embargo, se dedicaban a cuchichear sentados en un banco hasta que Caris los sorprendía durante una breve inspección rutinaria.

Recogió el cuenco de agua que habían utilizado para lavarse las manos y cruzó la habitación para vaciarlo fuera. Un hombre al que no conocía estaba orinando en el muro exterior. Caris supuso que se trataba de un viajero con ganas de descansar.

—La próxima vez utiliza la letrina que hay detrás del establo —le espetó ella.

Con mirada lasciva y el pene en la mano, él le respondió en tono insolente:

—¿Y tú quién eres?

—Soy la encargada de este hospital, y si quieres pasar aquí la noche tendrás que demostrar mejores modales.

—¡Vaya! —soltó él—. Con que una marimandona, ¿eh? —Se tomó su tiempo hasta sacudirse la última gota.

—Guárdate tu patética verga o no podrás pasar la noche en esta ciudad, y mucho menos en el priorato —dijo Caris, y le arrojó el agua del cuenco por encima. Él retrocedió sobresaltado con las calzas empapadas.

Caris volvió dentro y llenó el cuenco en la fuente. Una cañería oculta bajo tierra recorría el priorato y proporcionaba agua limpia procedente de la ciudad, la cual alimentaba las fuentes del claustro, la cocina y el hospital. Un conducto independiente de la corriente subterránea servía para evacuar las letrinas. Caris tenía ganas de construir algún día una nueva letrina contigua al hospital para que los pacientes de edad avanzada como Julie no tuvieran que desplazarse tan lejos.

El extraño la siguió.

—Lávate las manos —le ordenó ella tendiéndole el cuenco.

Él vaciló, pero al fin tomó el recipiente que le ofrecía.

Ella se lo quedó mirando. Tenía más o menos su misma edad, veintinueve años.

—¿Quién eres? —le preguntó.

—Gilbert de Hereford, un peregrino —respondió el hombre—. He venido para rendir culto a las reliquias de san Adolfo.

—En ese caso te invito a pasar la noche en el hospital, siempre que me trates con respeto; a mí y a cualquier otra persona de este lugar, por supuesto.

—Sí, hermana.

Caris regresó al claustro. Hacía un agradable tiempo primaveral y el sol brillaba en las desgastadas piedras del patio. En la parte oeste la hermana Mair enseñaba a las alumnas de la escuela un nuevo cántico y Caris se detuvo a observarla. La gente decía que Mair parecía un ángel: tenía la piel clara, los ojos vivos y una boca en forma de arco. En sentido estricto, la escuela era una de las responsabilidades de Caris, pues ella era la hospedera y se ocupaba de todo aquel que entraba en el convento procedente del mundo exterior. Ella misma había asistido a aquella escuela hacía casi veinte años.

Había diez alumnas, de nueve a quince años de edad. Algunas eran hijas de mercaderes de Kingsbridge, otras eran descendientes de nobles. El cántico, que alababa la bondad de Dios, tocó a su fin y una de las niñas preguntó:

—Hermana Mair, si Dios es bueno, ¿por qué permitió que mis padres murieran?

Se trataba de la interpretación personal que la niña hacía de la clásica pregunta que todos los jóvenes inteligentes formulaban más tarde o más temprano: ¿cómo era posible que ocurrieran cosas malas? La propia Caris se lo había preguntado en su momento. Observó con interés a la pequeña curiosa; era Tilly Shiring, la sobrina de doce años del conde Roland, una niña con una mirada pícara que gustaba a Caris. La madre de Tilly había muerto desangrada después de dar a luz a la pequeña y su padre se había roto el cuello en un accidente de caza no mucho después, así que ella había crecido en casa del conde.

Mair le respondió con un discurso anodino sobre las misteriosas formas de actuar de Dios. Resultaba evidente que Tilly no había quedado satisfecha, pero fue incapaz de expresar su recelo y guardó silencio. Más adelante volvería a formular la misma pregunta, Caris estaba segura.

Mair les indicó que volvieran a iniciar el cántico y se acercó a hablar con Caris.

—Es una chica brillante —opinó Caris.

—La mejor de la clase. Dentro de un par de años me rebatirá los argumentos con contundencia.

—Me recuerda a alguien —dijo Caris frunciendo el entrecejo—. Estoy intentando acordarme de su madre…

Mair posó con suavidad la mano en el brazo de Caris. Los gestos de afecto estaban prohibidos entre las monjas, pero Caris no se mostraba estricta con ese tipo de cosas.

—Te recuerda a ti misma —concluyó Mair.

Caris se echó a reír.

—Yo nunca he sido tan guapa.

Sin embargo, Mair estaba en lo cierto. Ya de niña, Caris formulaba preguntas guiada por su escepticismo. Más tarde, cuando se hizo novicia, provocaba una discusión cada vez que asistía a una clase de teología, y en menos de una semana la madre Cecilia ya se había visto obligada a ordenarle que guardara silencio durante las lecciones. Luego, Caris había empezado a saltarse las reglas de la comunidad y a responder a las reprimendas cuestionando la base sobre la que se fundamentaba la disciplina del convento. Una vez más le habían impuesto el silencio.

Al cabo de poco tiempo, la madre Cecilia le propuso un trato: Caris podía pasar la mayor parte del tiempo en el hospital —una parte del trabajo de las monjas en la que creía— y saltarse los oficios siempre que fuera necesario; a cambio, tendría que dejar de desobedecer las reglas y guardarse para sí sus ideas sobre la teología. Ella había aceptado, con reservas y a regañadientes, pero Cecilia era sabia y la solución había funcionado. De hecho, todavía funcionaba, pues Caris pasaba la mayor parte del tiempo supervisando el hospital. Faltaba a más de la mitad de los oficios y rara vez decía o hacía algo que resultara abiertamente subversivo.

Mair sonrió.

—Ahora sí que eres guapa —opinó—, sobre todo cuando te ríes.

Caris se sintió momentáneamente cautivada por los ojos azules de Mair. Entonces oyó el grito de una niña.

Se dio media vuelta. El chillido no provenía del grupo del claustro, sino del hospital. Recorrió a toda prisa el pequeño pasillo y vio que Christopher Blacksmith entraba con una niña de unos ocho años. La pequeña, a quien Caris reconoció como la hija de éste, Minnie, daba alaridos de dolor.

—Tiéndela en un jergón —le ordenó Caris.

Christopher obedeció.

—¿Qué ha ocurrido?

El hombre, que era de constitución fuerte, estaba aterrorizado y hablaba en un extraño tono agudo.

—Ha tropezado en mi taller y ha caído con el brazo sobre una barra de hierro candente. ¡Haz algo por ella, hermana! ¡Rápido, está sufriendo mucho!

Caris acarició la mejilla de la niña.

—Vamos, vamos, Minnie, enseguida te aliviaremos el dolor.

El extracto de semilla de amapola era demasiado fuerte, pensó: podría matar a un niño pequeño. Necesitaba un preparado más suave.

—Nellie, ve a mi botica y tráeme un tarro en el que pone «esencia de cáñamo indio». Ve rápido pero no corras, porque si tropiezas y se rompe el frasco nos llevará horas preparar una nueva dosis.

Nellie se alejó a toda prisa.

Caris examinó el brazo de Minnie. La quemadura tenía mal aspecto pero, por suerte, sólo afectaba al brazo; no era nada comparado con las peligrosas heridas que la gente sufría en todo el cuerpo cuando se incendiaba una casa. La mayor parte del antebrazo de la niña presentaba grandes ampollas inflamadas y hacia la mitad, la piel se había abrasado y dejaba al descubierto la carne calcinada.

Levantó la cabeza para pedir ayuda y vio a Mair.

—Ve a la cocina y tráeme un cuarto de litro de vino y la misma cantidad de aceite de oliva; en dos cantarillas distintas, por favor. Tanto el vino como el aceite tienen que estar templados, pero no calientes.

Mair se marchó y Caris se dirigió a la pequeña.

—Minnie, tienes que procurar dejar de gritar. Ya sé que te duele, pero escúchame: voy a darte una medicina que te aliviará.

Los gritos remitieron un poco y empezaron a transformarse en sollozos.

Nellie llegó con la esencia de cáñamo indio. Caris vertió una pequeña cantidad en una cuchara y la introdujo dentro de la boca abierta de Minnie, tapándole la nariz. La pequeña tragó y empezó a gritar de nuevo, pero al cabo de un momento se calmó.

—Dame una toalla limpia —pidió Caris a Nellie.

En el hospital utilizaban grandes cantidades de toallas y, por orden de Caris, en el armario de detrás del altar siempre había muchas limpias.

Mair regresó de la cocina con el aceite y el vino. Caris colocó una toalla en el suelo junto al jergón de Minnie y depositó el brazo quemado de la niña sobre ésta.

—¿Cómo te encuentras? —le preguntó.

—Me duele —gimió Minnie.

Caris asintió con satisfacción. Eran las primeras palabras coherentes que la paciente pronunciaba. Lo peor ya había pasado.

Minnie empezó a mostrarse adormilada tan pronto como el cáñamo hizo efecto.

—Voy a ponerte una cosa en el brazo para que te cures —dijo Caris—. Intenta estarte quieta, ¿de acuerdo?

Minnie asintió.

Caris vertió un poco de vino templado en la muñeca de Minnie, donde la quemadura era más leve. La pequeña se estremeció, pero no hizo el menor amago de apartar el brazo. Animada, Caris fue desplazando poco a poco la cantarilla por el brazo en sentido ascendente y limpió con el vino la peor parte de la herida. Luego hizo lo propio con el aceite de oliva para que éste suavizara la zona y la protegiera de los posibles agentes infecciosos del ambiente. Al fin, le envolvió el brazo con una toalla limpia para mantener alejadas a las moscas.

Minnie gemía, aunque estaba medio dormida. Caris examinó su tez con inquietud. La niña tenía las mejillas sonrosadas por la presión sanguínea, lo cual era bueno, pues si hubiera palidecido sería señal de que la dosis había resultado demasiado fuerte.

A Caris siempre la ponía nerviosa administrar medicinas; pequeñas diferencias en la dosificación hacían variar el efecto y no disponía de ningún medio preciso para medir las porciones. Si eran demasiado pequeñas, la sustancia no surtía efecto; por el contrario, si administraba demasiada, resultaba peligrosa. Lo que más la asustaba era dar una cantidad excesiva a los niños, ya que los padres siempre la presionaban para que aumentara la dosis debido a la preocupación que sentían ante el dolor de sus pequeños.

En ese momento entró el hermano Joseph. Ya era un hombre de edad avanzada —en unos años cumpliría los sesenta— y se le habían caído todos los dientes, pero seguía siendo el mejor médico del priorato. Christopher Blacksmith se puso en pie de inmediato.

—Oh, hermano Joseph, gracias a Dios que estás aquí —se alegró—. Mi pequeña tiene una quemadura terrible.

—Vamos a echarle un vistazo —dijo Joseph.

Caris se hizo atrás y disimuló su enojo. Todo el mundo creía que los monjes eran médicos con gran poder de curación, casi capaces de obrar milagros, mientras que las monjas sólo servían para dar de comer a los pacientes y mantenerlo todo en orden. Hacía mucho tiempo que Caris había dejado de combatir aquella actitud, pero aun así le seguía molestando.

Joseph retiró la toalla; observó el brazo de la paciente y palpó el tejido quemado con los dedos. En medio del sueño provocado por el fármaco, Minnie emitió un gemido.

—Es una quemadura delicada, pero no mortal —diagnosticó. Se volvió hacia Caris—. Prepara una cataplasma con tres partes de grasa de pollo, tres más de excrementos de cabra y una de blanco de plomo. Luego cubre con ella la quemadura; servirá para que salga el pus.

—Sí, hermano.

Caris tenía sus dudas acerca de la eficacia de las cataplasmas, pues había observado que muchas heridas sanaban bien sin necesidad de que apareciese el pus que los monjes consideraban tan buena señal. Según su experiencia, aquellos ungüentos a veces infectaban las heridas. Sin embargo, los monjes no eran de la misma opinión; salvo el hermano Thomas, quien estaba convencido de que había perdido el brazo por culpa de la cataplasma que el prior Anthony le había prescrito veinte años atrás. No obstante, ésa era otra batalla que Caris había dado por perdida. Los métodos de los monjes gozaban de la autoridad de Hipócrates y Galeno, los autores que en la antigüedad habían escrito sobre medicina, y todo el mundo daba por sentado que eran apropiados.

Joseph se marchó y Caris se cercioró de que Minnie se sentía bien, lo cual confortó a su padre.

—Cuando se despierte, tendrá sed. Asegúrate de que disponga de bebida abundante, puede tomar cerveza no muy fuerte o agua con vino.

No se apresuró en preparar la cataplasma, pues pensaba darle a Dios unas cuantas horas para que obrara por su cuenta antes de iniciar el tratamiento prescrito por Joseph. Las posibilidades de que el monje médico regresara más tarde para comprobar el estado de la paciente eran escasas. Envió a Nellie a recoger excrementos de cabra del césped de la parte oeste de la catedral y luego se dirigió a la botica.

La cámara se encontraba junto a la biblioteca de los monjes, pero por desgracia no disponía como ésta de grandes vidrieras sino que era oscura y pequeña. Sin embargo, sí que contaba con una mesa de trabajo, unos cuantos estantes para los tarros y los frascos y un pequeño fogón para calentar los ingredientes.

En un armario guardaba un pequeño cuaderno. El pergamino era caro y las libretas de hojas idénticas sólo se utilizaban para escritos sagrados. No obstante, Caris había reunido un montón de pedazos de formas diversas y los había cosido. Allí anotaba el historial de cada paciente aquejado por alguna dolencia grave. Escribía la fecha, el nombre del paciente, los síntomas y el tratamiento que se le había administrado; luego, añadía los resultados, detallando siempre con exactitud las horas o días que pasaban hasta que el estado del enfermo mejoraba o empeoraba. Con frecuencia consultaba casos anteriores para recordar lo efectivos que habían resultado ser los distintos tratamientos.

Al tomar nota de la edad de Minnie reparó en que su propia hija también tendría ocho años si ella no se hubiera tomado la poción de Mattie Wise. No sabía por qué pero estaba convencida de que su hijo habría sido una niña, y se preguntaba cómo habría reaccionado si hubiese sido ella quien hubiera sufrido el accidente. ¿Habría sido capaz de actuar también con serenidad ante la urgencia o, por el contrario, el miedo la habría llevado al borde de la histeria, igual que a Christopher Blacksmith?

Justo acababa de apuntar los datos del caso cuando sonó la campana anunciando el oficio de vísperas y se dispuso a asistir. Después sería hora de cenar y más tarde las monjas se irían a la cama para descansar un poco antes de que a las tres de la madrugada tuviera lugar el oficio de maitines.

Sin embargo, en lugar de acostarse, Caris regresó a la botica y preparó la cataplasma. Los excrementos de cabra no le causaban ningún reparo, pues cualquier persona que trabajara en un hospital estaba acostumbrada a cosas peores, pero le asombraba que Joseph considerara una buena idea colocar aquello sobre una quemadura.

Ya no podría aplicarla hasta la mañana siguiente, y como Minnie gozaba de buena salud, para entonces su estado habría mejorado considerablemente.

Mientras la preparaba, entró Mair.

Caris se la quedó mirando extrañada.

—¿Qué haces levantada?

Mair se colocó a su lado, ante la mesa de trabajo.

—He venido a ayudarte.

—Para preparar una cataplasma no hacen falta dos personas. ¿Qué diría la hermana Natalie?

Natalie era la supriora, encargada de mantener la disciplina, y sin su permiso ninguna monja podía salir del dormitorio durante la noche.

—Se ha quedado dormida enseguida. ¿De veras crees que no eres guapa?

—¿Te has levantado para hacerme esa pregunta?

—A Merthin debías de parecérselo.

Caris sonrió.

—Sí.

—¿Lo echas de menos?

Caris terminó con la mezcla y se volvió para lavarse las manos en un cuenco.

—Pienso en él a diario —confesó—. Ahora es el maestro constructor más rico de Florencia.

—¿Cómo lo sabes?

—Cada año, para la feria del vellón, Buonaventura Caroli me trae noticias de él.

—¿Y Merthin tiene noticias tuyas?

—¿Qué noticias? Yo no tengo nada que contar, soy monja.

—¿Sientes deseos de estar con él?

Caris se volvió y miró a Mair a los ojos.

—A las monjas les está prohibido desear a ningún hombre.

—Pero sí que pueden desear a otra mujer —dijo Mair, y se inclinó hacia delante para besar a Caris en la boca.

Caris se sorprendió tanto que, por un segundo, no reaccionó. Mair no se apartó y a Caris aquellos labios femeninos le parecieron muy suaves en comparación con los de Merthin. Se sentía perpleja, pero no escandalizada. Hacía siete años que nadie la besaba y de pronto adquirió conciencia de cuánto lo echaba de menos.

El silencio que impregnaba la estancia se quebró con un fuerte ruido procedente de la biblioteca contigua.

Mair se separó de ella dando un respingo, sintiéndose culpable.

—¿Qué ha sido eso?

—Ha sonado como si hubieran dejado caer al suelo una caja.

—¿Quién debe de andar ahí?

Caris frunció el entrecejo.

—A estas horas no debería haber nadie en la biblioteca; tanto los monjes como las monjas tendrían que estar en la cama.

Mair la miró con expresión asustada.

—¿Qué hacemos?

—Lo mejor será que echemos un vistazo.

Salieron de la botica. Aunque la cámara que la albergaba lindaba con la biblioteca, para acceder a ésta tuvieron que atravesar el claustro de las monjas y el de los monjes. La noche era oscura; por suerte, ambas llevaban viviendo allí varios años y eran capaces de encontrar el camino a ciegas. Al llegar a su destino, percibieron el parpadeo de una luz a través de las altas vidrieras. La puerta, que por la noche solía cerrarse con llave, estaba entreabierta.

Caris la abrió y, por un momento, no fue capaz de distinguir lo que veían sus ojos. Divisó un armario abierto y una mesa sobre la que había una caja y una vela, además de una figura de contorno impreciso. Al cabo de un momento, reparó en que el armario abierto era el tesoro donde se guardaban los cartularios y demás objetos de valor, y en que la caja era el cofre que contenía las joyas de oro y plata que se utilizaban en los oficios especiales que se celebraban en la catedral. La figura imprecisa extraía objetos de la caja y los iba depositando en una especie de saco.

De pronto, quien allí se encontraba levantó la cabeza y Caris lo reconoció. Se trataba de Gilbert de Hereford, el peregrino que había llegado aquel mismo día, aunque resultaba evidente que en realidad no era ningún peregrino ni, probablemente, tampoco de Hereford: era un ladrón.

Ambos permanecieron mirándose unos instantes, inmóviles, y luego Mair dio un grito. Gilbert apagó la vela y Caris cerró la puerta para entretenerlo unos minutos; a continuación, atravesó corriendo el claustro y se ocultó en un recoveco arrastrando a Mair consigo.

Se encontraban al pie de la escalera que conducía al dormitorio de los monjes. Estaba segura de que el grito de Mair los habría despertado, pero tardarían un poco en reaccionar.

—¡Ve a explicar a los monjes lo que ocurre! —gritó Caris a Mair—. ¡Corre! —Y Mair subió la escalera a toda prisa.

Caris oyó un crujido y supuso que era la puerta de la biblioteca al abrirse. Trató de percibir el ruido de los pasos sobre las losas del claustro, pero por lo visto Gilbert era un ladrón experimentado y avanzaba en silencio. Contuvo la respiración para intentar oír la de él. De pronto, en la planta superior estalló un gran alboroto.

El ladrón debió de darse cuenta de que sólo disponía de unos pocos segundos para huir y echó a correr, pues Caris oyó sus fuertes pisadas.

No le preocupaban demasiado los costosos ornamentos de la catedral, pensaba que probablemente el obispo y el prior estaban más interesados en ellos que el propio Dios; sin embargo, Gilbert le inspiraba aversión y no soportaba la idea de que pudiera hacerse rico a costa de robar en el priorato. Por eso salió de su escondite.

Apenas veía nada, pero no le cupo duda de que los pasos apresurados se dirigían hacia allí. Extendió los brazos para protegerse y el hombre chocó de lleno con ella. Caris perdió el equilibrio pero se aferró a las vestiduras del ladrón y ambos se precipitaron al suelo. El saco lleno de crucifijos y cálices golpeó el suelo con gran estruendo.

El dolor de la caída enfureció a Caris, así que soltó las prendas que asía y dirigió las manos hacia lo que creía que debía de ser el rostro del hombre. Cuando notó la piel, la arañó con fuerza. El ladrón soltó un alarido y Caris notó que los dedos se le empapaban de sangre.

Sin embargo, el hombre tenía más fuerza que ella y, forcejeando, logró situarse encima. En lo alto de la escalera de los monjes se encendió una luz que permitió que Caris viera a Gilbert, pero también que él la viera a ella, gracias a lo cual se sentó a horcajadas sobre su cuerpo y le propinó varios puñetazos en el rostro; primero con la mano derecha, luego con la izquierda y otra vez con la derecha. La mujer gritó de dolor.

La intensidad de la luz aumentó. En ese momento, los monjes bajaban la escalera a toda prisa y Caris oyó que Mair gritaba:

—¡Déjala en paz, bribón!

Gilbert se puso en pie de un salto y empezó a buscar el saco, pero ya era tarde: Mair se abalanzaba sobre él blandiendo un objeto contundente. El hombre recibió un golpe en la cabeza y se volvió dispuesto a defenderse, pero se encontró bajo una auténtica turba de monjes.

Caris se levantó. Mair se acercó a ella y ambas se abrazaron.

—¿Cómo te las has arreglado para detenerlo? —preguntó Mair.

—Primero le he hecho tropezar y luego le he arañado la cara. ¿Con qué le has golpeado tú?

—Con el crucifijo de madera del dormitorio.

—Desde luego —comentó Caris— está visto que no se nos da bien lo de poner la otra mejilla…

44

El prior Godwyn, como miembro del tribunal eclesiástico, juzgó a Gilbert de Hereford, lo declaró culpable y lo condenó a la pena impuesta a los ladrones de iglesias: desollamiento en vida. Le arrancarían la piel a tiras, mientras permaneciera en estado consciente, y moriría desangrado.

El día del desollamiento, Godwyn celebró su encuentro semanal con la madre Cecilia. Sus correspondientes subalternos también asistieron: el suprior Philemon y la supriora Natalie.

—Debemos convencerlas para que construyan un nuevo tesoro. No podemos seguir guardando nuestros objetos de valor en una caja oculta en la biblioteca —dijo Godwyn a Philemon mientras esperaban en la cámara principal de la casa del prior la llegada de las monjas.

—¿Compartiríamos los gastos de la construcción? —preguntó Philemon con gravedad.

—Así debería ser. No podemos permitirnos costearla en su totalidad.

Godwyn recordó con pesar las ambiciones que otrora había tenido, siendo joven, de llevar a cabo una reforma económica en el monasterio y volver a enriquecerlo. Sin embargo, nada de eso había ocurrido y él seguía sin entender el porqué. Había actuado con mano de hierro al obligar a los ciudadanos al uso y al pago por el usufructo de los molinos del priorato, los estanques para la pesca y las conejeras pero, por lo visto, los habitantes de la ciudad habían encontrado formas alternativas para eludir sus normas, como la construcción de molinos en las aldeas vecinas. Godwyn había impuesto duras sentencias a hombres y mujeres descubiertos en plena cacería furtiva o talando árboles de los bosques del priorato en contravención de la ley. Además se había resistido a las lisonjas de quienes le habían tentado para que invirtiera el dinero del priorato en la construcción de molinos, o que malgastara su provisión de madera al autorizar su consumo a carboneros y fundidores de hierro. Tenía la certeza de que su planteamiento era el acertado, aunque éste todavía no había reportado el aumento de las ganancias que él creía merecer.

—Entonces, ¿le pedirás a Cecilia el dinero? —preguntó Philemon con seriedad—. Guardar nuestras riquezas en el mismo lugar que las de las monjas podría ser beneficioso para nosotros.

Godwyn intuyó las maliciosas maquinaciones que tramaba la mente de Philemon.

—Pero eso no será lo que le diremos a Cecilia.

—Por supuesto que no.

—Está bien, yo se lo propondré.

—Mientras esperamos...

—¿Sí?

—Hay un problema en la aldea de Long Ham del que debo informarte.

Godwyn asintió en silencio. Long Ham era una de las decenas de aldeas que pagaban homenajes y arrendamientos feudales al priorato.

—Es un asunto relacionado con las tierras propiedad de una viuda, Mary-Lynn. Al fallecer su esposo, ella accedió a entregar su terreno en usufructo a un granjero del vecindario, un hombre llamado John Nott. Ahora, la viuda ha contraído matrimonio en segundas nupcias y desea que las tierras le sean devueltas para que su marido pueda cultivarlas —explicó Philemon.

Godwyn estaba confundido. Era la típica escaramuza entre campesinos, demasiado trivial para requerir de su intervención.

—¿Qué dice el alguacil?

—Que las tierras deben regresar a manos de la viuda, pues el acuerdo era de carácter temporal desde un principio.

—Entonces, que así sea.

—Existe cierta complicación. La hermana Elizabeth tiene un hermanastro y dos hermanastras en Long Ham.

—Ah. —Godwyn debería haber supuesto que existía algo en esa cuestión que suscitaba el interés de Philemon. La hermana Elizabeth, antes Elizabeth Clerk, era la *matricularius* de las monjas, quien supervisaba la marcha de sus construcciones. Era joven e inteligente, y llegaría muy alto en la jerarquía eclesiástica. Sería una valiosa aliada.

—Son los únicos familiares que tiene, aparte de su madre, que trabaja en la posada Bell. —Philemon prosiguió—: Elizabeth siente un gran afecto por su parentela campesina, y ellos, a su vez, la adoran como el piadoso baluarte de la familia. Cuando vienen de visita a Kingsbridge llevan regalos al convento: fruta, miel, huevos... esa clase de cosas.

—¿Y...?

—John Nott es el hermanastro de la hermana Elizabeth.

—¿Elizabeth ha solicitado tu intervención?

—Sí. Y también me ha pedido que no diga nada a la madre Cecilia sobre su petición.

Godwyn sabía que ése era precisamente el tipo de tejemaneje que le gustaba a Philemon. Adoraba que le considerasen un personaje poderoso capaz de utilizar sus influencias para favorecer a una parte u otra en una disputa. Esas acciones alimentaban su ego, que jamás quedaba saciado. Además, se sentía atraído por todo lo clandestino. El hecho de que Elizabeth no quisiera que su superiora tuviera noticia de su solicitud de ayuda complacía en extremo a Philemon, pues significaba que él conocía su vergonzoso secreto. Atesoraría la información como un avaro sus monedas de oro.

—¿Qué quieres hacer? —preguntó Godwyn.

—Tú tienes la última palabra, por supuesto, aunque yo propongo que dejemos que John Nott conserve sus tierras. Elizabeth estaría en deuda con nosotros, y eso nos será útil, sin duda, en el futuro.

—Será duro para la viuda —comentó Godwyn con desasosiego.

—Estoy de acuerdo, pero debemos tomar la decisión sopesando los intereses del priorato.

—En efecto, y la obra de Dios es más importante. Muy bien. Ve a decírselo al alguacil.

—La viuda recibirá su compensación en lo sucesivo.

—Por supuesto.

Hubo un tiempo en que Godwyn había vacilado a la hora de autorizar las turbias maquinaciones de Philemon, pero había llovido mucho desde entonces. Su ayudante había demostrado ser muy útil, como bien había vaticinado la madre de Godwyn, Petranilla, hacía ya muchos años.

Alguien tocó a la puerta, y entró la mismísima Petranilla.

En ese momento vivía en una modesta y acogedora casa de Candle Court, al final de la calle principal. Su hermano Edmund le había dejado un generoso legado, suficiente para que le durara el resto de su vida. Tenía cincuenta y ocho años; su otrora esbelta figura estaba encorvada y decrépita, y caminaba ayudada por un bastón, pero conservaba el veneno en la lengua. Como siempre, Godwyn se alegró de verla, aunque sentía cierta aprensión por el miedo a haber hecho algo que pudiera disgustarla.

Petranilla se había convertido en la cabeza de familia. Anthony había perdido la vida en el hundimiento del puente y Edmund había fallecido hacía siete años, así que ella era la última superviviente de su generación. Jamás dudaba a la hora de decir a Godwyn qué debía hacer. Se comportaba de igual forma con su sobrina Alice. El esposo de ésta, Elfric, era el mayordomo, pero Petranilla también le daba órdenes. Su autoridad se extendía incluso hasta su nieta adoptiva, Griselda, y su visión aterrorizaba al hijo de ocho años de Griselda, el pequeño Merthin. Sus opiniones seguían siendo tan irrebatibles como siempre; por ello la obedecían en la mayoría de las ocasiones y si por algún motivo no tomaba las riendas de un asunto, le pedían su opinión de todas formas. Godwyn no estaba muy seguro de qué habrían hecho sin ella. Y en las escasas oportunidades en las que no cumplían sus deseos, debían esmerarse con denuedo para ocultarlo. Caris era la única capaz de plantarle cara. «No te atrevas a decirme qué tengo que hacer —le había dicho a Petranilla en más de una ocasión—. Tú habrías dejado que me mataran.»

Petranilla se sentó y echó un vistazo a la estancia.

—Este sitio no es lo bastante bueno —sentenció.

Siempre era brusca, pero Godwyn se exasperaba sin remedio cuando la oía hablar así.

—¿Qué has querido decir con eso?

—Deberías tener una morada en mejores condiciones.

—Ya lo sé.

Hacía ocho años, Godwyn había intentado convencer a la madre Cecilia para que financiara la construcción de un nuevo palacio. Ella había prometido darle el dinero tres años después pero, llegado el momento, alegó que había cambiado de opinión. Godwyn estaba seguro de que la razón había sido su actuación con Caris: tras el juicio por herejía, sus encantos habían dejado de funcionar con Cecilia, y se había vuelto difícil conseguir dinero de ella.

—Necesitas un palacio para hospedar a obispos y arzobispos, barones y condes —dijo Petranilla.

—Hoy en día no vemos a muchos de esos nobles por aquí. El conde Roland y el obispo Richard han estado en Francia durante los últimos años.

El rey Eduardo había invadido el noreste de Francia en 1339 y había pasado allí todo 1340; luego, en 1342 había conducido a sus ejércitos hacia el noroeste de las tierras galas y había combatido en la Bretaña. En 1345, los soldados ingleses habían librado una batalla en la Gascuña, región vinícola al sudoeste del país. En esos momentos, Eduardo ya estaba de regreso en Inglaterra, pero había empezado a reclutar a más hombres para una nueva invasión.

—Roland y Richard no son los únicos nobles —replicó Petranilla con irritación.

—Los otros no nos visitan nunca.

La voz de la anciana se endureció.

—Quizá sea porque no podéis alojarlos con la clase y la distinción acordes con su rancio abolengo. Necesitáis una sala para los banquetes, una capilla privada y alcobas espaciosas.

Godwyn supuso que Petranilla había pasado la noche en vela rumiando todo aquello. Ésa era su forma de proceder: daba vueltas a las ideas y luego disparaba sus ocurrencias como dardos envenenados. El prior se preguntó qué habría suscitado ese arrebato en particular.

—Parece un lujo excesivo —comentó, para ganar tiempo.

—¿Es que no lo entiendes? —espetó ella—. El priorato no es tan influyente como debería por el simple hecho de que jamás te reúnes en calidad de prior con los próceres del territorio. Cuando tengas un palacio con hermosas alcobas para acogerlos, vendrán aquí.

Seguramente estaba en lo cierto. Los monasterios más prósperos, como el de Durham y el de St. Albans, llegaban incluso a quejarse por el gran número de visitantes de la nobleza y la realeza que se veían obligados a albergar.

—Ayer fue el aniversario de la muerte de mi padre —prosiguió Petranilla. «Así que es eso lo que la ha puesto de mal humor», pensó Godwyn: había estado rememorando la gloriosa trayectoria de su padre—. Hace casi nueve años que te ordenaron prior —dijo—. No quiero que te estanques. Los arzobispos y el rey deberían estar considerando tu candidatura para algún obispado, la regencia de alguna abadía de renombre como la de Durham, o como embajador eclesiástico en misión papal.

Godwyn siempre había supuesto que Kingsbridge sería su trampolín para alcanzar metas más elevadas, pero en ese momento se dio cuenta de que había permitido que su ambición decayera. Le daba la sensación de que había sido ayer cuando había ganado las elecciones como prior, y se sentía casi como si acabase de tomar posesión del cargo, pero lo cierto era que su madre tenía razón: habían pasado más de ocho años.

—¿Por qué no piensan en ti para cargos de mayor relevancia? —fue su retórica pregunta—. ¡Porque ni siquiera saben que existes! Eres prior de un importante monasterio pero no se lo has contado a nadie. ¡Haz gala de tu magnificencia! ¡Construye un palacio! Invita al arzobispo de Canterbury a ser tu primer huésped. Dedica la capilla al santo de su predilección. Informa al rey de que has construido una alcoba real con la esperanza de recibir su visita.

—No te precipites, cada cosa a su tiempo —la refrenó Godwyn—. Me encantaría construir un palacio, pero no tengo el dinero necesario.

—Pues consíguelo —espetó la mujer.

El prior quiso preguntarle cómo, pero en ese momento las dos monjas más prominentes del convento hicieron acto de presencia en la habitación. Petranilla y Cecilia se saludaron con recelosa cortesía y acto seguido, la madre de Godwyn abandonó la sala.

La madre Cecilia y la hermana Natalie tomaron asiento. Cecilia tenía ya cincuenta y un años, el pelo encanecido y la visión mermada. Todavía iba revoloteando de aquí para allá como un pajarillo inquieto, metiendo el «pico» en todas las celdas para dar sus instrucciones a las monjas, novicias y sirvientas. Sin embargo, se había ablandado con los años y era capaz de dar largos rodeos con tal de evitar conflictos.

Cecilia llevaba un pergamino.

—El convento ha recibido un donativo —anunció mientras se ponía cómoda—. De una pía mujer de Thornbury.

—¿Cuánto? —preguntó Godwyn.

—Ciento cincuenta libras en monedas de oro.

Godwyn se quedó anonadado. Era una suma cuantiosa, suficiente para erigir un palacio modesto.

—¿Lo ha recibido el convento o el priorato?

—El convento —respondió Cecilia con decisión—. Este pergamino es una copia de su testamento.

—¿Por qué os ha dejado tal cantidad de dinero?

—Por lo visto, cuidamos de ella cuando cayó enferma en su camino de regreso a casa desde Londres.

Natalie intervino. Era unos años mayor que Cecilia; una mujer de rostro ovalado y trato afable.

—La cuestión es: ¿dónde vamos a guardar el dinero?

Godwyn miró a Philemon. Natalie les había dado pie para el tema que deseaban sacar a colación.

—¿Qué hacéis con vuestro dinero en la actualidad? —preguntó a la monja.

—Se encuentra en la celda de la madre priora, a la que sólo se puede acceder pasando por el dormitorio.

Como si se le hubiera ocurrido en ese preciso instante, Godwyn dijo:

—Quizá sería conveniente invertir parte del donativo en una nueva sala del tesoro.

—Estoy de acuerdo, es algo necesario —admitió Cecilia—. Un sencillo edificio de piedra sin ventanas y una pesada puerta de roble.

—No tardará mucho en construirse —dijo Godwyn—. Y no debería costar más que cinco o diez libras.

—Por razones de seguridad, creemos que debería formar parte de la catedral.

—Ah...

Ésa era la razón por la que las monjas tenían que discutir el plan con Godwyn. No tendrían que haberle consultado nada de haber querido construir una sala del tesoro en su zona del priorato, pero la iglesia era patrimonio común de sacerdotes y monjas.

—Podría construirse contra el muro de la catedral, en la esquina formada por el crucero norte y el coro, aunque se accedería al interior desde la iglesia.

—Sí, eso era precisamente lo que había pensado.

—Hoy mismo hablaré con Elfric, si así lo deseas, y le pediré que nos haga un presupuesto.

—Hazlo, por favor.

Godwyn se alegraba de haberle sacado a Cecilia una parte de ese dinero como llovido del cielo, pero no estaba satisfecho del todo. Después de la conversación con su madre, deseaba echar mano de una cantidad mayor. Le hubiera gustado hacerse con el botín completo. Pero ¿cómo?

Se oyó el tañido de la campana de la catedral, y los cuatro se pusieron en pie y salieron de la sala.

El reo se encontraba en el exterior, en el ala oeste de la iglesia. Estaba desnudo, y fuertemente atado de pies y manos a una tabla rectangular de madera semejante a un quicial. Un centenar o más de habitantes de la ciudad esperaban para ver la ejecución. Los hermanos y las monjas de jerarquía inferior no habían sido invitados; no se consideraba apropiado que presenciaran una carnicería.

El verdugo era Will Tanner, un hombre de unos cincuenta años con la piel tostada por su oficio. Llevaba un pulcro mandil de lona. Se encontraba de pie junto a una pequeña mesa sobre la que había dispuesto sus cuchillos. Estaba afilando uno de ellos con una mola, y el chirrido de la cuchilla al chocar con el granito hizo estremecer a Godwyn.

El prior pronunció varias oraciones, que finalizó con un ruego improvisado en inglés para que la muerte del ladrón sirviera a Dios como ejemplo disuasorio contra la comisión del mismo pecado por parte de otros hombres. Acto seguido hizo una señal de asentimiento a Will Tanner.

El verdugo se situó detrás del ladrón amarrado. Agarró una cuchilla de punta afilada y la ensartó en el centro de la nuca de Gilbert, a continuación descendió con ella en línea recta por la espalda hasta la base de la columna vertebral. Gilbert rugió de dolor, y la sangré manó a borbotones por el corte. Will hizo un nuevo tajo en los hombros del reo y dibujó una letra te.

Entonces cambió de cuchillo y escogió uno de hoja alargada y delgada. La clavó con cuidado justo en el punto de intersección entre ambos cortes, y tiró de la piel por una esquina. Gilbert emitió un nuevo alarido. Después, asiendo la esquina de pellejo entre los dedos de la mano izquierda, Will empezó a desollarle la espalda a Gilbert con mucha parsimonia.

El condenado soltó un berrido animal.

La hermana Natalie contuvo una arcada, se volvió de espaldas y corrió de regreso al priorato. Cecilia cerró los ojos y empezó a rezar. Godwyn sintió náuseas. Alguno de los presentes entre la multitud cayó desplomado, víctima de un vahído. El único inconmovible parecía ser Philemon.

Will trabajaba con premura; su afilado cuchillo se hundía en la grasa subcutánea hasta dejar a la vista los músculos estriados de debajo. La sangre manaba en abundancia, y el verdugo se detenía cada pocos segundos para enjugarse las manos en el mandil. Gilbert gritaba con creciente agonía a cada tajo que le daban. La piel de la espalda no tardó en quedarle colgando en dos anchas tiras.

El verdugo se arrodilló en el suelo, las rodillas se le empaparon con un dedo de sangre, y empezó a trabajar en las piernas del reo.

Los gritos se silenciaron en seco; al parecer, Gilbert había muerto. Godwyn se sintió aliviado. Su intención inicial había sido que el hombre sufriera una terrible agonía por haber intentado robar en una iglesia —y quería que los demás presenciaran el tormento del ladrón—, pero pese a ello, le había resultado muy difícil soportar todos esos quejidos.

Will prosiguió su labor con actitud flemática, indiferente al hecho de que su víctima siguiera consciente o no, hasta que toda la piel de la espalda, los brazos y las piernas quedó desprendida. A continuación dio la vuelta para colocarse frente al reo. Hizo un corte alrededor de tobillos y muñecas, y los desolló para que la piel quedara colgando de los hombros y caderas de la víctima. Ascendió hasta la pelvis, y Godwyn se dio cuenta de que iba a intentar arrancar el pellejo de una sola pieza. Pronto no quedó más piel pegada al músculo que la de la cabeza.

Gilbert todavía respiraba.

Will realizó una serie de precisas incisiones en torno al cráneo. Después dejó los cuchillos y se limpió las manos una vez más. Por último agarró la piel de Gilbert por los hombros y tiró con fuerza de ella hacia arriba. Rostro y cuero cabelludo se desgarraron de la cabeza, aunque siguieron adheridos al resto del cuerpo.

El verdugo levantó el ensangrentado pellejo de Gilbert en el aire, como un trofeo de caza, y la multitud lo jaleó.

Caris no se sentía cómoda compartiendo la nueva sala del tesoro con los monjes. Acosó a Beth con tantas preguntas sobre el buen recaudo de su dinero que, al final, ésta la llevó a inspeccionar el lugar.

Godwyn y Philemon se presentaron en la catedral en ese preciso momento, como si hubiera sido por casualidad. Vieron a las monjas y las siguieron.

Pasaron por debajo de un nuevo arco en la pared sur del coro hasta adentrarse en un pequeño vestíbulo y se detuvieron delante de una formidable puerta tachonada. La hermana Beth sacó una enorme llave de hierro. Era una mujer humilde, apocada y modesta, como la mayoría de las monjas.

—Esto es nuestro —le dijo a Caris—. Podemos entrar en la sala del tesoro siempre que lo deseemos.

—Más vale que así sea, ya que nosotras pagamos su construcción —espetó Caris con descaro.

Entraron a una cámara rectangular de dimensiones reducidas. Contenía un escritorio con una pila de pergaminos encima, un par de taburetes y un imponente cofre ferreteado.

—El cofre es demasiado voluminoso para sacarlo por la puerta —señaló Beth.

—Entonces, ¿cómo lo metieron aquí dentro? —preguntó Caris.

—Desmontado. El carpintero lo montó una vez colocado en la estancia —respondió Godwyn.

Caris lanzó al prior una mirada fría. Aquel hombre había intentado asesinarla. Desde el juicio por brujería lo miraba con odio y evitaba hablar con él en la medida de lo posible. En ese momento dijo con tono cansino:

—Las monjas necesitan una llave del cofre.

—No será necesario —respondió él a toda prisa—. Contiene los ornamentos engastados de la catedral, bajo la vigilancia del sacristán, que siempre es un monje.

—Enséñamelo —ordenó Caris.

Se apercibió de que a Godwyn le había ofendido su tono, y de que estaba a punto de negarse a obedecer, pero el prior quería parecer solícito y sin malicia, así que accedió. Sacó una llave del saquillo que llevaba prendido del cinto y abrió el baúl. Además de los ornamentos de la catedral, en su interior había decenas de rollos manuscritos, los cartularios del priorato.

—Por lo visto no sólo contiene los ornamentos —afirmó Caris confirmando sus sospechas.

—También están los archivos.

—Incluidos los cartularios de las monjas —persistió Caris.

—Sí.

—En cuyo caso debemos tener una llave.

—Mi idea es que copiemos todos nuestros cartularios, y que guardemos las copias en la biblioteca. Siempre que necesitemos leer un cartulario, consultaremos la copia de la biblioteca, para que los valiosos originales permanezcan bajo llave.

Beth detestaba los conflictos e intervino con nerviosismo:

—Parece una idea bastante razonable, hermana Caris.

—Siempre y cuando las monjas tengan libre acceso a sus documentos de una forma u otra —espetó Caris de mala gana. Los cartularios eran un asunto baladí. Dirigiéndose a Beth, más que a Godwyn, dijo—: Lo que es más importante, ¿dónde guardaremos el dinero?

—En pequeñas cámaras subterráneas —respondió Beth—. Hay cuatro: dos para los monjes y dos para las monjas. Si observas con detenimiento podrás ver las piedras sueltas.

Caris estudió el suelo y, pasado un instante, comentó:

—No me habría percatado de ello si no me lo hubieras dicho, pero ahora las veo. ¿Pueden estar cerradas con llave?

—Supongo que sería posible —respondió Godwyn—. Pero entonces su ubicación sería evidente y entraría en contradicción con la idea de ocultarlas bajo las losas.

—Pero de esta forma, monjas y monjes tendrán acceso al dinero del otro.

Philemon se decidió a intervenir. Miró de forma acusatoria a Caris y dijo:

—¿Qué estás haciendo aquí? No eres más que una hospedera, no tienes nada que ver con la sala del tesoro.

La actitud de Caris con Philemon era de desprecio manifiesto. Tenía la sensación de que aquel ser no era del todo humano. Parecía no saber distinguir entre el bien y el mal, y carecía de cualquier principio o escrúpulo. Aunque despreciaba a Godwyn como hombre vil y consciente de sus fechorías, le daba la impresión de que Philemon era más similar a una fiera, un perro rabioso o un jabalí salvaje.

—Acostumbro a fijarme en los detalles —respondió Caris.

—Eres muy desconfiada —le reprochó Philemon.

Caris soltó una risilla desganada.

—Viniendo de ti, Philemon, ese comentario resulta irónico.

El religioso fingió sentirse dolido.

—No entiendo a qué puedes estar refiriéndote.

Beth habló de nuevo, en un intento de apaciguar los ánimos.

—He invitado a Caris a inspeccionar el lugar sólo porque a ella se le ocurren preguntas en las que yo ni siquiera pienso.

—Por ejemplo, ¿cómo podemos estar seguras de que los monjes no se llevan nuestro dinero?

—Te lo demostraré —afirmó Beth. Colgado de un gancho de la pared había un trozo alargado de sólida madera de roble. Al usarlo como palanca,

Beth levantó una piedra. Justo debajo había un espacio con un cofre que tenía refuerzos de hierro—. Hemos encargado la fabricación de cofres cerrados con el tamaño preciso para que encajen en estas cámaras secretas —aclaró. Metió la mano dentro y levantó el escriño.

Caris lo examinó. Parecía de hechura resistente. La tapa tenía goznes, y el cierre estaba asegurado con un candado cilíndrico de acero.

—¿De dónde ha salido este candado? —preguntó Caris.

—Lo ha fabricado Christopher Blacksmith.

Eso era buena señal. Christopher era un ciudadano prominente de Kingsbridge que no se habría arriesgado a mancillar su reputación vendiendo duplicados de las llaves a los ladrones.

Caris no pudo encontrar pegas al conjunto de disposiciones para la seguridad. Tal vez se había preocupado sin necesidad. Se disponía a dar media vuelta para marcharse cuando apareció Elfric, acompañado de un aprendiz cargado con un costal al hombro.

—¿Podemos colgar ya la señal de advertencia? —preguntó el mayordomo.

—Sí, por favor, adelante.

El ayudante de Elfric extrajo del costal algo similar a un gran pedazo de cuero.

—¿Qué es eso? —preguntó Beth.

—Esperad —dijo Philemon—. Esperad y veréis.

El aprendiz apoyó el objeto sobre la puerta.

—He estado esperando a que se secara —informó Philemon—. Es la piel de Gilbert de Hereford.

Beth lanzó un grito, horrorizada.

—¡Eso es asqueroso! —protestó Caris.

La piel empezaba a amarillear, y el pelo estaba cayéndose del cuero cabelludo, pero todavía podían adivinarse los elementos característicos de la cara: las orejas, las dos cuencas donde antes habían estado alojados los ojos y un orificio para la boca que parecía sonreír de oreja a oreja.

—Esto debería disuadir a los ladrones —aclaró Philemon con satisfacción.

Elfric sacó un martillo y empezó a clavar el pellejo en la puerta de la sala del tesoro.

Las dos monjas se marcharon. Godwyn y Philemon esperaron a que Elfric finalizara su repulsiva tarea y luego volvieron a entrar a la sala.

—Creo que estamos salvados —opinó Godwyn.

Philemon asintió.

—Caris es una mujer con muchos recelos, pero todas sus preguntas han recibido una respuesta satisfactoria.

—En tal caso...

Philemon cerró la puerta y echó el seguro. Luego levantó la losa de piedra que quedaba sobre una de las dos cámaras subterráneas de las monjas y sacó el cofre.

—La hermana Beth guarda una pequeña cantidad de dinero en efectivo para los gastos diarios en algún lugar de los aposentos de las monjas —explicó a Godwyn—. A este lugar sólo viene para depositar o retirar sumas más cuantiosas. Siempre destapa el otro agujero, que contiene sobre todo peniques de plata. Casi nunca abre este cofre, que es donde se encuentra el donativo.

Le dio la vuelta a la caja y observó la bisagra que tenía detrás. Estaba sujeta a la madera con cuatro clavos. Se sacó del bolsillo un delgado formón de acero y un par de alicates para sujetar el gozne. Godwyn se preguntó de dónde habría sacado las herramientas, pero no formuló la pregunta en voz alta. En algunas ocasiones era más conveniente no estar al tanto de todos los detalles.

Philemon introdujo el delgado punzón por debajo del borde de la bisagra de acero y tiró hacia arriba. La pieza se levantó ligeramente de la madera y Philemon introdujo un poco más la punta de su afilado instrumento. Trabajó con delicadeza y paciencia para asegurarse de que el estropicio no fuera apreciable a primera vista. De forma gradual, la plaquita plana de la bisagra fue desprendiéndose y los clavos salieron con ella. Cuando tuvo sitio suficiente para sujetar las cabezas de los pernos con los alicates, los desclavó. Entonces pudo retirar la bisagra y levantar la tapa.

—He aquí el donativo de la piadosa mujer de Thornbury —anunció.

Godwyn se quedó mirando el interior del cofre. El dinero estaba en ducados venecianos. En esas monedas de oro se veía la imagen del dogo de Venecia arrodillado ante san Marcos en una cara y, en la otra, a la Virgen María, rodeada de estrellas para simbolizar que estaba en el cielo. Por su diseño, los ducados eran intercambiables con los florines de Florencia: ambos tenían las mismas dimensiones, peso y pureza del metal. Valían tres chelines o treinta y seis peniques de plata ingleses. En esa época, Inglaterra tenía sus propias monedas de oro —una innovación del rey Eduardo—, nobles, medios nobles y cuartos de noble, pero llevaban en circulación menos de dos años y todavía no habían desplazado a las doradas monedas extranjeras.

Godwyn sacó cincuenta ducados del cofre, por un valor de siete libras con diez chelines, y Philemon cerró la tapa. Envolvieron los clavos con unas tiras de cuero, para que encajaran bien, y recolocaron la bisagra. Philemon volvió a situar el cofre en la cámara subterránea y colocó la losa sobre el agujero.

—Está claro que, más tarde o más temprano, acabarán dándose cuenta de la pérdida —dijo.

—Podrían pasar años antes de que sucediera —comentó Godwyn—. Ya salvaremos ese escollo cuando lo encontremos.

Entonces salieron de la sala y Godwyn cerró la puerta con llave.

—Busca a Elfric y reúnete conmigo en el cementerio —ordenó Godwyn.

Philemon partió. Godwyn se dirigió al extremo occidental del camposanto, más allá de la casa del prior. Era un ventoso día de mayo y el aire fresco hacía restallar su hábito a la altura de las piernas. Una cabra suelta estaba pastando entre las tumbas y Godwyn se quedó contemplándola, meditabundo.

Sabía que se arriesgaba a tener un terrible enfrentamiento con las monjas, pero no creía que descubrieran lo que faltaba hasta después de un año o incluso más tiempo, aunque no podía saberlo con certeza. Cuando lo descubrieran, iba a armarse un escándalo tremendo. Sin embargo, ¿cuáles serían las verdaderas consecuencias? Él no era como Gilbert de Hereford, quien había robado dinero para su lucro personal. Había tomado prestado el donativo de una mujer pía para invertirlo en propósitos igual de píos.

Dejó a un lado sus preocupaciones. Su madre tenía razón: debía actuar en consonancia con su papel de prior de Kingsbridge si quería medrar.

Cuando Philemon regresó con Elfric, Godwyn dijo:

—Quiero levantar el palacio del prior en este lugar, mucho más al este del edificio actual.

Elfric asintió en silencio.

—Excelente ubicación, si me permites el comentario, reverendísimo padre: próxima a la sala capitular y en el ala este de la catedral, pero separada del mercado por el cementerio; así podrás gozar de más paz y tranquilidad.

—Quiero una espaciosa sala de banquetes en la planta baja —prosiguió Godwyn— de unos treinta metros de largo. Debe rezumar prestigio, poder, para albergar a comensales de la nobleza, e incluso, algún día, de la realeza.

—Muy bien.

—Y una capilla en el ala este de la misma planta.

—Pero si estará a unos pocos pasos de la catedral...

—Los invitados de la nobleza no siempre quieren exponerse al contacto con la plebe. Deben contar con la alternativa de orar en privado si así lo desean.

—¿Y arriba?

—La cámara privada del prior, por supuesto, con espacio suficiente para un altar y una mesa de escritorio. Y otros tres aposentos espaciosos para los invitados.

—Espléndido.

—¿Cuánto costará?

—Más de cien libras, quizá doscientas. Haré el esbozo de un proyecto para darte un presupuesto más aproximado.

—No dejes que supere las ciento cincuenta libras. Es todo cuanto puedo permitirme.

Si Elfric llegó a cuestionarse de dónde habría sacado Godwyn, de pronto, ciento cincuenta libras, no se lo preguntó.

—Será mejor que empiece a hacer acopio de piedras para la construcción lo antes posible —dijo—. ¿Podrías darme parte del dinero por adelantado para empezar?

—¿Te parece bien cinco libras?

—Diez estaría mejor.

—Te daré siete libras con diez chelines, en ducados —concluyó Godwyn, y le entregó las cincuenta monedas de oro que había robado de los ahorros de las religiosas.

Tres días más tarde, cuando monjes y monjas abarrotaban la catedral tras el oficio vespertino de nona, la hermana Elizabeth habló con el prior.

Se suponía que monjes y monjas no debían hablar entre sí de asuntos cotidianos, así que la hermana tuvo que inventar un pretexto. Dio la casualidad de que había un perro en la nave y había estado ladrando durante el oficio. Los chuchos se colaban continuamente en la iglesia y daban la lata, aunque, por lo general, los feligreses no les hacían mucho caso. Sin embargo, en esa ocasión, Elizabeth abandonó la procesión para espantar al can. Se vio obligada a cruzar la fila de los monjes y se las ingenió para ir a parar justo enfrente de Godwyn. Le dedicó una sonrisa, como disculpándose, y dijo:

—Ruego me perdones, padre prior. —Entonces bajó el tono de voz, y añadió—: Reúnete conmigo en la biblioteca, como si se tratara de un encuentro casual. —Se alejó para echar al perro por la puerta oeste.

Intrigado, Godwyn se dirigió hasta la biblioteca y se sentó a leer la Regla de san Benito. Poco tiempo después apareció Elizabeth y escogió el Evangelio de san Mateo. Las monjas habían construido su propia biblioteca, después de que Godwyn fuera ordenado prior, con objeto de mejorar la segregación entre mujeres y hombres; pero al retirar todos sus libros de la biblioteca de los monjes, el lugar había quedado desierto, y Godwyn se había retractado. El edificio destinado a la biblioteca de las monjas se utilizaba en ese momento como aula escolar en la estación más fría.

Elizabeth se sentó de espaldas a Godwyn; de esa forma, nadie que entrara podría sospechar que estaban tramando algo, aunque estaba lo bastante pegada a él como para escucharlo con claridad.

—Hay algo que he creído que debía decirte —anunció la religiosa—. A la hermana Caris no le gusta que el dinero de las monjas se guarde en la nueva sala del tesoro.

—Eso ya lo sabía —replicó Godwyn.

—Ha convencido a la hermana Beth para contar el dinero y asegurarse así de que todavía sigue allí. He creído que podría interesarte saberlo, por si hubieras… tomado algo prestado.

A Godwyn le dio un vuelco el corazón. En una inspección descubrirían que faltaban cincuenta ducados en los fondos. Además, necesitaría el resto para construir su palacio. No había imaginado que esa coyuntura pudiera darse tan pronto. Maldijo a Caris. ¿Cómo había descubierto algo que él había hecho con tanta discreción?

—¿Cuándo? —preguntó con la voz entrecortada.

—Hoy. No sé a qué hora; será en cualquier momento. Pero Caris ha insistido mucho en que nadie te avisara.

Tendría que volver a poner los ducados en su sitio, y deprisa.

—Muchas gracias —dijo—. Agradezco que me lo hayas contado.

—Lo he hecho porque tú favoreciste a mi familia en Long Ham —respondió ella; se levantó y se fue.

Godwyn se apresuró en salir. ¡Qué suerte que Elizabeth se sintiera en deuda con él! El instinto de Philemon para la intriga era inestimable. Justo cuando se formulaba ese pensamiento para sí, vio a Philemon en el claustro.

—Recoge esas herramientas y reúnete conmigo en la sala del tesoro —susurró. A continuación salió del priorato.

Se apresuró en atravesar el césped y salir a la calle principal. La esposa de Elfric, Alice, había heredado la casa de Edmund Wooler, una de las viviendas más espaciosas de la ciudad, además de todo el dinero que había ganado Caris tiñendo paño. En esa época, Elfric vivía rodeado de grandes lujos.

Godwyn tocó a la puerta y entró en la cámara principal. Alice estaba sentada a la mesa delante de las sobras de la cena. Con ella se encontraba su hija, Griselda, y el hijo de ésta, el pequeño Merthin. A esas alturas nadie creía ya que Merthin Fitzgerald fuera el padre de la criatura: tenía un parecido asombroso con el amante fugado de Griselda, Thurstan. Griselda se había desposado con uno de los empleados de su padre, Harold Mason. La gente de bien llamaba al pequeño de ocho años Merthin Haroldson, y los demás lo llamaban Merthin el Bastardo.

Alice se levantó de un salto al ver a Godwyn.

—¡Primo prior, qué honor tenerte en mi casa! ¿Te apetece una copa de vino?

Godwyn pasó por alto su cortés hospitalidad.

—¿Dónde está Elfric?

—Está arriba, echando una cabezadita antes de regresar al trabajo. Ve a sentarte a la cámara privada, yo iré a buscarle.

—Ahora mismo, si no te importa.

Godwyn entró a la estancia contigua. Había dos sillas de aspecto muy cómodo, pero él no dejó de deambular de aquí para allá.

Elfric entró frotándose los ojos.

—Disculpa —dijo—. Es que estaba…

—Esos cincuenta ducados que te di hace tres días —empezó a decir Godwyn—, necesito que me los devuelvas.

Elfric quedó anonadado.

—Pero si el dinero era para las piedras…

—¡Ya sé para lo que era! Lo necesito ahora mismo.

—Ya he gastado una parte, para pagar a los carreteros que han traído las piedras de la cantera.

—¿Cuánto?

—Aproximadamente la mitad.

—Bueno, puedes reunir esa suma con tus ahorros, ¿verdad?

—¿Ya no quieres construir un palacio?

—Por supuesto que quiero, pero debo recuperar ese dinero. No me preguntes por qué, limítate a dármelo.

—¿Qué hago con las piedras que he comprado?

—Guárdalas. Recuperarás el dinero; lo necesito sólo durante un par de días. ¡Deprisa!

—Está bien. Espera aquí. Si quieres.

—No pensaba ir a ninguna parte.

Elfric salió. Godwyn se preguntó dónde escondería el dinero. En el hogar, bajo el pedernal, ése era el lugar habitual. Dada su condición de maestro constructor, Elfric podría haber tenido un escondrijo más ingenioso. Fuera como fuese, no tardó más que unos minutos en regresar.

Contó cincuenta monedas de oro en la mano de Godwyn.

—Yo te lo di en ducados, y algunas de estas monedas son florines...

—El florín era del mismo tamaño, pero las imágenes acuñadas eran distintas: Juan Bautista en una cara y, en la otra, una flor.

—¡No tengo las mismas monedas! Ya te he dicho que he gastado parte del adelanto. Pero valen todas lo mismo, ¿no es así?

Así era. ¿Se percatarían las monjas de la diferencia?

Godwyn se metió el dinero en el portamonedas del cinto y salió sin mediar palabra.

Regresó a todo correr a la catedral y se reunió con Philemon en la sala del tesoro.

—Las monjas van a realizar una inspección —explicó casi sin aliento—. He recuperado el dinero que le había dado a Elfric. Abre ese cofre, deprisa.

Philemon abrió la cámara del suelo, sacó el cofre, retiró los clavos y levantó la tapa.

Godwyn removió las monedas: eran todas ducados.

No había nada que pudieran hacer. Hundió la mano hasta el fondo y allí enterró sus florines.

—Ciérralo y vuelve a ponerlo en su sitio —ordenó.

Philemon obedeció.

El prior sintió un momento de alivio. Su delito había quedado parcialmente oculto. Al menos ahora no resultaría tan evidente.

—Quiero estar aquí cuando lo cuente —anunció a Philemon—. Me preocupa que se dé cuenta de que ahora hay florines mezclados con sus ducados.

—¿Sabes cuándo tienen pensado venir?

—No.

—Pondré a un novicio a barrer el coro. Cuando Beth aparezca, puede venir a buscarnos. —Philemon tenía un pequeño círculo de monjes novicios que le admiraban y hacían todo cuanto les ordenaba.

No obstante, la ayuda del joven monje no fue necesaria. Cuando estaban a punto de salir de la sala del tesoro, llegaron la hermana Beth y la hermana Caris.

Godwyn fingió estar discutiendo en ese preciso instante un asunto sobre la contabilidad.

—Tendremos que consultar ese dato en un pergamino de contabilidad anterior a éste, hermano —le dijo a Philemon—. ¡Oh!, buenas tardes, hermanas.

Caris abrió las dos cámaras secretas de las monjas y sacó sendos cofres.

—¿Puedo ayudaros en algo? —preguntó Godwyn.

Caris no le prestó atención.

—Sólo estamos comprobando algo, gracias, padre prior. No tardaremos mucho —aclaró Beth.

—Adelante, adelante —las invitó con amabilidad, aunque tenía el corazón desbocado.

—No es necesario justificar nuestra presencia en este lugar, hermana Beth. Es nuestro tesoro y nuestro dinero —replicó Caris, irritada.

Godwyn desenrolló un pergamino de la contabilidad al azar, y fingió que lo estaba leyendo con Philemon. Beth y Caris contaron la plata del primer cofre: cuartos de penique, medios peniques, peniques y unos cuantos luxemburgos, toscos peniques de aleación de plata adulterada y utilizados como calderilla. También había algunas monedas sueltas de oro: florines, ducados y otras monedas por el estilo —el *genovino* de Génova y el *reale* de Nápoles—, además de un par de mutones franceses de mayor valor y nobles ingleses recién acuñados. Beth comprobó los totales con las cifras anotadas en una pequeña libreta. Cuando terminaron dijo:

—Está todo correcto.

Volvieron a meter todas las monedas en el cofre, lo cerraron y lo colocaron de nuevo en la cámara subterránea.

Empezaron a contar las monedas de oro del otro cofre, y las fueron apilando en montones de diez. Cuando llegaron al fondo del cofre, Beth frunció el ceño y emitió un gruñido de perplejidad.

—¿Qué ocurre? —preguntó Caris.

El pavor inducido por la culpabilidad invadió a Godwyn.

—En este cofre sólo está el donativo de la piadosa mujer de Thornbury. Yo lo había guardado aparte —respondió Beth.

—¿Y…?

—Su marido tenía negocios con Venecia. Estaba segura de que la totalidad de la suma eran ducados. Pero aquí también hay algunos florines.

Godwyn y Philemon quedaron petrificados, escuchando.

—Qué raro… —comentó Caris.

—Quizá me haya equivocado.

—Es un tanto sospechoso.

—En realidad, no —rectificó Beth—. Los ladrones no se dedicarían a meter dinero en el tesoro, ¿verdad?

—Tienes razón, no harían precisamente eso —admitió Caris a regañadientes.

Finalizaron el recuento. Tenían cien montones de diez monedas cada uno, que ascendían a la suma de ciento cincuenta libras.

—Es la cantidad exacta que tengo anotada en mi libro —anunció Beth.

—Así que está todo, hasta el último penique… —afirmó Caris.

—Ya te lo había dicho.

45

Caris pasaba largas horas pensando en la hermana Mair.

Había quedado asombrada por su beso, pero más le había sorprendido su propia reacción al recibirlo. Lo había encontrado turbador. Hasta ese momento jamás se había sentido atraída por Mair ni por ninguna otra mujer; en realidad, sólo había una persona que la hubiera hecho desear ser acariciada, besada y penetrada, y esa persona era Merthin. En el convento había aprendido a vivir privada del contacto físico. La única mano que la había tocado con intenciones sexuales había sido la suya, en la oscuridad del dormitorio, cuando recordaba los días de su cortejo y hundía la cabeza en la almohada para que las demás monjas no oyeran sus jadeos.

No sentía por Mair la misma lujuria extática que Merthin le provocaba, pero éste se hallaba a miles de kilómetros de distancia y a siete años de su vida presente. Y a Mair le tenía cariño. Era por algo relacionado con su rostro angelical, sus ojos azules; cierta reacción a la amabilidad que había tenido con ella en el hospital y en la escuela.

Mair siempre hablaba a Caris con dulzura y, cuando nadie las miraba, le rozaba un brazo o un hombro y, en una ocasión, incluso una mejilla. Caris no la rechazaba, pero se reprimía a la hora de corresponderla. No era porque creyera que se trataba de un pecado, pues tenía la certeza de que Dios era demasiado sabio para crear un mandamiento que condenara a las mujeres por darse placer mutuamente sin hacer daño a nadie. Sin embargo, tenía miedo de decepcionar a Mair. La intuición le decía que los sentimientos de la monja eran intensos y claros, mientras que los suyos eran imprecisos. «Está enamorada de mí —pensó Caris—, pero yo no siento lo mismo por ella. Si vuelvo a besarla, puede albergar esperanzas de que seamos almas gemelas de por vida, y no puedo prometerle eso.»

Así que no hizo nada, hasta la semana de la feria del vellón.

La feria de Kingsbridge se había recuperado de la crisis de 1338. La compraventa de lana virgen todavía se veía perjudicada por la constante oposición del rey, y los italianos acudían a la feria sólo cada dos años, aunque el nuevo negocio de los telares y los tintes compensaba las posibles pérdidas. La ciudad no era todavía tan próspera como debería, puesto que la prohibición del uso de molinos privados impuesta por el prior Godwyn había expulsado la industria de la ciudad y la había desplazado a las aldeas de los alrededores. Con todo, gran parte del paño ofertado en la feria del vellón había llegado a conocerse con el nombre de escarlata Kingsbridge. Elfric había finalizado el puente de Merthin y los visitantes llegaban en legión y atravesaban las amplias estructuras dobles con sus caballos de carga y sus carretas.

Así las cosas, la noche del sábado antes de la inauguración oficial de la feria, el hospital estaba a rebosar de visitantes.

Uno de ellos había caído enfermo.

Se llamaba Maldwyn Cook, y su negocio consistía en preparar pequeños bocaditos salados con tiras de carne o pescado envueltos en harina; los freía rápidamente en mantequilla y vendía media docena por un cuarto de penique. Poco después de llegar a la ciudad empezó a quejarse de un tremendo y repentino dolor de vientre, seguido por vómitos y diarrea. No había otra cosa que Caris pudiera hacer por él más que darle una cama junto a la puerta.

Hacía tiempo que quería conseguir una letrina propia para el hospital, para poder supervisar la higiene del lugar. No obstante, ésa era sólo una de las mejoras que esperaba llevar a cabo. Necesitaba una nueva botica, contigua al hospital, una cámara espaciosa y bien iluminada donde poder preparar las medicinas y redactar sus notas. Intentaba imaginar una forma de proporcionar a los pacientes mayor privacidad. En ese momento, todos los presentes en la sala podían ver a una mujer dar a luz, a un hombre con un ataque de convulsiones, a un niño vomitar… Opinaba que las personas cuya vida corría peligro debían contar con pequeñas cámaras privadas, como las recoletas capillas en los laterales de una iglesia de grandes dimensiones. Sin embargo, no estaba segura de cómo poder conseguirlo: en el hospital no había espacio suficiente. Lo había hablado varias veces con Jeremiah Builder —el otrora Jimmie, el aprendiz de Merthin hacía ya muchos años—, pero a él no se le había ocurrido ninguna solución satisfactoria.

A la mañana siguiente, otras tres personas presentaban los mismos síntomas que Maldwyn Cook.

Caris sirvió el desayuno a los visitantes y les aconsejó que fueran al mercado. Sólo permitió que se quedaran los enfermos. El suelo del hospital estaba más mugriento que de costumbre, y ordenó que lo barrieran y lo lavaran. Luego acudió al oficio en la catedral.

El obispo Richard no estaba presente. Se encontraba con el rey planeando una nueva invasión a Francia; siempre había considerado su obispado como un medio para sustentar su estilo de vida aristocrático. En su ausencia, el arcediano Lloyd era quien dirigía la diócesis, recolectaba los diezmos y rentas del obispo, oficiaba los bautizos de los recién nacidos y presidía los oficios con una eficiencia obstinada y carente de imaginación, habilidad de la que estaba haciendo gala en ese preciso momento con un tedioso sermón sobre la razón por la que Dios era más importante que el dinero, una prédica algo desafortunada con la que inaugurar una de las más importantes ferias comerciales de Inglaterra.

Sin embargo, todo el mundo estaba animadísimo, como solía ocurrir siempre el primer día. La feria del vellón era el momento más importante del año para los habitantes de la ciudad y los campesinos de las aldeas colindantes. Todos ganaban dinero en la feria y lo perdían jugando en las posadas. Las robustas aldeanas se dejaban seducir por los escuálidos y aduladores muchachos de ciudad. Los campesinos prósperos pagaban a las rameras de Kingsbridge para gozar de servicios cuya realización no osarían pedir a sus esposas. Por lo general se cometía un asesinato, y a menudo, varios.

Entre la congregación, Caris divisó la silueta corpulenta y ataviada con lujosos ropajes de Buonaventura Caroli, y le dio un vuelco el corazón. Quizá él tuviera noticias de Merthin... Pasó la misa distraída, mascullando los salmos entre dientes. A la salida consiguió captar la atención de Buonaventura. Él le sonrió. Caris intentó indicarle, con un movimiento con la cabeza, que quería que se reuniera con ella más tarde. No estaba segura de haber sabido transmitir el mensaje, pero Caris se dirigió al hospital de todos modos —el único lugar del priorato en el que una monja podía reunirse con un hombre del exterior—, y Buonaventura no tardó mucho en llegar. Llevaba un lujoso abrigo azul y unos zapatos puntiagudos.

—La última vez que te vi, el obispo Richard acababa de consagrarte monja.

—Ahora soy hospedera —le informó Caris.

—¡Felicidades! Jamás imaginé que llegarías a adaptarte con tanta presteza a la vida en el convento. —Buonaventura la conocía desde niña.

—Ni yo tampoco. —Y se rió.

—Parece que la fortuna sonríe al priorato.

—¿Por qué lo dices?

—He visto que Godwyn está construyendo un nuevo palacio.

—Sí.

—Debe de estar prosperando.

—Supongo que así es. ¿Qué hay de ti? ¿Hay suerte con las ventas?

—Tenemos algunos problemas. La guerra entre Inglaterra y Francia ha dificultado el tránsito por los caminos, y los impuestos de tu rey Eduardo encarecen mucho la lana inglesa en comparación con la española. Aunque, por otra parte, la vuestra es de mejor calidad.

Los mercaderes se quejaban continuamente de los impuestos. Caris sacó el tema que de verdad le interesaba.

—¿Tienes alguna noticia de Merthin?

—De hecho, sí tengo una —respondió Buonaventura, y aunque su actitud seguía siendo tan refinada y cortés como siempre, Caris detectó cierto titubeo en su entonación—: Merthin se ha casado.

La noticia fue como un mazazo para Caris. Jamás se lo habría imaginado, ni en sus peores pesadillas. ¿Cómo había podido Merthin hacerle una cosa así? Él era... ellos eran...

No había razón lógica alguna que le impidiera contraer matrimonio, por supuesto. Ella lo había rechazado en más de una ocasión, y la última vez había convertido su rechazo en decisión irrevocable al ingresar en el convento. Sin embargo, resultaba sorprendente que Merthin hubiera esperado tanto tiempo. Caris no tenía ningún derecho a sentirse dolida.

Esbozó una sonrisa forzada.

—¡Es espléndido! —exclamó—. Por favor, transmítele mis más sinceras felicitaciones. ¿Quién es ella?

Buonaventura fingió no apercibirse de la turbación de la joven.

—Se llama Silvia —respondió con la misma despreocupación que si estuviera propagando un rumor inofensivo—. Es la hija menor de uno de los hombres más prominentes de la ciudad, Alessandro Christi, un mercader de especias orientales y propietario de varios barcos.

—¿Qué edad tiene?

Buonaventura sonrió con malicia.

—¿Alessandro? Pues debe de ser de mi edad...

—¡No te burles de mí! —Se sintió agradecida con Buonaventura por quitar hierro al asunto—. ¿Qué edad tiene Silvia?

—Veintitrés.

—Es seis años menor que yo.

—Es una muchacha hermosa...

Caris intuyó la objeción que se estaba callando.

—¿Pero...?

Buonaventura ladeó la cabeza, como disculpándose.

—Dicen por ahí que tiene la lengua muy afilada. Claro que a la gente le gusta hablar, y son capaces de decir cualquier cosa... pero quizá sea ésa la razón por la que ha permanecido soltera durante tanto tiempo; en Florencia, las muchachas suelen casarse antes de los dieciocho.

—Estoy segura de que es cierto —apuntó Caris—. Las únicas mujeres que le gustaban a Merthin en Kingsbridge éramos Elizabeth Clerk y yo, y ambas éramos unas arpías.

Buonaventura rió.

—No tanto, no tanto...

—¿Cuándo se celebraron los desposorios?

—Hace dos años. Poco después de verte.

Caris se dio cuenta de que Merthin había permanecido soltero hasta que ella había jurado sus votos para consagrarse a Dios como monja. Debió de saber, a través de Buonaventura, que ella había dado el paso definitivo. Caris se lo imaginó esperando durante más de cuatro años, en un país extranjero; y su quebradiza fachada de buen ánimo empezó a resquebrajarse.

—Y tienen un retoño, una niñita a la que han llamado Lolla —añadió Buonaventura.

Aquello era demasiado. Toda la tristeza que Caris había sentido hacía siete años, el dolor que creía mitigado para siempre, regresó a ella invadiéndola con una intensa oleada de rabia y pena. Se dio cuenta de que, en realidad, no había perdido a Merthin en 1339. Él había permanecido fiel a su recuerdo durante años. Ahora sí lo había perdido, finalmente, para siempre y por toda la eternidad.

Empezó a estremecerse como si fuera a darle un síncope, y supo que no podría mantener la compostura durante mucho más tiempo.

—Ha sido un enorme placer verte, y ponerme al día de todas las buenas nuevas, pero ahora debo regresar al trabajo —dijo, temblorosa.

La preocupación se reflejó en el rostro del mercader.

—Espero no haberte disgustado demasiado. He creído que preferirías saberlo.

—No te compadezcas de mí. No lo soporto. —Dio media vuelta y se marchó a todo correr.

Agachó la cabeza para ocultar la cara en el recorrido desde el hospital hasta el claustro. En busca de un rincón donde estar sola, subió corriendo la escalera en dirección al dormitorio. A esa hora del día no había nadie allí. Empezó a gimotear mientras recorría la totalidad de la estancia vacía. Al fondo estaba la cámara de la madre Cecilia. Nadie tenía permitida la entrada sin invitación previa, pero Caris irrumpió en ella de todas formas, y cerró dando un portazo tras de sí. Se dejó caer desplomada sobre la cama de Cecilia, sin importarle que el tocado del hábito se le hubiera caído. Hundió la cara en el jergón de paja y lloró con desconsuelo.

Pasado un rato, sintió una mano sobre la cabeza, acariciándole su cortísimo pelo. No había oído entrar a esa persona. No le importaba su identidad. En cualquier caso, fue tranquilizándose poco a poco, de forma gradual. Sus sollozos se tornaron menos dolientes, se le secaron las lágrimas y el torbellino de emociones empezó a amainar. Se dio media vuelta y se quedó mirando cara a cara a quien la consolaba. Era Mair.

—Merthin se ha casado… tiene una niña. —Rompió a llorar de nuevo.

Mair se tumbó en la cama y acunó la cabeza de Caris entre sus brazos. Caris apretó su rostro contra los tersos senos de Mair, y dejó que el tejido de lana del hábito enjugara sus lágrimas.

—Tranquila, tranquila… —la consoló Mair.

Después de un rato, Caris se tranquilizó. Se sentía demasiado exhausta para seguir triste. Se imaginó a Merthin acunando en sus brazos a una criaturita italiana de pelo negro, y entendió lo feliz que sería. Le alegraba que así fuera, y se sumió en un profundo sueño inducido por el agotamiento.

La enfermedad que había empezado afectando a Maldwyn Cook se propagó entre la multitud asistente a la feria del vellón como un incendio estival. El lunes se transmitió del hospital a las tabernas y, el martes, de los visitantes a los habitantes de la ciudad. Caris anotó las características de la afección en su libro: se iniciaba con cólicos estomacales, daba paso casi de inmediato a los vómitos y la diarrea, y duraba entre veinticuatro y cuarenta y ocho horas. No perjudicaba mucho a los adultos, pero mataba a los ancianos y a los lactantes.

El miércoles, atacó a las monjas y a las jóvenes de la escuela. Tanto Mair como Tilly cayeron enfermas. Caris fue a buscar a Buonaventura a la posada Bell y le preguntó, muy turbada, si los médicos italianos conocían alguna clase de tratamiento para ese tipo de afección.

—No existe cura —respondió él—. Ninguna efectiva al menos, aunque los doctores, casi en la totalidad de los casos, recetan cualquier cosa para sacar más dinero a los enfermos. Sin embargo, algunos médicos árabes creen que puede retrasarse el contagio de dicha enfermedad.

—¡Oh! ¿De veras? —Caris se mostró muy interesada. Los mercaderes comentaban que los doctores musulmanes eran superiores a sus homólogos cristianos, aunque los monjes médicos lo refutaban con encarecimiento—. ¿Cómo?

—Creen que la dolencia se contrae cuando una persona enferma te mira. La vista funciona mediante haces de luz emitidos por los ojos que tocan las cosas que vemos; un proceso comparable al hecho de extender un dedo para comprobar si un objeto está caliente, seco o duro. Sin embargo, esos mismos haces de luz proyectan la enfermedad. Por tanto, puede evitarse su propagación sin coincidir jamás en la misma habitación con quien la padece.

Caris no creía que la enfermedad pudiera transmitirse a través de la mirada. Si eso fuera cierto, después de un oficio multitudinario en la catedral todos los feligreses habrían contraído cualquier dolencia que padeciera el obispo. Siempre que el rey estuviera enfermo, habría infectado a los centenares de súbditos que acudían a verlo. Sin duda alguna, era un hecho que no habría pasado inadvertido.

No obstante, la idea de que no se pudiera compartir la misma habitación con alguien enfermo sí parecía convincente. Allí en el hospital, la enfermedad de Maldwyn se propagaba de los afectados a las personas más próximas a ellos: la esposa del enfermo y sus familiares habían sido los primeros en contraerla, seguidos por las personas que se encontraban en las camas adyacentes.

También había observado que la incidencia de cierto tipo de afecciones —molestias estomacales, toses y congestiones, y erupciones cutáneas de diversas clases— se recrudecía durante la celebración de ferias y mercados; así que parecía evidente que se transmitían de una persona a otra por algún medio.

El miércoles por la noche, durante la cena, la mitad de los internos en el hospital ya padecía la dichosa enfermedad. El jueves por la mañana todos cuantos se encontraban allí la habían contraído. También sucumbieron varios sirvientes del priorato, por lo que a Caris le faltaban manos para mantener las condiciones higiénicas del lugar.

Tras observar la caótica situación que se había producido a la hora del desayuno, la madre Cecilia propuso cerrar las puertas del hospital.

Caris estaba dispuesta a tomar en consideración cualquier sugerencia. Se sentía abatida por la impotencia que le provocaba no saber cómo combatir la enfermedad y asolada por la mugre que invadía su hospital.

—Pero ¿dónde va a dormir esta gente? —preguntó.

—Envíalos a las tabernas.

—Las tabernas tienen el mismo problema. Podríamos acomodarlos en la catedral.

Cecilia sacudió la cabeza.

—Godwyn no permitirá que los campesinos estén llenando la nave de vómitos mientras se celebran los oficios sacramentales en el coro.

—Duerman donde duerman, debemos separar a los enfermos de las personas sanas. Ésa es la forma de retrasar la propagación de la enfermedad, según Buonaventura.

—Parece bastante lógico.

A Caris se le ocurrió una nueva idea, algo que de pronto se le antojó muy evidente aunque no lo hubiera pensado hasta ese momento.

—Tal vez no sólo deberíamos mejorar el hospital —empezó a decir—. Tal vez deberíamos construir uno nuevo, sólo para enfermos, y dejar el antiguo para los peregrinos y otros visitantes sanos, confinándolo a hospedería en lugar de hospital.

Cecilia parecía pensativa.

—El coste sería demasiado elevado.

—Tenemos ciento cincuenta libras. —Caris empezó a dejar volar la imaginación—. Podría incluir una nueva botica. También podríamos tener habitaciones privadas para los enfermos crónicos.

—Averigua cuánto costaría. Podrías preguntárselo a Elfric.

Caris odiaba al maestro constructor. Ni siquiera era santo de su devoción antes de su testimonio contra ella en el juicio por brujería. No quería que Elfric construyera su nuevo hospital.

—Elfric está ocupado con el palacio de Godwyn —comentó—. Preferiría preguntárselo a Jeremiah.

—¡No faltaba más!

A Caris la invadió una repentina oleada de afecto por Cecilia. Aunque era una tirana, muy rígida con la disciplina, daba a sus ayudantes cierto margen para tomar sus propias decisiones. Siempre había entendido las pasiones enfrentadas que movían a Caris. En lugar de intentar reprimir esos sueños enardecidos, Cecilia había encontrado diversas formas de sacarles partido: había dado a Caris una ocupación que le atraía y que le proporcionaba variadas válvulas de escape para su energía rebelde. «Aquí estoy —pensó Caris—, del todo impotente ante la crisis que se está produciendo, y mi superiora me autoriza para la realización de un nuevo proyecto a largo plazo.»

—Gracias, madre Cecilia —dijo.

Más tarde, ese mismo día, dio un paseo por los terrenos del priorato en compañía de Jeremiah y le hizo partícipe de sus aspiraciones. El maestro constructor se mostró tan supersticioso como de costumbre, pues detectaba la intervención de santos y demonios en los acontecimientos más triviales del día a día. No obstante, era un constructor imaginativo, abierto a las nuevas ideas; había aprendido de Merthin. No tardaron en decidir cuál sería la ubicación ideal del nuevo hospital, justo al sur del edificio ya existente de las cocinas. Podía estar separado del resto de edificaciones, para que los enfermos tuvieran menos contacto con las personas sanas, pero no sería necesario transportar la comida hasta muy lejos, y podría accederse a su interior por la conveniente entrada del claustro de las monjas. Con la botica, las nuevas letrinas y una segunda planta con habitaciones privadas, Jeremiah calculó que el coste total podría ascender a unas cien libras; casi todo el donativo.

Caris habló de la localización con la madre Cecilia. Era un terreno que no pertenecía ni a los monjes ni a las monjas, así que fueron a ver a Godwyn para consultarle al respecto.

Lo encontraron en el solar donde pensaba hacer realidad su propio proyecto arquitectónico: el nuevo palacio. El armazón ya estaba levantado y el tejado colocado. Caris llevaba varias semanas sin visitar el lugar y le sorprendieron sus dimensiones; iba a ser tan grande como su nuevo hospital. Entendió por qué Buonaventura lo había calificado de impresionante: la sala del comedor era más espaciosa que el refectorio de las monjas. El solar era un hervidero de peones, como si a Godwyn le urgiera la conclusión de la obra. Los albañiles estaban componiendo una figura geométrica en un suelo de baldosas coloreadas; varios carpinteros se hallaban ocupados en la fabricación de puertas, y un maestro vidriero había colocado una caldera para fundir y moldear el vidrio de las ventanas. Godwyn estaba haciendo un verdadero dispendio de dinero.

Philemon y él mostraban el nuevo edificio al arcediano Lloyd, el ayudante del obispo. Godwyn se calló a mitad de frase cuando vio acercarse a las monjas.

—No permitas que te interrumpamos —dijo Cecilia—, pero cuando hayas terminado, ¿te importaría reunirte conmigo a la salida del hospital? Hay algo que quiero enseñarte.

—No faltaba más —respondió Godwyn.

Caris y Cecilia regresaron atravesando el recinto del mercado enfrente de la catedral. El viernes era el día de los saldos en la feria del vellón, la jornada en que los mercaderes vendían los excedentes de sus existencias a precios reducidos para no tener que llevarse de vuelta a casa los productos. Caris vio a Mark Webber, con su cara redonda y su panza ya igual de curvilínea, ataviado con un abrigo de confección propia y de color escarlata intenso. Sus cuatro hijos estaban ayudándole en el puesto. Caris sentía un cariño especial por Dora, quien tenía en ese momento quince años de edad y había heredado la animada seguridad de su madre en un cuerpo más esbelto.

—Parece que la fortuna te sonríe —comentó Caris con una sonrisa.

—La fortuna debería haber llenados tus arcas —le respondió—. La idea del tinte fue tuya, yo me limité a seguir tus instrucciones. Me siento prácticamente como si estuviera estafándote.

—Has recibido tu merecida recompensa por el trabajo duro —replicó Caris.

No le importaba que a Mark y a Madge les hubiera ido tan bien gracias a su invento. Aunque la estimulaba el reto de descubrir nuevas formas de negocio, nunca había ambicionado el dinero; tal vez porque siempre lo había considerado un bien garantizado, por haber sido educada en la próspera casa de su padre. Fuera cual fuese la razón, no lamentaba ni por un segundo el hecho de que la familia Webber estuviera disfrutando de una fortuna que podría haber sido suya. La vida sin bienes pecuniarios del priorato le llenaba. Además, le encantó ver a los hijos de Webber saludables y bien vestidos. Recordaba cuando los seis habían tenido que acomodarse en un rincón para dormir en el suelo de una estancia ocupada en su mayor parte por un telar.

Cecilia y Caris se dirigieron hacia la zona sur de los terrenos del priorato. Las tierras que rodeaban los establos parecían una granja. Allí había un par de estructuras de dimensiones reducidas: un palomar, un gallinero y un cobertizo para las herramientas. Las gallinas arañaban la tierra y los cerdos hozaban entre los desperdicios de la cocina. A Caris le consumía la impaciencia por ver limpio el lugar.

Godwyn y Philemon no tardaron en reunirse con ellas, con Lloyd pegado a sus talones. Cecilia señaló la porción de terreno destinada a las cocinas y dijo:

—Voy a construir un nuevo hospital y quiero que esté situado allí. ¿Qué te parece?

—¿Un nuevo hospital? —preguntó Godwyn—. ¿Por qué?

Caris pensó que parecía inquieto, y eso provocó su extrañeza.

—Queremos un nuevo hospital para los enfermos y una hospedería aparte para los visitantes sanos.

—¡Qué idea tan extraordinaria!

—Es por la enfermedad estomacal que empezó afectando a Maldwyn Cook. Es un ejemplo de especial virulencia, aunque las enfermedades suelen recrudecer durante la celebración de los mercados, y una de las razones por las que se propagan con tanta rapidez podría ser que las personas enfermas y las sanas comen y duermen juntas y comparten las letrinas.

Godwyn se sintió agraviado.

—¡Aja! —exclamó—. Conque ahora las monjas son los médicos, ¿no es así?

Caris frunció el ceño. Esa clase de comentario despectivo no era propio de Godwyn. Usaba la adulación para conseguir lo que quería, sobre todo con los personajes poderosos como Cecilia. Ese repentino ataque despechado tenía que estar ocultando otra cosa.

—Por supuesto que no —replicó Cecilia—. Pero todos sabemos que algunas enfermedades se transmiten de un doliente a otro, es algo evidente.

—Los médicos musulmanes creen que la enfermedad se transmite al mirar a la persona afectada —interrumpió Caris.

—Ah, ¿eso creen? ¡Qué interesante! —Godwyn habló con sarcasmo forzado—. Quienes hemos pasado siete años de nuestra vida dedicados al estudio de la medicina en la universidad siempre agradecemos ser aleccionados sobre las enfermedades por monjas jóvenes que prácticamente acababan de salir del noviciado.

Caris no se dejó intimidar. No sentía ninguna necesidad de mostrar respeto por un hipócrita embustero que había intentado asesinarla.

—Si no crees en la transmisión de la enfermedad, ¿por qué no demuestras estar en lo cierto viniendo al hospital esta noche para pernoctar junto a un centenar de personas afectadas por las náuseas y la diarrea? —propuso Caris.

—¡Hermana Caris! Ya es suficiente —la reprendió Cecilia. Se volvió hacia Godwyn—: Perdónala, padre prior. No era mi intención que te enzarzaras en una discusión sobre la enfermedad con una simple monja. Sólo quería asegurarme de que no tienes nada que objetar a mi elección del terreno.

—En cualquier caso, no puedes construirlo ahora —le informó Godwyn—. Elfric está demasiado atareado con el nuevo palacio.

—No queremos a Elfric para nada, estamos empleando a Jeremiah —aclaró Caris.

Cecilia se volvió hacia ella.

—Caris, ¡silencio! Recuerda el lugar que ocupas. No vuelvas a interrumpir mi conversación con el padre prior.

Caris se dio cuenta de que no estaba ayudando a Cecilia y, en contra de lo que le dictaba el corazón, inclinó la cabeza y dijo:

—Lo siento, madre priora.

—La cuestión no es cuándo podremos construir el edificio, sino dónde —le dijo Cecilia a Godwyn.

—Me temo que no lo apruebo —sentenció el prior con frialdad.

—¿Dónde preferirías que se emplazara el nuevo edificio?

—No creo que necesites un nuevo hospital. En absoluto.

—Disculpa, pero soy yo quien dirige el convento —afirmó Cecilia con aspereza—. No puedes decirme cómo debo gastar mi dinero. No obstante, solemos consultar al otro antes de levantar cualquier nueva edificación, aunque es de justicia decir que tú olvidaste esa pequeña norma de cortesía al planificar la construcción de tu palacio. Sin embargo, yo sí estoy consultándotelo, y no ha sido más que una pregunta sobre la localización del edificio. —Miró a Lloyd—. Estoy segura de que el arcediano estará de acuerdo conmigo en ese aspecto.

—Debe haber consenso —respondió Lloyd sin comprometerse.

Caris frunció el ceño y quedó desconcertada. ¿Qué le importaba a Godwyn? Él estaba construyendo su palacio en la fachada norte de la catedral. No le influía en absoluto que las monjas levantaran un nuevo edificio en el terreno situado al sur, al que la mayoría de los monjes apenas iba. ¿Qué era lo que le preocupaba?

—Estoy diciéndoos que no apruebo ni la ubicación ni la construcción de ese edificio, ¡y no se hable más! ¡Fin de la discusión! —zanjó Godwyn.

Caris entendió de pronto, por un pálpito fugaz, la verdadera razón del comportamiento de Godwyn. Se quedó tan atónita que la verbalizó sin dudarlo.

—¡Has robado el dinero!

—¡Caris! Te había dicho que...

—¡Ha robado el donativo de la mujer de Thornbury! —exclamó Caris, haciendo caso omiso de Cecilia por la indignación que se había apoderado de ella—. De ahí sacó el dinero para el nuevo palacio, ¡por supuesto! Y ahora intenta impedir la construcción de nuestro edificio porque sabe que iremos a la sala del tesoro ¡y descubriremos que el donativo ha desaparecido! —Se sentía tan agraviada que estaba a punto de estallar.

—¡No digas ridiculeces! —espetó Godwyn.

Fue una respuesta tan poco acalorada que Caris supo que había tocado la tecla exacta. Esa confirmación la enfureció aún más.

—¡Demuéstralo! —gritó. Se obligó a proseguir en un tono más calmado—: Ahora mismo iremos a la sala del tesoro y comprobaremos el contenido de las cámaras subterráneas. No tendrías por qué poner objeción a que lo hiciéramos, ¿no es así, padre prior?

—Sería un proceder del todo indecoroso y no veo por qué motivo el prior tenga que someterse al mismo —intervino Philemon.

Caris lo soslayó.

—Tendría que haber ciento cincuenta libras en oro en las reservas de las monjas.

—Es totalmente imposible que yo haga algo así —afirmó Godwyn.

—Bueno, está claro que las monjas tendrán que comprobar el contenido de los cofres de todas formas, ahora que ya se ha lanzado la acusación —advirtió Caris, y miró a Cecilia, quien asintió en silencio—. Así que, si el prior prefiere no estar presente, no me cabe ninguna duda de que el arcediano estará encantado de personarse como testigo.

Parecía que Lloyd prefería no implicarse en esa discusión, aunque le resultaba difícil desaprovechar la oportunidad de interpretar el papel de árbitro, así que musitó:

—Claro está que si puedo servir de ayuda a ambas partes...

La mente de Caris discurría a toda velocidad.

—¿Cómo abriste el cofre? —preguntó de sopetón—. Christopher Blacksmith forjó el candado, y es demasiado honrado como para haberte dado un duplicado de la llave y ayudarte a robarnos. Tienes que haber roto el encofrado de algún modo, y luego conseguiste reparar los daños. ¿Qué hiciste?, ¿extraer la bisagra? —Se dio cuenta de que Godwyn lanzaba una mirada involuntaria al suprior—. ¡Ah! —exclamó Caris en tono triunfal—, así que fue Philemon quien sacó la bisagra... Pero el prior extrajo el dinero y lo entregó a Elfric.

—¡Ya basta de especulaciones! —ordenó Cecilia—. Aclaremos este asunto de una vez por todas. Iremos todos juntos a la sala del tesoro y abriremos el cofre, y así pondremos punto y final a esto.

—No fue un robo —dijo Godwyn.

Todas las miradas se clavaron en él. La perplejidad los había enmudecido.

—¡Estás admitiéndolo! —exclamó Cecilia.

—No fue un robo —repitió Godwyn—. El dinero se está utilizando para beneficio del priorato y gloria de Nuestro Señor Dios.

—Eso no cambia nada. ¡No era tu dinero!

—Es el dinero de Dios —refutó Godwyn con terquedad.

—Fue una donación hecha al convento. Y lo sabes. Leíste el testamento.

—Yo no sé nada de ningún testamento.

—Por supuesto que lo sabes. Te lo entregué yo misma, para que hicieras una copia... —La voz de Cecilia fue apagándose.

—Yo no sé nada de ningún testamento —insistió Godwyn.

—¡Lo ha destruido! —se lamentó Caris—. Dijo que haría una copia y que guardaría el original en el cofre, en la sala del tesoro... pero lo ha destruido.

Cecilia estaba mirando a Godwyn, boquiabierta.

—Debí haberlo supuesto —dijo, apesadumbrada—. Después de lo que intentaste hacerle a Caris... no debería haber vuelto a confiar en ti nunca más. Pero creí que tu alma podría haberse redimido. ¡Cuánto me equivocaba!

—Es una suerte que nosotras mismas hayamos hecho una copia del testamento antes de desprendernos de él. —La desesperación hizo tener esa inventiva ocurrencia a Caris.

—Obviamente se trata de una falsificación —objetó Godwyn.

—Si el dinero ha sido siempre tuyo, no habrás tenido ninguna necesidad de reventar el cofre para conseguirlo, por ello propongo que vayamos a echar un vistazo. De esa forma, se aclarará todo de un modo u otro.

—El hecho de que alguien haya intentado forzar la bisagra no demuestra nada —comentó Philemon.

—¡Conque yo estaba en lo cierto! —exclamó Caris—. Pero ¿cómo sabes en qué estado se encuentra la bisagra? La hermana Beth no ha abierto la cámara desde la inspección, y entonces el cofre estaba en perfectas condiciones. Debes de haberla desencajado tú mismo, por eso sabes que alguien la ha manipulado.

Philemon parecía desconcertado, y se había quedado sin respuesta.

Cecilia se volvió hacia Lloyd.

—Arcediano, eres el representante del obispo. Considero que es tu deber ordenar al prior que devuelva ese dinero a las monjas.

Lloyd se mostró preocupado. Se dirigió a Godwyn:

—¿Te ha quedado algo de dinero?

—¡Cuando se atrapa a un ladrón, no se le pregunta si puede permitirse renunciar a las ganancias obtenidas de modo fraudulento! —exclamó Caris, fuera de sí.

—Ya se ha invertido más de la mitad en el palacio —explicó Godwyn.

—Las obras deben detenerse de inmediato —sentenció Caris—. Debe despedirse a los albañiles hoy mismo, derribar el edificio y vender los materiales. Tienes que reembolsar hasta el último penique. Lo que no puedas abonar en efectivo, tras la demolición del palacio, deberás compensarlo con tierras u otros bienes.

—Me niego —respondió Godwyn.

Cecilia volvió a dirigirse a Lloyd.

—Arcediano, ten a bien cumplir con tu deber. No puedes tolerar que uno de los subordinados del obispo robe a otro, sin importar que ambos estén al servicio de la obra de Dios.

—No puedo arbitrar en un conflicto de estas características. Es demasiado grave —se disculpó Lloyd.

La furia y la desesperación por la pusilanimidad del arcediano habían dejado a Caris sin palabras.

—Pero ¡es tu obligación!

El hombre se sentía acorralado, aunque sacudía la cabeza con tozudez.

—Acusaciones de hurto, destrucción de un testamento, delito de falsificación… ¡Este asunto compete al mismísimo obispo!

—Pero el obispo Richard se encuentra en estos momentos de camino a Francia, y nadie sabe cuándo regresará. Mientras tanto, ¡Godwyn se dedica a gastar el dinero robado! —protestó Cecilia.

—Me temo que eso no puedo evitarlo —se disculpó Lloyd—. Debéis recurrir a Richard.

—Muy bien, pues —concluyó Caris. Hubo algo en su entonación que hizo que todos la mirasen—. En tal caso, sólo queda una salida. Iremos en busca de nuestro obispo.

46

El mes de julio de 1346, el rey Eduardo III reunió en Portsmouth la escuadra más poderosa que Inglaterra hubiera visto jamás, de casi un millar de naves. Los vientos desfavorables retrasaron el momento de zarpar pero, finalmente, la armada inglesa levó anclas el 11 de julio con rumbo hacia un destino que permanecía secreto.

Caris y Mair llegaron a Portsmouth dos días después y, por muy poco, no alcanzaron al obispo Richard, quien se había hecho a la mar junto al rey.

Decidieron seguir al ejército hasta Francia.

No había resultado sencillo conseguir la autorización ni siquiera para realizar el viaje a Portsmouth. La madre Cecilia había convocado a las monjas a capítulo para discutir la propuesta, y algunas habían expresado su preocupación de que Caris corriera peligro físico y moral. Sin embargo, había monjas que sí salían de los conventos, no sólo durante las peregrinaciones, sino en misiones de índole comercial a Londres, Canterbury y Roma. Además, las hermanas de Kingsbridge querían recuperar el dinero que les habían robado.

Pese a todo, Caris no tenía la seguridad de conseguir el permiso para atravesar el canal de la Mancha. Por suerte o por desgracia, ni siquiera tenía derecho a preguntar.

Mair y ella no habrían podido seguir los pasos del ejército desde un primer momento, ni en el caso hipotético de haber conocido el destino del rey, porque hasta el último barco de la costa meridional de Inglaterra dotado para la navegación había puesto vergas en alto para la invasión. Así que ambas monjas se encontraban consumidas por la impaciencia en un convento a la salida de Portsmouth, a la espera de noticias.

Caris supo más adelante que el rey Eduardo y su ejército habían desembarcado en una playa muy extensa en Saint-Vaast-la-Hougue, en la costa septentrional de Francia, cerca de Barfleur. Sin embargo, la flota no había regresado de inmediato. En lugar de eso, los barcos habían navegado siguiendo el litoral con rumbo este durante dos semanas, a la zaga del ejército invasor hasta Caen, nada más y nada menos. En ese lugar llenaron sus bodegas con un cuantioso botín: joyas, caros ropajes y vajillas de oro y plata que el ejército del rey Eduardo había expoliado de los ricos burgueses de Normandía. Entonces emprendieron el camino de regreso.

En la primera retaguardia de la formación naval viajaba el *Grace*, una coca de dos palos y mucha manga con la proa y la popa redondeadas. Su capitán, un viejo lobo de mar de rostro pellejudo llamado Rollo, se deshacía en alabanzas hacia el rey. Le habían pagado una cantidad poco común por su barco y sus hombres, y se había embolsado buena parte del botín.

—Es el ejército más nutrido que he visto jamás —comentó Rollo con entusiasmo. Calculaba que eran, por lo bajo, quince mil hombres, aproximadamente la mitad de ellos arqueros, y, casi con total seguridad, cinco mil caballos—. Tendréis que emplearos como nunca para poder alcanzarlos —advirtió—. Os llevaré a Caen, el último lugar donde me consta que han estado, y desde ahí podéis decidir hacia dónde dirigirse. Sea cual sea el rumbo que hayan tomado, os llevarán una semana de ventaja.

Caris y Mair negociaron un precio con Rollo y embarcaron en el *Grace* con dos robustos caballos, Blackie y Stamp. No podían viajar más rápido que la caballería del ejército pero, según razonó Caris, los soldados se verían obligados a detenerse cada cierto tiempo para librar batallas, y eso podría permitirles alcanzarlos.

Cuando llegaron a territorio francés y se adentraron navegando en el estuario del río Orne, a primera hora de una soleada mañana de agosto, Caris olisqueó la brisa y se apercibió de un desagradable hedor a ceniza apagada hacía tiempo. Tras observar con detenimiento el paisaje de esa margen del río, se dio cuenta de que las tierras de labranza estaban negras. Parecía que los cultivos hubieran sido incendiados.

—Es una práctica muy común —aclaró Rollo—. Lo que el ejército no puede llevarse debe ser destruido, de no ser así, podría beneficiar al enemigo.

A medida que se aproximaban al puerto de Caen fueron dejando atrás los cascos de varios barcos calcinados, seguramente incendiados por el mismo motivo.

—Nadie conoce el plan del rey —prosiguió Rollo—. Puede que se dirijan hacia el sur y avancen sobre París, o que viren hacia el noreste, en dirección a Calais, y allí esperen encontrarse con sus aliados flamencos. Pero es fácil seguirles el rastro de todas formas. Basta seguir el camino flanqueado de campos calcinados.

Antes de desembarcar, Rollo les entregó un jamón.

—Gracias, pero tenemos algo de pescado ahumado y queso desecado en nuestras alforjas —le respondió Caris—. Además, tenemos dinero; podemos comprar todo cuanto necesitemos.

—Puede que el dinero no os sirva de mucho —replicó el capitán—. Tal vez no haya nada que comprar. Un ejército es como una plaga de langostas, arrasan con todo cuanto encuentran a su paso. Aceptad el jamón.

—Sois un hombre muy considerado. Adiós.

—Rezad por mí, hermana, si sois tan amable. He cometido unos cuantos pecados capitales a lo largo de mi vida.

Caen era una ciudad de varios miles de casas. Al igual que Kingsbridge, las dos mitades en las que se dividía, el casco antiguo y la parte nueva, estaban separadas por un río, el Odon, sobre el que cruzaba el puente de San Pedro. En la margen del río próxima al puente, unos cuantos pescadores estaban vendiendo la pesca del día. Caris preguntó el precio de una anguila y la respuesta le resultó difícil de entender, pues el pescador hablaba un dialecto del francés que ella jamás había escuchado. Cuando por fin pudo deducir qué estaba diciendo aquel hombre, el precio la dejó sin respiración. Caris se dio cuenta de que la comida escaseaba de tal manera que era más valiosa que las joyas. Se sintió agradecida con la generosidad de Rollo.

Mair y ella habían decidido que si les preguntaban por su identidad dirían que eran monjas irlandesas de viaje a Roma. Sin embargo, en ese momento, mientras se alejaban del río, Caris se cuestionaba con nerviosismo si los lugareños sabrían por su acento que era inglesa.

No se veía a mucha gente del lugar. Puertas derribadas y ventanas hechas añicos dejaban a la vista casas vacías. Había un silencio fantasmal, no había vendedores describiendo a voz en grito sus mercancías, ni niños discutiendo, ni se oía el tañido de las campanas de la iglesia. El único trabajo que estaba realizándose era un enterramiento. La batalla se había librado hacía más de una semana, pero reducidos grupos de hombres de aspecto triste seguían sacando cadáveres de los edificios y cargándolos en carretas. Parecía que las mesnadas inglesas se habían empleado a fondo en sesgar las vidas de hombres, mujeres y niños. Pasaron junto a una iglesia en cuyo camposanto se había excavado una vasta fosa común, y Caris vio cómo apilaban los cadáveres en una tumba gigantesca, sin ataúdes ni mortajas siquiera, mientras un sacerdote pronunciaba un monótono oficio funerario. El hedor era indescriptible.

Un caballero de elegante vestimenta las saludó con una reverencia y les preguntó si necesitaban ayuda. Sus aires de terrateniente daban a entender que era un prócer de la ciudad preocupado por garantizar que las visitas religiosas no sufrieran daño alguno. Caris declinó el ofrecimiento de socorro y apreció que el francés normando que hablaba el hombre no era distinto del utilizado por los nobles de Inglaterra. Pensó que era posible que los estratos más bajos de la sociedad tuvieran diversos dialectos locales, mientras que la clase dominante hablaba una lengua franca.

Las dos monjas tomaron el camino en dirección este para salir de la ciudad, contentas de dejar atrás las funestas calles. La zona rural también estaba desierta. A Caris no se le quitaba de la lengua el áspero regusto a ceniza; muchas de las plantaciones y huertos a esa vera del camino habían sido incendiados, y cada pocos kilómetros trotaban a través de montículos de ruinas chamuscadas que otrora habían constituido una aldea. Los campesinos o bien habían huido antes de la llegada del ejército o bien habían muerto en la conflagración, puesto que no quedaban muchos signos de vida; sólo los pájaros, algún que otro cerdo o gallina que habían escapado a los saqueadores del ejército y, de vez en cuando, un perro, olisqueando entre los desechos casi con desconcierto, en un intento de detectar el rastro de su amo en una pila de ascuas frías.

El destino más inmediato de las monjas era un convento a media jornada de camino desde Caen. Siempre que fuera posible, podían pernoctar en un convento u otra institución religiosa, monasterio u hospital, como lo habían hecho durante su recorrido desde Kingsbridge hasta Portsmouth. Conocían los nombres y emplazamientos de cincuenta y una instituciones de esa clase entre Caen y París. Si eran capaces de localizarlas, puesto que avanzaban muy apresuradas tras los pasos del rey Eduardo, el alojamiento y la comida serían gratuitos y podrían permanecer a salvo de los ladrones y también, como había dicho la madre Cecilia, de las tentaciones de la carne, como las bebidas espirituosas y la compañía masculina.

Cecilia era una mujer de gran agudeza, pero no se había percatado de que existía otra clase de tentación flotando en el aire entre las dos monjas. Por ese motivo, Caris había rechazado en un principio la petición de Mair para acompañarla. Estaba obsesionada con la idea de avanzar a toda prisa, y no quería complicar la misión implicándose en un embrollo apasionado, ni negándose a hacerlo. Por otro lado, necesitaba a alguien valeroso e ingenioso como compañero de viaje. En ese momento se alegraba de la decisión que había tomado: entre todas las hermanas, Mair era la única que tenía las agallas para ir a la zaga del ejército inglés atravesando Francia.

Caris había planeado mantener una conversación sincera antes de partir, para explicar a su futura acompañante que no habría ningún tipo de contacto físico afectuoso entre ellas mientras estuvieran de viaje. Aparte de todas las demás consecuencias, podrían meterse en un buen lío si alguien las descubría. Sin embargo, por uno u otro motivo, no había llegado a encontrar el momento adecuado para mantener esa charla aclaratoria. Así que allí estaban, en Francia, con el asunto del que seguían sin hablar como un tercer viajero invisible que cabalgaba entre ellas en un caballo silencioso.

Se detuvieron a mediodía junto a un arroyo en la linde del bosque; allí encontraron una pradera que se había librado de las quemas, donde sus monturas pudieron pastar. Caris cortó unas lonchas del jamón de Rollo, y Mair sacó de sus alforjas una barra de pan seco de Portsmouth. Bebieron el agua del arroyo, aunque sabía a ceniza.

Caris reprimió sus ansias por continuar la marcha y se recordó a sí misma que los caballos debían descansar durante la hora más tórrida del día. Luego, cuando ya se preparaban para partir, le sobresaltó descubrir que había alguien observándolas. Se quedó de piedra, con el jamón en una mano y el cuchillo en la otra.

—¿Qué ocurre? —preguntó Mair. Entonces siguió la mirada de Caris y lo entendió.

Había dos hombres a un par de metros de distancia, a la sombra de los árboles, observándolas. Parecían bastante jóvenes, aunque era difícil asegurarlo, pues tenían los rostros mugrientos y los ropajes sucios.

Pasado un instante, Caris se dirigió a ellos en francés normando.

—Que Dios os bendiga, criaturas del Señor.

No le respondieron. Caris supuso que no estaban muy seguros de qué hacer. Pero ¿qué posibilidades estarían considerando? ¿El robo? ¿La violación? Su mirada era voraz.

Caris estaba asustada, pero se forzó a pensar con calma. Calculó que, quisieran lo que quisiesen, debían de estar hambrientos. Le dijo a Mair:

—¡Deprisa, dame dos rebanadas de ese pan!

La monja rebanó dos gruesos trozos de la enorme barra. Caris cortó las correspondientes lonchas de jamón. Puso el embutido sobre el pan y ordenó a Mair:

—Dales una a cada uno.

Mair parecía aterrorizada, pero caminó por la hierba con paso firme y ofreció la comida a los hombres.

Ambos se la arrancaron de las manos y empezaron a devorarla con fruición. Caris dio gracias a su buena estrella de haber supuesto bien.

Se apresuró a guardar el jamón en las alforjas y el cuchillo en su cinto, entonces volvió a montar a Blackie. Mair hizo lo propio, guardó el pan y montó a Stamp. Caris se sentía más segura a lomos de su caballo.

El más alto de los dos hombres se dirigió hacia ellas moviéndose con premura. Caris se sintió tentada de espolear el vientre del equino para partir, aunque en realidad no tuvo tiempo; el hombre agarraba su brida con una mano. Empezó a hablar con la boca llena.

—Gracias —dijo con un fuerte acento local.

—Da gracias a Dios, no a mí. Él me ha enviado a ayudaros. Él os vigila. Lo ve todo.

—Tienes más comida en la bolsa.

—Dios me indicará a quién debo dársela.

Se hizo un silencio mientras el extraño rumiaba esas palabras.

—Dame tu bendición —pidió a Caris, pasado un rato.

La monja se mostró reticente a alargar el brazo derecho para realizar el gesto tradicional de la bendición; alejaría demasiado la mano del cuchillo que tenía en el cinto. No era más que un pequeño utensilio de cocina, como el que llevaba cualquier hombre o mujer, pero bastaba para cortar el dorso de la mano que la tenía retenida por la brida y habría provocado que el hombre la soltara.

Entonces se sintió inspirada.

—Muy bien —dijo—. Arrodíllate.

El hombre vaciló.

—Debes arrodillarte para recibir mi bendición —aclaró en un tono ligeramente más elevado.

Con mucha parsimonia, el individuo se arrodilló, todavía con la comida en la mano.

Caris se volvió para mirar a su compañero. Pasados unos minutos, el segundo hombre hizo lo mismo.

Caris los bendijo a ambos, a continuación espoleó a Blackie y salieron al galope. Cuando ya llevaban unos minutos galopando, volvió la vista atrás. Mair iba justo detrás de ella. Los dos hombres hambrientos se habían quedado mirándolas.

Caris meditó con preocupación sobre el incidente durante la cabalgada de esa tarde. El sol brillaba con intensidad, como un día cualquiera en el infierno. En algunos lugares, el humo se elevaba de manera irregular desde una parte del bosque o una granja chamuscada. Sin embargo, el campo no estaba del todo deshabitado, tal como fue viendo a medida que avanzaban. Divisó a una mujer embarazada recolectando alubias en un campo que se había librado de la quema de los ingleses; los rostros acongojados de dos niños que la miraban desde las piedras ennegrecidas de una casona, y varios grupos reducidos de hombres, que por lo general revoloteaban por las lindes del bosque y se movían con la desorientación de los carroñeros. Los hombres la preocupaban. Parecían hambrientos, y los hombres hambrientos eran peligrosos. Se preguntó si debería dejar de obsesionarse por la velocidad y empezar a centrarse en su seguridad.

Encontrar la ruta hasta los conventos donde planeaban hacer un alto en el camino también iba a ser más complicado de lo que Caris había imaginado. No había previsto que el ejército inglés dejara tal devastación a su paso. Había supuesto que se encontrarían con campesinos que las ayudarían a orientarse. En tiempos de paz ya podía resultar difícil conseguir esa clase de información de personas que jamás habían viajado más allá del mercado más próximo. En ese momento, sus interlocutores se mostrarían, además, evasivos, aterrorizados o ávidos de comida, cual voraces depredadores.

Caris supo gracias a la posición del sol que se dirigían hacia el este, y pensó, a juzgar por los profundos surcos de las ruedas de carro en el fango calentado y resquebrajado por el sol, que se encontraban en la carretera principal. El destino de esa noche era una aldea homónima al convento que se encontraba en su centro: Hôpital des Soeurs. A medida que la sombra que se proyectaba ante ellas iba alargándose, Caris miraba a su alrededor con impaciencia creciente en busca de alguien a quien poder preguntar por la dirección.

Los niños huían despavoridos al verlas. Caris no estaba tan desesperada todavía como para acercarse a los hombres de miradas voraces y hambrientas. Albergaba la esperanza de toparse con una mujer. No se veía a ninguna joven, y Caris tenía una funesta sospecha sobre su posible destino en manos de los ingleses que habían andado merodeando por allí. De cuando en cuando divisaba, a lo lejos, un par de siluetas cultivando algún campo que se había librado de la quema; pero se mostraba reticente a apartarse demasiado del camino.

Al final encontraron a una anciana muy arrugada y sentada bajo un manzano junto a una imponente casona de piedra. La señora estaba comiendo manzanas muy pequeñas, arrancadas del árbol mucho antes de haber madurado. Parecía aterrorizada. Caris descabalgó para tener un aspecto menos intimidatorio. La anciana intentó ocultar el escaso alimento entre los pliegues de su vestido, pero no tenía la fuerza necesaria para salir corriendo.

La monja se dirigió a ella con cortesía.

—Buenas tardes, amable anciana. ¿Podría preguntar si éste es el camino que lleva a Hôpital des Soeurs?

La mujer sacó fuerzas de flaqueza; señaló con el dedo en dirección hacia donde las monjas ya encaminaban sus pasos.

—Atravesando el bosque y detrás de esa colina —respondió.

Caris vio que estaba mellada. «Debe de ser prácticamente imposible comer manzanas verdes con las encías», pensó, llena de compasión.

—¿Está muy lejos? —preguntó.

—Es un largo camino.

A su edad, todas las distancias eran largas.

—¿Habremos llegado al caer la noche?

—A caballo, sí.

—Gracias, amable anciana.

—Tenía una hija —empezó a decir la anciana—. Y dos nietos... Catorce y dieciséis años... Eran buenos chicos.

—Lo siento mucho.

—Los ingleses... —prosiguió la anciana—: que ardan todos en el infierno.

Era evidente que no se le había ocurrido que Caris y Mair pudieran ser inglesas. Eso respondía la pregunta de Caris: los lugareños no sabían identificar la nacionalidad de los extranjeros.

—¿Cómo se llamaban los muchachos, anciana?

—Giles y Jean.

—Rezaré por las almas de Giles y Jean.

—¿Tienes algo de pan?

Caris echó un vistazo a su alrededor para asegurarse de que no había nadie merodeando por ahí cerca, listo para abordarlas, y que estaban solas. Hizo un gesto de asentimiento mirando a Mair, quien sacó de sus alforjas el resto de la barra y se lo ofreció a la anciana.

La mujer lo agarró a la desesperada y empezó a roerlo con las encías.

Caris y Mair se alejaron al galope.

—Si seguimos dando la comida, moriremos de hambre —advirtió Mair.

—Ya lo sé —respondió Caris—. Pero ¿cómo iba a negarme?

—No podremos cumplir nuestra misión si estamos muertas.

—Pero ante todo somos monjas, ¿no es así? —replicó Caris con aspereza—. Debemos ayudar a los necesitados, y dejar que Dios decida cuándo nos ha llegado el momento de morir.

Mair quedó asombrada.

—Jamás te había oído hablar así.

—Mi padre odiaba a las personas que se dedican a sermonear a los demás sobre moralidad. Solía decir que todos somos buenos cuando nos conviene y que eso no cuenta. Cuando deseas con todas tus fuerzas cometer una fechoría, cuando estás a punto de hacer fortuna con un negocio deshonesto, o de besar los tentadores labios de la esposa de tu vecino, o de contar una mentira que te sacará de un terrible embrollo... es entonces cuando necesitas conocer las normas. Decía que la integridad personal es como una espada: no debería blandirse hasta el momento de ponerla a prueba. Y eso que no era un entendido en espadas.

Mair permaneció en silencio durante un instante. Podía estar reflexionando sobre lo que había dicho su compañera, o tal vez hubiera desistido de seguir discutiendo; Caris no estaba segura.

Hablar de Edmund siempre hacía que Caris fuera consciente de lo mucho que lo echaba de menos. Tras la muerte de su madre, Edmund se había convertido en la piedra angular de su vida. Siempre había estado ahí, a su lado, por así decirlo, disponible cuando ella necesitaba comprensión y compasión, o un simple consejo, o mera información; ¡sabía tanto sobre el mundo! En la actualidad, cuando Caris se volvía en esa misma dirección, no encontraba más que un espacio vacío.

Pasaron un tramo de bosque y luego ascendieron por una cuesta, como la anciana había predicho. Al mirar atrás vieron, en la planicie de un valle, otra aldea incendiada, igual a todas las demás salvo por un conjunto de edificaciones de piedra que se asemejaba a un pequeño convento.

—Esto debe de ser Hôpital des Soeurs —anunció Caris—. ¡Gracias a Dios!

A medida que iban acercándose se dio cuenta de lo mucho que se había acostumbrado a la vida en el convento. Mientras descendían al paso por la ladera se sorprendió deseando realizar el ritual de la ablución de manos, una comida consumida en silencio, la hora de acostarse en el crepúsculo, incluso la sensación de paz adormecida de los maitines a las tres de la madrugada. Después de lo que había visto durante esa jornada, la seguridad de esos grisáceos muros de piedra se le antojaba atractiva, y espoleó con fuerza al agotado Blackie para iniciar el trote.

No se veía a nadie moviéndose por el lugar, aunque no resultaba demasiado sorprendente: era una pequeña institución aldeana, y no era de esperar el mismo trajín que se apreciaba en un priorato de mayor categoría de una ciudad como Kingsbridge. Aun así, a esa hora del día debería haberse visto una columna de humo saliendo del hogar de la cocina, donde estaría preparándose la colación nocturna. Sin embargo, a medida que se acercaban, Caris vio otros signos que no auguraban nada bueno, y una sensación de desolación fue apoderándose de ella poco a poco. El edificio que vio en primera instancia, semejante a una iglesia, no tenía tejado. Las ventanas eran agujeros vacíos, sin persianas ni cristaleras. Algunos de los edificios de piedra estaban ennegrecidos, como por efecto del humo.

Reinaba un silencio sepulcral: ni tañidos de campañas, ni gritos de palafreneros ni de cocineras. Caris se desalentó al entender que el convento estaba deshabitado. Y había sido pasto de las llamas, como el resto de las edificaciones de la aldea. La mayoría de las paredes de piedra seguía en pie, pero los tejados de troncos se habían hundido, las puertas y otras estructuras de madera habían ardido, y el vidrio de las ventanas había reventado por efecto del calor.

—¿Han prendido fuego a un convento? —preguntó Mair con incredulidad.

Caris estaba igual de anonadada. Hasta entonces había pensado que los ejércitos invasores, sin excepción, respetaban los edificios eclesiásticos. Se decía que era una regla de oro. Un comandante no habría dudado en aplicar la pena capital a un soldado que hubiera profanado un lugar sagrado. Caris lo había aceptado como un dogma de fe.

—¡Para que luego digan de la caballerosidad! —exclamó.

Desmontaron y siguieron a pie, pisando con cuidado de no tropezar con vigas calcinadas o escombros ennegrecidos, en dirección a las dependencias domésticas. Cuando estaban a punto de llegar a la puerta de la cocina, Mair lanzó un grito ahogado y exclamó:

—¡Oh, Dios! ¿Qué es eso?

Caris conocía la respuesta.

—Es una monja muerta. —El cadáver que yacía en el suelo estaba desnudo, pero tenía el pelo corto de una religiosa. De algún modo, el cuerpo había resistido el incendio. La mujer debía de llevar una semana muerta. Los pájaros ya le habían comido los ojos, y algunos animales que escarbaban por el lugar ya habían mordisqueado partes de la cara.

Además, le habían rebanado los senos con un cuchillo.

—¿Los ingleses han hecho esto? —preguntó Mair, horrorizada.

—Bueno, los franceses no han sido.

—Hay extranjeros luchando con nuestros soldados, ¿no es así? Galeses, alemanes y de otras nacionalidades. Puede que hayan sido ellos...

—Están a las órdenes de nuestro rey —aclaró Caris con amarga desaprobación—. Él los ha traído hasta aquí. Lo que hacen es responsabilidad del monarca.

Se quedaron contemplando la horrible visión. Mientras observaban, una ratón salió de la boca del cadáver. Mair dejó escapar un chillido y se volvió de espaldas.

Caris la abrazó.

—Tranquilízate —ordenó con firmeza, pero la acarició en la espalda para consolarla—. Venga —dijo después de un rato—, vámonos de aquí.

Regresaron con sus caballos. Caris reprimió el impulso de enterrar a la monja muerta: si se retrasaban, seguirían en ese lugar al caer la noche. Pero ¿adónde irían? Tenían pensado pernoctar allí.

—Volveremos con la anciana del manzano —propuso Caris—. Su casa es el único edificio intacto que hemos visto desde que salimos de Caen. —Miró con impaciencia el sol poniente—. Si azuzamos a los caballos, podemos llegar antes de que sea noche cerrada.

Apretaron el galope de sus cansadas cabalgaduras, y desanduvieron el camino. Justo delante de ellas, el sol se sumergía a toda prisa en el horizonte. El último resquicio de luz estaba apagándose cuando llegaron de regreso a la casona junto al manzano.

La anciana se alegró de verlas, pues esperaba que compartieran su comida con ella, cosa que hicieron, y, juntas, la comieron a oscuras. La mujer se llamaba Jeanne. No había chimenea, pero el tiempo era clemente, y las tres mujeres se acostaron una junto a otra, tapadas con mantas. Puesto que no confiaban plenamente en su anfitriona, Caris y Mair se tumbaron abrazadas a las alforjas que contenían la comida.

Caris estuvo despierta durante un rato. Se sentía encantada de estar en marcha de nuevo después de permanecer tanto tiempo a la espera en Portsmouth, y habían avanzado a buen ritmo en las dos últimas jornadas. Tenía la certeza de que si encontraban al obispo Richard, él obligaría a Godwyn a reembolsar el dinero a las monjas. No era ningún ejemplo de integridad, pero era de mentalidad abierta, y con su característica apatía y displicencia impartía justicia con ecuanimidad. Godwyn no había actuado totalmente a su antojo ni siquiera durante el juicio por brujería. Estaba casi segura de poder convencer a Richard de que redactara una carta en la que ordenara a Godwyn vender algunos bienes del priorato para devolver el donativo robado.

No obstante, también le preocupaba su seguridad y la de Mair. Su suposición de que los soldados dejarían a las monjas tranquilas había sido errónea: lo que habían visto en Hôpital des Soeurs no había dejado lugar a dudas. Mair y ella necesitaban un disfraz.

Cuando se despertó con la primera luz del alba, preguntó a Jeanne:

—Tus nietos… ¿Conservas su ropa?

La anciana abrió un arcón de madera.

—Toma lo que quieras —declaró—. No tengo a nadie a quien dárselo. —Agarró un cubo y salió a buscar agua.

La monja empezó a rebuscar entre los ropajes del arcón. Jeanne no les había pedido dinero por la pernocta. Caris supuso que la ropa tenía un ínfimo valor monetario al haber muerto tantas personas en la aldea.

—¿Qué estás tramando? —preguntó Mair.

—Ser monja no es seguro —empezó a decir Caris—. Vamos a convertirnos en pajes al servicio de un señor de la baja nobleza: Pierre, *le sieur* de Longchamp, en la Bretaña. Pierre es un nombre muy común y debe de haber multitud de lugares llamados Longchamp. Nuestro señor ha sido hecho prisionero por los ingleses, y nuestra señora nos ha enviado en su busca para negociar su liberación.

—De acuerdo —respondió Mair con entusiasmo.

—Giles y Jean tenían catorce y dieciséis años respectivamente, así que, con un poco de suerte, su ropa será de nuestra misma talla.

Caris sacó una túnica corta, unas calzas y una capa con capuchón, todo de un apagado paño marrón sin teñir. Mair encontró un atuendo parecido en color verde, de manga corta y con camiseta interior. Por lo general, las mujeres no solían llevar prendas íntimas, pero los hombres sí, y por suerte, Jeanne había lavado con todo cariño la ropa interior de hilo de sus familiares difuntos. Caris y Mair podían conservar sus zapatos: el práctico calzado de las monjas no era distinto del que llevaban los varones.

—¿Nos lo ponemos? —preguntó Mair.

Se quitaron los hábitos. Caris jamás había visto a Mair desnuda, y no pudo evitar lanzar una mirada soslayada. El cuerpo despojado de ropas de su compañera la dejó sin respiración. La piel de Mair relucía como una perla anacarada. Tenía los pechos generosos, con unos pezones rosados e infantiles, y una poblada mata de vello púbico. Caris fue consciente de pronto de que su cuerpo no era tan hermoso. Apartó la vista, y empezó a ponerse a toda prisa la ropa que había escogido.

Se metió la túnica por la cabeza. Era como un vestido de mujer, con la única salvedad de que llegaba hasta las rodillas en lugar de hasta los tobillos. Se puso la ropa interior de hilo y las calzas, luego volvió a calzarse sus zapatos y se ciñó el cinto.

—¿Cómo estoy? —preguntó Mair.

Caris la miró con detenimiento. Mair se había puesto una gorra de muchacho sobre su corta cabellera rubia y se la había calado de costado. Sonreía de oreja a oreja.

—¡Pareces muy feliz! —exclamó Caris, sorprendida.

—Siempre me ha gustado la ropa de hombre. —Mair recorrió con fanfarronería la pequeña estancia—. Así caminan ellos —aclaró—. Ocupando siempre más espacio del que necesitan. —Era una imitación tan precisa que Caris estuvo a punto de estallar de risa.

Caris quedó paralizada por algo que se le ocurrió de pronto.

—¿Tendremos que orinar de pie?

—Yo sé hacerlo, pero no con calzones, sería inapropiado.

Caris soltó una risilla nerviosa.

—No podemos quitarnos la ropa interior; una ráfaga inesperada de viento podría dejar a la vista nuestro… secreto.

Mair se rió. Luego empezó a mirar a Caris de una forma extraña aunque no del todo desconocida: la observó de pies a cabeza, se encontró con su mirada y aguantó la respiración.

—¿Qué estás haciendo? —preguntó Caris.

—Así es como los hombres miran a las mujeres, como si les pertenenciéramos. Pero, cuidado, si miras así a un hombre, se vuelve agresivo.

—Esto podría resultar más difícil de lo que había imaginado.

—Eres demasiado hermosa —dijo Mair—. Necesitas un rostro mugriento. —Se dirigió hacia la chimenea y se ennegreció la mano con hollín. Luego se la pasó por la tez a Caris. Su tacto fue como una caricia. «Mi rostro no es hermoso —pensó Caris—; nadie se había fijado antes en él así, salvo Merthin, claro…»

—Demasiado —comentó Mair después de un rato, y le retiró parte de la mugre con la mano—. Así está mejor. —Manchó una mano a Caris, y dijo—: Ahora házmelo tú.

La monja esparció un tenue manchurrón siguiendo la línea de la mandíbula de Mair hasta el cuello y le dio aspecto de barba de tres días. Era un acto muy íntimo: el estar mirándola tan detenidamente a la cara, y tocar su piel con tanta delicadeza. Ensució la frente y las mejillas de Mair. Ésta tenía el aspecto de un hermoso muchacho, ya no parecía una mujer.

Se estudiaron recíprocamente. Una sonrisa se esbozó en los contornos carmesíes de los labios de Mair. Caris sintió una suerte de ansiedad, como si algo trascendental estuviera a punto de suceder. Entonces se oyó a alguien decir:

—¿Dónde están las monjas?

Ambas se volvieron con aire de culpabilidad. Jeanne estaba en el umbral con un pesado cubo de agua fresca y cara de pocos amigos.

—¿Qué habéis hecho con las monjas? —preguntó.

Caris y Mair rompieron a reír, y entonces, Jeanne las reconoció.

—¡Cómo os habéis transformado! —exclamó.

Bebieron un poco de agua, y Caris repartió entre las tres el resto de pescado ahumado para el desayuno. Mientras comían pensó que era una buena señal que Jeanne no las hubiera reconocido. Si actuaban con cautela, quizá lograran salirse con la suya.

Se despidieron de Jeanne y partieron al galope. Antes de llegar a la cuesta en dirección a Hôpital des Soeurs, el sol se posó justo encima de ellas, y proyectó un rayo rojizo sobre el convento, lo que provocaba la ilusión óptica de que las ruinas seguían envueltas en llamas. Caris y Mair atravesaron la aldea a trote ligero, intentando no pensar en el cuerpo mutilado de la monja, tendido allí, entre los escombros, y siguieron en pos del sol naciente.

47

El 22 de agosto, el ejército inglés estaba huyendo.

Ralph Fitzgerald no estaba seguro de cómo había ocurrido. Habían irrumpido en Normandía, recorriéndola de oeste a este, saqueando e incendiando cuanto encontraban a su paso, y nadie había sido capaz de hacerles frente. Ralph se había sentido en su elemento. Sobre la marcha, un soldado podía apropiarse de cuanto veía —comida, joyas, mujeres— y matar a cualquier hombre que se interpusiera en su camino. Ésa sí que era forma de vivir la vida.

El rey era un hombre con quien Ralph se identificaba. Eduardo III adoraba batallar. Cuando no estaba librando una guerra pasaba gran parte de su tiempo organizando complejos torneos, carísimos simulacros de refriegas con ejércitos de caballeros uniformados especialmente para la ocasión. Durante las campañas, el monarca siempre estaba dispuesto a encabezar una partida de avanzadilla o ataque, arriesgando su vida, sin detenerse jamás a sopesar los riesgos y beneficios, como un vulgar mercader de Kingsbridge. Los caballeros y condes de más edad hablaban de su sanguinaria brutalidad y habían elevado sus quejas por ciertos incidentes, como las violaciones sistemáticas de las mujeres de Caen, pero esas críticas traían sin cuidado a Eduardo. Cuando le había llegado la noticia de que algunos ciudadanos de Caen habían lanzado piedras contra los soldados que estaban saqueando sus casas, había ordenado el asesinato sumario de todos los habitantes de la ciudad, y sólo transigió tras las acaloradas protestas de sir Godfrey de Harcourt y otros nobles.

La situación había empezado a torcerse con la llegada del ejército al río Sena. En Ruán habían encontrado el puente destruido, y la ciudad —en el tramo más alejado del cauce—, rodeada por una sólida fortificación. El rey Felipe VI de Francia en persona estaba allí, con un poderoso ejército.

Los ingleses marcharon río arriba en busca de un punto por donde cruzar a la otra orilla, pero descubrieron que Felipe se les había adelantado, y todos los puentes situados a continuación, uno tras otro, estaban derruidos o protegidos por una defensa inquebrantable. Llegaron hasta Poissy, a sólo treinta y dos kilómetros de París, y Ralph creyó que lanzarían un ataque sobre la capital, pero los más veteranos sacudieron la cabeza con sabiduría y sentenciaron que eso era algo imposible. París era una ciudad de cincuenta mil almas y, a esas alturas, ya debían de haber oído las noticias de Caen; sus habitantes estarían preparados para luchar hasta la muerte, pues sabían que el enemigo inglés no tendría misericordia con ellos.

Ralph se preguntó qué planes tendría el rey si no tenía intención de atacar París. Nadie lo sabía, y su leal servidor sospechaba que Eduardo no tenía más plan que el de seguir causando estragos.

La ciudad de Poissy había sido evacuada, y los ingenieros ingleses lograron reconstruir su puente —al tiempo que repelían un ataque francés—, así que, al final, el ejército de Eduardo cruzó el río.

A esas alturas, estaba claro que Felipe había reunido fuerzas mucho más nutridas que las de su enemigo, y el monarca inglés decidió huir a toda prisa hacia el norte, con el objetivo de reunirse con una hueste angloflamenca que estaba acometiendo una invasión desde el noreste.

Felipe salió tras ellos.

En ese momento, los ingleses estaban acampados al sur de otro río, el Somme, y los franceses seguían la misma táctica bélica en el Sena. Las partidas de avanzadilla y reconocimiento informaron de que se habían destruido todos los puentes y que la parte ribereña de la ciudad estaba sólidamente fortificada. Incluso algo peor: un destacamento inglés había divisado, en la orilla más distante, el blasón del aliado más famoso y aterrador de Felipe: Juan, el rey ciego de Bohemia.

Eduardo había iniciado la contienda con quince mil soldados en total. En seis semanas de campaña, muchos de ellos habían caído y otros habían desertado, y habían aprovechado el camino de regreso para llenar las alforjas de oro. Ralph calculó que a su rey le quedaban unos diez mil soldados. Diversos informes sobre la existencia de espías indicaban que en Amiens, a unos pocos kilómetros río arriba, Felipe contaba en ese momento con sesenta mil soldados de infantería y doce mil caballeros montados, una abrumadora ventaja numérica. Ralph estaba más preocupado de lo que se había sentido jamás desde su llegada a Normandía. Los ingleses se encontraban en un atolladero.

Al día siguiente marcharon río abajo en dirección a Abbeville, donde estaba el último puente antes de que el Somme se ensanchara para dar paso al estuario; pero, a lo largo de los años, los burgueses de la ciudad habían estado invirtiendo en el refuerzo de las murallas y los ingleses se dieron cuenta de que era una población inexpugnable. Los ciudadanos gozaban de una sensación de seguridad tan petulante que enviaron una nutrida partida de caballeros para atacar a la vanguardia del ejército inglés, y se produjo una severa refriega antes de que los lugareños se retirasen a su ciudad amurallada.

Cuando el ejército de Felipe salió de Amiens e inició su avance desde el sur, Eduardo se vio acorralado en el vértice de un triángulo: a su derecha, el estuario; a su izquierda, el mar; y a sus espaldas, el ejército francés, ávido de la sangre de los invasores bárbaros.

Esa misma tarde, el conde Roland acudió a ver a Ralph.

Ralph había estado luchando con el séquito de Roland durante siete años. El conde ya no lo consideraba un muchacho inexperto. Roland todavía daba la impresión de seguir sin apreciar demasiado a Ralph, pero, sin duda alguna, lo respetaba, y siempre recurría a su hueste para reforzar algún punto débil en la línea de ataque, dirigir una incursión en territorio enemigo u organizar un asalto. Ralph había perdido tres dedos de la mano izquierda y caminaba renqueante cuando estaba cansado desde que un piquero francés le había fracturado la tibia durante la retirada de Nantes en 1342. No obstante, el rey todavía no había ordenado caballero a Ralph, descuido que causaba en éste un amargo resentimiento. Pese al jugoso botín que se había embolsado —que en gran parte guardaba en la caja de seguridad de un orfebre de Londres—, Ralph no se sentía satisfecho. Sabía que su padre se habría sentido tan decepcionado como él. Al igual que Gerald, Ralph luchaba por una cuestión de honor, no por el dinero; pero en todo ese tiempo no había ascendido ni un solo peldaño en la escala de la nobleza.

Cuando apareció Roland, Ralph estaba sentado en un campo de trigo maduro que el ejército había pisoteado y dejado inservible. Se encontraba con Alan Fernhill y una media docena de caballeros, degustando una sobria cena de sopa de guisantes con cebolla; la comida escaseaba, y no quedaba carne. Ralph se sentía como sus pares, cansado por la marcha continua, desesperanzado por los repetidos encuentros con puentes hundidos y ciudades fortificadas, y asustado por lo que podría ocurrir cuando el ejército francés los alcanzara.

Roland era ya un anciano, con la cabellera y la barba canas, pero seguía caminando erguido y hablaba con tono autoritario. Había aprendido a mantener una expresión impávida, para que nadie se diera apenas cuenta de que tenía el lado izquierdo de la cara paralizado.

—El estuario del Somme tiene régimen de mareas —dijo—. Con la bajamar, el cauce puede ser muy poco profundo en algunos tramos. Pero el fondo es de fango espeso, y eso lo convierte en infranqueable.

—Así que no podemos cruzar —concluyó Ralph. No obstante, sabía que Roland no estaba allí con el único objetivo de darle malas noticias y se sintió animado por su optimismo.

—Tiene que haber un vado; un punto en el que el fondo sea más firme —prosiguió Roland—. Si lo hay, los franceses lo sabrán.

—Quieres que lo encuentre.

—Tan pronto como puedas. Hay unos cuantos prisioneros en el próximo campamento.

Ralph sacudió la cabeza.

—Los soldados podrían llegar desde cualquier punto de Francia, o incluso de otros países. Los lugareños son quienes deben de tener la información.

—Me trae sin cuidado a quién interrogues. Debes presentarte con una respuesta en la tienda del rey al caer la noche. —Roland se alejó caminando.

Ralph vació su escudilla y se puso en pie de un salto, contento de tener una misión agresiva que desempeñar.

—¡Ensillad, muchachos! —ordenó.

Seguía montando a Griff. Podía parecer un milagro, pero su caballo favorito había sobrevivido a siete años de guerra. Griff no era de cruz tan alta como la de una cabalgadura de batalla, pero tenía más brío que los imponentes equinos preferidos por la mayoría de los caballeros. Griff ya era todo un experto en contiendas, y sus patas herradas proporcionaban a su jinete un arma complementaria en las refriegas. Ralph sentía más aprecio por ese animal que por la mayoría de sus semejantes humanos. En realidad, la única criatura viva a la que se sentía más unido era su hermano, Merthin, a quien no veía desde hacía ya siete años y a quien podría no volver a ver jamás, pues Merthin se había marchado a Florencia.

Se dirigieron hacia el noreste, en dirección al estuario. Ralph imaginó que todo campesino que viviera a media jornada de camino tendría conocimiento del vado, si es que había alguno. Debían de usarlo muy a menudo para cruzar el río y vender sus cabezas de ganado, para asistir a enlaces y funerales de familiares, para visitar los mercados y ferias, y para participar en festividades religiosas. Se mostrarían reticentes a la hora de compartir información con el invasor inglés, qué duda cabía, pero Ralph sabía cómo solucionar ese problema.

Se alejaron del resto de las filas para adentrarse en un territorio que todavía no había sufrido los estragos de la llegada de miles de hombres, donde todavía había ovejas pastando en las praderas y cultivos madurando en los campos. Llegaron a una aldea desde la que se divisaba el estuario en lontananza. Llevaron a los caballos a medio galope hasta un alargado camino invadido por la hierba que conducía a esa población. Las casuchas de una o dos estancias de los siervos hicieron a Ralph pensar en Wigleigh. Tal como había imaginado, los campesinos salieron huyendo en todas las direcciones, las mujeres se llevaron a sus recién nacidos y niños, y la mayoría de los hombres blandía un hacha o una hoz.

Ralph y sus compañeros habían vivido esa misma situación en al menos una veintena de ocasiones en las semanas anteriores. Eran especialistas en recabar información. Por lo general, los adalides del ejército exigían conocer el escondite utilizado por los lugareños para ocultar sus excedentes. Cuando llegaba a oídos de los campesinos la noticia de que se acercaban los ingleses, los más astutos llevaban el ganado bovino y ovino a los bosques, enterraban costales de harina y ocultaban balas de paja en el campanario de la iglesia. Sabían que, casi con total seguridad, morirían de inanición si revelaban la localización de sus alimentos, aunque, tarde o temprano, siempre acababan hablando. En otras ocasiones, el ejército necesitaba orientación, quizá para llegar a una ciudad importante, un puente estratégico o una abadía fortificada. Los campesinos acostumbraban a responder esas preguntas sin vacilación, aunque era necesario asegurarse de que no estaban mintiendo, porque los más perspicaces podían intentar engañar al ejército invasor, sabedores de que los soldados no podrían regresar para castigarles.

Mientras Ralph y sus hombres intentaban dar caza a los campesinos a la fuga a través de huertas y cultivos, dejaron de lado a los hombres y se centraron en las mujeres y los niños. Ralph sabía que si los capturaba, sus esposos y padres regresarían.

Atrapó a una pequeña de unos trece años. Cabalgó a su lado durante unos segundos, observando su expresión aterrorizada. Tenía el pelo negro y la piel morena, y unos rasgos simplones, era joven pero con el cuerpo torneado de una mujer; como a él le gustaban. Le recordaba a Gwenda. En unas circunstancias algo diferentes habría gozado de ella carnalmente, como había hecho con tantas otras niñas en las pasadas semanas.

Sin embargo, ese día tenía otras prioridades. Dio un quiebro con Griff para cortarle el paso. La niña se agachó para intentar zafarse, tropezó con sus propios pies y cayó de bruces sobre el manto del bosque. Ralph desmontó de un salto y la agarró cuando la niña se levantaba. Ella gritó y le arañó la cara, así que Ralph le dio un puñetazo en el estómago para que se tranquilizara. Luego la agarró del pelo, que era largo y negro. Tirando del caballo con una mano y agarrando a la niña con la otra, empezó a llevarla a rastras hasta la aldea. La pequeña iba tropezando y cayendo, pero Ralph no se detenía, y le tiraba del pelo; la niña luchó por ponerse en pie, chillando de dolor. Después de aquello, no volvió a caerse.

Se reunieron en la pequeña iglesia de madera. Los ocho soldados ingleses habían capturado a cuatro mujeres, cuatro niños y dos recién nacidos. Los obligaron a sentarse en el suelo delante del altar. Pasado un instante, un hombre entró corriendo, balbuceando algo en el dialecto francés de la localidad, deshaciéndose en ruegos y súplicas. Entraron otros más justo detrás del primero.

Ralph no cabía en sí de satisfacción.

Se quedó de pie en el altar, que no era más que una mesa de madera pintada de blanco.

—¡Silencio! —gritó. Blandió su espada. Todos enmudecieron. Señaló a un joven muchacho—. Tú —dijo—, ¿a qué te dedicas?

—Soy curtidor, señor. Por favor, no hagáis daño ni a mi mujer ni a mi hijo, ellos no os han hecho nada.

Ralph señaló a otro hombre.

—¿Y tú?

La niña que había capturado lanzó un grito ahogado, y Ralph dedujo que los unía algún tipo de parentesco; padre e hija, supuso.

—Soy un simple vaquerizo, señor.

—¿Vaquerizo? —Esa información le interesaba—. ¿Y cada cuánto tiempo cruzas el río con tus reses?

—Una o dos veces al año, señor, cuando voy al mercado.

—¿Y dónde está el vado?

El hombre vaciló.

—¿El vado? No hay ningún vado. Tenemos que cruzar el puente en Abbeville.

—¿Estás seguro?

—Sí, señor.

Ralph miró a su alrededor.

—Todos vosotros, ¿es eso cierto?

Asintieron en silencio.

Ralph pensó en ello. Estaban muertos de miedo, pero podían estar mintiendo de todas formas.

—Si traigo al sacerdote y él trae la Biblia consigo, ¿juraríais todos por vuestras almas inmortales que no hay un vado para cruzar el estuario?

—Sí, señor.

Pero ése sería un proceso demasiado largo. Ralph miró a la niña que había capturado.

—Ven aquí.

La pequeña retrocedió un paso.

El vaquerizo cayó postrado de rodillas.

—Por favor, señor, no hagáis daño a una niña inocente, no tiene más que trece años...

Alan Fernhill levantó a la criatura como si fuera un saco de cebollas y se la lanzó a Ralph, quien la atrapó y la retuvo a su lado.

—¡Todos mentís! Hay un vado, estoy seguro de que lo hay. Sólo necesito conocer su localización exacta.

—Está bien —claudicó el pastor—. Os lo diré, pero dejad a la niña tranquila.

—¿Dónde está el vado?

—Está a un kilómetro y medio de Abbeville, río abajo.

—¿Cómo se llama la aldea?

El vaquerizo quedó desconcertado por la pregunta durante un instante, aunque luego añadió:

—No hay ninguna aldea, pero se ve una posada en la margen más distante.

Estaba mintiendo. Jamás había salido de viaje, así que no sabía que, junto a un vado, siempre había una aldea.

Ralph agarró una mano a la niña y se la colocó sobre el altar. Sacó su arma blanca, una daga de rodela. Con un movimiento rápido, le rebanó un dedo. El contundente filo cortó con facilidad los frágiles huesecillos. La niña prorrumpió en gritos de agonía y su sangre empapó de rojo la pintura blanca del altar. Todos los campesinos gritaron horrorizados. El vaquerizo dio un enfurecido paso adelante, pero fue detenido por la punta de la espada de Alan Fernhill.

Ralph seguía agarrando a la niña de una mano, y levantó el dedo mutilado ensartado en su daga.

—Sois el mismísimo diablo —gritó el pastor, temblando, presa de la impresión.

—No, no lo soy. —Ralph ya había escuchado antes esa acusación, pero seguía doliéndole—. Estoy salvando las vidas de miles de hombres —se justificó—. Y si me veo en la obligación, le cortaré los demás dedos, uno por uno.

—¡No, no!

—Entonces dime dónde está el vado, y no mientas más. —Blandió el cuchillo.

—La Blanchetaque, se llama la Blanchetaque, ¡por favor, soltadla! —suplicó el hombre.

—¿La Blanchetaque? —preguntó Ralph.

Fingía escepticismo, pero, en realidad, aquello sonaba prometedor. Era una palabra desconocida, aunque parecía que podía significar plataforma blanca, y no era el tipo de ocurrencia que un hombre aterrorizado pudiera inventar en el calor del momento.

—Sí, señor, lo llaman así por las saltanas blancas del fondo del cauce gracias a las que se puede cruzar el fango. —Sufría un genuino ataque de pánico; tenía las mejillas empapadas de lágrimas. «Es prácticamente seguro que está diciendo la verdad», pensó Ralph con satisfacción. El vaquerizo prosiguió balbuceando—: Cuentan que colocaron las piedras en tiempos remotos, que fueron los romanos... por favor, soltad a mi niña...

—¿Dónde está?

—A dieciséis kilómetros de Abbeville, río abajo.

—¿Y no a un kilómetro y medio?

—Esta vez estoy diciendo la verdad, señor, ¡pues espero compasión!

—¿Y el nombre de la aldea?

—Saigneville.

—¿Se puede cruzar a cualquier hora por el vado, o sólo con la bajamar?

—Sólo con la bajamar, señor, sobre todo si pasáis con ganado o carros.

—Pero tú conoces el flujo de las mareas.

—Sí.

—Bien, sólo me queda una pregunta más que hacerte, pero es muy importante. Si tengo la más mínima sospecha de que estás mintiéndome, le cortaré la mano entera. —La niña chilló. Ralph dijo—: Sabes que hablo en serio, ¿verdad?

—Sí, señor, ¡os diré cualquier cosa!

—¿A qué hora se producirá la bajamar mañana?

Una mirada de pánico se apoderó del rostro del vaquerizo.

—Eh... eh... ¡dejad que lo averigüe! —El hombre estaba tan nervioso que apenas podía pensar.

El curtidor intervino.

—Yo os lo diré. Mi hermano cruzó ayer el río, por eso lo sé. La marea baja será a media mañana, dos horas antes del mediodía.

—¡Sí! —exclamó el vaquerizo—. ¡Eso es! Estaba intentando calcularlo. A media mañana, o un poco después. Y luego otra vez por la tarde.

Ralph seguía agarrando la mano sangrante de la niña.

—¿Estás seguro?

—Oh, señor, tan seguro como estoy de mi nombre, ¡os lo juro!

Seguramente el hombre habría sido incapaz de recordar incluso su nombre en ese momento, estaba demasiado aturdido por el pánico. Ralph miró al curtidor. No había rastro de engaño en su cara, ni de desafío ni de ansias por agradar en su expresión: sólo parecía algo avergonzado de sí mismo, como si se hubiera visto abocado, en contra de su voluntad, a hacer algo malo. «Dice la verdad —pensó Ralph, exultante—, lo he conseguido.»

—La Blanchetaque. A dieciséis kilómetros de Abbeville, río abajo, en la aldea de Saigneville. Piedras blancas en el fondo del cauce. Bajamar a media mañana.

—Sí, señor.

Ralph soltó la muñeca de la niña y la pequeña corrió sollozando hacia su padre, quien la acogió entre sus brazos. Ralph bajó la vista hacia el charco de sangre que había quedado en el altar blanco. Había muchísima cantidad, para ser de una chiquilla.

—Está bien, soldados —dijo—. Aquí ya hemos terminado.

Las cornetas despertaron a Ralph al alba. No había tiempo de encender una hoguera ni de desayunar: el ejército levantó el campamento de inmediato. Diez mil hombres tenían que haber recorrido diez kilómetros llegada la media mañana, y la mayoría lo haría a pie.

La hueste del príncipe de Gales encabezaba la marcha, seguida por la guardia del rey, el tren de bagaje con el equipamiento para el asedio y, por último, la formación de retaguardia. Se enviaban partidas de reconocimiento para calcular la distancia a la que se encontraba el ejército francés. Ralph iba en la vanguardia con el príncipe de dieciséis años que era tocayo de su padre, Eduardo.

Esperaban sorprender a los franceses al cruzar el Somme por el vado. La última noche, el rey había dicho:

—Bien hecho, Ralph Fitzgerald. —Ralph había aprendido hacía ya tiempo que esas palabras carecían de significado. Había llevado a término numerosas y útiles misiones para el rey Eduardo, el conde Roland y otros nobles, pero seguía sin ser ordenado caballero. En esa ocasión en concreto sintió cierto resentimiento, aunque no demasiado. Ese día su vida había corrido más peligro que nunca, y se sentía tan contento de haber encontrado una vía de escape que apenas le importaba que alguien le reconociera el mérito de haber salvado al ejército al completo.

Mientras marchaban, docenas de mariscales y submariscales realizaban rondas constantes, con objeto de guiar a los hombres en la dirección correcta, mantener la formación unificada, conservar la separación entre las divisiones y reunir a los rezagados. Los mariscales eran todos miembros de la nobleza, pues debían tener autoridad para dar órdenes. El rey Eduardo era un fanático de la marcha ordenada.

Se dirigían al norte. El terreno describía una suave pendiente por una ladera hacia una cordillera desde donde divisaron el lejano resplandor del estuario. A continuación descendieron hasta los campos de grano. Cuando atravesaban las aldeas, los mariscales se aseguraban de que no se produjera saqueo alguno, pues no podían permitirse un exceso de equipaje para cruzar el río. Asimismo se abstuvieron de incendiar los cultivos, por miedo a que el humo pudiera delatar su posición exacta al enemigo.

El sol estaba a punto de salir cuando los adalides llegaron a Saigneville. La aldea se hallaba situada en lo alto de un risco a unos diez metros sobre el río. Desde el borde del peñasco, Ralph contempló el formidable obstáculo: dos kilómetros de agua y pantanos. Veía desde allí las saltanas blancas que señalaban la situación del vado. En la otra orilla del estuario se alzaba una verde colina. Cuando el astro rey hizo aparición a su derecha, Ralph distinguió, en la lejana ladera, un destello metálico y una ráfaga de color, y cayó presa del pánico.

La intensificación de la luz confirmó sus funestas sospechas: el enemigo estaba esperándolos. Los franceses conocían la situación del vado, por supuesto, y un audaz comandante había previsto la posibilidad de que los ingleses descubrieran su localización. ¡Cuánta perspicacia!

Ralph se fijó en la corriente. Fluía hacia el oeste, y eso era señal de que la marea empezaba a bajar; pero el cauce era demasiado profundo para que un hombre pasara haciendo pie. Tendrían que esperar.

El ejército inglés continuó acrecentándose en número en la orilla, centenares de hombres llegaban a cada minuto. Si el rey hubiera intentado dar media vuelta y ordenar la retirada de sus guarniciones, la confusión habría sido de pesadilla.

Regresó un soldado al que habían enviado a reconocer la zona, y Ralph lo escuchó con atención, pues las noticias estaban relacionadas con el príncipe de Gales. El ejército del rey Felipe había salido de Abbeville y se aproximaba a esa margen del río.

Enviaron al mismo soldado para calcular la velocidad a la que avanzaba el ejército francés.

Ralph se dio cuenta, con el corazón encogido por el miedo, de que no había vuelta atrás; los ingleses debían cruzar la corriente.

Observó la alejada orilla e intentó predecir cuántos franceses podría haber en la margen septentrional. «Más de un millar», pensó. Sin embargo, el peligro más grande era el ejército de decenas de miles de hombres que se aproximaba desde Abbeville. En sus numerosos encuentros con los franceses, Ralph había aprendido que éstos tenían un valor extraordinario —insensato, en ocasiones—, pero que eran muy indisciplinados. En sus marchas reinaba la confusión, desobedecían las órdenes, y a veces atacaban, para demostrar su valentía, cuando hubiera sido más inteligente esperar. No obstante, si lograban superar esas costumbres caóticas y llegaban hasta allí en un par de horas, alcanzarían al ejército del rey Eduardo dentro del río. Flanqueados por tropas enemigas en ambas orillas, los ingleses serían pasto de los franceses.

Después de la estela de devastación que habían ido dejando a su paso en los seis meses anteriores, no podían esperar misericordia alguna.

Ralph pensó en los equipamientos. Tenía una perfecta armadura de placas que le había quitado a un cadáver francés en Cambrai hacía siete años, pero iba en el tren de bagaje. Además, no estaba seguro de poder avanzar, a pie y a lo largo del kilómetro y medio de agua y fango, con tanto peso encima. Llevaba una celada en la cabeza y una cota de malla que le cubría el pecho, y era cuanto podía permitirse aguantar puesto durante la marcha. Tendría que conformarse con eso. Los demás contaban con una protección de la misma ligereza. La mayoría de los soldados de infantería portaban sus yelmos colgando de los cinturones, y no se los pondrían hasta encontrarse al alcance del enemigo; pero ningún hombre marchaba con toda la armadura puesta.

El sol se encumbró en el este. El nivel del agua disminuyó hasta llegar a la rodilla. Los nobles procedentes del séquito del rey llegaron con la orden de cruzar el río. El hijo del conde Roland, William de Caster, comunicó las instrucciones a la hueste de Ralph.

—Los arqueros irán en la vanguardia y empezarán a disparar en cuanto se aproximen a la otra orilla —informó William. Ralph se quedó mirándolo con frialdad. No había olvidado que ese hombre había intentado que lo ahorcaran por hacer lo mismo que la mitad del ejército inglés en las pasadas seis semanas—. Luego, cuando lleguéis a la playa, los arqueros se repartirán a diestra y siniestra para dejar paso a los caballeros y a los hombres de armas. —«Parece sencillo», pensó Ralph; las órdenes siempre lo parecían. Pero iba a ser un verdadero baño de sangre. El enemigo estaría en una posición perfecta, en la aldea que se alzaba sobre el río, para hacer blanco contra los soldados ingleses que lucharían indefensos mientras atravesaban el cauce fluvial.

Los hombres de Hugh Despenser encabezaban la marcha, portando su característico pendón blanco y negro. Sus arqueros se adentraron a pie en el río, levantando los arcos por encima del agua, y los caballeros y hombres de armas iban avanzando entre chapoteos justo detrás. Los soldados de Roland los seguían, y Ralph y Alan no tardaron en emularlos a caballo.

Un kilómetro y medio no era una distancia muy larga para recorrerla a pie, Ralph fue consciente de ello en ese momento, pero sí lo era para avanzar por el agua, incluso para las cabalgaduras. La profundidad iba variando: en algunos tramos vadeaban sobre un fondo cenagoso por encima de la superficie, en otros, el agua llegaba hasta la cintura a los soldados de infantería. Hombres y animales no tardaron en cansarse. El sol de agosto caía a plomo sobre sus cabezas mientras empezaban a entumecérseles los pies por el frío. Al mirar hacia delante, veían, cada vez con mayor claridad, al enemigo esperándolos en la orilla opuesta.

Ralph observaba a las tropas francesas con temor creciente. La primera línea, desplegada a lo largo de toda la orilla, estaba formada por ballesteros. Ralph sabía que no eran franceses, sino mercenarios italianos a los que siempre llamaban genoveses, pero que en realidad procedían de distintos lugares de la península. La ballesta podía realizar menos tiros por minuto que el arco largo inglés, pero los genoveses iban a tener mucho tiempo para recargar mientras su objetivo avanzaba con pesadez por el río poco profundo. Detrás de los arqueros, en la verde colina, estaban los soldados de infantería y los caballeros montados, listos para lanzarse a la carga.

Al echar la vista atrás, Ralph vio a miles de ingleses cruzando el río a sus espaldas. De nuevo se dio cuenta de que la retirada no era una opción; de hecho, los que iban en la retaguardia empujaban a los de delante, que empezaban a desplazar a los adalides.

En ese momento podía ver a las filas enemigas con total nitidez. Dispuestos a lo largo de la orilla estaban los pesados parapetos de madera, llamados pavesadas, que utilizaban los ballesteros. En cuanto los ingleses se pusieron a tiro, los genoveses empezaron a disparar.

A una distancia de más de doscientos cincuenta metros, la puntería era imprecisa, y las flechas caían a una velocidad que había disminuido por la lejanía. De todas formas, alcanzaron a un buen número de caballos y soldados. Los heridos caían al agua y se alejaban arrastrados por la corriente hasta ahogarse. Los caballos heridos se revolcaban en el agua y la teñían de rojo sangre. Ralph tenía el corazón desbocado.

A medida que los ingleses se acercaban a la orilla, la precisión de tiro de los genoveses mejoraba, y las flechas caían con mayor potencia. La ballesta era lenta, pero disparaba una saeta con punta de acero y fuerza destructora. Todos los hombres y las caballerías que había alrededor de Ralph cayeron abatidos. Algunos perdieron la vida de forma fulminante. No había nada que pudiera hacer para protegerse; tuvo la espeluznante visión de su ineludible destino: o tenía suerte o acabaría muerto. La atmósfera se llenó con los espantosos ruidos de la batalla: el silbido de las flechas letales, las blasfemias de los heridos, los relinchos de los caballos agonizantes…

Los arqueros al frente de la columna inglesa respondieron al ataque. El extremo de sus largos arcos de dos metros tocaba el agua, y se veían obligados a agarrarlos de una forma poco habitual, además, el fondo cenagoso era resbaladizo; aun así, hicieron cuanto pudieron.

Al ser lanzadas desde tan cerca, los virotes de las ballestas podían atravesar incluso las armaduras de placas. En cualquier caso, ninguno de los soldados ingleses llevaba la protección adecuada para la batalla; aparte de sus yelmos, no tenían otro resguardo contra la letal lluvia.

De haber podido, Ralph habría dado media vuelta y habría huido. Sin embargo, detrás de él, diez mil quinientos hombres y el mismo número de caballos lo empujaban hacia delante, y lo habrían pisoteado y ahogado si hubiera intentado retroceder. No le quedaba otra alternativa que pegarse al cuello de Griff y azuzarlo para que siguiera avanzando.

Los supervivientes entre los arqueros ingleses de primera línea llegaron por fin al cauce de escasa profundidad y empezaron a utilizar sus arcos largos con mayor eficacia. Disparaban trazando una trayectoria certera, remontando las pavesadas. Una vez que hubieron empezado, los arqueros ingleses fueron capaces de disparar doce flechas por minuto. Las saetas eran de madera —por lo general de fresno—, pero con punta de acero, y cuando caían como una lluvia resultaban pavorosas. De pronto disminuyó la intensidad del ataque enemigo. Cayeron unos cuantos escudos. Los genoveses se vieron obligados a retroceder, y los ingleses empezaron a llegar a la parte de la playa entre la pleamar y la bajamar.

En cuanto los arqueros pusieron pie en tierra firme se dispersaron a derecha e izquierda y dejaron la orilla despejada para los caballeros, que salieron a la carga desde el cauce poco profundo sobre las líneas enemigas. Ralph, que seguía cruzando el río, había visto suficientes batallas como para saber qué tácticas aplicarían los franceses en esa situación: debían mantener su posición y dejar que los ballesteros siguieran aniquilando a los ingleses que estaban en la playa y a los que seguían en el agua. Pero el código de caballería no permitía que la nobleza francesa se ocultara tras los arqueros de arcos largos, y rompieron la formación para avanzar al galope y enzarzarse en una refriega con los caballeros ingleses, renunciando así a la ventaja de su posición. Ralph tuvo un fugaz destello de esperanza.

Los genoveses se replegaron, y la playa se convirtió en un tumulto. A Ralph le latía el corazón con fuerza por el miedo y la emoción. Los franceses seguían contando con la ventaja de poder cargar colina abajo e iban armados hasta los dientes: habían aniquilado a los hombres de Hugh Despenser de forma sistemática. La vanguardia que se había lanzado a la carga entró chapoteando en el cauce poco profundo, dando espadazos a los hombres incluso mientras seguían en el agua.

Los arqueros del conde Roland llegaron a la orilla justo por delante de

Ralph y Alan. Los hombres que habían sobrevivido salieron del agua y se dispersaron. Ralph pensó que aquél era el fin para los ingleses y tuvo la certeza de que iba a morir, pero sólo podía seguir avanzando, y de pronto se encontró lanzándose a la carga, con la cabeza pegada al cuello de Griff, blandiendo la espada en el aire, directo hacia la línea enemiga. Se agachó ante una espada que pasó sobre su cabeza cual guadaña y llegó a tierra firme. Propinó un mandoble sin ton ni son a un yelmo metálico, y Griff arremetió contra otra caballería. El caballo francés era más alto, pero más joven, tropezó y tiró al barro a su jinete. Ralph hizo girar a Griff, retrocedió y se preparó para volver a la carga.

La espada no le servía de mucho contra la armadura de placas, pero él era un hombre corpulento a lomos de un caballo brioso y tenía la esperanza de poder derribar de sus monturas a los soldados enemigos. Cargó una vez más. A esas alturas de la contienda no sólo había dejado de sentir miedo sino que se sentía poseído por una ira incontrolable que lo impulsaba a matar a tantos enemigos como pudiera. Cuando el caballero entraba en la batalla, el tiempo se ralentizaba, cada refriega era única y se vivía como si fuera la última. Más adelante, cuando la acción tocaba a su fin, si el guerrero continuaba con vida, le sorprendería ver que el sol estaba poniéndose y que había transcurrido un día entero. En ese momento, Ralph se lanzaba al galope contra el enemigo una y otra vez, esquivando sus espadas, colándose por donde veía un resquicio de oportunidad, sin disminuir jamás la velocidad, pues eso habría sido fatal.

En un momento dado —que podría haber sido unos minutos o incluso unas horas después— se dio cuenta, con incredulidad, de que los ingleses habían dejado de ser víctimas de una carnicería. En realidad, parecía que estaban ganando terreno y recuperando la esperanza. Se distanció de la contienda y se detuvo, jadeante, para hacer balance de la situación.

La playa estaba alfombrada de cadáveres, pero había el mismo número de franceses que de ingleses, y Ralph fue consciente de lo descabellado de la carga enemiga. En cuanto los caballeros de ambos bandos se hubieron enzarzado en la batalla, los ballesteros genoveses habían dejado de disparar por miedo a herir a los suyos, así que el enemigo había dejado de tener la oportunidad de hacer blanco contra los ingleses como si fueran patos en un estanque. Desde el momento en que los ingleses habían salido del agua a lomos de sus caballos, todos habían seguido las mismas órdenes: los arqueros dispersándose a diestra y siniestra, y los caballeros y soldados de infantería empujando sin descanso para avanzar; los franceses se habían visto abrumados por una mera cuestión de superioridad numérica. Al mirar de nuevo hacia el río, Ralph vio que la marea volvía a subir justo en ese momento, así que los ingleses que seguían en el agua empezaron a desesperarse por alcanzar la orilla, sin importar qué pudiera depararles el destino en cuanto llegaran a la playa.

Mientras Ralph contenía la respiración, los franceses empezaban a perder los nervios. Obligados a abandonar la playa, perseguidos colina arriba, abrumados por el ejército que salía en estampida del agua, iniciaron la retirada. Los ingleses ejercían presión para avanzar, apenas podían creer la suerte que habían tenido. Por último, como ya venía siendo frecuente y en un espacio de tiempo increíblemente corto, la retirada de los franceses se convirtió en una huida despavorida, en la que cada hombre iba por su lado.

Ralph volvió a mirar hacia el cauce. El tren de bagaje se encontraba en medio del río, los caballos y bueyes tiraban de los pesados carros que cruzaban el vado, bajo el azote de la fusta inclemente de sus conductores, frenéticos por escapar de la marea. En ese preciso instante, la escaramuza era algo desorganizada en la orilla más lejana. La vanguardia del ejército del rey Felipe debía de haber llegado hasta allí y se habría encontrado con unos cuantos rezagados; Ralph creyó reconocer, a la luz del día, los colores de la caballería ligera de Bohemia. Pero habían llegado demasiado tarde.

Se hundió en la silla, debilitado de pronto por la sensación de alivio. La batalla había finalizado. Era increíble, pero contra todo pronóstico, los ingleses habían escapado de la trampa francesa.

Por el momento, estaban a salvo.

48

Caris y Mair llegaron a las proximidades de Abbeville el 25 de agosto y creyeron morir al recibir la noticia de que el ejército francés ya había pasado por allí. Decenas de miles de soldados de infantería y arqueros habían acampado en los terrenos que circundaban la ciudad. Por el camino no sólo escucharon acentos franceses comarcales, sino lenguas de lugares más remotos: Flandes, Bohemia, Italia, Saboya, Mallorca...

Los franceses y sus aliados, al igual que Caris y Mair, iban a la caza del rey Eduardo y su ejército. Caris se preguntaba cómo conseguirían ellas dos ponerse en la cabeza de carrera.

Cuando atravesaron las puertas de la ciudad y se adentraron en ella a última hora de la tarde, las calles estaban atestadas de nobles franceses. Caris jamás había visto semejante exhibición de caros ropajes, calzado nuevo, complejas armas y magníficos caballos, ni siquiera en Londres. Parecía como si la aristocracia de Francia en pleno estuviera allí. Los posaderos, panaderos, juglares y prostitutas de la ciudad trabajaban a destajo para satisfacer las necesidades de sus clientes. Todas las tabernas estaban a rebosar de condes y todas las casas acogían a caballeros que dormían incluso en el suelo.

La abadía de San Pedro estaba en la lista de instituciones religiosas donde Caris y Mair habían planeado solicitar alojamiento. No obstante, y aunque hubieran seguido vistiendo el hábito religioso, habrían tenido problemas para acceder a los aposentos destinados a las visitas: el rey de Francia se alojaba allí, y su séquito ocupaba todo el espacio disponible. Las dos monjas de Kingsbridge, disfrazadas en ese momento de Christophe y Michel de Longchamp, fueron remitidas a la iglesia de la gran abadía, donde pernoctaban varios cientos de escuderos, mozos y otros sirvientes sobre el frío suelo de piedra de la nave. Sin embargo, el responsable del lugar les dijo que no había sitio, y que tendrían que ir a dormir al campo como todos los demás miembros de la plebe.

En el transepto norte había un hospital para los heridos. A la salida, Caris se detuvo para observar a un cirujano que estaba cosiendo un profundo tajo en la mejilla de un quejumbroso hombre de armas. El médico era ágil y habilidoso, y cuando hubo terminado, Caris le habló, llena de admiración.

—Lo habéis hecho muy bien.

—Gracias —respondió él. Y tras mirarla durante un rato, añadió—: Pero ¿cómo lo sabes tú, muchachito?

Lo sabía porque había observado a Matthew Barber en acción en muchas ocasiones, pero tuvo que inventarse una excusa creíble a toda prisa.

—En Longchamp, mi padre es cirujano del *sieur* al que sirvo —mintió.

—¿Estás ahora con tu *sieur*?

—Los ingleses lo han hecho prisionero, y mi señora me ha enviado con mi hermano para negociar su rescate.

—Mmm… Habría sido mejor que fuerais directamente a Londres. Si no está allí ahora mismo, no tardará en llegar. Sin embargo, ya que estás aquí, podrías ganarte un lugar donde pasar la noche a cambio de echarme una mano.

—Sería un verdadero placer.

—¿Has visto a tu padre limpiar heridas con vino?

Caris habría sido capaz de limpiar heridas con los ojos cerrados. En unos segundos, Mair y ella se encontraron haciendo lo que mejor se les daba: cuidar de los enfermos. La mayoría de los hombres habían sido heridos el día anterior, durante una batalla en un vado del río Somme. Los nobles heridos habían sido atendidos en primer lugar, y, en ese momento, el cirujano estaba ocupándose de los soldados sin graduación. Trabajaron sin descanso durante varias horas. La larga tarde de verano dio paso al crepúsculo, y encendieron las velas. Al final de la jornada se habían recolocado los huesos fracturados, amputado las extremidades aplastadas y cosido las heridas abiertas, y el cirujano, Martin Chirurgien, las llevó al refectorio para disfrutar de la cena.

Recibieron el mismo trato que los miembros del séquito real, y les sirvieron estofado de cordero con cebollas. Llevaban una semana sin comer carne. Incluso bebieron vino tinto de muy buena cosecha. Mair bebió con fruición. Caris se alegró de que tuvieran oportunidad de recuperar fuerzas, aunque seguía impaciente por alcanzar a los ingleses.

Un caballero sentado a su mesa comentó:

—¿Os dais cuenta de que en el comedor del abad, aquí al lado, hay cuatro reyes y dos arzobispos comiendo? —Fue contándolos con los dedos y enumerándolos—: Los reyes de Francia, Bohemia, Roma y Mallorca, y los arzobispos de Ruán y Sens.

Caris decidió que tenía que verlo con sus propios ojos. Salió de la estancia por la puerta que parecía llevar a las cocinas. Vio a los sirvientes portando cargadas bandejas a otra sala y espió por la mirilla de la puerta.

Los hombres sentados alrededor de la mesa eran sin duda de la alta nobleza: el tablero estaba cubierto de aves asadas, enormes pedazos de ternera y piernas de añojo, ricos púdines y pirámides de fruta confitada. El hombre que presidía la mesa era, supuestamente, el rey Felipe, a la sazón de cincuenta y tres años y con una cabellera rubia salpicada por unas pocas canas. Junto a él, un hombre más joven, que se le parecía bastante, estaba pontificando sobre el enemigo.

—Los ingleses no son nobles —espetó con el rostro enrojecido por la furia—. Son como ladrones, que roban en la noche y salen corriendo.

Martin apareció a la altura del hombro de Caris y le susurró al oído:

—Ése es mi señor, Carlos II, conde de Alençon y hermano del rey.

—Protesto —refutó otra voz. Caris se dio cuenta de inmediato de que la persona que lo había dicho era ciega y supuso que debía de ser el rey Juan de Bohemia—. Los ingleses no pueden llegar muy lejos corriendo. Son demasiado lentos a pie y siempre están exhaustos.

—Eduardo quiere unir fuerzas con el ejército angloflamenco que ha invadido el noreste de Francia desde Flandes —añadió Carlos.

Juan sacudió la cabeza.

—Hoy hemos sabido que esas tropas se han batido en retirada. Creo que Eduardo debe resistir y luchar, y por su propio bien, cuanto antes mejor, porque la moral de sus hombres irá decayendo con el paso de los días.

—Entonces debemos atraparlos mañana mismo. Después de lo que han hecho a Normandía, todos y cada uno de ellos deben morir: caballeros, nobles, ¡hasta el mismísimo Eduardo! —sentenció Carlos, enfurecido.

El rey Felipe puso una mano sobre el brazo de Carlos, para acallarlo.

—La ira de nuestro hermano es comprensible —lo disculpó—. Los delitos perpetrados por los ingleses son deleznables. Pero recordad: cuando nos encontremos con el enemigo, lo más importante es que dejemos de lado cualquier diferencia que pueda haber entre nosotros, olvidar nuestras cuitas y rencillas pendientes, y confiar en el otro, al menos durante el transcurso de la batalla. Superamos en número a los ingleses y deberíamos vencerlos con facilidad, pero debemos combatir unidos, como un solo ejército. Bebamos a la salud de nuestra unidad.

Mientras se retiraba con discreción, Caris decidió que aquél era un brindis interesante. Estaba claro que el rey no tenía garantías de que sus aliados estuvieran dispuestos a actuar como parte de un equipo. Sin embargo, lo que en realidad le preocupó de la conversación que acababa de escuchar era la posibilidad de una batalla inminente, tal vez al día siguiente. Mair y ella deberían andarse con cuidado si no querían verse implicadas en mitad de la contienda.

Cuando regresaron al refectorio, Martin le comentó en voz baja:

—Al igual que el rey, tienes un hermano difícil de controlar.

Caris vio que Mair se había emborrachado. Estaba sobreactuando en su papel de muchacho, sentada con las piernas despatarradas y los codos sobre la mesa.

—¡Jesús, María y José, el estofado era una verdadera delicia, pero me está provocando unos pedos endemoniados! —exclamó la monja de dulce rostro vestida con ropas de hombre—. Siento el hedor, compadres. —Volvió a llenarse la copa de vino y bebió hasta la última gota.

Los hombres se rieron de ella con indulgencia, entretenidos por el espectáculo de un joven mozo agarrando su primera cogorza y recordando, sin duda, los vergonzosos episodios de sus propias experiencias pasadas.

Caris la asió del brazo.

—Ya es hora de que te vayas a la cama, hermanito —advirtió—. Vámonos.

Mair se levantó de muy buena gana.

—Mi hermano mayor se comporta como una vieja —dijo a la compaña—. Pero me quiere… ¿verdad que sí, Christophe?

—Sí, Michel, te quiero —respondió Caris, y los hombres volvieron a reír.

Mair se agarró con fuerza a su supuesto hermano. Caris la llevó caminando de regreso a la iglesia y encontró el lugar de la nave donde habían dispuesto su ropa de cama. Hizo que Mair se tumbara y la tapó con su manta.

—Dame un beso de buenas noches, Christophe —le pidió Mair.

Caris la besó en los labios y dijo:

—Estás borracha. Duérmete ya. Debemos salir a primera hora de la mañana.

Caris permaneció despierta durante un rato, desvelada por la preocupación. Sentía que había tenido una mala suerte terrible. Mair y ella habían estado a punto de alcanzar al ejército inglés y al obispo Richard pero, en ese mismo momento, los franceses también se habían topado con ellos. Debían mantenerse bien alejadas del campo de batalla. Por otro lado, si Mair y ella se veían frenadas por la retaguardia del ejército francés, jamás alcanzarían a los ingleses.

Tras sopesarlo, pensó que lo mejor sería partir a primera hora de la mañana e intentar adelantar a los franceses. Un ejército tan numeroso no podía avanzar deprisa, pues la simple disposición para la marcha podía llevarles horas de preparación. Si ellas eran ágiles lograrían mantenerse a la cabeza. Era arriesgado, pero no habían hecho más que correr riesgos desde que habían zarpado de Portsmouth.

Fue quedándose dormida y se despertó cuando las campanadas tocaban a maitines, pasados unos minutos de las tres de la madrugada. Despertó a Mair y no se mostró muy comprensiva cuando ésta se quejó de jaqueca. Mientras los monjes entonaban los salmos en la iglesia, Caris y Mair se dirigieron a los establos y localizaron sus caballos. El cielo estaba despejado, y alcanzaban a ver las estrellas.

Los panaderos de la ciudad habían estado trabajando toda la noche, así que pudieron comprar unas barras de pan para el viaje. Sin embargo, las puertas de la ciudad seguían cerradas; tuvieron que esperar con impaciencia al amanecer, temblando por el aire frío y comiendo el pan recién horneado.

Alrededor de las cuatro y media salieron por fin de Abbeville y se dirigieron hacia el noroeste por la margen derecha del Somme, la misma dirección que se suponía había seguido el ejército inglés.

Estaban a casi un kilómetro cuando oyeron el toque de diana en las murallas de la ciudad. Al igual que Caris, el rey Felipe había decidido salir temprano. En los campos, los soldados y hombres de armas empezaron a despertar. Los mariscales debían de haber recibido las órdenes la noche anterior, porque actuaron con presteza, y no pasó mucho tiempo hasta que el ejército llegó a la altura del camino donde se encontraban Caris y Mair.

Caris todavía albergaba la esperanza de alcanzar a los ingleses que se habían adelantado a esas tropas. Era evidente que los franceses tendrían que detenerse y reagruparse antes de presentar batalla. Eso daría tiempo a Caris y a Mair de llegar hasta sus compatriotas y encontrar algún lugar seguro lejos de la contienda. No querían verse atrapadas entre ambos bandos. Caris empezaba a pensar que la idea de emprender aquella misión había sido una locura; puesto que no sabía nada sobre la guerra, no había imaginado siquiera las dificultades y peligros que conllevaba. Sin embargo, ya era demasiado tarde para lamentarse y, por otra parte, habían conseguido llegar hasta allí sin sufrir daño alguno.

Los soldados que encontraron en el camino no eran franceses, sino italianos. Llevaban ballestas de acero y haces con flechas de hierro. Eran amables, y Caris charló con ellos en un galimatías de francés normando, latín y el italiano que había aprendido escuchando a Buonaventura Caroli. Le contaron que, en la batalla, siempre formaban la primera línea del frente y que disparaban parapetados tras sus pesadas pavesadas de madera, que en ese momento iban cargadas en carromatos situados en la retaguardia. Se quejaron del precipitado desayuno, menospreciaron a los caballeros franceses por ser impulsivos y pendencieros, y hablaron con admiración de su capitán, Ottone Doria, a quien se veía a unos metros por delante de ellos.

El sol se situó en su cenit y los acaloró con sus sofocantes rayos. Como los ballesteros sabían que podían entrar en batalla ese mismo día, llevaban pesados petos acolchados, yelmos y rodilleras metálicas, así como sus arcos y flechas. Hacia el mediodía, Mair declaró que se desmayaría a menos que se detuvieran a descansar un rato. Caris también se sentía agotada, pues habían estado montando a caballo desde el amanecer y sabía que sus cabalgaduras necesitaban un descanso. Así que, a pesar de sus planes, se sintió obligada a parar mientras miles de ballesteros las adelantaban.

Las monjas dejaron beber a sus caballos en el Somme y comieron un poco más de pan. Cuando reemprendieron la marcha, se encontraron avanzando junto a los caballeros y hombres de armas franceses. Caris reconoció a Carlos, el colérico hermano de Felipe, en la cabeza de la marcha. Estaban en mitad del ejército francés, pero no tenían otra salida que seguir avanzando y esperar una oportunidad para adelantarlo.

Poco después del mediodía llegó una orden a las filas. Los ingleses no estaban al oeste de su posición, como se había creído hasta entonces, sino al norte, y el rey francés había ordenado que su ejército virara en esa dirección, no en formación de columna, sino todos a un tiempo. Los hombres que se encontraban en torno a Caris y Mair, dirigidos por el conde Carlos, abandonaron el camino junto al río por un angosto sendero a campo traviesa. Caris los siguió con el corazón en un puño.

Alguien con una voz conocida la saludó: Martin Chirurgien se situó a su altura.

—Esto es un verdadero caos —comentó, malhumorado—. El orden de la marcha ha quedado totalmente roto.

Un reducido grupo de hombres al galope tendido apareció al otro lado de los campos y saludó al conde Carlos.

—Soldados de avanzada —aclaró Martin, y se adelantó para escuchar lo que tenían que decir.

Los caballos de Caris y Mair también se dirigieron hacia allí, guiados por el instinto equino de mantener unida la manada.

—Los ingleses se han detenido —escucharon decir—. Han adoptado una posición defensiva en una cresta próxima a la ciudad de Crécy.

—Ése es Henri le Moine, un viejo compañero del rey de Bohemia —le explicó Martin.

Carlos se mostró encantado con la noticia.

—¡Entonces hoy mismo entraremos en batalla! —exclamó, y los caballeros que se encontraban a su alrededor estallaron de júbilo.

Henri levantó una mano para pedir calma.

—Estamos proponiendo que todas las unidades se detengan para reagruparse —anunció.

—¿Detenerse ahora? —preguntó Carlos, enfurecido—. ¿Cuando los ingleses están dispuestos al fin a presentar batalla? ¡Vayamos a por ellos!

—Nuestros hombres y nuestros caballos necesitan descansar —comentó Henri con serenidad—. El rey todavía está muy atrás. Démosle la oportunidad de alcanzarnos y valorar la posibilidad de contienda. Puede dar sus órdenes hoy para el ataque de mañana, cuando los hombres ya hayan recuperado fuerzas.

—¡Al diablo con las órdenes! No son más que unos cuantos miles de ingleses. ¡Los aplastaremos!

Henri hizo un gesto de impotencia.

—No era mi intención daros órdenes, mi señor. Pero preguntaré a vuestro hermano el rey cuáles son sus disposiciones.

—¡Pregúntale! ¡Pregúntale! —exclamó Carlos y se alejó al trote.

Martin le dijo a Caris:

—No sé por qué mi señor es tan inmoderado.

—Supongo —empezó a decir Caris, reflexiva— que debe querer demostrar que es lo bastante valeroso para gobernar, aunque por un nacimiento imprevisto él no sea el rey.

Martin le dedicó una mirada suspicaz.

—Eres muy listo para ser un simple doncel.

Caris evitó mirarle a los ojos y se obligó a tener en cuenta su falsa identidad. En la entonación de Martin no había captado hostilidad, pero el hombre empezaba a sospechar algo. Por su condición de cirujano, debía conocer a la perfección las sutiles diferencias en la estructura ósea de un hombre y una mujer, y podría haberse dado cuenta de que Christophe y Michel de Longchamp no eran varones normales. Por suerte, no insistió más en la cuestión.

El cielo empezó a encapotarse, pero el ambiente seguía siendo cálido y húmedo. Apareció una densa arboleda a su izquierda, y Martin informó a Caris de que se trataba del bosque de Crécy. No podían estar muy lejos de los ingleses, pero en ese momento Caris empezó a preguntarse cómo conseguirían separarse de los franceses y sumarse a los ingleses sin perder la vida a manos de uno u otro bando.

La presencia del bosque provocó que el flanco izquierdo de la marcha se apelotonara, así que el camino por el que iba Caris quedó embotellado por los soldados, y las diferentes divisiones empezaron a confundirse sin remedio.

Llegaron correos con nuevas órdenes del rey. El ejército recibió la disposición de detenerse y acampar. Las esperanzas de Caris aumentaron; así las cosas, podría tener una oportunidad de adelantarse al ejército francés. Se produjo un altercado entre Carlos y un mensajero, y Martin se situó junto a su señor para escuchar. Regresó con expresión de incredulidad en el rostro.

—¡El conde Carlos se niega a obedecer las órdenes! —exclamó, perplejo.

—¿Por qué? —preguntó Caris con desesperación.

—Considera que su hermano es demasiado precavido. Él, Carlos, no será tan pusilánime como para detenerse ante un enemigo tan débil.

—Creía que todo el mundo debía obedecer al rey durante la batalla.

—Así debería ser, pero no hay nada más importante para los nobles franceses que su código de caballería. Preferirían morir antes de actuar con cobardía.

El ejército prosiguió la marcha contraviniendo los deseos del monarca.

—Me alegro de que estéis los dos aquí —dijo Martin—. Voy a necesitar vuestra ayuda una vez más. Ganemos o perdamos, habrá muchísimos heridos a la hora del crepúsculo.

Caris se dio cuenta de que no tenían escapatoria, aunque en cierta forma, ya no deseaba huir. En realidad, sentía una extraña impaciencia. Si esos hombres estaban tan locos para mutilarse entre sí con espadas y flechas, al menos ella podría socorrer a los heridos.

El capitán de los ballesteros, Ottone Doria, regresó cabalgando entre la multitud —no sin dificultad, dado el tumulto— para hablar con Carlos de Alençon.

—¡Detén a tus hombres! —gritó al conde.

Carlos se sintió ofendido.

—¿Cómo osas darme órdenes?

—¡Las órdenes proceden del rey! ¡Debemos detenernos, pero mis hombres no pueden hacerlo porque tú los obligas a avanzar desde la retaguardia!

—Entonces deja que sigan avanzando.

—Ya podemos ver al enemigo. Si seguimos tendremos que presentar batalla.

—Que así sea.

—Pero mis hombres han marchado todo el día sin parar a descansar. Están hambrientos, sedientos y exhaustos. Y mis ballesteros no portan consigo sus pavesadas.

—¿Son tan cobardes que no saben luchar sin escudos?

—¿Estás llamando cobardes a mis hombres?

—Si no luchan, sí.

Ottone permaneció en silencio durante un instante. Luego habló con un hilo de voz, y Caris a duras penas pudo oír sus palabras.

—Estás loco, Alençon. Y estarás ardiendo en el infierno cuando caiga la noche. —Dio media vuelta con el caballo y se alejó al galope.

Caris sintió que le caían unas gotas en la cara y levantó la vista al cielo. Estaba empezando a llover.

49

El chaparrón fue intenso aunque breve y, cuando el cielo se despejó, Ralph miró en dirección al valle y vio, con un escalofrío de pavor, que el enemigo ya se encontraba allí.

Los ingleses ocupaban la cresta de una colina que se extendía de sudoeste a noreste. A sus espaldas, al noroeste, había un bosque. Ante ellos y a ambos lados tenían las laderas. La vertiente que quedaba a su derecha descendía hasta la ciudad de Crécy-en-Ponthieu, enclavada en el valle del río Maye.

Los franceses se aproximaban desde el sur.

Ralph se encontraba en el flanco derecho, con los hombres del conde Roland, dirigidos por el joven príncipe de Gales. Se dispusieron en formación de cuña, táctica que había demostrado una gran efectividad bélica contra los escoceses. A izquierda y derecha, los arqueros estaban desplegados formando varios triángulos, como si fueran falcas. En el interior de esas cuñas, flanqueados por los arqueros, se encontraban los caballeros desmontados y los hombres de armas. Se trataba de una innovación radical a la que muchos jinetes continuaban resistiéndose; estaban muy apegados a sus cabalgaduras y se sentían indefensos en tierra. No obstante, el rey se mostró implacable: todos los guerreros debían marchar a pie. En el terreno que quedaba por delante de los caballeros, los soldados habían cavado trincheras —zanjas de casi medio metro de profundidad y otro tanto de anchura— para hacer trastabillar a las caballerías francesas.

A la derecha de Ralph, en un extremo de la colina, había una novedad: tres máquinas nuevas llamadas bombardas, o cañones, que utilizaban pólvora como detonante para disparar piedras redondeadas. Habían tirado de esas máquinas de guerra desde Normandía, pero no las habían probado todavía, y nadie tenía la certeza de que funcionaran. Ese día, el rey Eduardo debía utilizar todos los medios a su disposición, pues la superioridad numérica del enemigo era de entre cuatro y siete hombres contra uno.

En el flanco izquierdo de los ingleses, los soldados del conde de Northampton fueron dispuestos también en formación de cuña. Detrás de las primeras líneas de ataque, se encontraba un tercer batallón de reserva a las órdenes del rey, y detrás del monarca había dos posiciones de retirada. La primera eran los trenes de bagaje, dispuestos en círculo, y en cuyo centro se situaron los no combatientes: cocineros, ingenieros y palafreneros. En segundo término estaba el bosque, un obstáculo difícil de salvar para los caballeros montados franceses y el lugar adonde los supervivientes del ejército inglés podrían huir en caso de derrota.

Los ingleses llevaban en el lugar desde primera hora de la mañana, sin más alimento que una sopa de guisantes con cebolla. Ralph tenía puesta su armadura y estaba sofocado por el calor, así que recibió la lluvia con agradecimiento. Además, esa misma agua caída del cielo había enfangado la ladera por la que los franceses debían lanzarse a la carga, lo que haría su aproximación terriblemente resbaladiza.

Ralph imaginaba cuáles serían las tácticas de ataque francesas. Los ballesteros genoveses dispararían parapetados tras sus escudos para debilitar la alineación inglesa. A continuación, cuando esos primeros atacantes hubieran hecho suficiente daño, se harían a un lado, y los caballeros franceses cargarían a lomos de sus cabalgaduras de guerra.

No había nada más aterrador que esa carga. Llamada *furor franciscus*, era el arma fundamental de la nobleza francesa. El código de honor obligaba a sus guerreros a olvidar la seguridad personal. Aquellas caballerías de imponente talla, con unos jinetes acorazados de forma tan completa que parecían hombres de acero, se limitaban a arrasar con arqueros, escudos, espadas y hombres de armas.

Claro está que no siempre era efectiva. La carga podía ser repelida por el enemigo, sobre todo si las condiciones del terreno favorecían a sus oponentes, como ocurría en Crécy. No obstante, los franceses no se dejarían desalentar con facilidad: repetirían la acometida. Además, los guerreros del rey Felipe gozaban de tal superioridad numérica frente a los ingleses que Ralph no podía ni imaginar cómo lograrían repelerlos de forma definitiva.

Estaba asustado; pese a ello, lo cierto es que no le pesaba estar junto al ejército. Durante siete años había llevado la vida de acción que siempre había deseado, en la que los individuos fuertes eran reyes y los débiles no contaban para nada. Tenía veintinueve años, y los hombres de acción no llegaban a viejos. Había cometido pecados descabellados, pero había sido absuelto de todos ellos, la última vez, esa misma mañana, por el obispo de Shiring, quien en ese preciso instante se encontraba junto a su padre, el conde, armado con una maza de aspecto aterrador. Se suponía que los sacerdotes no debían derramar sangre, pero era una norma que interpretaban de forma más bien laxa, pues utilizaban armas romas en el campo de batalla.

Los ballesteros con sus cotas blancas llegaron a las faldas de la colina. Los arqueros ingleses, que habían permanecido sentados con las flechas clavadas por la punta en el suelo, justo enfrente de ellos, empezaron a ponerse en pie y a montar las cuerdas de sus arcos. Ralph supuso que la mayoría de los franceses sentían lo mismo que ellos: una mezcla de alivio por el final de la larga espera y miedo al sopesar las circunstancias desfavorables para la batalla.

Ralph pensó que tenían mucho tiempo. Observó que los genoveses no contaban con sus pesadas pavesadas de madera, un elemento esencial para el ataque. Tenía la certeza de que la batalla no podía comenzar hasta que les trajeran sus parapetos.

Detrás de los ballesteros, miles de caballeros empezaron a aparecer en el valle desde el sur y fueron dispersándose a izquierda y derecha por detrás de las ballestas. Volvió a salir el sol, que intensificó los vivos colores de sus pendones y de las mantas blasonadas de sus caballos. Ralph reconoció los blasones de Carlos, conde de Alençon, el hermano del rey Felipe.

Los ballesteros detuvieron su avance al pie de la colina. Eran millares de hombres. Como en respuesta a una señal, lanzaron un grito aterrador. Algunos dieron un salto en el aire. Sonaron las cornetas.

Era su grito de guerra, que tenía como objetivo aterrorizar al enemigo, y puede que hubiera surtido efecto contra algunos ejércitos pero el de los ingleses estaba compuesto por hombres expertos en la batalla que se encontraban al final de una campaña de seis semanas, y haría falta algo más que unos cuantos gritos para asustarlos. Los caballeros de Eduardo se quedaron mirando impasibles.

A continuación, para profunda sorpresa de Ralph, los genoveses levantaron sus ballestas y dispararon.

¿Qué estaban haciendo? ¡Si no tenían escudos!

El estruendo fue repentino y estremecedor: cinco mil virotes de acero surcando el aire. Pero los ballesteros no llegaban a dar en el blanco. Quizá no hubieran tenido en cuenta que debían propulsar sus proyectiles colina arriba, y el sol vespertino posado tras las líneas inglesas los deslumbraba. En cualquier caso, sus virotes no llegaban lo bastante lejos.

Se vio una llamarada y se oyó una explosión parecida a un trueno procedente del centro de la primera línea de ataque de los ingleses. Atónito, Ralph vio una columna de humo que se alzaba desde el lugar donde se encontraban las nuevas bombardas. El estrépito fue impresionante, pero cuando volvió a mirar hacia las filas enemigas, observó que los daños no habían sido muy significativos. No obstante, muchos ballesteros habían quedado tan impresionados que habían dejado de cargar sus armas.

En ese preciso instante, el príncipe de Gales dio la orden a sus arqueros de disparar.

El millar de arcos largos se alzaron al aire. Conscientes de que se encontraban demasiado lejos para disparar en línea recta, en paralelo con el suelo, los arqueros apuntaron al cielo, calculando de forma intuitiva la mejor trayectoria para sus flechas. Todos los arcos se inclinaron a un tiempo, como espigas de trigo barridas por una suave y repentina brisa veraniega; acto seguido, las flechas salieron propulsadas con un zumbido colectivo parecido al tañido de una campana de iglesia. Las saetas, tras surcar el espacio con mayor rapidez que el más ágil de los pájaros, se elevaron por los aires para, a continuación, caer en picado justo sobre los ballesteros, como una granizada letal.

Las filas enemigas estaban abarrotadas de soldados, y los jubones acolchados de los genoveses no proporcionaban una gran protección. Sin sus parapetos, los ballesteros se encontraban en una situación en extremo vulnerable. Cientos de ellos cayeron muertos o heridos.

Sin embargo, eso no era más que el principio.

Mientras los ballesteros supervivientes iban recargando sus armas, los ingleses disparaban sin descanso. Un arquero no necesitaba más que cuatro o cinco segundos para desclavar una flecha del suelo, encajarla por la muesca en la cuerda, inclinar el arco, apuntar, disparar y recoger otra flecha. Los guerreros avezados y con mucha práctica eran capaces de hacerlo incluso más deprisa. En el espacio de un minuto, veinte mil flechas cayeron sobre los ballesteros desprotegidos.

Fue una verdadera matanza y su consecuencia directa fue inevitable: los ballesteros dieron media vuelta y huyeron.

En cuestión de minutos, los genoveses se situaron fuera del ángulo de tiro, y los ingleses dieron la orden de alto el fuego, riendo de júbilo por su inesperada victoria y mofándose del enemigo. Sin embargo, en ese momento, los ballesteros del ejército del rey Felipe se toparon con otro peligro. Los caballeros franceses estaban avanzando. Una densa horda de ballesteros a la fuga se encontró frente a frente con una masa de jinetes impacientes por lanzarse a la carga. Durante un instante se produjo un caos total.

Ralph se asombró al ver que los soldados de la fuerza enemiga empezaban a combatir entre sí. Los caballeros desenvainaron sus espadas y la emprendieron contra los ballesteros, quienes descargaron primeros sus flechas contra los caballeros para seguir luchando luego a cuchillo. Los nobles franceses deberían haber intentado poner freno a la descabellada carnicería, pero, por lo que Ralph alcanzaba a ver, los hombres ataviados con las armaduras más caras y montados a lomos de los caballos más corpulentos se hallaban al frente de la escaramuza, atacando a sus compatriotas con una furia desatada.

Los caballeros obligaron a retroceder a los ballesteros, quienes volvieron a ascender colina arriba hasta situarse de nuevo a tiro de los arqueros ingleses. Una vez más, el príncipe de Gales dio la orden de disparar a sus arqueros. En ese momento, la granizada de flechas cayó entre los caballeros, así como entre los ballesteros del ejército francés. En siete años de campaña bélica, Ralph no había visto nada semejante. Centenares de enemigos yacían muertos o heridos en el suelo, y los soldados ingleses no habían sufrido más que rasguños.

Al final, los caballeros franceses se retiraron, y los ballesteros que quedaban se dispersaron. Dejaron la ladera que se encontraba por debajo de la posición inglesa sembrada de cadáveres. Los soldados galeses y de

Cornualles portadores de dagas y cuchillos se lanzaron a todo correr desde las filas inglesas sobre el campo de batalla y empezaron a registrar a los franceses heridos. Se dedicaban a recoger las flechas que habían quedado intactas con objeto de reutilizarlas y, sin duda, aprovechaban para saquear a los muertos al tiempo que desempeñaban las tareas de recuperación. Al mismo tiempo, jóvenes corredores llevaban provisiones de flechas nuevas desde el tren de bagaje hasta la primera línea de ataque inglesa.

Se hizo una pausa en la contienda, pero no duró mucho tiempo.

Los caballeros franceses se reagruparon, reforzados por guerreros recién llegados que aparecían por cientos y miles. Al echar un vistazo entre sus filas, Ralph vio que a los colores de Alençon se habían sumado los de Flandes y Normandía. El estandarte del conde de Alençon encabezaba la marcha; entonces sonaron las cornetas y los jinetes entraron en acción.

Ralph se bajó la visera y levantó la espada. Pensó en su madre. Sabía que ella rezaba por su hijo siempre que acudía a la iglesia, y sintió una cariñosa gratitud hacia ella. Entonces miró al enemigo.

En un principio, los imponentes caballos avanzaban con lentitud por el exceso de carga que suponían los jinetes ataviados con pesadas armaduras de placas. El sol crepuscular se reflejaba sobre las viseras de los franceses, y los estandartes restallaban con la brisa vespertina. De forma gradual, el estruendo de las pisadas de los caballos fue haciéndose más intenso y el ritmo de la carga más ligero. Los caballeros azuzaban a sus cabalgaduras y se lanzaban gritos de ánimo entre sí, blandiendo sus espadas y sus lanzas. Llegaron como una ola a la playa, y daba la impresión de que adquirían mayores dimensiones y se aceleraban a medida que se aproximaban. Ralph tenía la boca seca y el corazón desbocado.

Los franceses se encontraban a la distancia ideal de tiro y, una vez más, el príncipe de Gales dio la orden de disparar contra ellos. De nuevo, las flechas salieron propulsadas al aire y cayeron como una lluvia de mortales consecuencias.

Los caballeros del rey Felipe que se habían lanzado a la carga llevaban la armadura completa, y el tiro debía ser muy certero para encontrar un resquicio entre las juntas de las placas por el que penetrar hasta la carne. Pero sus cabalgaduras sólo contaban como única protección con unas ligeras testeras y capizanas de cota de malla, y, por tanto, sí eran vulnerables. Cuando las flechas les perforaron las cruces y las grupas, algunos caballos cayeron fulminados al instante, unos se desplomaron y otros dieron un quiebro e intentaron huir. Los relinchos de las bestias doloridas inundaron el aire. El choque entre caballos provocó más caídas de caballeros, que cayeron sobre los cuerpos inertes de los ballesteros genoveses. Los situados en la retaguardia iban demasiado deprisa para emprender la retirada, así que aplastaron a los caídos.

Sin embargo, había miles de caballeros, y siguieron apareciendo en oleadas.

La distancia de tiro se acortó para los arqueros ingleses, y la trayectoria de sus flechas describía casi una línea recta. Cuando la carga enemiga se encontraba a noventa metros de distancia, cambiaron a otro tipo de saeta, una con punta plana de acero en lugar de la cabeza afilada, para atravesar la armadura con la fuerza del impacto. En ese momento podían eliminar a los jinetes, aunque un tiro que consiguiera abatir a un caballo era prácticamente igual de efectivo.

El terreno ya estaba húmedo por la lluvia, y justo en ese momento la carga francesa se encontró con las zanjas cavadas con anterioridad por los ingleses. El ímpetu de los caballos era tal que algunos fueron capaces de hundir una pata hasta treinta centímetros en la hendidura sin llegar a trastabillar, pero muchos cayeron, y sus jinetes salieron propulsados hacia delante y fueron a dar de bruces contra el suelo, justo en el camino de paso de otras caballerías.

Los caballeros que llegaron a continuación rehuyeron a los arqueros, así que, tal como habían planeado los ingleses, quedaron atrapados en una especie de embudo, un angosto y letal atolladero, y se convirtieron en blanco de los tiradores a derecha e izquierda.

Ésa era la clave de las tácticas bélicas del ejército inglés. El resultado de sus acciones probó con creces lo acertado de obligar a desmontar a los caballeros. De haber ido a lomos de sus caballos no habrían podido resistir la tentación de lanzarse a la carga, y entonces los arqueros habrían tenido que dejar de disparar por miedo a matar a los de su propio bando. No obstante, como los caballeros y los hombres de armas seguían conservando sus posiciones, podían eliminar a un gran número de enemigos sin causar bajas en el bando inglés.

Pero no era suficiente. Los franceses eran demasiado numerosos y corajudos. Seguían llegando en gran número y al final alcanzaron la línea de caballeros desmontados y hombres de armas protegidos por los flancos de las cuñas de arqueros; entonces estalló la verdadera contienda.

Los caballos pasaron sobre las primeras líneas de ingleses, pero la fuerza de su acometida se vio frenada por la fangosa y empinada ladera; además, no pudieron avanzar demasiado por la tupida línea del frente inglés. Ralph se vio de pronto en medio del meollo evitando los letales mandobles de los caballeros montados y esgrimiendo su espada a la altura de las patas de los caballos con la intención de lisiar a las bestias con el método más efectivo y fiable: cortándoles los jarretes. La lucha era encarnizada; los ingleses no tenían lugar adonde huir, y los franceses sabían que si se batían en retirada tendrían que retroceder al galope bajo la misma lluvia letal de flechas que los había seguido hasta allí.

Los hombres caían como moscas alrededor de Ralph, abatidos por espadas y hachas de guerra, y aplastados a continuación por las patas herradas de las caballerías de batalla. Vio al conde Roland caer por el mandoble de un acero francés. El hijo de Roland, el obispo Richard, agitó su maza para proteger a su abatido progenitor, pero un caballo de guerra empujó a Richard a un lado, y el conde quedó acorralado.

Los ingleses se vieron obligados a retroceder, y Ralph entendió que los franceses tenían un objetivo concreto: el príncipe de Gales.

El caballero no sentía un afecto especial por el privilegiado y joven heredero al trono, quien tan sólo tenía dieciséis años, pero sabía que su captura o asesinato habría sido un golpe fatal para la moral inglesa. Ralph retrocedió y se dirigió hacia la izquierda para unirse a muchos otros hombres que engrosaron el parapeto de guerreros en torno al príncipe. Pero los franceses intensificaron sus esfuerzos; por otro lado, ellos iban a caballo.

En ese instante, Ralph se encontró luchando hombro con hombro junto al príncipe, lo reconoció por su sobrevesta acuartelada, con la flor de lis sobre un fondo azul y los leones heráldicos sobre fondo rojo. Pasados unos minutos, un jinete francés golpeó con un hacha al príncipe, y éste cayó al suelo.

Fue un momento aciago.

Ralph dio un salto hacia delante, arremetió contra el atacante y le desgarró la axila con su larga espada, clavándosela justo en la juntura de la armadura. Sintió la satisfacción de hundir la punta en la carne y vio la sangre manar de la herida.

Otro hombre pasó con cautela sobre el cuerpo tendido del joven Eduardo y blandió su espada a dos manos contra soldados y caballos por igual. Ralph se dio cuenta de que el hábil rescatador era el portador del estandarte del príncipe, Richard FitzSimon, quien había dejado la bandera sobre el cuerpo yaciente de su señor. Durante unos segundos, Richard y Ralph lucharon de forma encarnizada para defender al primogénito de su rey, sin saber si el heredero seguía vivo o muerto.

Entonces llegaron los refuerzos. El conde de Arundel apareció con una nutrida hueste de hombres de armas, todos con fuerzas renovadas para la lucha. Los recién llegados se incorporaron a la batalla con vigor y cambiaron las tornas del combate. Los franceses emprendieron la retirada.

El príncipe de Gales se puso de rodillas. Ralph se levantó la visera y ayudó al heredero a incorporarse. El muchacho parecía herido, aunque no de gravedad, y Ralph se volvió y siguió luchando.

Minutos después, los franceses dieron la batalla por perdida. Pese a lo descabellado de sus tácticas, su valor había estado a punto de permitirles romper la línea de ataque enemiga, aunque no habían llegado a conseguirlo. En ese momento huyeron; cayeron muchos más, víctimas del acoso de los arqueros; tropezaban por la enfangada colina mientras corrían cuesta abajo hacia sus líneas. El júbilo estalló entre los ingleses, exhaustos aunque pletóricos.

Una vez más, los galeses invadieron el campo de batalla: degollaron a los heridos y recogieron miles de flechas. Los arqueros también recuperaron las saetas desperdiciadas para renovar sus reservas. Desde la retaguardia, aparecieron los cocineros con jarras de cerveza y vino, y los cirujanos se apresuraron a atender a los nobles lesionados.

Ralph vio a William de Caster inclinado sobre el conde Roland. Roland respiraba, pero tenía los ojos cerrados y parecía prácticamente muerto.

Ralph limpió su espada ensangrentada en la tierra y se levantó la visera para beber de su jarra de cerveza. El príncipe de Gales se acercó a él.

—¿Cómo te llamas? —le preguntó.

—Ralph Fitzgerald de Wigleigh, mi señor.

—Has luchado con gran valor. Mañana deberías convertirte en sir Ralph, si el rey se digna complacer nuestros deseos.

El caballero estaba radiante de felicidad.

—Gracias, señor.

El príncipe hizo un grácil gesto de asentimiento y se alejó.

50

Caris fue testigo de los momentos iniciales de la batalla desde el otro lado del valle. Vio a los ballesteros genoveses intentando huir y también cómo los caballeros de su propio bando les cortaban el paso. A continuación vio la primera gran carga, con los colores del conde de Alençon dirigiendo a miles de caballeros y hombres de armas.

Jamás había sido testigo de una batalla y la visión de aquella contienda la enfermó. Centenares de caballeros cayeron víctimas de las flechas inglesas, y después fueron aplastados por las patas de los imponentes caballos de batalla. Caris estaba demasiado lejos para poder presenciar la lucha cuerpo a cuerpo, pero vio el destello de las espadas y a los guerreros caer desplomados, y sintió ganas de llorar. Como monja, había visto heridas muy graves —hombres caídos desde altos andamiajes, lacerados con herramientas punzantes, lesionados durante una cacería— y siempre lamentaba el sufrimiento ajeno y la pérdida de una mano amputada, una pierna aplastada, un cerebro lesionado. Contemplar a otros hombres infligiéndose aquellas heridas entre sí de forma intencionada la enfurecía hasta extremos insospechados.

Durante largo tiempo le había parecido que la batalla podía decidirse en favor de cualquiera de los dos bandos. De haber estado en casa y haber recibido noticias de la lejana guerra, podría haber deseado la victoria de los ingleses, pero después de lo que había visto en las dos semanas anteriores sentía una especie de hastiada neutralidad. No conseguía identificarse con los ingleses que habían asesinado a campesinos y prendido fuego a sus cosechas, y el hecho de que hubieran cometido tales atrocidades en Normandía no cambiaba un ápice ese sentir. No cabía duda de que se justificarían diciendo que los franceses habían recibido su merecido porque habían incendiado Portsmouth, pero ése era un razonamiento estúpido, tan estúpido que derivaba en escenas tan desquiciadoras como aquélla.

Los franceses se batieron en retirada, y Caris supuso que habían ido a reagruparse y reorganizarse, y a esperar la llegada del rey para llevar a cabo un nuevo plan de ataque. Seguían estando en abrumadora superioridad numérica, eso sí lo veía: había decenas de miles de soldados en el valle y quedaban todavía muchos más por llegar.

Pero los franceses no se reagruparon. En lugar de hacerlo, cada nueva unidad que llegaba se había lanzado directamente al ataque contra la posición inglesa; un verdadero suicidio colina arriba. La segunda carga y las siguientes tuvieron peores consecuencias que la primera. Algunas eran interceptadas por los arqueros incluso antes de que llegaran a las líneas inglesas; el resto eran contenidas por los soldados de infantería. La vertiente de la colina que quedaba justo debajo de su cresta se tornó brillante por el torrente de sangre que manaba a borbotones de las heridas abiertas de hombres y cabalgaduras.

Tras la primera carga, Caris dirigía la mirada hacia el campo de batalla sólo de forma ocasional. Estaba demasiado ocupada atendiendo a los heridos franceses que habían tenido la gran suerte de abandonar el campo. Martin Chirurgien se había apercibido de que era tan buena cirujana como él, y tras autorizar tanto a Caris como a Mair el libre acceso a sus instrumentos, las había dejado trabajando a solas. Las monjas limpiaron las heridas, las cosieron y las vendaron durante varias horas seguidas.

Les llegaron noticias de importantes bajas desde el frente de batalla. Carlos de Alençon fue la primera baja de alto rango. Caris no pudo evitar sentir que merecía ese aciago destino, pues ella misma había sido testigo de su enardecido entusiasmo y su despreocupada indisciplina. Pasadas unas horas, se informó de la muerte del rey Juan de Bohemia, y la joven se preguntó qué clase de locura podría haber conducido a un hombre ciego a participar en la batalla.

—En el nombre de Dios, ¿por qué no se detienen? —le preguntó a Martin cuando él le sirvió una jarra de cerveza para que se refrescara.

—Por miedo —respondió el cirujano—. Les asusta caer en desgracia. Abandonar el campo sin haber dado ni un mandoble sería vergonzoso. Preferirían perder la vida.

—Muchos de ellos han hecho ese deseo realidad —comentó Caris con amargura, vació su jarra y regresó al trabajo.

Su conocimiento y entendimiento del cuerpo humano estaba creciendo a pasos agigantados. Vio parte del cuerpo de un hombre vivo por dentro: los sesos desparramados bajo el cráneo, los conductos faríngeos de la garganta, los músculos de los brazos a través de heridas abiertas, el corazón y los pulmones dentro de cajas torácicas aplastadas, el viscoso embrollo de los intestinos, la articulación de los huesos de la cadera, rodillas y tobillos. En el espacio de una hora descubrió más cosas en el campo de batalla que durante un año entero en el hospital del priorato. Se dio cuenta de que ésa era la forma en que Matthew Barber había aprendido tanto. No era de extrañar que tuviera una confianza ciega en su propio talento.

La carnicería continuó hasta caer la noche. Los ingleses encendieron antorchas, temerosos de un ataque por sorpresa de los franceses aprovechando la oscuridad de la noche. Sin embargo, Caris podría haberles dicho que estaban a salvo. Los hombres del rey Felipe habían desistido. La monja oía los gritos de soldados galos llamando a sus compañeros y parientes caídos en el fragor de la batalla. El rey, que había llegado a tiempo para reunirse con ellos en una de las últimas cargas lanzadas a la desesperada, había abandonado el campo. Después de aquello, la huida fue generalizada.

La neblina se derramó sobre el río, cubrió el valle y oscureció el distante fulgor de las antorchas. Una vez más, Caris y Mair trabajaron a la luz de las hogueras hasta bien entrada la noche, remendando a los heridos. Todos los hombres capaces de caminar o renquear se alejaron en cuanto pudieron, poniendo toda la distancia posible entre ellos y los ingleses, con la esperanza de evitar la ineludible operación de limpieza sedienta de sangre del día siguiente. Cuando Caris y Mair hubieron hecho cuanto estaba en su mano por las víctimas, se escabulleron a hurtadillas.

Ésa era su oportunidad.

Localizaron sus caballos y los hicieron avanzar guiándose con la luz de una antorcha. Llegaron al final del valle y se encontraron en tierra de nadie. Ocultas por la neblina y la oscuridad, se desprendieron de su atuendo de muchachos. Durante un momento se sintieron terriblemente vulnerables, dos mujeres desnudas en medio de un campo de batalla, pero nadie las vio y, pasados unos segundos, ya estaban poniéndose los hábitos de monja por la cabeza. Recogieron sus prendas masculinas por si volvían a necesitarlas; quedaba un largo camino para volver al hogar.

Caris decidió deshacerse de la antorcha para evitar que algún arquero inglés tuviera la ocurrencia de disparar a la luz y luego empezara a hacer preguntas. Ambas mujeres avanzaban agarradas de la mano para no separarse en la oscuridad y seguían tirando de los caballos. No veían nada: la niebla eclipsaba cualquier haz de luz que pudieran haber proyectado las estrellas o la luna. Se dirigieron colina arriba hacia las líneas inglesas. La atmósfera estaba cargada con un hedor parecido al de una casquería: había tantos cadáveres de hombres y caballos cubriendo el suelo que no podían esquivarlos al caminar. Tuvieron que hacer de tripas corazón y pisar a los muertos. No tardaron en tener los zapatos manchados por una masa de sangre y fango.

El número de cuerpos en el suelo fue disminuyendo, hasta que no quedó ninguno. Caris empezó a sentir un gran alivio a medida que se iban aproximando al ejército inglés. Mair y ella habían recorrido cientos de kilómetros, habían vivido en condiciones pésimas durante semanas y habían arriesgado la vida por llegar a ese momento. Había olvidado casi por completo el escandaloso delito del prior Godwyn —que había hurtado ciento cincuenta libras del tesoro de las monjas—, principal motivo de su viaje. En cierta forma le parecía mucho menos importante tras presenciar aquel baño de sangre. Con todo, apelaría a la ayuda del obispo Richard y conseguiría que se hiciera justicia en el convento.

A Caris el trayecto le pareció más largo de lo que había imaginado al contemplarlo desde el otro lado del valle a la luz del día. Se preguntó con nerviosismo si no se habría desorientado. Tal vez había girado antes de tiempo y había pasado de largo las líneas inglesas. Quizá el ejército estuviera situado en ese momento a sus espaldas. Aguzó el oído para captar algún indicio de ruido: diez mil hombres no podían permanecer en silencio, aunque la mayoría hubiera caído exhausta; sin embargo, la neblina amortiguaba los sonidos.

Se aferró a la convicción de que, como el rey Eduardo había situado a sus soldados en el terreno más elevado, sin duda debía de estar aproximándose al monarca a medida que ascendía por la ladera de la colina, pero la falta de visión le resultaba exasperante. Si hubiera habido un precipicio, podría haberse caído perfectamente por él.

La luz del alba empezaba a conferir a la neblina un tono perlado cuando Caris por fin oyó una voz. Se detuvo en seco. Era un hombre hablando con un grave murmullo. Mair apretó la mano de su compañera con nerviosismo. Otro hombre intervino. Caris no lograba distinguir en qué lengua estaban hablando. Tuvo miedo de haber avanzado en círculo y de haber llegado de nuevo al bando francés.

Se volvió en dirección a la voz sin soltar la mano de Mair. El fulgor rojizo de las llamas se hizo visible a través de la neblina gris, y Caris se dirigió hacia el resplandor con sentimiento de gratitud. A medida que se aproximaba, escuchó la conversación con mayor nitidez y se dio cuenta, aliviada, de que los hombres estaban hablando en inglés. Pasados unos segundos, distinguió a un grupo de soldados alrededor de una hoguera. Varios yacían dormidos, envueltos en mantas, pero había tres sentados con la espalda muy erguida y las piernas cruzadas, contemplando las llamas y hablando. Poco después, Caris vio a un hombre de pie, entrecerrando los ojos para ver mejor a través de la niebla, supuestamente desempeñando la labor de centinela, pues el hecho de que no hubiera detectado la aproximación de las monjas demostraba que su cometido era un imposible.

Para captar la atención de los hombres, Caris dijo en voz baja:

—Dios os bendiga, caballeros de Inglaterra.

Los sobresaltó. A uno de ellos se le escapó un grito de miedo.

—¿Quién va? —preguntó el centinela de mermados reflejos.

—Dos monjas del priorato de Kingsbridge —respondió Caris. Los hombres se quedaron mirándola con un miedo alimentado por supersticiones, y la joven se dio cuenta de que podían creer que se trataba de una aparición fantasmal—. Tranquilos, somos de carne y hueso, y también lo son nuestros caballos.

—¿Has dicho Kingsbridge? —preguntó uno de ellos, sorprendido—. Yo te conozco —afirmó al tiempo que se levantaba—. Te he visto antes.

Caris lo reconoció.

—Lord William de Caster —dijo.

—Ahora soy el conde de Shiring —aclaró—. Mi padre murió a causa de unas heridas hace una hora.

—Que Dios lo tenga en su gloria. Hemos venido a ver a vuestro hermano, el obispo Richard, que es nuestro abad.

—Llegáis demasiado tarde —anunció William—. Mi hermano también ha muerto.

Más adelante, esa misma mañana, cuando la niebla ya se había disipado y el campo de batalla parecía un matadero iluminado por la luz del sol, el conde William llevó a Caris y a Mair en presencia del rey Eduardo.

Los presentes quedaron anonadados al escuchar la historia de dos monjas que habían seguido al ejército inglés por toda Normandía, y soldados que el día anterior se habían enfrentado cara a cara con la muerte quedaron fascinados por sus aventuras. William comunicó a Caris que el rey deseaba escuchar ese relato de boca de sus protagonistas.

Hacía diecinueve años que Eduardo III era rey; aun así, tenía sólo treinta y tres. Era alto y de espaldas anchas, más imponente que hermoso, con un rostro que podía haber sido esculpido como la mismísima expresión del poder: nariz prominente, pómulos salientes y un poblado cabello largo que empezaba a dejar despejada su amplia frente. Caris entendió por qué decían de él que era un león.

Estaba sentado en una banqueta delante de su tienda, vestido a la moda con una sobrevesta bicolor y una capa con ribete festoneado. No llevaba armadura ni armas; los franceses habían desaparecido, y los ingleses habían enviado un batallón de vengativos soldados para dar caza y matar a cualquier superviviente. Había un grupo de barones alrededor del monarca.

Mientras Caris relataba cómo ella y Mair habían buscado comida y refugio en el territorio devastado de Normandía, la monja se preguntó si el rey se sentiría agraviado por su narración sobre las terribles escenas que habían presenciado durante el viaje. Sin embargo, no parecía que el monarca estuviera pensando que los sufrimientos de esas gentes pudieran tener algo que ver con él. Parecía deleitarse con la descripción de la monja, como si estuviera escuchando el relato del intrépido superviviente de un naufragio.

Caris finalizó contándole la decepción que había sentido al descubrir, después de todas las penurias que habían arrostrado, que el obispo Richard, con cuya ayuda pensaba hacer justicia, estaba muerto.

—Suplico a Vuestra Majestad que ordene al prior de Kingsbridge devolver a las monjas el dinero robado.

Eduardo sonrió, casi con lástima.

—Eres una mujer valiente, pero no sabes nada de política —dijo en tono condescendiente—. El rey no puede implicarse en una escaramuza eclesiástica como ésa. Si lo hiciéramos, todos nuestros obispados acudirían a nuestra puerta con sus quejas.

Caris pensó que bien podría ser cierto, pero eso no quitaba que el rey pudiera interferir en los asuntos de la Iglesia si sus propios intereses estaban en juego. Pese a todo, no dijo nada.

—Además, iría en detrimento de tu causa —prosiguió el rey—. La

Iglesia se sentiría tan agraviada que todos los miembros del clero de nuestro territorio se opondrían a nuestro mandato, sin tener en cuenta sus bondades.

Caris pensó que el rey podía estar en lo cierto, pero que no estaba tan indefenso como pretendía hacerle creer.

—Supongo que Vuestra Majestad no olvidará a las agraviadas monjas de Kingsbridge —dijo—. Cuando nombréis al nuevo obispo de Kingsbridge, por favor, hacedle partícipe de nuestra desgraciada historia.

—Por supuesto —aseguró el rey, pero Caris tuvo el pálpito de que lo olvidaría.

La entrevista parecía haber tocado a su fin, pero entonces William añadió:

—Vuestra Majestad, ahora que graciosamente habéis confirmado que me corresponde el título de conde que mi padre ostentaba, resta la cuestión de quién será el nuevo señor de Caster.

—Ah, sí. Nuestro hijo el príncipe de Gales propone que sea sir Ralph Fitzgerald, quien fue ordenado caballero en el día de ayer por haberle salvado la vida.

—¡Oh, no! —murmuró Caris.

El rey no la oyó, pero William sí, y no cabía duda de que compartía la misma opinión. No se mostró muy hábil a la hora de ocultar su indignación al comentar:

—Ralph era un proscrito culpable de varios robos, asesinatos y violaciones, hasta que obtuvo el indulto real al ingresar en las filas del ejército de Vuestra Majestad.

El rey no se dejó conmover por tal afirmación tanto como Caris había imaginado.

—En cualquier caso —continuó el monarca—, hace siete años que Ralph combate con nosotros; merece una segunda oportunidad.

—Cierto, así es —afirmó William con diplomacia—. Sin embargo, y a tenor de los problemas que hemos tenido con él en el pasado, quisiera comprobar que es capaz de vivir en paz durante uno o dos años antes de premiarle con un título nobiliario.

—Pues bien, tú serás su señor feudal, deberás ser tú quien vele por su correcto comportamiento —sentenció Eduardo—. No le concederemos el título en contra de tu voluntad. Sin embargo, el príncipe desea de todo corazón que se le premie con algún otro obsequio. —El rey permaneció pensativo durante un instante, luego preguntó—: ¿No tendrás alguna prima casadera?

—Sí, Matilda —respondió William—. La llamamos Tilly.

Caris conocía a Tilly. Había asistido a la escuela de las monjas.

—Me parece bien —concluyó Eduardo—. Era pupila de tu padre. Su progenitor poseía tres aldeas cerca de Shiring.

—Vuestra Majestad tiene una memoria excelente para los detalles.

—Desposa a lady Matilda con Ralph y entrega al esposo las aldeas de su suegro —ordenó el rey.

Caris estaba horrorizada.

—Pero ¡si tiene sólo doce años! —prorrumpió, airada.

—¡Silencio! —le gritó William.

El rey Eduardo se volvió hacia ella con mirada amenazadora.

—Los hijos de la nobleza deben crecer deprisa, hermana. La reina Felipa tenía catorce años cuando la desposé.

Caris sabía que debía callarse, pero no podía. Tilly era tan sólo cuatro años mayor que la hija que ella podría haber tenido de haber dado a luz al hijo nonato de Merthin.

—Existe una gran diferencia entre tener doce años y tener catorce —espetó con desesperación.

El joven rey adoptó una actitud aún más cortante.

—En nuestra presencia, nuestros súbditos opinarán sólo cuando les preguntemos. Y no solemos rebajarnos a solicitar la opinión de las mujeres.

Caris se dio cuenta de que iba mal encaminada. Su objeción al matrimonio no estaba basada tanto en la edad de Tilly como en la personalidad de Ralph.

—Conozco a Tilly —añadió—. No podéis desposarla con el bruto de Ralph.

Mair intentó refrenarla con un susurro atemorizado:

—¡Caris! ¡Recuerda con quién estás hablando!

Eduardo miró a William.

—Llévatela, Shiring, antes de que diga algo que no podamos pasar por alto —ordenó el monarca.

William agarró a Caris del brazo y la apartó con brusquedad de la presencia real. Mair iba a la zaga. Detrás de ellos, Caris oyó decir al rey:

—Ahora entiendo cómo ha sobrevivido en Normandía; los lugareños tienen que haberse sentido aterrorizados en su presencia.

Los nobles que estaban a su alrededor rompieron a reír.

—¡Debes de estar loca! —susurró William.

—¿Ah, sí? —replicó Caris. El monarca ya no podía oírles, así que levantó la voz—. En las últimas seis semanas, el rey ha provocado la muerte de miles de hombres, mujeres y niños, y ha incendiado sus cosechas y sus hogares. Y yo estaba intentando librar a una niña de doce años de tener que desposarse con un asesino. Decidme de nuevo, lord William, ¿cuál de los dos está loco?

51

La cosecha de 1347 no fue muy abundante para los labriegos de Wigleigh. Los aldeanos hicieron lo acostumbrado en esos casos: consumir menos comida, posponer la compra de sombreros y cinturones, y dormir más apretujados para darse calor entre sí. La viuda Huberts murió antes de lo esperado; Janey Jones sucumbió a un ataque de tos ferina a la que podría haber sobrevivido en un buen año; y el recién nacido de Joanna David, que en otras circunstancias habría tenido alguna oportunidad de seguir con vida, no llegó a celebrar su primer cumpleaños.

Gwenda observaba con ansioso recelo a sus dos pequeños. Sam, a la sazón de ocho años, parecía mayor para su edad y muy fuerte: tenía el mismo físico de Wulfric, según decían, aunque Gwenda sabía que, en realidad, era como su verdadero padre, Ralph Fitzgerald. Con todo, Sam estaba incluso más delgado que en diciembre. David, bautizado así por el hermano de Wulfric que había perdido la vida en el hundimiento del puente, tenía seis años. Se parecía a Gwenda, pues era bajito y moreno. Su paupérrima dieta lo había debilitado y a lo largo de todo el otoño había sufrido pequeños achaques: un resfriado, una erupción cutánea y un ataque de tos.

En cualquier caso, Gwenda se llevó a los niños consigo cuando acompañó a Wulfric a finalizar la siembra del trigo de la temporada de invierno en las tierras de Perkin. Un viento gélido barría los campos. Ella tiraba las semillas en los surcos y Sam y David espantaban a los pájaros que revoloteaban por allí intentando robar el grano antes de que Wulfric arara la tierra. Mientras corrían, saltaban y gritaban, Gwenda se sentía maravillada al pensar que aquellas dos alegres criaturas llenas de vida habían salido de su seno. Los pequeños convirtieron la persecución de los pájaros en algo parecido a una competición, y su madre se deleitó con el milagro de su viva imaginación. Otrora parte de su ser, sus hijos ya eran capaces de tener ideas que a ella ni siquiera se le habrían ocurrido.

El fango iba pegándoseles a las suelas mientras correteaban de aquí para allá. Un arroyo de rápido discurrir bordeaba el vasto campo, y en la orilla más distante se alzaba el batán que Merthin había construido hacía nueve años. El murmullo distante de sus martilleos de madera era la música de fondo de las labores de labranza de la familia. La instalación funcionaba bajo la supervisión de dos excéntricos hermanos, Jack y Eli —dos hombres solteros y sin tierras—, y un joven aprendiz que era sobrino de ambos. Eran los únicos aldeanos que no habían sufrido las consecuencias de la mala cosecha: Mark Webber les había pagado los mismos salarios durante todo el invierno.

Fue una jornada breve de mediados de invierno. Gwenda y su familia dejaron la siembra cuando el cielo encapotado empezó a oscurecerse, y el crepúsculo fue tornándose neblinoso en el lejano bosque. Todos estaban cansados.

Les había sobrado medio saco de semillas, así que lo llevaron a casa de Perkin. A medida que se acercaban a la morada del terrateniente, vieron al propio Perkin aproximándose en dirección contraria. Caminaba detrás de una carreta sobre la que iba montada su hija, Annet. Había estado en Kingsbridge vendiendo las últimas manzanas y peras del año de sus árboles frutales.

Annet tenía todavía cuerpo de muchacha, aunque ya había cumplido veintiocho años y era madre. Resaltaba su juventud con un vestido demasiado corto y una cabellera con un toque desarreglado que le daba un aspecto encantador. Gwenda pensaba que parecía tonta, opinión que compartían todas las mujeres de la aldea, aunque no así los hombres.

Gwenda se asombró al ver la carreta de Perkin cargada de fruta.

—¿Qué ha ocurrido? —preguntó.

Perkin puso mala cara.

—Los habitantes de Kingsbridge están pasando un duro invierno, igual que nosotros —aclaró—. No tienen dinero para comprar manzanas. Tendremos que fabricar sidra con todo este excedente.

Eran malas noticias. Gwenda jamás había visto a Perkin regresar del mercado con tanto producto sin vender.

Annet no parecía preocupada. Le tendió una mano a Wulfric, quien la ayudó a descender del carro. Al tocar el suelo, tropezó, cayó sobre el marido de Gwenda y le posó la mano en el torso.

—¡Vaya! —exclamó Annet, y sonrió al tiempo que recuperaba el equilibrio. Wulfric se ruborizó de placer.

«¡Cómo puede estar tan ciego!», pensó Gwenda.

Entraron en la casa. Perkin se sentó a la mesa y su esposa, Peggy, le trajo una escudilla de potaje. Cortó una gruesa rebanada de pan de la barra que había sobre el tablero. Peggy sirvió a su familia: Annet, su marido, Billy Howard, el hermano de Annet, Rob, y la esposa de éste. Sirvió un poco a la pequeña de cuatro años de Annet, Angela, y a los dos pequeños de Rob. Luego invitó a Wulfric y a su familia a sentarse.

Gwenda cuchareó el caldo con avidez. Era más contundente que el potaje que ella preparaba: Peggy le había añadido mendrugos de pan seco, mientras que en casa de Gwenda el pan nunca duraba tanto como para llegar a secarse. La familia de Perkin bebía jarras de cerveza, pero a Gwenda y a Wulfric no les ofrecieron; la hospitalidad no daba para tanto en tiempos de hambruna.

Perkin era un bromista con sus clientes, pero con los demás su actitud era la de un hombre amargado, y el ambiente en su casa era más bien apagado. El terrateniente hablaba de forma desapasionada sobre el mercado de Kingsbridge. La mayoría de los mercaderes habían tenido un mal día. Los únicos que habían tenido suerte eran los que vendían bienes de primera necesidad como cereales, carne y sal. Nadie compraba el ya popular paño escarlata Kingsbridge.

Peggy encendió una lámpara de aceite. Gwenda quería irse a casa, pero Wulfric y ella estaban esperando cobrar su paga. Los pequeños empezaron a alborotar: corrían de un lado para otro de la estancia y tropezaban con los adultos.

—Ya va siendo hora de meter a los niños en la cama —anunció Gwenda, aunque en realidad no era así.

—Si nos das la paga, Perkin, nos iremos —dijo Wulfric al fin.

—No tengo dinero —respondió Perkin.

Gwenda se quedó mirándolo. Jamás había dicho nada parecido en los nueve años que Wulfric y ella llevaban trabajando para él.

—Debemos recibir nuestra paga. Tenemos que comer —protestó Wulfric.

—Ya habéis comido algo de potaje, ¿no es así? —replicó Perkin.

Gwenda estaba escandalizada.

—Trabajamos por dinero, ¡no por potaje!

—Bueno, pues yo no tengo dinero —insistió Perkin—. He ido al mercado a vender mis manzanas, pero nadie me las ha comprado, así que tengo más manzanas de las que podemos comer, y ni un solo penique.

Gwenda se sentía tan ultrajada que no sabía qué decir. Jamás se le habría ocurrido que Perkin dejara de pagarles. Sintió una punzada de miedo al darse cuenta de que no había nada que ella pudiera hacer.

Wulfric dijo con parsimonia:

—Bueno, ¿y qué vamos a hacer ahora? ¿Vamos a Long Field y desenterramos las semillas?

—Os deberé la paga de esta semana —dijo Perkin—. Os pagaré cuando las cosas me vayan mejor.

—¿Y la semana que viene?

—La semana que viene tampoco tendré el dinero, ¿de dónde crees que va a salir?

—Iremos a ver a Mark Webber. Tal vez él pueda darnos trabajo en el batán —comentó Gwenda.

Perkin sacudió la cabeza.

—Ayer hablé con él, en Kingsbridge, y le pregunté si podía contrataros. Me dijo que no. No está vendiendo suficiente ropa. Seguirá dando empleo a Jack, a Eli y al chico, y almacenará el paño hasta que el negocio remonte, pero no necesita más mano de obra.

Wulfric estaba desconsolado.

—¿De qué vamos a vivir? ¿Cómo vas a arar los campos para la cosecha de primavera?

—Podéis trabajar a cambio de comida —le ofreció Perkin.

Wulfric miró a Gwenda. Su esposa estaba reprimiendo una respuesta airada. Su familia y ella estaban en apuros, y ése no era el momento más propicio para enzarzarse en una discusión. Pensó lo más deprisa que pudo. No tenían muchas opciones: o comían o morían de hambre.

—Trabajaremos a cambio de comida, y tú nos deberás el dinero —dijo al final.

Perkin sacudió la cabeza.

—Lo que propones quizá sea justo, pero…

—¡Es justo!

—Está bien, es justo, pero de todos modos no puedo cumplirlo. No sé cuándo conseguiré el dinero. Bueno… ¡podría pagaros una libra en Pentecostés! Podéis trabajar a cambio de comida o no trabajar, eso es lo que hay.

—Tendrás que darnos de comer a los cuatro.

—Sí.

—Pero sólo trabajará Wulfric.

—No sé si…

—Una familia necesita algo más que comida para sobrevivir: los niños necesitan ropa, un hombre debe calzar buenas botas… Si no puedes pagarme, tendré que ingeniármelas de cualquier otra forma para satisfacer esas necesidades.

—¿Qué piensas hacer?

—Aún no lo sé. —Gwenda hizo una pausa. La verdad era que no tenía ni idea. Luchó por no sucumbir al ataque de pánico—. Tal vez debería preguntar a mi padre cómo se las arregla él.

Peggy intervino:

—Yo que tú no haría eso, Joby te aconsejará que robes.

Gwenda se sintió herida en lo más hondo. ¿Qué derecho tenía Peggy a mostrarse tan altanera? Joby jamás había hecho trabajar a nadie para decirle al final de la semana que no podía pagarle. Pero se mordió la lengua y respondió con tranquilidad:

—Me alimentó durante dieciocho inviernos, aunque luego me vendiera a los proscritos.

Peggy volvió la cabeza y empezó a recoger las escudillas de la mesa con precipitación.

—Deberíamos irnos —comentó Wulfric.

Gwenda no movió ni un músculo. Si quería obtener algún beneficio debería conseguirlo en ese preciso momento. Si salía de la casa, Perkin consideraría que habían llegado a un acuerdo, y no podría renegociar sus términos. Se esforzó en tener una idea brillante. Al recordar que Peggy había servido cerveza sólo a su familia, dijo:

—Ni se te ocurra intentar engatusarnos con cerveza aguada y pescado podrido. Nos alimentarás exactamente igual que a los tuyos: con carne, pan y cerveza, sin importar cómo tengas que arreglártelas para conseguirlo.

Peggy emitió un quejido reprobatorio. A juzgar por esa reacción, había pensado actuar tal como Gwenda se temía.

—Es decir, debe ser así si pretendes que Wulfric trabaje tanto como Rob y como tú —añadió Gwenda, aunque todos sabían muy bien que Wulfric trabajaba más que Rob y el doble que Perkin.

—De acuerdo —claudicó Perkin.

—Éste es un trato de emergencia, sólo eso. En cuanto consigas el dinero, debes volver a pagarnos el jornal acostumbrado: un penique a cada uno por jornada de trabajo.

—Sí.

Se hizo una breve pausa. Wulfric preguntó:

—¿Eso es todo?

—Eso creo —respondió Gwenda—. Perkin y tú deberíais sellar el trato con un apretón de manos.

Se estrecharon la mano.

Tras recoger a su prole, Gwenda y Wulfric se marcharon. Ya era noche cerrada. Las nubes eclipsaban las estrellas, y la familia tuvo que encontrar el camino guiándose por el fulgor luminoso que asomaba entre los resquicios de los postigos y por debajo de las puertas de las casas. Por suerte ya habían realizado el recorrido a pie desde la casa de Perkin a la suya en infinitas ocasiones.

Wulfric encendió una lámpara de aceite y avivó el fuego mientras

Gwenda acostaba a los niños. Aunque había un par de cámaras en el piso superior —seguían viviendo en la espaciosa casa que habían ocupado los padres de Wulfric—, todos dormían en la cocina para aprovechar el calor del hogar.

Gwenda se sentía abatida por la tristeza mientras arropaba a los niños con las mantas y los colocaba cerca de la chimenea. Había crecido decidida a no vivir como había tenido que hacerlo su madre, con necesidades y preocupaciones constantes. Había aspirado a subsistir con independencia: una parcela de tierra, un marido trabajador, un terrateniente con quien se pudiera razonar. Wulfric anhelaba recuperar las tierras que su padre había labrado. Habían fracasado a la hora de hacer realidad todos esos sueños. Gwenda era una indigente, y su marido, un labriego sin tierras cuyo amo ni siquiera alcanzaba a pagarle un penique al día. Gwenda pensó que había acabado exactamente igual que su madre, pero se sentía demasiado abatida para empezar a llorar.

Wulfric tomó una botella de cerámica de una estantería y sirvió cerveza en un vaso de madera.

—Saboréala bien —le advirtió Gwenda con tristeza—. Pasará mucho tiempo antes de que puedas volver a comprar tu propia cerveza.

—Es increíble que Perkin no tenga dinero. Es el hombre más rico de la aldea, aparte de Nathan Reeve —le comentó Wulfric en tono distendido.

—Perkin tiene dinero —afirmó su mujer—. Hay un bote lleno de monedas de plata oculto bajo el hogar. Lo he visto.

—Entonces, ¿por qué no nos paga?

—No quiere tener que recurrir a sus ahorros.

Wulfric quedó desconcertado.

—Pero ¿podría pagarnos si quisiera?

—Por supuesto.

—Entonces, ¿por qué voy a trabajar a cambio de comida?

Gwenda emitió un gruñido de impaciencia. Wulfric era muy lento de reflejos.

—Porque la única alternativa era no trabajar.

Wulfric se sentía como si lo hubieran engañado.

—Deberíamos haber insistido en que nos pagara.

—¿Y por qué no lo has hecho?

—No sabía nada sobre el bote de peniques de debajo de la chimenea.

—¡Por el amor de Dios! ¿Crees que un hombre tan rico como Perkin puede haberse quedado sin un penique por no haber conseguido vender una carreta de manzanas? Ha sido el terrateniente más poderoso de

Wigleigh desde que se apoderó de las hectáreas de tu padre hace diez años. ¡Por supuesto que tiene dinero ahorrado!

—Sí, ya lo entiendo.

La mujer se quedó contemplando el fuego mientras se acababan la cerveza, luego se fueron a dormir. Wulfric la rodeó con los brazos, y ella descansó la cabeza sobre el torso de su esposo, pero no sentía deseos de hacer el amor. Estaba demasiado enfadada. Pensó que no debía tomarla con su marido; había sido Perkin quien les había decepcionado, no Wulfric, pero lo cierto era que estaba molesta con Wulfric, furiosa, más bien. Cuando se dio cuenta de que su compañero había ido cayendo en un profundo sopor, entendió que el enfado que sentía no era por sus pagas. Ésa era la clase de desgracia que afectaba a todo el mundo de cuando en cuando, como el mal tiempo y los hongos de la cebada.

Entonces, ¿cuál era el problema?

Recordó la forma en que Annet había caído sobre Wulfric al descender de la carreta. Al evocar la sonrisa coqueta de la muchacha y el regocijado rubor de Wulfric, sintió ganas de abofetearlo. «Estoy molesta contigo —pensó— porque esa cabeza hueca todavía puede hacerte parecer un maldito idiota.»

El último domingo antes de Navidad, tras el oficio religioso, se celebró una audiencia popular para tratar cuestiones del señorío feudal. Hacía frío y los aldeanos se mantenían muy juntos, envueltos con capas y mantas. Nathan Reeve era el alguacil. El señor feudal, Ralph Fitzgerald, llevaba años sin visitar Wigleigh. «Tanto mejor», pensó Gwenda. Además, en esos momentos era sir Ralph, con otras tres aldeas en su feudo, así que no estaría muy interesado en cabezas de ganado ni tierras de pastura.

Alfred Shorthouse había fallecido durante la semana. Era un viudo sin hijos poseedor de cuatro hectáreas de terreno.

—No tiene herederos naturales —dijo Nate Reeve—. Perkin está deseando apoderarse de sus tierras.

Gwenda quedó sorprendida. ¿Cómo podía estar pensando Perkin en comprar más tierras? Se quedó demasiado anonadada para responder de inmediato, y Aaron Appletree, el gaitero, fue el primero en hablar.

—Alfred estuvo en pésimas condiciones de salud desde el verano —aclaró—. No aró las tierras durante el otoño ni sembró el trigo en invierno. Están todas las labores pendientes. Perkin tendrá mucho trabajo.

Nate preguntó con agresividad:

—¿Estás pidiendo las tierras para ti?

Aaron sacudió la cabeza.

—Dentro de unos pocos años, cuando mis hijos sean lo bastante mayores como para ayudarme en el trabajo, podría aprovechar sin dudarlo una oportunidad así —afirmó—. Pero, hoy por hoy, no podría encargarme de esas tierras.

—Yo sí puedo encargarme de ellas —dijo Perkin.

Gwenda frunció el ceño. No cabía duda de que Nate quería que Perkin se quedara la tierra. Estaba claro que el terrateniente le había ofrecido alguna clase de soborno. Ella supo desde un principio que Perkin tenía dinero, pero no tenía gran interés en descubrir el doble juego de éste. Estaba pensando cómo podía aprovechar esa información y sacar a su familia de la pobreza.

—Podrías emplear a otro labriego, Perkin —propuso Nate.

—Espera un momento —objetó Gwenda—. Perkin no puede pagar a los labriegos que tiene ahora. ¿Cómo va a poder asumir la posesión de más tierras?

El ambicioso terrateniente quedó desconcertado, pero no tenía muchos argumentos para rebatir las palabras de Gwenda, así que permaneció callado.

—Bueno, ¿quién más podría asumir la posesión de estas tierras? —preguntó Nate.

—Lo haremos nosotros —respondió Gwenda sin pensarlo.

Nate pareció asombrado.

La mujer no tardó ni un minuto en añadir:

—Wulfric está trabajando a cambio de comida. Yo no tengo trabajo. Necesitamos la tierra.

La mujer se percató de que muchas personas asentían en silencio. A ningún aldeano le gustaba lo que Perkin había hecho. Todos temían poder acabar algún día en la misma situación.

Nate vio peligrar el éxito de su plan.

—No podéis permitiros el pago del tributo de traspaso —objetó.

—Lo pagaremos en pequeños plazos.

Nate sacudió la cabeza.

—Quiero un arrendatario que pueda pagar al contado. —Echó un vistazo a los aldeanos allí reunidos. Sin embargo, ninguno se presentó voluntario—. ¿David Johns?

David era un hombre de mediana edad cuyos hijos tenían tierras propias.

—Hace un año habría accedido —explicó—, pero las lluvias torrenciales han arruinado mis cosechas.

La oferta de cuatro hectáreas más de tierra por lo general habría hecho que los aldeanos más ambiciosos se pelearan entre sí, pero era un mal año. Gwenda y Wulfric eran distintos por un motivo: Wulfric jamás había olvidado el sueño de tener una tierra propia. Los terrenos de Alfred no serían de Wulfric por derecho de nacimiento, pero peor era nada. En cualquier caso, Gwenda y Wulfric estaban desesperados.

—Dáselo a Wulfric, Nate —dijo Aaron Appletree—. Es un buen trabajador, tendrá las labores de labranza listas a tiempo. Y su esposa y él merecen que la fortuna les sonría por una vez, han tenido más que suficiente con las desgracias que han sufrido.

Nate parecía molesto, pero entre los labriegos fue elevándose un murmullo grave de aprobación. Wulfric y Gwenda eran dos personas muy respetadas pese a su pobreza.

La coyuntura había propiciado una extraña combinación de circunstancias que podía situar a Gwenda y a su familia en el camino de una vida mejor, y la mujer sintió una emoción creciente cuando se dio cuenta de que empezaba a ser una posibilidad real.

Sin embargo, Nate seguía mostrándose dubitativo.

—Sir Ralph odia a Wulfric —dijo.

Wulfric se llevó la mano a la mejilla y se tocó la cicatriz que le había dejado la espada de Ralph.

—Lo sé —respondió Gwenda—. Pero Ralph no está aquí.

52

Cuando el conde Roland murió al día siguiente de la batalla de Crécy, fueron muchos los que ascendieron un escalafón en su jerarquía. Su hijo mayor, William, pasó a ser el conde, señor feudal del condado de Shiring, que debía rendir cuentas al rey. Un primo de William, sir Edward Courthose, se convirtió en señor de Caster, asumió el gobierno de cuarenta aldeas de ese feudo como usufructuario del conde y se trasladó a la antigua casa que habían ocupado William y Philippa en Casterham. Por último, sir Ralph Fitzgerald se convirtió en señor de Tench.

Durante los dieciocho meses siguientes, ninguno de ellos regresó al hogar. Estaban todos demasiado ocupados viajando con el rey y matando franceses. Más adelante, en 1347, la guerra llegó a un punto muerto. Los ingleses tomaron la importante ciudad portuaria de Calais, pero al margen de esa acción no había mucho de lo que alardear después de una década de guerra salvo, claro está, por el cuantiosísimo botín con el que habían llenado sus arcas.

En enero de 1348, Ralph tomó posesión de su nueva propiedad. Tench era una importante población con un centenar de familias labriegas, y el feudo incluía dos aldeas más pequeñas en las cercanías. El nuevo señor feudal conservó, además, Wigleigh, que estaba a media jornada a caballo.

Ralph se sentía orgulloso mientras paseaba a lomos de su caballo por Tench. Había anhelado ese momento en numerosas ocasiones. Los siervos le hacían reverencias y los hijos de éstos se quedaban mirándolo, atónitos. Era el señor de todos aquellos individuos y dueño de hasta el último objeto del lugar.

Su nuevo hogar estaba construido en una parcela amurallada. Al entrar a caballo, seguido por un carro cargado del botín francés, Ralph se dio cuenta de inmediato de que las murallas defensivas habían sido descuidadas hacía ya tiempo y no habían sido restauradas. Se preguntó si debería encargarse de hacerlo. Los burgueses de Normandía habían descuidado sus defensas en general, lo que había hecho relativamente fácil que Eduardo III los derrotara. Por otro lado, la probabilidad de una invasión al sur de Inglaterra en ese momento era bastante pequeña. Al principio de la guerra, los ingleses habían hundido gran parte de la flota francesa en el puerto de Sluys, y después, se habían hecho con el canal marítimo que separaba ambos países. Aparte de asedios menores perpetrados por piratas mercenarios, todas las contiendas desde la batalla naval de Sluys se habían librado en suelo francés. Tras sopesarlo, parecía muy poco rentable invertir en la reconstrucción de las murallas fortificadas.

Aparecieron varios mozos de cuadras y se llevaron a los caballos. Ralph dejó que Alan Fernhill supervisara la descarga del equipaje, y se encaminó hacia su nueva casa. Iba cojeando; la pierna herida se le resentía tras el largo viaje. Tench Hall era una casa señorial de piedra. Su nuevo dueño valoró con satisfacción que se trataba de una edificación impresionante, aunque necesitaba unas cuantas reparaciones; cosa que no era de extrañar, pues había permanecido deshabitada desde el fallecimiento del padre de lady Matilda. No obstante, tenía un diseño moderno. En las casas antiguas, la cámara privada del señor era una sencilla estancia contigua a la importantísima cámara principal, aunque Ralph pudo ver, incluso desde fuera, que las dependencias domésticas ocupaban la mitad de la edificación.

Entró en la estancia principal y le molestó encontrar allí al conde William.

En el fondo de la habitación había una imponente silla de madera oscura con elaborados grabados de figuras que simbolizaban poder: ángeles y leones en el respaldo y los brazos, serpientes y monstruos diversos en las patas. Sin duda alguna, se trataba del sitial del señor de la casa, pero era William quien estaba sentado en ella.

Gran parte de la satisfacción que sentía Ralph se evaporó. No podría disfrutar del poder de su nuevo señorío bajo el escrutinio de un señor feudal que estuviera por encima de él. Sería como meterse en la cama con una mujer mientras su marido los vigilaba desde el otro lado de la puerta.

Disimuló su disgusto y saludó con formalidad al conde William. El conde le presentó al hombre que se encontraba a su lado.

—Éste es Daniel, el alguacil de este lugar desde hace veinte años y la persona que vela por él, en nombre de mi padre, hasta que Tilly cumpla la mayoría de edad.

Ralph hizo un parco gesto de salutación al alguacil. El mensaje de William estaba claro: quería que Ralph accediera a que Daniel siguiera en el cargo. Pero Daniel había sido un hombre leal al conde Roland y ahora rendiría cuentas al conde William. Ralph no tenía intención alguna de dejar que su territorio fuera supervisado por el fiel vasallo de un conde. Su alguacil sólo podía guardarle pleitesía a él y a nadie más.

William esperó con expectación a que Ralph dijera algo sobre Daniel. Sin embargo, el nuevo señor feudal no estaba dispuesto a hablar de eso. Hacía diez años habría sido el primero en iniciar una discusión, pero había aprendido muchas cosas durante el tiempo que había pasado junto al rey. No estaba obligado a esperar la aprobación del conde para escoger a su alguacil, así que no pensaba solicitarla. No diría nada hasta que William se hubiera marchado, entonces informaría a Daniel de que se le habían asignado otras tareas.

Tanto William como Ralph guardaron un silencio pertinaz durante unos minutos, pero sucedió algo que los sacó de ese punto muerto. Una enorme puerta se abrió en el ala de las dependencias domésticas de la cámara principal, y la esbelta y elegante silueta de lady Philippa hizo acto de presencia. Habían pasado muchos años desde la última vez que Ralph la había visto, pero su pasión de juventud regresó a él provocándole una fuerte impresión que lo golpeó como un puñetazo y lo dejó sin aliento. Ella era mayor —debía de tener cuarenta años, supuso—, pero rebosaba belleza. Quizá estuviera algo más rellenita de como él la recordaba, tenía las caderas más torneadas, los pechos más generosos, pero eso no hacía más que aumentar su atractivo. Seguía teniendo los andares de una reina. Como siempre, su visión le hizo preguntarse por qué no podía tener una esposa como ella.

En el pasado, aquella mujer apenas se había molestado en percatarse de la presencia de Ralph, pero ese día le sonrió, estrechó su mano y dijo:

—¿Estás empezando a conocer a Daniel?

Ella también quería que el criado del conde continuara conservando su empleo, ése era el verdadero motivo de su amabilidad. «Con mayor razón debo deshacerme de este hombre», pensó Ralph con deleite.

—Acabo de llegar —se limitó a responder sin ánimo de comprometerse.

Philippa explicó la presencia de su marido y de ella en el lugar.

—Queríamos estar presentes cuando conocieras a la joven Tilly; se ha convertido en un miembro más de nuestra familia.

Ralph había ordenado a las monjas del priorato de Kingsbridge que llevaran hasta allí a su prometida para conocerla ese mismo día. Como expertas metomentodos, las monjas habrían contado al conde William lo que estaba pasando.

—Lady Matilda era la pupila del conde Roland, Dios lo tenga en su gloria —dijo Ralph, haciendo hincapié en que el pupilaje había finalizado con la muerte del conde.

—Sí, y yo esperaba que el rey hubiera transferido su pupilaje a mi marido, como heredero de Roland. —Quedaba claro que Philippa habría preferido eso.

—Pero no lo hizo —dijo Ralph—. Me la entregó como esposa.

Aunque todavía no se había celebrado ceremonia alguna, la muchacha se había convertido de inmediato en responsabilidad de Ralph. Estrictamente hablando, William y Philippa no tenían excusa para haberse presentado allí ese día aunque fuera con el pretexto de desempeñar el papel de padres de Tilly. Pero William era el señor feudal encargado de supervisar a Ralph, así que podía visitarlo cuando se le antojara.

Ralph no quería discutir con William. Podría haberle complicado la vida con facilidad. Por otro lado, el nuevo conde estaba intentando exceder los límites de su autoridad, seguramente por la presión que su esposa ejercía sobre él. Sin embargo, Ralph no pensaba dejarse intimidar. Los últimos siete años le habían dado la confianza necesaria en sí mismo para defender la independencia que se merecía.

En cualquier caso, estaba disfrutando de habérselas con Philippa. Así tenía un pretexto para mirarla. Clavó su mirada en la definida línea de la mandíbula femenina y la carnosidad de sus labios. Pese a su altivez, la mujer se vio obligada a trabar conversación con él. Era la conversación más larga que Ralph había tenido con ella.

—Tilly es muy joven —argumentó Philippa.

—Este año cumplirá los catorce —replicó Ralph—. Es la misma edad que tenía nuestra reina cuando nuestro rey la desposó, como el rey en persona nos señaló a mí y al conde William, una vez finalizada la batalla de Crécy.

—El período posterior a una contienda no es precisamente el momento más adecuado para decidir el destino de una joven doncella —advirtió Philippa con seriedad.

Ralph no iba a pasarlo por alto.

—Estoy obligado a acatar las decisiones de Su Majestad.

—Como hacemos todos —murmuró ella.

Ralph tuvo la sensación de haberla derrotado. Fue una sensación cargada de tensión sexual, prácticamente como si estuviera yaciendo con ella. Satisfecho, se volvió hacia Daniel.

—Mi futura esposa debería de llegar a tiempo para la cena —dijo—. Asegúrate de que se sirva un buen banquete.

—Eso todavía no lo he dispuesto —dijo Philippa.

Ralph volvió la cabeza con parsimonia en su dirección hasta que sus miradas volvieron a cruzarse. La señora había traspasado las fronteras de la cortesía al osar entrar en la cocina de Ralph a dar órdenes.

Philippa lo sabía, y se ruborizó.

—No sabía a qué hora llegarías —se excusó.

Ralph no dijo nada. Ella no se disculpó, pero él se sintió satisfecho de haberla obligado a explicarse; era un paso atrás para una mujer tan orgullosa como ella.

Durante un breve instante se oyó movimiento de caballerías en el exterior, y en ese momento entraron los padres de Ralph. Llevaba bastantes años sin verlos y corrió a abrazarlos.

Ambos progenitores habían cumplido la cincuentena, pero le pareció que su madre había envejecido más que su padre. Tenía el pelo cubierto de canas y el rostro arrugado, y una ligera joroba de anciana. Su padre conservaba un aspecto más vigoroso. Se debía, en parte, a la emoción del momento: estaba ruborizado por el orgullo y le estrechó la mano a Ralph como si estuviera bombeando agua de un pozo. Pero no se apreciaba ni un cabello plateado en su barba roja, y su delgada figura todavía parecía llena de vida. Ambos vestían ropa nueva; Ralph les había enviado dinero. Sir Gerald llevaba una gruesa sobrevesta de lana y lady Maud, un manto de pieles.

Ralph chasqueó los dedos en dirección a Daniel.

—Trae vino —ordenó.

Durante un instante fue como si el alguacil tuviera intención de protestar por ser tratado como un lacayo; pero se tragó su orgullo herido y se dirigió presto hacia la cocina.

—Conde William, lady Philippa —dijo Ralph—, permitid que os presente a mi padre, sir Gerald, y a mi madre, lady Maud.

Le asustaba que William y Philippa mirasen por encima del hombro a sus progenitores, pero los recibieron con bastante cortesía.

Gerald le dijo a William:

—Yo fui compañero de batallas de vuestro padre, que Dios tenga en su gloria. En realidad, conde William, os conocí cuando erais un niño, aunque seguramente no me recordáis.

Ralph deseó que su padre no hubiera sacado a colación su glorioso pasado. Eso no hacía más que subrayar cuán bajo había caído.

Pero William pareció no percatarse de ello.

—Bueno, la verdad es que creo que sí os recuerdo —dijo. Con seguridad no estaba más que siendo amable, pero a Gerald le complació—. Claro está —añadió William—, que os recuerdo como un gigante de al menos dos metros de alto.

Gerald, que era un hombre más bien bajito, rió encantado.

Maud miró a su alrededor y dijo:

—Vaya, es una magnífica morada, Ralph.

—Quería decorarla con todos los tesoros que he traído de Francia —comentó—. Pero acabo de llegar.

Una cocinera les llevó una jarra de vino y copas en una bandeja, y todos tomaron un pequeño refrigerio. El vino era un burdeos de buena añada, según paladeó Ralph, un caldo fino y dulce. Al principio reconoció a Daniel el mérito de tener la casa tan bien aprovisionada; luego pensó que en todos esos años no había habido nadie más que Daniel en la propiedad para disfrutar de ese vino.

—¿Hay alguna novedad sobre mi hermano Merthin? —preguntó a su madre.

—Le está yendo bastante bien —respondió ella, llena de orgullo—. Está casado y tiene una hija, y es rico. Está construyendo un palacio para la familia de Buonaventura Caroli.

—Pero supongo que todavía no lo han nombrado *conte*. —Ralph fingió estar bromeando, pero en realidad quería poner de relieve que Merthin, pese a todos sus éxitos, no había conseguido un título nobiliario; y que era él, Ralph, quien había hecho realidad las ambiciones de su padre de devolver a la familia a la nobleza.

—Todavía no —respondió su padre de buen ánimo, como si en realidad existiera alguna posibilidad de que Merthin se convirtiera en conde italiano, lo que molestó a Ralph, pero sólo de forma momentánea.

—¿Podemos ver nuestros aposentos? —preguntó su madre.

Ralph dudó un instante. ¿Qué había querido decir con «nuestros aposentos»? Tuvo el horrible pensamiento de que sus padres pudieran haber creído que iban a vivir allí con él. Pero no lo podía permitir: serían un recordatorio constante de los años de vergüenza de su familia y además, entorpecerían su estilo de vida. Por otro lado, fue consciente en ese momento de que era una vergüenza que un noble permitiera que sus padres vivieran en una casa de una sola estancia como pensionistas de un priorato.

Tendría que pensarlo mejor. Por el momento dijo:

—Todavía no he tenido oportunidad de visitar personalmente las dependencias privadas. Espero poder proporcionaros alojamiento confortable durante unas cuantas noches.

—¿Unas cuantas noches? —preguntó su madre de inmediato—. ¿Vas a enviarnos de nuevo a esa casucha de Kingsbridge?

Ralph se sintió mortificado por el hecho de que ella lo mencionara delante de William y Philippa.

—No creo que haya sitio para que viváis aquí.

—¿Cómo lo sabes si todavía no has visitado las alcobas?

Daniel les interrumpió.

—Ha venido a visitaros un aldeano de Wigleigh, sir Ralph, se llama Perkin. Quiere presentaros sus respetos y exponeros una cuestión de suma urgencia.

Ralph habría despedido al hombre en circunstancias normales, pero en esa ocasión agradeció la interrupción.

—Ve a examinar los aposentos, madre —propuso—. Yo debo recibir al campesino.

William y Philippa acompañaron a sus padres a inspeccionar las dependencias domésticas, y Daniel acompañó a Perkin a la mesa. El terrateniente se mostró más servil que nunca.

—Me llena de júbilo veros sano y salvo después de las guerras contra los franceses —dijo.

Ralph se miró la mano izquierda, a la que le faltaban tres dedos.

—Bueno, prácticamente sano —rectificó.

—Todos los aldeanos de Wigleigh sienten las heridas que se os han infligido, sir Ralph, pero ¡y las recompensas! ¡Vuestro nuevo título, tres aldeas más, y lady Matilda, a quien vais a desposar!

—Agradezco tus felicitaciones, pero ¿cuál era esa cuestión tan urgente que debías exponerme?

—No precisaré mucho tiempo para contárosla, señor. Alfred Shorthouse murió sin dejar herederos naturales para sus cuatro hectáreas de tierra, y yo me ofrecí a asumir su posesión, aunque ha sido un año muy malo, después de las tormentas en agosto…

—Los temporales no son asunto de mi incumbencia.

—Por supuesto. Sin más preámbulos, Nathan Reeve tomó una decisión que yo creo que vos no aprobaréis.

Ralph empezó a impacientarse. En realidad, le traía sin cuidado qué labriego se hiciera cargo de las cuatro hectáreas de Alfred.

—Sea cual sea la decisión de Nathan…

—Ha entregado la tierra a Wulfric.

—Vaya.

—Algunos aldeanos dijeron que Wulfric se lo merecía, pues no tenía tierras, pero él no puede pagar el tributo de traspaso, y de todas formas…

—No tienes que convencerme de nada —lo atajó Ralph—. No permitiré que ese buscabroncas sea terrateniente en mis dominios.

—Gracias, sir Ralph. ¿Puedo decirle a Nathan Reeve que es vuestro deseo que yo me quede con las hectáreas?

—Sí —respondió Ralph. Vio al conde y la condesa salir de las dependencias privadas, con sus padres a la zaga—. Me personaré en el lugar para confirmar mi decisión en un espacio de dos semanas. —Despidió a Perkin con un ademán.

En ese momento llegó lady Matilda.

Entró a la cámara principal flanqueada por dos monjas. Una de ellas era la antigua amante de Merthin, Caris, quien había intentado decir al rey que Tilly era demasiado joven para desposarse. Al otro lado iba la monja que había viajado a Crécy con Caris, una mujer de rostro angelical cuyo nombre Ralph desconocía. Detrás de ellas, en calidad de guardaespaldas, iba el monje manco que tan hábilmente había apresado a Ralph hacía nueve años: el hermano Thomas.

En medio iba Tilly. Ralph entendió de inmediato la razón por la que las monjas querían protegerla del matrimonio. Su rostro conservaba una mirada de inocencia infantil. Tenía pecas en la nariz y las paletas algo separadas. Echó un vistazo a su alrededor, llena de temor. Caris había acentuado su aspecto aniñado vistiéndola con una sencilla túnica blanca de monja y un humilde tocado, pero el hábito no lograba ocultar las curvas de mujer del cuerpo que lo vestía. Caris había pretendido que la muchacha pareciera más joven para los desposorios. El efecto que provocó en Ralph fue exactamente el contrario al esperado.

Una de las cosas que el nuevo sir había aprendido en sus años de servicio al rey era que, en coyunturas de muy diversa índole, un hombre podía controlar la situación por el simple hecho de hablar primero, de modo que dijo en voz muy alta:

—Acércate, Tilly.

La niña dio un paso adelante y se aproximó. Sus acompañantes vacilaron, pero al final decidieron permanecer donde estaban.

—Soy tu esposo —le anunció Ralph—. Me llamo sir Ralph Fitzgerald, señor de Tench.

La pequeña parecía aterrorizada.

—Me alegra conoceros, señor.

—Ésta es tu casa, como lo fue cuando eras niña y tu padre era señor de estas tierras. Ahora eres lady de Tench, como lo fue tu madre. ¿Te alegra haber regresado a la casa familiar?

—Sí, señor. —No parecía feliz en absoluto.

—Estoy seguro de que las monjas te han dicho que debes ser una esposa obediente y hacer todo lo posible por complacer a tu marido, que es tu amo y señor.

—Sí, señor.

—Y éstos son mis padres, que ahora también son los tuyos.

Hizo una delicada reverencia dirigida a Gerald y Maud.

—Ven aquí —dijo Ralph. Levantó las manos.

Tilly se aproximó con gesto mecánico, pero entonces vio la mano izquierda mutilada. Dejó escapar un gemido de repugnancia y retrocedió unos pasos.

Una blasfemia estuvo a punto de aflorar a los labios de Ralph, pero la reprimió. Con cierta dificultad se obligó a hablar con un tono de voz muy suave.

—No tengas miedo de mi mano mutilada —dijo—. Deberías sentirte orgullosa de ella. Perdí esos dedos al servicio del rey. —Mantuvo los brazos extendidos en actitud expectante.

Haciendo un gran esfuerzo, la niña lo tomó de las manos.

—Ahora puedes besarme, Tilly.

Él estaba sentado y ella estaba de pie justo enfrente. La niña se agachó y le ofreció una mejilla. Ralph la agarró por la nuca con la mano mutilada, la obligó a volver la cara y la besó en los labios. Notó el titubeo de la pequeña y se dio cuenta de que ningún hombre la había besado antes. Dejó sus labios pegados a los de la niña, en parte por su gran tersura, pero también para enfurecer a cuantos los contemplaban. Luego, con deliberada parsimonia, le puso la mano sana en los senos y se los palpó. Eran generosos y redondeados. No era ninguna criatura.

La soltó y gruñó de satisfacción.

—Debemos casarnos pronto —anunció. Se volvió hacia Caris, quien evidentemente estaba reprimiendo su ira—. En la catedral de Kingsbridge, dentro de cuatro semanas a contar a partir del domingo —añadió. Miró a Philippa, pero se dirigió a William—: Como nos casamos por expreso deseo de Su Majestad el rey Eduardo, me sentiría honrado si asistierais al enlace, conde William.

William asintió con gran ceremonia.

Caris intervino por vez primera.

—Sir Ralph, el prior de Kingsbridge os envía sus mejores deseos y dice que se sentirá honrado de oficiar la ceremonia, a menos, por supuesto, que el nuevo obispo desee hacerlo.

Ralph asintió con gracilidad.

Entonces Caris añadió:

—Pero quienes tenemos alguna responsabilidad en la tutela de esta niña creemos que todavía es demasiado joven para vivir con su esposo en términos conyugales.

—Estoy de acuerdo —afirmó Philippa.

El padre de Ralph intervino:

—Ya sabes, hijo mío, que tuve que esperar algunos años para desposar a tu madre.

Ralph no quería volver a escuchar esa historia una vez más.

—En mi caso, padre, ha sido el rey quien me ha ordenado contraer matrimonio con lady Matilda.

—Tal vez debieras esperar, hijo —comentó su madre.

—¡Ya he esperado más de un año! Tenía doce cuando el rey me la entregó.

—Casaos con la niña con la debida ceremonia —dijo Caris—, pero dejad que regrese al convento durante un año. Para que crezca hasta convertirse en una verdadera mujer. Entonces podréis traerla a vuestra casa.

Ralph gruñó con tozudez.

—Dentro de un año podría estar muerto, sobre todo si el rey decide regresar a Francia. Mientras tanto, la familia Fitzgerald necesita un heredero.

—No es más que una niña...

Ralph la interrumpió levantando la voz.

—¡No es ninguna niña! ¡Miradla! ¡Ese estúpido disfraz de monja no logra ocultar sus pechos!

—Son los de una criatura...

—¿Tiene el vello propio de una mujer? —exigió saber Ralph.

Tilly soltó un grito ahogado por la crudeza de la pregunta y se ruborizó.

Caris dudó.

—Quizá mi madre podría examinarla por mí y decírmelo —declaró Ralph.

Caris sacudió la cabeza.

—Eso no será necesario. Tilly tiene vello donde una niña no lo tiene.

—Eso ya lo sabía. He visto… —Ralph se calló a mitad de frase, no quería que los presentes supieran en qué circunstancias había visto los cuerpos desnudos de niñas de la misma edad de Tilly—. Lo he supuesto, por su figura —rectificó al tiempo que evitaba la mirada de su madre.

Un tono poco habitual en Caris, de súplica, tiñó su voz.

—Pero, Ralph, todavía tiene mentalidad de niña.

«Su mentalidad me trae sin cuidado», pensó Ralph, pero no lo dijo.

—Tiene cuatro semanas para aprender lo que no sepa —concluyó y lanzó a Caris una mirada maliciosa—. Estoy seguro de que tú podrás enseñárselo todo.

La joven se ruborizó. Se suponía que las monjas no debían saber nada sobre intimidades maritales, por supuesto, pero ella había sido la amante de su hermano.

—Tal vez un compromiso… —empezó a decir la madre de Ralph.

—No lo entiendes, madre, ¿no es así? —preguntó interrumpiéndola con grosería—. En realidad, a nadie le importa la edad que tenga. Si fuera a casarme con la hija de un carnicero de Kingsbridge, les traería sin cuidado que la criatura tuviera nueve años. La razón es que Tilly es de alta cuna, ¿es que no lo entiendes? ¡Se creen superiores a nosotros! —Era consciente de estar gritando y vio las miradas de asombro de los presentes clavadas en él, pero no le importaba—. No quieren que una prima del conde de Shiring se despose con el hijo de un caballero venido a menos. Quieren aplazar los esponsales con la esperanza de que me maten en la batalla antes de que el enlace sea consumado. —Se secó los labios—. Pero este hijo de un caballero venido a menos luchó en la batalla de Crécy y le salvó la vida al príncipe de Gales. Eso es lo que le importa al rey. —Fue mirándolos a todos y a cada uno de ellos, uno por uno: al altivo William, la desdeñosa Philippa, la furiosa Caris y sus atónitos padres—. Así que mejor será que aceptéis la realidad. Ralph Fitzgerald es un caballero, señor de estas tierras y compañero de batallas del rey, y va a contraer matrimonio con lady Matilda, la prima del conde, ¡os guste o no!

El asombro hizo enmudecer a los presentes.

Al final, Ralph se volvió hacia Daniel.

—Ya puedes servir la cena —ordenó.

53

En la primavera de 1348, Merthin se despertó con la sensación de que acababa de tener una pesadilla que no podía recordar del todo. Se sentía asustado y débil. Abrió los ojos en una habitación iluminada por los rayos de luz del sol que se filtraban por los postigos a medio cerrar. Vio un techo alto, paredes blancas y baldosas rojas. Soplaba una brisa agradable. La realidad regresaba lentamente. Estaba en su dormitorio, en su casa, en Florencia. Había estado enfermo.

Lo primero que recordó fue la enfermedad, que empezó con un sarpullido, luego le salieron unas manchas de color púrpura oscuro en el pecho, que se extendieron a los brazos y, finalmente, a todo el cuerpo. Al cabo de poco, le salió un bulto o pústula en la axila. Empezó a tener fiebre, a sudar en la cama y a enmarañarse en las sábanas por culpa de las vueltas que daba. Vomitó y tosió sangre. Llegó a creer que se moriría. Lo peor de todo fue una sed horrible, insaciable, que hizo que le entraran ganas de tirarse al río Arno con la boca abierta.

No era el único que sufría. Miles de italianos habían caído enfermos a causa de la peste, decenas de miles. La mitad de los peones de sus obras habían desaparecido, al igual que la mayoría de los sirvientes de su casa. Casi todo el mundo que la contraía, moría al cabo de cinco días. La llamaban *la moria grande*, la gran peste.

Sin embargo, él estaba vivo.

Tenía la persistente sensación de que mientras había estado enfermo, había tomado una decisión de gran trascendencia, pero no la recordaba. Se concentró un instante. Cuanto más pensaba en ella, más escurridizo se volvía el recuerdo, hasta que acababa desapareciendo.

Se sentó en la cama. Sentía una gran debilidad en todas las extremidades y la cabeza le dio vueltas durante unos momentos. Llevaba una camisa de dormir de lino limpia y se preguntó quién debía de habérsela puesto. Tras un breve descanso, se levantó.

Tenía una casa de cuatro plantas con patio que había diseñado y construido él mismo. Decidió que tuviera una fachada lisa en lugar de los salientes, y otras características arquitectónicas como las ventanas de arco y las columnas clásicas. Los vecinos lo llamaban un *palagetto*, un palacete. Eso había sido siete años antes. Varios mercaderes florentinos prósperos le pidieron entonces que les construyera *palagetti* a ellos, y así es como había empezado su carrera.

Florencia era una república que no estaba gobernada por un príncipe o un duque, sino que estaba dominada por una élite de familias de mercaderes que se peleaban entre sí. En la ciudad había miles de tejedores, pero eran los mercaderes los que hacían grandes fortunas. Se gastaban el dinero para construir casas espléndidas, lo que convertía la ciudad en el lugar perfecto para que un joven arquitecto con talento pudiera prosperar.

Fue hasta la puerta de su dormitorio y llamó a su mujer.

—¡Silvia! ¿Dónde estás? —Le salió de forma natural hablar en toscano, tras nueve años en la ciudad.

Entonces lo recordó. Silvia también había estado enferma. Al igual que su hija, que tenía tres años. Se llamaba Laura, pero tanto él como su mujer habían decidido adoptar la pronunciación infantil de su hija, y la llamaban Lolla. El corazón le dio un vuelco a causa del miedo. ¿Estaría aún viva Silvia? ¿Y Lolla?

La casa estaba en silencio. Al igual que la ciudad, tal y como se dio cuenta de inmediato. A juzgar por el ángulo con el que entraba la luz del sol en las estancias, supo que era media mañana. Debería estar oyendo los gritos de los vendedores ambulantes, el repiqueteo de los cascos de los caballos y el traqueteo de las ruedas de madera de los carros, el murmullo de fondo de miles de conversaciones… Pero no se oía nada.

Subió al piso de arriba. A causa de lo débil que estaba, llegó casi sin aliento. Abrió la puerta de la habitación de su hija; la estancia parecía vacía. La sensación de pánico lo hizo empezar a sudar. Ahí estaba la cuna de Lolla, una pequeña cómoda para su ropa, una caja con juguetes y una mesita con dos sillitas. Entonces oyó un ruido. Lolla estaba en la esquina, sentada en el suelo con un vestido limpio, jugando con un pequeño caballo de madera con las piernas articuladas. Merthin soltó un grito ahogado de alivio. Su hija lo oyó y alzó la cabeza.

—Papá —dijo, con un tono de lo más natural.

Merthin la cogió en brazos y la abrazó.

—Estás viva —le dijo en inglés.

Oyó un ruido en la habitación contigua y, acto seguido, entró Maria, una mujer con el pelo cano que debía de tener unos cincuenta años y que era la niñera de Lolla.

—¡Señor! —exclamó la mujer—. Os habéis levantado… ¿Os sentís mejor?

—¿Dónde está la señora? —preguntó él.

A Maria se le ensombreció el rostro.

—Lo siento mucho, señor —dijo—. La señora murió.

Lolla dijo:

—Mamá se ha ido.

La noticia fue un duro golpe para Merthin. Aturdido, le pasó la niña a Maria. Con movimientos lentos y cuidadosos, se volvió, salió de la habitación y bajó la escalera hasta el *piano nobile*, la planta principal. Se quedó mirando la larga mesa, las sillas vacías, las alfombras del suelo y los cuadros de las paredes. Parecía la casa de otra persona.

Se quedó frente a un cuadro de la Virgen María con su madre. Los pintores italianos eran superiores a los ingleses y a todos los demás, y ese artista había pintado a santa Ana con la cara de Silvia. Era de una belleza orgullosa, con una piel inmaculada de color aceituna y facciones nobles, pero el pintor fue capaz de ver la pasión sexual que ardía en esos ojos castaños distantes.

Le resultaba difícil asimilar que Silvia ya no existía. Pensaba en su esbelto cuerpo y recordaba cómo se había deleitado, una y otra vez, con sus pechos perfectos. Ese cuerpo, que había llegado a conocer de un modo tan íntimo, yacía ahora bajo tierra, en cualquier lugar. Cuando pensó en ello, los ojos se le arrasaron en lágrimas y rompió a llorar de pena.

¿Dónde estaba su tumba?, se preguntó Merthin, abatido. En ese momento recordó que en Florencia habían dejado de celebrarse funerales: a la gente le aterraba salir de casa. Se limitaba a arrastrar los cuerpos hasta fuera y los dejaba en la calle. Los ladrones, mendigos y borrachos de la ciudad encontraron una nueva profesión: los llamaban *becchini* y se dedicaban a transportar los cadáveres; cobraban unas cifras exorbitantes por llevar los cuerpos hasta las fosas comunes. Tal vez Merthin nunca llegaría a saber dónde estaba Silvia.

Se habían casado cuatro años antes. Al ver su retrato, ataviada con el tradicional vestido rojo de santa Ana, Merthin sufrió un ataque de dolorosa honestidad, y se preguntó a sí mismo si había llegado a amarla de verdad. Había sentido un gran cariño por ella, pero ese afecto jamás había llegado a convertirse en una pasión devoradora. Ella tenía un espíritu independiente y una lengua afilada, y él había sido el único hombre de Florencia que había tenido el valor de cortejarla, a pesar de la riqueza de su padre. A cambio, ella se había entregado a él con total devoción. Pero Silvia caló con gran precisión la naturaleza del amor que él le profesaba. «¿En qué piensas?», le preguntaba en ocasiones, y él daba un respingo, acuciado por el sentimiento de culpa, porque había estado pensando en Kingsbridge. Al cabo de un tiempo su mujer cambió la pregunta: «¿En quién piensas?». Él jamás pronunció el nombre de Caris, pero Silvia decía: «Debe de ser una mujer, lo sé por tu mirada». Al final ella empezó a hablar de «tu inglesa». Le decía: «Estás pensando en tu inglesa», y siempre tenía razón. Pero parecía que lo aceptaba. Merthin le fue fiel. Y adoraba a Lolla.

Poco después Maria le llevó sopa y pan.

—¿Qué día es hoy? —le preguntó él.

—Martes.

—¿Cuánto tiempo he pasado en cama?

—Dos semanas. Habéis estado muy enfermo.

Se preguntó por qué había sobrevivido. Algunas personas nunca sucumbían a la enfermedad, como si tuvieran una protección natural; pero aquellos que la contraían casi siempre morían. Sin embargo, la pequeña minoría que lograba recuperarse podía considerarse afortunada por partida doble, puesto que nadie había sufrido la enfermedad por segunda vez.

En cuanto hubo comido, se sintió mejor. Se percató de que tenía que reconstruir su vida. Sospechaba que ya había tomado esa decisión con anterioridad, cuando estaba enfermo, pero lo atormentaba de nuevo el hilo de un recuerdo que se le escurría entre las manos.

Su primera tarea consistiría en averiguar cuántos miembros de su familia seguían con vida.

Llevó la escudilla a la cocina, donde Maria daba de comer a Lolla pan mojado en leche de cabra. Merthin le preguntó:

—¿Qué ha ocurrido con los padres de Silvia? ¿Están vivos?

—No lo sé —respondió ella—. No me han llegado noticias de ellos. Sólo salgo a comprar comida.

—Es mejor que lo averigüe.

Se vistió y bajó a la planta baja de la casa, que era un taller. Había un patio en la parte trasera, que utilizaba para almacenar madera y piedra. No había nadie trabajando. Ni dentro, ni fuera.

Salió de la casa. La mayoría de los edificios que había a su alrededor eran de piedra, algunos, sin duda, imponentes: en Kingsbridge no había ninguna casa que pudiera compararse con éstas. El hombre más rico de su ciudad natal, Ed Wooler, vivía en una casa de madera, mientras que allí, en Florencia, sólo los pobres vivían en tales casuchas.

La calle estaba desierta. Nunca la había visto así, ni tan siquiera en mitad de la noche. La sensación era sobrecogedora, y se preguntó cuánta gente debía de haber muerto: ¿un tercio de la población? ¿La mitad? ¿Acaso sus fantasmas aún acechaban en los callejones y las esquinas más oscuras para observar con envidia a los afortunados supervivientes?

La casa Christi estaba en la calle siguiente. El suegro de Merthin, Alessandro Christi, había sido su primer y mejor amigo de Florencia. Compañero de estudios de Buonaventura Caroli, Alessandro le había hecho el primer encargo a Merthin, un simple almacén. Era, por supuesto, el abuelo de Lolla.

La puerta del *palagetto* de Alessandro estaba cerrada a cal y canto, cosa que no era habitual. Merthin llamó y esperó. Al cabo de un rato le abrió Elizabetta, una mujer bajita y rechoncha que era la lavandera de Alessandro. Se lo quedó mirando, anonadada.

—¡Estáis vivo! —exclamó la mujer.

—Hola, Betta —dijo él—. Me alegro de ver que tú también estás viva.

La lavandera se volvió y gritó en dirección a la casa:

—¡Es el lord inglés!

Él les había dicho que no era un lord, pero los sirvientes no lo creían. Merthin entró en el *palagetto*.

—¿Alessandro? —preguntó.

Betta negó con la cabeza y rompió a llorar.

—¿Y tu señora?

—Ambos muertos.

Las escaleras subían desde la entrada hasta la primera planta. Merthin las recorrió lentamente, sorprendido por lo débil que aún se sentía. Al llegar a la estancia principal se sentó para recuperar el aliento. Alessandro había sido un hombre acaudalado y aquella cámara era un pequeño museo de alfombras y tapices, cuadros, joyas y libros.

—¿Quién más hay aquí? —le preguntó a Elizabetta.

—Sólo Lena y sus hijos.

Lena era una esclava asiática, algo poco común pero en absoluto excepcional en las casas florentinas más prósperas. Tenía dos hijos de Alessandro, un niño y una niña, a los que él había tratado como si fueran sus hijos legítimos; de hecho, en una ocasión Silvia había comentado, con cierta mordacidad, que su padre los quería mucho más a ellos que a su hermano y a ella. En su momento, aquel acuerdo fue visto como un gesto excéntrico, más que escandaloso, por la abierta sociedad florentina.

Merthin dijo:

—¿Y qué le ha ocurrido al signor Gianni? —Gianni era el hermano de Silvia.

—Está muerto. Al igual que su mujer. El bebé está aquí conmigo.

—Cielo santo.

Betta preguntó con cierto reparo:

—¿Y vuestra familia, señor?

—Mi mujer ha muerto.

—Lo siento mucho.

—Pero Lolla está viva.

—¡Gracias a Dios!

—Maria se ocupa de ella.

—Es una buena mujer. ¿Os apetecería comer o beber algo?

Merthin asintió y Betta se fue.

Aparecieron los hijos de Lena y se lo quedaron mirando: un niño con los ojos oscuros, de unos siete años, que se parecía a Alessandro, y una niña muy guapa, de cuatro años, que tenía los ojos asiáticos de su madre. Luego llegó la propia Lena, una mujer muy bella de veintitantos años, con la piel dorada y los pómulos altos. Le traía una copa de plata de vino tinto toscano y una bandeja con almendras y olivas.

Le preguntó:

—¿Vendréis a vivir aquí, señor?

Merthin se sorprendió.

—No lo creo, ¿por qué?

—La casa es vuestra ahora. —Hizo un amplio ademán con la mano para referirse a la gran riqueza de la familia Christi—. Todo es vuestro.

Merthin cayó en la cuenta de que tenía razón. Era el único familiar adulto superviviente de Alessandro Christi, lo cual lo convertía en heredero y tutor de los tres niños, además de Lolla.

—Todo —repitió Lena, que lo miró fijamente.

Merthin no rehuyó la inocente mirada de la esclava y se dio cuenta de que se estaba ofreciendo.

Consideró la posibilidad. La casa era bonita: era el hogar de los hijos de Lena y un lugar familiar para Lolla, e incluso para el bebé de Gianni; todos los niños serían felices. Había heredado suficiente dinero para vivir de las rentas durante el resto de su vida. Lena era una mujer que poseía una gran inteligencia y experiencia, y Merthin ya se imaginaba los placeres de los que iba a gozar en el trato íntimo con ella.

Ella le leyó el pensamiento. Le tomó la mano y se la llevó al escote. Tenía unos pechos blandos y suaves que desprendían calor a través del fino vestido de lana.

Sin embargo, no era lo que él quería. Le tomó la mano y se la besó.

—Me ocuparé de ti y de tus hijos —le prometió—. No te preocupes.

—Gracias, señor —respondió ella, pero parecía decepcionada, y había algo en su mirada que le decía a Merthin que su oferta no había sido un gesto meramente práctico.

Lena albergaba auténticas esperanzas de que él fuera algo más que su nuevo amo, pero aquello era parte del problema. Merthin no podía concebir el acto sexual con alguien que fuera su esclava. La idea le resultaba desagradable hasta la repugnancia.

Tomó un sorbo de vino y se sintió más fuerte. Si no le atraía una vida fácil de lujo y satisfacción sensual, ¿qué anhelaba, entonces? Apenas le quedaba familia: sólo Lolla. Pero aún tenía su trabajo. En la ciudad había tres solares donde se estaban erigiendo sendos edificios diseñados por él. No pensaba renunciar al trabajo que tanto amaba. No había sobrevivido a la gran peste para llevar una vida ociosa. Recordaba su gran ambición de joven, de construir el edificio más alto de Inglaterra. Pensaba retomar el proyecto allí donde lo había dejado. Se recuperaría de la pérdida de Silvia entregándose a sus proyectos de construcción.

Se levantó para marcharse y Lena lo abrazó.

—Gracias —le dijo—. Gracias por prometerme que os ocuparéis de mis hijos.

Merthin le dio unas palmaditas en la espalda.

—Son los hijos de Alessandro —respondió. En Florencia, los hijos de los esclavos no se consideraban esclavos—. Cuando crezcan, serán ricos. —Se apartó de ella con delicadeza y bajó por la escalera.

Todas las casas estaban cerradas a cal y canto. En algunas puertas vio un bulto amortajado y supuso que se trataba de cadáveres. Había algunas personas en la calle, pero la mayoría eran pobres. Tanta desolación resultaba desconcertante; Florencia era la ciudad más importante del mundo cristiano, una metrópoli comercial y bulliciosa que producía miles de varas de telas de lana al día, un mercado en el que se pagaban grandes cantidades de dinero cuya única garantía acostumbraba a ser una carta de Amberes o la promesa verbal de un príncipe. Caminar por aquellas calles vacías y silenciosas era como ver un caballo herido que ha caído y no puede levantarse: una inmensa fuerza que, de repente, se había quedado en nada. No vio a nadie de su círculo de conocidos. Sus amigos que quedaban con vida no se atrevían a salir, pensó.

Decidió ir, en primer lugar, a una plaza que quedaba cerca de ahí, en la antigua ciudad romana, donde estaba construyendo una fuente para el ayuntamiento. Había diseñado un complejo sistema para reciclar casi toda el agua durante los largos y secos veranos florentinos.

Sin embargo, al llegar a la plaza, vio de inmediato que no había nadie trabajando. Las cañerías subterráneas se habían instalado y cubierto antes de que él cayera enfermo, y se había puesto la primera hilera de mampostería para el plinto escalonado alrededor del estanque. No obstante, el aspecto polvoriento y abandonado de las piedras era una prueba de que hacía días que no se trabajaba. Y lo que era aún peor, una pequeña pirámide de argamasa que había sobre una tabla de madera se había secado y convertido en una masa sólida que desprendía pequeñas nubes de polvo si alguien le daba una patada. Había incluso algunas herramientas en el suelo. Era un milagro que nadie las hubiera robado.

La fuente iba a ser imponente. En el taller de Merthin, el mejor cantero de la ciudad se encargaba de realizar la escultura central de la fuente… o, como mínimo, así había sido. ¿Acaso era posible que todos los albañiles hubieran muerto? Quizá estaban esperando a ver si Merthin se recuperaba.

De los tres proyectos que tenía entre manos, ése era el más pequeño, aunque prestigioso. Abandonó la plaza y se encaminó hacia el norte para inspeccionar otro, pero a medida que caminaba, aumentaba su preocupación. Aún no había encontrado a nadie lo bastante informado que pudiera proporcionarle una visión más amplia de lo sucedido. ¿Qué quedaba del gobierno de la ciudad? ¿Estaba remitiendo la peste o empeorando? ¿Y qué ocurría en el resto de Italia?

Cada cosa a su tiempo, se dijo.

Estaba construyendo una casa para Giulielmo Caroli, el hermano mayor de Buonaventura. Iba a ser un *palazzo* con todas las de la ley, un edificio alto con doble fachada, diseñado alrededor de una escalera magnífica más ancha que algunas de las calles de la ciudad. La planta baja ya estaba construida. La fachada estaba inclinada al nivel de calle y la leve pendiente transmitía la sensación de que se trataba de una fortificación; pero encima había una serie de elegantes ventanas a dos luces rematadas en un arco ojival y con trifolio. Aquel diseño transmitía la idea de que la gente que habitaba aquella casa era poderosa y refinada, lo cual era el deseo de la familia Caroli.

Se habían montado los andamios para el segundo piso, pero no había nadie trabajando. Debería haber habido cinco albañiles poniendo piedras. La única persona que había era un hombre mayor, el vigilante, que vivía en una cabaña de madera situada en la parte trasera. Merthin lo encontró mientras asaba un pollo. El muy estúpido había usado unas losas de mármol muy costosas para construir su chimenea.

—¿Dónde está todo el mundo? —le preguntó Merthin bruscamente.

El vigilante se puso en pie.

—El signor Caroli murió y su hijo Agostino no quiso pagar a los hombres, por lo que se fueron.

Aquello era un golpe muy duro. La familia Caroli era una de las más ricas de Florencia. Si no podía permitirse la construcción de una casa nueva, la crisis tenía que ser muy grave.

—¿Entonces Agostino está vivo?

—Sí, señor, lo he visto esta mañana.

Merthin conocía al joven Agostino. No era tan inteligente como su padre o su tío Buonaventura, pero compensaba ese defecto con una actitud extremadamente precavida y conservadora. No pensaba reanudar las obras hasta que estuviera del todo seguro de que la economía de la familia se había recuperado de los efectos de la peste.

No obstante, Merthin estaba seguro de que su tercer proyecto, el más grande, iba a seguir adelante. Estaba construyendo una iglesia para una orden de frailes que contaban con el favor de los mercaderes de la ciudad. La obra se encontraba al sur del río, por lo que cruzó el puente nuevo.

Sólo hacía dos años que se había acabado el puente. De hecho, Merthin había colaborado en su construcción, a las órdenes del pintor Taddeo Gaddi. El puente debía resistir el fuerte embate del río cuando las nieves del invierno se fundían, y Merthin lo había ayudado a diseñar los pilares. Ahora, mientras lo cruzaba, quedó consternado al comprobar que las pequeñas tiendas de los orfebres estaban cerradas; otro mal augurio.

La iglesia de Sant'Anna dei Frari era su proyecto más ambicioso hasta la fecha. Se trataba de una iglesia grande, más parecida a una catedral —los frailes eran ricos— aunque no podía compararse, ni mucho menos, con la catedral de Kingsbridge. Italia tenía catedrales góticas, y la de Milán era una de las más grandes, pero a los italianos más modernos no les gustaba la arquitectura de Francia e Inglaterra: consideraban las grandes ventanas y los arbotantes como un fetiche extranjero. La obsesión con la luz, que tenía sentido en el lúgubre noroeste de Europa, parecía algo perverso en la soleada Italia, en la que la gente buscaba la sombra y el fresco. Los italianos se sentían identificados con la arquitectura clásica de la antigua Roma, cuyas ruinas los rodeaban por doquier. Les gustaban los hastiales y los arcos de medio punto, y rechazaban la escultura exterior recargada en favor de los motivos decorativos formados con piedras y mármoles de distintos colores.

Sin embargo, Merthin iba a sorprender incluso a los florentinos con esa iglesia. El plan era construir una serie de cuadrados, cada uno rematado con una cúpula; cinco seguidas, y dos a ambos lados del crucero. Había oído hablar sobre las cúpulas en Inglaterra, pero nunca había visto una hasta que visitó la catedral de Siena. En Florencia no había ninguna. En el triforio habría una serie de ventanas circulares, u óculos. En lugar de unos pilares estrechos que se alzaban anhelantes hacia el cielo, esta iglesia tendría círculos, completos en sí, con el aire de autosuficiencia terrenal que caracterizaba a los mercaderes de Florencia.

Le decepcionó, aunque no sorprendió, ver que no había mamposteros en los andamios, que no había peones trasegando piedras grandes, que no había ninguna mujer haciendo argamasa y removiéndola con sus palas gigantes. Esa obra estaba tan tranquila como las otras dos. No obstante, en este caso estaba convencido de que sería capaz de reanudar el proyecto. Una orden religiosa tenía vida propia, independiente de los individuos. Caminó por la obra y entró en el monasterio.

No se oía absolutamente nada, tal y como cabía esperar en un monasterio, por supuesto; pero había algo en aquel silencio que lo turbaba. Pasó del vestíbulo a la sala de espera. Por lo general ahí acostumbraba a haber un hermano, estudiando las escrituras cuando no atendía a las visitas, pero aquel día la sala estaba vacía. Con una sombría aprensión, Merthin pasó por otra puerta y salió al claustro. El patio estaba desierto.

—¡Hola! —gritó—. ¿Hay alguien? —Su voz resonó en los soportales de piedra.

Registró el lugar. Todos los frailes se habían ido. En la cocina encontró a tres hombres sentados a la mesa, comiendo jamón y bebiendo vino. Vestían ropa cara de mercader, pero tenían el pelo enmarañado, la barba descuidada y las manos sucias: eran pobres que llevaban la ropa de unos muertos. Cuando entró en la cocina los tres pusieron cara de culpa pero le lanzaron una mirada desafiante. Merthin les preguntó:

—¿Dónde están los monjes?

—Han muerto todos —respondió uno de ellos.

—¿Todos?

—Hasta el último. Como cuidaban de los enfermos, acabaron sucumbiendo.

Merthin se dio cuenta de que aquel hombre estaba borracho. Sin embargo, parecía decir la verdad. Aquellos tres estaban muy cómodos, sentados en el monasterio, dando buena cuenta de la comida y del vino de los frailes. Era evidente que sabían que no quedaba nadie que pudiera reprenderlos.

Merthin regresó al lugar donde se estaba construyendo la nueva iglesia. Los muros del coro y del crucero ya se habían erigido, y los óculos del triforio eran visibles. Se sentó en el medio del crucero, entre montones de piedras, observando su obra. ¿Cuánto tiempo iba a permanecer atascado el proyecto? Si todos los frailes habían muerto, ¿quién iba a quedarse con el dinero de éstos? Por lo que sabía, no formaban parte de una orden mayor. Tal vez el obispo reclamaría la herencia, o también el Papa. Era un embrollo legal que podía tardar varios años en resolverse.

Esa mañana había decidido entregarse a su trabajo como remedio para cicatrizar la herida que le había causado la muerte de Silvia. Ahora estaba claro que, al menos en ese momento, no tenía trabajo. Desde que había empezado a reparar el tejado de la iglesia de St. Mark en Kingsbridge, hacía diez años, siempre había tenido un proyecto de construcción entre manos, como mínimo. Sin nada que hacer, estaba perdido. Se sentía presa del pánico.

Se había despertado y había descubierto que toda su vida estaba en ruinas. El hecho de que, de pronto, fuera sumamente rico, no hacía sino aumentar la sensación de pesadilla. Lolla era lo único que le quedaba de su vida anterior.

Ni tan siquiera sabía adónde ir. Al final acabaría regresando a casa, pero no podía pasarse el día jugando con su hija de tres años y hablando con Maria. De modo que se quedó donde estaba, sentado en un disco de piedra tallada destinado a una columna, mirando lo que sería la nave.

Mientras el sol descendía trazando la curva de la tarde, Merthin empezó a recordar su enfermedad. Hubo un momento en que estuvo seguro de que moriría. Sobrevivía tan poca gente que no esperaba formar parte de los pocos afortunados. En sus períodos más lúcidos, había repasado su vida, como si ya hubiera acabado. Sabía que había llegado a alguna conclusión muy importante, pero desde que había recuperado la conciencia era incapaz de recordar cuál. Ahora, en la tranquilidad de la iglesia inacabada, recordaba haber concluido que había cometido un inmenso error en su vida. ¿Cuál? Se había peleado con Elfric, había copulado con Griselda, había rechazado a Elizabeth Clerk… Todas aquellas decisiones habían causado problemas, pero ninguna podía considerarse el error de su vida.

Tumbado en la cama, empapado en sudor, atormentado por la sed, casi llegó a preferir la muerte; pero no alcanzó ese extremo. Algo lo mantuvo con vida… y ahora aquella sensación volvía a apoderarse de él.

Fue el deseo de ver de nuevo a Caris.

Aquél fue el motivo que lo mantuvo con vida. En los momentos de delirio vio su cara, y lloró por la pena que le causaba la idea de morir ahí, a miles de kilómetros de ella. El error de su vida había sido abandonarla.

Al recuperar ese recuerdo esquivo, y tras percatarse de la verdad cegadora de aquella revelación, se sintió imbuido de un extraño tipo de felicidad.

No tenía sentido, pensó. Caris había ingresado en un convento. Se había negado a verlo y a darle una explicación. Pero su alma no era racional y le decía que debía acudir donde estuviera ella.

Se preguntó qué debía de estar haciendo ella en ese momento, mientras él estaba sentado en una iglesia a medio construir, de una ciudad casi destruida por la peste. Las últimas noticias que había tenido de ella eran que el obispo la había consagrado. La decisión era irrevocable, o eso dijeron: Caris nunca había aceptado lo que otras personas decían que eran las reglas. Además, en cuanto tomaba una decisión, por lo general resultaba imposible hacerla cambiar de opinión. No cabía duda de que se había comprometido cabalmente con su nueva vida.

Aquello no suponía ninguna diferencia. Merthin quería verla de nuevo. No hacerlo sería el segundo mayor error de su vida.

Y ahora era libre. Todos sus vínculos con Florencia se habían roto. Su mujer había muerto, al igual que toda su familia política, salvo los tres niños. La única familia que le quedaba era su hija Lolla, y pensaba llevársela con él. Era tan pequeña que estaba convencido de que la niña apenas advertiría que los demás se habían ido.

Era una decisión trascendental, se dijo a sí mismo. En primer lugar, tendría que verificar el testamento de Alessandro y establecer las disposiciones necesarias para el bienestar de los niños; Agostino Caroli le echaría una mano con eso. Luego tendría que convertir su riqueza en oro y ordenar que se lo transfirieran a Inglaterra. La familia Caroli también podría encargarse de eso si la red internacional aún se mantenía intacta. Lo más desalentador era el viaje de mil seiscientos kilómetros que lo llevaría a cruzar Europa, de Florencia a Kingsbridge. Y todo eso sin tener la más remota idea sobre cómo lo recibiría Caris cuando llegara.

Era una decisión que requería una reflexión larga y concienzuda, obviamente.

Tomó la decisión al cabo de unos instantes.

Volvía a casa.

54

Merthin abandonó Italia acompañado de una docena de mercaderes de Florencia y Lucca. Tomaron un barco en Génova hasta el antiguo puerto francés de Marsella. De ahí viajaron por tierra hasta Aviñón, residencia del Papa durante los cuarenta años anteriores o más, y también la corte más fastuosa de Europa, así como la ciudad más maloliente que Merthin había conocido. Ahí se sumaron a un grupo mayor de clérigos y de peregrinos que regresaban a su hogar y se dirigían hacia el norte.

Todo el mundo viajaba en grupos, cuanto mayores, mucho mejor. Los mercaderes llevaban consigo dinero y mercancías muy caras, y disponían de hombres de armas que los protegían de los proscritos. Les gustaba tener compañía: los hábitos sacerdotales y las insignias de los peregrinos podían disuadir a los asaltantes, e incluso viajeros ordinarios como Merthin eran de ayuda porque hacían que el grupo fuera más nutrido.

Merthin había confiado la mayor parte de su fortuna a la familia Caroli de Florencia. Sus parientes ingleses le darían dinero en metálico. Los

Caroli se dedicaban a ese tipo de transacciones internacionales de forma muy habitual y, de hecho, Merthin ya había recurrido a sus servicios nueve años antes, para transferir una fortuna más pequeña de Kingsbridge a Florencia. Aun así, sabía que el sistema no era del todo infalible ya que, en ocasiones, esas familias iban a la bancarrota, sobre todo si prestaban dinero a clientes de poca confianza, como reyes y príncipes. Por ese motivo llevaba una gran suma de florines de oro cosidos a la camisa.

Lolla disfrutó del viaje. Como era el único niño de la caravana, todo el mundo le hacía zalamerías. Durante el día, en los largos tramos que recorrían a caballo, ella se sentaba en la silla, delante de Merthin. Él la sujetaba con los brazos mientras sostenía las riendas con las manos. Le cantaba canciones, repetía rimas, le contaba cuentos y le hablaba sobre todo de lo que veían: árboles, molinos, puentes e iglesias. A buen seguro la pequeña no entendía la mitad de lo que le decía, pero el sonido de su voz la hacía feliz.

Merthin nunca había pasado tanto tiempo con su hija. Estaban juntos el día entero, todos los días, semana tras semana. Él esperaba que aquella intimidad pudiera compensar, en parte, la pérdida de su madre. Sin duda, funcionaba a la inversa: él se habría sentido muy solo sin su hija, que ya no hablaba de mamá, pero de vez en cuando lo abrazaba y se aferraba a su cuello con desesperación, como si le diera miedo soltarlo.

Merthin sólo sintió cierta tristeza cuando se encontró frente a la gran catedral de Chartres, a cien kilómetros de París. Había dos torres en el extremo oeste. La torre norte no estaba acabada, pero la sur medía algo más de cien metros de alto. Aquello le recordó que, en el pasado, había anhelado diseñar edificios como aquél. Y ahora era poco probable que satisficiera aquella ambición en Kingsbridge.

Se quedaron en París durante dos semanas. La peste no había llegado hasta ahí, y resultaba un gran alivio ver la vida normal de una gran ciudad, en la que la gente compraba y vendía y caminaba por doquier, en lugar de calles vacías con cadáveres junto a las puertas de las casas. Aquello le levantó el ánimo, y fue entonces cuando se dio cuenta de lo afligido que había estado por el horror que había dejado atrás, en Florencia. Observó con gran detenimiento las catedrales y los palacios de París, haciendo bocetos de detalles que le interesaban. Llevaba consigo un pequeño cuaderno de papel, un nuevo material para escribir que había alcanzado una gran popularidad en Italia.

Al dejar París se unió a una familia noble que regresaba a Cherburgo. Cuando oyeron hablar a Lolla, dieron por sentado que Merthin era italiano, y él no los corrigió puesto que los ingleses eran objeto de un odio enfervorizado en el norte de Francia. Con la familia y su séquito, Merthin cruzó Normandía sin demasiadas prisas, con Lolla sentada frente a él en la silla y el caballo de carga que los seguía atado a una rienda. Observó detenidamente las iglesias y abadías que habían sobrevivido a la devastación de la invasión llevada a cabo por el rey Eduardo, dieciocho meses antes.

Podría haber ido más rápido, pero se dijo a sí mismo que debía aprovechar al máximo una oportunidad que quizá no se volvería a presentar, la posibilidad de ver una gran variedad arquitectónica. Sin embargo, cuando era sincero consigo mismo tenía que admitir que le daba miedo lo que podría encontrar cuando llegara a Kingsbridge.

Regresaba a casa, a Caris, pero ella no sería la misma mujer que él había dejado atrás nueve años antes. Tal vez había cambiado física y mentalmente. Algunas monjas engordaban muchísimo ya que su único placer en esta vida pasaba a ser la comida. No obstante, creía que lo más probable era que Caris se hubiera quedado etéreamente delgada, privándose de comida en un éxtasis de abnegación. Por entonces podía estar obsesionada con la religión, rezando el día entero y flagelándose por pecados imaginarios. Aunque también podía estar muerta.

Aquéllas eran sus pesadillas más delirantes. En el fondo sabía que Caris no habría engordado muchísimo ni se habría convertido en una fanática religiosa. Y si hubiera muerto, la noticia ya le habría llegado, como la de la muerte de su padre, Edmund. Iba a ser la misma Caris, menuda y pulcra, perspicaz, organizada y resuelta. Pero sí le preocupaba mucho el recibimiento que le dispensaría. ¿Qué sentía por él tras nueve años? ¿Pensaba en él con indiferencia, lo consideraba parte de un pasado demasiado remoto como para preocuparse por él, del mismo modo en que, por ejemplo, Merthin pensaba en Griselda? ¿O aún lo deseaba, en el fondo de su alma? No tenía ni idea, y aquélla era la verdadera causa de su inquietud.

Fueron en barco hasta Portsmouth, desde donde viajaron con un grupo de mercaderes. Se separaron en el cruce de Mudeford, ya que los mercaderes se dirigieron hacia Shiring, mientras que Merthin y Lolla vadearon el río a caballo y tomaron la carretera de Kingsbridge. Era una pena, pensó Merthin, que no hubiera ninguna señal visible del camino que llevaba a Kingsbridge. Se preguntó cuántos mercaderes debían de continuar hacia Shiring, por el mero hecho de que no reparaban en que Kingsbridge estaba más cerca.

Era un cálido día de verano, y el sol brillaba cuando atisbaron su destino. Lo primero que vio fue la punta de la torre de la catedral, que asomaba por encima de los árboles. Como mínimo no se había caído, pensó Merthin: las reparaciones de Elfric habían aguantado once años. Era una pena que la torre no pudiera verse desde el cruce de Mudeford ya que eso habría hecho que aumentara el número de visitantes de Kingsbridge.

A medida que se acercaban, Merthin empezó a sentir una extraña mezcla de emoción y miedo que le dio náuseas. Durante unos instantes pensó, incluso, que tendría que desmontar para vomitar. Intentó calmarse. ¿Qué podía pasar? Aunque Caris lo tratara con indiferencia, no iba a morirse.

Vio varios edificios nuevos en las inmediaciones del arrabal de Newtown. La magnífica casa que le había construido a Dick Brewer ya no estaba en las afueras de Kingsbridge puesto que la ciudad la había engullido.

Cuando vio el puente olvidó su aprensión por un momento. Éste se alzaba en la orilla del río trazando una estilizada curva y aterraba elegantemente en la isla que había en mitad de la corriente. En el extremo más alejado de la isla, el puente se levantaba de nuevo para salvar el segundo canal. La piedra blanca con la que estaba hecho refulgía bajo el sol. Varias personas y carros lo cruzaban en ambas direcciones. Aquella visión le hinchió el corazón de orgullo. Era tal y como había deseado que fuera: bello, útil y fuerte. «Yo lo hice —pensó—, y es un buen puente.»

Sin embargo, cuando se acercó un poco más se quedó helado. La mampostería del arco más cercano estaba dañada en la zona más próxima a la pilastra central. Vio las grietas de la cantería y los toscos apaños hechos con unas abrazaderas de hierro, que llevaban la marca de Elfric. Se quedó horrorizado. De los clavos que fijaban esas horribles abrazaderas a la cantería manaban unos reguerones de óxido. Al ver aquello retrocedió once años, a los arreglos que Elfric le hizo entonces al viejo puente de madera. «Todo el mundo puede cometer errores —pensó—, pero la gente que no aprende de los suyos, vuelve a caer en ellos.»

—Hatajo de necios —dijo en voz alta.

—Hatajo de necios —repitió Lolla, que empezaba a aprender inglés.

Se acercó hasta el puente. Se alegró al ver que el pavimento se había acabado correctamente, y le gustó el diseño del parapeto, una barrera maciza con un coronamiento tallado que recordaba las molduras de la catedral.

La isla de los Leprosos seguía estando plagada de conejos. Merthin aún tenía el usufructo de la isla. En su ausencia, Mark Webber se había encargado del cobro de la renta a los arrendatarios, que pagaban la renta nominal al priorato cada año, a la que había que restarle una pequeña suma ya pactada por la gestión del cobro, y enviaban el saldo a Merthin a Florencia anualmente, mediante la familia Caroli. Después de todas las deducciones quedaba una cantidad pequeña, pero aumentaba un poco año a año.

La casa de Merthin en la isla parecía estar ocupada: tenía las contraventanas abiertas y la puerta estaba limpia. Le había dado permiso a Jimmie para que viviera allí. El chico ya debía de ser un hombre, pensó.

Cerca del final de la segunda extensión del puente, había un hombre sentado que se dedicaba a cobrar el pontazgo y que Merthin no reconocía. Le pagó un penique. El hombre se lo quedó mirando fijamente, como si intentara recordar dónde lo había visto antes, pero no dijo nada.

La ciudad le resultaba familiar y desconocida a un mismo tiempo. Como estaba casi igual, los cambios le parecieron algo milagroso, como si hubieran ocurrido de la noche a la mañana: habían derruido una hilera de casuchas y, en su lugar, habían construido casas magníficas; una bulliciosa taberna se alzaba donde antes había una casa grande y lúgubre, habitada por una acaudalada viuda; el pozo se había secado y lo habían adoquinado; una casa gris estaba pintada de blanco.

Se dirigió a la posada Bell, en la calle principal, junto a la cancela del priorato. Estaba igual: una taberna en un emplazamiento tan bueno bien podía durar cien años. Dejó los caballos y el equipaje con un mozo de cuadra y entró, cogiendo de la mano a Lolla.

La posada Bell era como todas las demás: tenía una gran estancia en la parte delantera con mesas y bancos toscos, y una parte trasera donde se almacenaban los barriles de cerveza y vino y donde se cocinaba la comida. Puesto que era un lugar muy frecuentado y rentable, la paja del suelo se cambiaba de manera frecuente, las paredes habían sido enjalbegadas hacía poco y en invierno ardía un gran fuego. Ahora, en el calor del verano, todas las ventanas estaban abiertas, y una suave brisa atemperaba la estancia delantera.

Al cabo de un instante, Bessie Bell salió de la cocina. Nueve años atrás era una muchacha curvilínea; ahora era una mujer voluptuosa. Lo miró y no lo reconoció, pero Merthin se dio cuenta de que había reparado en sus elegantes ropas y que lo había tomado por un cliente acaudalado.

—Buen día tengáis, viajero —le dijo—. ¿Qué podemos hacer para que vuestra hija y vos os sintáis a gusto?

Merthin sonrió.

—Me gustaría hospedarme en una de vuestras alcobas, por favor, Bessie.

Ella lo reconoció en cuanto habló.

—¡Cielo santo! —exclamó—. ¡Pero si es Merthin Bridger! —Él le tendió la mano para estrechársela, pero ella se le echó encima y lo abrazó. Siempre había tenido debilidad por él. Se apartó y lo miró a la cara—. ¡Te has dejado barba! Si no, te habría reconocido antes. ¿Ésta es tu hijita?

—Se llama Lolla.

—¡Qué chiquilla tan bonita! Su madre debe de ser hermosa.

Merthin dijo:

—Mi mujer ha muerto.

—Qué pena. Pero Lolla es lo bastante pequeña para olvidarlo. Mi marido también murió.

—No sabía que te habías casado.

—Lo conocí después de que te fueras. Richard Brown, de Gloucester. Lo perdí hace un año.

—Lo siento mucho.

—Mi padre ha ido a Canterbury, de peregrinación, así que me encargo de la taberna yo sola, de momento.

—Siempre he apreciado a tu padre.

—Él también te guarda un gran cariño. Siempre se ha llevado bastante bien con las personas de mucho temple, pero nunca llegó a congeniar con mi Richard.

—Ah. —Merthin tenía la sensación de que la conversación estaba tomando unos derroteros muy íntimos con demasiada rapidez—. ¿Qué nuevas hay de mis padres?

—Ya no están aquí en Kingsbridge. Se han trasladado a la casa nueva de tu hermano, en Tench.

Había llegado a oídos de Merthin, por medio de Buonaventura, que habían nombrado a Ralph señor de Tench.

—Mi padre debe de estar encantado.

—Orgulloso como un pavo real. —Bessie sonrió y luego puso semblante de preocupación—. Debes de estar hambriento y cansado. Voy a decirle a los muchachos que suban tu equipaje, y luego te traeré una jarra de cerveza y potaje. —Se volvió para regresar a la cocina.

—Eres muy amable, pero...

Bessie se detuvo en la puerta.

—Te agradecería que le dieras un poco de sopa a Lolla. Tengo que hacer una cosa.

Bessie asintió.

—Por supuesto. —Se inclinó hacia la niña—. ¿Quieres venir con la tía Bessie? Seguro que te apetece un poco de pan. ¿Te gusta el pan recién hecho?

Merthin le tradujo la pregunta al toscano y Lolla asintió, feliz.

Bessie miró a Merthin.

—Vas a ver a la hermana Caris, ¿no es así?

Por absurdo que pudiera parecer, se sintió culpable.

—Sí —respondió—. ¿Así que aún vive aquí?

—Ah, sí. Es la hospedera del convento. No me extrañaría que llegara a ser priora algún día. —Tomó a Lolla de la mano y la llevó a la cocina—. Buena suerte —le deseó sin apenas volver la cabeza.

Merthin salió a la calle. Bessie podía ser un poco abrumadora, pero su afecto era sincero, y a él le reconfortaba ser acogido con tanto entusiasmo. Entró en los terrenos del priorato. Se detuvo para observar la alta fachada occidental de la catedral, que casi tenía doscientos años pero seguía luciendo tan magnífica como siempre.

Reparó en un nuevo edificio de piedra situado al norte de la iglesia, más allá del camposanto. Era un palacio de tamaño medio, con una entrada imponente y una planta superior. Lo habían construido cerca del lugar donde se encontraba la antigua casa de madera del prior, por lo que, a buen seguro, había sustituido aquel modesto edificio como residencia de Godwyn. Se preguntó de dónde habría sacado el dinero el prior.

Se acercó un poco más. El palacio era magnífico, pero a Merthin no le gustaba el diseño. No estaba a nivel con la catedral que se alzaba imponente por detrás. Los detalles no estaban cuidados: el dintel de la ostentosa puerta obstruía parcialmente la ventana del piso superior, y lo peor de todo era que el palacio estaba construido en un eje distinto al de la iglesia, por lo que se alzaba en un ángulo extraño.

Era obra de Elfric, de eso no había duda.

Había un gato rechoncho sentado frente a la puerta, tomando el sol. Era negro y tenía la punta de la cola blanca. Miró a Merthin con malevolencia.

El bicho se levantó, se volvió y se encaminó lentamente hacia el hospital. La parcela de césped que rodeaba la catedral estaba vacía, no había mercado. La emoción y la aprensión volvieron a apoderarse de su estómago; podía ver a Caris en cualquier momento. Llegó a la entrada y no se detuvo. Aquel espacio tan largo parecía refulgir con más fuerza y oler mejor de lo que recordaba: todo tenía un aspecto limpio. Había unas cuantas personas tumbadas en colchones en el suelo, la mayoría de ellas ancianas. Junto al altar, una joven novicia rezaba en voz alta. Esperó a que acabara. Eran tales los nervios que le atenazaban el estómago que estaba convencido de que se sentía peor que los enfermos convalecientes en los camastros. Había recorrido mil seiscientos kilómetros para vivir ese momento. ¿Había sido un viaje en vano?

Al final la monja dijo «amén» por última vez y se volvió. No la conocía. Ella se le acercó y le dijo educadamente:

—Que Dios os bendiga, forastero.

Merthin respiró hondo.

—He venido a ver a la hermana Caris.

Los capítulos de las monjas ahora tenían lugar en el refectorio. En el pasado habían compartido con los monjes la elegante sala capitular octogonal, situada en la esquina noreste de la catedral. Por desgracia, el recelo entre ambas comunidades era tan grande que las monjas no querían arriesgarse a que los monjes escucharan a escondidas sus deliberaciones, de modo que se reunían en la gran sala donde comían, y en la que apenas había muebles.

Las monjas con más responsabilidades se sentaban a una mesa con la superiora, la madre Cecilia, en medio. No había supriora: Natalie había muerto hacía pocas semanas, a la edad de cincuenta y siete años, y Cecilia aún no había nombrado a la sucesora. A la derecha de Cecilia se encontraba la tesorera, Beth, y su *matricularius*, Elizabeth, anteriormente Elizabeth Clerk. A la izquierda estaba la despensera, Margaret, a cargo de los víveres, y su subordinada Caris, la hospedera. Frente a ellas, había treinta monjas sentadas en diversas hileras de bancos.

Tras la oración y la lectura, la madre Cecilia hizo los anuncios:

—Hemos recibido una carta de nuestro reverendísimo obispo en respuesta a nuestra queja sobre el dinero que nos robó el prior Godwyn —explicó.

Hubo un murmullo expectante entre las monjas.

La respuesta había tardado mucho tiempo en llegar. El rey Eduardo dejó pasar casi un año hasta que sustituyó al obispo Richard. El conde William había ejercido una gran presión para que el elegido fuera Jerome, el capaz administrador de su padre, pero al final Eduardo se había decantado por Henri de Mons, un familiar de su mujer, de Hainault, en el norte de Francia. El obispo Henri fue a Inglaterra para asistir a la ceremonia, luego viajó a Roma para ser confirmado por el Papa, regresó y se estableció en su palacio de Shiring antes de dar respuesta a la carta formal de queja de Cecilia.

La madre superiora continuó:

—El obispo declina tomar acción alguna con respecto al robo y arguye que los hechos acontecieron durante el gobierno del obispo Richard, y lo pasado, pasado está.

Las monjas reprimieron un grito. Habían aceptado el retraso pacientemente, con la confianza de que al final se haría justicia. Era un rechazo vergonzoso.

Caris había leído la carta antes. No se mostraba tan estupefacta como las demás monjas. No era algo tan extraordinario que el nuevo obispo no quisiera iniciar su período de oficio peleándose con el prior de Kingsbridge. Aquella carta dejaba entrever que Henri iba a ser un hombre pragmático, no de principios. En ese aspecto, no era muy diferente de la mayoría de los hombres que alcanzaban el éxito en la política eclesiástica.

Sin embargo, el hecho de que la decisión del prior no la hubiera sorprendido no significaba que no estuviera decepcionada. La obligaba a abandonar el sueño de construir, a corto plazo, un hospital nuevo en el que aislar a la gente enferma de los huéspedes sanos. Se dijo a sí misma que no debía lamentarse: el priorato había existido durante cientos de años sin ese lujo, de modo que podía esperar una década o más. Aun así, la enfurecía ver la rapidez con la que se extendían enfermedades como los vómitos que Maldwyn Cook había traído a la feria del vellón el año anterior. Nadie entendía exactamente cómo se transmitían esas cosas —bien fuera por el hecho de mirar a un enfermo, mediante el tacto, o por estar en la misma habitación—, pero no había duda de que muchas enfermedades saltaban de una víctima a la siguiente, y la proximidad era un factor muy importante. Sin embargo, por el momento tenía que olvidar todo aquello.

Un murmullo de rencor se propagó entre las monjas que estaban sentadas en los bancos. La voz de Mair se alzó por encima de las otras:

—Los monjes deben de estar contentísimos.

Tenía razón, pensó Caris. Godwyn y Philemon habían salido indemnes a pesar de haber cometido un robo a plena luz del día. Siempre habían aducido que no podía considerarse robo el hecho de que los monjes usaran el dinero de las monjas, ya que, a fin de cuentas, todo era por la gloria de Dios; y ahora considerarían que el obispo les había dado la razón. Era una derrota amarga, sobre todo para Caris y Mair.

Sin embargo, la madre Cecilia no pensaba malgastar el tiempo en lamentos.

—Esto no es culpa de ninguna de nosotras, salvo, tal vez, mía —dijo—. Hemos sido demasiado confiadas.

«Tú confiaste en Godwyn, pero yo no», pensó Caris, que no abrió la boca. Esperó a escuchar lo que tenía que decir Cecilia. Sabía que la priora iba a hacer cambios entre las monjas con cargos, pero nadie sabía qué había decidido.

—No obstante, en el futuro debemos obrar con más cautela. Construiremos nuestra propia sala del tesoro, a la que los monjes no tendrán acceso; de hecho, espero que ni tan siquiera sepan dónde se encuentra. La hermana Beth dejará su cargo como tesorera, con nuestro agradecimiento tras sus prolongados y fieles servicios, y la hermana Elizabeth ocupará su lugar. Tengo una fe absoluta en ella.

Caris intentó contener el semblante para no revelar su indignación. Elizabeth había testificado que Caris era una bruja. Aquello había ocurrido nueve años antes, y Cecilia había perdonado a Elizabeth, pero ella nunca lo haría. Sin embargo, ése no era el único motivo que alimentaba la antipatía de Caris hacia la hermana. Elizabeth era una mujer amargada y retorcida, y su resentimiento interfería en su capacidad de juicio. En opinión de Caris, nunca se podía confiar en esas personas, pues eran propensas a tomar decisiones basadas en sus prejuicios.

Cecilia prosiguió:

—La hermana Margaret ha solicitado que la dispense de sus tareas, y la hermana Caris ocupará su lugar como despensera.

Caris estaba decepcionada. Habría deseado que la nombraran supriora, segunda de Cecilia. Intentó sonreír como si estuviera contenta, pero le costó un gran esfuerzo. Estaba claro que Cecilia no pensaba nombrar ninguna supriora, sino que prefería nombrar a dos subordinadas enfrentadas, Caris y Elizabeth, y dejar que compitieran por el nombramiento. Las miradas de ambas se cruzaron y Caris vio un odio mal disimulado en los ojos de su rival.

Cecilia continuó:

—Bajo la supervisión de Caris, la hermana Mair se convertirá en la hospedera.

Mair sonrió encantada. Se alegraba de que la ascendieran y se alegraba aún más de trabajar a las órdenes de Caris, a quien también satisfizo la decisión. Mair compartía su obsesión por la limpieza y su desconfianza hacia algunos remedios de los monjes, como las sangrías.

Caris no había obtenido lo que quería, pero intentó fingir que era feliz mientras Cecilia anunciaba unos cuantos nombramientos menores. Cuando el capítulo se dio por concluido, se acercó a Cecilia y le dio las gracias.

—No creas que ha sido una decisión fácil —le dijo la priora—. Elizabeth es inteligente, resuelta y constante, mientras que tú eres voluble. Pero también eres imaginativa y sabes obtener lo mejor de la gente. Os necesito a ambas.

Caris no podía discutir el análisis que Cecilia había hecho de ella. «Me conoce muy bien —pensó, apesadumbrada—. Mejor que ninguna otra persona de este mundo, ahora que mi padre ha muerto y que Merthin no está aquí.» De repente sintió un gran afecto por Cecilia, que era como un ave madre, que nunca estaba quieta y siempre andaba ajetreada, cuidando de sus polluelos.

—Haré todo cuanto esté a mi alcance para cumplir con tus expectativas —prometió Caris.

Abandonó la sala. Tenía que ir a ver cómo se encontraba Julie la Anciana. Ya podía decirles lo que quisiera a las monjas más jóvenes, nadie cuidaba de Julie como ella. Era como si creyeran que una persona mayor y desvalida no tenía que estar cómoda. Sólo Caris se aseguraba de que le dieran una manta cuando refrescaba, de que tuviera algo de beber cuando tenía sed y de que la ayudaran a ir a la letrina en los momentos del día en que acostumbraba a hacerlo. Caris decidió llevarle algo caliente, una infusión de hierbas que parecía animar a la anciana monja. Fue a su botica y puso a hervir una pequeña cazuela con agua.

Mair entró y cerró la puerta.

—¿No es maravilloso? —le preguntó—. ¡Seguiremos trabajando juntas! —La abrazó y la besó en los labios.

Caris le devolvió el abrazo y luego se apartó de ella.

—No me beses así —le dijo.

—Lo hago porque te quiero.

—Y yo también te quiero, pero no del mismo modo.

Era cierto. Caris le tenía mucho cariño a Mair. Su relación se había hecho muy íntima en Francia, cuando ambas habían arriesgado la vida juntas. Caris incluso había llegado a sentirse atraída por la belleza de Mair. Una noche, en una posada de Calais en la que ambas compartían una alcoba cuya puerta podía cerrarse por dentro, Caris acabó sucumbiendo a las insinuaciones de Mair, que la acarició y besó en las partes más íntimas, algo a lo que ella correspondió del mismo modo. Al acabar, Mair le dijo que era el día más feliz de su vida. Por desgracia, Caris no sintió lo mismo. La experiencia le resultó placentera pero no apasionante y, desde entonces, no había querido repetirla.

—No pasa nada —dijo Mair—. Mientras me quieras, aunque sea sólo un poco, ya soy feliz. Nunca dejarás de quererme, ¿verdad?

Caris vertió el agua hirviendo en las hierbas.

—Cuando seas mayor como Julie, prometo que te llevaré infusiones para que te mantengas sana.

Las lágrimas asomaron a los ojos de Mair.

—Es la cosa más bonita que me han dicho en mi vida.

La intención de Caris no había sido que pareciera una promesa de amor eterno.

—No seas tan sentimental —le dijo cariñosamente. Coló la infusión en una taza de madera—. Vamos a ver cómo está Julie.

Cruzaron el claustro y entraron en el hospital. Había un hombre con una barba espesa y pelirroja junto al altar.

—Dios os bendiga, forastero —le dijo. Aquel hombre le resultaba familiar. No contestó a su saludo, sino que se la quedó mirando con unos ojos intensos de color castaño dorado. Entonces ella lo reconoció y se le cayó la taza—. ¡Oh, Dios! —exclamó—. ¡Tú!

Los instantes anteriores a que ella lo viera fueron intensísimos, y Merthin sabía que los atesoraría durante el resto de su vida, por muchas otras vicisitudes que le ocurrieran. Miró ávidamente la cara que no había visto desde hacía nueve años, y recordó, con la misma impresión que se siente al zambullirse en un río helado en un día caluroso, lo adorable que había sido para él esa cara. Apenas había cambiado: sus temores habían sido infundados. Ni tan siquiera parecía mayor. Ese año iba a cumplir los treinta, calculó, pero estaba tan delgada y tan alegre como a los veinte. Entró con brío en el hospital, con un aire de enérgica autoridad; llevaba una taza de madera llena de alguna medicina; luego lo miró, se detuvo y se le cayó la taza.

Él le sonrió, feliz.

—¡Estás aquí! —exclamó ella—. ¡Creía que estabas en Florencia!

—Me alegro mucho de haber vuelto —respondió él.

Caris miró el líquido derramado en el suelo. La monja que la acompañaba dijo:

—No te preocupes, yo lo limpiaré. Ve a hablar con él.

La segunda monja era guapa y Merthin se dio cuenta de que tenía los ojos arrasados en lágrimas, pero estaba demasiado emocionado para prestarle atención.

Caris le preguntó:

—¿Cuándo has vuelto?

—He llegado hace una hora. Tienes buen aspecto.

—Y tú pareces… todo un hombre.

Merthin se rió.

Ella siguió preguntando:

—¿Qué te ha llevado a regresar?

—Es una larga historia —contestó—. Pero me gustaría contártela.

—Salgamos afuera.

Le rozó el brazo y lo condujo fuera del edificio. Se suponía que las monjas no debían tocar a la gente, ni mantener conversaciones privadas con hombres, pero para ella esas reglas siempre habían sido opcionales. Él se alegraba de que no hubiera adquirido un gran respeto por la autoridad en los últimos nueve años.

Merthin señaló el banco que había junto al huerto.

—Ahí me senté con Mark y Madge Webber el día que entraste en el convento, hace nueve años. Madge me dijo que te habías negado a verme.

Ella asintió.

—Fue el día más desgraciado de mi vida, pero sabía que si te veía, sería aún peor.

—Sentí lo mismo, pero la diferencia es que yo sí quise verte, por muy desgraciado que me sintiera luego.

Ella lo miró fijamente, sus ojos verdes con motas doradas parecían tan sinceros como siempre.

—Eso suena como un reproche.

—Tal vez lo sea. Me enfadé mucho contigo. Fuera cual fuese tu decisión, tenía la sensación de que me debías una explicación. —No había tenido la intención de que la conversación adquiriera aquellos tintes tan dramáticos, pero no pudo evitarlo.

Caris no mostró un ápice de arrepentimiento:

—Es muy sencillo. No podía soportar la idea de dejarte. Si me hubieran obligado a hablar contigo, creo que me habría suicidado.

Aquello lo desconcertó. Durante nueve años había pensado que ella había actuado con egoísmo el día de su despedida. Ahora parecía como si el egoísta hubiera sido él, al plantear esas exigencias. Caris siempre había tenido la habilidad de lograr que Merthin se replanteara su actitud. Era un proceso incómodo, pero ella acostumbraba a tener razón.

No se sentaron en el banco, sino que se volvieron y cruzaron el césped de la catedral. Las nubes tapaban el cielo y habían engullido el sol.

—Una peste horrible asola Italia —dijo él—. La llaman *la moria grande*.

—He oído hablar de ella —admitió Caris—. También ha llegado al sur de Francia, ¿verdad? Parece algo espantoso.

—Contraje la enfermedad, pero me recuperé, lo cual no es muy habitual. Mi mujer, Silvia, falleció.

La noticia impresionó a Caris.

—Lo siento mucho —dijo—. Debes de estar muy triste.

—Toda su familia murió, al igual que mis clientes. Me pareció que era un buen momento para volver a casa. ¿Y tú cómo estás?

—Acaban de nombrarme despensera —contestó con gran orgullo.

A Merthin le pareció algo trivial, sobre todo después de la carnicería que había presenciado. Sin embargo, tales hechos eran importantes en la vida del convento. Dirigió la mirada hacia la gran iglesia.

—Florencia tiene una catedral magnífica —explicó—. Con muchas cenefas de mármol de distintos colores. Pero me gusta más este estilo: formas talladas, todo del mismo tono.

Mientras observaba la torre, la piedra gris bajo el gris del cielo, empezó a llover.

Entraron en la iglesia para ponerse a cobijo. Había alrededor de una docena de personas dispersas por la nave: visitantes de la ciudad que querían observar su arquitectura, ciudadanos devotos que rezaban, un par de novicias que barrían.

—Recuerdo cómo te acaricié tras ese pilar —dijo Merthin con una sonrisa.

—Yo también lo recuerdo —concedió ella, pero sin mirarlo a los ojos.

—Aún siento por ti lo mismo que entonces. Ése es el verdadero motivo por el que he regresado a casa.

Ella se volvió y le lanzó una mirada furiosa.

—Sin embargo, te casaste.

—Y tú te hiciste monja.

—Pero ¿cómo pudiste casarte con otra mujer, con Silvia, si me amabas?

—Pensé que podría olvidarte. Pero no lo conseguí. Entonces, cuando creía que iba a morir, me di cuenta de que nunca me sobrepondría a tu pérdida.

La furia de Caris se desvaneció con la misma rapidez con la que había aparecido, y los ojos se le anegaron en lágrimas.

—Lo sé —admitió ella, y apartó la mirada.

—Tú sientes lo mismo.

—Mis sentimientos jamás han cambiado.

—¿Lo has intentado?

Caris lo miró a los ojos.

—Hay una monja…

—¿Esa tan guapa que estaba contigo en el hospital?

—¿Cómo lo has sabido?

—Porque se ha puesto a llorar cuando me ha visto. Me he preguntado por qué.

Caris parecía sentirse culpable y Merthin supuso que se sentía igual que él cuando Silvia le decía: «Estás pensando en tu inglesa».

—Le tengo un gran cariño a Mair —admitió Caris—. Y me quiere. Pero…

—Pero no me has olvidado.

—No.

Merthin se sentía jubiloso, pero intentó no dejar entrever sus emociones.

—En tal caso —dijo—, deberías renunciar a tus votos, abandonar el convento y casarte conmigo.

—¿Abandonar el convento?

—Antes que nada tendrás que obtener el perdón por la condena por brujería, lo sé, pero estoy convencido de que podemos lograrlo; sobornaremos al obispo y al arzobispo e incluso al Papa si es necesario. Puedo permitírmelo…

Caris no estaba tan segura de que fuera a ser tan fácil como él creía, pero aquél no era el principal problema.

—No es que no me tiente esa posibilidad —dijo—. Pero le prometí a la madre Cecilia que le daría motivos que justificaran su fe en mí… Tengo que ayudar a Mair a adaptarse al cargo de hospedera… tenemos que construir una nueva sala del tesoro… y yo soy la única que se ocupa como es debido de Julie la Anciana…

Merthin se quedó perplejo.

—¿Tan importante es todo eso?

—¡Por supuesto que sí! —respondió ella, enfadada.

—Creía que en el convento sólo había viejas que se pasaban el día rezando.

—Y curando a los enfermos, dando de comer a los pobres, y administrando miles de hectáreas de tierra. Es, como mínimo, tan importante como construir puentes e iglesias.

A Merthin no se le había pasado por la cabeza que Caris pudiera reaccionar de aquel modo. Siempre se había mostrado escéptica con las prácticas religiosas, y había entrado en el convento bajo coacción, ya que era la única forma de salvar la vida, pero daba la sensación de que había llegado a amar el castigo que le habían impuesto.

—Eres como un prisionero que se niega a abandonar la mazmorra, a pesar de que la puerta está abierta de par en par —le espetó él.

—La puerta no está abierta de par en par. Tendría que renunciar a mis votos. La madre Cecilia…

—Tendremos que intentar solucionar todos esos problemas. Empecemos ahora mismo.

Caris parecía abatida.

—No estoy convencida.

Merthin se dio cuenta de que su amada se debatía entre las dos opciones. Estaba atónito.

—¿Eres tú de verdad? —preguntó, incrédulo—. Antes odiabas la hipocresía y la falsedad que veías en el priorato. Decías que el prior era gandul, codicioso, deshonesto, tirano…

—Eso aún es cierto con respecto a Godwyn y Philemon.

—Pues vete.

—¿Y qué hago?

—Casarte conmigo, por supuesto.

—¿Eso es todo?

Merthin volvía a sentirse desconcertado.

—Es todo lo que quiero.

—No, no es verdad. Quieres diseñar palacios y castillos. Quieres construir el edificio más alto de Inglaterra.

—Si necesitas a alguien de quien ocuparte...

—¿Qué?

—Tengo una hija pequeña. Se llama Lolla y tiene tres años.

Aquella noticia pareció tranquilizar un poco a Caris, que suspiró.

—Soy una monja con un cargo importante en un convento de treinta y cinco monjas, diez novicias y veinticinco empleados, con una escuela, un hospital y una botica... y me estás pidiendo que lo deje todo para cuidar de una niña a la que no conozco.

Merthin se cansó de discutir.

—Lo único que sé es que te amo y que quiero estar contigo.

Ella soltó una risa forzada.

—Si hubieras dicho eso y nada más, tal vez me habrías convencido.

—Estoy confundido —admitió Merthin—. ¿Me estás rechazando o no?

—No lo sé —respondió ella.

55

Merthin pasó gran parte de la noche en vela. Estaba acostumbrado a pasar la noche en posadas, y los ruiditos que hacía Lolla mientras dormía lo calmaban; pero esa noche no podía dejar de pensar en Caris. Estaba sorprendido por la reacción que había mostrado a su regreso, pero se dio cuenta entonces de que nunca se había guiado por la lógica cuando pensaba en cómo se sentiría ella cuando lo viera reaparecer. Se había dejado llevar por pesadillas muy poco realistas sobre los cambios que podría haber sufrido ella, y, en el fondo, había esperado que tuvieran una reconciliación feliz. Caris, por supuesto, no lo había olvidado; pero él bien podría haberse imaginado que ella no habría pasado nueve años afligida por su marcha: no era de ese tipo de mujeres.

Aun así, nunca se le habría ocurrido que ella estaría tan comprometida con su trabajo como monja. Caris siempre había mostrado una actitud más o menos hostil hacia la Iglesia. Dado el peligro que conllevaba criticar de cualquier modo la religión, quizá le había ocultado incluso a él el verdadero alcance de su escepticismo. De modo que su reticencia a abandonar el convento había supuesto un duro golpe: Merthin había pensado en la posibilidad de que Caris tuviera miedo de la sentencia de muerte del obispo Richard, o que se mostrara preocupada sobre si le concederían o no el permiso para renunciar a sus votos, pero no se le había pasado por la cabeza que la vida del priorato le resultara tan plena como para dudar sobre si debía abandonarlo para convertirse en su esposa.

Estaba furioso con ella. Le gustaría haberle dicho: «He recorrido más de mil kilómetros para pedirte que te cases conmigo... ¿cómo puedes decirme que no estás segura?». Le vinieron a la cabeza varios comentarios mordaces que debería haberle hecho. Aunque quizá era mejor que no se le hubieran ocurrido. Su conversación finalizó cuando ella le pidió tiempo para sobreponerse a la sorpresa de su inesperada vuelta y para pensar en lo que quería hacer. Merthin accedió a su petición porque, al fin y al cabo, no tenía otra alternativa, pero aquello le hizo sufrir un martirio similar al de un crucificado.

Al final cayó en un sueño inquieto.

Lolla lo despertó temprano, como era habitual, y bajaron a por un plato de avena. Reprimió el impulso de ir directamente al hospital a hablar con Caris de nuevo. Ella le había pedido tiempo, y no le iba a hacer ningún bien andar molestándola. Pensó que tal vez ésa no era la única sorpresa que le aguardaba, y que era mejor que se pusiera al día sobre lo ocurrido en Kingsbridge durante su prolongada ausencia, de modo que después de desayunar se fue a ver a Mark Webber.

La familia Webber vivía en la calle principal, en una casa grande que habían comprado poco después de que Caris los introdujera en el negocio del paño. Merthin recordaba los tiempos en los que el matrimonio y sus cuatro hijos vivían en una habitación poco más grande que el telar con el que trabajaba Mark. La planta baja de su nueva casa era de piedra y la usaban como almacén y tienda. La vivienda, situada en el piso superior, era de madera. Merthin encontró a Madge en la tienda, comprobando una carretada de tela escarlata que acababa de llegarles de uno de sus talleres, situado en las afueras de la ciudad. Casi tenía cuarenta años, y las canas empezaban a asomar en su pelo oscuro. Era una mujer bajita que había engordado bastante y tenía unos pechos generosos y unas posaderas enormes. Al verla, Merthin pensó en una paloma, pero más bien en una paloma agresiva, debido a su barbilla prominente y sus modales enérgicos.

La acompañaban dos jóvenes, una chica muy bonita de unos diecisiete años y un chico fornido algo mayor. Merthin recordó a sus dos hijos mayores —Dora, una niña delgada enfundada en un vestido harapiento, y John, un muchacho tímido— y se dio cuenta de que eran ellos, mucho mayores. Ahora John levantaba sin esfuerzos los pesados fardos de tela mientras Dora los contaba, haciendo muescas. Aquella escena hizo que Merthin se sintiera viejo. «Sólo tengo treinta y dos años», pensó, pero se sintió mayor al mirar a John.

Madge lanzó un grito de sorpresa y alegría cuando lo vio. Lo abrazó, le plantó sendos besos en sus mejillas barbudas y se puso a hacerle zalamerías a Lolla.

—Había pensado que tal vez la niña podría venir a jugar con tus hijos —dijo Merthin, arrepentido—. Pero, claro, ya son demasiado mayores.

—Dennis y Noah están en la escuela del priorato —le dijo Madge—. Tienen trece y once años. Pero Dora se ocupará de Lolla, le encantan los niños.

La joven mujercita cogió a la hija de Merthin en brazos.

—La gata de los vecinos ha tenido gatitos —le dijo—. ¿Quieres ir a verlos?

Lolla contestó con una larga retahíla de palabras en toscano, que Dora tomó como una respuesta afirmativa y se fueron.

Madge dejó que John acabara de descargar el carro y subió con Merthin al piso de arriba.

—Mark ha ido a Melcombe —le dijo—. Exportamos parte de nuestras telas a la Bretaña y a Gascuña. Debería volver hoy o mañana.

Merthin se sentó en la pieza de recibo de sus amigos y aceptó una jarra de cerveza.

—Parece que Kingsbridge prospera —dijo.

—El comercio de vellón está en declive —respondió Madge—. Es por culpa de los impuestos de guerra. Tenemos que venderlo todo a través de unos cuantos grandes mercaderes para que el rey pueda quedarse con su parte. Aún quedamos unos cuantos mercaderes en Kingsbridge. Petranilla sigue con el negocio que dejó Edmund al morir, pero ya nada es como era. Por suerte, el comercio de las telas acabadas ha crecido y lo ha sustituido, en esta ciudad, como mínimo.

—¿Godwyn aún es el prior?

—Por desgracia, sí.

—¿Aún se dedica a poner trabas a todo el mundo?

—Es muy conservador. Se opone a cualquier cambio y veta toda posibilidad de progreso. Por ejemplo, Mark propuso que se abriera el mercado el sábado y el domingo, como experimento.

—¿Qué objeción podía tener Godwyn a tal propuesta?

—Dijo que eso haría que la gente fuera al mercado, en lugar de acudir a la iglesia, lo cual sería algo terrible.

—Algunas de esas personas quizá habrían ido también a la iglesia el sábado.

—La taza de Godwyn siempre está medio vacía, nunca medio llena.

—¿Y la cofradía gremial no se opone a él?

—No muy a menudo. Ahora Elfric es el mayordomo. Él y Alice se quedaron con casi todo lo que Edmund dejó.

—El mayordomo no tiene por qué ser el hombre más rico de la ciudad.

—Pero acostumbra a serlo. Recuerda, Elfric da trabajo a muchos artesanos: carpinteros, canteros, albañiles, montadores de andamios… y hace negocios con todo aquel que comercia con materiales para la construcción. La ciudad está llena de gente que, de un modo u otro, está obligada a apoyarlo.

—Y Elfric siempre ha mantenido una relación muy estrecha con Godwyn.

—Exacto. Él se encarga de llevar a cabo todos los proyectos de construcción del priorato, lo que equivale prácticamente a todos los proyectos de construcción públicos.

—¡Pero si es un constructor pésimo!

—Qué raro, ¿verdad? —dijo Madge en un tono distraído—. Lo lógico sería que Godwyn quisiera contratar al mejor hombre para el trabajo, pero no es así. Para él, lo más importante es elegir a alguien sumiso, a alguien que obedezca sus deseos sin cuestionarlos.

Merthin se sintió un poco deprimido. No había cambiado nada: sus enemigos aún seguían en el poder. Iba a resultarle difícil reanudar su antigua vida.

—Pues no son buenas noticias para mí. —Se levantó—. Es mejor que vaya a echarle un vistazo a mi isla.

—Estoy segura de que Mark irá a verte en cuanto regrese de Melcombe.

Merthin fue a casa de los vecinos a buscar a Lolla, pero la niña se lo estaba pasando tan bien que la dejó con Dora. Echó a caminar por la ciudad, en dirección a la orilla del río. Les echó otro vistazo a las grietas de su puente, pero no tuvo que observarlas durante mucho tiempo: la causa era obvia. Dio una vuelta por la isla de los Leprosos. Poco había cambiado: había unos cuantos embarcaderos y almacenes en el extremo occidental y sólo una casa, la que le había arrendado a Jimmie, en el extremo oriental, junto a la carretera que conducía de una extensión del puente a la otra.

Cuando tomó posesión de la isla, tenía unos planes muy ambiciosos para sacarle provecho. Nada había ocurrido, por supuesto, durante su exilio. Ahora creía que podría hacer algo. Se puso a caminar de un lado para otro, tomando medidas a ojo de buen cubero y tratando de imaginar edificios e incluso calles, hasta que llegó la hora del almuerzo.

Fue a recoger a Lolla y regresó a la taberna Bell. Bessie le sirvió un sabroso guiso de cerdo espesado con cebada. Apenas había clientes, por lo que la posadera decidió comer con ellos y trajo una jarra de su mejor tinto. Cuando acabaron, le sirvió otra copa, y Merthin le contó sus planes.

—La carretera que cruza la isla, de un puente al otro, es un lugar ideal para abrir comercios —le dijo.

—Y tabernas —añadió Bessie—. Este lugar y el Holly Bush son las posadas más concurridas de la ciudad porque están cerca de la catedral. Cualquier sitio muy transitado es un buen lugar para poner una taberna.

—Si construyera una taberna en la isla de los Leprosos, tú podrías encargarte de ella.

Bessie lo miró a los ojos.

—Podríamos llevarla los dos.

Merthin le sonrió. Había dado buena cuenta de una comida y un vino espléndidos, y a cualquier hombre le habría gustado meterse bajo las sábanas con ella para gozar de su cuerpo suave y sinuoso, pero no podía ser.

—Quería mucho a mi mujer, Silvia —le dijo—. Pero durante todo el tiempo que estuvimos casados, no dejé de pensar en Caris. Y Silvia lo sabía.

Bessie apartó la mirada.

—Qué triste…

—Lo sé. Y no quiero volver a hacerle lo mismo a otra mujer. No me casaré de nuevo, a menos que sea con Caris. No soy un buen hombre, pero tampoco soy tan malo.

—Quizá Caris nunca se case contigo.

—Lo sé.

Bessie se levantó y recogió las escudillas.

—Eres un buen hombre —le dijo—. Demasiado bueno. —Y regresó a la cocina.

Merthin acostó a Lolla para que echara una siesta, luego se sentó en un banco enfrente de la taberna, con vistas a la ladera de la isla de los Leprosos, y empezó a hacer un croquis en una pizarra, disfrutando del sol de septiembre. No pudo avanzar mucho en su boceto porque la mitad de las personas que pasaban junto a él querían darle la bienvenida y preguntarle qué había hecho durante los nueve años anteriores.

Bien entrada la tarde, vio la inmensa figura de Mark Webber que subía por la colina, con un carro que transportaba un tonel. Mark siempre había sido un gigante, pero ahora, observó Merthin, era un gigante orondo.

Merthin le estrechó su enorme mano.

—He estado en Melcombe —le contó Mark—. Voy cada pocas semanas.

—¿Qué hay en ese tonel?

—Vino de Burdeos, directo de un barco, que también me ha traído buenas nuevas. ¿Sabes que la princesa Juana iba de camino a España?

—Sí.

Toda persona de Europa que estuviera bien informada sabía que la hija de quince años del rey Eduardo iba a casarse con el príncipe Pedro, heredero al trono de Castilla. El matrimonio había de forjar una alianza entre Inglaterra y el mayor de los reinos ibéricos, y permitir que Eduardo pudiera concentrarse en su interminable guerra contra Francia sin tener que preocuparse por las posibles intromisiones del sur.

—Bien —exclamó Mark—, pues resulta que Juana ha muerto por culpa de la peste en Burdeos.

Merthin se llevó una sorpresa por partida doble: en parte porque la posición de Eduardo en Francia se había vuelto muy inestable, pero sobre todo porque la peste había llegado muy lejos.

—¿La peste ha alcanzado Burdeos?

—Los cuerpos se amontonan en las calles, según me han contado los marineros franceses.

Merthin estaba desconcertado. Creía que había dejado atrás *la moria grande*. ¿Acaso iba a llegar hasta Inglaterra? No temía por su vida ya que nadie la había contraído dos veces, y Lolla se encontraba entre esas personas que, por algún motivo, no habían sucumbido a ella. Pero temía por todos los demás, en especial por Caris.

Otros pensamientos ocupaban la mente de Mark.

—Has regresado en el momento adecuado. Algunos de los mercaderes más jóvenes se están cansando del modo en que Elfric ejerce su cargo de mayordomo. La mayoría de las veces actúa como mero sirviente de Godwyn. Me estoy planteando la posibilidad de enfrentarme a él. Tú podrías desempeñar un papel muy influyente. Hay una reunión de la cofradía gremial esta noche, ven y te admitiremos de inmediato.

—¿No importará que no acabara mi aprendizaje?

—¿Después de lo que has construido aquí y en el extranjero? No lo creo.

—De acuerdo.

Merthin tenía que ser miembro del gremio si quería construir en la isla. La gente siempre hallaba motivos para oponerse a la construcción de edificios nuevos, y tal vez necesitaría el apoyo de la cofradía, pero no estaba tan convencido como su amigo de que fueran a aceptarlo tan fácilmente.

Mark se fue a llevar el barril de vino a casa, y Merthin entró para darle la cena a Lolla. Al atardecer Mark regresó a la posada y Merthin recorrió con él la calle principal mientras la cálida tarde se convertía en una noche fría.

En otros tiempos, cuando había acudido a presentar el diseño de su puente, la cofradía gremial le había parecido a Merthin un edificio espléndido, pero ahora que había visto los magníficos edificios públicos de Italia, le parecía poco elegante y desvencijado. Se preguntó lo que hombres como Buonaventura Caroli y Loro Fiorentino habrían pensado del tosco zócalo de mampostería, con la celda y la cocina, y de la hilera de pilares dispuestos con bastante ineptitud en el centro de la cámara principal para sostener las vigas del techo.

Mark lo presentó a un puñado de hombres que habían llegado a Kingsbridge, o habían alcanzado cierta prominencia, durante su ausencia. Sin embargo, la mayoría de los rostros le resultaban familiares, aunque eran algo mayores. Merthin saludó a los pocos con los que no se había cruzado durante los últimos dos días. Entre ellos se encontraba Elfric, que vestía de un modo ostentoso y lucía una sobrevesta de brocado, entretejida con hilo de plata. No mostró sorpresa alguna —era obvio que alguien le había dicho que Merthin había regresado—, pero le lanzó una mirada de abierta hostilidad.

También se encontraba presente el prior Godwyn y el suprior, el hermano Philemon. Godwyn, que tenía cuarenta y dos años, se parecía más a su tío Anthony, observó Merthin, debido a las arrugas verticales de descontento quejumbroso que tenía alrededor de la boca. Hacía gala de un aire de afabilidad fingida que podría haber engañado a alguien que no lo conociera. También Philemon había cambiado: ya no era un muchacho enjuto y torpe, sino que se había hinchado como un mercader próspero y se daba unos aires de confianza en sí mismo muy arrogantes; sin embargo, Merthin sabía que aún podía ver, bajo esa fachada, la angustia y el odio que sentía hacia sí mismo aquel adulador servil. Philemon le estrechó la mano como si estuviera tocando una serpiente. Resultaba deprimente comprobar que los odios de antaño aún se mantenían con vida.

Un joven apuesto y de pelo oscuro se santiguó cuando vio a Merthin y se presentó: era el antiguo protegido de Merthin, Jimmie, conocido ahora como Jeremiah Builder. Merthin se alegró de averiguar que había prosperado tanto, que lo habían admitido en la cofradía gremial. Sin embargo, parecía que seguía siendo tan supersticioso como siempre.

Mark le contaba las nuevas sobre la princesa Juana a todo aquel con el que hablaba. Merthin respondió una o dos preguntas inquietas sobre la peste, pero a los mercaderes de Kingsbridge les preocupaba más el hecho de que el desmoronamiento de la alianza con Castilla fuera a prolongar la guerra con los franceses, lo cual era una mala noticia para sus negocios.

Elfric tomó asiento en la gran silla que había enfrente de la balanza gigante para pesar los costales de lana y dio comienzo a la reunión. Mark propuso de inmediato que se admitiera a Merthin como miembro.

Como era de esperar, Elfric se opuso.

—Nunca ha sido miembro de la cofradía porque no finalizó su aprendizaje.

—Porque no quiso casarse con tu hija, querrás decir —dijo uno de los hombres, y todos se rieron.

Merthin se tomó un instante para identificar al que había hablado: era Bill Watkin, el maestro constructor. El pelo negro alrededor de su coronilla empezaba a encanecer.

—Porque no es un artesano del nivel exigido —insistió tercamente Elfric.

—¿Cómo puedes decir eso? —protestó Mark—. Ha construido casas, iglesias, palacios...

—Y nuestro puente, que está empezando a agrietarse tras sólo ocho años.

—Tú construiste eso, Elfric.

—Seguí a pies juntillas el diseño de Merthin. Salta a la vista que los arcos no son lo bastante fuertes para soportar el peso del pavimento y del tránsito. Las abrazaderas de hierro que instalé no han bastado para impedir que las grietas se hagan más grandes. Por lo tanto, propongo reforzar los arcos a ambos lados del pilar central, en ambos puentes, con una segunda capa de mampostería para doblar su grosor. Como he pensado que el tema podría surgir a lo largo de la reunión, he preparado unos cálculos aproximados del coste.

Elfric debía de haber empezado a planear ese ataque desde el momento en que supo que Merthin había regresado a la ciudad. Siempre lo había considerado un enemigo: nada había cambiado. No obstante, no había entendido correctamente el problema que tenía el puente, lo que le brindó una oportunidad de oro a Merthin.

Le preguntó a Jeremiah en voz baja:

—¿Podrías hacerme un favor?

—¿Después de todo lo que has hecho por mí? ¡Lo que sea!

—Ve al priorato y pide que te dejen hablar con la hermana Caris urgentemente. Dile que busque los planos originales que hice del puente. Deberían estar en la biblioteca del priorato. Tráelos de inmediato.

Jeremiah salió de la sala.

Elfric prosiguió:

—Debo deciros, cofrades, que ya he hablado con el prior Godwyn, quien me ha dicho que el priorato no puede sufragar los gastos de esta reparación. Vamos a tener que financiarlo, del mismo modo en que financiamos el coste original del puente, cantidad que recuperaremos con el dinero obtenido del pontazgo.

Un murmullo recorrió la cámara. Se desató una larga discusión que fue subiendo de tono sobre la cantidad que tendría que aportar cada cofrade. Merthin percibió la animadversión que se estaba forjando contra él. Sin duda, eso era precisamente lo que Elfric pretendía. Merthin no apartaba la vista de la puerta, ansioso por ver regresar a Jeremiah.

Bill Watkin dijo:

—Quizá Merthin debería pagar la reparación, si la culpa es de su diseño.

Merthin no podía permanecer ajeno a la discusión durante más tiempo y abandonó su actitud prudente.

—Estoy de acuerdo —declaró.

Su comentario provocó un silencio de sorpresa.

—Si mi diseño ha causado las grietas, sufragaré la reparación del puente con mi dinero —afirmó de un modo temerario.

Los puentes eran muy costosos: si resultaba que era él quien se equivocaba, podría costarle la mitad de su fortuna.

Bill dijo:

—Noble respuesta, sin duda.

Merthin añadió:

—Pero, antes, quiero decir algo si los cofrades me lo permiten. —Miró a Elfric.

El mayordomo titubeó; saltaba a la vista que intentaba encontrar un motivo para denegar la petición de Merthin. Pero Bill exclamó:

—Dejadlo hablar. —Y los demás asintieron al unísono.

Elfric accedió, a regañadientes.

—Gracias —dijo Merthin—. Cuando un arco es débil, se agrieta de un modo muy característico. Las piedras situadas en la parte superior del arco se ven sometidas a una gran presión descendente, de modo que los bordes inferiores se abren y aparece una grieta junto a la clave, en el intradós, la superficie interior.

—Eso es cierto —admitió Bill Watkin—. He visto ese tipo de grietas muchas veces. No acostumbra a ser grave.

Merthin prosiguió:

—Ése no es el tipo de grieta que veis en el puente. Al contrario de lo que ha dicho Elfric, esos arcos son lo bastante fuertes: el grosor del arco es de una vigésima parte de su diámetro en la base, que es la proporción estándar en todos los países.

Los constructores que había en la sala asintieron. Todos conocían esa proporción.

—La clave está intacta. Sin embargo, hay grietas horizontales en el arranque del arco, a ambos lados del pilar central.

Bill tomó la palabra de nuevo.

—A veces ocurre lo mismo con las bóvedas cuadripartitas.

—Pero no es el caso de este puente —remarcó Merthin—, cuyas bóvedas son sencillas.

—Entonces, ¿cuál es la causa?

—Elfric no siguió mi diseño original.

El mayordomo exclamó:

—¡Sí que lo seguí!

—Precisé que había que poner un montón de fragmentos de roca sueltos en la base de los pilares.

—¿Un montón de piedras? —preguntó Elfric en tono burlón—. ¿Y dices que eso es lo que va a mantener tu puente en pie?

—Así es —replicó Merthin. Se dio cuenta de que incluso los constructores reunidos en aquella sala compartían el escepticismo de Elfric. Pero no sabían nada sobre puentes, que eran distintos a cualquier otro tipo de edificio porque tenían la base en el agua—. Los fragmentos de roca eran una parte esencial del diseño.

—No es cierto, no aparecían en los planos.

—¿Podrías mostrarnos mis planos, Elfric, para demostrar que tienes razón?

—Ese suelo para trazar ya no existe.

—Hice unos planos en pergamino. Deberían estar en la biblioteca del priorato.

Elfric miró a Godwyn. En ese momento, la complicidad entre ambos hombres era flagrante, y Merthin esperó que el resto de los cofrades se percatara de ella. Godwyn dijo:

—El pergamino es costoso. Hace tiempo que borramos tus planos para poder reutilizarlo.

Merthin asintió como si creyera a Godwyn. Jeremiah aún no había vuelto. Tal vez tendría que ganar la discusión sin la ayuda de los planos originales.

—Las piedras habrían ayudado a prevenir el problema que está causando las grietas —dijo.

Philemon metió baza:

—¿Qué ibas a decir, si no? Pero ¿por qué íbamos a creerte? Es tu palabra contra la de Elfric.

Merthin se dio cuenta de que iba a tener que arriesgarse. «Todo o nada», pensó.

—Os diré cuál es el problema, y os lo demostraré, si mañana os reunís conmigo al amanecer, en la orilla del río.

La cara de Elfric reflejaba que quería rechazar el reto, pero Bill Watkin se le adelantó:

—¡De acuerdo! ¡Ahí estaremos!

—Bill, ¿puedes traer a dos mozos sensatos que sepan nadar y bucear bien?

—Eso está hecho.

Elfric había perdido el control de la reunión, de modo que Godwyn intervino y se reveló como la persona que manejaba los hilos.

—¿Qué farsa estás tramando? —preguntó, hecho una furia.

Pero ya era demasiado tarde. Los demás sentían curiosidad.

—Dejemos que defienda su postura —dijo Bill—. Si es una farsa, lo averiguaremos dentro de poco.

En ese instante, entró Jeremiah. Merthin se alegró al ver que llevaba un gran pergamino enmarcado en madera. Elfric se quedó mirando fijamente a Jeremiah, boquiabierto.

Godwyn palideció y le preguntó:

—¿Quién te ha dado eso?

—Una pregunta muy reveladora —exclamó Merthin—. El padre prior no pregunta a qué corresponde ese dibujo, ni de dónde ha salido… Parece ser que ya lo sabe. Tan sólo se pregunta quién se lo ha dado.

Bill exclamó:

—Eso no importa. Enséñanoslo, Jeremiah.

El joven se situó frente a la balanza y le dio la vuelta al marco para que todo el mundo pudiera ver el dibujo. En las bases de los pilares aparecían los montones de piedra de los que habían hablado.

Merthin se levantó.

—Por la mañana os explicaré cuál es su función.

El verano empezaba a dar paso al otoño, y al amanecer hacía frío en la orilla del río. Había corrido la voz de que iba a tener lugar un acontecimiento extraordinario y, además de los miembros de la cofradía gremial, se habían reunido doscientas o trescientas personas más que querían ver el enfrentamiento entre Merthin y Elfric. Incluso Caris había asistido. Merthin se dio cuenta de que ya no se trataba de una mera discusión sobre problemas de ingeniería. Él era el joven que desafiaba la autoridad del toro viejo, y el rebaño así lo entendía.

Bill Watkin había llevado a dos mozos de doce o trece años, que estaban en calzones, tiritando de frío. Resultaron ser los hijos menores de Mark Webber, Dennis y Noah. Dennis, de trece años, era bajito y fornido, como su madre. Tenía el pelo castaño rojizo, del color de las hojas en otoño. Noah, dos años más joven, era más alto y, a buen seguro, llegaría a ser tan grande como Mark. Merthin se sentía identificado con el bajito pelirrojo. Se preguntó si Dennis se avergonzaba, tal y como le había ocurrido al propio Merthin a su edad, de tener un hermano pequeño que era más grande y fuerte.

Merthin pensó que tal vez Elfric pondría reparos a que fueran los hijos de Mark los que se sumergieran en el agua, alegando que su padre podría haberlos informado de antemano sobre lo que tenían que decir. No obstante, Elfric no dijo nada. Mark era demasiado honesto para que alguien sospechara algo así de él, y quizá Elfric se había dado cuenta de ello, o, más probablemente, había sido Godwyn.

Merthin les dijo a los chicos qué tenían que hacer.

—Id nadando hasta el pilar central, luego sumergíos. Veréis que el pilar es liso a medida que se hunde en el agua. Luego vienen los cimientos, un gran montón de piedras fijadas con argamasa. Cuando lleguéis al lecho del río, palpad bajo los cimientos. Seguramente no veréis nada porque el agua estará demasiado turbia, pero aguantad la respiración tanto como podáis e investigad concienzudamente alrededor de la base. Luego subid a la superficie y decidnos qué habéis visto.

Los dos chicos se tiraron al agua y echaron a nadar. Merthin se dirigió a la multitud que se había reunido allí.

—El lecho de este río no es de roca, sino de barro. La corriente se arremolina alrededor de los pilares de un puente y draga el barro que hay debajo, lo que deja una depresión que sólo se llena con agua. Eso es lo que le ocurrió al antiguo puente de madera. Los pilares de roble no reposaban en el lecho del río, sino que colgaban de la superestructura, y por eso se derrumbó. Para evitar que ocurriera lo mismo con el puente nuevo, especifiqué que se depositaran montones de fragmentos de roca alrededor de la base de los pilares, como protección de escollera. Esos montones quiebran el curso de la corriente, por lo que su acción es irregular y débil. Sin embargo, no se colocaron esos montones y por eso los pilares están sufriendo daños. Ya no aguantan el peso del puente, sino que cuelgan de él, motivo por el cual han aparecido esas grietas en el arranque de los arcos.

Elfric dio un resoplido de escepticismo, pero los demás maestros constructores parecían intrigados. Los dos chicos llegaron a la mitad de la corriente, tocaron el pilar central, tomaron aire y desaparecieron.

Merthin dijo:

—Cuando regresen, nos dirán que el pilar no reposa sobre el lecho del río, sino que cuelga sobre un hueco, lleno de agua, tan grande que cabría un hombre dentro.

Esperaba tener razón.

Ambos chicos permanecieron bajo el agua durante un tiempo asombrosamente largo. Merthin estaba casi sin aliento, como si lo hubiera hecho por solidaridad con los niños. Al final una cabeza pelirroja asomó en la superficie, seguida de otra de color castaño. Los dos chicos conversaron un instante y asintieron, como si estuvieran de acuerdo en que ambos habían visto lo mismo. Luego echaron a nadar hacia la orilla.

Merthin no las tenía todas consigo sobre su diagnóstico, pero no se le ocurría otra explicación para las grietas. Además, había sentido la necesidad de fingir que estaba muy seguro de sí mismo. Si ahora resultaba que estaba equivocado, quedaría como un estúpido.

Los chicos llegaron a la orilla y salieron del agua jadeando. Madge les dio unas mantas, que se echaron sobre los hombros temblorosos. Merthin les dio un tiempo para que recuperaran la respiración y luego les preguntó:

—¿Y bien? ¿Qué habéis encontrado?

—Nada —respondió Dennis, el mayor.

—¿A qué os referís, con nada?

—Que no hay nada bajo el pilar.

Elfric parecía jubiloso.

—Sólo el lodo del lecho del río, queréis decir.

—¡No! —exclamó Dennis—. No hay lodo, sólo agua.

Noah añadió:

—¡Hay un agujero tan grande que me podría haber metido en él fácilmente! Ese gran pilar se sostiene en el agua, sin nada debajo.

Merthin intentó reprimir su sensación de alivio.

Elfric bramó:

—Aun así no tiene autoridad alguna para decir que un montón de piedras sueltas habrían resuelto el problema.

Pero nadie le escuchaba ya. A los ojos de los presentes, Merthin había demostrado que tenía razón. Todos se congregaron en torno a él para hacerle preguntas y comentarios. Al cabo de un instante, Elfric se marchó, solo.

Merthin sintió una fugaz punzada de compasión. Entonces recordó cómo, cuando era un aprendiz, Elfric le había pegado en la cara con un listón de madera. Su compasión se evaporó en el aire frío de la mañana.

56

A la mañana siguiente un monje fue a ver a Merthin a la posada Bell. Al principio, cuando se quitó la capucha, Merthin no lo reconoció de inmediato, pero luego se fijó en que tenía el brazo izquierdo cortado a la altura del codo y se dio cuenta de que era el hermano Thomas, que debía de tener unos cuarenta años, con una barba gris y unos profundos surcos alrededor de los ojos y la boca. Merthin se preguntó si, a pesar de los años que habían pasado, su secreto seguía siendo peligroso. ¿Correría peligro la vida de Thomas, incluso habiendo pasado ya tantos años, si saliera a la luz la verdad?

No obstante, Thomas no había ido a verlo para hablar de eso.

—Tenías razón con respecto al puente —le dijo.

Merthin asintió. Sentía una suerte de satisfacción amarga. Tenía razón, pero el prior Godwyn lo había despedido y, por lo tanto, su puente nunca sería perfecto.

—Por aquel entonces ya quise explicar la importancia de esas piedras —le confió—, pero sabía que Elfric y Godwyn jamás me escucharían. De modo que se lo conté a Edmund Wooler, que luego murió.

—Deberías habérmelo dicho.

—Ojalá lo hubiera hecho.

—Acompáñame a la iglesia —le pidió Thomas—. Como eres capaz de hacer un diagnóstico tan preciso a partir de unas cuantas grietas, me gustaría mostrarte algo, si no te importa.

Condujo a Martin hasta el crucero sur. Ahí y en el pasillo sur del coro, Elfric había reconstruido los arcos, tras el derrumbe parcial que había tenido lugar once años antes. Merthin vio de inmediato el motivo de la preocupación de Thomas: las grietas habían reaparecido.

—Dijiste que volverían a salir —repuso Thomas.

—A menos que descubrierais la raíz del problema, sí.

—Tenías razón. Elfric se equivocó en dos ocasiones.

Merthin sintió un atisbo de emoción. Si había que reconstruir la torre...

—Tú lo sabes, pero ¿y Godwyn?

Thomas no respondió a la pregunta.

—¿Cuál crees que puede ser la raíz del problema?

Merthin se concentró en el problema. Nunca había dejado de darle vueltas a aquello a lo largo de los años.

—No es la torre original, ¿verdad? —le preguntó—. Según el *Libro de Timothy*, se ha reconstruido y es más alta.

—Hace alrededor de un siglo, sí, cuando el comercio de la lana virgen estaba en pleno auge. ¿Crees que la hicieron demasiado alta?

—Depende de los cimientos.

El emplazamiento de la catedral estaba ligeramente inclinado hacia el sur, hacia el río, lo cual podría ser un factor a tener en cuenta. Recorrió el crucero, bajo la torre, hasta el transepto norte. Se detuvo a los pies del enorme pilar de la esquina noreste del crucero y alzó la vista, hacia el arco que se extendía sobre su cabeza, por encima del pasillo norte del coro, hasta el muro.

—Lo que me preocupa es el pasillo sur —dijo Thomas, con cierto deje de malhumor—. Aquí no hay ningún problema.

Merthin señaló arriba.

—Hay una grieta en la superficie interior del arco, en el intradós, en la clave —replicó—. Eso acostumbra a suceder en los puentes, cuando los pilares no están bien cimentados y empiezan a abrirse.

—¿Qué quieres decir? ¿Que la torre se está separando del transepto norte?

Merthin se dirigió al otro extremo del crucero para observar el arco del lado sur.

—Éste también está agrietado, pero en el lado superior, en el extradós, ¿lo ves? El muro que hay encima también tiene grietas.

—No son muy grandes.

—Pero nos dicen lo que está ocurriendo. En el lado norte, el arco se está tensando; en el sur, se está contrayendo. Eso significa que la torre se desplaza hacia el sur.

Thomas alzó la vista con cautela.

—Parece recta.

—A simple vista no se ve. Pero si subes a la torre y lanzas una plomada desde lo alto de una de las columnas del crucero, justo por debajo del arranque del arco, comprobarás que cuando llegue al suelo estará separada varios centímetros de la columna. Y, como la torre se inclina, se separa del muro del coro, que es donde están los peores daños.

—¿Qué se puede hacer?

A Merthin le entraron ganas de decirle: «Tenéis que encargarme la construcción de una torre nueva». Pero aquello habría sido demasiado prematuro.

—Hay que hacer muchas más pruebas antes de construir algo —dijo, ocultando todo atisbo de emoción—. Estamos convencidos de que las grietas han aparecido porque la torre se mueve, pero ¿por qué se mueve?

—¿Y cómo vamos a averiguarlo?

—Hay que excavar un agujero —dijo Merthin.

Al final, fue Jeremiah quien excavó el agujero. Thomas no quiso contratar a Merthin directamente. Ya era lo bastante difícil, dijo, conseguir que Godwyn sufragara el coste de las pruebas. Daba la sensación de que el prior nunca tenía dinero, pero no podía encargarle el trabajo a Elfric, que habría dicho que no había nada que investigar. Así pues, llegaron al acuerdo de que contratara al antiguo aprendiz de Merthin.

Jeremiah había aprendido mucho de su maestro y le gustaba trabajar rápido. El primer día, levantó el enlosado del transepto sur. Al día siguiente, sus hombres empezaron a excavar la tierra que había alrededor del enorme pilar sureste del crucero.

Cuando el agujero alcanzó una gran profundidad, Jeremiah mandó construir un cabrestante de madera para extraer la tierra. A la segunda semana tuvo que construir unas escaleras de madera en los laterales del hoyo para que los jornaleros pudieran llegar hasta el fondo.

Mientras tanto, la cofradía gremial concedió a Merthin el contrato para la reparación del puente. Elfric se oponía a la decisión, por supuesto, pero no estaba en posición de decir que fuera el más indicado para el trabajo, y apenas se molestó en discutir.

Merthin se puso manos a la obra rápidamente y con energía. Construyó ataguías alrededor de los dos pilares afectados, las drenó y empezó a llenar los agujeros que había bajo los pilares con cascotes y argamasa. Luego rodearía los pilares con las piedras para las protecciones de escollera que había reclamado desde el principio. Y, para acabar, quitaría las horribles abrazaderas de hierro de Elfric y rellenaría las grietas con argamasa. Si los cimientos saneados mantenían la solidez, no volverían a aparecer las grietas.

Sin embargo, el trabajo que de veras ansiaba era la reconstrucción de la torre.

No iba a ser fácil. Tendría que lograr que su diseño fuera aprobado por el priorato y la cofradía gremial, que en esos momentos estaban dirigidos por sus dos peores enemigos, Godwyn y Elfric. Además, Godwyn tendría que conseguir el dinero.

Como primer paso para lograr su objetivo, Merthin le pidió a Mark que se presentara a las elecciones para escoger mayordomo y sustituir a Elfric. El cargo de mayordomo se elegía una vez al año, el día de Todos los Santos, el 1 de noviembre. En la práctica, la mayoría de los mayordomos eran reelegidos sin oposición alguna hasta que se retiraban o morían. Sin embargo, no cabía duda de que la competencia estaba permitida. De hecho, el propio Elfric se había propuesto para el cargo mientras Edmund Wooler aún lo ostentaba.

No le costó un gran esfuerzo convencer a Mark. Su amigo tenía muchas ganas de poner fin al mandato de Elfric, cuyos vínculos con Godwyn eran tan estrechos que no tenía mucho sentido mantener la cofradía gremial. La ciudad estaba gobernada por el priorato, que mostraba una actitud estrecha de miras, conservadora y recelosa hacia las ideas nuevas, sin tener en cuenta los intereses de los ciudadanos.

Así pues, ambos candidatos empezaron a buscar apoyos. Elfric tenía sus partidarios, principalmente la gente a la que contrataba o a la que compraba materiales. Sin embargo, había perdido mucha credibilidad en la discusión sobre el puente, y sus partidarios estaban alicaídos. Los defensores de Mark, por contra, se mostraban entusiasmados.

Merthin acudía a diario a la catedral y examinaba los cimientos de la inmensa columna, a medida que los hombres de Jeremiah iban excavando. Los cimientos estaban hechos con la misma piedra que el resto de la iglesia, dispuesta en capas con argamasa, pero labrada con menor esmero, puesto que no iba a estar a la vista. Cada capa era un poco más ancha que la anterior, dispuesta en forma piramidal. A medida que la excavación avanzaba, Merthin examinaba cada capa en busca de alguna falla, pero no encontraba ninguna. No obstante, estaba convencido de que al final daría con ella.

Merthin no le contó a nadie lo que tenía en mente. Si sus sospechas eran acertadas, y la torre del siglo XIII era demasiado pesada para los cimientos del siglo XII, la solución tendría que ser drástica: habría que demoler la torre y construir una nueva. Y la nueva torre sería la más alta de Inglaterra...

Un día a mediados de octubre, Caris apareció en la excavación. Era muy temprano, y el sol del invierno atravesaba el gran ventanal este. La monja se detuvo en el borde del hoyo, con la capucha alrededor de la cabeza, como si fuera una aureola. El corazón de Merthin empezó a latir con más fuerza. Quizá ya tenía una respuesta. Subió la escalera con brío.

Caris estaba tan hermosa como siempre, a pesar de que la luz del sol revelaba las pequeñas imperfecciones causadas por el paso del tiempo. Su piel ya no era tan suave y tenía unas pequeñas arrugas en la comisura de la boca, pero sus ojos verdes aún refulgían con esos destellos de inteligencia y vivacidad que tanto le gustaban.

Recorrieron juntos el pasillo sur de la nave y se detuvieron cerca del pilar que siempre le recordaba el día que la había acariciado a hurtadillas.

—Me alegro de verte —le dijo—. Te has escondido de mí.

—Soy una monja, tengo que permanecer escondida.

—Pero estás pensando en renunciar a tus votos.

—Aún no he tomado una decisión.

Aquellas palabras fueron un duro golpe.

—¿Cuánto tiempo necesitas?

—No lo sé.

Merthin apartó la mirada. No quería que ella se diera cuenta de lo mucho que le dolían sus dudas. No abrió la boca. Podría haberle dicho que su actitud era poco razonable, pero ¿de qué le habría servido?

—Supongo que más tarde o más temprano irás a visitar a tus padres a Tench.

Él asintió.

—Dentro de poco; querrán conocer a Lolla. —Él también tenía ganas de verlos y sólo había retrasado la visita porque se había implicado mucho en las tareas de rehabilitación del puente y de la torre.

—En tal caso, me gustaría que hablaras con tu hermano sobre Wulfric de Wigleigh.

Merthin quería hablar sobre Caris y él, no sobre Wulfric y Gwenda. Aun así, su respuesta fue serena.

—¿Qué quieres que le diga a Ralph?

—Wulfric está trabajando sin recibir nada a cambio, sólo comida, porque Ralph no quiere darle ni un pedazo de tierra para que lo cultive.

Merthin se encogió de hombros.

—Wulfric le rompió la nariz.

Tenía la sensación de que la conversación iba a tornarse en discusión, y se preguntó por qué estaba furioso. Hacía semanas que Caris no le dirigía la palabra, pero había roto su silencio por Gwenda. Se dio cuenta de que se sentía celoso del lugar que ocupaba Gwenda en su corazón. Era un sentimiento indigno, se dijo a sí mismo; pero no podía evitarlo.

Caris se sonrojó de ira.

—¡Eso ocurrió hace doce años! ¿No es hora de que Ralph deje de castigarlo?

Merthin había olvidado las agrias discrepancias que Caris y él tenían a menudo, pero entonces se dio cuenta de que esa fricción le resultaba familiar. Él le respondió con desdén.

—Por supuesto que es hora de que deje de castigarlo… en mi opinión. Pero la opinión que cuenta es la de Ralph.

—Entonces intenta hacerle cambiar de opinión —le espetó ella.

A Merthin le molestaba su actitud imperiosa.

—Estoy a tus órdenes —le dijo Merthin en tono burlón.

—¿A qué viene esa ironía?

—Pues a que no estoy a tus órdenes, faltaría más, aunque parece que tú así lo creas. Y me siento un poco estúpido por estar pendiente de tus vaivenes.

—Oh, por el amor de Dios —exclamó Caris—. ¿Te ofende que te lo haya pedido?

Por algún motivo, Merthin estaba convencido de que ella había tomado la decisión de rechazarlo y quedarse en el convento, pero intentó controlar sus emociones.

—Si fuéramos un matrimonio podrías pedirme lo que quisieras. Pero puesto que mantienes abierta la opción de rechazarme, me parece un poco presuntuoso por tu parte que esperes mi ayuda. —Se dio cuenta de lo pomposa que había sido su respuesta, pero no pudo evitarlo. Si revelaba sus verdaderos sentimientos, rompería a llorar.

Ella estaba demasiado ofuscada por la indignación para reparar en la angustia que sentía Merthin.

—¡Ni tan siquiera estoy pidiendo algo para mí! —se quejó.

—Sé que es tu generosidad de espíritu lo que te impulsa a pedirme este favor, pero, aun así, tengo la sensación de que me estás utilizando.

—De acuerdo, pues no lo hagas.

—Por supuesto que lo haré.

De repente se dio cuenta de que no podía guardar más la compostura. Se volvió y se marchó, temblando de pies a cabeza a causa de una pasión que no podía identificar. Mientras recorría la nave lateral de la gran iglesia, se esforzaba por recuperar el control de sí mismo. Llegó a la excavación. Lo que acababa de ocurrir era una estupidez, pensó. Volvió la vista atrás, pero Caris había desaparecido.

Se quedó al borde del agujero, mirando hacia abajo, esperando que amainara la tormenta que lo agitaba por dentro.

Al cabo de un rato la excavación alcanzó una fase crucial. A nueve metros por debajo de él, los hombres habían llegado más allá de los cimientos de mampostería y empezaban a dejar al descubierto lo que había debajo. En ese momento no podía hacer nada más con respecto a Caris; lo mejor era que se concentrara en su trabajo. Respiró hondo, tragó saliva y descendió por la escalera.

Era el momento de la verdad. El daño que le había causado la visita de Caris empezó a desaparecer en cuanto vio trabajar a los hombres. Palada a palada, iban extrayendo el barro. Merthin estudió el estrato de la tierra que había bajo los cimientos: parecía una mezcla de arena y piedras. A medida que los hombres quitaban el barro, la arena caía en el hoyo que estaban cavando.

Merthin les ordenó que pararan.

Se arrodilló y tomó un puñado de la arena. No se parecía a la tierra que había alrededor. No era algo propio del lugar, por lo tanto tenían que haberlo puesto los albañiles. La emoción del descubrimiento se apoderó de él y mitigó el dolor que le había causado Caris.

—¡Jeremiah! —gritó—. Ve a buscar al hermano Thomas, tan rápido como puedas.

Les dijo a los hombres que siguieran cavando, pero que redujeran el diámetro del agujero: llegados a ese punto, la propia excavación podía ser peligrosa para la estructura. Al cabo de poco Jeremiah regresó con Thomas y los tres observaron a los hombres mientras éstos seguían cavando. Al final, la capa de arena se acabó, y el siguiente estrato resultó ser el barro típico de la zona.

—Me pregunto qué es esa sustancia arenosa —dijo Thomas.

—Creo que lo sé —respondió Merthin.

Intentó reprimir su júbilo. Había predicho, hacía años, que los arreglos de Elfric no servirían de nada a menos que se descubriera la raíz del problema, y tenía razón, pero nunca era aconsejable decir: «Yo ya os lo dije».

Thomas y Jeremiah lo miraban expectantes.

Merthin procedió a explicarse:

—Cuando se cava un agujero para poner los cimientos, hay que cubrir el fondo con una mezcla de cascotes y argamasa. Luego se pone la mampostería encima. Es un sistema perfectamente válido, siempre que los cimientos sean proporcionales a la construcción que deben sustentar.

Thomas dijo, impaciente:

—Ambos lo sabemos.

—Lo que ha ocurrido aquí es que se erigió una torre mucho más alta sobre unos cimientos que no estaban pensados para ella. El peso añadido, al cabo de cien años, ha triturado esa capa de cascotes y argamasa, y la ha convertido en arena. La arena no tiene cohesión y, sometida a una gran presión, se ha expandido hacia la tierra adyacente, lo que ha provocado que la mampostería que había encima se hundiera. Las consecuencias son peores en el lado sur porque el terreno se inclina de forma natural en esa dirección. —Sintió una gran satisfacción por haber deducido la causa del problema.

Los otros dos permanecieron en actitud meditabunda. Al final Thomas dijo:

—Supongo que tendremos que reforzar los cimientos.

Jeremiah negó con la cabeza.

—Antes de poner algún refuerzo bajo la mampostería, tendríamos que quitar toda la arena, y eso dejaría los cimientos sin apoyo. La torre se caería.

Thomas estaba perplejo.

—Entonces, ¿qué podemos hacer?

Ambos miraron a Merthin, que respondió:

—Construir un techo temporal sobre el crucero, levantar andamios y desmontar la torre, piedra a piedra. Luego podremos reforzar los cimientos.

—Entonces tendríamos que construir una torre nueva.

Aquello era lo que Merthin quería, pero no lo dijo. Thomas podría pensar que sus aspiraciones le habían nublado el juicio.

—Eso me temo —constató con fingido pesar.

—Al prior Godwyn no le gustará.

—Lo sé —admitió Merthin—. Pero no creo que tenga otra elección.

Al día siguiente, Merthin partió a caballo de Kingsbridge, con Lolla sentada delante de él. Mientras avanzaban por el bosque, repasó de forma obsesiva la tensa conversación que había mantenido con Caris. Sabía que se había comportado de un modo algo innoble, lo cual era una insensatez ya que estaba intentando recuperar su amor. ¿Qué le había ocurrido? Lo que le había pedido Caris era algo del todo razonable. ¿Por qué demonios no estaba dispuesto a hacerle un pequeño favor a la mujer con la que quería casarse?

Sin embargo, ella no había aceptado su petición de matrimonio y se reservaba el derecho a rechazarlo. Aquélla era la causa de su ira: Caris estaba ejerciendo los privilegios de una prometida sin llegar a comprometerse.

Se dio cuenta de que era una mezquindad por su parte negarse a ayudarla por esos motivos. Se había comportado como un necio y había convertido lo que podría haber sido un agradable momento de intimidad en una riña.

Por otra parte, la causa subyacente de su aflicción era bien real. ¿Cuánto tiempo iba a hacerlo esperar Caris para darle una respuesta? ¿Cuánto tiempo iba a poder esperar él? No le gustaba pensar en aquello.

Sea como fuere, convencer a Ralph de que dejara de maltratar a Wulfric sólo podía hacerle bien.

Tench estaba en el otro extremo de la comarca, por lo que Merthin tuvo que hacer noche en Wigleigh, donde soplaba un fuerte viento. Encontró a Gwenda y a Wulfric muy delgados tras un verano de lluvias y tras una pobre cosecha por segundo año consecutivo. La cicatriz de Wulfric parecía resaltar aún más en aquella mejilla hundida. Sus dos hijos estaban pálidos, moqueaban y tenían llagas en los labios.

Merthin les dio una pata de cordero, un pequeño barril de vino y un florín de oro, y les dijo que eran presentes de parte de Caris. Gwenda puso la pata de cordero al fuego. Estaba poseída por la furia y se despachó a gusto, hablando de la injusticia que habían cometido con ellos.

—¡Perkin posee casi la mitad de las tierras del pueblo! —exclamó—. El único motivo por el que puede administrarlo todo es porque tiene a Wulfric, que hace el trabajo de tres hombres. Y aun así, siempre pide más y nos tiene sumidos en la pobreza.

—Siento que aún os guarde tanto rencor —dijo Merthin.

—¡El propio Ralph provocó la pelea! —replicó Gwenda—. Hasta lady Philippa lo dijo.

—Viejas rencillas —terció Wulfric, hablando en tono sereno.

—Intentaré hacerlo entrar en razón —prometió Merthin—. A pesar de que es poco probable, si me escucha, ¿qué queréis de él?

—Ah —exclamó Wulfric, con una mirada ausente, un gesto poco habitual en él—. Todos los domingos rezo para recuperar las tierras que cultivaba mi padre.

—Eso nunca ocurrirá —se apresuró a decir Gwenda—. Perkin está muy bien atrincherado. Si muriera, tiene un hijo y una hija casada que están esperando recibir la herencia, y dos nietos que no paran de crecer. Pero nos gustaría tener nuestro propio terreno. Durante los últimos once años Wulfric se ha deslomado para alimentar a los hijos de otros hombres. Ya es hora de que obtenga algún beneficio de su esfuerzo.

—Le diré a mi hermano que ya os ha castigado durante suficiente tiempo —prometió Merthin.

Al día siguiente, Lolla y él partieron de Wigleigh en dirección a Tench. Merthin estaba aún más decidido a hacer algo por Wulfric. No era sólo que quisiera complacer a Caris y reparar su actitud arisca, sino que también se sentía triste e indignado por el hecho de que dos personas tan honradas y trabajadoras como Wulfric y Gwenda fueran pobres y estuvieran tan demacradas, y que sus hijos fueran tan enfermizos, sólo por las ansias de venganza de Ralph.

Sus padres vivían en una casa del pueblo, no en la residencia de Ralph, en Tench Hall. Merthin se quedó muy sorprendido al ver lo mucho que había envejecido su madre, a pesar de que la mujer se animó al ver a Lolla. Su padre tenía mejor aspecto.

—Ralph se porta muy bien con nosotros —se apresuró a decir Gerald, en un tono muy a la defensiva que hizo que Merthin pensara justo lo contrario.

La casa era agradable, pero habrían preferido vivir con Ralph. Merthin sospechaba que su hermano no quería que su madre viera todo lo que hacía.

Le enseñaron la casa, y Gerald le preguntó a su hijo cómo iban las cosas en Kingsbridge.

—La ciudad sigue prosperando a pesar de los efectos de la guerra del rey en Francia —contestó Merthin.

—Ah, pero Eduardo ha de luchar por su derecho de nacimiento —replicó el padre—. Al fin y al cabo, es el heredero legítimo al trono de Francia.

—Creo que eso es una ilusión, padre. Por mucho que el rey se obstine en invadir Francia, la nobleza francesa jamás aceptará a un inglés como soberano. Y un monarca no puede gobernar sin el apoyo de sus condes.

—Pero tuvimos que detener las incursiones francesas en nuestros puertos del sur.

—Eso no ha sido un problema importante desde la batalla de Sluys, cuando destruimos la flota francesa, lo cual ocurrió hace ocho años. Además, quemar las cosechas de los campesinos no detendrá a los piratas, más bien al contrario.

—Los franceses apoyan a los escoceses, que no paran de invadir nuestros condados del norte.

—¿No te parece que el rey podría hacer frente mejor a las incursiones escocesas si estuviera en el norte de Inglaterra, en lugar del norte de Francia?

Gerald pareció quedarse desconcertado. A buen seguro nunca se le había ocurrido poner en tela de juicio la decisión de ir a la guerra contra los franceses.

—Ralph ha sido armado caballero —dijo—. Y le ha traído un candelabro de plata de Calais a tu madre.

De eso se trataba, pensó Merthin. El verdadero motivo para ir a la guerra era el botín y la gloria.

Todos fueron caminando hasta la casa señorial. Ralph había salido a cazar con Alan Fernhill. En la cámara principal había una gran silla de madera tallada, sin duda la del señor. Merthin vio a una chica joven en avanzado estado de gestación y a la que tomó por una joven sirvienta. Sin embargo, se quedó consternado cuando se la presentaron como la mujer de Ralph, Tilly, quien se fue a la cocina por vino.

—¿Cuántos años tiene? —le preguntó Merthin a su madre cuando su cuñada no estaba.

—Catorce.

No era extraordinario que las chicas se quedaran encinta a la edad de catorce años, pero Merthin opinaba que la gente decente se comportaba de otro modo. Los embarazos a una edad tan temprana acostumbraban a ocurrir en la realeza, que estaba sometida a una gran presión política para alumbrar a herederos, y también entre los campesinos más ignorantes y de clase más baja, que simplemente no llegaban a más. Las clases medias tenían unos principios más elevados.

—Es un poco joven, ¿no te parece? —preguntó Merthin.

Maud respondió:

—Todos le pedimos a Ralph que esperara, pero no nos hizo caso.
—A todas luces, ella también reprobaba su decisión.

Tilly regresó con un sirviente que llevaba una jarra de vino y una bandeja con manzanas. Tal vez había sido una chica guapa, pensó Merthin, pero ahora tenía un aspecto muy desmejorado. Su padre se dirigió a ella con una jovialidad forzada.

—¡Alégrate, Tilly! Tu marido no tardará en volver… y no querrás recibirlo con una cara tan larga.

—Estoy harta de estar preñada —exclamó—. Sólo tengo ganas de que el niño nazca cuanto antes.

—No tardará —le aseguró Maud—. Yo diría que unas tres o cuatro semanas.

—Eso parece una eternidad.

Oyeron ruido de caballos fuera. Maud dijo:

—Parece que es Ralph.

Mientras esperaba al hermano al que no había visto desde hacía nueve años, Merthin albergaba sentimientos encontrados, como siempre. El afecto que sentía por Ralph se veía emponzoñado por todo el mal que sabía que había hecho su hermano. La violación de Annet sólo había sido el principio. Durante su época de proscrito, Ralph había asesinado a hombres, mujeres y niños inocentes. Habían llegado a oídos de Merthin, mientras viajaba por Normandía, las atrocidades perpetradas por el ejército del rey Eduardo y, aunque no sabía con certeza lo que había hecho Ralph, habría sido un iluso si hubiera creído que su hermano se había mantenido al margen de esa orgía de violaciones, incendios, saqueos y matanzas. Pero al fin y al cabo Ralph era sangre de su sangre.

Merthin estaba convencido de que su hermano también tenía sentimientos encontrados. Tal vez no lo había perdonado por revelar el lugar de su escondite como proscrito, y aunque Merthin le había hecho prometer al hermano Thomas que no mataría a Ralph, sabía perfectamente que en cuanto lo capturasen, era muy probable que lo llevasen a la horca. De hecho, las últimas palabras que Ralph le había dicho a Merthin en la celda de la sede del gremio en Kingsbridge, habían sido: «Me has traicionado».

Ralph entró en casa con Alan, ambos manchados de barro tras la cacería. Merthin se quedó boquiabierto al ver que su hermano cojeaba. Ralph tardó un instante en reconocerlo. Luego sonrió de oreja a oreja.

—¡Mi hermano grande! —exclamó efusivamente. Era un viejo chiste: Merthin era el mayor, pero hacía tiempo que era más bajo que Ralph.

Se abrazaron. Merthin sintió el cariño de su hermano. «Como mínimo estamos los dos vivos —pensó—, a pesar de la guerra y la peste.» Cuando se habían separado, se había preguntado si volverían a verse algún día.

Ralph se dejó caer en la gran silla.

—¡Trae cerveza, estamos sedientos! —le ordenó a Tilly.

Merthin dedujo que no iba a haber reproches.

Observó con detenimiento a su hermano. Ralph había cambiado desde ese día de 1339, cuando partió hacia la guerra. Había perdido varios dedos de la mano izquierda, imaginaba que en la batalla. Tenía aspecto de llevar una vida disoluta: tenía la cara llena de venas a causa de la bebida, y la piel seca y curtida.

—¿Ha ido bien la caza? —preguntó Merthin.

—Hemos traído una corza grande como una vaca —contestó Ralph con satisfacción—. Esta noche podrás comerte el hígado para cenar.

Merthin le preguntó sobre las batallas en el ejército del rey, y Ralph le contó algunos de los momentos más importantes. Su padre estaba entusiasmado.

—¡Un caballero inglés vale por diez franceses! —exclamó—. La batalla de Crécy lo demostró.

La respuesta de Ralph fue sorprendentemente mesurada.

—Un caballero inglés no es muy distinto de uno francés, en mi opinión. Sin embargo, los franceses aún no han entendido la formación de cuña que usamos, con arqueros a ambos lados de caballeros desmontados y hombres de armas. Aún cargan contra nosotros, lo cual es un suicidio. Y esperemos que sigan haciéndolo durante mucho tiempo. Pero algún día se darán cuenta de lo que hacen mal y cambiarán de táctica. Mientras tanto, somos casi imbatibles en defensa. Por desgracia, la formación de cuña no aporta nada en ataque, de modo que hemos ganado muy poco.

Merthin se quedó estupefacto al comprobar lo mucho que había madurado su hermano. La guerra le había dado una perspicacia y una amplitud de miras que nunca había poseído.

Por su parte, Merthin le habló de Florencia: del tamaño increíble de la ciudad, la riqueza de los mercaderes, las iglesias y los palacios. Ralph quedó fascinado, en especial, por el concepto de las muchachas esclavas.

Cayó la noche y los sirvientes trajeron lámparas y velas, y luego la cena.

Ralph bebió mucho vino. A Merthin le llamó la atención que apenas le dirigiera la palabra a Tilly. Quizá no era sorprendente: Ralph era un soldado de treinta y un años que se había pasado la mitad de su vida adulta en el ejército, y Tilly era una chica de catorce que se había educado en un convento. ¿De qué iban a hablar?

Esa misma noche, más tarde, cuando Gerald y Maud ya habían vuelto a su casa y Tilly se había ido a dormir, Merthin mencionó el tema que le había pedido Caris. Se sentía más optimista que antes. Ralph daba muestras de madurez. Había perdonado a Merthin por lo que había ocurrido en 1339, y su frío análisis de las tácticas inglesas y francesas había estado exento de toda muestra de chovinismo tribal.

Merthin dijo:

—De camino aquí, he hecho noche en Wigleigh.

—Ese batán tiene mucho trabajo.

—El paño escarlata se ha convertido en un buen negocio para Kingsbridge.

Ralph se encogió de hombros.

—Mark Webber paga el arriendo a tiempo. —Se consideraba algo indigno de los nobles hablar de negocios.

—Me alojé con Gwenda y Wulfric —prosiguió Merthin—. Sabes que Gwenda ha sido amiga de Caris desde la infancia.

—Recuerdo el día que encontramos a sir Thomas de Langley en el bosque.

Merthin le lanzó una rápida mirada a Alan Fernhill. Todos habían mantenido sus promesas infantiles, y no le habían hablado a nadie sobre el incidente. Merthin quería que se mantuviera el secreto, puesto que tenía la sensación de que se trataba de algo importante para Thomas, a pesar de que no entendía por qué. Pero Alan no mostró reacción alguna: había bebido mucho vino y no se le daban muy bien las indirectas.

Merthin decidió dejarse de rodeos.

—Caris me ha pedido que interceda por Wulfric ante ti. Cree que ya lo has castigado durante suficiente tiempo por esa pelea. Y yo también estoy de acuerdo.

—¡Me rompió la nariz!

—Yo estaba allí, ¿recuerdas? No fuiste parte inocente. —Merthin intentó quitarle hierro al asunto—. Toqueteaste a su prometida. ¿Cómo se llamaba?

—Annet.

—Si sus pechos no valían una nariz rota, la culpa es sólo tuya.

Alan se rió, pero a Ralph aquel comentario no le hizo gracia.

—Wulfric casi logró que me ahorcaran. No se cansó de presionar a lord William cuando Annet fingió que yo la había violado.

—Pero no te ahorcaron. Y le rajaste la mejilla a Wulfric con tu espada cuando te escapaste del juzgado. Fue una herida tan espantosa que se le podían ver las muelas. Tendrá esa cicatriz de por vida.

—Me alegro.

—Has castigado a Wulfric durante once años. Su mujer está en los huesos y sus hijos, enfermos. ¿No has hecho bastante, Ralph?

—No.

—¿A qué te refieres?

—A que no es bastante.

—¿Por qué? —exclamó Merthin, frustrado—. No te entiendo.

—Seguiré castigando y reteniendo a Wulfric, y lo humillaré a él y a todas sus mujeres.

La sinceridad de Ralph dejó atónito a Merthin.

—¿Con qué fin, por el amor de Dios?

—En circunstancias normales no respondería a esa pregunta. He aprendido que dar explicaciones rara vez te hace algún bien. Pero eres mi hermano mayor, y desde que éramos niños siempre he necesitado tu aprobación.

Merthin se dio cuenta de que, en el fondo, Ralph no había cambiado, salvo por el hecho de que ahora parecía que se entendía a sí mismo de un modo que no había logrado cuando era joven.

—El motivo es bien sencillo —prosiguió Ralph—: Wulfric no me teme. No me tuvo miedo aquel lejano día en la feria del vellón, y sigue sin tenérmelo, después de todo lo que le he hecho. Por eso debe seguir sufriendo.

Merthin estaba horrorizado.

—Eso es una condena a perpetuidad.

—El día que vea el miedo en sus ojos cuando me mire, le concederé lo que desee.

—¿Tan importante es para ti? —preguntó Merthin, con incredulidad—. Que la gente te tema...

—Es lo más importante del mundo —contestó Ralph.

57

El regreso de Merthin afectó a toda la ciudad. Caris observaba los cambios con asombro y admiración. Éstos empezaron con su victoria sobre Elfric en la cofradía gremial. La gente se dio cuenta de que la ciudad podría haber perdido su puente por culpa de la incompetencia de Elfric, y aquello los hizo salir de su apatía. Sin embargo, todo el mundo sabía que Elfric era un títere de Godwyn, por lo que el priorato era el verdadero objeto de su resentimiento.

Así pues, empezó a cambiar la visión de la gente hacia el priorato. Se impuso una actitud generalizada de desafío. Caris era optimista: Mark Webber tenía bastantes posibilidades de ganar las elecciones que iban a celebrarse el 1 de noviembre, y de convertirse en mayordomo. Si ocurría aquello, el prior Godwyn ya no podría manejar los hilos a su antojo, y quizá la ciudad podría empezar a crecer: mercados los sábados, más molinos, tribunales independientes en los que los mercaderes pudieran confiar... Sin embargo, Caris se pasaba gran parte del tiempo pensando en su propia situación. El regreso de Merthin era un terremoto que había hecho temblar los cimientos de su vida. Su primera reacción fue de pánico ante la perspectiva de tener que abandonar todo por lo que había luchado durante los últimos nueve años: su cargo en la jerarquía del convento; a la maternal Cecilia, a la afectuosa Mair y a Julie la Anciana; y, por encima de todo, a su hospital, mucho más limpio, eficiente y acogedor que antes de su llegada.

No obstante, a medida que los días se hacían más cortos y fríos, y Merthin reparaba su puente y empezaba a poner los cimientos de la calle de nuevos edificios que quería construir en la isla de los Leprosos, la determinación de Caris para seguir con su vida conventual se debilitaba. Las restricciones monásticas, que habían dejado de afectarla, volvían a resultar insufribles. La devoción de Mair, que había sido una agradable diversión romántica, le resultaba ahora irritante. Empezó a pensar en qué tipo de vida podría llevar como mujer de Merthin.

Pensaba mucho en Lolla, y en los hijos que podría haber tenido con Merthin. La niña tenía los ojos y el pelo oscuro, seguramente como su madre italiana. La hija de Caris podría haber tenido los ojos verdes de la familia Wooler. Al principio, la idea de renunciar a todo para cuidar de la hija de otra mujer horrorizó a Caris, pero en cuanto conoció a la pequeña, se le ablandó el corazón.

No podía hablar con nadie del convento acerca de todo aquello, por supuesto. La madre Cecilia le diría que debía cumplir con sus votos y Mair le suplicaría que se quedara, de modo que de noche no hacía más que darle vueltas al asunto.

La discusión que había tenido con Merthin hacía unos días sobre Wulfric la desesperó. Cuando él se fue, Caris regresó a la botica y rompió a llorar. ¿Por qué tenía que ser todo tan difícil? Lo único que quería era hacer bien las cosas.

Mientras Merthin estaba en Tench, se confió a Madge Webber.

Dos días después de la marcha de Merthin, Madge fue al hospital poco después del alba, cuando Caris y Mair estaban visitando a los pacientes.

—Me preocupa mi Mark —le dijo.

Mair le confesó a Caris:

—Fui a verlo ayer. Había estado en Melcombe y regresó con fiebre y el estómago revuelto. No te lo dije porque no me pareció grave.

—Ahora tose sangre —añadió Madge.

—Iré a verlo —dijo Caris.

Los Webber eran viejos amigos: prefería atender a Mark ella misma. Cogió una bolsa que contenía algunos remedios básicos y acompañó a Madge a su casa, en la calle principal.

La vivienda estaba en el segundo piso, sobre la tienda. Los tres hijos de Mark se paseaban arriba y abajo con nerviosismo por el comedor. Madge acompañó a Caris a la alcoba, que olía muy mal. Caris estaba acostumbrada al mal olor de la cámara de un enfermo, una mezcla de sudor, vómitos y excrementos. Mark estaba tumbado en un jergón de paja, sudando. Su enorme panza sobresalía como la barriga de una mujer embarazada. La hija, Dora, permanecía junto a la cama.

Caris se arrodilló junto a Mark y le dijo:

—¿Cómo te encuentras?

—Mal —respondió Mark con voz ronca—. ¿Puedo beber algo?

Dora le dio a Caris una copa de vino, y ésta se la acercó a los labios de Mark. Le resultaba extraño ver desvalido a un hombre tan corpulento. Siempre le había parecido un ser invulnerable. Era desalentador, como descubrir un roble que ha permanecido fuerte toda la vida derribado por un rayo.

Le tocó la frente. Estaba ardiendo, no le extrañaba que tuviera sed.

—Dejadle que beba tanto como quiera —les dijo—. La cerveza suave es mejor que el vino.

No le confesó a Madge que la enfermedad de Mark la desconcertaba y preocupaba. La fiebre y el estómago revuelto eran algo habitual, pero el hecho de que tosiera sangre era una señal peligrosa.

Caris tomó un frasco de agua de rosas de la bolsa, empapó un paño de lana y le limpió la cara y el cuello. Aquello lo calmó de inmediato. El agua lo refrescó y el perfume enmascaró los malos olores de la estancia.

—Te dejaré un poco de esta agua de mi botica —le dijo a Madge—. Los médicos la recomiendan para el cerebro inflamado. La fiebre es caliente y húmeda, las rosas son frescas y secas; eso dicen los monjes. Sea cual sea el motivo, lo aliviará un poco.

—Gracias.

Sin embargo, Caris no conocía ningún remedio efectivo para los esputos sangrientos. Los monjes médicos determinarían que se debía a un exceso de sangre y recomendarían una sangría, pero prescribían eso para casi todo, y Caris no creía en ello.

Mientras le limpiaba la garganta, vio un síntoma que Madge no había mencionado. Tenía un sarpullido de manchas de color púrpura y negro en el cuello y el pecho.

Era una enfermedad que no había visto nunca y la desconcertó mucho, pero no le dijo nada a Madge.

—Acompáñame al convento y te daré el agua de rosas.

Despuntaba el alba cuando salieron de casa para dirigirse al hospital.

—Has sido muy buena con mi familia —le dijo Madge—. Éramos la familia más pobre de la ciudad hasta que tú pusiste en marcha el negocio del paño escarlata.

—Fue vuestra energía y laboriosidad lo que permitió que tuviera éxito.

Madge asintió. Era consciente de lo que había hecho.

—Aun así, no habría sucedido sin ti.

Casi sin pensarlo, Caris decidió que Madge la acompañara por el claustro hasta la botica, para que pudieran hablar en privado. Por lo general, los legos tenían prohibida la entrada, pero había excepciones, y ahora Caris tenía un cargo lo bastante importante para decidir cuándo podía romper las reglas.

Estaban solas en una estancia abarrotada. Caris llenó un frasco de loza con agua de rosas y le cobró seis peniques a Madge. Luego le dijo:

—Estoy pensando en renunciar a mis votos.

Madge asintió, sin parecer muy sorprendida.

—Todo el mundo se pregunta qué vas a hacer.

Caris se quedó estupefacta por el hecho que la gente de la ciudad hubiera adivinado sus pensamientos.

—¿Cómo lo saben?

—No hay que ser adivino. Entraste en el convento para eludir una sentencia de muerte por brujería. Después del gran trabajo que has hecho aquí, no debería costarte mucho conseguir el perdón. Merthin y tú estabais enamorados y parecíais la pareja ideal. Ahora él ha vuelto. Es lógico que, como mínimo, medites la posibilidad de casarte con él.

—No sé cómo sería mi vida como esposa.

Madge se encogió de hombros.

—Un poco como la mía, supongo. Mark y yo administramos el negocio del paño juntos. También tengo que encargarme del buen funcionamiento de la casa, pues todos los maridos esperan eso, pero no resulta muy difícil, sobre todo si tienes dinero para contratar sirvientes. Y los niños siempre serán tu responsabilidad más que la suya. Pero me las apaño, y tú también lo harías.

—A juzgar por tu tono de voz, no parece que sea algo muy emocionante.

Ella sonrió.

—Doy por sentado que ya conoces la parte buena: el hecho de sentirte amada y adorada; de saber que hay una persona en este mundo que siempre estará a tu lado; de irte a la cama cada noche con alguien fuerte y tierno que quiere poseerte... eso es la felicidad para mí.

Las palabras sencillas de Madge pintaban una imagen muy vívida, y de repente, Caris se sintió poseída por un anhelo casi irrefrenable. Le parecía que ya no podía esperar a abandonar la vida dura, fría y sin amor del priorato, en la que el mayor pecado era tocar a otro ser humano. Si Merthin hubiera entrado en la botica en ese momento, le habría arrancado la ropa y habría hecho el amor con él ahí mismo, en el suelo.

Se dio cuenta de que Madge la estaba observando, con una leve sonrisa, leyéndole el pensamiento, y se sonrojó.

—No pasa nada —le dijo—. Te entiendo. —Dejó los seis peniques de plata en la mesa y tomó el frasco—. Es mejor que me vaya a casa, a cuidar de mi marido.

Caris recobró la compostura.

—Intenta que esté cómodo y ven a buscarme de inmediato si hay algún cambio.

—Gracias, hermana —dijo Madge—. No sé qué haremos sin ti.

Merthin hizo el viaje de vuelta a Kingsbridge enfrascado en sus pensamientos. Ni tan siquiera la cháchara alegre y sin sentido de Lolla logró levantarle el ánimo. Ralph había aprendido mucho, pero, en el fondo, no había cambiado. Seguía siendo un hombre cruel. Desatendía a su esposa adolescente, apenas soportaba la presencia de sus padres y era vengativo en grado sumo. Disfrutaba de todas las ventajas de su título de señor, pero no sentía ninguna obligación para con los campesinos que estaban bajo su yugo. Consideraba que el fin de todo aquello que lo rodeaba, incluida la gente, debía ser su satisfacción.

Sin embargo, Merthin se sentía optimista con respecto a Kingsbridge. Todas las señales indicaban que Mark sería elegido mayordomo el día de Todos los Santos, lo cual podía marcar el inicio de una época muy próspera.

Merthin llegó el último día de octubre, la víspera de Todos los Santos.

Ese año caía en viernes, por lo que no había una gran afluencia de gente, como sucedía cuando la noche de los espíritus malignos caía en sábado, tal y como había ocurrido cuando Merthin tenía once años, y conoció a Caris, que contaba diez. A pesar de todo, la gente también estaba nerviosa y todo el mundo quería estar ya en la cama al anochecer.

En la calle principal vio a John, el hijo mayor de Mark Webber.

—Mi padre está en el hospital —le dijo el chico—. Tiene fiebre.

—Es un mal momento para ponerse enfermo —exclamó Merthin.

—Es un día aciago.

—No me refería a la fecha. Tiene que estar presente en la reunión de la cofradía gremial de mañana. Un mayordomo no puede ser elegido en su ausencia.

—No creo que pueda asistir a ninguna reunión mañana.

Aquello era preocupante. Merthin llevó sus caballos hasta la posada Bell y dejó a Lolla al cuidado de Bessie.

Al entrar en los terrenos del priorato se tropezó con Godwyn y su madre. Supuso que habían cenado juntos y ahora Godwyn la acompañaba hasta la puerta. Estaban enfrascados en una acalorada conversación y Merthin pensó que les preocupaba la posibilidad de que su títere perdiera el cargo de mayordomo. Se callaron súbitamente cuando lo vieron. Petranilla le dijo con voz engolada:

—Me apena saber que Mark no se encuentra bien.

Merthin se contuvo para no perder la compostura y le dijo:

—No es más que una fiebre.

—Rezaremos para que se recupere pronto.

—Gracias.

Acto seguido entró en el hospital y se encontró con Madge, que estaba muy angustiada.

—Ha tosido sangre —le dijo—. Y no puedo saciarle la sed. —Sostenía una taza de cerveza en los labios de su marido.

Mark tenía un sarpullido de manchas de color púrpura en la cara y los brazos. Sudaba a mares y sangraba por la nariz.

Merthin le preguntó:

—No te encuentras muy bien, ¿verdad?

Mark no dio muestras de haberlo oído pero gruñó:

—Tengo mucha sed.

Madge volvió a acercarle la taza y dijo:

—Por mucho que beba, siempre tiene sed. —Hablaba con un deje de pánico que nunca había oído en sus labios.

Merthin estaba aterrado. Mark viajaba a menudo a Melcombe, donde hablaba con marineros procedentes de Burdeos, que estaba asolada por la peste.

La reunión de la cofradía gremial que iba a tener lugar al día siguiente era la menor de las preocupaciones de Mark en ese momento. Y también la de Merthin.

La primera reacción instintiva de Merthin fue salir corriendo para decirle a todo el mundo que corría peligro de muerte, pero cerró la boca con fuerza. Nadie hacía caso a un hombre presa del pánico y, además, aún no estaba seguro de su diagnóstico. Había una pequeña posibilidad de que la enfermedad de Mark no fuera lo que se temía. Cuando estuviera convencido, se reuniría con Caris a solas y se lo explicaría todo de una forma sosegada y lógica. Pero tendría que ser pronto.

Caris le estaba limpiando la cara a Mark con un líquido de olor muy dulce. Tenía un semblante impertérrito que Merthin supo interpretar de inmediato: estaba ocultando sus sentimientos. Era obvio que se imaginaba lo grave que era la enfermedad de su amigo.

Mark agarraba algo con fuerza que parecía un pedazo de pergamino. Merthin supuso que debía de haber alguna oración escrita en él, o unos versículos de la Biblia, o tal vez un conjuro mágico. Debía de ser idea de Madge, puesto que Caris no creía en la escritura como remedio.

El prior Godwyn entró en el hospital, seguido, como de costumbre, por Philemon.

—¡Apartaos de la cama! —ordenó Philemon de inmediato—. ¿Cómo va a sanar si no puede ver el altar?

Merthin y las dos mujeres se apartaron, y Godwyn se inclinó sobre el paciente. Le tocó la frente, el cuello y luego le puso la mano en el pulso.

—Mostradme la orina —exigió.

Los monjes médicos le daban mucha importancia al examen de la orina del paciente. El hospital tenía unos recipientes de cristal especiales, llamados orinales, destinados a tal efecto. Caris le entregó uno a Godwyn. No había que ser un experto para ver que había sangre en la orina de Mark.

El prior se lo devolvió.

—El problema de este hombre es que tiene la sangre sobrecalentada —dijo—. Hay que practicarle una sangría y alimentarlo con manzanas ácidas y tripas.

Merthin sabía, gracias a su experiencia vivida en Florencia con la peste, que lo que Godwyn decía no eran más que sandeces, pero se guardó de hacer comentario alguno. Ya no albergaba demasiadas dudas sobre lo que aquejaba a Mark. El sarpullido, las hemorragias, la sed: era la misma enfermedad que había sufrido en Florencia, la misma que había acabado con Silvia y toda su familia. Era *la moria grande*.

La peste había llegado a Kingsbridge.

A medida que caía la noche en la víspera de Todos los Santos, la respiración de Mark Webber se volvía más fatigosa. Caris observaba cómo se iba debilitando. Sentía la misma impotencia furibunda que se apoderaba de ella cuando no podía ayudar a un paciente. Mark se sumió en un estado de inconsciencia agitada, sin parar de sudar y boquear, a pesar de que tenía los ojos cerrados y no daba muestras de lucidez. Merthin pidió a Caris que le palpara las axilas a Mark: tenía unas hinchazones grandes, como furúnculos. Ella no le preguntó lo que significaba aquello, ya lo haría más tarde. Las monjas rezaban y cantaban himnos mientras Madge y sus cuatro hijos no se apartaban de la cama, angustiados y sin poder hacer nada.

Al final Mark empezó a tener convulsiones y escupió un súbito torrente de sangre. Luego se desplomó hacia atrás en la cama, se quedó quieto y dejó de respirar.

Dora rompió a llorar. Los tres hijos varones parecían apabullados y se esforzaban para reprimir unas lágrimas impropias de un hombre. Madge lloraba desconsoladamente.

—Era el mejor hombre del mundo —le dijo a Caris—. ¿Por qué ha tenido que llevárselo Dios?

Caris tuvo que contener su propio dolor. Su pérdida no era nada en comparación con la de ellos. No sabía por qué Dios se llevaba a menudo a las mejores personas, y dejaba a las malvadas para que siguieran haciendo el mal. Aquella idea de una deidad benevolente que velaba por todo el mundo le parecía increíble en momentos como ése. Los sacerdotes decían que la enfermedad era un castigo por un pecado. Mark y Madge se amaban y se preocupaban por sus hijos y trabajaban como mulas: ¿por qué los había castigado?

No había respuestas para las preguntas religiosas, pero Caris tenía que hacer una serie de indagaciones prácticas y urgentes. Estaba muy preocupada por la enfermedad de Mark, y se había dado cuenta de que Merthin sabía algo al respecto. Se tragó las lágrimas.

Lo primero que hizo fue enviar a Madge y a los niños a casa a que descansaran y luego ordenó a las monjas que prepararan el cuerpo para el funeral. Después le dijo a Merthin:

—Quiero hablar contigo.

—Y yo contigo —replicó él.

Caris se percató de que Merthin parecía asustado, lo cual era poco común. Sus temores aumentaron.

—Ven a la iglesia —le pidió—. Allí podremos hablar en privado.

Un viento invernal barría el jardín de la catedral. Era una noche clara y podían ver gracias a la luz de las estrellas. En el presbiterio, los monjes preparaban los maitines de Todos los Santos. Caris y Merthin se quedaron en la esquina noroeste de la nave, lejos de los monjes, para que no los oyeran. Caris temblaba de frío y se ciñó el hábito. Le preguntó:

—¿Sabes qué mató a Mark?

Merthin respiró hondo, entrecortadamente.

—Es la peste —respondió—. *La moria grande*.

Ella asintió. Era lo que se temía, pero aun así, puso en entredicho su opinión.

—¿Cómo lo sabes?

—Mark viaja a menudo a Melcombe y habla con marineros de Burdeos, donde los cadáveres se amontonan en las calles.

Ella asintió.

—Acaba de volver de allí. —No quería creer a Merthin—. A pesar de todo, ¿estás convencido de que es la peste?

—Los síntomas son los mismos: fiebre, manchas negras y púrpura, hemorragias, pústulas en las axilas y, sobre todo, la sed. Lo recuerdo, válgame Dios. Fui uno de los pocos que se recuperó. Casi todo el mundo muere al cabo de cinco días, a menudo menos.

Caris se sintió como si hubiera llegado el día del Juicio Final. Había oído historias aterradoras sobre lo ocurrido en Italia y el sur de Francia: familias enteras desaparecidas, cuerpos que no habían recibido sepultura y se pudrían en palacios vacíos, niños pequeños huérfanos que vagaban por las calles, llorando, los animales que morían por falta de atención en pueblos fantasma… ¿Era lo que iba a ocurrir en Kingsbridge?

—¿Qué hacían los médicos italianos?

—Rezaban, cantaban himnos, sangraban a los enfermos, recetaban su panacea favorita y cobraban una fortuna. Todo lo que intentaron fue en vano.

Estaban uno muy cerca del otro y hablaban en voz baja. Caris le veía la cara, iluminada por la débil luz de las distantes velas de los monjes. Él la miraba con una extraña intensidad. Saltaba a la vista que estaba muy afectado, pero la causa no parecía ser el dolor por la pérdida de Mark. Estaba absorto en ella.

Caris le preguntó:

—¿Cómo son los doctores italianos, en comparación con nuestros médicos ingleses?

—Después de los musulmanes, se supone que los doctores italianos son los más eruditos del mundo. Incluso abren los cadáveres para aprender más sobre las enfermedades, pero jamás lograron curar a un solo enfermo que hubiera contraído la peste.

Caris se negaba a aceptar la absoluta falta de esperanzas que le transmitía Merthin.

—Algo habrá que podamos hacer.

—No. No podemos curarla, pero hay gente que cree que puedes eludirla.

Caris preguntó con impaciencia:

—¿Cómo?

—Parece que se transmite de una persona a otra.

Ella asintió.

—Ocurre con muchas otras enfermedades.

—A menudo, cuando un miembro de la familia la contrae, los demás acaban cayendo. La proximidad es el factor clave.

—Eso tiene sentido. Algunos creen que puedes caer enfermo por el mero hecho de mirar a alguien que la tiene.

—En Florencia, las monjas nos aconsejaban que nos quedáramos en casa todo el tiempo posible y que evitáramos las reuniones sociales, los mercados y las reuniones de las cofradías y los cabildos.

—¿Y los oficios religiosos?

—No, eso no nos lo dijeron, aunque había mucha gente que se quedaba en casa y no iba a la iglesia.

Aquello concordaba con lo que Caris había pensado durante años y le infundió esperanzas renovadas: quizá sus métodos le servirían para evitar la peste.

—¿Y qué hacían las propias monjas y los médicos, la gente que tiene que estar en contacto con los enfermos y tocarlos?

—Los curas se negaban a escuchar confesiones en susurros para no tener que acercarse demasiado a los feligreses. Y las monjas se ponían unas máscaras de hilo que les tapaban la boca y la nariz para evitar respirar el mismo aire. Algunas se lavaban las manos con vinagre cada vez que tocaban a un paciente. Los sacerdotes médicos decían que ninguna de esas medidas serviría de nada, pero la mayoría abandonó la ciudad.

—¿Y fueron de alguna utilidad?

—Resulta difícil responder a esa pregunta. La mayoría de esas medidas no se tomaron hasta que la peste ya estaba muy extendida. Y no tuvieron una aplicación sistemática, sino que cada cual probaba cosas distintas.

—Aun así, tenemos que hacer el esfuerzo.

Merthin asintió y, tras una pausa, dijo:

—Sin embargo, hay una precaución que es del todo fiable.

—¿Cuál?

—Huir.

Caris se dio cuenta de que llevaba un buen rato esperando a decir eso. Merthin prosiguió:

—Como reza el dicho: «Vete pronto, vete lejos y no tengas prisa en volver». La gente que lo hizo, eludió la enfermedad.

—No podemos irnos.

—¿Por qué no?

—No digas tonterías. Hay seis o siete mil personas en Kingsbridge, no van a abandonar todas la ciudad. ¿Adónde quieres que vayan?

—No estoy hablando de ellas, sólo de ti. Escucha, es posible que Mark no te haya contagiado la peste. Estoy prácticamente convencido de que Madge y los niños sí que la tienen, pero tú no has pasado mucho tiempo cerca de él. Si aún estás sana, podríamos irnos. Podríamos marcharnos hoy mismo, tú, yo y Lolla.

Caris se horrorizó al ser consciente de que Merthin daba por sentado que la peste ya se había extendido. ¿Acaso estaba condenada ella misma?

—Y… ¿y adónde iríamos?

—A Gales o a Irlanda. Tenemos que encontrar un pueblo remoto en el que sólo vean a algún desconocido de año en año.

—Tú has tenido la enfermedad. Me dijiste que nadie la contraía dos veces.

—Nunca. Y algunas personas jamás la padecen. Lolla debe de ser una de ellas. Si no se la contagió su madre, es poco probable que se la vaya a transmitir otra persona.

—Entonces, ¿por qué quieres ir a Gales?

Merthin se la quedó mirando fijamente, y Caris cayó en la cuenta de que el miedo que había detectado en su mirada era por ella. Le aterraba la posibilidad de que muriera. Se le arrasaron los ojos en lágrimas y recordó lo que Madge había dicho: «Saber que hay una persona en este mundo que siempre estará a tu lado». Merthin intentaba cuidar de ella, daba igual lo que hiciera. Caris pensó en su pobre amiga, destrozada por el dolor causado por la pérdida de aquel que siempre estuvo a su lado. ¿Cómo podía ella pensar en rechazar a Merthin?

Sin embargo, lo hizo.

—No puedo irme de Kingsbridge —le dijo—. Y ahora menos que nunca. Todos confían en mí cuando hay alguien enfermo. Cuando nos azote la peste, soy yo a quien acudirán en busca de ayuda. Si me fuera... bueno, no sé cómo explicarlo.

—Creo que te entiendo —admitió Merthin—. Serías como un soldado que huye en cuanto disparan la primera flecha. Te sentirías como una cobarde.

—Sí... y como una estafadora, después de todos estos años siendo monja y diciendo que vivo para servir a los demás.

—Sabía que te sentirías así —le dijo Merthin—, pero tenía que intentarlo. —La tristeza que empañaba su voz casi le rompió el corazón cuando añadió—: Supongo que esto significa que no renunciarás a tus votos en un futuro próximo.

—No. El hospital es el lugar al que acuden en busca de ayuda. Tengo que quedarme en el priorato para cumplir con mi misión. Tengo que ser una monja.

—De acuerdo, pues.

—No dejes que mi decisión te aflija.

Con irónico pesar le replicó:

—¿Y por qué no iba a estar afligido?

—¿No has dicho que la peste mató a la mitad de la población de Florencia?

—Más o menos.

—De modo que la mitad de la gente no la contrajo.

—Como Lolla. Nadie sabe el motivo. Tal vez poseen alguna fuerza especial. O tal vez la enfermedad escoge a sus víctimas al azar, como las flechas que disparas contra las filas enemigas, y mata a algunos y a otros no.

—Sea como fuere, existen muchas posibilidades de que logre eludir la enfermedad.

—Una posibilidad entre dos.

—Como echar una moneda al aire.

—Cara o cruz —dijo Merthin—. Vida o muerte.

58

Centenares de personas acudieron al funeral de Mark Webber. Había sido uno de los ciudadanos más prominentes de Kingsbridge, pero también algo más. Asistieron tejedores pobres de los pueblos de alrededor, algunos de los cuales caminaron durante horas. Había sido un personaje excepcionalmente querido, pensó Merthin. La combinación de su cuerpo gigantesco y su carácter afable había encandilado a todo el mundo.

Era un día húmedo, y las cabezas descubiertas de los hombres ricos y pobres que había alrededor de la tumba se empaparon. La lluvia fría se mezclaba con las lágrimas cálidas en las caras de los dolientes. Madge apoyaba los brazos sobre los hombros de sus dos hijos menores, Dennis y Noah, que, a su vez, estaban flanqueados por el hijo mayor, John, y la hija, Dora, ambos mucho más altos que su madre, y parecía como si fueran los padres de las tres personas bajitas que había en medio.

Merthin se preguntó tristemente si Madge o uno de sus hijos sería la siguiente víctima.

Seis hombres muy fuertes gruñeron a causa del esfuerzo que tuvieron que hacer para bajar aquel féretro tan grande y ponerlo en la tumba. Madge lloró desconsolada mientras los monjes cantaban el último himno. Luego los sepultureros empezaron a echar paladas de tierra húmeda en el agujero, y la gente empezó a dispersarse.

El hermano Thomas se acercó a Merthin, con la capucha puesta para resguardarse de la lluvia.

—El priorato no tiene dinero para reconstruir la torre —le dijo—. Godwyn le ha encargado a Elfric que demuela la antigua y teche el crucero.

Merthin dejó a un lado los pensamientos apocalípticos de la peste.

—¿Cómo va a pagar Godwyn a Elfric por el trabajo?

—Las monjas están recaudando el dinero.

—Creía que odiaban a Godwyn.

—La hermana Elizabeth es la tesorera. Godwyn procura portarse bien con su familia, que son arrendatarios del priorato. La mayoría de las demás monjas lo odian, es cierto, pero necesitan una iglesia.

Merthin aún no había renunciado a sus esperanzas para construir una torre más alta que la anterior.

—Si yo lograra reunir el dinero, ¿crees que el priorato construiría una torre nueva?

Thomas se encogió de hombros.

—No sabría qué decirte.

Esa misma tarde, Elfric fue reelegido mayordomo de la cofradía. Tras la reunión, Merthin fue a buscar a Bill Watkin, el mayor maestro constructor de la ciudad después de Elfric.

—Cuando se haya solucionado el problema de los cimientos de la torre, podría levantarse una más alta —le aseguró.

—No veo por qué no —admitió Bill—. Pero ¿por qué?

—Para que pudiera verse desde el cruce de Mudeford. Muchos viajeros, tanto peregrinos como mercaderes y demás, no toman la carretera que va a Kingsbridge, sino que siguen hacia Shiring. La ciudad pierde mucha clientela de ese modo.

—Godwyn dirá que no puede costear la obra.

—Piensa en esto —le pidió Merthin—: ¿y si la nueva torre pudiera financiarse del mismo modo que el puente? Los mercaderes de la ciudad podrían prestar el dinero y recuperarlo mediante el pontazgo.

Bill se rascó el flequillo gris, similar a la tonsura de los sacerdotes. Aquél era un concepto desconocido para él.

—Pero la torre no tiene nada que ver con el puente.

—¿Acaso importa?

—Supongo que no.

—El pontazgo es una forma de garantizar que se recupera el dinero.

Bill pensó en su propio interés.

—¿Me encargaría de alguna parte de la obra?

—Sería un proyecto de gran envergadura, todos los maestros constructores de la ciudad sacarían tajada.

—Eso sería muy bueno.

—Fantástico. Ahora escucha, si diseño una torre muy grande, ¿puedo contar con tu apoyo, aquí en la cofradía gremial, en la próxima reunión?

Bill parecía albergar algunas dudas.

—No me parece muy probable que los cofrades aprueben un proyecto extravagante.

—No creo que tenga que ser extravagante, basta con que sea alta. Si ponemos un techo abovedado en el crucero, puedo construirla sin cimbra.

—¿Una bóveda? Eso es una idea novedosa.

—He visto bóvedas en Italia.

—Entiendo que nos ahorraría dinero.

—Y la torre puede rematarse con un chapitel fino de madera, lo que nos ahorrará dinero y quedará muy bien.

—Has pensado en todo, ¿verdad?

—Aún no, pero se trata de algo a lo que le he estado dando vueltas desde que regresé de Florencia.

—Bueno, me parece una buena idea, buena para el negocio, buena para la ciudad.

—Y buena para nuestras almas eternas.

—Haré todo lo que esté a mi alcance para que se apruebe.

—Gracias.

Merthin meditaba sobre el diseño de la torre mientras se dedicaba a trabajos más mundanos, como la reparación del puente y la construcción de casas nuevas en la isla de los Leprosos. Lo ayudaba a alejar de la mente las imágenes obsesivas y espantosas de Caris enferma a causa de la peste. Pensó mucho en la torre sur de Chartres. Era una obra maestra, aunque algo anticuada, ya que había sido construida doscientos años antes.

Lo que le había gustado mucho, lo recordaba claramente, era la transición de la torre cuadrada al chapitel octagonal. En la parte superior de la torre, en cada una de las cuatro esquinas, había unos pináculos dispuestos en sentido diagonal hacia el exterior. En el mismo nivel, en el punto medio de cada costado del cuadrado, había unas ventanas abuhardilladas de forma similar a los pináculos. Aquellas ocho estructuras se ajustaban a los ocho costados inclinados de la torre que se alzaba tras ellos, por lo que el ojo apenas se daba cuenta del cambio de forma cuadrada a la octogonal.

Sin embargo, la torre de Chartres era demasiado robusta para los criterios estéticos del siglo XIV. La torre de Merthin tendría unas columnas más estilizadas y unas ventanas más grandes para aliviar el peso que debían soportar los pilares y para reducir la tensión, ya que el viento pasaría entre ellas.

Hizo su propio suelo para trazar en el taller que tenía en la isla. Disfrutaba planificando los detalles, duplicando y cuadruplicando las estrechas ventanas ojivales de la antigua catedral para hacer las grandes ventanas de la nueva torre, modificando los grupos de columnas y los capiteles.

Merthin albergaba dudas sobre la altura. No tenía forma de calcular lo alta que tenía que ser para que fuera visible desde el cruce de Mudeford. La única forma de lograrlo era haciendo distintas pruebas. Cuando hubiera acabado de construir la torre de piedra, tendría que erigir un chapitel provisional y luego ir a Mudeford en un día despejado para averiguar si podía verse o no. La catedral estaba construida en un terreno elevado, y en Mudeford la carretera coronaba una pequeña elevación antes de descender hacia el río. Su instinto le decía que si construía una torre un poco más alta que la de Chartres, de unos ciento veinte metros, bastaría.

La torre de la catedral de Salisbury medía ciento veintitrés metros de alto.

La suya alcanzaría los ciento veinticuatro.

Mientras estaba tumbado sobre el suelo para trazar, dibujando los pináculos del techo, apareció Bill Watkin.

—¿Qué te parece esto? —le preguntó Merthin—. ¿Crees que es mejor que la torre se remate con una cruz que señale hacia el cielo? ¿O un ángel que vele por nosotros?

—Ninguna de las dos —respondió Bill—. No se va a construir.

Merthin se levantó, con una regla en la mano izquierda y una aguja para dibujar en la derecha.

—¿Por qué dices eso?

—He recibido la visita del hermano Philemon. Me ha parecido que debía comunicártelo cuanto antes.

—¿Qué te ha dicho esa víbora?

—Fingía que su visita era amistosa. Quería darme un consejo por mi propio bien: me ha dicho que no sería prudente por mi parte apoyar cualquier plan para construir una torre diseñada por ti.

—¿Por qué no?

—Porque eso molestaría al prior Godwyn, que no piensa aprobar tus planes, pese a quien pese.

Esa noticia no tomó por sorpresa a Merthin. Si Mark Webber hubiera sido elegido mayordomo, el equilibrio de poder de la ciudad habría cambiado, y quizá Merthin hubiera recibido el encargo de construir la torre nueva, pero la muerte de Mark significaba que tenía todas las posibilidades de perder. Se había aferrado a una esperanza, y ahora sentía la honda punzada de la decepción.

—Supongo que se la encargará a Elfric.

—Eso me ha dejado entrever.

—¿Es que nunca aprenderá?

—Hay hombres que hacen más caso del orgullo que del sentido común.

—¿Y la cofradía sufragará el coste de la torre pequeña y achaparrada que diseñe Elfric?

—Es lo más probable. Tal vez no les convenza demasiado la idea, pero reunirán el dinero. Están orgullosos de su catedral, después de todo.

—¡La incompetencia de Elfric casi los deja sin puente! —exclamó Merthin, indignado.

—Lo saben.

No reprimió sus sentimientos heridos.

—Si yo no hubiera diagnosticado el problema de la torre, podría haberse hundido y derrumbar con ella la catedral entera.

—También lo saben. Pero no van a pelearse con el prior sólo porque te haya tratado mal.

—Por supuesto que no —dijo Merthin, como si le pareciera algo del todo razonable; pero estaba ocultando la amargura que sentía.

Había hecho más por Kingsbridge que Godwyn, y le dolía que los demás ciudadanos no hubieran ofrecido más batalla por él. Pero también sabía que la mayoría de las personas casi siempre actuaban movidas únicamente por su propio interés.

—La gente es muy desagradecida —dijo Bill—. Lo siento.

—Sí —reconoció Merthin—. No pasa nada.

Miró a Bill y luego desvió la mirada; tiró sus instrumentos de dibujo y se fue.

Durante el oficio de laudes, Caris se sorprendió al mirar hacia la nave y ver a una mujer en el pasillo norte, arrodillada, frente a un mural de Cristo resucitado. Tenía una candela junto a ella y, en su titilante luz, adivinó el cuerpo fornido y la mandíbula prominente de Madge Webber.

Madge permaneció allí durante todo el oficio, sin prestar atención a los salmos, concentrada, al parecer, en la plegaria. Quizá le estaba pidiendo a Dios que perdonara los pecados de Mark y lo dejara descansar en paz, aunque, por lo que sabía Caris, Mark no había cometido muchos pecados. Era más probable que la viuda le estuviera pidiendo a su difunto marido que le enviara buena suerte desde el mundo de los espíritus. Madge iba a hacerse cargo del negocio del paño con la ayuda de sus dos hijos mayores. Era lo habitual, cuando moría un mercader y dejaba viuda y un negocio próspero. Aun así, no cabía duda de que la mujer sentía la necesidad de que su marido bendijera sus esfuerzos.

Sin embargo, esta explicación no satisfizo a Caris. Había algo intenso en la postura de Madge, algo de su quietud que sugería una gran pasión, como si le estuviera pidiendo al cielo que le concediera un favor importantísimo.

Cuando finalizó el oficio, y los monjes y las monjas empezaron a desfilar, Caris se apartó de la procesión y recorrió la vasta y sombría nave en dirección a los destellos de la vela.

Madge se levantó al oír el rumor de sus pasos. Cuando reconoció la cara de Caris, se dirigió a ella con un tono recriminatorio.

—Mark murió de la peste, ¿verdad?

Así que eso era.

—Creo que sí —respondió Caris.

—No me lo dijiste.

—No estaba convencida y no quería asustarte a ti, por no hablar de toda la ciudad, debido a una suposición.

—He oído que ha llegado a Bristol.

De modo que la gente ya comentaba la noticia.

—Y a Londres —admitió Caris. Se lo había oído decir a un peregrino.

—¿Qué nos ocurrirá?

Un gran pesar le asestó una puñalada en el corazón.

—No lo sé —mintió.

—He oído que se transmite de una persona a otra.

—Así ocurre con muchas enfermedades.

A Madge se le demudó el rostro, que perdió todo atisbo de hostilidad y adquirió una expresión implorante que le rompió el corazón a Caris. Le preguntó con un susurro:

—¿Morirán mis hijos?

—La mujer de Merthin la contrajo —dijo Caris—. Y murió, como toda su familia, pero Merthin se recuperó y Lolla no llegó a padecerla.

—Entonces, ¿no les pasará nada a mis hijos?

Aquello no era lo que Caris había dicho.

—Tal vez. O quizá algunos la contraigan y otros se libren.

Aquella explicación no satisfizo a Madge. Como la mayoría de los pacientes, quería hechos, no elucubraciones.

—¿Qué puedo hacer para protegerlos?

Caris desvió la mirada hacia el mural de Cristo.

—Estás haciendo todo lo que puedes —le dijo.

Notaba que perdía el control. Un sollozo empezó a subirle por la garganta, se volvió para ocultar sus sentimientos y salió rápidamente de la catedral.

Se sentó en el claustro de las monjas durante unos minutos para recuperar la compostura, y luego fue al hospital, como acostumbraba a hacer a tal hora.

No vio a Mair por ninguna parte. Debían de haberla llamado para que fuera a atender a algún enfermo de la ciudad. Caris se ocupó de todo, supervisó el desayuno que se iba a servir a los huéspedes y a los pacientes, se aseguró de que todo estuviera limpio y fue a ver a los que estaban más enfermos. El trabajo le aliviaba la pena que le había causado el encuentro con Madge. Le leyó un salmo a Julie la Anciana. Cuando acabó todas las tareas, Mair aún no había aparecido, por lo que fue a buscarla.

La encontró en el dormitorio, tumbada boca abajo en la cama. A Caris le dio un vuelco el corazón.

—¡Mair! ¿Estás bien? —le preguntó.

La monja se dio la vuelta. Estaba pálida y sudaba. Tosió pero no pudo decir nada.

Caris se arrodilló junto a ella y le puso una mano en la frente.

—Tienes fiebre —le dijo, eliminando de su voz todo resquicio del temor que sentía en el estómago, como si fueran náuseas—. ¿Cuándo ha empezado?

—Ayer tosí —respondió Mair—, pero he dormido bien y esta mañana me he levantado. Entonces, cuando iba a desayunar, me han entrado ganas de vomitar. Así que he ido a la letrina y luego he venido aquí a tumbarme. Creo que me he dormido... ¿qué hora es?

—Está a punto de dar la tercia. Pero estás dispensada.

Podía ser una enfermedad normal, se dijo Caris a sí misma. Le tocó el cuello y le bajó el hábito.

Mair esbozó una leve sonrisa.

—¿Estás intentando verme los pechos?

—Sí.

—Todas las monjas sois iguales.

Caris no vio ningún sarpullido. Tal vez fuera sólo un catarro.

—¿Algún dolor?

—Tengo unas molestias bastante dolorosas en las axilas.

Aquello no le servía de mucho a Caris. Las hinchazones dolorosas de las axilas o las ingles eran una característica habitual de otras enfermedades aparte de la peste.

—Es mejor que vayas al hospital —le dijo.

Cuando Mair levantó la cabeza, Caris vio unas manchas de sangre en la almohada.

Aquello fue un durísimo golpe. Mark Webber había tosido sangre. Y Mair había sido la primera persona que atendió a Mark cuando empezó a mostrar los primeros síntomas de la enfermedad; fue a su casa un día antes que ella.

Caris ocultó su miedo y ayudó a Mair a levantarse. Se le bañaron los ojos en lágrimas, pero logró controlarse. Mair le puso un brazo alrededor de la cintura y apoyó la cabeza en el hombro, como si necesitara ayuda para caminar. Caris la abrazó por los hombros. Juntas bajaron las escaleras y atravesaron el claustro de las monjas, en dirección al hospital.

Caris llevó a Mair hasta un colchón que había cerca del altar. Cogió un vaso de agua fría de la fuente del claustro y la monja enferma se la bebió con avidez. Luego Caris le limpió la cara y el cuello con agua de rosas. Al cabo de un rato, Mair volvió a dormirse.

Sonó la campana que daba la tercia. Caris no acostumbraba a asistir a este oficio, pero ese día sentía la necesidad de tener un momento de tranquilidad. Se sumó a la hilera de monjas que caminaba hacia la iglesia. Las piedras viejas y grises tenían un aspecto más frío y duro de lo habitual. Cantó la salmodia de forma automática, mientras en su corazón se desataba una tempestad.

Mair tenía la peste. No había visto ningún sarpullido, pero tenía fiebre, mucha sed y había tosido sangre. A buen seguro moriría.

Caris sintió una espantosa sensación de culpa. Mair la amaba con devoción. Caris nunca había sido capaz de corresponderle su amor, no del modo en que anhelaba Mair, y ahora ésta se estaba muriendo. A Caris le hubiera gustado ser diferente. Debería haber podido hacerla feliz, debería poder salvarle la vida. No paró de llorar mientras cantaba el salmo, con la esperanza de que si alguien la veía diera por sentado que era el éxtasis religioso lo que la conmovía.

Al final del oficio, una novicia la esperaba, hecha un manojo de nervios, frente a la puerta del transepto sur.

—Hay alguien que te reclama con urgencia en el hospital —le dijo la chica.

Caris se encontró con Madge Webber, que estaba pálida de miedo.

No fue necesario que le preguntara qué quería. Cogió la bolsa en la que guardaba todos sus enseres médicos y salieron las dos. Cruzaron el jardín de la catedral azotadas por el lacerante viento de noviembre y se dirigieron a la casa de los Webber, situada en la calle principal. En el piso de arriba, los hijos de Madge aguardaban en la sala. Los dos mayores estaban sentados a la mesa y parecían asustados; los pequeños yacían en el suelo.

Caris los examinó rápidamente. Los cuatro tenían fiebre. La chica sangraba por la nariz. Los tres chicos tosían.

Todos tenían un sarpullido de manchas de color negro y púrpura en el cuello y los hombros.

Madge le preguntó:

—Es lo mismo, ¿verdad? Es de lo que murió Mark. Tienen la peste.

Caris asintió.

—Lo siento.

—Ojalá muera yo también —dijo Madge—. Así estaremos todos juntos en el cielo.

59

Caris estableció en el hospital las precauciones de las que Merthin le había hablado. Cortó tiras de lino para que las monjas se taparan la boca y la nariz mientras estaban en contacto con personas que habían contraído la peste, y obligó a todo el mundo a que se lavara las manos con agua y vinagre cada vez que tocaban a un paciente. A todas las monjas se les agrietaron las manos.

Madge llevó a sus cuatro hijos al hospital y luego fue ella la que cayó enferma. Julie la Anciana, cuya cama estaba al lado de la de Mark Webber mientras él agonizaba, también sucumbió. Poco podía hacer Caris por ninguno de ellos. Les lavaba la cara para refrescarlos, les daba de beber agua fría de la fuente del claustro, les limpiaba los vómitos sangrientos y esperaba a que murieran.

Estaba demasiado ocupada para pensar en su propia muerte. Se percató de que los habitantes de la ciudad la miraban con una suerte de admiración temerosa cuando la veían refrescar la frente de las víctimas infecciosas de la peste, pero ella no se sentía como una mártir abnegada, sino que se veía como una persona a la que no le gustaba pasarse el día dándole vueltas a la cabeza y prefería actuar. Al igual que al resto de los habitantes de Kingsbridge, la atormentaba la inevitable pregunta de quién sería el siguiente, pero se esforzaba por apartarla de su cabeza.

El prior Godwyn acudió a ver a los pacientes. Se negó a ponerse la mascarilla en la cara, aduciendo que eran tonterías de mujeres. Hizo el mismo diagnóstico que en la ocasión anterior, sangre sobrecalentada, y prescribió sangrías y una dieta de manzanas ácidas y tripas de carnero.

No importaba demasiado lo que comieran los pacientes ya que acababan vomitándolo todo, pero Caris estaba convencida de que el hecho de sacarles sangre hacía que empeorara su enfermedad. Ya sangraban demasiado por sí solos: tosían sangre, vomitaban sangre y orinaban sangre. Pero los monjes habían estudiado medicina, de modo que se veía obligada a seguir sus instrucciones. No tenía tiempo para enfurecerse cuando veía que un monje o una monja se arrodillaba junto al lecho de un enfermo, le sostenía un brazo estirado, le practicaba un corte con un cuchillo pequeño y afilado en una vena y dejaba caer medio litro de sangre o más en una palangana que había en el suelo.

Caris se sentó con Mair y le tomó la mano, sin importarle que alguien pudiera afearle su conducta. Para aliviarle el tormento que padecía, le administró una pequeña dosis de un medicamento eufórico que Mattie le había enseñado a elaborar con amapolas. Aun así Mair no paraba de toser, pero no le dolía tanto. Tras un ataque de tos podría respirar con mayor facilidad durante un rato y podrían hablar.

—Gracias por esa noche en Calais —susurró la monja moribunda—. Sé que no disfrutaste del todo, pero yo toqué el cielo con las manos.

Caris intentó reprimir las lágrimas.

—Siento no haber podido ser lo que tú querías.

—Sin embargo, me has querido a tu modo. Lo sé.

Volvió a toser. Cuando acabó, Caris le limpió la sangre que tenía en los labios.

—Te quiero —le dijo Mair, y cerró los ojos.

Entonces Caris rompió a llorar, sin que le importara quién la viese ni lo que pudiesen pensar. Miró a Mair, con los ojos empañados, mientras se ponía más pálida y respiraba con mayor dificultad, hasta que exhaló el último aliento.

Caris se quedó donde estaba, en el suelo junto al colchón, sosteniendo la mano del cadáver. Incluso entonces Mair conservaba toda su belleza, blanca e inmóvil eternamente. Comprendió entonces que había otra persona que la amaba tanto como la había amado Mair: Merthin. Qué extraño le resultaba que también hubiera rechazado su amor. Pensó que debía de ocurrirle algo, que su alma debía de tener alguna malformación que le impedía ser como el resto de las mujeres y entregarse al amor sin reservas.

Esa misma noche murieron los cuatro hijos de Mark Webber; y también Julie la Anciana.

Caris estaba deshecha. ¿Es que no había nada que ella pudiese hacer? La peste se extendía muy rápido y mataba a todo el mundo. Era como vivir en una cárcel y preguntarse cuál de los presos sería el siguiente en ir a la horca. ¿Iba a correr Kingsbridge la misma suerte que Florencia y Burdeos, con las calles atestadas de cadáveres? El domingo siguiente habría mercado en el recinto de césped frente a la catedral. Cientos de personas de los pueblos de alrededor acudirían a comprar y vender y mezclarse con los habitantes de la ciudad en las iglesias y tabernas. ¿Cuántas de ellas regresarían a sus hogares mortalmente enfermas? Cuando se sentía así, del todo impotente ante unas fuerzas horribles, entendía por qué la gente alzaba las manos y decía que todo estaba controlado por el mundo de los espíritus, pero aquélla jamás había sido su forma de actuar.

Cuando un miembro del priorato moría, siempre se celebraba un funeral especial, al que asistían todos los hermanos y las monjas, y en el que se rezaban más oraciones por el difunto. Tanto Mair como Julie la Anciana habían sido dos personas muy queridas, Julie por su gran corazón y Mair por su dulzura, por lo que muchas de las monjas no pudieron contener las lágrimas. También se incluyeron en las honras fúnebres a los hijos de Madge, por lo que asistieron a la ceremonia varios cientos de personas. Madge estaba demasiado enferma para abandonar el hospital.

Todos se congregaron en el cementerio, bajo un cielo gris pizarra. A Caris le pareció que podía oler la nieve en el gélido viento del norte que soplaba. El hermano Joseph dijo las oraciones junto a la tumba, y se enterraron los seis ataúdes.

Una voz de entre la multitud hizo la pregunta que estaba en la mente de todo el mundo.

—¿Vamos a morir todos, hermano Joseph?

Joseph era el más querido de todos los monjes médicos. Tenía sesenta años y ya había perdido todos los dientes, era inteligente pero dispensaba un trato muy agradable a los pacientes. Y respondió:

—Todos vamos a morir, querido vecino, pero nadie sabe cuándo. Por eso siempre debemos estar preparados para reunirnos con Dios.

Betty Baxter hizo otra pregunta, haciendo gala de su habitual sagacidad.

—¿Qué podemos hacer para salvarnos de la peste? Porque estamos padeciendo la peste, ¿no es así?

—La mejor protección es la oración —respondió Joseph—. Y, en el caso de que, a la postre, Dios decidiera llevarte con él, ven a la iglesia y confiesa tus pecados.

Betty no se daba por vencida cuando sólo le ofrecían evasivas.

—Merthin dice que en Florencia la gente se quedó en casa para evitar el contacto con los enfermos. ¿Es una buena idea?

—No lo creo. ¿Acaso los florentinos eludieron la peste?

Todo el mundo miró a Merthin, que estaba allí con Lolla en brazos.

—No, no lograron eludirla —admitió—. Pero quizá habrían muerto más si no lo hubieran hecho.

Joseph negó con la cabeza.

—Si os quedáis en casa, no podéis ir a la iglesia. La santidad es la mejor medicina.

Caris no pudo guardar silencio.

—La peste se contagia de una persona a otra —exclamó enfadada—. Si evitáis el contacto con otras personas, tendréis más oportunidades de rehuir la infección.

El prior Godwyn tomó la palabra.

—Así que ahora las mujeres son los médicos, ¿no?

Caris no le hizo caso.

—Deberíamos anular el mercado —dijo—. De ese modo se salvarían algunas vidas.

—¡Anular el mercado! —exclamó el prior con desdén—. ¿Y cómo lo hacemos? ¿Enviamos mensajeros a todos los pueblos?

—Cerrad las puertas de la ciudad y el puente —respondió Caris—. Impedid que entren todos los forasteros.

—Pero ya hay gente enferma en la ciudad.

—Cerrad todas las tabernas. Anulad las reuniones de todas las cofradías gremiales. Prohibid la asistencia de invitados a las bodas.

Merthin terció:

—En Florencia, incluso cancelaron las reuniones del concejo de la ciudad.

Elfric replicó:

—Entonces ¿cómo va a comerciar la gente?

—Si comerciáis, moriréis —dijo Caris—. Y también mataréis a vuestra mujer y a vuestros hijos. Así que elegid.

Betty Baxter dijo:

—No quiero cerrar mi comercio porque perdería mucho dinero, pero lo haré para salvar la vida. —Caris recuperó las esperanzas al oírla, pero fue la propia Betty quien volvió a hacerlas trizas de nuevo—. ¿Qué dicen los médicos? Ellos saben lo que hay que hacer.

Caris lanzó un gruñido.

El prior Godwyn contestó:

—Dios nos ha enviado la peste para castigarnos por nuestros pecados. El mundo se ha vuelto un lugar vil, pues la herejía, la lascivia y la irreverencia campan por sus respetos. Los hombres cuestionan la autoridad, las mujeres exhiben sus cuerpos y los niños desobedecen a sus padres. Dios está furioso, y Su furia es temible. ¡No intentéis huir de Su justicia! Os encontrará por mucho que intentéis esconderos.

—¿Qué deberíamos hacer?

—Si queréis seguir con vida, deberíais ir a la iglesia, confesar vuestros pecados, rezar y llevar una vida mejor.

Caris sabía que no servía de nada discutir, pero aun así dijo:

—Un hombre hambriento debería ir a la iglesia, pero también debería comer.

La madre Cecilia le pidió:

—Hermana Caris, no es necesario que digáis nada más.

—Pero podríamos salvar tantas…

—Ya basta.

—¡Es una cuestión de vida o muerte!

Cecilia bajó la voz.

—Pero nadie te escucha. Se acabó.

Caris sabía que Cecilia tenía razón. Por mucho que dijera, la gente creería siempre a los curas, no a ella. Se mordió el labio y no dijo nada más.

Carlus el Ciego se puso a cantar un himno y los monjes iniciaron la procesión de regreso a la iglesia. Las monjas los siguieron y la muchedumbre se dispersó.

Cuando pasaron de la iglesia al claustro, la madre Cecilia estornudó.

Todas las noches Merthin acostaba a Lolla en la cámara de la posada. Le cantaba, le recitaba poemas o le contaba historias. Era el momento del día en que ella hablaba más con él y le hacía las típicas preguntas extrañas e inesperadas de una niña de tres años, algunas infantiles, otras profundas y otras hilarantes.

Esa noche, mientras le cantaba una nana, Lolla rompió a llorar.

Merthin le preguntó qué le ocurría.

—¿Por qué ha muerto Dora? —exclamó entre sollozos.

Así que eso era. Lolla se había encariñado con la hija de Madge. Habían pasado mucho tiempo juntas, haciéndose trenzas la una a la otra y Dora le había enseñado a contar jugando.

—Tenía la peste —le dijo Merthin.

—Mi mamá tenía la peste —respondió Lolla. Pasó a hablar en toscano, que aún no había olvidado por completo—. *La moria grande*.

—Yo también pero me recuperé.

—Libia también. —Libia era la muñeca de madera que había traído consigo de Florencia.

—¿Libia también tenía la peste?

—Sí. Estornudaba, tenía calor y manchas, pero una monja la curó.

—Me alegro mucho. Eso significa que está a salvo. Nadie puede cogerla dos veces.

—Entonces ¿tú estás a salvo?

—Sí. —Le pareció una buena forma de terminar la conversación—. Ahora vete a dormir.

—Buenas noches —dijo Lolla.

Merthin se dirigió hacia la puerta.

—¿Y Bessie también está a salvo? —le preguntó su hija.

—Duérmete.

—Quiero a Bessie.

—Eso está muy bien. Buenas noches. —Cerró la puerta.

En el piso de abajo, la cámara principal estaba vacía. A la gente le daba miedo ir a sitios muy concurridos. A pesar de lo que había dicho Godwyn, el mensaje de Caris había surtido efecto.

Le llegó el olor de una sabrosa sopa. Siguió su olfato, que lo llevó hasta la cocina. Bessie estaba removiendo una olla que había en el fuego.

—Sopa de alubias con jamón —le dijo.

Merthin se sentó a la mesa con el padre de Bessie, Paul, un hombre mayor de unos cincuenta años. Cortó un pedazo de pan mientras Paul le ponía una jarra de cerveza. Bessie sirvió la sopa.

Se dio cuenta de que Bessie y Lolla se habían tomado mucho cariño mutuamente. Él había contratado a una niñera para que cuidara de su hija durante el día, pero Bessie se encargaba de ella de noche y Lolla prefería a la posadera.

Merthin tenía una casa en la isla de los Leprosos, pero era un lugar pequeño, sobre todo en comparación con el *palagetto* al que se había acostumbrado en Florencia. Estaba encantado con que Jimmie viviera en ella. Él se encontraba a gusto en la posada, pues era un lugar cálido y limpio, y siempre había comida y bebida en abundancia. Saldaba su cuenta los sábados, pero, por lo demás, lo trataban como si fuera de la familia. No tenía prisa alguna por trasladarse.

Por otra parte, sin embargo, no podía seguir viviendo allí para siempre. Y cuando se fueran, tal vez a Lolla le disgustaría tener que separarse de Bessie. La pequeña ya había tenido que separarse de muchas otras personas que habían formado parte de su vida; necesitaba estabilidad. Quizá debería trasladarse ahora, antes de que Lolla se encariñara demasiado con Bessie.

Cuando acabaron de cenar, Paul se fue enseguida a la cama. Bessie le sirvió otra jarra de cerveza a Merthin y se sentaron junto al fuego.

—¿Cuánta gente murió en Florencia? —le preguntó ella.

—Miles. Decenas de miles, probablemente. Nadie llevó la cuenta.

—Me pregunto quién será la siguiente víctima de Kingsbridge.

—Yo no pienso en otra cosa.

—Podría ser yo.

—Me temo que sí.

—Me gustaría yacer con un hombre una vez más antes de morir.

Merthin sonrió pero no dijo nada.

—No he estado con un hombre desde que murió mi Richard, y de eso hace ya más de un año.

—Lo echas de menos.

—¿Y tú? ¿Cuánto tiempo hace que no estás con una mujer?

Merthin no había hecho el amor desde que Silvia cayó enferma. Al recordarla, sintió una punzada de dolor. No había sido lo bastante agradecido por su amor.

—Más o menos lo mismo —respondió.

—¿Con tu mujer?

—Sí, que en paz descanse.

—Eso es mucho tiempo sin recibir cariño.

—Sí.

—Pero no eres el tipo de hombre capaz de irse con cualquier mujer. Quieres alguien a quien amar.

—Supongo que tienes razón.

—A mí me ocurre lo mismo. Es maravilloso yacer con un hombre, lo mejor del mundo, pero sólo si los dos se quieren de verdad. Sólo he estado con un hombre, mi marido. Nunca estuve con nadie más.

Merthin se preguntó si aquello era cierto. No estaba seguro. Bessie parecía sincera, pero también era algo típico que decían las mujeres.

—¿Y tú? —le preguntó ella—. ¿Con cuántas mujeres?

—Tres.

—Tu esposa, y antes con Caris, y... ¿Quién más? Ah, ya recuerdo... Griselda.

—No pienso decirte quiénes fueron.

—Tranquilo, todo el mundo lo sabe.

Merthin sonrió, un poco avergonzado. Por supuesto, todo el mundo lo sabía. Quizá no estaban convencidos, pero lo suponían y, a menudo, acostumbraban a tener razón.

—¿Cuántos años tiene el pequeño Merthin de Griselda ahora? ¿Siete? ¿Ocho?

—Diez.

—Tengo las rodillas gordas —dijo Bessie. Se levantó el vestido para enseñárselas—. Siempre he odiado mis rodillas, pero a Richard le gustaban.

Merthin las miró. Eran gordas y tenían hoyuelos. Le vio las medias blancas.

—Me besaba las rodillas —prosiguió Bessie—. Era un hombre dulce. —Se ajustó el vestido, como si quisiera alisárselo, pero se lo levantó y, por un instante, Merthin atisbó la incitante mata de vello púbico que asomaba entre las ingles—. A veces me besaba por todo el cuerpo, sobre todo después del baño. Eso me gustaba. Me gustaba todo. Un hombre puede hacer lo que quiera con una mujer que lo ama. ¿No crees?

Aquello había ido demasiado lejos y Merthin se levantó.

—Creo que probablemente tienes razón, pero esta conversación sólo avanza en una dirección, por lo que voy a irme a la cama antes de cometer un pecado.

Ella lanzó una sonrisa triste.

—Que duermas bien —le deseó—. Si te sientes solo, estaré junto a la chimenea.

—Lo recordaré.

Tumbaron a la madre Cecilia en el armazón de una cama, sin el colchón, y la situaron enfrente de un altar, el lugar más sagrado del hospital. Las monjas cantaban y rezaban a su alrededor todo el día y toda la noche, por turnos. Siempre había alguien que le limpiaba la cara con agua de rosas fresca, siempre había una taza de agua límpida de la fuente a su lado. Pero nada de todo aquello parecía tener ningún efecto. La madre Cecilia empeoró tan rápido como los demás, empezó a sangrar por la nariz y la vagina, cada vez tenía la respiración más fatigosa y su sed era insaciable.

La cuarta noche, después de estornudar, mandó a buscar a Caris.

Caris dormía profundamente. En los últimos días sus jornadas eran agotadoras, pues el hospital estaba lleno a rebosar. Estaba sumida en un sueño en el que todos los niños de Kingsbridge tenían la peste, y mientras ella corría de un lado para otro, intentando cuidar de todos, se daba cuenta de que también la había contraído. Uno de los niños le tiraba de la manga, pero Caris no le hacía caso ya que se preguntaba cómo iba a cuidar de todos aquellos pacientes si ella también estaba enferma, y entonces se dio cuenta de que alguien la estaba sacudiendo, con una intensidad cada vez mayor, y le decía:

—¡Despertad, hermana, por favor, la madre priora os necesita!

Se despertó y vio a una novicia arrodillada junto a ella, con una candela en las manos.

—¿Cómo se encuentra? —le preguntó Caris.

—Está empeorando pero aún puede hablar y quiere veros.

Caris se levantó de la cama y se puso las sandalias. Esa noche hacía un frío glacial. Llevaba el hábito de monja y cogió una sábana de la cama y se la echó sobre los hombros. Luego bajó corriendo la escalera de piedra.

El hospital estaba lleno de enfermos agonizantes. Los colchones del suelo se hallaban alineados en forma de espinas de pescado, para que los pacientes que pudieran sentarse vieran el altar. Las familias se arremolinaban alrededor de las camas. Olía a sangre. Caris tomó un trozo de lino limpio de una cesta que había junto a la puerta y se tapó la cara y la nariz.

Había cuatro monjas arrodilladas junto a la cama de Cecilia, cantando. La madre superiora yacía con los ojos cerrados y, en un primer instante, Caris temió haber llegado demasiado tarde. Entonces, la anciana priora pareció sentir su presencia ya que volvió la cabeza y abrió los ojos.

Caris se sentó en el borde de la cama; mojó un trapo en una palangana con agua de rosas y le limpió una mancha de sangre que tenía en el labio superior.

La respiración de Cecilia era muy entrecortada. Entre jadeos, le dijo:

—¿Ha sobrevivido alguien a esta terrible enfermedad?

—Sólo Madge Webber.

—La mujer que no quería vivir.

—Todos sus hijos murieron.

—Yo también moriré dentro de poco.

—No digas eso.

—Recuerda que las monjas no tememos a la muerte. Durante toda la vida anhelamos unirnos con Jesús en el cielo. Cuando llega la muerte, la recibimos sin más. —El pequeño discurso la dejó exhausta y se puso a toser entre convulsiones.

Caris le limpió la sangre del mentón.

—Sí, madre priora. Pero aquellos que se quedan atrás, pueden llorar. —Los ojos se le anegaron en lágrimas. Había perdido a Mair, a Julie la Anciana y, ahora, estaba a punto de perder a Cecilia.

—No llores. Eso es para las demás. Tú debes ser fuerte.

—No entiendo por qué.

—Creo que Dios desea que ocupes mi lugar y te conviertas en priora.

«En tal caso ha hecho una elección muy extraña —pensó Caris—. Acostumbra a escoger a gente que tiene una visión más ortodoxa sobre él.» Pero hacía tiempo que había aprendido que no servía de nada decir esas cosas en voz alta.

—Si las hermanas me eligen, lo haré lo mejor que pueda.

—Creo que te elegirán.

—Estoy convencida de que la hermana Elizabeth deseará que la tomen en consideración.

—Elizabeth es inteligente, pero tú eres cariñosa.

Caris inclinó la cabeza. Seguramente Cecilia tenía razón; Elizabeth sería muy dura. Ella era la mejor persona para dirigir el convento, a pesar de que la decisión de pasar la vida entera rezando y cantando himnos despertaba en ella cierto escepticismo. Creía en la escuela y el hospital. No quisiera el cielo que Elizabeth acabase dirigiendo el hospital.

—Hay algo más. —Cecilia bajó la voz y Caris tuvo que inclinarse más—. Algo que el prior Anthony me dijo cuando se estaba muriendo. Lo había mantenido en secreto hasta el último momento, y yo he hecho lo mismo.

Caris no estaba convencida de querer cargar con aquel secreto, pero el hecho de que la hermana Cecilia se encontrara en su lecho de muerte la obligó a dejar a un lado sus reparos. La madre superiora le dijo:

—El viejo rey no murió a causa de una caída.

Caris se quedó perpleja. Aquello había ocurrido más de veinte años atrás, pero recordaba los rumores. Matar a un rey era el peor crimen imaginable, una atrocidad doble que combinaba el asesinato con la traición, ambos crímenes capitales. El mero hecho de saber algo así era peligroso, por lo que no era de extrañar que Anthony lo hubiera mantenido en secreto.

Cecilia prosiguió:

—La reina y su amante, Mortimer, querían eliminar a Eduardo II. El heredero al trono era un niño pequeño. Mortimer se convirtió en el verdadero rey a todos los efectos, salvo de nombre. Al final, la situación no duró tanto como a ellos les habría gustado, por supuesto, y el joven Eduardo III creció demasiado rápido. —Volvió a toser, más débil.

—Mortimer fue ejecutado cuando yo era una adolescente.

—Pero ni tan siquiera Eduardo quería que se supiera lo que le había ocurrido de verdad a su padre, de modo que se ocultó el secreto.

Caris estaba anonadada. La reina Isabel, la venerada madre del rey, aún estaba viva y llevaba una vida fastuosa en Norfolk. Si llegaba a descubrirse que tenía las manos manchadas con la sangre de su marido, se desataría un terremoto político. Caris se sintió culpable sólo por saberlo.

—¿De modo que lo asesinaron? —preguntó.

Cecilia no contestó. Caris la miró fijamente. La priora estaba quieta, tenía el semblante inmóvil y la mirada perdida hacia arriba. Había muerto.

60

El día después de la muerte de Cecilia, Godwyn le pidió a la hermana Elizabeth que fuera a cenar con él.

Era un momento peligroso. La muerte de Cecilia había desequilibrado la estructura de poder. Godwyn necesitaba del convento porque el monasterio por sí solo no era viable: nunca había logrado mejorar su situación económica. Sin embargo, la mayoría de las monjas estaban furiosas por el dinero que les había robado y mostraban una actitud tremendamente hostil hacia él. Si caían bajo el control de una priora con ansias de venganza, alguien como Caris tal vez, eso podía suponer el fin del monasterio.

También le daba miedo la peste. ¿Y si la contraía? ¿Y si Philemon moría? Esa clase de pensamientos dantescos lo turbaban, pero lograba arrinconarlos en un recoveco de su mente. Estaba decidido a no permitir que la peste lo distrajera de su objetivo a largo plazo.

La elección de la priora era un peligro inmediato. Tenía unas visiones en las que se cerraba el monasterio y él se veía impelido a dejar Kingsbridge, deshonrado, obligado a convertirse en un monje vulgar en cualquier otra parte, subordinado a un prior que lo disciplinaría y humillaría. Pensó que si llegaba a ocurrir eso, se suicidaría.

Por otra parte, la situación a la que debía hacer frente también era una oportunidad además de una amenaza. Si manejaba el asunto con inteligencia podría lograr que se eligiera a una priora afín a él, alguien que le permitiría seguir manejándolo todo, y Elizabeth era su mejor apuesta.

Sería una madre superiora autoritaria, que no toleraría que menoscabaran su dignidad, pero podría trabajar con ella. Era una mujer pragmática: se lo había demostrado cuando le había advertido que Caris planeaba hacer una auditoría del tesoro. Sería su aliada.

Elizabeth entró con la cabeza bien alta. Godwyn se dio cuenta de que la monja era consciente de que, de la noche a la mañana, se había convertido en una persona importante y disfrutaba de ello. El prior se preguntaba si estaría de acuerdo con el plan que estaba a punto de proponerle. Tendría que abordarla con cuidado.

La monja echó un vistazo a su alrededor.

—Has construido un palacio magnífico —le dijo, recordándole cómo lo había ayudado a obtener el dinero.

Godwyn cayó en la cuenta de que Elizabeth nunca había estado en el interior de su casa, a pesar de que la construcción había terminado hacía un año. Prefería que no hubiera mujeres en la parte del priorato reservada a los monjes. Hasta ese día sólo Cecilia y Petranilla lo habían visto por dentro.

—Gracias —le dijo—. Creo que nos ha permitido ganarnos el respeto de la nobleza y los poderosos. Ya hemos recibido la visita del arzobispo de Monmouth.

Se había gastado hasta el último florín de las monjas para comprar los tapices que mostraban escenas de las vidas de los profetas. Elizabeth se puso a observar un cuadro de Daniel en la guarida de los leones.

—Es muy bonito —le dijo.

—De Arras.

La monja enarcó una ceja.

—¿Es tu gato el que está bajo el aparador?

Godwyn chasqueó la lengua en señal de desaprobación.

—No puedo librarme de él —mintió.

Lo ahuyentó de la sala. Los monjes no podían tener animales domésticos, pero la presencia del gato lo relajaba.

Se sentaron a un extremo de la larga mesa de banquete. Godwyn no soportaba la idea de recibir la visita de una mujer, de sentarse a cenar con ella como si se tratara de un igual; pero ocultó su malestar.

Había encargado una cena costosa: cerdo con jengibre y manzanas. Philemon sirvió vino de Gascuña. Elizabeth probó el cerdo y dijo:

—Delicioso.

A Godwyn no le interesaba demasiado la comida, salvo como modo de impresionar a la gente, pero Philemon comía con voracidad.

El prior fue al grano.

—¿Cómo piensas ganar las elecciones?

—Creo que soy mejor candidata que la hermana Caris —respondió ella.

Godwyn percibió el sentimiento reprimido con el que pronunció el nombre. Estaba claro que aún estaba furiosa por el hecho de que Merthin la hubiera rechazado en favor de Caris. Ahora estaba a punto de enfrentarse de nuevo con su vieja rival. Esta vez estaría dispuesta a matar por ganar, pensó el prior. Lo cual era muy bueno.

Philemon le preguntó a la monja:

—¿Por qué crees que eres mejor?

—Soy mayor que Caris —respondió—. Soy monja y ostento un cargo importante en el convento desde hace más tiempo que ella. Además, nací y me crié en una familia con hondas creencias religiosas.

Philemon negó con la cabeza, de un modo algo displicente.

—Nada de eso influirá en las elecciones.

Elizabeth enarcó las cejas, perpleja por la franqueza del suprior. Godwyn esperaba que Philemon no hubiera sido demasiado cruel. «Necesitamos que sea dócil —le entraron ganas de susurrar—. No la pongas nerviosa.»

Philemon prosiguió implacablemente.

—Sólo tienes un año más de experiencia que Caris. Y el hecho de que tu padre fuera el obispo, que en paz descanse, te restará votos. Al fin y al cabo, los obispos no deberían tener descendencia.

Elizabeth se sonrojó.

—Y los priores no deberían tener gatos.

—Ahora no estamos hablando sobre el prior —replicó Philemon con impaciencia.

Su actitud fue insolente y Godwyn se estremeció. Al prior se le daba muy bien ocultar su hostilidad y levantar una fachada de simpatía y amabilidad, pero Philemon jamás había aprendido ese arte.

Sin embargo, Elizabeth reaccionó con sangre fría.

—¿De modo que me habéis hecho venir para decirme que no puedo ganar? —Se volvió hacia Godwyn—. Me parece raro que hayas encargado un plato con una especia tan cara como el jengibre por el mero placer de hacerlo.

—Tienes razón —admitió Godwyn—. Queremos que te conviertas en la nueva priora y vamos a hacer todo lo que podamos para ayudarte.

Philemon añadió:

—Y vamos a empezar analizando de forma realista tus posibilidades. Todo el mundo quiere a Caris: las monjas, los monjes, los mercaderes y los nobles. El trabajo que hace es una gran ventaja para ella. La mayoría de los monjes y las monjas, y cientos de ciudadanos, han acudido al hospital aquejados de alguna dolencia y han recibido su ayuda. Sin embargo, a ti apenas te ven. Eres la tesorera, y te consideran fría y calculadora.

—Agradezco tu sinceridad —dijo Elizabeth—. Quizá debería rendirme ahora.

Godwyn no sabía si lo decía en sentido irónico.

—No puedes ganar —prosiguió Philemon—, pero ella puede perder.

—No seas tan enigmático, me cansas —le espetó Elizabeth—. Dime con palabras claras adónde quieres ir a parar.

«Ahora entiendo por qué no goza de buena fama», pensó Godwyn.

Philemon hizo caso omiso del tono empleado por la monja.

—Durante las próximas semanas, tu tarea consistirá en destruir a Caris —le dijo—. Tienes que transformar la imagen que tienen las demás monjas de ella, para que deje de ser una hermana compasiva, trabajadora y simpática y transformarla en un monstruo.

Un destello de entusiasmo iluminó la mirada de Elizabeth.

—¿Es eso posible?

—Con nuestra ayuda, sí.

—Continúa.

—¿Aún les ordena a las monjas que se pongan máscaras de lino en el hospital?

—Sí.

—¿Y que se laven las manos?

—Sí.

—No hay base para estas prácticas en Galeno ni en ninguna otra autoridad médica, y menos aún en la Biblia. Parece una mera superstición.

Elizabeth se encogió de hombros.

—Al parecer los doctores italianos creen que la peste se extiende por el aire. Se puede contraer por el mero hecho de mirar a los enfermos, o tocarlos, o por respirar el mismo aire que ellos. No entiendo…

—¿Y de dónde tomaron esa idea los italianos?

—Tal vez observando a los pacientes.

—He oído que Merthin dice que los doctores italianos son los mejores, después de los árabes.

Elizabeth asintió.

—Yo también lo he oído.

—De modo que esta idea de llevar máscaras, es probable que provenga de los musulmanes.

—Seguramente.

—En otras palabras, es una práctica pagana.

—Supongo.

Philemon se recostó en la silla, como si hubiera demostrado su punto de vista.

Elizabeth aún no lo entendía.

—¿De modo que vamos a atacar a Caris diciendo que ha introducido una superstición pagana en el convento?

—No exactamente —respondió Philemon con una sonrisa ladina—. Diremos que está practicando brujería.

Entonces la monja se dio cuenta.

—¡Claro! Casi se me había olvidado.

—¡Testificaste en su contra en el juicio!

—Sucedió hace mucho tiempo.

—Creía que nunca olvidarías que tu enemiga fue acusada de ese crimen —le dijo Philemon.

El suprior, sin duda, jamás olvidaba tales cosas, pensó Godwyn. Su especialidad consistía en averiguar las debilidades de los demás y explotarlas al máximo con todo descaro. En ocasiones Godwyn sentía remordimientos de conciencia ante la inconmensurable malicia de Philemon. Sin embargo, la malicia de su subordinado le resultaba de una utilidad tan grande, que siempre acababa dejando sus recelos a un lado. ¿A quién más se le habría ocurrido aquella forma de emponzoñar los corazones de las monjas para ponerlas en contra de la estimada Caris?

Un novicio trajo manzanas y queso, y Philemon sirvió más vino. Elizabeth dijo:

—Muy bien, tiene sentido. ¿Habéis pensado detalladamente en cómo vamos a introducir la cuestión?

—Es importante preparar el terreno —dijo Philemon—. No se debe formular una acusación tan grave hasta que haya una gran cantidad de gente que la crea.

A Philemon se le daba estupendamente urdir ese tipo de estratagemas, pensó Godwyn con admiración.

Elizabeth preguntó:

—¿Y cómo propones que consigamos eso?

—Las acciones son más efectivas que las palabras. Niégate a llevar la máscara. Cuando te lo pregunten, encógete de hombros y responde, sin perder la serenidad, que has oído que se trata de una práctica musulmana, y que prefieres los medios de protección cristianos. Alienta a tus amigas para que se nieguen a ponerse la máscara, como muestra de apoyo a tu decisión. Tampoco te laves las manos demasiado a menudo. Cuando veas que las demás hermanas siguen los preceptos de Caris, frunce el ceño como muestra de desaprobación, pero no digas nada.

Godwyn asintió con la cabeza. En ocasiones la astucia de Philemon rayaba la genialidad.

—¿No deberíamos hacer referencia a la herejía?

—Menciónala tantas veces como quieras, sin relacionarla directamente con Caris. Di que ha llegado a tus oídos que han ejecutado a un hereje en otra ciudad, o a un adorador del diablo que logró depravar a todo un convento, tal vez de Francia.

—No me gustaría decir nada que no fuera verdad —replicó Elizabeth fríamente.

A veces Philemon olvidaba que no todo el mundo tenía tan pocos escrúpulos como él. Godwyn se apresuró a añadir:

—Por supuesto que no. Philemon sólo se refiere a que deberías repetir esas historias cuando las oigas, si es que las oyes, para recordarles a las monjas el peligro siempre presente que las acecha.

—Muy bien. —Las campanas tocaron a nona y Elizabeth se puso en pie—. No puedo perderme el oficio. No quiero que alguien se percate de mi ausencia y averigüe que he estado aquí.

—Muy bien —dijo Godwyn—. Pero nos hemos puesto de acuerdo en cuál va a ser nuestro plan.

Elizabeth asintió.

—Nada de máscaras.

Godwyn se dio cuenta de que la monja albergaba una duda y le preguntó:

—No irás a creer que son efectivas, ¿verdad?

—No —contestó ella—. No, por supuesto que no. ¿Cómo van a serlo?

—Exactamente.

—Gracias por la cena. —Y se fue.

Todo había ido muy bien, pensó Godwyn, pero aún estaba preocupado, de modo que le comentó a Philemon con cierta inquietud:

—Quizá Elizabeth no sea capaz de convencer por sí misma a los demás de que Caris aún es una bruja.

—Estoy de acuerdo. Cabe la posibilidad de que tengamos que ayudarla.

—¿Tal vez con un sermón?

—Efectivamente.

—Hablaré sobre la peste desde el púlpito de la catedral.

Philemon parecía tener sus dudas.

—Atacar a Caris de forma directa podría ser peligroso y dar al traste con nuestros planes.

Godwyn estaba de acuerdo. Si se desataba un enfrentamiento abierto entre él y Caris, lo más probable era que los ciudadanos apoyaran a la monja.

—No mencionaré su nombre.

—Siembra la semilla de la duda y deja que la gente saque sus propias conclusiones.

—Denunciaré prácticas paganas, de adoración al diablo y de herejía.

En ese momento entró Petranilla, la madre de Godwyn. Andaba muy encorvada y necesitaba servirse de dos bastones, pero su gran cabeza aún sobresalía con firmeza de sus hombros huesudos.

—¿Qué tal ha ido? —preguntó. Había instado a Godwyn a que atacara a Caris y el plan de Philemon le había gustado.

—Elizabeth hará lo que deseamos —respondió Godwyn, con satisfacción. Disfrutaba dándole buenas noticias.

—Muy bien. Ahora quiero hablar contigo de otra cosa. —Se volvió para dirigirse a Philemon—: Puedes retirarte.

Por un instante, el suprior pareció sentirse herido, como un niño que recibe un bofetón de forma inesperada. A pesar de lo despiadado y brusco que podía llegar a ser, no era difícil hacerle daño. Sin embargo, se recuperó rápidamente y fingió no sólo no sentirse ofendido, sino que le había hecho gracia la prepotencia de la madre del prior.

—Por supuesto, señora —dijo con exagerada deferencia.

—¿Me harás el favor de encargarte del oficio de nona? —le pidió Godwyn.

—Por supuesto.

Cuando se fue, Petranilla se sentó a la gran mesa y dijo:

—Sé que fui yo quien te animó a fomentar los talentos de ese joven, pero debo admitir que, hoy en día, me pone la carne de gallina.

—Es más útil que nunca.

—Jamás puede llegarse a confiar del todo en un hombre despiadado. Si ha traicionado a otros, ¿por qué no iba a traicionarte a ti?

—Lo tendré en mente —dijo Godwyn, a pesar de que ahora su relación con Philemon era tan estrecha que le resultaba difícil imaginarse actuando sin él. Sin embargo, no quiso decirle eso a su madre. Cambió de tema y le preguntó—: ¿Te apetece un vaso de vino?

La mujer negó con la cabeza.

—Ya tengo muchas posibilidades de caer redonda al suelo sin necesidad de tomar vino. Siéntate y escúchame.

—Muy bien, madre. —Se sentó junto a ella, a la mesa.

—Quiero que te vayas de Kingsbridge antes de que la peste empeore.

—No puedo hacerlo. Pero tú sí que podrías irte…

—¡Lo que me ocurra a mí no importa! Yo voy a morir pronto de todos modos.

Aquella posibilidad hizo que Godwyn se estremeciera de pánico.

—¡No digas eso!

—No seas estúpido. Tengo sesenta años. Mírame, ni tan siquiera me tengo derecha. Ha llegado el momento de que me vaya, pero tú sólo tienes cuarenta y dos años… ¡Te queda mucho por hacer! Podrías llegar a ser obispo, arzobispo, e incluso cardenal.

Como siempre, la ambición sin límites que Petranilla sentía por su hijo causó a Godwyn cierta sensación de vértigo. ¿Era capaz de llegar a ser cardenal? ¿O se trataba sólo de la ceguera de una madre? No lo sabía.

—No quiero que te mueras de peste antes de haber alcanzado tu destino —le dijo la mujer.

—Madre, no vas a morirte.

—¡Olvídate de mí! —le espetó, enfadada.

—No puedo abandonar la ciudad. Tengo que asegurarme de que las monjas no conviertan a Caris en priora.

—Haz que celebren las elecciones de inmediato. Si no lo consigues, vete de todos modos y deja las elecciones en manos de Dios.

Le aterraba la peste, pero también temía el fracaso.

—¡Podría perderlo todo si eligen a Caris!

Petranilla le replicó con voz más suave:

—Escúchame, Godwyn. Sólo tengo un hijo, y eres tú. No podría soportar la idea de perderte.

Aquel súbito cambio de tono en su voz sumió al prior en un silencio absoluto.

La anciana prosiguió:

—Por favor, te suplico que te marches de esta ciudad y vayas a algún lugar donde la peste no pueda alcanzarte.

Jamás la había visto suplicar, era una situación desconcertante. Tenía miedo, pero para que no siguiera insistiendo, le dijo a su madre:

—Déjame pensar en ello.

—Esta peste —le advirtió ella— es como un lobo que acecha en el bosque. Cuando la veas, no pienses… huye.

Godwyn pronunció el sermón el domingo antes de Navidad.

Era un día seco, con unas nubes altas y pálidas que techaban la fría bóveda del cielo. La torre central de la catedral estaba cubierta por un nido de andamios de sogas y ramas, ya que Elfric había empezado a demolerla por arriba. En el mercado que se celebraba en el césped, los mercaderes, que se estremecían de frío, comerciaban con unos cuantos clientes preocupados. Detrás del mercado, la hierba helada del cementerio estaba parcheada con los rectángulos de color pardo de más de un centenar de tumbas nuevas.

Sin embargo, la iglesia estaba llena a rebosar. Para cuando Godwyn entró en ella para oficiar la misa, la escarcha que había detectado en las paredes interiores durante el oficio de prima ya se había desvanecido gracias al calor de miles de cuerpos. Los fieles estaban apiñados con sus abrigos y capas de color terroso, y parecían un rebaño dentro de un corral. Sabía que habían acudido por culpa de la peste. La congregación de miles de ciudadanos había aumentado en varios centenares de personas procedentes de los pueblos de alrededor; todos buscaban la protección de Dios contra una enfermedad que ya había afectado, como mínimo, a una familia de todas las calles y aldeas. Godwyn los comprendía. Hasta él había rezado con mayor fervor en los últimos tiempos.

Por lo general, sólo la gente de las primeras hileras atendía el oficio solemnemente. Los que estaban situados detrás charlaban con sus amigos y vecinos, y los jóvenes se divertían en el fondo de la iglesia. Pero ese día se oía poco ruido. Todas las cabezas miraban a los monjes y las monjas, y los observaban con una atención poco habitual mientras llevaban a cabo los rituales. La multitud murmuraba los responsos escrupulosamente, en una actitud desesperada para ser bendecidos con una santidad protectora. Godwyn escrutó esas caras, analizó las expresiones. Lo que vio era espantoso. Al igual que él, se preguntaban con temor quién sería el siguiente en estornudar, o en empezar a sangrar por la nariz, o a quién le saldría antes el característico sarpullido de manchas negras y púrpuras.

En primera fila vio al conde William y a su mujer Philippa, con sus dos hijos mayores, Roland y Richard, y su hija mucho más joven, Odila, que tenía catorce años. William gobernaba el condado con el mismo estilo que su padre, Roland, con orden y justicia, y con una mano firme que, de vez en cuando, podía llegar a ser cruel. Tenía un semblante preocupado: un brote de peste en su condado era algo que no podía controlar, por muy severo que fuera. Philippa abrazaba a la chica con un brazo, como si quisiera protegerla.

A su lado se encontraba sir Ralph, señor de Tench. Al hermano de Merthin nunca se le había dado muy bien ocultar sus sentimientos, y ahora parecía aterrorizado. Su joven esposa tenía un bebé varón en brazos. Godwyn lo había bautizado hacía poco, con el nombre de Gerald, por su abuelo, que se encontraba muy cerca, acompañado por la abuela, Maud.

El prior miró a la siguiente persona de la fila: era el hermano de Ralph, Merthin. Cuando éste había regresado de Florencia, Godwyn había albergado la esperanza de que Caris renunciaría a sus votos y abandonaría el convento. Pensó que causaría menos molestias como mera esposa de un ciudadano. Sin embargo, aquello no ocurrió. Merthin cogía de la mano a su pequeña hija italiana. Al lado de ellos se encontraba Bessie, de la posada Bell. Su padre, Paul Bell, ya había sucumbido a la peste.

No muy lejos de ellos se encontraba la familia a la que Merthin había desdeñado: Elfric, con su hija Griselda y el hijo pequeño de ésta, al que habían llamado Merthin y que ahora tenía diez años, y Harry Mason, el hombre con el que se había casado Griselda tras abandonar toda esperanza de casarse con Merthin. Al lado de Elfric se hallaba su segunda esposa, Alice, prima de Godwyn. Elfric no bajaba la mirada. Había construido un techo provisional sobre el crucero mientras derribaba la torre, y observaba su trabajo bien con admiración, bien con temor.

Notoria era la ausencia del obispo de Shiring, Henri de Mons. Era el obispo quien acostumbraba a pronunciar el sermón de Navidad; sin embargo, éste no había acudido a la catedral. Habían muerto tantos clérigos por culpa de la peste que el obispo estaba atareadísimo visitando parroquias y buscando sustitutos. Incluso corrían rumores de que se iban a reducir los requisitos para los curas, y que se iba a ordenar a menores de veinticinco años y a hijos ilegítimos.

Godwyn dio un paso al frente para hablar. Estaba a punto de emprender una delicada tarea: tenía que azuzar el miedo y el odio contra la persona más querida de Kingsbridge, y tenía que hacerlo sin mencionar su nombre, sin permitir siquiera que los habitantes de la ciudad creyeran que él mantenía una actitud hostil hacia ella. Tenían que volverse contra ella con furia, pero cuando lo hicieran, tenían que estar convencidos de que había sido idea suya, no de Godwyn.

No pronunciaba una homilía en todos los oficios, sino que sólo se dirigía a los fieles en los más solemnes, en aquellos a los que asistía una multitud, e incluso en esos casos no siempre les echaba un sermón. A menudo se trataba de anuncios, mensajes del arzobispo o el rey sobre acontecimientos nacionales: victorias militares, impuestos, nacimientos y defunciones reales. Pero el de aquel día iba a ser especial.

—¿Qué es la enfermedad? —preguntó.

La iglesia ya estaba en silencio, pero la congregación se quedó muy quieta. Formuló la pregunta que estaba en la mente de todos:

—¿Por qué Dios envía enfermedades y plagas para atormentarnos y matarnos? —Miró a su madre, que se encontraba tras Elfric y Alice, y de pronto recordó su predicción, según la cual moriría pronto. Durante un instante se quedó helado, paralizado a causa del miedo, incapaz de hablar.

Los fieles se movieron intranquilos, expectantes. Consciente de que la gente empezaba a distraerse, sintió un ataque de pánico, que no hizo sino empeorar su parálisis. Pero entonces la crisis pasó—. La enfermedad es un castigo por un pecado —prosiguió.

Durante los años, había desarrollado un estilo propio a la hora de dar los sermones: no se dedicaba a despotricar, como fray Murdo, sino que hablaba de un modo más familiar, como si fuera un hombre razonable, en lugar de un demagogo. Se preguntó si ésa sería la mejor táctica para azuzar el odio que quería que sintieran los feligreses, pero Philemon le había dicho que parecía más convincente.

—La peste es una enfermedad especial, de modo que sabemos que Dios nos está infligiendo un castigo especial. —Se produjo un rumor generalizado, a medio camino entre el murmullo y el gruñido. Era lo que la gente quería oír. Estaba animado—. Debemos preguntarnos qué pecados hemos cometido para merecer tal castigo.

Al pronunciar esa frase, vio que Madge Webber estaba de pie, sola. La última vez que había ido a la iglesia tenía marido y cuatro hijos. Se le pasó por la cabeza la idea de denunciar que esa mujer se había enriquecido utilizando tintes preparados mediante brujería, pero cambió de opinión. Madge era una mujer muy estimada y respetada.

—Os advierto que Dios nos está castigando por herejes. Hay gente en este mundo, en esta ciudad, incluso en esta gran catedral hoy, que cuestiona la autoridad de la Santa Iglesia de Dios y sus pastores. Dudan que el sacramento convierta el pan en el verdadero cuerpo de Cristo; niegan la eficacia de las misas por los muertos; afirman que es pura idolatría rezar ante estatuas de los santos… —Eran las típicas herejías sobre las que debatían los sacerdotes eruditos de Oxford. A muy pocos ciudadanos de Kingsbridge les preocupaban esas discusiones, y Godwyn vio la decepción y el aburrimiento en los rostros de los fieles. Tenía la sensación de que los estaba perdiendo de nuevo y sintió que el pánico volvía a apoderarse de él. A la desesperada, añadió—: Hay gente de esta ciudad que practica la brujería.

Aquello captó la atención de los feligreses. Se oyó un grito entrecortado.

—Debemos mantenernos atentos ante la falsa religión —exclamó—. Recordad que sólo Dios puede curar la enfermedad. La oración, la confesión, la comunión, la penitencia… Éstos son los remedios sancionados por la cristiandad. —Alzó la voz un poco más—. ¡Todo lo demás es blasfemia!

No había sido lo bastante claro. Tenía que ser más concreto.

—Y es que si Dios nos envía un castigo y nosotros intentamos eludirlo,

¿acaso no estamos desafiando Su voluntad? Podemos rezarle para que nos perdone, y quizá, con su gran sabiduría, nos curará la enfermedad, pero los remedios herejes sólo empeorarán la situación. —La gente estaba embelesada y Godwyn se había ido calentando—. ¡Os lo advierto! Los hechizos, las invocaciones al mundo de los espíritus, los ensalmos contrarios al cristianismo y, sobre todo, las prácticas paganas... son brujería y están prohibidas por la Santa Iglesia de Dios.

Su verdadero público de aquel día eran las treinta y dos monjas que había tras él, en el coro de la iglesia. Hasta el momento, sólo unas pocas habían dado muestras de su oposición a Caris y de su apoyo a Elizabeth, negándose a llevar la mascarilla contra la peste. Tal y como estaba la situación, Caris ganaría fácilmente las elecciones de la semana siguiente. Tenía que transmitir un mensaje muy claro a las monjas: el mensaje de que las ideas médicas de Caris eran herejes.

—Todo aquel que sea culpable de tales prácticas... —Hizo una pausa para impresionar a la gente, se inclinó hacia delante y miró a los fieles—. Todo aquel habitante de esta ciudad... —Se volvió y miró a los monjes y las monjas del coro—. O incluso del priorato... —Volvió a mirar a la concurrencia—. Repito, todo aquel que sea culpable de tales prácticas debería ser rechazado.

Se calló de nuevo para lograr el máximo efecto.

—Y que Dios se apiade de sus almas.

61

Paul Bell fue enterrado tres días antes de Navidad. Todos cuantos se congregaron en torno a su tumba en el gélido diciembre fueron invitados a la taberna a beber en su recuerdo. Su hija, Bessie, era ahora la propietaria del negocio y como no quería llorar la muerte de su padre a solas, sirvió la mejor cerveza de la taberna en generosas cantidades. Lennie Fiddler tocó melodías tristes con su violín, y la pesadumbre y las lágrimas derramadas por los dolientes aumentaron a medida que se iban emborrachando.

Merthin se sentó en una esquina con Lolla. En el mercado celebrado el día anterior había comprado pasas de Corinto, un lujo costoso. Las estaba compartiendo con Lolla y aprovechaba para enseñarle los números al mismo tiempo. Contó nueve pasas para él, pero cuando estaba contando las de su hija, se saltó la mitad de los números y dijo:

—Uno, tres, cinco, siete, nueve.

—¡No! —protestó la pequeña—. ¡No está bien! —Lolla se reía porque sabía que su padre sólo quería chincharla.

—Pero si he contado nueve para cada uno —exclamó él.

—¡Tú tienes más!

—Bueno, ¿y cómo ha ocurrido?

—No las has contado bien, tonto.

—Pues entonces será mejor que las cuentes tú, a ver si se te da mejor.

Bessie se sentó con ellos. Se había puesto su mejor vestido, que le quedaba algo ajustado.

—¿Me dais alguna pasa? —preguntó.

Lolla respondió:

—Sí, pero no dejes que las cuente papá.

—Tranquila —le aseguró Bessie—, creo que me conozco sus trucos.

—Aquí tienes —le dijo Merthin a la posadera—. Una, tres, nueve, trece… Oh, me he pasado. Es mejor que le quite algunas. —Recuperó tres pasas—. Doce, once, diez. Ya está, ahora tienes diez pasas.

A Lolla aquello le pareció divertidísimo.

—¡Pero si sólo tiene una! —dijo.

—¿Es que he vuelto a contar mal?

—¡Sí! —Miró a Bessie—. Nos conocemos tus trucos.

—Venga, entonces cuéntalas tú.

Se abrió la puerta y entró una gélida racha de aire. Era Caris, envuelta en una pesada capa. Merthin le sonrió: cada vez que la veía, se alegraba de comprobar que aún estaba viva.

Bessie le lanzó una mirada recelosa, pero le dio la bienvenida.

—Hola, hermana. Es muy amable por tu parte que te acuerdes de mi padre.

Caris respondió:

—Siento mucho que lo hayas perdido. Era un buen hombre. —Ella también era educada sólo para mantener las formas.

Merthin se dio cuenta de que aquellas dos mujeres se consideraban rivales disputando por su cariño. Él no sabía qué había hecho para merecer tal devoción.

—Gracias —le dijo Bessie a Caris—. ¿Quieres un vaso de cerveza?

—Muchas gracias, pero no. Tengo que hablar con Merthin.

Bessie miró a Lolla.

—¿Quieres que tostemos almendras en el fuego?

—¡Sí, por favor!

Bessie se llevó a la niña.

—Se llevan muy bien —dijo Caris.

Merthin asintió.

—Bessie tiene un gran corazón y no tiene hijos.

A Caris se le ensombreció el rostro.

—Yo no tengo hijos… pero quizá no tengo un gran corazón para tenerlos.

Merthin le acarició la mano.

—No es cierto —le dijo—. Tu corazón es tan grande que tienes que cuidar no sólo de un hijo o dos, sino de docenas de personas.

—Eres muy bueno por verlo así.

—Es cierto, eso es todo. ¿Cómo está la situación en el hospital?

—Es insoportable. Está lleno de gente moribunda y no puedo hacer nada por ellos, salvo enterrarlos.

Merthin sintió una gran compasión. Caris era una persona muy capaz, de absoluta confianza, pero la tensión había hecho mella en ella y quería compartirlo con él, y con nadie más.

—Pareces cansada —le dijo él.

—Lo estoy, bien lo sabe Dios.

—Supongo que también te preocupan las elecciones.

—He venido a pedirte ayuda por eso.

Merthin dudó. Se debatía entre sentimientos contradictorios. Una parte de él quería que Caris lograra lo que ambicionaba y se convirtiera en priora. Pero, entonces, ¿llegaría a ser algún día su mujer? Al mismo tiempo albergaba la esperanza egoísta de que perdiera las elecciones y renunciara a sus votos. A pesar de todo, quería ofrecerle toda la ayuda que le pidiera, sólo porque la amaba.

—Muy bien —respondió él.

—El sermón de ayer de Godwyn me ha hecho daño.

—¿Es que nunca te librarás de esa vieja acusación de brujería? ¡Es absurdo!

—La gente es estúpida. El sermón causó un gran impacto entre las monjas.

—Tal y como era su intención.

—De eso no hay duda. Pocas de ellas creyeron a Elizabeth cuando les dijo que mis máscaras de lino eran paganas. Sólo sus amigas más próximas renunciaron a llevar la mascarilla: Cressie, Elaine, Jeannie, Rosie y Simone. Pero cuando las demás escucharon el mensaje lanzado desde el púlpito de la catedral, fue distinto. Ahora las hermanas más impresionables han renunciado a la mascarilla. Unas cuantas evitan tomar una decisión clara al respecto y por eso ya no entran en el hospital. Sólo hay un puñado que aún las lleva: cuatro monjas cercanas a mí y yo misma.

—Me lo temía.

—Ahora que la madre Cecilia, Mair y Julie la Anciana han muerto, sólo quedan treinta y dos monjas con derecho a voto. Se necesitan diecisiete para ganar. Al principio, Elizabeth sólo tenía cinco partidarias claras. El sermón le ha dado once más. Contando su voto, suma diecisiete. Yo sólo tengo cinco, y aunque todas las indecisas me votaran, perdería.

Merthin se enfureció por ella. Tenía que ser doloroso que la rechazaran de aquel modo después de todo lo que había hecho por el convento.

—¿Y qué piensas hacer?

—El obispo es mi última esperanza. Si muestra su firme oposición a Elizabeth y anuncia que no ratificará su elección, algunas de sus partidarias podrían votarme a mí y, entonces, podría tener alguna oportunidad de ganar.

—¿Cómo piensas influir en él?

—No puedo, pero tú sí… o, como mínimo, la cofradía gremial.

—Supongo…

—Esta noche van a celebrar una reunión. Supongo que asistirás a ella.

—Sí.

—Piensa en ello. Godwyn ya tiene a la ciudad en un puño. Mantiene una estrecha relación con Elizabeth ya que la familia de ella es arrendataria del priorato, y Godwyn siempre ha intentado favorecerlos. Si ella se convierte en priora, será tan sumisa como Elfric. Godwyn no tendrá oposición ni dentro ni fuera del priorato, y eso supondrá la muerte de Kingsbridge.

—Es cierto, pero no sé si los miembros del gremio estarán de acuerdo en interceder con el obispo…

Una sombra de desánimo mudó el semblante de la monja.

—Sólo inténtalo. Si rechazan tu petición, que así sea.

La desesperación de Caris lo conmovió y deseó poder ser más optimista.

—Lo haré, por supuesto.

—Gracias. —Se levantó—. Debes tener sentimientos contradictorios con respecto a mi petición. Gracias por ser un verdadero amigo.

Merthin sonrió con ironía. Quería ser su esposo, no su amigo. Pero, de momento, se conformaría con eso.

Caris salió al frío que azotaba las calles.

Merthin se reunió con Bessie y Lolla junto al fuego y probó las almendras tostadas, pero estaba preocupado. La influencia de Godwyn era maligna, pero aun así no dejaba de acumular más y más poder. ¿Por qué? Tal vez porque era un hombre ambicioso sin conciencia, una poderosa combinación.

Cuando cayó la noche, puso a Lolla a dormir en su cama y le pidió a la hija de un vecino que la vigilara. Bessie dejó a su ayudante, Sairy, a cargo de la taberna. Enfundados en pesadas capas, enfilaron la calle principal en dirección a la sede del gremio para asistir a la reunión de invierno de la cofradía gremial.

En el fondo de la larga estancia había un barril de cerveza para los miembros del gremio. Esa Navidad, los habitantes de Kingsbridge parecían empeñados en forzarse a celebrar las fiestas, pensó Merthin. Muchos de ellos ya habían bebido en el velatorio de Paul Bell, y algunas de esas mismas personas entraron en la sede detrás de Merthin y fueron directas a llenar sus jarras con tanta ansiedad que parecía que hiciera una semana que no cataban la cerveza. Tal vez aquello los ayudaba a olvidarse de la peste.

Bessie fue una de las cuatro personas presentadas como nuevo miembro. Las otras tres fueron los hijos mayores de importantes mercaderes que habían muerto. Godwyn, ejerciendo su señorío sobre los ciudadanos, debía de haber disfrutado de un buen aumento de sus ingresos gracias al impuesto de herencia, pensó Merthin.

Cuando zanjaron las cuestiones rutinarias, Merthin planteó el tema de la elección de la nueva priora.

—Eso no es asunto nuestro —replicó Elfric de inmediato.

—Al contrario, el resultado afectará al comercio de esta ciudad durante los próximos años, tal vez décadas —arguyó Merthin—. La priora es una de las personas más ricas y poderosas de Kingsbridge, y deberíamos hacer todo cuanto esté a nuestro alcance para que se elija a una que no le ponga trabas al comercio.

—No podemos hacer nada, no tenemos voto.

—Pero tenemos influencia. Podríamos dirigirle una petición al obispo.

—Eso jamás se ha hecho.

—Lo cual no es óbice para no intentarlo ahora.

Bill Watkin los interrumpió.

—¿Quiénes son las candidatas?

Merthin contestó:

—Lo siento, creía que lo sabíais. La hermana Caris y la hermana Elizabeth. Creo que deberíamos apoyar a Caris.

—No me extraña que la prefieras —exclamó Elfric—. ¡Y todos sabemos por qué!

Los asistentes estallaron en carcajadas. Todo el mundo conocía la accidentada e intermitente relación entre Merthin y Caris, una relación que venía de largo.

Merthin sonrió.

—Venga, reíos, no me importa. Tan sólo recordad que Caris se crió en el negocio de la lana y que ayudó a su padre, por lo que entiende los problemas y los retos a los que deben hacer frente los mercaderes; mientras que su rival es la hija de un obispo, y caben más posibilidades de que simpatice con el prior.

Elfric tenía la cara roja, en parte por la cerveza que había bebido, pensó Merthin, pero sobre todo debido a la ira.

—¿Por qué me odias, Merthin? —le preguntó.

Merthin se quedó sorprendido.

—Creía que era al revés.

—Sedujiste a mi hija y luego te negaste a casarte con ella. Intentaste impedir que construyera el puente. Creía que nos habíamos librado de ti, y entonces regresaste y me humillaste en la cuestión de las grietas del puente. Cuando aún hacía pocos días de tu regreso, intentaste que tu amigo Mark me desbancara en mi cargo de mayordomo. Incluso insinuaste que las grietas de la catedral eran culpa mía, a pesar de que se construyó antes de que yo naciera. Repito, ¿por qué me odias?

Merthin no supo qué decir. ¿Cómo era posible que Elfric no supiera lo que le había hecho? Pero él no quería seguir con la discusión delante de los miembros del gremio, ya que le parecía una actitud infantil.

—No te odio, Elfric. Fuiste un maestro cruel cuando yo era tu aprendiz, y eres un constructor desidioso, y adulas a Godwyn, pero a pesar de todo, no te odio.

Uno de los miembros nuevos, Joseph Blacksmith, dijo:

—¿Es esto lo que hacéis en la cofradía gremial: mantener discusiones estúpidas?

Merthin se sintió tratado injustamente. No era él quien había introducido el matiz personal. Pero si hubiera dicho eso, habría dado la sensación de que quería continuar con aquella estúpida discusión. De modo que no dijo nada y pensó que Elfric era siempre muy astuto.

—Joe tiene razón —dijo Bill Watkin—. No hemos venido aquí a escuchar cómo riñen Elfric y Merthin.

A Merthin le preocupó que Bill los pusiera a Elfric y a él en el mismo saco. Por lo general, él gozaba de la simpatía de los demás miembros, que sentían cierta hostilidad hacia Elfric desde la discusión sobre las grietas del puente. De hecho, habrían elegido a Mark como nuevo mayordomo si no hubiera muerto. Pero algo había cambiado.

Merthin dijo:

—¿Podemos regresar al tema que estábamos debatiendo, que es la petición al obispo para que apoye la elección de Caris como priora?

—Me opongo —exclamó Elfric—. El prior Godwyn quiere a Elizabeth.

Se alzó una nueva voz.

—Estoy con Elfric. Es mejor que no discrepemos del padre prior.

Se trataba de Marcel Chandler, que tenía el contrato para suministrar candelas de cera al priorato. Godwyn era su cliente más importante. Su decisión no sorprendió a Merthin.

Sin embargo, sí que le sorprendió la siguiente persona que tomó la palabra. Fue Jeremiah Builder, que dijo:

—No creo que debamos apoyar a alguien que ha sido acusado de herejía. —Acto seguido, escupió al suelo dos veces, a izquierda y derecha, y se santiguó.

Merthin estaba demasiado perplejo para responder.

Jeremiah siempre había sido enormemente supersticioso, pero Merthin jamás habría imaginado que su temor lo llevaría a traicionar a su mentor.

Fue Bessie quien defendió a Caris.

—Esa acusación siempre fue absurda —dijo.

—Aun así, jamás se rebatió —replicó Jeremiah.

Merthin lo miró fijamente, pero su antiguo aprendiz no se atrevió a alzar la vista.

—¿Qué te ha ocurrido, Jimmie? —le preguntó Merthin.

—No quiero morir de la peste —le dijo Jeremiah—. Ya oíste el sermón. Todo aquel que recurra a remedios paganos debería ser rechazado. Estamos hablando de pedirle al obispo que la convierta en priora… ¡Eso no es rechazarla!

Hubo un murmullo de aprobación, y Merthin se percató de que la marea de opinión había cambiado. Los demás no eran tan crédulos como Jeremiah, pero compartían su temor. La peste los había asustado a todos y había socavado los cimientos de su racionalidad. El sermón de Godwyn había sido más efectivo de lo que había imaginado Merthin.

Estaba dispuesto a rendirse. Pero entonces pensó en Caris, en lo cansada y desmoralizada que estaba, y lo intentó una última vez.

—Ya he vivido esta situación en Florencia —dijo—. Os advierto que los curas y los monjes no salvarán a nadie de la peste. Habréis entregado la ciudad a Godwyn en bandeja de plata, y todo para nada.

Jeremiah replicó:

—Eso se parece muchísimo a una blasfemia.

Merthin miró a su alrededor. Los demás se mostraban de acuerdo con Jeremiah. Estaban demasiado asustados para pensar serenamente. No podía hacer nada más.

Así pues, la cofradía decidió no emprender acción alguna en la elección de la priora, y la reunión finalizó poco después en un ambiente enrarecido. Los miembros cogieron teas de la chimenea para que los alumbraran en el camino de vuelta a casa.

Merthin decidió que era demasiado tarde para ir a informar a Caris; las monjas, al igual que los monjes, se iban a dormir al anochecer y se levantaban a primera hora de la mañana. Sin embargo, vio una figura envuelta en una gran capa de lana, esperando frente a la cofradía y, para su sorpresa, su antorcha iluminó el rostro atribulado de Caris.

—¿Qué ha ocurrido? —le preguntó ella, hecha un manojo de nervios.

—He fracasado —respondió él—. Lo siento.

La luz de la antorcha reveló su dolor.

—¿Qué han dicho?

—Que no quieren meter baza. Se han creído el sermón.

—Hatajo de necios…

Ambos recorrieron juntos la calle principal. Cuando llegaron a las puertas del priorato, Merthin le dijo:

—Abandona el convento, Caris. No por mí, sino por tu bien. No podrás trabajar con Elizabeth. Te odia y pondrá trabas a todo lo que quieras hacer.

—Aún no ha ganado.

—Pero ganará… tú misma lo dijiste. Renuncia a tus votos y cásate conmigo.

—El matrimonio es un voto. Si rompo el que le hice a Dios, ¿por qué ibas a confiar en mi promesa?

Merthin sonrió.

—Me arriesgaré.

—Déjame pensar en ello.

—Hace meses que le estás dando vueltas —replicó Merthin con un deje de resentimiento—. Si no te vas ahora, no lo harás jamás.

—Ahora no puedo marcharme. La gente me necesita más que nunca.

Él empezó a enfurecerse.

—No voy a pasarme toda la vida pidiéndotelo.

—Lo sé.

—De hecho, después de esta noche no volveré a pedírtelo.

Caris rompió a llorar.

—Lo siento, pero no puedo abandonar el hospital en medio de una peste como la que nos azota.

—El hospital.

—Y la gente de la ciudad.

—¿Y qué hay de ti?

Las lágrimas de la monja refulgieron bajo la llama de la antorcha.

—Me necesitan desesperadamente.

—Son unos desagradecidos, todos: las monjas, los monjes y la gente de esta ciudad. Y por Dios que yo lo sé mejor que nadie.

—Eso no me influye en nada.

Merthin asintió con la cabeza, en un gesto que daba a entender que aceptaba su decisión, y reprimió su ira egoísta.

—Si es eso lo que quieres, debes cumplir con tu obligación.

—Gracias por entenderme.

—Habría preferido que esto hubiera acabado de otro modo.

—Yo también.

—Es mejor que te quedes con la antorcha.

—Gracias.

Caris tomó la tea y se fue. Merthin la observó, mientras pensaba: «¿Así va a acabar esto? ¿Esto es todo?». Ella se alejó con sus andares característicos, con paso resuelto y segura de sí misma, pero con la cabeza gacha. Cruzó la puerta y desapareció.

Los destellos de las luces de la posada Bell se colaban entre las rendijas de los postigos y la puerta. Merthin decidió entrar.

Los últimos clientes se deshacían en despedidas etílicas, mientras Sairy recogía las jarras y limpiaba las mesas. Merthin subió a ver a Lolla, que dormía como un lirón, y pagó a la muchacha que la había cuidado. Pensó en irse a la cama, pero sabía que no podría dormir. Estaba demasiado disgustado. ¿Por qué se le había acabado la paciencia esa noche y no cualquier otra? Se había enfurecido. Sin embargo, cuando se calmó reflexionó que se trataba de una furia surgida del miedo. Lo que ocurría, en el fondo, era que le daba miedo que Caris contrajera la peste y muriera.

Tomó asiento en un banco de la taberna y se quitó las botas. Se quedó inmóvil, con la mirada fija en el fuego, preguntándose por qué no podía conseguir aquello que más anhelaba.

Bessie entró y colgó la capa. Sairy se fue y la posadera cerró la puerta. Se sentó frente a Merthin, en la gran silla que siempre había usado su padre.

—Siento mucho lo que ha ocurrido en la cofradía —le dijo—. No tengo muy claro quién tiene razón, pero sé que estás decepcionado.

—Aun así, gracias por apoyarme.

—Siempre te apoyaré.

—Tal vez ha llegado el momento de que deje de librar batallas por Caris.

—Estoy de acuerdo, pero sé que eso te causa tristeza.

—Tristeza y furia. Tengo la sensación de que he pasado la mitad de mi vida en vano, esperando a Caris.

—El amor nunca es en vano.

Merthin la miró, sorprendido. Tras una pausa, le dijo:

—Eres una mujer sabia.

—No queda nadie más en casa, sólo Lolla —dijo ella—. Todos los huéspedes que han pasado la Navidad aquí se han ido. —Se levantó y se arrodilló frente a él—. Me gustaría confortarte... Del modo que sea.

Merthin se recreó en la cara redonda y agradable de Bessie y sintió cómo su propio cuerpo despertaba ante aquel ofrecimiento. Hacía mucho tiempo que no estrechaba el cuerpo suave de una mujer en sus brazos. Pero negó con la cabeza.

—No quiero utilizarte.

Ella sonrió.

—No te estoy pidiendo que te cases conmigo. Ni tan siquiera que me ames. Acabo de enterrar a mi padre, tú te sientes desilusionado por la reacción de Caris y ambos necesitamos un cuerpo cálido al que aferrarnos.

—Para aliviar el dolor, tomo una jarra de vino.

Bessie le cogió la mano y le besó la palma.

—Mejor que el vino —dijo ella.

Se llevó la mano de Merthin a sus pechos. Eran grandes y suaves, y él suspiró mientras los acariciaba. Ella alzó la cara y él se agachó y la besó en los labios. La posadera lanzó un gemido de placer. El beso era delicioso, como una bebida fría en un día caluroso, y Merthin no quería parar.

Al final ella se apartó, entre jadeos. Se levantó y se quitó el vestido de lana por la cabeza. Su cuerpo desnudo tenía un aspecto sonrosado bajo la luz de la lumbre. Era todo curvas: caderas redondas, vientre redondo, pechos redondos. Aún sentado, Merthin le rodeó la cintura con las manos y la acercó hacia él. Besó la cálida piel de su vientre, luego los pezones rosados. Alzó la cabeza y vio su cara sonrojada.

—¿Quieres subir arriba? —preguntó él.

—No —respondió ella, jadeante—. No puedo esperar tanto.

62

Las elecciones a priora se celebraron el día después de Navidad. Aquella mañana, Caris se sentía tan deprimida que tuvo que hacer un gran esfuerzo para salir de la cama. Cuando la campana tocó a maitines, a primera hora, sintió la gran tentación de meter la cabeza bajo las sábanas y decir que no se encontraba muy bien. Pero no podía fingir algo así cuando había tanta gente que estaba muriendo, por lo que al final se obligó a levantarse.

Arrastró los pies sobre las losas heladas del claustro junto a la hermana Elizabeth, ambas a la cabeza de la procesión que se dirigía hacia la iglesia. Se había acordado ese protocolo porque ninguna de las dos estaba dispuesta a ceder mientras competían por el cargo de priora. Pero a Caris ya no le importaba todo aquello. El resultado era más que previsible. En el coro, no paró de bostezar y de temblar mientras cantaban los salmos y leían fragmentos de las escrituras. Estaba furiosa. Al cabo de unas horas, Elizabeth sería elegida priora. Caris estaba enfadada con las monjas por el hecho de que la hubieran rechazado, odiaba a Godwyn por la animadversión que le profesaba y despreciaba a los mercaderes de la ciudad por haberse negado a intervenir.

Se sentía como si su vida fuera un fracaso. No había construido el nuevo hospital con el que había soñado y, ahora, jamás lo conseguiría.

También estaba enfadada con Merthin porque le había hecho una oferta que no podía aceptar. Él no la entendía. Para él, su matrimonio sería un complemento a su vida de arquitecto, pero para ella, el matrimonio tendría que reemplazar el trabajo al que se había entregado en cuerpo y alma. Ése era el motivo por el que había vacilado durante tantos años, no porque no lo amara. Anhelaba estar con él con unas ansias que a duras penas podía reprimir.

Masculló entre dientes el último responso y luego, mecánicamente, salió de la iglesia, a la cabeza de la procesión. Mientras caminaban por el claustro, alguien estornudó detrás de ella. Estaba demasiado desalentada para ver quién había sido.

Las monjas subieron la escalera para regresar al dormitorio. Cuando Caris entró en la estancia oyó una respiración muy pesada y se dio cuenta de que alguien se había quedado arriba y no había asistido al oficio. La luz de la vela reveló el rostro de la monja encargada de las novicias, la hermana Simone, una mujer adusta de mediana edad, que acostumbraba a ser muy seria y nunca fingía estar enferma. Caris se ató un pedazo de tela de lino alrededor de la cara y luego se arrodilló junto al colchón de la monja. Simone sudaba y parecía asustada.

Caris le preguntó:

—¿Cómo te sientes?

—Muy mal. He tenido sueños horribles.

Caris le tocó la frente, que estaba ardiendo.

Simone le preguntó:

—¿Puedo beber algo?

—Enseguida.

—Sólo es un catarro, espero.

—Sin duda, tienes mucha fiebre.

—Pero no tengo la peste, ¿verdad? No es tan grave.

—Te llevaremos al hospital de todos modos —le contestó con una evasiva—. ¿Puedes caminar?

Simone tuvo que hacer un gran esfuerzo para ponerse en pie. Caris tomó una manta de la cama y se la echó sobre los hombros.

Cuando se dirigían hacia la puerta, Caris oyó un estornudo. Esta vez vio que había sido la hermana Rosie, la oronda *matricularius*. Caris miró fijamente a la monja, que parecía asustada.

Llamó a una monja al azar y le dijo:

—Hermana Cressie, lleva a Simone al hospital mientras yo me ocupo de Rosie.

Cressie tomó a Simone del brazo y bajaron por la escalera.

Caris acercó la vela a la cara de Rosie, que también sudaba a mares. Le bajó el cuello del hábito y vio un sarpullido de manchitas púrpuras en los hombros y pechos.

—No —dijo Rosie—. No, por favor...

—Tal vez no sea nada —mintió Caris.

—¡No quiero morir de la peste! —exclamó Rosie con la voz rota.

Caris intentó tranquilizarla:

—Mantén la calma y acompáñame. —La tomó del brazo con fuerza, pero la monja se resistió.

—No, ¡me pondré bien!

—Intenta rezar una oración. El avemaría, venga.

Rosie empezó a rezar y, al cabo de un instante, Caris pudo llevársela.

El hospital estaba atestado de enfermos moribundos y de sus familias, la mayoría despiertos a pesar de la hora. Había un fuerte hedor a cuerpos sudorosos, vómito y sangre. El lugar estaba tenuemente iluminado por unas lámparas de sebo y las velas del altar. Un puñado de monjas atendía a los pacientes, les llevaban agua y los aseaban. Algunas se habían puesto la mascarilla, pero otras no.

El hermano Joseph también estaba en el hospital, era el monje médico más anciano y el más querido. Le estaba dando la extremaunción a Rick Silvers, prohombre del gremio de los joyeros, y se había inclinado sobre él para escuchar la confesión susurrada del hombre, que estaba rodeado de sus hijos y nietos.

Caris hizo sitio para Rosie y la convenció de que se tumbara. Una de las monjas le llevó una taza de agua de la fuente. Rosie permanecía inmóvil, pero no paraba de mover los ojos de un lado para otro. Sabía cuál iba a ser su destino, y estaba asustada.

—El hermano Joseph vendrá a verte de inmediato —le dijo Caris.

—Tenías razón, hermana Caris —le dijo Rosie.

—¿A qué te refieres?

—Simone y yo hemos sido siempre partidarias de la hermana Elizabeth y nunca nos hemos puesto la mascarilla. Mira lo que nos ha ocurrido.

Caris no había pensado en ello. ¿Acaso las muertes de aquellas que no estaban de acuerdo con ella demostrarían, muy a su pesar, que tenía razón? En tal caso preferiría estar equivocada.

Se fue a ver a Simone. Estaba tumbada y tomaba de la mano a Cressie. Era mayor y podía mantener la calma más que Rosie, pero no podía ocultar el miedo que se reflejaba en su mirada, y aferraba con fuerza la mano de Cressie.

Caris miró a Cressie. Tenía una mancha oscura en el labio. Caris alargó el brazo y se la limpió con la manga.

Cressie también formaba parte del grupo de monjas que había renunciado a llevar la mascarilla.

Miró la mancha de la manga de Caris.

—¿Qué es? —le preguntó.

—Sangre —respondió Caris.

La votación se celebró en el refectorio, una hora antes de la cena. Caris y Elizabeth estaban una junto a la otra, tras una mesa que había en uno de los extremos de la sala, y las demás monjas estaban sentadas en bancos dispuestos en hileras.

Todo había cambiado. Simone, Rosie y Cressie estaban en el hospital, afectadas por la peste. Ahí, en el refectorio, las otras dos monjas que se habían negado desde un principio a ponerse la mascarilla, Elaine y Jeannie, mostraban los primeros síntomas: Elaine estornudaba y Jeannie sudaba. El hermano Joseph, que había tratado a víctimas de la peste sin mascarilla desde un principio, había acabado sucumbiendo. Las demás monjas habían vuelto a ponerse las mascarillas en el hospital. Si la mascarilla aún era un símbolo de apoyo a Caris, había ganado.

Todas estaban tensas e inquietas. La hermana Beth, antigua tesorera y ahora la mayor del convento, leyó una plegaria para dar inicio a la reunión. Casi antes de que hubiera acabado, varias monjas rompieron a hablar al mismo tiempo. La voz que se impuso fue la de la hermana Margaret, antigua despensera.

—¡Caris tenía razón y Elizabeth estaba equivocada! —exclamó—. Las que se negaron a ponerse la mascarilla están muriendo.

Hubo un murmullo generalizado de asentimiento.

Caris dijo:

—Preferiría que esto no hubiera ocurrido. Preferiría tener a Rosie, a Simone y a Cressie sentadas entre nosotras y que votaran contra mí. —Lo sentía así de corazón. Estaba harta de ver morir a la gente. Le hacía pensar en lo trivial que era todo lo demás.

Elizabeth se puso en pie.

—Propongo que pospongamos la votación —dijo—. Tres monjas han muerto y hay tres más en el hospital. Deberíamos esperar hasta que pase la peste.

Aquello cogió a Caris por sorpresa. Creía que Elizabeth no podría hacer nada para evitar la derrota, pero se había equivocado. Nadie votaría a su contrincante ahora, pero sus partidarias tal vez preferirían no tener que tomar una decisión.

La apatía de Caris se desvaneció. De pronto recordó todos los motivos por los que quería ser priora: para mejorar el hospital, para enseñar a leer y a escribir a más muchachas, para ayudar a que la ciudad prosperara… Sería una catástrofe que Elizabeth fuera elegida en su lugar.

Elizabeth recibió el apoyo inmediato de la anciana hermana Beth.

—No deberíamos celebrar la votación en este estado de pánico y tomar una decisión de la que podríamos arrepentirnos cuando se haya calmado todo. —Su intervención parecía ensayada: era obvio que Elizabeth lo había planeado todo. Sin embargo, su argumento no era del todo irrazonable, pensó Caris con cierto temor.

Margaret, indignada, exclamó:

—Beth, sólo dices eso porque sabes que Elizabeth va a perder.

Caris se abstuvo de intervenir, por miedo a dar lugar a que sus detractoras usaran el mismo argumento contra ella.

La hermana Naomi, que no había mostrado preferencia por ninguno de los dos bandos, dijo:

—El problema es que no tenemos madre superiora. La madre Cecilia, que Dios la tenga en su gloria, no nombró a una superiora tras la muerte de Natalie.

—¿Y tan grave es eso? —preguntó Elizabeth.

—¡Sí! —exclamó Margaret—. ¡Ni tan siquiera podemos decidir quién va a encabezar la procesión!

Caris decidió arriesgarse y expresar un punto de vista práctico:

—Hay una larga lista de asuntos pendientes de una decisión, sobre todo en lo que respecta a la herencia de las propiedades del convento, cuyos arrendatarios han muerto a causa de la peste. Sería difícil continuar mucho más tiempo sin priora.

La hermana Elaine, una de las cinco amigas originales de Elizabeth, se mostró contraria al aplazamiento.

—Odio las elecciones —dijo. Estornudó y prosiguió—: Fomentan las disensiones entre nosotras y causan acritud. Quiero zanjar esta cuestión cuanto antes para que podamos actuar unidas ante esta desoladora peste.

Sus palabras suscitaron una ovación de apoyo.

La hermana Elizabeth fulminó a Elaine con la mirada, que no la rehuyó y dijo:

—¿Lo veis? ¡No puedo ni hacer un comentario pacífico como éste sin que Elizabeth me mire como si la hubiera traicionado!

Elizabeth bajó la vista.

Margaret propuso:

—Venga, votemos. Quien esté a favor de Elizabeth que diga: «sí».

Nadie habló por un instante. Entonces Beth dijo en voz baja:

—Sí.

Caris esperó a que alguien más hablara, pero Beth fue la única, lo que hizo que el corazón le latiera desbocado. ¿Estaba a punto de lograr lo que ambicionaba?

Margaret preguntó:

—¿Quién está a favor de Caris?

La reacción fue inmediata. Hubo un grito general de asentimiento y a Caris le pareció que casi todas las monjas votaban a su favor.

«Lo he conseguido —pensó—. Voy a ser priora. Ahora podré llevar a cabo mis objetivos.»

Margaret dijo:

—En tal caso...

De pronto una voz masculina exclamó:

—¡Alto!

Varias monjas reprimieron un grito y una chilló. Todas miraron hacia la puerta, donde se encontraba Philemon, que debía de haber estado escuchando desde fuera, sospechó Caris.

Les advirtió:

—Antes de que continuéis...

Caris no pensaba aceptar aquello. Se puso en pie y lo interrumpió.

—¿Cómo te atreves a entrar en el convento? —le preguntó—. No tienes permiso y no eres bienvenido. ¡Vete ahora mismo!

—Me envía el reverendísimo padre...

—No tiene ningún derecho...

—Es la máxima autoridad de Kingsbridge, y en ausencia de una priora o una supriora tiene autoridad sobre las monjas.

—Ahora ya tenemos priora, hermano Philemon. —Caris se dirigió hacia él—. Acabo de ser elegida.

Las monjas odiaban a Philemon y todas aplaudieron.

El suprior dijo:

—El padre Godwyn se niega a permitir que esta votación tenga lugar.

—Demasiado tarde. Dile que la madre Caris está a cargo del convento y que te ha expulsado.

Philemon retrocedió.

—¡No serás priora hasta que tu elección haya sido ratificada por el obispo!

—¡Fuera! —gritó Caris.

Las monjas se unieron a su grito:

—¡Fuera! ¡Fuera! ¡Fuera!

Philemon se sentía intimidado. No estaba acostumbrado a que lo desafiaran de aquel modo. Caris dio otro paso hacia él y el suprior retrocedió. Parecía sorprendido por lo que estaba ocurriendo, pero también asustado. Los gritos se intensificaron. El monje se volvió de improviso y desapareció.

Las monjas se pusieron a reír y a aplaudir.

Sin embargo, Caris sabía que la advertencia que le había lanzado antes de irse era cierta. Su elección tendría que ser ratificada por el obispo Henri.

Y Godwyn haría todo lo que pudiera para evitarlo.

Un grupo de voluntarios de la ciudad limpió una zona boscosa de media hectárea de extensión en el extremo más alejado del río, y Godwyn ya estaba consagrando unos terrenos nuevos para usarlos como cementerio. Todos los camposantos dentro de los confines de la ciudad estaban llenos a rebosar, y el espacio disponible en el de la catedral se reducía a ojos vista.

Godwyn recorría los límites del terreno azotado por un viento frío y lacerante, rociándolo con agua sagrada que se congelaba nada más tocar el suelo, mientras los monjes y las monjas marchaban tras él, entonando un salmo. A pesar de que la consagración aún no había acabado, los sepultureros ya se habían puesto manos a la obra. Había unos montones de tierra dispuestos en líneas rectas tras una serie de hoyos rectangulares, cavados lo más cerca posible unos de otros para ahorrar espacio. Sin embargo, aquella media hectárea no les daría para mucho, y los voluntarios habían empezado a talar el terreno de al lado.

En momentos como ése, Godwyn tenía que hacer grandes esfuerzos para mantener la compostura. La peste avanzaba como una marea y arrastraba consigo a todo aquel que encontraba a su paso, imparable. Los monjes habían enterrado a un centenar de personas durante la semana de Navidad y las cifras seguían creciendo. El hermano Joseph había muerto el día antes y había dos monjes más enfermos. ¿Cuándo iba a acabar? ¿Moriría todo el mundo? ¿Moriría el propio Godwyn?

Estaba tan asustado que se detuvo y se quedó mirando fijamente el hisopo de oro con el que rociaba el agua sagrada, como si no tuviera ni idea de cómo le había llegado a las manos. Por un instante sintió tanto pánico que no pudo moverse. Entonces Philemon, que encabezaba la procesión, le dio un empujón suave por detrás. Godwyn se tambaleó hacia delante y reanudó la marcha. Se había deshecho de esos pensamientos espantosos.

Decidió concentrarse en el problema de la elección de las monjas. La reacción a su sermón había sido tan favorable que estaba convencido de que la victoria de Elizabeth era segura. Sin embargo, las tornas habían cambiado de un modo increíblemente rápido, y el exasperante resurgimiento de la popularidad de Caris lo había pillado por sorpresa. La intervención en el último instante de Philemon no había sido más que una medida desesperada, tomada demasiado tarde. Cuando pensaba en ello, le entraban ganas de gritar.

Sin embargo, el asunto aún no estaba zanjado. Caris se había burlado de Philemon, pero la verdad era que la monja no podía darse por confirmada en el cargo hasta recibir la aprobación del obispo Henri.

Por desgracia, Godwyn aún no había tenido la oportunidad de congraciarse con Henri. El nuevo obispo, que no hablaba inglés, sólo había visitado Kingsbridge en una ocasión. Como su nombramiento era tan reciente, Philemon aún no había tenido tiempo de averiguar si tenía alguna gran debilidad. Pero era un hombre, y también sacerdote, por lo que debería tomar partido con Godwyn contra Caris.

Godwyn había escrito a Henri y le había dicho que Caris había embrujado a las monjas para convencerlas de que podía salvarlas de la peste. Le había detallado el historial de la monja: la acusación de herejía, el juicio y la condena que le habían impuesto ocho años antes, y el modo en que Cecilia la había salvado. Esperaba que Henri llegara a Kingsbridge lleno de prejuicios en contra de Caris.

Pero ¿cuándo iba a llegar el nuevo obispo? Era del todo insólito que no hubiera acudido al oficio de Navidad que se celebraba en la catedral. En una carta, el arcediano Lloyd, siempre eficiente y falto de imaginación, le explicaba que Henri estaba muy atareado buscando sacerdotes con los que sustituir a los que habían muerto a causa de la peste. Lloyd bien podía estar en contra de Godwyn: era hombre de confianza del conde William, y le debía su cargo al difunto hermano de éste, Richard. Y el padre de William y Richard, el conde Roland, había odiado a Godwyn. Pero no era Lloyd quien debía tomar la decisión, sino Henri. Resultaba difícil predecir lo que iba a suceder. Godwyn tenía la sensación de que había perdido el control. Su carrera se veía amenazada por Caris, y su vida por una peste despiadada.

Al final de la ceremonia de consagración empezó a caer una leve nevada. Siete cortejos fúnebres coincidieron junto al nuevo cementerio, esperando a que éste estuviera listo. Cuando Godwyn les hizo una señal, entraron. El primer cuerpo iba dentro de un féretro, pero los demás iban amortajados sobre andas. En las buenas épocas, los ataúdes eran un lujo que sólo estaba al alcance de los más prósperos, pero ahora que la madera se había encarecido y que los carpinteros encargados de hacerlos tenían mucho trabajo, tan sólo los muy ricos podían permitirse ser enterrados en un féretro de madera.

Al frente de la primera procesión se encontraba Merthin, con el pelo y la barba rojo cobrizo cubiertos de copos de nieve. Llevaba a su hija en brazos. El acaudalado cadáver que ocupaba el féretro no podía ser otro que el de Bessie Bell, dedujo Godwyn. Bessie no tenía familiares y le había dejado la posada a Merthin. «Parece que el dinero se pega a ese hombre como las hojas mojadas», pensó Godwyn con amargura. Merthin ya tenía la isla de los Leprosos y la fortuna que había hecho en Florencia. Ahora era el dueño de la posada más concurrida de Kingsbridge.

Godwyn conocía el contenido del testamento de Bessie porque el priorato tenía derecho a recaudar un impuesto de herencia y se había llevado un buen pellizco del valor de la posada. Merthin había pagado la cantidad estipulada en florines de oro, sin titubear.

La única buena consecuencia de la peste era que, de repente, el priorato tenía mucho dinero en metálico.

Godwyn ofició un único funeral para los siete cuerpos. Ésa era la norma por entonces: un funeral por la mañana y otro por la tarde, sin importar el número de fallecidos. No había suficientes curas en Kingsbridge para enterrar a cada persona individualmente.

Aquel pensamiento reavivó el sentimiento de pavor de Godwyn, que se vio a sí mismo en una de las tumbas, lo que provocó que se le trabara la lengua. Luego logró recobrar la compostura y pudo continuar.

Cuando se acabó el oficio, encabezó la procesión de monjes y monjas a la catedral. Entraron en la iglesia y se separaron en la nave. Los monjes regresaron a sus tareas habituales. Una novicia se aproximó a Godwyn hecha un manojo de nervios y le pidió:

—Padre prior, ¿tendríais la bondad de venir al hospital?

A Godwyn no le gustaba recibir mensajes autoritarios mediante una novicia.

—¿Para qué? —le espetó.

—Lo siento, padre, no lo sé. Tan sólo me han ordenado que se lo pidiera.

—Iré en cuanto pueda —le dijo, malhumorado.

No tenía que hacer nada urgente, pero sólo para justificarse, se entretuvo en la catedral, hablando con el hermano Eli sobre los hábitos de los monjes.

Al cabo de unos minutos, cruzó el claustro y entró en el hospital.

Las monjas estaban arremolinadas alrededor de una cama que se encontraba frente al altar. «Deben de tener a un paciente importante», pensó. Se preguntó quién debía de ser. Una de las monjas se volvió hacia él. Tenía la boca y la nariz tapadas con una máscara de lino, pero reconoció los ojos verdes con destellos dorados que toda su familia y él compartían: se trataba de Caris. A pesar de que apenas podía verle la cara, detectó una expresión extraña en su mirada. Esperaba aversión y desdén, pero, en lugar de eso, vio compasión.

Se acercó a la cama con una sensación de temor. Cuando las otras monjas lo vieron, se hicieron a un lado con deferencia. Acto seguido, vio al paciente.

Era su madre.

La cabeza grande de Petranilla yacía sobre un cojín blanco. Estaba sudando, y de la nariz le salía un hilo de sangre. Una monja se lo limpió, pero volvió a salir. Otra monja le ofreció a la paciente un vaso de agua. Había un sarpullido de manchas púrpuras en la piel arrugada del cuello de Petranilla.

Godwyn lanzó un grito como si lo hubieran herido. Miró fijamente a su madre, presa del horror. Petranilla alzó la vista, teñida por el sufrimiento. No había lugar a dudas: había caído víctima de la peste.

—¡No! —exclamó él—. ¡No! ¡No! —Sintió un dolor insoportable en el pecho, como si le hubieran clavado una puñalada.

Oyó a Philemon, que estaba junto a él, diciéndole con voz asustada:

—Intentad mantener la calma, padre prior.

Pero no pudo. Abrió la boca para gritar, pero no profirió ningún sonido. De pronto sintió como si acabaran de separarle de su cuerpo, sin control sobre los movimientos. Entonces, de improviso, una niebla negra se alzó del suelo y lo engulló; le fue rodeando el cuerpo hasta taparle la nariz y la boca, por lo que dejó de respirar, y luego los ojos, por lo que se quedó ciego; y, al final, perdió el conocimiento.

Godwyn permaneció en cama durante cinco días. No comió nada y sólo bebía cuando Philemon le acercaba un vaso a los labios. No podía pensar serenamente. No podía moverse y parecía incapaz de decidir qué debía hacer. Sollozaba y dormía, luego se despertaba y volvía a llorar. Apenas fue consciente de cómo un monje le tocó la frente, le tomó una muestra de la orina, le diagnosticó fiebre cerebral y le practicó una sangría.

Entonces, el último día de diciembre, llegó Philemon, con aspecto asustado, y le comunicó que su madre había muerto.

Godwyn se levantó. Se afeitó él solo, se puso un hábito limpio y fue al hospital.

Las monjas habían lavado y vestido el cadáver. Petranilla tenía el cabello cepillado y llevaba un vestido costoso de lana italiana. Al verla en aquel estado, con la palidez de la muerte reflejada en el rostro y los ojos cerrados para siempre, Godwyn sintió un resurgimiento del pánico que lo había abatido; pero esta vez fue capaz de aplacarlo.

—Llevad su cuerpo a la catedral —ordenó.

Por lo general, el honor de yacer en capilla ardiente en la catedral estaba reservado a monjes, monjas, eclesiásticos superiores y aristócratas; pero Godwyn sabía que nadie osaría llevarle la contraria.

Cuando la hubieron trasladado a la iglesia y la situaron frente al altar, Godwyn se arrodilló junto a ella y rezó. Las plegarias lo ayudaron a aplacar el pánico y, poco a poco, fue decidiendo lo que debía hacer. Cuando se levantó, le ordenó a Philemon que convocara de inmediato una reunión en la sala capitular.

Aún le temblaba todo el cuerpo, pero sabía que tenía que calmarse. Siempre había contado con la bendición del poder de la persuasión, y ahora tenía que sacarle el máximo provecho.

Cuando los monjes se reunieron, les leyó los siguientes versículos del Génesis: «Aconteció después de estas cosas, que probó Dios a Abraham, y le dijo: Abraham. Y él respondió: Heme aquí. Y dijo: Toma ahora a tu hijo, tu único, Isaac, a quien amas, y vete a tierra de Moriah, y ofrécelo allí en holocausto sobre uno de los montes que yo te diré. Y Abraham se levantó muy de mañana, y enalbardó su asno, y tomó consigo dos siervos suyos, y a Isaac su hijo; y cortó leña para el holocausto, y se levantó, y fue al lugar que Dios le dijo».

Godwyn alzó la vista del libro. Los monjes lo observaban atentamente. Todos conocían la historia de Abraham e Isaac. Les interesaba más lo que fuera a decirles él, Godwyn. Se mantenían a la expectativa, en actitud cautelosa, preguntándose qué ocurriría a continuación.

—¿Qué nos enseña la historia de Abraham e Isaac? —preguntó retóricamente—. Dios le dice a Abraham que mate a su hijo, no sólo a su hijo mayor, sino a su único hijo, nacido cuando él tenía cien años. ¿Protestó Abraham? ¿Suplicó misericordia? ¿Discutió con Dios? ¿Dijo que matar a Isaac sería asesinato, infanticidio, un horrible pecado? —Godwyn dejó que la pregunta flotara en el aire un momento, luego bajó la vista al libro y leyó—: «Y Abraham se levantó muy de mañana, y enalbardó su asno…».

Alzó la vista de nuevo.

—Dios también puede tentarnos. Puede ordenarnos que llevemos a cabo actos que pueden parecer injustos. Quizá nos dirá que hagamos algo que parece un pecado. Cuando eso ocurra, debemos recordar a Abraham.

Godwyn había recurrido a su estilo más persuasivo y sermoneador, rítmico y, sin embargo, llano. El silencio que imperaba en la sala capitular octogonal le permitía saber que gozaba de la atención absoluta de su público: todos estaban inmóviles, en silencio, sin pestañear.

—No debemos cuestionarlo —dijo—. No debemos discutir sus decisiones. Cuando Dios nos muestra un camino, debemos seguirlo, por muy insensatos, pecaminosos o crueles que sus deseos puedan parecer a nuestras simples mentes humanas. Somos débiles y humildes. Nuestro raciocinio es falible. No somos nosotros los que debemos tomar decisiones u opciones. Nuestra tarea es simple. Consiste en obedecer.

Entonces les dijo lo que debían hacer.

El obispo llegó cuando se había puesto el sol. Era casi medianoche cuando el séquito entró en el recinto: habían viajado a caballo guiados por la luz de las antorchas. La mayoría de los monjes ya hacía varias horas que se había acostado, pero aún había un grupo de monjas que seguía trabajando en el hospital, y una de ellas fue a despertar a Caris.

—El obispo está aquí —le dijo.

—¿Por qué quiere verme? —preguntó Caris, adormilada.

—No lo sé, madre priora.

Por supuesto que no lo sabía. Caris salió de la cama y se puso una capa.

Se detuvo en el claustro para tomar un trago largo de agua y aspiró profundamente el gélido aire nocturno para despejarse. Quería causarle buena impresión al obispo y que no pusiera trabas a su ratificación como priora.

El arcediano Lloyd estaba en el hospital, parecía fatigado y tenía la punta de la nariz roja a causa del frío.

—Venid a saludar a vuestro obispo —le dijo con malas maneras, como si ella hubiera tenido que estar despierta, esperando su llegada.

Caris lo siguió. Un sirviente aguardaba frente a la puerta con una antorcha. Cruzaron el césped, hasta el lugar donde se encontraba el obispo, a lomos de su caballo.

Era un hombre pequeño tocado con un sombrero grande y parecía muy disgustado.

Caris le dijo en francés normando:

—Bienvenido al priorato de Kingsbridge, reverendísimo monseñor.

Henri le preguntó de mala manera:

—¿Quién sois?

Ella lo había visto antes pero nunca había hablado con él.

—Soy la hermana Caris, priora electa.

—La bruja.

A Caris le dio un vuelco el corazón. Godwyn ya debía de haber intentado malquistarlo con ella. Se sintió indignada.

—No, reverendísimo obispo, aquí no hay brujas —dijo con más mordacidad de la que aconsejaba la prudencia—. Sólo un grupo de monjas normales que están realizando un gran esfuerzo por una ciudad asolada por la peste.

Henri no hizo caso de su comentario.

—¿Dónde está el prior Godwyn?

—En su palacio.

—¡No es cierto!

El arcediano Lloyd se lo explicó:

—Ya hemos estado allí. El edificio está vacío.

—¿Es eso cierto?

—Sí —respondió el arcediano, irritado—. Es cierto.

En ese momento, Caris vio al gato de Godwyn, con la característica punta blanca que le remataba la cola. Las novicias lo llamaban Arzobispo. Pasó frente a la fachada oeste de la catedral, mirando hacia los espacios que había entre los pilares, como si estuviera buscando a su amo.

Caris se quedó desconcertada.

—Qué extraño… Tal vez Godwyn ha decidido dormir en el dormitorio con los demás monjes.

—¿Y por qué iba a hacer eso? Espero que no haya incurrido en ninguna falta grave.

Caris negó con la cabeza. El obispo temía que hubiera roto el voto de castidad, pero Godwyn no era propenso a cometer ese delito en particular.

—Tuvo una reacción muy negativa cuando su madre contrajo la peste. Sufrió algún tipo de ataque y perdió el conocimiento. La pobre anciana ha muerto hoy.

—Con mayor motivo debería dormir en su propia cama si no se encuentra bien.

Podía haber ocurrido cualquier cosa. Godwyn había quedado algo trastornado a causa de la enfermedad de su madre. Caris le preguntó al obispo:

—¿Desearíais hablar con uno de sus asistentes?

Henri respondió enojado:

—Si encuentro alguno, ¡sí!

—Tal vez si acompaño al arcediano Lloyd al dormitorio…

—¡En cuanto gustéis!

Lloyd tomó la antorcha de un sirviente y Caris lo condujo rápidamente por la catedral, hasta el claustro. El lugar estaba en silencio, como acostumbraban a estar los monasterios a esa hora de la noche. Llegaron a la escalera que subía al dormitorio y Caris se detuvo.

—Es mejor que continuéis solo —le dijo—. Una monja jamás debería ver a los monjes en cama.

—Por supuesto. —Lloyd subió la escalera con la antorcha y dejó a Caris a oscuras, que esperó, llena de curiosidad. Entonces oyó al arcediano—: ¿Hola? —Hubo un extraño silencio. Luego, al cabo de unos instantes, la llamó con una voz muy rara—: ¿Hermana?

—¿Sí?

—Podéis subir.

Desconcertada, subió las escaleras y entró en el dormitorio. Se detuvo junto a Lloyd y echó un vistazo a la estancia, iluminada por la luz titilante de la antorcha. Los jergones de paja de los monjes estaban en su sitio, en perfecto estado, a ambos lados de la sala, pero ninguno estaba ocupado.

—Aquí no hay nadie —dijo Caris.

—Ni un alma —añadió Lloyd—. ¿Qué ha ocurrido?

—No lo sé pero me lo imagino.

—Entonces iluminadme, por favor.

—¿Acaso no es obvio? —le preguntó ella—. Han huido.

SEXTA PARTE

De enero de 1349 a enero de 1351

uando Godwyn se marchó, se llevó consigo todos los objetos de valor de la sala del tesoro de los monjes y todos los
cartularios, incluidos los de las monjas, que nunca habían
logrado recuperarlos. También se llevó reliquias sagradas,
como los huesos de san Adolfo, en su valiosísimo relicario.

Caris lo descubrió todo a la mañana siguiente, el primer día de enero,
festividad de la Circuncisión de Cristo. Fue con el obispo y la hermana
Elizabeth a la sala del tesoro, junto al transepto sur. La actitud de Henri era
formal y fría, lo cual resultaba preocupante; pero era un hombre huraño por
naturaleza, de modo que tal vez se comportaba así con todo el mundo.

La piel desollada de Gilbert Hereford aún estaba clavada en la puerta; cada vez estaba más seca y amarilla, y desprendía un leve pero inconfundible hedor a podrido.

Sin embargo, la puerta no estaba cerrada.

Todos entraron. Caris no había estado dentro de esa sala desde que el
prior Godwyn había robado a las monjas ciento cincuenta libras para
construir su palacio. Después de eso, decidieron construir su propia sala
del tesoro.

Era obvio lo que había ocurrido. Alguien había quitado las losas que
ocultaban las cámaras secretas que había en el suelo y no había vuelto a
ponerlas en su lugar, y la tapa del cofre ferreteado también estaba abierta: las cámaras secretas y el cofre estaban vacíos.

Caris sintió que todo el desprecio que sentía por Godwyn estaba plenamente justificado. A pesar de que era un médico con estudios, sacerdote
y máxima autoridad de los monjes del priorato, había huido en el momento
en que la gente más lo necesitaba. Seguramente ahora todo el mundo se
percataría de su verdadera naturaleza.

El arcediano Lloyd estaba indignado.

—¡Se lo ha llevado todo!

Caris le dijo a Henri:

—Y éste es el hombre que quería que anularais mi elección.

El obispo Henri gruñó sin llegar a decir nada.

Elizabeth estaba desesperada, intentando encontrar una excusa que explicara el comportamiento de Godwyn.

—Estoy convencida de que el reverendísimo padre se ha llevado los objetos de valor para ponerlos a buen recaudo.

Ese comentario provocó la respuesta inmediata y airada del obispo.

—Sandeces —le espetó a la monja—. Si vuestro sirviente os vacía el bolsillo y desaparece sin avisar, no quiere poner vuestro dinero a buen recaudo, sino que os lo está robando.

Elizabeth cambió de táctica

—Creo que ha sido idea de Philemon.

—¿El suprior? —preguntó Henri con desdén—. Es Godwyn quien está al mando, no Philemon. Así pues, el responsable es Godwyn.

Elizabeth no abrió más la boca.

Godwyn debía de haberse recuperado de la muerte de su madre, pensó Caris, como mínimo temporalmente. El hecho de que hubiera convencido a todos los monjes para que lo siguieran era un logro bastante importante. Se preguntó adónde podían haber ido.

El obispo Henri pensaba lo mismo:

—¿Adónde habrá huido ese hatajo de malditos cobardes?

Caris recordó que Merthin había intentado convencerla de que se fueran. «A Gales o a Irlanda —le había dicho—. Un pueblo remoto en el que sólo vean a algún desconocido de año en año.» Le dijo al obispo:

—Se esconderán en algún lugar aislado al que nunca vaya nadie.

—Averiguad dónde exactamente —le ordenó Henri.

Caris cayó en la cuenta de que toda la oposición a su elección como priora se había esfumado con la huida de Godwyn. Se sentía triunfante e hizo un esfuerzo para no parecer en exceso satisfecha.

—Haré algunas indagaciones en la ciudad —dijo—. Alguien tiene que haberlos visto irse.

—Muy bien —replicó el obispo—. Sin embargo, no creo que vayan a regresar muy pronto, de modo que de momento vais a tener que apañároslas tan bien como podáis sin hombres. Continuad celebrando los oficios con toda normalidad, en la medida de lo posible, con las monjas. Buscad a un párroco para que venga a celebrar las misas, si es que podéis encontrar a alguno con vida. Vos no podéis decir misa, pero sí confesar. El arzobispo ha concedido una dispensa especial dado el gran número de muertes que ha habido en el clero.

Caris no iba a dejar pasar por alto el asunto de su elección.

—¿Vais a confirmarme como priora? —le preguntó.

—Por supuesto —respondió el obispo, irritado.

—En tal caso, antes de aceptar tal honor…

—No tenéis que tomar ninguna decisión, madre priora —le endilgó, indignado—. Es vuestro deber obedecerme.

Anhelaba muchísimo el cargo, pero decidió fingir. Quería obtener algo a cambio.

—Vivimos en una época muy extraña, ¿no os parece? —le dijo al obispo—. Habéis dado autoridad a las monjas para que confiesen a los fieles. Habéis reducido la preparación de los sacerdotes, pero aun así no podéis ordenarlos con bastante rapidez para compensar el número de muertos causados por la peste.

—¿Tenéis intención de aprovecharos de las dificultades a las que tiene que hacer frente la Iglesia en este momento en beneficio propio?

—No, pero hay algo que deberíais hacer antes de que yo pueda cumplir con vuestras instrucciones.

Henri suspiró. Era evidente que no le gustaba que se dirigieran a él de aquel modo. Sin embargo, como sospechaba Caris, él la necesitaba más a ella que a la inversa.

—Muy bien, ¿de qué se trata?

—Quiero que convoquéis un tribunal eclesiástico y que reabráis mi juicio por brujería.

—Por el amor de Dios, ¿por qué?

—Para declararme inocente, por supuesto. Hasta que eso ocurra, podría resultarme difícil ejercer mi poder. Todo aquel que no esté de acuerdo con mis decisiones podría minar mi autoridad, aduciendo que aún estoy condenada.

Al metódico arcediano Lloyd le gustó la idea.

—Sería buena idea que despacháramos la cuestión de una vez por todas, monseñor.

—De acuerdo, entonces —dijo Henri.

—Gracias. —Caris sintió una gran satisfacción y alivio e inclinó la cabeza por miedo a que su victoria se le reflejara en la cara—. Haré todo cuanto esté en mi mano para desempeñar con honor el cargo de priora de Kingsbridge.

—Empezad a indagar ahora mismo sobre el paradero de Godwyn. Me gustaría tener alguna respuesta antes de irme de la ciudad.

—El mayordomo de la cofradía gremial es un acólito de Godwyn. Si alguien sabe adónde han ido, tiene que ser él. Iré a verlo.

—De inmediato, os lo ruego.

Caris se fue. El obispo Henri no era una persona encantadora, pero parecía competente, de modo que la nueva priora creyó que podría trabajar con él. Tal vez era un hombre que tomaba decisiones basándose en los méritos de los implicados, en lugar de tomar partido por todo aquel al que considerara un aliado, lo cual supondría un agradable cambio.

Al pasar frente a la posada Bell, tuvo la tentación de entrar y darle la buena nueva a Merthin. Sin embargo, creyó que era mejor hablar con Elfric antes.

En la calle, frente a la posada Holly Bush, vio a Duncan Dyer tirado en el suelo. La mujer de éste, Winnie, estaba sentada en un banco, llorando. Caris creyó que el hombre debía de estar herido, pero la esposa le dijo:

—Está borracho.

La nueva priora se quedó perpleja.

—¡Pero si ni siquiera es la hora de la cena!

—Su tío, Peter Dyer, contrajo la peste y falleció. Su mujer y sus hijos también murieron, por lo que Duncan heredó todo el dinero y, ahora, lo gasta en vino. No sé qué hacer.

—Llevémoslo a casa —dijo Caris—. Te ayudaré a levantarlo.

Cada una lo agarró de un brazo y lo pusieron en pie. De aquel modo, medio erguido, lograron arrastrarlo por la calle hasta su casa. Lo dejaron en el suelo y lo taparon con una manta. Winnie dijo:

—Cada día hace lo mismo. Dice que no vale la pena trabajar porque todos vamos a morir de la peste. ¿Qué puedo hacer?

Caris pensó por un instante.

—Entierra el dinero en el jardín ahora que duerme. Cuando se despierte, le dices que lo perdió todo jugando con un forastero que se ha marchado de la ciudad.

—Tal vez lo haga —respondió Winnie.

Caris cruzó la calle en dirección a la casa de Elfric y entró en ella. Su hermana, Alice, estaba sentada en la cocina, remendando medias. Se habían distanciado mucho desde que ella se había casado con Elfric, y lo poco que quedaba de su relación se esfumó cuando éste testificó contra Caris en el juicio por herejía. Obligada a elegir entre su hermana y su esposo, Alice fue fiel a su marido. Caris lo entendió, pero aquello significó que su hermana se había convertido en una especie de desconocida para ella.

Cuando Alice la vio, se levantó y dejó las medias.

—¿Qué haces aquí? —le espetó.

—Todos los monjes han desaparecido —le dijo la priora—. Deben de haber partido durante la noche.

—¡Así que era eso! —exclamó Alice.

—¿Los viste?

—No, pero oí a un gran grupo de hombres y caballos. No armaban mucho alboroto; de hecho, ahora que lo pienso, debían de intentar guardar silencio, pero es imposible acallar a los caballos, y los hombres son incapaces de no hacer ruido, aun cuando sólo estén andando por la calle. Me despertaron, pero no me levanté para ver qué ocurría porque hacía mucho frío. ¿Por eso has entrado en mi casa por primera vez en diez años?

—¿No sabías que iban a huir?

—¿Es eso lo que han hecho? ¿Huir? ¿Por causa de la peste?

—Supongo.

—Eso es imposible. ¿De qué sirven los médicos que huyen de la enfermedad? —A Alice le preocupaba el comportamiento del patrón de su marido—. No lo entiendo.

—Me preguntaba si Elfric sabía algo al respecto.

—Si lo sabe, no me lo ha dicho.

—¿Dónde puedo encontrarlo?

—En la iglesia de St. Peter. Rick Silvers dejó un poco de dinero a la iglesia y el cura ha decidido enlosar el suelo de la nave.

—Iré a preguntárselo. —Caris se preguntó si debía hacer el intento de ser cortés. Alice no tenía hijos propios, pero sí una hijastra—. ¿Qué tal está Griselda? —preguntó.

—Muy bien y muy feliz —respondió su hermana con un deje desafiante, como si creyera que Caris prefería oír lo contrario.

—¿Y tu nieto? —La priora fue incapaz de pronunciar el nombre del niño, que se llamaba Merthin.

—Estupendamente. Y hay otro en camino.

—Me alegro por ella.

—Sí. Al final salió ganando no casándose con tu Merthin, a juzgar por cómo le han ido las cosas.

Caris se negó a picar el anzuelo.

—Iré a buscar a Elfric.

La iglesia de St. Peter se encontraba en el extremo occidental de la ciudad. Mientras Caris avanzaba por las sinuosas calles, se cruzó con dos hombres que se estaban peleando. Se maldecían y se pegaban puñetazos. Dos mujeres, probablemente sus esposas, se dedicaban a lanzar improperios mientras un pequeño grupo de espectadores observaba lo que ocurría. La puerta de la casa más cercana había sido derribada. En el suelo había una caja hecha de ramas y juncos, en cuyo interior había tres pollos vivos.

Caris se acercó a los hombres y los separó.

—Deteneos ahora mismo —les ordenó—. Os lo ordeno en el nombre de Dios.

No le costó demasiado convencerlos. A buen seguro habían consumido su ira con los primeros puñetazos e, incluso, era probable que estuvieran agradecidos de tener una excusa para parar. Se apartaron y bajaron los brazos.

—¿A qué se debe esto? —preguntó la priora.

Ambos se pusieron a hablar al mismo tiempo, y las esposas los imitaron.

—¡De uno en uno! —exclamó Caris. Señaló al más corpulento de los dos, un hombre con el pelo oscuro, cuyo atractivo se había echado a perder debido al ojo a la funerala que llevaba—. Eres Joe Blacksmith, ¿verdad? Explícate.

—He atrapado a Toby Peterson robando los pollos de Jack Marrow. Ha echado la puerta abajo.

Toby era un hombre más pequeño, un bravucón que se las daba de gallito. A pesar de que le sangraban los labios dijo:

—Jack Marrow me debía cinco chelines, ¡esos pollos me pertenecen!

Joe replicó:

—Jack y su familia murieron a causa de la peste hace dos semanas. Desde entonces, he alimentado a sus pollos que, de no ser por mí, estarían muertos. Si a alguien le pertenecen, es a mí.

Caris terció:

—Muy bien, ambos sois justos propietarios de los animales, ¿no es así? Toby debido a la deuda y Joe porque los ha alimentado.

Los hombres parecían sorprendidos ante la posibilidad de que ambos pudieran tener razón.

Caris prosiguió:

—Joseph, saca uno de los pollos de la jaula.

Toby se quejó:

—Un momento…

—Confía en mí, Toby —le pidió Caris—. Sabes que no te trataría injustamente, ¿verdad?

—Bueno, eso no puedo negarlo…

Joe abrió la jaula y agarró por las patas un pollo escuálido y marrón. El ave sacudió la cabeza de un lado a otro, como si se sintiera desconcertada por ver el mundo al revés.

Caris le dijo:

—Ahora dáselo a la esposa de Toby.

—¿Cómo?

—¿Crees que te engañaría, Joseph?

Joe le entregó el pollo a regañadientes a la esposa de Toby, una mujer guapa y malhumorada.

—Ahí tienes, Jane.

La mujer lo aceptó con presteza.

Caris le pidió:

—Ahora dale las gracias a Joe.

Jane parecía muy orgullosa, pero dijo:

—Te doy las gracias, Joseph Blacksmith.

Caris continuó:

—Ahora, Toby, dale el pollo a Ellie Blacksmith.

Toby obedeció, con una sonrisa avergonzada. La mujer de Joe, Ellie, que debía de estar a punto de parir, sonrió y dijo:

—Gracias, Toby Peterson.

Todos recobraron la compostura y empezaron a darse cuenta de la estupidez que habían cometido.

Jane preguntó:

—¿Qué va a ocurrir con el tercer pollo?

—A eso iba —dijo Caris. Observó a la gente que los rodeaba y señaló a una chica que debía de tener once o doce años y que parecía bastante sensata—: ¿Cómo te llamas?

—Soy Jesca, madre priora, hija de John Constable.

—Lleva el otro pollo a la iglesia de St. Peter y dáselo al padre Michael. Dile que Toby y Joe irán a pedir perdón por haber caído en el pecado de la codicia.

—Sí, hermana. —Jesca tomó el tercer pollo y se fue.

La mujer de Joe, Ellie, dijo:

—Tal vez recordaréis, madre Caris, que ayudasteis a la hermana de mi marido, Minnie, cuando no era más que una criatura y se quemó el brazo en la forja.

—Ah, sí, por supuesto —dijo Caris. Se había hecho una quemadura muy grave, recordó—. Debe de tener unos diez años.

—Así es.

—¿Se encuentra bien?

—Perfectamente, gracias a vos y a la gracia de Dios.

—Me alegra oírlo.

—¿Os gustaría venir a mi casa a tomar un vaso de cerveza, madre priora?

—Me encantaría, pero tengo prisa. —Se volvió hacia los hombres—. Que Dios os bendiga, y basta de peleas.

Joe dijo:

—Gracias.

Caris se fue.

Toby gritó:

—Gracias, madre.

La priora se despidió con un ademán, sin volverse.

Vio que había varias casas más que parecían tener la puerta forzada, probablemente con el fin de saquearlas tras la muerte de sus ocupantes. Alguien debería hacer algo al respecto, pensó. Pero mientras Elfric fuera el mayordomo, y ahora que no tenían prior, nadie iba a tomar la iniciativa.

Llegó a la iglesia de St. Peter y se encontró a Elfric con un grupo de albañiles y sus aprendices en la nave. Había montones de losas por todas partes, y los hombres estaban preparando el firme, echando arena y alisándola con palos. Elfric comprobaba que la superficie estuviera a nivel, usando un complejo aparato formado por un armazón de madera y un cordón del que pendía un plomo. El artefacto parecía una suerte de horca en miniatura, y le recordó a Caris que Elfric había intentado hacer que la ahorcaran por brujería diez años antes. Se sorprendió a sí misma cuando cayó en la cuenta de que no lo odiaba. Era un hombre demasiado malvado y mezquino para eso. Cuando lo miró, sólo sintió desdén.

Esperó a que acabara y, entonces, le preguntó de sopetón:

—¿Sabías que Godwyn y todos los monjes han huido?

Quería sorprenderlo y, a juzgar por la mirada de asombro que puso, no sabía de qué le hablaba.

—¿Por qué iban a…? ¿Cuándo…? Ah, ¿anoche?

—Entonces no los viste.

—Oí algo.

—Yo los vi —dijo uno de los albañiles, que se apoyó en la pala para hablar—. Salía de la posada Holly Bush. Estaba oscuro, pero llevaban antorchas. El prior iba a caballo, y los demás iban a pie, pero iban muy cargados: barriles de vino, carretas rebosantes de quesos y no sé qué más.

Caris ya sabía que Godwyn había vaciado la despensa de los monjes. No había intentado llevarse los víveres de las monjas, que los guardaban aparte.

—¿A qué hora fue eso?

—No muy tarde… A las nueve o las diez.

—¿Hablaste con ellos?

—Sólo les di las buenas noches.

—¿Tienes alguna pista de hacia dónde se dirigían?

El hombre negó con la cabeza.

—Cruzaron el puente pero no vi qué camino tomaron en el Cruce de la Horca.

Caris se volvió hacia Elfric.

—Piensa en lo sucedido durante los últimos días. ¿Te dijo algo Godwyn que, a posteriori, puedas relacionar con lo ocurrido? ¿Mencionó algún lugar: Monmouth, York, Amberes, Bremen…?

—No. No sabía nada.

Elfric parecía furioso por el hecho de no haber sabido nada de antemano, lo que llevó a Caris a pensar que decía la verdad.

Si Elfric estaba sorprendido, era poco probable que alguna otra persona supiera lo que había planeado Godwyn. El prior huía de la peste y, a todas luces, no quería que nadie lo siguiera y llevara la enfermedad consigo. «Vete pronto, vete lejos y no tengas prisa en volver», le había dicho Merthin. Godwyn podía estar en cualquier parte.

—Si tienes noticias de él, o de alguno de los monjes, dímelo, por favor —le pidió Caris.

Elfric no contestó.

Caris levantó la voz para asegurarse de que los demás hombres la oían.

—Godwyn ha robado todos los ornamentos preciosos —dijo. Hubo un murmullo de indignación. Los hombres se sentían propietarios de los ornamentos de la catedral; de hecho, los artesanos más ricos debían de haber ayudado a pagar algunos de ellos—. El obispo quiere recuperarlos. Todo aquel que ayude a Godwyn, aunque sea ocultando su paradero, es culpable de sacrilegio.

Elfric parecía perplejo. Se había pasado toda la vida intentando congraciarse con Godwyn y ahora su patrón había desaparecido. Entonces dijo:

—Podría haber alguna explicación del todo inocente…

—Si la hay, ¿por qué Godwyn no se la ha dicho a nadie? ¿Por qué no ha dejado ni una carta?

Elfric no supo qué responder.

Caris se dio cuenta de que iba a tener que hablar con los principales mercaderes, y cuanto antes, mejor.

—Me gustaría que convocaras una reunión —le dijo a Elfric. Entonces se le ocurrió una forma más convincente de expresarlo—. El obispo quiere que la cofradía gremial se reúna hoy, tras la cena. Por favor, informa a los miembros.

—Muy bien —respondió Elfric.

Caris sabía que acudirían todos, muertos de curiosidad.

Salió de la iglesia de St. Peter y regresó al priorato. Al pasar frente a la taberna White Horse, vio algo que la hizo detenerse. Una chica joven hablaba con un hombre mayor, y había algo en su forma de comportarse que le dio mala espina. Siempre le afectaba mucho la vulnerabilidad de las jóvenes, tal vez porque recordaba su etapa de adolescente, o tal vez debido a la hija que nunca había llegado a tener. Se escondió en la entrada de una casa y los observó.

El hombre vestía muy mal, salvo por el costoso sombrero de piel que lucía. Caris no lo conocía, pero supuso que era un jornalero que había heredado el sombrero. Había muerto tanta gente que había una sobreabundancia de prendas ostentosas, y no era nada extraño ver a fantoches como aquél. La chica debía de tener unos catorce años, era guapa y tenía figura de adolescente. Intentaba mostrarse coqueta, observó Caris con desaprobación, pero no lograba ser muy convincente. El hombre sacó dinero del bolsillo y ambos parecieron enzarzarse en una especie de negociación. Entonces el hombre le acarició los pequeños pechos.

Caris había visto suficiente y se acercó a la pareja. El hombre vio el hábito de la monja y se fue rápidamente. La chica parecía sentirse culpable y, al mismo tiempo, resentida. Caris le preguntó:

—¿Qué haces? ¿Intentar vender tu cuerpo?

—No, madre.

—¡Dime la verdad! ¿Por qué le dejaste que te acariciara los pechos?

—¡No sé qué hacer! No tengo nada para comer y ahora vos lo habéis ahuyentado. —Rompió a llorar.

Caris sabía que la chica tenía hambre. Estaba pálida y muy delgada.

—Acompáñame —le dijo—. Te daré de comer.

Tomó a la chica del brazo y se dirigieron hacia el priorato.

—¿Cómo te llamas? —le preguntó.

—Ismay.

—¿Cuántos años tienes?

—Trece.

Llegaron al priorato y Caris llevó a Ismay a la cocina, donde estaban preparando la cena de las monjas bajo la supervisión de una novicia llamada Oonagh. La cocinera, Josephine, había muerto, víctima de la peste.

—Dadle un poco de pan y mantequilla a esta chica —le dijo Caris a Oonagh.

Se sentó y observó a Ismay mientras comía. Estaba claro que hacía varios días que no probaba bocado. Se zampó media hogaza de dos kilos.

Caris le sirvió una taza de sidra.

—¿Por qué tienes tanta hambre? —le preguntó.

—Toda mi familia ha muerto por la peste.

—¿Qué oficio tenía tu padre?

—Era sastre, y yo sé coser muy bien, pero nadie compra ropa porque todo el mundo encuentra lo que desea en las casas de los muertos.

—Así que por eso intentabas prostituirte.

La chica agachó la cabeza.

—Lo siento, madre priora. Tenía mucha hambre.

—¿Era la primera vez que lo intentabas?

Negó con la cabeza y no osó mirar a la priora.

Unas lágrimas de rabia brotaron en los ojos de Caris. ¿Qué clase de hombre era capaz de yacer con una chica de trece años que se moría de hambre? ¿Qué Dios empujaba a una chica a ese estado de desesperación?

—¿Te gustaría vivir aquí, con las monjas, y trabajar en la cocina? —le preguntó—. Tendrías comida en abundancia.

Ismay la miró, ilusionada.

—Oh, sí, madre, me gustaría mucho.

—Entonces, que así sea. Puedes empezar ayudando a preparar la cena de las monjas. Oonagh, aquí tienes a una nueva ayudante.

—Gracias, madre Caris, necesito tantas manos como sea posible.

Caris se fue de la cocina y se dirigió, enfrascada en sus pensamientos, a la catedral para asistir al oficio de sexta. Se dio cuenta de que la peste no era sólo una enfermedad física: Ismay había eludido la enfermedad, pero su alma había estado en peligro.

El obispo se encargó del oficio, lo que dio libertad a Caris para pensar. Decidió que en la reunión de la cofradía gremial hablaría de muchas más cosas aparte de la huida de los monjes. Había llegado el momento de organizar la ciudad para enfrentarse a los efectos de la peste. Pero ¿cómo?

Durante la cena, reflexionó sobre los diversos problemas. Por distintos motivos, era un buen momento para tomar grandes decisiones. Ahora que el obispo se encontraba en Kingsbridge para apoyar su autoridad, tal vez podría poner en práctica algunas medidas que, en otra situación, habrían tenido que hacer frente a una gran oposición.

También era un buen momento para obtener lo que quería del obispo, lo cual podía ser una idea muy fecunda…

Tras la cena fue a ver al obispo a la residencia del prior, donde se alojaba. Henri estaba sentado a la mesa con el arcediano Lloyd. Habían degustado una cena preparada por la cocina de las monjas, y bebían vino mientras un sirviente del priorato limpiaba la mesa.

—Espero que hayáis disfrutado de la cena, reverendísimo obispo —dijo Caris formalmente.

Henri parecía menos malhumorado de lo habitual.

—Estaba rica, gracias, madre Caris, un lucio muy sabroso. ¿Alguna buena nueva sobre el prior fugitivo?

—Parece que ha tenido la precaución de no dejar ninguna pista sobre su destino.

—Qué decepcionante.

—Mientras caminaba por la ciudad, haciendo indagaciones, he visto varios incidentes que me han disgustado: una chica de trece años que se prostituía; dos ciudadanos que siempre habían acatado la ley y que se estaban peleando por la propiedad de un hombre muerto; un hombre borracho a mediodía…

—Son los efectos de la peste. Ocurre lo mismo en todas partes.

—Creo que debemos actuar para contrarrestar esos efectos.

El obispo enarcó las cejas. Parecía que no se le había pasado por la cabeza emprender tales acciones.

—¿Cómo?

—El prior es el señor de Kingsbridge. Es él quien debe tomar la iniciativa.

—Pero ha desaparecido.

—Como obispo, sois técnicamente nuestro abad. Creo que deberíais quedaros en Kingsbridge permanentemente y gobernar la ciudad.

Eso era, de hecho, lo último que quería. Por suerte, había pocas posibilidades de que el obispo accediera a su petición: tenía demasiado que hacer. Sólo intentaba arrinconarlo.

Henri dudó y, por un instante, tuvo miedo de haberlo juzgado mal y de que aceptara su propuesta. Entonces le dijo:

—Es del todo imposible. Todas las ciudades de la diócesis tienen los mismos problemas. Shiring se encuentra en una situación peor. Tengo que evitar que los cimientos de la cristiandad cedan mientras mis sacerdotes mueren. No tengo tiempo para preocuparme de borrachos y prostitutas.

—Alguien tiene que actuar como prior de Kingsbridge. La ciudad necesita un guía moral.

El arcediano Lloyd terció:

—Monseñor, también está la cuestión de quién va a recibir el dinero que le corresponde al priorato para mantener la catedral y los demás edificios, administrar las tierras y los siervos…

Henri dijo:

—Tendréis que ocuparos de todo eso, madre Caris.

Ella fingió que tenía que considerar la posibilidad, como si no hubiera pensado en ella.

—Podría encargarme de las tareas menos importantes, de administrar el dinero de los monjes y sus tierras, pero no podría hacer lo que hacéis vos, reverendísimo obispo. No podría oficiar los santos sacramentos.

—Ya hemos hablado de ese tema —respondió Henri, con impaciencia—. Estoy ordenando sacerdotes nuevos tan rápido como puedo. Pero vos tendréis que ocuparos de todo lo demás.

—Es casi como si me estuvierais pidiendo que actuara como prior de Kingsbridge.

—Eso es justamente lo que quiero.

Caris fue con cuidado de no mostrar su euforia. Le parecía que aquello era demasiado bueno para ser verdad. Era prior a todos los efectos, salvo aquellos que no le importaban. ¿Había algún inconveniente oculto en el que no había pensado?

El arcediano Lloyd dijo:

—Es mejor que me permitáis que le escriba una carta a tal efecto, en caso de que tenga que imponer su autoridad.

Caris añadió:

—Si deseáis que la ciudad respete vuestros deseos, tal vez deberíais comunicar a los ciudadanos que se trata de vuestra decisión personal. Está a punto de empezar una reunión de la cofradía gremial. Si así lo deseáis, obispo, me gustaría que asistierais e hicierais el anuncio.

—De acuerdo, vamos.

Abandonaron el palacio de Godwyn y enfilaron la calle principal, hacia la cofradía gremial. Todos los miembros esperaban a oír lo que había ocurrido con los monjes. Caris empezó explicándoles lo que sabía. Varias personas habían visto u oído el éxodo el día anterior, tras la puesta del sol, aunque nadie se había dado cuenta ni había sospechado que se trataba nada menos que de la huida de todos los hermanos del monasterio al completo.

Les pidió que aguzaran el oído ante cualquier posible conversación de los viajeros sobre un grupo grande de monjes que llevaban mucho equipaje.

—Sin embargo, tenemos que aceptar que es poco probable que regresen pronto. Y, en relación con esto, el reverendísimo obispo tiene que hacer un anuncio. —Quería que fuera él quien lo hiciera oficial.

Henri carraspeó y dijo:

—He confirmado la elección de Caris como priora y la he nombrado prior interina. Deberéis tratarla como mi representante y vuestro señor en todas las cuestiones, salvo aquellas que están reservadas únicamente a sacerdotes ordenados.

Caris observó las caras. Elfric estaba furioso. Merthin esbozaba una leve sonrisa, suponía que se las había ingeniado ella sola para alcanzar esa posición; estaba contento por ella y por la ciudad, pero había una pequeña mueca que indicaba que era consciente de que lo ocurrido la alejaría de sus brazos. Los demás parecían contentos. La conocían y confiaban en ella, y Caris se había ganado una mayor lealtad por haber permanecido en Kingsbridge mientras Godwyn huía.

Pensaba sacarle todo el partido a la nueva situación.

—Hay tres cuestiones de las que quiero ocuparme con urgencia en mi primer día como prior interina —dijo—: la primera de ellas es la ebriedad. Hoy he visto a Duncan Dyer en la calle, inconsciente antes de la hora de la cena. Creo que esto contribuye a crear un ambiente disipado en la ciudad, que es lo último que necesitamos durante esta horrible crisis.

Hubo vítores de aprobación. La cofradía gremial estaba dominada por los mercaderes más conservadores y mayores de la ciudad. Si alguna vez se emborrachaban de día, lo hacían en casa, donde nadie podía verlos.

Caris prosiguió:

—Quiero concederle a John Constable un nuevo ayudante y le ordeno que detenga a todo aquel que encuentre ebrio de día. Puede encerrarlos en la cárcel hasta que recuperen la sobriedad.

Incluso Elfric asintió.

—En segundo lugar, está la cuestión de lo que ocurre con las pertenencias de todos aquellos que fallecen sin herederos. Esta mañana he encontrado a Joseph Blacksmith y a Toby Peterson peleándose en la calle por tres pollos que pertenecían a Jack Marrow.

La idea de que unos hombres se pelearan por tales nimiedades suscitó risas.

Caris ya había pensado en una solución para el problema.

—En principio, la propiedad revierte en el señor del feudo, que en el caso de los residentes de Kingsbridge equivale al priorato. Sin embargo, no quiero que las estancias del monasterio se llenen de ropa vieja, por lo que propongo que la regla no se aplique a todo aquel cuyas posesiones tengan un valor inferior a dos libras. Así pues, los dos vecinos más cercanos deberán cerrar la casa y asegurarse de que no la saquean; luego el párroco deberá hacer inventario de las propiedades y también atenderá cualquier petición de los acreedores. En caso de que no haya párroco, podéis acudir a mí. Cuando se hayan saldado las deudas, si las hubiera, las posesiones personales de los fallecidos, como ropa, muebles, enseres, víveres y bebida, se dividirán a partes iguales entre los vecinos, y el dinero en metálico se entregará a la iglesia de la parroquia.

Hubo un murmullo general de satisfacción; la mayoría de los presentes asintió y mostró su aprobación.

—Por último, hoy he visto a una huérfana de trece años que intentaba vender su cuerpo frente a la posada White Horse. Se llama Ismay y lo estaba haciendo porque no tenía nada para comer. —Caris lanzó una mirada desafiante a todos los asistentes—. ¿Puede explicarme alguien cómo ha ocurrido algo semejante en una ciudad cristiana? Todos sus familiares han muerto, pero ¿es que acaso no tenían amigos o vecinos? ¿Quién permite que un niño muera de hambre?

Edward Butcher dijo en voz baja:

—Ismay Taylor es una niña que no tiene muy buen comportamiento.

Caris no pensaba aceptar ninguna excusa.

—¡Tiene trece años!

—Tan sólo digo que, tal vez, le ofrecieron ayuda y la rechazó.

—¿Desde cuándo permitimos que los niños tomen tales decisiones por sí mismos? Si una niña se queda huérfana, es obligación de todos nosotros ocuparnos de ella. ¿Acaso no es ése el sentido de tu religión?

Todos parecían avergonzados.

—En el futuro, cuando un niño se quede huérfano, quiero que los dos vecinos más cercanos me lo traigan. Aquellos que no puedan ser acogidos por una familia amiga vendrán a vivir al priorato. Las muchachas pueden vivir con las monjas, y adaptaremos el dormitorio de los monjes para los varones. Por la mañana les daremos lecciones, y por las tardes realizarán tareas adecuadas para su edad.

También hubo una aprobación general a esta propuesta.

Elfric tomó la palabra.

—¿Habéis finalizado, madre Caris?

—Creo que sí, a menos que alguien quiera discutir los detalles de lo que he planteado.

Nadie abrió la boca y los miembros de la cofradía gremial empezaron a revolverse en los asientos, como si la reunión se hubiera acabado.

Entonces Elfric dijo:

—Algunos de los presentes recordarán que me eligieron como mayordomo de la cofradía.

Habló con una voz preñada de resentimiento. Todo el mundo se movía, inquieto.

—Acabamos de ver cómo se acusa de robo al prior de Kingsbridge y se lo condena sin juicio —prosiguió.

Su afirmación no gustó. Hubo un murmullo de disconformidad. Nadie consideraba a Godwyn inocente.

Elfric no hizo caso del estado de ánimo que imperaba en la sala.

—Y hemos permanecido sentados aquí como esclavos, y hemos permitido que una mujer dicte las leyes de la ciudad. ¿Por la autoridad de quién hay que encarcelar a los borrachos? Por la suya. ¿Quién es el último juez en casos de herencia? Ella. ¿Quién se ocupará de los huérfanos de la ciudad? Ella. ¿A qué habéis venido aquí? ¿Acaso no sois hombres?

Betty Baxter dijo:

—No.

Los hombres estallaron en una carcajada.

Caris decidió no intervenir. No era necesario. Miró al obispo, preguntándose si se enfrentaría a Elfric, y vio que permanecía sentado, con la boca cerrada: saltaba a la vista que él también se había dado cuenta de que el mayordomo estaba librando una batalla perdida de antemano.

Elfric alzó la voz.

—Propongo que rechacemos a una prior mujer, incluso a una prior interina, ¡y que le deneguemos a la priora el derecho de asistir a las reuniones de la cofradía gremial y de dictar preceptos!

Varios hombres se pusieron a murmurar en actitud confabuladora. Dos o tres se levantaron, como si fueran a irse indignados. Alguien exclamó:

—Olvídalo, Elfric.

El mayordomo insistió.

—¡Y estamos hablando de una mujer que fue juzgada por brujería y condenada a muerte!

Todo el mundo se había puesto en pie. Una persona salió por la puerta.

—¡Regresa! —gritó Elfric—. ¡Aún no he puesto fin a la reunión!

Nadie le hizo caso.

Caris se sumó al grupo que había junto a la puerta y abrió camino al obispo y al arcediano. Fue la última en irse. Se detuvo en la salida, se volvió y miró a Elfric. Estaba sentado solo a la mesa.

Al final, la priora se fue.

64

Hacía doce años que Godwyn y Philemon habían visitado la filial de St.-John-in-the-Forest. Godwyn recordaba lo mucho que le había impresionado el orden de los campos, los setos podados, las zanjas limpias y los manzanos dispuestos en hileras rectas en el huerto. Seguía igual. Obviamente, Saul Whitehead tampoco había cambiado.

Godwyn y su caravana cruzaron un manto ajedrezado de campos helados en dirección al grupo de edificios que conformaban el monasterio.

A medida que se acercaban, Godwyn vio que había habido algunos cambios. Doce años atrás, la pequeña iglesia de piedra, con su claustro y dormitorio, estaba rodeada por un puñado de estructuras de madera: la cocina, los establos, la lechería y la panadería. Ahora, hacía tiempo que las endebles edificaciones de madera habían desaparecido, y por lo tanto, el complejo de piedra anexo a la iglesia había crecido.

—El lugar es más seguro de lo que era antes —observó Godwyn.

—Debido al aumento del bandolerismo entre los soldados que vuelven de las guerras francesas, supongo —dijo Philemon.

Godwyn frunció el ceño.

—No recuerdo que me pidieran que diera permiso a los planes de construcción.

—Es que no te lo pidieron.

—Hummm…

Por desgracia, no tenía de qué quejarse. Alguien podría preguntar cómo era posible que Saul hubiera llevado a cabo todas esas construcciones sin el conocimiento de Godwyn, a menos que el prior hubiera descuidado su deber de supervisión.

Además, en realidad no tenía ningún inconveniente en que el lugar pudiera cerrarse fácilmente a los intrusos.

El viaje de dos días le había permitido calmarse un poco. La muerte de su madre lo había sumido en un estado de pánico. Cada hora que pasaba en Kingsbridge, tenía la sensación de que iba a morir. Había logrado contener sus emociones lo suficiente para hablar en la reunión celebrada en la sala capitular y organizar el éxodo. A pesar de su elocuencia, algunos de los monjes habían mostrado ciertos recelos sobre la huida. Por fortuna, todos habían jurado obediencia y al final se había impuesto la costumbre de hacer lo que les ordenaban. Aun así, el prior no empezó a sentirse a salvo hasta que su grupo cruzó el puente doble, con las antorchas encendidas, y se adentró en la noche.

No obstante, aún no se había recuperado del todo. De vez en cuando, cuando meditaba sobre algo, decidía que tenía que pedirle opinión a Petranilla, pero luego se daba cuenta de que no podría volver a hacerlo, y el pánico le trepaba por la garganta como la bilis.

Huía de la peste, pero debería haberlo hecho tres meses antes, tras la muerte de Mark Webber. ¿Era demasiado tarde? Intentó reprimir la angustia. No se sentiría del todo a salvo hasta que no estuviera aislado del mundo.

Hizo un gran esfuerzo para que su mente regresara al presente. En esa época del año no había nadie en los campos, pero en una parcela de tierra frente al monasterio vio a un puñado de monjes que trabajaban: uno herraba un caballo, otro arreglaba un arado y un pequeño grupo hacía girar la palanca de la prensa de sidra.

Todos dejaron de hacer sus tareas y se quedaron mirando, atónitos, a la multitud de visitantes que se aproximaba: veinte monjes, media docena de novicios, cuatro carros y diez caballos de carga. Godwyn sólo había dejado atrás a los sirvientes del priorato.

Uno de los que estaban en la prensa de sidra se apartó del grupo y dio unos pasos al frente. Godwyn lo reconoció, era Saul Whitehead. Se habían visto en las visitas anuales de Saul a Kingsbridge, pero por primera vez el prior advirtió las canas que desteñían el característico pelo rubio ceniza de Saul.

Veinte años antes, ambos habían estudiado juntos en Oxford. Saul era el alumno estrella, ya que aprendía rápido y era ágil argumentando. También había sido el religioso más devoto de todos. Lo podrían haber nombrado prior de Kingsbridge si no hubiera sido tan espiritual y hubiera planificado estratégicamente su carrera en lugar de dejar tales cuestiones en manos de Dios. Así pues, cuando el prior Anthony murió y se celebraron las elecciones, Godwyn venció fácilmente a Saul.

Aun así, Saul no era una persona débil: podía hacer aflorar una vena terca que el prior temía. ¿Se sometería obedientemente al plan de Godwyn o le causaría más problemas? El prior tuvo que reprimir el pánico y se esforzó por mantener la serenidad.

Estudió la cara de Saul con detenimiento. Al prior de St. John le sorprendió verlo y era evidente que también le desagradaba aquella visita inesperada. Su expresión reflejaba una mirada de educada bienvenida, pero no sonreía.

Durante la campaña de las elecciones, Godwyn le había hecho creer a todo el mundo que él no quería el cargo, pero había eliminado a todos los posibles candidatos, incluido Saul. ¿Acaso sospechaba el prior de St. John que lo había engañado?

—Buenos días tengáis, padre prior —le dijo Saul mientras se le acercaba—. Es una bendición inesperada.

De modo que no iba a ser abiertamente hostil. Sin duda, debía de pensar que tal comportamiento contradecía su voto de obediencia. Godwyn sintió una sensación de alivio. Le dijo:

—Que Dios te bendiga, hijo mío. Hacía mucho tiempo que no visitaba a mis hijos de St. John.

Saul miró a los monjes, los caballos y los carros cargados de víveres.

—Esto parece algo más que una mera visita.

No le ofreció ayuda a Godwyn para bajar del caballo. Era como si quisiera una explicación antes de invitarlo a entrar, lo cual era absurdo ya que no tenía derecho alguno a rechazar a su superior.

Aun así, Godwyn se explicó.

—¿Has oído hablar de la peste?

—Rumores —respondió Saul—. Recibimos pocos visitantes que nos traigan noticias.

Eso era bueno. La ausencia de visitantes era lo que había atraído a Godwyn hasta allí.

—La enfermedad ha matado a centenares de personas en Kingsbridge y tenía miedo de que arrasara el priorato, por eso he venido con los monjes. Podría ser la única forma de asegurar nuestra supervivencia.

—Sois bienvenido aquí, por supuesto, sea cual sea el motivo de vuestra visita.

—Faltaría más —le espetó Godwyn. Estaba furioso por haberse sentido obligado a justificarse.

Saul parecía pensativo.

—No sé dónde van a dormir todos...

—Eso lo decidiré yo —le espetó Godwyn, que quería reafirmar su autoridad—. Puedes enseñarme el lugar mientras en la cocina nos preparan la cena. —Se bajó del caballo sin ayuda y entró en el monasterio.

Saul se vio obligado a seguirlo.

El lugar tenía un aspecto desguarnecido, sencillo, que expresaba la seriedad con que Saul se tomaba el voto de pobreza, pero aquel día Godwyn estaba más interesado en lo fácil que resultaba cerrar el lugar a forasteros. Por suerte, la creencia de Saul en el control y el orden lo habían conducido a diseñar edificios con pocas entradas. Sólo había tres formas de acceder al priorato: por la cocina, los establos o la iglesia. Cada entrada tenía una puerta maciza que podía atrancarse con firmeza.

El dormitorio era pequeño, tenía cabida para nueve o diez monjes y no había alcoba aparte para el prior. La única forma de alojar a veinte monjes más era dejarlos dormir en la iglesia.

Godwyn pensó en quedarse con el dormitorio para sí, pero no tenía dónde esconder los tesoros de la catedral y quería tenerlos cerca. Por suerte, la pequeña iglesia tenía una capilla donde podría poner los valiosos objetos a buen recaudo, de modo que el prior de Kingsbridge decidió usarla como alcoba. Los demás monjes esparcieron paja en el suelo de tierra de la nave e intentaron apañárselas como buenamente pudieron.

Los víveres y el vino fueron a la cocina y a la bodega, pero Philemon guardó los adornos en la capilla-alcoba de Godwyn. El suprior había estado charlando con los monjes de St. John.

—Saul tiene su propia forma de hacer las cosas —le relató a Godwyn—. Exige obediencia estricta a Dios y a la Regla de San Benito, pero dicen que no se pone a sí mismo en un pedestal. Duerme con los demás monjes, come lo mismo y, en general, no goza de privilegio alguno. Huelga decir que los demás lo respetan por todo eso. Pero hay un monje que recibe muchos castigos: el hermano Jonquil.

—Lo recuerdo. —Jonquil se había metido en muchos problemas durante su época de novicio en Kingsbridge: por ser impuntual, por desaliño, por pereza y codicia. No tenía autocontrol y, a buen seguro, había elegido la vida monástica como forma de lograr que otros lo metieran en cintura, algo que él no podía—. Dudo de que nos sea de mucha ayuda.

—Se revelará a la mínima oportunidad —dijo Philemon—. Pero no tiene autoridad. Nadie le hace caso.

—¿Y no tienen quejas sobre Saul? ¿No duerme hasta tarde o elude tareas desagradables o se queda el mejor vino para sí?

—Al parecer, no.

—Hummm…

Saul seguía siendo tan recto como siempre. Godwyn estaba decepcionado, pero no demasiado sorprendido.

Durante el oficio de vísperas, Godwyn se dio cuenta de lo solemnes y disciplinados que eran los hombres de St. John. En los últimos años, siempre había enviado a los monjes problemáticos ahí: a los rebeldes, los débiles mentales, los que mostraban cierta tendencia a cuestionar las enseñanzas de la Iglesia y tenían interés en las ideas heréticas… Saul nunca se había quejado, nunca le había devuelto a nadie. Parecía que era capaz de convertir a esas personas en monjes modélicos.

Tras el oficio, Godwyn envió a cenar al refectorio a la mayoría de los hombres de Kingsbridge, y sólo se quedó con Philemon y dos monjes jóvenes y fuertes. Cuando se quedaron a solas en la iglesia, le pidió al suprior que vigilara la puerta que daba entrada al claustro y ordenó a los jóvenes que movieran el altar de madera tallada y cavaran un agujero bajo su emplazamiento habitual.

Cuando el hoyo fue lo suficientemente profundo, Godwyn llevó hasta él los ornamentos de la catedral que guardaba en la capilla, listos para ser enterrados bajo el altar. Pero antes de que pudiera finalizar el trabajo, Saul se acercó a la puerta.

Godwyn oyó que Philemon le decía:

—El reverendísimo padre desea estar a solas.

Saul replicó:

—Entonces puede decírmelo él mismo.

—Me ha pedido que lo haga yo.

Saul alzó la voz.

—No permitiré que me nieguen la entrada a mi propia iglesia, ¡al menos ninguno de vosotros!

—¿Vais a tratarme con violencia a mí, el suprior de Kingsbridge?

—Te levantaré y te tiraré a la fuente si sigues interponiéndote en mi camino.

Godwyn intervino. Habría preferido no revelarle el secreto a Saul, pero ya no podía ser.

—Déjalo entrar, Philemon —le ordenó.

El suprior se hizo a un lado y Saul entró en la iglesia. Vio el equipaje y, sin pedir permiso, abrió un saco y echó un vistazo a su interior.

—¡Cielos! —exclamó, mientras sacaba unas vinajeras de plata y oro—. ¿Qué es todo esto?

Godwyn sintió la tentación de decirle que no podía interrogar a sus superiores. Y tal vez Saul habría aceptado la reprobación: creía en la humildad, como mínimo en principio. Pero el prior de Kingsbridge no quería que las sospechas fermentaran en la mente de Saul, por lo que respondió:

—He traído los tesoros de la catedral conmigo.

Saul le lanzó una mirada de aversión.

—Entiendo que el lugar apropiado para esas baratijas sea una gran catedral, pero aquí, en un monasterio escondido en el bosque, parecerán fuera de lugar.

—No tendrás que mirarlas, voy a esconderlas. No me importa que sepas dónde van a estar, aunque quería evitarte la carga de saber su paradero.

Saul parecía desconfiar del prior.

—¿Y por qué las habéis traído?

—Para ponerlas a buen recaudo.

Esa explicación no lo tranquilizó.

—Me sorprende que el obispo permitiera que os las llevarais.

No le habían pedido permiso al obispo, por supuesto, pero Godwyn no se lo dijo.

—En este momento, la situación es tan crítica en Kingsbridge que no estamos seguros de que los ornamentos estén a salvo ni siquiera en el priorato.

—Pero sin duda estarían más a salvo que aquí, ¿no os parece? Ya sabéis que estamos rodeados de proscritos. Gracias a Dios, no os cruzasteis con ninguno en el viaje.

—Dios cuida de nosotros.

—Y de sus joyas, supongo.

La actitud de Saul podía considerarse casi como insubordinación, pero Godwyn no lo reprendió ya que temía que una reacción exagerada por su parte denotara cierto sentimiento de culpa. Sin embargo, se percató de que la humildad de Saul tenía sus límites. Tal vez Saul sabía que lo había engañado doce años atrás.

Godwyn le pidió:

—Por favor, pídele a todos los monjes que permanezcan en el refectorio después de cenar. Hablaré con ellos en cuanto acabe aquí.

Saul aceptó la orden y se fue. Godwyn enterró los ornamentos, los cartularios del priorato, las reliquias del santo y casi todo el dinero. Los monjes taparon el agujero, apisonaron la tierra y volvieron a poner el altar en su sitio. Sobró un poco de tierra, que esparcieron por fuera.

Luego regresaron al refectorio. La pequeña sala estaba abarrotada debido a la presencia de los hombres de Kingsbridge. Había un monje ante el facistol, leyendo un fragmento del Evangelio de San Marcos, pero calló en cuanto entró Godwyn.

El prior le hizo un gesto para que regresara a su asiento y ocupó su lugar.

—Éste es un refugio sagrado —empezó—. Dios nos ha enviado esta terrible plaga para castigarnos por nuestros pecados. Hemos venido aquí para purgar esos pecados lejos de la influencia corruptora de la ciudad.

Godwyn no tenía intención de iniciar un debate, pero Saul le preguntó:

—¿Qué pecados en concreto, padre Godwyn?

El prior de Kingsbridge improvisó.

—Los hombres han cuestionado la autoridad de la Sagrada Iglesia de Dios; las mujeres se han entregado a la lascivia; los monjes no han logrado aislarse por completo de la sociedad femenina; las monjas han recurrido a la herejía y a la brujería.

—¿Y cuánto tiempo tardarán en purgar todos esos pecados?

—Sabremos que hemos triunfado cuando la peste desaparezca.

Otro monje de St. John tomó la palabra, y Godwyn reconoció a Jonquil, un hombre grande y patoso con mirada de loco.

—¿Cómo pensáis purgaros a vos mismo?

A Godwyn le sorprendió que los monjes se tomaran la confianza de preguntar a sus superiores.

—Mediante la oración, la meditación y el ayuno.

—El ayuno es una buena idea —dijo Jonquil—. Andamos algo escasos de alimentos.

Se oyeron risas.

A Godwyn le preocupaba perder el control de su público. Dio unos golpes en el facistol para pedir silencio.

—A partir de ahora, todo aquel que venga aquí proveniente del mundo exterior es un peligro para nosotros —dijo—. Quiero que todas las puertas que dan acceso al recinto permanezcan cerradas a cal y canto día y noche. Ningún monje podrá salir sin mi permiso personal, y que sólo concederé en casos de emergencia. Todas las visitas serán rechazadas. Vamos a encerrarnos en el monasterio hasta que esta terrible peste haya finalizado.

Jonquil preguntó:

—Pero ¿y si…?

Godwyn lo cortó:

—No he pedido comentarios, hermano. —Miró fijamente a todos los presentes, en silencio—. Sois monjes y vuestro deber es obedecer —les dijo—. Y ahora, oremos.

La crisis se desató al día siguiente.

Godwyn percibió que sus órdenes habían sido acatadas por Saul y los demás monjes de un modo provisional. Los había tomado por sorpresa y no se les ocurrieron grandes objeciones; de modo que, a falta de un poderoso motivo para llamar a rebelión, obedecieron instintivamente a su superior. Sin embargo, el prior de Kingsbridge sabía que llegaría el momento en que los monjes tendrían que tomar una decisión de verdad. Aun así, no esperaba que fuera a ser tan pronto.

Estaban entonando el oficio de prima y hacía muchísimo frío en la pequeña iglesia. Godwyn tenía todo el cuerpo entumecido y le dolía tras pasar una mala noche. Echaba de menos su palacio, con las chimeneas y las mullidas camas. La luz gris de un amanecer de invierno empezaba a asomar en las ventanas, cuando alguien llamó a la puerta occidental de la iglesia.

Godwyn se puso tenso. Le habría gustado tener un día o dos más para consolidar su posición.

Hizo un gesto para que los monjes no hicieran caso de los golpes y siguieran con el oficio. Entonces, se añadieron unos gritos. Saul se levantó para dirigirse a la puerta, pero Godwyn le ordenó que se sentara con una señal de la mano y, tras unos titubeos, aquél se sentó. El prior de Kingsbridge estaba decidido a no moverse. Si los monjes no hacían nada, los intrusos se irían.

No obstante, empezó a darse cuenta de que convencer a la gente de que no hiciera nada era algo dificilísimo.

Los monjes estaban demasiado distraídos para concentrarse en el salmo. Todos susurraban unos con otros y miraban hacia atrás, a la puerta. El canto de los monjes fue perdiendo armonía hasta que todos callaron y sólo se oyó la voz de Godwyn.

El prior se enfureció. Si le hubieran hecho caso, no habrían prestado atención a aquel alboroto. Enojado por su debilidad, dejó su sitio y recorrió la pequeña nave hasta la puerta, que estaba atrancada.

—¿Quién es? —gritó.

—¡Dejadnos entrar! —dijo una voz sorda.

—¡No podéis entrar! —gritó Godwyn—. Idos.

Saul acudió junto a él.

—¿Los estáis echando de la iglesia? —le preguntó, horrorizado.

—Ya te lo dije —contestó Godwyn—. Nada de visitas.

Volvieron los golpes.

—¡Dejadnos entrar!

Saul gritó:

—¿Quiénes sois?

Hubo un silencio y, luego, dijo la voz:

—Somos hombres del bosque.

Philemon exclamó:

—Proscritos.

Saul le replicó, indignado:

—Pecadores como nosotros, y también hijos de Dios.

—Eso no es motivo para dejar que nos asesinen.

—Tal vez deberíamos averiguar si es eso lo que pretenden.

Saul se acercó a la ventana que había a la derecha de la puerta. La iglesia era un edificio bajo y las repisas de las ventanas estaban por debajo de la altura del ojo. Ninguna tenía cristal, sino que protegían del frío mediante unos canceles de lino translúcido. Saul abrió el cancel y se puso de puntillas para mirar.

—¿Por qué habéis venido? —les preguntó.

Godwyn oyó la respuesta.

—Uno de nuestros hombres está enfermo.

Godwyn le dijo a Saul:

—Yo hablaré con ellos.

Saul se lo quedó mirando.

—Aléjate de la ventana —le ordenó Godwyn, y el prior de St. John accedió a regañadientes.

Godwyn les gritó a los hombres de fuera:

—¡No podemos dejaros entrar! ¡Idos!

Saul lo miró con incredulidad.

—¿Vais a impedirle la entrada a un hombre enfermo? —le preguntó—. ¡Somos monjes y médicos!

—Si ese hombre tiene la peste, ya no podemos hacer nada por él. Si lo dejamos entrar, moriremos todos.

—Eso está en manos de Dios.

—Dios no permite el suicidio.

—No sabéis qué le ocurre a ese hombre. Tal vez tenga un brazo roto.

Godwyn abrió la ventana que había a la izquierda de la puerta. Vio a un grupo de seis hombres de aspecto desastrado, situados alrededor de unas angarillas que habían dejado frente a la puerta de la iglesia. Vestían ropa costosa pero sucia, como si se hubieran puesto las galas de los domingos y hubieran dormido a la intemperie, lo cual era algo habitual en los proscritos, que robaban ropa elegante a los viajeros y la gastaban rápidamente. Iban armados hasta los dientes, algunos con espadas, dagas y arcos de buena calidad, lo que indicaba que quizá eran soldados desmovilizados.

En las angarillas había un hombre que sudaba a mares, a pesar de que era una gélida mañana de enero, y que sangraba por la nariz. De pronto, sin quererlo, Godwyn recordó la escena del hospital, cuando su madre yacía moribunda en la cama y siempre tenía aquel hilo de sangre en el labio superior, por mucho que la monja se lo limpiara. El mero hecho de pensar que él podría morir así lo trastornó de tal modo que le entraron ganas de tirarse desde el tejado de la catedral de Kingsbridge. Mil veces preferiría morir en un breve instante de dolor insoportable que durante tres, cuatro o cinco días de delirio demencial y sed agonizante.

—¡Ese hombre tiene la peste! —exclamó Godwyn, y oyó en su propia voz un deje de histeria.

Uno de los proscritos dio un paso al frente.

—Os conozco —le dijo—. Sois el prior de Kingsbridge.

Godwyn intentó recuperar la compostura. Miró con ira y pánico al jefe de aquel grupo. Mostraba la arrogante seguridad en sí mismo de un noble y estaba claro que en el pasado había sido un hombre apuesto, aunque su aspecto se había estropeado tras una vida muy dura. Godwyn le preguntó:

—¿Y quién eres tú, que vienes a llamar a la puerta de una iglesia cuando los monjes le están cantando salmos a Dios?

—Algunos me llaman Tam Hiding —respondió el proscrito.

Se oyó un grito ahogado entre los monjes: Tam Hiding era una leyenda. El hermano Jonquil gritó:

—¡Nos matarán a todos!

Saul reprendió a Jonquil:

—Guarda silencio. Moriremos cuando así lo quiera Dios, y no antes.

—Lo siento, padre.

Saul regresó a la ventana y dijo:

—El año pasado nos robasteis los pollos.

—Sí, padre —dijo Tam—. Teníamos mucha hambre.

—¿Y, sin embargo, venís ahora a pedir ayuda?

—Porque vos predicáis que Dios perdona.

Godwyn le dijo a Saul:

—¡Déjame que me encargue de esto!

La lucha interna de Saul se le reflejaba en el rostro, que parecía debatirse entre la vergüenza y la rebeldía, pero al final agachó la cabeza.

Godwyn le dijo a Tam:

—Dios perdona a aquellos que se arrepienten de verdad.

—Pues bien, este hombre se llama Win Forester y se arrepiente de verdad de sus muchos pecados. Le gustaría entrar en la iglesia para rezar por su curación o, de no ser posible, para morir en un lugar sagrado.

Uno de los proscritos estornudó.

Saul se apartó de la ventana y se quedó mirando a Godwyn con los brazos en jarras.

—¡No podemos negarle la entrada!

Godwyn intentó calmarse.

—Has oído ese estornudo, ¿no entiendes lo que significa? —Se volvió hacia los demás monjes, para asegurarse de que oían lo que decía—. ¡Todos tienen la peste!

Hubo un murmullo general de miedo. Godwyn quería asustarlos. De ese modo lo apoyarían si Saul decidía desafiarlo.

El prior de St. John dijo:

—Debemos ayudarlos aunque tengan la peste. Nosotros no regimos nuestras vidas, no debemos esconderlas bajo tierra como si fueran oro. Nos hemos entregado a Dios para que él disponga de nosotros, y será él quien ponga fin a nuestras vidas cuando así lo exijan sus designios sagrados.

—Dejar entrar a esos proscritos sería un suicidio. ¡Nos matarán a todos!

—Somos hombres de Dios. Para nosotros, la muerte es el momento de reunión feliz con Cristo. ¿Qué debemos temer, padre prior?

Godwyn se percató de que él parecía asustado, mientras que Saul hablaba de un modo razonado. Se obligó a recuperar la compostura y adoptar una circunspección filosófica.

—Es pecado buscar nuestra propia muerte.

—Pero si la muerte llega en el transcurso de nuestras tareas sagradas, la abrazamos con agrado.

Godwyn se dio cuenta de que podría pasarse el día entero debatiendo con Saul sin llegar a ninguna parte. Aquélla no era la forma de imponer su autoridad. Cerró el cancel.

—Cierra tu ventana, hermano Saul, y ven aquí —le ordenó. Lo miró fijamente, esperando a que lo obedeciera.

Tras un momento de duda, Saul hizo lo que le ordenaba.

Godwyn le preguntó:

—¿Cuáles son tus tres votos, hermano?

Hubo un silencio. Saul sabía lo que iba a suceder: Godwyn se negaba a tratarlo de igual. Al principio pareció que Saul iba a negarse a responder, pero la educación que había recibido acabó imponiéndose y dijo:

—Pobreza, castidad y obediencia.

—¿Y a quién debes obedecer?

—A Dios, a la Regla de San Benito y a mi prior.

—Y tu prior se encuentra ante ti ahora mismo. ¿Me reconoces como tal?

—Sí.

—Debes decir: «Sí, padre prior».

—Sí, padre prior.

—Ahora voy a decirte lo que debes hacer y tú me obedecerás. —Godwyn miró a su alrededor—. Todos vosotros, regresad a vuestro sitio.

Hubo un momento de silencio tenso. Nadie se movió y nadie habló. En ese instante Godwyn pensó que podía ocurrir cualquiera de las dos cosas: sumisión o rebelión, orden o anarquía, victoria o derrota. Contuvo la respiración.

Al final, el hermano Saul se movió. Agachó la cabeza y se volvió. Recorrió el pasillo y regresó a su posición, enfrente del altar.

Los demás hicieron lo mismo.

Se oyeron unos cuantos gritos más en el exterior, pero parecía que los proscritos se alejaban. Tal vez se habían dado cuenta de que no podían obligar a un médico a que atendiera a su compañero enfermo.

Godwyn regresó al altar y se volvió hacia los monjes.

—Vamos a acabar el salmo interrumpido —dijo y se puso a cantar de nuevo.

Gloria al Padre,
al Hijo
y al Espíritu Santo.

El canto aún no había recuperado la armonía. Los monjes estaban demasiado emocionados para adoptar la actitud adecuada. Aun así, habían regresado a su puesto y seguían con la rutina. Godwyn había impuesto su voluntad.

Como era en un principio,
ahora
y siempre
por los siglos de los siglos,
amén.

—Amén —repitió Godwyn.
Uno de los monjes estornudó.

65

Poco después de la huida de Godwyn, Elfric murió a causa de la peste. Caris lo sintió por Alice, su viuda, pero aparte de eso, no podía evitar alegrarse de que se hubiera ido. Era un hombre que se había aprovechado de los débiles y había adulado a los fuertes, y las mentiras que contó en su juicio estuvieron a punto de llevarla a la horca. El mundo sería un lugar mejor sin él. Incluso su negocio de la construcción estaría mejor administrado por su yerno, Harold Mason.

La cofradía gremial eligió a Merthin como mayordomo, en sustitución de Elfric. Merthin dijo que se sentía como si lo hubieran hecho capitán de un barco que se iba a pique.

A medida que aumentaba el número de muertos y la gente enterraba a sus familiares, vecinos, amigos, clientes y empleados, parecía que el horror constante había brutalizado a muchos de ellos, hasta tal punto que ninguna muestra de violencia o crueldad les resultaba chocante. La gente que creía estar a punto de morir perdía el control y se dejaba llevar por sus impulsos, fueran cuales fuesen las consecuencias.

Juntos, Merthin y Caris se esforzaban en mantener algo que fuera lo más parecido posible a una vida normal en Kingsbridge. El orfanato era la parte de más éxito del programa de Caris. Los niños estaban agradecidos por la seguridad que les ofrecía el convento, tras la terrible experiencia de perder a sus padres por culpa de la peste. Cuidar de ellos y enseñarlos a leer y a cantar himnos hizo aflorar el instinto maternal de algunas de las monjas, reprimido durante mucho tiempo. Había comida en abundancia, ya que había menos gente que se peleaba por las provisiones para el invierno. Y el priorato de Kingsbridge estaba impregnado del sonido de los niños.

En la ciudad, las cosas eran más difíciles. Aún había peleas violentas por los bienes de los muertos. La gente entraba en las casas vacías y se llevaba lo que más le gustaba. Los niños que habían heredado dinero, o un almacén lleno de tela o grano, a veces eran adoptados por vecinos sin escrúpulos, ávidos por quedarse con la herencia. La posibilidad de poder obtener algo a cambio de nada sacaba lo peor de la gente, pensaba Caris, desesperada.

Caris y Merthin sólo lograron detener en parte la decadencia del comportamiento público. A la priora le decepcionaron los resultados de la ofensiva de John Constable contra los borrachos. El gran número, y cada vez mayor, de viudos y viudas parecía desesperado por encontrar pareja, y no era difícil ver a personas de mediana edad fundidas en un apasionado abrazo en una taberna o en el portal de una casa. Caris no se oponía fervientemente a este tipo de comportamiento, pero sabía que la combinación de un estado de embriaguez con una actitud licenciosa en público acostumbraba a provocar peleas. No obstante, Merthin y la cofradía gremial eran incapaces de atajar el problema.

Justo en el momento en que los ciudadanos necesitaban que alguien impusiera disciplina, la huida de los monjes había causado el efecto contrario. Desmoralizó a todo el mundo. Los representantes de Dios se habían ido: el Todopoderoso había abandonado la ciudad. Algunos decían que las reliquias del santo siempre habían traído buena suerte, y que ahora que los huesos habían desaparecido, la buena fortuna se había esfumado. La falta de los preciosos crucifijos y candeleros en los oficios dominicales era un recordatorio semanal de que Kingsbridge era considerada una ciudad maldita. Entonces, ¿por qué no iba la gente a emborracharse y a fornicar en la calle?

A mediados de enero, de una población de unas siete mil personas, Kingsbridge había perdido aproximadamente un millar. Otras ciudades se encontraban en una situación parecida. A pesar de las mascarillas que Caris había inventado, el número de víctimas mortales era superior entre las monjas, sin duda porque estaban en contacto continuo con los enfermos de la peste. Antes de la aparición de la plaga, eran treinta y cinco monjas; ya sólo quedaban veinte. Pero habían oído hablar de sitios en los que casi todos los monjes o monjas habían muerto, y tan sólo había quedado uno para seguir adelante con el trabajo; de modo que podían considerarse afortunadas. Mientras tanto, Caris había reducido el período de noviciado e intensificado la preparación para tener más ayudantes en el hospital.

Merthin contrató al tabernero del Holly Bush y lo puso a cargo de la posada Bell. También contrató a una chica de diecisiete años muy sensata llamada Martina para que cuidara de Lolla.

Entonces, pareció que la peste empezaba a remitir. Tras enterrar a cien personas a la semana en el período previo a Navidad, Caris se dio cuenta de que la cifra descendía a cincuenta en enero y después a veinte en febrero. Empezó a albergar esperanzas de que la pesadilla se acercara a su fin.

Uno de los desdichados que cayó enfermo durante esos días fue un hombre de pelo oscuro que tenía unos treinta años y que debía de haber sido muy apuesto en el pasado. Estaba de visita en la ciudad.

—Ayer creía que tenía un catarro —dijo cuando entró por la puerta—. Pero ahora no paro de sangrar por la nariz. —Se había tapado la nariz con un trapo.

—Te encontraré algún sitio donde puedas tumbarte —le dijo Caris, sin quitarse la mascarilla de lino.

—Tengo la peste, ¿no es así? —le preguntó, y la priora se sorprendió al oír la calma resignación de su tono de voz, en lugar del pánico habitual—. ¿Podéis hacer algo para curarme?

—Podemos hacer que te sientas más cómodo y podemos rezar por ti.

—Eso no servirá de nada. Ni tan siquiera vos creéis en ello, lo sé.

Caris se quedó perpleja al comprobar la facilidad con la que aquel hombre le había leído el pensamiento.

—No sabes lo que estás diciendo —exclamó ella, a modo de protesta—. Soy una monja, debo creer en ello.

—Podéis decirme la verdad. ¿Cuánto tardaré en morir?

Caris lo miró. El hombre sonrió, esbozó una sonrisa que debía de haber derretido unos cuantos corazones femeninos.

—¿Por qué no tienes miedo? —le preguntó ella—. Todos los demás están aterrados.

—No creo lo que me dicen los sacerdotes. —Le lanzó una mirada de astucia—. Y sospecho que vos tampoco.

La priora no pensaba discutir con un desconocido, por muy encantador que fuera.

—Casi todo el mundo que contrae la peste muere al cabo de tres o cinco días —le dijo ella, sin rodeos—. Unos pocos sobreviven, pero nadie sabe por qué.

El hombre lo encajó bien.

—Tal y como pensaba.

—Puedes quedarte aquí.

Él volvió a esbozar su sonrisa burlona.

—¿Me servirá de algo?

—Si no te echas pronto, caerás en cualquier parte.

—De acuerdo. —Se tumbó en el jergón que le señaló.

Caris le dio una manta.

—¿Cómo te llamas?

—Tam.

La priora estudió detenidamente su cara. A pesar de su encanto, percibió una vena de crueldad. Tal vez era capaz de seducir a las mujeres, pensó, pero si eso fallaba, las violaba. Era un hombre que tenía la piel ajada de vivir a la intemperie, y la nariz roja de los grandes bebedores. Llevaba ropa costosa pero sucia.

—Sé quién eres —le dijo—. ¿No tienes miedo de que te castiguen por tus pecados?

—Si creyera en eso, no los habría cometido. ¿Tenéis miedo de arder en el infierno?

Era una pregunta que Caris acostumbraba a eludir, pero sintió que aquel proscrito moribundo merecía una respuesta sincera.

—Creo que lo que hago se convierte en parte de mí —le dijo—. Cuando soy valiente y fuerte, y cuido de los niños, los enfermos y los pobres me convierto en una mejor persona. Y cuando soy cruel, o cobarde, o cuento mentiras, o me emborracho, me convierto en alguien menos digno y no puedo respetarme a mí misma. Ésa es la retribución divina en la que creo.

Tam la miró pensativamente.

—Desearía haberos conocido hace veinte años.

Caris soltó un gruñido reprobatorio.

—Habría tenido doce años.

Él enarcó una ceja de modo insinuante.

Aquello era suficiente, pensó Caris. Él estaba empezando a coquetear, y ella estaba empezando a disfrutar. Se volvió.

—Sois una mujer valiente por hacer este trabajo —le dijo él—. Probablemente os acabará matando.

—Lo sé —replicó ella, que volvió a mirarlo—. Pero es mi destino. No puedo huir de la gente que me necesita.

—Vuestro prior no parece pensar así.

—Ha desaparecido.

—La gente no puede desaparecer.

—Me refiero a que nadie sabe adónde han ido el prior Godwyn y los monjes.

—Yo sí —le dijo Tam.

A finales de febrero hacía un tiempo agradable y soleado. Caris partió en dirección a St.-John-in-the-Forest en un poni pardo. Merthin la acompañó, a lomos de una jaca negra. En otra época, la gente se habría sorprendido al ver a una monja de viaje, acompañada únicamente por un hombre, pero vivían unos tiempos muy extraños.

El peligro de los proscritos había disminuido. Muchos habían caído víctimas de la peste, le había dicho Tam Hiding a Caris antes de morir. Además, el súbito descenso de la población había provocado un excedente de comida, vino y ropa, todo lo que acostumbraban a robar los proscritos. De éstos, aquellos que habían sobrevivido a la peste podían entrar en ciudades fantasma y aldeas abandonadas y llevarse lo que quisieran.

Al principio, Caris se sintió frustrada al saber que Godwyn sólo estaba a dos días de viaje de Kingsbridge. Se había imaginado que el prior se había ido a un lugar lejano del que nunca regresaría. Sin embargo, se alegraba de tener la oportunidad de recuperar el dinero y los objetos valiosos del priorato y, en concreto, los cartularios del convento, que eran de vital importancia en casos de disputa sobre propiedades o derechos.

Cuando se encarara con él, si es que llegaba a hacerlo, le exigiría la devolución de los objetos propiedad del priorato, en nombre del obispo. Tenía una carta de Henri que reafirmaba su autoridad. Si, aun así, Godwyn se negaba a obedecerla, eso significaría, sin lugar a dudas, que se había llevado los ornamentos del priorato para robarlos, no para ponerlos a salvo. Entonces, el obispo podría emprender acciones legales para recuperarlos o, simplemente, presentarse en la filial con una milicia de hombres de armas.

Aunque le disgustaba el hecho de que Godwyn no hubiera desaparecido de su vida para siempre, Caris ya se refocilaba ante la posibilidad de echarle en cara su cobardía y deshonestidad.

Mientras se alejaba de la ciudad, recordó que su último gran viaje había sido a Francia, con Mair, una verdadera aventura en todos los sentidos. Cuando pensaba en Mair, sentía que le faltaba una parte de ella. De todos aquellos que habían muerto a consecuencia de la peste, era a Mair a quien más echaba de menos: su hermosa cara, su gran corazón, su amor…

Sin embargo, era una gran alegría tener a Merthin para ella sola durante dos días enteros. Avanzando por el camino que cruzaba el bosque, uno junto al otro en sus caballos, hablaron de todo aquello que les pasó por la cabeza, como habían hecho diez años antes, cuando eran adolescentes.

En la cabeza de Merthin bullían las mismas ideas brillantes de antaño. A pesar de la peste, estaba construyendo comercios y tabernas en la isla de los Leprosos, y le dijo que había planeado demoler la posada que había heredado de Bessie Bell y construir otra el doble de grande.

Caris suponía que Bessie y él habían sido amantes, ¿por qué, si no, le habría dejado ella su propiedad? Pero la única culpable era ella misma. Merthin siempre la había querido a ella, y Bessie había sido la segunda opción. Ambas mujeres lo sabían. Aun así, Caris se sentía celosa y furiosa cuando pensaba en Merthin en la cama con aquella tabernera oronda.

Pararon a mediodía y descansaron junto a un arroyo. Comieron pan, queso y manzanas, la comida que llevaban todos los viajeros, salvo los más ricos. Les dieron un poco de grano a los caballos: la hierba no bastaba para una montura que tenía que llevar a alguien todo el día. Cuando acabaron de comer, se tumbaron al sol durante unos minutos, pero el suelo estaba demasiado frío y húmedo para dormir, de modo que se levantaron enseguida y prosiguieron el viaje.

No tardaron mucho en recuperar la relación de intimidad de su juventud. Merthin siempre la había hecho reír y ella necesitaba que alguien la alegrara, después de pasar tanto tiempo en el hospital, rodeada de moribundos. Al cabo de poco, se olvidó de Bessie y de lo mucho que se había enfadado por su culpa.

Habían tomado la misma ruta que los monjes de Kingsbridge habían seguido durante cientos de años, y se detuvieron a pasar la noche en el lugar habitual, situado a medio camino: la taberna Red Cow, de la pequeña ciudad de Lordsborough. Para cenar tomaron ternera asada y cerveza fuerte.

Por entonces, Caris ya suspiraba de nuevo por Merthin. Los diez años anteriores parecían haberse esfumado de la memoria, y anhelaba estrecharlo entre los brazos y hacer el amor con él como en el pasado. Pero no podía ser. La Red Cow tenía dos alcobas, una para hombres y otra para mujeres, motivo por el cual siempre la habían elegido los monjes. Merthin y Caris se separaron en el rellano, y ella permaneció despierta, escuchando los ronquidos de la esposa de un caballero y de una vendedora de especias, tocándose y deseando que la mano que la acariciaba entre los muslos fuera la de Merthin.

Se despertó cansada y alicaída, y se comió la avena del desayuno mecánicamente. Sin embargo, Merthin se sentía tan feliz de estar con ella, que enseguida se animó. Cuando dejaron atrás Lordsborough, ambos hablaban y se reían tan alegremente como el día anterior.

En el segundo día de viaje atravesaron un espeso bosque, y no vieron a más viajeros en toda la mañana. Su conversación derivó hacia cuestiones más personales. Merthin le habló sobre el tiempo que pasó en Florencia: cómo había conocido a Silvia y qué tipo de persona era. Caris tuvo ganas de preguntarle: «¿Qué sentías al hacer el amor con ella? ¿Era muy diferente de mí? ¿En qué sentido?». Pero se contuvo ya que sabía que esas preguntas invadirían la vida íntima de Silvia, a pesar de que estaba muerta. Además, podía adivinar todo eso a partir del tono de voz de Merthin. Percibió que Silvia lo había hecho feliz en la cama, aunque su relación no había sido tan intensamente apasionada como la que había mantenido con ella.

El hecho de no estar acostumbrada a montar a caballo le causaba muchos dolores, por lo que Caris agradeció la parada que hicieron para comer ya que pudo bajarse del poni. Cuando acabaron, se sentaron en el suelo, con la espalda apoyada en un gran árbol, para descansar y digerir un poco la comida antes de seguir con el viaje.

Caris estaba pensando en Godwyn, preguntándose qué situación encontraría en St.-John-in-the-Forest cuando, de repente, supo que Merthin y ella estaban a punto de hacer el amor. En ese momento no podría haber explicado cómo lo sabía, ni tan siquiera se estaban tocando, pero no tenía ninguna duda. Se volvió para mirarlo y se dio cuenta de que él también lo sentía. Merthin sonrió arrepentido y Caris vio en sus ojos diez años de esperanza y penas, dolor y lágrimas.

Él le tomó la mano y le besó la palma, luego descendió hasta la suave parte interior de la muñeca y cerró los ojos.

—Te noto el pulso —le dijo Merthin en voz baja.

—No podrás averiguar demasiado tomándome sólo el pulso —susurró Caris—. Tendrás que someterme a un examen más concienzudo.

La besó en la frente, en los párpados y en la nariz.

—Espero que no te avergüence que vea tu cuerpo desnudo.

—Tranquilo, no pienso quitarme la ropa con el frío que hace.

Ambos se echaron a reír.

Él dijo:

—Quizá podrías tener la amabilidad de levantarte el hábito para que pueda llevar a cabo la revisión.

Ella se agachó y se agarró el dobladillo del vestido. Llevaba unas calzas que le llegaban a la altura de las rodillas. Se levantó el vestido lentamente y fue dejando al descubierto los tobillos, las canillas, las rodillas y, luego, la piel blanca de los muslos. Se sentía muy pícara, pero no podía evitar preguntarse si Merthin podría detectar los cambios que había sufrido su cuerpo en los últimos diez años. Había adelgazado pero, al mismo tiempo, sus posaderas habían crecido. Tenía la piel menos fina y suave; los pechos no tan firmes y turgentes. ¿Qué pensaría Merthin? Decidió quitarse aquella preocupación de la cabeza y se entregó al juego.

—¿Es suficiente para llevar a cabo la revisión médica?

—Aún no.

—Pero me temo que no llevo calzones, tales lujos se consideran inapropiados para nosotras, las monjas.

—Los médicos estamos obligados a ser muy meticulosos, por muy desagradable que nos resulte.

—¡Oh, cielos! —exclamó ella con una sonrisa—. ¡Qué vergüenza! Pero, en fin, si no hay más remedio... —Sin dejar de mirarlo, se levantó la falda poco a poco hasta la altura de la cintura.

Merthin se la quedó mirando fijamente, con la respiración algo agitada.

—Diantre... —exclamó él—. Es un caso muy grave. De hecho... —La miró a los ojos, tragó saliva y dijo—: Basta de bromas.

Ella lo abrazó para sentir su cuerpo en contacto con el suyo, lo apretó con todas las fuerzas, aferrándose a él como si lo estuviera salvando de morir ahogado.

—Hazme el amor, Merthin. Ahora, rápido.

El priorato de St.-John-in-the-Forest parecía muy tranquilo bajo la luz del atardecer, una señal clara de que algo iba mal, pensó Caris. La pequeña filial siempre había sido autosuficiente en lo tocante a la comida, y estaba rodeada de unos campos, húmedos tras las lluvias primaverales, que necesitaban que los araran y escarificaran. Sin embargo, no había nadie trabajando.

Cuando se acercaron, vieron que en el pequeño cementerio situado junto a la iglesia había una hilera de tumbas recién cavadas.

—Parece que la peste ha llegado hasta aquí —dijo Merthin.

Caris asintió.

—De modo que su cobarde plan de huida ha fracasado. —Caris no pudo reprimir una sensación de satisfacción vengativa.

Merthin dijo:

—Me pregunto si habrá sucumbido a la enfermedad.

Caris esperaba que hubiera sido así, pero le avergonzaba demasiado reconocerlo.

Merthin y ella rodearon el silencioso monasterio hasta llegar al establo. La puerta estaba abierta y los caballos andaban sueltos, paciendo en un prado, junto a un estanque, pero no apareció nadie para ayudar a desmontar a los visitantes.

Cruzaron los establos vacíos y entraron en el recinto, donde reinaba un misterioso silencio. Caris se preguntó si todos los monjes habían muerto. Entraron en una cocina, que no estaba tan limpia como cabría desear, y también en una tahona, donde había un horno frío. Sus pasos resonaban en las arcadas frías y grises del claustro. Entonces, cuando se acercaban a la entrada de la iglesia, encontraron al hermano Thomas.

—¡Nos habéis encontrado! —exclamó—. Gracias a Dios.

Caris lo abrazó. Sabía que los cuerpos de las mujeres no eran una tentación para Thomas.

—Me alegro de que estés vivo —le dijo.

—Caí enfermo y luego mejoré —explicó él.

—Poca gente sobrevive.

—Lo sé.

—Cuéntanos lo que ha ocurrido.

—Godwyn y Philemon lo planearon muy bien —dijo Thomas—. Sucedió todo casi sin aviso. El prior se dirigió al capítulo y leyó la historia de Abraham e Isaac, y nos dijo que, en ocasiones, Dios nos pide que hagamos cosas que parecen erróneas. Luego nos explicó que íbamos a partir esa misma noche. La mayoría de los monjes se alegraron de huir de la peste, y a los que mostraron algún recelo les recordaron su voto de obediencia.

Caris asintió.

—Me lo imagino. No cuesta mucho obedecer unas órdenes cuando te benefician tan claramente.

—No me siento orgulloso de mí mismo.

Caris le acarició el muñón del brazo izquierdo.

—No te estaba reprendiendo, Thomas.

Merthin terció:

—Aun así, me sorprende que a nadie se le escapara cuál iba a ser vuestro destino.

—Eso fue porque Godwyn no nos dijo adónde íbamos. La mayoría de nosotros no lo sabíamos ni siquiera una vez que llegamos, tuvimos que preguntarles a los monjes de aquí dónde estábamos.

—Pero, al final, la peste os atrapó.

—Ya habéis visto el cementerio. Todos los monjes de St. John están ahí, salvo el prior Saul, que está enterrado en la iglesia. Casi todos los hombres de Kingsbridge han muerto. Unos cuantos huyeron cuando llegó la peste; sabe Dios lo que les habrá ocurrido.

Caris recordó que Thomas siempre había mantenido una relación muy estrecha con un monje en concreto, un hombre muy dulce, unos cuantos años más joven él, y, tras algunos titubeos, le preguntó:

—¿Y el hermano Matthias?

—Muerto —respondió Thomas con brusquedad; se le arrasaron los ojos en lágrimas y apartó la vista, avergonzado.

Caris le puso una mano en un hombro.

—Lo siento de verdad.

—Hay mucha gente que ha sufrido grandes pérdidas —dijo Thomas.

Caris decidió que sería mejor no seguir hurgando en la herida de Matthias.

—¿Y qué ha ocurrido con Godwyn y Philemon?

—El suprior huyó. Godwyn está vivo y, bueno, no ha contraído la peste.

—Tengo un recado para Godwyn de parte del obispo.

—Me lo imagino.

—Llévame a él.

—Está en la iglesia. Ordenó que le pusieran una cama en una capilla y está convencido de que ése es el motivo por el que no ha caído enfermo. Acompáñame.

Cruzaron el claustro y entraron en la pequeña iglesia, que olía a dormitorio. El mural del Juicio Final en el extremo oriental de la estancia se le antojó a Caris muy premonitorio. El suelo de la nave estaba cubierto de paja y había montones de mantas, como si hubiera hecho las veces de dormitorio; pero la única persona que había allí era Godwyn. Estaba tumbado boca abajo en el suelo de tierra, frente al altar, con los brazos estirados. Por un instante Caris creyó que había muerto, pero luego cayó en la cuenta de que tan sólo era una actitud de extrema penitencia.

Thomas le comunicó:

—Tenéis visita, padre prior.

Godwyn permaneció inmóvil. Caris podría haber pensado que estaba fingiendo, pero hubo algo de su quietud que la convenció de que estaba pidiendo perdón sinceramente.

Entonces se puso en pie muy despacio y se volvió.

Estaba pálido y delgado, y parecía cansado y nervioso.

—Tú… —exclamó el prior.

—Te hemos descubierto, Godwyn —dijo Caris. No pensaba llamarlo padre. Era un sinvergüenza y lo había atrapado, lo cual le hizo sentir una gran satisfacción.

El prior dijo:

—Supongo que Tam Hiding me ha traicionado.

Seguía siendo tan sagaz como siempre, pensó Caris.

—Has intentado huir de la justicia, pero has fracasado.

—No tengo nada que temer de la justicia —le espetó él, en tono desafiante—. Vine aquí con la esperanza de salvarles la vida a mis monjes. Mi error fue que partimos demasiado tarde.

—Un hombre inocente no huye al amparo de la noche.

—Tenía que mantener mi destino en secreto ya que, de lo contrario, habría fracasado en mi intento de impedir que alguien nos siguiera hasta aquí.

—No tenías por qué robar los ornamentos de la catedral.

—No los robé. Me los llevé para ponerlos a buen recaudo. Los devolveré al lugar donde deberían estar cuando sea seguro.

—Entonces, ¿por qué no le dijiste a nadie que te los llevabas?

—Pero sí lo hice: le escribí una carta al obispo Henri. ¿Acaso no la recibió?

Caris sintió cómo crecía en su interior una sensación de indignación. ¿Estaba intentando escabullirse Godwyn del castigo que le correspondía?

—Por supuesto que no —respondió ella—. No recibió ninguna carta, y no creo que mandaras ninguna.

—Tal vez el mensajero murió a causa de la peste antes de poder entregarla.

—¿Y cómo se llamaba ese mensajero evanescente?

—No lo sé, fue Philemon quien lo contrató.

—Y Philemon no está aquí, qué casualidad… —exclamó ella, en tono sarcástico—. Bueno, puedes decir lo que quieras, pero el obispo Henri te acusa de robar el tesoro y me ha enviado aquí para exigir su devolución. Traigo una carta que te ordena que me lo entregues todo, de inmediato.

—Eso no será necesario. Se lo llevaré personalmente.

—No es lo que el obispo te ordena que hagas.

—Ya decidiré yo lo que es mejor.

—Tu negativa a colaborar es una prueba de que has cometido robo.

—Estoy convencido de que puedo persuadir al obispo Henri de que cambie de opinión.

El problema era, pensó Caris desesperadamente, que Godwyn podía conseguirlo. Era un hombre muy convincente, y Henri, al igual que la mayoría de los obispos, prefería evitar el enfrentamiento siempre que podía. La priora tenía la sensación de que la victoria se le estaba escurriendo entre las manos.

Godwyn se daba cuenta de que se habían vuelto las tornas y se recreó en una leve sonrisa de satisfacción. Aquel gesto enfureció a Caris, pero no tenía nada más que decir. Lo único que podía hacer era regresar y contarle lo ocurrido al obispo Henri.

Le costaba creerlo. ¿Sería capaz Godwyn de volver a Kingsbridge y ocupar de nuevo su cargo de prior? ¿Tendría los arrestos de entrar en la catedral de Kingsbridge con la cabeza erguida, después de todo el daño que había infligido al priorato, a la ciudad y a la Iglesia? Aunque el obispo lo readmitiera, ¿no se rebelaría la gente? Las perspectivas no eran muy halagüeñas; sin embargo, cosas más extrañas habían ocurrido. ¿Es que no había justicia?

Caris se lo quedó mirando. La expresión de triunfo que se reflejaba en la cara de Godwyn debía de ser el equivalente opuesto de la expresión de derrota que teñía el rostro de la priora.

Entonces vio algo que hizo que las tornas se volvieran de nuevo.

Justo por encima del labio superior de Godwyn, de la narina izquierda le salía un hilo de sangre.

A la mañana siguiente, Godwyn no se levantó.

Caris se puso la mascarilla de lino y lo atendió. Le limpió la cara con agua de rosas y le dio vino siempre que él se lo pedía. Cada vez que lo tocaba, se limpiaba las manos con vinagre.

Aparte de Godwyn y Thomas, sólo quedaban dos monjes más, ambos novicios de Kingsbridge, que también estaban muriendo a causa de la peste, de modo que Caris los hizo bajar del dormitorio para que yacieran en la iglesia y también cuidó de ellos, revoloteando como una sombra en la nave tenuemente iluminada mientras atendía a los tres moribundos.

Le preguntó en varias ocasiones a Godwyn dónde estaban los tesoros de la catedral, pero el prior se negó a contestar.

Merthin y Thomas registraron todo el priorato. El primer sitio donde buscaron fue bajo el altar. La tierra removida les hizo deducir que hacía poco se había enterrado algo ahí. Sin embargo, cuando hicieron un agujero —Thomas cavaba sorprendentemente bien con una sola mano— no encontraron nada. Fuera lo que fuese lo que habían escondido allí, ya no estaba.

Buscaron en todas las salas vacías del monasterio desierto e incluso en el horno frío de la tahona y los barriles vacíos de la cervecería, pero no hallaron joyas, ni reliquias ni cartularios.

Tras la primera noche, Thomas abandonó el dormitorio con discreción, sin que se lo pidieran, para que Merthin y Caris pudieran dormir a solas. No hizo comentario alguno, ni tan siquiera dio un golpecito con el codo ni les guiñó un ojo. Agradecidos por su discreta complicidad, se acurrucaron bajo un montón de mantas e hicieron el amor. Al acabar, Caris permaneció despierta, atenta a los ruidos de la noche. El búho que vivía en el tejado ululaba y, de vez en cuando, también oía los chillidos de sus presas, atrapadas en las garras de la rapaz. Se preguntó si iba a quedarse encinta. No quería renunciar a su vocación, pero tampoco podía resistir la tentación de yacer en los brazos de Merthin. De modo que se negó a pensar en el futuro.

Al tercer día, mientras los tres comían en el refectorio, Thomas dijo:

—Cuando Godwyn te pida de beber, no le des nada hasta que te haya dicho dónde escondió el tesoro.

Caris meditó esa posibilidad: sería una decisión del todo justa, pero también sería una tortura.

—No puedo hacerlo —concedió, al final—. Sé que se lo merece, pero aun así no puedo hacerlo. Si un enfermo me pide de beber, debo saciar su sed. Eso es más importante que todos los ornamentos y joyas de la cristiandad.

—No le debes compasión, él nunca la tuvo contigo.

—He convertido la iglesia en un hospital, pero no permitiré que sea una cámara de tortura.

Parecía que Thomas quería seguir con la discusión, pero Merthin lo disuadió con un ademán con la cabeza.

—Piensa, Thomas —le dijo—. ¿Cuándo fue la última vez que viste los ornamentos?

—La noche en que llegamos —respondió el monje—. Los transportamos a caballo, en bolsas de piel y cajas. Los descargamos al mismo tiempo que todo lo demás, y creo que luego los llevaron a la iglesia.

—¿Qué ocurrió, entonces?

—No volví a verlos. Pero tras el oficio de vísperas, cuando todos nos fuimos a cenar, me di cuenta de que Godwyn y Philemon se quedaron en la iglesia con otros dos monjes, Juley y John.

Caris dijo:

—A ver si lo adivino: Juley y John eran jóvenes y fuertes.

—Sí.

Merthin añadió:

—Debió de ser entonces cuando enterraron el tesoro bajo el altar. Pero ¿cuándo lo desenterraron?

—Tuvo que ser cuando no había nadie en la iglesia, lo cual sólo sucedía en las horas de comer.

—¿Se ausentaron de alguna otra comida?

—Varias, probablemente. Godwyn y Philemon siempre se comportaban como si no estuvieran sometidos a las reglas. Era tan habitual que faltaran a alguna comida u oficio que no puedo recordar todas las ocasiones en las que sucedió.

Caris le preguntó:

—¿Recuerdas que Juley y John se ausentaran una segunda vez? Godwyn y Philemon deberían haber necesitado ayuda de nuevo.

—No necesariamente —dijo Merthin—. Es mucho más fácil excavar de nuevo una tierra que ya ha sido removida. Godwyn tiene cuarenta y tres años y Philemon sólo treinta y cuatro. Podrían haberlo hecho sin ayuda, si hubieran querido.

Esa misma noche, Godwyn empezó a delirar. En ocasiones parecía que citaba la Biblia, otras que predicaba y otras, que formulaba excusas. Caris lo escuchó durante un rato, con la esperanza de que le diera alguna pista.

—La gran Babilonia ha caído, y todas las naciones han bebido del vino del furor de su fornicación; y del trono brotaron fuego y truenos; y todos los mercaderes de la tierra llorarán. ¡Arrepentíos, oh, arrepentíos todos los que hayáis fornicado con la madre de las rameras! Todo se hizo con el más alto fin, todo por la gloria de Dios, porque el fin justifica los medios. Dadme algo de beber, por el amor de Dios… —El tono apocalíptico de su delirio debía de estar causado por el mural, con su representación gráfica de las torturas del infierno.

Caris le acercó una copa a la boca.

—¿Dónde están los ornamentos de la catedral, Godwyn?

—Vi siete candelabros de oro, todos cubiertos de perlas, y piedras preciosas, y envueltos en paño de hilo, púrpura y escarlata, todo en un arca de madera de cedro, sándalo y plata. Vi a una mujer a lomos de una criatura escarlata, que tenía siete cabezas y diez astas, y que no cesaba de blasfemar. —La nave resonaba con los ecos de sus desvaríos.

Al día siguiente, murieron los dos novicios. Esa misma tarde, Thomas y Merthin los enterraron en el cementerio que había al norte del recinto. Era un día frío y húmedo, pero sudaron a causa del esfuerzo para enterrarlos. Thomas ofició las honras fúnebres y Caris permaneció junto a la tumba, con Merthin. Cuando parecía que todo se venía abajo, los rituales ayudaban a mantener cierta apariencia de normalidad. Alrededor de ellos estaban las tumbas de los demás monjes, salvo la de Saul. El cuerpo de éste yacía bajo el presbiterio de la iglesia, un honor reservado a los priores de mayor reputación.

Tras la ceremonia, Caris regresó a la iglesia y se quedó mirando la tumba de Saul, en el presbiterio. Esa parte de la iglesia estaba enlosada. Obviamente, habían tenido que levantar las losas para poder cavar la tumba. Cuando volvieron a ponerlas en su lugar, pulieron una de las piedras y grabaron en ella una inscripción.

Resultaba difícil concentrarse, mientras Godwyn permanecía en una esquina, delirando sobre bestias de siete cabezas.

Merthin reparó en su mirada pensativa y observó el objeto de su atención. Adivinó de inmediato en qué pensaba y, con una voz horrorizada, exclamó:

—No puede ser que Godwyn haya escondido el tesoro en el ataúd de Saul Whitehead.

—Por una parte, resulta difícil imaginar a unos monjes profanando una tumba —dijo ella—. Por otra, de ese modo los ornamentos no habrían tenido que salir de la iglesia.

Thomas dijo:

—Saul falleció una semana antes de vuestra llegada, y Philemon desapareció al cabo de dos días.

—De modo que Philemon podría haber ayudado a Godwyn a cavar la tumba.

—Así es.

Los tres se miraron entre sí, intentando no hacer caso de lo que farfullaba Godwyn.

—Sólo hay una forma de averiguarlo —dijo Merthin.

Merthin y Thomas cogieron las palas de madera. Levantaron la lápida y las demás losas que había alrededor, y empezaron a cavar.

Thomas había desarrollado una gran técnica con una sola mano. Clavaba la pala en la tierra con el brazo bueno, la inclinaba y luego bajaba la mano hasta la hoja y la levantaba. Debido a ello, tenía un brazo derecho muy musculoso.

A pesar de todo, les llevó un buen rato. Por entonces, muchas tumbas eran poco profundas, pero la del prior Saul estaba a dos metros bajo tierra. Empezó a anochecer y Caris fue a por velas. Los diablos del mural parecían moverse en aquella luz titilante.

Ambos hombres estaban dentro del hoyo, y sólo les asomaba la cabeza cuando Merthin dijo:

—Alto. Aquí hay algo.

Caris vio una especie de tela blanca manchada de barro, que se parecía a las sábanas de hilo aceitado que, en ocasiones, se usaban como mortajas.

—Habéis encontrado el cuerpo —dijo.

Thomas preguntó:

—Pero ¿dónde está el ataúd?

—¿Fue enterrado en un féretro? —Los ataúdes sólo eran para la gente acaudalada: los pobres se enterraban amortajados.

Thomas respondió:

—Saul fue enterrado con un féretro, lo vi. Aquí, en medio del bosque, hay mucha madera. Todos los monjes fueron enterrados en ataúdes hasta que el hermano Silas, que era el carpintero, cayó enfermo.

—Alto —dijo Merthin. Sacó una palada de la tierra que había alrededor de los pies del cadáver. Luego dio unos golpecitos con la pala, y Caris oyó el ruido sordo de la pala al chocar con la madera—. El ataúd está aquí debajo.

Thomas se preguntó:

—¿Cómo ha salido el cuerpo del féretro?

Caris sintió un escalofrío de miedo.

En la esquina, Godwyn alzó la voz.

—Y será atormentado con fuego y azufre delante de los santos ángeles y el humo de su tormento subirá por los siglos de los siglos.

Thomas le pidió a Caris:

—¿No puedes hacerlo callar?

—No he traído los medicamentos.

Merthin dijo:

—Aquí no ha ocurrido nada sobrenatural. Mi suposición es que Godwyn y Philemon sacaron el cuerpo y llenaron el ataúd con los tesoros robados.

Thomas se tranquilizó y dijo:

—Entonces es mejor que miremos lo que hay dentro del féretro.

Primero tenían que sacar el cadáver amortajado. Merthin y Thomas se agacharon, lo agarraron por los hombros y las rodillas, lo levantaron y lo lanzaron por encima de ellos, ya que era la única forma que tenían de sacarlo del hoyo. El cuerpo hizo un ruido sordo al chocar contra el suelo de la iglesia. Los dos parecían muy asustados e incluso Caris, que no creía demasiado en el mundo de los espíritus, sintió algo parecido al miedo por lo que estaban haciendo, sin poder evitar mirar una y otra vez hacia las esquinas oscuras de la iglesia, hecha un manojo de nervios.

Merthin quitó la tierra que había sobre la tapa del ataúd mientras Thomas iba a buscar una barra de hierro. Acto seguido, abrieron el féretro.

Caris acercó dos velas para que pudieran ver mejor.

Dentro del ataúd había otro cuerpo amortajado.

—¡Esto es muy extraño! —exclamó Thomas con voz trémula.

—No perdamos la sensatez —dijo Merthin. Parecía calmado y sereno, pero Caris, que lo conocía muy bien, sabía que le estaba costando un gran esfuerzo—. ¿Quién está en el ataúd? —preguntó—. Averigüémoslo.

Se agachó, agarró la mortaja con ambas manos y abrió la costura que había a la altura de la cabeza. Aquel hombre había muerto hacía una semana y olía algo mal, pero no se había deteriorado mucho, enterrado en la tierra fría de la iglesia. A pesar de la débil luz que ofrecían las velas de Caris, no había duda alguna sobre la identidad del cadáver: tenía el pelo rubio ceniza.

Thomas dijo:

—Es Saul Whitehead.

—En el ataúd que le corresponde —dijo Merthin.

Caris preguntó:

—Entonces, ¿quién es el otro cadáver?

Merthin volvió a cerrar la mortaja y tapó el féretro.

Caris se arrodilló junto al otro cuerpo. Había visto muchos cadáveres, pero nunca había sacado uno de su tumba, por lo que le temblaban las manos. Aun así, abrió la mortaja para ver la cara. Horrorizada, comprobó que tenía los ojos abiertos y parecía como si la estuviera mirando. Así pues, hizo un gran esfuerzo para cerrarle los párpados.

Se trataba de un monje grande y joven que no reconocía. El hermano Thomas se puso de puntillas para asomar la cabeza por encima de la tumba.

—Es el hermano Jonquil. Murió un día después que el prior Saul.

Caris preguntó:

—¿Y lo enterrasteis…?

—En el cementerio… O eso creímos todos.

—¿En un ataúd?

—Sí.

—Pero él está aquí.

—Su ataúd pesaba bastante —dijo Thomas—. Ayudé a llevarlo…

Merthin dijo:

—Ya entiendo lo que ocurrió. Dejaron el cuerpo de Jonquil aquí en la iglesia, en el ataúd, antes del funeral. Mientras los demás monjes comían, Godwyn y Philemon abrieron el féretro y sacaron el cuerpo. Exhumaron la tumba de Saul y pusieron el cadáver de Jonquil sobre el ataúd del prior. Luego enterraron a ambos, escondieron los tesoros de la catedral en el féretro de Jonquil y lo cerraron de nuevo.

Thomas dijo:

—De modo que tenemos que exhumar la tumba de Jonquil.

Caris alzó la vista hacia las ventanas de la iglesia. Estaban a oscuras. Había anochecido mientras abrían la tumba de Saul.

—Podríamos dejarlo hasta mañana —propuso la priora.

Ambos hombres permanecieron en silencio durante largo rato, hasta que Thomas dijo:

—Mejor que zanjemos la cuestión ahora.

Caris fue a la cocina, cogió dos troncos del montón de leña, los encendió en la chimenea y regresó a la iglesia.

Mientras los tres se dirigían al exterior, oyeron gritar a Godwyn:

—Y el gran lagar de la ira de Dios fue pisado fuera de la ciudad, y brotó sangre del lagar hasta la altura de los frenos de los caballos.

Caris se estremeció. Era una imagen vil del Apocalipsis de San Juan, que le repugnaba, por lo que intentó quitársela de la cabeza.

Se dirigieron presurosos al cementerio, guiados por la luz roja de las antorchas. Caris se sintió aliviada de alejarse del mural y de los desvaríos de Godwyn. Encontraron la lápida de Jonquil y empezaron a cavar.

Merthin y Thomas ya habían cavado dos tumbas para los novicios y habían exhumado la de Saul, de modo que era la cuarta vez desde la comida que hacían lo mismo. Merthin parecía cansado y el monje sudaba a mares, pero aun así, trabajaron con brío. Poco a poco, el hoyo se fue haciendo más profundo, y el montón de tierra junto a él, más alto. Al final, una pala tocó madera.

Caris le dio la palanca a Merthin, luego se arrodilló en el borde del hoyo, sosteniendo ambas antorchas. Merthin abrió la tapa del ataúd y la tiró fuera de la tumba.

No había ningún cadáver dentro del féretro, que estaba lleno de bolsas y cajas. Merthin abrió una bolsa de cuero y sacó un crucifijo con piedras preciosas engastadas.

—¡Aleluya! —exclamó con cansancio.

Thomas abrió una caja en la que había una hilera de rollos de pergaminos muy apretados, como una caja de pescado: eran los cartularios.

Caris sintió que se quitaba un peso de encima. Había recuperado los cartularios del convento.

Thomas metió la mano en otra bolsa. Cuando vio lo que había cogido, profirió un grito de terror y lo soltó: era un cráneo.

—Es san Adolfo —le explicó Merthin, con total naturalidad—. Los peregrinos recorren cientos de kilómetros para tocar la caja que contiene sus huesos. —Cogió el cráneo—. Qué afortunados somos… —dijo, y lo devolvió a la bolsa.

—¿Puedo hacer una recomendación? —dijo Caris—. Tenemos que llevar esto hasta Kingsbridge en un carro. ¿Por qué no lo dejamos en el ataúd? Ya está todo preparado y el ataúd podría disuadir a posibles ladrones.

—Buena idea —dijo Merthin—. Dejemos el féretro fuera de la tumba.

Thomas fue al priorato a por cuerdas, y sacaron el ataúd del agujero. Volvieron a ponerle la tapa y lo ataron con las cuerdas para poder arrastrarlo hasta la iglesia.

Cuando estaban a punto de empezar, oyeron un grito.

Caris lanzó un chillido de miedo.

Todos miraron hacia la iglesia y vieron una figura que se dirigía corriendo hacia ellos, con la mirada fija, y que sangraba por la boca. Caris fue presa de un momento de pánico absoluto, hasta tal punto que llegó a creer en todas las absurdas supersticiones que había oído sobre los espíritus. Entonces se dio cuenta de que estaba viendo a Godwyn. De algún modo, había hallado las fuerzas para levantarse de su lecho de muerte, había salido a trompicones de la iglesia y, al ver sus antorchas, se dirigía hacia ellos, impelido por su locura.

Los tres lo observaron, paralizados.

Godwyn se detuvo, miró el ataúd y luego la tumba vacía y, a la tenue luz de la antorcha, a Caris le pareció ver un atisbo de lucidez en el semblante del prior, quien, acto seguido, perdió las fuerzas y se desplomó. Cayó sobre el montón de tierra que había junto a la tumba vacía de Jonquil, rodó y fue a dar con sus huesos en el hoyo.

Los tres se acercaron a la tumba. Godwyn yacía boca arriba, mirándolos con los ojos abiertos y sin vida.

66

En cuanto Caris regresó a Kingsbridge, decidió partir de nuevo. La imagen de St.-John-in-the-Forest que no había podido olvidar no era la del cementerio, ni la de los cadáveres que Merthin y Thomas habían exhumado, sino la de los campos desiertos sin nadie para labrarlos. Mientras se dirigía de vuelta a casa con Merthin a su vera y Thomas conduciendo el carro, vio grandes extensiones de tierra en las mismas condiciones y previó una crisis.

Los hermanos y las monjas obtenían gran parte de sus ingresos de las rentas que les pagaban por esos terrenos. Los siervos plantaban sus cosechas y criaban ganado en tierras que eran propiedad del priorato y, en lugar de pagar a un caballero o al conde por ese privilegio, entregaban el dinero al prior o a la priora. Era una costumbre tradicional que llevaran una parte de sus cosechas y cabezas de ganado a la catedral —una docena de costales de harina, tres ovejas, un ternero, un carro de cebollas—, pero en esos tiempos la mayoría de los vasallos pagaba en metálico.

Si nadie cultivaba la tierra, las rentas no podrían satisfacerse, era una deducción lógica. Y entonces, ¿qué comerían las monjas?

Los ornamentos de la catedral, el dinero y los cartularios que había recogido en St.-John-in-the-Forest estaban escondidos y a buen recaudo en la nueva sala del tesoro secreto que la madre Cecilia había encargado construir a Jeremiah en un lugar que no pudiera ser localizado con facilidad. Habían encontrado todos los ornamentos salvo uno, un candelabro de oro donado por el gremio de los fabricantes de velas, el grupo que representaba a los artesanos de la cerería de Kingsbridge. Ese regalo había desaparecido.

Caris ofició una misa dominical en tono triunfalista, protagonizada por las reliquias rescatadas del santo. Dejó a Thomas a cargo de los niños del orfanato; algunos de ellos eran tan mayores que su vigilancia requería la presencia de un fornido varón. Ella se trasladó al palacio del prior y se regodeó con la idea de lo ultrajado que se habría sentido el difunto Godwyn al saber que el edificio tenía una ocupante femenina. Luego, en cuanto hubo ultimado todos los detalles relativos a esa nueva situación, partió hacia Outhenby.

El valle del Outhen era una tierra fértil de suelo arcilloso que se hallaba a un día de camino desde Kingsbridge. Un malvado y anciano caballero lo había entregado a las monjas hacía un siglo en un último y agónico intento de ganarse el perdón eterno tras una vida de pecados. Había cinco aldeas distribuidas a intervalos a lo largo de las márgenes del río Outhen. En ambas riberas, los vastos campos cubrían la tierra y las vertientes más bajas de las colinas.

Los terrenos estaban divididos en franjas adjudicadas a distintas familias. Tal como Caris había temido, había muchas parcelas sin cultivar. La peste había cambiado el paisaje, pero nadie había tenido la inteligencia —ni la valentía, quizá— necesaria para reformar la labranza adaptándose a las nuevas circunstancias. Ahora debía ser la propia Caris quien se encargara de ello. Tenía una ligera idea de las acciones más urgentes que debía llevar a cabo, ya se centraría en los detalles a medida que pusiera en marcha sus planes.

La acompañaba la hermana Joan, una joven monja que acababa de abandonar su condición de novicia. Joan era una muchacha inteligente que a Caris le recordaba a sí misma con diez años menos, no por su apariencia, pues tenía el pelo negro y los ojos azules, sino por su afición a las preguntas y su enérgico escepticismo.

Se dirigían hacia la aldea de mayores dimensiones, Outhenby. El alguacil de todo el valle, Will, vivía en una gran casona de madera junto a la iglesia. No estaba en casa, sino que lo encontraron en el campo más alejado, sembrando avena; era un hombre corpulento y de movimientos parsimoniosos. La franja contigua se había dejado en barbecho y en ella empezaba a crecer la mala hierba, que servía de pastura a unas pocas ovejas.

Will Bailiff visitaba el priorato varias veces al año, por lo general, para llevar el dinero de las rentas de las aldeas, por eso conocía a Caris; aunque le desconcertó encontrarla en sus tierras.

—¡Hermana Caris! —exclamó al reconocerla—. ¿Qué te trae por aquí?

—Ahora soy la madre Caris, Will, y debo asegurarme de que las tierras de las monjas estén bien administradas.

—Ah. —El hombre sacudió la cabeza—. Como verás, estamos haciéndolo lo mejor que podemos, pero hemos perdido tántos hombres que es una labor en extremo difícil.

Los alguaciles siempre decían que los tiempos eran difíciles, pero en este caso era verdad.

Caris desmontó del caballo.

—Acompáñame y cuéntamelo.

A unos cientos de metros de distancia, en la suave pendiente de una colina, Caris vio a un jornalero arando con un grupo de ocho bueyes. El hombre dio el alto a los animales y se quedó mirándola con curiosidad, así que ella se encaminó hacia él.

Will empezó a recuperar el aliento después del trabajo. Mientras caminaba junto a la monja, dijo:

—Una mujer de Dios como tú no tiene por qué saber mucho sobre labranza del terreno, claro está; pero haré cuanto esté en mi mano por explicarte los aspectos más importantes.

—Sería muy amable por tu parte. —Estaba acostumbrada a que los hombres como Will tuvieran una actitud condescendiente con ella. Había descubierto que era mejor no desafiarlos, sino más bien dejar que se confiaran y se abrieran dándoles una falsa sensación de seguridad. De esa forma, ella aprendía más—. ¿Cuántos hombres has perdido con la peste?

—¡Oh, muchos hombres!

—¿Cuántos?

—Bueno, veamos, primero fueron William Jones y sus dos hijos; luego Richard Carpenter y su esposa…

—No necesito los nombres —aclaró ella intentando controlar su exasperación—. ¿Cuántos aproximadamente?

—Tendría que pensarlo.

Habían llegado a la parte arada. Dirigiendo al grupo de ocho bueyes había un habilidoso jornalero; los hombres encargados de esos trabajos solían ser los aldeanos más inteligentes. Caris se dirigió al joven.

—¿Cuántos habitantes de Outhenby han muerto a causa de la peste?

—Yo diría que unas doscientas personas.

La monja se quedó mirándolo. Era bajito pero musculoso, con una poblada barba rubia. Tenía una mirada petulante, como solía ocurrir con todos los jóvenes.

—¿Cómo te llamas? —preguntó Caris.

—Me llamo Harry, y mi padre se llamaba Richard, hermana.

866

—Soy la madre Caris. ¿Cómo has calculado esa cifra de doscientos muertos?

—Aquí en Outhenby murieron cuarenta y dos personas. La misma cifra aciaga se alcanzó en Ham y en Shortacre, y eso nos da unos ciento veinte muertos. Longwater se ha librado por completo, pero cayó hasta la última alma en Oldchurch, menos el viejo Roger Breton, y allí eran ochenta y dos habitantes, así que el total asciende a doscientas personas.

Caris se volvió hacia Will.

—¿Cuántos habitantes tenía antes todo el valle?

—Bien, veamos…

Harry Ploughman intervino:

—Más o menos, un millar antes de la peste.

—Por eso me ves arando mi propia franja de terreno —dijo Will—, trabajo que deberían hacer los peones, pero me he quedado sin ellos. Todos han muerto.

—O se han ido a trabajar a otro lugar donde pagan mejores salarios —añadió Harry.

—¿Ah, sí? —se animó a preguntar Caris—. ¿Quién ofrece pagas más altas?

—Algunos de los campesinos más ricos del valle vecino —respondió Will, indignado—. La nobleza paga un penique diario, que es lo que los jornaleros siempre han recibido y deberían seguir recibiendo; pero hay personas que creen poder hacer lo que se les antoje.

—Pero supongo que logran sembrar sus cosechas —comentó la religiosa.

—Pero hay cosas que están bien y cosas que están mal, madre Caris —replicó Will.

Caris señaló el terreno en barbecho donde pastaban las ovejas.

—¿Y qué pasa con esa tierra? ¿Por qué no la han arado?

—Eso es propiedad de William Jones —respondió Will—. Tanto él como sus hijos fallecieron, y su esposa se ha ido a vivir con su hermana, a Shiring.

—¿Has buscado a un nuevo arrendatario?

—No los conseguimos, madre.

Harry volvió a intervenir.

—Y menos si siguen imperando las antiguas condiciones.

Will lo fulminó con la mirada, pero Caris preguntó:

—¿Qué has querido decir con eso?

—Los precios han bajado, aunque sea primavera, que es cuando el grano suele ser más caro.

Caris asintió en silencio. Así era como funcionaban los mercados, lo sabía todo el mundo: si había menos compradores, los precios caían.

—Pero la gente debe tener una forma de sustento.

—No quieren plantar trigo, ni cebada ni avena, pero tienen que plantar lo que les ordenan, al menos en este valle. Por eso, un hombre que busque una propiedad prefiere ir a otra población.

—¿Y qué conseguirá en otro sitio?

—Quieren hacer lo que se les antoje —interrumpió Will, airado.

Harry respondió a la pregunta de Caris.

—Quieren ser terratenientes libres y pagar el arrendamiento en efectivo, en lugar de ser siervos que trabajan un día a la semana en las tierras del señor; y quieren poder cultivar distintas cosechas.

—¿Qué cosechas?

—Cáñamo o lino, o manzanas y peras, productos que saben que podrán vender en el mercado. Tal vez algo distinto cada año. Pero en Outhenby jamás lo permitirán. —Harry pareció repensárselo y añadió—: Y lo digo sin ánimo de ofender a tu santa orden, madre priora, ni a Will Bailiff, quien es un hombre honrado, por todos es sabido.

Caris entendió la situación. Los alguaciles siempre adoptaban una actitud conservadora. En los tiempos de bonanza eso apenas importaba, con las viejas costumbres se las arreglaban bien, pero en esos momentos estaban viviendo una auténtica crisis.

La monja adoptó su actitud más autoritaria.

—Está bien, Will, ahora escucha con atención, y te diré lo que vas a hacer. —El alguacil se quedó anonadado; creía que habían venido a consultarle, no a darle órdenes—. En primer lugar, vas a dejar de arar las laderas. Es una locura cuando tenemos tierra en buenas condiciones sin cultivar en el valle.

—Pero…

—Calla y escucha. Ofrece a todos los terratenientes un cambio, hectárea por hectárea, un buen terreno en el fondo del valle en lugar de la ladera.

—Entonces, ¿qué haremos con los terrenos de las vertientes?

—Los convertiremos en tierras de pastura, las reses bovinas en la parte más baja de la vertiente y las ovejas en la más alta. No hacen falta muchos hombres para supervisarlo, sólo un par de muchachos que se encarguen del pastoreo.

—¿Ah, sí? —exclamó Will. Estaba claro que quería discutir, pero en ese preciso instante no se le ocurrió nada que objetar.

Caris prosiguió:

—Segundo, cualquier terreno en la depresión del valle que siga sin terrateniente deberá ser ofrecido como tenencia libre, cuya renta será satisfecha en efectivo, a cualquiera que esté dispuesto a cultivarla. —Una tenencia libre significaba que el terrateniente no era un siervo y no tenía que trabajar en la tierra del señor feudal, ni pedir su permiso para casarse ni para construir una casa. Su única obligación era pagar el arrendamiento.

—Estás acabando con todas las tradiciones.

Caris señaló la franja de tierra en barbecho.

—Las costumbres tradicionales están haciendo que mis tierras se tornen yermas. ¿Se te ocurre alguna otra forma de impedir que esto siga ocurriendo?

—Bueno… —empezó a decir Will, y se hizo una larga pausa. A continuación sacudió la cabeza en silencio.

—Tercero, ofrece pagas de dos peniques diarios a cualquiera que quiera labrar la tierra.

—¡Dos peniques diarios!

Caris sintió que no podía confiar en Will para introducir todas esas reformas de inmediato. El alguacil haría todo lo posible por retrasarlas y buscaría cualquier excusa para conseguirlo, de modo que la priora se volvió hacia el jornalero de mirada petulante: convertiría a ese joven en defensor de sus reformas.

—Harry, quiero que vayas a todos los mercados del país en las próximas semanas. Cuéntale al mundo que cualquier persona dispuesta a trasladarse tiene un próspero porvenir en Outhenby. Si hay jornaleros en busca de un salario quiero que vengan a estas tierras.

Harry sonrió de oreja a oreja y asintió, aunque Will todavía parecía un poco desconcertado.

—Quiero ver esas tierras fértiles cultivadas para el verano —ordenó Caris—. ¿Queda claro?

—Sí —respondió Will—. Gracias, madre priora.

Caris repasó todos los cartularios con la hermana Joan, y ambas fueron tomando nota de la fecha y contenido de cada uno de ellos. Decidió ordenar que los copiaran todos; era la idea que había propuesto Godwyn, aunque sólo hubiera fingido copiarlos como pretexto para quitárselos a las monjas. No obstante, había sido una idea interesante. Cuantas más copias existieran, más difícil sería que un documento se extraviara.

Llamó su atención un hecho acontecido en 1327, que adjudicaba a los monjes la posesión de una granja próxima a Lynn, en Norfolk, que llamaban Lynn Grange. El donativo se había hecho con la condición de que el priorato aceptase como monje novicio a un caballero llamado sir Thomas de Langley.

Caris retrocedió hasta su niñez y al día en que se había adentrado en el bosque con Merthin, Ralph y Gwenda, y habían visto a Thomas sufrir la herida que lo había hecho perder el brazo.

Le enseñó el cartulario a Joan, quien se encogió de hombros y dijo:

—Es normal que se haga un donativo así cuando un miembro de una familia adinerada se ordena monje.

—Pero mira quién es el donante.

Joan releyó el documento.

—¡La reina Isabel! —Isabel era la viuda de Eduardo II y madre de Eduardo III—. ¿Estaba interesada en Kingsbridge?

—O en Thomas —aventuró Caris.

Tuvo oportunidad de averiguarlo un par de días más tarde. El alguacil de Lynn Grange, Andrew, llegó a Kingsbridge en su visita bianual. Como hombre oriundo de Norfolk que ya había superado la cincuentena, había dirigido la granja desde que ésta fuera donada al priorato. Ya peinaba canas y era un individuo rechoncho, lo que indujo a Caris a pensar que la granja continuaba siendo próspera pese a la peste. Como Norfolk se encontraba a varios días de viaje, la propiedad pagaba sus obligaciones al priorato en monedas, y no en cabezas de ganado o productos que tuvieran que trasladar por ese largo camino, y Andrew llevaba el dinero en nobles de oro, la nueva moneda que valía un tercio de libra, con la imagen del rey Eduardo de pie en la cubierta de un barco. Cuando Caris hubo contado el dinero y se lo hubo entregado a Joan para que lo guardara en el nuevo tesoro, le dijo a Andrew:

—¿Por qué la reina Isabel nos entregó esta granja hace veintidós años, lo sabes?

Para su sorpresa, el rostro sonrosado de Andrew se tornó blanco como la cera. Empezó varias veces a dar una respuesta titubeante y al final contestó:

—No me compete cuestionar las decisiones de Su Majestad.

—No, cierto es —admitió Caris, dándole la razón—. Simplemente siento curiosidad por el motivo.

—La reina es una santa dama que ha realizado un gran número de obras piadosas.

«Como asesinar a su esposo», pensó Caris, aunque dijo:

—Pero tiene que haber una razón para que nombrara a Thomas.

—Él pidió a la reina un favor, como otros cientos, y ella graciosamente se lo concedió, como suelen hacer las grandes damas.

—Pero eso suele ocurrir sólo cuando tienen alguna relación con quien solicita el favor.

—No, no; estoy seguro de que no existe ninguna relación.

Su ansiedad confirmó a Caris que estaba mintiendo, y sobre todo, que no le diría la verdad, así que decidió dejar de hablar del tema y envió a Andrew a cenar en el hospital.

A la mañana siguiente, el hermano Thomas se acercó a ella en el claustro, era el único monje que quedaba en el monasterio. Tenía cara de pocos amigos.

—¿Por qué has interrogado a Andrew Lynn? —le preguntó.

—Porque sentía curiosidad —respondió, desconcertada.

—¿Qué estás tramando?

—No estoy tramando nada. —Se sintió ofendida por sus agresivos modales, pero no quería enzarzarse en una discusión con él. Para relajar la tensión, se sentó en el muro bajo que rodeaba el borde de la arcada. Un sol primaveral brillaba con intensidad en el interior del cuadrángulo central. Habló con un tono tranquilizador de conversación—: ¿De qué trata todo esto?

—¿Por qué estás investigándome? —le preguntó Thomas.

—No estoy investigándote —respondió ella—. Tranquilízate. Estoy revisando todos los cartularios, confeccionando un listado y mandándolos a copiar. He encontrado un documento en ellos que me sorprendió.

—Estás metiendo las narices en asuntos que no son de tu incumbencia.

Caris torció el gesto.

—Soy la priora de Kingsbridge y el prior en funciones, nada puede ser secreto para mí en este lugar.

—Bueno, pues si empiezas a desenterrar todo ese asunto, te arrepentirás, te lo prometo.

Sus palabras le sonaron a amenaza, aunque procuró no desafiarle. Probó con una táctica diferente.

—Thomas, creía que éramos amigos. No tienes derecho a prohibirme que haga algo, y me decepciona que lo intentes siquiera. ¿Es que no confías en mí?

—No sabes lo que estás preguntando.

—Ilumíname tú, pues. ¿Qué tiene que ver la reina Isabel contigo, conmigo y con Kingsbridge?

—Nada. Ya es una mujer anciana que vive retirada.

—Tiene cincuenta y tres años. Ya ha desposado a un rey y seguramente podría desposar a otro si quisiera. Y tiene alguna relación oculta desde hace mucho tiempo con mi priorato cuya naturaleza tú intentas ocultarme.

—Por tu propio bien.

Caris pasó por alto ese comentario.

—Hace veintidós años alguien intentaba matarte. ¿Fue la misma persona que, al no haber conseguido hacerlo, te compró con la promesa de que te admitieran en el convento?

—Andrew regresará a Lynn y le contará a Isabel que has estado haciendo todas estas preguntas, ¿eres consciente de ello?

—¿Por qué iba a importarle eso a ella? ¿Por qué te tiene tanto miedo todo el mundo, Thomas?

—Todo quedará contestado cuando yo muera. Entonces nada importará. —Dio media vuelta y se alejó.

Las campanas anunciaron la hora de la cena y Caris se dirigió al palacio del prior, ensimismada. El gato de Godwyn, Arzobispo, estaba sentado en la escalera de la entrada. Se quedó mirándola y ella lo espantó. No iba a dejar que aquel animal estuviera dentro de la casa.

Se había acostumbrado a cenar todos los días con Merthin. Era tradición que el prior cenase con el mayordomo, aunque hacerlo a diario no era lo habitual, pero aquélla era una época poco habitual. Ésa, en cualquier caso, habría sido la excusa de Caris si alguien le hubiera preguntado al respecto; pero nadie lo hizo. Mientras tanto, ambos buscaban con ansia un pretexto para salir de viaje y así poder volver a estar a solas.

Merthin llegó cubierto de barro del solar de la construcción de la isla de los Leprosos. Ya había dejado de pedirle a Caris que renunciara a sus votos y abandonara el priorato. Parecía conformarse, al menos por el momento, con verla a diario y esperar a oportunidades brindadas por la suerte para compartir momentos de intimidad en el futuro.

Una criada del priorato les sirvió estofado de jamón con verduras de invierno. Cuando la sirvienta se fue, Caris contó a Merthin la historia del cartulario y la reacción de Thomas.

—Conoce un secreto que podría perjudicar a la anciana reina si saliera a la luz.

—Creo que tienes razón —afirmó Merthin, pensativo.

—El día de Todos los Santos de 1327, después de que yo me escapara, él te atrapó, ¿verdad?

—Sí. Me obligó a ayudarle a enterrar una carta. Tuve que jurar que guardaría el secreto hasta el día de su muerte, entonces iré a desenterrarla y se la entregaré a un sacerdote.

—Me dijo que todas mis preguntas quedarían respondidas cuando él muriera.

—Creo que esa carta es la amenaza con la que chantajea a todos sus enemigos. Deben de saber que su contenido se revelará el día que él muera, así que tienen miedo de matarle. De hecho, se aseguraron de que siguiera vivo y en buenas condiciones ayudándole a convertirse en monje de Kingsbridge.

—¿Tanto puede seguir importando todavía esa carta?

—Diez años después de que la hubiéramos enterrado, le dije que jamás había revelado el secreto y me respondió: «De haberlo hecho, estarías muerto». Eso me asustó más que el juramento que le había hecho.

—La madre Cecilia me contó que Eduardo II no falleció de muerte natural.

—¿Cómo iba a saber ella algo así?

—Se lo contó mi tío Anthony. Así que supongo que el secreto es que la reina Isabel ordenó asesinar a su marido.

—De todas formas, eso ya lo imagina medio país. Pero si existieran pruebas… ¿Dijo Cecilia cómo lo mataron?

Caris se esforzó por recordar.

—No. Ahora que lo pienso, sus palabras fueron: «El anciano rey no murió de una caída». Le pregunté si lo habían asesinado, pero ella murió sin responderme.

—Aun así, ¿por qué iban a contar una falsa historia sobre su muerte si no fuera para encubrir un delito?

—Y la carta de Thomas prueba, en cierta forma, que sí hubo delito, y que la reina estuvo implicada.

Terminaron de cenar sumidos en un silencio reflexivo. En una jornada en el monasterio, la hora después de la cena se destinaba al retiro o a la lectura. Normalmente, Caris y Merthin permanecían juntos durante un rato, pero ese día Merthin se sentía impaciente por la colocación de las vigas del techo de la nueva taberna, la taberna Bridge, que estaba construyendo en la isla de los Leprosos. Se besaron con pasión, pero él se apartó de golpe y regresó, apresurado, al solar de la construcción. Decepcionada, Caris abrió un libro titulado *Ars medica*, una traducción al latín de una obra del antiguo médico griego Galeno. Era la piedra angular de la medicina universitaria, y ella lo estaba leyendo para averiguar lo que aprendían los sacerdotes en Oxford y en París, aunque hasta el momento no había encontrado gran cosa que pudiera serle útil.

La criada regresó y recogió la mesa.

—Dile al hermano Thomas que venga a verme, por favor —ordenó Caris. Quería comprobar que seguían siendo amigos pese a su brusca y desagradable conversación.

Antes de que llegara Thomas, se produjo cierta conmoción en el exterior. Caris oyó el ruido de cascos de varios caballos y el griterío que indicaba que un noble requería la atención de los presentes. Pasados unos minutos, se abrió la puerta de golpe e irrumpió en la sala sir Ralph Fitzgerald, señor de Tench.

Parecía furioso, pero Caris fingió no percatarse de ello.

—Hola, Ralph —le saludó con toda la amabilidad posible—. ¡Qué placer tan inesperado! Bienvenido a Kingsbridge.

—Puedes ahorrarte todas esas cortesías —respondió él con brusquedad. Se acercó hasta donde ella estaba sentada y se situó tan próximo a su rostro que su actitud resultaba en extremo agresiva—. ¿Te das cuenta de que estás arruinando al campesinado de todo el país?

Entró un nuevo personaje y se quedó junto a la puerta, un hombre corpulento de cabeza pequeña, y Caris reconoció al eterno adlátere de Ralph, Alan Fernhill. Ambos iban armados con espadas y dagas. La monja era muy consciente de que se encontraba sola en el palacio. Intentó distender la atmósfera.

—¿Quieres estofado de jamón, Ralph? Acabo de terminar de cenar.

Ralph no iba a dejarse distraer.

—¡Has estado robándome a mis siervos!

—¿Siervos o ciervos?

Alan Fernhill rompió a reír.

Ralph enrojeció de furia y adoptó un aspecto más amenazador, y Caris deseó no haber hecho esa broma.

—Si te burlas de mí, lo lamentarás —le advirtió Ralph.

Caris sirvió cerveza en un vaso.

—No estoy burlándome de ti —aclaró—. Dime exactamente qué te ocurre. —Le ofreció la cerveza.

La mano temblorosa de la monja delataba el miedo que sentía, pero Ralph hizo caso omiso del ofrecimiento y la señaló con un dedo amenazador.

—Han estado desapareciendo los jornaleros de mis aldeas, y cuando he preguntado dónde estaban, he descubierto que se habían marchado a aldeas de tu propiedad, donde reciben salarios más elevados.

Caris asintió en silencio.

—Si estuvieras vendiendo un caballo y dos hombres quisieran comprarlo, ¿no se lo venderías al mejor postor?

—No es lo mismo.

—Yo creo que sí lo es. Toma un poco de cerveza.

Con un brusco manotazo, Ralph derribó el vaso que le ofrecía la mano de la monja. Éste cayó al suelo y la cerveza se derramó sobre la paja que lo cubría.

—Son mis jornaleros.

Caris tenía la mano lastimada, pero intentó pasar por alto el dolor. Se agachó, recogió el vaso y lo colocó sobre la alacena.

—En realidad no lo son —dijo—. Si son jornaleros, significa que jamás les has entregado ninguna tierra, así que tienen derecho a irse a cualquier otro lugar.

—¡Yo sigo siendo su señor, por todos los diablos! Y otra cosa: ofrecí una tenencia libre a un hombre el otro día y la rechazó, y argumentó que conseguiría mejores condiciones en el priorato de Kingsbridge.

—Es lo mismo, Ralph. Necesito reunir al máximo número de jornaleros posible, así que les doy lo que quieren.

—Eres una mujer y no piensas las cosas. ¿No te das cuenta de que el resultado será que todo el mundo tendrá que pagar más por los mismos jornaleros?

—No necesariamente. Los salarios más altos podrían atraer a algunas personas que en la actualidad ni siquiera trabajan, como los proscritos, por ejemplo, o esos vagabundos que van por ahí viviendo de lo que encuentran en las aldeas esquilmadas por la peste. Y algunos individuos que ahora son jornaleros podrían llegar a ser terratenientes y trabajarían con mayor ahínco porque estarían labrando sus propias tierras.

Ralph aporreó la mesa con el puño, y Caris pestañeó por el estrépito repentino.

—¡No tienes derecho a cambiar las viejas costumbres!

—Creo que sí lo tengo.

La agarró por la pechera del hábito.

—Bueno, ¡pues yo no pienso tolerarlo!

—Quítame las manos de encima, estúpido zoquete —advirtió ella.

En ese momento entró el hermano Thomas.

—Me has mandado llamar… ¿Qué demonios está ocurriendo aquí?

Cruzó a paso rápido la estancia, y Ralph soltó el hábito de Caris como si de pronto hubiera empezado a arder. Thomas no tenía ningún arma y sólo le quedaba un brazo, pero ya le había dado su merecido a Ralph en otra ocasión, y Ralph le temía.

El señor de Tench retrocedió un paso, se dio cuenta de que su miedo se había hecho evidente y pareció avergonzado.

—¡Esto se acabó! —dijo en voz muy alta y se volvió hacia la puerta.

—Lo que estoy haciendo en Outhenby y en todos los demás sitios es perfectamente legítimo, Ralph —refutó Caris.

—¡Estás interfiriendo con el orden natural de las cosas! —gritó él.

—No hay ninguna ley que lo prohíba.

Alan le abrió la puerta a su señor.

—Tú espera y verás —la amenazó Ralph, y salió de la estancia.

67

A principios de marzo del año 1349, Gwenda y Wulfric acudieron con Nathan Reeve al mercado que se celebraba a mediados de semana en la ciudad de Northwood.

En ese momento trabajaban para sir Ralph. Gwenda y Wulfric se habían librado de la peste, hasta la fecha, pero muchos de los jornaleros del señor feudal habían muerto a causa de la grave epidemia, por eso Ralph necesitaba ayuda y Nate, el alguacil de Wigleigh, se había ofrecido a contratarlos. El señor de Tench podía permitirse pagar salarios normales, mientras que Perkin no les había dado más que comida.

En cuanto comunicaron que iban a trabajar para Ralph, Perkin anunció que ya podía pagarles con dinero, pero su oferta llegaba demasiado tarde.

Ese día llevaban un carro lleno de troncos del bosque de Ralph para venderlos en Northwood, ciudad que albergaba un mercado de leña desde tiempos inmemoriales. Los chicos, Sam y David, los acompañaban; no había nadie que pudiera cuidarlos. Gwenda no se fiaba de su padre, y su madre había fallecido hacía dos años. Los padres de Wulfric habían muerto hacía tiempo, en el hundimiento del puente de Kingsbridge.

Había muchos otros habitantes de Wigleigh en el mercado. El padre Gaspard estaba comprando semillas para su huerta de hortalizas, y el progenitor de Gwenda, Joby, estaba vendiendo conejos recién sacrificados.

Nate, el alguacil, era un hombre enfermo, con la columna atrofiada, y no podía levantar troncos. Él trataba con los clientes mientras Wulfric y Gwenda se dedicaban a descargar la mercancía. Al mediodía les daba un penique para que se compraran la comida en la Old Oak, una de las tabernas situadas alrededor de la plaza. Compraron tocino cocido con puerros y lo compartieron con los pequeños. David, a la sazón de ocho años, todavía tenía el apetito de un niño, pero Sam era un hombrecito de diez años que crecía deprisa y tenía hambre a todas horas.

Mientras estaban comiendo, escucharon por casualidad una conversación que atrajo la atención de Gwenda.

Había un grupo de jóvenes apostados en un rincón bebiendo grandes jarras de cerveza. Todos iban ataviados con pobres ropajes, salvo uno con una poblada barba rubia, que vestía las caras ropas de un próspero campesino o un artesano de la ciudad: calzas de cuero, buenas botas y sombrero nuevo. La frase que hizo que Gwenda aguzara el oído fue: «En Outhenby pagamos dos peniques diarios a los jornaleros».

La mujer escuchó con gran atención para intentar enterarse de más detalles, pero sólo logró captar palabras sueltas. Escuchó que algunos empleadores ofrecían más que el tradicional penique diario, por la falta de jornaleros provocada por la peste. Había dudado a la hora de creer esas historias, que parecían demasiado buenas para ser reales.

Por el momento prefirió no decir nada a Wulfric, quien no había escuchado las mágicas palabras, pero tenía el corazón desbocado. Su familia y ella habían sufrido muchos años de pobreza. ¿Era posible que la vida pudiera irles mejor?

Debía obtener más información.

Cuando terminaron de comer, se sentaron en un banco que había en el exterior para observar cómo sus hijos y otros niños corrían alrededor del grueso tronco del árbol que daba nombre a la taberna.

—Wulfric —empezó a decir en voz baja—, ¿y si pudiéramos ganar dos peniques diarios, cada uno?

—¿Cómo?

—Yendo a Outhenby. —Le contó lo que había escuchado de casualidad—. Podría ser el principio de una nueva vida para nosotros —dijo.

—Entonces, ¿no recuperaré jamás las tierras de mi padre?

A Gwenda le entraron ganas de darle un garrotazo en ese mismo instante. ¿Es que todavía imaginaba que eso podía llegar a ocurrir? ¿Cómo podía ser tan ingenuo?

La mujer intentó hablar con toda la amabilidad posible.

—Hace doce años que te desheredaron —le recordó—. En ese tiempo, Ralph se ha convertido en un señor cada vez más poderoso. Y jamás ha dado ni la más mínima señal de que quisiera suavizar su actitud contigo. ¿Qué posibilidades crees que existen?

Su esposo no respondió a la pregunta.

—¿Dónde viviríamos?

—En Outhenby tiene que haber casas.

—Pero ¿Ralph permitirá que nos vayamos?

—No puede detenernos. Somos jornaleros, no siervos. Ya lo sabes.

—Pero ¿lo sabe Ralph?

—No vamos a darle oportunidad de que se oponga…

—¿Cómo vamos a conseguirlo?

—Bueno… —Eso no lo había pensado, pero entonces entendió que debían hacerlo de forma inmediata—. Podríamos partir hoy mismo, desde aquí.

Era una propuesta terrorífica. Ambos habían vivido toda su vida en Wigleigh. Wulfric ni siquiera se había mudado de casa. En ese momento ambos estaban considerando la idea de ir a vivir a una aldea que jamás habían visto sin tan siquiera volver la vista atrás para despedirse.

Sin embargo, había algo más que preocupaba a Wulfric. Señaló al encorvado alguacil, que estaba cruzando la plaza en dirección al puesto del fabricante de velas.

—¿Qué dirá Nathan?

—No le comunicaremos nuestros planes. Le contaremos algún cuento, le diremos que queremos quedarnos a pasar la noche aquí, por algún motivo, y que regresaremos a casa mañana. De esa forma, nadie sabrá dónde estamos. Y no regresaremos jamás a Wigleigh.

—No regresaremos jamás —repitió Wulfric con desánimo.

Gwenda intentó controlar su impaciencia. Conocía bien a su marido. En cuanto Wulfric tomaba una decisión era imparable, pero le costaba mucho decidirse. Al final acabaría accediendo al plan. No era corto de miras, sólo precavido y juicioso. No le gustaba tomar decisiones de forma precipitada, mientras que ella creía que era el único modo de tomarlas.

El joven de la barba rubia salió de la taberna Old Oak. Gwenda miró a su alrededor: no se veía a nadie de Wigleigh por allí cerca. Se levantó y se acercó al desconocido.

—¿Es posible que te haya oído decir algo sobre dos peniques diarios para los jornaleros? —preguntó.

—Así es, señora —respondió—. En el valle de Outhenby, a medio día de jornada desde aquí, en dirección sudoeste. Necesitamos toda la mano de obra que podamos conseguir.

—¿Quién eres?

—Soy el labrador de Outhenby. Me llamo Harry.

Gwenda sacó la conclusión de que Outhenby tenía que ser una aldea grande y próspera para tener un labrador. La mayoría de los labradores trabajaban para un conjunto de varias aldeas.

—¿Y quién es el señor feudal?

—La priora de Kingsbridge.

—¡Caris! —Era una noticia maravillosa. En Caris sí podían confiar. Gwenda se sintió aún más animada.

—Sí, es la priora en la actualidad —informó Harry—. Es una mujer de ideas firmes.

—Lo sé.

—Quiere que se cultiven sus campos para poder alimentar a las hermanas y no quiere saber nada de objeciones a su propósito.

—¿Tenéis casas en Outhenby para acoger a los jornaleros con sus familias?

—Muchas, por desgracia. Hemos perdido a un gran número de habitantes debido a la peste.

—Has dicho que estaba al sudoeste de aquí.

—Tienes que tomar el camino del sur hacia Badford, y luego seguir corriente arriba por la orilla del Outhen.

Gwenda volvió a mostrarse precavida.

—No, si yo no voy a ir —dijo de forma precipitada.

—Ah, sí, claro. —No la había creído.

—En realidad te lo estaba preguntando para informar a un amigo. —Se volvió para irse.

—Bueno, pues dile a tu amigo que venga lo antes posible, todavía tenemos que arar la tierra y prepararla para la siembra de primavera.

—Está bien.

Se sentía un poco aturdida, como si hubiera tomado un buen trago de vino fuerte. Dos peniques diarios, trabajar para Caris, y a kilómetros de distancia de Ralph, Perkin y la coqueta de Annet... ¡Era un verdadero sueño!

Volvió a sentarse junto a Wulfric.

—¿Lo has escuchado todo? —le preguntó.

—Sí —respondió. Y señaló la silueta de alguien que estaba en la puerta de la taberna—. Y él también.

Gwenda miró. Era su padre.

—Enjaeza el caballo al carro para partir —le dijo Nate a Wulfric a media tarde—. Es hora de volver a casa.

—Necesitamos que nos pagues lo que nos debes por la semana de trabajo —dijo Wulfric.

—Se os pagará el sábado, como de costumbre —respondió Nate con tono despreciativo—. Engancha al jamelgo.

Wulfric no dio un solo paso para acercarse al caballo.

—Te exijo que me pagues el dinero que me debes —insistió—. Sé que lo tienes, has vendido muchos troncos.

Nate se volvió y lo miró directamente a la cara.

—¿Por qué iba a tener que pagarte antes? —preguntó, molesto.

—Porque no regresaré contigo a Wigleigh esta noche.

Nate se quedó asombrado.

—¿Por qué no?

Gwenda se adelantó.

—Nos vamos a Melcombe —respondió.

—¿Qué? —Nate estaba escandalizado—. ¡La gente como vosotros no tiene nada que hacer en Melcombe!

—Hemos conocido a un pescador que necesita tripulación a dos peniques diarios. —Gwenda se había inventado la historia para no dar ni una sola pista de su verdadero destino.

—Presenta nuestros respetos a sir Ralph, y que Dios siempre vele por él en el futuro —añadió Wulfric

—Pero esperamos no volver a verlo jamás —apostilló Gwenda. Lo dijo sólo para escuchar lo bien que sonaba: no volver a ver a Ralph jamás.

—¡Puede que él no quiera que os marchéis! —exclamó Nathan con indignación.

—No somos siervos y no tenemos tierras. Ralph no puede detenernos.

—Eres hijo de un siervo —le recordó Nathan a Wulfric.

—Pero Ralph me negó mi herencia —respondió Wulfric—. Ahora no puede exigirme lealtad.

—Es peligroso para un pobre intentar defender sus derechos.

—Eso es cierto —admitió Wulfric—. Pero yo voy a hacerlo de todas formas.

Nate se sentía impotente.

—No creas que esto va a quedar así —lo amenazó.

—¿Quieres que enganche el caballo al carro?

Nate frunció el ceño. Él no podía hacerlo. Debido a su lesión de espalda, tenía problemas para realizar tareas físicas complicadas, y el caballo era más alto que él.

—Sí, por supuesto —respondió.

—Será un placer. ¿Serías tan amable de pagarme antes?

Enfurecido, Nate se sacó el portamonedas y contó seis peniques de plata.

Gwenda agarró el dinero y Wulfric enjaezó el caballo.

Nate se alejó sin decir más.

—¡Bueno! —exclamó Gwenda—. Ya está hecho. —Miró a Wulfric. Tenía una amplia sonrisa en el rostro. Ella le preguntó—: ¿De qué te ríes?

—No lo sé —respondió—. Siento como si hubiera estado llevando un yugo durante muchos años, y como si ahora de pronto me lo hubieran quitado.

—Bien. —Así es como ella quería que se sintiera—. Ahora vamos a buscar un lugar donde pasar la noche.

La taberna Old Oak estaba en un lugar prominente de la plaza del mercado y sus tarifas eran elevadas. Dieron una vuelta por la pequeña ciudad en busca de un lugar más barato. Al final se quedaron en la posada Gate House, donde Gwenda consiguió negociar alojamiento para los cuatro —cena, un jergón en el suelo y desayuno— por un penique. Los niños debían disfrutar de un sueño reconfortante y tomar algo de desayuno si tenían que caminar durante toda la mañana.

Ella apenas pudo pegar ojo de la emoción, aunque también estaba preocupada. ¿Adónde estaba llevando a su familia? No tenía más que la palabra de un hombre, un extraño, sobre lo que encontrarían cuando llegaran a Outhenby. En realidad tendría que haber confirmado la información antes de embarcarse en esa empresa tan comprometida.

Pero Wulfric y ella llevaban diez años atrapados en ese agujero, y Harry, labrador de Outhenby, era la primera persona que les ofrecía una alternativa para salir de allí.

El desayuno fue escaso: gachas y sidra aguadas. Gwenda compró una barra grande de pan para ir comiendo por el camino, y Wulfric llenó su odre de piel con agua fresca de un pozo. Atravesaron la puerta de la ciudad una hora después del amanecer y emprendieron camino al sur.

Mientras caminaban, Gwenda pensaba en su padre, Joby. En cuanto supiera que ella no había regresado a Wigleigh, recordaría la conversación que había escuchado por casualidad, y supondría que se había marchado a Outhenby. No se dejaría engañar por la historia de Melcombe; él mismo era un hábil mentiroso, demasiado experto para dejarse engatusar por aquella patraña. Pero ¿le preguntaría alguien adónde había ido su hija? Todo el mundo sabía que no se hablaba con su padre. Y, si le preguntaban, ¿revelaría sus sospechas? ¿O algún vestigio de amor paternal lo empujaría a protegerla?

Gwenda no podía hacer nada para controlar la decisión que acabaría tomando su padre, así que dejó de pensar en él.

Hacía buen tiempo para viajar. El suelo estaba reblandecido por la lluvia caída hacía poco, y no se levantaba tierra, pero la jornada era seca, con un sol irregular, y el ambiente no era frío ni caluroso. Los niños no tardaron en cansarse, sobre todo David, el pequeño, pero a Wulfric se le daba bien distraerlos con canciones y acertijos, iba haciéndoles preguntas sobre los árboles y plantas del camino, inventaba juegos con números y les contaba cuentos.

Gwenda apenas daba crédito a lo que habían hecho. El día anterior a esa misma hora podía haber parecido que la vida de su familia jamás cambiaría: trabajo duro, pobreza y sueños rotos serían su eterno destino. Y ahora estaban en camino hacia una nueva existencia.

Pensó en la casa donde había vivido con Wulfric durante diez años. No había abandonado muchas cosas: un par de cazos, una pila de leña recién cortada, medio jamón y cuatro mantas. No tenía más ropa que la que llevaba puesta, ni tampoco Wulfric ni los niños; ni joyas, ni lazos para el pelo, ni guantes ni cepillos. Hacía diez años, Wulfric había tenido gallinas y cerdos en el jardín, pero con el tiempo habían ido vendiéndolos o sacrificándolos para comerlos durante los años de penurias económicas. Sus escasas posesiones podrían comprarse con una semana de paga de los prometedores salarios que les esperaban en Outhenby.

Siguiendo las indicaciones de Harry viraron hacia el sur por un embarrado vado que cruzaba el Outhen, luego giraron hacia el oeste y siguieron por la orilla corriente arriba. A medida que avanzaban, el cauce del río fue estrechándose hasta que el terreno quedó flanqueado por dos cadenas montañosas.

—Es un terreno fértil —comentó Wulfric—. Pero necesitaría una buena labranza.

A medio día llegaron a una aldea de grandes dimensiones con una iglesia de piedra. Acudieron a la puerta de una casa de madera que estaba junto a la iglesia. Gwenda llamó con cierto temor. ¿Le dirían que Harry Ploughman no sabía de lo que hablaba, y que allí no tenían trabajo? ¿Había hecho viajar a su familia durante medio día para nada? Qué humillante habría sido tener que regresar a Wigleigh y suplicar a Nate Reeve que volviera a acogerlos...

Una mujer de pelo cano abrió la puerta. Miró a Gwenda con la misma mirada recelosa que dedicaban los aldeanos de todas partes a los foráneos.

—¿Sí?

—Buenos días, señora —saludó Gwenda—. ¿Esto es Outhenby?

—Lo es.

—Somos jornaleros en busca de trabajo. Harry Ploughman nos dijo que viniéramos a este lugar.

—¿Ah, sí? ¿Ahora?

Gwenda se preguntó si habría algún problema o si es que la vieja no era más que una gruñona amargada. Estuvo a punto de hacerle esa misma pregunta en voz alta. Pero se reprimió y dijo:

—¿Harry vive en esta casa?

—Desde luego que no —respondió la mujer—. No es más que el labrador. Ésta es la casa del alguacil.

«Habrá algún conflicto entre el alguacil y el labrador», supuso Gwenda.

—Entonces puede que debiéramos ver al alguacil.

—No está aquí.

Gwenda se armó de paciencia y preguntó:

—¿Sería tan amable de decirnos dónde podríamos encontrarlo?

La mujer señaló al otro lado del valle.

—En North Field.

Gwenda miró en la dirección que le indicaban. Cuando se volvió nuevamente, la mujer ya se había metido en la casa.

—No parecía muy contenta de vernos —comentó Wulfric.

—Las ancianas detestan los cambios —justificó Gwenda—. Vayamos a buscar al alguacil.

—Los niños están cansados.

—Pronto podrán descansar.

Empezaron a cruzar los campos. Las franjas de terreno eran un hervidero de actividad. Había niños quitando las piedras de las tierras de labranza, mujeres sembrando semillas y hombres acarreando estiércol. Gwenda vio el grupo de bueyes en la distancia: ocho poderosas bestias que tiraban con paciencia del arado por el terreno húmedo y denso.

Llegaron hasta un grupo de hombres y mujeres que intentaban mover una rastra tirada por un caballo que se había quedado varado en una zanja. Gwenda y Wulfric se sumaron al grupo para empujar. Wulfric dio un giro a la situación gracias a la fuerza de sus anchas espaldas, y la rastra quedó liberada.

Todos los aldeanos se volvieron para mirar al recién llegado. Un individuo alto con una cicatriz de quemadura que le desfiguraba la mitad del rostro le dijo con amabilidad:

—Eres un hombre muy útil, ¿cómo te llamas?

—Me llamo Wulfric, y ella es Gwenda, mi esposa. Somos jornaleros en busca de trabajo.

—Eres justo el hombre que necesitamos, Wulfric —dijo el hombre—. Me llamo Carl Shaftesbury. —Le tendió la mano para saludarlo—. Bienvenido a Outhenby.

Ralph llegó ocho días después.

Wulfric y Gwenda se trasladaron a una casa pequeña de sólida edificación, con chimenea de piedra y una estancia en el segundo piso donde podían dormir aparte de los niños. Recibieron una acogida más bien fría por parte de los aldeanos más ancianos y menos abiertos al cambio, sobre todo, en el caso de Will Bailiff y su esposa, Vi, quien había sido tan grosera con ellos el día de su llegada. Sin embargo, Harry Ploughman y el grupo de personas más jóvenes estaban entusiasmados con las reformas y contentos de tener ayuda en el campo.

Les pagaban dos peniques diarios, tal como les habían prometido, y Gwenda esperaba con ansia el final de su primera semana completa de trabajo, cuando cada uno de ellos recibiría doce peniques —¡un chelín!—, que era el doble de la suma más elevada que habían ganado jamás. ¿Qué iban a hacer con todo ese dinero?

Ni Wulfric ni Gwenda habían trabajado en otro sitio que no fuera Wigleigh, y les sorprendió descubrir que no todas las aldeas eran iguales. La máxima autoridad del lugar era la priora de Kingsbridge, y eso suponía una gran diferencia. El mandato de Ralph era subjetivo y arbitrario: intentar apelar a la razón al discutir con él era peligroso. En comparación, los habitantes de Outhenby parecían saber lo que preferiría la priora en la mayoría de las situaciones, y podían arreglar las disputas imaginando lo que ella diría si le pidieran que tomara una decisión.

Se había producido un pequeño desacuerdo de esa clase cuando llegó Ralph.

Era la hora del crepúsculo, y todos se dirigían a casa desde los campos; los adultos, agotados por el trabajo; los niños, corriendo por delante, y Harry Ploughman hacía avanzar a los rezagados con los bueyes desenganchados. Carl Shaftesbury, el hombre de la cara quemada, que era un recién llegado como Gwenda y Wulfric, había pescado tres anguilas al amanecer para su familia, pues era viernes. La cuestión era si los jornaleros tenían el mismo derecho que los terratenientes a pescar en el río Outhen en los días de ayuno. Harry Ploughman afirmaba que el privilegio era extensible a todos los residentes en Outhenby. Vi Bailiff decía que los terratenientes pagaban las acostumbradas obligaciones al señor feudal, cosa que no hacían los jornaleros, y que las personas que tenían más obligaciones debían gozar de más privilegios.

Will Bailiff fue convocado para tomar una decisión, y él falló en contra de su esposa.

—Creo que la madre priora diría que si la Iglesia desea que los feligreses coman pescado, debería proporcionarse pescado a todos —dijo, y no hubo nadie que estuviera en contra.

Al mirar hacia la aldea, Gwenda vio a dos hombres a caballo.

De pronto se levantó una corriente de aire frío.

Los visitantes se hallaban a un kilómetro de distancia, cruzando los campos, y se dirigían hacia las casas situadas en un recodo del mismo camino que estaban tomando los aldeanos. Gwenda vio que eran hombres de armas. Montaban cabalgaduras de talla imponente y sus vestiduras les daban un aspecto corpulento; los hombres que solían hacer uso de la violencia por lo general vestían pesados jubones acolchados. La mujer dio un codazo a Wulfric.

—Ya los he visto —advirtió él con disgusto.

Esos hombres no podían estar de visita en la aldea por casualidad. Despreciaban a las personas que sembraban los campos y cuidaban del ganado. Solían visitar a los campesinos para robarles aquello que su orgullo no les permitía procurarse por cuenta propia: pan, carne y bebida. Su visión de lo que merecían por derecho y de lo que debían pagar siempre difería de la que tenían los aldeanos; así que, sin excepción, siempre traían problemas.

En los minutos siguientes, todos los presentes los divisaron, y el grupo reunido se quedó en silencio. Gwenda se dio cuenta de que Harry hacía virar ligeramente a los bueyes y se dirigía al extremo más distante de la aldea, aunque la mujer no entendió de inmediato la razón de tal movimiento.

Gwenda tenía la certeza de que esos dos hombres habían llegado en busca de jornaleros huidos. Se descubrió rezando para que fueran los antiguos empleadores de Carl Shaftesbury o de otro de los recién llegados. Sin embargo, a medida que los aldeanos fueron acercándose a los jinetes, Gwenda reconoció a Ralph Fitzgerald y a Alan Fernhill, y fue presa de la angustia.

Ése era el momento que tanto había temido. Había imaginado que existía una probabilidad de que Ralph averiguase adónde habían ido: su padre podría haberlo adivinado, y no se podía confiar en que supiera mantener la boca cerrada. Y aunque Ralph no tuviera derecho a llevárselos de allí, era un caballero, y noble, y por lo general, las personas de su estamento solían hacer lo que se les antojaba.

Era demasiado tarde para huir. Los jornaleros caminaban por un sendero entre vastos campos arados: si alguno se separaba del grupo y escapaba, Ralph y Alan habrían salido de inmediato en su busca; y entonces Gwenda y su familia habrían desaprovechado la protección que suponía la compañía de los demás aldeanos. Estaban atrapados en el exterior.

Gwenda llamó a los niños:

—¡Sam! ¡David! ¡Venid aquí!

Los pequeños no la oyeron, o no quisieron oírla, y siguieron corriendo. Gwenda salió tras ellos, pero los niños creyeron que se trataba de un juego e intentaron escapar de ella. Estaban a punto de llegar a la aldea, y Gwenda se sentía demasiado cansada para atraparlos. Prácticamente a punto de romper a llorar, gritó:

—¡Volved!

Wulfric la adelantó. Pasó corriendo y alcanzó enseguida a David. Agarró al niño por los brazos. Pero no llegó a atrapar a Sam, quien corría muerto de la risa entre las casas desperdigadas.

Los jinetes habían amarrado los caballos junto a la iglesia. Como Sam corría hacia ellos, Ralph avanzó con su caballo, se agachó sin bajar de la silla y agarró al niño por la camisa. Sam soltó un grito aterrorizado.

Gwenda chilló.

Ralph sentó al niño en la cruz del caballo.

Wulfric, quien llevaba a David, se detuvo delante de Ralph.

—Es tu hijo, supongo —dijo Ralph.

Gwenda estaba horrorizada. Temía por su hijo. Ralph no cometería la indignidad de dañar a un niño, pero podía producirse un accidente. Y existía otro peligro: al ver a Ralph y a Sam juntos, Wulfric podía darse cuenta de que eran padre e hijo.

Sam era todavía un niño pequeño, por supuesto, con cuerpo y rostro infantil, pero tenía el pelo hirsuto de Ralph y sus ojos negros, y sus huesudos hombros eran anchos y rectangulares.

Gwenda miró a su marido. La expresión de Wulfric no daba señal alguna de haberse apercibido de algo que para ella resultaba evidente. Estudió las caras de los demás aldeanos. Parecían no advertir la clarísima verdad, salvo Vi Bailiff, quien miraba a Gwenda con recelo. Esa vieja mandona podría haberlo adivinado. Pero era la única, de momento...

Will dio un paso al frente y saludó a los visitantes.

—Buenos días tengáis, señores. Me llamo Will, soy el alguacil de Outhenby. ¿Podría preguntarles que...?

—No digas ni una palabra más, alguacil —ordenó Ralph. Señaló a Wulfric—. ¿Qué está haciendo este hombre aquí?

Gwenda se percató de que la tensión se aliviaba entre los demás aldeanos cuando se dieron cuenta de que el objeto de la ira del señor no eran ellos.

—Mi señor —respondió Will—, es un jornalero, contratado con la autorización de la priora de Kingsbridge...

—Es un fugitivo y debe regresar a casa —dijo Ralph.

Will se quedó sin palabras, asustado.

—¿Y con qué autoridad lo exige? —intervino Carl Shaftesbury.

Ralph miró Carl como si estuviera memorizando su rostro.

—Cuidado con esa lengua o te desfiguraré el otro lado de la cara.

—No queremos enfrentamientos violentos —advirtió Will con nerviosismo.

—Muy inteligente, alguacil —dijo Ralph—. ¿Quién es este campesino insolente?

—A ti no te importa quién sea yo, caballero —respondió Carl con acritud—. Yo sí sé quién eres tú. Eres Ralph Fitzgerald, y fui testigo de cómo te acusaban de violación y te condenaban a muerte en el tribunal de Shiring.

—Pero no estoy muerto, ¿verdad? —preguntó Ralph.

—Pero deberías estarlo. Y no tienes derechos feudales sobre los trabajadores. Si intentas usar la fuerza, te daremos una buena lección.

Varias personas soltaron un grito ahogado. Hablarle así a un caballero armado era una verdadera temeridad.

—Cállate, Carl. No quiero que te maten por mí —le rogó Wulfric.

—No es por ti —respondió Carl—. Si permitimos que esta bestia te lleve, la semana que viene alguien vendrá *a* por mí. Debemos permanecer unidos. No estamos indefensos.

Carl era un hombre corpulento, más alto que Wulfric y casi igual de ancho, y Gwenda supo que estaba hablando en serio. Se sentía aterrorizada. Si empezaban a pelear, se produciría un terrible estallido de violencia, y su pequeño Sam seguía montado en el caballo con Ralph.

—Nos iremos con Ralph —dijo, ansiosa—. Será lo mejor.

—No, no lo será. Voy a impedir que os lleve de aquí, queráis o no queráis. Será por mi propio bien.

Se produjo un murmullo de asentimiento. Gwenda miró a su alrededor. La mayoría de los hombres portaban palas o azadas y parecían dispuestos a utilizarlas, aunque también se les veía asustados.

Wulfric volvió la espalda a Ralph y habló en tono grave y apresurado.

—Mujeres, llevad a los niños a la iglesia, deprisa, ¡ya!

Varias mujeres agarraron a los más pequeños y a los mayorcitos los arrastraron por los brazos. Gwenda se quedó en el sitio, al igual que otras jornaleras más jóvenes. Los aldeanos se juntaron más de forma instintiva, para plantar cara al enemigo hombro con hombro.

Ralph y Alan parecían desconcertados. No habían previsto tener que enfrentarse a un grupo de una cincuentena o más de campesinos airados. Pero iban a caballo, así que podían huir en cuanto quisieran.

—Bueno, entonces puede que sólo me lleve a este niñito a Wigleigh —dijo Ralph.

Gwenda gritó, horrorizada.

—Y si sus padres quieren recuperarlo, pueden regresar al lugar al que pertenecen.

Aquello era más de lo que Gwenda podía soportar. Ralph tenía a Sam y podía salir al galope en cualquier momento. Reprimió un chillido histérico. La mujer decidió que si el captor de su hijo daba un quiebro con el caballo, se abalanzaría sobre él e intentaría tirarlo de la silla. Se acercó un paso.

Entonces, justo detrás de Ralph y Alan, Gwenda vio a los bueyes. Harry Ploughman estaba llevándolos hacia la aldea desde el otro lado. Ocho corpulentas bestias avanzaban con pesadez hacia el espacio de enfrente de la iglesia donde estaban desarrollándose los hechos. Entonces se detuvieron y miraron a su alrededor como atontados, sin saber hacia dónde ir. Harry estaba detrás de ellos. Ralph y Alan se encontraron en una trampa triangular, flanqueados por los aldeanos, los bueyes y la iglesia de piedra.

Harry lo había planeado, en un principio, para evitar que Ralph huyera con Wulfric y con ella, supuso Gwenda. Pero la táctica también servía para la situación actual.

—Soltad al niño, sir Ralph, e id con Dios —dijo Carl.

Gwenda pensó que para Ralph sería difícil retirarse sin quedar en ridículo, y eso era un problema. Tendría que hacer algo para evitar quedar como un idiota, que era la deshonra más importante para el orgullo de un caballero. Se pasaban el día hablando de su honor, pero eso no significaba nada; eran una verdadera deshonra para los de su clase cuando les convenía. Lo que en realidad valoraban era su dignidad. Habrían preferido la muerte a la humillación.

El retablo permaneció estático durante varios minutos: el caballero y el niño a caballo, los aldeanos amotinados y los bueyes desorientados.

Entonces Ralph dejó a Sam en el suelo.

A Gwenda le corrían lágrimas de alivio por las mejillas.

Sam corrió hacia su madre, la rodeó con los bracitos por la cintura y rompió a llorar.

Los aldeanos se tranquilizaron; los hombres bajaron las palas y las azadas.

Ralph tiró de las riendas de su caballo y gritó: «¡Atrás! ¡Atrás!». El caballo retrocedió. Clavó las espuelas en los flancos del animal y atravesó la multitud a galope tendido. Los presentes se apartaron. Alan salió cabalgando tras él. Los aldeanos salieron despavoridos del camino y acabaron unos sobre otros y llenos de barro. Se aplastaron entre sí, pero los caballos no los pisotearon, milagrosamente.

Ralph y Alan se alejaron riendo a carcajadas de la aldea, como si el encuentro no hubiera sido más que una broma pesada.

Sin embargo, la realidad era que Ralph había quedado en ridículo.

Y eso significaba que regresaría, a Gwenda no le cabía ninguna duda.

68

Earlscastle no había cambiado. Merthin recordó que hacía doce años le habían pedido que demoliera la antigua fortaleza y que levantara un nuevo y moderno palacio digno de un conde en un país donde reinaba la paz. Sin embargo, él se había negado, pues había preferido diseñar un nuevo puente en Kingsbridge. Desde entonces, el proyecto había languidecido, pues allí seguía la misma muralla con dos puentes levadizos, y la antigua torre del homenaje seguía instalada en el mismo lugar, donde vivía la familia como conejos asustados en el fondo de una madriguera, sin ser conscientes de que ya no tenían nada que temer del zorro. El lugar debía de haber tenido prácticamente el mismo aspecto en los tiempos de lady Aliena y Jack Builder.

Merthin estaba con Caris, a quien la condesa, lady Philippa, había convocado en ese lugar. El conde William había caído enfermo y Philippa creía que su marido tenía la peste. La noticia había sido como un jarro de agua fría para Caris. Hasta ese momento había pensado que la epidemia ya había terminado, pues hacía seis semanas que nadie había muerto en Kingsbridge.

Caris y Merthin habían salido de inmediato. Sin embargo, el mensajero había tardado dos días en viajar desde Earlscastle a Kingsbridge, y ellos dos necesitaban el mismo tiempo para llegar hasta allí, así que lo más probable es que el conde ya estuviera muerto o agonizante.

—Lo único que podemos hacer es suministrarle un poco de esencia de láudano para hacerle menos dolorosa la agonía final —había dicho Caris mientras iban de camino.

—Tú haces algo más que eso —le había dicho Merthin—. Tu presencia reconforta a los enfermos. Transmites calma y, aunque seas una experta en afecciones, les hablas con un lenguaje que ellos entienden y mitigas así su confusión y su dolor; no intentas impresionarlos con esa jerga sobre los humores corporales, que no consigue otra cosa que hacerlos sentir más ignorantes, desvalidos y asustados. Cuando tú estás ahí, sienten que está haciéndose todo lo posible, y eso es lo que quieren.

—Espero que tengas razón.

Merthin era, ante todo, un hombre comprensivo. Más de una vez había visto a hombres o mujeres desquiciados de los nervios cambiar de actitud tras unos minutos tranquilizadores junto a Caris; la presencia de la monja los convertía en personas capaces de afrontar el problema que estuvieran experimentando, fuera cual fuese.

El don innato de Caris había adquirido mayor fama desde el inicio de la peste, gracias a la reputación casi sobrenatural que la avalaba. En varios kilómetros a la redonda, la gente se hacía eco de que Caris y sus monjas se habían encargado del cuidado de los enfermos, pese al riesgo que ello suponía para sus propias vidas, incluso cuando los monjes habían salido huyendo. Todos creían que era una santa.

La atmósfera en el interior del recinto del castillo era lúgubre y apagada. Los que desempeñaban tareas rutinarias estaban realizándolas: recoger leña y agua, alimentar a los caballos y afilar las armas, hornear el pan y cortar la carne. Muchos otros, como los secretarios, los hombres de armas y los mensajeros, pasaban el día sentados sin hacer nada, a la espera de nuevas noticias procedentes de la sala de los enfermos.

Los grajos graznaron una sarcástica bienvenida mientras Merthin y Caris cruzaban el puente interior hacia la torre del homenaje. El padre de Merthin, sir Gerald, siempre había afirmado ser descendiente directo del hijo de Jack y Aliena, el conde Thomas. Mientras Merthin subía los escalones que conducían a la cámara principal, colocando los pies en las hendiduras holladas por miles de botas, pensaba en que sus antepasados habrían pisado esas mismas piedras con años de antigüedad. Para él, esa clase de ideas resultaban curiosas, aunque como meras trivialidades. Su hermano Ralph, por contra, estaba obsesionado con recobrar la antigua gloria y esplendor familiar.

Caris iba por delante de él, y el contoneo de sus caderas mientras ascendía por los escalones provocó que Merthin sonriera con malicia. Se sentía impaciente por no poder dormir con ella todas las noches, pero las pocas ocasiones en las que lograban estar juntos y a solas eran las más excitantes. Justo el día anterior habían pasado una tarde de primavera de agradable temperatura haciendo el amor en un claro del bosque bañado por los rayos del sol, mientras sus caballos pastaban por allí cerca, ajenos a los ardores de su pasión.

La suya era una relación de hacía muchos años, pero ella era una mujer extraordinaria: una priora que ponía en tela de juicio gran parte de las enseñanzas de la Iglesia; sanadora de gran fama que cuestionaba la medicina tal como la practicaban la mayoría de los doctores; y una monja que se entregaba con fervor a su hombre cuando hacían el amor, siempre que tenían ocasión. «Si hubiera querido una relación convencional —pensó Merthin—, tendría que haber escogido a una mujer convencional.»

La cámara principal se hallaba abarrotada de gente. Algunos estaban trabajando, cubriendo el suelo con paja recién desembalada, avivando el fuego, poniendo la mesa para comer; otros se limitaban a esperar. Al fondo de la alargada estancia, Merthin vio a una muchacha de unos quince años ataviada con elegantes ropajes y sentada a los pies de la escalera que llevaba a las dependencias privadas del conde. La joven se levantó y se dirigió hacia ellos con paso mayestático, y Merthin se dio cuenta de que debía de tratarse de la hija de lady Philippa. Al igual que su madre, era alta y tenía figura de reloj de arena.

—Soy lady Odila —dijo con un tono de altivez exacto al que caracterizaba a Philippa. Pese a su actitud altiva, tenía la piel alrededor de los ojos enrojecida y surcada de arrugas por el llanto—. Debes de ser la madre Caris. Gracias por venir a atender a mi padre.

—Soy el mayordomo de Kingsbridge —se presentó Merthin—, Merthin Bridger. ¿Cómo se encuentra el conde William?

—Está muy grave, y mis dos hermanos no se encuentran muy bien. —Merthin recordó que el conde y la condesa tenían dos chicos de diecinueve y veinte años, más o menos—. Mi madre solicita que la señora priora los atienda de inmediato.

—Por supuesto —dijo Caris.

Odila subió la escalera. Caris sacó de su bolsa una tira de lino y se la ató tapándose la nariz y la boca, entonces siguió a la joven.

Merthin se quedó sentado en un banco, a la espera. Aunque ya se había acostumbrado a la escasez de sus encuentros sexuales con Caris, no dejaba de buscar con ansiedad oportunidades adicionales, y estudió el edificio con mirada atenta, imaginando cómo los acomodarían para dormir. Por desgracia, la casa tenía una distribución clásica. Esa espaciosa estancia, la cámara principal, sería donde casi todas las personas comieran y durmieran. La escalera, con seguridad, llevaba a una alcoba soleada para el conde y la condesa. Los castillos modernos contaban con toda un ala de dependencias para la familia y los invitados, pero aquel lugar no parecía contar con ese lujo adicional. Merthin y Caris podrían dormir el uno junto al otro esa noche, en el suelo de la cámara principal, pero no podrían hacer otra cosa, no sin provocar escándalo.

Pasado un rato, lady Philippa emergió de la soleada alcoba y bajó por la escalera. Realizó su entrada como una reina, consciente de que todas las miradas estaban posadas en ella, al menos, eso era lo que siempre había creído Merthin. La dignidad de su rostro venía a resaltar la atractiva redondez de sus caderas y su prominente y orgulloso busto. Sin embargo, su cara, que por lo general transmitía serenidad, estaba llena de manchas y tenía los ojos enrojecidos. Su elevado peinado a la moda estaba algo descuidado, con algunos mechones sueltos asomándole por el tocado que le daban un aire de atractivo desaliño.

Merthin se levantó y se quedó mirándola con expectación.

—Mi marido tiene la peste, tal como yo temía, y también mis dos hijos —anunció.

Entre los presentes se propagó un murmullo de desánimo.

Tal vez fueran los últimos coletazos de la epidemia, por supuesto; pero también podía ser fácilmente el inicio de una nueva oleada. «Dios no lo quiera», pensó Merthin.

—¿Cómo se encuentra el conde? —preguntó.

Philippa se sentó en el banco, junto a él.

—La madre Caris ha aliviado su dolor. Pero ha dicho que está muy próximo al final.

Sus rodillas casi se tocaban. Merthin sintió el magnetismo de su sexualidad, aunque ella estuviera invadida por la pena y él, loco de amor por Caris.

—¿Y vuestros hijos? —preguntó Merthin.

Ella se miró el regazo, como si analizara los dibujos bordados con hilos dorados y plateados de su vestido azul.

—Igual que su padre.

—Esto es muy difícil para vos, lady Philippa, muy difícil —comentó Merthin entre susurros.

Ella le lanzó una mirada extrañada.

—No eres como tu hermano, ¿verdad?

Merthin sabía que Ralph había estado enamorado de Philippa, de esa forma obsesiva que tenía él de sentir las pasiones, durante muchos años. ¿Ella lo sabía? Merthin lo ignoraba. «Ralph supo escoger bien —pensó—. Si uno tiene un amor imposible es mejor escoger a alguien singular.»

—Ralph y yo somos muy distintos —respondió de forma desapasionada.

—Os recuerdo a ambos de jóvenes. Tú eras el atrevido; me dijiste que comprara seda verde porque hacía juego con mi color de ojos. Entonces tu hermano empezó una pelea.

—A veces creo que el menor de dos hermanos intenta de forma deliberada ser todo lo contrario de su hermano mayor, para destacar.

—Eso es lo que ocurre con mis dos hijos. Rollo tiene una voluntad de hierro y es decidido, como su padre y su abuelo; y Rick siempre ha tenido una personalidad más delicada y servicial. —Rompió a llorar—. ¡Oh, Dios, voy a perderlos a todos!

Merthin la tomó de la mano.

—No tenéis la certeza de que sea eso lo que va a ocurrir —le dijo con amabilidad—. Yo me infecté de peste en Florencia y he sobrevivido. Y mi hija no llegó a contraer la enfermedad.

Ella levantó la vista para mirarlo.

—¿Y tu esposa?

Merthin dirigió la mirada hacia las manos entrelazadas de ambos. Se dio cuenta de que la de Philippa estaba algo más arrugada que la suya, aunque sólo se llevaran cuatro años de diferencia.

—Silvia falleció —respondió.

—Ruego a Dios que yo también me contagie. Si todos mis hombres mueren, yo quiero irme con ellos.

—Por supuesto que no.

—El destino de las mujeres de la nobleza es contraer matrimonio con hombres a los que no aman, pero yo tuve suerte con William. Lo escogieron por mí, pero le he amado desde el primer día que le vi. —Empezó a fallarle la voz—. No podría soportar estar con otro hombre...

—Es normal que os sintáis así ahora. —Merthin pensó que era muy extraño estar hablando en esos términos cuando su esposo continuaba con vida. Pero ella se encontraba tan abatida por la pena que no estaba para andarse con miramientos, y expresaba sus pensamientos sin tapujos.

Ella hizo un esfuerzo por no perder del todo la compostura.

—¿Qué hay de ti? —preguntó—. ¿Has vuelto a casarte?

—No. —No se atrevió a explicar que tenía un romance con la priora de Kingsbridge—. Pero creo que podría hacerlo, si la mujer adecuada estuviera... dispuesta. Puede que con el tiempo lleguéis a sentir lo mismo.

—Pero es que no lo entiendes... Como viuda del conde sin herederos, tendría que casarme con quien el rey Eduardo escogiera para mí. Y el rey no tendría en cuenta mis deseos. Su única preocupación sería la identidad del futuro conde de Shiring.

—Entiendo. —Merthin no lo había pensado hasta entonces. Podía imaginar que un matrimonio concertado sería especialmente despreciable para una viuda que había amado de verdad a su primer marido.

—Es horrible que esté aquí hablando de mi siguiente esposo cuando el primero todavía está vivo —dijo—. No sé qué ha podido ocurrirme.

Merthin le dio una palmadita consoladora en la mano.

—Es comprensible.

La puerta que estaba al final de la escalera se abrió y Caris salió por ella secándose las manos con un trapo. Merthin sintió una repentina incomodidad al estar tomado de la mano con Philippa. Sintió la tentación de soltársela, pero se dio cuenta de que eso podría haberle hecho parecer culpable, así que consiguió reprimir el impulso. Sonrió a Caris y le preguntó:

—¿Cómo están tus pacientes?

Caris clavó la mirada en sus manos entrelazadas, pero no dijo nada. Bajó por la escalera al tiempo que se desataba la mascarilla de tela.

Philippa soltó la mano de Merthin con parsimonia.

Caris se quitó la mascarilla y dijo:

—Lady Philippa, siento mucho tener que comunicaros que el conde William ha fallecido.

—Necesito un nuevo caballo —dijo Ralph Fitzgerald.

Su cabalgadura favorita, Griff, estaba envejeciendo. El vigoroso palafrén zaino había sufrido un esguince en la pata trasera izquierda que había tardado meses en curarse, y en ese momento cojeaba de ese lado. A Ralph le entristecía. Griff era el caballo que le había regalado el conde Roland cuando era un joven escudero, y lo había acompañado desde entonces, incluso había luchado con él en las guerras francesas. Podría servirle unos años más para viajes tranquilos entre aldeas de su dominio, pero sus días de cacería habían acabado.

—Podríamos acudir mañana al mercado de Shiring y comprar otro —propuso Alan Fernhill.

Se encontraban en el establo, mirando el espolón de Griff. A Ralph le gustaban los establos. Le agradaba el olor a tierra, la fuerza y la belleza de los caballos, y la compañía de hombres rudos absortos en labores que requerían fuerza física. Lo hacía retroceder a su época de juventud, cuando el mundo parecía un lugar sencillo.

Al principio no respondió a la sugerencia de Alan. Lo que su ayudante ignoraba es que Ralph no tenía dinero para comprar un caballo.

En los primeros tiempos, la peste lo había enriquecido gracias a la transmisión de bienes: las tierras que solían pasar de padre a hijo en una generación habían cambiado de dueño en dos ocasiones o más en cuestión de un par de meses, y cada vez que esto sucedía él recibía un pago que, por lo general, consistía en la mejor res, aunque solía ser una cantidad fija de dinero en efectivo. No obstante, más adelante, las tierras habían empezado a quedar abandonadas por falta de jornaleros que las trabajaran. Al mismo tiempo, los precios de los productos agrícolas habían caído. El resultado final era que las ganancias de Ralph en dinero y productos habían disminuido de forma drástica.

«Las cosas están muy mal —pensó— si un caballero no puede permitirse un caballo.»

Entonces recordó que Nate Reeve tenía que llegar a Tench Hall ese mismo día con los pagos de las obligaciones trimestrales de Wigleigh. Cada primavera, dicha aldea estaba obligada a proporcionar a su señor veinticuatro añojos, ovejas de un año. Podían llevarlas al mercado de Shiring y venderlas, y obtendrían dinero suficiente para comprar un palafrén, cuando no un caballo de cacería.

—Está bien —le dijo Ralph a Alan—. Veamos si está aquí el alguacil de Wigleigh.

Entraron en la cámara principal. La estancia era una zona femenina, y Ralph se sintió desilusionado de inmediato. Tilly estaba sentada junto al fuego, amamantando a su hijo de tres meses, Gerry. Madre y criatura presentaban un perfecto estado de salud, pese a la extrema juventud de Tilly. Su delgado cuerpecillo de niña había sufrido un cambio radical: tenía unos senos generosos y los pezones duros e hinchados con las aréolas expandidas, que el bebé chupaba con ansia. Se le había quedado el vientre flácido como a una mujer anciana. Hacía muchos meses que Ralph no compartía el lecho con ella y, con seguridad, no volvería a hacerlo jamás.

Cerca de ella estaban sentados lady Maud y el abuelo, sir Gerald, cuyo nombre habían puesto al pequeño. Los padres de Ralph eran ancianos y tenían una salud delicada, pero todas las mañanas realizaban a pie el recorrido desde su casa de la aldea hasta la vivienda señorial de su nieto. Maud decía que el niño se parecía a Ralph, pero el padre de la criatura no acertaba a ver el parecido.

Ralph se alegró de ver a Nate también en la cámara.

El encorvado alguacil se levantó de un salto de su banco.

—Buenos días, sir Ralph —le saludó.

Ralph notó que parecía avergonzado.

—¿Qué te ocurre, Nate? —le preguntó—. ¿Me has traído los añojos?

—No, sir Ralph.

—¿Por qué demonios no lo has hecho?

—No tenemos ninguno, señor. No quedan ovejas en Wigleigh, salvo un par de hembras ya viejas.

El señor feudal se quedó espantado.

—¿Es que alguien las ha robado?

—No, pero ya os dimos algunas en concepto de *heriot* cuando fallecieron sus dueños, y después no pudimos encontrar un terrateniente que se encargara de las tierras de Jack Shepherd, así que muchas ovejas murieron durante el invierno. Luego no hubo nadie que cuidara de los corderos en primavera, y la mayoría murieron, así como algunas de las madres.

—Pero ¡esto es inaceptable! —gritó Ralph, enfurecido—. ¿Cómo van a sobrevivir los nobles si el ganado de sus siervos perece?

—Pensamos que la peste había terminado ya cuando se declararon menos casos entre enero y febrero, pero ahora parece que ha regresado.

Ralph contuvo un estremecimiento de terror. Como todos los demás, había dado gracias a Dios de haber escapado de las garras de la peste. ¿Era cierto que podía regresar?

Nate prosiguió:

—Perkin ha muerto esta semana, y su esposa, Meg, y su hijo, Rob, y su yerno, Billy Howard. Eso ha dejado a Annet a cargo de todas las hectáreas de terreno, y es una administración que ella no puede asumir.

—Bueno, entonces debe satisfacerse el *heriot* de esa propiedad.

—Así será cuando logre encontrar a un terrateniente que asuma su tenencia.

El Parlamento estaba en proceso de aprobar una nueva propuesta de ley que prohibiera que los jornaleros viajaran por el país exigiendo salarios más elevados. En cuanto la propuesta se convirtiera en ley, Ralph la ejecutaría y recuperaría a sus labriegos. Con todo, el señor feudal era consciente de que seguiría desesperado por encontrar terratenientes.

—Espero que ya tengáis noticia del fallecimiento del conde —dijo Nate.

—¡No! —Ralph volvió a quedar anonadado.

—¿Qué has dicho? —preguntó sir Gerald—. ¿Que el conde William ha fallecido?

—Por la peste —explicó Nate.

—¡Pobre tío William! —se lamentó Tilly.

El pequeño se hizo eco del sentir de su madre y empezó a llorar.

Ralph habló en voz alta para que se le oyera a pesar del llanto de la criatura.

—¿Cuándo ocurrió?

—Hace sólo tres días —respondió Nate.

Tilly volvió a meter un pezón en la boquita del niño, y él volvió a chupar.

—Así que el primogénito de William es el nuevo conde... —musitó Ralph—. Debe de tener poco más de veinte años.

—Rollo también ha perdido la vida por la peste. —Nate sacudió la cabeza.

—Entonces el hijo pequeño...

—También ha muerto.

—¡Los dos hijos!

Ralph no cabía en sí de gozo. Siempre había soñado con convertirse en el conde de Shiring. Ahora, la peste le brindaba una oportunidad. Y la peste también había aumentado sus posibilidades, pues muchos posibles candidatos habían desaparecido a causa de la pandemia.

Cruzó la mirada con su padre. Sir Gerald había tenido la misma idea.

—Rollo y Rick muertos… ¡Es horrible! —se lamentó Tilly, y empezó a llorar.

Ralph no le hizo ningún caso e intentó barajar las posibilidades que tenía.

—Veamos, ¿cuántos parientes vivos quedan?

—Supongo que la condesa también ha fallecido —le dijo Gerald a Nate.

—No, señor. Lady Philippa sigue viva. Y también su hija, Odila.

—¡Ah! —exclamó Gerald—. Así que el rey decidirá quién se casará con Philippa para convertirse en conde.

Ralph se quedó estupefacto. Desde que era un muchacho había soñado con desposar a lady Philippa, y había llegado el momento de abrazar la oportunidad de hacer realidad sus dos mayores ambiciones de una sola vez.

Pero ya estaba casado.

—Entonces no hay más que hablar —se lamentó Gerald. Volvió a hundirse en su asiento, pues la emoción lo había abandonado con la misma rapidez con la que le había sobrevenido.

Ralph miró a Tilly, amamantando a su hijo y llorando a un tiempo. Con quince años y apenas un metro y medio de altura, se alzaba como la muralla de un castillo entre él y el futuro que siempre había deseado.

La odiaba.

El funeral del conde William se ofició en la catedral de Kingsbridge. No había monjes presentes, con la única excepción del hermano Thomas, pero el obispo Henri dirigió el oficio y las monjas cantaron los salmos. Lady Philippa y lady Odila, ambas cubiertas con oscuros velos, marchaban tras el ataúd. Pese a su trágico aspecto de luto riguroso, Ralph echó en falta ese toque trascendental que solía respirarse en el sepelio de un gran señor; la sensación de que una época histórica pasaba como el agua de un río caudaloso. La muerte hacía acto de presencia en todas partes, todos los días, e incluso los fallecimientos de los nobles eran un hecho cotidiano.

Se preguntó si alguno de los feligreses de la congregación estaría infectado y si estaría propagando la enfermedad al respirar, o con los rayos invisibles que proyectaban sus ojos. Esa idea lo hizo estremecer. Se había enfrentado a la muerte en numerosas ocasiones y había aprendido a controlar el miedo en la batalla, pero ese enemigo no podía combatirse. La peste era una asesina que clavaba su alargada daga por la espalda de sus víctimas y escapaba con sigilo antes de que la identificaran. Ralph tembló e intentó dejar de pensar en ello.

Junto a él se encontraba el alto sir Gregory Longfellow, un letrado que había participado en los juicios relacionados con Kingsbridge en el pasado. En esos momentos, Gregory era miembro del consejo real, un grupo exclusivo formado por expertos en diversas materias que aconsejaban al monarca, no sobre lo que debería hacer, pues ésa era misión del Parlamento, sino sobre lo que podía hacer.

Los anuncios reales solían hacerse durante los oficios religiosos, sobre todo durante importantes ceremonias como aquélla. Ese día, el obispo Henri aprovechó la oportunidad para explicar la nueva ordenanza de los jornaleros. Ralph supuso que sir Gregory era el encargado de traer la noticia y quedarse para ver cómo era recibida.

El señor feudal de Tench escuchó con atención. Jamás lo habían convocado en el Parlamento, pero había conversado sobre la crisis laboral con el conde William, quien había pertenecido al grupo de los Lores, y con sir Peter Jeffries, quien representaba a Shiring en el grupo de los Comunes; así que Ralph estaba informado del tema del que hablaban en ese momento.

—Todo hombre debe trabajar para el señor de la aldea donde vive y no debe trasladarse a otra aldea ni trabajar para otro amo, a menos que su señor lo libere —sentenció el obispo.

Ralph se sintió regocijado. Ya sabía que aquello iba a ocurrir, pero lo complació sobremanera que ya fuera una ley aprobada.

Antes del azote de la peste jamás habían escaseado los jornaleros. Todo lo contrario, muchas aldeas tenían más mano de obra de la que necesitaban. Cuando los hombres sin tierra no lograban encontrar un trabajo remunerado, a veces dependían de la caridad del señor, lo que.para el noble suponía una situación embarazosa, al margen de que les ayudara o no. Así que, si querían trasladarse a otra aldea, el señor se sentía, en cualquier caso, aliviado y no necesitaba una ley que retuviera a esos holgazanes en su casa. Sin embargo, en ese momento los jornaleros eran quienes dominaban la situación, y eso era del todo inadmisible.

Se oyó un murmullo de aprobación procedente de la congregación tras el anuncio del obispo. Los habitantes de Kingsbridge no se verían muy afectados por la ley, pero los feligreses que habían llegado desde el campo al funeral eran en su mayoría empleadores, más que empleados. Las nuevas normas habían sido ideadas por ellos y para ellos.

—En la actualidad es un delito exigir, ofrecer o aceptar salarios más elevados que los que se pagaban por trabajos similares en 1347 —prosiguió el obispo.

Ralph asintió con gesto de aprobación. Incluso los jornaleros que habían permanecido en su misma aldea habían llegado a exigir más dinero. Esperaba que la nueva ley pusiera freno a esa situación.

Sir Gregory vio su gesto.

—Os he visto asentir —comentó—. ¿Es que vos lo aprobáis?

—Es lo que queríamos —respondió Ralph—. Empezaré a aplicar la ley lo antes posible. Hay un par de fugitivos de mi propiedad a los que me interesa recuperar.

—Si me lo permitís, os acompañaré —repuso el letrado—. Me gustaría ser testigo presencial de la aplicación de la ley.

69

El sacerdote de Outhenby había muerto a consecuencia de la peste, y no se habían celebrado oficios religiosos en la iglesia desde entonces, así que a Gwenda le sorprendió oír el tañido de la campana en domingo por la mañana.

Wulfric fue a ver qué ocurría y regresó contando que había llegado un nuevo sacerdote visitante, el padre Derek; de modo que Gwenda lavó la cara a los niños a toda prisa y salieron de inmediato hacia la iglesia.

Era una bonita mañana de primavera y el sol bañaba las viejas piedras grises de la humilde iglesia con su nítida luz. Todos los aldeanos se personaron en la casa del Señor, atraídos por la curiosidad de ver al recién llegado.

El padre Derek resultó ser un clérigo de ciudad con facilidad de palabra, vestido con un hábito demasiado lujoso para una iglesia de pueblo. Gwenda se preguntó si su visita tendría algún otro motivo oculto. ¿Había alguna razón para que la jerarquía eclesiástica se hubiera acordado de pronto de la existencia de esa parroquia? Se dijo que era una mala costumbre pensar siempre lo peor, aunque de todos modos seguía creyendo que algo no encajaba.

Se quedó de pie en la nave con Wulfric y los niños, observando al sacerdote mientras éste celebraba el ritual y albergando la creciente sensación de que algo malo iba a ocurrir. Los sacerdotes solían mirar a su congregación durante las oraciones o los cánticos para subrayar que todos esos actos eran por el bien del pueblo y que no se trataba de una forma de comunicación privada entre él y Dios, pero el padre Derek tenía la mirada perdida por encima de las cabezas de los presentes.

Gwenda no tardaría en descubrir el porqué. Al final del oficio, les habló de una nueva ley aprobada por el rey y el Parlamento.

—Los jornaleros sin tierras deben trabajar en su aldea de origen, si así lo requiere su señor feudal —anunció.

Gwenda estaba indignada.

—¿Cómo es eso posible? —exclamó—. El señor no tiene la obligación de ayudar a los jornaleros en tiempos difíciles; lo sé, mi padre era un jornalero sin tierras y, cuando no había trabajo, nos moríamos de hambre. Así que ¿cómo le va a deber lealtad el labriego a un señor que no le da nada?

Hubo un murmullo aprobatorio generalizado, y el sacerdote levantó la voz.

—Es la decisión que ha tomado el rey, y el rey fue escogido por Dios para gobernarnos, así que debemos acatar todos sus designios.

—¿Y el rey puede cambiar una costumbre de cientos de años? —insistió Gwenda.

—Vivimos tiempos difíciles. Sé que muchos de vosotros habéis llegado a Outhenby en las últimas semanas.

—Invitados por el labrador —lo interrumpió Carl Shaftesbury. Su rostro desfigurado estaba pálido de ira.

—Invitados por todos los aldeanos —reconoció el sacerdote—. Y ellos se sienten muy agradecidos con vuestra llegada. Pero el rey, en su inmensa sabiduría, ha ordenado que se ponga fin a este tipo de comportamiento.

—Y que los pobres sigan siendo pobres —apostilló Carl.

—Es un mandato de Dios. Cada hombre en el lugar que le corresponde.

Harry Ploughman intervino:

—¿Y ha dicho Dios cómo debemos trabajar nuestras tierras sin ayuda? Si se van todos los recién llegados, jamás finalizaremos las labores pendientes.

—Quizá no tengan que marcharse todos los recién llegados —dijo Derek—. La nueva ley dictamina que sólo deberán hacerlo aquéllos a quien requiera su señor.

Eso los tranquilizó. Los inmigrantes estaban intentando imaginar si sus señores serían capaces de encontrarlos, mientras que los oriundos del lugar se preguntaban cuántos jornaleros se quedarían. Sin embargo, Gwenda sabía qué le deparaba el futuro. Más tarde o más temprano, Ralph regresaría a buscarla a ella y a su familia.

Sin embargo, decidió que, cuando llegara ese momento, ellos ya se habrían marchado.

El sacerdote se retiró y la congregación empezó a salir de la iglesia.

—Tendremos que marcharnos de aquí —le dijo Gwenda a Wulfric en voz baja—. Antes de que Ralph vuelva a por nosotros.

—¿Adónde vamos a ir?

—No lo sé, pero tal vez eso sea lo mejor: si nosotros no sabemos adónde vamos, nadie lo sabrá.

—Pero ¿de qué vamos a vivir?

—Encontraremos otra aldea en la que necesiten jornaleros.

—Supongo que habrá muchas otras.

Siempre había sido más lento de reflejos que su esposa.

—Debe de haber muchísimas —respondió Gwenda con paciencia—. El rey no habrá creado esa ley sólo para Outhenby.

—Por supuesto.

—Deberíamos marcharnos hoy mismo —dijo Gwenda con decisión—. Es domingo, así que no perderemos ninguna jornada de trabajo. —Miró hacia las ventanas de la iglesia, para calcular la hora del día—. Es casi mediodía, deberíamos haber recorrido un buen trecho de camino antes de que caiga la noche. ¿Quién sabe?, podríamos estar trabajando en un nuevo lugar mañana por la mañana.

—Estoy de acuerdo —respondió Wulfric—. No sabemos lo rápido que podría moverse Ralph.

—No diremos nada a nadie. Iremos a casa, recogeremos lo que queramos llevarnos y nos marcharemos a escondidas.

—Está bien.

Llegaron a la puerta y salieron a la luz del sol, pero Gwenda se dio cuenta de que ya era demasiado tarde: seis hombres a caballo estaban esperando en la salida de la iglesia. Se trataba de Ralph, su secuaz Alan, un hombre alto ataviado como el típico habitante de Londres y tres rufianes zarrapastrosos con aspecto de maleantes, como los que cualquiera podría contratar en una taberna de mala muerte por unos pocos peniques.

Ralph miró a Gwenda y sonrió con soberbia.

Gwenda echó un vistazo a su alrededor con desesperación. Hacía muy pocos días los hombres de la aldea se habían mantenidos unidos para plantar cara a Ralph y a Alan, pero esta vez la situación era distinta. Se enfrentaban a seis hombres, y no sólo a dos. Los aldeanos iban desarmados, pues acababan de salir de la iglesia, mientras que en la ocasión anterior venían de los campos empuñando sus herramientas. Lo que era más importante, en ese primer encontronazo estaban convencidos de que la ley los amparaba, mientras que ese día ya no lo tenían tan claro.

Varios hombres cruzaron la mirada con ella pero la desviaron de inmediato. Eso confirmó las sospechas de Gwenda. Ese día, los aldeanos no estarían dispuestos a luchar.

Gwenda se quedó tan desilusionada que creyó desvanecer. Por miedo a desmayarse, se apoyó en el banco de piedra de la entrada en busca de sostén. El corazón se le había convertido en algo pesado, húmedo y gélido, como un montón de fango sobre una sepultura en invierno. Era presa de una desesperación aciaga.

Durante unos pocos días habían sido libres, pero no había sido más que un sueño. Y ahora, el sueño había terminado.

Ralph se dirigió tranquilamente a caballo hacia Wigleigh, tirando de Wulfric, al que llevaba con una cuerda atada al cuello.

Llegaron a última hora de la tarde. Para ir más deprisa, Ralph había permitido que los dos niños montaran con los hombres a los que había contratado. Gwenda iba caminando detrás. Ralph no se había molestado en atarla de ninguna forma. Podía confiar en que la madre seguiría a sus hijos.

Como era domingo, la mayoría de los habitantes de Wigleigh estaban fuera de sus casas, disfrutando del sol, tal como Ralph había previsto. Todos contemplaron con silencioso espanto la patética procesión. El señor feudal esperaba que la humillación sufrida por Wulfric disuadiera a otros hombres de huir en busca de mejores salarios.

Llegaron a la humilde casa que había sido el hogar de Ralph antes de que se trasladara a Tench Hall. Soltó a Wulfric y lo envió junto a su familia a su antigua residencia. Pagó a los rufianes contratados, y luego llevó a Alan y a sir Gregory a la casa señorial.

La mantenían aseada y lista para las visitas. Ordenó a Vira que sirviera vino y que preparase la cena. Era demasiado tarde para continuar hasta Tench; no habrían podido llegar antes del anochecer.

Gregory se sentó y estiró sus largas piernas. Parecía un hombre capaz de sentirse cómodo en cualquier parte. Su cabellera negra de pelo liso empezaba a encanecerse, pero su afilada nariz con sus amplias fosas nasales seguía dándole un aire altivo.

—¿Cómo creéis que ha ido todo? —preguntó.

Ralph había estado pensando en la nueva ordenanza durante todo el camino de regreso a casa, y ya tenía la respuesta lista.

—No funcionará —afirmó.

Gregory enarcó las cejas.

—¿Cómo?

—Coincido con sir Ralph —dijo Alan.

—¿Vuestros argumentos?

—En primer lugar, será difícil descubrir adónde han ido los fugitivos —respondió Ralph.

—Ha sido pura casualidad que hayamos dado con Wulfric —añadió Alan—. Alguien los escuchó a ambos, a él y a Gwenda, mientras planeaban su huida.

—En segundo lugar —prosiguió Ralph—, recuperarlos es problemático.

Gregory asintió en silencio.

—Hemos invertido todo el día en conseguirlo.

—Y he tenido que contratar a esos dos rufianes y conseguirles caballos. No puedo malgastar mi tiempo ni mi dinero viajando por todo el país a la caza de jornaleros fugados.

—Entiendo.

—En tercer lugar, ¿esto va a impedir que vuelvan a escapar la semana que viene?

—Si no revelaran a nadie su destino, podríamos no encontrarlos jamás —dijo Alan.

—La única forma en la que funcionará —empezó a decir Ralph— es si alguien visita las aldeas y averigua quiénes son los inmigrantes para castigarlos.

—Os referís a una especie de comisión para el control de los jornaleros —apuntó Gregory.

—Exacto. Hay que nombrar un tribunal en cada condado, doce hombres, más o menos, que vayan de un lugar a otro descubriendo a los fugitivos.

—Queréis que alguien os haga el trabajo.

Fue una provocación, pero Ralph se cuidó mucho de parecer ofendido.

—No necesariamente, yo seré uno de los miembros de la comisión, si así lo deseáis. Ésa es la forma en que deben hacerse las cosas. No se puede limpiar el campo de malas hierbas arrancándolas brizna a brizna.

—Interesante imagen —comentó Gregory.

Vira trajo una jarra y varios vasos, y les sirvió vino a los tres.

—Sois un hombre astuto, sir Ralph. No sois miembro del Parlamento, ¿verdad?

—No.

—Es una lástima. Creo que vuestros consejos podrían interesar al rey.

Ralph intentó reprimir una sonrisa complacida.

—Sois muy amable. —Se inclinó hacia delante—. Ahora que el conde William ha muerto, queda, por supuesto, una vacante ... —Vio que se abría la puerta y se calló.

Entró Nate Reeve.

—Bien hecho, sir Ralph, si me permitís decirlo —lo felicitó—. Wulfric y Gwenda han vuelto al redil, los dos mejores trabajadores que teníamos.

Ralph estaba molesto con Nate por haber interrumpido en un momento tan crucial.

—Espero que ahora la aldea pueda pagar más obligaciones —respondió, irritado.

—Sí, señor… Si se quedan.

Ralph frunció el ceño. Nate pensó en lo delicado de su situación. ¿Cómo iba él a conseguir que Wulfric se quedara en Wigleigh? No podía tenerlo encadenado día y noche a un arado.

Gregory se dirigió a Nate.

—Cuéntame, alguacil, ¿tienes alguna propuesta para tu señor?

—Sí, la tengo.

—Eso me había parecido.

Nate lo consideró una invitación. Y dirigiéndose a Ralph, dijo:

—Hay algo que podríais hacer para garantizar que Wulfric se quedará aquí hasta el día en que muera.

Ralph intuyó qué tramaba, pero tuvo que decir:

—Continúa.

—Devolvedle las tierras que eran de su padre.

Ralph habría podido gritarle, pero no quería que Gregory se llevara una mala impresión de él. Controló su ira y respondió con firmeza:

—Me parece que no.

—No consigo terrateniente para esas tierras —insistió Nate—: Annet no puede administrarlas y no tiene a ningún pariente varón vivo.

—No me importa —dijo Ralph—. Wulfric no puede poseer esas tierras.

—¿Por qué no? —preguntó Gregory.

Ralph no quería admitir que guardaba rencor a Wulfric por una disputa ocurrida hacía doce años. Gregory se había creado una buena impresión de Ralph, y éste no quería estropearlo. ¿Qué pensaría el consejero del rey de un caballero que actuaba en contra de sus propios intereses sólo por una riña infantil? Buscó otra excusa plausible.

—Podría parecer que premio a Wulfric por haber huido —respondió con decisión.

—Difícilmente —le rebatió Gregory—. Por lo que dice Nate, estaríais dándole algo que nadie más quiere.

—No importa, transmitiría un mensaje equívoco a los demás aldeanos.

—Creo que estáis siendo demasiado precavido —comentó Gregory. No era un hombre dado a reservarse sus opiniones por cuestiones de tacto—.

Todo el mundo debe de saber que estáis desesperado buscando terratenientes —prosiguió—. Es la situación en que se encuentra la mayoría de los señores feudales. Los aldeanos verán que estáis actuando movido por vuestros propios intereses, y pensarán que Wulfric es el afortunado beneficiario.

—Wulfric y Gwenda se esforzarían el doble si trabajasen sus propias tierras —añadió Nate.

Ralph se sintió acorralado. Estaba desesperado por quedar bien delante de Gregory. Había empezado, pero no finalizado, una conversación sobre quién sería el futuro conde, y no podía poner en peligro esa oportunidad sólo por Wulfric.

Tendría que dar su brazo a torcer.

—Puede que tengáis razón —admitió. Se dio cuenta de que estaba hablando con los dientes apretados e hizo un esfuerzo por parecer despreocupado—. Al fin y al cabo, lo he arrastrado de vuelta al hogar y lo he humillado. Eso debería bastar.

—Estoy seguro de que así es.

—Está bien, Nate —dijo Ralph. Por un instante se le atoraron las palabras en la garganta, odiaba ceder al deseo de Wulfric. Pero su objetivo final era más importante—. Dile a Wulfric que puede recuperar las tierras de su padre.

—Lo habré hecho antes del anochecer —respondió Nate y se marchó.

—¿Qué estabais diciendo sobre el nuevo conde? —preguntó Gregory.

Ralph escogió las palabras con cautela.

—Tras la muerte del conde Roland en la batalla de Crécy, creí que el rey podría pensar en nombrarme conde de Shiring, sobre todo teniendo en cuenta que le salvé la vida al joven príncipe de Gales.

—Pero Roland tenía un perfecto heredero, quien a su vez tenía dos hijos.

—Exacto. Y ahora han muerto los tres.

—Mmm… —Gregory tomó un buen sorbo de su vaso—. Es un vino excelente.

—De la Gascuña —aclaró Ralph.

—Supongo que también llega a Melcombe.

—Sí.

—Delicioso. —Gregory bebió un poco más. Parecía estar a punto de decir algo, así que Ralph permaneció callado. Gregory se tomó un rato para escoger sus palabras. Al final dijo—: Hay, en algún lugar de los alrededores de Kingsbridge, una carta que… no debería existir.

Ralph se quedó desconcertado. ¿A qué venía eso ahora?

Gregory prosiguió:

—Durante varios años, ese documento estuvo en manos de alguien en el que se podía confiar, por diversas y complicadas razones, para que lo mantuviera a salvo. Sin embargo, en los últimos tiempos se han hecho algunas preguntas, preguntas que me hacen pensar que el secreto corre el peligro de salir a la luz.

Todo aquello era demasiado enigmático. Ralph dijo con impaciencia:

—No lo entiendo. ¿Quién ha estado haciendo preguntas comprometedoras?

—La priora de Kingsbridge.

—¡Ah!

—Es posible que no haya averiguado más que detalles sin importancia y que sus preguntas sean inofensivas, pero lo que temen los amigos del rey es que la carta pueda llegar a sus manos.

—¿Qué dice en la carta?

Una vez más, Gregory meditó las palabras con cautela, pasando de puntillas por las saltanas de un río de corrientes traicioneras.

—Algo relacionado con la amada madre de nuestro rey.

—La reina Isabel. —La vieja bruja seguía en este mundo, vivía con manificencia en su castillo de Lynn, y pasaba el día leyendo romances en francés, su lengua materna, o eso decían.

—En resumen —concluyó Gregory—, necesito que averigüéis si la priora tiene esa carta en su poder o no. Pero nadie debe tener noticia de mi interés en este asunto.

—O bien tendréis que ir al priorato y registrar los documentos de las monjas o… los documentos deben llegar a vuestras manos.

—Prefiero la segunda de esas dos opciones.

Ralph hizo un gesto de asentimiento. Empezaba a entender lo que Gregory quería que hiciera.

—He hecho una serie de averiguaciones muy discretas y he descubierto que nadie conoce la localización exacta del tesoro de las monjas —dijo Gregory.

—Las monjas deben de saberlo, o al menos, alguna de ellas.

—Pero no lo revelarán. No obstante, tengo entendido que sois un experto en… convencer a la gente para que revele sus secretos.

Gregory estaba al corriente de las tareas que Ralph había realizado en Francia. Ralph se dio cuenta de que aquella conversación no había sido en absoluto casual. Gregory debía de haberla planeado. En realidad, ése debía de ser el verdadero motivo de su visita a Kingsbridge.

—Podría ayudar a los amigos del rey a solucionar su problema… —dijo Ralph.

—Bien.

—… si me prometieran nombrarme conde de Shiring como recompensa.

Gregory frunció el ceño.

—El nuevo conde tendrá que casarse con la condesa.

Ralph decidió ocultar su ansiedad. La intuición le decía que Gregory no respetaría tanto a un hombre que se dejara llevar por la lujuria que sentía hacia una mujer.

—Lady Philippa tiene cinco años más que yo, pero no tengo nada que objetar a estar con ella.

Gregory lo miró con recelo.

—Es una mujer muy hermosa —afirmó—. Quienquiera que escoja el rey debería sentirse un hombre muy afortunado.

Ralph se dio cuenta de que se había excedido.

—No me gustaría parecer indiferente —añadió a toda prisa—. Sin duda es una dama muy hermosa.

—Pero yo creía que ya estabais casado —dijo Gregory—. ¿Estaba en un error?

Ralph fue consciente de la mirada de Alan y se dio cuenta de que su adlátere estaba impaciente por escuchar qué diría a continuación.

Ralph suspiró.

—Mi esposa está muy enferma —dijo—. No le queda mucho tiempo de vida.

Gwenda encendió el fuego en la cocina de la vieja casa en la que Wulfric había vivido desde el día de su nacimiento. La mujer encontró sus cazos, llenó uno de agua del pozo y echó un par de cebollas tiernas, el primer paso para cocinar un estofado. Wulfric trajo más leña. Los niños salieron alegremente a jugar con sus antiguos amigos sin ser conscientes de la terrible tragedia que había azotado a su familia.

Gwenda se ocupó de las tareas de la casa hasta que oscureció. Intentaba no pensar. Todo cuanto se le ocurría la hacía sentir peor: el futuro, el pasado, su marido, ella misma… Wulfric se quedó sentado contemplando las llamas. Ninguno de los dos habló.

Su vecino, David Johns, se presentó con una enorme jarra de cerveza. Su esposa había fallecido a causa de la peste, pero su hija Joanna, ya crecidita, entró tras él. Gwenda no se alegró de verlos, pues quería regodearse en la autocompasión a solas. Sin embargo, lo cierto es que habían ido a visitarlos con buenas intenciones, así que era inadmisible rechazarlos.

Gwenda limpió con melancolía el polvo de algunos vasos de madera, y David sirvió cerveza para todos.

—Sentimos que las cosas hayan salido así, pero nos alegramos de veros —dijo el vecino mientras bebían.

Wulfric vació su vaso de un trago y lo tendió para que le sirvieran más.

Más tarde aparecieron Aaron Appletree y su esposa, Ulla. Ésta llevaba un cesto con unos cuantos panecillos.

—Sabía que no tendríais pan, así que os he preparado un poco —dijo. Se lo entregó a Gwenda, y la casa se llenó del delicioso aroma a pan recién horneado. David Johns les sirvió más cerveza, y todos tomaron asiento—. ¿De dónde sacasteis el valor para huir? —preguntó Ulla con admiración—. ¡Yo me habría muerto de miedo!

Gwenda empezó a relatar sus aventuras. Jack y Eli Fuller llegaron del molino, traían consigo un plato de peras cocinadas con miel. Wulfric comió y bebió a placer. La atmósfera se relajó y Gwenda se animó un poco. Llegaron más vecinos, cada uno trajo un presente. Cuando Gwenda les contó cómo los aldeanos de Outhenby habían espantado a Ralph y a Alan con sus azadas y sus palas, todos rompieron a reír de satisfacción.

Pero entonces Gwenda llegó a los acontecimientos de ese mismo día y volvió a caer en la desesperación.

—Todo estaba en nuestra contra —dijo con amargura—. No sólo Ralph y sus rufianes, sino el rey y la Iglesia. No teníamos escapatoria.

Los vecinos asintieron con tristeza.

—Y entonces, cuando le ataron una cuerda al cuello a mi Wulfric… —La desesperación se apoderó de ella. Se le quebró la voz y no pudo continuar. Tomó un sorbo de cerveza y lo intentó de nuevo—. Cuando le ataron una cuerda al cuello a Wulfric… el hombre más fuerte y valiente que he conocido jamás, que cualquiera de nosotros haya conocido jamás… arrastrado por la aldea como un animal, y ese desalmado, grosero y violento de Ralph sosteniendo la cuerda… lo único que deseaba era que se hundiera el cielo y nos mataran.

Eran palabras muy duras, pero su público estuvo de acuerdo. De todas las cosas que los nobles podían hacer a los campesinos —dejarlos morir de hambre, estafarlos, atacarlos, robarles— lo peor era que los humillaran. Jamás lo olvidaban.

De pronto, Gwenda quiso que los vecinos se marcharan. El sol se había puesto y ya había oscurecido. Necesitaba acostarse, cerrar los ojos y quedarse a solas con sus pensamientos. Ni siquiera deseaba hablar con Wulfric. Estaba a punto de pedir a todo el mundo que se fuera cuando entró Nate Reeve.

La estancia se quedó en silencio.

—¿Qué quieres? —preguntó Gwenda.

—Te traigo buenas noticias —dijo, animado.

Ella torció el gesto.

—Hoy no puede haber buenas noticias para nosotros.

—Disiento. Todavía no las has escuchado.

—Está bien, ¿qué es?

—Sir Ralph dice que Wulfric va a recuperar las tierras de su padre.

Wulfric se levantó de un salto.

—¿Como terrateniente? —preguntó—. ¿No sólo para trabajarlas?

—Como terrateniente, con las mismas condiciones de las que gozaba tu padre —dijo Nate explayándose, como si fuera él mismo quien estuviera haciendo la concesión y no sólo transmitiendo un mensaje.

Wulfric sonrió, encantado.

—¡Eso es maravilloso!

—¿Aceptas? —preguntó Nate con jovialidad, como si se tratara de una mera formalidad.

—¡Wulfric! ¡No aceptes! —exclamó Gwenda.

Su marido la miró, confundido. Como siempre, le había faltado astucia para ver más allá de la superficie.

—¡Negocia las condiciones! —le urgió en voz baja—. No te conviertas en un siervo como tu padre. Exige una tenencia libre sin obligaciones feudales. Jamás volverás a estar en una situación más favorable para negociar. ¡Negocia!

—¿Negociar? —preguntó. Titubeó durante un instante, pero luego se entregó a la euforia de la ocasión—. Éste es el momento que he estado esperando durante los últimos doce años. No pienso negociar. —Se volvió en dirección a Nate—. Acepto —dijo, y levantó su vaso.

Todos estallaron de júbilo.

70

El hospital volvía a estar atestado. La peste, que durante el primer trimestre de 1349 parecía haber empezado a remitir, había regresado en abril con una virulencia intensificada. Al día siguiente del domingo de Pascua, Caris miraba con preocupación entre las hileras de jergones apiñados en forma de espiga, tan juntos que las monjas cubiertas con sus mascarillas tenían que avanzar pisando con mucho cuidado entre ellos. No obstante, moverse a su alrededor era algo más sencillo, porque había muy pocos familiares junto a los enfermos. Estar sentado junto a un pariente moribundo resultaba en extremo peligroso —era probable que el visitante acabara contagiándose—, y las personas se habían vuelto despiadadas. Cuando empezó la epidemia, habían permanecido junto a sus seres queridos a pesar de todo, madres con hijos, maridos con esposas, personas de mediana edad con sus ancianos padres; el amor era más fuerte que el miedo. Pero eso había cambiado. El ácido que derramaba la muerte había empezado a corroer hasta el más fuerte de los lazos familiares. En ese momento, el típico paciente llegaba al hospital con ayuda de una madre o un padre, de un esposo o esposa, que se limitaba a marcharse haciendo oídos sordos de los lastimeros gritos que lo seguían hasta que desaparecía de la escena. Sólo las monjas, con sus mascarillas y las manos empapadas en vinagre, eran capaces de desafiar a la enfermedad.

Podría parecer sorprendente, pero a Caris no le faltaba ayuda. El convento disfrutaba de una nueva remesa de novicias que habían llegado para sustituir a las religiosas fallecidas. Este fenómeno se debía, en parte, a la reputación de mujer santa que tenía Caris. No obstante, el monasterio estaba experimentando un momento similar de recuperación, y Thomas tenía ahora una clase llena de novicios a los que formar. Todos buscaban el orden en un mundo que había enloquecido.

En esa ocasión, la peste había afectado a algunos de los próceres de la ciudad que, hasta entonces, habían conseguido librarse de ella. Caris se quedó destrozada por el fallecimiento de John Constable. Nunca le había gustado demasiado su improvisado enfoque de la justicia —que consistía en propinar primero un buen porrazo a los buscabroncas y preguntarles luego—, pero iba a resultar más difícil mantener el orden sin su presencia. La rechoncha Betty Baxter, panadera que elaboraba los panecillos especiales para todas las celebraciones de la ciudad, incansable interrogadora durante las reuniones de la cofradía gremial, también había muerto, y sus cuatro hijas se habían repartido el negocio tras encarnizadas disputas. También había perdido la vida Dick Brewer, el último superviviente de la generación del padre de Caris; una generación de hombres que sabían cómo hacer dinero y cómo disfrutarlo.

Caris y Merthin habían conseguido frenar en cierta forma la propagación de la enfermedad cancelando las principales concentraciones populares. No se había celebrado la gran procesión de Pascua en la catedral, y no se llevaría a cabo la feria del vellón ese Pentecostés. El mercado semanal tenía lugar en los extramuros de la ciudad, en Lovers' Field, y gran parte de los ciudadanos se mantenían alejados del recinto. Caris ya había querido aplicar esas mismas medidas cuando se inició la peste, pero Godwyn y Elfric se habían opuesto a su propuesta. Según Merthin, algunas ciudades italianas habían llegado incluso a cerrar sus puertas durante un período de treinta o cuarenta días, lo que llamaban una treintena o cuarentena. Ya era demasiado tarde para evitar la entrada de la enfermedad a la ciudad, pero Caris seguía estando convencida de que las restricciones podrían salvar vidas.

Sin embargo, un problema que no tenía era el del dinero. Cada vez eran más las personas que donaban sus riquezas a las monjas, pues no tenían parientes vivos, y muchas de las novicias aportaban con su ingreso tierras, rebaños, huertos y oro. El convento jamás había sido tan rico.

Era un triste consuelo. Por primera vez en su vida, Caris se sentía cansada, no sólo exhausta por el trabajo agotador, sino privada de empuje, debilitada en su fuerza de voluntad, desprovista de firmeza por la adversidad. La peste azotaba con más intensidad que nunca, sesgaba la vida de doscientas almas a la semana, y ella no sabía cómo iba a ser capaz de seguir adelante. Tenía los músculos doloridos, sufría jaquecas y algunas veces se le nublaba la visión. Se preguntaba con desolación cómo acabaría aquello. ¿Morirían todos?

Dos hombres irrumpieron de forma repentina en el hospital; ambos llegaron sangrando. Caris se apresuró a ir a su encuentro. Antes de llegar a tocarlos captó el hedor dulzón de la borrachera. Ambos estaban prácticamente inconscientes, aunque todavía no era la hora del almuerzo. Gruñó disgustada; era algo demasiado corriente.

Conocía de forma superficial a aquellos hombres: eran Barney y Lou, dos jóvenes fornidos que trabajaban en el matadero de Edward Slaughterhouse. Barney llevaba un brazo colgando, como si se lo hubiera roto. Lou tenía una terrible herida en el rostro: la nariz rota y un ojo que amenazaba con saltarle de la cuenca. Ambos parecían demasiado borrachos para sentir dolor.

—Ha sido una pelea —balbuceó Barney, apenas se le entendía al hablar—. Yo no quería discutir. Es mi mejor amigo y le quiero.

Caris y la hermana Nellie acostaron a los hombres ebrios en dos jergones contiguos. Nellie examinó a Barney, diagnosticó que no tenía el brazo roto, sino dislocado, y envió a una novicia en busca de Matthew Barber, el cirujano, para que intentara recolocárselo. Caris limpió la cara a Lou. No había nada que pudiera hacer para salvarle el ojo: le había saltado como un huevo duro.

Ese tipo de cosas la ponían furiosa. Esos dos hombres no padecían ninguna enfermedad ni eran víctimas de heridas provocadas durante un accidente; se habían lastimado ellos mismos por beber en exceso. Tras la primera oleada de la peste, había conseguido convencer a los ciudadanos de que lucharan por el restablecimiento de la ley y el orden; pero la segunda oleada de la epidemia había tenido terribles consecuencias en los habitantes de la ciudad. Cuando repitió su llamada al comportamiento civilizado, la respuesta del pueblo había sido una apatía total. Ya no sabía qué más hacer y se sentía demasiado cansada.

Mientras contemplaba a los dos hombres lisiados tendidos uno junto al otro en el suelo, oyó un extraño ruido en el exterior. Durante un instante retrocedió tres años, hasta la batalla de Crécy y al terrorífico estruendo de la explosión producido por las terribles máquinas de guerra nuevas del rey Eduardo, que disparaban sus balas a las filas enemigas. Pasado un instante volvió a oírse el ruido, y Caris se dio cuenta de que era un tambor, varios tambores, de hecho, percutidos sin seguir ningún ritmo en particular. A continuación oyó gaitas y campanas, cuyas notas no conseguían urdir ninguna clase de melodía; luego gritos desesperados, gemidos y chillidos que bien podrían haber sido expresiones de triunfo o agonía, o ambas cosas a la vez. No era muy distinto al clamor de la batalla, aunque le faltaba el zumbido de las letales saetas y los relinchos de los caballos heridos. Frunciendo el ceño, salió a ver qué ocurría.

Un grupo de unas cuarenta personas se había acercado al césped de la catedral, bailando una enloquecida jiga. Algunos tocaban instrumentos, o mejor dicho, los hacían sonar, porque ese ruido no podía compararse a armonía ni melodía alguna. Sus frágiles ropas desteñidas estaban hechas jirones y sucias, y algunos iban semidesnudos, sin vergüenza de dejar al descubierto sus partes pudendas. Todos los que no portaban un instrumento llevaban un látigo. Les seguía una multitud de ciudadanos que los miraba con curiosidad y asombro.

En la cabeza del grupo de bailarines iba fray Murdo, más gordo que nunca pero bailando con brío, con el sucio rostro empapado de sudor que le chorreaba sobre la despeinada barba. Condujo al grupo hasta la puerta del muro occidental de la catedral, donde se volvió hacia ellos.

—¡Todos hemos pecado! —gritó.

Sus seguidores respondieron con gritos, chillidos y gruñidos inarticulados.

—¡Estamos mancillados! —exclamó, emocionado—. Nos revolcamos en la lascivia como cerdos en la mugre. Nos entregamos, estremecidos de deseo, a la lujuria carnal. ¡Nos merecemos la peste!

—¡Sí!

—¿Qué debemos hacer?

—¡Sufrir! —respondieron todos a una—. ¡Debemos sufrir!

Uno de los seguidores avanzó de improviso restallando su látigo, que tenía tres trenzas de cuero, cada una de las cuales llevaba atadas afiladas piedras. Se tiró a los pies de Murdo y empezó a flagelarse en la espalda. El látigo desgarró la tela de sus ropas y le abrió sangrantes heridas en la piel. Gritó de dolor, y los demás seguidores de Murdo expresaron con gemidos su compasión.

Entonces se adelantó una mujer. Se bajó la túnica hasta la cintura y se volvió mostrando sus senos a la multitud; a continuación se fustigó la espalda con un látigo similar al del hombre. Los seguidores volvieron a gritar.

A medida que fueron separándose del grupo, de uno en uno o de dos en dos, fustigándose, Caris se dio cuenta de que muchos de ellos tenían cardenales o heridas a medio curar; ya lo habían hecho antes, algunos de ellos, en numerosas ocasiones. ¿Irían de ciudad en ciudad repitiendo aquella misma actuación? Teniendo en cuenta el grado de implicación de Murdo, Caris tuvo la certeza de que, más tarde o más temprano, alguien empezaría a recolectar dinero.

Una mujer presente entre la multitud que los contemplaba se adelantó gritando:

—¡Yo también debo sufrir! —A Caris le sorprendió ver que se trataba de Mared, la joven y recatada esposa de Marcel Chandler. Caris no podía imaginar que hubiera cometido muchos pecados, aunque quizá viera la oportunidad de dar a su vida cierto giro teatral. Se arrancó el vestido y se quedó en cueros delante del fraile. No tenía ni una sola imperfección en la piel, de hecho, era una mujer hermosa.

Murdo se quedó contemplándola durante largo rato y luego ordenó:

—Bésame los pies.

Ella se postró de rodillas ante él, cometiendo así la obscenidad inconsciente de dejar su trasero a la vista de la multitud, y hundió el rostro en los mugrientos pies del religioso.

El hombre le quitó el látigo a otro penitente y se lo entregó a la joven. Ella se fustigó, chilló de dolor y no tardaron en aparecer manchas rojas en su inmaculada piel.

Muchas otras personas se acercaron hasta ese lugar desde la multitud observante, sobre todo hombres, y Murdo llevó a cabo el mismo ritual con cada una de ellas. No tardó en organizarse una verdadera orgía. Cuando no se fustigaban, aporreaban sus tambores, tañían las campanas y bailaban su enloquecida jiga.

Sus actos estaban teñidos de cierto abandono frenético, pero el ojo profesional de Caris se apercibió de que las laceraciones de sus látigos, aunque dramáticas y sin duda dolorosas, no parecían infligir un daño permanente.

Merthin apareció junto a Caris y le preguntó:

—¿Tú qué opinas de todo esto?

—¿Por qué me hace sentir tanta indignación? —respondió Caris frunciendo el ceño.

—No lo sé.

—Si la gente quiere flagelarse, ¿por qué debería impedirlo? Tal vez eso haga que se sientan mejor.

—Estoy de acuerdo contigo, pero —objetó Merthin— suele haber algo fraudulento en todo lo que Murdo organiza.

—No es por eso.

Caris creía que el ánimo de esos actos no era de penitencia. Esos bailarines no estaban considerando su existencia de forma contemplativa, ni se lamentaban ni se arrepentían de los pecados cometidos. Las personas verdaderamente arrepentidas solían permanecer calladas y pensativas, y no hacían grandes alardes. Lo que Caris respiraba en el ambiente era algo muy distinto. Era excitación.

—Esto es una orgía —sentenció.

—Sólo que en lugar de emborracharse con bebida, están ebrios del odio que sienten hacia su propia persona.

—Y lo viven con una suerte de éxtasis.

—Pero no hay sexo.

—De momento.

Murdo volvió a poner en marcha la procesión; llevaba a sus fieles hasta la zona del priorato. Caris se percató de que algunos de los flageladores habían sacado sus cuencos y estaban pidiendo dinero a los espectadores. Supuso que recorrerían las principales calles de la ciudad. Seguramente finalizarían la procesión en una importante taberna, donde los participantes comprarían comida y bebida.

Merthin le tocó un brazo.

—Te veo pálida —dijo—. ¿Cómo te encuentras?

—Sólo estoy cansada —respondió de manera cortante. Debía seguir al pie del cañón al margen de cómo se sintiera, y no le ayudaba en nada que alguien le recordara lo cansada que parecía. Sin embargo, había sido amable por parte de Merthin el darse cuenta, y suavizó el tono al responder—: Vamos a la casa del prior. Ya es casi la hora de almorzar.

Cruzaron el césped justo cuando la procesión desaparecía. Entraron en el palacio. En cuanto estuvieron a solas, Caris rodeó a Merthin con los brazos y lo besó. De pronto, la mujer sintió una viva conciencia de su cuerpo y le introdujo la lengua en la boca, cosa que sabía que a él lo enloquecía. Como respuesta, Merthin tomó sus senos entre las manos y los apretó con delicadeza. Jamás se habían besado así dentro del palacio, y Caris se preguntó si la bacanal de fray Murdo no habría tenido algo que ver con esa debilitación de sus inhibiciones.

—Te arde la piel —le susurró Merthin al oído.

Ella deseaba que su amante le arrancara la túnica y le chupara los pezones. Sintió que estaba perdiendo el control y que podía entregarse a hacer el amor con pasión desenfrenada allí mismo, en el suelo, donde cualquiera podría sorprenderlos.

Entonces se oyó la voz de una muchacha:

—No pretendía fisgonear.

Caris se quedó paralizada por el miedo. Llena de culpabilidad, se alejó precipitadamente de Merthin. Se volvió hacia la muchacha que le estaba hablando. Al fondo de la habitación, sentada en un banco, había una joven con una criatura en brazos. Era la esposa de Ralph Fitzgerald.

—¡Tilly! —exclamó Caris.

Tilly se levantó. Parecía agotada.

—Siento haberte sobresaltado —se disculpó.

Caris se sintió aliviada. Tilly había asistido al colegio de las monjas y había vivido en el convento durante varios años; además, apreciaba a Caris. Podían confiar en que no armaría un escándalo por el beso del que había sido testigo. Pero ¿qué estaba haciendo allí?

—¿Te encuentras bien? —le preguntó Caris.

—Estoy un poco cansada —respondió Tilly. Se tambaleó, y Caris la agarró por un brazo.

El pequeño empezó a llorar. Merthin tomó al niño y lo acunó con habilidad de padre experimentado.

—Vamos, vamos, sobrinito —lo consoló. El llanto se debilitó hasta convertirse en un leve gemido quejumbroso.

—¿Cómo has llegado hasta aquí? —le preguntó Caris a Tilly.

—Caminando.

—¿Desde Tench Hall? ¿Con Gerry en brazos? —La criatura ya tenía seis meses y no era una carga muy ligera.

—He tardado tres días.

—Por el amor de Dios. ¿Ha ocurrido algo?

—Me he escapado.

—¿Y Ralph no ha salido en tu busca?

—Sí, con Alan. Permanecí oculta en el bosque cuando ellos pasaron. Gerry fue muy bueno y no lloró.

La imagen hizo que a Caris se le hiciera un nudo en la garganta.

—Pero... —Tragó saliva—. Pero ¿por qué huiste?

—Porque mi esposo quiere matarme —respondió Tilly, y rompió a llorar.

Caris la ayudó a sentarse y Merthin le sirvió una copa de vino. La dejaron sollozar. Caris se sentó a su lado y le rodeó los hombros con un brazo mientras Merthin acunaba al pequeño Gerry. Cuando Tilly por fin dejó de llorar, Caris le preguntó:

—¿Qué ha hecho Ralph?

Tilly sacudió la cabeza.

—Nada. Pero me mira de forma extraña. Sé que quiere asesinarme.

—Ojalá pudiera decir que mi hermano sería incapaz de hacerlo —murmuró Merthin.

—Pero ¿por qué iba a querer hacerte algo tan espantoso? —preguntó Caris.

—No lo sé —respondió Tilly, desconsolada—. Ralph asistió al funeral de tío William. Allí había un letrado de Londres, sir Gregory Longfellow.

—Lo conozco —dijo Caris—. Es un hombre inteligente, pero no me gusta.

—Todo empezó después de aquello. Tengo la sensación de que todo está relacionado con Gregory.

—No tendrías que haber recorrido ese largo camino, con un chiquillo en brazos, por una simple suposición —añadió Caris.

—Sé que sólo parecen imaginaciones mías, pero es que se pasa horas enteras sentado mirándome, lleno de odio. ¿Cómo puede un marido mirar así a su esposa?

—Bueno, has acudido al lugar adecuado —la tranquilizó Caris—. Aquí estarás a salvo.

—¿Puedo quedarme? —le suplicó—. No me obligarás a regresar, ¿verdad?

—Por supuesto que no —respondió Caris. Se quedó mirando a Merthin. Sabía lo que estaba pensando: era precipitado garantizarle eso a Tilly. Los fugitivos debían acogerse a sagrado en las iglesias, por norma general, pero no estaba claro que un convento tuviera el derecho de dar cobijo a la esposa de un caballero y separarla de él de forma definitiva. Además, seguramente Ralph tenía el derecho de exigir que le entregara a su hijo, su primogénito y único heredero. En cualquier caso, Caris imprimió tanta confianza como pudo en su voz al decir—: Puedes quedarte aquí el tiempo que desees.

—¡Oh, gracias!

Caris rezó en silencio para ser capaz de cumplir su promesa.

—Puedes ocupar una de las cámaras especiales para invitados en el primer piso del hospital —le indicó.

Tilly parecía preocupada.

—Pero ¿y si entra Ralph?

—No se atreverá. Pero si eso te hace sentir más segura, puedes ocupar la antigua cámara de la madre Cecilia, que está al fondo del dormitorio de las monjas.

—Sí, por favor.

Una sirvienta del priorato entró para poner la mesa. Caris le dijo a Tilly:

—Te llevaré al refectorio. Puedes almorzar con las monjas, luego ve a tu cámara y échate un rato para descansar. —Se levantó.

Sintió un mareo repentino. Apoyó una mano en la mesa para estabilizarse. Merthin, quien todavía sostenía en brazos al pequeño Gerry, preguntó, preocupado:

—¿Qué ocurre?

—Me repondré enseguida —dijo Caris—. Estoy cansada, eso es todo.

Entonces cayó desplomada al suelo.

Merthin se sintió abrumado por el miedo. Durante un instante se quedó paralizado. Caris jamás había estado enferma, ni indefensa; era ella quien se ocupaba de cuidar a los enfermos. No podía verla como una víctima.

Ese momento pasó en un abrir y cerrar de ojos. Combatió el miedo y entregó con cuidado el niño a Tilly.

La sirvienta había dejado de poner la mesa y se había quedado quieta al ver el cuerpo desmayado de Caris en el suelo. Merthin se esforzó por hablar con tranquilidad, aunque sin dilación, cuando le ordenó:

—Ve corriendo al hospital y diles que la madre Caris ha caído enferma. Que venga la hermana Oonagh. Vamos, ve, ¡lo más rápido que puedas!

La criada salió corriendo.

Merthin se arrodilló junto a Caris.

—¿Puedes oírme, amor mío? —le preguntó.

Le agarró la mano inerte y le dio unas palmaditas, luego le acarició una mejilla y le levantó un párpado. Estaba inconsciente.

—Tiene la peste, ¿verdad? —preguntó Tilly.

—¡Oh, Dios mío! —Merthin levantó a Caris en brazos. Era un hombre delgado, pero siempre había sido capaz de levantar objetos pesados, piedras de la construcción y vigas de madera. La levantó con facilidad y se enderezó, luego la colocó con delicadeza sobre la mesa—. No te mueras —le susurró—. Por favor, no te mueras.

La besó en la frente. Le ardía la piel. Lo había notado hacía unos minutos cuando estaban abrazándose, pero estaba demasiado excitado para preocuparse. Tal vez había sido ésa la razón por la que ella estaba tan fogosa: la fiebre podía tener ese efecto.

Llegó la hermana Oonagh. Merthin se sintió tan agradecido al verla aparecer que le brotaron las lágrimas. Era una monja joven, recién salida del noviciado hacía un par de años, pero Caris tenía mucha confianza en sus dotes como enfermera y estaba preparándola para que asumiera la dirección del hospital algún día.

Oonagh se tapó la boca y la nariz con la mascarilla de lino y se hizo un nudo al cuello. Luego tocó la frente y las mejillas de Caris.

—¿Ha estornudado? —preguntó.

Merthin se enjugó las lágrimas.

—No —respondió. Estaba seguro de que se habría dado cuenta: un estornudo era muy mala señal.

Oonagh le bajó a Caris el hábito. A Merthin le pareció terriblemente desvalida con sus pequeños senos al desnudo. Pero se alegró de ver que no había manchas moradas en el pecho. Oonagh volvió a taparla. Examinó las fosas nasales de Caris.

—No sangra —anunció. Le tomó el pulso a conciencia.

Pasados unos minutos, miró a Merthin.

—Podría no ser la peste, pero parece una dolencia grave. Tiene fiebre, el pulso acelerado y respira con dificultad. Llévala arriba, túmbala y dale friegas con agua de rosas. Cualquiera que la atienda debe llevar mascarilla y lavarse las manos como si tuviera la peste. Eso te incluye a ti. —Le entregó una tira de tela.

Merthin no paró de llorar mientras se ataba la mascarilla. Llevó arriba a Caris, la colocó sobre el jergón de su habitación y le quitó la ropa. Las monjas trajeron agua de rosas y vinagre. Merthin les dijo lo que había dispuesto Caris con respecto a Tilly, y ellas se llevaron a la joven madre y a su hijo al refectorio. Merthin se sentó junto a Caris, y no dejó de mojarle la frente y las mejillas con un trapo empapado en el aromático líquido, mientras rezaba por su recuperación.

Al final, ella recobró el conocimiento. Abrió los ojos, frunció el ceño, confusa, miró con impaciencia a Merthin y le preguntó:

—¿Qué ha ocurrido?

—Te has desmayado —respondió él.

Ella intentó incorporarse.

—No te muevas —le ordenó—. Estás enferma. Seguramente no es la peste, pero tienes una dolencia grave.

Debía sentirse débil, porque se recostó sobre la almohada sin protestar.

—Descansaré sólo una hora —dijo.

Estuvo dos semanas en cama.

Tres días después, el blanco de los ojos se le tornó color mostaza, y la hermana Oonagh diagnosticó que tenía ictericia. Oonagh preparó una infusión de hierbas curativas endulzada con miel que Caris bebía caliente tres veces al día. La fiebre remitió, pero la priora seguía sintiéndose débil. A diario preguntaba impaciente por Tilly, y Oonagh respondía sus preguntas, pero se negaba a hablar sobre cualquier otro aspecto de la vida del convento para evitar que la enferma se cansase. Caris se sentía demasiado debilitada para discutir.

Merthin no salía del palacio del prior. Durante el día se quedaba sentado en la planta baja, lo bastante cerca de Caris para escuchar la llamada de ésta, y sus peones acudían a él para que les diera instrucciones sobre los diversos edificios que estaban construyendo o derruyendo. Por la noche se acostaba en un jergón junto a la cama de Caris y se despertaba cada vez que su respiración sufría alguna variación o se movía. Lolla dormía en la estancia contigua.

Al final de la primera semana, se presentó Ralph.

—Mi esposa ha desaparecido —dijo mientras entraba caminando en la cámara principal del palacio del prior.

Merthin levantó la vista de un plano que estaba dibujando sobre un trozo grande de pizarra.

—Hola, hermano —lo saludó.

Pensó que Ralph tenía una mirada sospechosa. Estaba claro que albergaba sentimientos encontrados sobre la desaparición de Tilly. No sentía aprecio por ella, pero, por otro lado, nunca era plato de gusto para un esposo que su mujer se escapara.

«Quizá yo también tenga sentimientos encontrados —pensó Merthin con culpabilidad—. Al fin y al cabo, la he ayudado a abandonarlo.»

Ralph se sentó en un banco.

—¿Tienes vino? Vengo muerto de sed.

Merthin se acercó al aparador y le sirvió de una jarra. Pensó en decirle que no tenía ni la menor idea de cuál podía ser el paradero de Tilly, pero su naturaleza le impedía mentir a su propio hermano, sobre todo en un asunto tan importante. Además, la presencia de Tilly en el priorato no podía mantenerse en secreto: demasiadas monjas, novicias y empleados la habían visto pululando por el lugar. «Siempre es mejor ser sincero —pensó Merthin—, salvo en casos de fuerza mayor.» Al tiempo que le pasaba el vaso de vino a Ralph dijo:

—Tilly está aquí, en el convento, con el niño.

—Imaginé que podría estar aquí. —Ralph levantó el vaso con la mano izquierda, dejando a la vista los muñones de sus tres dedos mutilados. Tomó un buen trago—. ¿Qué le ocurre?

—Ha huido de ti, Ralph.

—Deberías haberme avisado.

—No me enorgullezco de no haberlo hecho, pero no podía traicionarla. Te tiene miedo.

—¿De parte de quién estás? ¡Soy tu hermano!

—Te conozco. Si te teme, seguramente le sobran los motivos.

—Esto es escandaloso. —Ralph intentaba parecer indignado, pero su actuación resultaba poco convincente.

Merthin se preguntó qué estaría sintiendo su hermano en realidad.

—No podemos entregarla —dijo Merthin—. Se ha acogido a sagrado.

—Gerry es mi hijo y mi heredero. No puedes quitármelo…

—No para siempre. Si inicias una acción legal, estoy seguro de que ganarás. Pero no intentarías separarlo de su madre, ¿verdad?

—Si el niño regresa a casa, ella vendrá tras él.

Probablemente fuera cierto. Merthin intentaba pensar en otra forma de convencer a Ralph cuando entró el hermano Thomas acompañado de Alan Fernhill. Con su única mano, Thomas tenía agarrado a Alan por el brazo, como si quisiera evitar que saliera huyendo.

—Lo he pillado fisgoneando —informó.

—Sólo estaba echando un vistazo —protestó Alan—. Creía que el monasterio estaba vacío.

—Como verás, no lo está —dijo Merthin—. Hemos conseguido el ingreso de un monje, seis novicios y más de una veintena de niños huérfanos.

—De todas formas, no estaba en el monasterio, sino en el claustro de las monjas —aclaró Thomas.

Merthin frunció el ceño. Oía que alguien cantaba un salmo en la distancia. Alan había planeado bien el momento de su incursión: todas las monjas y novicias se encontraban en la catedral para celebrar el oficio de sexta. A esa hora, la mayoría de los edificios del priorato estaban deshabitados. Seguramente Alan llevaba un buen rato rondando por ahí sin necesidad de ocultarse.

No parecía un acto de mera curiosidad.

Thomas añadió:

—Por suerte, una cocinera lo ha visto y ha venido a buscarme a la iglesia.

Merthin se preguntó qué habría estado buscando Alan. ¿A Tilly? No cabía duda de que no se habría atrevido a raptarla de un convento a plena luz del día. Se volvió hacia Ralph.

—¿Qué andáis tramando vosotros dos?

Ralph le endilgó la pregunta a Alan.

—Pero ¿qué te has creído que estabas haciendo? —preguntó, enfurecido, aunque Merthin se dio cuenta de que su ira era puro fingimiento.

Alan se encogió de hombros.

—Sólo estaba echando un vistazo mientras te esperaba.

No resultaba creíble. Los hombres de armas esperaban a sus amos en los establos o en las tabernas, no en los claustros.

—Bueno… pues no vuelvas a hacerlo —le advirtió Ralph.

Merthin se dio cuenta de que su hermano iba a persistir en esa mentira. «Yo he sido sincero con él, pero él no lo está siendo conmigo», pensó con tristeza. Retomó el tema más importante.

—¿Por qué no dejas a Tilly tranquila durante una temporada? —le preguntó a Ralph—. Aquí estará perfectamente atendida. Y quizá, después de un tiempo, se dé cuenta de que no quieres hacerle ningún daño y regrese a tu lado.

—Es demasiado humillante —respondió Ralph.

—En realidad, no. Una dama de la nobleza puede pasar algunas semanas en un monasterio si siente la necesidad de retirarse del mundo durante algún tiempo.

—Por lo general, eso sólo ocurre cuando ha enviudado o cuando su marido se ha marchado a la guerra.

—Aunque no siempre.

—Cuando no existe una razón evidente, la gente siempre dice que ella ha querido escapar de su marido.

—¿Y qué tiene eso de malo? Puede que a ti te convenga pasar un tiempo alejado de tu esposa.

—Tal vez tengas razón —respondió Ralph.

Merthin se quedó muy sorprendido por su contestación. No había imaginado poder convencer a su hermano tan fácilmente. Tardó un rato en recuperarse de la sorpresa y entonces dijo:

—Eso es. Dale tres meses y luego vuelve a buscarla. —Merthin tenía la sensación de que Tilly jamás cedería, pero al menos su propuesta pospondría la crisis.

—Tres meses —dijo Ralph—. Está bien. —Y se levantó para marcharse.

Merthin le estrechó la mano.

—¿Cómo se encuentran padre y madre? Hace meses que no los veo.

—Envejeciendo. Padre no quiere dejar la casa.

—Iré a visitaros en cuanto Caris mejore. Se está recuperando de la ictericia.

—Dale recuerdos de mi parte.

Merthin se dirigió a la puerta y vio a Ralph y a Alan alejarse a caballo. Se sintió muy incómodo. Ralph estaba tramando algo, y no se trataba sólo de recuperar a Tilly.

Volvió a su bosquejo y se quedó sentado delante de él sin llegar a verlo durante largo rato.

Al final de la segunda semana estaba claro que Caris iba a ponerse mejor. Merthin estaba agotado pero feliz. Se sentía como un hombre indultado, así que acostó a Lolla temprano y salió al exterior por primera vez en mucho tiempo.

Era una agradable tarde de primavera, y el sol y el aire fresco lo hicieron sentirse animado. Su propia taberna, la Bell, estaba cerrada por reformas, pero la Holly Bush era un hervidero de actividad, incluso con clientes sentados en los bancos del exterior con sus jarras de cerveza. Había tanta gente fuera disfrutando del buen tiempo que Merthin se detuvo a preguntar a los bebedores si era día festivo, pensando que había olvidado la fecha.

—Todos los días son festivos —respondió uno—. ¿Qué sentido tiene trabajar si vamos todos a morir por la peste? Toma una jarra de cerveza.

—No, gracias. —Merthin se alejó del lugar.

Se fijó en que muchas personas vestían con elegancia, con ornamentados tocados y túnicas bordadas que por lo general no podrían haberse permitido. Supuso que eran ropas heredadas, o que tal vez las habían robado de los cadáveres de personas adineradas. El efecto era de pesadilla: sombreros de terciopelo sobre cabezas mugrientas, hilos de oro, calzas hechas jirones y zapatos con joyas incrustadas en unas piernas escuálidas y unos pies sucios.

Vio a dos hombres vestidos de mujer, con vestidos que les arrastraban por el suelo y griñones. Caminaban por la calle agarrados del brazo, como esposas de mercaderes presumiendo de su riqueza, pero sin duda alguna eran varones, con manos y pies muy grandes, y vello en la barbilla. Merthin empezó a sentirse desorientado, como si ya no pudiera confiarse en nada ni en nadie.

Justo cuando empezaba a oscurecer, cruzó el puente hacia la isla de los

Leprosos. Había construido una calle de tiendas y tabernas en ese lugar, entre las dos extensiones del puente. La obra estaba terminada, pero los edificios habían quedado desatendidos, con las puertas y ventanas tapiadas con tablones de madera clavados a los marcos para evitar que los vagabundos se metieran dentro. Allí sólo había conejos. Merthin supuso que las instalaciones seguirían vacías hasta que la peste hubiera remitido y Kingsbridge volviera a la normalidad. Si la peste no remitía, jamás estarían ocupados; pero, en ese caso, alquilar esa propiedad sería la última de sus preocupaciones.

Regresó a la vieja ciudad justo cuando empezaban a cerrar las puertas. Parecía que estaba celebrándose una gran fiesta en la posada White Horse. La casa estaba llena de luz, y la multitud se apiñaba en el sendero que llevaba al edificio.

—¿Qué ocurre? —preguntó Merthin a un bebedor.

—El joven Davey ha contraído la peste y no tiene herederos para dejarles la posada así que está regalando toda la cerveza —dijo el hombre sonriendo de felicidad—. Bebe cuanto puedas, ¡es gratis!

Tanto ese hombre como muchos otros se habían empleado a fondo en ese sentido, y docenas de ellos apestaban a borrachera. Merthin se abrió paso a codazos entre la multitud. Alguien aporreaba un tambor y los demás bailaban. Vio un corro de hombres y miró por encima de sus hombros para ver qué estaban ocultando. Una muchacha ebria de unos veinte años de edad estaba tendida sobre una mesa mientras un hombre la penetraba por detrás. Muchos otros individuos estaban esperando su turno. Merthin se volvió, repugnado. En el solar de la construcción, medio oculto por toneles vacíos, se fijó en Ozzie Ostler, un rico comerciante de caballos, arrodillado delante de un hombre más joven que estaba practicándole una felación. Eso era ilegal y, de hecho, se castigaba con la pena de muerte, pero estaba claro que no les importaba. Ozzie, casado y respetable miembro de la cofradía gremial, se dio cuenta de que Merthin estaba viéndolo, pero eso no le hizo detenerse, sino que continuó con mayor entusiasmo, como si le excitara tener testigos. Merthin sacudió la cabeza, horrorizado. Justo en la puerta de la taberna había una mesa cubierta de alimentos a medio consumir: piernas de carne asada, pescados ahumado, pudines y queso. Había un perro sobre la mesa devorando un trozo de jamón. Un hombre vomitaba en una olla de estofado. Junto a la puerta de la taberna, Davey Whitehorse se encontraba sentado en una silla de madera con una gran jarra de vino. Estaba estornudando y sudando, y el hilillo de sangre típico de la peste le salía por la nariz, pero él estaba mirando a su alrededor y jaleando a los juerguistas. Era como si quisiera suicidarse bebiendo antes de esperar que la enfermedad acabara con su vida.

Merthin sintió náuseas. Abandonó el lugar y se apresuró a regresar al priorato.

Para su sorpresa, encontró a Caris levantada y vestida.

—Ya estoy mejor —le dijo ella—. Mañana regresaré a mis labores de siempre. —Al ver cómo él la miraba con escepticismo, añadió—: La hermana Oonagh me ha dicho que podía.

—Si acatas las órdenes de otra persona, quiere decir que todavía no estás preparada para retomar tu actividad normal —respondió él, y ella rió.

Verla reír lo hizo llorar de emoción. Hacía dos semanas que no reía, y había habido momentos en los que había llegado a preguntarse si volvería a oír ese sonido.

—¿Dónde estabas? —preguntó ella.

Le habló sobre su paseo por la ciudad y le contó las cosas tan desagradables que había visto.

—Ninguno de esos actos era completamente malintencionado —comentó—, pero me pregunto qué será lo siguiente. Cuando hayan desaparecido todas las inhibiciones, ¿empezarán a matarse los unos a los otros?

Una cocinera les sirvió sopa para la cena. Caris la tomó a pequeños sorbos con gran esfuerzo. Durante mucho tiempo, toda la comida que ingería la hacía sentir náuseas. Sin embargo, le gustaba la sopa de puerros y se bebió toda la escudilla.

Cuando la criada recogió la mesa, Caris dijo:

—Mientras estuve enferma, pensé mucho en la muerte.

—No pediste un sacerdote.

—Sin importar si he sido buena o mala, no creo que Dios se deje engañar por un cambio de actitud de última hora.

—¿Y qué pensaste?

—Me pregunté si había algo de lo que me arrepintiera.

—¿Y había algo?

—Muchas cosas. No soy buena amiga de mi hermana. No he tenido hijos. Perdí la capa escarlata que mi padre le entregó a mi madre el día en que ésta murió.

—¿Cómo la perdiste?

—No me permitieron conservarla al ingresar en el convento. No sé qué sería de ella.

—¿Qué es aquello de lo que más te arrepientes?

—Son dos cosas: no he logrado construir mi hospital y no he pasado suficiente tiempo en la cama contigo.

Él enarcó las cejas.

—Bueno, podemos cambiar fácilmente lo segundo…

—Ya lo sé.

—¿Y las monjas?

—A nadie le importa ya. Ya has visto cuál es la situación en la ciudad. Aquí en el convento estamos demasiado ocupadas para respetar las viejas normas. Joan y Oonagh duermen juntas todas las noches en una de las alcobas del primer piso del hospital. No importa.

Merthin frunció el ceño.

—Es extraño que hagan eso y que sigan asistiendo al oficio de nona. ¿Cómo reconcilian ambas cosas?

—Escucha. El Evangelio según San Lucas dice: «El que tenga dos túnicas que las reparta con quien no tenga ninguna». ¿Cómo crees que concilia eso el obispo con su arcón lleno de túnicas? Todos toman lo que les conviene de las enseñanzas de la Iglesia y dejan de lado aquello que no se adapta a su forma de vida.

—¿Y tú?

—Yo hago lo mismo, pero soy coherente con mis actos. Así que voy a vivir contigo, como tu esposa, y si alguien me pregunta por qué, contestaré que vivimos una época extraña. —Se levantó, se dirigió hacia la puerta y echó el cerrojo—. Llevas dos semanas durmiendo aquí. No te vayas.

—No tienes que encerrarme —le dijo riendo—. Me quedaré de forma voluntaria—. La rodeó con los brazos.

—Unos minutos antes de que me desmayara acabábamos de empezar algo. Y Tilly nos interrumpió —recordó ella.

—Tenías fiebre.

—En ese sentido, todavía la tengo.

—Quizá podríamos retomarlo donde lo dejamos.

—Podríamos meternos en la cama antes.

—Está bien.

Subieron la escalera cogidos de la mano.

71

Ralph y sus hombres se ocultaron en el bosque que se encontraba al norte de Kingsbridge y permanecieron a la espera. Era mayo y las tardes eran largas. Al anochecer, Ralph animó a los demás a echar una cabezadita mientras él se quedaba vigilando.

Con él se encontraba Alan Fernhill y cuatro hombres a los que había contratado, soldados desmovilizados del ejército de Su Majestad, guerreros que no habían logrado encontrar otra ocupación en tiempos de paz. Alan había dado con ellos en la taberna Red Lion de Gloucester. No sabían quién era Ralph y no lo habían visto nunca a plena luz del día. Harían lo que les habían encomendado, tomarían el dinero y no harían preguntas.

Ralph permaneció despierto, calculando el paso del tiempo de forma mecánica, como había hecho durante su estancia en Francia con el rey. Había descubierto que si se concentraba demasiado en calcular las horas que habían pasado, dudaba; pero si se limitaba a adivinarlo, el resultado siempre era acertado. Los monjes utilizaban una vela encendida, marcaban con campanas el paso de las horas, usaban un reloj de arena o el goteo del agua a través de un delgado embudo; pero Ralph contaba con un instrumento de medición más preciso en su mente.

Permaneció sentado en silencio con la espalda apoyada en un árbol, contemplando la hoguera que habían encendido. Oía los movimientos furtivos de las pequeñas criaturas que deambulaban por el manto del bosque y el ocasional ululato de la lechuza depredadora. Nunca se sentía tan relajado como en las horas previas a un momento de acción. Tenía silencio, oscuridad y tiempo para pensar. La conciencia del peligro inminente, que ponía nerviosa a la mayoría de los hombres, a él lo tranquilizaba.

El mayor riesgo de esa noche no lo constituían los peligros de la lucha. Habría combate cuerpo a cuerpo, pero sus enemigos no serían más que hombres de la ciudad o enclenques monjes. El verdadero peligro era que podían reconocer a Ralph. Lo que estaba a punto de hacer era inaudito. Se hablaría de ello con escándalo en todas las iglesias del país, quizá en todas las de Europa. Gregory Longfellow, por quien Ralph iba a hacerlo, sería quien condenaría esa actuación con más fervor. Si llegaba a saberse que Ralph era el villano, moriría en la horca.

Pero si conseguía su propósito, se convertiría en conde de Shiring.

Cuando calculó que habían pasado dos horas desde la medianoche, despertó a los demás.

Dejaron a los caballos atados y salieron del bosque para dirigirse hacia el camino que conducía a la ciudad. Alan llevaba el equipo, como siempre había hecho durante las batallas de Francia. Iba equipado con una escalera de mano, una bobina de cuerda y un garfio de hierro que habían utilizado para asaltar las murallas de ciudades en Normandía. En el cinturón llevaba un escoplo de albañil y un martillo. Quizá no tuvieran que usar esas herramientas, pero habían aprendido que era mejor prevenir.

Alan también portaba varios sacos de gran tamaño, enrollados y bien atados con una cuerda formando un hatillo.

Cuando divisaron la ciudad, Ralph les dio unos embozos con agujeros para los ojos y la boca, y todos se los pusieron. El señor de Tench llevaba, además, un guante en la mano izquierda para ocultar los delatores muñones de sus tres dedos amputados. Tenía un aspecto del todo irreconocible, salvo, por supuesto, que lo capturasen.

Todos se cubrieron las botas con unas sacas de fieltro y se las ataron a las rodillas para amortiguar el ruido de sus pisadas.

Habían pasado cientos de años desde el último ataque perpetrado por un ejército contra Kingsbridge, y las medidas de seguridad de la ciudad no eran muy buenas, sobre todo desde la propagación de la peste. Sin embargo, la entrada sur de la población estaba cerrada a cal y canto. En el extremo del gran puente de Merthin que daba a la ciudad había una caseta de piedra cerrada con una imponente puerta de madera. Sin embargo, el río protegía la ciudad sólo por los lados del este y el sur. En el norte y en el oeste no hacía falta puente alguno, y la ciudad estaba protegida por una muralla muy deteriorada. Ésa era la razón por la que Ralph realizó la maniobra de aproximación por el norte.

Una serie de chozas miserables se amontonaban en los extramuros de la ciudad como perros en la trastienda de una carnicería. Alan había estudiado el recorrido hacía varios días, cuando los dos habían ido a Kingsbridge y habían preguntado por Tilly. En ese momento, Ralph y los hombres contratados seguían a Alan, caminando entre las casuchas con el mayor sigilo posible. Incluso los pobres de las afueras podían despertar la alarma si interrumpían su descanso nocturno. Un perro ladró y Ralph se puso en tensión, pero alguien insultó al animal y éste se calló. Pasado un rato llegaron a un lugar donde la muralla estaba derruida y pudieron escalar por las piedras caídas.

Salieron a un estrecho callejón que estaba detrás de los almacenes. Daba justo a la puerta norte de entrada a la ciudad. Allí, Ralph lo sabía, estaba la caseta del centinela. Los seis hombres se aproximaron con sigilo. Aunque ya se encontraban en el interior de la muralla, un centinela podría haberles interrogado al verlos y habría llamado pidiendo ayuda de no satisfacerle sus respuestas. Pero, para alivio de Ralph, el hombre estaba profundamente dormido, sentado en una banqueta y apoyado contra el costado de su garita, con un cabo de vela consumiéndose sobre una balda situada a su vera.

De todas formas, Ralph decidió no arriesgarse a que el hombre se despertara. Se acercó de puntillas, se introdujo en la caseta y degolló al centinela con su alargada daga. El hombre se despertó e intentó gritar de dolor, pero lo único que le salió de la boca fue sangre. Cuando se desplomó, Ralph lo agarró para que no cayera y lo sostuvo durante unos segundos hasta que el infeliz se quedó inconsciente. Luego lo dejó apoyado contra la pared de la garita.

Limpió la ensangrentada daga en la túnica del hombre muerto y envainó el arma.

La alta puerta de doble hoja que les cortaba el paso tenía una portezuela de menores dimensiones, de la altura de un hombre adulto. Ralph la abrió y la dejó lista para escapar por allí más adelante.

Los seis hombres caminaron en silencio por la calle que llevaba al priorato.

No había luna —ésa era la razón por la que Ralph había decidido actuar esa noche—, aunque la tenue luz de las estrellas los iluminaba. El señor de Tench miró con impaciencia hacia las ventanas del piso superior de las casas de ambos lados de la calle. Si los habitantes que permanecían despiertos se asomaban por casualidad al exterior, contemplarían sin duda la siniestra visión de seis hombres embozados. Por suerte, la noche no era lo bastante cálida como para dejar las ventanas abiertas, y los postigos estaban cerrados. De todas formas, Ralph se puso la capucha de la capa y se la bajó cuanto pudo, con la esperanza de ensombrecerse el rostro y ocultar el embozo; hizo una señal a los demás para que hicieran lo propio.

Ésa era la ciudad en la que había vivido toda su adolescencia, y las calles le resultaban conocidas. Su hermano, Merthin, todavía vivía allí, aunque Ralph no estaba seguro de dónde.

Pasaron por la calle principal y dejaron atrás la taberna Holly Bush, cerrada durante la noche y hacía ya horas. Llegaron al recinto de la catedral. En la entrada había altas puertas de madera, pero se mantenían abiertas; hacía años que no las cerraban y las bisagras estaban oxidadas e inservibles.

El priorato estaba completamente a oscuras salvo por una tenue luz encendida en una de las ventanas del hospital. Ralph calculó que sería el momento en que los monjes y las monjas estarían sumidos en un sueño más profundo. En el espacio de una hora se levantarían para asistir al oficio de maitines, que empezaba y finalizaba antes del amanecer.

Alan, quien había realizado una labor previa de reconocimiento del claustro, guió al grupo por el ala norte de la iglesia. Atravesaron con sigilo el camposanto y pasaron junto al palacio del prior, luego giraron por la angosta franja de terreno que separaba el ala este de la catedral de la orilla del río. Alan apoyó la escalera de mano que llevaba sobre la pared y susurró:

—El claustro de las monjas. Seguidme.

Ascendió por la pared y llegó hasta el tejado. Hizo algo de ruido al pisar el empizarrado. Por suerte no había usado el garfio de hierro, que habría producido un chacoloteo capaz de despertar la alarma de los que allí dormían.

Los demás lo siguieron, con Ralph a la cola.

Una vez dentro saltaron desde el tejado y aterrizaron sobre los mullidos montones de césped del cuadrángulo. En cuanto estuvieron todos abajo, Ralph observó con cautela las columnas de piedra del claustro que tenía a su alrededor. Los arcos parecían contemplarlo cual vigilantes, pero allí no se movía ni un alma. Era una suerte que no se permitiera a los religiosos tener animales de compañía.

Alan los condujo por un corredor oculto entre las sombras y a través de una pesada puerta.

—La cocina —susurró. La habitación estaba tenuemente iluminada por el fulgor que emitían las ascuas encendidas de una gran hoguera—. Avanzad con cuidado para no tirar ningún cazo.

Ralph se quedó esperando mientras intentaba adaptar su visión a la luz de la estancia. Pronto fue capaz de distinguir los contornos de una gran mesa, varios toneles y una pila de vasijas.

—Buscad algún sitio para sentaros o acostaros e intentad poneros cómodos —les aconsejó—. Vamos a quedarnos aquí hasta que se le levanten y vayan a la iglesia.

Una hora después, mirando a hurtadillas desde la puerta de la cocina, Ralph contó las monjas y novicias que salían del dormitorio arrastrando los pies y se dirigían hacia el claustro en dirección a la catedral; algunas portaban lámparas de aceite que proyectaban extrañas sombras en el techo abovedado.

—Veinticinco —le susurró a Alan.

Tal como había imaginado, Tilly no se encontraba entre ellas. No se esperaba que las damas de la nobleza que estaban de visita asistieran a los oficios divinos de la madrugada.

Cuando hubieron desaparecido, Ralph avanzó. Los otros se quedaron atrás.

Sólo había dos lugares donde Tilly podía estar durmiendo: el hospital y el dormitorio de las monjas. Ralph había imaginado que ella se sentiría más segura en el dormitorio y se dirigió hacia allí en primer lugar.

Subió con cuidado los escalones de piedra, con las calzas de fieltro que se había colocado sobre las botas para amortiguar el ruido. Echó un vistazo al dormitorio. Estaba iluminado por una única vela. Había esperado que todas las monjas estuvieran en la iglesia, porque no quería que nadie ajeno al asunto pudiera complicar las cosas. Le asustaba que hubieran podido quedarse una o dos religiosas allí, por cansancio u holgazanería. Pero la estancia estaba vacía, ni siquiera Tilly se encontraba allí. Estaba a punto de marcharse cuando vio una puerta abierta al fondo de la cámara.

Recorrió todo el dormitorio, recogió la vela y pasó por la puerta con sigilo. La inestable luz reveló la joven cabeza de su esposa sobre una almohada, con el pelo despeinado alrededor de la cara. Parecía tan inocente y hermosa que Ralph sintió una punzada de arrepentimiento y tuvo que recordarse lo mucho que la odiaba por interponerse en el camino de su ascensión a la nobleza.

El niño, su hijo Gerry, estaba acostado en una cunita a su lado, con los ojos cerrados y la boquita abierta, sumido en un plácido sueño.

Ralph se acercó más y, con un rápido movimiento, le tapó la boca a Tilly con una mano, la despertó y al mismo tiempo impidió que pudiera gritar.

Con los ojos desorbitados, Tilly se quedó mirándolo, espantada.

Su marido dejó la vela. Llevaba en el bolsillo una serie de útiles retales, incluyendo trapos de todas clases y cordeles de cuero. Le metió a Tilly un pedazo de tela en la boca para mantenerla callada. Pese al embozo y los guantes, tenía la impresión de que ella lo había reconocido, aunque no hubiera hablado. Quizá hubiera reconocido su olor, como una perra. Daba igual. No podría contárselo a nadie.

La ató de pies y manos con los cordeles de cuero. Ella había dejado de luchar, pero ya lo haría más adelante. Ralph comprobó que la había atado bien. Entonces se sentó a esperar.

Desde allí podía escuchar los cánticos de la iglesia: un sonoro coro de féminas y un par de voces varoniles sueltas intentando destacar entre ellas. Tilly seguía mirándolo con los ojos muy abiertos y gesto suplicante. Ralph le dio la vuelta para no verle la cara.

Ella ya había adivinado que iba a matarla. Le había leído el pensamiento. Tenía que ser una bruja. Quizá todas las mujeres eran brujas. En cualquier caso, había descubierto sus intenciones casi en el preciso instante en que se le ocurrieron. Había empezado a vigilarlo, sobre todo por las noches, siguiéndolo con su mirada temerosa por toda la estancia, sin importar qué estuviera haciendo. Ella permanecía en tensión y despierta a su lado hasta que él se dormía, y cuando se despertaba por las mañana, ella ya estaba siempre lista para empezar el día. Luego, después de un tiempo manteniendo esa misma actitud, se había dado a la fuga. Ralph y Alan la habían buscado sin éxito, luego le había llegado un rumor de que había solicitado refugio en el priorato de Kingsbridge.

Lo que vino como anillo al dedo para los planes de Ralph.

El niño se agitó mientras dormía, y su padre pensó que podía empezar a llorar. ¿Y si las monjas regresaban justo en ese momento? Lo pensó un rato. Seguramente volverían un par de ellas para ver si Tilly necesitaba ayuda. Decidió que las mataría. No sería la primera vez. Ya había matado monjas en Francia.

Al final oyó los pasos que se arrastraban de regreso al dormitorio.

Alan estaría vigilando desde la cocina, contándolas a medida que regresaban. Cuando estuvieran todas a salvo en el interior del dormitorio, Alan y los otros cuatro hombres desenvainarían sus espadas y entrarían en acción.

Ralph levantó a Tilly. La mujer tenía el rostro empapado de lágrimas. Él le dio la vuelta para que le diera la espalda, entonces la rodeó con un brazo por la cintura, la levantó y se la colocó sobre la cadera. Era ligera como una niña.

Sacó su alargada daga.

Oyó que un hombre decía fuera:

—¡Silencio o morirás! —Supo que era Alan, aunque el embozo le apagaba la voz.

Se trataba de un momento decisivo. Había otras personas en el recinto —monjas y pacientes del hospital, y monjes en sus aposentos—, y Ralph no quería que se presentaran y lo complicaran todo.

Pese a la advertencia de Alan, se oyeron varios gritos de espanto y chillidos de miedo, pero no demasiado altos. Hasta ese momento todo iba bien.

Ralph abrió la puerta de golpe y entró en el dormitorio, con Tilly apoyada en la cadera.

Vio la luz de las lámparas de aceite de las monjas. Al fondo de la habitación, Alan tenía atrapada a una mujer, amenazándola con un cuchillo en el cuello, en la misma postura que Ralph tenía a Tilly. Había otros dos hombres detrás de Alan. Los otros dos mercenarios estaban montando guardia al pie de la escalera.

—Escuchad —ordenó Ralph.

Cuando habló, Tilly empezó a removerse con fuerza. Había reconocido su voz, pero a él no le importaba mientras fuera la única en haberlo hecho.

Se hizo un silencio aterrador.

—¿Cuál de vosotras es la tesorera? —preguntó Ralph.

Nadie dijo nada.

Ralph apretó el filo de su daga contra la piel del cuello de Tilly. Ella empezó a luchar, pero era demasiado menuda, y él la retuvo con facilidad.

«Ahora —pensó—, ahora es el momento de matarla», pero titubeó. Había sesgado la vida de muchas personas, hombres y mujeres, pero de pronto le pareció terrible clavar el cuchillo en el cuerpo cálido que había besado y abrazado, con el que se había acostado, la mujer que había dado a luz a su hijo.

Además, conseguiría un resultado más efectivo entre las monjas si moría una de ellas.

Hizo un gesto de asentimiento a Alan.

Con un poderoso tajo, su secuaz le rajó el pescuezo a la monja que tenía agarrada. La sangre salió a borbotones del cuello de la víctima y ésta cayó al suelo.

Alguien gritó.

No fue un simple grito o chillido, sino un agudo alarido de puro terror que podría haber resucitado a los muertos, y prosiguió hasta que uno de los esbirros de Ralph golpeó a la mujer que chillaba en la cabeza y ésta cayó inconsciente al suelo, con un hilillo de sangre en la mejilla.

—¿Quién de vosotras es la tesorera? —volvió a preguntar Ralph.

Merthin se había despertado cuando tañó la campana llamando a maitines y Caris se levantó de la cama. Como siempre, él dio media vuelta y se quedó en un agradable duermevela, por lo que cuando ella regresaba le daba la sensación de que no habían pasado más que un par de minutos. Cuando regresó a la cama, ella estaba helada, y él la atrajo hacia sí y la envolvió con sus brazos. Solían quedarse despiertos durante un rato, hablando, y por lo general hacían el amor antes de volver a dormir. Era el momento favorito de Merthin.

Caris presionó su cuerpo contra el de su amante, sus senos se aplastaron delicadamente sobre el masculino torso. Él la besó en la frente. Cuando ella ya había entrado en calor, él metió una mano entre sus piernas y separó con delicadeza el vello púbico.

Pero ella tenía ganas de hablar.

—¿Oíste el rumor que corría ayer? Decían que había unos forajidos en el bosque del norte de la ciudad.

—Parece poco probable —comentó él.

—No sé. Las murallas están en bastante mal estado en ese lado.

—Pero ¿qué iban a robar? Pueden llevarse libremente cuanto quieran. Si quieren carne, hay miles de ovejas y cabezas de ganado sin vigilancia en los campos, y nadie los reclamaría.

—Por eso resulta extraño.

—En estos tiempos, robar es como asomarse por la valla del vecino para respirar su aire.

Ella lanzó un suspiro.

—Hace tres meses creí que esta terrible epidemia había terminado.

—¿Cuántas personas más hemos perdido?

—Hemos enterrado a un millar desde Pascua.

A Merthin le parecía un cálculo correcto.

—He oído que en otras ciudades se habla de la misma cifra.

Él notó que el cabello de Caris se movía sobre sus hombros al asentir en la oscuridad.

—Creo que ya ha desaparecido un cuarto de la población de Inglaterra —afirmó ella.

—Y más de la mitad de los sacerdotes.

—La razón es que entran en contacto con tantas personas cuando se celebra un oficio religioso que difícilmente pueden escapar al contagio.

—Por eso la mitad de las iglesias están cerradas.

—Y eso es bueno, en mi opinión. Estoy segura de que las multitudes propagan con mayor facilidad la enfermedad.

—De todas formas, hay demasiadas personas que han perdido el respeto a la religión.

Para Caris, eso no era una gran tragedia. Y añadió:

—Así puede que dejen de creer en la medicina de esos cantamañanas y empiecen a optar por los tratamientos que tienen un efecto real.

—Es cierto, pero para las personas comunes y corrientes resulta difícil distinguir entre un tratamiento efectivo y un falso remedio.

—Te enseñaré cuatro normas.

Merthin sonrió en la oscuridad. Caris siempre confeccionaba listas.

—Está bien.

—Primera: si existe una docena de remedios diferentes para una afección, puedes estar seguro de que ninguno de ellos funcionará.

—¿Por qué?

—Porque si uno funcionara, la gente se olvidaría de los demás.

—Lógico.

—Segunda: que un remedio sea repugnante no lo convierte en bueno. El cerebro podrido de alondra no sirve para el dolor de garganta, aunque te dé arcadas; mientras que una rica taza de agua caliente con miel puede aliviar el escozor.

—Es bueno saberlo.

—Tercera: las heces humanas o animales jamás serán buenas para nada. Por lo general empeoran las cosas.

—También es bueno saberlo.

—Cuarta: si el remedio parece una enfermedad, como las plumas manchadas de un tordo para las paperas, por ejemplo, u orina de oveja para la ictericia, seguramente se trata de un cuento.

—Deberías escribir un libro con esas normas.

Ella emitió un gruñido desdeñoso.

—En las universidades prefieren los textos de los antiguos griegos.

—No me refiero a un libro para estudiantes universitarios, sino a un libro para personas como tú: monjas, comadronas, barberos y sanadoras.

—Las sanadoras y las comadronas no saben leer.

—Algunas sí saben, además, podrían leérselo otras personas.

—Supongo que a la gente podría gustarles un librillo que les contara qué hacer contra la peste.

Se quedó pensativa durante unos minutos.

Se oyó un grito en el silencio.

—¿Qué ha sido eso? —preguntó Merthin.

—Parecía una musaraña atrapada por un búho —dijo ella.

—No, ha sido otra cosa —respondió él y se levantó.

Una de las monjas dio un paso adelante y se dirigió a Ralph. Era joven —casi todas lo eran—, con el pelo negro y los ojos azules.

—Por favor, no le hagáis daño a Tilly —suplicó—. Soy la hermana Joan, la tesorera. Os daremos lo que queráis. Por favor, no sigáis utilizando la violencia.

—Soy Tam Hiding —dijo Ralph—. ¿Dónde están las llaves del tesoro de las monjas?

—Las llevo en el cinto.

—Tráemelas.

Joan dudó por un instante. Tal vez se había dado cuenta de que Ralph no sabía dónde estaba el tesoro. En su misión de reconocimiento, Alan había estudiado el convento con bastante detenimiento antes de que lo descubrieran. Había planeado el lugar de entrada, había identificado la cocina como escondite perfecto y había localizado el dormitorio de las monjas; pero no había sido capaz de encontrar el tesoro. Estaba claro que Joan no quería revelar su emplazamiento.

Ralph no tenía tiempo que perder. No sabía quién podría haber oído el grito. Presionó el cuello de Tilly con la punta de su cuchillo hasta que la hizo sangrar.

—Quiero ir al tesoro —exigió.

—Está bien, pero ¡no le hagáis daño a Tilly! Os mostraré el camino.

—Así me gusta —dijo Ralph.

Dejó a dos de los mercenarios en el dormitorio para que mantuvieran a las monjas en silencio. Alan y él siguieron a Joan por la escalera que llevaba al claustro, sin soltar a Tilly.

Al pie de la escalera, los otros dos esbirros tenían retenidas con sus cuchillos a otras tres monjas. Ralph supuso que las que estaban de guardia en el hospital se habrían acercado a ver de dónde procedía el grito. Estaba encantado, una nueva amenaza neutralizada. Pero ¿dónde estaban los monjes?

Envió a aquellas monjas al dormitorio. Dejó a un mercenario de guardia al pie de la escalera y se llevó al otro consigo.

Joan los condujo hasta el refectorio, que estaba en la planta baja, justo debajo del dormitorio. La temblorosa luz de la lámpara de aceite dejó a la vista mesas sobre caballetes, bancos, un facistol y un mural de Jesucristo como invitado a un banquete de bodas.

Al fondo de la habitación, Joan desplazó una mesa y dejó a la vista una trampilla en el suelo. Tenía una cerradura como la de una puerta normal y corriente. Encajó la llave y levantó la trampilla. Daba a una estrecha escalera de caracol con escalones de piedra. Descendieron por ella. Ralph dejó al mercenario de guardia y bajó, sin soltar a Tilly, aunque incómodo, y con Alan a la zaga.

Ralph llegó al final de la escalera y miró a su alrededor con aire de satisfacción. Era el lugar más sagrado de todos: el tesoro secreto de las monjas. Era una estrecha cámara subterránea similar a una mazmorra, pero mejor construida: las paredes eran de lisas piedras cuadradas como las utilizadas para la catedral, y el suelo estaba pavimentado con losas muy juntas. La atmósfera era fresca y seca. Ralph soltó a Tilly, tirándola al suelo como si fuese una gallina.

Gran parte de la cámara estaba ocupada por una enorme caja con tapa, como el ataúd de un gigante, encadenada a una argolla de la pared. No había muchas más cosas: dos banquetas, un escritorio y una estantería con una pila de pergaminos que debían de ser los libros de cuentas de las monjas. En un gancho de la pared había colgadas dos gruesas capas de lana, y Ralph supuso que serían para la tesorera y su ayudante, para cuando trabajaban allí durante los meses más crudos del invierno.

La caja era demasiado voluminosa para que la hubieran bajado por la escalera. Debían de haberla llevado por partes y montado allí mismo. Ralph señaló la cerradura y Joan la abrió con otra de las llaves que llevaba en el cinto.

Ralph miró en el interior. Había más pergaminos, seguramente eran los cartularios y los títulos de propiedad del convento; una pila de sacas de cuero y lana que sin duda contenían los ornamentos engastados de piedras preciosas; y un cofre más pequeño que debía de contener dinero.

Llegado a ese punto, Ralph debía obrar con sutileza. Su objetivo eran los cartularios, pero no quería que resultara evidente. Debía robarlos, pero aparentar que no lo había hecho.

Ordenó a Joan que abriera el pequeño cofre. Contenía unas cuantas monedas de oro. Ralph se sorprendió al ver la poca cantidad que había. Tal vez tuvieran más dinero oculto en otro lugar de la cámara, seguramente tras las piedras de las paredes. No obstante, no se entretuvo en adivinarlo; sólo estaba fingiendo estar interesado en el dinero. Metió el dinero en el portamonedas que llevaba al cinto. Mientras tanto, Alan desenvolvió un enorme saco y empezó a llenarlo con los ornamentos de la catedral.

Tras haber permitido que Joan lo presenciara, Ralph le ordenó que volviera a subir la escalera.

Tilly seguía allí, contemplándolo todo con los ojos abiertos de par en par, aterrorizada, aunque no importaba lo que ella viera. No tendría oportunidad de contarlo.

Ralph desenrolló su saco y empezó a cargarlo con pergaminos todo lo deprisa que pudo.

Cuando lo tuvieron todo embolsado, Ralph le dijo a Alan que rompiera los cofres de madera con su martillo y su escoplo. Descolgó las capas del gancho, las enrolló y las prendió con la llama de su vela. La lana ardió de inmediato. Apiló la madera de los cofres sobre el tejido ardiente. Pronto se formó una viva hoguera y a Ralph se le metió el humo en la garganta.

Miró a Tilly, indefensa y tendida en el suelo. Desenvainó su daga, pero, una vez más, volvió a dudar.

Había una puertecilla en el palacio del prior que comunicaba con la sala capitular, que a su vez comunicaba con el transepto norte de la catedral. Merthin y Caris tomaron esa ruta en su búsqueda de la procedencia del grito. La sala capitular estaba vacía, así que entraron en la iglesia. La única vela que portaban daba una luz demasiado tenue para iluminar el espacioso interior, pero se quedaron en el centro del crucero y escucharon con atención.

Oyeron el ruido de un pestillo.

—¿Quién va? —preguntó Merthin y se avergonzó al oír que le temblaba la voz.

—El hermano Thomas —oyeron.

La voz provenía del transepto sur. Pasado un rato, Thomas llegó a la zona iluminada por su vela.

—Me ha parecido oír a alguien gritar —dijo.

—A nosotros también. Pero no hay nadie aquí en la iglesia.

—Echemos un vistazo.

—¿Y los novicios, los muchachos?

—Les he dicho que volvieran a la cama.

Pasaron por el transepto norte y entraron en el claustro de los monjes. Seguían sin oír ni ver nada. Desde allí, recorrieron un pasadizo que llevaba por las despensas hasta el hospital. Los pacientes yacían en sus camas con normalidad, algunos dormían y otros se agitaban y gemían de dolor, pero Merthin se dio cuenta de que no había monjas en la sala.

—Qué raro… —comentó Caris.

El grito debía de haber llegado desde allí, pero no había señal alguna de emergencia, ni de ninguna otra clase de problema.

Entraron a la cocina, que estaba vacía, como habían imaginado.

Thomas olisqueó el aire, como si intentara encontrar algún rastro.

—¿Qué ocurre? —Merthin se dio cuenta de que estaba susurrando.

—Los monjes son limpios —murmuró Thomas—. Alguien sucio ha estado aquí.

Merthin no captó ningún olor llamativo.

Thomas agarró un cuchillo, de los que usaban las cocineras para cortar huesos y piezas grandes de carne.

Atravesaron la puerta de la cocina. Thomas levantó el muñón del brazo izquierdo con gesto de advertencia y se detuvieron. Llegaba una tenue luz del claustro de las monjas. Parecía proceder de la entrada del fondo. Era el reflejo de la luz de una vela lejana, supuso Merthin. Podía provenir del refectorio de las monjas, o de la escalera de piedra que llevaba al dormitorio, o de ambos lugares.

Thomas se quitó las sandalias y siguió avanzando sin hacer ruido, con los pies descalzos sobre las losas. Se confundió entre las sombras del claustro. Merthin apenas lo divisaba cuando iba aproximándose a la entrada del fondo.

Un ligero aunque penetrante aroma le entró a Merthin por la nariz. No era el hedor a cuerpos sucios que Thomas había detectado en la cocina, sino un olor bastante distinto e inusual. Pasado un rato, Merthin se dio cuenta de que era humo.

Thomas debió de olerlo también, porque se quedó paralizado y apoyado contra la pared.

Un cuerpo invisible lanzó un gruñido de sorpresa, luego salió alguien por la entrada del fondo y apareció en el corredor del claustro. No se le distinguía muy bien, pero se le vislumbraba: la tenue luz reveló la silueta de un hombre con una especie de embozo que le tapaba la cabeza y la cara. El hombre se volvió hacia la puerta del refectorio.

Thomas atacó.

El cuchillo de carnicero destelló por un instante en la oscuridad, y luego se oyó un golpe seco cuando el arma blanca se clavó en el cuerpo del desconocido. La víctima lanzó un grito aterrorizado de dolor. Mientras se desplomaba, Thomas volvió a avanzar, el alarido del hombre se tornó en gemido y se acalló. El desconocido dio de bruces contra la piedra del pavimento con un golpe seco y mortal.

Junto a Merthin, Caris lanzó un grito ahogado de pavor.

Merthin salió corriendo.

—¿Qué ocurre? —preguntó, alarmado.

Thomas se volvió haciendo movimientos con el cuchillo para que retrocediera.

—¡Silencio! —susurró.

La intensidad de la luz varió en un abrir y cerrar de ojos. De pronto el claustro quedó iluminado con el intenso fulgor de una llama.

Alguien salió corriendo del refectorio con una pesada carga. Era un hombre corpulento con un saco en una mano y una antorcha ardiendo en la otra. Parecía un fantasma, hasta que Merthin se dio cuenta de que llevaba un tosco embozo con agujeros para los ojos y la boca.

Thomas se colocó delante del hombre a la fuga y levantó su cuchillo. Pero había llegado demasiado tarde: antes de que pudiera atacar, el intruso lo derribó al suelo de un empujón.

Thomas fue a dar contra una columna y se oyó un crujido como si se hubiera golpeado la cabeza contra la piedra. Cayó al suelo, inconsciente. El hombre a la fuga perdió el equilibro y cayó de rodillas.

Caris apartó a Merthin de un empujón y se arrodilló junto a Thomas.

Aparecieron varios hombres más, todos encapuchados, algunos portaban antorchas. A Merthin le dio la impresión de que algunos salían del refectorio y otros descendían por la escalera del dormitorio. Al mismo tiempo oyó gritos de mujeres. Durante un instante, la escena fue un verdadero caos.

Merthin acudió corriendo junto a Caris e intentó protegerla de la estampida con su cuerpo.

Los intrusos vieron a su compañero caído y todos se detuvieron un momento, sorprendidos por su inmovilidad. A la luz de sus antorchas se dieron cuenta de que había muerto; estaba prácticamente decapitado, y la sangre corría a borbotones sobre las piedras del suelo del claustro. Miraron a su alrededor, volviendo la cabeza a derecha e izquierda, intentando ver a través de los agujeros de sus embozos, como presas acorraladas.

Uno de ellos vio el cuchillo de Thomas, enrojecido por la sangre, tirado en el suelo junto a Caris y al monje caído, y lo señaló para que los demás lo vieran. Con un gruñido de ira desenvainó su espada.

Merthin sintió miedo por Caris. Avanzó un paso y atrajo la atención del atacante. El hombre avanzó hacia Merthin y levantó su arma. Merthin retrocedió y consiguió alejar al rufián de Caris. Cuando ella quedó fuera de peligro, Merthin temió más por su propia seguridad. Mientras iba retrocediendo, temblando de miedo, resbaló con la sangre del hombre muerto. Tropezó con el cuerpo inerte y cayó al suelo de espaldas.

Su atacante se colocó delante de él con la espada levantada, dispuesto a matarlo.

Entonces intervino uno de los demás hombres. Era el más alto de todos los intrusos, que avanzó con una rapidez sorprendente. Con la mano izquierda asió el brazo con el que el asaltante de Merthin sostenía la espada. Debía de ser el jefe, porque sin necesidad de decir nada, con un simple movimiento de cabeza, el hombre de la espada la envainó con obediencia.

Merthin se fijó en que su salvador llevaba una manopla en la mano izquierda, pero nada en la derecha.

La incursión fue un verdadero visto y no visto. Uno de los encapuchados se dirigió hacia la cocina, entró corriendo en ella y los demás lo siguieron. Merthin se dio cuenta de que debían de haber planeado huir por allí; en la cocina había una puerta que daba a la zona cubierta de césped de la catedral y era la salida más rápida. Desaparecieron y, sin el fulgor de sus antorchas, el claustro quedó sumido en la oscuridad.

Merthin se quedó quieto, sin saber muy bien qué hacer. ¿Debía salir corriendo tras los intrusos, subir al dormitorio y ver por qué estaban gritando las monjas, o descubrir dónde se había declarado el incendio?

Se arrodilló junto Caris.

—¿Thomas está vivo? —preguntó.

—Creo que se ha golpeado en la cabeza y está inconsciente, pero respira y no está sangrando.

A sus espaldas, Merthin oyó la voz de la hermana Joan.

—¡Ayuda, por favor!

Merthin se volvió. La joven estaba en la puerta del refectorio; la luz de la vela le iluminaba la cara de forma grotesca, tenía una aureola de humo alrededor de la cabeza, que parecía un moderno tocado.

—¡Por el amor de Dios, date prisa!

Se levantó. Joan volvió a desaparecer en el interior del refectorio, y Merthin salió corriendo tras ella.

La luz de la vela proyectaba sombras confusas, pero consiguió no tropezar con los muebles mientras la seguía hasta el fondo de la habitación. El humo penetraba por un agujero del suelo. Merthin se dio cuenta de inmediato de que el agujero era obra de un cuidadoso maestro constructor: era un cuadrado perfecto, con bordes definidos y una trampilla muy bien hecha. Supuso que era el tesoro oculto de las monjas, construido en secreto por Jeremiah. Pero esa noche, los ladrones lo habían descubierto.

Se le llenaron los pulmones de humo y empezó a toser. Se preguntó qué estaría ardiendo allí abajo, y por qué, aunque no tenía intención de averiguarlo; parecía demasiado peligroso.

Entonces Joan le gritó:

—¡Tilly está ahí abajo!

—¡Dios mío! —exclamó Merthin con desesperación y bajó la escalera.

Tuvo que contener la respiración. Intentó ver algo a través del humo y, pese al miedo que sentía, su ojo de constructor se apercibió de que la escalera de caracol estaba muy bien construida, con todos los escalones de la misma forma y tamaño, y cada tramo situado en el mismo ángulo que el siguiente; así que pudo bajar con confianza aunque no pudiera ver dónde pisaba.

En cuestión de segundos llegó a la cámara subterránea. Vio las llamas justo en el centro de la habitación. El calor era intenso, y supo que no sería capaz de soportarlo durante más de un par de minutos. El humo era denso. Seguía aguantando la respiración, pero empezaron a llorarle los ojos y la visión se le nubló. Se secó las lágrimas con la manga e intentó ver algo entre la bruma. ¿Dónde estaba Tilly? Era incapaz de ver el suelo.

Se puso de rodillas. La visibilidad mejoró un poco; el humo era menos denso allí abajo. Avanzó a gatas, mirando en los rincones de la cámara, palpando con las manos en los lugares que no veía.

—¡Tilly! —gritó—. Tilly, ¿dónde estás?

El humo se le metió en la garganta y sufrió un ataque de tos que le impedía oír cualquier posible respuesta que ella le hubiera dado.

No podría aguantar mucho más. Tosía de forma convulsiva; con cada inspiración parecía tragar más humo. Tenía los ojos muy llorosos y estaba casi ciego. A causa de la desesperación, se acercó tanto al fuego que las llamas le prendieron la manga. Si se desmayaba y se quedaba inconsciente, moriría allí casi con total seguridad.

Entonces tocó un cuerpo con la mano.

Lo palpó. Era la pierna de alguien, una pierna delgada, una pierna de muchacha. La atrajo hacia sí. La joven tenía las ropas chamuscadas. Apenas le veía la cara y no supo determinar si estaba consciente, pero se dio cuenta de que estaba atada de pies y manos con cordeles de cuero, así que no podía moverse con libertad. Haciendo un esfuerzo por dejar de toser, le metió los brazos por debajo del cuerpo y la levantó.

En cuanto se incorporó, el denso humo lo cegó del todo. De pronto no recordaba dónde se encontraba la escalera. Se alejó tambaleante de las llamas, chocó contra la pared y estuvo a punto de dejar caer a Tilly. ¿Izquierda o derecha? Se dirigió hacia la izquierda y se encontró en un rincón. Cambió de idea y redirigió sus pasos hacia otro lugar.

Tenía la sensación de estar ahogándose. Le fallaban las fuerzas y cayó arrodillado al suelo. Eso le salvó la vida: una vez más, descubrió que veía mejor cuanto más cerca del pavimento estaba, y entonces apareció un escalón de piedra, como una visión celestial, justo delante de él.

Sujetando con desesperación a la inconsciente Tilly, avanzó de rodillas y llegó a la escalera. Con un último esfuerzo logró ponerse en pie. Pisó el escalón más bajo y tomó impulso para subir, y así consiguió llegar al siguiente escalón. Tosiendo de forma descontrolada, se obligó a seguir ascendiendo hasta que no quedaron más escalones. Se tambaleó, cayó de rodillas, tiró a Tilly y se desplomó sobre el suelo del refectorio.

Alguien se inclinó sobre él. Merthin dijo farfullando:

—Cierra la trampilla… ¡Que no pase el fuego!

Un minuto después oyó el golpe de la portezuela de madera al cerrarse.

Lo agarraron por los brazos. Abrió los ojos un momento y vio el rostro de Caris al revés; entonces se le nubló la visión. La monja lo arrastró por el suelo. La capa de humo se hizo más fina y empezó a entrar el aire en sus pulmones. Notó el cambio al pasar del interior al exterior, y saboreó el aire limpio de la noche. Caris lo soltó y Merthin oyó cómo regresaba corriendo al interior.

Él resollaba, tosía, resollaba y volvía a toser. Poco a poco, volvió a respirar con normalidad. Los ojos habían dejado de llorarle y vio que empezaba a amanecer. La tenue luz le mostró una multitud de monjas arremolinadas en torno a él.

Se incorporó. Caris y otra monja sacaron a Tilly a rastras del refectorio y la colocaron a su lado. Caris se agachó sobre ella. Merthin intentó hablar, tosió y volvió a intentarlo.

—¿Cómo se encuentra?

—Le han dado una puñalada en el corazón —dijo Caris. Empezó a llorar—. Ya estaba muerta antes de que la encontraras.

72

Merthin abrió los ojos ante la insistente luz de la mañana. Por la inclinación de los rayos de sol que se colaban por la ventana de la alcoba dedujo que había dormido hasta tarde y que ya debía de ser mediodía. Los sucesos de la noche anterior acudieron a su mente como si de una pesadilla se tratara, y por unos instantes le reconfortó pensar que tal vez no habían ocurrido en realidad. Sin embargo, el pecho le dolía al respirar y le tiraba la piel quemada de la cara. El cruel asesinato de Tilly regresó a su memoria, y también el de la hermana Nellie, ambas jóvenes inocentes. ¿Cómo permitía Dios que ocurrieran esas cosas?

Al ver a Caris, quien estaba dejando una bandeja en la mesita que había junto al lecho, comprendió qué lo había despertado. Aunque la tenía de espaldas, le resultó fácil adivinar su enojo por la depresión de los hombros y la rigidez del cuello. No era de extrañar: la muerte de Tilly era un duro golpe, y la sacaba de quicio que hubieran violado un lugar sagrado como era un convento.

Merthin se levantó. Caris acercó dos bancos a la mesa y ambos tomaron asiento. Merthin la miró con afecto y se preguntó si habría dormido al descubrir signos de cansancio en sus ojos. Tenía una mancha de hollín en la mejilla, por lo que se chupó el pulgar y se la limpió con suavidad.

Caris le había llevado pan recién hecho, mantequilla fresca y una jarra de sidra. Merthin se descubrió famélico y sediento, y comió con apetito. Caris, reprimiendo su cólera, no probó bocado.

—¿Cómo se encuentra Thomas esta mañana? —preguntó Merthin con la boca llena de pan.

—Está descansando en el hospital. Le duele la cabeza, pero habla con coherencia y responde a lo que se le pregunta, por lo que es probable que no haya sufrido daños permanentes.

—Bien. Tendrá que indagarse el asunto de Tilly y Nellie.

—Le he enviado un mensaje al sheriff de Shiring.

—Seguramente le echarán la culpa a Tam Hiding.

—Tam Hiding está muerto.

Merthin asintió. Sabía lo que venía a continuación. El desayuno le había levantado el ánimo, pero enseguida volvió a sentirse abatido. Tragó y apartó la bandeja.

—Quienquiera que fuese el de anoche, deseaba ocultar su identidad, por eso mintió sin saber que hace tres meses que Tam murió en mi hospital —insistió Caris.

—¿Quién crees que puede haber sido?

—Alguien que conocemos, de ahí las máscaras.

—Tal vez.

—Los proscritos no llevan máscaras.

Tenía razón. Ya vivían al margen de la ley, por tanto no les importaba quién los reconociera o los crímenes que cometían; sin embargo, los intrusos de la noche anterior eran diferentes. Las máscaras daban a entender que se trataba de ciudadanos respetables temerosos de que los identificaran.

—Asesinaron a Nellie para que Joan abriera el tesoro, pero ya estaban dentro del tesoro cuando asesinaron a Tilly, por lo tanto no había necesidad de matarla —prosiguió Caris con lógica aplastante—. Querían que muriera por otra razón. Y no se contentaron con abandonarla para que se asfixiara con el humo y se quemara viva, sino que además la apuñalaron con saña. No sé por qué, pero querían estar seguros de que moriría.

—¿Qué crees que significa eso?

Caris prefirió eludir la respuesta.

—Tilly creía que Ralph quería asesinarla —contestó al fin.

—Lo sé.

—Uno de los hombres encapuchados iba a matarte —continuó Caris, aunque se le hizo un nudo en la garganta y tuvo que detenerse. Bebió un trago de la sidra de Merthin para reponerse y poder continuar—. Sin embargo, el cabecilla se lo impidió. ¿Por qué? Ya habían asesinado a una monja y a una noble, ¿a qué venían esos escrúpulos ante un mero albañil?

—Tú piensas que ha sido Ralph.

—¿Tú no?

—Sí. —Merthin lanzó un hondo suspiro—. ¿Viste su mitón?

—Me fijé en que llevaba guantes.

Merthin sacudió la cabeza.

—Sólo uno, en la izquierda. Y no tenía dedos: era un mitón.

—Para ocultar la amputación.

—No estoy seguro, y es evidente que no podemos demostrarlo, pero tengo la triste convicción de que así es.

—Vamos a comprobar los daños —propuso Caris, poniéndose en pie.

Se dirigieron al claustro del convento. Los novicios y los huérfanos estaban limpiando la cámara del tesoro: subían sacos de madera chamuscada y cenizas por la escalera de caracol. Lo que no había quedado completamente destruido se lo entregaban a la hermana Joan y los escombros los sacaban al estercolero.

Merthin vio que habían dispuesto los ornamentos de la catedral sobre una mesa del refectorio: candelabros, crucifijos y vasijas de oro y plata de delicado labrado, engastados en piedras preciosas.

—¿No se llevaron nada de esto? —preguntó, sorprendido.

—Sí, pero debieron de cambiar de opinión y lo tiraron en una acequia fuera de la ciudad. Los ha encontrado esta mañana un labriego que venía a vender huevos al mercado. Por suerte se trataba de un buen cristiano.

Merthin escogió un jarro para lavarse las manos, un aguamanil de oro en forma de gallo con las plumas del cuello delicadamente cinceladas.

—Es difícil vender algo así. En primer lugar, porque hay muy poca gente que pueda permitirse ese lujo, y en segundo lugar, porque la mayoría sospecharía que es un objeto robado.

—Los ladrones podrían haberlo fundido para vender el oro.

—Está claro que creyeron que era demasiado trabajo.

—Tal vez.

No estaba convencida. Ni Merthin tampoco, su explicación no acababa de satisfacerle. Era evidente que el robo había sido planeado hasta el último detalle, por tanto era ilógico que los ladrones no hubieran decidido de antemano qué hacer con los ornamentos, si llevárselos o dejarlos.

Caris y Merthin descendieron los escalones y entraron en la cámara. Merthin sintió que se le encogía el estómago al recordar los horrores de la noche anterior. Se toparon con más novicios, que estaban limpiando las paredes y el suelo con trapos y baldes.

Caris los envió fuera para que descansaran. Cuando Merthin y ella se quedaron solos, Caris cogió un trozo de madera de un estante y lo utilizó para hacer palanca en una de las losas del suelo. Merthin no se había fijado hasta ese momento en que la piedra no encajaba tan bien como casi todas las demás y que la bordeada un pequeño espacio. Bajo la piedra se ocultaba un amplio hueco que albergaba una caja de madera. Caris metió la mano en el agujero, la sacó y la abrió con una llave que llevaba colgando del cinturón. Estaba llena de monedas de oro.

—¡Se les pasó por alto! —exclamó Merthin, sorprendido.

—Existen tres escondites más —dijo Caris—. Otro en el suelo y dos en las paredes. No han dado con ninguno.

—Debieron de buscar con poco ánimo. Todo el mundo sabe que la mayoría de los tesoros contienen cámaras secretas.

—Sobre todo los ladrones.

—Entonces no venían por el dinero.

—Exacto —contestó Caris, cerrando el cofre y devolviéndolo al agujero.

—Si no querían los ornamentos y el dinero no les interesaba lo bastante para rebuscar a fondo las cámaras ocultas, ¿a qué vinieron?

—A matar a Tilly. El robo era una tapadera.

Merthin se quedó pensativo.

—No tenían ninguna necesidad de montar una farsa tan compleja —opinó al cabo de unos instantes—. Si lo único que querían era matar a Tilly, podrían haberlo hecho en el dormitorio y estar muy lejos de aquí cuando las monjas hubieran regresado del oficio de maitines. Con un poco de maña, por ejemplo, podrían haberla asfixiado con una almohada y nosotros ni siquiera habríamos sospechado un asesinato: todos habríamos creído que había muerto mientras dormía.

—Entonces, ¿cómo se explica el asalto? Prácticamente, al final no se llevaron nada, apenas unas monedas de oro.

Merthin miró a su alrededor.

—¿Dónde están los cartularios? —preguntó.

—Deben de haberse quemado. No importa, guardo copias de todo.

—El pergamino no arde bien.

—Nunca he intentado quemar uno.

—Se consume, se encoge y se arruga, pero no arde.

—Tal vez los hayan recuperado de entre los escombros.

—Vayamos a comprobarlo.

Volvieron a subir los escalones y salieron de la cámara.

—¿Has encontrado algún pergamino entre las cenizas? —le preguntó Caris a Joan cuando salieron al claustro.

—Nada de nada —contestó la monja, negando con la cabeza.

—¿Y si se te ha pasado por alto?

—Difícilmente, a menos que haya quedado reducido a cenizas.

—Merthin dice que no arde. —Se volvió hacia él—. ¿A quién pueden interesarle nuestros cartularios? Si a ellos no les sirve de nada...

Merthin siguió tirando del hilo que había empezado a deshilvanar para descubrir hasta dónde le conducía.

—Supongamos que existe un documento que tú tienes y que ellos quieren, o que creen que tú puedes tener.

—¿Como cuál?

Merthin frunció el ceño.

—Los documentos se redactan para que sean públicos; el objetivo de dejar algo por escrito es para que los demás puedan consultarlo en un futuro, por tanto, la existencia de un documento secreto es algo extraño...

En ese momento recordó algo.

Se llevó a Caris a pasear despreocupadamente por el claustro para alejarse de Joan hasta que estuvo convencido de que nadie podía oírles.

—¡Claro, claro que sabemos que existe un documento secreto! —le dijo entonces.

—La carta que Thomas enterró en el bosque.

—Sí.

—Pero ¿por qué iba a imaginar nadie que pudiera estar en el tesoro del convento?

—Bueno, pensemos. ¿Ha ocurrido algo últimamente que hubiera podido dar a entender algo así?

—¡Oh, por todos los santos! —exclamó Caris, turbada.

—¿Qué?

—¿Te acuerdas de que te conté que la reina Isabel nos había entregado Lynn Grange por haber acogido a Thomas en su momento?

—¿Has hablado con alguien más del asunto?

—Sí, con el administrador de Lynn. Thomas se enfadó mucho cuando se enteró y dijo que mi curiosidad acarrearía funestas consecuencias.

—Entonces alguien teme que la carta secreta de Thomas haya podido caer en tus manos.

—¿Ralph?

—No creo que Ralph sepa de la existencia de la carta. De todos nosotros, yo fui el único que vio cómo la enterraba Thomas, y estoy seguro de que él jamás ha sacado el tema a relucir. Ralph debe de estar actuando a las órdenes de alguien.

—¿La reina Isabel? —preguntó Caris, impresionada.

—O el mismo rey.

—¿Y el rey sería capaz de ordenarle a Ralph que invadiera un convento?

—No, personalmente no, habría utilizado un intermediario, alguien que le fuera leal, alguien ambicioso y sin escrúpulos. Conocí hombres de esa calaña en Florencia que no hacían más que revolotear por el palacio del gobernador. Son la escoria de la sociedad.

—Me pregunto quién será.

—Creo que es fácil de adivinar —contestó Merthin.

Gregory Longfellow se encontró con Ralph y Alan dos días después en Wigleigh, en la pequeña casa señorial de madera. Wigleigh era más discreto que Tench Hall, donde había demasiada gente atenta a los movimientos de Ralph: siervos, adeptos, sus padres... En cambio en Wigleigh, los labriegos estaban demasiado ocupados en sus agotadores quehaceres como para interesarse por el contenido del saco que arrastraba Alan.

—Por lo que veo todo ha salido según lo planeado —comentó Gregory.

Las nuevas acerca del asalto al convento no habían tardado en propagarse por todo el condado.

946

—No hemos tenido muchos problemas —aseguró Ralph.

Se sintió un poco decepcionado ante la parca reacción de Gregory. Después de todas las molestias que se había tomado para hacerse con los documentos, el abogado podría haber demostrado un poco más de entusiasmo.

—Supongo que el sheriff habrá anunciado que hará indagaciones —dijo Gregory con gesto adusto.

—Le echarán la culpa a los proscritos.

—¿No os reconocieron?

—Llevábamos capuchas.

—No sabía que tu esposa estuviera en el convento —comentó Gregory, mirándolo de una manera extraña.

—Una grata coincidencia —contestó Ralph—. Eso me ha permitido sacar provecho de la situación.

El brillo indescifrable en la mirada de Gregory se acentuó. ¿Qué estaría pensando el abogado? ¿Acaso iba a fingir que lo escandalizaba que Ralph hubiera matado a su mujer? En el caso de que así fuese, Ralph estaría presto en señalarle que, como instigador, era cómplice de todo lo que había ocurrido en el convento. No tenía derecho a juzgarlo. Ralph esperaba que Gregory hablara.

—Echémosle un vistazo a esos cartularios —fue lo único que dijo Gregory al cabo de una larga pausa.

Enviaron a Vira, el ama de llaves, a un encargo que la mantendría ocupada un buen rato, y Ralph le pidió a Alan que se apostara junto a la puerta para despachar a las visitas inoportunas. A continuación, Gregory vació el saco encima de la mesa, se puso cómodo y empezó a examinar los documentos uno a uno. Algunos estaban enrollados y atados con una tira, otros estaban doblados y había unos pocos cosidos como en un cuadernillo. Abrió uno, leyó unas cuantas líneas bajo la deslumbrante luz que se colaba por las ventanas y devolvió el documento al saco antes de escoger uno nuevo.

Ralph no sabía qué buscaba, pues lo único que Gregory le había dicho era que esa cédula podía comprometer al rey. Sin embargo, no llegaba a imaginar qué tipo de documento podía tener Caris que pudiera poner al rey en un aprieto.

Le aburría ver leer a Gregory, pero no pensaba irse. Le había entregado lo que le había pedido y se iba a quedar allí sentado hasta que le asegurara que cumpliría con su mitad del acuerdo.

Con suma paciencia, el alto abogado repasó concienzudamente documento tras documento. Uno en especial llamó su atención, pero tras leerlo de cabo a rabo, acabó en el saco con los demás. Ralph y Alan habían pasado prácticamente la semana entera en Bristol, y aunque era bastante improbable que les pidieran razón de sus andanzas, de todas formas habían tomado precauciones. Habían salido de jarana todas las noches salvo la de la incursión en Kingsbridge. Era probable que sus compadres recordasen las rondas gratuitas, pero no que una de las noches Ralph y Alan se habían ausentado. Además, en el caso de que así fuese, seguro que no sabrían si se había tratado del cuarto miércoles después de Pascua o un jueves a dos semanas del día de Pentecostés.

Al cabo de un rato la mesa quedó despejada y el saco lleno de nuevo.

—¿No has encontrado lo que buscabas? —preguntó Ralph.

—¿Lo has traído todo? —inquirió Gregory, obviando la pregunta de Ralph.

—Todo.

—Bien.

—Entonces, ¿no lo has encontrado?

—El documento en cuestión no se encuentra en el saco —contestó Gregory, escogiendo las palabras con cuidado—. Sin embargo, he dado con una escritura que podría explicar por qué este… tema ha suscitado tanto interés en los últimos meses.

—Por tanto, estás satisfecho —insistió Ralph.

—Sí.

—Y el rey no tiene de qué preocuparse.

—A ti no te incumben las preocupaciones del rey —le espetó Gregory, perdiendo la paciencia—. De eso ya me ocuparé yo.

—Por consiguiente, obtendré mi gratificación sin más dilación.

—Por descontado —aseguró Gregory—. Serás el conde de Shiring para la cosecha.

Ralph se sintió hondamente satisfecho. Por fin sería conde de Shiring. Se había ganado a pulso el premio que siempre había anhelado, y su padre todavía vivía para verlo.

—Gracias.

—Yo que tú iría a cortejar a lady Philippa —le recomendó Gregory.

—¿Cortejarla? —repitió Ralph, atónito.

Gregory se encogió de hombros.

—En realidad no le queda otra elección, pero de todos modos deben observarse las formalidades. Dile que el rey te ha concedido permiso para pedir su mano en matrimonio y que sólo deseas que algún día llegue a amarte como tú la amas a ella.

—Ah, de acuerdo.

—Agasájala con un presente.

73

La mañana del entierro de Tilly, Caris y Merthin se encontraron al amanecer en el tejado de la catedral.

El tejado era un mundo aparte. El cálculo de la superficie de tejas era el ejercicio de geometría habitual en las clases de matemáticas avanzadas de la escuela del priorato. Los peones subían a él constantemente para llevar a cabo el mantenimiento o realizar reparaciones, por lo que una red de pasillos y escaleras de mano comunicaba pendientes y caballetes, esquinas y quiebros, torrecillas y pináculos, canalones y gárgolas. Todavía no habían reconstruido la torre del crucero, pero la vista desde lo alto de la fachada occidental era imponente.

El priorato ya bullía de actividad: iba a ser un funeral por todo lo alto. Tilly se había convertido en la víctima de un crimen ultrajante, una noble asesinada en un convento, y mucha gente que jamás había cruzado ni media palabra con ella la lloraría. Caris habría deseado poder disuadir a los dolientes por miedo a que la peste se extendiera, pero no estaba en sus manos.

El obispo ya había llegado y había tomado aposento en la mejor alcoba del palacio del prior, razón por la cual Caris y Merthin habían pasado la noche separados, ella en el dormitorio de las monjas y Lolla y él en la posada Holly Bush. El afligido viudo, Ralph, se alojaba en una alcoba privada del primer piso del hospital mientras las monjas se hacían cargo de su hijo, Gerry. Lady Philippa y su hija, Odila, las únicas parientes supervivientes de la joven fallecida, también se hospedaban en el hospital.

Ni Merthin ni Caris habían hablado con Ralph desde su llegada a Kingsbridge el día anterior. ¿Qué iban a hacer? El asesinato de Tilly quedaría impune porque no podían demostrar nada; sin embargo, sabían la verdad, aunque hasta el momento no le hubieran confesado a nadie sus sospechas, pues con ello tampoco llegarían a ningún puerto. Tendrían que fingir cierta normalidad ante Ralph durante las exequias, y no iba a resultarles sencillo.

Mientras las personalidades que asistirían al sepelio dormían, las monjas y los subalternos del priorato se afanaban en los preparativos del banquete funerario. El horno, donde ya estaba cociéndose un regimiento de largas hogazas de pan de trigo de cuatro libras, echaba humo. Dos hombres empujaban una nueva cuba de vino hasta la casa del prior y varias novicias estaban colocando bancos y una mesa de caballetes en el prado para los dolientes de la plebe.

A medida que el sol asomaba sobre el río y cubría los tejados de Kingsbridge con su luz sesgada y ambarina, Caris fue repasando las huellas que nueve meses de peste habían dejado en la ciudad. Desde aquella altura distinguía con claridad los huecos que había entre las hileras de casas, como si se trataran de dientes arrancados. No había día que no se desmoronara una vivienda de madera, ya fuera a causa de un incendio, por los daños provocados por la lluvia, por su defectuosa construcción o de puro vieja. La diferencia estribaba en que en aquellos momentos ya nadie se molestaba en volver a levantarla. Si la casa caía, sólo había que mudarse a uno de los hogares vacíos de la misma calle. La única persona que construía en esos días era Merthin, considerado por todos un excéntrico optimista que no sabía qué hacer con su dinero.

Al otro lado del río, los enterradores ya estaban cavando el nuevo cementerio recién consagrado, pues la peste no daba señales de querer remitir. ¿Adónde irían a parar? ¿Las casas seguirían cayéndose una tras otra hasta que ya no quedara ni una en pie y la ciudad se convirtiera en un páramo de tejas rotas y madera carbonizada con una catedral abandonada en medio y un camposanto de cuarenta hectáreas a un lado?

—No voy a permitirlo —dijo.

—¿El funeral? —preguntó Merthin extrañado, sin saber de qué estaba hablando.

—Todo —contestó Caris, abarcando con un gesto la ciudad y el mundo que se extendía más allá de ésta—. Borrachos que se mutilan entre ellos, padres que abandonan a sus hijos enfermos a las puertas de mi hospital, hombres que hacen cola para fornicar con una mujer borracha sobre una mesa a las puertas de la taberna, el ganado que se muere en los pastos, penitentes medio desnudos que se azotan para recoger los peniques que les lanzan los transeúntes y, por descontado, el brutal asesinato de una joven madre en mi convento. Me importa bien poco si vamos a morir todos de la peste. Mientras estemos vivos, no voy a permitir que nuestro mundo se venga abajo.

—¿Qué vas a hacer?

Le sonrió agradecida. Casi todo el mundo le habría dicho que no podía hacer nada para cambiar las cosas, en cambio él siempre creía en ella. Caris miró los rostros de los ángeles de piedra esculpidos en un pináculo, desdibujados tras siglos de viento y lluvia, y pensó en el espíritu que había inspirado a los constructores de la catedral.

—Vamos a restablecer el orden y la cordura. Vamos a obligar a la gente de Kingsbridge a volver a la normalidad, tanto si les gusta como si no. A pesar de la peste, vamos a reconstruir la ciudad y a devolverle la vida.

—Muy bien.

—Es el momento idóneo para hacerlo.

—Porque todo el mundo está indignado por lo de Tilly.

—Y porque les angustia pensar que unos hombres armados puedan entrar en la ciudad de noche y asesinar a quien les plazca. Creen que nadie está a salvo.

—¿Qué vas a hacer?

—Voy a decirles que no puede volver a suceder.

—¡Esto no puede volver a suceder! —gritó.

Su voz resonó por todo el cementerio y los ancianos y grises muros de la catedral la devolvieron en un eco.

Las mujeres no podían hablar durante el oficio dentro de la iglesia, pero la ceremonia en el camposanto era un terreno poco definido, un momento solemne que se oficiaba fuera del recinto, una ocasión que los legos, como los familiares del difunto, aprovechaban a veces para decir unas palabras o rezar en voz alta.

Así y todo, Caris se arriesgó. Oficiaba el obispo Henri, asistido por el arcediano Lloyd y el canónigo Claude. Lloyd había sido secretario diocesano durante décadas y Claude había servido con Henri en Francia. En compañía clerical tan distinguida, era toda una audacia que una monja hiciera una alocución tan imprevista.

Sin embargo, Caris jamás había tenido demasiado en cuenta ese tipo de consideraciones.

Se pronunció en cuanto empezaron a bajar el pequeño ataúd a la tumba. Varios asistentes al entierro se habían echado a llorar. En total habría allí reunidas unas quinientas personas, pero todas se callaron al oír su voz.

—Hombres armados han entrado de noche en nuestra ciudad y han asesinado a una joven mujer en el convento… Y yo no voy a tolerarlo —dijo, y un rumor de aprobación recorrió el cementerio. Alzó la voz—. ¡El priorato no va a tolerarlo, el obispo no va a tolerarlo y los hombres y las mujeres de Kingsbridge no van a tolerarlo! —Las muestras de apoyo fueron más elocuentes y se oyeron varios «¡No!» y «¡Amén!»—. Por ahí se dice que el Señor nos ha enviado la peste. Pues yo digo que cuando el Señor nos envía la lluvia, nos refugiamos; cuando el Señor nos envía el invierno, encendemos un fuego y cuando el Señor nos envía malas hierbas, las arrancamos de raíz. ¡Por eso debemos defendernos!

Caris miró de reojo al obispo Henri, quien parecía desconcertado.

Nadie le había avisado de que iba a producirse esa intervención, aunque, de haberle solicitado su permiso, se habría negado. Con todo, el hombre sabía que Caris tenía a la gente de su parte, por lo que no se atrevió a intervenir.

—¿Qué podemos hacer?

Caris miró a su alrededor. Todas las miradas estaban fijas en ella, esperando ansiosas a que les dijera lo que tenían que hacer, pues lo ignoraban y querían que fuera ella quien les ofreciera una solución. Acogerían de buen grado cualquier cosa que les propusiera en esos momentos si con ello podían seguir aferrándose a una esperanza.

—¡Debemos reconstruir la muralla de la ciudad! —dijo, quedando su voz ahogada por las exclamaciones de aprobación—. Una nueva muralla más alta, más sólida y más larga que la vieja y desmoronada. —Cruzó una mirada con Ralph—. ¡Una muralla que nos proteja de los asesinos!

—¡Sí! —aullaron los asistentes.

Ralph desvió la mirada.

—Y debemos elegir un nuevo alguacil y una milicia de ayudantes y centinelas que hagan cumplir la ley y el orden público.

—¡Sí!

—Esta noche se celebrará una reunión en la sede del gremio donde se concretarán los detalles, y el próximo domingo se anunciarán en la iglesia las decisiones acordadas. Gracias y que Dios os bendiga.

El obispo Henri presidía la mesa del banquete funerario que se celebraba en el amplio comedor del palacio del prior. A su derecha se sentaba lady Philippa, la condesa viuda de Shiring, y, al lado de ésta, el doliente principal, el viudo de Tilly, sir Ralph Fitzgerald.

Ralph estaba encantado junto a Philippa, así podía contemplar sus pechos mientras ella se concentraba en su comida. Cada vez que la condesa se inclinaba hacia delante, él echaba una mirada furtiva al escote cuadrado de su ligero vestido de verano. Aunque Philippa no lo supiera, no quedaba muy lejos el día en que él podría ordenarle que se quitara la ropa y se quedara desnuda delante de él para poder regodearse con la visión de aquellos magníficos pechos.

Ralph reparó en que la comida que había servido Caris era abundante, aunque sin ostentaciones. No había cisnes dorados ni torres de azúcar, pero sí gran cantidad de carne asada, pescado hervido, pan fresco, judías y bayas. Le sirvió a Philippa un poco de sopa de picadillo de pollo con leche de almendras.

—Es una terrible tragedia —le dijo Philippa con gravedad—. Mi más sentido pésame.

La gente se había mostrado tan compungida en sus condolencias que había momentos en que Ralph se había considerado la desconsolada víctima de un desgraciado infortunio, olvidando que había sido él quien había hundido el cuchillo en el joven corazón de Tilly.

—Gracias —respondió él, con la misma circunspección—. Tilly era muy joven, pero los soldados estamos acostumbrados a las muertes violentas. No bien un hombre te ha salvado la vida y te ha jurado amistad y lealtad eterna, cuando al día siguiente una saeta de ballesta le atraviesa el corazón y acabas olvidándolo.

Philippa le dirigió una mirada extraña que le recordó mucho a la de sir Gregory. Lo miraba con una mezcla de curiosidad y desagrado, y Ralph se preguntó qué sería lo que provocaba esa reacción en su actitud acerca de la muerte de Tilly.

—Creo que tienes un niño pequeño —comentó lady Philippa.

—Gerry. Las monjas cuidan de él, pero mañana me lo llevaré a casa, a Tench Hall. Ya le he encontrado un ama de cría. —En ese momento creyó ver la ocasión de lanzarle una indirecta—. Claro que necesita a alguien que lo cuide como una madre.

—Sí.

—Aunque vos ya sabéis qué es perder a un esposo —dijo Ralph, recordando la propia tragedia de Philippa.

—Puedo sentirme afortunada de haber compartido veintiún años con mi amado William.

—Debéis de sentiros muy sola.

Tal vez no fuera el momento más adecuado para hacerle la proposición, pero de todos modos decidió desviar la conversación hacia el tema.

—Desde luego. He perdido a mis tres hombres, a William y dos hijos. El castillo se me antoja vacío.

—Quizá no por mucho tiempo.

Philippa lo fulminó con la mirada, como si no diera crédito a lo que acababa de oír, y Ralph comprendió que había dicho una grosería. Lady Philippa le dio la espalda y entabló conversación con el obispo Henri, a quien tenía al otro lado.

Ralph se volvió a su vez hacia Odila, la hija de Philippa, sentada a su derecha.

—¿Quieres un poco de empanada? —le preguntó—. Es de pavo y liebre. —La muchacha asintió con la cabeza y él le cortó un trozo—. ¿Qué edad tienes?

—Este año cumpliré los quince.

Era alta y ya poseía la figura de su madre: pecho generoso y caderas anchas y femeninas.

—Pareces mayor —comentó Ralph, mirándole el escote.

Lo había dicho a modo de cumplido, ya que por lo general los jóvenes deseaban aparentar más edad, pero ella se había sonrojado y había apartado la vista.

Ralph miró su gruesa rebanada de pan y pinchó un pedazo de cerdo guisado con jengibre. Se lo comió con aire taciturno. No era muy ducho en lo que Gregory daba en llamar el arte del cortejo.

Caris estaba sentada entre el obispo Henri y Merthin, quien asistía al banquete en calidad de mayordomo del gremio. Al lado de Merthin se hallaba sir Gregory Longfellow, quien todavía no había abandonado la comarca después de tres meses, desde que había acudido al funeral del conde William. Caris tenía que reprimir su repulsión a compartir mesa con un asesino como Ralph y el hombre que casi con toda certeza lo había instigado a cometer sus crímenes; sin embargo, tenía otros asuntos más importantes de los que ocuparse durante el banquete. La reconstrucción de las murallas sólo era la primera parte de su plan para hacer resucitar a la ciudad. Para la segunda necesitaba el apoyo del obispo Henri.

Sirvió un vaso de vino rosado gascón al obispo y el hombre lo apuró de un trago.

—Magnífico discurso —la felicitó, después de limpiarse la boca.

—Gracias —contestó Caris, percibiendo la reprobación irónica que se soterraba bajo el cumplido—. La vida de la ciudad está degenerando en desorden y libertinaje y, si queremos enmendarlo, debemos inspirar a nuestros ciudadanos. Estoy segura de que estaréis de acuerdo conmigo.

—Es un poco tarde para pedirme mi aprobación. Sin embargo, así es.

Henri era un hombre pragmático que no perdía el tiempo tratando de ganar batallas perdidas, algo con lo que Caris contaba. La mujer se sirvió un poco de garza asada con pimiento y clavo, pero no probó bocado; tenía muchas cosas de las que hablar.

—Mi plan va mucho más allá de las murallas y las fuerzas del orden.

—Así lo suponía.

—Creo que deberíais tener la catedral más alta de Inglaterra como obispo de Kingsbridge que sois.

—Eso sí que no me lo esperaba —confesó Henri, enarcando las cejas.

—Hace doscientos años éste era uno de los prioratos más importantes de Inglaterra, y así debería de volver a ser. Una nueva torre simbolizaría el resurgimiento… y vuestra preeminencia entre los obispos.

Henri sonrió con sarcasmo, aunque no pudo ocultar su complacencia. Sabía que lo estaban adulando y le gustaba.

—La torre también prestaría un servicio a la ciudad. Al ser visible desde lejos, ayudaría a los peregrinos y a los comerciantes a encontrar el camino hasta aquí —insistió Caris.

—¿Cómo se pagaría?

—El priorato es próspero.

—El prior Godwyn se quejaba de problemas económicos —repuso, sorprendido.

—Era una nulidad como administrador.

—Lo tenía por alguien bastante competente.

—Vos y mucha gente, pero siempre tomaba las decisiones equivocadas. No bien acababa de ocupar el cargo cuando se negó a reparar el batán, lo que le habría reportado grandes beneficios, pero prefirió invertir el dinero en este palacio, que nada le rentaba.

—¿Y en qué medida han cambiado las cosas?

—He despedido a la mayoría de los administradores y los he sustituido por hombres más jóvenes dispuestos a introducir cambios. He recalificado casi la mitad de las tierras en pastos, más sencillas de administrar en estos tiempos en que tan cortos vamos de labriegos. El resto de las tierras las he arrendado por un pago al contado sin las obligaciones de costumbre. Y todos nos hemos beneficiado de los impuestos de sucesión y de los legados de las personas que han muerto a causa de la peste sin dejar herederos. En estos momentos, el monasterio es tan rico como el convento.

—Entonces, ¿todos los labriegos están en régimen de tenencia libre?

—La mayoría de ellos. En vez de trabajar un día a la semana en las tierras del priorato, acarrear el heno de su señor, recoger las ovejas en los rediles del señorío y todo ese tipo de complicados y obligados servicios, se limitan a pagar una cantidad a cambio. Ellos lo prefieren así y cierto es que nos simplifica la vida.

—Muchos señores, sobre todo los abades, se resisten a ese tipo de arriendo. Dicen que echa a perder al campesinado.

Caris se encogió de hombros.

—¿Qué hemos perdido? La potestad de imponer variaciones arbitrarias para favorecer a unos siervos y perseguir a otros con el objetivo de que sigan siempre sometidos a nuestra voluntad. No es labor de los monjes ni de las hermanas tiranizar a los campesinos. Ellos saben qué cultivos han de plantarse y qué pueden vender en el mercado. Trabajan mejor si se les deja en paz.

—Entonces crees que el priorato podría pagar la nueva torre —dijo el obispo, no demasiado convencido.

Caris supuso que el hombre estaba esperando que le pidiera dinero.

—Sí, con la ayuda de los comerciantes de la ciudad. Y ahí es donde vos podéis ayudarnos.

—Ya sabía yo que llegaríamos a esto tarde o temprano.

—No os pido dinero, lo que yo os pido vale mucho más que el dinero.

—Me tienes intrigado.

—Quiero solicitar al rey un fuero municipal.

Caris sintió que le empezaban a temblar las manos. Se retrotrajo a la batalla que había tenido que librar con Godwyn diez años atrás y en la que acabó siendo acusada de brujería. El motivo de sus desavenencias de entonces había sido el fuero municipal, y casi había perdido la vida en el intento. Las circunstancias en esos momentos eran completamente distintas, pero no por ello el fuero era menos importante. Soltó el cuchillo y unió las manos en el regazo para controlar el temblor.

—Ya veo —dijo Henri, sin comprometerse a nada.

Caris tragó saliva y continuó:

—Es imprescindible para resucitar el comercio de la ciudad. Kingsbridge se ha visto lastrada por el peso muerto del gobierno del priorato durante mucho tiempo. Los priores son cautelosos y conservadores, y se niegan por principio a cualquier cambio o innovación. Los comerciantes viven del cambio, siempre están buscando nuevas formas de hacer dinero, al menos los competentes. Si queremos que los hombres de Kingsbridge ayuden a financiar la nueva torre, debemos concederles la libertad que necesitan para prosperar.

—Un fuero municipal.

—La ciudad tendría su propio tribunal, establecería sus propias regulaciones y estaría dirigida por una hermandad como es debido en vez de la cofradía que tenemos ahora, que en realidad no tiene poder alguno.

—¿Y el rey lo concederá?

—A los reyes les gustan los burgos porque les reportan impuestos. Sin embargo, el prior de Kingsbridge siempre se ha opuesto a que tuviéramos un fuero.

—Crees que los priores son demasiado conservadores.

—Timoratos.

—Bueno, de timorata no es algo de lo que se te pueda acusar —dijo el obispo, soltando una risotada.

—Creo que un fuero es imprescindible si queremos construir la nueva torre —insistió Caris.

—Sí, así es.

—Entonces, ¿estáis de acuerdo?

—¿Con la torre o con el fuero?

—Son todo uno.

Henri parecía complacido.

—¿Estás haciendo un trato conmigo, madre Caris?

—Si estáis dispuesto a aceptarlo.

—De acuerdo. Tú construyeme una torre y yo te conseguiré el fuero.

—No, tiene que ser al revés: primero necesitamos el fuero.

—Entonces no me queda más remedio que confiar en ti.

—¿Supone eso un obstáculo?

—Para ser sinceros, no.

—Bien, entonces hemos llegado a un acuerdo.

—Así es.

Caris se inclinó hacia delante y se dirigió al invitado sentado al lado de Merthin.

—¿Sir Gregory?

—¿Sí, madre Caris?

—¿Habéis probado este conejo en salsa dulce? —le preguntó, obligándose a mostrarse cortés—. Os lo recomiendo.

—Gracias —contestó Gregory, aceptando la escudilla y sirviéndose.

—Supongo que recordáis que Kinsgbridge no es un burgo —prosiguió Caris.

—Así es.

Gregory había utilizado ese argumento hacía más de diez años para derrotar a Caris ante el tribunal del rey en la disputa sobre el batán.

—El obispo opina que ha llegado el momento de solicitar un fuero al rey.

—Creo que el rey consideraría de manera favorable una solicitud de esas características... Sobre todo si se le presentara del modo adecuado —contestó Gregory, asintiendo con la cabeza.

—¿Y seríais tan amable de aconsejarnos? —preguntó Caris, rezando por que su rostro no traicionara el desprecio que sentía por aquel hombre.

—¿Qué os parece si discutimos más tarde este asunto con detenimiento?

Evidentemente Gregory pediría un soborno a cambio, aunque él lo llamaría honorarios.

—Por descontado —contestó Caris, reprimiendo un escalofrío.

Los criados empezaron a retirar la comida. Caris miró su rebanada de pan. No había probado bocado.

—Nuestras familias están emparentadas —le comentó Ralph a lady Philippa—. No es un parentesco cercano, claro —se apresuró a añadir—, pero mi padre es descendiente del conde de Shiring, que era hijo de lady Aliena y Jack Builder. —Miró al otro lado de la mesa, a su hermano Merthin, el mayordomo—. Creo que yo heredé la sangre de los condes y mi hermano la de los albañiles. —La miró a la cara para ver su reacción. No parecía impresionada—. Me crié en el hogar de vuestro difunto suegro, el conde Roland —continuó.

—Te recuerdo de cuando eras escudero.

—He servido en el ejército del rey en Francia, a las órdenes del conde, y le salvé la vida al príncipe de Gales en la batalla de Crécy.

—Cuánto me alegro por ti —contestó ella con educación.

Ralph estaba intentando que Philippa lo considerase como a un igual para que le resultara más natural la petición de matrimonio. Sin embargo, tenía la impresión de que no estaba consiguiéndolo. Lady Philippa parecía aburrida y un poco confundida por los derroteros que estaba tomando la conversación. Habían servido el postre: fresas azucaradas, obleas con miel, dátiles, pasas y vino especiado. Ralph apuró un vaso y se sirvió más, con la esperanza de que el vino le ayudase a serenarse delante de Philippa. No entendía por qué le resultaba tan difícil hablar con ella. ¿Acaso sería porque se encontraba en el funeral de su propia esposa? ¿O porque Philippa era una condesa? ¿O acaso llevaba tantos años enamorado de ella que no podía creer que por fin fuera a ser su mujer?

—Cuando partáis, ¿regresaréis a Earlscastle? —le preguntó.

—Sí, saldremos mañana.

—¿Os quedaréis mucho tiempo allí?

—¿A qué otro sitio quieres que vaya? —Philippa frunció el ceño—. ¿Por qué lo preguntas?

—Si me lo permitís, iré a haceros una visita.

—¿Con qué fin? —preguntó con voz gélida.

—Me gustaría comentar con vos un asunto que no sería apropiado sacar a relucir aquí y ahora.

—¿Se puede saber a qué te refieres?

—Iré a veros dentro de unos días.

Philippa empezó a preocuparse.

—¿Qué puedes tener que decirme? —preguntó, en voz alta y agitada.

—Como ya os he dicho, no sería apropiado hablar de ello hoy.

—¿Porque nos encontramos en el funeral de tu esposa? —Philippa palideció al ver que Ralph asentía con la cabeza—. Oh, Dios mío, no estarás sugiriendo...

—Ya os lo he dicho, no quiero discutir este tema ahora.

—¡Debo saberlo! —exclamó—. ¿Tienes intención de pedirme en matrimonio?

Ralph vaciló, se encogió de hombros y asintió.

—Pero ¿a santo de qué? —preguntó la dama—. ¡Necesitas el permiso del rey!

La miró y enarcó las cejas brevemente. Lady Philippa se levantó con brusquedad.

—¡No! —exclamó. Todo el mundo se volvió hacia ella. Philippa se dirigió a Gregory—: ¿Es eso cierto? ¿El rey va a entregarme en matrimonio a él? —preguntó, mirándolo a los ojos y señalando a Ralph con el pulgar.

Ralph se ofendió. No hubiera esperado que ella demostrara tal rechazo. ¿Tan repulsivo le resultaba?

—No era el momento de sacar el tema —le reprochó Gregory.

—¡Entonces es cierto! ¡Que Dios me ampare!

Ralph se encontró con la mirada horrorizada de Odila. ¿Qué había hecho para ganarse su desprecio?

—Esto es superior a mis fuerzas —dijo Philippa.

—¿Por qué? —preguntó Ralph—. ¿Por qué lo encontráis tan terrible? ¿Qué derecho tenéis a despreciarme a mí y a mi familia?

Ralph miró a los demás comensales: su hermano, su aliado Gregory, el obispo, la priora, la baja nobleza y los ciudadanos prominentes. Todos habían guardado silencio, sorprendidos e intrigados por el arrebato de Philippa.

La condesa hizo caso omiso de su pregunta, pero se dirigió a Gregory.

—¡No lo haré! No lo haré, ¿lo oís bien?

Estaba pálida de ira, pero las lágrimas resbalaban por sus mejillas. Ralph pensó que estaba bellísima, a pesar de que estuviera rechazándolo y humillándolo de modo tan ofensivo.

—No os corresponde a vos tomar esa decisión, lady Philippa, y ciertamente a mí tampoco —contestó Gregory con toda calma—. El rey hará lo que así desee.

—Puede que me obliguéis a vestir un traje de novia y puede que me hagáis caminar hasta el altar —repuso Philippa furiosa. Señaló al obispo Henri—. ¡Pero cuando el obispo me pregunte si quiero a Ralph Fitzgerald como esposo no daré mi consentimiento! ¡No lo haré! ¡Nunca jamás!

Salió de la estancia como un huracán, seguida de Odila.

Una vez finalizado el banquete, la gente de la ciudad regresó a sus hogares y los invitados importantes se dirigieron a sus alcobas para echar la siesta mientras hacían la digestión. Caris supervisó la limpieza. Lo sentía profundamente por Philippa, sobre todo sabiendo que Ralph había asesinado a su propia esposa, hecho que la condesa desconocía, pero estaba comprometida con el futuro de toda una ciudad y no con el de una sola persona, y en su mente no cabían más preocupaciones que las de su plan para Kingsbridge. Las cosas habían ido mucho mejor de lo que había imaginado. La gente de la ciudad la había respaldado y el obispo había accedido a todo lo que le había propuesto. Tal vez conseguiría restablecer el orden en Kingsbridge, a pesar de la peste.

Vio al gato de Godwyn, Arzobispo, en la puerta de atrás, junto a una pila de huesos y cortezas de pan, hurgando con remilgo en una carcasa de pato. Lo espantó. El animal salió corriendo, pero se detuvo a unos cuantos metros y siguió caminando muy digno, con la cola de punta blanca en alto.

Ensimismada en sus pensamientos, ascendió la escalera del palacio pensando cómo iba a empezar a poner en práctica los cambios acordados con Henri. Sin detenerse, abrió la puerta de la alcoba que compartía con Merthin y entró.

Por un momento se sintió desorientada: había dos hombres en medio de la estancia. Primero pensó que se había confundido de casa, luego que se había equivocado de alcoba, pero entonces recordó que, lógicamente, al ser la mejor de todas, le había cedido su cámara al obispo.

Los dos hombres eran Henri y su ayudante, el canónigo Claude. Caris aún tardó unos segundos en reparar en que ambos se abrazaban desnudos y se estaban besando.

Se los quedó mirando boquiabierta.

—¡Oh! —exclamó.

Sin embargo, ellos no habían oído la puerta, por lo que no se dieron cuenta de que alguien los estaba mirando hasta que a Caris se le escapó el pequeño grito ahogado, momento en que ambos se volvieron hacia ella. Atónito, Henri la miró con horrorizada expresión de culpabilidad.

—¡Lo siento! —se excusó Caris.

Los hombres se separaron de golpe, como esperando que de ese modo pudieran negar lo que ocurría, aunque recordaron demasiado tarde que iban desnudos. Henri era un hombre metido en carnes, de barriga prominente, piernas y brazos rollizos y vello canoso en el pecho. Claude era más joven y delgado, sin apenas pelo en el cuerpo salvo por la mata castaña de la ingle. Caris nunca había visto dos penes erectos a la vez.

—¡Disculpadme! —repitió, muerta de vergüenza—. Es culpa mía, lo olvidé.

Caris se dio cuenta de que balbuceaba y de que ellos estaban estupefactos. De todos modos, nada de lo que ninguno de ellos pudiera decir iba
a aligerar la situación.

Cuando, tras el desconcierto, Caris recobró por fin el buen juicio, salió
de la alcoba y cerró la puerta de golpe.

Merthin se marchó del banquete con Madge Webber. Le gustaba aquella
mujercilla fornida de barbilla sobresaliente y trasero respingón. Admiraba los arrestos que había tenido para seguir adelante después de que la peste
se hubiera llevado a su marido y sus hijos. Madge había seguido con el
negocio, tejiendo y tiñendo el paño de color escarlata de acuerdo con
la fórmula de Caris.

—Bien por Caris —comentó la mujer—. Tiene razón, como siempre:
no podemos seguir así.

—Sin embargo tú has salido adelante a pesar de todo —repuso Merthin.

—El único problema que tengo es encontrar gente para el trabajo.

—Todos estamos igual. Yo no encuentro albañiles.

—La lana sin cardar es barata, pero la gente rica todavía pagaría buenos precios por un paño escarlata de calidad —dijo Madge—. Cuanto más
produjera, más vendería.

—¿Sabes? En Florencia tenían un telar más rápido —le comentó Merthin, pensativo—. Un telar a pedales.

—¿Ah, sí? —Madge lo miró con sincero interés—. Nunca había oído
hablar de algo así.

Merthin pensó unos instantes cómo explicárselo.

—En los telares normales y corrientes se colocan varios hilos en un
armazón, paralelos y bien tirantes, para formar lo que se llama la urdimbre, y luego hay que ir pasando otro hilo a través para formar la trama, por
encima y por debajo de los hilos de la urdimbre y de uno a otro lado.

—Así funcionan los telares más sencillos, sí, pero los nuestros son
mejores.

—Lo sé. Para acelerar el proceso, se unen los hilos pares de la urdimbre a una varilla móvil llamada lizo, de modo que cuando tiras del lizo, la
mitad de los hilos se separan del resto. Luego, en vez de hacer pasar la trama
por encima y por debajo de cada hilo, sólo hay que pasarla a través del
espacio que se abre entre los hilos de la urdimbre, con un solo movimiento.
A continuación se vuelve a accionar el lizo para que la trama pase en el
sentido contrario.

—Exacto. Por cierto, el hilo de la trama va enrollado en una lanzadera.

—Y cada vez que pasas la lanzadera de un lado al otro a través de la urdimbre, tienes que soltarla, utilizar ambas manos para accionar el lizo y luego volver a coger la lanzadera para realizar el camino inverso.

—Así es.

—Sin embargo, en un telar a pedales el lizo se acciona con los pies, así te ahorras tener que soltar la lanzadera.

—¿De verdad? ¡Válgame Dios!

—Eso cambiaría las cosas, ¿no crees?

—Ya lo creo. Podría tejer… ¡el doble!

—Es lo que pensaba. ¿Quieres que te fabrique uno para probar?

—¡Sí, por favor!

—No sé si me acordaré de cómo funcionaba exactamente. Creo que el lizo se accionaba mediante un sistema de poleas y palancas… Da igual, estoy seguro de que me las apañaré.

Ese mismo día, ya avanzada la tarde, Caris pasaba junto a la biblioteca cuando se topó con el canónigo Claude, que salía de ésta con un pequeño libro. Claude la vio y se detuvo. Ambos revivieron de inmediato la escena que Caris había presenciado hacía una hora. Al principio Claude parecía azorado, pero entonces una leve sonrisilla asomó a la comisura de los labios e intentó ocultar el rostro con una mano, consciente de lo inapropiado que era que le divirtiera la situación. Caris recordó los rostros estupefactos de ambos hombres desnudos y ella también tuvo que refrenar la inadecuada carcajada que sintió a punto de brotar de sus labios.

—¡Teníais los dos una pinta muy graciosa! —dijo sin pensarlo, llevada por un impulso.

A Claude se le escapó una risita, igual que a Caris, y mirarse no les ayudó precisamente: al final tuvieron que apoyarse el uno en los brazos del otro sin poder reprimir las carcajadas mientras las lágrimas les rodaban por las mejillas.

Esa noche, Caris llevó a Merthin hasta la parte más meridional del extremo oeste de las tierras del priorato, donde cultivaban un huerto que seguía la orilla del río. El aire no era muy frío y la tierra húmeda desprendía una fragancia a brotes nuevos. Caris ya veía asomar las cebollas y los rábanos.

—De modo que tu hermano va a ser el próximo conde de Shiring.

—No si lady Philippa puede evitarlo.

—Una condesa está obligada a obedecer al rey, ¿no es así?

—En teoría todas las mujeres deberían supeditarse a los hombres —respondió Merthin, con una sonrisa en los labios—. Aunque hay quien no suele observar los convencionalismos.

—No sé a quién te refieres.

—Qué mundo este…, un hombre asesina a su esposa y el rey lo eleva a la dignidad de alta nobleza —comentó Merthin, cambiando de humor de forma brusca.

—Ya se sabe que esas cosas ocurren, pero no deja de ser terrible cuando se trata de tu propia familia. Pobre Tilly.

Merthin se frotó los ojos como si quisiera ahuyentar visiones.

—¿Por qué me has traído aquí?

—Para hablarte de la última pieza de mi plan: el nuevo hospital.

—Ah. Ya me estaba preguntando…

—¿Podrías construirlo aquí?

Merthin miró a su alrededor.

—No veo por qué no. El terreno es inclinado, pero todo el priorato está en una loma y no estamos hablando de levantar una catedral. ¿De uno o dos pisos?

—Uno, pero quiero que esté dividido en recintos de un tamaño medio en los que quepan unos seis camastros, para que las enfermedades no se transmitan tan deprisa de un paciente a otro. Debe tener su propia botica, espaciosa y bien iluminada para la preparación de las medicinas, con un herbario fuera. Y una letrina grande y aireada con agua canalizada, fácil de limpiar. De hecho, todo el hospital ha de tener espacio y luz. Con todo, lo más importante es que debe estar bastante apartado del priorato. Hemos de separar a los sanos de los enfermos, ésa es la clave.

—Dibujaré los planos por la mañana.

Caris echó un vistazo a su alrededor y, viendo que no estaban al alcance de miradas indiscretas, lo besó.

—Será la culminación del trabajo de toda una vida, ¿te das cuenta?

—Tienes treinta y dos años, ¿no es un poco pronto para hablar de la culminación del trabajo de tu vida?

—Todavía está en ciernes.

—Irá rápido. Me pondré en ello mientras excavo los cimientos para la torre nueva. Luego, en cuanto el hospital esté listo, pondré a trabajar a mis albañiles en la catedral.

Emprendieron el camino de vuelta.

—¿Qué altura tendrá? —preguntó Caris, consciente de que la torre era lo que verdaderamente entusiasmaba a Merthin.

—Ciento veinticuatro metros.

—¿Qué altura tiene la de Salisbury?

—Ciento veintitrés.

—Entonces será el edificio más alto de Inglaterra.

—Sí, hasta que alguien construya uno más alto.

Caris pensó que de ese modo él también satisfacía sus ambiciones. Asió a Merthin del brazo mientras regresaban al palacio del prior. Se sentía feliz, aunque le resultaba extraño. A pesar de que millares de personas habían muerto en Kingsbridge a causa de la peste y pese al asesinato de Tilly, Caris se sentía esperanzada y sabía que se debía al plan; siempre se sentía mejor cuando tenía un proyecto. La muralla nueva, las fuerzas del orden, la torre, el fuero municipal y, sobre todo, el nuevo hospital. ¿De dónde iba a sacar el tiempo para organizarlo todo?

Entró en la casa del prior del brazo de Merthin y allí encontró al obispo Henri y a sir Gregory enfrascados en una conversación con un tercer hombre que le daba la espalda a Caris. La mujer tuvo la desagradable impresión de percibir un aire familiar en el desconocido, incluso por detrás, y sintió cierta desazón. En ese momento el hombre se volvió y Caris vio la expresión de su cara: burlona, triunfante, desdeñosa y llena de maldad.

Era Philemon.

74

El obispo Henri y los demás invitados abandonaron Kingsbridge a la mañana siguiente. Caris, que había estado durmiendo en el dormitorio de las monjas, regresó al palacio del prior después del almuerzo y subió a su alcoba.

Allí encontró a Philemon.

Era la segunda vez en dos días que la sorprendía la presencia de hombres en su habitación, aunque en esta ocasión Philemon estaba solo y completamente vestido, hojeando un libro junto a la ventana. Viéndolo de perfil, Caris comprendió hasta qué punto las vicisitudes de los últimos seis meses le habían pasado factura.

—¿Qué haces aquí?

—Es la casa del prior —contestó Philemon, fingiendo sorpresa ante la pregunta—. ¿Por qué no debería estar aquí?

—¡Porque no es tu alcoba!

—Nunca me echaron del cargo, así que sigo siendo el suprior de Kingsbridge y, teniendo en cuenta que el prior ha muerto, ¿quién otro iba a vivir aquí?

—Yo, por descontado.

—Si ni siquiera eres monje.

—El obispo Henri me nombró prior en funciones, y anoche me mantuvo en el cargo a pesar de tu regreso. Por ende, soy tu superiora y me debes obediencia.

—Pero eres una monja, y las monjas deben vivir con las monjas, no con los hermanos.

—Llevo meses viviendo aquí.

—¿Sola?

Caris comprendió de inmediato que se movía por terreno resbaladizo. Philemon sabía que Merthin y ella habían estado conviviendo poco más o menos como marido y mujer. Habían sido discretos y no habían hecho alarde de su relación, pero la gente solía acabar averiguando ese tipo de cosas, y Philemon tenía un olfato muy desarrollado para las debilidades.

Lo sopesó. Podía insistirle en que abandonara el edificio de inmediato y, en caso de ser necesario, incluso podía hacer que lo echaran. Thomas y los novicios la obedecerían, pero Philemon no. Sin embargo, ¿luego qué? Philemon haría todo cuanto estuviese en sus manos para airear lo que Merthin y ella habían estado haciendo en el palacio. Avivaría la polémica y los próceres de la ciudad tomarían partido. Gracias a la reputación de Caris, la mayoría se sentirían inclinados a respaldarla en casi todo lo que hiciera, pero habría quienes censurarían su comportamiento. El conflicto resultante debilitaría su autoridad y siempre se cerniría una sombra sobre sus proyectos. Lo mejor era admitir la derrota.

—Puedes quedarte con la alcoba —dijo al fin—, pero no con el salón. Lo utilizo para las reuniones con los ciudadanos prominentes y los dignatarios de visita. Cuando no estés oficiando en la iglesia, estarás en el claustro, no aquí. Los supriores no tienen palacio.

Se fue sin darle oportunidad de réplica. Caris había conseguido conservar su prestigio, pero él había ganado.

El suceso de la noche anterior le había recordado lo artero que era Philemon, quien, ante las preguntas del obispo Henri, había demostrado tener una explicación convincente para todos sus actos deshonrosos. ¿Cómo justificaba el haber abandonado sus deberes en el priorato y haber huido a St.-John-in-the-Forest? El monasterio estaba en peligro de extinción y el único modo de salvarlo había sido huir atendiendo al dicho: «Vete pronto, vete lejos y no tengas prisa en volver». Por consenso general, ése seguía siendo el único método efectivo de esquivar la peste. El único error que había cometido era permanecer demasiado tiempo en Kingsbridge. Si así era, ¿por qué nadie había informado al obispo de dicho plan? Philemon lo sentía, pero los demás monjes y él sólo obedecían órdenes del prior Godwyn. Entonces, ¿por qué había huido de St. John cuando la peste los alcanzó? Había partido con el permiso de Godwyn para ir a atender las necesidades de la gente de Monmouth en respuesta a la llamada del Señor. ¿Cómo era posible que el hermano Thomas no supiera nada de ese permiso y que, de hecho, negara categóricamente que jamás se le hubiera concedido? Godwyn no había comunicado la noticia a los demás monjes por miedo a despertar sus celos. Siendo así, ¿por qué había abandonado Monmouth? Porque había coincidido con fray Murdo, quien le había comunicado que el priorato de Kingsbridge lo necesitaba y él lo había considerado como una nueva llamada del Señor.

Caris concluyó que Philemon había estado huyendo de la peste hasta darse cuenta de que debía de ser uno de los pocos afortunados que no era propenso a padecerla. Luego se había enterado a través de Murdo de que Caris se acostaba con Merthin en el palacio del prior y de inmediato había visto el terreno abonado para sacar provecho de la situación y mejorar su situación. El Señor no tenía nada que ver con todo aquello.

Pese a todo, el obispo Henri había creído las patrañas de Philemon, quien se había cuidado de mostrar una humildad rayana en el servilismo. Henri no lo conocía, por lo que no había sabido leer entre líneas.

Caris dejó a Philemon en el palacio y se dirigió a la catedral. Subió la larga y estrecha escalera de caracol de la torre noroccidental y encontró a Merthin en el taller del maestro albañil, dibujando en el suelo, bajo la luz que se colaba por los altos ventanales de la fachada norte.

Caris observó con interés lo que había hecho y, como siempre, le costó interpretar los esbozos. Las delgadas líneas dibujadas en la argamasa tenían que transformarse en gruesos muros de piedra con puertas y ventanas en la imaginación de quien las contemplaba.

Merthin la miró expectante mientras Caris estudiaba el dibujo. Era obvio que esperaba una reacción entusiasta. Sin embargo, a Caris no le acababa de convencer lo que había proyectado, pues no se parecía en nada a un hospital.

—Pero si has dibujado un... ¡claustro!

—Exacto —dijo Merthin—. ¿Por qué un hospital tiene que ser un edificio alargado y estrecho como la nave de una iglesia? Tú quieres que sea amplio y luminoso, así que en vez de comprimir todas las estancias juntas, las he dispuesto alrededor de un cuadrángulo.

Caris intentó proyectar una imagen mental: el patio de hierba, el edificio que lo envolvía, las puertas que darían a cámaras de cuatro o seis camastros, las monjas pasando de estancia a estancia al abrigo de la arcada cubierta…

—¡Es magnífico! —exclamó—. Jamás se me habría ocurrido, pero es perfecto.

—Puedes cultivar el herbario en el cuadrángulo, donde las plantas recibirán sol y al mismo tiempo estarán a resguardo del viento. Habrá una fuente en medio para que tengáis agua fresca, que a la vez puede desaguar por la letrina, en el ala sur, y de ahí al río.

Lo besó sin caber en sí de gozo.

—¡Eres un genio! —Sin embargo, en ese momento recordó lo que venía a decirle y al preguntarle Merthin qué ocurría, Caris supuso que debía de adivinársele en la cara—. Tenemos que mudarnos del palacio. —Le contó la conversación con Philemon y sus razones para haber dado su brazo a torcer—. Preveo que tendré graves conflictos con Philemon y no deseo hacer un estandarte de este motivo en concreto.

—Es lo más razonable —convino Merthin.

Sin embargo, Caris sabía por su expresión que estaba enfadado. A pesar de tener la mirada fija en sus bocetos, en realidad no pensaba en ellos.

—Y hay algo más. Estamos diciéndole a todos los habitantes de Kingsbridge que deben llevar una vida lo más normal posible, que deben ser cívicos, que deben recuperar los valores familiares, que deben olvidar las orgías de borrachos… Deberíamos predicar con el ejemplo.

Merthin asintió con la cabeza.

—Y supongo que no hay nada menos normal que una priora viviendo con su amante.

Su tono ecuánime contradijo de nuevo su expresión furiosa.

—Lo siento mucho.

—Yo también.

—Pero no podemos poner en peligro todo lo que queremos: tu torre, mi hospital, el futuro de la ciudad.

—No, pero estamos sacrificando nuestra vida de pareja.

—No del todo. Tendremos que dormir separados y eso será duro, pero habrá muchas ocasiones de estar juntos.

—¿Dónde?

Caris se encogió de hombros.

—Aquí, por ejemplo. —En ese momento se sintió invadida por un espíritu juguetón. Atravesó la habitación hasta el otro extremo, levantando sus faldas ligeramente al caminar, y se acercó a la entrada en lo alto de la escalera—. No viene nadie —dijo, subiéndose el vestido hasta la cintura.

—Y si viniera alguien, lo oiríamos de todos modos —añadió él—. La puerta de abajo hace ruido.

Caris se inclinó, fingiendo que miraba por el hueco de la escalera.

—¿Desde ahí ves algo?

Merthin rió entre dientes. Caris solía curarle el mal humor con sus juegos.

—No tan de cerca como me gustaría —contestó, riendo.

Caris regresó junto a él, sujetando las faldas por encima de la cintura y con una sonrisa triunfal.

—Ya lo ves, no tenemos que dejarlo todo.

Merthin se sentó en un banco y la atrajo hacia él. Caris se sentó a horcajadas en su regazo.

—Será mejor que te subas un jergón de paja aquí arriba —dijo Caris, con la voz preñada de deseo.

Merthin frotó la nariz contra sus pezones.

—¿Cómo voy a explicar que necesito una cama en un taller de albañil? —murmuró él.

—Di que los albañiles necesitan algo suave donde poner sus herramientas...

Una semana después, Caris y Thomas de Langley fueron a visitar la reconstrucción de la muralla de la ciudad. A pesar de ser una gran obra, no revestía complicación, y una vez establecidas las directrices, el trabajo de cantería podían realizarlo jóvenes albañiles sin experiencia y aprendices. Caris estaba encantada con la celeridad con que habían empezado las obras. Era fundamental que la ciudad pudiera protegerse en tiempos convulsos, aunque tenía un motivo más importante: esperaba que si lograba que sus habitantes se guardaran del caos exterior, eso les condujera lógicamente a una nueva concienciación de la necesidad de orden y civismo entre ellos mismos.

Le resultaba irónico que el destino le hubiera deparado ese papel precisamente a ella, que jamás había seguido las normas, que siempre había desdeñado la ortodoxia y desobedecido los convencionalismos. Ella, que se creía con pleno derecho a dictar sus propias normas, en esos momentos se encontraba tomando medidas drásticas contra los que se apartaban del redil. Era un milagro que todavía nadie la hubiera tachado de hipócrita.

Lo cierto era que algunas personas prosperaban en un ambiente anárquico y otras no, y Merthin era una de las que estaba mucho mejor sin constricciones. Caris recordó la talla que había hecho de las diez vírgenes:

no se parecía a nada de lo que nadie hubiera visto antes, motivo que Elfric había utilizado como excusa para destruirla. Las regulaciones sólo servían para obstaculizar a Merthin. Sin embargo, las personas como Barney y Lou, los matarifes, necesitaban leyes que les impidieran hacerse daño el uno al otro cuando se emborrachaban y se enzarzaban en una pelea.

Pese a todo, su postura se tambaleaba. Era difícil encontrar una explicación convincente de por qué las normas no se aplicaban a uno mismo cuando estaba intentando que todos observaran la ley y el orden.

Iba dándole vueltas a todas estas cuestiones mientras regresaba al priorato acompañada por Thomas. A la puerta de la catedral se encontró con la hermana Joan, que paseaba arriba y abajo con semblante preocupado.

—Estoy muy enfadada con Philemon —dijo—. Dice que le has robado su dinero ¡y que tengo que devolvérselo!

—Cálmate. —Acompañó a Joan al porche de la iglesia y se sentaron en un poyo—. Respira hondo y cuéntame qué ha pasado.

—Philemon vino a verme después de hablar con Tierce y me dijo que necesitaba diez chelines para comprar velas para la capilla de san Adolfo. Yo le dije que tendría que preguntarte primero.

—Muy bien hecho.

—Se enfadó mucho y me gritó que ese dinero era de los monjes y que no tenía derecho a negárselo. Me pidió las llaves y creo que habría intentado quitármelas si no le hubiera dicho que de nada le iban a servir si no sabía dónde estaba el tesoro.

—Fue una buena idea mantenerlo en secreto —opinó Caris.

—Ya veo que el muy cobarde escoge el momento en que yo no estoy rondando por aquí —comentó Thomas, de pie junto a ellas.

—Joan, has hecho muy bien en negarte a darle nada, siento que haya intentado coaccionarte —dijo Caris—. Thomas, ve a buscarlo y llévamelo al palacio.

Después de hablar con ellos se dirigió al cementerio, ensimismada en sus pensamientos. Era evidente que Philemon estaba decidido a crearle problemas. Además, el hombre no era de esos fanfarrones envalentonados a los que podía domeñar con facilidad, sino un rival artero, por lo que tendría que andarse con mucho cuidado.

Al abrir la puerta de la casa del prior vio que Philemon estaba en el salón, sentado a la cabeza de la larga mesa.

Caris se detuvo en la entrada.

—No deberías estar aquí. Te dije específicamente…

—Estaba buscándote —la interrumpió él.

Caris comprendió que tendría que cerrar la casa con llave, de lo contrario él siempre encontraría el pretexto para desobedecer sus órdenes.

—Me buscabas en el lugar equivocado —contestó, reprimiendo la rabia.

—Ya te he encontrado, ¿no?

Caris lo observó detenidamente. Desde que había llegado, iba afeitado, se había cortado el pelo y llevaba un hábito nuevo: la viva estampa del típico prior reposado y autoritario.

—He estado hablando con la hermana Joan. Está muy enfadada.

—Yo también.

Caris cayó en la cuenta de que el hombre había elegido el sitial y que ella estaba de pie delante de él, como si Philemon estuviera al mando y ella hubiera ido a solicitarle algo. Con qué maestría manipulaba las situaciones...

—Si necesitas dinero, tendrás que pedírmelo a mí.

—¡Soy el suprior!

—Y yo el prior en funciones, lo que me convierte en tu superiora —respondió Caris, alzando la voz—. ¡De modo que lo primero que debes hacer es levantarte cuando hables conmigo!

Philemon dio un respingo, sorprendido por el tono, aunque no tardó en recobrar la compostura. Se puso en pie con insultante lentitud.

Caris se sentó en el lugar que él había ocupado hasta esos instantes y no lo invitó a tomar asiento.

—Por lo que me han dicho, estás utilizando el dinero del monasterio para pagar la nueva torre —dijo Philemon, impertérrito.

—Sí, por orden del obispo.

Por unos instantes lo traicionó una fugaz expresión de fastidio. El hombre había planeado congraciarse con el obispo y ganárselo como aliado contra Caris. Incluso de pequeño adulaba incansablemente a la gente con autoridad, gracias a lo cual había conseguido que lo admitieran en el monasterio.

—Debo poder acceder al dinero del monasterio, por derecho. Debería ser yo quien administrara las rentas de los monjes.

—La última vez que las administraste, les robaste.

Philemon palideció. Esa flecha había dado en el blanco.

—¡Ridículo! —protestó, tratando de ocultar su bochorno—. El prior Godwyn se las llevó para ponerlas a buen recaudo.

—Muy bien, pero nadie se las va a llevar para ponerlas a «buen recaudo» mientras yo sea el prior en funciones.

—Pues los ornamentos como mínimo. Son joyas sagradas que sólo deben tocar los sacerdotes, no las mujeres.

—Thomas se ocupa de ellas de forma adecuada, las saca para las misas y después las devuelve al tesoro.

—No me complace…

—Además, todavía no has devuelto todo lo que te llevaste —lo interrumpió Caris, recordando algo de repente.

—El dinero…

—Los ornamentos. Falta un candelabro de oro, un presente de la cofradía de los fabricantes de velas. ¿Qué le sucedió?

La reacción de Philemon la sorprendió. Caris esperaba una nueva sarta de excusas, pero no fue así.

—Ese candelabro siempre estuvo en la alcoba del prior —contestó, avergonzado.

Caris frunció el ceño.

—¿Y…?

—Lo mantuve separado de los demás ornamentos.

—¿Me estás diciendo que tú has tenido el candelabro todo este tiempo? —preguntó atónita, sin dar crédito a lo que estaba oyendo.

—Godwyn me pidió que me encargara de él.

—Y por eso te lo llevaste contigo en tus viajes a Monmouth y a todas partes.

—Ése era su deseo.

Era una patraña totalmente inverosímil, y Philemon lo sabía. En realidad, él había robado el candelabro.

—¿Todavía lo tienes?

El hombre asentía, incómodo, cuando entró Thomas.

—¡Estás aquí!

—Thomas, sube y registra la alcoba de Philemon —dijo Caris.

—¿Qué he de buscar?

—El candelabro de oro que se había perdido.

—No hace falta que busques nada. Lo encontrarás en el reclinatorio —dijo Philemon.

Thomas subió la escalera y regresó con el candelabro, que le entregó a Caris. Pesaba bastante. Caris lo examinó con curiosidad. En la base estaban grabados los nombres de los doce miembros del gremio de fabricantes de velas en letras diminutas. ¿Para qué lo querría Philemon? Había tenido tiempo de sobra para venderlo o fundirlo y no lo había hecho, así que era obvio que no deseaba desprenderse de él. Al parecer sólo quería tener su propio candelabro de oro. ¿Lo contemplaría y lo acariciaría a solas en su dormitorio?

Lo miró y vio lágrimas en sus ojos.

—¿Vas a llevártelo? —preguntó Philemon.

—Por supuesto —contestó Caris, sin comprender cómo podía dudarlo siquiera—. Su lugar está en la catedral, no en tu alcoba. Los fabricantes de velas lo donaron por la gloria de Dios y el embellecimiento de los oficios, no para el regalo personal de un monje.

Philemon no protestó. Parecía desvalido, no arrepentido. No comprendía que había obrado mal. Su pesar no era remordimiento por sus erradas acciones, sino desesperación por lo que se le había arrebatado. Caris adivinó que Philemon desconocía qué era la contrición.

—Me temo que esto pone fin a la discusión sobre la administración de los objetos valiosos del priorato —sentenció Caris—. Puedes irte. —Caris le tendió el candelabro a Thomas cuando el suprior salió de la sala—. Llévaselo a la hermana Joan y dile que lo guarde. Informaremos a los veleros de su aparición y lo utilizaremos el próximo domingo.

Thomas obedeció.

Caris permaneció sentada unos minutos más, pensando. Philemon la odiaba, pero ni siquiera se molestó en averiguar la razón: el hombre hacía enemigos con más rapidez que amigos un hojalatero. Sin embargo, no debía olvidar que se trataba de un adversario temible y sin escrúpulos decidido a crearle problemas en cuanto tuviera ocasión, y que las cosas no iban a mejorar. Cada vez que ella saliera victoriosa de sus pequeñas escaramuzas, estaría alimentando la mezquindad que lo consumía; aun así dejarle ganar sería una invitación a la insubordinación.

Iba a ser una guerra sangrienta de la que desconocía el resultado.

Los flagelantes regresaron un sábado por la tarde, en junio.

Caris se encontraba en el *scriptorium*, terminando su libro. Había decidido empezar por la peste y las formas de combatirla y luego pasaría a enfermedades más benignas. Estaba describiendo las mascarillas de lino que había introducido en el hospital de Kingsbridge y no sabía cómo explicar que eran efectivas, a pesar del hecho de no garantizar una inmunidad absoluta. Lo único infalible era abandonar la ciudad antes de que llegara la peste y permanecer bien alejado hasta que hubiera pasado, pero eso casi nadie podía permitírselo. Además, el concepto de protección parcial era una idea peregrina para mentes que creían en curaciones milagrosas. Ciertamente algunas monjas con mascarilla se habían infectado de todas maneras, aunque no tantas como habría cabido esperar si no las hubieran llevado. Al final decidió comparar las mascarillas con los escudos: un escudo no garantizaba que un hombre sobreviviera a un ataque, pero sí le proporcionaba una valiosa protección, por lo que ningún caballero entablaba combate sin su escudo. Justamente eso mismo escribía en una prístina página de pergamino cuando oyó a los penitentes y resopló irritada.

El retumbo de los tambores era tan caprichoso como los pasos de un borracho; las gaitas, una criatura salvaje aullando de dolor; y el repiqueteo de las campanillas, la parodia de un funeral. Salió en el momento en que la procesión entraba en el recinto. Esta vez eran más, setenta u ochenta, y daban la impresión de estar más enajenados que antes: llevaban el pelo largo y enmarañado, apenas los tapaban unos harapos y sus alaridos erizaban la piel. Venían de la ciudad, por lo que arrastraban una larga cola de seguidores que o bien los contemplaban entretenidos o bien se sumaban a ellos y empezaban a rasgarse las vestiduras para compartir su penitencia.

No esperaba volver a verlos. El papa Clemente VI había condenado a los flagelantes, pero estaba muy lejos, en Aviñón, y recaía en los demás la tarea de procurar que sus providencias se observaran.

Como en la ocasión anterior, fray Murdo iba al frente, encaminándolos hacia la entrada oeste de la catedral, cuyas puertas, para incredulidad de Caris, estaban abiertas de par en par. Puesto que ella no lo había autorizado y Thomas no lo habría hecho sin consultarlo antes con ella, el culpable debía de ser Philemon. Recordó que el suprior había coincidido con fray Murdo en sus viajes, así que supuso que el fraile habría avisado a Philemon de su visita con antelación y que juntos habían conspirado para introducir a los penitentes en la iglesia. Sabía que Philemon alegaría ser el único sacerdote ordenado del priorato y que, por tanto, tenía derecho a decidir qué tipo de oficios se celebraban en el templo.

Con todo, ¿cuál era la intención de Philemon? ¿Por qué se tomaba tantas molestias por Murdo y los flagelantes?

Murdo condujo la procesión al interior de la nave, seguidos por las gentes de Kingsbridge. Caris dudó si sumarse a aquel espectáculo, pero creyó necesario saber qué ocurría, así que por mucho que le pesase, los acompañó al interior de la catedral.

Fray Murdo se reunió con Philemon en el altar, donde lo esperaba con las manos levantadas para pedir silencio.

—Hoy estamos aquí para confesar nuestras faltas, arrepentirnos de nuestros pecados y hacer debida penitencia —anunció.

Philemon no era un buen orador, por lo que sus palabras fueron recibidas con un mutismo generalizado, pero el carismático Murdo tomó el relevo de inmediato.

—¡Confesamos que tenemos pensamientos lascivos y que nuestros actos son pecaminosos! —gritó, y los feligreses se le unieron alzando sus voces.

El proceso siguió el mismo curso que la vez anterior: llevados a la exaltación por las palabras de Murdo, los penitentes se adelantaron hasta la parte de delante, confesaron sus pecados a voz en cuello y empezaron a azotarse. La gente de la ciudad los miraba fascinada por la violencia y la desnudez. A pesar de lo que aquello tuviera de actuación, los látigos eran reales y Caris se estremeció al ver los verdugones y los cortes de las espaldas de los flagelantes. Algunos lo habían hecho muchas veces antes y ya tenían cicatrices, pero otros mostraban heridas recientes que los nuevos azotes volvían a abrir.

Los ciudadanos de Kingsbridge no tardaron en sumarse a ellos. A medida que iban acercándose al altar, Philemon les tendía el cepillo para recolectar limosnas, lo cual le reveló a Caris la verdadera motivación del monje: el dinero. Hasta depositar una moneda en el cepillo de Philemon nadie podía confesarse y besar los pies de Murdo, quien no le quitaba el ojo de encima a lo que iba recolectándose, razón por la que Caris dedujo que éste y Philemon se repartirían la recaudación después del oficio.

A medida que la gente de la ciudad iba avanzando, el rumor de los tambores y las gaitas aumentaba progresivamente. El cepillo de Philemon se llenó en un abrir y cerrar de ojos. Los que habían recibido la absolución bailaban extasiados al son de la delirante música.

Terminada la cola, todos los penitentes danzaban. El concierto alcanzó su clímax y se detuvo con brusquedad, momento en que Caris reparó en la ausencia de Murdo y Philemon y supuso que se habrían escabullido por el transepto sur hacia el claustro de los monjes para contar lo recaudado.

El espectáculo había terminado. Los bailarines se dejaron caer exhaustos mientras los demás empezaban a dispersarse y salían por las puertas abiertas bajo el aire limpio de la tarde estival. Al poco, los acólitos de Murdo hallaron las fuerzas para abandonar la iglesia y Caris los imitó. Vio que la mayoría de los flagelantes se dirigía a la posada Holly Bush.

Regresó aliviada al reposado fresco del convento. A medida que la noche iba cayendo sobre el claustro, las monjas atendieron el oficio de vísperas y cenaron. Antes de acostarse, Caris fue a echar un vistazo al hospital. El lugar seguía lleno: la peste continuaba causando estragos.

Apenas encontró motivo de queja, pues la hermana Oonagh seguía los preceptos de Caris al pie de la letra: mascarillas, nada de sangrías y una higiene rayana en la obsesión. Caris estaba a punto de irse a dormir cuando entraron a uno de los flagelantes.

Era un hombre que se había desmayado en la posada y se había abierto la cabeza al golpearse con un banco. Todavía tenía la espalda ensangrentada y Caris supuso que la pérdida de sangre tenía tanto que ver con la pérdida del conocimiento como el golpe en la cabeza.

Oonagh le limpió las heridas con agua salada mientras seguía inconsciente. Para reanimarlo, prendió un asta de ciervo, la paseó bajo su nariz para que aspirara el apestoso humo y a continuación le hizo beber dos pintas de agua mezclada con canela y azúcar para restituir el líquido que había perdido su organismo.

Sin embargo, después de él vendrían más. Poco a poco fueron llegando hombres y mujeres con diagnósticos diversos, aunque todos relacionados con pérdidas de sangre, exceso de alcohol y heridas recibidas de resultas de accidentes o peleas. El desenfreno flagelador multiplicó por diez el número de pacientes de una noche de sábado. Incluso había un hombre que se había azotado la espalda tantas veces que se le había gangrenado. Como colofón, pasada la media noche ingresaron a una mujer a la que habían atado, flagelado y violado.

La ira de Caris iba en aumento conforme ayudaba a las monjas a atender a aquellos pacientes. Todas las heridas se derivaban de la perversión de los principios religiosos que divulgaban hombres como Murdo, quienes aseguraban que la peste era un castigo divino por los pecados cometidos por los hombres, aunque la gente ya podía evitar la peste castigándose de otro modo. Era como si Dios fuera un monstruo vengativo distrayéndose con un juego de reglas dementes. Caris creía que Dios debía tener un sentido de la justicia algo más complejo que el del cabecilla de una panda de descerebrados.

Trabajó hasta el oficio de maitines, durmió un par de horas y nada más levantarse fue a ver a Merthin.

Merthin vivía entonces en la casa más soberbia que había construido en la isla de los Leprosos. Se alzaba en la orilla sur, en medio de un gran jardín donde acababan de plantar manzanos y perales. Había contratado a una pareja de mediana edad para que cuidara de Lolla y se ocupara de la casa. Se llamaban Arnaud y Emily, aunque entre ellos usaban los diminutivos Arn y Em. Caris encontró a Em en la cocina, quien la envió al jardín.

Merthin estaba enseñando a Lolla a escribir su nombre ayudándose de un palo afilado con que trazar las letras en un pequeño claro de tierra que había despejado. La pequeña tenía cuatro años, una niñita preciosa de piel aceitunada y ojos castaños, que reía al ver que su padre había dibujado una cara en la o.

Al verlos, a Caris le entraron remordimientos. Llevaba acostándose con Merthin cerca de medio año y aunque no deseaba tener hijos, pues eso significaría renunciar a sus ambiciones, una parte de ella lamentaba no haberse quedado embarazada. Se hallaba dividida entre esos dos sentimientos, razón por la que probablemente había asumido el riesgo. Sin embargo, no había ocurrido. Se preguntó si aún sería capaz de concebir; tal vez la poción que Mattie Wise le había dado para abortar hacía tanto tiempo también le hubiera dañado la matriz. Como siempre en esos casos, deseó saber más sobre el cuerpo y sus dolencias.

Merthin la besó y fueron a dar un paseo por la finca. Lolla corría delante de ellos, entretenida en un juego imaginativo y muy enrevesado que la obligaba a hablar con todos los árboles. Entre las plantas recién trasplantadas y la tierra transportada a carretadas hasta allí para enriquecer el suelo pedregoso de la isla, el terreno todavía parecía un jardín en ciernes.

—He venido para hablar contigo de los penitentes —dijo Caris, y le contó lo que había sucedido la noche anterior en el hospital—. Quiero prohibirles la entrada a Kingsbridge —concluyó.

—Buena idea —convino Merthin—. Todo ese montaje no es más que una nueva fuente de ingresos para Murdo.

—Y para Philemon, no olvides que era él quien pasaba el cepillo. ¿Hablarás con la cofradía?

—Por supuesto.

En calidad de prior en funciones, Caris era el equivalente al señor del feudo, por lo que en teoría podía prohibir la entrada de los flagelantes sin tener que consultarlo con nadie. Sin embargo, había presentado una solicitud de fuero municipal ante el rey y Caris esperaba poder traspasar pronto el gobierno de la ciudad al gremio, por lo que consideraba su situación actual como una mera transición. Además, siempre era mucho más inteligente ganarse cierto apoyo antes de intentar imponer una norma.

—Me gustaría que el alguacil acompañara a Murdo y sus seguidores fuera de la ciudad antes de la misa del mediodía.

—Philemon se pondrá hecho un basilisco.

—No debería haberles abierto las puertas de la iglesia sin consultárselo a nadie. —Caris sabía que habría problemas, pero no podía permitir que el miedo a la reacción de Philemon le impidiera hacer lo correcto para la ciudad—. Tenemos al Papa de nuestro lado. Si manejamos la situación con discreción y diligencia, podremos solucionar el problema antes del almuerzo de Philemon.

—Perfecto —dijo Merthin—. Intentaré congregar a los miembros de la cofradía en la posada Holly Bush.

—Me reuniré allí contigo dentro de una hora.

La cofradía se encontraba lamentablemente diezmada como cualquier otra organización ciudadana, pero un puñado de comerciantes prominentes había sobrevivido a la plaga, entre los que se encontraban Madge Webber, Jake Chepstow y Edward Slaughterhouse. Mungo, hijo de John y nuevo alguacil, también asistió a la reunión mientras sus ayudantes esperaban fuera sus instrucciones.

La sesión no se alargó demasiado. Ninguno de los ciudadanos prominentes había tomado parte en el desfile y todos desaprobaban ese tipo de espectáculos públicos. La providencia del Papa zanjó la cuestión. En calidad de prior, Caris promulgó oficialmente una ordenanza por la que se prohibía la flagelación y la impudicia públicas, y mediante la que se facultaba al alguacil para expulsar de la ciudad, a requerimiento de tres miembros cualesquiera de la cofradía, a aquellos que la infringieran. La cofradía aprobó acto seguido una resolución que apoyaba la nueva ordenanza.

A continuación, Mungo subió la escalera y sacó a fray Murdo de su lecho.

Murdo no lo acompañó en silencio. Bajó la escalera despotricando, implorando, rezando y maldiciendo. Dos de los ayudantes de Mungo lo agarraron por los brazos y casi tuvieron que arrastrarlo fuera de la posada. Ya en la calle, el fraile redobló sus baladros. Mungo iba delante, seguido de los miembros de la cofradía. Varios simpatizantes del fraile se acercaron a protestar y por ese mismo motivo fueron arrestados de inmediato. Unos cuantos ciudadanos se sumaron a la procesión al tiempo que el grupo salía a la calle principal y enfilaba hacia el puente de Merthin, aunque ninguno puso reparos a la actuación del alguacil y Philemon no hizo acto de presencia. Incluso algunos de los que el día anterior se habían flagelado, prefirieron no abrir la boca, tal vez ligeramente avergonzados.

El gentío empezó a dispersarse cuando la comitiva cruzó el puente. Murdo perdía fuelle a medida que perdía audiencia, y una sulfurada inquina fue sustituyendo su justa indignación. Puesto en libertad al otro lado del puente, se alejó renqueante a través de los arrabales sin mirar atrás, seguido por un puñado de discípulos desconcertados.

Caris tuvo la sensación de que no volvería a verlo y, tras dar las gracias a Mungo y a sus hombres, regresó al convento.

En el hospital, Oonagh estaba dando el alta a los pacientes de la noche anterior para hacer sitio a las nuevas víctimas de la peste. Caris trabajó allí hasta el mediodía, momento en que tuvo que marcharse, aunque agradecida, para incorporarse a la procesión al interior de la iglesia, donde iba a celebrarse la misa del domingo. Se descubrió pensando con ilusión en las dos horas de salmos y oraciones y en el aburrido sermón que le esperaban por delante; eso al menos le parecía descansado.

Por el semblante iracundo de Philemon al encabezar la entrada en la catedral de los novicios y de Thomas, se adivinaba que le habían llegado las noticias acerca de la expulsión de Murdo. Era evidente que había considerado a los penitentes una fuente de ingresos propia e independiente de Caris. La frustración de esa esperanza había dado paso a la rabia.

Por unos momentos, Caris se preguntó hasta dónde sería capaz de llegar cegado por la ira, aunque luego pensó que bien podía hacer lo que le viniera en gana. Si no hubiera sido eso, habría acabado siendo cualquier otra cosa: tanto daba lo que hiciera, más tarde o más temprano Philemon se enojaría con ella y, por tanto, no valía la pena preocuparse.

Caris se adormiló durante las oraciones, aunque se despertó cuando Philemon empezaba a predicar. El púlpito parecía poner de relieve su desabrimiento y sus sermones solían ser recibidos con desencanto. Con todo, ese día consiguió llamar la atención de los feligreses desde el principio con el anuncio del tema del día: el fornicio.

Escogió como texto un versículo de la primera carta de san Pablo a los corintios, que primero leyó en latín y luego tradujo con voz resonante.

—¡Más bien os escribí para que no os juntéis con ninguno que, llamándose hermano, sea fornicario! —A continuación se dedicó a desarrollar tediosamente el significado de «juntarse»—: No comer con ellos, no beber con ellos, no vivir con ellos, no hablar con ellos.

Caris empezó a preguntarse con cierta ansiedad adónde querría ir a parar. ¿Se atrevería a atacarla desde el púlpito? Buscó a Thomas entre los monjes novicios del coro del otro lado y descubrió en su rostro una mirada recíproca de preocupación.

Se volvió de nuevo hacia Philemon y al ver su semblante ensombrecido por el rencor comprendió que el hombre era capaz de cualquier cosa.

—¿A quién atañe esto? —preguntó Philemon a modo retórico—. No a los que están fuera, escribe el santo específicamente, pues a ésos será Dios quien los juzgue. Pero dice que sois vosotros los jueces dentro de vuestra hermandad. —Señaló a los feligreses—. ¡Vosotros! —Volvió a mirar el libro y leyó—: ¡Quitad, pues, a ese perverso de entre vosotros!

La congregación guardaba silencio sabiendo que no se trataba de la exhortación general y habitual al buen comportamiento. Philemon tenía un mensaje.

—Debemos buscar entre nosotros —dijo—. ¡En nuestra ciudad, en nuestra iglesia, en nuestro priorato! ¿Existe algún fornicario? ¡Si es así, hay que expulsarlo!

A Caris ya no le cupo la menor duda de que estaba refiriéndose a ella y de que todo aquel con dos dedos de frente habría llegado a la misma conclusión. Aun así, ¿qué podía hacer? No podía levantarse y replicar. Ni siquiera podía abandonar el recinto, pues con eso no haría más que hacer hincapié en las palabras de Philemon y desvelar ante los feligreses más tardos que ella era el motivo del sermón.

Así pues siguió escuchando, avergonzada. Philemon predicaba bien por primera vez en su vida. Ni vacilaba ni se atropellaba, enunciaba con claridad y proyectaba una voz entonada habitualmente carente de matices. Para él, el odio era una fuente de inspiración.

Con todo, sabía que nadie iba a echarla del priorato. Aunque hubiera sido una priora incompetente, el obispo la habría seguido manteniendo en el cargo debido a la crónica carestía de clérigos. Las iglesias y los monasterios de todo el país estaban cerrando por falta de alguien que dijera misa o entonara los salmos. Los obispos necesitaban nombrar sacerdotes, monjes y hermanas, no echarlos. En cualquier caso, los habitantes de la ciudad se habrían opuesto al obispo que hubiera tratado de deshacerse de Caris.

Sin embargo, era evidente que el sermón de Philemon tampoco la beneficiaba. A partir de entonces a los próceres de la ciudad les resultaría más difícil hacer la vista gorda ante la relación de Caris y Merthin. Ese tipo de cosas minaban el respeto de la gente. Además, no sólo sabía que perdonarían antes el desliz de un hombre que el de una mujer, sino que comprendió con todo su pesar que la posición que ocupaba invitaba a que la acusaran de hipócrita.

Permaneció sentada y rechinando los dientes el resto de la perorata, que no se apartó del mismo tema aunque vociferado con saña, y lo que quedaba de misa. En cuanto las monjas y los hermanos salieron de la iglesia, se dirigió a la botica y se dispuso a escribir una carta dirigida al obispo Henri para pedirle el traslado de Philemon a otro monasterio.

Sin embargo, Henri lo ascendió.

Ocurrió dos semanas después de la expulsión de fray Murdo. Ese día de verano hacía un calor sofocante, pero en el interior de la iglesia siempre se estaba fresco, por lo que se habían reunido en el transepto norte de la catedral. El obispo se sentaba en una silla de madera tallada y los demás en los bancos: Philemon, Caris, el arcediano Lloyd y el canónigo Claude.

—Voy a nombrarte prior de Kingsbridge —le comunicó Henri a Philemon.

Philemon sonrió satisfecho, mirando triunfante a Caris.

La mujer se quedó consternada. Dos semanas atrás, había facilitado a Henri una larga lista de razones de peso por las cuales no podía permitirse que Philemon siguiera ocupando un cargo de responsabilidad en el priorato, empezando por el robo de un candelabro de oro. Sin embargo, al parecer la carta había tenido el efecto contrario.

Caris abrió la boca para protestar, pero Henri la fulminó con la mirada y levantó una mano. La mujer decidió permanecer en silencio y descubrir qué tenía que añadir. El obispo siguió dirigiéndose a Philemon.

—Lo hago a pesar de tu comportamiento desde tu llegada al priorato, no en recompensa a éste. No has sido más que un agitador malintencionado y si la Iglesia no estuviera necesitada de gente, no te ascendería ni en un millón de años.

Caris se preguntó cuáles serían entonces sus razones.

—Sin embargo, no podemos prescindir de prior y sencillamente no es adecuado que la priora ocupe ese cargo, a pesar de su incuestionable capacidad.

Caris habría preferido que hubiera nombrado a Thomas, aunque sabía que éste habría rechazado el nombramiento. Doce años atrás, la enconada lucha por la sucesión del prior Anthony le había dejado una profunda cicatriz, y había jurado que jamás volvería a verse implicado en un proceso de elección. De hecho, era muy probable que el obispo ya hubiera hablado con Thomas sin que Caris lo supiera y que estuviera al tanto de todo aquello.

—Sin embargo, tu nombramiento está supeditado a ciertas condiciones —continuó Henri—. Primero, no serás confirmado en el cargo hasta que Kingsbridge no obtenga el fuero municipal. No estás capacitado para gobernar la ciudad y no estoy dispuesto a concederte ese privilegio. Por tanto, mientras la madre Caris continúe como prior en funciones, tú vivirás en el dormitorio de los monjes y se clausurará el palacio. Si en el ínterin no eres capaz de comportarte, revocaré el nombramiento.

Philemon lo miró iracundo y ofendido, pero mantuvo la boca bien cerrada. Era consciente de su triunfo y no iba a discutir las condiciones.

—Segundo, tendrás tu propio tesoro, pero el hermano Thomas será el tesorero y no se sacará ni numerario ni ningún objeto valioso sin su conocimiento y consentimiento. Es más, he ordenado la construcción de una nueva torre y he autorizado los pagos ateniéndonos a un calendario confeccionado por Merthin Bridger. El priorato efectuará dichos pagos extrayéndolos de los fondos de los monjes, y ni tú ni nadie tendrá potestad para variar este arreglo. No quiero media torre, sino una entera.

Caris pensó agradecida que al menos Merthin conseguiría ver cumplido su sueño.

—Aún queda una disposición, y te incumbe a ti, madre priora —continuó Henri, volviéndose hacia ella.

«Y ahora ¿qué?», se dijo Caris.

—Ha habido acusación de fornicio.

Caris miró fijamente al obispo pensando en la vez que los había sorprendido, a él y a Claude, desnudos. ¿Cómo se atrevía a sacar ese tema?

—No es mi intención pronunciarme sobre lo pasado, pero en lo que respecta al futuro, es inadmisible que la priora de Kingsbridge mantenga una relación con un hombre.

Caris estuvo a punto de estallar acusándolo de vivir con su propio amante cuando reparó en la expresión del obispo y en la mirada suplicante que le dirigía y con la que le rogaba abstenerse de delatarlo y, como él bien sabía, descubrirlo como un hipócrita. Caris comprendió que el obispo era muy consciente de la injusticia que cometía, pero también que no le quedaba otra opción. Philemon lo había colocado en una situación muy delicada.

De todos modos, Caris se sintió tentada de contestar con un reproche, pero se contuvo sabiendo que de nada iba a servirle. Henri estaba entre la espada y la pared y hacía lo que podía, así que optó por mantener la boca cerrada.

—Madre priora, ¿puedo tener la seguridad de que desde este mismo instante no habrá motivo en el cual fundamentar tal acusación?

Caris bajó la mirada. Aquello no era nuevo para ella. Una vez más debía elegir entre todo por lo que había luchado, como el hospital, el fuero municipal y la torre, o Merthin. Y una vez más escogió su trabajo.

Levantó la cabeza y lo miró directamente a los ojos.

—Sí, ilustrísimo señor —contestó—. Tenéis mi palabra.

Habló con Merthin en el hospital, rodeada de otras personas. Temblaba y estaba al borde de las lágrimas, pero no podía verlo a solas. Sabía que en privado su resolución flaquearía, se arrojaría a sus brazos, le diría que lo amaba y le prometería que dejaría el convento y se casaría con él. Por dicho motivo lo mandó llamar, salió a recibirlo a la puerta del hospital y estuvo hablando con él con toda naturalidad, con los brazos cruzados con fuerza sobre el pecho para evitar la tentación de alargarlos en un gesto cariñoso y tocar el cuerpo que tanto amaba.

Cuando terminó de comunicarle el ultimátum del obispo y su propia decisión, Merthin la miró como si deseara verla muerta.

—Es la última vez —dijo.

—¿A qué te refieres?

—Si lo haces, será para siempre. No voy a seguir esperándote con la esperanza de que algún día quieras ser mi esposa. —Aquello fue como un bofetón para Caris, y cada palabra de Merthin era como recibir uno nuevo—. Si estás dispuesta a hacer lo que dices, intentaré olvidarte desde este mismo instante. Tengo treinta y tres años y no me queda todo el tiempo del mundo. Mi padre se está muriendo y tiene cincuenta y ocho. Desposaré a otra mujer, tendré más hijos y seré feliz en mi jardín.

La imagen que Merthin acababa de conjurar atormentó a Caris, quien se mordió el labio tratando de contener el dolor, aunque unas lágrimas calientes empezaron a rodar por sus mejillas.

—No voy a desperdiciar mi vida en este amor imposible —continuó Merthin, implacable. Caris sintió que la apuñalaba—. O abandonas el convento ahora o te quedas en él para siempre.

Caris intentó mirarlo sin flaquear.

—No te olvidaré. Te amaré siempre.

—Pero no lo suficiente.

Caris permaneció en silencio largo rato. Sabía que no era así, que su entrega a él era absoluta, pero sencillamente no le quedaba otra elección. Sin embargo, también sabía que discutiendo no iba a solucionar nada.

—¿Es eso lo que crees?

—Eso es lo que parece.

Caris asintió con la cabeza, aunque en realidad no afirmaba nada.

—Lo siento —dijo—. Lo siento con toda el alma.

—Yo también.

Merthin dio media vuelta y salió del edificio.

75

Sir Gregory Longfellow se fue por fin a Londres, aunque regresó sorprendentemente rápido, como si hubiera rebotado a modo de pelota en la muralla de esa gran ciudad. Se presentó en Tench Hall a la hora de la cena, con aspecto agitado, resollando a través de sus ensanchados orificios nasales y con el cabello gris empapado de sudor. Entró con sus habituales aires de superioridad y seguridad en sí mismo algo mermados. Ralph y Alan se encontraban junto a una ventana, examinando un nuevo puñal de hoja ancha llamado daga de rodela. Sin mediar palabra, Gregory se dejó caer cuan largo era en la gran silla labrada de Ralph. Tanto daba lo ocurrido, seguía creyéndose demasiado distinguido para esperar a que lo invitaran a tomar asiento.

Ralph y Alan se lo quedaron mirando, intrigados. La madre de Ralph resopló indignada: no soportaba la mala educación.

—Al rey no le gusta que le desobedezcan —dijo el abogado al fin.

Ralph se estremeció y miró angustiado a Gregory preguntándose qué habría hecho para que pudiera interpretarse como una desobediencia al rey. No se le ocurría nada.

—Siento que Su Majestad esté molesto —se apresuró a decir, inquieto—. Espero que no sea conmigo.

—Algo tienes que ver —contestó Gregory, con exasperante vaguedad—. Y yo también. El rey cree que sienta un mal precedente cuando no se obedecen sus deseos.

—Estoy totalmente de acuerdo.

—Por eso mismo tú y yo partiremos mañana, cabalgaremos hasta Earlscastle, veremos a lady Philippa y la obligaremos a casarse contigo.

Entonces era eso. Ralph se sintió en gran parte aliviado. Siendo justos, no podía culpársele de la terquedad de Philippa, aunque la justicia era un concepto que tampoco preocupaba en demasía a los reyes. Sin embargo, Ralph adivinó leyendo entre líneas que la persona sobre la que recaía la culpa era Gregory, y el abogado estaba decidido a acudir en rescate del plan del rey, con ánimo de redimirse.

La ira y la inquina animaban el semblante de Gregory.

—Puedes creerme, cuando haya acabado con ella, te suplicará que la desposes.

Ralph era incapaz de imaginar cómo iba a lograrlo. Recordó las palabras de la propia Philippa: podían obligarla a recorrer el pasillo hasta el altar, pero no a aceptarlo como marido.

—No sé quién me dijo que la Carta Magna garantiza el derecho de las viudas a negarse a casarse —apuntó Ralph.

—No me lo recuerdes —contestó el abogado, dirigiéndole una mirada aviesa—. Cometí el error de comentárselo a Su Majestad.

En ese caso, Ralph se preguntó qué amenazas o promesas iba a emplear Gregory para someter la voluntad de Philippa. A él no se le ocurría ningún otro modo de casarse con ella como no fuera raptándola y llevándosela a una iglesia remota donde un sacerdote debidamente sobornado hiciera oídos sordos a la rotunda negativa de la dama.

Se pusieron en marcha a la mañana siguiente, acompañados de un pequeño séquito. Era tiempo de cosecha y en North Field los hombres segaban los altos tallos del centeno mientras las mujeres los seguían detrás, atando las gavillas.

En los últimos tiempos, Ralph había sentido más preocupación por la cosecha que por Philippa, y eso nada tenía que ver con el clima, que era bueno, sino con la peste. Apenas le quedaban arrendatarios y casi ningún labriego. Muchos le habían sido arrebatados por señores sin escrúpulos como la priora Caris, quien seducía a los labradores de los demás feudos ofreciéndoles altos estipendios y tenencias atractivas. Desesperado, Ralph había concedido lo que daba en llamarse tenencias libres a varios de sus siervos, lo que significaba que éstos estaban exentos de la obligación de trabajar en las tierras del señor, acuerdo que dejaba a Ralph sin mano de obra en tiempo de cosecha y, por tanto, era muy probable que muchos de sus cultivos se pudrieran en los campos.

Sin embargo, tenía la impresión de que todos sus problemas se solucionarían casándose con Philippa, puesto que gracias a ese matrimonio poseería diez veces más tierras de las que administraba en esos momentos, además de los ingresos procedentes de otras fuentes como los tribunales, los mercados y los molinos. Asimismo, su familia volvería a ocupar el lugar que le correspondía, entre los nobles, y sir Gerald sería padre de un conde antes de morir.

Volvió a preguntarse qué tendría Gregory en mente. Philippa se había impuesto una tarea nada desdeñable al enfrentarse a la voluntad férrea y a las poderosas amistades del abogado. Ralph no la envidiaba.

Llegaron a Earlscastle poco antes del mediodía. El gorjeo vocinglero de los grajos sobre las almenas siempre transportaba a Ralph a los tiempos en que vivía allí como escudero al servicio del conde Roland, los días más felices de su existencia, según solía recordarlos. Sin embargo, el lugar estaba muy tranquilo desde que faltaba el conde. No había escuderos entrenándose con juegos violentos en el recinto, ni corceles piafando y estampando las patas mientras los acicalaban y ejercitaban fuera de las caballerizas, ni hombres de armas lanzando dados en los escalones de la torre del homenaje.

Philippa se encontraba en el anticuado salón, acompañada de Odila y un puñado de doncellas. Madre e hija trabajaban en un tapiz, sentadas en un banco delante del telar una al lado de la otra. Supuso que cuando estuviera terminado mostraría una escena de bosque. Philippa tejía con un hilo de color pardo para los troncos de los árboles y Odila con uno verde oscuro para las hojas.

—Muy bonito, pero le falta vida —opinó Ralph, adoptando un tono alegre y desenfadado—. Unos cuantos pájaros y unos conejos, y tal vez algunos perros detrás de un ciervo.

La condesa se mostró tan indiferente a sus encantos como siempre. Philippa se puso en pie y dio un paso atrás para alejarse de él. La joven hizo otro tanto. Ralph se fijó en que madre e hija eran de la misma altura.

—¿Qué haces aquí? —preguntó Philippa.

«Como tú quieras», pensó Ralph, ofendido. Se volvió de soslayo.

—Sir Gregory tiene algo que deciros —contestó, acercándose a una ventana para mirar fuera, como si lo invadiera el tedio.

Gregory cumplió con las cortesías de rigor y dijo que esperaba no estar molestándolas, a pesar de que pocas cosas había que le importaran menos que perturbar la intimidad de aquellas mujeres. Sin embargo, la fingida caballerosidad pareció ablandar a Philippa, quien lo invitó a tomar asiento.

—El rey está muy decepcionado con vos, condesa —anunció el abogado a continuación.

Philippa asintió con la cabeza.

—Siento mucho haber disgustado a Su Majestad.

—Desea recompensar a su fiel vasallo, sir Ralph, con el condado de Shiring y al mismo tiempo entregaros un marido joven y vigoroso y un buen padrastro para vuestra hija. —Philippa se estremeció, pero Gregory fingió no darse cuenta—. Le desconcierta vuestra terca oposición.

Philippa parecía asustada y bien hacía en estarlo. Todo habría sido diferente si hubiera contado con un hermano o un tío que pudiera responder por ella, pero la peste se había ensañado con su familia, y carente por tanto de parientes masculinos, no tenía quien la defendiera de la ira del rey.

—¿Qué piensa hacer? —preguntó, acongojada.

—No ha mencionado la palabra traición… todavía.

Ralph dudaba que hubiera argumentos sólidos para acusar a Philippa de traición, pero de todos modos la amenaza la hizo palidecer.

—En primer lugar, me ha pedido que intente haceros entrar en razón —continuó Gregory.

—Es evidente que el rey considera el matrimonio como un asunto político…

—Es política —la interrumpió Gregory—. Si a vuestra bella hija aquí presente le diera por enamorarse del encantador hijo de una criada, le diríais, igual que ahora hago yo con vos, que las damas nobles no pueden casarse con quien les plazca. La encerraríais en su alcoba y haríais azotar al muchacho delante de su ventana hasta que renunciara a ella para siempre.

Philippa parecía ofendida. No le gustaba que un mero abogado la sermoneara sobre las obligaciones de su condición social.

—Conozco los deberes de una viuda de mi posición —contestó altiva—. Soy condesa, igual que lo fueron mi abuela y mi hermana antes de morir a causa de la peste. Sin embargo, el matrimonio no incumbe sólo a la política, sino también al corazón. Las mujeres nos hallamos a merced de los hombres, que son nuestros amos y señores, quienes tienen el deber de decidir sabiamente nuestra suerte, por lo que sólo nos queda rogar para que la voz de nuestro corazón no sea del todo ignorada. Un tipo de petición que suele ser escuchada.

A Ralph no se le escapaba la preocupación de Philippa y, sin embargo, la dama no se dejaba arredrar, irreductible. Ese «sabiamente» había sonado ligeramente sarcástico.

—En circunstancias normales, tal vez tendríais razón, pero corren tiempos extraños —repuso Gregory—. Por lo general, cuando el rey mira en derredor en busca de alguien digno de un condado, sobran hombres justos, fuertes y vigorosos, hombres leales y dispuestos a servirle del modo que fuera necesario, a los que poder entregar el título con total confianza. Sin embargo, ahora que la peste se ha llevado a tantos de sus mejores hombres, el rey es como la esposa que acude al pescadero al final de la tarde y se ve obligada a aceptar lo que quede en el puesto.

Ralph admiró la contundencia de la argumentación, aunque también se sintió insultado. Sin embargo, fingió no haberse dado por aludido.

Philippa decidió cambiar de táctica. La condesa le hizo una señal a un criado para que se acercara.

—Tráenos una jarra del mejor vino gascón que tengamos. Sir Gregory se quedará a comer, así que sirve cordero lechal guisado con ajo y romero.

—Sí, mi señora.

—Sois muy amable, condesa —dijo Gregory.

Philippa era incapaz de coquetear. Le resultaba imposible fingir una hospitalidad que ocultara un motivo ulterior, por lo que regresó derecha al tema que los ocupaba.

—Sir Gregory, debo deciros que mi corazón, mi alma y todo mi ser se sublevan ante la perspectiva de casarme con sir Ralph Fitzgerald.

—Pero ¿por qué? —protestó Gregory—. Es un hombre como otro cualquiera.

—No, no lo es.

Hablaban de Ralph como si él no estuviera allí, lo que el caballero encontró ofensivo. Sin embargo, la desesperación de Philippa la llevaría a decir cualquier cosa. Además, Ralph tenía curiosidad por descubrir qué era lo que tanto la disgustaba de él.

Philippa hizo una pausa para ordenar sus ideas.

—Creo que ni siquiera las palabras violador, torturador o asesino alcanzan a definirlo.

Ralph se quedó estupefacto. No se consideraba nada por el estilo. Por descontado que estando al servicio del rey había torturado a personas, y había violado a Annet, y había asesinado a varias mujeres y niños insignificantes en sus días de prófugo. Se consoló con la idea de que al menos Philippa no parecía sospechar que él había sido la figura encapuchada que había asesinado a Tilly, su propia esposa.

—Hay algo en los seres humanos que les impide hacer esas cosas —continuó Philippa—. Es la capacidad... no, la disposición de compartir el dolor de los demás. No podemos evitarlo. Vos, sir Gregory, no podríais violar a una mujer porque sentiríais su dolor y su agonía, sufriríais con ella y eso apelaría a vuestra piedad. Por la misma razón tampoco podríais torturar ni asesinar. Quien carece de la facultad de compartir el dolor de los demás no es un hombre, aunque camine sobre dos piernas y hable nuestra lengua, es una bestia. —Se inclinó hacia delante y bajó la voz, aunque Ralph siguió oyéndola con claridad—. Y no pienso acostarme con una bestia.

—¡No soy una bestia! —estalló Ralph, esperando que Gregory saliera en su defensa. En cambio, el abogado pareció claudicar.

—¿Es vuestra última palabra?

Ralph lo miró incrédulo. ¿Gregory iba a dejarlo correr sin más, como si le diera la razón aunque sólo fuese en parte?

—Quiero que regreséis junto al rey y le digáis que soy su leal y obediente súbdita y que deseo ganarme su favor —prosiguió Philippa—, pero ni aunque me lo ordenara el arcángel Gabriel me casaría con Ralph.

—Ya veo. —Gregory se puso en pie—. No nos quedaremos a comer.

¿Eso era todo? Ralph esperaba que Gregory utilizara su baza secreta, un arma oculta, un soborno irresistible o una amenaza. ¿Acaso el inteligente abogado no se guardaba nada en su cara manga de brocado?

A Philippa también la desconcertó el brusco final de la entrevista.

Gregory se dirigió a la puerta y Ralph se vio obligado a imitarlo. Philippa y Odila los siguieron atentas con la mirada, sin saber qué pensar de esa glacial retirada. Las doncellas guardaron silencio.

—Por favor, pedidle al rey que sea misericordioso.

—Lo será, mi señora —contestó Gregory—. Me ha autorizado a comunicaros que, en vista de vuestra obstinación, no os obligará a casaros con el hombre que tanto despreciáis.

—¡Gracias! Me habéis salvado la vida.

Ralph abrió la boca para protestar. ¡Se lo habían prometido! Había cometido sacrilegio y asesinato a cambio de esa recompensa. ¿Cómo iban a negárselo ahora?

—En cambio, es voluntad del rey que Ralph despose a vuestra hija —se le adelantó Gregory. Hizo una pausa y señaló a la espigada quinceañera de pie junto a su madre—. Odila —sentenció, como si fuera necesario constatar de quién estaba hablando.

Philippa ahogó un grito, pero el de Odila fue audible.

Gregory hizo una reverencia.

—Que tengáis buen día.

—¡Esperad! —lo llamó Philippa.

El abogado no se dio por enterado y continuó su camino.

Ralph lo siguió boquiabierto.

Gwenda estaba extenuada cuando se despertó. Era tiempo de cosecha y pasaba los largos días de agosto en el campo. Wulfric empuñaba la guadaña con que segaba el trigo mientras Gwenda lo seguía detrás, atando las gavillas, de sol a sol. Desde el alba hasta el anochecer no hacía otra cosa que agacharse y recoger los tallos segados sin descanso, una y otra vez, hasta que el dolor de espalda se hacía insoportable. Cuando oscurecía y apenas se veía, volvía a casa tambaleante y se dejaba caer en la cama mientras su familia daba cuenta de lo que encontrara en la despensa.

Wulfric se levantó al alba y sus movimientos consiguieron colarse en el profundo sueño de Gwenda, quien se puso en pie como pudo. Todos necesitaban un buen desayuno, por lo que dispuso cordero, pan, mantequilla y cerveza fuerte sobre la mesa. Sam, de diez años, se desperezó enseguida, pero a David, de sólo ocho, tuvieron que zarandearlo y animarlo a salir de la cama.

—Esas tierras nunca las cultivaron un hombre y su mujer solos —comentó Gwenda malhumorada mientras almorzaban.

—Tú y yo recogimos la cosecha sin ayuda de nadie el año que se derrumbó el puente —contestó Wulfric con desenfado, irritantemente optimista.

—Entonces tenía doce años menos.

—Pero tú ganas con el tiempo.

Gwenda no estaba de humor para galanterías.

—Incluso en tiempos de tu padre y tu hermano contratabais jornaleros cuando llegaba la cosecha.

—¿Qué más da? La tierra es nuestra y nosotros la sembramos, por eso sacaremos provecho de la cosecha en vez de ganar un miserable penique al día. Cuanto más trabajemos, más ganaremos. ¿No es lo que siempre has querido?

—Nunca he querido depender de nadie, si es eso a lo que te refieres. —Gwenda se acercó a la puerta—. Viento del oeste y unas cuantas nubes en el cielo.

Wulfric frunció el ceño.

—Espero que el sol aguante todavía un par o tres de días.

—Creo que lo hará. Vamos, niños, hora de ir al campo. Id comiendo por el camino. —Empezó a hacer un atado con el pan y la carne para la hora de la comida cuando Nate Reeve entró cojeando por la puerta—. ¡Oh, no! Hoy no, ¡ya casi hemos acabado de segar!

—El señor también tiene sembrados —repuso el administrador.

Jonathan, el hijo de Nate, apareció detrás. Jonno, como lo llamaba todo el mundo, también tenía diez años y enseguida se puso a hacerle muecas a Sam.

—Déjanos tres días más en nuestras tierras —pidió Gwenda.

—No pierdas el tiempo, no hay nada que discutir. Debéis al señor un día de trabajo a la semana y dos en tiempo de cosecha. Hoy y mañana segaréis su cebada en Brook Field.

—El segundo día suele perdonarse. Así ha venido siendo por costumbre desde hace mucho tiempo.

—Así ha sido en tiempos en que sobraban aparceros, pero ahora el señor está en una situación desesperada. Hay tanta gente que ha negociado tenencias libres que apenas le queda nadie que le recoja la cosecha.

—Por tanto se recompensa a los que llegaron a un acuerdo contigo y pidieron estar exentos de sus deberes tradicionales mientras que a la gente como nosotros, que aceptamos los viejos términos, se nos castiga haciéndonos trabajar el doble en las tierras del señor.

Gwenda miró acusadoramente a Wulfric, recordando que no le había hecho caso cuando ella le dijo que discutiera los términos con Nate.

—Algo así —contestó Nate, indiferente.

—¡Demontre! —se le escapó a Gwenda.

—No seas malhablada. No tendrás que preocuparte por la comida. Habrá pan de trigo y un nuevo barril de cerveza. ¿No es motivación suficiente?

—Sir Ralph alimenta con avena los caballos que piensa reventar.

—¡No tardéis!

Nate siguió su camino.

Su hijo, Jonno, le sacó la lengua a Sam. Éste hizo el amago de ir a agarrarlo, pero Jonno se escabulló y salió corriendo detrás de su padre.

Cansinamente, Gwenda y su familia se encaminaron hacia los campos donde la cebada de Ralph se balanceaba con el viento y se pusieron a trabajar. Wulfric segaba y Gwenda engavillaba. Sam les seguía detrás, recogiendo los tallos que se le escapaban a su madre y juntándolos hasta que tenía bastantes para formar una gavilla. Luego se los pasaba a Gwenda para que ésta los uniese. David tenía deditos pequeños y hábiles, e iba tejiendo pajas para formar cuerdas resistentes con que atar las gavillas. Las otras familias que todavía trabajaban fieles a las antiguas costumbres los seguían a los lados mientras los siervos más avispados segaban sus propias cosechas.

Cuando el sol alcanzó su cenit, Nate apareció con un carro y un barril en la parte de atrás. Fiel a su palabra, entregó a cada familia una enorme hogaza de delicioso pan de trigo recién hecho. Después de dar cuenta de su ración, los adultos se tumbaron a la fresca para descansar mientras los niños jugaban.

Gwenda se adormecía cuando oyó una algarabía de voces infantiles. Sabía por el sonido que no se trataba de ninguno de sus hijos, pero de todas maneras se puso en pie de un salto, momento en que vio a Sam peleándose con Jonno Reeve. A pesar de que casi eran de la misma edad y estatura, Sam tenía a Jonno en el suelo y lo pateaba y lo golpeaba sin misericordia. Gwenda se dirigió hacia los críos, pero Wulfric se le adelantó y apartó a Sam agarrándolo del brazo.

Gwenda miró a Jonno preocupada. El muchacho sangraba por la nariz y la boca y tenía un ojo enrojecido que empezaba a hinchársele. El pequeño se había llevado las manos a la barriga y no paraba de gemir y sollozar. Gwenda había visto muchas peleas entre chicos, pero eso era diferente. Jonno había recibido una paliza.

Gwenda miró fijamente a su hijo de diez años. No tenía ni un solo rasguño, era como si Jonno ni siquiera lo hubiera tocado. Sam no parecía arrepentido por lo que había hecho, al contrario, tenía una expresión triunfal y soberbia que a Gwenda le resultó vagamente familiar. Rebuscando en la memoria no tardó en dar con la similitud y recordar a quién le había visto esa misma expresión después de haber propinado una tunda a alguien.

Era idéntica a la que había visto en el semblante de Ralph Fitzgerald, el verdadero padre de Sam.

Dos días después de la visita de Ralph y Gregory a Earlscastle, lady Philippa se presentó en Tench Hall.

Ralph había estado dándole vueltas a la posibilidad de contraer matrimonio con Odila. Era una jovencita muy guapa, pero en Londres podía encontrar jovencitas guapas a patadas por unos cuantos peniques. Además, ya había vivido la experiencia de estar casado con alguien que apenas había abandonado la infancia. Después de la novedad inicial, la joven le había resultado irritante y aburrida.

Por un momento acarició la idea de desposar a Odila y yacer con

Philippa al mismo tiempo. Casarse con la hija y tener a la madre de amante era una perspectiva que merecía toda su atención. Tal vez incluso podría acostarse con ambas a la vez. Ya lo había hecho en una ocasión con un par de prostitutas de Calais que eran madre e hija, y el elemento incestuoso le había dado un excitante toque de depravación.

Sin embargo, siendo sensato, sabía que eso no iba a suceder. Philippa jamás accedería a un arreglo de ese tipo. Podía intentar coaccionarla, pero no se la intimidaba con facilidad.

—No quiero casarme con Odila —le dijo a Gregory cuando volvían de Earlscastle.

—No tendrás que hacerlo —contestó el abogado, aunque se negó a explicarle la razón.

Philippa llegó acompañada de una dama de honor y un escolta, pero sin Odila. Al entrar en Tench Hall, Ralph pensó que la condesa había olvidado su altivez por primera vez en la vida, ni siquiera la encontró bella. Era evidente que llevaba dos noches sin dormir.

Ralph, Alan, Gregory, un puñado de escuderos y un administrador acababan de sentarse a comer. Philippa era la única mujer en la estancia.

La condesa se acercó a Gregory.

La cortesía que el abogado le había demostrado el día anterior había quedado olvidada: no se levantó, y la miró de abajo arriba con grosería, como si se tratara de una sierva con una queja.

—¿Y bien? —preguntó al fin.

—Me casaré con Ralph.

—¡Vaya! —exclamó Gregory, fingiendo sorpresa—. ¿Ahora sí?

—Sí. Prefiero contraer matrimonio con él antes que sacrificar a mi hija.

—Mi señora, por lo visto pensáis que el rey os ha invitado a un banquete y os ha pedido que escojáis el plato que más os apetezca —contestó, sarcástico—. Estáis equivocada. Al rey no le importa qué es lo que más os place, el rey ordena. Desobedecisteis una orden y él emitió otra. No os ofreció elegir.

Philippa bajó la vista.

—Lamento mi conducta. Por favor, perdonad a mi hija.

—Si estuviera en mis manos, declinaría vuestra petición como castigo a vuestra obcecación. Sin embargo, tal vez deberíais rogarle a sir Ralph.

Philippa miró a Ralph, quien se excitó al ver la ira y la desesperación en sus ojos. Era la mujer más altiva que jamás había conocido, y él había conseguido quebrantar su orgullo. De inmediato sintió deseos de acostarse con ella.

Sin embargo, todavía no había terminado.

—¿Tenéis algo que decirme? —preguntó Ralph.

—Os pido disculpas.

—Venid aquí. —Ralph estaba sentado a la cabeza de la mesa. Philippa se acercó y se detuvo a su lado. Ralph acarició la cabeza de león tallada en uno de los brazos de la silla—. Adelante.

—Siento haberos rechazado y quisiera retirar mis palabras. Acepto vuestra proposición: me casaré con vos.

—Pero yo no la he renovado. Es deseo del rey que despose a Odila.

—Si vos le pedís que vuelva al plan original, atenderá vuestro ruego.

—Y eso es lo que me solicitáis que haga.

—Sí. —Lo miró a los ojos y se tragó su definitiva humillación—. Os lo pido... Os lo suplico. Por favor, sir Ralph, hacedme vuestra esposa.

Ralph retiró la silla hacia atrás y se puso en pie.

—Besadme, entonces.

Philippa cerró los ojos.

Ralph le pasó el brazo por los hombros, la atrajo hacia él y la besó en la boca. Philippa se sometió sin corresponderle. Ralph le estrujó un pecho con la mano libre. Era tan firme y colmado como siempre había imaginado. A continuación, fue bajándola por el cuerpo de la mujer hasta detenerse entre las piernas. Philippa dio un respingo, pero no intentó apartarse y él apretó la palma contra la horcajadura de sus muslos. Ralph ahuecó la mano y la afianzó contra la carnosidad triangular.

Sin soltarla, apartó los labios de su boca y se volvió hacia sus amigos.

76

En el mismo momento en que Ralph se convertía en conde de Shiring, un joven llamado David Caerleon hacía otro tanto como conde de Monmouth. Sólo tenía diecisiete años y estaba lejanamente emparentado con el difunto conde, pero todos los parientes cercanos y posibles herederos al título habían sucumbido a la peste.

Pocos días antes de Navidad, el obispo Henri ofició una misa en la catedral de Kingsbridge para bendecir a los dos nuevos condes. Después de la ceremonia, asistieron en calidad de invitados de honor al banquete que Merthin ofrecía en la sede del gremio, donde los comerciantes también celebraban la concesión del fuero municipal de Kingsbridge.

Ralph consideraba a David un joven de suerte extraordinaria. A pesar de no haber salido nunca del reino ni de haber participado jamás en una guerra, era conde con tan sólo diecisiete años. Ralph había marchado por toda Normandía con el rey Eduardo, había arriesgado su vida en una batalla tras otra, había perdido tres dedos y había cometido infinidad de pecados al servicio del monarca, y aun así había tenido que esperar hasta los treinta y dos.

Sin embargo, por fin lo había conseguido y ahora, vestido con un lujoso jubón de brocado tejido con hilos de oro y plata, ocupaba un asiento al lado del obispo Henri en la mesa. Quienes lo conocían, lo señalaban por la calle para informar a los forasteros de quién era, los comerciantes prósperos se hacían a un lado y lo saludaban con respeto al pasar y la mano de la criada temblaba al servirle vino. Su padre, sir Gerald, postrado en su lecho, aunque aferrándose a la vida con uñas y dientes, le había dicho: «Soy descendiente de un conde y padre de un conde. No puedo pedir más». Se sentía enormemente satisfecho.

Ralph tenía esperanzas de poder comentar con David la cuestión de los aparceros. El problema había remitido temporalmente con el fin de la siega y el arado de las tierras. En otoño los días se acortaban y empezaba a hacer frío, por lo que el trabajo en el campo disminuía. Por desgracia, los problemas regresarían en cuanto hubiera que volver a arar con la llegada de la primavera y la tierra estuviera suficientemente blanda para que los siervos pudieran sembrar las semillas. Los labriegos volverían a molestarle con sus peticiones salariales y si se negaba a atenderlas, se fugarían para ir a servir a otros señores más espléndidos.

El único modo de ponerle fin era que la nobleza se plantara en firme de manera conjunta, se negara a aumentar los jornales y rehusara contratar desertores, todos ellos temas que Ralph deseaba comentar con David.

Sin embargo, el nuevo conde de Monmouth no demostraba demasiados deseos de conversar con Ralph, en cambio parecía más interesado en la hijastra de éste, Odila, casi de su misma edad. Ralph tenía entendido que se conocían de antes. Philippa y su primer marido, William, habían acudido en numerosas ocasiones al castillo en calidad de invitados cuando David era escudero al servicio del viejo conde. Tanto daba cómo se hubieran conocido, entre ellos había surgido la amistad. David charlaba animadamente y Odila estaba pendiente de sus palabras. La joven apoyaba sus opiniones, se sobresaltaba con sus historias y reía sus bromas.

Ralph siempre había envidiado a los hombres que conseguían fascinar a las mujeres. Su hermano tenía ese don y, por ende, a pesar de ser bajo, pelirrojo y poco agraciado, era capaz de atraer a las féminas más bellas.

Pese a todo, Ralph se compadecía de Merthin. Desde el día en que el conde Roland había hecho escudero a Ralph y había condenado a Merthin a ser aprendiz de carpintero, éste estaba sentenciado. Aun siendo el mayor, había sido Ralph el destinado a convertirse en conde. Merthin, sentado al otro lado del joven David, tenía que conformarse con el cargo de mero mayordomo… y su poder de seducción.

Ni tan siquiera a su esposa lograba seducir Ralph. Philippa apenas le dirigía la palabra. Incluso tenía más temas de conversación con su perro que con él.

Ralph se preguntaba cómo era posible que un hombre deseara algo tanto como él había deseado a Philippa y se sintiera tan insatisfecho tras conseguirlo. Había bebido los vientos por ella desde que no era más que un pobre escudero de diecinueve años y ahora, después de tres meses de matrimonio, anhelaba con todas sus fuerzas poder deshacerse de ella.

Sin embargo, no tenía motivo de queja. Philippa hacía todo lo que una esposa estaba obligada a hacer: administraba el castillo con suma eficiencia, como lo había estado haciendo desde que nombraran conde a su primer marido después de la batalla de Crécy, nunca faltaban provisiones, las deudas se pagaban puntualmente, no llevaba agujeros en la ropa, siempre había leña en el hogar y la comida y el vino estaban dispuestos en la mesa sin falta. Además, se sometía a los requerimientos sexuales de Ralph. Podía hacer todo lo que le viniera en gana: arrancarle las ropas, penetrarla con los dedos con urgencia, poseerla de pie o por detrás… Nunca se quejaba.

Sin embargo, ella no le devolvía sus atenciones. Sus labios jamás respondían a los suyos, su lengua nunca se introducía en su boca, ella nunca lo acariciaba. Philippa siempre tenía a mano un frasco con aceite de almendras con el que lubricaba su indiferente cuerpo cada vez que él deseaba acostarse con ella. Se tumbaba como un cadáver mientras él gruñía encima. En cuanto él rodaba a un lado, ella se levantaba para ir a lavarse.

Lo único bueno de su matrimonio era que Odila le había cogido cariño a Gerry. El pequeño había despertado su incipiente instinto maternal y Odila le hablaba, le cantaba y lo acunaba hasta que se dormía. Le proporcionaba un afecto que jamás habría encontrado en una niñera.

Pese a todo, Ralph estaba arrepentido. El voluptuoso cuerpo de Philippa, el que había anhelado con deseo durante tantos años, se volvía contra él. Hacía semanas que no la tocaba y seguramente no volvería a hacerlo. Miró su generoso pecho y las redondeadas caderas y añoró los delgados muslos y la suave piel de Tilly. Tilly, a quien había apuñalado con un largo y afilado cuchillo que le había clavado en las costillas hasta traspasarle el corazón. Era un pecado que no se había atrevido a confesar. Le atormentaba pensar cuánto tiempo sufriría por ello en el purgatorio.

Puesto que el obispo y sus acólitos se alojaban en el palacio del prior, y el séquito de Monmouth ocupaba las alcobas de invitados del priorato, Ralph, Philippa y sus criados se albergaban en un mesón. Ralph había escogido la Bell, la posada reconstruida de la que su hermano era el propietario. Era la única construcción de tres pisos de Kingsbridge, con un gran salón en la planta baja, dormitorios para hombres y mujeres encima y un último piso con seis onerosas alcobas individuales. Una vez finalizado el banquete, Ralph y sus hombres se retiraron a la posada, donde se instalaron delante de la chimenea, pidieron más vino y empezaron a jugar a los dados. Philippa se demoró y se quedó charlando con Caris para hacer de carabina a Odila y el conde David.

Ralph y sus compañeros atrajeron a una multitud de jóvenes admiradores como los que solían reunirse alrededor de los nobles derrochadores. Poco a poco, la euforia que le proporcionaba la bebida y la emoción del juego ayudó a Ralph a ir olvidando sus problemas.

Se fijó en una muchacha rubia que no le quitaba el ojo de encima mientras él perdía alegremente un penique de plata tras otro cada vez que lanzaba los dados. Le hizo una seña para que se sentara a su lado en el banco y la joven le dijo que se llamaba Ella. En los momentos de mayor tensión, Ella le apretaba el muslo como atrapada por el suspense, aunque probablemente sabía muy bien lo que estaba haciendo, como todas las mujeres.

Poco a poco, Ralph fue perdiendo interés en el juego y concentrándolo en la muchacha. Sus hombres siguieron apostando mientras él intimaba con Ella. Era todo lo opuesto a Philippa: alegre, atractiva y Ralph la fascinaba. No dejaba las manos quietas ni un solo segundo: se retiraba el pelo de la cara, le daba una palmadita en el brazo, después se llevaba la mano al cuello y le daba un juguetón empujoncito en el hombro… Y parecía muy interesada por sus vivencias en Francia.

Con gran disgusto de Ralph, Merthin entró en la posada y se sentó a su lado. Merthin no dirigía personalmente el establecimiento, sino que se lo había arrendado a la hija menor de Betty Baxter, pero le interesaba que la joven sacara el negocio adelante y le preguntó a Ralph si todo era de su gusto. Ralph le presentó a su acompañante y Merthin contestó, en un tono desdeñoso de una descortesía inusitada, que la conocía de sobra.

Contando con ese día, los hermanos no se habían visto en más de tres o cuatro ocasiones desde la muerte de Tilly, y en las veces anteriores, como en el enlace de Ralph con Philippa, apenas habían tenido tiempo para hablar. Con todo, por el modo en que su hermano lo miraba, Ralph sabía que Merthin sospechaba que él era el asesino de Tilly, una muda acusación de presencia amenazadora, callada pero ineludible, como la vaca en la única estancia de la atestada casucha de un pobre labriego. Ralph sabía que, de salir a la luz, sería la última vez que se dirigirían la palabra.

Por ese motivo, como de tácito acuerdo, esa noche volvieron a intercambiar unos cuantos tópicos inocuos y luego Merthin se fue, aduciendo que tenía trabajo que hacer. Ralph se preguntó qué trabajo lo reclamaría una oscura noche de diciembre. En realidad ignoraba por completo en qué empleaba el tiempo. No cazaba, no recibía en audiencia y no servía al rey. ¿Cómo era posible que pasara todo el santo día haciendo dibujos y supervisando obras? Una vida así habría enloquecido a Ralph. No sólo eso, tampoco se explicaba cómo era posible que sus ocupaciones le reportaran tanto dinero. Mientras que a Merthin nunca parecía faltarle, Ralph siempre había andado corto, incluso siendo señor de Tench.

Ralph concentró su atención en Ella.

—Mi hermano anda un poco malhumorado —se disculpó.

—Eso es porque lleva medio año sin catar hembra —comentó la muchacha, riéndose tontamente—. Antes se refocilaba con la priora, pero ella tuvo que echarlo tras la vuelta de Philemon.

—Se supone que no hay que fornicar con las monjas —repuso Ralph, fingiéndose escandalizado.

—La madre Caris es una buena mujer, pero le pica la cosa, es fácil de adivinar por el modo en que camina.

Ralph se excitó al oír hablar a una mujer con tanta franqueza.

—Eso es muy malo para un hombre —dijo él, siguiéndole el juego—. Tanto tiempo sin una mujer…

—Lo mismo pienso yo.

—Así la cosa acaba… hinchándose.

Ella ladeó la cabeza y enarcó las cejas. Ralph le echó un rápido vistazo a su propio regazo y la muchacha siguió la mirada.

—Válgame Dios, qué molesto tiene que ser eso.

La joven colocó la mano sobre el pene erecto en el preciso momento en que aparecía Philippa.

Ralph se quedó helado. Se sintió culpable y cohibido, y al mismo tiempo furioso consigo mismo por permitir que le importara lo que Philippa pudiera pensar sobre lo que él hacía o dejaba de hacer.

—Me subo arriba… Vaya —se interrumpió la condesa.

La muchacha no lo soltó. De hecho, apretó el pene de Ralph con suavidad mientras miraba a Philippa y sonreía triunfante.

En el semblante ruborizado de la condesa se adivinaba la vergüenza y la incredulidad.

Ralph abrió la boca con intención de decir algo, aunque sin saber el qué.

No deseaba disculparse ante la arpía de su esposa, pues la creía la única culpable de hacer recaer sobre ella esa humillación. Sin embargo, también se sentía como un tonto, allí sentado con una fulana de posada que le sujetaba el miembro mientras tenía delante a su abochornada esposa, la condesa.

La escena de cuadros vivos apenas duró unos segundos. A Ralph se le trabó la lengua, Ella rió tontamente y Philippa, tras exclamar un «¡Oh!» cargado de exasperación y desdén, dio media vuelta y subió la escalera con la misma majestuosidad que una cierva por una ladera, y desapareció en un recodo sin mirar atrás.

Ralph se sentía enojado y azorado al mismo tiempo, aunque concluyó que no existía motivo por el que sentirse de ninguno de los dos modos. Sin embargo, su interés por Ella había disminuido visiblemente y le apartó la mano.

—Bebe un poco de vino —dijo la joven, sirviéndole de la jarra que había encima de la mesa, pero Ralph apartó el vaso barruntando el inicio de un dolor de cabeza—. ¿No irás a dejarme en la estacada ahora que me has puesto…, ya sabes, caliente? —insistió Ella en voz baja y sugerente, tratando de retenerlo agarrándolo del brazo. Ralph le apartó la mano de una sacudida y se puso en pie—. Entonces será mejor que me des algo a modo de compensación —dijo la muchacha, haciéndose más dura su expresión.

Ralph se llevó la mano a la bolsa y sacó un puñado de peniques de plata. Sin mirarla, arrojó el dinero sobre la mesa sin molestarse en comprobar si era demasiado o se quedaba corto.

La muchacha se lanzó a por las monedas.

Ralph la dejó y subió la escalera.

Philippa estaba sentada en la cama, con la espalda apoyada contra el cabezal. Se había descalzado, pero por lo demás seguía vestida. Lo recibió con una mirada acusadora.

—¡No tienes derecho a enfadarte conmigo!

—Yo no estoy enfadada. Pero tú sí. —Siempre conseguía darle la vuelta a las palabras para alzarse con la razón y dejarlo a él en ridículo—. ¿Quieres que te deje? —preguntó, sin darle tiempo a idear una réplica.

Ralph la miró fijamente, sin salir de su asombro. Era lo último que habría esperado.

—¿Adónde irías?

—Me quedaría aquí —contestó Philippa—. No voy a tomar los hábitos, pero podría vivir en el convento. Me traería apenas unos cuantos criados: una doncella, un secretario y mi confesor. Ya he hablado con la madre Caris y ella no ve ningún inconveniente.

—Mi última esposa hizo lo mismo. ¿Qué pensará la gente?

—Muchas nobles se retiran a conventos o bien por una temporada o bien para siempre en algún momento de sus vidas. La gente pensará que me has repudiado porque ya no tengo edad para darte hijos, cosa que seguramente es cierta. De todos modos, ¿qué te importa lo que diga la gente?

Por breves momentos pensó en lo triste que sería que Gerry perdiera a Odila, pero la perspectiva de librarse de la altanería de Philippa y su desaprobadora presencia le resultaba irresistible.

—Muy bien, ¿qué te detiene? Tilly no me pidió permiso.

—Primero quiero ver casada a Odila.

—¿Con quién? —Philippa lo miró como si fuera estúpido—. Ah, con el joven David, supongo.

—Está enamorado de ella y creo que sería muy conveniente para ambos.

—Él es menor… Tendrá que pedir permiso al rey.

—Es por eso que te lo planteo. ¿Lo acompañarás a ver al rey y hablarás en favor de su matrimonio? Si haces eso por mí, te juro que jamás volveré a pedirte nada. Te dejaré en paz.

No le estaba pidiendo que hiciera ningún sacrificio. Una alianza con Monmouth sólo podía ser beneficiosa.

—¿Abandonarías Earlscastle y te trasladarías al convento?

—Sí, en cuanto Odila estuviera casada.

Ralph comprendió que era el final de un sueño que, por desgracia, se había hecho amarga realidad. No le quedaba más opción que admitir el fracaso y volver a empezar de nuevo.

—Muy bien —aceptó, sintiendo una mezcla de pesar y liberación—. Trato hecho.

77

La Pascua llegó a principios del año 1350, y la noche de Viernes Santo había un gran fuego ardiendo en el hogar de Merthin. En la mesa había dispuesta una cena fría: pescado ahumado, queso blando, pan recién hecho, peras y una jarra de vino renano. Merthin llevaba unos calzones limpios y una túnica amarilla nueva. La casa estaba barrida y un jarrón con narcisos decoraba una mesa auxiliar.

Lolla estaba con los criados, por lo que nadie acompañaba a Merthin. La casita de madera de Arn y Em se encontraba en la otra punta del jardín, pero a Lolla, que tenía cinco años, le encantaba quedarse allí a pasar la noche. Decía que se iba de peregrinación y se hacía un hatillo de viaje con su cepillo y su muñeca preferida.

Merthin abrió una ventana y asomó la cabeza. Una fresca brisa soplaba sobre el río desde los prados de la otra orilla. Empezaba a oscurecer. Daba la impresión de que la luz se derramaba desde del cielo y se hundía en el río, absorbida por las negras aguas.

En ese momento imaginó a una figura encapuchada saliendo del convento. El misterioso personaje enfilaba el gastado sendero que atravesaba el césped de la catedral en diagonal, pasaba corriendo junto a las luces de la posada Bell y descendía la embarrada calle principal, con el rostro oculto entre las sombras, sin hablar con nadie. Lo imaginaba alcanzando la orilla. ¿Miraría de soslayo las oscuras aguas del río recordando un momento de desesperación tan profundo como para alentar ideas suicidas? Si así era, las apartaba de inmediato de su mente y echaba a andar por la calzada adoquinada del puente hasta llegar al otro lado, a la isla de los Leprosos. Una vez allí, abandonaba el camino principal, cruzaba una espesura de intrincados arbustos y maleza mordisqueada por conejos y rodeaba las ruinas del viejo lazareto hasta llegar a la orilla sudoeste. Luego llamaba a la puerta de Merthin.

El constructor cerró la ventana y esperó. No oyó nada. El anhelo había espoleado su imaginación.

Sintió deseos de echar un trago, pero no lo hizo. Se había acostumbrado a cierto ritual y no quería modificar el orden de los acontecimientos.

La llamada a la puerta llegó instantes después. Fue a abrirla. El misterioso personaje entró, se quitó la capucha y dejó resbalar la pesada capa gris de sus hombros.

La mujer le sacaba varios centímetros en altura y varios años en edad. A pesar de su habitual porte altivo, en esos momentos su radiante sonrisa iluminaba la estancia. Vestía un atuendo de paño escarlata Kingsbridge fuerte. Merthin la abrazó, atrajo su voluptuoso cuerpo hacia él y la besó en sus carnosos labios.

—Philippa, amor mío…

Hicieron el amor de inmediato, allí mismo, en el suelo, sin apenas desvestirse. A pesar de su evidente desesperación, ella parecía incluso más anhelante. Merthin estiró la capa sobre la paja y ella se levantó las faldas y se tendió. Se aferró a él como un náufrago a una tabla de salvación, lo envolvió con sus piernas, lo rodeó con los brazos, apretándolo contra su suave cuerpo, y hundió la cara en su cuello.

Philippa le había confesado que, tras abandonar a Ralph y trasladarse al priorato, había dado por sentado que nadie volvería a tocarla hasta que las monjas prepararan su cuerpo inerte para el entierro. Merthin casi lloró al pensarlo.

Por su parte, Merthin había amado a Caris hasta tal punto que dudaba que pudiera volver a querer nunca a ninguna otra mujer. Ese amor había llegado como un regalo inesperado para ambos, como un arroyo de agua clara que borbotea en un desierto sofocante del que ambos habían bebido como si murieran de sed.

Después, descansando jadeantes y entrelazados junto al fuego, Merthin recordó la primera vez. Poco después de que Philippa se mudara al priorato, la condesa se había interesado por la construcción de la nueva torre. Por su mentalidad más bien pragmática, le costaba llenar las largas horas que supuestamente debía dedicar a la oración y la meditación. Disfrutaba en la biblioteca, pero no podía pasarse todo el día leyendo. En cierta ocasión fue a verlo al taller, él le mostró los planos y pronto se habituó a visitarlo a diario y a charlar con él mientras Merthin trabajaba. Él siempre había admirado su inteligencia y su integridad, y en la intimidad del taller del maestro albañil, Merthin conoció a la afectuosa y generosa persona que se ocultaba bajo el majestuoso porte de la condesa. También descubrió su agudo sentido del humor y aprendió a hacerla reír. Ella respondía con una risa sonora y gutural que, sin saber cómo, despertaba sus más bajos instintos.

—Eres un buen hombre —le dijo un día—. Los hombres como tú no abundan.

Su sinceridad le llegó al alma y le besó la mano. Sólo fue un gesto afectuoso que ella podía rechazar si quería sin mayores dramatismos: únicamente tenía que retirar la mano y retroceder un paso para hacerle comprender que se había sobrepasado. Sin embargo, no la retiró. Al contrario, ella sujetó la suya y alzó la vista con algo parecido al deseo en la mirada. Merthin la abrazó y la besó en la boca.

Hicieron el amor en el camastro del taller y Merthin no recordó hasta después que había sido Caris quien lo había animado a subir el jergón hasta allí arriba con la velada excusa de que los albañiles necesitan algo suave donde poner sus herramientas.

Caris ignoraba la relación que mantenía con Philippa. A excepción de la doncella de Philippa, Arn y Em, nadie más lo sabía. Philippa se retiraba a su alcoba privada del primer piso del hospital poco después de que cayera la noche, a la misma hora en que las monjas se dirigían al dormitorio y, cuando las demás dormían, se escabullía por la escalera exterior, la que permitía las idas y venidas de los invitados importantes sin tener que atravesar las dependencias comunes. Regresaba por el mismo camino antes del alba, durante los cantos del oficio de maitines de las monjas, y aparecía para el desayuno como si hubiera pasado toda la noche en su alcoba.

A Merthin le sorprendió descubrir que era capaz de amar a otra mujer cuando aún no había pasado un año desde que Caris lo dejara de manera definitiva. No la había olvidado; al contrario, pensaba en ella a diario. Sentía la necesidad de compartir con ella algo divertido que hubiera ocurrido o consultar con ella problemas intrincados, o se descubría haciendo algo del modo que ella hubiera querido, como limpiar con sumo cuidado el raspón de la rodilla de Lolla con vino caliente. Además, la veía casi todos los días. El nuevo hospital estaba poco más o menos terminado, pero apenas se habían iniciado los trabajos de la torre de la catedral y Caris inspeccionaba muy de cerca la evolución de ambas obras. Aunque el priorato ya no controlaba la vida diaria de la ciudad, Caris seguía interesándose por el trabajo que Merthin y el gremio llevaban a cabo para crear las instituciones de un burgo, como la constitución de los tribunales, la organización de una lonja de lana o la concienciación de los gremios artesanos para la estandarización de pesos y medidas. Sin embargo, siempre que pensaba en ella le quedaba un regusto desagradable, como el resabio amargo que deja la cerveza ácida. La había amado sin condiciones y ella había acabado rechazándole. Era como recordar un día feliz tras el que hubieran acabado peleados.

—¿Crees que me siento especialmente atraído por mujeres que no son libres? —le preguntó distraído.

—No, ¿por qué?

—¿No es extraño que después de pasarme doce años amando a una monja y nueve meses de celibato me enamore de la esposa de mi hermano?

—No me llames así —se apresuró a contestar ella—. Eso no fue un matrimonio. Me desposaron en contra de mi voluntad, sólo compartí el lecho con él unos días y te aseguro que nada le haría más feliz que no volver a verme.

Merthin le dio unas palmaditas en el hombro para disculparse.

—Y sin embargo debemos mantener lo nuestro en secreto, igual que hice con Caris.

No obstante, se ahorró mencionar el hecho de que la ley concedía al hombre el derecho de matar a su mujer si la descubría cometiendo adulterio. Merthin no conocía ningún caso, como mínimo entre la nobleza, pero nunca debía olvidar la vanidad de Ralph. Merthin sabía, y le había confesado a Philippa, que Ralph había asesinado a su primera esposa, Tilly.

—Tu padre amó perdidamente a tu madre durante mucho tiempo, ¿no es así? —preguntó la condesa.

—¡Así es! —Merthin casi había olvidado esa vieja historia.

—Y tú te enamoraste de una monja.

—Y mi hermano estuvo muchos años prendado de ti, la felizmente casada mujer de un noble. Como dicen los sacerdotes: los hijos sufren los pecados de los padres. Hablemos de otra cosa: ¿te apetece cenar?

—Dentro de un rato.

—¿Hay algo que quieras hacer primero?

—Ya lo sabes.

Lo sabía. Merthin se arrodilló entre las piernas de Philippa y le besó la barriga y los muslos. Una de sus características era que siempre quería repetir sus orgasmos. Merthin empezó a excitarla con la lengua. Philippa gimió y lo agarró por la nuca.

—Sí —dijo—. Ya sabes cómo me gusta eso, sobre todo cuando estoy colmada de tu semilla.

Merthin levantó la cabeza.

—Lo sé —dijo, y volvió a agacharse para retomar su tarea.

La peste les dio una tregua con la llegada de la primavera. La gente seguía muriendo, pero cada vez eran menos los que enfermaban. El Domingo de Resurrección, el obispo Henri anunció que la feria del vellón tendría lugar como venía siendo habitual.

Seis novicios hicieron sus votos durante la misa y se convirtieron en monjes. Todos habían finalizado un noviciado extraordinariamente corto, pero al obispo le interesaba aumentar la plantilla de Kingsbridge y aseguró que lo mismo ocurría por todo el país. Asimismo ordenaron a cinco sacerdotes, quienes también se habían beneficiado de un adoctrinamiento acelerado, que fueron enviados a sustituir, en las aldeas de los alrededores, a los que habían sucumbido víctimas de la peste. Y celebraron la vuelta de la universidad de dos monjes de Kingsbridge, quienes se habían licenciado en medicina en tres años en vez de los cinco o los siete habituales.

Los nuevos médicos eran Austin y Sime. Caris los recordaba vagamente de sus tiempos de hospedera, tres años atrás, cuando se habían ido a la escuela universitaria que Kingsbridge tenía en Oxford. La tarde del lunes de Pascua les enseñó el nuevo hospital, que ya casi estaba terminado. Ese día no había albañiles trabajando puesto que era festivo.

Ambos monjes se paseaban con ese aire de suficiencia que la universidad parecía imbuir en sus licenciados junto a las teorías médicas y cierto gusto por el vino gascón. Sin embargo, los años de trato con los pacientes habían afianzado la seguridad de Caris en sí misma, por lo que les explicó con diligencia y confianza cómo estaba dispuesto el hospital y el modo en que planeaba dirigirlo.

Austin era un estilizado y apasionado joven de cabello rubio y ralo. Al monje le impresionó la innovadora distribución de los recintos, que imitaba a un claustro. Sime, algo mayor y de cara redonda, no parecía compartir la emoción de su compañero por aprender de la experiencia de la priora. Caris se fijó en que continuamente parecía distraído en otros asuntos cuando ella hablaba.

—Soy de la opinión de que un hospital ha de estar siempre limpio —comentó Caris.

—¿En qué te basas? —preguntó Sime con tono condescendiente, como si le preguntara a una niñita por qué su muñeca se merecía una regañina.

—La higiene es una virtud.

—Ya. Por tanto no tiene nada que ver con el equilibrio de los humores del cuerpo.

—Lo ignoro, por aquí no hacemos demasiado caso de los humores. Ese planteamiento se ha demostrado totalmente inútil frente a la peste.

—¿Y barrer los suelos ha surtido efecto?

—Como mínimo, una sala limpia levanta el ánimo de los pacientes.

—Sime, debes admitir que algunos de los maestros de Oxford comparten las nuevas ideas de la madre priora —intervino Austin.

—Un pequeño grupo de heterodoxos.

—Lo primordial es identificar a los pacientes que padecen males que se transmiten de enfermos a personas sanas y aislarlos de los demás.

—¿Con qué fin? —preguntó Sime.

—Para atajar la propagación de dichas enfermedades.

—¿Y cómo se transmiten éstas?

—Nadie lo sabe.

—Entonces, si me permites la pregunta —dijo Sime, esbozando una sonrisita triunfante—: ¿cómo sabes mediante qué medios atajar la propagación de la enfermedad?

Sime creía que la había derrotado con sus artes dialécticas, una de las materias más importantes que se impartían en Oxford, pero no conocía a Caris.

—Gracias a la experiencia —contestó ella—. Un pastor no comprende el milagro por el cual los corderos crecen en el vientre de una oveja, pero sabe que ese milagro no se produce si mantiene al carnero apartado del rebaño.

—Ya.

A Caris le desagradó el modo en que dijo «Ya». Pensó que Sime era inteligente, pero no tenía los pies en la tierra. Le sorprendió el contraste entre ese tipo de capacidad de raciocinio y el de Merthin. El constructor atesoraba amplios conocimientos y su capacidad mental para comprender lo complejo era notable, pero sus reflexiones nunca se apartaban de las realidades del mundo material, pues era consciente de que si se equivocaba, sus edificios caían. Su padre, Edmund, se le parecía mucho, era inteligente y práctico. Sime, igual que Godwyn y Anthony, se aferraba a su fe en los humores del cuerpo sin importarle si el paciente moría o sobrevivía al tratamiento.

Austin sonreía abiertamente.

—En eso tiene razón, Sime —dijo, con evidente satisfacción de que su petulante amigo no hubiera logrado acallar a aquella mujer inculta—. Puede que no sepamos con exactitud cómo se propagan las enfermedades, pero nada perdemos separando a los enfermos de los sanos.

La hermana Joan, la tesorera de las monjas, interrumpió la conversación.

—El administrador de Outhenby pregunta por ti, madre Caris.

—¿Ha traído un rebaño de terneros?

Outhenby estaba obligada a entregar a las monjas doce becerros por Pascua.

—Sí.

—Llévatelos al establo y pídele al administrador que venga, por favor.

Sime y Austin se fueron y Caris fue a inspeccionar el suelo embaldosado de las letrinas, donde se encontró con el administrador, Harry Ploughman. Caris había despedido al anterior administrador por responder con demasiada lentitud a los cambios y había ascendido al joven más despabilado de la aldea.

A pesar del atrevimiento que suponía estrecharle la mano, el joven le gustaba, por lo que Caris restó importancia al gesto natural del muchacho.

—Debe de ser un incordio tener que conducir el rebaño hasta aquí —comentó Caris—, sobre todo ahora que es tiempo de arar la tierra.

—Así es —afirmó él.

Como la mayoría de los labriegos, tenía hombros anchos y brazos fornidos, la robustez y la maña que se requerían para conducir la boyada de ocho bestias que tiraban del pesado arado para romper el húmedo suelo arcilloso. Era la viva estampa de la salud.

—¿No preferiríais hacer un pago en numerario? —preguntó Caris—. Hoy día la mayoría de los deberes para con el señor se pagan con dinero.

—Sería más cómodo. —Entornó los ojos y la miró con rústica sagacidad—. Pero ¿cuánto?

—Un ternero de un año suele andar por unos diez o doce chelines en el mercado, aunque los precios han bajado esta temporada.

—Tienes razón, a la mitad. Puedes comprar doce terneros por tres libras.

—O seis libras en un año bueno.

El joven sonrió abiertamente, disfrutando de la negociación.

—Ése es el problema.

—Pero seguiríais prefiriendo pagar en numerario.

—Si llegamos a un acuerdo en cuanto al precio.

—Dejémoslo en ocho chelines por ternero.

—Pero si no podemos vender un becerro por más de cinco chelines, ¿de dónde sacaremos los aldeanos la diferencia?

—Hagamos lo siguiente: de ahora en adelante, que Outhenby elija entre pagar al convento cinco libras o doce terneros.

Harry lo meditó, buscando algún inconveniente.

—De acuerdo, ¿sellamos el trato? —respondió al fin, al no encontrarlo.

—¿De qué manera?

Para su sorpresa, Harry la besó.

Agarró los finos hombros de Caris con sus manos callosas, inclinó la cabeza y acercó su boca a los labios de la priora. Si el hermano Sime hubiera hecho una cosa semejante, ella se habría apartado, pero Harry era diferente y tal vez ese aire de vigorosa masculinidad la había excitado. Tanto daba la razón, se rindió al beso. No opuso resistencia cuando él la atrajo hacia sí y acercó su boca rodeada de barba a sus labios. Harry la apretó contra su cuerpo para que pudiera sentir su erección. Caris comprendió que estaba dispuesto a tomarla allí mismo, sobre el suelo recién embaldosado de la letrina, y la idea la hizo entrar en razón. Dejó de besarlo y lo apartó de un empujón.

—¡Basta! ¿Se puede saber qué haces?

—Besarte, mi amor —contestó él, sin amilanarse.

Caris comprendió que tenía un problema. Era evidente que los rumores acerca de Merthin y ella se habían extendido, y que seguramente eran las dos personas más conocidas de todo Shiring. Era probable que Harry no supiera de la misa la media, pero las murmuraciones habían bastado para envalentonarlo. Ese tipo de cosas podía minar su autoridad y tendría que cortarlo de raíz.

—No vuelvas a hacer una cosa así jamás —le advirtió, muy seria.

—¡Pero si creía que te gustaba!

—Entonces tu pecado es aún mayor, pues has tentado a una mujer débil para que rompiera sus votos sagrados.

—Pero te amo.

Caris comprendió que era cierto y adivinó la razón. Había irrumpido en su aldea, lo había reorganizado todo y había manejado a los labriegos a su voluntad. No sólo eso, había descubierto el potencial de Harry y lo había distinguido por encima de sus iguales; el joven debía de pensar que era una diosa. No era de extrañar que se hubiera enamorado de ella, aunque tendría que bajarlo de las nubes cuanto antes.

—Si vuelves a hablarme así, tendré que buscar otro administrador para Outhenby.

—Ah.

Eso lo detuvo en seco con más efectividad que acusarlo de pecador.

—Vuelve a casa.

—Muy bien, madre Caris.

—Y búscate otra mujer… Preferiblemente una que no haya hecho voto de castidad.

—Eso jamás —contestó él, aunque Caris no lo tomó en serio.

Harry se fue, pero ella decidió esperar un poco más en el mismo sitio. Sentía una lúbrica desazón. Si hubiera estado segura de que nadie la iba a molestar en un rato, se habría tocado. Era la primera vez en nueve meses que el deseo físico la importunaba. Después de romper definitivamente con Merthin había recaído en una especie de estado asexuado en el que no pensaba en el sexo. La relación con otras monjas le proporcionaba el afecto y el calor humano que necesitaba. Se sentía profundamente unida tanto a Joan como a Oonagh, aunque ninguna la amaba en el sentido físico en que Mair lo había hecho. Eran otras las pasiones que hacían palpitar su corazón: el nuevo hospital, la torre y el renacer de la ciudad.

Abandonó el hospital pensando en la torre y atravesó el prado que la separaba de la catedral. Merthin había excavado cuatro enormes agujeros en el exterior, los más profundos que nadie había visto jamás, alrededor de los cimientos de la vieja torre. Había construido unas grúas gigantescas para sacar la tierra que, durante los húmedos meses de otoño, los carros de bueyes habían arrastrado a diario en lenta y trabajosa procesión por la calle principal camino del puente, para luego depositarla en la rocosa isla de los Leprosos. Una vez allí, la intercambiaban por sillares que recogían en el muelle de Merthin, deshacían el camino calle arriba y acababan amontonándolos en los terrenos de la iglesia, en pilas cada vez más altas.

Con la desaparición de las últimas escarchas del invierno, los albañiles empezaron a construir los cimientos. Caris se dirigió al norte de la catedral y echó un vistazo al agujero abierto en el ángulo formado por los muros externos de la nave y del transepto norte. La profundidad del hoyo producía vértigo. El fondo estaba tapizado con sillares bien cortados dispuestos en hileras rectas y unidos por finas capas de argamasa. Dado que no podían aprovechar los viejos cimientos para la nueva torre, la estaban construyendo sobre unos nuevos e independientes. Ésta se alzaría por encima de los muros existentes de la iglesia, por lo que no habría que realizar trabajos de demolición ni por encima ni por debajo de lo que Elfric ya había hecho al bajar los pisos más altos de la vieja torre. Cuando estuviera acabada, Merthin retiraría el tejado provisional que Elfric había construido sobre el crucero. El proyecto llevaba el sello de Merthin: era sencillo, pero innovador; una solución brillante que se adaptaba a las características propias del lugar.

Igual que en el hospital, allí tampoco había albañiles, siendo lunes de Pascua, pero Caris atisbó movimiento en el fondo del hoyo y dedujo que alguien se paseaba por los cimientos. Momentos después vio a Merthin y se dirigió a una de las sorprendentemente inestables escaleras de soga que utilizaban los albañiles para bajar por ella, aunque sin tenerlas todas consigo.

Sintió un gran alivio cuando por fin colocó un pie en el suelo. Un sonriente Merthin la ayudó a apearse del último travesaño.

—Estás un poco pálida —comentó.

—Hay que bajar mucho trecho. ¿Cómo va el asunto?

—Bien. Aún quedan unos años.

—¿Por qué? El hospital parece más complicado y está acabado.

—Por dos razones: cuanto más alto subamos, menos albañiles podrán trabajar en la obra. Ahora mismo tengo a doce hombres en los cimientos, pero a medida que vayamos subiendo, la torre irá haciéndose más estrecha y no habrá espacio para todos. La otra razón es que la argamasa tarda mucho en secarse. Tenemos que dejar que se endurezca durante todo el invierno antes de colocar demasiado peso sobre ella.

Caris no estaba escuchándolo. Al mirarlo a la cara, le vino a la memoria el tiempo en que hacían el amor en el palacio del prior, entre el oficio de maitines y el de laudes, con el primer rayo de la mañana que se colaba por la ventana abierta y bendecía sus cuerpos desnudos.

Le dio unas palmaditas en el brazo.

—Bueno, al menos no necesitas tanto tiempo para el hospital.

—En Pentecostés ya podrás mudarte.

—Me alegra saberlo. Aunque la peste nos está dando un pequeño respiro, cada vez hay menos muertos.

—Alabado sea Dios —dijo Merthin con fervor—. Puede que esté remitiendo.

—Ya una vez creímos que se había acabado, ¿recuerdas? —repuso Caris, sacudiendo la cabeza ligeramente—. El año pasado por estas fechas, pero luego regresó con mayor virulencia.

—Dios no lo permita.

—Al menos tú estás bien —dijo Caris, acariciando la hirsuta barba con la palma de la mano.

Merthin la miró con ligera incomodidad.

—En cuanto el hospital esté acabado, nos pondremos con la lonja de la lana.

—Espero que estés en lo cierto cuando dices que el mercado se animará pronto.

—Si no lo hace, de todas formas moriremos.

—No digas eso.

Lo besó en la mejilla.

—Debemos comportarnos como si diéramos por sentado que sobreviviremos —dijo Merthin con voz crispada, como si Caris lo irritara—. Pero en realidad no lo sabemos.

—No pensemos en lo peor que pudiera ocurrir.

Caris le rodeó la cintura con los brazos y lo atrajo hacia sí. Al apretar sus pechos contra el enjuto cuerpo del constructor, sintió los duros huesos contra su anhelante cuerpo.

Merthin la apartó con brusquedad y Caris retrocedió tambaleándose, a punto de caer.

—¡Quieres estarte quieta! —se quejó Merthin.

La reacción de Merthin la sorprendió tanto como si la hubiera abofeteado.

—¿Qué ocurre?

—¡Deja de tocarme!

—Yo sólo...

—¡No me toques y ya está! Fuiste tú la que puso fin a nuestra relación hace nueve meses. Te dije que era la última vez y te lo dije en serio.

—Pero si sólo te he abrazado... —protestó Caris, incapaz de comprender el motivo de su enojo.

—Bueno, pues no me abraces. No soy tu amante. No tienes derecho.

—¿No tengo derecho a tocarte?

—¡No!

—No sabía que se necesitara un permiso.

—Por supuesto que lo sabes. Tú no dejas que la gente te toque.

—Tú no eres la gente. No somos unos extraños.

Sin embargo, Caris era muy consciente de que se equivocaba y que Merthin tenía razón. Ella lo había rechazado, pero no había aceptado las consecuencias. El encuentro con Harry de Outhenby había despertado su lujuria y había acudido a Merthin en busca de alivio. Había intentado engañarse diciéndose que lo estaba tocando de modo afectuoso y amistoso, pero no era cierto. Lo había tratado como si todavía pudiera disponer de él a su antojo, como una dama rica y ociosa que deja un libro y luego vuelve a retomarlo. Después de haberle negado el derecho a tocarla todo ese tiempo, no estaba bien que ella tratara de volver a gozar de ese privilegio porque un joven y fornido labriego la hubiera besado.

De todos modos, habría esperado de Merthin una explicación comedida y afectuosa y, sin embargo, se había mostrado crispado y arisco. ¿Acaso no sólo habría echado a perder su amor sino también su amistad? Las lágrimas acudieron a sus ojos. Dio media vuelta y regresó a la escalera de soga.

La subida fue ardua. El esfuerzo que había que hacer era agotador y ella parecía haber perdido sus energías. Se detuvo a medio camino para descansar y miró abajo. Merthin estaba al pie de la escalera, afianzándola con su peso.

Casi había llegado arriba cuando volvió a echar un vistazo abajo. Él seguía allí. En ese momento pensó que soltar la cuerda pondría fin a su desdicha. La caída era mortal hasta las inexorables piedras. La muerte sería instantánea.

Merthin debió de presentir lo que pensaba porque le hizo un gesto impaciente para indicarle que despabilara y subiera de una vez. Caris pensó en cómo le destrozaría la vida si se suicidaba, y por un momento se regodeó en su dolor y en su sentimiento de culpabilidad. Estaba segura de que Dios no la castigaría en la otra vida, si es que tal cosa existía.

Subió los últimos travesaños y puso pie en tierra firme. Menuda locura se le había pasado por la cabeza. ¿Cómo iba a poner fin a su vida con todo lo que tenía que hacer?

Regresó al convento. Era la hora de vísperas, por lo que condujo la procesión al interior de la catedral. Cuando era novicia siempre se quejaba del tiempo que se perdía en los oficios y por eso la madre Cecilia se ocupaba de encontrarle quehaceres que le permitieran excusarse la mayoría de las veces. Sin embargo, en esos momentos agradeció la oportunidad que la tediosa liturgia le brindaba para descansar y reflexionar.

Concluyó que esa tarde había tenido un resbalón, pero se sobrepondría. Sin embargo, tuvo que reprimir las lágrimas al entonar los salmos.

Esa noche había anguila ahumada para cenar. Dura y de sabor fuerte, no era el plato preferido de Caris, pero hambrienta como estaba, al final comió un poco de pan.

Después de la cena se retiró a su botica, donde encontró a dos novicias que estaban copiando su libro. Lo había terminado poco después de Navidad. Boticarios, prioras, barberos, incluso un par de médicos le habían solicitado copias. Al final, la reproducción del libro se había convertido en parte del adiestramiento de las monjas que quisieran trabajar en el hospital. Los ejemplares eran baratos, ya que el libro era breve y no llevaba dibujos elaborados ni tintas caras, y la demanda iba en alza.

En una estancia tan pequeña, tres personas eran multitud. Caris no veía el momento de poder disfrutar del espacio y la luz de la botica del nuevo hospital.

Deseaba estar a solas, por lo que despidió a las novicias; sin embargo, no era su destino ver cumplidos sus deseos: momentos después se presentó lady Philippa.

La reservada condesa no le resultaba especialmente simpática, pero se compadecía de su situación y le complacía poder dar asilo a cualquier mujer que huyera de un marido como Ralph. Además, Philippa era una huésped ejemplar: casi nunca pedía nada y pasaba mucho tiempo en su alcoba. No parecía interesarle demasiado la vida de oración de las monjas, pero quién mejor que Caris para comprenderla.

La priora la invitó a tomar asiento en un banco.

—Quiero que dejes a Merthin en paz —le espetó la condesa sin preámbulos. A pesar de sus maneras corteses, Philippa era una mujer muy directa.

—¿Cómo? —preguntó Caris, atónita y ofendida.

—Es evidente que debes hablar con él, pero no debes besarlo ni tocarlo.

—¿Cómo os atrevéis?

¿Qué sabía Philippa... y qué le importaba?

—Ya no es tu amante. Deja de molestarle.

Merthin debía de haberle contado la riña de esa tarde.

—Pero ¿por qué habría él de contaros...?

Adivinó la respuesta antes incluso de acabar de formular la pregunta y Philippa no hizo más que confirmarlo a continuación.

—Ya no es tuyo. Es mío.

—¡Por todos los santos! —Caris no salía de su asombro—. ¿Merthin y vos...?

—Sí.

—¿Estáis...? ¿Habéis...?

—Sí.

—¡No lo sabía! —A pesar de que era consciente de que no tenía derecho, se sentía traicionada. ¿Cuándo había ocurrido?—. Pero ¿cuándo…? ¿Dónde…?

—Los detalles no son de tu incumbencia.

—Por descontado que no. —En la casa de la isla de los Leprosos, supuso. De noche—. ¿Cuánto hace que…?

—Eso no te importa.

A Caris no le resultó difícil calcularlo: Philippa no llevaba más de un mes allí.

—No perdéis el tiempo.

Philippa tuvo la consideración de pasar por alto el inmerecido menosprecio.

—Él habría hecho cualquier cosa por ti, pero tú lo abandonaste. Déjalo en paz de una vez. Le ha costado mucho amar a otra persona después de ti… Pero lo ha conseguido. Ni se te ocurra entrometerte.

Caris deseó encontrar el modo de contraatacar con dignidad, de reprenderla porque no tenía derecho a darle órdenes o reprobarla; sin embargo, sabía que Philippa tenía razón. Caris había dejado a Merthin para siempre.

No quiso que Philippa fuera testimonio de su desolación.

—¿Os importaría iros, por favor? —dijo, tratando de emular el digno porte de Philippa—. Me gustaría estar a solas.

Philippa no se daba por vencida con facilidad.

—¿Harás lo que te pido? —insistió la condesa.

A Caris no le gustaba que la acosaran, pero ya no le quedaban fuerzas.

—Sí, por descontado —contestó.

—Gracias.

Philippa se fue.

Caris se echó a llorar en cuanto estuvo segura de que la condesa no podía oírla.

78

Como prior, Philemon no era mejor que Godwyn. El reto que suponía gestionar los bienes del priorato lo abrumaba. Durante la temporada en que había sido prior en funciones, Caris había confeccionado una lista de las principales fuentes de ingresos con que contaban los monjes:

1. Los arriendos.
2. Una parte de los beneficios procedentes del comercio y la industria (diezmo).
3. Las ganancias obtenidas con la explotación agraria de las tierras no arrendadas.
4. Los beneficios procedentes de los molinos harineros y demás molinos destinados a la producción.
5. Los derechos de tránsito fluviales y una parte del pescado que recogían las redes de los pescadores.
6. Los tributos de los puestos del mercado.
7. Lo recaudado mediante la aplicación de la justicia, como multas y pagos recaudados en los tribunales.
8. Los donativos hechos por peregrinos y devotos en general.
9. Los beneficios obtenidos mediante la venta de libros, agua bendita, velas, etc.

Había entregado la lista a Philemon y éste se la había devuelto con un ademán airado, como si se sintiera insultado. Godwyn, cuya única ventaja con respecto a Philemon consistía en aparentar cierto don de gentes, le habría agradecido el gesto y, sin decir nada, habría dejado de lado el listado.

Caris había introducido en el convento una nueva forma de llevar las cuentas que, cuando trabajaba para su padre, había aprendido de Buonaventura Caroli. El viejo método consistía simplemente en anotar cada operación en un rollo de pergamino, de forma que siempre pudiera consultarse. El sistema italiano, en cambio, separaba los ingresos de los gastos: los primeros se anotaban en el lado izquierdo; los segundos, en el derecho, y al final se sumaban ambas columnas por separado al pie del manuscrito. La diferencia entre ambos totales mostraba con claridad si la institución ganaba o perdía dinero. La hermana Joan lo había adoptado con entusiasmo. No obstante, cuando se ofreció a explicárselo a Philemon éste se negó de forma rotunda, pues interpretaba los ofrecimientos de ayuda como un insulto a su competencia.

Sólo tenía talento para una cosa, para la misma que Godwyn: manipular a la gente. Con gran astucia, había hecho una buena criba del nuevo grupo de monjes y había enviado al hermano Augustine, un médico de mentalidad moderna, y a otros dos jóvenes brillantes a St.-John-in-the-Forest para que estuvieran lejos y no pudieran cuestionar su autoridad.

Pero Philemon era problema del obispo. Henri lo había nombrado prior y tendría que arreglárselas con él. Ahora la ciudad era independiente y Caris tenía su nuevo hospital.

El edificio sería consagrado por el obispo el día de Pentecostés, que siempre se celebraba siete semanas después de Semana Santa. Unos días antes, Caris trasladó todo su material y enseres a la nueva botica. Ésta era lo bastante espaciosa para que dos personas pudieran hacer uso a la vez de la mesa y preparar medicinas mientras una tercera tomaba notas en el escritorio.

Caris preparaba un vomitivo, Oonagh trituraba hierbas secas y una novicia llamada Greta copiaba en el libro de Caris cuando entró un novicio con un pequeño arcón de madera. Se trataba de Josiah, un adolescente al que solían llamar Joshie. El muchacho se sintió violento en presencia de tres mujeres.

—¿Dónde lo dejo? —preguntó.

Caris se lo quedó mirando.

—¿Qué es?

—Un arcón.

—Eso ya lo veo —respondió Caris en tono paciente. Por desgracia, el hecho de que una persona fuera capaz de aprender a leer y escribir no significaba que fuera inteligente—. Pero ¿qué contiene?

—Libros.

—¿Y para qué me traes un arcón con libros?

—Me han pedido que lo haga. —Al cabo de un momento el muchacho se percató de que la respuesta era insuficiente y añadió—: Es cosa del hermano Sime.

Caris alzó las cejas.

—¿Sime me regala libros? —Abrió el arcón.

Joshie desapareció sin responder a la pregunta.

Los libros eran textos de medicina, escritos en latín. Caris los hojeó. Allí estaban los clásicos: *Poema de la medicina*, de Avicena; *Alimentos y dieta en el Corpus Hippocraticum*, de Hipócrates; *Sobre la constitución del arte médica*, de Galeno y *De urinis*, de Isaac el Judío. Todos habían sido escritos hacía más de trescientos años.

Joshie apareció con un nuevo arcón.

—¿Y ahora qué traes?

—Instrumentos médicos. El hermano Sime dice que no los toquéis, que ya vendrá él a colocarlos en el lugar apropiado.

Caris se sintió decepcionada.

—¿Quiere que guardemos aquí los libros y el instrumental? ¿Es que piensa trabajar aquí?

Por supuesto, Joshie no conocía las intenciones de Sime.

Antes de que Caris tuviera tiempo de decir nada más, Sime se presentó acompañado de Philemon. El hombre echó un vistazo a la estancia y, sin más explicaciones, empezó a desempaquetar sus pertenencias. Retiró de una estantería unos cuantos recipientes que Caris había colocado allí y los reemplazó por libros suyos. Luego sacó los afilados cuchillos con que abría las venas y los matraces que empleaba para analizar las muestras de orina.

—¿Piensas pasar mucho tiempo en el hospital, hermano Sime? —preguntó Caris en tono neutro.

Philemon respondió por él; era evidente que esperaba la pregunta con deleite.

—¿Y dónde si no? —le espetó. Su tono expresaba indignación, como si Caris se hubiera opuesto de antemano—. Esto es un hospital, ¿verdad? Y Sime es el único médico del priorato. ¿Quién si no él va a tratar a los enfermos?

De pronto, la sala dejó de parecer espaciosa.

Antes de que Caris pudiera responder, apareció un extraño.

—El hermano Thomas me ha dicho que me presente aquí —dijo—. Soy Jonas Powderer, de Londres.

El visitante era un hombre de unos cincuenta años que llevaba un abrigo bordado y un bonete de pieles. Caris captó su disposición a sonreír y su carácter afable y supuso que vivía de las ventas que hacía. El hombre le estrechó la mano y, echando un vistazo a la cámara, asintió con aprobación al ver las ordenadas hileras de tarros y frascos etiquetados.

—Esto es digno de contemplar —opinó—. Nunca había visto una botica tan completa fuera de Londres.

—¿Sois médico, señor? —preguntó Philemon en tono cauteloso al no conocer el rango de Jonas.

—Soy boticario. Regento un establecimiento en Smithfield, cerca del hospital de St. Bartholomew. Aunque me esté mal decirlo, es el negocio más importante de toda la ciudad.

Philemon se tranquilizó. Un boticario no pasaba de ser un mercader, alguien muy inferior a un prior según la jerarquía. Con un ligero desdén, preguntó:

—¿Y qué trae por aquí al mayor boticario de Londres?

—He venido con la intención de obtener una copia de *La panacea de Kingsbridge*.

—¿De qué?

Jonas esbozó una sonrisa de complicidad.

—Vos cultiváis la humildad, padre prior, pero yo sé que esta monja lo ha copiado aquí mismo, en el botica.

—¿El libro? —se extrañó Caris—. Eso no es ninguna panacea.

—Pero contiene la cura de todas las enfermedades.

Caris advirtió que en la afirmación había cierta lógica.

—¿Cómo sabes de su existencia?

—He viajado mucho en busca de extrañas hierbas e ingredientes mientras mis hijos se hacían cargo de la botica. Una vez conocí a una monja de Southampton que me mostró una copia del libro. Ella lo llamaba «la panacea» y me explicó que se había escrito en Kingsbridge.

—¿La hermana Claudia?

—Sí. Le rogué que me prestara el libro, sólo el tiempo suficiente para poder copiarlo, pero no estaba dispuesta a desprenderse de él.

—La recuerdo bien. —Claudia había acudido en peregrinación a Kingsbridge y se había alojado en el convento, donde se había volcado para atender a las víctimas de la peste sin velar en absoluto por su propia seguridad. En agradecimiento, Caris le había entregado el libro.

—Es una obra extraordinaria —alabó Jonas con efusión—. ¡Y está escrita en inglés!

—Está pensada para las personas laicas que se dedican a sanar y no saben mucho latín.

—No existe un libro igual en ningún idioma.

—¿Tan raro es?

—¡Lo que es raro es la forma en que está organizado! —exclamó Jonas con entusiasmo—. En lugar de estar ordenado por los humores corporales o los tipos de enfermedad, los capítulos hacen referencia a los síntomas. Así, según el paciente esté aquejado de dolor de estómago, hemorragia, fiebre, diarrea o congestión nasal, lo único que hay que hacer es consultar la página apropiada.

Philemon, impaciente, intervino.

—Seguro que eso basta a los boticarios y a su clientela.

Jonas aparentó no haber percibido el ligero tono burlón.

—Supongo, padre prior, que vos sois el autor de esa obra de valor incalculable.

—¡Claro que no! —respondió.

—Entonces, ¿quién…?

—Lo escribí yo —confesó Caris.

—¡Una mujer! —se extrañó Jonas admirado—. Pero ¿de dónde obtuviste toda la información? Prácticamente nada de todo eso aparece en otros textos.

—Los textos antiguos nunca me han parecido especialmente útiles, Jonas. La primera persona que me enseñó a preparar medicinas fue una sabia mujer de Kingsbridge llamada Mattie. Por desgracia, tuvo que abandonar la ciudad por miedo a que la sometieran a un juicio por brujería. Luego aprendí más cosas de la madre Cecilia, que fue priora antes que yo. Sin embargo, lo difícil no es reunir recetas y métodos de curación; quien más quien menos conoce muchísimos. Lo difícil es distinguir los tratamientos efectivos de las meras patrañas. Lo que yo hice fue confeccionar durante años un diario donde anotaba los efectos de cada uno de los tratamientos que aplicaba. En el libro, incluí sólo los que había comprobado que funcionaban con mis propios ojos una y otra vez.

—Me maravilla estar hablando contigo en persona.

—Tendrás una copia de mi libro. Me halaga que alguien haya recorrido tan larga distancia por él. —Abrió un armario—. Éste estaba destinado al priorato de St.-John-in-the-Forest, pero pueden esperar a que se haga otra copia.

Jonas lo tomó como si de un objeto sagrado se tratara.

—Te estoy sumamente agradecido. —Sacó una suave bolsa de piel y se la entregó a Caris—. Como prueba de mi gratitud, acepta un modesto regalo de mi familia para las monjas de Kingsbridge.

Caris abrió la bolsa y extrajo de ella un pequeño objeto envuelto en lana. Cuando lo destapó, descubrió que se trataba de un crucifijo de oro con incrustaciones de piedras preciosas.

La codicia hizo brillar los ojos de Philemon.

Caris se quedó estupefacta.

—¡Es un regalo muy caro! —exclamó, pero enseguida se dio cuenta de que las palabras no resultaban muy elegantes y añadió—: Es un gesto extraordinariamente generoso por parte de tu familia, Jonas.

El hombre hizo un ademán para quitarle importancia.

—Gracias a Dios, gozamos de prosperidad.

—Todo eso… a cambio de los remedios de unas cuantas ancianas —comentó Philemon con envidia.

—Ah, padre prior, entiendo que vos estéis por encima de cosas como ésta —respondió Jonas—. Nosotros no aspiramos a tener vuestro nivel intelectual y no tratamos de entender los humores corporales. Igual que un niño se succiona el corte del dedo porque le alivia el dolor, a nosotros nos basta con saber que los tratamientos que administramos funcionan; dejamos para mentes más privilegiadas el averiguar cómo y por qué ocurren las cosas. Lo que Dios creó nos resulta demasiado misterioso para sentir gusto por comprenderlo.

A Caris le pareció que Jonas hablaba con una ironía finísima que apenas podía ocultar. Vio que Oonagh disimulaba una sonrisa. También Sime captó el trasfondo burlón y sus ojos centellearon con rabia. Philemon, en cambio, no lo notó y el halago pareció aplacarlo. En su rostro se dibujó una mirada maliciosa y Caris dedujo que estaba tratando de encontrar un modo de atribuirse parte del mérito y así hacerse también con algún crucifijo adornado con piedras preciosas.

La feria del vellón empezó el día de Pentecostés, como siempre. Era un día en que solía haber mucha actividad en el hospital, y ese año no fue ninguna excepción. Las personas ancianas se sentían mal después del largo viaje hasta la feria; los recién nacidos y los niños tenían diarrea por culpa de una comida y unas aguas a las que no estaban habituados; y los adultos consumían demasiado alcohol en las tabernas y acababan teniendo problemas y causándoselos a los demás.

Por primera vez, Caris pudo separar a los pacientes en dos grupos: el cada vez menos numeroso de enfermos de peste y el de los afectados por enfermedades infecciosas como los trastornos estomacales o la viruela eran acomodados en el nuevo edificio, bendecido por el obispo ese mismo día por la mañana. Las víctimas de accidentes y peleas eran atendidas en el viejo hospital, para que no corrieran riesgo alguno de contagio. Atrás habían quedado los días en que una persona entraba al priorato con un dedo dislocado y moría por culpa de una pulmonía.

La crisis se desencadenó el lunes de Pentecostés.

Por la tarde, temprano, Caris se encontraba en la feria. Había salido a dar una vuelta después de cenar. El ambiente era tranquilo comparado con el de hacía años, cuando centenares de visitantes y millares de ciudadanos atestaban no sólo el recinto de césped de la catedral sino también las calles principales. No obstante, ese año la feria tuvo más éxito del esperado tras no haberse celebrado el año anterior. Caris suponía que la gente era consciente de que la peste parecía estarse extinguiendo. Los que habían sobrevivido se consideraban invulnerables, aunque en realidad unos lo eran y otros no, pues la epidemia continuaba cobrándose víctimas mortales.

El paño de Madge Webber era el tema de conversación de la feria. Los nuevos telares diseñados por Merthin no sólo eran más rápidos sino que también hacían más fácil tejer motivos complejos. Ya había vendido la mitad de las existencias.

Caris estaba hablando con Madge cuando empezó la pelea. La mujer la estaba poniendo en un apuro al asegurar, tal como había hecho muchas veces antes, que sin Caris seguiría siendo una tejedora sin dinero. Ella estaba a punto de desmentirlo, como de costumbre, cuando oyeron unos gritos.

Caris reconoció de inmediato el fuerte sonido de la voz de unos jóvenes en actitud agresiva; procedía de cerca de un barril de cerveza que se encontraba a unos treinta metros de distancia. Los gritos no tardaron en aumentar de volumen y una mujer se puso a chillar. Caris acudió corriendo al lugar de los hechos con la esperanza de poder interrumpir la riña antes de que las cosas se salieran de madre.

Por desgracia, llegó un poco tarde.

Hacía rato que la reyerta estaba en pleno apogeo: cuatro de los mayores alborotadores de la ciudad se enfrentaban encarnizadamente a un grupo de campesinos, identificables por sus prendas rústicas, que con toda probabilidad procedían de la misma aldea. Una atractiva joven, que era sin duda quien había chillado, se esforzaba por separar a dos hombres que se estaban asestando puñetazos mutuamente sin piedad alguna. Uno de los muchachos de la ciudad había sacado un cuchillo y los campesinos contaban con pesadas palas de madera. Cuando Caris llegó, más personas se habían unido a ambos bandos.

Se volvió hacia Madge, que la había seguido.

—Envía a alguien a buscar a Mungo Constable, lo más rápido posible. Es probable que esté en el sótano de la sede del gremio.

Madge se marchó a toda prisa.

La pelea se estaba poniendo fea. Varios de los muchachos de la ciudad empuñaban sendos cuchillos; uno de los campesinos yacía en el suelo y el brazo no cesaba de sangrarle, y otro seguía peleando a pesar del tajo que tenía en la cara. Ante la mirada de Caris, otros dos muchachos de la ciudad la emprendieron a puntapiés con el campesino tendido en el suelo.

Caris vaciló un instante, pero enseguida avanzó hacia el muchacho más cercano y lo aferró por la camisa.

—¡Willie Bakerson! ¡Detente ahora mismo! —gritó con la voz más autoritaria de que fue capaz.

Y casi surtió efecto.

Willie, sorprendido, se alejó de su adversario y miró a Caris con expresión de culpabilidad. Ella abrió la boca para volver a hablar, pero en ese mismo instante recibió un violento palazo en la cabeza que con toda seguridad iba dirigido a Willie.

Le dolía como un demonio. Se le nubló la visión y perdió el equilibrio, y lo siguiente que notó fue que caía al suelo. Aturdida, yació allí tumbada tratando de recobrar la lucidez mientras todo a su alrededor parecía dar vueltas. Entonces, alguien la asió por debajo de los brazos y la arrastró lejos de allí.

—¿Estás herida, madre Caris? —La voz le resultaba familiar, pero no era capaz de identificarla.

Al fin se espabiló y se puso en pie con esfuerzo y la ayuda de su rescatadora, a quien ya pudo reconocer. Se trataba de Megg Robbins, la robusta vendedora de cereales.

—Sólo estoy un poco atontada —respondió Caris—. Tenemos que impedir que esos muchachos se maten.

—Ya han llegado los alguaciles. Mejor será que dejemos que lo hagan ellos.

En efecto, allí estaba Mungo junto con seis o siete ayudantes; todos blandían sendas porras. Se introdujeron en la pelea y empezaron a golpear cabezas a diestro y siniestro. Causaban tanto daño como los iniciadores de la pelea, pero su presencia sirvió para confundir a los contendientes. Los muchachos se quedaron perplejos y algunos huyeron a toda prisa. En pocos segundos la refriega hubo terminado.

—Megg, ve corriendo al convento y haz venir a la hermana Oonagh; dile que traiga vendas —ordenó Caris.

Megg se fue a toda prisa.

Los que pudieron marcharse por su propio pie, lo hicieron enseguida. Caris empezó a examinar a los que quedaban. Un joven campesino que había recibido una cuchillada en el estómago trataba de sujetarse las tripas; había pocas esperanzas para él. El muchacho del tajo en el brazo sobreviviría si Caris lograba detener la hemorragia. Se despojó del cinturón, lo enrolló en la parte superior del brazo del joven y apretó hasta ver que sólo fluía un hilillo de sangre.

—Mantenlo así —le pidió, y se dirigió a uno de los muchachos de la ciudad que parecía haberse roto varios huesos de la mano. A Caris seguía doliéndole la cabeza, pero hizo caso omiso.

Oonagh apareció junto con varias monjas más. Al cabo de unos instantes, Matthew Barber acudió con sus enseres y entre los dos curaron a los heridos. Siguiendo las instrucciones de Caris, unos cuantos voluntarios recogieron a los que estaban peor y los trasladaron al convento.

—Llevadlos al viejo hospital, no al nuevo —les ordenó.

Estaba arrodillada, y al incorporarse se sintió mareada. Se asió a Oonagh para recuperar el equilibrio.

—¿Qué te ocurre? —le preguntó Oonagh.

—Estoy bien. Será mejor que vayamos al hospital.

Se abrieron paso a través de los puestos del mercado hasta el viejo hospital. Nada más entrar se dieron cuenta de que ninguno de los heridos se encontraba allí. Caris empezó a renegar.

—Esos zopencos los han llevado al lugar equivocado —dijo, y llegó a la conclusión de que la gente tardaría un tiempo en darse cuenta de la importancia de la diferenciación.

Se dirigió junto con Oonagh al nuevo edificio. Para acceder al claustro había que atravesar un amplio pasaje abovedado. En el mismo momento en que ellas entraban, los voluntarios salían.

—¡Los habéis traído al lugar equivocado! —exclamó Caris enojada.

—Pero, madre Caris… —protestó uno.

—No discutas, no hay tiempo que perder —soltó ella con impaciencia—. Limitaos a llevarlos al viejo hospital.

Al entrar en el claustro vio que alguien llevaba al chico del brazo herido a una cámara en la que sabía que había cinco afectados de peste. Atravesó a toda prisa el patio cuadrangular.

—¡Deteneos! —gritó furiosa—. ¿Se puede saber qué estáis haciendo?

Un hombre le respondió:

—Cumplen mis instrucciones.

Caris se detuvo y miró alrededor. Quien había hablado era el hermano Sime.

—No digas tonterías —le espetó—. Lo han herido con un cuchillo. ¿Es que quieres que muera de peste?

Un ligero rubor afluyó al redondo rostro del hombre.

—No pienso someter mi decisión a tu criterio, madre Caris.

Era una respuesta estúpida y Caris la pasó por alto.

—Esos muchachos están heridos y deben mantenerse alejados de los enfermos de peste. ¡Si no, se contagiarán!

—Me parece que estás demasiado exaltada. Te aconsejo que vayas a acostarte.

—¿Acostarme? —Caris se sintió indignada—. Acabo de vendarles las heridas a esos muchachos y aún tengo que examinarlos con detenimiento. ¡Pero no aquí!

—Gracias por atender la urgencia, madre. Ahora deja que examine a fondo a los pacientes.

—¡Idiota! ¡Vas a matarlos!

—Por favor, sal del hospital hasta que te hayas calmado.

—¡No puedes echarme de aquí, estúpido! ¡Este hospital se ha construido gracias al dinero de las monjas! ¡Yo soy quien manda aquí!

—¿De verdad? —preguntó él con descaro.

Caris se dio cuenta de que, a diferencia de ella, Sime había previsto lo que estaba sucediendo. Estaba alterado pero mantenía las emociones bajo control. Se enfrentaba a un hombre que había trazado un plan. Hizo una pausa que aprovechó para pensar con rapidez. Miró alrededor y se percató de que tanto las monjas como los voluntarios observaban la escena aguardando a ver cómo se resolvía.

—Tengo que atender a los muchachos —dijo—. Mientras nosotros nos peleamos, ellos se están desangrando y pueden morir. Vamos a adoptar una solución provisional. —Prosiguió en voz más alta—: Dejad a todo el mundo donde está, por favor. —Hacía una temperatura cálida y no era preciso que los pacientes estuvieran a cubierto—. Primero tengo que ver qué necesitan, luego ya decidiré dónde los acostamos.

Los voluntarios y las monjas conocían y respetaban a Caris, mientras que Sime era nuevo allí; por eso, la obedecieron con presteza.

Sime sabía que Caris lo había derrotado y a su rostro afloró una expresión completamente enfurecida.

—Yo no puedo hacerme cargo de los pacientes en estas circunstancias —concluyó, y se marchó con paso airado.

Caris se quedó de piedra. Al ofrecerse a adoptar una solución provisional, había tratado de preservar su amor propio, pero en ningún momento se le había ocurrido que él pudiera marcharse y abandonar a los heridos en un arranque de mal genio.

Lo apartó enseguida de su mente y empezó a examinar otra vez a los heridos.

Durante las siguientes horas se mantuvo ocupada lavando heridas, cosiendo cortes, administrando bálsamos calmantes y sirviendo bebidas reconfortantes. Matthew Barber trabajaba a su lado inmovilizando huesos rotos y recolocando articulaciones dislocadas. Matthew ya estaba en la cincuentena pero su hijo Luke lo ayudaba con igual destreza.

La tarde refrescaba y empezaba a anochecer cuando acabaron. Se sentaron junto a la pared del claustro para descansar. La hermana Joan les sirvió unas jarras de sidra fría. Caris seguía padeciendo dolor de cabeza. Al mantenerse ocupada, no le había prestado atención; sin embargo, ahora volvía a molestarle. Decidió acostarse pronto.

Mientras se tomaban la sidra, apareció el joven Joshie.

—Monseñor obispo solicita que acudáis a verlo al palacio del prior cuando os sea más conveniente, madre priora.

Caris gruñó malhumorada.

—Dile que iré inmediatamente —respondió. Y en voz más baja, añadió—: Será mejor que acabe con esto cuanto antes. —Se terminó la bebida y se puso en marcha.

Recorrió el césped con paso cansino. Como ya anochecía, los puesteros estaban recogiendo sus cosas, tapaban la mercancía y cerraban con llave los baúles. Atravesó el cementerio y entró en el palacio.

El obispo Henri estaba sentado a la cabeza de la mesa. El canónigo Claude y el arcediano Lloyd se encontraban junto a él. Philemon y Sime también estaban presentes. Arzobispo, el gato de Godwyn, estaba sentado en el regazo de Henri con aire pretencioso.

—Por favor, siéntate —la invitó el obispo.

Caris se sentó al lado de Claude, quien con amabilidad le dijo:

—Pareces cansada, madre Caris.

—Me he pasado toda la tarde curando a unos muchachos estúpidos que se habían enzarzado en una dura pelea, y encima he recibido un golpe en la cabeza.

—Ya nos han contado lo de la pelea.

—Y lo de la discusión en el nuevo hospital —añadió Henri.

—Supongo que por eso estoy aquí.

—Sí.

—Si se ha creado un nuevo espacio ha sido precisamente para separar a los pacientes con enfermedades contagiosas…

—Ya sé cuál es el motivo de la discusión —la interrumpió Henri. El hombre se dirigió al grupo—. Caris ha ordenado que los que habían resultado heridos en la pelea fueran trasladados al viejo hospital, pero Sime ha revocado sus órdenes y ambos se han enzarzado en una disputa muy indecorosa delante de todo el mundo.

—Os presento mis disculpas, monseñor —dijo Sime.

Henri hizo caso omiso de sus palabras.

—Antes de proseguir, quisiera dejar una cosa clara. —El hombre volvió la mirada de Sime a Caris, y de ésta otra vez a Sime—. Yo soy el obispo y, *ex officio*, el abad del priorato de Kingsbridge. Tengo el derecho y el poder de daros órdenes y vuestro deber es obedecerme. ¿Lo aceptas así, hermano Sime?

Sime agachó la cabeza.

—Sí.

Henri se volvió hacia Caris.

—¿Y tú, madre priora?

Era evidente que sus palabras no admitían discusión. Henri estaba en su completo derecho de exigir obediencia.

—Sí —respondió Caris, con la confianza de que Henri no fuera tan estúpido de hacer que unos gamberros heridos contrajeran la peste.

—Permitidme que exponga los argumentos —prosiguió Henri—. El nuevo hospital se construyó con el dinero de las monjas según el plan detallado de la madre Caris. Su intención era proporcionar cobijo a las víctimas de la peste y a otras personas afectadas por enfermedades que, según ella, pueden transmitirse a las sanas. Cree imprescindible separar a los dos tipos de pacientes y siente que tiene derecho a insistir en que se cumpla su plan cualesquiera que sean las circunstancias. ¿Es eso cierto, madre?

—Sí.

—El hermano Sime no se encontraba aquí cuando Caris concibió su plan, así que no pudimos pedirle opinión. No obstante, ha dedicado tres años a estudiar medicina en la universidad y ha obtenido un título. Él señala que Caris no tiene formación y, aparte de lo que ha aprendido por experiencia, conoce pocas cosas sobre la naturaleza de las enfermedades. El hermano Sime es un médico cualificado; de hecho, es el único médico del priorato e incluso de Kingsbridge.

—Exacto —respondió Sime.

—¿Cómo podéis decir que no tengo formación? —saltó Caris—. Después de todos los años que llevo atendiendo a los pacientes…

—Guarda silencio, por favor —la interrumpió Henri alzando la voz; y algo en su tono tranquilo hizo que Caris se callara—. Estaba a punto de mencionar tu historial de servicio. Has ejercido aquí un trabajo de un valor inestimable; eres ampliamente reconocida por tu dedicación durante la epidemia de peste que aún dura; tu experiencia y tus conocimientos prácticos no tienen precio.

—Gracias, obispo.

—Por otra parte, Sime es sacerdote, titulado universitario… y, además, un hombre. El saber que aporta es esencial para el correcto funcionamiento del hospital del priorato. No queremos perderlo.

—Algunas eminencias universitarias aprueban mis métodos —aseguró Caris—. Podéis preguntarle al hermano Austin.

—El hermano Austin ha sido trasladado a St.-John-in-the-Forest —terció Philemon.

—Y ya sabemos por qué —soltó Caris.

El obispo intervino.

—La decisión me corresponde tomarla a mí, no a Austin ni a las eminencias universitarias.

Caris se dio cuenta de que no estaba preparada para un enfrentamiento semejante. Se sentía agotada, le dolía la cabeza y no era capaz de pensar con claridad. Se encontraba en plena lucha de poder y no tenía ninguna estrategia. De haber sido plenamente consciente de ello, no habría acudido en cuanto el obispo la había avisado. En lugar de eso, se habría ido a la cama, el dolor de cabeza habría remitido y por la mañana se habría despertado fresca, y no habría ido a encontrarse con Henri hasta haber trazado un plan de ataque.

¿Era ya demasiado tarde para eso?

—Monseñor —dijo—, esta noche no me siento en condiciones de proseguir con la conversación. Tal vez podamos dejarlo para mañana, seguro que me sentiré mejor.

—No es necesario —respondió Henri—. Ya hemos oído cuál es la queja de Sime y conocemos tu punto de vista. Además, me marcharé al amanecer.

Caris se dio cuenta de que el hombre ya había tomado una determinación y nada de lo que ella dijera cambiaría las cosas. Pero ¿cuál era su decisión? ¿Por qué se decantaba? No tenía ni idea y estaba demasiado cansada para hacer nada excepto permanecer sentada y escuchar lo que le deparaba el destino.

—El género humano es débil —empezó Henri—. Tal como dice el apóstol san Pablo, vemos las cosas a través de un cristal, con poca nitidez. Erramos, nos equivocamos de camino y razonamos mal. Necesitamos ayuda. Por eso Dios nos ha dado la Iglesia, al Papa y al clero; para guiarnos, porque nuestros propios recursos son falibles e insuficientes. Si actuamos según nuestra forma de pensar, nos equivocaremos. Debemos consultar a quien tiene autoridad.

Parecía que iba a respaldar a Sime, concluyó Caris. ¿Cómo podía ser tan estúpido?

Pero la cuestión es que lo era.

—El hermano Sime ha estudiado los antiguos textos sobre medicina en la universidad, bajo la supervisión de sus profesores, y la Iglesia aprueba la trayectoria de su preparación. Debemos aceptar la autoridad de dicha preparación y, en consecuencia, la del hermano Sime. Su juicio no puede someterse al de una persona sin estudios, por muy valiente y admirable que ésta sea. Las decisiones de él deben prevalecer.

Caris se sentía tan cansada y enferma que casi se alegró de que hubiera terminado la reunión. Sime había vencido; ella había perdido y todo cuanto deseaba era dormir. Se puso en pie.

—Siento darte un disgusto, madre Caris… —se disculpó Henri.

Su voz se iba apagando a medida que ella se alejaba. Oyó que Philemon decía:

—Qué comportamiento tan insolente.

—Déjala ir —respondió Henri en tono tranquilo.

Caris llegó a la puerta y salió de la cámara sin volverse.

Mientras atravesaba con paso lento el cementerio, comprendió el verdadero significado de lo ocurrido. Sime era el responsable del hospital y ella tendría que someterse a sus órdenes. No separarían a los diferentes tipos de pacientes, ni tampoco utilizarían mascarillas ni se lavarían las manos con vinagre. Los enfermos perderían más fuerzas aún por culpa de las sangrías; las purgas debilitarían aún más a los hambrientos; las heridas se cubrirían con cataplasmas hechas con excrementos de animales para que el cuerpo produjera pus. Nadie se preocuparía de la limpieza ni de renovar el aire.

Hablaba consigo misma mientras atravesaba el claustro, subía la escalera y entraba al dormitorio hasta llegar a su alcoba. Se tendió en la cama boca abajo; le martilleaba la cabeza.

Había perdido a Merthin; había perdido el hospital; lo había perdido todo.

Los golpes en la cabeza podían resultar mortales, lo sabía muy bien. Tal vez se durmiera y nunca más volviera a despertarse.

Tal vez eso fuera lo mejor.

79

Los árboles del huerto de Merthin habían sido plantados en la primavera de 1349. Un año después, la mayoría habían arraigado y empezaban a despuntar en forma de preciosas hojas esparcidas. Dos o tres luchaban por salir adelante y sólo uno estaba, sin duda, muerto. No esperaba que ninguno diera fruto todavía; sin embargo, para su sorpresa, en julio un precoz ejemplar presentaba una docena de diminutas peras de color verde oscuro, por el momento pequeñas y duras como piedras pero que auguraban estar maduras en otoño.

Un domingo por la tarde se las mostró a Lolla, quien se negó a creer que llegaran a convertirse en los ácidos y jugosos frutos que adoraba. Ella creía —o fingía creer— que Merthin le estaba gastando una de sus bromas. Cuando él le preguntó de dónde pensaba que venían las peras maduras, la niña se lo quedó mirando llena de reproche y le respondió: «¡Pues del mercado, tonto!».

También ella maduraría un día, pensó, aunque le costaba imaginarse su cuerpo huesudo adoptando la sinuosa y delicada forma de la silueta de una mujer. Se preguntaba si algún día le daría nietos. En el presente tenía cinco años, por lo que para ese día podían faltar tan sólo unos diez más.

Tenía el pensamiento puesto en la madurez cuando vio que Philippa avanzaba hacia él por el huerto, y le llamó la atención el gran tamaño y la redondez de sus senos. No solía visitarlo a plena luz del día y se preguntó qué debía de llevarla por allí. Por si alguien los estaba observando, la saludó con un simple beso en la mejilla, de los que daría un cuñado sin suscitar comentarios.

La mujer parecía turbada y Merthin se apercibió de que durante los últimos días se había mostrado más reservada y pensativa de lo habitual. En el momento en que ella se sentó a su lado en el césped, él dijo:

—¿Qué te ronda por la cabeza?

—Nunca he sabido dar las noticias con delicadeza —respondió ella—: estoy embarazada.

—¡Santo Dios! —Merthin estaba demasiado impresionado para reprimir su reacción—. Me extraña porque me dijiste…

—Ya lo sé. Estaba convencida de que era demasiado mayor. Hace unos cuantos años que mi ciclo menstrual es irregular; últimamente ya no lo tenía y creía que era definitivo, pero esta mañana he estado vomitando y me duelen los pezones.

—Me han llamado la atención tus senos en cuanto has entrado en el huerto. ¿Lo sabes con certeza?

—Me he quedado embarazada seis veces antes de ésta; he tenido tres hijos y tres abortos. Conozco muy bien la sensación, no cabe duda.

Merthin sonrió.

—Bueno, eso quiere decir que vamos a tener un hijo.

Ella no le devolvió la sonrisa.

—No te alegres tanto. No has pensado en las consecuencias. Estoy casada con el conde de Shiring y no he dormido con él desde octubre; de hecho, no vivimos juntos desde febrero, y ahora resulta que, en julio, estoy embarazada de dos o tres meses. Tanto él como el mundo entero sabrán que el hijo no es suyo y que la condesa de Shiring ha cometido adulterio.

—Pero no te…

—¿Matará? Bien mató a Tilly, ¿verdad?

—Dios mío, sí, lo hizo. Pero…

—Y si me mata, es posible que también mate a mi hijo.

Merthin iba a decir que eso no era posible, que Ralph no sería capaz de algo semejante, pero sabía que sí lo era.

—Tengo que decidir qué voy a hacer —dijo Philippa.

—No creo que debas tratar de interrumpir el embarazo con pócimas, es demasiado peligroso.

—No lo haré.

—Así que tendrás el niño.

—Sí. Pero ¿qué ocurrirá después?

—Supón que te alojas en el convento y que mantienes a la criatura en secreto. El lugar está lleno de niños a los que han acogido por causa de la epidemia de peste.

—Lo que no es posible mantener en secreto es el amor maternal. Todo el mundo se daría cuenta de que dedico especial atención al niño, y Ralph me descubriría.

—Tienes razón.

—Podría marcharme… Desaparecer. Londres, York, París, Aviñón… No le diría a nadie adónde voy, así Ralph no podría ir tras de mí.

—Yo iría contigo.

—Entonces no podrías terminar la torre.

—Y tú echarías de menos a Odila.

La hija de Philippa se había casado con el conde David hacía seis meses. Merthin se imaginaba lo difícil que resultaría para Philippa abandonarla. Además, la verdad era que le dolería muchísimo tener que renunciar a la torre. Desde que era adulto, se había pasado la vida deseando construir el edificio más alto de toda Inglaterra y, ahora que lo había empezado, le partiría el corazón tener que renunciar al proyecto.

Al pensar en la torre se acordó de Caris. La intuición le decía que una nueva así la dejaría desolada. Hacía semanas que no la veía; había permanecido enferma en cama tras sufrir un golpe en la cabeza durante la feria del vellón y, a pesar de que estaba recuperada por completo, ya no salía casi nunca del priorato. Suponía que debía de haber salido perdiendo en alguna lucha de poder, pues ahora era el hermano Sime quien dirigía el hospital. El embarazo de Philippa también supondría para Caris un duro golpe.

La mujer añadió:

—Odila también está embarazada.

—¿Tan pronto? Qué buena noticia. Pero entonces aún tienes más motivos para no exiliarte y renunciar a volver a verlos a ella y a tu nieto.

—No puedo salir corriendo, ni tampoco puedo esconderme; aunque, si no hago nada, Ralph me matará.

—Tiene que haber alguna manera de resolverlo —concluyó Merthin.

—Sólo se me ocurre una cosa.

Merthin se la quedó mirando y se dio cuenta de que ya había meditado la cuestión a fondo. No le había contado el problema hasta disponer de una solución; sin embargo, antes de revelársela se había asegurado de demostrarle que ninguna de las opciones obvias resultaba factible, lo cual significaba que el plan que había trazado no iba a gustarle.

—Dímela —respondió Merthin.

—Tengo que hacer que Ralph crea que el hijo es suyo.

—Pero entonces tendrás que…

—Sí.

—Ya.

La idea de que Philippa se acostara con Ralph disgustaba sobremanera a Merthin. No era sólo una cuestión de celos, aunque algo de eso había. Lo que más le molestaba era lo mal que se sentiría ella al tener que hacerlo. A Philippa, Ralph le repugnaba física y emocionalmente y Merthin comprendía muy bien ese sentimiento, a pesar de que no lo compartía. Había convivido con la brutalidad de Ralph durante toda su vida, pero era su hermano y eso no cambiaría hiciera lo que hiciese. Con todo, se ponía enfermo al pensar que Philippa iba a verse obligada a mantener relaciones sexuales con el hombre a quien más odiaba en el mundo.

—Preferiría dar con una solución mejor —dijo.

—Yo también.

Merthin la miró fijamente.

—Ya lo has decidido, ¿no?

—Sí.

—Pues lo siento de veras.

—Yo también lo siento.

—¿Crees que funcionará? ¿Conseguirás... seducirlo?

—No lo sé —respondió ella—. Tendré que intentarlo.

La catedral era simétrica. El taller del maestro albañil se encontraba en el extremo oeste, en la baja torre del lado norte, y daba al pórtico norte. En la torre pareja del sudoeste había una cámara de igual tamaño y forma que daba al claustro, donde se guardaban enseres de poco valor que se utilizaban en contadas ocasiones. Allí estaban los trajes y los objetos simbólicos usados en la escenificación de los misterios, junto con una serie de cosas no muy útiles: candeleros de madera, cadenas oxidadas, cacharros de arcilla rajados y un libro cuyas páginas de papel vitela se habían podrido con los años y las palabras escritas en él con tanto esmero habían dejado de ser legibles.

Merthin se encontraba allí comprobando la verticalidad de la pared, para lo que había colocado en la ventana un puntero de plomo colgado de una larga cuerda, cuando hizo un descubrimiento.

En la pared había grietas. Las grietas no necesariamente eran señal de mal estado, su verdadera causa debía ser interpretada por un experto. Todos los edificios se movían y las aberturas podían significar tan sólo que la estructura se estaba adaptando al cambio. A Merthin le pareció que la mayoría de las grietas de aquel desván eran inocuas. Sin embargo, había una cuya forma le extrañó, no parecía normal. Al observarla por segunda vez descubrió que alguien había aprovechado una de las aberturas naturales para aflojar una pequeña piedra. Merthin la retiró.

Enseguida cayó en la cuenta de que acababa de dar con un escondite. El espacio que la piedra ocultaba era utilizado por un ladrón. Extrajo los objetos uno a uno. Había un broche femenino con una gran piedra verde, una hebilla de plata, una manteleta de seda y un manuscrito que contenía un salmo. En el fondo encontró el objeto que le dio la pista sobre la identidad del malhechor, pues era lo único de lo allí contenido que no tenía valor monetario alguno. Se trataba de un simple trozo de madera pulida cuya superficie mostraba unas letras grabadas que rezaban: «M:Phmn:AMAT».

La «M» era una inicial, «Amat» era la palabra latina equivalente a «ama» y «Phmn» debía de significar «Philemon».

Alguien cuyo nombre empezaba por «M», fuera hombre o mujer, había amado a Philemon en un tiempo y le había regalado el objeto que él había escondido junto con sus joyas robadas.

Desde niño, se rumoreaba que Philemon tenía la mano muy larga. Las cosas que lo rodeaban solían desaparecer y parecía que allí era donde las ocultaba. Merthin se lo imaginaba acudiendo a aquel lugar solo, tal vez de noche, para retirar la piedra y recrearse contemplando su botín. Sin duda, se trataba de un tipo de enfermedad.

No obstante, nunca se habían oído rumores acerca de que Philemon tuviera amantes. Igual que Godwyn, su mentor, parecía ser uno de los pocos hombres con escasas necesidades sexuales. Sin embargo, en algún momento alguien se había enamorado de él, y él conservaba su recuerdo.

Merthin volvió a colocar los objetos en el lugar exacto donde los había encontrado, tenía buena memoria para ese tipo de cosas. Luego, devolvió la piedra a su sitio y, pensativo, salió del taller y bajó por la escalera de caracol.

A Ralph le sorprendió que Philippa regresara a casa.

El verano estaba resultando lluvioso y ese día, extrañamente, hacía un tiempo estupendo, por lo que le habría gustado salir a cazar halcones. Sin embargo, para su enojo, no podía hacerlo: la siega estaba a punto de empezar y la mayoría de los veinte o treinta apoderados, administradores y alguaciles del condado requerían verlo con urgencia. Todos tenían el mismo problema: las mieses maduraban y no había suficientes hombres y mujeres para recolectarlas.

Él no podía ayudarlos. Había hecho todo lo posible para llevar ante el tribunal a los jornaleros que desobedecían las ordenanzas y abandonaban las aldeas en busca de retribuciones más altas; sin embargo, los pocos a los que había podido dar caza habían pagado la multa con sus ahorros y se habían vuelto a marchar, por lo que sus administradores tendrían que contentarse. No obstante, todos deseaban explicarle sus problemas y no le quedó más remedio que escucharlos y dar su aprobación a las soluciones provisionales que proponían.

La entrada estaba abarrotada: había administradores, caballeros y hombres de armas; también, unos cuantos sacerdotes y una docena o más de sirvientes que se habían dejado caer por allí. Cuando todos guardaron silencio, Ralph oyó a los grajos en el exterior; el estridente sonido que emitían parecía una advertencia. Alzó la cabeza y vio a Philippa en la puerta.

La mujer se dirigió en primer lugar a los sirvientes.

—¡Martha! En esa mesa aún quedan restos de la cena. Ve a por agua caliente y límpiala ahora mismo. ¡Dickie! Acabo de ver el corcel favorito del conde manchado de barro que parece de ayer, y tú mientras te dedicas a tallar un trozo de madera. Vuelve al establo, que es donde tienes que estar, y almoházalo. Tú, muchacho, llévate de aquí a ese cachorro; acaba de orinarse en el suelo. El único perro al que se le permite la entrada a la casa es al mastín del conde, ya lo sabes.

Los sirvientes se pusieron en movimiento, incluso aquellos a los que no se había dirigido encontraron de súbito algún quehacer.

A Ralph no le importó que Philippa diera órdenes a los sirvientes. Sin una señora que los hiciera espabilarse, se habían vuelto unos perezosos.

La mujer se acercó a él y le hizo una gran reverencia que sólo resultaba apropiada tras una ausencia prolongada. No lo obsequió con un beso.

Él respondió en tono neutro.

—No… lo esperaba.

—No tendría que haber hecho ningún viaje —dijo Philippa de mal humor.

Ralph gruñó para sus adentros.

—¿Qué te trae por aquí? —le preguntó. Fuera lo que fuese, sería motivo de tribulaciones, estaba seguro.

—Es por culpa del señorío de Ingsby.

Philippa contaba con unas pocas propiedades que le pertenecían exclusivamente, unas cuantas aldeas de Gloucestershire que le pagaban tributo a ella en lugar de al conde. Ralph sabía que, desde que vivía en el convento, los administradores de esas aldeas acudían a visitarla al priorato de Kingsbridge y que le rendían cuentas a ella de sus deudas. Sin embargo, Ingsby era una excepción. El señorío le pagaba a él su tributo y él se lo transfería a ella. Por desgracia, se le había olvidado hacerlo desde que se marchara.

—Maldita sea —exclamó él—. Se me ha ido de la cabeza.

—No pasa nada —respondió ella—. Tienes muchas cosas de que ocuparte.

La frase resultaba sorprendentemente conciliadora.

Philippa subió a sus aposentos privados y él volvió al trabajo. En medio año de separación había mejorado un poco, pensó Ralph mientras otro administrador enumeraba los campos cuyos cereales estaban madurando y se lamentaba de la falta de segadores. Sin embargo, esperaba que no pensara quedarse mucho tiempo. Acostarse junto a ella por las noches era como hacerlo al lado de una vaca muerta.

Ella volvió a aparecer a la hora de cenar. Se sentó al lado de Ralph y durante la cena conversó amablemente con varios de los caballeros que estaban de visita. Se comportó con tanta frialdad y reserva como siempre; no traslucía ningún afecto, ningún sentimiento, de hecho, pero Ralph no observó rastro del odio implacable y glacial que le había demostrado tras la boda. Había desaparecido, o bien lo había enterrado en lo más hondo de su ser. Cuando terminó la cena, volvió a retirarse y lo dejó compartiendo la bebida con los caballeros.

Él se planteó la posibilidad de que pensara regresar para siempre, pero al fin descartó la idea. Nunca lo amaría, ni siquiera le caía bien. Lo único que sucedía era que la larga ausencia había aplacado el resentimiento que sentía. Probablemente, el estado afectivo subyacente no cambiaría jamás.

Dio por hecho que estaría durmiendo cuando él subiera; sin embargo, para su sorpresa, se encontraba ante el escritorio vestida con un camisón de color marfil, y una única vela proyectaba su tenue luz sobre sus facciones orgullosas y su espesa cabellera morena. Frente a ella había una larga carta escrita con letra de niña que Ralph supuso que era de Odila, la actual condesa de Monmouth. Philippa estaba respondiéndole. Como la mayoría de las aristócratas, solía dictar las cartas de negocios a un amanuense, pero las personales las escribía ella misma.

Ralph entró en el retrete; al cabo de un momento salió y se quitó las prendas exteriores. En verano solía dormir en tiradillas.

Philippa terminó de escribir la carta, se puso en pie... y volcó el bote de tinta sobre el escritorio. Se apartó de un salto, pero era demasiado tarde. La tinta se había vertido hacia donde ella estaba y una gran mancha negra había ensuciado su claro camisón. Soltó un reniego. A Ralph la escena le pareció graciosa: Philippa era tan remilgada que verla salpicada de tinta resultaba de lo más divertido.

Ella vaciló un instante antes de quitarse el camisón.

Ralph se sorprendió. Philippa no solía despojarse de las prendas con presteza, por lo que dedujo que la mancha la había desconcertado. Contempló su cuerpo desnudo. Durante su estancia en el convento había ganado algo de peso: sus pechos estaban más grandes y torneados que antes, su vientre mostraba un pequeño pero perceptible abombamiento y sus caderas lucían un atractivo y sinuoso ensanchamiento. Para su asombro, se sintió excitado.

Ella se inclinó para empapar la tinta del suelo embaldosado con el camisón hecho un fardo. Sus pechos se bamboleaban mientras frotaba las baldosas. Se dio media vuelta y Ralph obtuvo una buena vista de su generoso trasero. De no ser porque la conocía bien, habría pensado que trataba de provocarlo; pero Philippa nunca había tratado de provocar a nadie, y menos a él. Tan sólo se sentía incómoda y violenta, y eso aún hacía más emocionante el hecho de contemplar su desnudez mientras limpiaba el suelo.

Habían pasado varias semanas desde la última vez que había estado con una mujer, una ramera de Salisbury que no lo había satisfecho.

Para cuando Philippa se incorporó, él tenía una erección.

Ella lo vio observándola.

—No me mires —dijo—. Vete a la cama. —Y lanzó la manchada prenda a la cesta de la ropa sucia.

A continuación se dirigió al ropero y levantó la tapa. Había dejado allí la mayor parte de la indumentaria al marcharse a Kingsbridge, pues no se consideraba correcto vestir con ostentación viviendo en un convento, ni siquiera tratándose de una huésped rica. Encontró otro camisón. Ralph la recorrió de arriba abajo con la mirada mientras sacaba la prenda. Al contemplar sus senos erguidos y el montículo cubierto de oscuro vello que formaba su sexo, se quedó boquiabierto.

Ella observó su mirada.

—No me pongas la mano encima —le advirtió.

Si no hubiera dicho nada, probablemente Ralph se habría acostado dispuesto a dormir. Sin embargo, su pronto rechazo le dolió.

—Soy el conde de Shiring y tú eres mi esposa —le espetó—. Te pondré la mano encima siempre que me apetezca.

—No te atrevas —lo amenazó ella, y se volvió para ponerse el camisón.

Eso lo enfureció. Mientras levantaba la prenda para pasársela por la cabeza, le dio una palmada en el trasero. El golpe sobre la piel desnuda resultó fuerte y Ralph fue consciente de haberle hecho daño. Philippa dio un respingo y soltó un grito.

—Demasiado tentador para no atreverse a ponerle la mano encima —dijo él.

La mujer se volvió dispuesta a protestar, pero en un gesto súbito Ralph le propinó un puñetazo en los labios. El golpe hizo retroceder y caer al suelo a Philippa. Se llevó las manos a la boca y notó que la sangre se colaba entre sus dedos. No obstante, se encontraba tendida de espaldas, desnuda y despatarrada, y Ralph observó el triángulo de vello en el punto de unión de sus muslos y la abertura ligeramente separada que parecía invitarlo.

Se abalanzó sobre ella.

Philippa trató de zafarse con movimientos frenéticos, pero él era más corpulento y más fuerte y venció su resistencia sin esfuerzo. Un instante después ya la había penetrado. La notó seca, lo cual aún lo excitó más.

Todo terminó muy deprisa. Él se dejó caer a su lado, jadeando. Al cabo de un momento, la miró; tenía la boca ensangrentada. Ella no le devolvió la mirada, tenía los ojos cerrados. Sin embargo, a Ralph le pareció que su rostro mostraba una expresión peculiar. Meditó unos instantes hasta que logró entenderlo, y entonces aún se sintió más desconcertado.

La mujer mostraba una expresión triunfal.

Merthin supo que Philippa había regresado a Kingsbridge porque vio a su doncella en la posada Bell. Esperaba que su amante acudiera a visitarlo aquella misma noche, y se sintió decepcionado al ver que no era así. Pensó que sin duda Philippa debía de sentirse incómoda. Ninguna dama se sentiría a gusto después de hacer lo que ella había hecho, por muy buenos motivos que tuviera y por mucho que el hombre al que amaba lo supiera y lo comprendiera.

Pasó otra noche sin que apareciera. Al día siguiente era domingo y estaba seguro de que la vería en la iglesia, pero ella no asistió al oficio. Resultaba insólito que un noble se saltara una misa de domingo. ¿Qué era lo que la mantenía apartada?

Tras el oficio, Merthin hizo que Lolla volviera a casa junto con Arn y Em, y él atravesó el césped hasta el viejo hospital. En la planta superior había tres alcobas para los huéspedes importantes. Subió por la escalera exterior.

En el pasillo se encontró de frente con Caris.

Ella no se molestó en preguntarle qué estaba haciendo allí.

—La condesa no quiere que la veas, pero deberías hacerlo —le aconsejó.

Merthin observó el curioso modo de expresarse. No le había dicho «la condesa no quiere verte» sino «la condesa no quiere que la veas». Se fijó en que Caris llevaba un cuenco que contenía un trapo manchado de sangre. El miedo le atenazó el corazón.

—¿Qué sucede?

—Nada serio —lo tranquilizó Caris—. La criatura está ilesa.

—Gracias a Dios.

—Supongo que tú eres el padre.

—Por favor, no permitas que nadie te oiga nunca decir eso.

Ella parecía triste.

—Y pensar que, con todos los años que tú y yo estuvimos juntos, sólo concebí una vez…

Él apartó la mirada.

—¿En qué alcoba se encuentra?

—Perdona que te haya hablado de mí; ya sé que soy lo que menos te interesa. Lady Philippa está en la alcoba central.

Merthin captó en su voz la aflicción apenas refrenada y guardó silencio un instante a pesar de la inquietud que sentía por Philippa. Tomó el brazo de Caris.

—Por favor, no creas que no me intereso por ti —dijo—. Siempre me ha preocupado lo que pudiera ocurrirte y si eras o no feliz.

Ella asintió y las lágrimas asomaron a sus ojos.

—Ya lo sé —respondió—. Soy una egoísta. Ve a ver a Philippa.

Merthin dejó a Caris y entró en la alcoba central. Philippa se encontraba arrodillada en el reclinatorio y le daba la espalda. Él interrumpió sus plegarias.

—¿Te encuentras bien?

La mujer se puso en pie y se volvió hacia él. Tenía el rostro desfigurado. Sus labios estaban hinchados, presentaban un tamaño tres veces superior al habitual, y llenos de costras.

Dedujo que Caris le había limpiado la herida, de ahí que llevara un trapo manchado de sangre.

—¿Qué ha ocurrido? —le preguntó—. ¿Puedes hablar?

La mujer asintió.

—Me cuesta, pero sí. —Parecía mascullar las palabras, pero se la entendía.

—¿Hasta qué punto estás malherida?

—Tengo un aspecto horrible, pero no es grave. Por lo demás, estoy bien.

Él la abrazó y ella apoyó la cabeza en su hombro. Merthin permaneció así un rato, estrechándola entre sus brazos, hasta que ella se echó a llorar.

Entonces le acarició el pelo y la espalda mientras ella se estremecía entre sollozos.

—Ya está, ya está… —le dijo, y la besó en la frente, pero no trató de acallarla.

Poco a poco, el llanto remitió.

—¿Puedo besarte en los labios? —preguntó.

Ella asintió.

—Con cuidado.

Él los rozó suavemente con los suyos. Notó un sabor de almendras; Caris le había aplicado aceite en las heridas.

—Cuéntame lo ocurrido —le pidió.

—Ha funcionado. Lo he engañado; seguro que creerá que el hijo es suyo.

Él le acarició la boca con la yema del dedo.

—¿Te lo ha hecho él?

—No te enfades. Traté de provocarlo y lo conseguí. Puedes estar contento de que me golpeara.

—¡Contento! ¿Por qué?

—Porque cree que tuvo que obligarme a hacerlo. Está convencido de que no me habría prestado a ello si no hubiera hecho uso de la violencia. No se imagina siquiera que tuviera intención de seducirlo y nunca sospechará la verdad. Eso quiere decir que estoy a salvo… y nuestro hijo también.

Merthin le puso la mano en el vientre.

—¿Por qué no has venido a verme?

—¿Con este aspecto?

—Quiero estar contigo, y con mayor motivo si estás herida. —Alzó la mano hasta su busto—. Además, te he echado de menos.

Ella lo apartó.

—No puedo ir de mano en mano como una ramera.

—Ah. —Merthin no se lo había planteado de ese modo.

—¿Lo comprendes?

—Creo que sí. —Entendía que una mujer se sintiera sucia por eso, a pesar de que a un hombre lo llenara de orgullo hacer exactamente lo mismo.

—Pero ¿por cuánto tiempo…?

Ella exhaló un suspiro y se alejó.

—No es cuestión de tiempo.

—¿Qué quieres decir?

—Hemos convenido en decirle a todo el mundo que el hijo es de Ralph, y yo me he asegurado de que él así lo crea. Querrá educarlo personalmente.

Merthin se sintió consternado.

—No lo había pensado con detenimiento, pero suponía que seguirías viviendo en el priorato.

—Ralph no permitirá que su hijo sea criado en un convento, y menos si resulta ser un niño.

—¿Y qué piensas hacer? ¿Volver a Earlscastle?

—Sí.

El niño aún no era nada; no era una persona, ni siquiera era un ser completo. No era más que un pequeño abultamiento en el vientre de Philippa. Con todo, para Merthin la noticia representó un duro golpe. Lolla se había convertido en la gran ilusión de su vida y la perspectiva de tener otro hijo había suscitado en él un gran entusiasmo.

Por lo menos, todavía disfrutaría de la compañía de Philippa durante algún tiempo.

—¿Cuándo te marcharás? —le preguntó.

—Enseguida —respondió ella. Philippa observó la expresión del rostro de él y las lágrimas asomaron a sus ojos—. No soy capaz de expresar cuánto lo siento, pero me parecería que obro mal al hacer el amor contigo pensando volver junto a Ralph. Me ocurriría lo mismo si se tratara de otro hombre; el hecho de que seáis hermanos simplemente lo agrava.

Los ojos de Merthin se empañaron de lágrimas.

—¿Quieres decir que lo nuestro ha terminado? ¿Ya?

Ella asintió.

—Aún tengo que contarte una cosa más, hay otra razón por la cual no podemos volver a ser amantes. He confesado mi adulterio.

Merthin sabía que Philippa contaba con un confesor particular, tal como correspondía a una noble de alto rango. Desde su llegada a Kingsbridge, éste había vivido con los monjes y ellos habían agradecido su presencia allí, pues daba categoría a su bajo estatus. Ahora ella le había explicado que tenía un amante. Merthin esperaba que el hombre fuera capaz de guardar el secreto de confesión.

—He recibido la absolución, pero no puedo seguir pecando —dijo Philippa.

Merthin asintió. Tenía razón. Ambos habían pecado. Ella había traicionado a su marido y él, a su hermano. Sin embargo, ella tenía un buen motivo: la habían obligado a casarse. Él, en cambio, no tenía excusa. Una bella mujer se había enamorado de él y él le había correspondido a pesar de no tener derecho a hacerlo. El profundo dolor y la amargura que ahora sentía por la pérdida era la consecuencia lógica de tal comportamiento.

Se la quedó mirando: los fríos ojos de un verde agrisado, la boca herida, el cuerpo maduro, y se dio cuenta de que la había perdido. Tal vez nunca hubiera sido suya. En cualquier caso, lo que habían hecho estaba mal y ahora había terminado. Trató de decirle algo, de despedirse, pero la emoción atenazaba su garganta y no fue capaz de articular palabra. Las lágrimas le nublaban la vista. Se dio media vuelta, buscó a tientas la puerta y, sin saber cómo, consiguió salir de la alcoba.

Una monja caminaba por el pasillo llevando una cantarilla. No pudo ver de quién se trataba pero reconoció la voz de Caris cuando ésta le dijo:

—¿Merthin? ¿Estás bien?

Él no respondió. Avanzó en dirección opuesta, atravesó la puerta y bajó la escalera exterior. Se echó a llorar abiertamente, sin importarle quién pudiera verlo, mientras recorría el césped de la catedral, descendía por la calle principal y cruzaba el puente hasta su isla.

80

El mes de septiembre de 1350 resultó frío y lluvioso, pero a pesar de todo se respiraba un clima de euforia. Mientras las húmedas gavillas de trigo se acumulaban en los campos cercanos, en Kingsbridge tan sólo una persona murió de la peste. Se trataba de Marge Taylor, una costurera de sesenta años. Nadie contrajo la enfermedad durante los meses de octubre, noviembre y diciembre. Parecía haber desaparecido, pensó Merthin con alegría; por lo menos, de momento.

La antigua iniciativa migratoria que atraía a los campesinos inquietos hasta la ciudad había dado un giro durante la epidemia, pero ahora volvía a empezar. Llegaban a Kingsbridge y se alojaban en casas desiertas, las arreglaban y pagaban el arriendo al priorato. Algunos abrieron nuevos negocios, como tahonas, cervecerías o fábricas de velas, que sustituyeron a los más antiguos, desaparecidos al morir los propietarios y sus herederos. En calidad de mayordomo, Merthin había facilitado las cosas a los que querían abrir tiendas o puestos en el mercado al poner fin al interminable proceso para la obtención del permiso impuesto por el priorato. El mercado semanal se llenó de animación.

Una a una, Merthin arrendó las tiendas, las casas y las tabernas que había construido en la isla de los Leprosos; los inquilinos eran emprendedores recién llegados o bien comerciantes que buscaban un emplazamiento mejor para sus negocios. El camino que atravesaba la isla y unía los dos puentes se había convertido en una extensión de la calle principal y, por consiguiente, en una zona comercial, tal como Merthin había previsto doce años antes, cuando todo el mundo pensaba que estaba loco al aceptar la árida peña como parte de la retribución por su trabajo en el puente.

El frío se fue recrudeciendo y una vez más el humo de los millares de chimeneas flotaba sobre la ciudad en una nube baja de color pardo. La gente, sin embargo, seguía trabajando y comprando, comiendo y bebiendo, jugando a los dados en las tabernas y yendo a la iglesia los domingos. La sede del gremio celebró el primer banquete de Nochebuena desde que la cofradía gremial obtuviera la categoría de hermandad municipal.

Merthin invitó al prior y a la priora, quienes, a pesar de no tener ya poder para decidir si los mercaderes debían ser o no ser aceptados en el gremio, seguían contándose entre los ciudadanos de mayor importancia. Philemon acudió; Caris, en cambio, declinó la invitación, pues últimamente se había recluido hasta un punto preocupante.

Merthin se sentó junto a Madge Webber. La mujer se había convertido en la mercadera más rica y la mayor empleadora de Kingsbridge, tal vez incluso de todo el condado. Ella era la suplente del mayordomo y con toda probabilidad habría llegado a ocupar su puesto si no resultara tan poco habitual que una mujer desempeñara esa función.

Entre muchos otros negocios, Merthin poseía un taller en el que se fabricaban los telares de pedal que habían mejorado la calidad del paño escarlata de Kingsbridge. Madge compraba más de la mitad de la producción y muchos mercaderes con iniciativa procedentes de lugares tan lejanos como Londres acudían a encargar el resto. Los telares funcionaban gracias a una maquinaria compleja que debía elaborarse con esmero y montarse con gran precisión, por lo que Merthin tuvo que contratar a los mejores carpinteros disponibles. Con todo, vendía el producto final por más del doble de lo que le había costado la elaboración, y aun así la gente no veía la hora de entregarle el dinero.

Muchas personas le habían aconsejado que se casara con Madge, pero la idea no complacía ni al uno ni al otro. Ella no había vuelto a encontrar a alguien que ocupara el lugar de Mark, el hombre con presencia de gigante y carácter de santo. Madge siempre había sido achaparrada y últimamente había engordado todavía más. En la cuarentena, se estaba convirtiendo en una de esas mujeres con aspecto de barril, cuyo cuerpo presentaba la misma anchura desde los hombros hasta el trasero. Comer y beber bien eran ahora sus placeres favoritos, pensó Merthin al verla zamparse un pedazo de jamón al jengibre con salsa de manzana y ajo; eso y ganar dinero.

Al final de la comida, tomaron un ponche llamado hipocrás. Madge se echó un buen trago, eructó y se sentó más cerca de Merthin en el banco.

—Tenemos que hacer algo con el hospital —dijo.

—¿Por qué? —Merthin no estaba al tanto de que hubiera problemas—. Ahora que la epidemia de peste se ha extinguido, creo que a la gente no le hará mucha falta.

—Pues claro que hará falta —respondió ella con convencimiento—. La gente sigue padeciendo fiebres y dolores de vientre, y enfermando por tumores. Hay mujeres que desean tener hijos y no pueden, o que presentan complicaciones durante el parto. Los niños sufren quemaduras y se caen de los árboles. Los hombres son arrojados al suelo por sus caballos y reciben cuchilladas de sus enemigos, o bien sus enojadas esposas les abren la cabeza.

—Ya te entiendo —dijo Merthin, divertido por la verborrea de la mujer—. Entonces, ¿cuál es el problema?

—Nadie querrá volver a ingresar en el hospital. La gente no siente simpatía por el hermano Sime y, lo más importante, no confía en sus conocimientos. Mientras aquí hacíamos frente a la epidemia, él estaba en Oxford leyendo los textos antiguos; además, sigue prescribiendo remedios como las sangrías y las succiones con ventosa en los que ya nadie cree. Quieren que sea Caris quien los atienda, pero ella nunca se deja ver.

—¿Y qué hace la gente cuando cae enferma si no va al hospital?

—Van a ver a Matthew Barber, a Silas Pothecary o a Marla Wisdom, que se ha establecido en la ciudad recientemente y está especializada en trastornos femeninos.

—¿Y qué es lo que te preocupa?

—Empiezan a correr rumores acerca del priorato. Si los ciudadanos no reciben ayuda de los monjes y monjas, ¿por qué van a seguir pagando para que se construya la torre?

—Ah, conque se trata de eso… —La torre era un proyecto inmenso. Era imposible que un solo individuo lo financiara. La única forma de cubrir los gastos era sumando las aportaciones del monasterio y del convento y los fondos de que se disponía en la ciudad. Si ésta dejaba de contribuir, la viabilidad del proyecto peligraba—. Ya lo comprendo —dijo Merthin preocupado—. Es un problema.

Para la mayoría de los ciudadanos, aquél había sido un buen año, pensó Caris mientras asistía al oficio del día de Navidad. La gente se estaba acostumbrando a la devastación provocada por la epidemia con una rapidez asombrosa. A pesar de causar terribles sufrimientos y estar a punto de acabar con la vida civilizada, la enfermedad les había proporcionado la oportunidad de reorganizarse. Según sus cálculos, casi la mitad de la población había sucumbido; sin embargo, uno de los efectos resultantes era que los campesinos que quedaban se dedicaban a labrar sólo las tierras más fértiles, de modo que cada uno de ellos producía más. A pesar de la ordenanza de los jornaleros y de los esfuerzos de nobles como el conde Ralph por que ésta se cumpliera, Caris agradecía ver que la gente continuaba trasladándose allí donde los jornales eran más altos, que también solían ser los lugares donde la tierra resultaba más productiva. Los cereales abundaban y los rebaños de vacas y ovejas volvían a aumentar. El convento estaba en pleno florecimiento y desde que, tras la desaparición de Godwyn, Caris se ocupaba tanto de los asuntos de los hermanos como de los de las monjas, el monasterio gozaba del momento de mayor prosperidad en los últimos cien años. El dinero atraía dinero y la algidez del campo traía más negocios a las ciudades, de modo que los artesanos y los tenderos de Kingsbridge empezaban a vivir con la opulencia de antaño.

Mientras las monjas salían de la iglesia al haber terminado el servicio, el prior Philemon se dirigió a ella.

—Tengo que hablar contigo, madre priora. ¿Te vienes a mi casa?

En según qué momento, Caris habría accedido por cortesía a su petición sin vacilar, pero las cosas habían cambiado.

—Lo siento pero no —se negó.

Él se sonrojó al instante.

—¡No puedes negarte a hablar conmigo!

—No lo hago. Sólo me niego a acudir a tu palacio. Me niego a que me obligues a acudir ante ti como si de un subordinado se tratara. ¿De qué quieres que hablemos?

—Del hospital. Hemos recibido quejas.

—Pues habla con el hermano Sime, él es quien lo dirige, como bien sabes.

—¿Es que no hay forma de hacerte entrar en razón? —exclamó exasperado—. Si Sime pudiera solucionarlo, estaría hablando con él y no contigo.

Se encontraban en el claustro de los monjes. Caris estaba sentada en el bajo muro que rodeaba el patio cuadrangular y la piedra estaba fría.

—Podemos hablar aquí. ¿Qué tienes que decirme?

Philemon estaba enojado, pero se dio por vencido. Se colocó frente a ella, de modo que era él quien parecía un subordinado.

—Los ciudadanos están descontentos con el hospital —dijo.

—No me sorprende.

—Merthin vino a quejarse durante la comida de Navidad en la sede del gremio. La gente ya no viene aquí sino que va a ver a charlatanes como Silas Pothecary.

—Ese hombre es tan charlatán como Sime.

Philemon se dio cuenta de que varios novicios se habían congregado alrededor y estaban escuchando la discusión.

—Fuera de aquí —les ordenó—. Id a vuestras celdas.

Los muchachos se marcharon a toda prisa.

Philemon se dirigió a Caris.

—Los ciudadanos piensan que deberías estar en el hospital.

—Y yo también, pero no estoy dispuesta a seguir los métodos de Sime. Sus remedios, en el mejor de los casos, no sirven para nada, y la mayoría de las veces empeoran el estado de los pacientes. Por eso la gente ya no acude al hospital cuando cae enferma.

—En tu nuevo hospital hay tan pocos pacientes que lo estamos utilizando como hospicio. ¿No te importa?

El comentario burlón surtió efecto. Caris tragó saliva y apartó la mirada.

—Me parte el corazón —dijo en voz baja.

—Pues entonces vuelve y llega a un acuerdo con Sime. Al principio, cuando llegaste, trabajabas a las órdenes de los monjes médicos. El hermano Joseph era el médico que dirigía el hospital y había recibido la misma formación que Sime.

—Tienes razón. En aquella época ya teníamos la impresión de que los monjes hacían más mal que bien, pero por lo menos podíamos trabajar juntos. La mayor parte de las veces ni siquiera los avisábamos, hacíamos lo que nos parecía que era mejor. Y cuando ellos acudían, no siempre seguíamos sus instrucciones al pie de la letra.

—No es posible que creas que se equivocaban siempre.

—No. A veces curaban a los enfermos. Recuerdo que una vez Joseph abrió el cráneo de un hombre y drenó el líquido acumulado que le provocaba unos dolores de cabeza insoportables. Fue impresionante.

—Pues haz lo mismo ahora.

—No es posible. Sime acabó con ello, ¿no lo recuerdas? Trajo sus libros y su instrumental a la botica y tomó el mando del hospital. Estoy segura de que tú lo apoyaste, de hecho, es probable que fuera idea tuya. —Por la expresión de Philemon, dedujo que estaba en lo cierto—. Los dos os confabulasteis para echarme y lo conseguisteis, de modo que ahora tenéis que ateneros a las consecuencias.

—Podemos volver al sistema antiguo. Haré que Sime se marche.

Caris negó con la cabeza.

—Hay otras cosas que han cambiado. He aprendido mucho de la epidemia de peste y estoy más segura que nunca de que los métodos de los médicos pueden resultar mortales. No pienso matar a nadie por haber adquirido un compromiso contigo.

—No te das cuenta de lo mucho que está en juego. —Philemon mostraba una expresión algo petulante.

Eso quería decir que detrás de aquello había otros motivos. Caris se preguntaba por qué había sacado el tema a colación; no era propio de él preocuparse por la buena marcha del hospital, nunca había mostrado demasiado interés por la curación de los enfermos. Lo único que le importaba era lo que servía para favorecer su situación personal y proteger su frágil orgullo.

—Muy bien —accedió—. ¿Qué jugada maestra tienes preparada?

—Los ciudadanos comentan que van a dejar de financiar la nueva torre. ¿Por qué van a dar más dinero a la catedral si no reciben lo que esperan de nosotros? Además, ahora Kingsbridge es un burgo, y aunque yo sea el prior no puedo obligarlos a contribuir.

—Y si no pagan…

—Tu querido Merthin tendrá que abandonar su proyecto preferido —concluyó Philemon con aire triunfal.

Caris dedujo que aquélla era la jugada maestra. De hecho, había habido un tiempo en que la noticia le habría afectado, pero ya no.

—Merthin ya no es mi «querido», ¿es que no lo sabes? También te encargaste de acabar con eso.

Una expresión de pánico demudó el semblante de Philemon.

—Pero el obispo se ha volcado en esa torre… ¡No puedes poner el proyecto en riesgo!

Caris se puso en pie.

—¿En serio? —dijo—. ¿Por qué no? —Se dio media vuelta y se dispuso a regresar al convento.

Philemon se quedó atónito y empezó a gritarle.

—¿Cómo puedes ser tan desconsiderada?

Caris estuvo a punto de no hacerle caso, pero cambió de opinión y decidió explicárselo. Se dio media vuelta.

—Ya lo ves, todo cuanto amaba me fue arrebatado —dijo con frialdad—. Cuando uno lo ha perdido todo… —Empezaba a desmoronarse, pero se esforzó por continuar—. Cuando uno lo ha perdido todo, ya no le queda nada más que perder.

La primera nevada cayó en enero. Formaba un gran manto sobre el tejado de la catedral, desdibujaba la delicada forma de las agujas y ocultaba los rostros de los ángeles y de los santos tallados en la puerta oeste. La obra de albañilería realizada en los cimientos de la torre se había cubierto con paja para aislar la recién colocada argamasa y protegerla de las heladas, por lo que ahora la nieve formaba una capa sobre ésta.

En el priorato había cuatro hogares. Por supuesto, en la cocina estaban los fogones, motivo por el cual era el lugar de trabajo preferido por las novicias. En la catedral, en cambio, no había lumbre alguna y allí era donde los monjes y las monjas pasaban siete u ocho horas al día. El motivo más frecuente de incendios en las iglesias solía ser que algún monje desesperado había entrado con un brasero y una chispa había alcanzado el techo de madera. Cuando no estaban en la iglesia ni trabajando, los monjes y las monjas se encontraban paseando o leyendo en el claustro, es decir, al aire libre. La única comodidad que les estaba permitida era una pequeña cámara anexa al claustro donde en los días de clima más severo se encendía una hoguera. Durante cortos espacios de tiempo, podían resguardarse en la cámara en lugar de permanecer todo el rato en el claustro.

Como de costumbre, Caris hacía caso omiso de las reglas y las tradiciones y permitía que las monjas llevaran medias de lana en invierno. No creía que a Dios le hiciera ninguna falta que sus sirvientes sufrieran sabañones.

Al obispo Henri le preocupaba tanto la situación del hospital —o, mejor dicho, el peligro que corría la construcción de la torre— que se desplazó desde Shiring hasta Kingsbridge en plena nevada. Acudió en charrete, un robusto carro de madera con una lona impermeabilizada y asientos mullidos. El canónigo Claude y el arcediano Lloyd lo acompañaban. Se detuvieron en el palacio del prior sólo el tiempo necesario para secar sus vestiduras y tomar una reconfortante copa de vino antes de convocar a una reunión de emergencia a Philemon, Sime, Caris, Oonagh, Merthin y Madge.

Caris sabía que sería una pérdida de tiempo, pero acudió de todas formas: resultaba más fácil ir que negarse, pues habría pasado el rato en el convento respondiendo a las interminables súplicas, órdenes y amenazas.

Contempló los copos de nieve que caían frente a las ventanas empañadas mientras el obispo resumía en tono monótono una situación de discrepancia por la que ella no sentía el menor interés.

—La crisis ha sido desencadenada por la actitud desleal y rebelde de la madre Caris —sentenció Henri.

Eso la movió a contestar.

—Trabajé durante diez años en el hospital —dijo—. Mi trabajo, y el de la madre Cecilia antes que el mío, nos valió la popularidad entre los ciudadanos. —Señaló al obispo con gesto grosero—. Vos habéis hecho que eso cambie, no tratéis de culpar a nadie más. Vos os sentasteis en esa silla y anunciasteis que el hermano Sime dirigiría en adelante el hospital. Pues ahora tenéis que ateneros a las consecuencias de esa decisión estúpida.

—¡Tu obligación es obedecerme! —exclamó él con un chillido cargado de frustración—. Eres una monja, hiciste los votos. —El sonido estridente sobresaltó a Arzobispo, el gato, que se levantó y salió de la cámara.

—Ya lo sé —dijo Caris—. Y eso me coloca en una situación insufrible. —Habló sin haberlo pensado previamente, pero a medida que pronunciaba las palabras se daba cuenta de que no eran irreflexivas. De hecho, eran el fruto de meses de meditación—. No puedo seguir sirviendo a Dios en estas condiciones —prosiguió con voz tranquila pero con el pulso acelerado—, por eso he decidido renunciar a los votos y abandonar el convento.

Henri se puso en pie.

—¡No lo harás! —gritó—. No te eximo de los votos sagrados.

—Pues espero que Dios sí lo haga —dijo con desdén apenas disimulado.

Eso provocó aún más la ira del obispo.

—La idea de que pueden hacerse tratos con Dios a título individual es una herejía. Ya hemos tenido bastante charlatanería desde la epidemia de peste.

—¿Y no os parece que eso es culpa de que, durante la epidemia, cuando la gente acudía a la iglesia en busca de ayuda, descubrían que el prior y los monjes… —miró a Philemon— habían huido como unos cobardes?

Henri alzó una mano para aplacar la indignación de Philemon.

—Tal vez seamos falibles pero, sea como sea, sólo a través de la Iglesia y los clérigos pueden los hombres y mujeres acercarse a Dios.

—Seguro que vos lo creéis así —respondió Caris—. Pero eso no significa que sea cierto.

—¡Eres perversa!

El canónigo Claude intervino.

—Considerándolo todo, monseñor obispo, no servirá de nada que os enfrentéis a Caris en público. —Dirigió a ésta una sonrisa cordial. Siempre se había mostrado predispuesto a ayudarla desde el día en que ella lo había sorprendido besando al obispo y no había dicho nada al respecto—. Su actual negativa a cooperar contrasta con los muchos años de dedicación, a veces heroica. La gente la aprecia mucho.

—Pero ¿qué ocurrirá si la eximimos de los votos? —dijo Henri—. ¿Cómo resolveremos el problema?

En ese punto, Merthin intervino por primera vez.

—Tengo una idea —dijo.

Todo el mundo lo miró.

—Permitid que los ciudadanos construyan un nuevo hospital. Yo me ofrezco a donar una gran parcela en la isla de los Leprosos. Dejad que lo gestione una comunidad de monjas que no tenga nada que ver con el priorato, un grupo nuevo. Claro que deberían someterse a la autoridad espiritual del obispo de Shiring, pero no tendrían relación con el prior de Kingsbridge ni con ninguno de los médicos del monasterio. El nuevo hospital podría tener un patrón laico, un ciudadano destacado elegido por el gremio municipal, y éste nombraría a la priora.

Todos guardaron silencio un buen rato mientras asimilaban la propuesta radical. Caris se quedó estupefacta. Un nuevo hospital, en la isla de los Leprosos, financiado por los ciudadanos… y gestionado por una nueva orden de monjas… sin relación con el priorato.

Miró al grupo. Philemon y Sime desaprobaban claramente la idea mientras que Henri, Claude y Lloyd parecían confusos.

Al final intervino el obispo.

—El director debería tener mucha autoridad, tiene que representar a los ciudadanos, pagar las facturas y nombrar a la priora. Quienquiera que tenga semejante responsabilidad, ejercerá el control del hospital.

—Sí —convino Merthin.

—Si autorizo que se construya un nuevo hospital, ¿los ciudadanos estarán dispuestos a seguir financiando la construcción de la torre?

Madge Webber habló por primera vez.

—Si se nombra al patrón apropiado, sí.

—¿Quién podría ser? —preguntó Henri.

Caris se dio cuenta de que todos la miraban.

Unas horas más tarde, Caris y Merthin se embozaban en gruesas capas, se calzaban unas botas y se dirigían a través de la nieve hasta la isla, donde él le mostró el emplazamiento en que estaba pensando. Se encontraba en la zona oeste, no muy lejos de su casa, y daba al río.

Ella aún se sentía aturdida por el súbito giro que acababa de tomar su vida. Iban a eximirla de los votos religiosos. Volvería a ser una ciudadana corriente después de casi doce años. Eso le permitió plantearse la idea de vivir en el priorato sin sentir angustia. Todas las personas a quienes había amado estaban muertas: la madre Cecilia, Julie la Anciana, Mair y Tilly. Sentía una gran simpatía por la hermana Joan y por la hermana Oonagh, pero no era lo mismo.

Aun así, se haría cargo de un hospital. Al tener derecho a nombrar y destituir a la priora de la nueva institución, podría dirigir el centro según el nuevo espíritu surgido de la epidemia de peste. El obispo se había mostrado de acuerdo con todo.

—Creo que deberíamos repetir la distribución en forma de claustro —opinó Merthin—. Parece que funcionó muy bien durante el corto período en que tú fuiste la responsable.

Caris se quedó mirando la capa de nieve virgen y se maravilló de la capacidad de Merthin para imaginar paredes y cámaras donde sólo se extendía blancura.

—El arco de la entrada servía prácticamente de vestíbulo —dijo—. Era el lugar donde la gente esperaba y donde las monjas realizaban el primer examen a los pacientes antes de decidir qué hacer con ellos.

—¿Te gustaría que fuera más grande?

—Me parece que debería ser un verdadero vestíbulo.

—De acuerdo.

Ella seguía confusa.

—Me cuesta creerlo. Todo ha tomado la dirección que siempre he querido.

Él asintió.

—Pensando en eso es como concebí la idea.

—¿De verdad?

—Me pregunté cómo te gustaría que fueran las cosas y se me ocurrió la manera de darles forma.

Ella se lo quedó mirando, maravillada. Lo había dicho en tono liviano, como si simplemente estuviera describiendo el proceso mental que lo había llevado hasta la conclusión. Parecía no ser consciente de lo trascendental que para ella era el hecho de que pensara en sus deseos y en cómo conseguir que se cumplieran.

—¿Ya ha dado a luz Philippa? —preguntó.

—Sí, hace una semana.

—¿Qué es?

—Un niño.

—Felicidades. ¿Lo has visto?

—No. Todo el mundo cree que soy su tío, pero Ralph me envió una carta para darme la noticia.

—¿Qué nombre le han puesto?

—Roland, como el antiguo conde.

Caris cambió de tema.

—El agua del río no es muy pura en esta zona. Y en un hospital hace falta agua limpia.

—Instalaré una tubería para traer agua de más arriba.

La nevada amainó y más tarde cesó, lo que les permitió disfrutar de una buena vista de la isla.

Ella le sonrió.

—Tienes respuesta para todo.

Él negó con la cabeza.

—Hay cuestiones que resultan fáciles: agua limpia, habitaciones bien ventiladas, un vestíbulo donde recibir a los pacientes...

—¿Y cuáles son las difíciles?

Él se volvió para mirarla a los ojos. Tenía la barba salpicada de copos de nieve.

—Por ejemplo: «¿Todavía me ama?» —respondió.

Se quedaron mirando el uno al otro durante un momento prolongado.

Caris se sentía feliz.

SÉPTIMA PARTE

De marzo a noviembre de 1361

81

A sus cuarenta años, Wulfric seguía siendo el hombre más atractivo que Gwenda había visto en su vida. Su pelo rojizo ya presentaba mechones plateados, pero éstos no hacían más que conferirle un aire sabio y firme. De joven, la anchura de sus hombros disminuía de forma radical hasta su delgada cintura; en cambio ahora el contraste no era tan acusado y su talle no era tan estrecho, y pese a todo podía seguir trabajando por dos. Además, siempre sería dos años más joven que ella.

Ella creía haber cambiado menos. Tenía el pelo moreno, de los que no se volvían canos hasta una edad bastante avanzada. No pesaba más que hacía veinte años, aunque desde que había tenido a sus hijos, ni sus pechos ni su vientre lucían la firmeza de antes.

Sólo al mirar a su hijo David, con su piel tersa y su andar incesantemente saltarín, era consciente de los años que habían pasado. Él tenía veinte y parecía la versión masculina de sí misma a esa edad. Por aquel entonces, el cutis de ella tampoco presentaba ni una arruga y caminaba dando grandes pasos garbosos. Toda una vida de trabajo con la tierra, siempre en el campo pese a las inclemencias del tiempo, le había secado la piel de las manos, y sus mejillas presentaban una irritación rojiza que le afloraba en la piel; además, le había enseñado a caminar despacio para conservar las fuerzas.

David era menudo, como ella, perspicaz y reservado. Desde pequeño, Gwenda nunca sabía lo que estaba pensando. Sam era todo lo contrario: corpulento y fuerte, y no lo bastante inteligente para poder mentir, pero tenía una vena mezquina que Gwenda achacaba a su verdadero padre: Ralph Fitzgerald.

Desde hacía bastantes años los dos muchachos trabajaban las tierras junto con Wulfric... hasta hacía dos semanas, cuando Sam había desaparecido.

Todos sabían por qué se había marchado. Se había pasado todo el invierno hablando de marcharse de Wigleigh y trasladarse a una aldea donde le pagaran un jornal más alto. En cuanto empezó la primavera y con ella la época de arar el campo, se esfumó.

Gwenda sabía que tenía razón de quejarse del jornal. Estaba prohibido abandonar la propia aldea, y también avenirse a pagar retribuciones más altas que las de 1347, pero los inquietos jóvenes de todo el país incumplían la ley y los agricultores desesperados los contrataban. Y los terratenientes como el conde Ralph no tenían más remedio que aceptarlo sin rechistar.

Sam no les había dicho adónde iba y tampoco les había avisado de su marcha. Si David hubiera hecho lo mismo, Gwenda estaría segura de que lo habría pensado bien y de que habría decidido lo que creía que era lo mejor. Sin embargo, tratándose de Sam, sabía que había actuado de forma impulsiva. Seguro que había oído a alguien mencionar una aldea y al día siguiente se había levantado temprano y había decidido partir hacia allí de inmediato.

Se propuso no preocuparse. El muchacho tenía veintidós años, y era corpulento y fuerte. Nadie podría explotarlo ni maltratarlo. Con todo, ella era su madre y su marcha le dolía en el alma.

Supuso que si ella no podía encontrarlo, nadie más podría, lo cual era bueno. Sin embargo, se moría de ganas de saber dónde vivía, si su patrón era un hombre decente y si la gente lo trataba con amabilidad.

Ese invierno, Wulfric había construido un nuevo arado más ligero para las tierras más arenosas, y durante la primavera un día Gwenda y él fueron a Northwood a comprar una reja de hierro, la única pieza que no podían fabricar ellos mismos. Como de costumbre, unos cuantos aldeanos de Wigleigh se dirigieron en grupo al mercado. Jack y Eli, que eran los encargados de hacer funcionar el molino de Madge Webber, acudían para abastecerse de existencias. No tenían tierras de propiedad, así que tenían que comprar toda la comida. Annet y su hija de dieciocho años, Amabel, llevaban una docena de gallinas enjauladas para venderlas en el mercado. Nathan, el administrador, también fue junto con su hijo adulto, Jonno, el rival de la infancia de Sam.

Annet seguía flirteando con todo hombre atractivo que se le cruzaba en el camino, y casi todos ellos le sonreían tontamente y le seguían el juego. Durante el viaje a Northwood, empezó a charlar con David. Aunque le doblaba de sobra la edad, se dedicó a sonreírle con afectación mientras se sacudía la melena y bromeaba dándole palmadas en el brazo en señal de reproche, como si tuviera veintidós años en lugar de cuarenta y dos. Ya no era ninguna niña, pero daba la impresión de ignorarlo, pensó Gwenda con acritud. La hija de Annet, Amabel, que era tan bella como otrora lo había sido su madre, caminaba un poco apartada y parecía avergonzarse de ella.

Llegaron a Northwood a media mañana. Cuando Wulfric y Gwenda hubieron hecho su compra, fueron a comer a la posada Old Oak.

Por lo que Gwenda podía recordar, a la entrada del establecimiento había habido un roble memorable, un bajo y robusto ejemplar cuyas deformes ramas recordaban a un anciano encorvado en invierno y proporcionaban una gran sombra muy apreciada en verano. De pequeños, sus hijos jugaban a perseguirse dando vueltas a su alrededor. No obstante, el árbol debía de haber muerto o perdido la estabilidad porque lo habían cortado, y ahora cuanto quedaba de él era un tocón cuya anchura era equivalente a la altura de Wulfric que los clientes usaban a modo de silla, mesa e incluso, en el caso de un carretero exhausto, de cama.

Harry Ploughman, el administrador de Outhenby, se encontraba sentado en uno de sus bordes mientras bebía cerveza de una gran jarra.

En un abrir y cerrar de ojos, Gwenda se sintió transportada doce años atrás. Lo que le vino a la mente con tanta intensidad que hizo que se le saltaran las lágrimas fue la esperanza que impregnaba su corazón aquella mañana en que ella y su familia habían partido de Northwood, con el fin de dirigirse a través del bosque hasta Outhenby, al encuentro de una nueva vida. En menos de quince días, sus esperanzas se frustraron al ver que Wulfric era llevado de vuelta a Wigleigh —el recuerdo aún le hacía hervir la sangre— con una cuerda alrededor del cuello.

Con todo, desde entonces Ralph no siempre se había salido con la suya. Las circunstancias lo habían obligado a devolver a Wulfric las tierras que habían pertenecido a su padre, lo que para Gwenda era un resultado plenamente satisfactorio, pese a que Wulfric no había sido lo bastante listo para negociar una tenencia libre de cargos, a diferencia de algunos de sus vecinos. Gwenda se sentía contenta de que ahora fueran terratenientes en lugar de jornaleros, y Wulfric había conseguido el sueño de su vida; sin embargo, ella aún deseaba una mayor independencia: disponer de una tenencia libre de obligaciones feudales, con un arriendo en metálico, y el acuerdo plasmado por escrito en los documentos señoriales para que ningún señor pudiera revocarlo. Era la aspiración de la mayoría de los siervos, y desde la epidemia de peste casi todos estaban consiguiendo que se cumpliera.

Harry los felicitó efusivamente e insistió en invitarlos a cerveza. Poco después de la breve estancia de Wulfric y Gwenda en Outhenby, la madre

Caris había nombrado a Harry administrador, y el hombre seguía ejerciendo la función a pesar de que hacía mucho tiempo que Caris había renunciado a sus votos y que la madre Joan había ocupado el cargo de priora. Outhenby seguía siendo una aldea próspera, a juzgar por la papada de Harry y la prominente barriga conseguida a fuerza de visitas a la taberna.

Mientras se preparaban para partir junto al resto de aldeanos de Wigleigh, Harry se dirigió a Gwenda en voz baja:

—Tengo a un joven llamado Sam trabajando para mí.

A Gwenda el corazón le dio un vuelco.

—¿A mi Sam?

—No es posible que sea él, no.

Ella se quedó perpleja.

—Entonces, ¿por qué me lo cuentas?

Harry se dio unos golpecitos en la nariz que el vino había tornado roja y Gwenda se dio cuenta de que hablaba con segundas.

—El Sam que yo te digo me ha asegurado que su señor es un caballero de Hampshire del que nunca he oído hablar y que le dio permiso para abandonar la aldea y marcharse a trabajar a otra parte, mientras que el señor de tu Sam es el conde Ralph, y él nunca permite que sus jornaleros hagan eso. Es evidente que no se trata de tu Sam.

Gwenda lo comprendió. Eso era lo que Harry pensaba explicar si le preguntaban al respecto.

—Así que está en Outhenby.

—En Oldchurch, una de las aldeas más pequeñas del valle.

—¿Está bien? —preguntó con inquietud.

—Las cosas le van estupendamente.

—Gracias a Dios.

—Es un muchacho fuerte y muy trabajador, aunque a veces resulte un poco pendenciero.

Eso Gwenda ya lo sabía.

—¿Vive bien resguardado?

—Se aloja con una pareja de ancianos de buen corazón cuyo hijo se ha marchado a Kingsbridge como aprendiz de curtidor.

A Gwenda le rondaban un montón de preguntas por la cabeza. Sin embargo, de pronto percibió la figura encorvada de Nathan; el hombre estaba apoyado en la puerta de la taberna, observándola. Ella reprimió un reniego. Había muchas cosas que deseaba saber, pero le aterrorizaba la posibilidad de proporcionar a Nate la mínima pista sobre el paradero de Sam, así que se conformó con la información de que disponía. Estaba contenta de saber al menos dónde podía encontrarlo.

Se volvió de espaldas a Harry para dar la impresión de haber puesto fin a una conversación sin importancia. Sin casi mover los labios, dijo:

—No permitas que se pelee con nadie.

—Haré lo que pueda.

Agitó la mano con indiferencia en señal de despedida y fue tras Wulfric.

De camino a casa junto con los demás aldeanos, Wulfric acarreaba la pesada reja del arado al hombro sin esfuerzo aparente. Gwenda se moría de ganas de contarle las noticias, pero tuvo que esperar a que el grupo se dispersara a lo largo del camino, de tal modo que su marido y ella se quedaron solos a unos cuantos metros del resto. Entonces le relató la conversación hablando con voz queda.

Wulfric se sintió aliviado.

—Al menos ya sabemos adónde ha ido a parar —dijo; a pesar de la carga, no tenía la respiración nada agitada.

—Quiero ir a Outhenby —respondió Gwenda.

Wulfric asintió.

—Me lo imaginaba. —Rara vez le llevaba la contraria, pero en esa ocasión expresó su recelo—. Me parece peligroso. Tendrías que asegurarte de que nadie supiera dónde estás.

—Exacto. Nate no debe averiguarlo.

—¿Y cómo te las arreglarás?

—Seguro que si me ausento de la aldea unos cuantos días, lo notará. Tenemos que inventarnos algo.

—Podemos decir que estás enferma.

—Es demasiado arriesgado. Es posible que vaya a casa a comprobarlo.

—Pues podemos inventarnos que estás de visita en casa de tu padre.

—Nate no se lo tragará. Sabe que nunca me quedo allí más tiempo del estrictamente necesario. —Se mordisqueó un padrastro mientras se estrujaba la cabeza. En las historias de fantasmas y los cuentos de hadas que la gente explicaba sentada junto a la lumbre durante los largos atardeceres de invierno, los personajes se creían las mentiras que otros les contaban sin cuestionarse nada. Sin embargo, en la vida real resultaba más difícil burlar a alguien—. Podemos decir que me he marchado a Kingsbridge —concluyó ella al fin.

—¿Para qué?

—Para comprar gallinas ponedoras en el mercado, por ejemplo.

—Annet podría proporcionártelas.

—Nunca le compraría nada a esa pelandusca, y todo el mundo lo sabe.

—Es cierto.

—Además, Nate sabe que Caris y yo siempre hemos sido amigas, así que creerá que me alojo con ella.

—Muy bien.

No era la excusa perfecta, pero no se le ocurría nada mejor. Además, estaba desesperada por ver a su hijo.

Partió a la mañana siguiente.

Salió con sigilo de su casa antes del amanecer, envuelta en una gruesa capa para protegerse del frío viento del mes de marzo. Atravesó discretamente la aldea en plena oscuridad, abriéndose camino gracias al sentido del tacto y a la memoria; no quería que nadie la viera ni le hiciera preguntas antes de haberse alejado un poco. No obstante, nadie se había levantado todavía. El perro de Nathan Reeve emitió un gruñido quedo, pero enseguida la reconoció y Gwenda oyó el suave golpeteo de su cola contra la pared de madera de la caseta.

Abandonó la aldea y siguió el camino que atravesaba los campos. Para cuando despuntó el día, ya se encontraba a kilómetro y medio de distancia. Se volvió a mirar el trecho que había recorrido. Estaba desierto, nadie la había seguido.

Para desayunar, se comió un mendrugo de pan y a media mañana se detuvo en una posada, justo en el cruce del camino que iba de Wigleigh a Kingsbridge con el de Northwood a Outhenby. No conocía a ninguno de los clientes. Vigilaba la puerta con nerviosismo mientras tomaba una escudilla de estofado de pescado en salazón y una jarra de sidra. Cada vez que entraba alguien se disponía a ocultar el rostro, pero siempre se trataba de un desconocido y nadie reparó en ella. Salió enseguida y emprendió el camino hacia Outhenby.

Llegó al valle a media tarde. Hacía doce años que no había estado allí, pero el lugar no había cambiado mucho. Se había recuperado de la epidemia de peste con una rapidez asombrosa. Salvo unos niños pequeños que jugaban cerca de sus casas, la mayoría de los aldeanos estaban trabajando, arando la tierra y sembrando o bien cuidando de las nuevas ovejas del rebaño. Desde los campos la observaban, convencidos de que se trataba de una forastera, y se preguntaban quién sería. De haber estado más cerca, algunos la habrían reconocido. Sólo había vivido en aquella aldea diez días, pero el momento había resultado muy dramático y lo recordarían bien. No era frecuente para los aldeanos presenciar tanta agitación.

Siguió el curso serpenteante del río Outhen a través de la planicie que separaba dos serranías. Desde el núcleo principal, atravesó unas cuantas barriadas de las afueras que conocía de cuando se había establecido allí,

Ham, Shortacre y Longwater, antes de llegar a la más pequeña y apartada: Oldchurch.

La emoción que sentía aumentaba a medida que se aproximaba, y hasta le hizo olvidarse de cuánto le dolían los pies. Oldchurch era un casar constituido por treinta viviendas sencillas, ninguna de las cuales alcanzaba el tamaño suficiente para tratarse de una casa señorial, ni siquiera del hogar de un administrador. Sin embargo, hacía honor a su nombre al contar con una vieja iglesia. Gwenda dedujo que el edificio tenía siglos de antigüedad. Presentaba una torre muy poco esbelta y una nave baja, todo construido con materiales toscos, y unas ventanas diminutas salpicaban sin aparente regularidad sus gruesos muros.

Se dirigió a los campos que había a continuación. Vio a un grupo de pastores en un prado algo apartado y pasó de largo. El astuto de Harry Ploughman no habría empleado al corpulento Sam en un trabajo tan poco costoso. Debía de estar gradando o cavando una acequia, o tal vez ayudando a manejar al equipo de ocho bueyes que araba la tierra. Al examinar con detenimiento los tres campos, divisó a un grupo formado casi exclusivamente por hombres que llevaban sombreros para protegerse del frío y botas cubiertas de barro, y que se gritaban unos a otros con sus vozarrones desde sus respectivos puestos separados por hectáreas de terreno; también había un joven que sacaba una cabeza al resto. Al no ver enseguida a su hijo, volvió a experimentar temor. ¿Lo habrían capturado ya? ¿Se habría trasladado a otra aldea?

Por fin lo encontró entre una hilera de hombres que estercolaba un surco recién arado. Se había despojado del abrigo a pesar del frío y al levantar la pala de madera la vieja camisa de lino traslucía el movimiento de los músculos de su espalda y de sus brazos al tensarse y extenderse. Su corazón se llenó de orgullo al verlo y al pensar que un hombre así había salido de su diminuto cuerpo.

Todos alzaron la cabeza al acercarse ella. Los hombres la miraron con curiosidad: ¿quién era y qué estaba haciendo allí? Gwenda fue directa hacia Sam y lo abrazó sin importarle que apestara a excrementos de caballo.

—Hola, madre —la saludó, y todos los demás se echaron a reír.

A Gwenda le extrañó haber despertado tanta hilaridad.

Un hombre enjuto y fuerte al que le faltaba un ojo dijo:

—Vamos, vamos, Sam; ya estás a salvo.

Y todos se echaron a reír de nuevo.

Gwenda se dio cuenta de que les hacía mucha gracia que un hombretón como Sam tuviera una madre tan menuda y que ésta acudiera a ver qué hacía como si de un chiquillo díscolo se tratara.

—¿Cómo me has encontrado? —le preguntó Sam.

—Me encontré con Harry Ploughman en el mercado de Northwood.

—Espero que nadie haya venido detrás de ti.

—He salido antes del amanecer. Tu padre piensa decirle a todo el mundo que estoy en Kingsbridge. No me ha seguido nadie.

Conversaron unos minutos; luego, él dijo que debía volver al trabajo, que si no, los demás se quejarían por tener que hacerlo todo.

—Vuelve a la aldea y ve a ver a la vieja Liza —le dijo—. Vive justo enfrente de la iglesia. Dile quién eres y te ofrecerá un pequeño refrigerio. Yo iré allí al anochecer.

Gwenda alzó la vista al cielo. La tarde era oscura y los hombres tendrían que dejar de trabajar al cabo de una hora más o menos. Besó a Sam en la mejilla y se marchó.

Encontró a Liza en una casa un poco más grande que la mayoría; tenía dos cámaras en lugar de una sola. La mujer le presentó a su marido, Rob, que era ciego. Tal como Sam le había prometido, Liza se mostró hospitalaria: llevó a la mesa pan y potaje y le sirvió un vaso de cerveza.

Gwenda les preguntó por su hijo, y fue como abrir un grifo. Liza empezó a hablar de él sin parar, desde la más tierna infancia hasta su formación como aprendiz, pero entonces su anciano marido la interrumpió con aspereza pronunciando sólo una palabra:

—Caballo.

Ambos guardaron silencio y Gwenda oyó los rítmicos pasos de un caballo al trote.

—Es más bien pequeño —opinó el ciego Rob—. Un palafrén, o un poni. Poca cosa para un noble o para un caballero, aunque tal vez sea una mujer quien lo monta.

Gwenda notó un escalofrío.

—Dos visitas en sólo una hora —observó Rob—. Seguro que tienen relación.

Eso era precisamente lo que Gwenda se temía.

Se puso en pie y se asomó a la puerta. Un pequeño y robusto poni trotaba por el camino que separaba las casas. Gwenda reconoció al jinete de inmediato y el corazón le dio un vuelco. Se trataba de Jonno Reeve, el hijo del administrador de Wigleigh.

¿Cómo habría dado con ella?

Trató de ocultarse a toda prisa en la parte trasera de la casa, pero el muchacho ya la había visto.

—¡Gwenda! —gritó, y refrenó al caballo.

—Eres un demonio —respondió ella.

—Me pregunto qué estás haciendo aquí —dijo en tono burlón.

—¿Cómo has dado conmigo? No me ha seguido nadie.

—Mi padre me envió a Kingsbridge para que averiguara qué diabluras andabas haciendo, pero me detuve en la taberna Cross Roads y allí recordaron haberte visto tomar la dirección de Outhenby.

Gwenda se preguntaba si sabría ser más lista que aquel astuto joven.

—¿Y qué motivo hay para que no pueda visitar a mis amigos?

—Ninguno —respondió él—. ¿Dónde está el fugitivo de tu hijo?

—Aquí no, aunque yo tenía la esperanza de que así fuera.

El muchacho pareció vacilar un instante, como si creyera que podía estar contándole la verdad. Entonces insistió:

—A lo mejor se ha escondido. Voy a echar un vistazo. —Y arreó al caballo.

Gwenda lo observó marcharse. No había conseguido engañarlo pero al parecer como mínimo había sembrado dudas. Si conseguía llegar hasta donde estaba Sam antes que él, tal vez pudiera conseguir que se ocultara.

Atravesó a toda prisa la pequeña vivienda, dirigió unas palabras apresuradas a Liza y a Rob y salió por la puerta trasera. Cruzó el campo sin alejarse del seto. Se volvió hacia la aldea y vio a un hombre montado a caballo que avanzaba en diagonal hacia donde ella se encontraba. Estaba oscureciendo y pensó que su diminuta figura resultaría invisible gracias al fondo oscuro que le proporcionaba el seto.

Se encontró con Sam y los demás jornaleros, que recorrían el camino de regreso con la pala al hombro y las botas cubiertas por completo de estiércol. A cierta distancia y a primera vista, Sam bien podía confundirse con Ralph: tenían la misma planta y avanzaban con paso igualmente decidido; además, su rostro de atractivas facciones resaltaba del mismo modo sobre el ancho cuello. Sin embargo, cuando hablaba también reconocía en él a Wulfric: ladeaba la cabeza con gesto peculiar y mostraba una tímida sonrisa, y el gesto que hacía con la mano en señal de desaprobación era idéntico al del padre que lo había criado.

Los hombres la divisaron. Su anterior aparición les había resultado de lo más divertido y, al verla, el hombre de un solo ojo empezó a gritar:

—¡Hola, madre! —Y todos se echaron a reír.

Ella apartó un poco a Sam y le dijo:

—Jonno Reeve está aquí.

—¡Maldición!

—Lo siento.

—¡Me has dicho que no venía nadie detrás de ti!

—No lo había visto, pero ha conseguido seguirme la pista.

—Maldita sea. ¿Qué voy a hacer ahora? ¡No pienso volver a Wigleigh!

—Te está buscando, pero ha ido hacia el este. —Gwenda recorrió con la mirada el oscuro paisaje pero no consiguió ver gran cosa—. Si vamos corriendo a Oldchurch tal vez puedas esconderte… en la iglesia, por ejemplo.

—De acuerdo.

Emprendieron el camino. Gwenda se volvió y dijo a los hombres que habían quedado atrás:

—Si os cruzáis con un administrador que se llama Jonno… decidle que no conocéis a ningún Sam de Wigleigh.

—Nunca hemos oído hablar de él, madre —respondió uno, y los demás se mostraron de acuerdo.

Los siervos solían estar dispuestos a encubrirse los unos a los otros para burlar al administrador.

Gwenda y Sam alcanzaron la aldea sin que Jonno los viera. Se dirigieron a la iglesia. Gwenda pensó que era probable que pudieran entrar: las iglesias rurales solían estar desiertas y desnudas, y lo habitual era que las dejaran abiertas. Sin embargo, si aquélla resultaba ser una excepción, no tenía ni idea de qué iban a hacer.

Avanzaron entre las casas y por fin tuvieron a la vista la iglesia. Al pasar frente a la casa de Liza, Gwenda vio un poni negro. Emitió un gruñido. Jonno debía de haber vuelto sobre sus pasos oculto por la oscuridad. Debía de haber deducido que Gwenda iría a buscar a Sam y que lo acompañaría a la aldea, y estaba en lo cierto. Tenía el mismo carácter taimado de Nate, su padre.

Aferró a Sam por el brazo y lo apremió para que cruzara el camino y entrara en la iglesia, justo en el momento en que Jonno salía de casa de Liza.

—Sam —lo llamó—. Ya me imaginaba que estarías aquí.

Gwenda y Sam se detuvieron y se dieron media vuelta.

Sam se apoyó en la pala de madera.

—¿Y qué piensas hacer?

Jonno sonrió con aire triunfal.

—Llevarte de vuelta a Wigleigh.

—Me gustará verlo.

Un grupo de campesinos, la mayoría de los cuales eran mujeres, apareció por el extremo oeste de la aldea y se detuvo a contemplar el enfrentamiento.

Jonno rebuscó en la alforja de su poni y extrajo un objeto metálico que tenía una cadena.

—Voy a ponerte los grilletes —le dijo—, y si tienes un poco de senti-do común no opondrás resistencia.

A Gwenda le sorprendió el valor de Jonno. ¿De verdad pensaba apresar a Sam él solo? Era corpulento, pero no tanto como Sam. ¿Es que creía que los aldeanos iban a ayudarle? Tenía la ley de su parte, pero pocos campe-sinos considerarían la causa justa. Era el típico jovenzuelo, no tenía ni idea de sus propias limitaciones.

—De pequeño solía molerte a palos, y hoy pienso hacer lo mismo.

Gwenda no quería que se pelearan. Ganara quien ganase, Sam estaría actuando en contra de la ley, pues era un fugitivo.

—Es demasiado tarde para ir a ningún sitio. ¿Por qué no hablamos de esto por la mañana? —propuso.

Jonno soltó una carcajada despectiva.

—¿Y dejar que Sam se fugue antes del amanecer, igual que tú te mar-chaste de Wigleigh? Ni hablar. Esta noche dormirá con los grilletes puestos.

Entonces aparecieron los hombres con los que Sam había estado tra-bajando y se detuvieron para ver qué ocurría.

—Todos los hombres decentes tienen el deber de ayudarme a arrestar a este fugitivo, y cualquiera que me lo impida deberá someterse al casti-go que la ley establezca —dijo Jonno.

—Puedes contar conmigo —respondió el hombre de un solo ojo—. Yo te aguantaré el caballo.

Los demás se rieron entre dientes. Jonno no despertaba mucha simpatía aunque, por otra parte, ningún aldeano se pronunció en defensa de Sam.

Jonno avanzó con un movimiento súbito. Sosteniendo los grilletes con ambas manos, se dirigió hacia Sam y se inclinó para intentar colocarle el dispositivo en la pierna por sorpresa.

Con un anciano de movimientos torpes, la estrategia habría surtido efecto, pero Sam reaccionó con rapidez. Retrocedió al tiempo que daba una patada, y una de sus botas llenas de barro fue a parar al brazo izquierdo de Jonno, que éste tenía extendido.

Jonno soltó un grito de dolor y rabia. Se incorporó y echando hacia atrás el brazo derecho sacudió los grilletes con la intención de golpear con ellos a Sam en la cabeza. Gwenda oyó un grito de pánico y luego se dio cuenta de que era ella quien lo había emitido. Sam retrocedió un paso más y se colocó fuera del alcance de Jonno.

Jonno vio que iba a errar el golpe y soltó los grilletes en el último momento.

Éstos salieron volando por el aire. Sam quiso esquivarlos dándose me-dia vuelta y agachando la cabeza pero no lo logró. La anilla de hierro lo golpeó en la oreja y la cadena le azotó el rostro. Gwenda soltó un grito como si la herida fuera ella. Los espectadores contuvieron la respiración. Sam se tambaleó y los grilletes cayeron al suelo. Hubo un momento de suspense mientras la sangre manaba de la oreja y la nariz de Sam. Gwenda dio un paso adelante para acercarse a él y extendió los brazos.

Pero pronto Sam se recuperó de la sorpresa.

Se volvió hacia Jonno y blandió la pesada pala de madera con un ágil movimiento. Jonno no había recuperado del todo el equilibrio tras el esfuerzo del lanzamiento y no logró esquivarlo. El canto de la pala lo hirió en un lado de la cabeza. Sam era muy fuerte y el sonido de la madera contra el cráneo se oyó en toda la calle.

Jonno aún no se había recuperado cuando Sam volvió a atacarle. Esta vez la pala cayó desde arriba. Impulsada por los dos brazos de Sam, la herramienta fue a parar a su coronilla con una tremenda fuerza, y lo primero que lo alcanzó fue el canto. Esta vez el impacto no resonó sino que provocó más bien un ruido sordo y Gwenda temió que el golpe le hubiera partido el cráneo a Jonno.

Mientras Jonno caía de rodillas, Sam lo atacó por tercera vez propinándole con todas sus fuerzas otro golpe de la plancha de roble, que esta vez hirió a la víctima en plena frente. Una espada de hierro no habría resultado más peligrosa, pensó Gwenda con desespero. Avanzó dispuesta a detener a Sam, pero los aldeanos habían tenido la misma idea un instante antes y lo alcanzaron antes que ella. Dos hombres lo aferraron cada uno por un brazo para apartarlo.

Jonno yacía en el suelo, tenía la cabeza rodeada por un charco de sangre. A Gwenda la visión le provocó náuseas y no pudo evitar acordarse del padre del muchacho, Nate, y de lo afligido que se sentiría ante las heridas de su hijo. La madre de Jonno había muerto de la peste; por lo menos donde ahora se encontraba el dolor no podía afectarle.

Gwenda vio que Sam no estaba malherido. Sangraba, pero seguía forcejeando con sus captores tratando de liberarse para poder atacar de nuevo. Gwenda se arrodilló junto a Jonno. Tenía los ojos cerrados y no se movía. Le apoyó una mano sobre el corazón y no notó nada. Trató de encontrarle el pulso, tal como Caris le había enseñado, pero no lo percibió. Parecía que Jonno no respiraba.

De pronto, tomó conciencia de las repercusiones de lo sucedido y estalló en llanto.

Jonno había muerto y, por tanto, Sam era un asesino.

82

El Domingo de Pascua de ese año, 1361, Caris y Merthin cumplieron diez años de casados.

De pie en la catedral, contemplando la procesión de Semana Santa, Caris recordó el día de su boda. Al llevar tanto tiempo de novios, contando los períodos de separación, la ceremonia no les parecía más que la confirmación de un hecho consumado, y ambos, con su ingenuidad, se la imaginaban tranquila y familiar: una misa sencilla en la iglesia de St. Mark y, después, una modesta comida para pocos comensales en la posada Bell. Sin embargo, el padre Joffroi les advirtió el día anterior de que, según sus cálculos, por lo menos dos mil personas contaban con asistir a la boda, por lo que se vieron obligados a trasladar la misa a la catedral. Además, sin su conocimiento, Madge Webber había organizado un banquete en la sede del gremio para los ciudadanos más destacados de Kingsbridge, y una merienda campestre en Lovers' Field para todo el resto. Así, al final, la boda se había convertido en el acontecimiento del año.

Una sonrisa se dibujó en el rostro de Caris al recordarlo. Lucía un vestido nuevo confeccionado con el paño escarlata de Kingsbridge, un color que el obispo probablemente consideraba apropiado para una mujer como ella. Merthin llevaba una chaqueta italiana de ricos brocados color castaño con hebras doradas y aparecía radiante de felicidad. Ambos se habían dado cuenta, aunque algo tarde, de que la larga historia de amor que ellos creían un asunto privado había tenido en vilo a los ciudadanos de Kingsbridge durante años, y de que todo el mundo tenía ganas de celebrar su feliz final.

El agradable recuerdo se desvaneció en cuanto Philemon, su antiguo enemigo, subió al púlpito. En los diez años que habían pasado desde la boda había engordado bastante. Su tonsura monacal y su rostro afeitado revelaban el anillo de grasa que coronaba su cuello, y su hábito sacerdotal se ensanchaba como una tienda de campaña.

Pronunció un sermón en contra de la disección.

Los cadáveres pertenecían a Dios, explicó. Los cristianos tenían instrucciones de enterrarlos según un ritual muy específico: los que gozaban de la salvación, en tierra consagrada; los que no habían recibido la absolución, en cualquier otro lugar. Tratarlos de una manera distinta iba contra la voluntad de Dios. Diseccionarlos era un sacrilegio, dijo con una vehemencia inusitada. Incluso le temblaba la voz al pedir a los congregados que imaginaran la horrible escena de un cuerpo abierto y cortado en pedazos, y cada uno de éstos hecho pedazos a su vez para ser estudiado minuciosamente por los que se hacían llamar investigadores médicos. Los verdaderos cristianos sabían que el morbo de esos hombres y mujeres no tenía excusa.

La expresión «hombres y mujeres» no era frecuente en labios de Philemon, pensó Caris, y no podía haberla utilizado a la ligera. Miró a su marido, que se encontraba de pie a su lado en la nave, y éste alzó las cejas con semblante preocupado.

La prohibición de diseccionar cadáveres era un dogma que la Iglesia postulaba desde que Caris tenía uso de razón; sin embargo, desde la epidemia de peste había dejado de insistirse tanto en ello. Los jóvenes clérigos más progresistas eran muy conscientes de lo mal que se había portado entonces la Iglesia con sus adeptos y estaban dispuestos a cambiar la forma en que los sacerdotes aprendían y practicaban la medicina. No obstante, el sector más antiguo y más conservador se aferraba a los viejos tiempos y dificultaba el que se introdujera cualquier cambio en el sistema. Como resultado, la disección estaba prohibida en teoría y admitida en la práctica.

Caris había realizado disecciones en el nuevo hospital desde el principio. Nunca hablaba de ello fuera del recinto, pues consideraba que no servía de nada llevar la contraria a los supersticiosos; sin embargo, las practicaba siempre que tenía oportunidad.

Desde hacía un par de años, uno o dos de los monjes médicos más jóvenes solían ayudarle. Muchos de los profesionales más cualificados sólo veían el interior del cuerpo cuando tenían que tratar heridas muy profundas. El único cuerpo que estaban autorizados a abrir era el de los cerdos, pues se consideraba que eran los animales más parecidos al ser humano en cuanto a su anatomía.

La invectiva de Philemon extrañó y preocupó a Caris. Siempre la había odiado, lo sabía muy bien, aunque nunca había tenido muy claro por qué. No obstante, desde su enfrentamiento durante la nevada de 1351, se había limitado a dejarla de lado. Como si buscara una compensación a la pérdida del dominio sobre la ciudad, había adornado su palacio con objetos de gran valor: tapices, alfombras, cubiertos de plata, vidrieras de colores y manuscritos iluminados. Desde entonces, se había crecido aún más, reclamaba un trato exageradamente deferente por parte de los monjes y novicios, lucía ostentosas vestiduras durante los oficios y siempre que tenía que desplazarse a otras ciudades lo hacía en un charrete guarnecido igual que el tocador de una duquesa.

Varios clérigos importantes habían acudido a tomar parte en los oficios: el obispo Henri de Shiring, el arzobispo Piers de Monmouth y el arcediano Reginald de York. Parecía que Philemon tratara de impresionarlos con su arrebato de conservadurismo doctrinal. Pero ¿con qué fin? ¿Es que esperaba que lo promocionaran? El arzobispo estaba enfermo, de hecho no había podido entrar a la iglesia por su propio pie, pero no era posible que Philemon pretendiera ocupar su puesto. Ya era todo un milagro que el hijo de Joby de Wigleigh hubiera llegado a ser prior de Kingsbridge. Además, ascender de prior a arzobispo habría representado un inusual salto en la jerarquía, similar al de pasar de caballero a duque sin ser nombrado antes barón o conde. Sólo alguien que gozara de gran predilección podría aspirar a semejante ascenso.

No obstante, la ambición de Philemon no tenía límites. No es que se sintiera muy bien preparado, pensó Caris. Esa actitud, la confianza en sí mismo hasta un punto arrogante, era más propia de Godwyn. Él había supuesto que Dios lo había ascendido a prior por tratarse del hombre más inteligente de toda la ciudad. Philemon, en cambio, era todo lo contrario: en el fondo de su ser se creía un don nadie, y su vida se había convertido en una continua lucha para demostrarse a sí mismo que no era un completo inútil. Temía tanto el rechazo que no soportaba la idea de no ser apropiado para ocupar determinado puesto, por muy elevado que éste fuera.

A Caris se le ocurrió que podría hablar con el obispo Henri al terminar el oficio. Le recordaría el acuerdo adoptado diez años atrás según el cual el prior de Kingsbridge no tenía competencia sobre el hospital de St. Elizabeth, construido en la isla de los Leprosos, sino que éste dependía directamente del obispo. Por eso, cualquier atentado contra el hospital representaba un atentado contra los derechos y privilegios del propio Henri. Sin embargo, tras pensarlo un poco mejor, se dio cuenta de que una protesta así serviría para confirmar al obispo que ella practicaba disecciones, y lo que probablemente sólo era una vaga sospecha que podía fácilmente pasarse por alto se convertiría en un hecho de todos conocido al que debería buscarse solución. Por eso decidió guardar silencio.

A su lado se encontraban los dos sobrinos de Merthin, hijos del conde Ralph: Gerry, de trece años, y Roley, de diez. Ambos habían ingresado en la escuela de los monjes. Vivían en el priorato, pero pasaban gran parte de su tiempo libre con Merthin y Caris en la casa que éstos tenían en la isla. Merthin posaba el brazo en el hombro de Roley con gesto relajado. Sólo tres personas en todo el mundo sabían que no se trataba de su sobrino sino de su hijo: el propio Merthin, Caris y la madre del muchacho, Philippa. Merthin intentaba no tratar a Roley de manera especial, pero le costaba disimular sus sentimientos y se deleitaba con cada cosa nueva que aprendía o que superaba con éxito en la escuela.

Caris se acordaba a menudo del hijo que había concebido con Merthin y que luego había perdido. Siempre se imaginaba que habría sido una niña.

A aquellas alturas sería ya toda una mujer, pensó; tendría veintitrés años y probablemente se habría casado y tendría hijos. La idea le provocaba una sensación parecida al dolor de una vieja herida: la sentía, pero le resultaba demasiado familiar para que siguiera haciéndole sufrir.

Cuando terminó el oficio, todos salieron juntos. Los muchachos fueron invitados a la comida del domingo, como siempre. En el exterior de la catedral, Merthin se volvió a mirar atrás, hacia la torre que ahora se elevaba en mitad de la iglesia.

Mientras examinaba su trabajo casi acabado y aguzaba la vista para fijarse en algún detalle que sólo él podía percibir, Caris lo observó con cariño. Lo conocía desde que tenía once años, y lo había amado casi desde el primer momento. Ahora tenía cuarenta y cinco años, su pelo pelirrojo presentaba entradas en la frente y le rodeaba la cabeza con aire díscolo como una aureola de rizos. Tenía el brazo izquierdo rígido desde que un albañil descuidado había dejado caer una pequeña ménsula de piedra labrada del andamio y ésta había ido a parar al hombro de Merthin. Con todo, seguía mostrando la misma expresión infantil de ilusión que tanto había atraído a la pequeña Caris, de sólo diez años, aquel día de Todos los Santos de hacía siglos.

Se volvió para mirar lo que él veía. La torre se alzaba con pulcritud sobre los cuatro costados del crucero y cada uno de los lados tenía exactamente dos crujías, a pesar de que su peso se sostenía por enormes contrafuertes construidos en las esquinas del transepto que, a su vez, eran soportados por unos nuevos cimientos construidos al margen de los antiguos. Tenía un aspecto ligero y aireado, con esbeltas columnas y muchas ventanas a través de las que podía verse el cielo azul en los días claros. Por encima de la torre cuadrangular se alzaba una maraña de andamios preparados para la fase final: la aguja o chapitel.

Cuando Caris bajó la cabeza, vio que se aproximaba su hermana. A sus cuarenta y cinco años, Alice era sólo un año mayor, pero daba la impresión de pertenecer a otra generación. Su marido, Elfric, había muerto de la peste, pero ella no se había vuelto a casar y había descuidado su aspecto, como si eso fuera lo que correspondía a una viuda. Caris había reñido con su hermana hacía muchos años por causa del trato que Elfric había dispensado a Merthin. El paso del tiempo había moderado la mutua animadversión, pero cada vez que se saludaban, Alice lo hacía con un ademán que revelaba resentimiento.

Con ella iba Griselda, su hijastra, que sólo era un año menor. El hijo de Griselda, conocido con el nombre de Merthin Bastard, sobresalía tras ella; al igual que su padre, el difunto Thurstan, fallecido mucho tiempo atrás, estaba hecho un hombretón y hacía gala de un atractivo superficial, tan diferente de Merthin Bridger que no podía haberlo sido más. También la acompañaba su hija de dieciséis años, Petranilla.

El marido de Griselda, Harold Mason, se había hecho cargo del negocio desde la muerte de Elfric. En opinión de Merthin, no sabía gran cosa de construcción, pero salía adelante bastante bien a pesar de no contar ya con el monopolio de las reparaciones y ampliaciones del priorato que habían hecho rico a Elfric. Harold se situó al lado de Merthin y dijo:

—La gente cree que vas a construir la aguja sin cimbra.

Caris sabía a qué se refería. La cimbra, o soporte central, era la estructura de madera que mantenía la obra en su sitio mientras se secaba la argamasa.

—Dentro de la estrecha aguja no hay mucho espacio para colocar cimbras. Además, ¿cómo la sostendría? —Merthin habló en tono amable, pero por la escueta respuesta Caris notó que Harold no le caía bien.

—Lo entendería si la aguja fuera redonda.

Caris también lo captó. Una aguja redonda podía ser construida colocando cada una de las hileras de piedra sobre la anterior, estrechándolas un poco progresivamente. En ese caso no hacía falta cimbra alguna porque la estructura circular se sostenía sola: las piedras no podían caer hacia adentro porque ejercían presión las unas sobre las otras, lo cual no era válido para una construcción angulosa.

—Ya has visto los planos —dijo Merthin—. Tiene forma octogonal.

Las torrecillas que coronaban las cuatro esquinas de la torre quedaban enfrentadas en diagonal y sobresalían hacia el exterior, suavizando el efecto visual a medida que la mirada ascendía por la forma diferente de la aguja más estrecha. Merthin había copiado ese detalle arquitectónico de Chartres, pero sólo tenía sentido si la construcción era octogonal.

—No entiendo cómo vas a construir una aguja octogonal sin cimbra —insistió Harold.

—Espera y lo verás —dijo Merthin, y se alejó.

Mientras avanzaban por la calle principal, Caris le preguntó:

—¿Por qué no le explicas a la gente cómo piensas hacerlo?

—Para que no puedan echarme —respondió él—. Cuando construí el puente, me despidieron en cuanto terminé la parte más difícil y contrataron a otra persona para pagarle menos dinero.

—Ya lo recuerdo.

—Ahora no pueden hacer lo mismo porque nadie más es capaz de construir la aguja.

—Entonces eras muy joven, en cambio ahora eres el mayordomo. Nadie se atrevería a despedirte.

—Tal vez, pero me siento más tranquilo sabiendo que no pueden hacerlo.

Al final de la calle, en el lugar donde se había alzado el viejo puente, había una taberna de mala fama llamada White Horse. Caris vio a la hija de dieciséis años de Merthin, Lolla, apoyada en la pared exterior junto con un grupo de viejos amigos. Lolla era una chica muy atractiva, de piel aceitunada y brillante pelo moreno, boca grande y seductores ojos castaños. Los miembros del grupo se encontraban apiñados en torno a una partida de dados y todos bebían grandes jarras de cerveza. Aunque a Caris no le sorprendió ver a su hijastra de juerga en la calle en pleno día, no le hizo ninguna gracia.

Merthin se puso furioso. Se acercó a Lolla y la asió por el brazo.

—Será mejor que vengas a casa a comer —dijo con voz tensa.

La muchacha echó hacia atrás la cabeza agitando su exuberante melena con un gesto que, sin duda, iba dirigido a alguien que no era su padre.

—No quiero volver a casa, estoy bien aquí —respondió.

—No te he preguntado si quieres o no —repuso Merthin, y la apartó de los demás de un tirón.

Un muchacho bien plantado que debía de tener unos veinte años abandonó el grupo. Tenía el pelo rizado, mostraba una sonrisa burlona y se escarbaba los dientes con una ramita. Caris reconoció a Jake Riley, un mozalbete sin oficio ni beneficio que, inexplicablemente, siempre disponía de dinero para gastar. El joven se acercó con paso tranquilo.

—¿Qué ocurre aquí? —preguntó con la ramita asomando entre los dientes en actitud insultante.

—Nada que a ti te importe —le espetó Merthin.

Jake se plantó delante de Merthin.

—La muchacha no quiere marcharse.

—Apártate de mi camino si no quieres pasarte el resto del día en el cepo —lo amenazó Merthin.

Caris observó la escena preocupada. Merthin obraba con acierto: tenía todo el derecho a imponer disciplina a Lolla, a quien aún le faltaban cinco años para alcanzar la mayoría de edad. Sin embargo, Jake era el típico mocoso capaz de pegarle un puñetazo sin importarle las consecuencias. Con todo, se mantuvo al margen, pues sabía que, de lo contrario, Merthin acabaría enfadándose con ella en lugar de hacerlo con Jake.

—Supongo que eres su padre —dijo Jake.

—Sabes perfectamente quién soy, y será mejor que me llames «mayordomo» y me hables con respeto o sufrirás las consecuencias.

Jake lo miró con insolencia un instante y luego se hizo a un lado mientras respondía en tono indiferente:

—Muy bien.

Caris se sintió aliviada al ver que el enfrentamiento no acababa a golpes. Merthin no era la clase de hombre que solía resolver las cosas a puñetazos, pero Lolla era capaz de volverlo loco.

Avanzaron hacia el puente. Lolla se desasió de su padre y caminó delante de él cruzada de brazos, con la cabeza gacha y el entrecejo fruncido mientras mascullaba algo para sí.

No era la primera vez que la joven andaba con malas compañías. A Merthin lo horrorizaba y encolerizaba a un tiempo que su hijita se empeñara en mezclarse con gentuza.

—¿Por qué lo hace? —preguntó a Caris mientras ambos cruzaban detrás de Lolla el puente hasta la isla de los Leprosos.

—Quién sabe...

Caris había observado que ese tipo de comportamiento se daba más entre los jóvenes que habían tenido que afrontar la muerte de uno de sus progenitores. Al fallecer Silvia, Lolla había quedado al cuidado de varias mujeres: primero de Bessie Bell; luego de lady Philippa; más tarde de Em, el ama de llaves de Merthin, y por fin de la propia Caris. Tal vez eso la había confundido y no sabía a quién tenía que obedecer. Sin embargo, Caris no hizo partícipe a Merthin de sus pensamientos, pues a él podría parecerle que insinuaba que había fracasado como padre.

—Yo a su edad me peleaba muchísimo con mi tía Petranilla.

—¿Por qué motivo?

—Por algo parecido. A ella no le gustaba que pasara demasiado tiempo con Mattie Wise.

—Eso es diferente. Tú no andabas por las tabernas en compañía de granujas.

—Petranilla pensaba que Mattie era una mala influencia.

—No es lo mismo.

—Supongo que no.

—Tú aprendiste muchas cosas de Mattie.

Sin duda, Lolla también debía de estar aprendiendo muchas cosas junto al apuesto Jake Riley, pero Caris se guardó la idea incendiaria para sí; Merthin ya estaba bastante furioso.

Todas las construcciones de la isla estaban ya terminadas, y ahora ésta era parte integrante de la ciudad. Incluso tenía su propia iglesia parroquial. En el lugar donde otrora se paseaban por terreno baldío se extendía ahora un sendero que avanzaba en línea recta entre las casas y torcía en las marcadas esquinas. Hacía mucho tiempo que los conejos habían desaparecido de allí. El hospital ocupaba la mayor parte del extremo oeste. Aunque Caris acudía allí a diario, seguía sintiendo una punzada de orgullo cada vez que observaba el pulcro edificio de piedra gris, los grandes ventanales formando hileras regulares y las chimeneas puestas en fila como si fueran soldados.

Se introdujeron a través de una verja en la propiedad de Merthin. Los productos del huerto habían madurado y los manzanos en flor estaban cubiertos por una capa de nieve.

Como era habitual, accedieron por la puerta que daba a la cocina. La casa poseía una imponente entrada en la fachada que daba al río, pero nadie la utilizaba casi nunca. Un arquitecto brillante también podía cometer algún que otro fallo, pensó Caris divertida; sin embargo, una vez más decidió callar.

Lolla subió a su alcoba dando fuertes pisadas.

Desde la puerta principal, una mujer los saludó:

—¡Hola a todos!

Los dos muchachos irrumpieron en la cámara principal dando gritos de alegría. Era su madre, Philippa. Merthin y Caris la saludaron calurosamente.

Caris se había convertido en cuñada de Philippa al casarse con Merthin, pero su rivalidad del pasado había hecho que, durante varios años, se sintiera más bien incómoda en presencia de la mujer. Con el tiempo, los muchachos habían acabado por unirlas. Cuando primero Gerry y luego Roley ingresaron en la escuela del priorato, a Merthin le pareció natural ocuparse de sus sobrinos, y entonces Philippa se acostumbró a pasar por su casa cada vez que iba a Kingsbridge.

Al principio, Caris había sentido celos de Philippa por haber atraído a Merthin sexualmente. Él nunca había tratado de aparentar que su amor por Philippa fuera algo superficial. Era evidente que seguía preocupándose por ella. Sin embargo, en tiempos más recientes la mujer presentaba un aspecto triste. Tenía cuarenta y nueve años pero parecía mayor, con su pelo cano y el rostro surcado por la desilusión. Ahora sólo vivía por y para sus hijos. Era una huésped frecuente en casa de su hija Odila, la condesa de Monmouth; y, cuando no se encontraba allí, solía acudir al priorato de Kingsbridge para estar cerca de sus hijos. De hecho, se las arreglaba para pasar muy poco tiempo en Earlscastle al lado de Ralph, su marido.

—Tengo que llevar a los muchachos a Shiring —dijo, explicando así el motivo de su presencia allí—. Ralph quiere que acudan con él al tribunal del condado. Dice que es una parte imprescindible de su educación.

—Tiene razón —opinó Caris.

Un día Gerry sería conde, si vivía lo suficiente, y si no, sería Roley quien heredase el título. Por eso ambos tenían que familiarizarse con el tribunal.

Philippa añadió:

—Tenía pensado ir a la catedral para asistir al oficio de Semana Santa, pero se rompió una rueda de mi charrete y he tenido que hacer noche por el camino.

—Bueno, aprovechando que estás aquí vamos a comer —dijo Caris.

Entraron en el comedor. Caris abrió las ventanas que daban al río y el aire fresco penetró en la estancia. Se preguntaba qué pensaba hacer Merthin con respecto a Lolla. Se había sentido aliviada al ver que la dejaba subir a la planta de arriba sin decirle nada; una adolescente rebelde sentada a la mesa minaba la moral de cualquiera.

Tomaron cordero hervido con puerros. Merthin sirvió vino tinto y Philippa bebió con avidez. Se había vuelto muy aficionada al vino, tal vez hubiera encontrado en él su consuelo.

Mientras cenaban, entró Em con aire angustiado.

—Hay una persona en la puerta de la cocina, pregunta por la señora.

—Y bien, ¿quién es? —preguntó Merthin impaciente.

—No me ha dicho su nombre, pero asegura que la señora lo reconocerá.

—¿De qué tipo de persona se trata?

—Es joven. Por sus prendas, parece más un campesino que un habitante de la ciudad. —Em mostraba una aversión un tanto afectada por los aldeanos.

—Bueno, no parece que sea peligroso. Hazlo pasar.

Al cabo de un momento, entró una figura alta con el rostro cubierto casi por completo por una capucha. En cuanto se descubrió, Caris reconoció al primogénito de Gwenda, Sam.

Lo conocía de toda la vida. Lo había visto nacer, había observado cómo su cabecita resbaladiza emergía del cuerpo de su madre y luego lo había visto crecer y cambiar hasta convertirse en un hombre. Por su modo de andar, de detenerse y de levantar ligeramente la mano al disponerse a hablar, le pareció que tenía ante ella a Wulfric. Caris siempre había sospechado que Sam no era hijo suyo, pero por respeto a la estrecha relación que tenía con Gwenda nunca lo mencionó. Había preguntas que era mejor no formular. De todas formas, la sospecha volvió a asaltarla sin remedio cuando supo que buscaban a Sam por el asesinato de Jonno Reeve, pues ya al nacer le había recordado a Ralph.

El muchacho se acercó a Caris, levantó la mano con aquel ademán tan característico de Wulfric, vaciló un instante y acabó postrándose sobre una rodilla.

—Sálvame, por favor —le pidió.

Caris se sintió horrorizada.

—¿Cómo podría hacerlo?

—Escóndeme. Llevo días enteros huyendo. Salí de Oldchurch cuando era oscuro y caminé durante toda la noche; desde entonces, apenas he podido descansar. Acabo de detenerme en una taberna para comer algo, pero me han reconocido y he tenido que salir huyendo.

Parecía tan desesperado que a Caris la invadió una oleada de compasión. No obstante, dijo:

—No puedes esconderte aquí. ¡Te buscan por asesinato!

—No fue un asesinato sino una pelea. Jonno empezó. Me hirió con unos grilletes… mira. —Se llevó la mano al rostro y se tocó la oreja y la nariz para señalar las dos cicatrices.

Gracias a sus conocimientos médicos, Caris notó que las heridas habían sido causadas unos cinco días atrás y que la de la nariz estaba curando bien, aunque a la de la oreja le hacían buena falta unos puntos. Sin embargo, su mayor preocupación era que Sam no debería estar allí.

—Tienes que acatar la justicia —dijo.

—Se pondrán de parte de Jonno, seguro. Me escapé de Wigleigh porque en Outhenby me pagaban más y Jonno trató de hacerme volver. La gente dice que tenía todo el derecho de encadenar a un fugitivo.

—Tendrías que haberlo pensado antes de golpearle.

Él respondió en tono acusatorio:

—Tú empleaste a fugitivos en Outhenby cuando eras priora.

Caris se sintió herida.

—A fugitivos… no a asesinos.

—Me colgarán.

Eso le llegó al corazón. ¿Cómo podía negarse a ayudarle?

Merthin intervino.

—Hay dos motivos por los cuales no puedes esconderte aquí. El primero es que es un delito ocultar a un fugitivo, y no estoy dispuesto a ponerme la ley en contra por tu culpa, a pesar de que aprecio mucho a tu madre. El segundo motivo es que todo el mundo sabe que tu madre es una vieja amiga de Caris, y si los alguaciles de Kingsbridge te están buscando, éste es el primer lugar adonde acudirán.

—¿De verdad? —preguntó Sam.

Caris sabía que el muchacho no tenía muchas luces; su hermano Davey había heredado toda la inteligencia.

—No podrías ocultarte en un lugar peor —aseguró Merthin, y enseguida se suavizó—: Tómate una copa de vino, y llévate una barra de pan; luego, márchate de la ciudad —dijo en tono más amable—. Tengo que encontrar a Mungo Constable y explicarle que has estado aquí, pero no me daré prisa. —Sirvió vino en un cuenco de madera.

—Gracias.

—Tu única esperanza es marcharte a donde nadie te conozca y empezar una nueva vida. Eres un muchacho fuerte y siempre encontrarás trabajo. Vete a Londres y súbete a algún barco. Y no te metas en líos.

—Recuerdo a tu madre... ¿Gwenda? —dijo Philippa de pronto.

Sam asintió.

Philippa se volvió hacia Caris.

—La conocí en Casterham, cuando William aún vivía. Vino a verme por lo de la chica de Wigleigh a quien Ralph había violado.

—Annet.

—Sí. —Philippa se volvió hacia Sam—. Tú debías de ser el niño que llevaba en brazos entonces. Tu madre es una buena mujer. Siento por ella que tengas problemas.

Hubo un momento de silencio. Sam apuró el cuenco. Caris se puso a pensar, tal como debían de estar haciendo a su vez Merthin y Philippa, en el paso del tiempo, y en cómo una criatura inocente crecía y se convertía en un hombre capaz de cometer un asesinato.

Durante la pausa, oyeron unas voces.

Parecía que en la puerta de la cocina había varios hombres.

Sam miró alrededor como si fuera un oso que acabara de caer en una trampa. Una de las puertas daba a la cocina y la otra conducía al exterior, a la parte delantera de la casa. Se dirigió corriendo a la puerta principal, la abrió de golpe y salió a toda prisa. Sin detenerse, avanzó hacia el río.

Al cabo de un momento, Em abrió la puerta de la cocina y Mungo Constable entró en el comedor. Cuatro ayudantes se apiñaron detrás de él; todos iban armados con garrotes.

Merthin señaló la puerta delantera.

—Acaba de marcharse.

—¡A por él, muchachos! —gritó Mungo, y todos atravesaron la cámara y salieron por la puerta.

Caris se puso en pie y se dirigió a toda prisa al exterior; los demás la siguieron.

La casa estaba construida sobre un peñasco que apenas se levantaba un metro del suelo. El río bajaba rápido al pie del pequeño risco. A la izquierda, el elegante puente de Merthin hacía que el agua se arremolinara; a la derecha, había una playa embarrada. Al otro lado del río los árboles se estaban cubriendo de hojas en el viejo cementerio de víctimas de la peste. A ambos lados, unos cuantos tugurios habían proliferado como las malas hierbas.

Sam podría haber torcido hacia la izquierda o hacia la derecha, y Caris vio con desespero que había tomado el camino incorrecto. Había elegido el de la derecha, que no llevaba a ninguna parte. Lo vio correr junto a la orilla; sus botas dejaban claras huellas en el fango. Los alguaciles le pisaban los talones como galgos persiguiendo a una liebre. Caris se sintió apenada por Sam, tal como le ocurría con las liebres. No era una cuestión de justicia, más bien tenía que ver con quién era la presa.

Al ver que no tenía adónde ir, Sam se introdujo en el agua.

Mungo se había detenido en el camino empedrado que había frente a la casa, y en ese momento se volvió en dirección opuesta, hacia la izquierda, y echó a correr hacia el puente.

Dos de sus ayudantes soltaron los garrotes, se quitaron las botas y los abrigos y se lanzaron al río en camisa interior. Los otros dos se quedaron junto a la orilla; tal vez no supieran nadar o tal vez se sintieran incapaces de saltar al agua con aquel frío. Los dos nadadores empezaron a avanzar resueltamente hacia Sam.

El muchacho era fuerte, pero su grueso abrigo invernal estaba empapado y lo arrastraba hacia el fondo. Caris observó con horror y fascinación cómo los ayudantes del alguacil le ganaban terreno.

Se oyó un grito procedente de la dirección contraria. Mungo había alcanzado el puente y había empezado a cruzarlo a toda velocidad; se detuvo para llamar con señas a los dos ayudantes de la orilla e indicarles que lo siguieran. Los hombres supieron interpretar los gestos y corrieron a la zaga mientras él proseguía su camino.

Sam llegó a la orilla opuesta del río justo antes de que los nadadores le dieran alcance. Se puso en pie y avanzó tambaleándose por el barrizal, sacudiendo la cabeza, mientras el agua se escurría por sus prendas. Se volvió y vio que uno de los ayudantes estaba a punto de atraparlo. El hombre tropezó y, sin querer, inclinó el cuerpo hacia delante, y Sam, con gesto rápido, le propinó una patada en pleno rostro con la bota mojada. El ayudante del alguacil soltó un grito y cayó de espaldas.

El segundo ayudante tuvo más cuidado. Se acercó a Sam, pero se detuvo antes de situarse a su alcance. Sam se dio media vuelta y echó a correr; salió del agua y se encontró en el césped del cementerio. No obstante, el ayudante continuó tras él. Sam volvió a detenerse y su perseguidor hizo lo propio; entonces el muchacho se dio cuenta de que lo estaba entreteniendo. Soltó un rugido de rabia y se abalanzó sobre su enemigo. Éste se hizo atrás, pero tras él estaba el río. Corrió hacia el barrizal, pero los charcos lo retuvieron y Sam pudo darle alcance.

Lo asió por los hombros, lo obligó a darse media vuelta y le propinó un cabezazo. En el extremo opuesto del río, Caris oyó un crujido al romperse la nariz del pobre hombre. Sam lo arrojó hacia un lado y el hombre cayó al suelo y tiñó de sangre el agua del río.

El muchacho se volvió de nuevo hacia la orilla; no obstante, Mungo lo estaba esperando. Sam se encontraba a un nivel más bajo debido a la pendiente de la playa y el agua entorpecía sus movimientos. Mungo se lanzó en su dirección, pero al fin se detuvo y dejó que fuera él quien avanzara; entonces alzó su pesado garrote. Hizo amago de atacarlo; Sam quiso esquivar el golpe y entonces Mungo bajó el arma y alcanzó a Sam en plena coronilla.

El golpe fue terrible y Caris ahogó un grito de espanto como si fuera ella la herida. Sam bramó de dolor y, en un acto reflejo, se llevó las manos a la cabeza. Mungo, que tenía gran experiencia en pelear con jóvenes fuertes, lo volvió a atacar con el garrote y esta vez le dio en las costillas desprotegidas. Sam cayó al agua. Los dos ayudantes que habían atravesado corriendo el puente llegaron en ese momento al escenario del enfrentamiento. Ambos se abalanzaron sobre Sam, oprimiéndolo contra el barrizal. Los dos hombres a quienes había herido se cobraron venganza y la emprendieron a patadas y puñetazos mientras sus compañeros lo sujetaban. Cuando el muchacho dejó de resistirse, dejaron de agredirle y lo arrastraron fuera del agua.

Mungo le ató con rapidez las manos a la espalda. Entonces, los alguaciles condujeron al fugitivo de vuelta a la ciudad.

—¡Qué horror! —exclamó Caris—. Pobre Gwenda...

83

La ciudad de Shiring adoptaba un aire carnavalesco durante las sesiones celebradas por el tribunal del condado. Todas las posadas de la plaza estaban concurridas y sus salones se llenaban de hombres y mujeres ataviados con sus mejores galas que pedían a gritos comida y bebida. La ciudad, lógicamente, aprovechaba la ocasión para organizar un mercado, y la misma plaza quedaba tan abarrotada de puestos que se tardaba media hora en avanzar apenas doscientos metros. Además de los tenderetes habituales, había docenas de vendedores ocasionales que se paseaban por allí ofreciendo su mercancía: panaderos con bandejas repletas de bollería, un violinista ambulante, mendigos lisiados o ciegos, prostitutas con los pechos al aire, un oso bailarín y un monje pronunciando un sermón.

El conde Ralph era una de las pocas personas que podía cruzar la plaza con rapidez. Montaba acompañado por tres caballeros que lo precedían y un puñado de sirvientes que iban a la zaga, y su séquito se abría paso entre el tumulto como un arado, separando a la multitud gracias al ímpetu con que avanzaban y a la falta de consideración para con las personas que se encontraban en su camino.

Ascendieron por la colina hasta el castillo del sheriff. Una vez en el patio, se detuvieron con un ostentoso viraje y desmontaron. Los sirvientes se dispusieron de inmediato a llamar a los mozos de cuadra y a los de cuerda. A Ralph le gustaba que todo el mundo supiera que había llegado.

Se sentía tenso. El hijo de su viejo enemigo iba a ser juzgado por asesinato, y él estaba a punto de poner en práctica la mayor venganza imaginable; sin embargo, una parte de sí mismo temía que las cosas no llegaran a buen puerto. Experimentaba tal avidez que se avergonzaba un poco, pues no quería que sus caballeros supieran cuánto significaba aquello para él. Así, se ocupó de disimular, incluso ante Alan Fernhill, las ganas que sentía de que Sam fuera ahorcado. Tenía miedo de que algo saliera mal a última hora. Nadie sabía mejor que él los errores que podía llegar a cometer la justicia; después de todo, él mismo había escapado dos veces de la horca.

Tomaría asiento junto al tribunal durante el juicio, pues estaba en su derecho, y haría todo cuanto estuviera en su mano para asegurarse de que nadie desbaratara sus planes.

Traspasó las riendas de su caballo a un palafrenero y miró alrededor. El castillo no era ninguna fortaleza militar. Más bien se trataba de una taberna con un patio, aunque de sólida construcción y bien vigilada. El sheriff de Shiring podía vivir allí a salvo de los parientes vengativos de las personas a quienes arrestaba. El edificio disponía de mazmorras subterráneas donde encerrar a los prisioneros y alcobas para huéspedes donde los jueces podían descansar sin que nadie los molestara.

El sheriff Bernard acompañó a Ralph a la suya. Gobernaba en el condado en representación del rey y era el responsable de cobrar los tributos y también de administrar justicia. El cargo resultaba muy lucrativo, pues la retribución establecida se complementaba con obsequios, sobornos, porcentajes deducidos de las multas más sustanciosas y dinero decomisado de las fianzas. La relación entre el conde y el sheriff podía ser tirante: el conde superaba en rango al sheriff, pero el poder judicial que éste ejercía no dependía de él. Bernard, un rico mercader de lana de la edad aproximada de Ralph, lo trataba con una incómoda mezcla de camaradería y deferencia.

Philippa aguardaba a Ralph en los aposentos que les habían reservado. Su larga melena gris lucía recogida en un vistoso tocado e iba ataviada con un caro abrigo de tela en apagados tonos de color pardo y gris. Los aires altivos que otrora le habían conferido un atractivo aspecto orgulloso la hacían parecer ahora una anciana gruñona. Más que la esposa de Ralph, bien podría haber sido su madre.

Él saludó a sus hijos, Gerry y Roley. No estaba seguro de cómo comportarse con los niños y, de hecho, pocas veces había tenido que hacerlo. Por descontado, en su primera infancia habían sido las mujeres quienes se habían ocupado de ellos, y ahora asistían a la escuela de los monjes. Así, los trataba como si fueran escuderos a su servicio, dándoles órdenes en un primer instante y al rato bromeando con ellos en tono amigable. Le costaría menos dirigirse a ellos cuando fueran mayores. De todos modos, no parecía importar demasiado: hiciera lo que hiciese, ellos lo consideraban un héroe.

—Mañana os sentaréis junto al tribunal —les anunció—. Quiero que veáis cómo se administra justicia.

Gerry, el mayor, preguntó:

—¿Podemos dar una vuelta por el mercado esta tarde?

—Sí, pedidle a Dickie que vaya con vosotros. —Dickie era uno de los siervos de Earlscastle—. Aquí tenéis un poco de dinero para gastar. —Entregó unos cuantos peniques de plata a cada uno.

Los muchachos se marcharon. Ralph se sentó en el extremo opuesto de la alcoba con respecto a Philippa. Ya nunca la tocaba, y siempre trataba de mantener las distancias de forma que no ocurriera nada por accidente. Lo tranquilizaba que vistiera y actuara como una anciana para asegurarse de no resultarle atractiva. Además, Philippa iba a la iglesia cada día.

Era una extraña relación para dos personas que un día habían concebido un hijo, pero ambos llevaban años enquistados en sus actitudes y nunca las cambiarían. Por lo menos, eso daba a Ralph libertad para manosear a las sirvientas y retozar con las fulanas en las tabernas.

No obstante, era preciso que hablaran de los niños. Philippa tenía unos firmes principios y, con los años, Ralph se dio cuenta de que costaba menos comentar las cosas con ella que tomar decisiones unilaterales y tener que discutir cuando no estaba de acuerdo.

—Gerald ya tiene edad de ser escudero —dijo Ralph.

—Estoy de acuerdo —respondió Philippa.

—¡Qué bien! —exclamó Ralph sorprendido. Esperaba que le llevara la contraria.

—Ya le he hablado de él a David de Monmouth —prosiguió ella.

Eso explicaba su buena disposición. Se le había adelantado.

—Ya veo —dijo él para ganar tiempo.

—David está de acuerdo y propone que lo enviemos allí tan pronto como cumpla los catorce años.

A la sazón, Gerry tenía sólo trece, así que, de hecho, Philippa estaba retrasando su partida al menos un año más. Con todo, eso no era lo que más preocupaba a Ralph. David, el conde de Monmouth, estaba casado con la hija de Philippa, Odila.

—Se supone que la escudería convierte a los niños en hombres —repuso Ralph—. A Gerry las cosas le resultarán demasiado fáciles con David. Su hermanastra le tiene mucho cariño y es probable que lo proteja. Es posible que se sienta entre algodones. —Tras reflexionar un momento, añadió—: Supongo que por eso quieres que vaya allí.

Ella no lo negó, pero puntualizó:

—Pensaba que te alegrarías de fortalecer tu alianza con el conde de Monmouth.

En eso llevaba la razón. David era el mayor aliado de Ralph entre la nobleza. Introducir a Gerry en la casa de Monmouth serviría para crear otro vínculo entre los dos condes. Era posible que David se encariñara con el muchacho, y tal vez más adelante los hijos de David fueran escuderos en Earlscastle. Unos lazos familiares semejantes no tenían precio.

—¿Te comprometes a asegurarte de que el muchacho no estará excesivamente mimado? —preguntó Ralph.

—Claro.

—Bueno, entonces estoy de acuerdo.

—Muy bien. Me alegro de que hayamos zanjado el asunto. —Philippa se puso en pie.

Sin embargo, Ralph no había terminado.

—¿Y Roley qué? Él también podría ir, así estarían juntos.

A Philippa no le hacía ninguna gracia la idea, y Ralph lo notó, pero la mujer era demasiado inteligente para oponerse terminantemente.

—Roley es demasiado joven —dijo, como si lo estuviera considerando—. Además, aún no se ha aprendido bien todas sus lecciones.

—Para un noble las lecciones no son tan importantes como aprender a luchar. No olvides que es el segundo en la línea de sucesión del condado. Si a Gerry le ocurriera algo…

—Dios no lo quiera.

—Amén.

—De todos modos, creo que deberíamos esperar a que cumpliera los catorce años.

—No sé, Roley siempre ha sido algo afeminado. A veces me recuerda a mi hermano Merthin. —Observó un atisbo de temor en los ojos de Philippa. Supuso que tenía miedo de perder a su pequeño. Sintió la tentación de insistir, sólo para atormentarla, pero realmente a los diez años se era muy joven para ser escudero—. Ya veremos —concluyó sin comprometerse a nada—. Más tarde o más temprano tendrá que hacerse fuerte.

—Todo a su debido tiempo —respondió Philippa.

El juez, sir Lewis Abingdon, no procedía del condado. Venía de Londres y era un abogado del tribunal del rey al que éste había enviado a juzgar una serie de casos importantes en los tribunales del condado. Era un hombre fornido de rostro sonrosado y barba rubia. También era diez años menor que Ralph.

Ralph se dijo a sí mismo que no debía sorprenderse; en aquellos momentos tenía ya cuarenta y cuatro años cumplidos. La mitad de los de su generación habían sido abatidos por la peste. Sin embargo, no podía evitar asombrarse de conocer a hombres distinguidos y poderosos menores que él.

Junto con Gerry y Roley, esperó en una cámara adyacente del edificio donde habría de celebrarse el juicio mientras el tribunal se reunía y los presos eran trasladados desde el castillo. Resultó que sir Lewis había estado en Crécy, como joven escudero, aunque Ralph no lo recordaba. Por precaución, trató al conde con cortesía.

Ralph intentó sutilmente tantear al juez con el fin de averiguar hasta qué punto era severo.

—Nos cuesta mucho hacer cumplir la ordenanza de los jornaleros —dijo—. Cuando los campesinos descubren una forma de ganar dinero, pierden todo el respeto por la ley.

—Por cada fugitivo que trabaja a cambio de un jornal ilegal, hay un empleador que lo paga —repuso el juez.

—¡Exacto! Las monjas del priorato de Kingsbridge nunca han obedecido la ordenanza.

—Resulta muy difícil proceder contra las monjas.

—No entiendo por qué.

Sir Lewis cambió de tema.

—¿Tenéis algún interés especial en la audiencia de esta mañana? —preguntó.

Era probable que hubiera llegado a sus oídos que Ralph no solía ejercer su derecho de ocupar un asiento junto al juez.

—El asesino es uno de mis siervos —admitió Ralph—, pero la razón principal de mi presencia aquí es que quiero que estos muchachos vean cómo funciona la justicia. Lo más seguro es que uno de ellos sea conde cuando yo pase a mejor vida. También presenciarán los ahorcamientos mañana. Cuanto antes se acostumbren a ver a hombres morir, mejor.

Lewis asintió en señal de conformidad.

—Los hijos de los nobles no pueden permitirse ser compasivos.

Oyeron al escribano llamar al orden y el alboroto de la sala contigua cesó de repente. La ansiedad de Ralph no se había disipado por completo, pues la conversación con sir Lewis no había resultado del todo esclarecedora. Puede que ese hecho en sí mismo fuese ya revelador: podía significar que no se dejaba influir fácilmente.

El juez abrió la puerta y se hizo a un lado para dejar pasar al conde.

En el extremo más cercano de la cámara, dos sitiales de madera se hallaban dispuestos sobre un estrado. Junto a éstos había un escaño más bajo. La multitud emitió un murmullo de interés cuando Gerry y Roley tomaron asiento en él. La gente siempre se sentía fascinada al observar que los niños crecían y se convertían en señores. Sin embargo, más que al hecho en sí, Ralph dedujo que la admiración se debía al aire inocente de los dos muchachos, quienes aún no habían alcanzado la pubertad, y que chocaba de forma extraordinaria con la presencia en un tribunal que se ocupaba de juzgar casos de violencia, robo y fraude. Parecían corderitos en una pocilga, fuera de lugar.

Ralph ocupó uno de los dos sitiales y rememoró el día en que, veintidós años atrás, había comparecido ante aquel mismo tribunal acusado de violación, un cargo que resultaba ridículo presentar contra un señor cuando la víctima era una de sus propias siervas. Philippa estaba detrás de aquella maliciosa acusación, pero ya se había encargado él de hacérselo pagar.

En aquel juicio, Ralph había forcejeado para abrirse paso a codazos y huir en cuanto el jurado lo había declarado culpable, pero luego había obtenido el perdón al ingresar en las mesnadas del rey y marcharse a Francia. Sam, en cambio, no escaparía: no llevaba armas y tenía los tobillos encadenados. Además, las guerras francesas parecían haber terminado, así que ya no había perdones gratuitos.

Ralph observó a Sam mientras formulaban los cargos. El muchacho tenía la constitución de Wulfric, no la de Gwenda: era alto y ancho de hombros. Podría haber resultado un buen hombre de armas si hubiera sido de cuna más noble. De hecho, no se parecía mucho a Wulfric, aunque algo en sus facciones lo evocaba. Como muchos acusados, mostraba una expresión aparentemente desafiante que ocultaba el miedo. «Así es exactamente como yo me sentí», pensó Ralph.

Nathan Reeve presentó declaración en primer lugar. Era el padre del asesinado pero, más que eso, lo importante fue que reconoció que Sam era un siervo del conde Ralph y que no había sido autorizado a marcharse a Oldchurch. Dijo que había enviado a su hijo Jonno para que siguiera a Gwenda con la esperanza de dar con el fugitivo. El hombre no se hacía agradable, pero resultaba evidente que su dolor era auténtico. Ralph se sintió complacido: su testimonio constituía una prueba irrefutable.

La madre de Sam se apostaba junto a él; sólo le llegaba al hombro a su hijo. Gwenda no era guapa: sus ojos oscuros se encontraban demasiado cerca de una nariz enorme, y tanto la frente como la barbilla retrocedían exageradamente y le daban la apariencia de un resuelto roedor. Con todo, tenía un gran atractivo sexual incluso en la madurez. Hacía más de veinte años que Ralph se había acostado con ella, pero lo recordaba como si hubiera sucedido el día anterior: habían consumado el acto en una cámara de la posada Bell de Kingsbridge, y él la había hecho arrodillarse en la cama. Al rememorar la escena, la imagen de sus carnes apretadas lo excitó. Tenía abundante vello moreno, recordó.

De pronto, sus miradas se cruzaron. Ella la sostuvo y pareció adivinar lo que él estaba pensando. En aquella cama, al principio se había mostrado indiferente y había permanecido inmóvil, aceptando sus acometidas con pasividad al haber sido forzada; sin embargo, hacia el final, algo extraño le había sucedido y había empezado, contra su voluntad, a moverse rítmicamente con él. Gwenda debía de estar recordando lo mismo, pues una expresión de vergüenza demudó su poco atractivo rostro y enseguida apartó la mirada.

Junto a ella había otro joven, seguramente su otro hijo. Éste se parecía más a ella, era menudo y fuerte, y parecía astuto. Cruzó una mirada de intensa concentración con Ralph, como si sintiera curiosidad por saber qué pensamientos poblaban la mente de un conde y creyera posible encontrar la respuesta en el rostro de Ralph.

Sin embargo, Ralph estaba más interesado en su padre. Odiaba a Wulfric desde la pelea durante la feria del vellón de 1337. Se llevó la mano a la nariz en un acto reflejo. Muchos otros hombres lo habían atacado al cabo de los años, pero ninguno había herido tanto su orgullo. No obstante, ya se había cobrado su terrible venganza. «Lo privé de sus derechos de nacimiento durante diez años —se dijo Ralph—; me acosté con su mujer; le hice una cicatriz en la mejilla cuando trató de impedirme que escapara de este tribunal; lo obligué a regresar a su tierra cuando quiso marcharse, y ahora voy a ahorcar a su hijo.»

Wulfric estaba más grueso que antes, pero le sentaba bien. Tenía una barba salpicada de canas que no cubría la gran cicatriz que Ralph le había hecho con la espada. Su rostro estaba curtido y surcado de arrugas. Si Gwenda parecía enfadada, a Wulfric se le veía apesadumbrado. Cuando los campesinos de Oldchurch declararon que Sam había asesinado a Jonno con una pala de roble, los ojos de Gwenda emitieron unos destellos desafiantes, mientras que Wulfric frunció el ceño con una expresión que delataba su angustia.

El presidente del jurado preguntó si, en algún momento, Sam había temido por su vida, lo cual disgustó sobremanera a Ralph, pues la pregunta implicaba que el asesino contaba con una excusa.

Un campesino flaco al que le faltaba un ojo respondió:

—No, no pudo sentir miedo del alguacil. Creo que quien lo asustaba era su madre. —Se oyeron risitas entre la multitud.

Luego, el presidente preguntó si Jonno había provocado la agresión, otra pregunta que molestó a Ralph al indicar compasión por Sam.

—¿Provocar la agresión? —dijo el hombre de un solo ojo—. Sólo lo golpeó en la cara con unos grilletes; si a eso se le puede llamar provocar...

Todos se rieron abiertamente.

Wulfric estaba perplejo. A juzgar por su expresión, se estaba preguntando cómo podía divertirse la gente mientras la vida de su hijo estaba en juego.

Ralph se estaba poniendo cada vez más nervioso. El presidente del jurado no parecía muy convencido.

Sam fue llamado a declarar y Ralph observó que el joven se parecía más a Wulfric al hablar. Ladeaba la cabeza de un modo característico y su ademán de la mano evocaba a Wulfric de inmediato. Sam explicó cómo se había ofrecido a presentarse ante Jonno a la mañana siguiente y éste había respondido intentando ponerle los grilletes.

Ralph se dirigió al juez en voz baja.

—Eso no cambia nada —dijo, conteniendo su indignación—. Da igual que sintiera miedo, que lo provocaran o que se hubiera ofrecido a presentarse ante el alguacil a la mañana siguiente.

Sir Lewis no dijo nada.

—La cuestión es que es un fugitivo y que asesinó al hombre que trató de hacerlo regresar al lugar donde pertenece legítimamente —prosiguió Ralph.

—Es cierto —respondió sir Lewis en tono moderado, lo cual no satisfizo a Ralph.

Ralph observó a los espectadores mientras el jurado interrogaba a Sam. Merthin se contaba entre ellos, junto con su esposa. Antes de hacerse monja, a Caris le gustaba ir vestida a la moda, y al renunciar a los votos había recobrado ese placer. Ese día lucía un vestido largo confeccionado con dos telas bien contrastadas, una verde y la otra azul, una capa del paño escarlata de Kingsbridge adornada de pelo y un pequeño bonete. Ralph recordó que Caris era amiga de Gwenda desde la infancia; de hecho, ella había estado presente el día en que los cuatro jóvenes habían visto a Thomas de Langley asesinar a dos hombres de armas en el bosque. Seguro que Merthin y Caris esperaban, por el bien de Gwenda, que Sam fuera tratado con clemencia, y Ralph se dijo para sus adentros que, si de él dependía, no tendría esa suerte.

La mujer que había sucedido a Caris en el puesto de priora, la madre Joan, también estaba presente en la audiencia; probablemente se debía a que el valle de Outhenby pertenecía al convento y, por tanto, ella era quien había empleado a Sam de forma ilegal. Joan debería estar sentada en el banquillo junto con el acusado, pensó Ralph; sin embargo, al levantar la vista, la monja le lanzó una mirada acusadora, como si quisiera indicar que era él y no ella quien mayor responsabilidad tenía sobre el asesino.

El prior de Kingsbridge no apareció. Sam era el sobrino de Philemon, pero éste no quería atraer atención alguna sobre el hecho de ser el tío de un asesino. Ralph recordó que había habido una época en que el hombre había mostrado un afecto protector hacia su hermana pequeña; tal vez con los años el sentimiento se hubiera desvanecido.

El abuelo de mala fama de Sam, Joby, sí que estaba presente. Ahora era un anciano de pelo cano, encorvado y sin dientes. ¿Por qué motivo debía de haber acudido? Llevaba años enemistado con Gwenda y no parecía sentir mucho cariño por su nieto. Era probable que hubiera ido para robar unas cuantas monedas de los bolsillos de los allí congregados aprovechando que la atención de éstos estaría absorta en el juicio.

Sam se retiró y sir Lewis habló con concisión. Su resumen complació a Ralph.

—¿Es Sam de Wigleigh un fugitivo? —preguntó—. ¿Tenía Jonno Reeve derecho de arrestarlo? ¿Mató Sam a Jonno con su pala? Si la respuesta a estas tres preguntas es afirmativa, entonces Sam es culpable de asesinato.

Ralph se sintió sorprendido y aliviado. No tenía sentido alegar que Jonno había provocado a Sam. Después de todo, el juez había resultado ser sensato.

—¿Cuál es el veredicto? —preguntó a continuación el juez.

Ralph observó a Wulfric. El hombre estaba acongojado. «Eso es lo que les ocurre a quienes se atreven a desafiarme», pensó Ralph, y deseó poder pronunciar esas palabras en voz alta.

Wulfric captó su mirada y Ralph la sostuvo, tratando de leer en la mente del hombre. ¿Qué emoción debía de estar experimentando? Se dio cuenta de que lo que sentía era miedo. Hasta el momento, Wulfric nunca le había demostrado temor; sin embargo, ahora se estaba desmoronando. Su hijo iba a morir y eso tenía en él un efecto devastador. Un sentimiento de profunda satisfacción invadió a Ralph mientras seguía posando la mirada en los asustados ojos de Wulfric. «Por fin te he doblegado —pensó—; he tardado veinticuatro años en conseguirlo, pero por fin te tengo ante mí muerto de miedo.»

El jurado se reunió. El presidente parecía mostrarse en desacuerdo con el resto. Ralph los observó impaciente. Era imposible que les cupieran dudas después de lo que había dicho el juez, ¿no era así? Sin embargo, con los miembros de los jurados no se sabía nunca lo que podía ocurrir. «Ahora no puede irse todo al traste —pensó Ralph—, ¿verdad que no?»

Al fin parecieron haber tomado una decisión, aunque Ralph no era capaz de adivinar por qué se habían decantado. El presidente se puso en pie.

—Consideramos que Sam de Wigleigh es culpable de asesinato —anunció.

Ralph mantuvo la mirada fija en su viejo enemigo. A Wulfric parecía que acabaran de clavarle una puñalada. Su rostro palideció y cerró los ojos como si sintiera un intenso dolor. Ralph trató de reprimir una sonrisa triunfal.

Sir Lewis se volvió hacia Ralph, y él apartó la mirada de Wulfric.

—¿Qué pensáis de la sentencia? —le preguntó.

—Por lo que a mí respecta, creo que no hay más que una opción.

Sir Lewis asintió.

—El jurado no ha mencionado en ningún momento que se otorgue clemencia al acusado.

—Eso es porque no quieren que un fugitivo que ha asesinado a su alguacil quede en libertad.

—Entonces, ¿aplicamos la pena capital?

—¡Claro!

El juez se volvió hacia el tribunal. Ralph fijó de nuevo la mirada en Wulfric mientras el resto de los presentes observaban a sir Lewis. Por fin, el juez anunció:

—Sam de Wigleigh, has asesinado al hijo de tu alguacil y por eso eres condenado a muerte. Serás ahorcado en la plaza del mercado de Shiring mañana al amanecer. Que Dios se apiade de tu alma.

Wulfric se tambaleó. El hijo menor tomó del brazo a su padre y lo ayudó a sostenerse en pie, pues de otro modo era probable que se hubiera caído al suelo. «Deja que se hunda —sintió ganas de decir Ralph—; está acabado.»

Entonces Ralph posó los ojos en Gwenda. La mujer asía a Sam de la mano, pero lo estaba mirando a él. Su expresión lo sorprendió. Esperaba observar en ella aflicción, lágrimas, gritos, histeria. Sin embargo, lo contempló sin pestañear. Sus ojos denotaban odio, y también algo más: brillaban retadores. A diferencia de su marido, no parecía haberse abatido ante la noticia. Daba la impresión de no considerar el caso cerrado.

Ralph pensó consternado que la mujer parecía estar reservándose alguna jugada maestra.

84

Caris se echó a llorar en cuanto se llevaron a Sam; Merthin, en cambio, no podía aparentar sentirse afligido. Para Gwenda aquello era una tragedia y lo sentía muchísimo por Wulfric. Con todo, para el resto del mundo no era nada malo que ahorcaran a Sam. Jonno Reeve trataba de hacer cumplir la ley. Tal vez ésta estuviera mal hecha o fuera injusta u opresiva, pero eso no autorizaba a Sam a asesinar a Jonno. Después de todo, Nate Reeve también había perdido a un hijo, y el hecho de que el hombre no cayera bien a nadie no disculpaba la acción.

Mientras un ladrón se sentaba en el banquillo, Merthin y Caris abandonaron la sala del tribunal y se dirigieron al salón destinado a taberna. Merthin pidió vino y le sirvió una copa a Caris. Al cabo de un momento, Gwenda se acercó al lugar en el que estaban sentados.

—Es mediodía —dijo—. Tenemos sólo dieciocho horas para salvar a Sam.

Merthin la miró sorprendido.

—¿Qué propones? —preguntó.

—Tenemos que conseguir que Ralph le pida al rey que lo perdone.

Eso parecía muy improbable.

—¿Y cómo piensas convencerlo?

—Es evidente que yo no puedo hacerlo —respondió Gwenda—. Pero vosotros sí.

Merthin se sintió entre la espada y la pared. No creía que Sam mereciera que lo perdonaran pero, por otra parte, le costaba mucho negarse a ayudar a una madre suplicante.

—Ya traté una vez de convencer a mi hermano para que te ayudara, ¿no lo recuerdas?

—Claro que lo recuerdo —respondió Gwenda—. Fue cuando a Wulfric no le permitían heredar las tierras de su padre.

—Se negó en redondo.

—Ya lo sé —repuso ella—, pero tienes que intentarlo.

—No creo que sea el más indicado.

—¿A quién escucharía si no?

En eso tenía razón. Merthin tenía pocas probabilidades de éxito, pero cualquier otra persona no tenía ninguna.

Caris notó su reticencia y tomó partido por Gwenda.

—Por favor, Merthin —empezó—. Imagínate cómo te sentirías si la condenada fuera Lolla.

Merthin estaba a punto de responder que las muchachas no se enfrascan en peleas cuando se dio cuenta de que, en el caso de Lolla, todo era posible. Exhaló un suspiro.

—Me parece que es una batalla perdida —opinó, y se volvió hacia Caris—, pero lo haré por ti.

—¿Por qué no hablas con él ahora mismo? —preguntó Gwenda.

—Porque aún está en la sala del tribunal.

—Casi es hora de comer, terminarán pronto. Puedes esperarlo en sus aposentos privados.

Merthin no pudo por menos de admirar la determinación de la mujer.

—Muy bien —accedió.

Salió del salón y rodeó el edificio hasta la fachada posterior. Un guardia se apostaba ante la cámara privada del juez.

—Soy el hermano del conde —dijo Merthin al centinela—. Me llamo Merthin, y soy el mayordomo de Kingsbridge.

—Sí, mayordomo, ya os conozco —respondió el guardia—. Podéis esperar dentro.

Merthin entró en la pequeña cámara y se sentó. Se sentía incómodo al tener que pedirle un favor a su hermano. Habían perdido la confianza decenios atrás, pues hacía ya mucho tiempo que Ralph se había transformado en una persona a quien Merthin no reconocía; no podía comprender a un hombre capaz de violar a Annet y matar a Tilly, y le parecía imposible que alguien semejante fuera aquél a quien en una época había llamado «hermano». Desde que habían muerto sus padres, sólo se reunían con motivo de formalidades y aun en esas ocasiones hablaban muy poco. Era muy osado por su parte tratar de utilizar su relación como excusa para pedirle un favor. Por Gwenda, no lo habría hecho; sin embargo, no podía negárselo a Caris.

No tuvo que esperar demasiado. Al cabo de unos minutos, el conde entró acompañado del juez. Merthin observó que la cojera de su hermano —debida a la herida que había sufrido en una de las guerras francesas— empeoraba con la edad.

Sir Lewis reconoció a Merthin y le estrechó la mano. Ralph hizo lo propio y dijo con ironía:

—Es todo un placer recibir una de las poco frecuentes visitas de mi hermano.

No le faltaba razón, y Merthin lo reconoció con un asentimiento.

—Sin embargo —repuso—, supongo que si alguien está autorizado a pedirte clemencia, ése soy yo.

—¿Y qué has hecho tú para tener que pedir clemencia? ¿Acaso has matado a alguien?

—Aún no.

Sir Lewis soltó una risita.

—Entonces, ¿de qué se trata? —preguntó Ralph.

—Tanto tú como yo conocemos a Gwenda desde que éramos pequeños. Ralph asintió.

—Una vez le disparé a su perro con el arco que te habías hecho tú mismo.

Merthin había olvidado aquel incidente; recordándolo, observó que era un claro indicio de cómo iba a evolucionar Ralph.

—Tal vez estés en deuda con ella por eso.

—Me parece que el hijo de Nate Reeve valía más que un maldito perro, ¿a ti no?

—No quería decir eso; me refiero a que podrías compensar tu crueldad de entonces siendo clemente ahora.

—¿Compensar? —le espetó Ralph alzando la voz en señal de enojo, y en ese momento Merthin supo que era una causa perdida—. ¿Compensar? —Se llevó la mano al tabique nasal torcido—. ¿Y cómo se compensa esto? —Señaló a Merthin con gesto agresivo—. Te diré por qué no pienso perdonar a Sam. Hoy, en el juicio, he observado a Wulfric mientras declaraban a su hijo culpable de asesinato, y ¿sabes lo que he visto en él? Miedo. Ese insolente me tiene miedo. Por fin he conseguido doblegarlo.

—¿Tanto significa eso para ti?

—Colgaría a seis hombres sólo para ver esa expresión.

Merthin estaba a punto de darse por vencido, pero se acordó del pesar de Gwenda e insistió por última vez.

—Bueno, pues ahora ya tienes lo que querías, ¿no? —repuso—. Salva al muchacho, pídele al rey que lo perdone.

—No. Quiero mantener a Wulfric a raya.

Merthin pensó que valdría más no haber ido a ver a Ralph. Presionarlo sólo servía para que sacara lo peor de sí mismo. Su rencor y su sed de venganza lo horrorizaban. No quería volver a hablar con él jamás, y la sensación le resultaba familiar, pues no era la primera vez que la experimentaba. No obstante, siempre representaba un duro golpe darse cuenta de cómo era su hermano en realidad.

Se dio media vuelta.

—Bueno, tenía que intentarlo —dijo—. Adiós.

Ralph adoptó un tono jovial.

—Ven a comer al castillo —lo invitó—. El sheriff preparará una buena mesa. Y tráete a Caris. Philippa está conmigo; os lleváis bien, ¿no?

Merthin no tenía ninguna intención de ir.

—Lo hablaré con Caris —respondió. Sabía que su esposa preferiría comer con Lucifer antes que con Ralph.

—Entonces, tal vez te vea luego.

Merthin desapareció.

Regresó al salón. Caris y Gwenda lo observaron acercarse expectantes. Merthin negó con la cabeza.

—He hecho lo que he podido —dijo—. Lo siento.

Gwenda ya imaginaba que ése sería el resultado. Se sentía frustrada pero no estaba sorprendida. Creía que, antes que nada, debía intentarlo a través de Merthin. La otra medida de que disponía era mucho más drástica.

Dio las gracias a Merthin mecánicamente, salió de la posada y se dirigió al castillo, en lo alto de la colina. Wulfric y David habían ido a una taberna de los arrabales donde ofrecían una copiosa comida por un cuarto de penique. De todos modos, no habría servido de mucho que Wulfric estuviera presente; su firmeza y honestidad no ayudaban a la hora de negociar con Ralph y los de su calaña.

Además, no podía permitir que Wulfric supiera cómo pensaba persuadir a Ralph.

Mientras avanzaba por la cuesta oyó pasos de caballos tras ella. Se detuvo y se dio media vuelta. Eran Ralph y su séquito, acompañados por el juez. Guardó silencio mientras miraba fijamente a Ralph para asegurarse de que reparaba en ella al pasar. Seguro que se imaginaría que acudía a verlo.

Minutos después, Gwenda penetraba en el patio del castillo; sin embargo, una reja impedía el acceso a la casa del sheriff. Se dirigió a la entrada del edificio principal y habló con el vigilante.

—Soy Gwenda de Wigleigh —se presentó—. Por favor, dile al conde Ralph que tengo que hablar con él en privado.

—Claro, claro —respondió el vigilante—. Mira a tu alrededor; toda esa gente está esperando para ver al conde, al juez o al sheriff.

Había veinte o treinta personas aguardando en el patio, algunas con pergaminos enrollados.

Gwenda estaba dispuesta a correr grandes riesgos con tal de salvar a su hijo de la horca, pero sólo tendría la oportunidad de hacerlo si conseguía hablar con Ralph antes del alba.

—¿Cuánto dinero quieres? —preguntó al vigilante.

El hombre la observó con un poco menos de desprecio.

—No te prometo que te reciba.

—Puedes darle mi nombre.

—Dos chelines. Veinticuatro peniques de plata.

Era mucho dinero, pero Gwenda llevaba en el portamonedas todos sus ahorros. Con todo, no estaba dispuesta a entregarle el dinero todavía.

—¿Cómo me llamo? —le preguntó.

—No lo sé.

—Pues te lo acabo de decir. ¿Cómo vas a explicarle al conde Ralph quién soy si no te acuerdas?

El vigilante se encogió de hombros.

—Repítemelo.

—Soy Gwenda de Wigleigh.

—Muy bien. Se lo diré.

Gwenda introdujo la mano en la bolsa, extrajo un puñado de pequeñas monedas de plata y separó veinticuatro. Para un jornalero, la cantidad representaba las ganancias de dos semanas. Pensó en cuánto había tenido que deslomarse para conseguirlo; y ahora aquel simple portero ocioso y altanero iba a obtener lo mismo por no hacer casi nada.

El vigilante le tendió la mano.

—¿Cómo me llamo? —volvió a preguntarle.

—Gwenda.

—¿Gwenda qué más?

—De Wigleigh —añadió él—. Es la aldea del asesino de esta mañana, ¿no?

Ella le entregó el dinero.

—El conde me recibirá —dijo en el tono más convincente de que fue capaz.

El vigilante se guardó el dinero en el bolsillo.

Gwenda retrocedió hasta el patio, no muy segura de haber empleado bien el dinero.

Al momento, descubrió a una figura familiar de cabeza pequeña y anchos hombros. Se trataba de Alan Fernhill. Estaba de suerte. El hombre cruzaba el patio desde las cuadras y se dirigía a la entrada. El resto de peticionarios no lo reconoció. Gwenda se interpuso en su camino.

—Hola, Alan —lo saludó.

—Llámame sir Alan.

—Felicidades. ¿Le dirás a Ralph que necesito verlo?

—No hace falta que te pregunte por qué.

—Dile que quiero hablar con él en privado.

Alan arqueó las cejas.

—No te ofendas, pero la última vez eras una muchacha. Ahora eres veinte años mayor.

—¿No te parece que será mejor que decida él?

—Claro. —El hombre sonrió de modo ofensivo—. Seguro que se acuerda de aquella tarde en la posada Bell.

Aquella vez, Alan había estado presente. Había sido testigo de cómo Gwenda se despojaba del vestido y había contemplado su cuerpo desnudo. Luego, había visto cómo se dirigía a la cama y se arrodillaba de espaldas encima del colchón. Y había soltado una grosera carcajada cuando Ralph comentó que la vista era más espléndida por detrás.

Gwenda ocultó la repugnancia y la vergüenza que sentía.

—Espero que lo recuerde —dijo en el tono más indiferente de que fue capaz.

Los otros peticionarios se apercibieron de que Alan debía de ser alguien importante y empezaron a congregarse a su alrededor, hablando, suplicando y rogando. Él los apartó y entró en el vestíbulo.

Gwenda se dispuso a esperar.

Al cabo de una hora tuvo claro que Ralph no pensaba recibirla antes de comer. Descubrió una zona del suelo no muy cubierta de barro y se sentó con la espalda recostada en la pared de piedra sin quitar la vista de la entrada al vestíbulo.

Pasó otra hora, y otra más. Las comidas de los nobles solían durar toda la tarde. Gwenda se preguntó cómo podían comer y beber tanto. ¿Acaso no reventaban nunca?

Ella no había probado bocado en todo el día, pero estaba demasiado nerviosa para sentir hambre.

Hacía un día gris propio del mes de abril, y pronto empezó a oscurecer. Gwenda estaba tiritando en contacto con el frío suelo, pero no se movió de allí. Era su única oportunidad.

Los sirvientes salieron y prendieron las antorchas del patio. Por detrás de los postigos de algunas ventanas empezó a observarse luz. Caía la noche y Gwenda fue consciente de que sólo faltaban unas doce horas para que amaneciera. Pensó en Sam, sentado en el suelo de alguna de las mazmorras subterráneas del castillo, y se preguntó si tendría frío. Reprimió las ganas de llorar.

«No todo ha terminado», se dijo, pero sus ánimos estaban flaqueando.

Entonces, una figura alta tapó la luz procedente de la antorcha más cercana. Gwenda levantó la cabeza y vio a Alan. El corazón le dio un vuelco.

—Acompáñame —dijo él.

Gwenda se puso en pie de un salto y avanzó hacia la puerta del vestíbulo.

—Por ahí no.

Ella lo miró con expresión inquisitiva.

—Has dicho en privado, ¿no? —preguntó Alan—. No va a recibirte en la cámara que comparte con la condesa. Ven por aquí.

Ella lo siguió y entró tras él por una pequeña puerta adyacente a las cuadras. Atravesaron varias cámaras y luego subieron por una escalera. Alan abrió una puerta que daba a una estrecha alcoba. Gwenda entró. Él no la siguió sino que cerró la puerta desde fuera.

Era una alcoba de techo bajo, y una cama ocupaba todo el espacio. Ralph se encontraba de pie junto a la ventana en ropa interior. Las botas y sus prendas exteriores formaban una pila en el suelo. Tenía el rostro enrojecido por la bebida, pero hablaba con claridad y sin arrastrar las palabras.

—Quítate el vestido —le ordenó con una sonrisa anticipatoria.

—No —respondió Gwenda.

Él la miró perplejo.

—No pienso quitarme la ropa —aclaró.

—¿Por qué le has dicho a Alan que querías verme en privado?

—Precisamente para que creyeras que estaba dispuesta a acostarme contigo.

—Si no… ¿para qué has venido?

—Para implorarte que pidas al rey el indulto.

—¿Sin ofrecerme tu cuerpo?

—¿Para qué? Una vez lo hice y luego no cumpliste tu promesa. Negaste el trato. Te ofrecí mi cuerpo, pero no entregaste a mi marido sus tierras. —Permitió que su tono trasluciera el desprecio que sentía—. Seguro que volverías a hacer lo mismo. No tienes honor ni palabra; me recuerdas a mi padre.

Ralph se sonrojó. Era un insulto decirle a un conde que no se podía confiar en él, y aún resultaba más ofensivo compararlo con un jornalero sin tierras que se dedicaba a cazar ardillas en el bosque.

—¿Así es como piensas convencerme? —preguntó en tono airado.

—No, pero obtendrás ese indulto.

—¿Por qué motivo?

—Porque Sam es hijo tuyo.

Ralph la miró fijamente durante un instante.

—Ajá —exclamó con desdén—. Si piensas que voy a creérmelo, vas lista.

—Es hijo tuyo —repitió Gwenda.

—No puedes demostrarlo.

—No, ciertamente no puedo —admitió ella—. Pero sabes muy bien que me acosté contigo en la posada Bell de Kingsbridge nueve meses antes de que naciera Sam. Es verdad que también me acosté con Wulfric. Puedes preguntarte cómo sé entonces quién es su padre. Sólo tienes que mirar al muchacho. Algunos de sus gestos recuerdan a Wulfric, sí, ha tenido tiempo de aprenderlos en veintidós años, pero mira sus facciones.

Vio que en el rostro de Ralph se dibujaba una expresión pensativa y supo que algo de lo que había dicho había dado en el blanco.

—Y, sobre todo, fíjate en su carácter —insistió, llevando el agua a su molino—. Ya has oído las declaraciones. Sam no se limitó a defenderse de Jonno, tal como habría hecho Wulfric. Tampoco lo ayudó a levantarse después de tirarlo al suelo, que habría sido lo propio de Wulfric. Mi marido es fuerte y se enoja con facilidad, pero es un hombre bondadoso. Sam no. Golpeó a Jonno con la pala, con una fuerza que habría dejado inconsciente a cualquiera; luego, antes de que cayera al suelo, volvió a golpearlo con más fuerza aún, a pesar de que ya era incapaz de defenderse. Y encima, antes de que el cuerpo laxo de Jonno alcanzara el suelo, lo golpeó por tercera vez. Si los campesinos de Oldchurch no se hubieran abalanzado sobre Sam para sujetarlo, él habría continuado asestándole palazos con la maldita herramienta hasta dejarlo destrozado. ¡Tenía ansias de matar! —Gwenda notó que estaba llorando y se enjugó las lágrimas con la manga del vestido.

Ralph la observaba con expresión horrorizada.

—¿De dónde le viene ese instinto asesino, Ralph? —preguntó—. Escarba en tu negro corazón. Sam es tu hijo. Y, que Dios me perdone, también es hijo mío.

Cuando Gwenda se hubo marchado, Ralph se sentó en la cama de la pequeña cámara y se quedó mirando la llama de la vela. ¿Era posible? Gwenda era capaz de mentir si lo creía necesario, por supuesto, no tenía por qué confiar en ella. Pero era cierto que Sam podía ser tanto hijo suyo como de Wulfric. Ambos se habían acostado con Gwenda en el momento crucial. Nunca sabría con certeza cuál era la verdad.

La mera posibilidad de que Sam fuera hijo suyo bastaba para llenar a Ralph de horror. ¿Estaría a punto de hacer ahorcar a su propio hijo? Entonces, el espantoso castigo que había tramado para Wulfric recaería sobre sí mismo.

Ya era de noche. El ahorcamiento tendría lugar al amanecer. No disponía de mucho tiempo para tomar una decisión.

Cogió la vela y salió de la pequeña cámara. Había acudido allí con la expectativa de satisfacer un deseo carnal y, en cambio, había recibido la noticia más espeluznante de toda su vida.

Se dirigió al exterior y cruzó el patio hasta el edificio que albergaba las mazmorras. En la planta baja se encontraban las cámaras de los ayudantes del sheriff. Entró y habló con el hombre que estaba de guardia.

—Quiero ver al asesino, Sam de Wigleigh.

—Muy bien, mi señor —respondió el calabocero—. Os mostraré el camino. —Condujo a Ralph a la cámara contigua guiándose con un farol.

Vio un enrejado en el suelo y notó un hedor. Ralph miró a través del enrejado. La celda se encontraba unos tres metros por debajo, tenía las paredes de piedra y el suelo muy sucio. No había en ella mobiliario alguno. Sam estaba sentado en el suelo con la espalda contra la pared. Junto a él había una jarra de madera que debía de contener agua. Un pequeño agujero en el suelo hacía las veces de retrete. Sam levantó la cabeza y luego apartó la mirada con indiferencia.

—Ábreme —ordenó Ralph.

El calabocero abrió el enrejado con una llave. Éste giró gracias a unos goznes.

—Quiero bajar.

El carcelero se sorprendió, pero no se atrevió a contradecir a un conde. Tomó una escalera de mano apoyada en la pared y la deslizó por el hueco de entrada a la mazmorra.

—Andad con cuidado, por favor, mi señor —dijo nervioso—. Recordad que ese villano no tiene nada que perder.

Ralph descendió llevando la vela. El olor era repugnante, pero apenas prestó atención a eso. Llegó al pie de la escalera y se volvió.

Sam lo miró con resentimiento.

—¿Qué queréis? —preguntó.

Ralph lo observó. Se puso en cuclillas y acercó la vela al rostro de Sam para examinar sus facciones, tratando de compararlas con el rostro que veía cuando se miraba al espejo.

—¿Qué ocurre? —insistió Sam, asustado por la intensa mirada de Ralph.

El conde no le respondió. ¿Era aquél su hijo? Tal vez, pensó. No sería de extrañar. Sam era bien parecido, y a Ralph de joven le decían que era atractivo, antes de romperse la nariz. Esa mañana, en el tribunal, Ralph había pensado que el rostro de Sam le recordaba a alguien. Se concentró y rebuscó en su memoria tratando de descubrir de quién se trataba. Aquella nariz recta, los ojos oscuros, el grueso pelo que tantas muchachas envidiaban…

Por fin dio con la respuesta.

Sam se parecía a la madre de Ralph, la difunta lady Maud.

—Santo Dios… —exclamó con voz susurrante.

—¿Qué? —preguntó Sam con una voz que revelaba el miedo que sentía—. ¿Qué ocurre?

Ralph tenía que decir algo.

—Tu madre… —empezó, pero se le fue la voz. La emoción le atenazaba la garganta y le dificultaba el articular las palabras. Lo intentó de nuevo—. Tu madre me ha suplicado que pida el indulto… y me ha convencido.

Sam lo observó con recelo pero no dijo nada. Pensaba que Ralph había acudido allí para burlarse de él.

—Dime —prosiguió Ralph—. Cuando agrediste a Jonno con la pala… ¿tenías la intención de matarlo? Puedes decirme la verdad, ya no tienes nada que temer.

—Pues claro que tenía la intención de matarlo —respondió Sam—. Quería hacerme volver.

Ralph asintió.

—Yo habría hecho lo mismo —dijo. Hizo una pausa sin dejar de mirar a Sam, y luego repitió—: Yo habría hecho lo mismo.

Se puso en pie y se dirigió a la escalera, pero vaciló un momento, se volvió y depositó la vela al lado de Sam. Luego ascendió hacia la salida.

El calabocero tapó el hueco con el enrejado y lo cerró con llave.

—No habrá ahorcamiento —dijo Ralph—. Haré que indulten al preso. Voy a hablar ahora mismo con el sheriff.

Al salir de la cámara, el calabocero estornudó.

85

Cuando Merthin y Caris regresaron de Shiring y llegaron a Kingsbridge, se encontraron con que Lolla había desaparecido.

Arn y Em, que llevaban mucho tiempo sirviendo en la casa, estaban junto a la verja del jardín y parecían haberse pasado allí el día entero. Em empezó a hablar, pero enseguida rompió en llanto y sus palabras resultaban ininteligibles, así que fue Arn quien les comunicó la noticia.

—No encontramos a Lolla por ninguna parte —anunció con aflicción—. No sabemos dónde está.

Al principio, Merthin no lo comprendió.

—Llegará a la hora de cenar —repuso—. No te apures, Em.

—Ayer no vino, y antes de ayer tampoco —explicó Arn.

Entonces Merthin reparó en lo que querían decir. Se había escapado de casa. Una oleada de temor más intensa que el viento invernal le puso la carne de gallina y le atenazó el corazón. Su hija sólo tenía dieciséis años. Por un momento, fue incapaz de razonar. Sólo veía su imagen, entre la niñez y la edad adulta, con sus ojos castaños oscuros de profunda mirada, la boca sensual que había heredado de su madre y su alegre expresión de falsa seguridad.

Cuando recobró la sensatez, se preguntó a sí mismo qué había hecho mal. Solía dejar a Lolla al cuidado de Arn y Em durante unos días desde que tenía cinco años y nunca hasta entonces le había ocurrido nada malo. ¿Acaso algo había cambiado?

Se dio cuenta de que apenas había hablado con ella desde el Domingo de Pascua, dos semanas atrás, cuando la había asido por el brazo y la había arrancado de la compañía de las amistades de mala fama enfrente de la taberna White Horse. Ella había subido a su alcoba malhumorada y había permanecido allí mientras la familia se reunía para comer, y ni siquiera salió cuando arrestaron a Sam. Al cabo de unos días, cuando Merthin y Caris se habían despedido de ella al partir hacia Shiring, aún seguía enfurruñada.

Los remordimientos lo torturaban. La había tratado con dureza y la había hecho alejarse. ¿Estaría vigilándolo el espíritu de Silvia y lo despreciaría por no ser capaz de cuidar de su hija?

La imagen de los amigotes de Lolla acudió de nuevo a su mente.

—Ese Jake Riley debe de estar detrás de todo esto —concluyó—. ¿Has hablado con él, Arn?

—No, señor.

—Pues voy a hacerlo yo ahora mismo. ¿Sabes dónde vive?

—Se hospeda cerca de la pescadería que hay detrás de la iglesia de St. Paul.

Caris se dirigió a Merthin.

—Te acompaño.

Cruzaron el puente de vuelta a la ciudad y se encaminaron hacia el oeste. La parroquia de St. Paul comprendía la zona industrial que se extendía a orillas del río: mataderos, curtidores de piel, aserraderos, fábricas y tintoreros habían proliferado como los hongos en septiembre desde la invención del paño escarlata de Kingsbridge. Merthin se dirigió a la poco esbelta torre de la iglesia que sobresalía por encima de los tejados bajos de las viviendas. Descubrió la pescadería por el olor y llamó a la gran puerta destartalada de la casa contigua.

Le abrió Sal Sawyers, la pobre viuda de un carpintero que había trabajado a destajo y que había muerto de la peste.

—Jake va y viene, mayordomo —le explicó—. Hace una semana que no lo veo. Por mí, puede hacer lo que le dé la gana siempre que pague el arriendo.

—Cuando se marchó, ¿iba Lolla con él? —preguntó Caris.

Sal miró de reojo a Merthin.

—No me gusta criticar —dijo.

—Por favor, explícame cuanto sepas. No me ofenderé.

—La muchacha suele estar con él. Hace todo lo que Jake quiere, y no diré más. Si lo buscáis a él, la encontraréis a ella.

—¿Sabes adónde pueden haber ido?

—Él nunca me cuenta nada.

—¿Se te ocurre si alguien puede saberlo?

—No trae por aquí a ningún amigo, excepto a la muchacha. De todos modos, me parece que sus compinches suelen andar por la taberna White Horse.

Merthin asintió.

—Intentaremos localizarlos allí. Gracias, Sal.

—Todo irá bien —lo tranquilizó Sal—. La muchacha debe de estar pasando por una época rebelde, eso es todo.

—Espero que tengas razón.

Merthin y Caris volvieron sobre sus pasos hasta llegar a la taberna White Horse, que se encontraba junto a la orilla del río, cerca del puente. Merthin recordó la orgía que había presenciado allí en plena epidemia de peste, cuando el moribundo Davey Whitehorse había obsequiado a todo el mundo con cerveza gratis. Después, el lugar había permanecido cerrado durante varios años, pero ahora el negocio volvía a estar en pleno apogeo. Merthin solía preguntarse por qué gozaba de tanta popularidad. Los salones eran incómodos y sucios, y solían tener lugar peleas. Hacía más o menos un año que habían matado allí a un hombre.

Entraron en un salón saturado de humo. Era sólo media tarde, pero ya había aproximadamente una docena variopinta de bebedores sentados en los bancos. Un pequeño grupo se apiñaba en torno a un tablero de backgammon, y varias pilas no muy elevadas de peniques de plata indicaban que se estaba apostando dinero por el resultado. Una prostituta de mejillas enrojecidas llamada Joy observó esperanzada a los recién llegados, pero al ver quiénes eran adoptó de nuevo la indolente postura de aburrimiento. En un rincón, un hombre mostraba a una mujer un abrigo de apariencia muy cara. Al parecer, se lo estaba ofreciendo para que se lo comprara; no obstante, al ver a Merthin dobló rápidamente la prenda y la ocultó, por lo que él dedujo que debía de tratarse de mercancía robada.

El posadero, Evan, estaba tomando una comida tardía consistente en beicon frito. Se puso en pie, se limpió las manos en la túnica y dijo nervioso:

—Buenos días tengáis, mayordomo; es un honor veros por la casa. ¿Puedo serviros una jarra de cerveza?

—Estoy buscando a Lolla, mi hija —respondió Merthin con brusquedad.

—Hace una semana que no la veo —aseguró Evan.

Sal había dicho exactamente lo mismo de Jake, recordó Merthin.

—Tal vez esté con Jake Riley.

—Sí, he notado que se llevan bien —dijo Evan con mucho tacto—. Él hace más o menos el mismo tiempo que no aparece por aquí.

—¿Sabes adónde ha ido?

—Jake es bastante hermético —contestó—. Si uno le pregunta a qué distancia está Shiring, es de los que sacude la cabeza y responde que él no tiene por qué saberlo.

La ramera, Joy, estaba escuchando la conversación y los interrumpió.

—Pero es muy generoso —dijo—, todo hay que decirlo.

Merthin le dedicó una severa mirada.

—¿Y de dónde saca tanto dinero?

—De los caballos —explicó ella—. Anda por las aldeas comprando potros a los campesinos y luego los vende en las ciudades.

«Y probablemente también roba caballos a los viajeros descuidados», pensó Merthin con amargura.

—¿Por eso se ha marchado? ¿Ha ido a vender caballos?

—Es bastante probable —terció Evan—. Se acercan las fechas de la gran feria y debe de estar proveyéndose de mercancía.

—A lo mejor Lolla ha ido con él.

—No querría ofenderos, mayordomo, pero es muy posible que así sea.

—No eres tú quien me ofende —contestó Merthin.

Asintió a modo de breve despedida y salió de la taberna con Caris a la zaga.

—Eso es lo que ha hecho —dijo furioso—. Se ha fugado con Jake. Seguro que le parece la aventura del siglo.

—Me temo que tienes razón —convino Caris—. Espero que no se quede embarazada.

—Ojalá eso fuera lo peor que puede pasarle.

Se dirigieron a su casa de forma automática. Al cruzar el puente, Merthin se detuvo en el punto más elevado y paseó la mirada desde los tejados de los arrabales hasta el bosque que se extendía más allá. Su pequeña se encontraba en algún lugar perdido junto a un chalán de moral dudosa. Estaba en peligro y él no podía hacer nada para protegerla.

Cuando Merthin llegó a la catedral a la mañana siguiente para comprobar cómo progresaba la construcción de la nueva torre, vio que se habían interrumpido las obras.

—Órdenes del prior —respondió el hermano Thomas cuando Merthin le preguntó. Thomas tenía casi sesenta años y aparentaba su edad. Su físico marcial había dado paso a una postura encorvada y ahora caminaba arrastrando los pies por el recinto con paso inseguro—. Ha habido un derrumbamiento en el pasillo sur —añadió.

Merthin miró a Bartelmy French, un albañil de manos nudosas procedente de Normandía que se encontraba frente a la caseta afilando un cincel. Bartelmy sacudió la cabeza en señal negativa sin decir nada.

—El derrumbamiento tuvo lugar hace veinticuatro años, hermano Thomas —aclaró Merthin.

—Ah, sí, tienes razón —convino Thomas—. Ya no tengo tan buena memoria como antes, tú ya lo sabes.

Merthin le dio unas palmadas en el hombro.

—Todos nos estamos haciendo mayores.

—El prior está en lo alto de la torre, lo digo por si quieres verlo —terció Bartelmy.

Era evidente que Merthin quería verlo. Se dirigió al transepto del norte y, atravesando un pequeño pasaje abovedado, subió por una estrecha escalera de caracol construida en la parte interior del muro. Al traspasar del viejo crucero a la torre de nueva construcción, el color de las piedras cambiaba del gris oscuro propio de las nubes de tormenta al claro tono perla del crepúsculo matutino. El ascenso era largo, pues la torre medía ya más de noventa metros. Por suerte, estaba acostumbrado. Casi a diario desde hacía once años subía la escalera que cada vez medía un tramo más. Se le ocurrió pensar que Philemon, quien en aquel entonces estaba ya bastante grueso, debía de tener un motivo muy convincente para arrastrar un peso semejante por tantos escalones.

Cuando estaba casi arriba, Merthin atravesó la cámara que alojaba la gran rueda, un sinuoso mecanismo que tenía dos veces el tamaño de un hombre y que se utilizaba para levantar piedras, argamasa y madera hasta el nivel necesario. Cuando la aguja de la torre estuviera acabada, la rueda se quedaría allí para las reparaciones que futuras generaciones de maestros constructores tuvieran que realizar hasta que sonaran las trompetas el día del Juicio.

Emergió en lo alto de la torre. Soplaba un viento fuerte y frío no perceptible a nivel del suelo. Un pasaje de cristales emplomados recorría el interior de la parte más alta de la torre. Los andamios estaban dispuestos alrededor de un hueco de forma octogonal, a punto para los albañiles que fueran a construir la aguja. Cerca se apilaban las piedras a las que ya se había dado el acabado correspondiente y un montón de argamasa se estaba secando sobre un tablón de madera hasta quedar inservible.

Allí no había ningún peón. El prior Philemon se encontraba en el extremo más alejado junto a Harold Mason. Estaban enfrascados en su conversación y se interrumpieron con aire de culpabilidad al divisar a Merthin. Éste tuvo que gritar para vencer el sonido del viento y conseguir que lo oyeran.

—¿Por qué has interrumpido las obras?

Philemon tenía la respuesta preparada.

—Tu proyecto tiene un problema.

Merthin miró a Harold.

—Lo que quieres decir es que algunos no lo comprenden.

—Personas experimentadas opinan que es imposible construirlo —respondió Philemon en tono desafiante.

—¿Personas experimentadas? —repitió Merthin con sorna—. ¿Quién tiene experiencia en Kingsbridge? ¿Quién ha construido un puente? ¿Quién ha trabajado con los grandes maestros constructores de Florencia? ¿Quién ha visitado Roma, Aviñón, París y Ruán? Harold seguro que no. No lo digo con intención de ofenderte, Harold, pero tú ni siquiera has estado en Londres.

—No soy el único que piensa que es imposible construir una aguja octogonal sin cimbra.

Merthin estuvo a punto de hacer un comentario sarcástico, pero se contuvo. Se dio cuenta de que Philemon debía de tener algún motivo mayor. El prior había decidido librar aquella batalla intencionadamente, y para eso debía de contar con armas más temibles que la mera opinión de Harold Mason. Seguramente había conseguido el apoyo de algunos miembros del gremio, pero ¿cómo? Si más maestros albañiles estaban dispuestos a afirmar que era imposible construir la aguja que Merthin había proyectado, era porque les habían ofrecido algún incentivo. Seguramente les habían prometido trabajo.

—¿Qué es? —le espetó a Philemon—. ¿Qué quieres construir?

—No sé qué quieres decir —se defendió Philemon.

—Seguro que estás planeando construir otra cosa y has ofrecido a Harold y a sus amigos una parte del trabajo. ¿De qué se trata?

—No sé de qué me hablas.

—¿Acaso quieres un palacio más grande? ¿Una nueva sala capitular? No puede tratarse de un hospital, ya tenemos tres. Vamos, no veo por qué no quieres decírmelo, a menos que te avergüences de ello.

Eso movió a Philemon a responder.

—Los monjes quieren construir una capilla para la Virgen.

—Ajá.

Eso tenía sentido. El culto a la Virgen estaba ganando popularidad. La jerarquía eclesiástica lo aprobaba porque la oleada de devoción por María contrarrestaba el escepticismo y la herejía que venía afectando a las congregaciones desde la epidemia de peste. Muchas catedrales e iglesias estaban construyendo una pequeña capilla en el extremo este, la parte más sagrada del edificio, dedicada a la Madre de Dios. A Merthin no le gustaba el efecto estético porque en la mayoría de los templos la capilla de la Virgen aparecía como un añadido; aunque, de hecho, lo era.

¿Qué motivos debía de tener Philemon? Siempre estaba tratando de congraciarse con alguien, era su modo de proceder. Disponer en Kingsbridge de una capilla de la Virgen complacería sin duda al sector de mayor rango y más conservador del clero.

Era el segundo intento que Philemon hacía en ese sentido. El Domingo de Pascua, desde el púlpito de la catedral, había condenado la disección de cadáveres. Merthin se percató de que estaba organizando una campaña. Pero ¿con qué fin?

Decidió no hacer nada más hasta haber averiguado qué perseguía Philemon. Sin pronunciar palabra, desapareció de la cubierta y empezó a bajar los tramos de escalones y las escaleras de mano hasta la planta baja.

Merthin llegó a casa a la hora de comer y al cabo de unos minutos Caris volvió del hospital.

—El hermano Thomas está empeorando —le explicó a su mujer—. ¿Podemos hacer algo por él?

Caris negó con la cabeza.

—La senilidad no tiene cura.

—Me dijo que el pasillo sur se había derrumbado como si acabara de suceder.

—Es típico. Recuerda el pasado más lejano pero no sabe qué está ocurriendo hoy. Pobre Thomas. Es probable que degenere bastante rápido. Por lo menos está en un lugar que le resulta familiar, pueden pasar decenios y en los monasterios apenas cambia nada. La rutina diaria es probablemente la misma de antes. Eso le vendrá bien.

Sentados ante sendas raciones de estofado de cordero con puerros y menta, Merthin le refirió lo sucedido por la mañana. Ambos se habían enfrentado a los priores de Kingsbridge durante años; primero había sido Anthony; luego, Godwyn, y ahora, Philemon. Pensaban que al concederles un fuero municipal el constante tira y afloja se acabaría al fin. Sin duda las cosas habían mejorado, pero parecía que Philemon no se había dado por vencido.

—No me preocupa mucho la aguja —confesó Merthin—. El obispo Henri invalidará la propuesta de Philemon y ordenará que se prosiga con el proyecto en cuanto se entere. Quiere ser el obispo de la catedral más alta de toda Inglaterra.

—Philemon debe de saberlo —comentó Caris pensativa.

—Tal vez sólo quiera hacer el intento de construir la capilla de la Virgen y llevarse el mérito al culpar a otro de su fracaso.

—Tal vez —dijo Caris poco convencida.

Merthin se estaba formulando una pregunta más importante.

—¿Qué debe de perseguir en realidad?

—A Philemon sólo lo mueve la necesidad de sentirse importante —respondió Caris con mucha seguridad—. Deduzco que debe de andar tras un ascenso.

—¿Qué puesto debe de tener en la cabeza? El arzobispo de Monmouth se está muriendo, pero no creo que espere ocupar su lugar.

—Debe de saber algo que nosotros desconocemos.

Antes de que pudieran decir nada más, entró Lolla.

La primera reacción de Merthin fue sentirse tan aliviado que las lágrimas asomaron a sus ojos. Había regresado y estaba sana y salva. La miró de arriba abajo. No presentaba ningún daño aparente, caminaba con paso saltarín y su rostro mostraba la habitual expresión malhumorada.

Caris se dirigió a ella en primer lugar.

—¡Has vuelto! —exclamó—. ¡Estoy contentísima!

—¿De verdad? —dijo Lolla. Solía aparentar que creía caerle mal a Caris.

A Merthin no lo engañaba, pero a ella podía despertarle dudas, pues el hecho de no ser la madre de Lolla la hacía sentirse más vulnerable.

—Los dos estamos muy contentos —dijo Merthin—. Nos has dado un buen susto.

—¿Por qué? —le espetó Lolla. Dejó la capa en un colgador y se sentó a la mesa—. Estaba perfectamente.

—Pero nosotros no lo sabíamos y estábamos muy preocupados.

—Pues no deberíais preocuparos —dijo Lolla—. Sé cuidar de mí misma.

Merthin reprimió una contestación airada.

—Yo no lo tengo tan claro —respondió en el tono más suave que fue capaz de utilizar.

Caris intervino para tratar de calmar los ánimos.

—¿Adónde has ido? —le preguntó—. Has estado fuera dos semanas.

—A varios lugares.

—¿Qué te parece si nos dices un par a modo de ejemplo? —preguntó Merthin con severidad.

—En el cruce de Mudeford, en Casterham y en Outhenby.

—¿Y qué has estado haciendo allí?

—¿Qué es esto? ¿Una confesión? —dijo enfurruñada—. ¿Tengo la obligación de contestar a todas esas preguntas?

Caris apoyó la mano en el brazo de Merthin con intención de refrenarlo y se dirigió a Lolla.

—Sólo queremos saberlo para asegurarnos de que no has corrido peligro.

—A mí también me gustaría saber con quién has estado.

—Con nadie especial.

—Eso quiere decir que se trata de Jake Riley.

La muchacha se encogió de hombros y pareció violentarse.

—Sí —respondió, como si la información resultara trivial.

Merthin la había recibido dispuesto a perdonarla y abrazarla, pero ella se lo estaba poniendo cada vez más difícil. Tratando de mantener un tono neutral, dijo:

—¿Cómo os las habéis arreglado para dormir, Jake y tú?

—¡Eso es asunto mío! —gritó ella.

—¡No, no lo es! —gritó él a su vez—. También es asunto mío y de tu madrastra. Si te quedas embarazada, ¿quién se hará cargo del niño? ¿Acaso crees que Jake está preparado para sentar la cabeza y comportarse como un marido y un padre? ¿Has hablado de ello con él?

—¡No me digas nada más! —vociferó la muchacha. Estalló en lágrimas y subió la escalera a todo correr.

—A veces me gustaría disponer de una sola cámara, así no podría valerse de esa estrategia.

—No has sido muy amable con ella —dijo Caris en tono ligeramente desaprobatorio.

—¿Y qué se supone que tengo que hacer? —replicó él—. ¡Habla como si no hubiera hecho nada malo!

—Pero en el fondo sabe que sí, por eso llora.

—Maldita sea —exclamó Merthin.

En ese momento llamaron a la puerta y un novicio asomó la cabeza.

—Perdón por molestaros, mayordomo —se disculpó—. Sir Gregory Longfellow se encuentra en el priorato y le gustaría intercambiar unas palabras con vos en cuanto os vaya bien.

—Vaya —repuso Merthin—. Dile que iré dentro de un momento.

—Gracias —respondió el novicio, y se marchó.

—Tal vez no sea mala idea darle tiempo para que se tranquilice —dijo Merthin a Caris.

—Y así te tranquilizas tú también —le espetó ella.

—No te estarás poniendo de su parte, ¿verdad? —preguntó él con un ligero tono de enfado.

Ella sonrió y le apoyó la mano en el brazo.

—Yo siempre estoy de tu parte —respondió—. Pero recuerdo muy bien lo que significa tener dieciséis años. A ella le preocupa tanto como a ti su relación con Jake, pero no se atreve ni a confesárselo a sí misma porque supondría un golpe para su orgullo. Por eso le sienta mal que digas la verdad. Ha construido un frágil muro para proteger su amor propio y tú amenazas con derribarlo.

—¿Y qué puedo hacer?

—Ayudarla a construir otro más sólido.

—No te entiendo.

—Ya lo entenderás.

—Será mejor que vaya a ver a sir Gregory. —Merthin se puso en pie.

Caris lo abrazó y lo besó en los labios.

—Eres un buen hombre y haces todo lo que puedes, y por eso te amo con toda mi alma —dijo.

Eso alivió su frustración y lo ayudó a tranquilizarse a medida que caminaba dando grandes zancadas, primero por el puente y luego por la calle principal hasta el priorato. Gregory no le caía bien. Era taimado y carecía de escrúpulos, y estaba dispuesto a hacer cualquier cosa para complacer a su señor, el rey, tal como había demostrado hacer Philemon cuando estaba al servicio del prior Godwyn. Merthin se preguntó con inquietud de qué querría hablarle Gregory. Probablemente se trataba de los tributos, pues eran la constante preocupación del rey.

En primer lugar Merthin se dirigió al palacio del prior, donde Philemon le anunció con aire petulante que sir Gregory se encontraba en el claustro de los monjes, en la parte sur de la catedral. Merthin se preguntó qué habría hecho para obtener el privilegio de celebrar allí la audiencia.

El abogado se estaba haciendo viejo. Su pelo se había tornado cano y su antes esbelta figura se había encorvado. Profundas arrugas surcaban ambos lados de su nariz de gesto despectivo como si fueran paréntesis y uno de sus ojos azules se veía empañado. Sin embargo, su otro ojo lo percibía todo con gran agudeza, y enseguida reconoció a Merthin a pesar de que hacía diez años que no se veían.

—Mayordomo —le anunció—: el arzobispo de Monmouth ha muerto.

—Descanse en paz —respondió Merthin de modo automático.

—Amén. El rey me ha pedido, ya que tenía previsto pasar por el burgo de Kingsbridge, que os dé recuerdos de su parte y que os comunique la importante noticia.

—Me complace. De todos modos, la muerte del arzobispo no ha sido inesperada; hacía tiempo que estaba enfermo. —Merthin pensó con recelo que era imposible que el rey le hubiera pedido a Gregory que acudiera a verlo sólo para comunicarle noticias importantes.

—Sois un hombre interesante, si me permitís que os lo diga —se explayó Gregory—. En primer lugar, conocí a vuestra esposa hace más de veinte años. Desde entonces, os he visto a ambos haceros con el control de la ciudad de forma lenta pero segura. Conseguís todo lo que os proponéis: el puente, el hospital, el fuero municipal y todo lo demás. Sois decididos y pacientes.

La actitud denotaba condescendencia, pero a Merthin le sorprendió detectar cierto respeto en el halago del abogado. De todos modos, se propuso no bajar la guardia: los hombres como Gregory sólo alababan a alguien si tenían un objetivo.

—Me dirijo a visitar a los monjes de Abergavenny, pues tienen que votar quién será el nuevo arzobispo. —Gregory se recostó en la silla—. Durante los inicios del cristianismo en Inglaterra, hace siglos, los monjes elegían a sus superiores. —Sólo los ancianos tenían la costumbre de explicar las cosas, pensó Merthin. De joven, Gregory no se habría molestado en hacerlo—. Hoy en día, sin embargo, los obispos y los arzobispos se consideran demasiado importantes y poderosos para ser elegidos por pequeños grupos de idealistas piadosos que viven apartados del mundo. Es al rey a quien corresponde hacer la elección, y Su Santidad el Papa ratifica su decisión.

«Sólo que no resulta tan sencillo —pensó Merthin—. Siempre tiene lugar alguna lucha por el poder.» No obstante, no dijo nada.

Gregory prosiguió:

—Sin embargo, los monjes siguen celebrando su votación, y resulta más fácil controlarla que abolirla. De ahí mi viaje.

—Así que pensáis decir a los monjes a quién deben elegir —concluyó Merthin.

—Dicho sin rodeos, sí.

—¿Y qué nombre pensáis darles?

—¿No os lo he dicho? El de vuestro arzobispo, Henri de Mons. Es un hombre excelente: leal, digno de confianza, nunca causa problemas.

—Santo Dios.

—¿No estáis contento? —El aire relajado de Gregory se esfumó y dio paso a una actitud extremadamente atenta.

Merthin se dio cuenta de que ése era el motivo de la visita de Gregory: quería averiguar la opinión de los ciudadanos de Kingsbridge —a través de Merthin, como representante de sus habitantes— acerca de sus planes, y si se opondrían. Él recogía sus pensamientos. La perspectiva de tener un nuevo obispo resultaba amenazadora para la construcción de la aguja y para el hospital.

—Henri es una pieza clave para el equilibrio de esta ciudad —dijo—. Hace diez años, se acordó una especie de armisticio entre los mercaderes, los monjes y el hospital. De resultas de eso, los tres grupos han prosperado enormemente. —Para despertar el interés de Gregory, y también del rey, añadió—: La prosperidad es, por supuesto, lo que nos permite satisfacer unos tributos tan elevados.

Gregory admitió el argumento con una inclinación de cabeza.

—Es obvio que la marcha de Henri pone en peligro la estabilidad de nuestras relaciones.

—Depende de quién lo sustituya, me parece.

—Exacto —convino Merthin. «Estamos llegando al punto crucial», pensó—. ¿Tenéis a alguien en mente? —preguntó.

—El candidato obvio es el prior Philemon.

—¡No! —exclamó Merthin horrorizado—. ¿Por qué?

—Es un firme conservador, lo cual la jerarquía eclesiástica considera muy importante dado el escepticismo y la tendencia herética que corren.

—Por supuesto. Ahora entiendo por qué pronunció un sermón en contra de la disección. Y también por qué quiere construir una capilla para la Virgen. —«Debería haberlo previsto», pensó.

—Y se ha preocupado de que se sepa que no tiene ningún problema con los tributos que impone el clero, lo cual es un motivo constante de fricción entre el rey y algunos de los obispos.

—Philemon lleva tiempo planeando todo esto. —Merthin se enfadó consigo mismo por permitir que la cuestión lo sorprendiera.

—Supongo que desde que el arzobispo se puso enfermo.

—Es catastrófico.

—¿Por qué decís eso?

—Philemon es pendenciero y vengativo. Si se convierte en obispo creará constantes tensiones en Kingsbridge. Tenemos que impedirlo. —Miró a Gregory a los ojos—. ¿Por qué habéis venido a advertirme? —Sin embargo, nada más terminar de formular la pregunta, se le ocurrió la respuesta—. Vos tampoco queréis a Philemon. No hacía falta que yo os dijera lo conflictivo que resulta, ya lo sabíais. Pero no podéis prohibirle que acceda al cargo porque se ha ganado el apoyo del clero más influyente.

Gregory se limitó a sonreír con aire enigmático, por lo cual Merthin dedujo que tenía razón.

—Así, ¿qué queréis que haga?

—Si estuviera en vuestro lugar, empezaría por encontrar otro candidato para el cargo como alternativa a Philemon —propuso Gregory.

Ésa era la cuestión. Merthin asintió pensativo.

—Tengo que pensarlo —dijo.

—Por favor, hacedlo. —Gregory se puso en pie y Merthin se percató de que había dado la reunión por terminada—. Y comunicadme vuestra decisión —añadió.

Merthin salió del priorato y volvió caminando a la isla de los Leprosos mientras musitaba para sí. ¿A quién podía proponer como obispo de Kingsbridge? Los ciudadanos siempre habían tenido buena relación con el arcediano Lloyd, pero era demasiado mayor. De salir elegido, sólo serviría para tener que votar a otro candidato en el plazo de un año.

No se le había ocurrido ningún nombre cuando llegó a casa. Encontró a Caris en la cámara principal y estaba a punto de preguntarle sobre la cuestión cuando ella se le adelantó. Se puso en pie, tenía el rostro pálido y expresión asustada.

—Lolla ha vuelto a marcharse —dijo.

86

Los sacerdotes decían que el domingo era día de descanso, pero para Gwenda nunca había sido así. Ese día, después de acudir a la iglesia por la mañana y luego comer, ayudó a Wulfric a trabajar en el huerto que había detrás de la casa. Era un buen terreno, medía un cuarto de hectárea y tenía un gallinero, un peral y un granero. En el pedazo más lejano, donde cultivaban verduras y hortalizas, Wulfric cavaba surcos y Gwenda sembraba guisantes.

Los muchachos habían acudido a otra aldea para jugar al balón, actividad que solían practicar para distraerse los domingos. El balón era para los campesinos el equivalente a los torneos de los nobles: una falsa batalla en la que a veces las heridas eran reales. Gwenda sólo rezaba por que sus hijos regresaran a casa ilesos.

Ese día Sam regresó temprano.

—La pelota ha reventado —explicó, malhumorado.

—¿Dónde está Davey? —quiso saber Gwenda.

—No ha venido a jugar.

—Creía que estabais juntos.

—No, muchas veces se marcha por su cuenta.

—No lo sabía —dijo Gwenda, frunciendo el entrecejo—. ¿Adónde va?

Sam se encogió de hombros.

—No me lo cuenta.

A lo mejor había quedado con alguna muchacha, pensó Gwenda; Davey era reservado en todo. Si fuera así, ¿de quién podría tratarse? En Wigleigh no había muchas mozas entre las que elegir. Los que habían sobrevivido a la peste se habían vuelto a casar enseguida, ansiosos por repoblar la tierra, y los que habían nacido desde entonces eran demasiado jóvenes. Tal vez se estuviera viendo con alguien de la aldea vecina y se dieran cita en el bosque. Los encuentros secretos eran más frecuentes que los disgustos.

Cuando Davey llegó a casa al cabo de unas horas, Gwenda le pidió explicaciones. Él no hizo el menor intento de negar que se había escabullido.

—Si queréis, os mostraré lo que he estado haciendo —dijo—. No puedo guardar el secreto toda la vida. Venid conmigo.

Lo siguieron todos: Gwenda, Wulfric y Sam. Los domingos se vigilaba que nadie trabajara en el campo y Hundredacre aparecía desierto cuando los cuatro lo atravesaron expuestos al tempestuoso viento primaveral. Unas cuantas parcelas se veían descuidadas, pues aún había aldeanos que poseían más tierra de la que podían trabajar. Annet era una de esas personas; sólo contaba con su hija Amabel para ayudarla a menos que contratara a algún jornalero, lo cual seguía resultando difícil. Su cultivo de avena se estaba llenando de malas hierbas.

Davey los guió unos ochocientos metros por el bosque hasta detenerse en un calvero apartado de la ruta que la gente solía frecuentar.

—Aquí está —dijo.

Por un momento, Gwenda no supo a qué se refería. Se encontraba en el límite de un pedazo de tierra anodino en el que crecían pequeños arbustos detrás de los árboles. Entonces volvió a fijarse en los arbustos. Eran de una especie que nunca hasta entonces había visto. El tallo era esquinado y las hojas apuntadas se agrupaban de cuatro en cuatro. Por la forma en que cubría el terreno, Gwenda creyó que se trataba de una planta trepadora. Por la pila de raíces que observó a un lado dedujo que Davey las había estado arrancando.

—¿Qué es? —preguntó.

—Se llama rubia. Compré las semillas a un marinero cuando estuvimos en Melcombe.

—¿En Melcombe? —se extrañó Gwenda—. Eso fue hace tres años.

—Es el tiempo que ha tardado en crecer. —Davey sonrió—. Al principio temía que no brotara nada. El marinero me dijo que la planta necesitaba suelo arenoso y que no toleraría mucho la sombra. Cavé en este claro y planté las semillas, pero el primer año sólo obtuve tres o cuatro plantas muy débiles, y ya creía que había tirado el dinero. Entonces, al segundo año, las raíces se extendieron bajo tierra y salieron unos cuantos brotes; y este año las plantas cubren toda la superficie.

Gwenda se quedó asombrada de que su hijo hubiera mantenido aquello en secreto durante tanto tiempo.

—¿Y para qué sirve la rubia? —preguntó—. ¿Sabe bien?

Davey se echó a reír.

—No se come. Se desentierran las raíces, se dejan secar y luego se muelen para obtener una sustancia que tiñe de rojo. Es muy cara. Madge Webber la compra en Kingsbridge a siete chelines el galón.

El precio era desorbitado, calculó Gwenda. El trigo, que era el cereal más caro, se vendía a siete chelines el cuarto, y un cuarto eran sesenta y cuatro galones.

—¡Vale sesenta y cuatro veces más que el trigo!

Davey sonrió.

—Por eso lo planté.

—¿Qué es lo que plantaste? —se oyó decir a alguien.

Todos se volvieron y vieron que Nathan Reeve se apostaba junto a un espino tan encorvado y retorcido como él. Mostraba una sonrisa triunfal: los había pillado con las manos en la masa.

Davey elaboró una rápida respuesta:

—Es una planta medicinal, se llama… orozuz —dijo. Gwenda pensó que era evidente que había contestado lo primero que le había venido a la cabeza, pero Nate no estaba seguro de que no dijera la verdad—. A mi madre le va bien cuando enferma del pecho.

Nate miró a Gwenda.

—No sabía que solieras enfermar del pecho.

—En invierno —respondió Gwenda.

—Conque una planta medicinal, ¿eh? —dijo Nate en tono escéptico—. Hay suficiente para sanar a todo Kingsbridge. Además, veo que estás arrancando las raíces para obtener más.

—Me gusta hacer las cosas bien —repuso David.

La respuesta no era muy convincente y Nate la pasó por alto.

—Este cultivo no está autorizado —dijo—. En primer lugar, los siervos necesitan un permiso para plantar cualquier cosa; no pueden andar por ahí cultivando lo que les dé la gana, sería un caos. En segundo lugar, en los bosques del señor no se puede plantar nada, ni siquiera hierbas medicinales.

Ninguno encontró respuesta para eso. Las reglas eran las reglas, aunque resultaran frustrantes. Muchos campesinos sabían que podían ganar dinero con cultivos que no eran los habituales pero que tenían mucha demanda y, por tanto, se vendían muy caros. Era el caso del cáñamo para trenzar cuerdas, el lino para la ropa interior de calidad y las cerezas, cuyo sabor deleitaba a las damas ricas. Sin embargo, muchos señores y alguaciles se negaban a conceder los permisos necesarios por puro conservadurismo.

Nate mostraba una expresión maligna.

—Uno de los hijos es un fugitivo y un asesino —dijo—, y el otro desobedece al señor. Menuda familia…

Tenía todo el derecho de estar enojado, pensó Gwenda. Sam había matado a Jonno y se había librado de la horca. Nate odiaría a su familia el resto de sus días.

El hombre se agachó y arrancó de forma brusca una de las plantas.

—Tendrás que responder por esto ante el tribunal señorial —dijo con satisfacción. Luego, se volvió y se marchó cojeando entre los árboles.

Gwenda y su familia lo siguieron. Davey permaneció impertérrito.

—Nate me impondrá una multa, la pagaré y ya está —concluyó—. Aun así ganaré dinero.

—¿Y si ordena que se destruya la plantación? —preguntó Gwenda.

—¿Cómo?

—Podrían incendiarla o arrollarla.

Wulfric se mostró en desacuerdo.

—Nate no sería capaz de hacer eso, la aldea no lo aprobaría. Lo normal en estos casos es poner una multa.

—Me preocupa lo que pueda decir el conde Ralph —repuso Gwenda.

Davey hizo un ademán de desaprobación con la mano.

—No hay razón para que una nimiedad así llegue a oídos del conde.

—Sabes que Ralph está muy pendiente de nuestra familia.

—Sí, es cierto —respondió Davey pensándolo bien—. Aún no entiendo por qué perdonó a Sam.

El muchacho no era estúpido.

—Tal vez lady Philippa lo convenciera —comentó Gwenda.

—Esa mujer se acuerda de ti, madre. Me lo dijo cuando estuve en casa de Merthin —intervino Sam.

—Debo de haber hecho algo que le ha caído en gracia —dijo Gwenda improvisando la respuesta—. Aunque a lo mejor sólo lo hizo por compasión, ella también es madre. —No era una respuesta muy convincente, pero no se le ocurría nada mejor.

En el tiempo que había transcurrido desde que liberaran a Sam, todos habían mantenido conversaciones frecuentes sobre cuál era el motivo que había movido a Ralph a indultarlo. Gwenda fingía estar tan perpleja como los demás. Por suerte, Wulfric no era desconfiado.

Llegaron a casa. Wulfric miró al cielo y dijo que todavía quedaba una hora de luz, así que se dirigió al huerto para acabar de sembrar los guisantes. Sam se prestó a ayudarlo. Mientras, Gwenda se sentó a remendar un desgarrón de las calzas de Wulfric, y Davey se sentó frente a ella y le confesó:

—Voy a contarte otro secreto.

Ella sonrió. No le importaba que su hijo tuviera secretos siempre que los compartiera con su madre.

—Adelante.

—Me he enamorado.

—¡Qué bien! —La mujer se inclinó hacia delante y lo besó en la mejilla—. Me alegro mucho por ti. ¿Cómo es la muchacha?

—Muy guapa.

Antes de saber lo de la planta, Gwenda había estado haciendo conjeturas sobre la posibilidad de que Davey estuviera viéndose con alguna joven de otra aldea. Pues bien, estaba en lo cierto.

—Me lo imaginaba —confesó.

—¿De verdad? —Él pareció inquietarse.

—No te preocupes, no es nada malo. Sólo es que se me ha ocurrido que cabía la posibilidad de que estuvieras viéndote con alguna muchacha.

—Solemos encontrarnos en el claro donde cultivo la rubia. Más o menos, así es como empezó todo.

—¿Cuánto tiempo hace que os veis?

—Más de un año.

—Así, la cosa va en serio.

—Quiero casarme con ella.

—Me complace oírte decir eso. —Gwenda miró a su hijo con cariño—. Sólo tienes veinte años, pero si has encontrado a la persona adecuada, eres suficientemente mayor para casarte.

—Me alegro de que pienses así.

—¿De qué aldea es?

—De ésta, de Wigleigh.

—¡Ah! —Gwenda se sorprendió. No se le había ocurrido que allí hubiera ninguna muchacha apropiada—. ¿Quién es?

—Se trata de Amabel, madre.

—¡No!

—No grites.

—¡No! ¡La hija de Annet! ¡No puede ser!

—No tienes por qué enfadarte.

—¿Que no tengo por qué enfadarme? —Gwenda se esforzó por calmarse. La confesión le había sentado como una bofetada. Respiró hondo varias veces—. Escúchame bien: llevamos más de veinte años enemistados con esa familia. Esa arpía de Annet le rompió el corazón a tu padre y después no lo ha dejado en paz ni un momento.

—Lo siento, pero todo eso es agua pasada.

—No, no lo es. ¡Annet sigue flirteando con tu padre a la menor oportunidad!

—Ése es vuestro problema, no el nuestro.

Gwenda se puso en pie y la labor cayó al suelo.

—¿Cómo puedes hacerme una cosa así? ¡Esa furcia formará parte de la familia! Mis nietos serán también los suyos. Entrará y saldrá de esta casa siempre que quiera, volverá loco a tu padre con su coquetería y se reirá de mí en mis narices.

—No voy a casarme con Annet.

—Amabel es igual que ella. Mírala… ¡Son igualitas!

—No es verdad.

—¡No puedes hacernos esto! ¡Te lo prohíbo!

—No puedes prohibírmelo, madre.

—Claro que puedo, eres demasiado joven para casarte.

—Eso no durará siempre.

Procedente de la puerta, se oyó la voz de Wulfric.

—¿A qué vienen tantos gritos?

—Davey dice que quiere casarse con la hija de Annet, pero yo no pienso permitírselo. —La voz de Gwenda se alzó hasta tornarse estridente—. ¡Nunca! ¡Nunca! ¡Nunca!

El conde Ralph sorprendió a Nathan Reeve cuando le dijo que quería ver la extraña plantación de Davey. Nate mencionó la cuestión de pasada, durante una visita rutinaria a Earlscastle. Un pequeño cultivo en el bosque era una infracción de poca importancia y solía solucionarse imponiendo una multa. Nate era un hombre materialista, alguien que siempre andaba detrás de sobornos y comisiones, y no podía imaginarse la obsesión que Ralph tenía con la familia de Gwenda: el odio que sentía hacia Wulfric, el deseo que Gwenda le despertaba y la reciente sospecha, probablemente cierta, acerca de la paternidad de Sam. Por eso Nate se quedó atónito cuando Ralph le dijo que inspeccionaría la plantación la siguiente vez que visitara la zona.

Ralph viajó de Earlscastle a Wigleigh a caballo, acompañado por Alan Fernhill, un agradable día entre Semana Santa y Pentecostés. Cuando llegaron a la pequeña casa señorial de madera encontraron a Vira, la vieja ama de llaves, encorvada y con el pelo cano pero todavía activa. Le pidieron que les preparara la comida. Luego se encontraron con Nate y se adentraron tras él en el bosque.

Ralph reconoció la plantación. No era un hombre de campo pero conocía bien la diferencia entre un tipo de arbusto y otro, y durante sus viajes con el ejército había conocido muchas plantas que no solían crecer de forma natural en Inglaterra. Sin bajar de la silla, se inclinó y arrancó un puñado de raíces.

—Esto es rubia —dijo—. La vi en Flandes. De ella se obtiene el tinte de color rojo que lleva su mismo nombre.

—El muchacho me dijo que se llamaba orozuz y que era una planta medicinal que servía para curar las afecciones del pecho.

—Creo que sí que tiene un uso medicinal, pero no es por eso por lo que la gente la planta. ¿Cuánto dinero supondrá la multa?

—Lo normal es un chelín.

—No es suficiente.

Nate se puso nervioso.

—El incumplir las costumbres causa muchos problemas, señor. Creo que sería mejor no...

—Déjalo correr —dijo Ralph. Arreó al caballo y éste empezó a trotar por encima del calvero, pisoteando los arbustos—. Vamos, Alan —ordenó.

Alan lo imitó y ambos empezaron a trazar círculos a medio galope hasta aplastar toda la vegetación. Al cabo de un minuto, los arbustos habían quedado reducidos a la nada.

Ralph notó que el hecho de destruir la plantación lo había dejado conmocionado, por muy ilegal que ésta fuera. A los campesinos no les gustaba ver que se malograban las cosechas. Ralph había aprendido en Francia que la mejor manera de minar la moral de la población era quemando los campos de cultivo.

—Ya es suficiente —concluyó, y enseguida lo invadió el hastío.

La insolencia que había demostrado Davey al plantar los arbustos lo había irritado, pero no era ése el único motivo por el que había viajado hasta Wigleigh. La verdad era que quería volver a ver a Sam.

Mientras cabalgaban de vuelta a la aldea, Ralph examinó los campos en busca del joven de recio pelo moreno. Debido a su altura, Sam destacaría a distancia entre los atrofiados siervos que se encorvaban sobre sus palas. Por fin lo divisó, a lo lejos, en Brook Field. Refrenó a su caballo y aguzó la vista por el paisaje ventoso para observar al hijo de veintidós años cuya existencia había desconocido durante tanto tiempo.

Sam y el hombre que creía que era su padre, Wulfric, andaban tras el pequeño arado conducido por un caballo de labranza. Algo no acababa de funcionar, pues no cesaban de detenerse y ajustar los arreos. Resultaba fácil observar las diferencias entre ambos cuando estaban juntos: Wulfric tenía el pelo leonado mientras que el de Sam era moreno; el primero tenía el pecho fuerte y grueso, como un buey, y Sam, en cambio era delgado a pesar de tener los hombros muy anchos; su constitución era más parecida a la de un caballo. Wulfric se movía con lentitud y prudencia mientras que Sam lo hacía con brío y elegancia.

La sensación de mirar a un extraño y pensar que era su hijo resultaba muy curiosa. Ralph se creía inmune a las emociones mujeriles. Si hubiera estado pendiente de los sentimientos, la compasión o los remordimientos, no podría haber vivido tal como lo hacía. No obstante, el descubrimiento de Sam amenazaba con amedrentarlo.

Se marchó rápidamente de allí y se dirigió a medio galope a la aldea; luego, la curiosidad y la emoción lo hicieron sucumbir de nuevo y ordenó a Nate que fuera a buscar a Sam y lo llevara hasta la casa señorial.

No sabía muy bien qué iba a decirle al muchacho; no sabía si hablar con él, provocarlo o invitarlo a comer con ellos. Tendría que haber previsto que Gwenda no le dejaría elegir. La mujer se presentó allí junto con Nate y Sam, y Wulfric y Davey los siguieron.

—¿Qué queréis de mi hijo? —preguntó, dirigiéndose a Ralph más como si se tratara de un igual que de su señor.

Ralph habló sin pensar.

—Sam no nació para labrar la tierra como un siervo cualquiera —dijo. Vio que Alan Fernhill lo observaba con sorpresa.

Gwenda se quedó perpleja.

—Sólo Dios sabe para qué hemos nacido —respondió para ganar tiempo.

—Cuando quiera saber cosas acerca de Dios se las preguntaré a un sacerdote, no a ti —le espetó Ralph—. Tu hijo tiene el valor propio de un soldado, y para darse cuenta no hace falta rezar. A mí me resulta obvio, igual que lo sería para cualquier veterano que hubiera luchado en las guerras.

—Bueno, pues no lo es; es un campesino, hijo de campesinos, y su destino es cultivar la tierra y criar ganado como su padre.

—Deja estar a su padre. —Ralph recordó lo que Gwenda le había dicho en el castillo del sheriff, en Shiring, cuando acudió para persuadirlo de que indultara a Sam—. El muchacho tiene instinto asesino —dijo—. Eso es peligroso tratándose de un campesino, pero es una cualidad inestimable en un soldado.

El semblante de Gwenda expresó temor en cuanto empezó a adivinar el propósito de Ralph.

—¿Adónde queréis ir a parar?

El propio Ralph se dio cuenta del punto al que lo llevaba la lógica de su discurso.

—Permite que Sam haga algo útil, en lugar de comportarse con temeridad. Permite que se forme en el arte de la guerra.

—Eso es ridículo. Es demasiado mayor.

—Tiene veintidós años. Es una edad algo avanzada, pero es fuerte y sirve para ello. Puede hacerlo.

—No veo cómo.

Gwenda ponía trabas de tipo práctico, pero Ralph adivinó que estaba fingiendo y supo que el verdadero motivo de ello era que abominaba la idea. Eso lo hizo decidirse. Con una sonrisa triunfal, prosiguió:

—Pues es muy fácil. Será escudero. Puede venir a vivir a Earlscastle.

Gwenda se sintió como si acabaran de asestarle una puñalada. Cerró los ojos un instante y su rostro aceitunado palideció. Hizo el amago de articular la palabra «no», pero fue incapaz de pronunciarla.

—Lo has tenido en casa veintidós años; es suficiente tiempo —concluyó Ralph. «Ahora me toca a mí», pensó, pero en vez de eso dijo—: Ya es todo un hombre.

Comoquiera que Gwenda se había quedado callada por el momento, Wulfric intervino:

—No lo permitiremos —le espetó—. Somos sus padres, y no os lo consentiremos.

—No he pedido vuestro consentimiento —replicó Ralph con desdén—. Yo soy el conde, y vosotros sois mis siervos. No os pido nada, os lo ordeno.

—Además —terció Nate Reeve—, Sam ya tiene más de veintiún años, así que es él quien tiene que decidirlo, no su padre.

De pronto, todos se volvieron a mirar a Sam.

Ralph no estaba seguro de qué diría el muchacho. Muchos jóvenes de todas las clases sociales soñaban con convertirse en escuderos, pero no sabía si Sam se contaba entre ellos. La vida en el castillo era lujosa y emocionante, si se comparaba con el esfuerzo de deslomarse en el campo. Sin embargo, por otra parte, los hombres de armas solían morir jóvenes; o, aún peor, resultaban lisiados y se veían obligados a vivir el resto de sus desdichados días mendigando en las puertas de las tabernas.

No obstante, en cuanto Ralph observó el semblante de Sam supo la respuesta. El muchacho sonreía de oreja a oreja y los ojos le brillaban de entusiasmo. No veía el momento de partir.

Gwenda logró emitir unas palabras:

—¡No lo hagas, Sam! —exclamó—. No caigas en la tentación. No permitas que tu madre vea cómo te dejan ciego con una flecha, o cómo algún caballero francés te mutila con su espada. ¡O cómo los cascos de su caballo te dejan paralítico!

Wulfric intervino.

—No vayas, hijo. Quédate en Wigleigh y disfruta de una larga vida.

Sam empezó a mostrar vacilación.

—Muy bien, muchacho —terció Ralph—. Ya has oído a tu madre, y al padre campesino que te crió. La decisión está en tus manos. ¿Qué piensas hacer? ¿Quieres vivir toda tu vida en Wigleigh labrando la tierra junto a tu hermano, o quieres marcharte?

Sam sólo tardó unos instantes en responder. Miró a Wulfric y Gwenda con cara de culpabilidad; luego se volvió hacia Ralph.

—Sí —dijo—. Sí que quiero ser escudero. ¡Gracias, mi señor!

—Bien hecho —aprobó Ralph.

Gwenda se echó a llorar y Wulfric la rodeó con el brazo. El hombre alzó la cabeza para mirar a Ralph y preguntó:

—¿Cuándo debe partir?

—Hoy mismo —respondió Ralph—. Puede venir a Earlscastle conmigo y con Alan después de comer.

—¡Tan pronto no! —protestó Gwenda.

Pero nadie le hizo caso.

—Ve a tu casa y recoge todo lo que quieras llevarte —ordenó Ralph a Sam—. Puedes comer con tu madre. Luego regresa aquí y espérame en la cuadra. Mientras, Nate conseguirá un caballo para que puedas montarlo hasta Earlscastle. —Se dio media vuelta y dio por terminada la conversación con Sam y su familia—. ¿Dónde está mi comida?

Wulfric y Gwenda salieron junto con Sam, pero Davey se quedó atrás. ¿Se habría dado cuenta de que habían destruido su plantación? ¿O se trataba de otra cosa?

—¿Qué quieres? —le preguntó Ralph.

—Mi señor, tengo que pediros ayuda.

Parecía demasiado bueno para ser verdad. El insolente campesino que había plantado rubia en el bosque sin permiso se dirigía a él con actitud suplicante. Qué día tan agradable.

—Tú no puedes ser escudero, has heredado la constitución de tu madre —le dijo, y Alan se echó a reír.

—Quiero casarme con Amabel, la hija de Annet —anunció el joven.

—A tu madre no le gustará.

—Me falta menos de un año para ser mayor de edad.

Ralph conocía a Annet, por supuesto; habían estado a punto de ahorcarlo por su culpa. Su vida estaba tan vinculada a la de la mujer como lo estaba a la de Gwenda. Recordó que toda su familia había muerto durante la epidemia de peste.

—Annet todavía posee parte de las tierras de su padre.

—Sí, señor, y está dispuesta a que se me transfieran cuando me case con su hija.

En cualquier otro caso, no habría rechazado una petición así, aunque todos los señores cobraban un impuesto, el denominado tributo de traspaso, por la transmisión del patrimonio. No obstante, no tenía la obligación de acceder. El derecho que tenía el señor de negarse a su antojo y arruinar la vida de sus siervos era una de las cosas que más atenazaban a los campesinos. Sin embargo, al gobernante le suponía una forma de imponer disciplina que resultaba sumamente efectiva.

—No —respondió Ralph—. No se te transferirán las tierras. —Esbozó una sonrisa—. Tu prometida y tú podéis comer rubia.

87

Caris tenía que impedir que Philemon fuera nombrado obispo. Era el plan más audaz que el prior había puesto en práctica hasta la fecha, pero había llevado a cabo los preparativos con sumo cuidado y tenía posibilidades de lograr su objetivo. Si lo conseguía, recuperaría el control del hospital, lo que le permitiría destruir el trabajo de toda su vida. Y no sólo eso, también podría hacer cosas mucho peores: resucitaría la ortodoxia desaforada del pasado. Ordenaría a sacerdotes despiadados como él en los pueblos, cerraría las escuelas para muchachas y pronunciaría sermones contra el baile.

Caris no tenía voz en la elección del obispo, pero había otras formas de ejercer presión.

Empezó con el obispo Henri.

Merthin y ella se desplazaron hasta Shiring para ver al obispo en su palacio. Durante el trayecto, Merthin miraba con ansia a todas las chicas de pelo oscuro que se cruzaban en su camino, y cuando no había ninguna, escudriñaba los bosques que se extendían a ambos lados del camino. Estaba buscando a Lolla, pero llegaron a Shiring sin encontrar ni rastro de ella.

El palacio del obispo se alzaba en la plaza principal, frente a la iglesia y junto a la Lonja de la Lana. No era día de mercado, por lo que la plaza estaba bastante vacía, salvo por el patíbulo que habían montado allí de forma permanente, una clara advertencia para los maleantes sobre el castigo que la gente del condado les imponía a todos aquellos que quebrantaban la ley.

El palacio era un edificio de piedra sin pretensiones, que tenía una capilla y una gran sala en la planta baja, y una serie de estudios y estancias privadas arriba. El obispo Henri le había dado al lugar un estilo que Caris creía que debía de ser francés. Cada estancia parecía un cuadro. No es que estuviera decorado de un modo extravagante, como el palacio de Philemon de Kingsbridge, en el que la abundancia de alfombras y joyas parecía indicar que se trataba de la cueva de un ladrón. El hogar de Henri, en cambio, estaba decorado de un modo agradablemente ingenioso: un candelabro de plata situado para reflejar la luz de una ventana; el brillo pulido de una antigua mesa de roble; las flores primaverales en la fría chimenea; un pequeño tapiz de David y Jonatán en la pared.

El obispo Henri no era un enemigo, pero tampoco era un aliado, pensó Caris, hecha un manojo de nervios, mientras lo esperaban en la gran sala. A buen seguro le diría que él intentaba no inmiscuirse en las peleas de Kingsbridge. Ella, con mayor cinismo, creía que tomara la decisión que tomase, lo haría teniendo en cuenta sus propios intereses. No le gustaba Philemon, pero quizá no permitiría que eso afectara a su juicio.

Henri entró seguido, como siempre, por el canónigo Claude. Ninguno de los dos parecía haber envejecido. Henri era un poco mayor que Caris, y Claude tal vez tenía diez años menos, pero ambos parecían unos jovenzuelos. Caris se había dado cuenta de que el clero acostumbraba a envejecer bien, mejor que los aristócratas. Sospechaba que se debía a que la mayoría de los sacerdotes —con algunas notables excepciones— llevaban una vida moderada. Su régimen de ayuno los obligaba a comer pescado y verdura los viernes, las festividades de algunos santos y durante toda la cuaresma y, en teoría, no podían emborracharse. Sin embargo, los nobles y sus esposas sucumbían a unas orgías en las que abundaba la carne y el vino corría a raudales. Tal vez por eso tenían la cara llena de arrugas, la piel ajada y el cuerpo encorvado, mientras que los clérigos se mantenían en forma y ágiles durante más tiempo, en sus tranquilas y austeras vidas.

Merthin felicitó a Henri por su ordenación como arzobispo de Monmouth y, luego, fue directo al grano.

—El prior Philemon ha detenido los trabajos de la torre.

Henri preguntó con una calculada neutralidad:

—¿Por algún motivo?

—Hay un pretexto y un motivo —respondió Merthin—. El pretexto es que hay un error de diseño.

—¿Y cuál es ese supuesto fallo?

—Dice que una aguja octogonal no se puede construir sin una cimbra, lo cual acostumbra a ser cierto, pero se me ha ocurrido una forma de salvar ese problema.

—¿Que es…?

—Bastante sencilla. Construiré una aguja redonda, que no requerirá una cimbra, y, luego, le aplicaremos al exterior un revestimiento de piedras finas y argamasa en forma de octágono. Así, visualmente será una aguja octogonal, pero estructuralmente seguirá siendo un cono.

—¿Se lo has dicho a Philemon?

—No. Si lo hago, hallará otro pretexto.

—¿Cuál es su verdadero motivo?

—Quiere construir una capilla para la Virgen.

—Ah.

—Forma parte de una campaña para congraciarse con las más altas autoridades eclesiásticas. No hace mucho pronunció un sermón contra la disección cuando el arcediano Reginald se encontraba en Kingsbridge. Y les ha dicho a los consejeros del rey que no hará campaña contra los impuestos del clero.

—¿Qué trama?

—Quiere ser obispo de Shiring.

Henri enarcó las cejas.

—Philemon siempre ha tenido mucho valor, eso hay que admitirlo.

Claude habló por primera vez.

—¿Cómo lo sabes?

—Me lo dijo Gregory Longfellow.

Claude miró a Henri y dijo:

—Si alguien lo sabe, esa persona es Gregory.

Caris se dio cuenta de que Henri y Claude no habían previsto que Philemon sería tan ambicioso. Para asegurarse de que fueran conscientes de la importancia de esa revelación, les dijo:

—Si Philemon logra su cometido, vos, como arzobispo de Monmouth, tendréis que invertir un sinfín de horas para zanjar las disputas entre el obispo Philemon y los ciudadanos de Kingsbridge. Ya sabéis que en el pasado ha habido mucha fricción.

Claude dijo:

—Lo sabemos, no te quepa duda.

—Me alegro de que estemos de acuerdo —repuso Merthin.

Claude dijo, pensando en voz alta:

—Debemos presentar un candidato alternativo.

Eso era, justamente, lo que Caris esperaba que dijera.

—Tenemos a alguien en mente —admitió ella.

Claude preguntó:

—¿A quién?

—A ti.

Hubo un silencio. Caris se dio cuenta de que a Claude le gustaba la idea. Suponía que debía de estar celoso del ascenso de Henri y que preguntaría si su destino iba a ser siempre el de hacer de ayudante del obispo. Sin duda alguna, era muy capaz para asumir las tareas del cargo episcopal, ya que conocía muy bien la diócesis y ya se encargaba de gran parte de la administración práctica.

Sin embargo, ambos hombres debían de estar pensando en sus vidas personales. Caris estaba convencida de que casi eran marido y mujer: los había visto besarse. Sin embargo, hacía tiempo que habían dejado atrás la pasión arrebatadora de los inicios de toda relación, y su intuición le decía que soportarían pasar algún tiempo separados.

Les dijo:

—Aún trabajaríais juntos gran parte del tiempo.

Claude añadió:

—El arzobispo tendría muchos motivos para visitar Kingsbridge y Shiring.

Henri dijo:

—Y el obispo de Kingsbridge tendrá que venir a menudo a Monmouth.

A lo que Claude respondió:

—Sería un gran honor ser obispo. —Guiñó un ojo y añadió—: Sobre todo bajo vos, arzobispo.

Henri desvió la mirada, fingiendo que no había captado el doble sentido.

—Creo que es una idea magnífica —dijo.

—La hermandad municipal de Kingsbridge apoyará a Claude, os lo puedo garantizar —intervino Merthin—. Pero vos, arzobispo Henri, tendréis que presentar el candidato al rey.

—Por supuesto.

—¿Puedo hacer una última recomendación? —preguntó Caris.

—Por favor.

—Encontradle otro cargo a Philemon. Proponedlo, no sé, como arcediano de Lincoln. Algo que pudiera gustarle pero que lo alejara muchos kilómetros de aquí.

—Es una idea sensata —admitió Henri—. Si opta a dos cargos, disminuirán sus posibilidades de obtener uno de ellos. Estaré atento.

Claude se puso en pie.

—Esto es muy emocionante —exclamó—. ¿Os quedaréis a comer con nosotros?

En ese momento entró un sirviente y se dirigió a Caris.

—Hay alguien que pregunta por vos, señora —dijo el hombre—. Es un muchacho, pero parece muy alterado.

Henri le ordenó:

—Hazlo entrar.

Apareció un chico de unos trece años. Estaba sucio, pero su ropa no era barata y Caris supuso que procedía de una familia acaudalada, pero que debía de estar sufriendo alguna crisis.

—¿Podéis venir a mi casa, madre Caris?

—Ya no soy monja, muchacho, pero ¿qué problema tenéis?

El chico habló muy rápido.

—Mi padre y mi madre están enfermos, al igual que mi hermano, y mi madre le ha oído decir a alguien que os encontrabais en el palacio del obispo y me ha pedido que viniera a buscaros porque sabe que ayudáis a los pobres, aunque ella puede pagaros, pero ¿podéis acompañarme, por favor?

Aquel tipo de petición no era nada extraña, y Caris siempre llevaba una bolsa de cuero con medicamentos.

—Por supuesto que iré —le dijo ella—. ¿Cómo te llamas?

—Giles Spicers, madre, y debo esperaros para conduciros hasta casa.

—De acuerdo. —Caris se volvió hacia el obispo—. Seguid con la comida, por favor. Me reuniré con vos en cuanto pueda. —Cogió la bolsa y siguió al muchacho.

Shiring debía su existencia al castillo del sheriff que había en la colina, del mismo modo en que Kingsbridge se la debía al priorato. Cerca de la plaza del mercado se encontraban las espléndidas casas de los ciudadanos más prominentes de la ciudad, los mercaderes de lana, los ayudantes del sheriff y otros funcionarios de la Corona, como los magistrados encargados de defender los intereses del rey. Un poco más allá estaban las casas de los mercaderes y artesanos medianamente prósperos, orfebres, sastres y boticarios. El padre de Giles era corredor de especias, y la familia vivía en una calle de ese barrio. Al igual que la mayoría de las casas de esa clase, la planta baja, que servía de almacén y tienda, era de piedra, mientras que la vivienda, situada en el primer piso, era de madera. Ese día tenían el comercio cerrado a cal y canto. Giles subió la escalera exterior acompañado de Caris, que notó el olor familiar de la enfermedad en cuanto entró en la estancia. Luego vaciló. Aquel olor tenía algo especial, algo que despertó un recuerdo que, por algún motivo, la aterró.

En lugar de meditar sobre ello, cruzó la sala y entró en la alcoba, donde halló la espantosa respuesta.

Había tres personas tumbadas en colchones en la cámara: una mujer de su misma edad, un hombre algo mayor y un adolescente. El hombre era el que se encontraba en peor estado. No paraba de gruñir y de sudar, aquejado por la fiebre. El cuello abierto de su camisa dejaba al descubierto un sarpullido de manchas de color negro y púrpura en el pecho y la garganta. Además, tenía los labios y la nariz manchados de sangre.

Tenía la peste.

—Ha vuelto —dijo Caris—. Dios me asista.

Por un instante, el miedo la paralizó. Se quedó inmóvil, observando la escena, presa de la impotencia. Siempre había sido consciente de que, en teoría, la peste podía volver, lo cual era uno de los principales motivos por los que había escrito el libro, pero aun así, no estaba preparada para encajar el golpe que suponía volver a ver el sarpullido, la fiebre y las hemorragias.

La mujer se incorporó y se apoyó en un codo. Su estado no era tan grave, tenía el sarpullido y fiebre, pero no sangraba.

—Dame algo de beber, por el amor de Dios —dijo.

Giles cogió una jarra de vino y, por fin, Caris salió de su estado de aturdimiento.

—No le des vino porque eso le dará más sed —le dijo al muchacho—. He visto un barril de cerveza en la otra estancia, dale una jarra.

La mujer miró a Caris.

—Sois la priora, ¿no es verdad? —le preguntó. Caris no la corrigió—. La gente dice que sois una santa. ¿Podéis sanar a mi familia?

—Lo intentaré, pero no soy una santa, sólo una mujer que ha observado a gente enferma y sana.

Extrajo una mascarilla de lino y se tapó la boca y la nariz. Hacía diez años que no veía un caso de peste, pero se había acostumbrado a tomar esa precaución cuando tenía que tratar con pacientes cuyas enfermedades podían ser contagiosas. Humedeció un paño limpio con agua de rosas y le limpió el rostro a la mujer. Como siempre, aquel gesto alivió a la paciente.

Giles volvió con una jarra de cerveza y la mujer bebió. Caris le dijo:

—Dales de beber siempre que quieran, pero sólo cerveza o vino aguado.

Se acercó al padre, al que no quedaba mucho tiempo de vida. No hablaba de manera coherente y era incapaz de fijar la vista en Caris, que le lavó la cara y le limpió las manchas de sangre seca que tenía alrededor de la nariz y la boca. Al final, fue a atender al hermano menor de Giles. Hacía poco que había sucumbido a la enfermedad, y aún estornudaba, pero era lo bastante mayor para darse cuenta del grave estado en el que se encontraba y parecía aterrorizado.

Cuando acabó le dijo a Giles:

—Intenta que estén cómodos y dales de beber porque no puedes hacer nada más. ¿Tienes algún familiar más? ¿Algún tío o primo?

—Viven todos en Gales.

Intentó recordar que debía avisar al obispo Henri de que quizá tendría que ocuparse de un muchacho huérfano.

—Madre me ha dicho que os pague —dijo el niño.

—No he podido hacer mucho por vosotros. Puedes pagarme seis peniques.

Giles cogió seis peniques de la bolsa de cuero que había junto a la cama de la madre.

La mujer se incorporó de nuevo y, algo más calmada, le preguntó:

—¿Qué nos ocurre?

—Lo siento —dijo Caris—, es la peste.

La mujer asintió con la cabeza, en un gesto fatalista.

—Es lo que me temía.

—¿No reconoces los síntomas de la última vez?

—Vivíamos en una aldea de Gales, por lo que logramos rehuirla. ¿Vamos a morir todos?

A Caris no le gustaba engañar a la gente sobre cuestiones tan importantes.

—Siempre sobreviven unas cuantas personas, pero no muchas.

—Que Dios tenga piedad de nosotros, entonces —dijo la mujer.

—Amén —respondió Caris.

Durante el camino de vuelta a Kingsbridge, Caris meditó sobre la peste. Sabía que iba a propagarse tan rápido como la última vez y que acabaría con la vida de miles de personas, lo cual la enfureció. Era como la carnicería sin sentido de la guerra, salvo que en la contienda bélica, era causada por los hombres, mientras que la peste no. ¿Qué iba a hacer? No podía quedarse con los brazos cruzados mientras volvían a repetirse los crueles hechos acontecidos trece años atrás.

No había ningún remedio para la peste, pero había descubierto formas de enlentecer su avance mortífero. Mientras su caballo trotaba por el camino en mal estado que atravesaba el bosque, Caris no hacía más que pensar en lo que sabía sobre la enfermedad y cómo combatir contra ella. Merthin guardaba silencio, consciente de que algo atribulaba a su esposa, aunque se imaginaba en qué estaba pensando.

Cuando llegaron a casa, Caris le explicó lo que quería hacer.

—Sin duda tendremos que hacer frente a alguna oposición —le advirtió él—. Tu plan es drástico. Aquellos que no perdieron a la familia y a los amigos la última vez creerán que son invulnerables y dirán que tu reacción es exagerada.

—Ahí es donde puedes ayudarme —dijo ella.

—En tal caso, creo que es mejor que dividamos en grupos a la gente que puede ponerse en contra y que tratemos de convencerlos por separado.

—De acuerdo.

—Tenemos que convencer a tres grupos: la hermandad, los monjes y las monjas. Empecemos con la hermandad: convocaré una reunión y no invitaré a Philemon.

Por aquel entonces, la hermandad —la antigua cofradía gremial— se reunía en la Lonja del Paño, un nuevo edificio de piedra situado en la calle principal, que permitía a los mercaderes hacer negocios cuando hacía mal tiempo. Su construcción se había financiado con los beneficios obtenidos del paño escarlata Kingsbridge.

Sin embargo, antes de la reunión de la hermandad, Caris y Merthin se reunieron individualmente con los miembros más importantes para intentar lograr su apoyo por adelantado, una técnica que Merthin había empezado a poner en práctica desde hacía años. Su lema era: «Nunca convoques una reunión hasta que el resultado vaya a ser el deseado».

Caris fue a ver a Madge Webber, que se había casado de nuevo. Para regocijo de todo el mundo, había cautivado a un hombre tan apuesto como su primer marido, y quince años más joven que ella. Se llamaba Anselm y parecía adorarla, aunque ella seguía teniendo la misma figura oronda de siempre, y una mata de pelo canoso tocada con una variada selección de exóticos sombreros. Aun así, lo más sorprendente era que, a pesar de tener más de cuarenta años, había dado a luz una niña muy sana llamada Selma, que ya tenía ocho años y asistía a la escuela de las monjas. La maternidad no había alejado a Madge de los negocios, y seguía dominando el mercado del paño escarlata Kingsbridge, con Anselm como lugarteniente.

Aún vivía en la gran casa de la calle principal a la que Mark y ella se habían trasladado cuando empezaron a obtener ganancias con el tejido y teñido de telas. Caris los encontró a ella y a Anselm recibiendo un envío de paño rojo, intentando encontrarle sitio en el almacén lleno a rebosar que tenían en la planta baja.

—Me estoy proveyendo de existencias para la feria del vellón —dijo Madge.

Caris esperó mientras su amiga comprobaba el envío y luego subieron a la vivienda y dejaron a Anselm a cargo del comercio. Al entrar en la sala, Caris recordó vívidamente el día en que, trece años antes, la llamaron para que acudiera a ver a Mark, la primera víctima de la peste de Kingsbridge. De pronto se sintió deprimida.

Madge se lo notó en la expresión de la cara.

—¿Qué te ocurre? —le preguntó.

Era imposible ocultar ciertas cosas a las mujeres del mismo modo que a los hombres.

—Hace trece años vine aquí porque Mark estaba enfermo —dijo Caris.

Madge asintió.

—Eso fue el inicio de la peor época de mi vida —dijo con toda naturalidad—. Aquel día tenía un marido maravilloso y cuatro hijos sanos. Al cabo de tres meses, era una viuda sin hijos que no tenía nada por lo que vivir.

—Fueron días de profunda pena.

Madge fue hasta el aparador, donde guardaba los vasos y una jarra, pero en lugar de ofrecerle una bebida, se quedó mirando a la pared.

—¿Quieres que te diga una cosa muy extraña? —le preguntó—. Cuando se murieron, fui incapaz de decir «amén» al padrenuestro. —Tragó saliva y siguió hablando en voz más baja—. Sé lo que significa en latín porque me lo enseñó mi padre; *Fiat voluntas tua*: hágase tu voluntad». No podía decirlo. Dios me había quitado a mi familia, y aquello ya era suficiente tortura, no quería someterme más. —Se le arrasaron los ojos en lágrimas al recordar aquellos hechos—. No quería que prevaleciera la voluntad de Dios, quería recuperar a mis hijos. «Hágase tu voluntad.» Sabía que iría al infierno, pero, a pesar de los pesares, no podía decir amén.

Entonces Caris le dijo:

—Ha vuelto la peste.

Madge se tambaleó y tuvo que aferrarse al aparador para no caer. De repente, su robusta figura parecía frágil, y envejeció varios años de golpe cuando todo atisbo de confianza se esfumó de su rostro.

—¡No! —exclamó.

Caris le acercó un banco y la agarró del brazo mientras se sentaba.

—Siento haberte asustado —dijo Caris.

—No —repitió Madge de nuevo—. No puede regresar. No puedo perder a Anselm y Selma. No puedo soportarlo, no puedo soportarlo.

Estaba tan pálida y demacrada que Caris tenía miedo de que fuera a sufrir un ataque, por lo que le sirvió un vaso de vino. Madge se lo bebió y recuperó algo de color.

—Ahora la entendemos mejor —dijo Caris—. Tal vez podremos luchar contra ella.

—¿Luchar contra ella? ¿Cómo vamos a hacerlo?

—Eso es lo que he venido a contarte. ¿Ya te encuentras un poco mejor?

Al final, Madge miró a su amiga a los ojos.

—Luchar contra ella —repitió Madge—. Es lo que tenemos que hacer, por supuesto. Cuéntame cómo.

—Tenemos que cerrar la ciudad, las puertas, guarnecer las murallas e impedir que entre alguien.

—Pero la ciudad tiene que comer.

—La gente llevará los víveres a la isla de los Leprosos. Merthin actuará como intermediario y pagará a los mercaderes porque él contrajo la peste y sobrevivió, y nadie la ha contraído dos veces. Los mercaderes deberán dejar las provisiones en el puente y, cuando se hayan ido, la gente podrá salir de la ciudad para recoger la comida.

—¿Podrá la gente abandonar la ciudad?

—Sí, pero no los dejaremos regresar.

—¿Y qué ocurrirá con la feria del vellón?

—Eso será lo más duro —dijo Caris—. Habrá que anularla.

—¡Pero los mercaderes de Kingsbridge perderán centenares de libras!

—Eso es mejor que morir.

—Si hacemos lo que tú dices, ¿lograremos eludir la peste? ¿Sobrevivirá mi familia?

Caris titubeó, ya que intentaba resistirse a la tentación de mentirle.

—No te lo puedo prometer. Cabe la posibilidad de que la peste ya haya llegado aquí. Ahora mismo podría haber alguien muriéndose en las casuchas que hay junto al río, sin nadie que pueda ayudarlo, por lo que me temo que no podremos eludir la enfermedad del todo. Pero creo que mi plan te dará muchas posibilidades de poder pasar la Navidad junto a Anselm y Selma.

—Entonces lo haremos —dijo Madge, convencida.

—Tu apoyo es vital —le confesó Caris—. Sinceramente, tú perderás más dinero que cualquier otro mercader por la anulación de la feria, por ese motivo es más probable que la gente te haga caso. Tienes que decirles lo grave que es la situación.

—No te preocupes, se lo diré.

—Una idea muy sensata —dijo el prior Philemon.

Merthin se sorprendió. No recordaba que el prior hubiera aceptado jamás de buena gana una propuesta de la hermandad.

—Entonces nos apoyarás —dijo, para asegurarse de que había oído bien.

—Sí, claro —le confirmó el prior, que estaba comiendo un cuenco de pasas a dos carrillos, y no le ofreció ninguna a Merthin—. Aunque esa regla, por supuesto, no afectará a los monjes.

Merthin lanzó un suspiro. Debería habérselo imaginado.

—Al contrario, será de obligado cumplimiento para todo el mundo —replicó.

—No, no —lo corrigió Philemon, con un tono de voz como quien corrige a un niño—. La hermandad no tiene poder para restringir los movimientos de los monjes.

Merthin vio un gato a los pies de Philemon. Era gordo, como él, y parecía muy mezquino. Era igual al gato de Godwyn, Arzobispo, aunque ese bicho debía de llevar mucho tiempo muerto. Quizá era un descendiente suyo. Merthin dijo:

—La hermandad tiene poderes para cerrar las puertas de la ciudad.

—Pero nosotros tenemos derecho para entrar y salir cuando nos plazca. No estamos sujetos a la autoridad de la hermandad, eso sería absurdo.

—Aun así, la hermandad controla la ciudad, y hemos decidido que nadie pueda entrar mientras duren los efectos de la peste.

—No puedes dictar leyes para el priorato.

—Pero sí para la ciudad, y resulta que el priorato sí que está en la ciudad.

—¿Me estás diciendo que si hoy me voy de Kingsbridge, mañana me negaréis la entrada?

Merthin no estaba del todo convencido. Sería muy vergonzoso, cuando menos, que el prior de Kingsbridge tuviera que quedarse frente a las puertas, pidiendo que lo dejaran entrar. Lo cierto era que había albergado la esperanza de que Philemon aceptara la restricción ya que no quería poner a prueba la determinación de la hermandad por una cuestión tan peliaguda. Aun así, intentó que su respuesta pareciera tajante.

—Sin duda.

—Me quejaré al obispo.

—Dile que no puede entrar en Kingsbridge.

Caris se dio cuenta de que las monjas del convento apenas habían cambiado en diez años. Al fin y al cabo, así eran los conventos: se suponía que las monjas debían pasar toda la vida en ellos. La madre Joan aún era la priora, y la hermana Oonagh dirigía el hospital bajo la supervisión del hermano Sime, aunque poca gente acudía allí en busca de ayuda médica, ya que la mayoría prefería el hospital de Caris en la isla. Los pacientes de Sime, fervientemente religiosos en gran parte, eran atendidos en el viejo hospital, al lado de las cocinas, ya que en el nuevo edificio se alojaba a los huéspedes.

Caris se sentó con Joan, Oonagh y Sime en la vieja botica, que ahora se usaba como despacho particular de la priora, y les explicó su plan.

—La gente que viva más allá de las murallas del casco antiguo y que caiga víctima de la peste será atendida en mi hospital de la isla. Mientras dure la peste, las monjas y yo nos quedaremos en el edificio día y noche. Nadie podrá salir de él, salvo los pocos que logren recuperarse.

Joan le preguntó:

—¿Y qué haremos aquí, en el casco antiguo?

—Si la peste llega a la ciudad a pesar de todas las precauciones, podría haber demasiadas víctimas para el espacio que tenéis. La hermandad ha ordenado que las víctimas de la peste y su familia deben permanecer en sus casas. Esta regla es aplicable a todo aquel que viva en una casa afectada por la peste: padres, hijos, abuelos, sirvientes y aprendices. Todo aquel que abandone una de las casas afectadas será ahorcado.

—Es una medida muy drástica —dijo Joan—, pero si impide la horrible carnicería de la última peste, merece la pena.

—Sabía que lo entenderías.

Sime no decía nada. Parecía que las noticias de la peste le habían bajado los humos.

Oonagh preguntó:

—¿Y cómo comerán las víctimas, si deben permanecer encarceladas en su casa?

—Los vecinos pueden dejarles comida en la puerta, pero nadie podrá entrar, salvo los monjes médicos y las monjas, que visitarán a los enfermos pero no deben tener ningún contacto con los sanos. Irán del priorato a la casa y de la casa al priorato, sin entrar en ningún otro edificio ni detenerse a hablar con alguien en la calle. Deberán llevar siempre mascarilla y lavarse las manos cada vez que toquen a un paciente.

Sime parecía aterrorizado.

—¿Eso nos protegerá? —preguntó.

—Hasta cierto punto —respondió Caris—, pero no por completo.

—¡Pero entonces será muy peligroso que atendamos a los enfermos! Oonagh le respondió.

—No tenemos miedo. Sólo podemos aguardar la llegada de la muerte, puesto que es el momento del ansiado reencuentro con Cristo.

—Sí, por supuesto —dijo Sime.

Al día siguiente, todos los monjes abandonaron Kingsbridge.

88

Gwenda se puso hecha una furia cuando vio lo que Ralph le había hecho a las plantas de rubia de David. La destrucción gratuita de las cosechas era un pecado. Debería haber un lugar especial en el infierno para los nobles que arrasaban lo que los campesinos habían cultivado con mucho sudor.

Sin embargo, Davey no se vino abajo.

—No creo que importe —aseguró—. Lo importante son las raíces, y no las ha tocado.

—Es que entonces habría tenido que esforzarse demasiado —dijo Gwenda con amargura, pero intentó animarse.

De hecho, las matas se recuperaron sorprendentemente rápido. A buen seguro, Ralph no sabía que la rubia se expandía bajo tierra. Durante mayo y junio, a medida que empezaron a llegar noticias a Wigleigh sobre los casos de peste, las raíces dieron nuevos brotes y, a principios de julio, Davey decidió que había llegado el momento de hacer la cosecha. Un domingo, Gwenda, Wulfric y Davey se pasaron toda la tarde desenterrando raíces. Primero tenían que remover la tierra que había alrededor de la planta, luego arrancarla, quitarle las hojas y dejar la raíz unida a un pequeño tallo. Era un trabajo muy duro para la espalda, como el que Gwenda había hecho toda la vida.

Dejaron la mitad de la plantación intacta, con la esperanza de que se regenerara por sí sola al año siguiente.

Llenaron una carretilla con raíces de rubia y recorrieron el camino de vuelta hasta Wigleigh, a través del bosque. Al llegar, descargaron las raíces en el granero y las esparcieron por el pajar para que se secaran.

Davey no sabía cuándo podría vender su cosecha porque Kingsbridge era una ciudad cerrada. La gente seguía comprando mercancías, pero sólo mediante los corredores. Él estaba haciendo algo nuevo y tendría que explicarle la situación a su posible comprador. Sería raro hacerlo a través de un intermediario, pero tal vez tendría que intentarlo. Primero tenía que secar las raíces y luego molerlas hasta hacerlas polvo, lo cual le llevaría su tiempo.

Davey no había vuelto a hablar sobre Amabel, pero Gwenda estaba convencida de que aún la veía, de que tan sólo fingía haberse resignado alegremente a su destino. Si de verdad hubiera dejado de verla, estaría muy deprimido.

Lo único que Gwenda podía hacer era esperar que lo superara antes de que cumpliera la edad necesaria para casarse sin permiso. Todavía no podía soportar la idea de que su familia se uniera a la de Annet, que no había dejado de humillarla flirteando con Wulfric, quien, a su vez, sonreía como un estúpido a cada comentario coqueto que le hacía. Puesto que Annet ya tenía más de cuarenta años, y la cara surcada de venillas y la rubia melena de mechones grises, su comportamiento no sólo era vergonzoso, sino grotesco; aun así, Wulfric reaccionaba como si todavía fuera una chiquilla.

«Y ahora —pensó Gwenda—, mi hijo ha caído en la misma trampa.» Se ponía hecha una furia. Amabel era igualita a la Annet de hacía veinticinco años, una cara bonita con rizos al aire, un cuello largo y unos hombros blancos y estrechos, y unos pechos pequeños como los huevos que madre e hija vendían en los mercados. Se atusaba el pelo igual que su madre y miraba a los hombres del mismo modo: les lanzaba una mirada de falso reproche y les daba un golpe en el pecho con el dorso de la mano, con un gesto que fingía ser un manotazo pero que, en realidad, era una caricia.

Sin embargo, como mínimo Davey estaba sano y salvo físicamente. A Gwenda le preocupaba más Sam, que ahora vivía con el conde Ralph en el castillo, y estaba aprendiendo a ser un guerrero. En la iglesia, rezaba para que no lo hirieran cazando o mientras aprendía a usar la espada, o luchando en un torneo. Lo había visto todos los días durante veintidós años y, luego, de pronto se lo habían arrebatado. «Es duro ser mujer —pensó—. Quieres a tu hijo con toda el alma y, de repente, un día se va.»

Durante varias semanas buscó una excusa para ir a Earlscastle y ver cómo se encontraba Sam. Entonces oyó que la peste había llegado hasta allí, lo cual hizo que tomara la decisión de inmediato. Pensaba ir antes de que empezara la cosecha. Wulfric no podía ir con ella ya que las tierras le daban mucho trabajo. Aun así, no le atemorizaba viajar sola. «Soy demasiado pobre para que me roben, y demasiado vieja para que me violen», decía en broma. Lo cierto es que era demasiado dura para que le ocurriera alguna de las dos cosas. Y llevaba consigo un cuchillo largo.

Cruzó el puente levadizo de Earlscastle un caluroso día de julio. Las almenas de la torre de entrada estaban custodiadas por un solitario cuervo, en cuyas plumas negras refulgía el sol, y que graznó al verla. A Gwenda le pareció que decía: «¡Vete! ¡Vete!». Había eludido la peste en una ocasión, pero quizá había sido una cuestión de suerte, de modo que estaba arriesgando la vida.

La escena que encontró al entrar en el castillo era muy normal, tan sólo algo más silenciosa de lo habitual. Había un leñador que estaba descargando un carro lleno de leña frente a una tahona, y un mozo desensillaba a un caballo sucio de polvo frente a los establos, pero no había un gran ajetreo. Se fijó en un pequeño grupo de hombres y mujeres que había frente a la entrada occidental de la pequeña iglesia, y cruzó el suelo adoquinado para indagar.

—Dentro hay víctimas de la peste —respondió una sirvienta a su pregunta.

Entró y sintió el pánico como si tuviera un bulto frío en el corazón.

Había diez o doce colchones de paja en el suelo, para que los enfermos pudieran estar de cara al altar, como en un hospital. La mitad de los pacientes parecían ser niños y también había tres adultos. Gwenda les examinó la cara con temor.

Ninguno de ellos era Sam.

Se arrodilló y rezó una plegaria de agradecimiento.

En el exterior, se acercó a la mujer con la que había hablado antes.

—Estoy buscando a Sam de Wigleigh —le dijo—. Es un nuevo escudero.

La mujer le señaló el puente que conducía al recinto interior.

—Inténtalo en la torre del homenaje.

Gwenda tomó la ruta que le habían señalado. El centinela que había en el puente no le hizo caso, por lo que subió las escaleras que llevaban a la torre.

La gran sala era oscura y fría. Un perro grande dormía en las losas heladas de la chimenea. Había bancos a lo largo de las paredes y un par de sillones grandes en el otro extremo de la estancia. Gwenda se fijó en que no había cojines, ni asientos tapizados ni tapices, lo que le permitió deducir que lady Philippa pasaba poco tiempo allí y no le preocupaba el mobiliario.

Sam se encontraba sentado cerca de una ventana con tres hombres más jóvenes. Tenían frente a ellos las distintas partes de una armadura, dispuestas en orden, desde la visera hasta las espinilleras. Cada hombre limpiaba una pieza. Sam estaba frotando el peto con un guijarro para intentar quitarle el polvo.

Se lo quedó mirando un momento. Llevaba ropa nueva, la librea roja y negra del conde de Shiring. Esos colores le sentaban muy bien a un hombre moreno y apuesto como él. Estaba relajado, charlando con los demás mientras trabajaban. Parecía estar sano y bien alimentado. Era lo que Gwenda había deseado, pero sintió una perversa punzada de decepción por el hecho de que estuviera tan bien sin ella.

Sam alzó la mirada y la vio. Al principio adoptó una expresión de sorpresa, luego de placer y, al final, divertida.

—Muchachos —dijo—, soy el mayor de todos vosotros y tal vez creáis que puedo cuidar de mí mismo, pero no es así. Mi madre me sigue dondequiera que vaya para asegurarse de que estoy bien.

Todos la vieron y se rieron. Sam dejó lo que estaba haciendo y se acercó hasta ella. Madre e hijo se sentaron en un banco de una esquina, cerca de la escalera que conducía al piso de arriba.

—Estoy disfrutando muchísimo —le dijo Sam—. Cada día nos ejercitamos en algún juego. Vamos de caza, practicamos la cetrería, la lucha, organizamos concursos de equitación y jugamos al balón. ¡He aprendido mucho! Me da un poco de vergüenza estar en un grupo lleno de adolescentes, pero puedo soportarlo. Sólo me falta aprender a manejar bien la espada y el escudo mientras monto a caballo.

Gwenda se dio cuenta de que su hijo ya hablaba distinto. Había perdido el ritmo lento del habla de la aldea y usaba palabras francesas para referirse a la cetrería y a la equitación. Se estaba adaptando a la vida de la nobleza.

—¿Y qué tal el trabajo? —le preguntó ella—. No puede ser sólo juegos.

—Sí, hay mucho trabajo. —Señaló a los otros muchachos que estaban limpiando la armadura—. Pero es fácil, comparado con cuando tenía que arar y escarificar la tierra.

Le preguntó por su hermano y Gwenda le dio todas las noticias que traía de casa: la rubia de Davey había vuelto a crecer y habían desenterrado las raíces; Davey seguía viendo a Amabel y nadie había enfermado aún a causa de la peste. Mientras hablaban, Gwenda sintió que la observaban y sabía que aquella sensación no era descabellada. Al cabo de un instante, miró hacia atrás.

El conde Ralph se encontraba en la escalera, frente a una puerta abierta; obviamente, acababa de salir de su estancia. Se preguntó cuánto tiempo llevaba observándola y lo miró a los ojos. El conde le lanzó una mirada muy intensa que ella no supo interpretar, pero cuando sintió que la mirada era incómodamente íntima, apartó la vista.

Cuando volvió a mirarlo, ya se había ido.

Al día siguiente, cuando ya había recorrido la mitad del camino de vuelta a casa, se le acercó un jinete muy rápido por detrás, que aminoró la marcha y se detuvo al llegar a su altura.

Gwenda deslizó la mano hasta la larga daga que llevaba en el cinturón. El jinete era sir Alan Fernhill.

—El conde quiere verte —le dijo.

—Entonces debería haber venido él, en lugar de enviarte a ti —contestó ella.

—Siempre tienes una réplica para todo. Te crees muy lista, ¿verdad? ¿Piensas que eso te va a granjear el cariño de tus superiores?

Tenía razón. Gwenda no supo cómo reaccionar, tal vez porque durante todos los años que hacía que era el adlátere de Ralph, jamás le había escuchado ningún comentario inteligente. Si fuera tan lista le daría coba a gente como Alan, en lugar de mofarse de ella.

—De acuerdo —accedió, cansada—. El conde me ordena que acuda a verlo. ¿Debo caminar hasta el castillo?

—No. Tiene una casa en el bosque, no muy lejos de aquí, donde se detiene a veces para recuperar fuerzas durante una cacería. En este mismo momento se encuentra allí. —Señaló el bosque que se extendía más allá de la carretera.

A Gwenda no le gustaba mucho aquella situación, pero, como sierva, no tenía derecho a rechazar una llamada del conde. A pesar de todo, aunque se negara, estaba convencida de que Alan la tiraría al suelo y la ataría para llevarla allí.

—Muy bien —dijo ella.

—Si quieres, puedes sentarte delante de mí.

—No, gracias, prefiero caminar.

En esa época del año, la vegetación era espesa. Gwenda siguió al caballo por el bosque y se aprovechó del camino que iba abriendo a través de las ortigas y los helechos. El camino que dejaron atrás se perdió enseguida entre el follaje. Ella no paraba de preguntarse, nerviosa, qué capricho había impulsado a Ralph a organizar ese encuentro en el bosque. Tenía la sensación de que no podían ser buenas noticias ni para ella ni para su familia.

Recorrieron medio kilómetro más y llegaron a un edificio bajo con el tejado de paja. Gwenda pensó que se trataba de la cabaña del guardabosques. Alan ató las riendas a un árbol y la condujo al interior.

Por dentro, la casa tenía el mismo aspecto sencillo que había percibido en Earlscastle. El suelo era de tierra, las paredes, sin acabar, de adobe y cañas, y el techo no era más que la parte interior del tejado. El mobiliario era mínimo: una mesa, algunos bancos y una cama, formada por un armazón de madera y un colchón de paja. En la parte trasera había una puerta medio abierta que daba a la cocina, donde, a buen seguro, los sirvientes del conde preparaban la comida y la bebida para él y sus compañeros de caza.

Ralph estaba sentado a la mesa y tenía una copa de vino. Gwenda se detuvo frente a él, a la espera. Alan se apoyó en la pared, tras ella.

—Bueno, Alan te ha encontrado —dijo Ralph.

—¿No hay nadie más aquí? —preguntó Gwenda, hecha un manojo de nervios.

—Sólo tú, yo y Alan.

El nerviosismo de Gwenda aumentó un poco más.

—¿Por qué querías verme?

—Para hablar de Sam, por supuesto.

—Me lo has arrebatado. ¿Qué más hay que hablar?

—Es un buen chico, ya sabes… nuestro hijo.

—No lo llames así. —Miró a Alan, que no mostró el más mínimo atisbo de sorpresa: estaba claro que le había contado el secreto. Gwenda estaba consternada; Wulfric no debía averiguarlo jamás—. No digas que es nuestro hijo. Nunca te has portado como un padre con él. Ha sido Wulfric quien lo ha criado.

—¿Cómo iba a criarlo? ¡Ni tan siquiera sabía que era mío! Pero estoy intentando recuperar el tiempo perdido. Está progresando mucho, ¿te lo ha contado?

—¿Se mete en peleas?

—Por supuesto. Se supone que los escuderos deben pelear. Les sirve de práctica para cuando van a la guerra. Deberías haberle preguntado si gana.

—No es la vida que quería para él.

—Es la vida para la que estaba destinado.

—¿Me has hecho traer aquí para regodearte?

—¿Por qué no te sientas?

Se sentó a la mesa, frente a él, a regañadientes. El conde le sirvió vino en una copa y se la acercó, pero Gwenda no le hizo caso.

—Ahora que sé que tenemos un hijo juntos, creo que nuestra relación debería ser más íntima.

—No, gracias.

—Eres una derramaplaceres.

—No me hables de placeres. Has sido como una plaga en mi vida. Con todo mi corazón, desearía no haberte conocido jamás. No quiero intimar contigo, quiero alejarme de ti. No estarías lo bastante lejos ni aunque te fueras a Jerusalén.

A Ralph se le ensombreció el semblante a causa de la ira, y ella se arrepintió de lo que había dicho. En ese momento recordó el reproche que le había hecho Alan. Ojalá pudiera decir, simple y llanamente, no, sin tener que recurrir a esos comentarios hirientes. Pero Ralph acicateaba su ira como nadie.

—¿Es que no lo ves? —le preguntó Gwenda, que intentaba ser razonable—. Has odiado a mi marido durante, ¿cuánto? ¿Un cuarto de siglo? Te rompió la nariz y tú le rajaste la mejilla. Lo desheredaste y te obligaron a devolverle las tierras de su familia. Violaste a la mujer que amaba. Huyó y volviste a traerlo a rastras, con una soga al cuello. Después de todo eso, ni el hecho de que hayamos tenido un hijo juntos podrá conseguir que tú y yo seamos amigos.

—No estoy de acuerdo —replicó el conde—. Creo que podemos ser no sólo amigos, sino amantes.

—¡No! —Era el gran temor que había albergado en algún recoveco de su mente, desde que Alan se había detenido frente a ella en el camino.

Ralph sonrió.

—¿Por qué no te quitas el vestido?

Gwenda se puso tensa.

Alan se inclinó sobre ella por detrás y le quitó con movimiento raudo y ágil la daga que llevaba en el cinturón. Era obvio que se trataba de algo premeditado, y ocurrió demasiado rápido para que ella pudiera reaccionar.

Sin embargo, Ralph dijo:

—No, Alan… no será necesario. Lo hará por voluntad propia.

—¡No lo haré! —exclamó ella.

—Devuélvele la daga.

A regañadientes, Alan le dio la vuelta al cuchillo, lo agarró por la hoja y se lo ofreció.

Ella se lo arrebató y se puso en pie de un salto.

—Puedes matarme pero, por Dios, que me llevaré a uno de vosotros dos conmigo —los amenazó.

Retrocedió, empuñando el cuchillo con el brazo estirado, dispuesta a luchar.

Alan se dirigió a la puerta, con la intención de cortarle la salida.

—Déjala —le ordenó el conde—. No va a ir a ninguna parte.

Gwenda no sabía por qué Ralph estaba tan seguro de sí mismo, pero se equivocaba de medio a medio. Pensaba salir de esa cabaña y luego correr tan rápido como pudiera, y no se detendría hasta que cayera rendida.

Alan se quedó quieto.

Gwenda alcanzó la puerta, la palpó sin volverse y abrió el pestillo de madera.

Ralph le preguntó:

—Wulfric no lo sabe, ¿verdad?

Gwenda se quedó helada.

—¿No sabe qué?

—No sabe que soy el padre de Sam.

Ella respondió con un susurro:

—No, no lo sabe.

—Me pregunto cómo se sentiría si lo averiguara.

—Se moriría —dijo ella.

—Eso es lo que me imaginaba.

—No se lo digas, por favor —le suplicó Gwenda.

—No lo haré… siempre que hagas lo que te pido.

¿Qué podía hacer? Sabía que Ralph la deseaba y ella, en un momento de desesperación, se había aprovechado de ese hecho para poder verlo en el castillo del sheriff. Su encuentro en la taberna Bell hacía muchos años, un recuerdo vil para ella, había perdurado en la memoria de él como un momento glorioso, realzado por el paso del tiempo. Y ella le había metido en la cabeza la idea de revivir aquel momento.

Era culpa suya.

¿Podía convencerlo de algún modo?

—Ya no somos las mismas personas de hace tantos años —le dijo ella—. Nunca volveré a ser una muchacha joven e inocente. Deberías regresar con tus sirvientas.

—No quiero sirvientas, te quiero a ti.

—No. Por favor. —Intentó contener las lágrimas.

Ralph era implacable.

—Quítate el vestido.

Guardó el cuchillo y se desabrochó el cinturón.

89

En cuanto despertó, lo primero que hizo Merthin fue pensar en Lolla. Hacía tres meses que había desaparecido y él había enviado mensajes a las autoridades de Gloucester, Monmouth, Shaftesbury, Exeter, Winchester y Salisbury. Las cartas que procedían de él, como mayordomo de una de las grandes ciudades del país, se tomaban seriamente en consideración, y había recibido respuestas a todas. Sólo el alcalde de Londres se había mostrado poco dispuesto a ayudarlo, diciéndole en su misiva que la mitad de las jóvenes de la ciudad habían huido de sus padres y que no le incumbía al alcalde mandarlas de vuelta a casa.

Merthin había hecho indagaciones por su cuenta en Shiring, Bristol y Melcombe. Había hablado con los dueños de todas las tabernas y les había dado una descripción de Lolla. Todos habían visto muchas mujeres jóvenes de pelo oscuro, a menudo en compañía de apuestos maleantes que se llamaban Jake, Jack o Jock; pero nadie estaba seguro de haber visto a la hija de Merthin, o de haber oído el nombre de Lolla.

Algunos de los amigos de Jake también habían desaparecido, así como alguna amiga, aunque las mujeres desaparecidas eran unos años mayores que su hija.

Lolla podía estar muerta, Merthin lo sabía, pero se negaba a abandonar toda esperanza. Era poco probable que hubiera contraído la peste. El nuevo brote estaba arrasando pueblos y ciudades, y se estaba llevando a la mayoría de los niños de menos de diez años. Pero los supervivientes del primer brote, como Lolla y él, debían de ser personas que, por algún motivo, tenían la fuerza necesaria para no sucumbir a la enfermedad o, en muy pocos casos, como él mismo, para recuperarse tras haberla contraído; y, así, en esta segunda ocasión tampoco enfermaban. Sin embargo, la peste era sólo uno de los peligros que acechaban a una muchacha de dieciséis años que había huido de casa, y la fecunda imaginación de Merthin lo torturaba, de madrugada, con pensamientos sobre lo que podía haberle ocurrido.

Una de las ciudades que no sufrió el azote de la peste fue Kingsbridge. La enfermedad había afectado a una de cada cien casas del casco antiguo, por lo que sabía Merthin a partir de las conversaciones que mantenía a gritos a través de la puerta de la ciudad con Madge Webber, que hacía las veces de mayordomo intramuros mientras Merthin se encargaba de otros asuntos fuera. En los arrabales de Kingsbridge, y otras ciudades, la peste había matado a una de cada cinco personas. Pero ¿habían conseguido los métodos de Caris vencer a la peste o tan sólo la habían retrasado? ¿Resistiría la enfermedad y lograría superar las barreras que ella había levantado? ¿Causaría una devastación tan grande como la última vez? No lo sabrían hasta que el brote hubiera seguido su curso, que podía durar meses o años.

Suspiró y se levantó de su solitaria cama. No había visto a Caris desde que había ordenado el cierre de la ciudad. Ella vivía en el hospital, a unos cuantos metros de su casa, pero no podía abandonar el edificio. La gente podía entrar en él, pero no salir. Caris había decidido que no tendría credibilidad a menos que trabajara codo con codo con las monjas, así que estaba atrapada.

Merthin tenía la sensación de que se había pasado la vida separado de ella, lo cual no servía para aliviarle la desazón. De hecho, tenía más ganas de verla ahora, que ya habían alcanzado la madurez, que cuando eran jóvenes.

Su ama de llaves, Em, se levantó antes que él y Merthin la encontró en la cocina, pelando conejos. Comió un pedazo de pan, tomó un sorbo de cerveza y se fue.

La carretera principal, al otro lado de la isla, ya estaba llena a rebosar de campesinos que llevaban provisiones. Merthin y un equipo de ayudantes hablaba con cada uno de ellos. Los que traían productos normales al precio pactado eran los más fáciles de gestionar: Merthin les hacía cruzar el puente para que depositaran los bienes frente a la puerta de la torre de entrada, y les pagaba cuando regresaban con el carro vacío. Sin embargo, con aquellos que llevaban productos de temporada, como frutas y verduras, negociaba el precio antes de dejarlos descargar. Para algunos envíos especiales, ya había llegado a un acuerdo unos días antes, al hacer el pedido: pieles para los mercaderes de cuero; piedras para los albañiles, que habían reanudado la construcción de la aguja bajo las órdenes del obispo Henri; plata para los joyeros; hierro, acero, cáñamo y madera para los artesanos de la ciudad, que tenían que seguir trabajando, a pesar de que estuvieran aislados temporalmente de sus clientes. En último lugar, estaban los envíos únicos, para los que Merthin tenía que recibir instrucciones de alguien de la ciudad. Ese día había llegado un vendedor de brocado italiano que quería venderlo a los sastres de la ciudad; un buey de un año para el matadero; y Davey, de Wigleigh.

Merthin escuchó la historia de Davey con asombro y deleite. Admiraba a aquel muchacho por la iniciativa que había demostrado para comprar semillas de rubia y cultivarlas para producir el costoso tinte. No le sorprendió saber que Ralph había intentado sabotear el proyecto: al igual que la mayoría de los nobles, su hermano sentía un gran desprecio por todo lo que estuviera relacionado con el comercio o la manufactura. Pero Davey tenía valor, además de ser inteligente, y no se había rendido. Incluso había pagado a un molinero para que moliera las raíces secas.

—Al acabar, cuando el molinero limpió la muela, su perro bebió del agua utilizada —le contó Davey a Merthin—, y luego el can meó rojo durante una semana, ¡de modo que sabemos que el tinte funciona!

Ahora estaba allí, con un carro cargado con los antiguos costales de harina de cuatro galones, llenos de lo que creía que era el valiosísimo tinte de rubia.

Merthin le dijo que cogiera uno de los sacos y lo llevara hasta la puerta. Cuando llegó, llamó al centinela que había al otro lado. El hombre se encaramó a las almenas y miró abajo.

—Este saco es para Madge Webber —le gritó Merthin—. Asegúrate de que lo recibe en persona, ¿de acuerdo, centinela?

—Lo que mandéis, mayordomo —respondió el centinela.

Como siempre, los familiares de algunas víctimas de la peste de las aldeas aledañas llevaban a sus parientes enfermos hasta la isla. La mayoría sabía que no había remedio para la peste y se limitaba a dejar morir a sus seres queridos, pero aún quedaban algunos que eran lo bastante ignorantes, u optimistas, para creer que Caris podría obrar un milagro. Los enfermos eran abandonados frente a las puertas del hospital, como las mercancías a las puertas de la ciudad. Las monjas salían a buscarlos de noche, cuando los familiares se habían ido. De vez en cuando, había algún afortunado superviviente que recuperaba la salud, pero la mayoría de los pacientes salían por la puerta trasera y eran enterrados en un nuevo cementerio, situado en el extremo más alejado del edificio del hospital.

A mediodía, Merthin invitó a Davey a almorzar. Mientras daban buena cuenta de una empanada de conejo y de un plato de guisantes nuevos, el muchacho le confesó que estaba enamorado de la hija de la vieja enemiga de su madre.

—No sé por qué mi madre odia a Annet, pero fuera lo que fuese, ocurrió hace mucho tiempo y no tiene nada que ver conmigo ni con Amabel —exclamó Davey, con la indignación de los jóvenes cuando se rebelan contra la irracionalidad de los padres. Cuando Merthin asintió, comprensivo, el chico le preguntó—: ¿Tus padres se opusieron alguna vez a tus planes?

Merthin lo pensó durante un instante.

—Sí —dijo—. Yo quería ser escudero para poder llegar a convertirme en caballero y luchar por el rey. Así que me quedé desconsolado cuando me colocaron de aprendiz de un carpintero. Sin embargo, en mi caso, al final resultó bien.

A Davey no le gustó mucho la anécdota.

Por la tarde se cerraba el acceso al puente en el extremo de la isla, y se abrían las puertas de la ciudad. Entonces salían grupos de porteadores para recoger las mercancías que se habían dejado y las entregaban a sus destinatarios.

No había ningún mensaje de Madge sobre el tinte.

Ese día Merthin tuvo un segundo visitante. Hacia el final de la tarde, cuando la actividad comercial empezaba a disminuir, llegó el canónigo Claude.

El obispo Henri, amigo y protector de Claude, era ahora arzobispo de Monmouth. Sin embargo, aún no se había elegido a su sustituto en Kingsbridge. Claude quería el puesto y había ido a Londres a ver a sir Gregory Longfellow. Iba de vuelta a Monmouth, donde seguiría ejerciendo de mano derecha de Henri por el momento.

—Al rey le gusta la postura adoptada por Philemon sobre los impuestos del clero —dijo mientras degustaban una empanada fría de conejo y una copa del mejor vino de Gascuña que tenía Merthin—. Y a los altos cargos eclesiásticos les complació su sermón contra la disección y sus planes de construir la capilla de la Virgen. Por otra parte, a Gregory no le gusta Philemon porque dice que no es una persona de fiar. Al final, el rey ha pospuesto la votación, argumentando que los monjes de Kingsbridge no pueden celebrar elecciones mientras estén en St.-John-in-the-Forest.

Merthin dijo:

—Supongo que el rey cree que no tiene sentido elegir al nuevo obispo mientras la peste siga propagándose de este modo y la ciudad permanezca cerrada.

Claude asintió con la cabeza.

—Sin embargo, obtuve un pequeño logro. Están buscando un embajador inglés del Papa, y el elegido tendrá que vivir en Aviñón. Me atreví a proponer a Philemon y parece que a Gregory no le desagradó la idea ya que, como mínimo, no la descartó.

—¡Muy bien!

La posibilidad de que enviaran a Philemon muy lejos le levantó el ánimo a Merthin. Deseaba poder hacer algo para ayudar a Claude, pero ya le había escrito una carta a Gregory, en la que expresaba el apoyo de la hermandad municipal, y ése era el límite de su influencia.

—Una nueva más, y triste —dijo Claude—. Cuando iba de camino a Londres, me detuve en St.-John-in-the-Forest. Henri todavía es el abad, en sentido estricto, y me envió allí para reprender a Philemon por haber huido de Kingsbridge sin permiso alguno, lo cual, en realidad, fue una pérdida de tiempo. En fin, resulta que Philemon ha adoptado las precauciones de Caris y no me dejó entrar, pero hablamos a través de la puerta. De momento, los monjes han logrado eludir la peste, pero tu viejo amigo, el hermano Thomas, ha fallecido de muerte natural. Lo siento.

—Que Dios lo tenga en su gloria —dijo Merthin, apenado—. Al final ya se encontraba muy débil y empezaba a perder la cabeza.

—Sin duda el traslado a St. John no le ayudó.

—Thomas me alentó a seguir adelante cuando yo era un joven maestro constructor.

—Resulta extraño que a veces Dios se lleve a los hombres buenos y deje a los malos.

Claude partió temprano a la mañana siguiente.

Mientras Merthin se ocupaba de sus tareas cotidianas, uno de los carreteros volvió de la puerta de la ciudad con un mensaje. Madge Webber estaba en las almenas y quería hablar con Merthin y Davey.

—¿Crees que me comprará la rubia? —le preguntó Davey mientras cruzaban el puente.

Merthin no sabía qué decirle.

—Eso espero —contestó.

Se detuvieron frente a la puerta cerrada y alzaron la vista. Madge se inclinó por encima de la muralla y gritó:

—¿De dónde ha salido ese tinte?

—Lo he cultivado yo —respondió Davey.

—¿Y quién eres?

—Davey de Wigleigh, hijo de Wulfric.

—Ah, ¿el hijo de Gwenda?

—Sí, el pequeño.

—Pues ya he probado tu tintura.

—Funciona, ¿no? —preguntó el joven, emocionado.

—Es muy flojo. ¿Moliste las raíces enteras?

—Sí, ¿qué otra cosa debería haber hecho?

—Deberías haberles quitado las vainas antes de molerlas.

—No lo sabía. —El muchacho se quedó abatido—. Entonces, ¿no sirve mi tinte?

—Como te he dicho, es flojo. No puedo pagarte lo mismo que por un tinte puro.

Davey estaba tan consternado que Merthin se compadeció de él.

Madge le preguntó:

—¿Cuánto tienes?

—Nueve sacos más de cuatro galones como el que te he dado —respondió Davey, desanimado.

—Te pagaré la mitad del precio habitual, tres chelines y seis peniques el galón. Eso hace un total de catorce chelines el saco, es decir, siete libras por los diez sacos.

La cara de Davey era el vivo reflejo de la alegría. Merthin deseó que Caris estuviera ahí con él, para poder compartirla.

—¡Siete libras! —repitió Davey.

Madge, que lo creía decepcionado, le dijo:

—No puedo pagarte más, la tintura no es lo bastante fuerte.

Sin embargo, siete libras eran una fortuna para Davey. Equivalían al sueldo de varios años de trabajo de un jornalero. Miró a Merthin y exclamó:

—¡Soy rico!

Merthin se rió y le dijo:

—No lo gastes todo de golpe.

El día siguiente era domingo. Merthin acudió al oficio matinal en la pequeña iglesia de la isla, erigida en honor de santa Isabel de Hungría, santa patrona de los curanderos. Luego se fue a casa y cogió una sólida pala de roble de su cabaña de jardinero. Con la espada al hombro, cruzó el puente exterior, dejo atrás los arrabales y se adentró en su pasado.

Intentó recordar la ruta que había seguido por el bosque treinta y cuatro años antes con Caris, Ralph y Gwenda. Le parecía imposible. Los únicos senderos que había eran los que abrían los ciervos. Los arbolillos de entonces habían crecido mucho y los robles más grandes habían sido talados por los leñadores del rey. Aun así, para su sorpresa, todavía quedaban algunos puntos de referencia reconocibles: una fuente que brotaba de la tierra y donde recordaba que Caris se había arrodillado para beber, cuando sólo tenía diez años; una roca inmensa que a ella le pareció que había caído del cielo; una hondonada cenagosa, en la que ella se manchó las botas de barro.

A medida que avanzaba, los recuerdos de aquel día se volvieron más vívidos. Recordaba que el perro, Brinco, los había seguido, y que Gwenda había seguido a su perro. Sintió de nuevo el placer de que Caris entendiera su broma. Se sonrojó al recordar la torpeza con la que se comportó ante ella, cuando hizo la reverencia… y la facilidad con la que su hermano menor manejaba el arma.

Recordó, sobre todo, a Caris cuando no era más que una niña. Ni tan siquiera habían llegado a la adolescencia, pero él ya se había quedado prendado de su inteligencia, su arrojo y de la forma natural en que había asumido el mando del pequeño grupo. No era amor, sino una suerte de fascinación que no distaba mucho del amor.

Los recuerdos lo distrajeron y, en lugar de encontrar el camino, se desorientó. Empezó a sentirse como si estuviera en un lugar del todo desconocido, pero entonces, de repente, llegó a un claro y supo que estaba en el lugar adecuado. Los arbustos eran más grandes; el tronco del roble, más ancho; y el claro se había convertido en un pequeño prado cuajado de flores, a diferencia del aspecto que había mostrado ese día de noviembre de 1327. Pero no le cabía la menor duda: era como una cara que no había visto en muchos años, había cambiado pero seguía siendo inconfundible.

El Merthin de entonces, más bajito y flacucho, se había escondido bajo ese arbusto para que no lo viera el hombre que avanzaba entre la maleza. Recordó que Thomas, exhausto y jadeante, se apoyó con la espalda en el roble y sacó la espada y la daga.

En su cabeza volvieron a tener lugar los hechos de aquel día. Dos hombres enfundados en unas libreas de color verde y amarillo alcanzaron a Thomas y le pidieron una carta. Thomas intentó distraerlos y les dijo que alguien los observaba tras un arbusto. Merthin estaba convencido de que los demás niños y él serían asesinados, pero, en ese momento, Ralph, que sólo tenía diez años, mató a uno de los hombres de armas, haciendo gala de los reflejos rápidos y mortales que tan útiles habían de resultarle en las guerras de Francia, años más tarde. Thomas liquidó al otro hombre, aunque sufrió una herida que le acabó provocando la pérdida del brazo izquierdo, a pesar del tratamiento que le dieron en el hospital del priorato de Kingsbridge, o tal vez como consecuencia de éste. Luego Merthin ayudó a Thomas a enterrar la carta.

—Justo ahí —le dijo Thomas—. Enfrente del roble.

Ahora Merthin sabía que en esa carta había un secreto, tan importante que varios personajes prominentes tenían mucho miedo de que se descubriera algún día. Ese secreto le había servido de protección a Thomas, quien, a pesar de todo, había buscado refugio en un monasterio y había pasado la vida allí.

«Cuando me muera —le dijo Thomas a Merthin—, quiero que desentierres la carta y se la entregues a un sacerdote.»

Merthin levantó la pala y empezó a cavar.

No estaba convencido de que eso fuera lo que Thomas quería. La carta enterrada era una precaución para impedir que Thomas fuera asesinado. Sin embargo, había muerto por causas naturales. ¿Aún querría que desenterrara la carta? Merthin no lo sabía, pero tomaría la decisión cuando la hubiera leído. Sentía una curiosidad irrefrenable por saber qué decía.

No recordaba a ciencia cierta el emplazamiento de la bolsa, y falló en el primer intento. Cuando había cavado medio metro, se dio cuenta del error: el hoyo sólo tenía treinta centímetros de profundidad, estaba convencido. Volvió a intentarlo unos cuantos centímetros más a la izquierda.

Esta vez acertó.

Cuando había cavado treinta centímetros, la pala tocó algo que no era tierra. Era blando, pero no cedía. Dejó la pala y siguió excavando con los dedos. Notó un trozo de cuero viejo y medio podrido. Acabó de quitar la tierra con sumo cuidado y extrajo el objeto en cuestión. Era la bolsa que Thomas llevaba atada al cinturón hacía tantos años.

Se limpió las manos de barro y la abrió.

Dentro había una bolsa hecha de lana aceitada, aún intacta. Deshizo el nudo del cordón y sacó un pergamino, enrollado y sellado con cera.

Lo trató con muchísimo cuidado, pero, aun así, la cera se desmenuzó en cuanto la tocó. Desenrolló el pergamino lentamente que, por suerte, no había sufrido ningún daño; se había conservado perfectamente a pesar de haber permanecido enterrado durante treinta y cuatro años.

Enseguida vio que no se trataba de un documento oficial, sino de una carta personal. Lo supo por la caligrafía, que reproducía los garabatos de un noble, y no la escritura elaborada de un clérigo.

Empezó a leerla. El encabezamiento rezaba:

«De Eduardo, el segundo que ostenta tal nombre, rey de Inglaterra, en el castillo de Berkeley; transcrita por su fiel sirviente, sir Thomas de Langley; a su amado hijo mayor, Eduardo; un saludo regio y amor paternal.»

Merthin se asustó. Era un mensaje del antiguo rey al nuevo. Le temblaba la mano con la que sostenía el documento, alzó la vista y miró a su alrededor, como si fuera a haber alguien espiándolo entre los arbustos.

«Mi bienamado hijo, dentro de poco llegará a tu conocimiento que he muerto. Debes saber que eso no es cierto.»

Merthin frunció el ceño. No era lo que esperaba.

«Tu madre, la reina, la esposa de mi corazón, ha corrompido y trastornado a Roland, conde de Shiring, y a sus hijos, que me han enviado a unos asesinos; sin embargo, Thomas me previno y los asesinos hallaron la muerte.»

De modo que Thomas no había matado al rey, sino que lo había salvado.

«Estoy convencido de que tu madre, tras fracasar en su primer intento por matarme, volverá a intentarlo de nuevo, puesto que ella y su adúltero consorte no podrán sentirse a salvo mientras yo siga con vida. Así pues, he decidido vestirme con las ropas de uno de los asesinos, un hombre de mi altura y que guarda cierto parecido conmigo, y he sobornado a varias personas para que afirmen que el cadáver es el mío. Tu madre sabrá la verdad cuando vea el cuerpo, pero fingirá que no ocurre nada, ya que mientras me den por muerto, no supondré ninguna amenaza para ella, y ningún rebelde o rival al trono puede reivindicar que cuenta con mi apoyo.»

Merthin se quedó atónito. La nación entera había creído que Eduardo II había muerto: había engañado a toda Europa.

Pero ¿qué le ocurrió luego?

«No te diré adónde pienso ir, pero debes saber que tengo la intención de abandonar mi reino de Inglaterra y no regresar jamás. Sin embargo, rezo para poder verte de nuevo algún día, antes de morir.»

¿Por qué Thomas había enterrado la carta en lugar de entregarla? Porque temía por su vida y consideraba la carta como la mejor arma para defenderse. Cuando la reina Isabel decidió continuar fingiendo que su marido había muerto, tuvo que eliminar a las pocas personas que sabían la verdad. Merthin recordó entonces que cuando aún era un adolescente, el conde de Kent fue condenado por traición y decapitado por afirmar que Eduardo II aún estaba vivo.

La reina Isabel mandó a varios hombres a matar a Thomas, y lo atraparon a las afueras de Kingsbridge. Sin embargo, Thomas se deshizo de ellos, con la ayuda de Ralph, que sólo tenía diez años. Después, Thomas debió de amenazarla con revelar todo el engaño, cuya prueba era la vieja carta del rey. Esa noche, mientras se encontraba en el hospital del priorato de Kingsbridge, Thomas negoció con la reina, que envió al conde Roland y a sus hijos como intermediarios. Les prometió que guardaría el secreto, con la condición de que fuera aceptado como monje. En el monasterio se sentiría a salvo y, en caso de que la reina tuviera la tentación de no cumplir su promesa, les dijo que la carta se encontraba en un lugar a salvo y que no lo revelaría hasta su muerte. La reina, así pues, debía mantenerlo con vida.

El viejo prior Anthony sabía algo al respecto, y cuando agonizaba se lo contó a la madre Cecilia que, en su lecho de muerte, le repitió parte de la historia a Caris. La gente era capaz de guardar un secreto durante décadas, pero se sentía obligada a revelar la verdad cuando les rondaba la muerte. Caris también había visto el documento comprometedor de la donación de Lynn Grange al priorato con la condición de que Thomas fuera aceptado como monje. Ahora Merthin entendía por qué las indagaciones, en absoluto ingenuas, de Caris sobre el documento en cuestión habían causado tantos problemas. Sir Gregory Longfellow había convencido a Ralph de que entrara en el monasterio y robara los cartularios de las monjas, con la esperanza de encontrar la comprometedora carta.

¿Acaso el poder destructivo de esa hoja de papel vitela había menguado con el paso del tiempo? Isabel había tenido una vida larga, pero había muerto hacía tres años. El propio Eduardo II debía de estar también muerto, y si aún estaba con vida tendría setenta y siete años. ¿Temería Eduardo III que se revelara que su padre estaba vivo cuando el mundo lo consideraba muerto? Ahora era un rey muy fuerte y consolidado como para sentirse amenazado, pero tendría que hacer frente a una gran vergüenza y humillación.

¿Qué debía hacer Merthin?

Se quedó donde estaba, sentado en la hierba del bosque, entre las flores silvestres, durante un buen rato. Al final, enrolló el pergamino, lo volvió a guardar en la bolsa de lana, y lo metió todo en la vieja bolsa de cuero.

La puso en el agujero y la enterró de nuevo. También tapó el primer agujero y alisó la tierra que cubría ambos. Arrancó unas cuantas hojas de los arbustos y las esparció frente al roble. Retrocedió y observó lo que había hecho. Se sentía satisfecho: los hoyos ya no eran visibles a la mirada distraída.

Entonces se volvió y regresó a casa.

90

A finales de agosto, el conde Ralph realizó un recorrido por sus dominios de Shiring, acompañado por su ya eterno adlátere, sir Alan Fernhill, y su recién descubierto hijo, Sam. Disfrutaba de la compañía de Sam, su pequeño, que ya era todo un hombre. Sus otros hijos, Gerry y Roley, eran demasiado jóvenes para esa clase de viaje. Sam desconocía su paternidad, pero Ralph atesoraba ese secreto con placer.

Padre e hijo se sintieron horrorizados por lo que vieron a medida que avanzaban. Centenares de siervos de Ralph estaban muertos o agonizantes, y el grano estaba crecido y sin recolectar en los campos. Mientras pasaban de una aldea a otra, la indignación y desesperación de Ralph iban en aumento. Sus comentarios sarcásticos intimidaban a sus compañeros de viaje y su mal humor puso nervioso al caballo que montaba.

En cada aldea, así como en las tierras de los siervos, había algunas hectáreas destinadas al uso exclusivo del conde. Deberían haber sido cultivadas por sus jornaleros y por siervos que tenían la obligación de trabajar para él un día a la semana. Ésas eran las tierras que se encontraban en peor estado de todas cuantas habían visto. Muchos de sus empleados habían muerto, y también algunos de esos siervos que le debían horas de trabajo; otros siervos habían conseguido encontrar mejores tenencias después de la última oleada de peste, así que ya no tenían que trabajar para el señor feudal; y, para colmo de males, era imposible encontrar jornaleros a los que contratar.

Cuando Ralph llegó a Wigleigh rodeó la casa señorial y se asomó por la puerta del enorme granero de madera, que en esa época del año debería de haber estado lleno de grano y listo para moler, pero estaba vacío, y una gata había dado a luz a una numerosa camada de gatitos en lo alto del pajar.

—¿Con qué haremos el pan? —le preguntó furioso a Nathan Reeve—. Sin cebada para preparar la cerveza, ¿qué beberemos? ¡Por el amor de Dios! Será mejor que tengas un plan.

Nate le lanzó una mirada descarada.

—Lo único que podemos hacer es redistribuir las franjas de terreno —propuso.

A Ralph le sorprendió su hosquedad. Nate solía ser adulador.

Entonces el alguacil miró al joven Sam, y Ralph se dio cuenta de por qué habían cambiado las tornas. Nate odiaba a Sam por haber matado a su hijo Jonno. En lugar de castigar a Sam, Ralph lo había perdonado y luego lo había convertido en su escudero. No era de extrañar que Nate estuviera resentido.

—Tiene que haber uno o dos jóvenes en la aldea dispuestos a labrar un par de hectáreas más de tierra —dijo Ralph.

—Sí, claro, pero no están dispuestos a pagar el tributo de traspaso —puntualizó Nate.

—¿Quieren la tierra a cambio de nada?

—Sí. Ven que tenéis demasiada tierra pero no mano de obra suficiente para labrarla, y saben que están en buena posición para la negociación.

En el pasado, Nate siempre se había mostrado dispuesto a insultar a los campesinos que se daban aires de importancia, pero en ese momento parecía disfrutar con la disyuntiva que se le planteaba a Ralph.

—Actúan como si Inglaterra fuera suya y no de la nobleza —comentó Ralph con resentimiento.

—Es una desgracia, señor —se lamentó Nate con un poco más de educación, y se le puso una mirada algo ladina—. Por ejemplo, el hijo de Wulfric, Davey, quiere casarse con Amabel y tomar posesión de las tierras de su futura suegra. Sería lógico, Annet jamás ha sido capaz de administrar su propiedad.

Sam intervino.

—Mis padres no pagarán el tributo, se oponen a ese matrimonio.

—Pero Davey podría pagarlo de su bolsillo —dijo Nate.

Ralph se sorprendió.

—¿Cómo?

—Ha vendido la nueva cosecha que había plantado en el bosque.

—La cosecha de rubia. Está claro que no bastó con el trabajo que hicimos pisoteándolo todo. ¿Cuánto ha sacado?

—Nadie lo sabe. Pero Gwenda ha comprado una joven vaca lechera y Wulfric tiene un cuchillo nuevo… y Amabel llevaba un pañuelo amarillo recién estrenado el domingo en la iglesia.

Y a Nate le habían pagado una jugosa comisión, supuso Ralph.

—Detestaría tener que recompensar la desobediencia de Davey —manifestó—. Pero me encuentro en una situación desesperada. Que se quede la tierra.

—Tendréis que concederle un permiso especial para que contraiga matrimonio en contra de la voluntad de sus padres.

Davey se lo había pedido ya a Ralph, pero el señor feudal se lo había denegado, aunque eso había sido antes de que la peste diezmara al campesinado. No quería tener que cambiar de opinión en ese tipo de decisiones. No obstante, no era un precio demasiado alto por un futuro mejor.

—Le daré mi permiso —sentenció.

—Muy bien.

—Pero vayamos a verlo. Me gustaría hacerle la oferta en persona.

Nate se quedó asombrado, aunque, por supuesto, no puso objeción alguna.

Lo cierto era que Ralph quería volver a ver a Gwenda. Había algo en esa mujer que le perturbaba. El último encuentro con ella en el pabellón de caza no lo había dejado satisfecho por demasiado tiempo. Había estado pensando en ella durante semanas desde entonces. Últimamente obtenía poca satisfacción de la clase de mujeres con las que solía acostarse: prostitutas jóvenes, rameras de taberna y sirvientas. Todas fingían sentir un enorme placer con sus acometidas, aunque Ralph sabía que sólo querían el dinero que les entregaba después. Gwenda, por el contrario, no ocultaba el desprecio que sentía por él y se estremecía simplemente con su tacto; y eso, aunque fuera paradójico, lo excitaba, porque era sincero y, por tanto, real. Tras encontrarse con ella en el pabellón de caza, él le había entregado una bolsa de peniques de plata y Gwenda se la había tirado con tanta fuerza que le había dejado un cardenal en el pecho.

—Hoy están en Brook Field, recogiendo la cebada madura —le informó Nate—. Os llevaré hasta allí.

Ralph y sus hombres siguieron a Nate hacia la salida de la aldea y por la orilla de la corriente que discurría en la linde del vasto campo. Ya había llegado el tiempo ventoso a Wigleigh, pero ese día la brisa estival era suave y cálida, como los pechos de Gwenda.

Algunas franjas de terreno ya habían sido cosechadas, pero en otras, a Ralph le desesperó contemplar avena demasiado madura, cebada mezclada con malas hierbas y una parcela de centeno que había sido recolectado pero no recogido, así que la cosecha estaba desperdigada por el suelo.

Un año atrás había pensado que sus problemas económicos habían terminado. Tras la última guerra contra los franceses, había vuelto a Inglaterra con un prisionero, el *marquis* de Neuchâtel, y había negociado un rescate de cincuenta mil libras. Pero la familia del *marquis* no había sido capaz de reunir todo el dinero. Algo parecido le había ocurrido al rey francés, Juan II, a quien había capturado el príncipe de Gales en la batalla de Poitiers. El rey Juan se había quedado en Londres durante cuatro años, técnicamente como prisionero, aunque vivía con todas las comodidades en el Savoy, el nuevo palacio que había mandado construir el duque de Lancaster. Se había rebajado el rescate del rey, pero aun así no lo habían pagado en su totalidad. Ralph había enviado a Alan Fernhill a Neuchâtel para renegociar el precio de la libertad de su prisionero, y el adlátere del conde había rebajado el precio a veinte mil libras, pero, una vez más, la familia no había podido satisfacerlo. Entonces el *marquis* había perdido la vida a consecuencia de la peste, así que Ralph había vuelto a su condición de insolvente y tenía que preocuparse por las cosechas.

Era mediodía. Los campesinos estaban almorzando junto a los campos. Gwenda, Wulfric y Davey estaban sentados en el suelo bajo un árbol comiendo fiambre de cerdo con cebolla cruda. Todos se levantaron de golpe en cuanto vieron los caballos. Ralph se acercó a la familia de Gwenda y despidió a los demás con un ademán.

Gwenda llevaba un holgado vestido verde que impedía contemplar sus curvas. Con el pelo recogido en una coleta, se acentuaban aún más sus rasgos de ratoncilla. Tenía las manos sucias, con las uñas llenas de tierra. Pero cuando Ralph la miró, la imaginó desnuda, humillada, esperando a que la penetrara con una expresión de repugnancia resignada por lo que estaba a punto de hacerle, y se excitó.

Dejó de mirarla y se fijó en su marido. Wulfric le correspondió con una mirada templada, ni desafiante ni acobardada. Asomaban unas cuantas canas en su barba rojiza, aunque ésta seguía sin ocultar la cicatriz que Ralph le había dejado con su espada.

—Wulfric, tu hijo quiere casarse con Amabel y hacerse cargo de la propiedad de las tierras de Annet.

Gwenda respondió. No aprendería jamás a hablar sólo cuando se dirigían a ella.

—Ya me has robado un hijo, ¿es que ahora vas a llevarte al otro? —preguntó con amargura.

Ralph no le hizo caso.

—¿Quién pagará el *heriot*?

—Son treinta chelines —intervino Nate.

—No tengo ese dinero —respondió Wulfric.

—Yo sí puedo pagarlo —dijo Davey con toda tranquilidad.

«Debe de haber vendido muy bien su cosecha de rubia —pensó Ralph—, para ofrecerse a pagar con tanta ligereza una suma tan elevada de dinero.»

—Bien —dijo—. En tal caso…

Davey lo interrumpió.

—Pero ¿con qué condiciones se ofrecen las tierras?

Ralph sintió cómo se ruborizaba.

—¿Qué quieres decir?

Nate intervino de nuevo.

—Con las mismas condiciones de propiedad que tiene Annet, por supuesto.

—Entonces se lo agradezco al conde, pero no voy a aceptar su graciosa oferta —respondió Davey.

—¿Qué diablos estás diciendo? —preguntó Ralph.

—Me gustaría poseer esas tierra, mi señor, pero sólo como tenencia libre, pagando la renta en efectivo, sin las obligaciones acostumbradas.

Sir Alan advirtió con tono amenazador:

—¿Osas regatear con el conde de Shiring, insolente perro sarnoso?

Davey estaba asustado, pero siguió mostrándose desafiante.

—No es mi deseo ofenderos, señor. Pero quiero ser libre para cultivar lo que pueda vender. No quiero plantar lo que decida Nate Reeve sin tener en cuenta los precios del mercado.

Ralph pensó que Davey había heredado de Gwenda esa obstinada determinación.

El conde de Shiring se expresó con ira:

—¡Nate se limita a expresar mis deseos! ¿Acaso te crees más listo que tu conde?

—Perdonadme, señor, pero el caso es que no obtendréis ningún beneficio de esas tierras hasta que alguien las adquiera.

Alan se llevó la mano a la empuñadura de la espada. Ralph vio la mirada que Wulfric le lanzó a su guadaña, tirada en el suelo, con su afilada hoja brillando a la luz del sol. Al otro lado de Ralph, el caballo del joven Sam empezó a agitarse con nerviosismo, por simpatía con la tensión del jinete. «Si se inicia un enfrentamiento —pensó Ralph—, ¿Sam se pondrá del lado de su señor o del de su familia?»

Ralph no quería pelear. Quería conseguir la cosecha, y asesinar a los campesinos no habría hecho más que empeorar las cosas. Hizo que Alan se contuviera con un gesto.

—Así es como la peste mina las buenas costumbres —comentó, hastiado—. Te daré lo que quieres, Davey, porque no tengo otra salida.

Davey tragó saliva y preguntó:

—¿Por escrito, mi señor?

—¿Además vas a exigirme una copia del título de propiedad?

Davey asintió con la cabeza, demasiado acongojado para hablar.

—¿Dudas acaso de la palabra de tu conde?

—No, mi señor.

—Entonces, ¿por qué exiges un contrato por escrito?

—Para evitar las posibles dudas en años venideros.

Todos decían lo mismo cuando exigían un título de propiedad. Eso significaba que si había un documento, el señor feudal no podría modificar a su antojo las condiciones de la tenencia. Era un nuevo cercenamiento de las tradiciones durante tanto tiempo respetadas. Ralph no quería hacer ni una sola concesión más, pero no le quedaba otra opción si quería obtener el beneficio que reportaban las cosechas.

Entonces se le ocurrió una forma de utilizar la situación en provecho propio, para conseguir algo que deseaba, y se animó.

—Está bien —concedió—. Te daré el contrato escrito, pero no quiero que los hombres abandonen los campos en época de cosecha. Tu madre puede ir a Earlscastle a recoger el documento la próxima semana.

Gwenda se encaminó hacia Earlscastle un sofocante día de verano. Sabía lo que Ralph quería de ella, y la perspectiva la hacía sentirse muy desgraciada. Al cruzar el puente levadizo para entrar al castillo fue como si los cuervos se burlaran de su pena.

El sol refulgía sin piedad sobre el recinto, cuyos muros impedían que corriera la brisa. Los escuderos estaban jugando en la entrada de los establos. Sam se encontraba entre ellos, demasiado concentrado en la diversión para percatarse de la presencia de su madre.

Los jóvenes habían atado un gato a un poste, a la altura de los ojos, de modo que el animal podía mover las patas y la cabeza. Un escudero debía matar al felino con las manos atadas a la espalda. Gwenda ya había visto jugar ese juego antes. La única forma en la que el escudero podía lograr su objetivo era dando cabezazos al pobre animal, aunque el gato, por supuesto, se defendía con uñas y dientes, atacando directamente la cara del individuo. El jugador, un muchacho de unos dieciséis años, había empezado a merodear alrededor del poste, bajo la atenta mirada del gato aterrorizado. De pronto, el joven dio un cabezazo. Aplastó la frente contra el vientre del gato, pero el felino le propinó un buen arañazo. El escudero gritó de dolor y retrocedió de un salto, con las mejillas cubiertas de sangre, y los otros escuderos prorrumpieron en sonoras carcajadas. Enfurecido, el jugador tomó carrerilla antes de arremeter contra el poste y volver a aplastar al gato. Recibió un arañazo más fuerte y se golpeó en la cabeza, lo que sus compañeros consideraron aún más divertido. La tercera vez puso más cuidado. Se acercó más e hizo un amago de ataque, lo que provocó que el gato diera un zarpazo en el aire; entonces, el chico golpeó directamente y con toda la intención la cabeza del animal. Al felino le salieron dos chorros de sangre por la boca y el hocico, y se quedó colgando del poste, inconsciente, aunque seguía respirando. El muchacho arremetió contra él una última vez para matarlo, y los demás lo jalearon y aplaudieron.

A Gwenda se le revolvió el estómago. No le gustaban mucho los gatos, pues prefería los perros, pero resultaba deleznable contemplar cómo atormentaban a una criatura indefensa. Suponía que los muchachos tenían que hacer esa clase de cosas para convertirse en hombres y poder matar a sus semejantes en las guerras. ¿De verdad tenía que ser así?

Siguió caminando sin hablar con su hijo. Empapada en sudor, cruzó el segundo puente y ascendió por los escalones hacia la torre del homenaje. La cámara principal estaba fresca, gracias a Dios.

Se alegraba de que Sam no la hubiera visto. Esperaba poder evitarlo mientras fuera posible. No quería que sospechara siquiera que algo andaba mal. No era un muchacho muy sensible, pero podía detectar la ansiedad que sentía su madre.

Dijo al guardián de la cámara para qué estaba allí, y él le prometió que se lo comunicaría al señor.

—¿Está lady Philippa en la residencia? —preguntó Gwenda, esperanzada. Tal vez Ralph se contuviera en presencia de su esposa.

Pero el guardián sacudió la cabeza.

—Se encuentra en Monmouth, con su hija.

Gwenda asintió con amargura y se sentó a esperar. No pudo evitar pensar en su encuentro con Ralph en el pabellón de caza. Cuando dirigió la vista hacia la pared gris y desprovista de adornos, lo vio mirándola mientras ella estaba desnuda, con la boca ligeramente abierta por la anticipación del placer. El gozo que Gwenda sentía gracias a la intimidad sexual con el hombre al que amaba, era inversamente proporcional al asco que sentía en esa misma situación con un ser al que despreciaba.

La primera vez que Ralph la había forzado, hacía más de veinte años, a Gwenda la había traicionado su propio cuerpo y había sentido placer físico, aunque estuviera experimentando repulsión espiritual. Lo mismo le había sucedido con Alwyn, el proscrito del bosque. Sin embargo, no le había ocurrido con Ralph en el pabellón de caza. Ella atribuía el cambio a la edad. Siendo una muchacha joven, presa constante del deseo, el acto físico había activado una respuesta mecánica, algo que ella no había podido evitar, aunque esa sensación la hubiera hecho sentir más avergonzada. Ahora, en la madurez, su cuerpo no era tan vulnerable, y los reflejos no estaban tan despiertos. Al menos podía sentirse agradecida por eso.

La escalera situada al fondo de la habitación llevaba a la cámara del conde. Había un ir y venir continuo de hombres: caballeros, sirvientes, terratenientes, alguaciles. Una hora después, el guardián le dijo a Gwenda que podía subir.

Tenía miedo de que Ralph quisiera yacer con ella de inmediato, aunque se sintió aliviada al ver que el conde tenía un día muy ajetreado. Con él se encontraban sir Alan y dos sacerdotes escribanos sentados frente a una mesa con útiles de escritura. Uno de los escribanos le entregó un pequeño pergamino de vitela.

Ella ni siquiera lo miró. No sabía leer.

—Ahí tienes —dijo Ralph—. Ahora tu hijo ya es un terrateniente libre. ¿No es eso lo que siempre había querido?

Lo que Gwenda siempre había anhelado era su propia libertad, y Ralph lo sabía. Jamás la había conseguido, pero el conde estaba en lo cierto, Davey sí. Eso significaba que la vida de su madre no había sido un completo sinsentido. Los nietos de Gwenda serían libres e independientes, y plantarían lo que se les antojara, pagarían la renta de sus tierras y se quedarían con todas sus ganancias. Jamás conocerían la miserable existencia de pobreza y hambruna para la que su abuela había nacido.

¿Valía la pena entonces todo lo que ella había padecido? No lo sabía.

Agarró el pergamino y se dirigió hacia la puerta.

Alan la siguió y le habló en voz baja justo cuando estaba saliendo.

—Duerme aquí esta noche, en la cámara principal —le ordenó. La estancia era el lugar en el que dormía la mayoría de los residentes del castillo—. Mañana preséntate en el pabellón de caza dos horas después del mediodía.

Intentó salir sin contestar.

Alan le cortó el paso con el brazo.

—¿Has entendido? —preguntó.

—Sí —respondió entre dientes—. Estaré allí por la tarde.

Alan la dejó marchar.

No habló con Sam hasta última hora de la tarde. Los escuderos pasaron toda la sobremesa entretenidos con diversos y violentos juegos. Gwenda se alegró de tener un tiempo para estar a solas. Se sentó en la fresca cámara a pensar. Intentó convencerse de que no le importaba nada tener un encuentro sexual con Ralph. Al fin y al cabo ya no era virgen. Llevaba veinte años casada. Habría practicado el acto miles de veces. Todo habría terminado en cuestión de minutos y no le dejaría huella. Lo haría y lo olvidaría.

Hasta la próxima vez.

Eso era lo peor de todo. Ralph podía seguir forzándola de forma indefinida. Su amenaza de revelar la verdadera paternidad de Sam la perseguiría mientras Wulfric siguiera vivo.

Estaba segura de que Ralph no tardaría en cansarse y en volver a desear los cuerpos turgentes de las jóvenes fulanas de su taberna.

—¿Qué te ocurre? —le preguntó Sam cuando llegó con los demás escuderos al anochecer para la cena.

—Nada —respondió ella, apresurada—. Davey me ha comprado una vaca lechera.

Sam parecía un poco celoso. Disfrutaba de la vida, pero los escuderos no recibían un salario. No necesitaban mucho dinero, pues les proporcionaban comida, bebida, alojamiento y vestimenta, pero de todas formas, a un joven siempre le gustaba llevar dinero contante y sonante en el portamonedas.

Hablaron sobre la inminente boda de Davey

—Annet y tú pronto seréis abuelas —dijo Sam—. Tendrás que hacer las paces con ella.

—No seas tonto —espetó Gwenda—. No sabes lo que dices.

Ralph y Alan salieron de su estancia cuando se sirvió la cena. Todos los residentes y visitantes se reunieron en la cámara principal. El personal de cocina sirvió tres enormes lucios cocinados con hierbas aromáticas. Gwenda se sentó cerca de uno de los extremos de la mesa, bien alejada de Ralph, y él ni siquiera se percató de su presencia.

Después de cenar se tumbó para dormir sobre la paja del suelo, justo al lado de Sam. Era agradable dormir junto a su retoño, como había hecho cuando era pequeño. Recordaba haber escuchado su respiración infantil, plácida y satisfecha, en el silencio de la noche. A medida que fue quedándose dormida, pensó en cómo los hijos crecían y llegaban a desafiar las expectativas que tenían puestas en ellos sus padres. Su propio progenitor había querido tratarla como un producto con el que poder comerciar, pero ella se había rebelado contra ese destino y se había negado a que la trataran así. En ese momento, sus dos hijos estaban emprendiendo su propio camino, y en ninguno de los dos casos era lo que ella había imaginado. Sam se convertiría en caballero y Davey iba a casarse con la hija de Annet. «Si supiéramos de antemano cómo van a ser —pensó—, ¿anhelaríamos tanto tenerlos?»

Soñó con que iba al pabellón de caza de Ralph y veía que él no estaba allí, pero sí había un gato sobre la cama. Sabía que tenía que matar al felino, pero tenía las manos atadas a la espalda, así que golpeaba al animal con la cabeza hasta reventarlo.

Al despertar, se preguntó si podría matar a Ralph en el pabellón.

Había matado a Alwyn, hacía muchísimos años, clavándole su propio cuchillo en la garganta en sentido ascendente hasta que la punta le había salido por el ojo. También había matado a Sim Chapman, reteniéndole la cabeza bajo el agua mientras él se retorcía y forcejeaba, hasta que el agua del río le anegó los pulmones y se ahogó. Sólo si Ralph iba sin compañía al pabellón de caza, podría acabar con su vida si escogía bien el momento.

Pero no estaría solo. Los condes jamás iban a ningún lugar sin su séquito. Llevaría a Alan consigo, como ya había hecho antes. No solía viajar con un único compañero. Y menos probable era que viajara sin compañía alguna.

No obstante, nadie sabía que iba a reunirse allí con él. Si lo mataba y se alejaba del lugar, jamás sospecharían de ella. Nadie conocía sus motivos, eran un secreto, y en eso radicaba su posibilidad de éxito. Alguien podría darse cuenta de que había estado por allí cerca justo en ese momento, pero sólo le preguntarían si había visto a algún hombre sospechoso merodeando por los alrededores; a nadie se le ocurriría que una menuda mujer de mediana edad pudiera haber asesinado al corpulento Ralph.

¿Sería capaz de matarlos a los dos? Lo pensó, aunque en el fondo sabía que era algo imposible. Ambos hombres eran auténticos maestros en el arte de la violencia. Habían estado en la guerra, en repetidas ocasiones a lo largo de dos décadas y, más recientemente, en la campaña de invierno de hacía dos años. Tenían rápidos reflejos y sus reacciones eran letales. Numerosos caballeros franceses habían intentado asesinarlos y habían perdido la vida en el intento.

Podría matar a uno, sirviéndose de la astucia y del factor sorpresa, pero no a los dos.

Iba a tener que entregarse a Ralph.

Con gran pesar salió de la cámara y se lavó el rostro y las manos. Cuando regresó a la gran estancia, el personal estaba colocando el pan de centeno y la cerveza para el desayuno. Sam estaba mojando el pan seco en su bebida para reblandecerlo.

—Ya vuelves a tener esa misma mirada —le dijo—. ¿Qué te ocurre?

—Nada —respondió ella. Sacó su navaja y rebanó un pedazo de pan—. Tengo un largo camino por delante.

—¿Es eso lo que te preocupa? No deberías ir sola. A la mayoría de las mujeres no les gusta viajar solas.

—Yo soy más fuerte que la mayoría. —Le encantaba que su hijo se preocupara por ella. Era algo que su verdadero padre, Ralph, jamás había hecho. Después de todo, Wulfric sí había tenido alguna influencia en el muchacho. Pero le avergonzaba que hubiera interpretado su expresión facial y que hubiera adivinado su estado de ánimo—. No tienes por qué preocuparte por mí.

—Puedo acompañarte —se ofreció—. Estoy seguro de que el conde me autorizará a hacerlo. Hoy no necesita a los escuderos; se va a algún lugar con Alan Fernhill.

Eso era lo último que Gwenda quería. Si no lograba acudir a su cita, Ralph desvelaría el secreto. No podía ni imaginar el placer que sentiría su agresor al hacerlo. No necesitaba que lo provocaran demasiado.

—No —dijo con firmeza—. Quédate aquí. Nunca se sabe cuándo puede necesitarte tu conde.

—Hoy no me necesitará para nada. Debería acompañarte.

—Te lo prohíbo rotundamente. —Gwenda engulló el pan que tenía en la boca y se metió el resto en la bolsa—. Eres un buen muchacho al preocuparte por mí, pero no es necesario. —Lo besó en la mejilla—. Cuídate. No corras riesgos innecesarios. Si quieres hacerme un favor, sigue vivo.

Gwenda se alejó. Al llegar a la puerta, se volvió. Sam la estaba mirando con detenimiento. Su madre se obligó a dedicarle una sonrisa despreocupada. Y partió.

En el camino, Gwenda empezó a preocuparse por si alguien llegaba a descubrir su relación con Ralph. Aquellas cosas acababan saliendo a la luz de una forma u otra. Se había encontrado con él una vez, ahora iba a haber una segunda, y temía que pudiera haber más ocasiones en el futuro. ¿Cuánto tiempo pasaría hasta que alguien la viera abandonar el camino para dirigirse hacia el bosque en un momento determinado del recorrido y quisiera saber por qué lo hacía? ¿Y si alguien llegaba por accidente al pabellón de caza en el momento más inadecuado? ¿Cuántas personas se darían cuenta de que Ralph salía siempre con Alan justo cuando Gwenda viajaba desde Earlscastle a Wigleigh?

Hizo una parada en una taberna antes del mediodía y tomó algo de cerveza y queso. Los viajeros solían abandonar esos lugares en grupo por razones de seguridad, pero ella se quedó esperando atrás con tal de recorrer sola el camino. Cuando llegó al tramo en que tenía que adentrarse en el bosque, miró a su alrededor para asegurarse de que nadie la estaba vigilando. Creyó haber percibido un movimiento entre los árboles a medio kilómetro de distancia y entrecerró los ojos para ver mejor a lo lejos, intentando adivinar qué había visto; pero allí no había nadie. Estaba poniéndose demasiado nerviosa.

Volvió a pensar en matar a Ralph mientras avanzaba a través de la maleza estival. Si por algún golpe de suerte Alan no estaba allí, ¿encontraría una oportunidad de hacerlo? Pero Alan era la única persona en el mundo que sabía que ella iba a reunirse con Ralph en ese lugar. Si mataba a Ralph, su fiel adlátere sabría que había sido ella. Tendría que matarlo a él también. Y eso parecía imposible.

Había dos caballos en la entrada del pabellón. Ralph y Alan estaban dentro, sentados a una pequeña mesa, con los restos del almuerzo delante: media barra de pan, un hueso de jamón, la corteza de un trozo de queso y una jarra de vino. Gwenda cerró la puerta tras de sí.

—Aquí está, tal como te había prometido —anunció Alan con aire de satisfacción. Quedaba claro que le habían encomendado la misión de hacerla acudir al encuentro y que él se sentía aliviado de que hubiera obedecido las órdenes—. Justo a tiempo para el postre —dijo—. Como una pasa, arrugada pero dulce.

—¿Por qué no le dices que se vaya? —le preguntó Gwenda a Ralph.

Alan se levantó.

—Siempre con tus insolentes comentarios —espetó—. ¿Es que nunca aprenderás? —Pero salió de la estancia, entró en la cocina y cerró la puerta de golpe.

Ralph sonrió a Gwenda.

—Ven aquí —ordenó. Ella obedeció y se acercó—. Si quieres, le diré a Alan que no sea tan grosero contigo.

—¡Por favor, no! —suplicó ella, horrorizada—. Si empieza a ser agradable conmigo, todo el mundo se preguntará el porqué.

—Como gustes. —La agarró de una mano e intentó atraerla hacia sí más todavía—. Siéntate en mi regazo.

—¿No podríamos fornicar ya y acabar con esto de una vez?

Ralph soltó una risotada.

—Eso es lo que me gusta de ti: eres sincera.

Se levantó, la agarró por los hombros y la miró a los ojos; luego inclinó la cabeza y la besó.

Era la primera vez que lo hacía. Habían tenido relaciones dos veces sin besarse. En ese momento, Gwenda sintió ganas de vomitar. Cuando él presionó los labios contra su boca, ella se sintió más violada que cuando la había penetrado. Ralph abrió la boca y Gwenda notó el sabor a queso. Lo empujó para alejarse, asqueada.

—¡No! —exclamó.

—Recuerda lo que puedes perder.

—Por favor, no lo hagas.

Ralph empezó a enfadarse.

—¡Voy a poseerte! —gritó—. ¡Quítate el vestido!

—Por favor, deja que me vaya —le rogó. Él iba a decir algo, pero ella levantó la voz para no oírlo. Las paredes eran delgadas, y sabía que Alan la escucharía suplicar desde la cocina, pero no le importó—. ¡No me fuerces, te lo ruego!

—¡Me da igual lo que digas! —le gritó—. ¡Tiéndete en la cama!

—¡Por favor, no me obligues!

La puerta de entrada se abrió de golpe.

Tanto Gwenda como Ralph se volvieron a mirar.

Era Sam.

—¡Oh, Dios, no! —exclamó su madre.

Los tres se quedaron paralizados durante una fracción de segundo y, en ese instante, Gwenda adivinó lo que había ocurrido. Sam había seguido preocupado por ella y, desobedeciendo sus órdenes, fue tras su madre desde Earlscastle y se había mantenido oculto, pero nunca demasiado alejado de ella. La había visto salir del camino y adentrarse en el bosque; ella había detectado un rápido movimiento al mirar atrás, pero creyó haberlo imaginado. Sam había descubierto la cabaña y había llegado un par de minutos después que ella. Debió de quedarse fuera y oyó los gritos. Tuvo que resultar evidente que Ralph estaba intentando violar a Gwenda, aunque, recapitulando a toda prisa lo que habían dicho durante la refriega, Gwenda se dio cuenta de que no habían mencionado la verdadera razón por la que ella estaba entregando su cuerpo. El secreto no se había revelado, todavía.

Sam desenvainó su espada.

Ralph se levantó de un salto. Cuando Sam corrió hacia él, Ralph consiguió desenvainar su arma. Sam asestó un mandoble en dirección a la cabeza del conde, pero éste levantó su espada y consiguió atajar el golpe.

El hijo de Gwenda estaba intentando matar a su propio padre.

Sam corría un peligro terrible. No era más que un muchacho y estaba enfrentándose a un experto en el campo de batalla.

—¡Alan! —gritó Ralph.

Entonces Gwenda se dio cuenta de que Sam iba a enfrentarse no a un veterano, sino a dos.

La mujer cruzó a toda prisa la habitación. Cuando la puerta de la cocina se abrió, se mantuvo a un lado y pegada a la pared. Se sacó la alargada daga del cinto.

La puerta se abrió del todo y Alan irrumpió en la estancia.

Miró a los dos contendientes y no se fijó en Gwenda. Se quedó quieto durante un instante para analizar la escena que se desarrollaba ante sus ojos. Sam volvió a levantar la espada en dirección al cuello de Ralph; una vez más, Ralph paró el golpe con su arma.

Alan se dio cuenta de inmediato de que su señor era víctima de un ataque enconado. Se llevó la mano a la empuñadura de la espada y dio un paso adelante. Entonces Gwenda lo apuñaló por la espalda.

Descargó la daga con toda la fuerza que pudo, recurriendo a su vigor de campesina; le desgarró los músculos de la espalda a Alan, y le atravesó los riñones, el estómago y los pulmones, con el objeto de llegar al corazón. El cuchillo tenía una hoja de veinticinco centímetros, era afilado y puntiagudo, y le rebanó los órganos vitales como la mantequilla, pero no lo mató de manera fulminante.

Alan lanzó un alarido de dolor y luego se calló de pronto. Se volvió hacia ella tambaleante y la asió con un torpe abrazo con el que pretendía derribarla. Ella lo apuñaló de nuevo, esta vez en el estómago, y repitió el movimiento ascendente hacia los órganos vitales. A Alan le salía la sangre a borbotones por la boca. Permaneció inmóvil y se le cayeron los brazos hacia los lados. Se quedó mirándola durante unos segundos con incredulidad, contemplando a aquella mujer menuda que había acabado con su vida. Entonces cerró los ojos y cayó desplomado al suelo.

Gwenda miró a los otros dos hombres.

Sam golpeaba y Ralph lo esquivaba; Ralph retrocedía y Sam avanzaba; Sam volvía a golpear y Ralph lo esquivaba de nuevo. Ralph se defendía con todas sus fuerzas, pero no atacaba.

El conde tenía miedo de matar a su hijo.

Sam, que desconocía la verdadera identidad de su oponente, no tenía esos escrúpulos consanguíneos, y atacaba una y otra vez, blandiendo su espada.

Gwenda sabía que la refriega no duraría mucho tiempo. Uno de los dos heriría al otro, y entonces se convertiría en una lucha a muerte. Con su cuchillo ensangrentado en alto, esperaba con desesperación un momento para intervenir y apuñalar a Ralph, tal como había hecho con Alan.

—Espera —dijo Ralph levantando la mano izquierda; pero Sam estaba furioso y siguió atacándolo sin detenerse. Ralph esquivó el mandoble y volvió a gritar—: ¡Espera! —Resollaba por el esfuerzo, aunque consiguió pronunciar unas palabras—: Hay algo que no sabes.

—¡Ya sé lo suficiente! —gritó Sam, y Gwenda detectó el nerviosismo infantil en su grave vozarrón de hombre. El muchacho propinó un nuevo mandoble.

—¡No lo sabes! —gritó Ralph.

Gwenda adivinó qué era lo que Ralph quería decirle a Sam. Iba a confesarle que era su padre.

Eso no debía ocurrir.

—¡Escúchame! —gritó Ralph, y al final Sam reaccionó. Retrocedió un paso, pero no bajó su espada.

Ralph resollaba, intentando tomar aliento para poder hablar, y durante ese minuto de silencio, Gwenda corrió hacia él.

Ralph se volvió para mirarla al tiempo que describía una semicircunferencia horizontal hacia el lado derecho. La hoja de su espada chocó con la daga de Gwenda y le arrancó el arma de la mano. Ella se encontró del todo indefensa y supo que si Ralph la alcanzaba con el mandoble de vuelta, la mataría.

Sin embargo, por primera vez desde que Sam había desenvainado, la guardia de Ralph quedó descubierta, y la parte frontal de su cuerpo quedó expuesta.

Sam dio un paso adelante y clavó la espada en el pecho de Ralph.

La afilada punta de la hoja atravesó la ligera túnica de verano de su padre y le penetró por el lado izquierdo del esternón. Debió de colarse entre las costillas, pues el filo se hundió aún más. Sam lanzó un grito triunfal sediento de sangre y clavó más su espada. Ralph retrocedió tambaleante por el impacto. Fue a dar contra la pared que tenía detrás y la golpeó con los hombros, pero aun así, Sam siguió presionando con todas sus fuerzas. La espada recorrió hasta el fondo el pecho de Ralph. Se oyó un extraño ruido sordo cuando la punta le asomó por la espalda y se clavó en la pared de madera.

Los ojos del conde se clavaron en el rostro de Sam, y Gwenda adivinó qué debía de estar pensando. Ralph sabía que la herida era fatal. Y, durante sus últimos segundos de vida, supo que había muerto a manos de su propio hijo.

Sam soltó la espada, pero ésta no cayó. Quedó clavada en la pared y dejó a Ralph empalado de forma espantosa. Sam retrocedió, horrorizado.

Ralph todavía no estaba muerto. Agitaba con debilidad los brazos en un esfuerzo por agarrar la espada y arrancársela del pecho, pero era incapaz de coordinar sus movimientos. A Gwenda la asaltó la terrible idea de que la horrenda visión recordaba al gato que los escuderos habían atado al poste.

Se agachó y recogió a toda prisa su daga del suelo.

Entonces, aunque pudiera parecer increíble, Ralph habló.

—Sam —dijo—. Soy… —Entonces le salió un repentino coágulo de sangre por la boca y le impidió seguir hablando.

«Gracias a Dios», pensó Gwenda.

El torrente de sangre se detuvo con la misma prontitud con que se había iniciado, y Ralph volvió a hablar.

—Soy…

En esa ocasión fue Gwenda quien lo calló. Se abalanzó sobre él de un salto y le clavó el cuchillo en la boca. Ralph emitió un espantoso grito ahogado de asfixia. La hoja le había desgarrado las cuerdas vocales.

Gwenda soltó el cuchillo y retrocedió.

Se quedó contemplando, horrorizada, lo que había hecho. El hombre que la había atormentado durante tanto tiempo estaba ensartado en la pared como si estuviera crucificado, con una espada atravesándole el pecho y un cuchillo clavado por la boca. No hacía ningún ruido, pero en los ojos se apreciaba que seguía con vida, pues miraba primero a Gwenda y luego a Sam y de nuevo a la mujer, mientras agonizaba con terror y desesperación.

Se quedaron paralizados, mirándolo, en silencio, a la espera.

Al final se le cerraron los ojos para siempre.

91

La peste empezó a remitir en septiembre. El hospital de Caris fue quedando vacío de forma gradual, a medida que morían pacientes y no llegaban otros a sustituirlos. Las habitaciones desocupadas se barrieron y fregaron, y se quemaron troncos de enebro en las chimeneas, lo cual impregnó el hospital de una penetrante fragancia otoñal. A principios de octubre enterraron a la última víctima en el camposanto del hospital. Un sol rojizo y casi ahumado se alzaba sobre la catedral de Kingsbridge al tiempo que cuatro jóvenes y fuertes monjas bajaban el cuerpo amortajado a una fosa excavada en la tierra. El cadáver era de un encorvado tejedor de Outhenby, pero cuando Caris miró la sepultura, vio a su vieja enemiga, la peste, enterrada en la fría tierra. Se dirigió a ella en voz baja:

—¿Has muerto de veras o volverás de nuevo?

Cuando las monjas regresaron al hospital después del funeral, no tenían nada que hacer.

Caris se lavó la cara, se peinó y se puso el vestido nuevo que guardaba para esa ocasión en especial. Era el rojo intenso del escarlata Kingsbridge. Y entonces salió del hospital por primera vez en medio año.

Se dirigió de inmediato al huerto de Merthin.

Los perales del vergel proyectaban sus alargadas sombras bajo el sol de la mañana. Las hojas empezaban a cobrar cierto tono rojizo y a secarse, aunque había un par de frutas maduras que todavía colgaban de las ramas, redondas y marrones. Arn, el jardinero, estaba cortando leña con el hacha. Al ver a Caris se sorprendió y se asustó en un primer momento; pero entonces se dio cuenta de qué significaba el aspecto que lucía y esbozó una sonrisa. Dejó el hacha en el suelo y entró corriendo en la casa.

En la cocina, Em estaba calentando las gachas sobre un fuego vivo. Se quedó contemplando a Caris como si fuera una aparición divina. Se sintió tan conmovida que la besó en las manos.

Caris subió la escalera y entró en la alcoba de Merthin.

Él estaba de pie junto a la ventana aún sin vestir, sólo con una camisa y las calzas, contemplando el río que discurría justo delante de la casa. Se volvió hacia ella, y a Caris le dio un vuelco el corazón al ver su rostro conocido e irregular, su mirada de vivaz inteligencia y ágil sentido del humor siempre en la punta de la lengua. Sus ojos color miel la miraron enamorados y su boca se iluminó con una sonrisa de bienvenida. No parecía sorprendido: debía de haberse dado cuenta de que cada vez había menos pacientes que llegaban al hospital y habría estado esperando que ella volviera a aparecer cualquier día. Era un hombre cuyas esperanzas se habían hecho realidad.

Ella se situó a su lado, junto a la ventana. Él le pasó un brazo por los hombros, y ella lo rodeó por la cintura. Caris vio que tenía unas cuantas canas más que hacía seis meses en la barba, y la línea del nacimiento del pelo había retrocedido unos centímetros; a menos que fuera un efecto de su imaginación.

Durante un instante, ambos se quedaron contemplando el río. En la grisácea luz de la mañana, el agua tenía un color plomizo. La superficie no dejaba de cambiar de tonalidad ni un instante: reflectante como un espejo o profundamente negra con formas irregulares; eternamente cambiante, eternamente inmutable.

—Se acabó —dijo Caris.

Y se fundieron en un beso.

Merthin anunció una feria especial de otoño para celebrar la reapertura de la ciudad. Se celebraría durante la última semana de octubre. La temporada del comercio de la lana había terminado, aunque de todas formas, los vellones ya no eran el bien principal con el que se negociaba en Kingsbridge, y miles de personas acudían a comprar el paño escarlata por el que la ciudad ya era famosa.

En el banquete nocturno del sábado que inauguraba la feria, la hermandad celebró un homenaje dedicado a Caris. Aunque Kingsbridge no se había librado por completo del azote de la peste, había sufrido muchas menos bajas que otras ciudades, y la mayoría de sus habitantes sentían que le debían la vida a las precauciones que había tomado Caris. Era la heroína del pueblo. Los miembros de la hermandad insistieron en dejar constancia de sus logros, y Madge Webber ideó una nueva ceremonia en la que se le hizo entrega a Caris de una llave de oro, que simbolizaba la llave de las puertas de la ciudad. Merthin se sentía muy orgulloso.

Al día siguiente, domingo, Merthin y Caris acudieron a la catedral. Los monjes seguían en St.-John-in-the-Forest, así que el encargado de oficiar la ceremonia fue el padre Michael de la iglesia de St. Peter, en la ciudad. Lady Philippa, condesa de Shiring, acudió al oficio.

Merthin no había visto a Philippa desde el funeral de Ralph. Ella no había derramado muchas lágrimas por su hermano, esposo suyo. En circunstancias normales, el conde debería haber sido enterrado en la catedral de Kingsbridge, pero la ciudad estaba cerrada y lo habían enterrado en Shiring.

Su muerte seguía siendo un misterio. Habían encontrado su cuerpo en un pabellón de caza, con una puñalada en el pecho. Alan Fernhill estaba tendido en el suelo a su lado, también muerto a puñaladas. Al parecer, ambos habían almorzado juntos, porque había restos de comida en la mesa. Había signos evidentes de lucha, pero no quedaba claro si Ralph y Alan se habían infligido esas mortales heridas entre sí o si alguien más había estado implicado. No habían robado nada: encontraron dinero en ambos cuerpos, sus costosas armas seguían a su lado y dos valiosos caballos pastaban en el claro de la entrada a la casa. Tras analizar esos detalles, el juez de Shiring encargado de investigar el caso se decantó por la teoría de que se habían matado entre ellos.

En otro sentido, no había misterio que valiera. Ralph siempre había sido un hombre violento, y no era de extrañar que hubiese sufrido una muerte violenta. Quien a hierro mata a hierro muere, dijo Jesús, aunque no fuera éste un versículo muy pronunciado por los sacerdotes durante el reinado de Eduardo III. Si había algo curioso era el hecho de que Ralph había muerto en una riña a pocos kilómetros de su propia casa después de haber sobrevivido a tantas campañas militares, tantas batallas sangrientas y tantas cargas de la caballería francesa.

Merthin se había sorprendido a sí mismo llorando en el funeral. Se preguntó por qué estaba triste. Su hermano había sido un hombre malvado que había causado muchas desgracias, y su muerte era una bendición. Merthin no había vuelto a acercarse a él desde que había asesinado a Tilly. ¿Qué había que lamentar? Al final, Merthin decidió que se sentía triste por lo que Ralph podría haber sido: un hombre no de una violencia desatada, sino contenida, cuyas agresiones hubieran tenido un propósito noble y no sólo el de alcanzar la gloria personal; un hombre que hubiera aspirado a hacer justicia. Quizá en algún momento había sido posible que Ralph hubiera llegado a ser así. Cuando ambos jugaban juntos, a los cinco o seis años, haciendo flotar barquitos de madera en un charco fangoso, Ralph no era cruel ni vengativo. Ésa era la razón de las lágrimas derramadas por Merthin.

Los dos hijos de Philippa habían asistido al funeral; ese día estuvieron junto a su madre. El mayor, Gerry, era el hijo que Ralph había tenido con la pobre Tilly. El pequeño, Roley, era el que todos creían hijo de Ralph, aunque en realidad era de Merthin. Por suerte, Roley no era un muchacho pelirrojo bajito y alegre, como Merthin, sino que iba a ser alto y esbelto, como su madre.

Roley tenía bien agarrada una pequeña talla de madera, que entregó con solemnidad a Merthin. Era un caballo, y, según Merthin apreció, lo había hecho bastante bien para tener sólo diez años. La mayoría de los niños habría tallado al animal de pie, sobre sus cuatro patas, pero Roley lo había hecho en movimiento, con las patas en distintas posiciones y la crin ondeando al viento. El chico había heredado la capacidad de su padre para imaginar objetos complejos en tres dimensiones. Merthin sintió que se le formaba un nudo inesperado en la garganta. Se agachó y besó a Roley en la frente.

Dedicó a Philippa una sonrisa de agradecimiento. Supuso que ella había animado al pequeño a que le regalara el caballo, pues sabía cuánto significaría para él. Miró a Caris y se dio cuenta de que ella también entendía el significado del regalo; aunque no comentó nada al respecto.

La atmósfera de la vasta iglesia era jovial. El padre Michael no era un orador carismático y ofició la misa con un sonsonete desapasionado. Pero las monjas entonaron los cánticos más hermosos que se habían escuchado jamás y un sol optimista irradiaba su luz a través de las vidrieras de intensos colores.

Después fueron a dar una vuelta por la feria y a disfrutar del fresco aire otoñal. Caris iba tomada del brazo de Merthin y Philippa caminaba al otro lado del maestro constructor. Los dos niños iban corriendo por delante mientras el escolta de Philippa y su dama de honor les seguían unos pasos por detrás. Merthin vio que las ventas iban bien. Los artesanos y mercaderes de Kingsbridge habían empezado a recuperar su fortuna. Tras aquel último azote de la epidemia, la ciudad iba recobrando la normalidad antes que del anterior.

Los miembros más ancianos de la hermandad, la antigua cofradía gremial, rondaban por allí controlando los pesos y las medidas de los productos. Había cantidades fijadas para el peso de los costales de lana, la anchura y longitud de los retales, el tamaño de una fanega, etcétera, con la finalidad de que los compradores supieran con exactitud qué estaban adquiriendo. Merthin animó a los miembros del gremio a realizar esas inspecciones haciendo grandes alardes de su actividad, para que los compradores apreciaran lo mucho que vigilaba la ciudad a sus mercaderes. Si los inspectores sospechaban que alguien intentaba estafar a sus clientes, lo investigarían con discreción y luego, si se demostraba su culpabilidad, lo expulsarían del mercado con disimulo.

Los dos hijos de Philippa corrían animados de un puesto al siguiente. Mirando a Roley, Merthin le preguntó a Philippa en voz baja:

—Ahora que Ralph ha desaparecido, ¿hay algún motivo por el que Roley no deba saber la verdad?

Ella se quedó pensativa.

—Me gustaría poder contárselo, pero ¿sería por su bien o por el nuestro? Lleva diez años creyendo que Ralph es su padre. Hace dos meses lloró sobre la tumba de Ralph. Le causaría una tremenda impresión el saber que es hijo de otro hombre.

Hablaban entre susurros, pero Caris los escuchó e intervino:

—Estoy de acuerdo con Philippa. Debes pensar en el niño, no en ti mismo.

Merthin entendió el sentido de lo que estaban diciéndole. Era una pequeña tristeza en un día de felicidad.

—Además, existe otro motivo —añadió Philippa—. Gregory Longfellow vino a verme la semana pasada. El rey quiere nombrar a Gerry conde de Shiring.

—¿A los trece años? —preguntó Merthin.

—El título de conde siempre es hereditario, aunque las baronías no lo sean. De todas formas, yo administraría el condado durante los próximos tres años.

—Como hiciste durante la época en que Ralph estuvo luchando en Francia. Te aliviará que el rey no te pida que vuelvas a contraer matrimonio.

Ella hizo una mueca.

—Soy demasiado mayor.

—Así que Roley sería el segundo en la línea sucesoria para heredar el título de conde, siempre que sigamos manteniendo nuestro secreto. —«Si a Gerry le ocurriera algo —pensó Merthin—, mi hijo se convertiría en conde de Shiring. Eso me gusta.»

—Roley sería un buen gobernante —comentó Philippa—. Es inteligente y bastante luchador, pero no es cruel como Ralph.

La malvada naturaleza del difunto conde se había manifestado desde muy temprana edad; tenía diez años, la edad de Roley, cuando había matado al perro de Gwenda.

—Pero Roley podría preferir otra clase de futuro. —Merthin volvió a mirar el caballo tallado en madera.

Philippa sonrió. No sonreía muy a menudo, pero cuando lo hacía resultaba encantadora. Todavía era una mujer hermosa.

—Acéptalo y siéntete orgulloso de él —dijo la condesa.

Merthin recordó lo orgulloso que se había sentido su padre cuando Ralph se había convertido en conde. Aunque supo que él jamás se sentiría así. Se sentiría orgulloso de Roley hiciera lo que hiciese, siempre que hiciera lo correcto. Tal vez el chico llegara a ser cantero y esculpiera santos y ángeles en la roca. Tal vez llegara a ser un sabio y bondadoso noble. O tal vez llegara a conseguir otros logros, hazañas que sus padres jamás hubieran imaginado.

Merthin invitó a Philippa y a los chicos a almorzar, y todos abandonaron el recinto de la catedral. Atravesaron el puente en dirección contraria al flujo de carros que se dirigían cargados a la feria. Cruzaron juntos la isla de los Leprosos y entraron en la casa a través del huerto.

En la cocina encontraron a Lolla.

En cuanto la joven vio a su padre, rompió a llorar. Él la abrazó y ella sollozó en su hombro. Sin importar dónde hubiera estado, debía de haber olvidado la costumbre de asearse, porque olía a pocilga, aunque Merthin se sentía muy feliz para molestarse en olerla.

Pasó un buen rato antes de que las palabras sollozantes de la muchacha resultaran inteligibles. Cuando por fin habló con claridad, dijo:

—¡Han muerto todos! —Entonces volvieron a brotarle las lágrimas. Pasado un rato, se tranquilizó y habló con más sentido—: Han muerto todos —repitió y dejó de gimotear—. Jake y Boyo, Netty y Hal, Joanie y Chalkie y Ferret, uno a uno, ¡y yo no pude hacer nada para evitarlo!

Merthin supuso que habrían estado viviendo en el bosque, un grupo de jóvenes jugando a ser ninfas y pastores. Los detalles fueron revelándose poco a poco. Los chicos mataban algún que otro ciervo de vez en cuando y otras veces estaban fuera todo el día y regresaban con un tonel de vino y algo de pan. Lolla afirmó que habían comprado los víveres, pero Merthin imaginó que se habrían dedicado a asaltar a los caminantes. Lolla había creído que podrían vivir de esa forma para siempre, no había pensado en que la situación podía cambiar en invierno. Sin embargo, al final, había sido la peste y no el mal tiempo lo que había puesto fin al idílico sueño.

—¡Estaba tan asustada! —se lamentó Lolla—. Necesitaba a Caris.

Gerry y Roley la escuchaban boquiabiertos. Idolatraban a su prima mayor, Lolla. Aunque hubiera regresado a casa llorando, el relato de su aventura no hacía más que acrecentar su coraje a ojos de los muchachos.

—No quiero volver a sentirme así jamás —afirmó Lolla—. Tan indefensa, con todos mis amigos enfermos y muriendo a mi alrededor...

—Lo entiendo —dijo Caris—. Así me sentí yo cuando murió mi madre.

—¿Me enseñarás a cuidar a la gente? —le preguntó Lolla—. De verdad que quiero ayudarles, como haces tú, no sólo con cánticos y enseñándoles la estampa de un santo. Quiero entender de huesos y de sangre, de hierbas y cosas que puedan curar a las personas. Quiero poder hacer algo cuando haya alguien enfermo.

—Por supuesto que te lo enseñaré si es eso lo que deseas —dijo Caris—. Será un placer.

Merthin no daba crédito. Lolla llevaba unos años con un comportamiento rebelde y arisco, y parte de su rechazo a la autoridad lo había justificado diciendo que Caris, su madrastra, no era su progenitora y, por tanto, no merecía su respeto. Su padre estaba encantado con el cambio. Casi podía decirse que había valido la pena la agonía que había sufrido su hija.

Pasados unos minutos entró una monja en la cocina.

—La pequeña Annie Jones está sufriendo un ataque, y no sabemos por qué —le dijo a Caris—. ¿Puedes venir?

—Por supuesto —respondió Caris.

—¿Puedo acompañarte? —preguntó Lolla.

—No —respondió su madrastra—. Ésta será tu primera lección: debes estar siempre limpia. Ahora ve a asearte. Mañana podrás acompañarme.

Justo cuando Caris se iba, entró Madge Webber.

—¿Habéis oído las noticias? —preguntó con mala cara—. Philemon ha vuelto.

Ese domingo, Davey y Amabel contrajeron matrimonio en la pequeña iglesia de Wigleigh.

Lady Philippa dio permiso para que utilizaran la casa señorial como lugar de celebración del banquete. Wulfric mató un cerdo y lo asó en una fogata del patio. Davey había comprado pasas, y Annet había preparado unos bollos rellenos con ellas. No había cerveza, pues gran parte de la cebada cosechada se había podrido en los campos por falta de recolectores, pero Philippa había enviado a Sam con el regalo de un barril de sidra.

Gwenda seguía pensando, a diario, en lo sucedido en el pabellón de caza. En plena noche se quedaba mirando a la oscuridad y veía el rostro de Ralph con su cuchillo clavado en la boca, la empuñadura saliéndole entre los dientes mugrientos y la espada de Sam ensartada en el pecho, que lo había dejado clavado a la pared.

Cuando Sam y ella habían retirado sus armas, tras sacarlas con aprensión del cuerpo de Ralph, y el cadáver había caído al suelo, dio la impresión de que los hombres se habían dado muerte entre sí. Gwenda había manchado con sangre las inmaculadas armas de ambos y las había dejado donde estaban tirados. Una vez fuera, había desamarrado a los caballos para que pudieran sobrevivir unos días, en caso de ser necesario, hasta que alguien los encontrara. Luego, Sam y ella se habían alejado caminando.

El juez de Shiring había supuesto que los proscritos podrían tener algo que ver con las muertes, aunque al final llegó a la conclusión que Gwenda esperaba. No recayó ninguna clase de sospecha ni sobre Sam ni sobre ella. Se habían librado del cargo de asesinato.

Le había contado a Sam una versión censurada de lo que había ocurrido entre Ralph y ella. Le dijo que había sido la primera vez que intentaba forzarla y que la había amenazado con matarla si se negaba. Sam estaba espantado con la idea de haber asesinado al conde, pero no le cabía la menor duda de que había sido un acto justificado. Gwenda se dio cuenta de que tenía el carácter adecuado para convertirse en soldado; jamás sufriría las agonías del remordimiento por haber matado a alguien.

Ni ella tampoco, aunque a menudo recordaba la escena con aprensión. Había matado a Alan Fernhill y había acabado con Ralph, pero no sentía ni una pizca de arrepentimiento. El mundo era un lugar mejor sin esos dos personajes. Ralph había muerto con la agonía de saber que había sido su propio hijo quien le había asestado una puñalada en el corazón, y eso era justo lo que se merecía. Gwenda estaba segura de que, con el tiempo, la visión de lo que había hecho dejaría de asaltarla por las noches.

Apartó el recuerdo de su mente y echó un vistazo alrededor de la cámara principal de la casa señorial, a los alegres y juerguistas aldeanos.

Ya se habían comido el cerdo, y los hombres estaban dando cuenta de los últimos restos de sidra. Aaron Appletree sacó su gaita. La aldea no tenía tamborileros desde el fallecimiento del padre de Annet, Perkin. Gwenda se preguntó si Davey asumiría el papel de tambor.

Wulfric quería bailar, como le sucedía siempre que tenía la tripa llena de cerveza. Gwenda fue su pareja en el primer baile; no paraba de reír mientras intentaba seguir el ritmo de sus payasadas. Él la levantó por los aires, la agitó, la apretujó contra su cuerpo y al final la soltó, momento en que empezó a dar vueltas a su alrededor sin parar de brincar. Carecía por completo de sentido del ritmo, pero su alegre entusiasmo era contagioso. Después de aquello, Gwenda confesó que estaba agotada, y Wulfric bailó con su nueva nuera, Amabel.

Luego, claro está, bailó con Annet.

Él le puso la vista encima en cuanto terminó la música y se separó de Amabel. Annet estaba sentada en un banco en el lateral de la cámara principal de la casa. Llevaba un vestido verde de diseño juvenil, demasiado corto para su edad, pues se le veían los tobillos. La prenda no era nueva, pero ella le había bordado en el escote unas flores amarillas y rosas. Como siempre, se había dejado unos cuantos cabellos sueltos en el peinado, y le caían sobre la cara. Era veinte años mayor para lucir ese aspecto, pero no era consciente de ello, ni Wulfric tampoco.

Gwenda sonrió cuando empezaron a bailar. Quería parecer feliz y despreocupada, pero se dio cuenta de que su expresión debía de ser más similar a una mueca que a una sonrisa, y dejó de fingir. Apartó la mirada de la pareja y miró a Davey y a Amabel. Tal vez Amabel no saliera a su madre. Había heredado parte de la coquetería de Annet, pero Gwenda jamás la había pillado flirteando con otros, y en ese momento parecía tener ojos sólo para su marido.

Gwenda recorrió la estancia con la mirada y localizó a su otro hijo, Sam. Estaba con los otros muchachos jóvenes, narrando una historia, gesticulando, sosteniendo las riendas de un caballo imaginario y a punto de caerse. Tenía a su audiencia embelesada. Seguramente envidiaban la suerte que había tenido de convertirse en escudero.

Sam continuaba viviendo en Earlscastle. Lady Philippa había seguido manteniendo a la mayoría de los escuderos y hombres de armas, por si su hijo Gerry los necesitaba para salir a montar o a cazar con ellos, y para sus prácticas con la espada y la lanza. Gwenda esperaba que durante el período de regencia de Philippa, Sam adoptara un código moral más inteligente y piadoso de lo que habría aprendido durante el mandato de Ralph.

No quedaba mucho más por mirar, y Gwenda volvió a dirigir la mirada hacia su marido y la mujer con la que él había deseado casarse en el pasado. Tal como Gwenda había temido, Annet estaba sacando todo el partido posible a la embriaguez y la desinhibición de Wulfric. Le dedicaba sensuales miradas cuando se apartaban bailando del grupo y al aproximarse entre sí, ella se le pegaba como una lapa, eso fue lo que vio Gwenda.

El baile parecía interminable, Aaron Appletree repetía la animada melodía sin parar con su gaita. Gwenda conocía bien los gestos de su marido y en ese momento vio el mismo brillo que afloraba a sus ojos cuando estaba a punto de pedirle que yaciera con él. Gwenda pensó, furiosa, que Annet sabía muy bien lo que estaba haciendo. Se removía inquieta en el banco, mientras deseaba que la música dejase de sonar, intentando no exteriorizar su ira.

Sin embargo, estaba bullendo de indignación cuando la música finalizó con una floritura. Había decidido conseguir que Wulfric se tranquilizara y se sentara a su lado. Lo tendría cerca durante el resto de la tarde, y no habría ningún problema.

Justo en ese momento, Annet lo besó.

Mientras él continuaba con las manos en su cintura, ella se mantuvo de puntillas, inclinó la cabeza hacia delante y lo besó en los labios, breve pero apasionadamente; y Gwenda estalló de rabia.

Se levantó de un salto y cruzó a grandes zancadas la estancia. Cuando pasó junto a la pareja de recién casados, su hijo Davey vio la expresión de su cara e intentó detenerla, pero ella no le hizo el menor caso. Fue directamente hacia Wulfric y Annet, que todavía seguían mirándose embobados, como un par de idiotas. Tocó a Annet en el hombro con un dedo y dijo a voz en grito:

—¡Deja en paz a mi marido!

—Gwenda, por favor… —empezó a decir Wulfric.

—¡No digas ni media palabra! —espetó Gwenda—. ¡Mantente alejado de esta ramera!

Annet le lanzó una mirada desafiante.

—A las rameras no les pagan por bailar.

—Estoy segura de que sabes muy bien qué es lo que hacen las rameras para que les paguen.

—¡Cómo te atreves!

Davey y Amabel intervinieron. Amabel le dijo a Annet:

—Por favor, no armes un escándalo, madre.

—Si no he sido yo, ¡ha sido Gwenda! —protestó.

—No soy yo la que intenta seducir al marido de otra —refutó Gwenda.

—Madre, estás estropeando la boda —dijo Davey.

Gwenda estaba demasiado enfurecida para atender a razones.

—Siempre hace lo mismo. Lo dejó plantado hace veintitrés años, pero ¡jamás lo ha dejado en paz!

Annet rompió a llorar. A Gwenda no le sorprendió. Las lágrimas eran otra de sus tácticas para salirse siempre con la suya.

Wulfric se acercó para darle unas palmaditas en el hombro a Annet, y Gwenda le gritó:

—¡Ni se te ocurra tocarla!

Su marido retrocedió de un salto, como si se hubiera quemado la mano.

—Tú no lo entiendes —se lamentó Annet entre sollozos.

—Te entiendo demasiado bien —respondió Gwenda.

—No, no es cierto —negó Annet. Se enjugó las lágrimas y miró a Gwenda de una forma tan directa y cándida que a la esposa de Wulfric le sorprendió—. No entiendes lo que has ganado. Él es tuyo. No entiendes que él te adora, te respeta y te admira. No entiendes la forma en que te mira cuando hablas con otras personas.

Gwenda estaba desconcertada.

—Bueno —masculló entre dientes, aunque en realidad no sabía qué otra cosa decir.

Annet prosiguió:

—¿Acaso mira a mujeres más jóvenes? ¿Intenta escapar de ti? ¿Cuántas noches no habéis dormido juntos en estos veinte años: dos… tres? ¿Es que no te das cuenta de que no podrá amar a otra mujer mientras viva?

Gwenda miró a Wulfric y comprendió que todo aquello era cierto. En realidad, era algo que saltaba a la vista. Lo sabía ella y todo el mundo. Intentó recordar por qué estaba tan furiosa con Annet, pero por alguna razón, el motivo de su enfado se le había olvidado por completo.

El baile se había detenido y Aaron había dejado la gaita. Todos los aldeanos se habían reunido en torno a las dos mujeres, las madres de la pareja nupcial.

—Fui una muchacha estúpida y egoísta, tomé una decisión estúpida y perdí al mejor hombre que he conocido en toda mi vida —dijo Annet—. Y tú lo conseguiste para ti. Algunas veces no puedo resistir la tentación de imaginar que ocurrió a la inversa, y que es mío. Así que le sonrío y le toco un brazo; y él es bueno conmigo porque sabe que me rompió el corazón.

—Te lo rompiste tú sola —aclaró Gwenda.

—Es cierto. Y tú eres la afortunada muchacha que se benefició de mi estupidez.

Gwenda estaba anonadada. Jamás había considerado a Annet una persona triste. Para ella, Annet siempre había sido un personaje poderoso y amenazador, siempre planeando la forma de recuperar a Wulfric. Pero eso jamás iba a ocurrir.

—Sé que detestas los momentos en que Wulfric es amable conmigo —prosiguió Annet—. Me gustaría decir que no volverá a ocurrir, pero conozco mis debilidades. ¿Tienes que odiarme por ello? No permitamos que esto estropee la alegría de la boda y la felicidad de los nietos que ambas deseamos. En lugar de considerarme una enemiga eterna, ¿no podrías pensar en mí como una mala hermana que a veces se comporta mal y se te atraviesa, pero que aun así merece ser tratada como un miembro más de la familia?

Tenía razón. Gwenda siempre había considerado a Annet una cara bonita con la cabeza hueca, pero en esa ocasión Annet estaba demostrando ser la más inteligente de las dos, y para Gwenda fue una lección de humildad.

—No sé —respondió—. Podría intentarlo.

Annet dio un paso adelante y besó a Gwenda en la mejilla. Gwenda notó las lágrimas de Annet en su cara.

—Gracias —le dijo Annet.

Gwenda dudó un instante, pero luego rodeó a Annet por los huesudos hombros y la abrazó.

A su alrededor, los aldeanos prorrumpieron en aplausos y vítores.

Unos segundos después, la música volvió a sonar.

A principios de noviembre, Philemon preparó un oficio de agradecimiento por el final de la peste. El arzobispo Henri llegó con el canónigo Claude y con sir Gregory Longfellow.

Merthin imaginó que Gregory debía de estar en Kingsbridge para anunciar el nombre escogido por el rey como nuevo obispo. En teoría comunicaría a los monjes la identidad del hombre elegido por el monarca y la elección final dependería de los religiosos, pero en la práctica, los monjes solían escoger a quien hubiera elegido el rey.

Merthin no lograba adivinar el resultado en la expresión de Philemon y supuso que Gregory todavía no había desvelado la opción del rey. La decisión lo era todo para Merthin y para Caris. Si Claude conseguía el cargo, todos sus problemas habrían terminado, pues era un hombre moderado y razonable. Pero si Philemon se convertía en obispo, tendrían que enfrentarse a más años de peleas y litigios.

Henri dirigió el oficio, pero Philemon predicó el sermón. Dio gracias a Dios por haber contestado a las plegarias de los monjes de Kingsbridge y haber librado a la ciudad de las peores consecuencias de la peste. No mencionó que los monjes habían huido a St.-John-in-the-Forest y habían abandonado a su suerte a los ciudadanos; ni que Caris y Merthin habían ayudado a Dios a responder a las plegarias de los monjes clausurando las puertas de la ciudad durante seis meses. Tal como pronunció la prédica, daba la impresión de que él mismo hubiera salvado Kingsbridge.

—Me hace hervir la sangre —le dijo Merthin a Caris, sin molestarse en comentarlo en voz baja—. ¡Está tergiversando los hechos!

—Tranquilízate —lo calmó Caris—. Dios sabe la verdad y también la gente de la ciudad. Philemon no engaña a nadie.

Estaba en lo cierto, por supuesto. Tras una batalla, los soldados del bando victorioso siempre daban gracias a Dios, pero eso no quitaba que conocieran la diferencia entre un buen general y uno malo.

Tras el oficio, Merthin fue invitado, en calidad de mayordomo, a almorzar en el palacio del prior en compañía del arzobispo. Lo sentaron junto al canónigo Claude. En cuanto bendijeron la mesa, se inició un murmullo generalizado de conversación, y Merthin se dirigió a Claude en un tono grave y apresurado.

—¿Sabe ya el arzobispo a quién ha escogido el rey como obispo?

Claude contestó con una negación de cabeza casi imperceptible.

—¿Eres tú?

La negación silenciosa de Claude volvió a ser mínima.

—Entonces, ¿es Philemon?

Esta vez, asintió de forma casi imperceptible.

Merthin se sintió demolido. ¿Cómo era posible que el rey hubiera escogido a alguien tan irracional y cobarde como Philemon cuando podía contar con un hombre competente y juicioso como Claude? Pero conocía la respuesta: Philemon había jugado bien sus cartas.

—¿Gregory ya ha dado instrucciones a los monjes?

—No. —Claude se acercó a Merthin—. Seguramente se lo anunciará a Philemon de modo extraoficial esta noche después de la cena y luego llamará a los monjes a capítulo, mañana por la mañana.

—Así que tenemos hasta el final del día.

—¿Para qué?

—Para conseguir que cambie de opinión.

—No serás capaz de hacerlo.

—Voy a intentarlo.

—Jamás lo conseguirás.

—No olvides que estoy desesperado.

Merthin jugueteaba con los pies, comió poco y luchó por no perder la paciencia hasta que el arzobispo se levantó de la mesa; entonces se dirigió a Gregory.

—Si me acompañáis dando un paseo hasta la catedral, me gustaría comentaros algo que tengo la certeza de que os interesará muchísimo —dijo, y Gregory asintió en silencio.

Caminaron juntos por la nave, donde Merthin sabía que nadie andaría merodeando para poder escucharlos. Inspiró hondamente. Lo que estaba a punto de hacer era muy arriesgado. Iba a intentar convencer al rey de que hiciera lo que a él le convenía. Si no lo lograba, podían acusarlo de traición y condenarlo a muerte.

—Hace tiempo que se rumorea que en algún lugar de Kingsbridge —empezó a decir— existe un documento que al rey le encantaría destruir.

Gregory se quedó de piedra, pero dijo:

—Continúa. —Era una buena confirmación.

—La carta estaba en posesión de un caballero que ha muerto recientemente.

—¿Ha muerto? —preguntó Gregory, sorprendido.

—Es evidente que sabéis muy bien de qué estoy hablando.

Gregory dio una respuesta de leguleyo:

—Digamos, para facilitar la discusión, que sí lo sé.

—Me gustaría prestar al rey el servicio de devolverle ese documento, sin importar de qué se trate. —Sabía perfectamente de qué se trataba, pero él también podía adoptar una actitud cautelosa, tal como había hecho Gregory.

—El rey se sentiría agradecido —respondió Gregory.

—¿Cuánto de agradecido?

—¿En qué estás pensando?

—En un obispo más comprensivo que Philemon con los habitantes de Kingsbridge.

Gregory se quedó mirándolo.

—¿Estás intentando chantajear al rey de Inglaterra?

Merthin sabía que corría peligro según lo que respondiera.

—Aquí en Kingsbridge somos mercaderes y artesanos —respondió, en un intento de parecer razonable—. Compramos y vendemos, negociamos. Yo sólo intento negociar con vos. Quiero venderos algo y os he informado del precio. No hay chantaje ni coacción que valga. Yo no estoy obligando a nadie a aceptar lo que no quiere. Si no os interesa lo que vendo, fin de la cuestión.

Llegaron al altar. Gregory se quedó contemplando el crucifijo que lo coronaba. Merthin sabía exactamente lo que debía de estar pensando. ¿Debía detener a Merthin, llevarlo a Londres y torturarlo para que revelara el emplazamiento del documento? ¿O resultaría más sencillo y conveniente para Su Majestad nombrar a otro hombre para el cargo de obispo de Kingsbridge?

Se hizo un largo silencio. La catedral estaba fría y Merthin se arrebujó la capa un poco más. Al final, Gregory preguntó:

—¿Dónde está el documento?

—Por aquí cerca. Os llevaré hasta él.

—Muy bien.

—¿Y nuestro acuerdo?

—Si el documento es el que tú crees, será un honor cumplir con mi parte del trato.

—¿Y nombraréis al canónigo Claude obispo?

—Sí.

—Gracias —dijo Merthin—. Tendremos que adentrarnos un poco en el bosque.

Llegaron al extremo de la calle principal y cruzaron el puente, y el vaho de su aliento se hizo visible por el frío. El sol invernal les proporcionaba una calidez muy débil a medida que se adentraban en el bosque. Merthin encontró el camino con facilidad, pues no hacía más que un par de semanas que había realizado el mismo recorrido. Reconoció el manantial, la gran roca y el valle cenagoso. No tardaron en llegar al claro en el que se alzaba el imponente roble de ancho tronco, y Merthin fue directamente al lugar donde había enterrado el pergamino.

Se le cayó el alma a los pies cuando vio que alguien se le había adelantado.

Se había tomado la molestia de aplanar la tierra y cubrirla de hojas secas, pero, a pesar de todo, alguien había descubierto el escondite. Había un agujero de treinta centímetros de profundidad y un montón de tierra recién excavada a su vera. Y el hoyo estaba vacío.

Se quedó mirando el agujero, horrorizado.

—¡Oh, maldición! —exclamó.

—Espero que esto no sea una jugarreta… —le advirtió Gregory.

—¡Dejadme pensar! —espetó Merthin.

Gregory se calló.

—Sólo hay dos personas que conocen la existencia de este documento —dijo Merthin, pensando en voz alta—. Yo no se lo he contado a nadie, así que debe de haber sido Thomas. Antes de morir estaba un poco senil. Creo que fue él quien destapó el secreto.

—Pero ¿a quién se lo habrá contado?

—Thomas pasó sus últimos meses de vida en St.-John-in-the-Forest, y los monjes prohibieron la entrada a todos los demás, así que tiene que haber sido un monje.

—¿Cuántos son?

—Unos veinte, más o menos. Pero no pueden ser muchos los que conozcan la historia como para entender el verdadero sentido de los cuentos de un viejo sobre una carta enterrada.

—Todo eso está muy bien, pero ¿dónde está la carta?

—Creo que lo sé —contestó Merthin—. Dadme una oportunidad más.

—Muy bien.

Regresaron caminando a la ciudad. Al cruzar el puente estaba poniéndose el sol en la isla de los Leprosos. Entraron en la catedral, cuyo interior empezaba a oscurecerse, se dirigieron hacia la torre sudoeste y ascendieron por la angosta escalera de caracol hacia la pequeña cámara donde se guardaban los disfraces para la representación de los misterios.

Merthin llevaba once años sin pisar esa estancia, pero los almacenes polvorientos no solían cambiar mucho, sobre todo en las catedrales, y ése estaba idéntico. Encontró la piedra suelta de la pared y tiró de ella.

Todos los tesoros de Philemon estaban detrás de la piedra, incluyendo la nota de amor grabada en madera. Y allí, entre los presentes, había una bolsa hecha de lana. Merthin la abrió y sacó de su interior un pergamino de papel de vitela.

—Lo había imaginado —dijo—. Philemon le sonsacó el secreto a Thomas cuando éste empezó a perder la cordura.

Sin duda alguna, Philemon estaba guardando la carta para utilizarla como moneda de cambio si el obispado no era para él, pero ahora era Merthin quien podría utilizarla.

Entregó el pergamino a Gregory.

Gregory lo desenrolló. Se quedó anonadado al leerlo.

—¡Por el amor de Dios! —exclamó—. Esos rumores eran ciertos. —Volvió a enrollar el pergamino. Por su mirada, se habría dicho que había descubierto aquello que había estado buscando durante años.

—¿Es lo que esperabais? —preguntó Merthin.

—¡Oh, sí!

—¿Y el rey se sentirá agradecido?

—Sobremanera.

—¿Así que vuestra parte del trato…?

—Será cumplida —dijo Gregory—. Tendrás a Claude como obispo.

—¡Gracias a Dios! —exclamó Merthin.

Ocho días después, a primera hora de la mañana, Caris se encontraba en el hospital enseñando a Lolla cómo realizar un vendaje, cuando entró Merthin.

—Quiero enseñarte algo —dijo—. Acompáñame a la catedral.

Era un frío y despejado día de invierno. Caris se envolvió en un grueso abrigo rojo. Mientras cruzaban el puente en dirección a la ciudad, Merthin se detuvo y señaló con el dedo.

—El chapitel está terminado —anunció.

Caris levantó la vista. Vio la forma de la aguja a través de la maraña de endeble andamiaje que todavía la rodeaba. El chapitel era de una altura y gracilidad inmensas. A medida que iba ascendiendo con la mirada por la afilada torre, Caris tuvo la sensación de que podría seguir subiendo hasta el infinito.

—¿Y éste es el edificio más alto de Inglaterra? —preguntó.

Merthin sonrió.

—Sí.

Pasaron por la calle principal y entraron a la catedral. Merthin subió delante por la escalera del interior de la torre central. Estaba acostumbrado a la subida, pero Caris estaba resollando cuando salieron al aire libre en la cúspide de la torre, por el corredor que rodeaba la base del chapitel. Allí arriba, la brisa era gélida y cortante.

Contemplaron la vista mientras Caris contenía la respiración. Todo Kingsbridge se extendía a sus pies, de norte a oeste: la calle principal, la zona comercial, el río y la isla donde se encontraba el hospital. El humo salía de cientos de chimeneas. Personas en miniatura se movían apresuradas por las calles, a pie, a caballo o en carro, con bolsas de herramientas, enormes cestas con alimentos o pesados sacos; eran hombres, mujeres y niños, gordos y delgados, vestidos con harapos o bien abrigados con caros ropajes, la mayoría de color verde o marrón, pero con destellos de azul eléctrico y escarlata. Esa visión maravilló a Caris. Cada individuo tenía una vida distinta, todas ellas ricas y completas, con dramas en el pasado y retos de futuro, recuerdos felices y penas secretas, y una multitud de amigos, enemigos y seres queridos.

—¿Lista? —preguntó Merthin.

Caris asintió en silencio.

La ayudó a subir por el andamio. Era un conjunto poco resistente de cuerdas y ramas; a ella siempre la ponía nerviosa, aunque no le gustaba decirlo: si Merthin podía subir por él, ella también lo haría. El viento balanceaba ligeramente la estructura, y los faldones del vestido de Caris restallaban contra sus piernas como las velas de un barco. El chapitel era tan alto como la torre, y la ascensión por la escalera de cuerda era agotadora.

Se detuvieron a medio camino para descansar.

—El chapitel es muy sencillo —explicó Merthin, sin necesidad de tomar aliento—. No tiene más que una moldura en espiral en las aristas.

Caris recordó que otras agujas que había visto estaban ornamentadas con entramados decorativos, franjas de piedras o baldosas coloreadas, y huecos similares a ojivas. La sencillez del diseño de Merthin estaba destinada a ser eterna.

Merthin señaló hacia abajo.

—¡Mira lo que está ocurriendo!

—Preferiría no tener que mirar al suelo…

—Creo que Philemon se marcha a Aviñón.

Caris tenía que verlo. Estaba de pie en una amplia plataforma de paneles, aun así tuvo que agarrarse con ambas manos al poste que la sostenía para asegurarse de que no iba a perder el equilibrio y caer al vacío.

Tragó saliva y dirigió la mirada al suelo, hacia el lado perpendicular a la torre.

Valió la pena el esfuerzo. Un carromato tirado por dos bueyes salía del palacio del prior. Una escolta formada por un monje y un hombre de armas, ambos a caballo, esperaba con paciencia. Philemon estaba junto al carromato mientras los monjes de Kingsbridge iban aproximándose, uno a uno, a besarle la mano.

Cuando terminaron, el hermano Sime le entregó un gato blanco y negro, y Caris reconoció al descendiente del minino de Godwyn, Arzobispo.

Philemon subió al carro y el conductor fustigó a los bueyes. El vehículo salió pesadamente por la puerta en dirección a la calle principal. Caris y Merthin contemplaron cómo cruzaba el doble puente y desaparecía en las afueras.

—Gracias a Dios que se ha ido —dijo Caris.

Merthin miró hacia arriba.

—No queda mucho para llegar a la cima —anunció—. Pronto serás la mujer que haya llegado más alto en Inglaterra. —Reemprendió la ascensión.

El viento soplaba con más fuerza, pero pese al nerviosismo, Caris se sentía extática. Era el sueño de Merthin, y él lo había hecho realidad. Todos los días durante cientos de años, todas las personas de kilómetros a la redonda contemplarían el chapitel y pensarían en lo hermoso que era.

Llegaron a la cima del andamio y se quedaron en el nivel que rodeaba la punta de la aguja. Caris intentó olvidar que no había barandilla en la plataforma que impidiera su caída.

En la punta de la aguja había una cruz. Desde el suelo parecía pequeña, pero Caris vio en ese momento que era más alta que ella.

—Siempre hay una cruz en la punta de la aguja —explicó Merthin—. Es una convención arquitectónica. Aparte de eso, cada práctica varía. En Chartres, la cruz tiene una imagen del sol. Yo he hecho algo distinto.

Caris la miró. En la base de la cruz, Merthin había colocado un ángel de piedra del tamaño de una persona adulta. La figura arrodillada no estaba mirando a la cruz, sino hacia el oeste, a la ciudad. Al contemplarlo con mayor detenimiento, Caris vio que los rasgos del ángel no eran convencionales. La redondeada cara era sin duda femenina y le resultaba familiar, con esos rasgos definidos y ese pelo corto.

Entonces se dio cuenta de que se trataba de su propio rostro.

Se quedó perpleja.

—¿Aceptarán que lo dejes? —preguntó.

Merthin asintió en silencio.

—Media ciudad ya piensa que eres un ángel.

—Pero yo no —respondió ella.

—No —dijo él con su habitual sonrisa que a ella tanto le gustaba—. Pero tú eres lo más parecido a un ángel que yo haya visto.

De pronto se levantó una ráfaga de viento. Caris se agarró a Merthin. Él la abrazó con fuerza, aguantándose con seguridad sobre los pies separados. La ráfaga remitió con la misma prontitud con que había empezado, pero Merthin y Caris siguieron fundidos en un abrazo, encaramados a la cima del mundo, durante largo tiempo.

Agradecimientos

Mis principales asesores históricos han sido Sam Cohn, Geoffrey Hindley y Marilyn Livingstone. La falta de solidez de los cimientos de la catedral de Kingsbridge está inspirada, en parte, en la construcción de la catedral de Santa María en Vitoria-Gasteiz, España; me siento en deuda con el personal de la Fundación Catedral Santa María por la ayuda prestada y la inspiración que ésta supuso, sobre todo con Carlos Rodríguez de Diego, Gonzalo Arroita y el intérprete Luis Rivero. También recibí gran ayuda del personal de York Minster, en especial de John David. Martin Allen, del Fitzwilliam Museum en Cambridge, Inglaterra, tuvo la amabilidad de permitir que estudiara de cerca monedas del reinado de Eduardo III, que incluso llegué a tocar. En Le Mont Saint-Michel, en Francia, obtuve la inestimable colaboración de la hermana Judith y de fray François. Como siempre, Dan Starer, de Research for Writers, en Nueva York, me ayudó en todas las labores de investigación. Entre mis asesores literarios se cuentan Amy Berkower, Leslie Gelbman, Phyllis Grann, Neil Nyren, Imogen Taylor y Al Zuckerman. Además, he tenido la gran suerte de recibir las críticas y comentarios de amigos y familiares, sobre todo de Barbara Follett, Emanuele Follett, Marie-Claire Follett, Erica Jong, Tony McWalter, Chris Manners, Jann Turner y Kim Turner.

Un mundo sin fin, de Ken Follett
se terminó de imprimir en enero de 2008 en
Gráficas Monte Albán, S.A. de C.V.
Fracc. Agro Industrial La Cruz
El Marqués, Querétaro
México